금고기관 역주 1

今古奇觀 ❶

금고기관 역주

抱甕老人 輯 / 유정일 옮김

學古房

일러두기

1 이 책은 人民文學出版社本, 《今古奇觀》(上 · 下)(顧學頡 校注, 1979.)을 저본으로 삼아 아래의 주요 관련 문헌을 참고해 교감하고 주석한 완역본이다.

2 원문은 저본을 바탕으로 하되 影印本인 古本小說集成本 (抱甕老人 輯, 《今古奇觀》, 上海古籍出版社, 1990.), 繪圖本《今古奇觀》(抱甕老人 輯, 《繪圖今古奇觀》, 齊魯書社, 1985.) 등 《今古奇觀》의 주요 판본과 각 작품의 출처에 해당하는 古本小說集成本 '三言二拍'(《古今小說(全四冊)》·《醒世恆言(全四冊)》·《警世通言(全四冊)》·《拍案驚奇(全四冊)》·《二刻拍案驚奇(全四冊)》, 《古本小說集成》, 上海古籍出版社, 1990.)과 人民文學本 '三言'(馮夢龍 輯, 顧學頡 校注, 《古今小說(上 · 下)》·《醒世恆言(上 · 下)》《警世通言(上 · 下)》, 人民文學出版社, 1981.) 및 上海古籍本 '二拍'(凌濛初 著, 章培恒 整理·王古魯 注釋, 《拍案驚奇(上 · 下)》·《二刻拍案驚奇(上 · 下)》, 上海古籍出版社, 1985.) 등 '三言二拍' 관련 주요 판본을 찾아 교감했다.

3 笑花主人의 서문은 人民文學本 《今古奇觀》에는 누락되어 있어 古本小說集成本(《今古奇觀(全四冊)》, 《古本小說集成》, 上海古籍出版社, 1990.)에 실려 있는 서문을 저본으로 삼고 繪圖本《今古奇觀》과 全圖本《今古奇觀》(抱甕老人 輯, 《全圖今古奇觀》, 中國書店, 1988.)을 참고해 교감했다. 단, 全圖本《今古奇觀》의 경우는 저본과 교감본으로 사용된 여타 《今古奇觀》보다 후대의 판본인데다가 착오가 많아 서문의 교감에서만 사용했고, 본문 교감에는 사용하지 않았다.

4 주석 가운데 校勘註는 【校】로 표시했다. 일부 주석은 유정일 역주본인 《정사(상·중·하)》(서울: 학고방, 2015.)에 있는 주석을 참고하거나 그대로 사용했다. 간체자로 된 문헌은 모두 번체자로 바꿔 썼다.

5 姓氏와 號가 함께 붙어 지칭된 경우, 띄어쓰기를 원칙으로 하되 호가 이름보다 보편화된 경우에는 성과 호를 붙여 쓰기도 했으며, 성씨와 관직명이 함께 붙어 지칭된 경우에도 띄어쓰기를 원칙으로 하되 작품 안에서 혼동이 될 수 있는 경우 붙여 쓰기도 했다. '-씨'의 경우, 성을 나타낼 때에는 편의상 띄어 썼고 인명 지칭인 경우에는 붙여 썼다.

역주자 서문

1.

중국 고전소설은 크게 필기소설(筆記小說), 전기소설(傳奇小說), 화본소설(話本小說), 장회체소설(章回體小說)로 나눌 수 있으며 이 중 필기소설과 전기소설은 문언소설(文言小說)이고 화본소설과 장회체소설은 백화소설(白話小說)이다. 이들 가운데 화본소설은 통속문학(通俗文學)의 대표적 장르 중에 하나로 〈경세통언서(警世通言序)〉를 보면, 통속연의(通俗演義)라고 통칭하고 있다. 《경세통언》 권12에서 "이야기는 모름지기 통속적이어야 멀리 전해질 수 있고 말은 반드시 풍교와 관련되어야 사람들을 감동시킬 수 있다〔話須通俗方傳遠, 語必關風始動人.〕"고 했으니 이는 화본소설의 진면목이 통속성과 교화성에 있음을 잘 요약하고 있는 일례가 된다. 화본소설은 내용적 측면에서 볼 때 큰 역사적 사건이나 권요(權要)들의 이야기보다는 시정(市井) 평민들의 일상생활을 다루는 것이 일반적이고, 형식적인 측면에서 볼 때에는 일반 시민들이 향유하던 오락 활동인 '설화(說話)'라는 구연 양식에서 연원이 된 소설의 하위 장르이기 때문에 그 구연 양식의 특성들을 그대로 함유하고 있는데다가 구어체인 백화(白話)로 쓰여 있어 모든 것이 태생적으로 통속적이지 않을 수 없다. 소설에서의 통속성은 재미와 관련되게 마련이고 재미는 다시 돈과 연결되어 화본소설은 돈을 주고 재미있는 소설들을 사서 보는 경제적 유통구조 하의 본격적인 소설시대를 이끌어 냈다는 점에서 큰 의미를 지닌다. 이렇게 해서 소설은 문학사상 가장 돈과 맞닿은 장르가 되기 시작했다.

기원론적 측면에서 볼 때, 화본소설은 당대(唐代)의 변문(變文)과 전기소설(傳奇小說) 그리고 송원화본, 잡극, 평화, 필기, 사전(史傳) 등의 다양한 장르로부터 형식적 혹은 내용적으로 영향을 받으며 형성된 소설 양식이다. 화본소설은 기존의 다양한 서사물들을 전적으로 흡수하고 화려한 수사를 지향했던 백화소설로서 정격(正格)의 경우 3단 구조의 정형성을 띤 일종의 '형식소설(形式小說)'이라고 할 수 있다. 여기서 형식소설이라고 함은 전기소설이나 필기소설, 세정소설 등과 같이 소설의 내용에 주목한 하위 명칭이 아닌 장회체소설과 같이 소설의 특정한 형식에 의해 장르적 성격이 규정되고 명명된 소설의 하위 장르 명칭을 이른다.

이런 화본소설들을 집대성한 작품집들이 이른바 '삼언이박(三言二拍)'이며, 200편에 다다르는 이 '삼언이박'을 대상으로 하여 다시 40편의 작품을 선별해 엮은 책이 《금고기관(今古奇觀)》이다. 《금고기관》은 명말에 '고소포옹노인(姑蘇抱甕老人)'에 의해 선집되었으며 책표지에는 "묵감재수정(墨憨齋手定)"이라고 적혀 있다. 이에 대해서는 풍몽룡(馮夢龍)의 서재 이름인 '묵감재'를 위탁한 것으로 보는 것이 일반적이며 포옹노인의 실체에 대해서는 아직 확실히 밝혀진 바 없다. 《금고기관》의 내용으로 볼 때 선집자는 우수한 작품들을 선별해 편집만 한 것이 아니라 '삼언이박'에서 뽑은 작품들을 수정 개사(改寫)하기도 했으니 문장력이 훌륭하고 화본소설 방면에 조예가 깊었던 사람이었을 것이다. 선별된 작품들은 '삼언이박'을 대표할 만한 좋은 작품들인데다가 분량이 적당해 오히려 그 모체인 '삼언이박'보다 더 널리 유전되어 영향력이 지대했다.

《금고기관》이란 서명의 의미는 '지금 그리고 옛날에 있었던 기이하고 볼만한 이야기들'이라는 뜻이다. 이 제목을 보면 '고금(古今)'이라는 말을 쓰지 않고 '금고(今古)'라고 하면서 '금(今)'을 앞세우고 있다는 것을 알 수 있다. '이박(二拍)'의 편찬자인 능몽초(淩濛初)[卽空觀主人]는 〈이

각박안경기소인(二刻拍案驚奇小引)〉에서 《이각박안경기》는 "옛날부터 지금까지의 잡스런 이야기들을 긁어모았다〔取古今來雜碎事〕"고 했지만 포옹노인은 이를 모본(母本) 가운데 하나로 채택했음에도 불구하고 '고금(古今)'이라 하지 않고 '금고(今古)'라고 써 '고(古)'보다 '금(今)'에 더 초점을 두고 있다. 《금고기관》 소재(所載)의 40편 작품 가운데 이야기의 시대적 배경을 '국조(國朝)'나 '아조(我朝)', 즉 명나라로 명기(明記)하고 있는 작품이 15편에 이르고, 시대를 밝히지 않았지만 명대의 이야기로 판단되는 작품이 4편에 이르러 총 19편이 명나라를 배경으로 하고 있는 것을 볼 때, 다른 어떤 조대보다도 《금고기관》이 선집된 조대인 명대의 이야기들을 더 많이 다루고 있는 것을 알 수 있다. 또한 고소(姑蘇)〔소주(蘇州)의 옛 지명〕 사람인 포옹노인이 생활하던 강남(江南) 지역, 즉 지금의 강소(江蘇) 및 절강(浙江) 일대 지역의 일을 공간적 배경으로 삼거나 그 지역과 관련된 이야기들이 총 19편에 이르는 것을 보면 선집자는 다른 어떤 이야기들보다 그 시대 그의 주변 이야기들에 대해 더 많은 관심을 가지고 있었던 것으로 보인다. 그 당시의 이야기들을 한층 더 반영하고자 한 선집자의 편집 원칙이 이런 결과를 낳았던 것이다. 제목의 '기(奇)'에서 드러나듯이 《금고기관(今古奇觀)》에서는 '기이한 이야기들'에 주목하고 있는데 여기서 말하는 기이함이란 능몽초가 〈박안경기서(拍案驚奇序)〉에서 자신이 인식하는 '기(奇)'는 우귀사신(牛鬼蛇神)의 '기(奇)'가 아니라 일용기거(日用起居)에서의 기괴하고 상리로 예측할 수 없는 일들이라고 한 것과 같은 의미로써 현실적 세계관에 바탕을 둔 '기(奇)'라고 할 수 있다. 이러한 '기(奇)'에 대한 관념은 이지(李贄)가 《분서(焚書)》 권2 〈복경동로서(復耿侗老書)〉에서 말한 "천하의 지극한 신기(新奇)함은 평범함보다 더한 것이 없다〔天下之至新奇, 莫過於平常也.〕"는 관념과 맞닿아 있다.

《금고기관》은 1735년에 프랑스의 한학자에 의해 일부 작품이 프랑스어로 번역되어 출간된 이후 영국, 독일, 루마니아, 러시아, 일본〔완역〕,

베트남, 몽골 등 세계 여러 나라에서 번역본이 나왔다. 한국에는 현존 낙선재본으로 40편 중 몇 편만이 의역되어 전하고 개화기에 들어서 신문에 4편의 작품이 축역되어 연재되기도 했으며, 이후에도 몇 차례 일부 작품에 한하여 번역되기도 했으나 아직까지 전편이 완역된 바 없다. 일역본의 경우처럼 설사 완역을 했다 해도 상세한 주석이 가해진 바 없고, 더 나아가 교감과 각권에 해설을 단 완역해설본은 아직 존재하지 않는다. 이렇게 《금고기관》을 역주하기가 어려운 까닭은 화본소설 자체가 고백화(古白話)로 되어 있는 통속문학이라는 데 기인한다. 화본소설이 지니고 있는 이런 특성들을 다른 문화의 언어로 완벽히 번역해 낸다는 것은 독서의 차원을 넘어선 또 다른 영역의 문제이기 때문이다. '시문에는 완벽한 주석과 해설이 있을 수 없다〔詩無達詁, 文無達詮.〕'고 하지만 그 완벽함을 추구해야 하는 것 자체가 역주자의 사명이라고 나는 생각해 왔다. 그리하여 역주자는 마땅히 부지런을 떨어 다양한 이본과 유관 자료들을 참고해 교감하여 올바른 원문을 확정하고 이를 완전히 이해한 뒤, 역문으로 표현해 내고 그것을 다시 주석으로 설명해 내야 한다고 믿었다. 평소의 이런 소신대로 본 역주서에서 나는 폭넓고 정밀한 주석을 가해 완벽한 역문을 만들고자 최선을 다했다. 특히 이 책의 주석은 경주(經注)가 아닌 소설주(小說注)라서 다소 번다할지라도 작품에 나오는 전고는 물론이고 우리와 다른 풍속들과 소설 감상에 필요한 인물들, 그리고 소설적 장치들과 이물(異物)들에 이르기까지 낱낱이 주석을 가했다. 여기에서 더 나아가 본 역주서에서는 각권의 맨 앞에 작품 해설을 부기하여 이야기들의 서사 전승적 맥락을 기술했으며, 작품을 깊게 이해하는 데 도움이 될 수 있도록 필요에 따라 당시의 사회 문화제도 및 습속 등에 대해서도 자세히 설명했다.

언어적인 문제 다음으로 화본소설 번역에 있어 또 하나의 난제는 화본소설의 기법적인 문제로서 화본소설 작품 저변에 깔려 있는 '설화인의 목소리' 혹은 '설화인의 말투〔說話人口氣; 說話人口吻〕'를 어떻게 역문으로 처리할 것인가에 대한 것이다. 화본소설은 화본[설화]의 양식을 띤 소설로 작품 안에서 작가가 설화 구연 현장을 모방하여 설화인의 어투로 가상의 관중에게 말을 걸거나 질문을 던지거나 이야기 내용에 대해 논평을 하는 흔적들이 곳곳에 보인다. 이와 같이 작품 안에서 설화인이 직접 개입해 소설의 현장감을 더하는 기법은 장회체소설에서도 흔히 사용되는 소설기법으로 공연형식을 모의하는 화본소설에서 특히 뚜렷이 드러난다. 이런 기법적 특징은 화본소설의 3단 구조와 더불어 번역할 때 옮기기 어려운 난제이기도 하다. 그래서 대부분의 화본소설 번역서들은 '설화인의 목소리'와 '입화(入話)', '편미(篇尾)' 등과 같은 화본소설이 지닌 특징적인 부분들을 거세하고 줄거리만 번역해 왔던 것이며, 이렇게 해서 화본소설의 본질적 특성은 사라지고 단순한 이야기책이 되어버리기 일쑤였다. 그렇다고 중국 백화소설 전반에 존재하는 이런 서면체(書面體)에 녹아 있는 구연체적(口演體的) 전통들을 단순히 구연 현장을 모의하는 것으로 돌려 아예 작품 전편을 설화인의 낭독대본으로 번역해서도 안 된다. 경진본(庚辰本) 《홍루몽(紅樓夢)》 제1회 서두 부분을 보면, 그 첫머리는 이렇게 전개된다. "관객 여러분, 여러분들은 이 책이 어디서 왔냐고 물으실 거외다. 그 근유(根由)를 얘기하자면 비록 황당함에 가깝기는 하지만 자세히 살펴보면 퍽 재미있기도 하오이다. 제가 그 내력을 밝혀 이를 읽는 자로 하여금 미혹되지 않고 잘 알 수 있도록 하겠소이다. [列位看官, 你道此書從何而來? 說起根由雖近荒唐, 細按則深有趣味. 待在下將此來歷註明, 方使閱者了然不惑.]" 또한 《수호전(水滸傳)》이나 《삼국연의(三國演義)》 등과 같은 장회체소설의 회말(回末)에 "다음 회(回)에 풀어내는 얘기를 들어보시라.[且聽下回分解.]"라는 상투어구가 등장하는 것도 볼 수 있다. 이처럼 백화소설 전반에 이런 서술자의 목소리를 담은 소설기법적 장치들이 깔려 있다고 해서 장회체소설 작품들을 구연대본으로 간주하지도 않을뿐더러 이야기꾼이 대본을 그대로 읽는 것처럼 낭독체로 번역할 수도 없듯이 화본소설도 전체를 낭독체로 번역할 수 없는 것이다. 그렇게 했을 경우, 번역자가 한국어 경어법에 맞춰 원문에 존재하지도 않는 어미를 첨가해야 하고 그 어미에 함축되어 있는 뉘앙스까지 덧붙이게 되어 역문에 번역자 개인의 화법이 개입해 재창작되는 결과를 가져와 번역자가 또 하나의 이야기꾼이 되는 격이 된다. 이런 까닭에 조선시대에 중국으로부터 수용된 많은 번안소설 작품들 가운데 이야기꾼의 낭독체로 쓰인 소설이 존재하지 않는 것이다. 이 같은 한중(韓中) 간의 언어와 문화, 그리고 소설전통적 차이로 말미암은 번역상의 난제들을 해결하기 위하여 본 역주서에서는 화본소설과 그 주변 장르들에 관한 이론서들을 체계적으로 살펴, 화본소설의 원류였던 설화 장르의 구연적 특징들을 그대로 담아낸 동시에 읽는 책이라는 화본소설의 본질을 구현해 냈다. 화본소설의 이런 독법과 역법(譯法) 및 그 이론적 점검에 대해서는 본 역주서 권두에 부친 〈화본소설이란 무엇인가?〉를 참고하기 바란다.

청나라 말기 엄부(嚴復)는 《천연론(天演論)》에서 번역의 세 가지 어려움이 '신(信)', '달(達)', '아(雅)'에 있다고 했다. '신'은 역문이 원문의 뜻에서 벗어나지 않는 것을 이르고, '달'은 역문이 유창하고 명확한 것을 이르며, '아'는 역문의 문장이 고아한 것을 이른다. 나는 시문의 원의를 완전히 이해하기 위해 내가 구해서 볼 수 있는 모든 문헌 자료들을 찾고 또 찾았으며, 역문을 유창하고 명확하며 제 품격을 지닌 고아한 문장으로 옮기기 위해 소리 내어 읽고 또 읽어가며 윤문을 했다. 이런 과정에서 백화와 고문 그리고 문사철의 교섭 양상을 비롯하여 한자문화권에서 소설이란 무엇이었으며 어떻게 생겨났는지 등에 대한 원론적인 궁금증들도 해결할 수 있었다. 서재에 묻혀 《금고기관》을 역주하며 누렸던 소설적 감동과 학문적 깨달음의 기쁨을 다음과 같은 〈취성석제사(醉醒石題辭)〉로 대신하고자 한다.

고금의 사람들은 모두 취해 있는데 홀로 깨어있는 자 누구인가? 만약 홀로 깨어있다면 세상 누가 그를 용납하리오! 비록 그렇다 해도 깨어있지 않을 수 없다. 깨어나지 않으면 긴 밤이 밝지 않으니 세간의 큰 사업들을 어찌 취한 채로 꿈속에서 추구할 수 있겠는가? 사람은 취하지 않으면 깨어남도 없고, 또한 크게 취하지 않으면 크게 깨어남도 없을 것이다. 취한 뒤, 홀연 깨어날 기회를 얻으면 그 각성함이 크도다.〔古今盡醉也, 其誰爲獨醒者? 若也獨醒, 世孰容之! 雖然, 亦不可不醒也. 不醒, 則長夜不旦, 世間大事業, 安能向醉夢中問之? 第人不醉則不醒, 不大醉則不大醒. 從一醉日富後, 忽而得醒機焉, 醒乃大矣.〕

2.

학자는 무릇 세 방면에서 자유로워야 작은 공부라도 이룰 수 있다고 생각해 왔는데 그 첫째는 경제적 독립이요, 둘째는 학문적 독립이며 셋째는 정신적 독립이다. 나는 이를 '학자 독립 3조'라고 부르며 평생의 지론으로 삼아왔다. 먹고 살 것이 있어야 구차히 자리에 연연하지 않고 구복을 채우는 데 급급한 대학가의 향원(鄕愿) 인사들에게 빌붙지 않을 수 있을 것이며, 필요한 원전을 남의 도움 없이 읽고 자신만의 생각을 만들어 낼 수 있어야 어느 누구와도 수평적 담론을 구축할 수 있을 것이다. 거기에다 정신적으로 독립을 해야 공허한 담론에 뇌동하지 않고 독립된 학자로서 자신만의 정신세계를 쌓을 수 있을 것이기 때문이다. 공부에 있어서 역주 작업을 가장 중시해 왔던 까닭은 원전을 읽을 능력이 없으면 학문 연구의 깊이와 본질을 잃어 서구의 이론과 현학으로 그럴듯하게 꾸미기를 좋아하게 되고 허상을 쌓는 일에 골몰하게 되기 때문이다. 번역을 하고 주석을 달 때에도 다양한 문헌으로 고증해 내지 못하면 결국 자신을 믿지 못해 남에게서 답을 찾고자 주변을 두리번거리게 되니 학문에 있어서는 물론이고 역주를 하는 데 있어서도 학문적 독립과 정신적 독립은 매우 중요한 덕목일 것이다. 이런 까닭에 나는 항상 현재 내가 보고 있는 책이 나의 스승이요 내가 쓰고 있는 원고가 나의 제자라고 생각해 왔다. 그래서 《금고기관》을 역주하는 내내 언제 어느 때나 내게 필요한 스승에게서 답을 구할 수 있었고, 내가 읽은 흔적을 제자로 삼을 수 있었으니 즐거운 일이 아닐 수 없었다. 이것이 호한한 고전 문헌의 세계에서 길을 잃지 않고 작은 원고를 남길 수 있었던 나만의 비법이며 지혜로운 배움의 길이었다.

중국에서 귀국한 뒤로 나는 십수 년 동안 집에 서재 두 개를 두고 계절에 따라 옮겨가며 책을 읽어왔다. 하나는 2015년에 출간된 《정사(情史)》(상·중·하)를 역주할 때 있었던 지지재(止止齋)이고 다른 하나는 이번 원고를 탈고한 이로재(易老齋)이다. 굳이 자리를 옮겨가며 원고를 쓰는 까닭은 다방면의 책들을 규모 있게 활용하기 위한 목적도 있지만, 사실은 일주일에 한번 강의가 있는 날을 제외하고는 평생 거의 모든 시간을 서재에서 보내는 내 스스로에게 조금이라도 일상의 단조로움을 해소시켜 주기 위한 일종의 자기배려에 기인한다. 이로재 벽에 "車到山前必有路"라는 구절이 쓰여 있는데 이는 멀리서 산을 보면 올라갈 길이 없는 듯하지만 일단 수레를 몰고 산 아래까지 가보면 올라갈 길이 반드시 있다는 뜻이다. 뜬구름마냥 하염없이 흘러가는 세월 속에 이로재에 앉아 《금고기관》과 함께했던 수년간의 삶을 반추하고 마저 정리해야 할 남은 원고를 어림하면서 새삼 이 구절을 나지막이 읊조려 본다. 학해(學海)에 물 한 종지 보태는 마음으로, 학림(學林)에 나무 한 그루 심는 정성으로 이 책을 세상에 내놓는다.

2023년 7월 27일

이로재(易老齋)에서 유정일 쓰다.

목 차

화본소설(話本小說)이란 무엇인가[1)]

Ⅰ. 화본소설의 개념

1. 화(話)

'화(話)'는 '이야기'라는 뜻으로 늦춰 잡아도 수대(隋代) 문헌에 용례가 보이며 그 후대에도 계속해 쓰인 말이다. 《태평광기》 권248에 수나라 후백(侯白)의 《계안록(啟顏錄)》에서 나온 다음과 같은 기록이 보인다.

> 후백(侯白)이 산관(散官)으로 있을 때 양소에게 예속되어 있었다. ......

1) 이 글은 독자에게 화본소설에 대한 이해와 독법을 제시하고자 다음의 문헌들을 참고하여 그대로 수용하거나 혹은 원용해 기술했다. 胡士瑩, 《話本小說概論》, 中華書局, 1980; 王慶華, 《話本小說文體研究》, 華東師範大學出版社, 2006; 歐陽代發, 《話本小說史》, 武漢出版社, 1994; 蕭欣橋·劉福元, 《話本小說史》, 浙江古籍出版社, 2003; 常金蓮, 《〈六十家小說〉 研究》, 齊魯書社, 2008; 鐘敬文 主編, 《中國民俗史》(隋唐卷), 人民出版社, 2008. 화본소설에 관한 100여 편의 기존 논문들과 저술들 가운데 상호 고증하여 신뢰할만한 문헌들을 선별한 뒤, 역주자의 견해와 同軌인 문헌들을 재선별한 결과를 최종 선택한 것이다. 이밖에도 陳桂聲, 《話本敍錄》, 珠海出版社, 2001; 鄭振鐸, 《中國俗文學史》, 臺灣商務印書館, 民國 75年; 王恒展, 《中國小說發展史概論》, 山東教育出版社, 1996; 林家平 外2人 共著, 《中國敦煌文學史》, 北京語言學院出版社, 1992; 黃征·張涌泉 校注, 《敦煌變文校注》, 中華書局, 1997; 吳同瑞 外3人 共著, 《中國俗文學概論》, 北京大學出版社, 1997 등의 문헌들은 화본소설의 기원과 개별 작품의 성격 및 그 주변을 이해하는 데 큰 도움이 되었다.

> (중략)…… 후백이 양소의 아들인 현감(玄感)과 마주쳤는데 현감이 이르기를 "후 수재, '재미있는 이야기(好話)' 하나 해 주세요."라고 하는 것이었다.〔白在散官, 隸屬楊素……(中略)……卽逢素子玄感, 乃云: "侯秀才, 可爲玄感說一箇好話."〕

여기서 '호화(好話)'란 '재미있는 이야기'라는 뜻이다. 송나라 조덕린(趙德麟)의 고자사(鼓子詞) 《접연화(蝶戀花)(商調十二首之一)》 서(序)를 보면 이런 내용도 있다.

> 대개 전기(傳奇)란 것은 당나라 원미지(元微之)가 기술한 그런 것들이다. ……(중략)…… 지금까지도 사대부들이 유현(幽玄)을 담론하고 기이한 일을 기술할 때 이것들을 훌륭한 이야기로 거론하지 않는 법이 없다.〔夫傳奇者, 唐元微之所述也.……(中略)……至今士大夫極談幽玄, 訪奇述異, 無不擧此以爲美話.〕

여기서 '미화(美話)'라는 말은 '훌륭한 이야기'의 의미로 '화(話)'가 '이야기'라는 뜻으로 쓰인 것을 알 수 있다. 송나라 악가(岳珂)의 《정사(桯史)·조사유자(朝士留刺)》에 있는 "제게 이야기 하나가 있으니 이 이야기로 졸음을 깨워드리고자 합니다.〔某有一小話, 願資醒困.〕"라는 내용과 송나라 시원지(施元之)가 소식의 시 《기제자질(寄諸子侄)》에 주석한 "세상에 전하는 이야기가 있다. '한 가난한 선비의 집에 항아리 하나만이 있었는데……(후략)'〔世傳小話: '有一貧士家唯一甕……(後略)'〕"라는 내용으로 볼 때, 송나라 때 사람들은 '화(話)'를 '소화(小話)'라고도 했던 것을 알 수 있다. 여기서 "소화(小話)"는 그저 재미로 하는 짧은 이야기를 이르는 말이었다. 현대 중국어에서도 '소화(笑話)'〔우스운 이야기〕, '신화(神話)'〔신에 관한 이야기〕 등과 같은 말이 사용되고 있듯이, 원래 '화(話)'라는 말은 그저 일반인들이 하는 일반적인 이야기였을 뿐 전문적인 구연적 성격의 이야기를 뜻하지는 않았다.

'화(話)'라는 말이 특히 공연에서 구연되는 전문적인 이야기를 지칭하는 말로도 쓰인 용례가 보인다. 당나라 원진(元稹)의 시《수한림백학사대서일백운(酬翰林白學士代書一百韻)》 가운데 "필묵은 이름을 적는 데 다 소진되고, 세월은 '이야기〔話〕'를 듣다가 보내버렸네.〔翰墨題名盡, 光陰聽話移.〕"라는 구가 있는데 원주(原注)에서 이르기를 "일찍이 신창의 저택에서《일지화(一枝花)》 이야기를 구연하는 것을 들은 적이 있는데 인시부터 시작해 사시에 이르렀는데도 끝나지 않았다.〔嘗於新昌宅說《一枝花》話. 自寅至巳, 猶未畢詞也.〕"라고 한 것이 그 예이다. 여기서 '화(話)〔이야기〕'라는 것은 '설(說)〔말하다, 구연하다〕'이나 '청(聽)〔듣다〕'과 같은 동사와 함께 쓰이고 '설자(說者)'와 '청자(聽者)'가 존재하며 상당한 길이가 있는 구연 장르의 일종이었던 것이다.《돈황변문집(敦煌變文集)》에 수록된 당나라 화본인《여산원공화(廬山遠公話)》에서 그 제목에 '화(話)'가 들어가 있는 것도 그 예가 된다. 후대의 제궁조(諸宮調)나《육십가소설(六十家小說)》, '삼언이박' 등의 작품에서도 '화(話)'가 공연적 성격의 '이야기'를 지칭하고 있는 것을 다음의 예문들을 통해서 알 수 있다.

○이야기에서는 응주로에 있는 일을 얘기하겠다.〔話中只說應州路......(後略)〕(《劉知遠諸宮調》)

○이야기의 제목은 〈낙양삼괴기〉이다.〔話名叫做〈洛陽三怪記〉.〕(《淸平山堂話本·洛陽三怪記》)

○이는 바로 〈진수재교계잠원방〉이라는 이야기이다.〔這便是〈陳秀才巧計賺原房〉的話.〕(《初刻拍案驚奇·衛朝奉狠心盤貴産 陳秀才巧計賺原房》)

○사람들이 이야기를 들을 때에는 신나 했지만 돈을 낼 때가 돼서는 서로 얼굴을 보기만 하고 전부들 돈을 내려고 하지 않을 줄 누가 알았겠는가?〔誰知衆人聽話時一團高興, 到出錢時面面相覷都不肯出手.〕(《醒世恒言·李道人獨步雲門》)

요컨대 화본소설의 범주에서 '화(話)'라는 말은 '이야기' 특히 '구연적 성격의 이야기'를 지칭하는 것이라고 할 수 있다.

2. 설화(說話)

중국문학에서 '설화'는 한국문학에서 사용되는 '설화'와 다른 개념을 지니고 있다. 앞서 살핀바와 같이 '화(話)'는 일반적인 이야기를 의미할 수도 있고 구연으로 하는 공연적 성격의 이야기들을 통틀어 지칭할 수도 있다. 예인(藝人)들이 이야기를 구연하는 것을 '설화(說話)'라고 하는데 여기서 '설(說)'은 동사로 '말하다, 강술하다'라는 뜻이며, '화(話)'는 목적어로 '이야기'라는 뜻이다. 이에 대해 손해제(孫楷第)가 〈설화고(說話考)〉(《俗講、說話與白話小說》, 作家出版社, 1956, 29쪽.)에서 규정하기를 "이야기 가운데 구연하는 것을 '화(話)'라고 하고, 그렇게 유전하는 이야기를 부연해서 설창(說唱)하는 것을 일러 '설화(說話)'라고 하며, 그런 기예에 종사하는 사람을 '설화인(說話人)'이라고 이른다.〔故事之騰於口說者, 謂之'話'. 取此流傳之故事而敷衍說唱之, 謂之'說話'. 藝此者, 謂之'說話人.〕"고 했다. 당나라 이전까지만 해도, 앞서 예시로 든 것처럼, "설일개호화〔說一箇好話〕"나 "설《일지화》화〔說《一枝花》話〕" 등에서와 같이 한 문장 안에서 '설(說)'과 '화(話)'가 서로 떨어져 있는 채로 쓰인 용례가 보일 뿐 두 글자가 단어 하나로 쓰인 용례는 보이지 않는다. '설화(說話)'가 전용 명사가 되어 구연으로 이야기를 강술하는 기예를 가리키는 말로 쓰인 용례가 당나라 곽식(郭湜)의 《고력사외전(高力士外傳)》에 보인다.

> 태상황께서 서궁으로 어가를 옮겨 거처하시면서 매일 고공(高公)과 함께 정원을 청소하고 잡초를 제거하는 것을 친히 보셨다. 혹 강경을 하거나 논의를 하거나 전변(轉變)을 하거나 설화(說話)를 했는데 비록 문율(文律)에는 맞지 않았지만 그것으로 태상황의 마음을 즐겁게 해드리기를 바랐다.〔太上皇移仗西內安置, 每日上皇與高公親看掃除庭院, 芟

薙草木；或講經、論議、轉變、說話，雖不近文律，終冀悅聖情.〕

인용문에서 볼 수 있듯이 설화(說話)는 '강경(講經)', '전변(轉變)' 등 당나라 때 유행했던 설창 구연 장르들과 같이 거론되면서 일종의 문예형식으로 인식되었다는 것을 알 수 있다. 그러다가 송대에 이르러는 '설화(說話)'라는 말이 전문용어로 매우 보편화되기에 이른다.

○소장사랑(小張四郎)은 평생 북쪽 와사(瓦舍)에서 구란(勾欄) 하나를 차지하고서 설화(說話)를 했다.〔小張四郎一世只在北瓦佔一座勾欄說話.〕(宋 西湖老人, 《西湖老人繁勝錄》〈瓦市〉條)('구란(勾欄)'은 송원시대 잡극 등과 같은 기예 양식을 공연하던 장소를 이른다.〕

○나목당(欏木堂)의 향각(香閣)에서 설화(說話)를 했다.〔于欏木堂香閣內說話.〕(宋 周密, 《武林舊事》 卷7)

○설화(說話)를 하는 자들은 이를 일러 설변(舌辯)이라고 한다.〔說話者謂之舌辯.〕(宋 吳自牧, 《夢粱錄》 卷20, 〈小說講經史〉 條)

○설화(說話)에는 네 가지가 있다.〔說話有四家.〕(《都城紀勝》, 〈瓦舍眾伎〉 條)

○정월에 금인(金人)이 와서 어전의 노복과 ......(중략)...... 잡극(雜劇), 설화(說話), 농영희(弄影戲), 소설(小說)......(중략)...... 등을 하는 예인 150여 명을 요구했다.〔正月，金人來索御前祗候，......(中略)...... 雜劇、說話、弄影戲、小說 ......(中略)...... 等藝人一百五十餘家.〕(宋 徐夢莘, 《三朝北盟會編》 卷77)

이런 용례들을 보면 송나라 때 '설화(說話)'라는 장르는 예인들이 이야기를 구연으로 강술하는 활동을 지칭하는 말로 쓰였으며 더 나아가 그런 기예를 지칭하는 전용 명사로도 쓰였다는 사실을 알 수 있다. 이후 '설화(說話)'는 더 넓은 범주의 의미로 쓰여 '그러한 기예에서 하는 구연적 성격의 이야기 전체'를 가리키기도 했다.

○이야기꾼들이 전하는 이야기를 들었다.〔聞得老郎們相傳的說話.〕(《喩世明言·陳御史巧勘金釧鈿》)

○이 이야기는 축지산의 《서초야기》에서 나온 것이다.〔此本說話, 出在祝枝山《西樵野記》中.〕(《初刻拍案驚奇·陶家翁大雨留賓 蔣震卿片言得婦》)

용례에서 볼 수 있는 바와 같이, 설화(說話)는 '설화인(說話人)이 구연하는 이야기'를 지칭하는 말로도 쓰였다. 또한 어떤 경우에는 의미가 더욱 확장되어 구연과 관련 없는 일반적인 이야기를 가리키기까지 했다.

요컨대 화본소설과 관련하여 '설화(說話)'라는 말의 의미는 세 가지로 요약될 수 있다. 첫째는 '구연적 성격의 이야기를 강술하는 행위', 둘째는 '구연적 성격의 이야기를 강술하는 기예', 셋째는 '구연적 성격의 이야기를 강술하는 그런 기예적 성격의 이야기'가 그것이다.

3. 화본(話本)

'화본'이란 용어의 개념에 대해 그동안 학계에서 크게 세 가지 견해가 제기되었다. 노신이 《중국소설사략》에서 화본을 "설화인(說話人)의 저본(底本)"이라고 한 뒤 많은 학자들에 의해 이 설이 받아들여졌다. 그 후 1960년대에 이르러 일본인 학자 마스다 와타루(增田涉)가 〈화본의 정의에 대해 논함(論'話本'的定義)〉이라는 논문에서 화본은 가끔 '이야기의 재료'로도 해석될 수 있지만 대부분은 그냥 '이야기'로 해석해야 한다고 주장했다.[2] 1980년대 이래, 고전문헌에서의 화본의 의미에 대해 '이야기'나 '이야기 저본' 또는 '전기소설(傳奇小說)'이라는 등의 다양한 해석이 제기되기도 했다.[3]

2) 이 논문은 최초로 《人文硏究》(1965年 第16卷 第5期)에 발표되었고 중국어 역문은 1981년 대만에서 간행된 《中國古典小說硏究專集》 第3集(臺灣經聯出版事業公司)에 실렸으며 그 요지는 《古典文學知識》 1988年 第2期에 소개되었다.

3) 蕭欣橋, 〈關於"話本"定義的思考——評增田涉《論"話本"的定義》〉, 《明清小說硏

화본(話本)이란 '화(話)'와 '본(本)' 두 글자가 합쳐진 말이다. 앞서 살핀 바와 같이, '화(話)'는 이야기 특히 '구연적 성격의 이야기'를 이른다. '본(本)'은 근원이 되는 것, 즉 '저본(底本)', '각본(脚本)' 등을 의미할 수 있다. '화본(話本)'이란 말이 문헌에 최초로 보이는 것은 돈황에서 발굴된 당나라 강창(講唱) 문학 작품인 〈한금호화본(韓擒虎話本)〉에서이다. 이 작품은 원래 제목이 없고 다만 결말에 "화본(畫本)은 여기서 끝나고 베껴 쓰다가 누락한 것은 없다.〔畫本既終, 並無抄略.〕"라는 말이 보인다. 이 말은 화본(話本)에서 자주 보이는 "화본(話本)을 다 얘기했으니 이로써 이야기판을 파한다.〔話本說徹, 權作散場.〕"라는 상투어와 매우 유사한 데다가 이 작품과 함께 발굴된 〈여산원공화(廬山遠公話)〉 등의 초기 화본 작품이 있다는 것으로 봐서 대부분의 학자들은 여기서 '화본(畫本)'이 '화본(話本)'이어야 마땅하다고 판단을 했다.4) "화본(畫本)은 여기서 끝나고 베껴 쓰다가 누락한 것은 없다.〔畫本既終, 並無抄略.〕라는 말이 초본(抄本)의 편미(篇尾)에 나온 까닭은 텍스트의 완전성을 증명하기 위해서이고, 여기서 '화본(畫本;話本)'은 〈한금호화본(韓擒虎話本)〉의 텍스트를 지칭하는 것이다. 〈한금호화본(韓擒虎話本)〉은 당나라 때 '설화(說話)' 작품으로, 여기서 "화본(話本)"이란 말은 '설화(說話)' 기예(伎藝)의 저본에 대한 통칭이라고 할 수 있다. 당나라 때 유행했던 설창 장르로 속강(俗講), 전변(轉變), 설화(說話) 등이 있었으며 이들 장르에 해당하는 저본의 명칭으로는 각각 강경문(講經文), 변문(變文), 화본(話本)이 있었던 것이다. 다음의 인용문들을 통해 이런 사정들을 짐작할 수

究》, 1990年 第3期; 張兵, 〈話本的定義及其他〉, 《蘇州大學學報》, 1990年 4期; 周兆新, 〈"話本"釋義〉, 《國學研究》 第二卷, 北京大學 1994; 劉興漢, 〈對話本理論的再審視——評增田涉《論"話本"的定義》〉, 《社會科學戰線》, 1995年 4期; 施蟄存, 〈說"話本"〉, 《文藝百話》, 華東師範大學出版社, 1994; 石昌渝, 《中國小說源流論》 第五章 〈話本小說〉, 三聯書店, 1994 참조.

4) 王慶菽, 〈試談"變文"的產生和影響〉, 《敦煌變文論文錄》, 上海古籍出版社, 1982.

있다.

○인수 황제는 한가할 때 화본(話本)을 즐겨 읽었다.〔仁壽清暇, 喜閱話本.〕(《古今小說·序》)
○재인이 붓을 들어 이를 풍류스런 화본(話本)으로 엮었다.〔才人把筆, 編成一本風流話本.〕(《警世通言·白娘子永鎭雷峰塔》)

이렇게 보면 화본(話本)은 '설화(說話)의 저본'이란 노신의 해석이 틀린 것은 아니다. 다만, 유의해야 할 점은 송원 시대에 이르러서는 설창, 잡희(雜戲)와 같은 다양한 공연 양식이 발전함에 따라 화본이란 용어의 개념 범주도 확장되었다는 사실이다. 남송 관포내득옹(灌圃耐得翁)의 《도성기승(都城紀勝)》〈와사중기(瓦舍衆伎)〉 조를 보면 다음과 같은 기록이 보인다.

대저 꼭두각시놀음에서 애정·신괴·전쟁·공안 따위 내용을 부연할 때 그 화본은 혹 잡극과 같거나 혹 애사(崖詞)와 같은데 보통 허구가 많고 사실은 적으니 거령신(巨靈神)이나 주희대선(朱姬大仙) 따위의 이야기가 그 예이다. '그림자극(影戲)'은, 대저 경도사람들이 처음에 흰 종이로 그림자 모형을 조각해 만들었다가 나중에는 그것을 채색 가죽으로 만들었다. 그 화본은 사서(史書)를 강설(講說)하는 자들의 대본과 자못 같고 대개 사실과 허구가 섞여있으며, 충직한 자는 바른 얼굴로 새기고 간사한 자들은 못생긴 모습으로 만들었는데 이는 포폄을 시속의 눈에 맞춘 것이다.〔凡傀儡敷演煙粉靈怪故事、鐵騎公案之類, 其話本或如雜劇, 或如崖詞, 大抵多虛少實, 如巨靈神朱姬大仙之類是也. 影戲, 凡影戲乃京師人初以素紙雕鏃, 後用彩色裝皮爲之, 其話本與講史書者頗同, 大抵眞假相半, 公忠者雕以正貌, 姦邪者與之醜貌, 蓋亦寓褒貶於市俗之眼戲也.〕

여기서 볼 수 있듯이 '꼭두각시놀음(傀儡戲)'이나 '그림자극(影戲)'의 대본을 모두 화본(話本)이라고 칭하고 있다. 또 《수호전(水滸傳)》 51회에서 백수영(白秀英)이 공연하는 제궁조(諸宮調) 작품인 〈예장성쌍점간소경(豫章城雙漸趕蘇卿)〉을 또한 화본이라 부르고 있는 것으로 봐서 당시 화본은 이미 '설화의 저본'이란 원초적인 의미에서 많이 확장되어 각종의 설창이나 잡희 기예의 대본이란 의미로 널리 쓰였던 것을 알 수 있다.

명나라 때에 이르러서도 화본은 기예의 대본이란 의미로도 계속 쓰였지만[5] 그 의미의 중심은 공연의 대본이라기보다는 의화본(擬話本)에서 설화인의 어투를 모의(模擬)하는 구연적 성격의 이야기 내용을 가리키게 되었으며, 일반 통속적인 이야기 독본(讀本)에 대한 범칭으로까지도 쓰였다. 송원 시대의 《신편홍백지주소설(新編紅白蜘蛛小說)》 잔본과 《육십가소설(六十家小說)》, 《웅용봉간행소설사종(熊龍峰刊行小說四種)》 등에 수록된 〈간첩화상(簡帖和尙)〉, 〈합동문자기(合同文字記)〉, 〈진순검매령실처기(陳巡檢梅嶺失妻記)〉, 〈장생채란등전(張生彩鸞燈傳)〉 등과 같은 송원 화본 작품들을 보면, 모두 "화본을 다 얘기했으니 이로써 이야기판을 파한다.〔話本說徹, 權(且)作散場.〕"라는 상투어가 있다. 여기서의 말하는 '화본(話本)'이란 말의 의미는, '설화인의 저본'이라는 원초적인 의미에서 아직 완전히 벗어난 것은 아니지만, '설화(說話) 장르에서 구연하는 이야기'로 해석하는 것이 더 적합하다.

> ○이 '최준신부용병(崔俊臣芙蓉屛)' 이야기만 못한데 절조도 보전하고 원수도 갚으며 부부도 재회를 하니 이 이야기(話本)는 정말 듣기가 좋소이다. 관객 여러분, 제가 천천히 풀어서 얘기하리다.〔不如"崔俊臣芙蓉屛"故事, 又全了節操, 又報了冤仇, 又重會了夫妻, 這個話本好聽. 看官, 容小子慢慢敷演.〕(《拍案驚奇·顧阿秀喜捨檀那物 崔俊臣

5) 명나라 萬曆 연간 富貴堂 刊本의 《李九我先生批評破窯記》(《古本戲曲叢刊初集》 수록)에는 副末이 등장할 때의 〈滿庭芳〉 곡에 戲文의 대본을 話本이라고 부른 용례가 보인다.

巧會芙蓉屏》)

○오늘 말할 이 이야기(話本)는 '왕봉의 이야기'와 정반대인데 〈양현령쟁의혼고녀(兩縣令競義婚孤女)〉라고 하오이다.〔今日說一段話本, 正與王奉相反, 喚做《兩縣令競義婚孤女》.〕(《醒世恒言·兩縣令競義婚孤女》)

이들 인용문에서 볼 수 있는 바와 같이 의화본소설에서 설화인의 어투로 관객〔독자〕에게 이야기 내용을 소개하면서 '화본'이란 용어를 쓰고 있는데 그 의미는 '(구연하는) 이야기'라는 뜻이다. 동일한 의미로 '설화'나 '화문(話文)' 등과 같은 용어도 쓰이고 있는 사실을 다음의 용례를 통해 알 수 있다.

○나중에 꽃비단같은 화려한 이야기(說話)를 만들어냈다.〔後來做出花錦般一段說話.〕(《醒世恆言·陳多壽生死夫妻》)

○이야기꾼들이 전하는 이야기(說話)를 들었는데 어느 주(州) 어느 현(縣)인지는 기억이 안 나지만 어떤 한 사람이 있었는데......(후략)〔聞得老郎們相傳的說話, 不記得何州甚縣, 單說有一人......(後略)〕(《喻世明言·陳御史巧勘金釧鈿》)

○이 이야기(話文)가 어느 조대 어느 지방에서 있었던 일이냐고요?〔你道這段話文, 出在那個朝代, 何處地方?〕(《醒世恆言·灌園叟晚逢仙女》)

○이 이야기(話文)는 〈공함기(空緘記)〉에서 나온 것이다.〔這本話文, 出在〈空緘記〉.〕(《拍案驚奇·李克讓竟達空函 劉元普雙生貴子》)

이처럼 '설화(說話)'와 '화문(話文)'도 '화본'과 동일하게 '구연적 성격의 이야기'를 지칭하고 있는 것을 알 수 있다. 앞에서 언급한 바와 같이, 화본(話本)이란 말은 주로 '설화(說話), 잡희 따위의 저본'이란 의미와 '설화(說話) 장르에서 구연하는 이야기'라는 뜻으로 통용되었다. 이외에 또 다른 의미로 일반적인 '이야기'나 '얘깃거리'를 지칭하여 '화병(話柄)'과 동일한 의미도 지니고 있었다. 다음의 예문들이 이를 증명해 준다.

○매형과 누나 앞에서 그런 이야기를 하지 않아 한바탕 책망을 들을 수밖에 없었다.〔不在姐夫姐姐面前説這話本, 只得任他埋怨了一場.〕(《警世通言·白娘子永鎭雷峰塔》)

○등불 앞 달빛 아래에서 오백 년 전의 연인을 만나 세상에서 수많은 사람들에게 풍류스런 얘깃거리를 만들어 주었습니다.(주: 화본은 화병과 같이 얘깃거리를 말한다.)〔燈前月下, 逢五百年歡喜寃家, 世上民間, 作千萬人風流話本.(注 : 話本猶話柄也, 言說話之本也.)〕(《剪燈新話·牡丹燈記》)

《전등신화·모단등기》에 달린 원주에 있는 바와 같이 '화본(話本)'은 그저 '화병(話柄)' 즉 '얘깃거리'라는 의미인 것이다. '화병(話柄)'을 '화본(話本)'의 대용으로 쓰는 용례도 보인다.

○엄숭 부자가 황제의 총애를 믿고 탐학(貪虐)하여 그 죄악이 산더미 같았으므로 충신 하나가 나오게 되었다. 그 충신은 놀라운 일들을 해냈고 대단한 얘깃거리를 남겼다.〔只爲嚴嵩父子恃寵貪虐, 罪惡如山, 引出一個忠臣來, 做出一段奇奇怪怪的事迹, 留下一段轟轟烈烈的話柄.〕(《喩世明言·沈小霞相會出師表》)

○지금까지도 오(吳) 지방에서는 이 일을 풍류스런 얘깃거리로 전하고 있다.〔至今吳中把此事傳作風流話柄.〕(《警世通言·唐解元一笑姻緣》)

이렇게 '화본(話本)〔huàběn〕'이 '화병(話柄)〔huàbǐng〕'과 같이 '구연적인 성격이 아닌 일반적인 이야기'나 '얘깃거리'라는 의미로 혼용된 것은 화본의 의미 범주가 넓어진 데다가 화병(話柄)과 발음과 의미의 면에서 유사한 점이 있어서이다. '화본'이 '화병(話柄)'과 같이 혼용되는 이런 의미는 본래 '화본(話本)'이 지닌 주요한 의미가 아닌 것이다.

4. 화본소설(話本小說)

《도성기승(都城紀勝)》이나 《몽량록(夢粱錄)》 등의 문헌에 '설화사가(說話四家)'에 대한 기록이 보이는데 그 '사가(四家)'의 구체적인 내용에 대해서는 각기 견해가 다르지만 '사가(四家)' 중에 '소설', '강사(講史)', '설경(說經)' 등의 삼가(三家)가 있었다는 것은 모두 인정하고 있다. 그 가운데 강사(講史)는 보통 편폭이 길고 그 저본을 '평화(平話)'라고 하며 《삼국지평화(三國志平話)》가 그 대표적인 작품이다. '강사(講史)'에 비해 '소설'의 화본은 등장인물이 적고 편폭이 짧다. 명나라 천계(天啓) 초년 천허재(天許齋)에서 간각(刊刻)한 《고금소설(古今小說)》 표지에 다음과 같은 지어(識語)가 있다.

> 소설 가운데 《삼국지》와 《수호전》 같은 것들은 거관(巨觀)이라고 칭할 수 있다. 한 인물과 한 가지 사건을 다루는 담소 거리가 될 만한 이야기들도, 전기(傳奇)에 있어서 잡극처럼, 한쪽으로만 치우쳐 다른 한쪽을 버릴 수는 없는 것이다. 본재(本齋)에서 고금의 명인연의(名人演義) 120종을 구입했는데 먼저 그 삼분의 일을 초각으로 간행한다. 〔小說如《三國志》、《水滸傳》稱巨觀矣. 其有一人一事足資談笑者, 猶雜劇之於傳奇, 不可偏廢也. 本齋購得古今名人演義一百二十種, 先以三分之一爲初刻云.〕

인용문에서는 《삼국지》와 《수호전》 같은 장편소설의 가치를 인정하면서 단편소설의 특징이라고 할 수 있는 '짧은 편폭'과 '재미있고 간단한 줄거리' 등에 대해서도 긍정적으로 평가하고 있다. 그러면서 장편과 단편 가운데 어느 하나도 버려서는 안 된다고 했다. 또한 인용문을 통해서 송원 단편 화본이 문헌에서 언급되거나 결집(結集)되어 간행될 때 '소설'이라고 불리었던 사실도 알 수 있다. 이밖에도 송나라 나엽(羅燁)의 《취옹담록(醉翁談錄)》 갑집(甲集) 권1에 실려 있는 〈소설인자(小說引子)〉와 〈소설개벽(小說開闢)〉에 당시까지 전하던 소설 화본 목록 백여 종이 기록되어 있으며, 원각본(元刻本)인 《신편홍백지주소설(新編紅白蜘蛛

小說)》의 잔본이 남아 있어 화본이 소설이라고 불리었던 사실을 확인시켜준다.

《청평산당화본(清平山堂話本)》이라고 불리는 최초의 화본소설집은 그 원제가 《육십가소설(六十家小說)》이며 그 가운데 〈장자방모도기(張子房慕道記)〉와 〈쾌취리취연기(快嘴李翠蓮記)〉에서처럼 '소설' 또는 '신편소설(新編小說)'이라고 표기된 것이 9편에 이른다. 풍몽룡의 '삼언(三言)' 가운데 《유세명언》도 처음에는 《고금소설》이라고 명명되었을 뿐만 아니라 개별 작품에 '송인소설(宋人小說)'이라고 명기한 경우도 적잖이 보인다.[6] 이처럼 화본의 작품이나 작품집들은 모두 '~소설'이라고 칭했지 '~화본(話本)'이라고 칭하지는 않았다. 그 까닭은, 화본은 설화 기예의 저본에 대한 총칭이고 소설(小說)·평화(平話)·사화(詞話) 등은 모두 화본의 하위분류 명칭들이었기 때문이었을 것이다.

화본소설은 화본과 개념상 다른 의미를 지니고 있었다. 녹천관주인(綠天館主人)〔풍몽룡〕의 《고금소설(古今小說)·서(敘)》를 보면 이런 내용이 보인다.

> 통속연의(通俗演義)같은 것들이 언제부터 시작되었는지는 알 수 없다. 살피건대 남송 공봉국(供奉局)에 설화(說話)를 하는 사람이 있었는데 그 설화는 지금의 설서(說書) 따위와 같았고 그 글은 반드시 통속적이었으며 그 작자는 고증할 수 없다. 인수 황제는 전쟁에 지쳐서 태상황으로 천하의 봉양을 받았는데 한가할 때에는 화본을 즐겨 읽었다. 내시에게 명하여 날마다 한 질(帙)씩 진상을 하게 하고 그것이 마음에 들면 금전으로 후하게 상을 내렸다. 그리하여 내시들은 용안을 즐겁게 하기 위해 널리 전대(前代)의 기문(奇聞)과 이항(里巷)의 새로운 이야기들을 수집하고 사람으로 하여금 그것을 부연하게 한 뒤 진상을 했다. 하지만 그 화본들

6) 《警世通言》 권8 〈崔待詔生死冤家〉에는 제목 뒤에 "宋人小說題作〈碾玉觀音〉"이라는 註가 보이고 《警世通言》 권14 〈一窟鬼癩道人除怪〉에는 제목 뒤에 "宋人小說舊名〈西山一窟鬼〉"라는 註가 보인다.

은 한 번 읽고서 방치했으므로 결국 그 대부분은 궁중에 묻혀서 민간으로 전해진 것들은 열 가운데 한둘뿐이었다. 그러나 〈완강루기〉나 〈쌍어추기〉 따위는 비속하고 천박하여 그것을 읽으면 입에서 향기가 나지 않았다. 시내암과 나관중 두 공(公)은 원나라를 고취시켰음에도 《삼국지》, 《수호전》, 《평요전》 등은 거관(巨觀)을 이루었다.〔若通俗演義, 不知何昉? 按南宋供奉局, 有說話人, 如今說書之流, 其文必通俗, 其作者莫可考. 泥馬倦勤, 以太上享天下之養, 仁壽清暇, 喜閱話本, 命內璫日進一帙, 當意, 則以金錢厚酬. 於是內璫輩廣求先代奇迹及閭裏新聞, 倩人敷演進御, 以怡天顔. 然一覽輒置, 卒多浮沈內庭, 其傳市民間者, 什不一二耳. 然如《玩江樓》、《雙魚墜記》等類, 又皆鄙俚淺薄, 齒牙弗馨焉. 暨施、羅兩公, 鼓吹胡元, 而《三國志》、《水滸》、《平妖》諸傳, 遂成巨觀.〕

인용문을 통해서 풍몽룡은 화본과 설화의 관계에 대해 언급하면서 〈완강루기〉, 〈쌍어추기〉, 《삼국지》, 《수호전》 등을 모두 화본의 범주에 포함시키고 있다는 것을 알 수 있다. 설서(說書)처럼 설화(說話) 또한 작자를 고증할 수 없는 구비공연적 특성을 지닌다는 점에 대해서도 그는 인식하고 있었던 것이다. 하지만 설화라는 장르가 그런 특징을 지닌다고 해서 〈완강루기〉 등과 같은 화본을 그저 설화인의 저본이라고 볼 수는 없을 것이다. 인용문에서도 언급하고 있듯이 인수 황제가 봤던 화본들은 내시들이 환심을 사기 위해 기문일화(奇聞逸話)들을 모아 부연하게 하여 만든 순수한 '독물(讀物)' 즉 '읽기 위한 텍스트'였던 것이다. 여기서 풍몽룡은 서면화(書面化)된 통속연의와 구연 장르인 설서를 혼동한 결과, 그 작품들을 통틀어 그저 '화본'이라고만 칭하고 있다. 왕고로(王古魯)가 〈화본의 성질과 체재(話本的性質和體裁)〉[7]에서 지적한 바와 같이, 화본은 설화인의 저본으로 스승이 제자에게 전수시키는 것이지 남들에게 보여주는 것은 아니며, 우리가 지금 볼 수 있는 화본은 원래의 저본이 아니라 하층 문인들이 윤색한 것이기에 초기의 작품들은 다소 거친

7) 王古魯, 〈話本的性質和體裁〉, 《二刻拍案驚奇》附錄, 古典文學出版社, 1957.

데가 있는 것이다. 이렇게 윤색한 화본 형식의 소설이 바로 '화본소설'이다. 석창유(石昌渝)가 《중국소설원류론》에서 언급한 대로[8] 서면화(書面化)된 설화는 화본소설이며, 화본소설은 설화인의 저본이 아니라 설화를 모의(模擬)하여 서면화한 이야기이다. 처음에는 설화를 기록해 편성했지만 설화인 가운데에 맹인도 있었을 것을 감안하면 저본에만 의지할 수도 없었을 것이고 설사 저본이 있었다 해도 그 저본은 대체적인 이야기의 요지와 운문 상투어, 구연 격식 등에 대한 간단한 기록이었을 것이다.

현존하는 송원 화본은 독물(讀物)로 간행되어 유통되던 화본 형식의 단편 백화소설로 서회재인(書會才人)을 비롯한 많은 사람들의 손을 거쳐 윤색되고 가공된 결과물이라고 할 수 있다. 《육십가소설》 및 《고금소설》 등에서 화본을 '소설'이라고 명명했는데 이때 '소설'이란 명칭은 더 이상 설화사가(說話四家) 가운데 하나였던 구연(口演) 기예(伎藝)의 명칭이 아니라 이미 서면문학적 장르의 명칭이 된 것이다. 화본을 바탕으로 하여 가공해 만든 이런 서면문학적 독물의 소설이 '화본소설'이다. 호사영(胡士瑩)의 《화본소설개론》에 따르면, '화본'은 설화인의 저본으로 일반인들이 읽기 위한 독물로 존재했던 것은 아니며, '화본소설'은 화본의 바탕에서 가공과 정리를 거쳐 주로 읽기 위해 간행되었던 독물이고, '의화본소설'은 화본을 모방해서 창작한 것이라고 했다.[9] 구양대발(歐陽代發)은 《화본소설사》에서 화본 가운데 하나였던 '소설' 부류는 비록 그 당시에는 소설이라고 했지만 소설이란 용어의 함의가 넓어서 혼동을 피하기 위해 이를 '화본소설'이라고 칭하는 것이 좋을 것이고, 명청 시대에 송원 화본의 체제를 모방하여 창작한 백화 단편소설은 '의화본'이라고 칭하며 결국 그것이 화본소설을 모방해서 지은 것이기에 이 두 가지를 통틀어 '화본소설'이라고 불러도 무방하다고 보았다.[10]

8) 石昌渝, 《中國小說源流論》, 三聯書店, 1994, 230쪽 참조.
9) 胡士瑩, 《話本小說概論》, 中華書局, 1980, 155~156쪽 참조.

5. 의화본소설(擬話本小說)

'의화본(擬話本)'은 말 그대로 화본(話本)을 모의(模擬)한다는 뜻으로 '의화본소설(擬話本小說)'이란 명청시대에 송원 화본의 형식을 모방해서 창작한 백화 단편소설을 이른다. 의화본이란 용어는 노신이《중국소설사략》〈송원의 의화본(宋元之擬話本)〉 편에서 최초로 사용했는데 거기서는 송원시대에 화본의 영향을 받은《청쇄고의(青瑣高議)》,《청쇄척유(青瑣摭遺)》,《대송선화유사(大宋宣和遺事)》 등과 같은 일부 문학 작품들을 지칭했으므로 지금 보편적으로 사용하는 '의화본'의 개념과는 다른 것이었다. 노신은 다시 〈명대의 의송인소설 및 후래 선본(明之擬宋人小說及後來選本)〉 편에서 '의송인소설(擬宋人小說)'이라는 개념을 제시했는데 이는 지금 널리 사용하고 있는 '의화본'의 개념과 유사하다. 중화인민공화국 건국 이전에는 '의화본'이라는 명칭은 많이 사용되지 않았다. 건국 후 다수의 연구자들이 노신이 제기한 '화본'과 '의화본' 그리고 '의송인소설(擬宋人小說)'의 개념을 토대로 삼아 그 개념들을 종합 정리하여 지금 사용하고 있는 '의화본'의 개념을 확립시켰다. 왕고로(王古魯)는 〈화본소설의 성질과 체재(話本小說的性質和體裁)〉에서 화본은 설화인의 저본이고, 의화본은 화본의 체재를 모방한 단편소설이며, '삼언이박(三言二拍)'과 같이 양자가 혼재되어 있는 단편소설집도 의화본이라 할 수 있다고 했다.[11] 범녕(范寧)의《화본선(話本選)·서(序)》에 따르면, 송대 문인들이 화본을 만든 것은 강창(講唱)을 위해서지만 후대 사람들이 그 화본의 형식을 모방해 소설을 쓴 것은 강창을 위해서가 아니라 독물(讀物)로 쓰기 위함이었기에 '의화본(擬話本)'이 되는 것이며, 이런 '의화본'에는 풍몽룡의 '삼언(三言)'과 능몽초의 '이박(二拍)' 그리고 무

10) 歐陽代發,《話本小說史》, 武漢出版社, 1994, 8~9쪽 참조.
11) 王古魯, 앞의 책.

명씨의 《석점두(石點頭)》, 《취성석(醉醒石)》, 《환영(幻影)》, 《두붕한화(豆棚閒話)》 등과 청나라 이어(李漁)의 《연성벽(連城璧)》, 《십이루(十二樓)》 등이 포함된다고 한다.12) 이런 의화본의 개념은 그 뒤 1950년대부터 1960년대에 저술된 각종 문학사과 소설사에서 널리 받아들여졌으며 화본소설 연구에서 매우 중요한 개념 가운데 하나가 되었다. 1980년대에 이르러서는 호사영(《화본소설개론》)을 비롯한 많은 연구자들이 화본, 화본소설, 의화본소설 등을 모두 화본소설의 연구범주에 포함시켰으며 이런 시각은 지금까지도 계속 유지되고 있다. 다만 여기서 주목해야 할 것은 중국 고대소설의 문체가 보통 '필기소설(筆記小說)', '전기소설(傳奇小說)', '화본소설(話本小說)', '장회소설(章回小說)' 등 네 가지로 분류되듯이 '화본소설'이란 개념적 범주에 송원 시기의 소설가(小說家)〔설화사가(說話四家) 중 하나인 소설(小說)〕 화본과 명청 시대에 화본을 모방해서 창작한 단편 백화소설 즉 의화본소설을 모두 포함시키고 있다는 점이다.

그동안 의화본소설이란 개념의 타당성에 대해 의문이 제기되기도 했다. 우선 화본소설과 의화본소설을 어떻게 구별해야 할지부터가 문제가 된다. 앞에서도 언급했듯이 대표적인 의화본소설집으로 '삼언이박(三言二拍)'을 꼽지만 '삼언이박'에는 문인들이 순수 창작한 의화본소설 작품만 있는 것은 아니다. 능몽초(凌濛初)가 《초각박안경기(初刻拍案驚奇)·서(序)》에서도 풍몽룡이 '삼언'을 편찬할 때 "송원의 옛 이야기들을 모두 긁어모았다.〔宋元舊種, 蒐括殆盡.〕"고 언급했듯이 '삼언'의 작품들 모두가 풍몽룡 개인의 순수 창작물인 것이 아니라 송원시대의 옛 작품들을 다시 수정하고 정리한 부분도 있었던 것이다. 이처럼 송원 화본은 명대 작품집에 의화본소설 작품과 섞여있는 경우가 일반적이다. 현재 순수한 송대 화본 작품은 문헌으로 남아 있지 않으며 원각본(元刻本) 《신편홍백

12) 范寧, 〈《話本選》序〉, 《話本選》, 人民文學出版社, 1959.

지주소설(新編紅白蜘蛛小說)》도 한두 쪽으로 된 잔본만 남아 있을 뿐이다. 송원 화본을 연구할 때, 보통 명대 중·후기에 편찬된 초기 화본소설집인 《육십가소설(六十家小說)〔清平山堂話本〕》과 《웅용봉간행소설사종(熊龍峰刊行小說四種)》 등을 텍스트로 사용하면서 '삼언'을 참고하고 있다. 이들 작품집에는 송·원·명대의 작품들이 포함되어 있는 데다가 그 작품들이 이들 작품집에 수록되면서 어느 정도의 윤색을 거쳤기 때문에 송원 화본의 원초적 모습으로 보기에는 어려울 것이다. 그럼에도 불구하고 문헌 자료의 결핍으로 인하여 부득이하게 송원 화본 연구에 이런 명대 자료들을 원용하고 있는 것이다. 이런 이유들로 말미암아 화본소설 작품과 의화본소설 작품을 구별해 내는 일은 쉽지 않다.

오소여(吳小如)는 화본소설 작품과 의화본소설 작품을 구별할 필요가 있는지에 대해서 다음과 같은 의문을 제기한 바 있다.

> '삼언(三言)' 가운데 송원 화본에 속하는 일부분의 작품들을 당시 설화인의 저본으로 보는 것은 실상에 어긋난다. 반대로 이런 작품들은 명대의 의화본으로 인식되는 다른 작품들과 똑같이 설화인의 저본에 근거하여 가공하고 개사한 것으로 재창작을 겪은 서면문학(書面文學)이지 구두문학을 거칠게 기록한 것은 아니다. 이로 인해 명대에 쓰여진 것으로 확인되는 일부 이야기만을 의화본이라 부르면서 양자를 본질적인 측면에서 억지로 구별하려는 것은 엄밀하지도 못하며 과학적이지도 않다.[13)]

이런 견해와 유사하게 주조신(周兆新)은 〈화본석의(話本釋義)〉에서, 장르적으로 볼 때 명대 단편통속소설은 설서 예인의 저본을 모방하는 것이 아니라 설서 예술 자체의 양식을 모방한 것이라고 했다. 그리고 노신과 달리 화본을 설서의 저본이라 보지 않고 이야기책이나 이야기로 해석할 때 의화본이란 명칭은 곧 이야기나 이야기책을 모방한 작품이 되며, 그렇게 되면 그 결과는 여전히 이야기나 이야기책이 되는 것이기

13) 吳小如, 〈談談話本小說的幾個問題〉, 《北京日報》 1993年 12月 29日.

에 별도로 의화본이란 말을 만들 필요가 전혀 없게 된다고 했다. 아울러 명대 통속소설에서 화본과 의화본을 구분하는 것도 어렵기에 의화본이란 명칭도 없애야 할 것이며 송·원·명 시대의 통속소설을 화본과 의화본으로 나누는 이분법도 당연히 없애야 할 것이라고 했다.[14] 이런 이유들로 말미암아 소흔교(蕭欣橋)와 유복원(劉福元)의 《화본소설사》에서도 의화본이란 용어를 사용하지 않고 송원 시대의 작품을 '소설화본(小說話本)'이라고 하면서 명청 시대의 작품들을 '단편화본소설(短篇話本小說)'이라고 통칭하기도 했다. 이 같은 문제들을 해결하기 위해 화본과 의화본소설 대신 새로운 명칭을 쓰자는 견해도 제기되었다. 소상개(蕭相愷)의 《송원소설사》에서는 송원 시대에 번성했던 새로운 소설작품들을 화본으로 칭하는 것은 타당하지 않다고 하면서 '시인소설(市人小說)'이란 용어를 사용하고자 했으며,[15] 상금련(常金蓮)의 《〈육십가소설〉 연구》에서는 '명청의화본소설(明清擬話本小說)' 대신 '명청화본체소설(明清話本體小說)'이라고 사용하는 것이 더 타당하다고도 했다.[16] 하지만 화본과 화본소설의 개념은 장기간에 걸쳐 보편적으로 사용되어 왔기에 굳이 새로운 개념어를 만들 필요성은 없어 보인다. 다만 그 개념의 함의를 정확히 이해하고 노출된 문제점에 대해서도 인식하는 태도가 필요하다고 생각된다. 특히 의화본소설의 경우는 명청 시대에 창작한 화본소설 작품을 송원 화본과 구별하기 위해 쓰는 것은 가능하지만 그 용어가 지니는 문제점에 대해서는 각별한 인식이 필요하다고 하겠다. 개별 작품이 아닌 송·원·명 시대 작품들이 혼재되는 '삼언이박'과 《금고기관》 같은 작품집을 지칭할 때나 화본소설의 전체를 지칭할 때 '화본소설'이라고 통칭하는 것이 타당할 것으로 보인다.

14) 周兆新, 〈'話本'釋義〉, 《國學研究》 第2卷, 北京大學出版社, 1994.
15) 蕭相愷, 《宋元小說史》, 浙江古籍出版社, 1997.
16) 常金蓮, 《〈六十家小說〉 研究》, 齊魯書社, 2008.

II. 화본소설의 체제

불교가 중국으로 들어온 뒤 이를 전파하기 위한 불경의 번역과 강설(講說) 등의 다양한 시도들이 있었다. 언어와 그 수용 관습상의 문제로 인해 '전독(轉讀)'이나 '범패(梵唄)' 등과 같은 강경 방식이 있었음에도 불구하고 널리 받아들여지지 못하고 있다가 남북조 시기에 이르러 '창도(唱導)'나 '창독(唱讀)'이 주요 강경 방식이 되었으며, 당나라 때에 이르러서는 '승강(僧講)'과 '속강(俗講)'이 생겨나게 되었다. '승강'은 승려를 대상으로 설법하는 것이고 '속강'은 속인(俗人) 즉 일반인을 대상으로 설법하는 강경 방식을 이른다. 당나라 때 유행한 속강은 일반 대중을 대상으로 불교 교의와 불경 이야기뿐만 아니라 역사 이야기 또는 민간전설도 통속적인 방법으로 강설하는 구연 방식이었다.

돈황 유문(遺文)의 기록을 보면, 속강을 할 때에는 '작범(作梵)', '압좌(押座)', '개경(開經)', '설장엄문(說莊嚴文)', '설경본문(說經本文)', '창불찬(唱佛讚)', '염불호(念佛號)', '발원(發願)', '산장(散場)' 등과 같은 정형화된 일정한 격식이 존재했었다는 것을 알 수 있다. 속강과 더불어 유행했던 강경 방식으로 '전변(轉變)'이란 것도 있었는데 이것은 속강과 마찬가지로 통속적인 방식을 통해 불교를 포교하는 데 그 목적이 있었다. 현존하는 강경문(講經文)을 보면 창법(唱法)을 표기한 내용이 보이지만 변문(變文)에는 그런 것이 없고, 속강은 강경(講經)이 주요 내용인 데 반해 변문은 이야기를 강술하는 것이 주요 내용이다. 이런 속강과 전변은 후대의 '보권(寶卷)', '제궁조(諸宮調)', '고사(鼓詞)', '탄사(彈詞)', '설화(說話)', '강경(講經)' 등과 같은 다양한 설창 장르에 직접적인 영향을 주었다. 강경문과 변문에는 압좌문(押座文)과 산좌문(散座文)〔解座文〕이 있다. 압좌문은 문수(文首)에 나와 요지를 밝히고 관중을 집중시키는 기능을 하여 일종의 인자(引子)같은 역할을 하며, 산좌문은 끝에 나와 전문(全文)을 요약하고 수행을 권유하는 내용이 주를 이룬다. 양자 모두 대부분 칠언의 운문으로 되어 있고 상투적인 경향이 짙으며 통속적인 구연 기예의 특징을 지니고 있다. 그 소재하는 위치 그리고 언어의 양식과 기능으로 보면, 이들 양자는 후대 설화(說話) 화본의 정화(正話) 앞뒤에 각각 놓이는 편수시(篇首詩), 편미시(篇尾詩)와 유사하다는 것을 알 수 있다. 작품 전체적으로 보면, 본격적인 내용에 앞서 제시적 성격의 도입 운문을 읊은 뒤 본 구연을 하고, 그러고 나서 다시 본 구연을 요약한 요약적 성격의 운문으로 끝나는 3단 구조를 띠게 된다. 속강 같은 설창 장르에서 드러나는 이런 형식적 3단 구조[도입적 기능의 운문 + 본공연(본내용) + 작품의 요약과 마무리 기능의 운문]는 대부분의 공연 장르에서 보편적으로 연용되는 것을 볼 수 있다. 화본소설의 3단 구조 또한 이런 형식에서 연원되었던 것이다. 화본소설은 '제목'이 있고, 그 내용은 입화(入話), 정화(正話), 편미(篇尾) 순으로 구성되어 있는 것이 정격(正格)이다. 이를 차례대로 설명하면 다음과 같다.

1. 제목(題目)

'설화(說話)'의 제목은 정화의 이야기로 결정된다. 초기에는 《취옹담록(醉翁談錄)·소설개벽(小說開闢)》에 열거된 것처럼 인명이나 물명이나 지명 등으로 짧게 지어진 것이 많았을 것이다. 하지만 설화인들이 구연을 할 때 내용을 돋보이도록 하여 관객을 유치하기 위해 짧은 제목을 칠언(七言)이나 팔언(八言)으로 된 문구로 부연을 하면서 그런 제목이 화본으로도 그대로 기록되었을 것으로 보인다. 예를 들면, 《취옹담록》에서 나열한 설화 종목으로 〈이아선(李亞仙)〉이라는 작품이 있는데 이것이 같은 책 규집(癸集) 권1에서는 〈이아선불부정원화(李亞仙不負鄭元和)〉로 부르기도 했으며, 〈왕괴부심(王魁負心)〉이란 제목은 신집(辛集) 권2에서 〈왕괴부심계영사보(王魁負心桂英死報)〉로 부르기도 한 것이 그것이다. 송나라 때 《청쇄고의(靑瑣高議)》는 매 편 작품의 단명(短名)

뒤에 따로 칠언의 장명(長名)이 붙어 있는데 이에 대해 노신은《중국소설사략》에서 "변경(汴京)의 설화 제목과 체제는 아마도 이와 같았을 것이다."라고 했다. 이로써 볼 때 '소설'의 제목이 송나라 때에 이르러 장명과 단명이 혼용되기도 했고 단명에서 장명으로 점차 변화하는 과정을 거쳤다는 것을 알 수 있다.

'삼언'과 같은 성숙된 화본소설에 이르러서는 모든 작품의 제목이 이야기의 줄거리를 요약하는 방식으로 지어지면서 형식과 풍격도 통일되었고 문구와 용어는 격식화되었으며 문장미도 드러나게 되었다. '삼언'을 보면, 제목이 모두 칠언이나 팔언의 단구로 앞뒤 편이 한 짝이 되어 두 작품의 제목이 대구되기도 했는데 이는 문인의 손을 거친 결과라고 할 수 있다. '이박'에 이르러서는 주로 칠언이나 팔언으로 된 양구의 대구 제목으로 변했는데 이런 제목 양식은 그 서문에서도 밝히고 있듯이, 당시 유행했던 장편 장회체소설의 제목 양식을 모방한 것으로 보인다. '삼언이박'의 제목은 화본소설 제목 양식의 모델이 되어 후대의 화본소설들은 모두 이 양식을 따르게 되었던 것이다.

2. 입화(入話)

입화(入話)는 '인입정화(引入正話)' 즉 '본격적인 이야기인 정화(正話) 앞에 놓아, 본 이야기로 끌어들이는 이야기'라는 의미로 '편수(篇首)'라고도 한다.[17] 편수는 편미(篇尾)와 상반되는 용어로서 한 작품의 편

17) 鄭振鐸과 石昌渝의 경우는 正話 앞에 나오는 모든 引導性의 내용을 入話로 보고 있으며(鄭振鐸,《明清二代的平話集》,《中國文學研究》, 作家出版社, 1957, 361쪽 ; 石昌渝,《中國小說源流論》, 三聯書店, 1994, 245~246쪽), 胡士瑩의 경우는 開篇 詩詞와 해석이나 의론을 하는 引言과 頭回로서의 짧은 이야기를 각각 篇首詩詞, 入話, 頭回라고 칭했다.(《話本小說概論》, 中華書局, 1980, 135~138쪽) 程毅中의 경우는 開篇의 詩詞만을 入話라고 보았다.(程毅中,《宋元話本》, 中華書局, 1980, 65~66쪽)

머리가 되는 부분이라는 뜻이기에 정화를 중심으로 하여 전후를 따져 명칭한 용어이고, 입화는 그 기능적인 역할에 주목하여 명칭한 용어이다. 《성세항언》 권35 〈서노복의분성가(徐老僕義憤成家)〉에서 정화가 시작되기 전에 "방금 제가 한 이 짧은 이야기는 입화이지 아직 정전[정화]에 이르지는 않았소이다.[適才小子道這段小故事, 原是入話, 還未說到正傳.]"라는 내용이 보이듯이 화본소설에서 '정화' 앞에 있는 내용들을 통틀어 '입화'라고 칭했다. 이런 입화는 당송 이후 존재했던 다양한 서사적 구연 양식에 보편적으로 있었던 요소로서 그 기능은 구연 현장에서 청중으로 하여금 주의를 집중하게 하여 뒤에 구연될 정화에 몰입할 수 있게 하고, 정화로 들어가기에 앞서 주제와 내용에 대해 갈피를 잡게 하여 정화의 이해와 서사적 몰입을 준비하게 하는 데 있었다.

당·송·원 시대의 예술 형식에서 정화 혹은 정극(正劇) 앞에 본격적인 이야기로 인도하는 내용을 덧붙이는 일은 흔히 있던 일종의 공연 격식이었다. 예를 들면, 당나라 속강(俗講)의 전면부에 넣었던 압좌문(押座文)이라는 것이 있었으며, 송나라 잡극에서 정잡극(正雜劇)을 공연하기에 앞서 '염단(艷段)'[18] 혹은 '염(艷)'이란 것이 있었고, 송나라 때 '꼭두각시놀이[傀儡戲]'에서도 '두회소잡극(頭回小雜劇)'[19]이란 것이 있었다. 또한 금나라 원본(院本)에도 '인도(引首)' 혹은 '충당인수(衝撞引首)'[20]라고 불리던 것이 있었으며, 송원 시대 '강사(講史)'의 시작 부분에도 '두회(頭回)'[21]라고 불리는 도입적 기능을 하는 것이 있었다. 명나라 때에는 설서(說書) 혹은 사화(詞話)에서 입화와 유사한 기능을 하는 '청객(請客)'이나 '탄두(攤頭)'[22] 등과 같은 공연 격식의 구성요소들도 있었다.

18) 宋 吳自牧, 《夢梁錄》 卷20 〈伎樂〉 條 참조.
19) 宋 孟元老, 《東京夢華錄》 卷5 〈京瓦伎藝〉 條 참조.
20) 元 陶宗儀, 《輟耕錄》 卷25, 〈院本名目〉 第7項 '衝撞引首' 참조.
21) 《秦併六國平話》에 그 용례가 보인다.
22) 明 錢希言의 《戲瑕》에 그 용례가 보인다.

‘입화’라는 용어는 서면적(書面的) 색채가 짙은 것으로 봐서 공연기예(公演技藝)적 명칭에서 비롯된 것으로 보이지는 않고 구두문학(口頭文學)인 ‘설화(說話)’가 서면문학(書面文學)인 화본소설로 전화될 때 생긴 말인 것으로 보인다.

완전한 형태의 입화는 ‘편수시사(篇首詩詞)’, ‘인언(引言)’, ‘두회(頭回)’로 구성되며 두회가 없이 편수시사와 인언만 있는 작품도 있다. 편수시사는 작품의 맨 앞에 실리곤 하는 개편(開篇) 시사(詩詞)이고, 두회는 입화에 속하는 짧은 이야기이며, 인언은 그 편수시사에 대해 해설하거나 의론 또는 한담의 형태로 두회와 자연스럽게 연결시키는 기능적 역할의 구절을 가리킨다. ‘편수’를 개편 시사만을 의미하는 것으로 보고 단지 입화의 일부분으로만 판단하는 견해도 있지만, 입화라는 용어가 최초로 등장하는 《청평산당화본(清平山堂話本)·동영우선전(董永遇仙傳)》[23]에서 편수시사 앞에 ‘입화(入話)’라고 명시한 것으로 봐서 이는 타당하지 않은 견해로 보인다. 입화의 두 중심축이라고 할 수 있는 편수시사와 두회에 대해서 좀더 살펴보자.

1) 편수시사(篇首詩詞)

《청평산당화본·기관요조제갈(夔關姚吊諸葛)》을 제외한 대부분의 ‘소설(小說)〔설화사가(說話四家) 중의 하나인 소설을 의미〕’의 화본들은 보통 시(詩) 한 수나 사(詞) 한 수로 시작하든지 아니면 시 한 수와 사 한

23) 清平山堂話本은 명대 문인이자 장서가였던 洪楩이 편찬한 《六十家小說》의 잔본을 모아 再刊한 책이다. 日本內閣文庫에 소장된 15편의 작품 잔본과 중국 민간에서 발견된 14편의 작품 잔본을 모아 총 29편의 작품을 수록했다. 日本內閣文庫 소장본 版心에 ‘清平山堂’이란 네 글자가 있고 그 작품들은 대개 話本小說이었기에 《清平山堂話本》이란 이름을 붙인 것이다. 清平山堂은 洪楩의 서재 이름이다. 《六十家小說》은 본래 6集으로 되어 있고 총 60편 작품이 수록되어 있으며 현존 최초의 화본소설집으로 알려졌다. 그 가운데에 宋元 시대 화본소설이 적잖게 수록되어 있어 화본소설 연구의 중요한 자료로 쓰이고 있다.

수가 함께 나오는 방식으로 시작되는데 이 개편(開篇) 시사들을 일컬어 '편수시사'라고 한다. 《고금소설·범거경계서사생교(范巨卿雞黍死生交)》와 《청평산당화본·이원오강구주사(李元吳江救朱蛇)》에서 볼 수 있는 바와 같이, 이런 편수시사들을 '말〔言語〕'이라고 칭하기도 했다. 편수시사들은 작가가 직접 지은 것도 있고 고인들의 시사를 인용한 것도 있으며, 대개 염백(念白)의 형태이지 창사(唱詞)의 형태는 아니다. 편수시사의 역할은 작품의 주제를 드러내고 전체 작품에 대해 개략적인 내용을 요약하며, 작품의 전반적인 분위기를 형성하여 감탄이나 특정한 정서를 통해 이야기의 내용을 돋보이게 하는 기능을 갖는다.

2) 두회(頭回)

'두회'란 주제적으로 정화(正話)와 유사한 내용이거나 혹은 정반대가 되는 하나 또는 여러 개의 이야기로 그 편폭은 정화에 비해 짧다. 그 자체가 단독적으로 존재할 수 있는 완전한 이야기이면서 정화 이전의 서두에 보이는 첫 번째(回) 이야기이기 때문에 '두회(頭回)'라고 하며, '소사두회(笑耍頭回)' 혹은 '득승두회(得勝頭回)'라고도 한다. 《이각박안경기》 권25 〈서다주승료겁신인 정예주명원완구안(徐茶酒乘鬧劫新人 鄭蕊珠鳴冤完舊案)〉에서 정화로 들어가기에 앞서 "먼저 웃음거리 하나로 이 이야기를 했다.〔先說此一段做個笑本〕"라는 말이 보이는 바와 같이, '소사두회'는 '정화에 앞서 농담 삼아 하는 웃음거리가 되는 두회'라는 의미이다. '득승두회'라는 말은 '승리를 거두는 두회'라는 뜻이다. 두회 또는 소사두회, 득승두회라는 용어가 송대 이후 공연 장르에서 상습적으로 사용되었던 흔적들이 각종 문헌에 보인다.[24] 《성세항언》 권35의 작품

24) 예를 들어 송나라 孟元老의 《東京夢華錄·京瓦伎藝》의 내용을 보면 雜劇에는 '頭回小雜劇'이란 것이 있고 명나라 錢希言 《戲瑕》 卷1 《水滸傳》 條에 따르면 詞話 서두에는 '請客'이라 불리는 한 가락이 있는데 그것을 '德(得)勝利市頭回'로 삼는다는 기록이 보인다. 화본소설에서의 용례도 《京本通俗小說·錯斬崔甯》,

이자 《금고기관》 권25의 작품인 〈서노복의분성가(徐老僕義憤成家)〉를 보면 개편(開篇)의 사(詞)와 두회 바로 다음에 "방금 제가 한 이 짧은 이야기는 입화이지 아직 정화에 이르지는 않았소이다.〔適來小子道這段小故事, 原是入話, 還未曾說到正傳.〕"라는 내용을 통해서 두회는 입화에 포함된 개념이라는 사실을 알 수 있다. 입화는 정화의 상대적인 개념으로 거의 모든 화본소설에 다 보이지만 두회는 독립적인 짧은 이야기로 두회가 없는 화본소설 작품들도 많다. 이런 서사적 독립성으로 인하여 어떤 작품의 두회는 다른 작품의 정화로 나온 경우도 있고, 어떤 작품의 정화가 다른 작품의 두회가 되는 경우도 있다. 물론 이때 서사의 폭은 가감되기 마련이다. 예를 들면, 《경세통언》 권6 〈유중거제시우상황(俞仲舉題詩遇上皇)〉의 두회는 《청평산당화본·풍월서선정(風月瑞仙亭)》과 삼계당본(三桂堂本) 《경세통언》 권24 〈탁문군혜안식상여(卓文君慧眼識相如)〉의 정화로 나오며, 《청평산당화본·계지아기(戒指兒記)》의 정화는 《서호이집(西湖二集)·천태장오초악취(天台匠誤招樂趣)》의 두회로 나오는 것이 그것이다.

3. 정화(正話)

정화는 '정제(正題)〔본 주제〕' 또는 '정문(正文)〔본문〕'의 뜻으로 입화에 뒤이어 나오는 화본소설의 본격적인 이야기를 가리키며 '정전(正傳)'이라고도 한다. 《유세명언·장흥가중회진주삼(蔣興哥重會珍珠衫)》〔《금고기관》 권23에 수록〕을 보면 정화의 이야기 중간에 "이것이야말로 〈장흥가중회진주삼〉의 정화이다.〔這纔是'蔣興哥重會珍珠衫'的正話.〕"라는

《古今小說·史弘肇龍虎君臣會》, 《清平山堂話本·刎頸鴛鴦會》, 《醒世恒言·小水灣天狐貽書》, 《初刻拍案驚奇·看財奴刁買冤家主》(《今古奇觀·看財奴刁買冤家主》) 등에 널리 보인다.

내용이 보이고, 《성세항언·서노복의분성가(徐老僕義憤成家)》[《금고기관》 권25에 수록]에도 "방금 제가 한 이 짧은 이야기는 입화이고 아직 정전에 이르지 않았소이다.[適來小子道這段小故事, 原是入話, 還未曾說到正傳.]"라는 내용이 보이며, 《초각박안경기》 권15 〈위조봉한심반귀산 진수재교계잠원방(衛朝奉狠心盤貴産 陳秀才巧計賺原房)〉에는 입화에 뒤이어 "이 얘기는 아직 정화가 아니니다.[這卻還不是正話.]"라는 내용이 나오는 것을 볼 수 있다. 이런 정화는 화본소설의 핵심 내용을 담는 주요 부분으로 작품 제목에서 제시한 내용을 다룬다. 그 체제를 보면 다음과 같은 두 가지 특징이 발견된다.

첫째는, 정화에는 산문과 운문이 모두 들어가지만 일반적으로 산문이 주가 되며 산문과 운문은 제각기 다른 기능을 한다는 점이다. 산문 부분에서는 그 당시의 구어로 이야기가 서술되고 인물이 묘사되며 설화인(說話人)의 어투를 모방한 흔적이 강하게 드러난다. 항상 '설화(話說)', '각설(卻說)', '단설(單說)' 등과 같은 상투어를 사용하여 이야기 진행의 층위를 드러내고 조직화하는데 이런 점에서 화본은 보통의 서사적 산문과 변별된다. 산문 위주로 된 화본소설에는 일반적으로 어느 정도의 운문이 삽입되곤 하는데 이 삽입 운문은 시사(詩詞), 변문(騈文), 대구(對句), 속담 등이며, 대개 '정시(正是)', '단견(但見)', '상언도(常言道)', '고인운(古人云)', '유시위증(有詩爲證)' 등과 같은 상투어로 인입(引入)된다. 화본소설에서 삽입운문은 경치나 인물들의 외모를 묘사하고 작품의 분위기를 조성하기도 하며, 등장인물들의 행동이나 처지를 품평하는 데 활용되기도 하고 산문 형태의 서술을 보충해 화본소설의 예술적 역량을 증폭시키기도 한다. 또한 길게 끌고 나아가는 긴장된 서사에 리듬을 조절해 주는 기능을 담당하기도 한다는 점에서도 매우 중요하다.

둘째, 화본소설은 단편소설로서 일반적인 경우, 정화를 분회(分回)하지는 않지만 소수의 작품은 긴요한 대목에서 회(回)를 나눔으로써 뒤에 전개될 이야기에 대한 궁금증을 증폭시키는 효과를 거둔다. 예를 들면,

《경본통속소설》 소재 송대 화본으로 추정되는 〈연옥관음(碾玉觀音)〉은 상하 2회(回)로 나뉘어져 있는데 그 상회(上回)에서 "과연 이 사내는 누구인가? 하회(下回)에서 풀어낼 터이니 들어보시라.〔這漢子畢竟是何人? 且聽下回分解.〕"라는 말로 끝나는 것이 그것이다. 후대 풍몽룡도 이 작품을 《경세통언》 권8 〈최대조생사원가(崔待詔生死冤家)〉라는 제목으로 수록하면서 작품 안에서는 상회와 하회로 나누지는 않았지만 본래에 있던 분회 관련 문구들은 그대로 옮겨놓고 있다. 또한 《유세명언》 권28 〈이수경의결황정녀(李秀卿義結黃貞女)〉에서도 "그렇다면 이 혼사는 이루어지지 못하게 될 것인가? 하회(下回)에서 풀어낼 터이니 보시오들.〔似恁般說, 難道這頭親事, 就不成了? 且看下回分解.〕"이라는 내용이 보이기도 한다.

4. 편미(篇尾)

편미는 편수(篇首)와 반대되는 뜻으로 작품의 꼬리라는 의미이며 '살미(煞尾)'라고도 한다. 화본소설에는 일반적으로 편미가 있지만, 《청평산당화본·동영우선전(董永遇仙傳)》과 같이 편미가 없는 작품도 존재한다. 이러한 경우, 그 편미가 누락된 상태로 전승되었을 가능성도 없지 않다. 이야기의 결말과 다르게 편미는 정화의 내용에 속하지 않으면서 그 뒤에 덧붙여진 부분이기에 그것이 없어도 이야기의 완성도에는 영향을 주지 않는다. 이런 편미는 당대(唐代) 변문(變文)이나 속강(俗講)의 끝머리에 해좌문(解座文)이 붙고, 원대(元代) 잡극(雜劇)의 후미에 '제목(題目) 정명(正名)'이 붙는 것과 유사하다. 편미는 이야기가 끝난 뒤 설화인(說話人)의 목소리로 작자가 등장하여 작품 전체의 요지를 요약하거나, 등장인물과 사건에 대해 품평하거나, 혹은 청중들에게 권계를 하는 내용이다.

편미의 양식을 보면, 시사 등과 같은 운문만 있는 경우도 있고, 먼저 산문으로 요약을 하거나 논평을 한 뒤 시사를 붙이는 경우도 있다. 전자의 예로 송대 화본 〈착참최녕(錯斬崔寧)〉〔《성세항언》에 〈십오관희언성교화(十五貫戲言成巧禍)〉로 수록〕을 들 수 있고, 후자의 예로 송대 화본 〈지성장주관(志誠張主管)〉〔《경세통언》에 〈소부인금전증소년(小夫人金錢贈少年)〉으로 수록〕을 들 수 있다. 또 어떤 편미는 권계를 하거나 논평을 하지 않고 작품의 제목이나 내력을 밝히는 경우도 있다. 예를 들면 다음과 같다.

○이야기의 제목은 〈낙양삼괴기(洛陽三怪記)〉이다.〔話名叫做〈洛陽三怪記〉.〕(《清平山堂話本·洛陽三怪記》)

○본래, 경도의 노랑(老郎)이 전한 것인데 지금에 이르러 야사에 편입되었다.〔原係京師老郎傳流, 至今編入野史.〕(《醒世恆言·勘皮靴單證二郎神》)

○이 이야기는 축지산(祝枝山)의 〈서초야기(西樵野記)〉에서 나온 것이다.〔此本說話, 出在祝枝山〈西樵野記〉中.〕(《初刻拍案驚奇·陶家翁大雨留賓 蔣震卿片言得婦》)

○어떤 호사가가 이 일을 창본(唱本)으로 엮어 설창을 했는데 그 이름은 〈판향기(販香記)〉이다.〔有好事者, 將此事編成唱本說唱, 其名曰〈販香記〉.〕(《古今小說·李秀卿義結黃貞女》)

또 다음과 같은 작품들의 편미에서는 '이야기판을 파한다'는 선언을 담기도 한다.

○화본을 다 얘기했으니 이것으로 이야기판을 파하기로 한다.〔話本說徹, 且作散場.〕(《清平山堂話本·簡帖和尚》)

○여러분들이 믿지 못하겠거든 《남화진경》에 이런 인과가 있으니 보시오. 화본을 다 얘기했으니 이것으로 이야기판을 거두겠소이다.〔看官不信, 只看《南華眞經》有此一段因果. 話本說徹, 權作收場.〕(《二刻拍案驚奇·田舍翁時時經理 牧童兒夜夜尊榮》)

또 어떤 작품들의 편미를 보면, 원대 잡극 끝에 붙여지는 '제목(題目)

정명(正名)'과 유사하다는 것을 알 수 있다. 예를 들어 관한경(關漢卿)의 잡극 《단도회(單刀會)》를 보면 그 끝은 이러하다.

題目	孫仲謀獨占江東地	손중모가 강동의 땅을 독차지하자
	請喬公言定三條計	제갈량이 교공에게 부탁하는 등의 세 가지 계책을 내다
正名	魯子敬設宴索荊州	노자경이 형주를 내어달라 하고자 연회를 베푸니
	關大王獨赴單刀會	관우대왕이 홀몸으로 단도회에 참가하다

송대 화본 〈연옥관음(碾玉觀音)〉〔《경세통언》에 〈최대조생사원가(崔待詔生死冤家)〉라는 제목으로 수록〕의 편미를 보면 다음과 같은 시사가 보인다.

함안왕은 불같은 성질을 억누르지 못했고	咸安王捺不下烈火性
곽배군은 쓸데없이 혀를 놀리는 것을 참지 못했으며	郭排軍禁不住閒磕牙
거수낭은 살아있을 때의 배필을 차마 버리지 못했고	璩秀娘捨不得生眷屬
최대조는 귀신이 된 짝을 떨쳐버릴 수 없었다네	崔待詔撇不脫鬼冤家

이와 같이 잡극인 《단도회(單刀會)》와 화본소설 작품인 〈연옥관음(碾玉觀音)〉을 비교해서 보면 모두 네 구의 운문으로 작품 전체 내용을 요약하고 있다는 공통점이 발견된다.

편미는 화본소설의 독특한 구성요소 가운데 하나로 편미시사가 편수시사와 서로 호응하면서 완전하면서도 독특한 화본소설의 구조를 이룬다는 것을 알 수 있다.

Ⅲ. 화본소설의 시대적 흐름

1. 맹아기〔화본의 남상〕

화본소설은 '설화(說話)'와 밀접한 관련이 있으며 '설화'의 원류는 매우 길다고 할 수 있다. 한나라 때부터 위진남북조 시대까지 배우나 사인(士人)들 사이에 있었던 이야기들을 강술하던 잡희(雜戲)나 잡설(雜說) 또는 배우소설(俳優小說) 등과 같은 잡희(雜戲)에 대한 기록들이 사전(史傳)에 적잖게 보인다. 이런 종류의 잡희를 당나라 때 나타난 독립적이고 전문적인 설화(說話) 기예(伎藝)의 전신으로 보는 것이 일반적이다. 《당회요(唐會要)》 권4에 있는 원화(元和) 10년의 기록에 태자시독(太子侍讀)과 간의대부(諫議大夫)를 지낸 위수(韋綬)는 "농담을 좋아하고 민간소설(民間小說)에도 능통했다.〔好諧戲, 兼通人間小說.〕"라는 내용이 보인다. 여기서 "인간소설(人間小說)"이라는 말의 '인(人)'자는 당태종(唐太宗) 이세민(李世民)의 '민(民)'자를 피휘하기 위해 바꾼 글자로 원래는 '민간소설(民間小說)'이라고 써야 했던 것이었으며 이는 민간에서 행하는 이야기를 구연으로 강술하던 활동이었을 것으로 보인다. 또한 당나라 단성식의 《유양잡조(酉陽雜俎)》 속집 권4 〈폄오(貶誤)〉에 '시인소설(市人小說)'에 대한 다음과 같은 내용이 보인다.

> 나는 태화 말년에 동생의 생일로 잡희(雜戲)를 구경했는데 그 가운데 어떤 시인(市人)이 소설을 하면서 '扁鵲(편작)'을 '褊鵲(편작)'이라고 하며 상성(上聲)으로 발음을 하는 것이었다. 나는 좌객 임도승으로 하여금 그것을 바로잡게 했더니 시인(市人)은 "20년 전에 상도(上都)의 재회(齋會)에서 이것을 했는데 한 수재가 내가 '扁(편)'자를 '褊(편)'자와 동음으로 발음한 것을 매우 칭찬하면서 세상 사람들이 다 틀렸다고 했습니다."라고 했다. 나는 그가 자신의 잘못을 가리려는 것이라고 생각해 크게 웃었다.〔予太和末, 因弟生日觀雜戲, 有市人小說, 呼扁鵲作"褊鵲", 字上聲. 予令座客任道昇字正之. 市人言"二十年前嘗於上都齋會設此, 有一秀

才甚賞某呼扁字與褊同聲，云世人皆誤.”予意其飾非，大笑之.〕

이 인용문에 보이는 ‘시인소설(市人小說)’은 명사 주어인 ‘시인(市人)’과 동사인 ‘소설(小說)’로 구성되어 있다. 앞서 언급한 위수(韋綬)가 민간소설(民間小說)에 능통했다는 기록과 함께 볼 때 여기서 소설은 그 당시에 유행했던 ‘이야기 구연활동’이라는 것을 알 수 있다. 또 그 활동의 주체였던 시인(市人)은 시정에서 활동하는 기예인(伎藝人)으로서 글자의 발음을 가지고, 시문으로 유명했던 단성식과 논쟁할 만큼 상당한 전문성을 가지고 있었는 데다가 최소 이십 년 이전부터 그런 활동을 해왔다는 것도 알 수 있다. 또 당나라 원진(元稹)의 시《수한림백학사대서일백운(酬翰林白學士代書一百韻)》원주(原注)에 그가 백거이의 신창(新昌) 주택에서 인시(寅時)부터 사시(巳時)까지《일지화(一枝花)》화(話; 이야기)를 구연하는 것을 들었다고 기록되어 있는 것으로 봐서 이런 활동은 이때까지 아직 ‘설화(說話)’라는 용어로 통일되어 불리지 않았지만 ‘시인소설(市人小說)’이나 ‘민간소설(民間小說)’ 또는 ‘설화(說話)’ 장르가 이미 전대와 달리 그저 잡희(雜戱)나 우희(優戱) 활동의 일종이 아닌 독립된 전문적 장르로 유행하고 있었던 것을 알 수 있다. 당나라 곽식(郭湜)의《고력사외전(高力士外傳)》에서는 ‘설화(說話)’라는 용어가 처음으로 등장해 강경(講經), 전변(轉變) 등과 같은 당나라 때 유행했던 설창 구연 장르들과 함께 거론되기도 한다. 앞에서 제시한 ‘시인소설’에 관한 기록을 보면 시인(市人)도 자신이 20년 전에 재회(齋會)에서 활동했다고 했듯이 이런 ‘설화(說話)’ 장르가 더 널리 전파되고 크게 유행하게 된 것은 ‘재회(齋會)’라는 불교적 활동과 밀접한 관련이 있었다. 재회는 선사(禪寺)에서 특정한 날짜에 치루는 집회 활동으로 강경 포교 등과 같은 종교적 활동 이외에 잡희가무나 설화 등과 같은 오락 활동도 그것과 함께 거행되었기 때문이다.

당나라 때에 이르러 장안(長安)이 전국의 정치문화의 중심이자 상업의 중심지가 되면서 벼슬아치뿐만 아니라 황실 귀족도 상업에 종사할 정도로 상업 활동이 번영하게 되었다. 이에 따라 점차 시민계층이 형성되었으며 이는 시민계층을 주요 향유 대상으로 삼는 '설화(說話)'의 발전에 토대가 되었다. 다만 이때 시행했던 '방시(坊市)' 제도와 '소금(宵禁)' 제도로 인해 일정한 제한을 받을 수밖에 없었던 것도 사실이다. 거주공간인 '방(坊)'과 상업공간인 '시(市)'가 따로 설정되어 있었고, 장안에 동서(東西) 양시(兩市)가 있었듯이, 시장은 고정된 장소에 엄격한 개폐(開閉) 시간이 정해져 있었던 것이다. 거주공간인 방(坊)에도 방문(坊門)의 개폐 시간이 정해져 있어 야간 통행이 금지되었다. 이로 인해 민간에서의 설화(說話) 등을 비롯한 시민 오락 활동은 주로 사찰의 재회(齋會)와 같은 종교적 활동에 의탁해서 진행될 수밖에 없었던 것이다.

당나라 때 유행했던 강경의 형식에는 주로 승강(僧講)과 속강(俗講)이 있었다. 승강은 승려를 대상으로 하는 강경이고 속강은 일반인 즉 세속남녀를 대상으로 하는 것이었다. 당나라 회창(會昌) 초년에 장안에 온 일본 승려 원인(圓仁)의《입당구법순례기(入唐求法巡禮記)》에 따르면, 당시 장안에서 속강을 했던 사찰로 자성사(資聖寺), 보수사(保壽寺), 보제사(菩提寺), 경공사(景公寺), 회창사(會昌寺) 등 여러 곳이 있었고 속강을 했던 법사로 해안(海岸), 체허(體虛), 제고(齊高), 광영(光影), 문서(文溆) 등 여러 승려가 있었다고 한다. 특히 승려 문서(文溆)의 속강은 제일로 꼽혔기에《자치통감(資治通鑒)·당경종기(唐敬宗紀)》보력(寶曆) 2년 6월의 기록을 보면, 기묘일에 황제가 흥복사(興福寺)에 행차하여 문서의 속강을 보았다는 기록이 보인다. 여기에 달린 호삼성(胡三省)의 주(注)를 보면 다음과 같다.

> 승려가 강경하는 것은 공유(空有)를 강담하는 것과 같은데 속강을 할 때에는 공유(空有)의 교의를 부연할 수도 없으니 그저 세속을 즐겁게 함으로써 보시를 요구할 뿐이었다.〔釋氏講說, 類談空有, 而俗講者又不能演空有之義, 徒以悅俗邀布施而已.〕

호삼성의 주에서 밝히고 있듯이 일반인 즉 속인을 대상으로 하는 속강은 무미건조한 공유(空有)의 교의만을 부연하기 어려웠기에 그저 재미있게 하여 사람들을 끌어들였던 것이다. 이런 이유로 속강에서는 재미를 더하기 위해 불경 이야기 외에 역사 이야기나 민간전설 등을 강설하기도 했다. 당나라 요합(姚合)의 시 〈청승운단강경(聽僧雲端講經)〉에 있는 "원근 사람들은 모두 지재(持齋)를 한 뒤 강경을 들으러 오니 술집과 어시장엔 모두 사람이 없을 정도라네〔遠近持齋來諦聽, 酒坊魚市盡無人.〕"라는 시구를 통해서도 당시에 속강이 얼마나 유행했었는지 짐작할 수 있다. 이와 같이 당나라 때 사찰은 종교적인 장소였을 뿐만 아니라 민간오락 활동의 장소이기도 했다. 속강도 점차 이런 과정을 통해 종교적 활동의 범주를 벗어나 그저 재미만을 추구하는 이야기 구연 장르가 되었다. 당나라 조린(趙璘)의 《인화록(因話錄)》 권4 〈각부(角部)〉의 기록을 보면, 문서(文漵)가 사람을 불러 모으기 위해 불경 강론을 가탁하여 하는 이야기는 그저 음란하고 야비한 것들이었기에 그것을 들으려고 하는 우부야부(愚夫冶婦)로 사찰이 가득 채워졌다는 내용이 보인다. 이렇게 설화와 속강은 동시대에 유행을 하며 설화는 속강의 영향을 많이 받게 되었고 이를 통해 화본소설의 출현을 위한 기초적인 여건이 마련되기에 이른다.

1900년 감숙성(甘肅省) 돈황막고굴(敦煌莫高窟)의 장경동(藏經洞)에서 당오대(唐五代) 시기 필사본과 목판본 서적이 대량 발굴되었다. 그중에는 당시에 전하던 통속문학 작품도 적잖이 있었는데 그 대표적인 것이 변문(變文)과 강경문(講經文)이다. 변문은 전변(轉變)의 저본이고 강경문은 속강의 저본으로 이 두 가지에는 모두, 불경 이야기를 부연하는 작품들과 〈오자서변문(伍子胥變文)〉이나 〈장의조변문(張義潮變文)〉처럼 역사적 이야기나 민간전설의 내용을 다루는 작품들이 있었다. 주목해야 할 것은 이런 작품들과 함께 산문체로 되어 있는 작품들도 발견되었는데 〈한금호화본(韓擒虎話本)〉과 〈여산원공화(廬山遠公話)〉처럼 제목이나 내용에서 '화(話)'나 '화본(話本)'이라고 명기한 작품도 발견되었다는 것이다. 돈황화본소설이나 당화본소설로 불리는 이들 작품들은 변문과 함께 장경동(藏經洞)에서 발굴된 데다가 모두 당나라 설창(說唱) 작품이고 내용도 한결같이 종교적인 이야기와 역사나 민간 이야기를 두루 다뤘으므로 발굴된 뒤에도 오랜 시간 동안 변문으로 인식되어 《돈황변문집(敦煌變文集)》에 수록되어 왔다. 앞서 언급한 바와 같이 당나라 때에는 독립된 전문적인 설화 장르와 그것에 종사하던 기예인들이 있었지만 강경 활동에 적잖이 의존했기에 불교로부터 많은 영향을 받게 된다. 이로 인해 일부 돈황화본 작품에도 불교적인 내용이 담겨져 있는 것이다. 다만, 변문은 운문과 산문이 결합되는 양식적 특징을 지녀 설(說)과 창(唱)이 모두 중요했지만 화본은 산문 위주로 강술하고 간혹 운문이 조금 섞여 있거나 운문이 전혀 없는 경우도 있어 문체 면에서 양자는 뚜렷이 구별된다. 이들 돈황화본소설에서 화본소설의 초기적인 모습이 들어나기 시작했던 것이다.

돈황화본소설 작품은 〈한금호화본(韓擒虎話本)〉, 〈여산원공화(廬山遠公話)〉, 〈엽정능시[화](葉淨能詩[話])〉, 〈추호소설(秋胡小說)〉, 〈당태종입명기(唐太宗入冥記)〉, 〈사사만어화(師師漫語話)〉 등 모두 여섯 편이 있는데 결손되어 전체적인 내용을 볼 수 없는 것이 많다. 그럼에도 불구하고 이 작품들에서는 후대의 화본소설과 문체와 체제 면에서 많은 유사성이 발견된다. 이들 작품 중에는 원래 제목이 명기된 것도 있고 후대 연구자가 제목을 붙인 것도 있다. 〈여산원공화(廬山遠公話)〉의 경우는 원제에 '화(話)'라고 표기된 유일한 작품이다. 〈한금호화본(韓擒虎話本)〉은 작품 끝에 "화본(畫本)은 여기서 끝나고 베껴 쓰다가 누락한 것은 없다.[畫本既終, 並無抄略.]"라는 말이 있기에 보통 이 '畫本(화본)'을 '話本(화본)'의 와자(訛字)라고 생각하여 〈한금호화본(韓擒虎話本)〉이라고 부르게 된 것이다. 앞서 언급한 바와 같이, 화본소설의 기본적인 구조는 도입적 성격의 입화(入話)와 본격적인 이야기인 정화(正話)

그리고 총괄적 성격의 편미(篇尾) 세 부분으로 구성되는데 앞부분이 완전하게 보존된 〈한금호화본(韓擒虎話本)〉과 〈여산원공화(廬山遠公話)〉를 보면 모두 화본소설의 입화에 해당하는 부분이 있고 그 뒤에 이어 비로소 정화가 나오는 것을 볼 수 있다. 화본소설의 정화는 보통 운문과 산문이 결합되는 문체로 산문으로는 주요 서사 내용을 서술하고, 운문으로는 보통 경치 묘사나 인물 묘사나 혹은 서사가 일단락이 되었을 때 상황을 요약하거나 감탄이나 논평의 내용 등을 드러낸다. 이와 흡사한 운문과 산문의 사용 방식은 돈황화본소설 작품에도 적잖이 보인다. 정화 뒤에는 보통 운문으로 된 편미(篇尾)로 끝나거나 "화본(話本)을 다 얘기했으니 이로써 이야기판을 파한다.〔話本說徹, 權作散場.〕"와 같은 상투어로 이야기판을 파하는 것을 선고한다. 〈여산원공화(廬山遠公話)〉와 〈엽정능시〔화〕(葉淨能詩〔話〕)〉에서는 모두 편미시(篇尾詩)에 해당하는 운문으로 끝을 맺고 있는 것을 볼 수 있다. 〈한금호화본(韓擒虎話本)〉 끝에 보이는 "화본기종 병무초략〔畫本既終, 並無抄略.〕"이라는 말은 송원 화본에 흔히 보이는 "화본설철 권작산장〔話本說徹, 權作散場.〕"이라는 산장(散場) 상투어와 매우 유사하다. 화본의 이런 '입화(入話)+정화(正話)+편미(篇尾)'의 3단 구조는 앞서 살핀 바와 같이 속강에서 경문을 강설하기 전에 '압좌문(押座文)'이 있고 뒤에 '해좌문(解座文)'이 있는 구조에서 유래되었던 것이다.

돈황화본에서는 체제와 문체 면에서 화본의 초기적인 모습이 드러날 뿐만 아니라 화본소설의 특징적인 요소라고 할 수 있는 설화인의 어투가 드러나는 그런 상투어도 나타나기 시작했다. 송원 화본은 '화설(話說)', '각설(卻說)', '차설(且說)', '단설(單說)', '화휴서번(話休絮煩)', '화분양두(話分兩頭)' 등의 상투어를 사용하여 수시로 작중에서 설서인의 존재를 드러내고 있는 것이 특징이다. 〈한금호화본(韓擒虎話本)〉을 보면 주인공을 소개할 때 "그 가운데 한 스님을 얘기하자면 법호가 법화화상인데……〔說其中有一僧名號法華和尚……〕"라는 말로 시작하고 있으며,

〈여산원공화(廬山遠公話)〉에서도 마찬가지로 주인공이 등장할 때 "이 혜원을 얘기하자면 집이 안문에 있는데……〔說這惠遠, 家住雁門……〕"라고 표현하고 있다. 이와 같은 "설(說)……" 또는 "도(道)……"로 이야기를 이끌고 가는 방식은 '화설(話說)', '각설(卻說)', '차설(且說)' 등과 같은 화본소설 전형적 상투어의 전신으로 볼 수 있다. 청중을 모방해 설문(設問)한 뒤 다시 그 질문에 대답을 하며 이야기를 이끌고 나아가는 화본소설의 자문자답식 서사 방식도 돈황화본소설에서 그 시원을 찾을 수 있다. 〈여산원공화(廬山遠公話)〉를 보면 천척담(千呎潭)의 용이 강경을 들으러 왔다는 내용을 서술할 때 먼저 청중을 대신하여 "누구인가?〔是何人也?〕"라고 스스로 질문을 한 뒤, 다시 "바로 여산에 천척담의 용이 혜원의 설법을 들으러 온 게다.〔便是廬山千呎潭龍, 來聽惠遠說法.〕"라고 자답하면서 그 부분을 강조하고 있다.

2. 흥성기 〔송대부터 명대 초·중기까지〕

1) 송대 화본소설

(1) 송대 사회와 설화

당나라 때 이미 독립되고 전문화된 설화(說話) 기예는 송대에 이르러 크게 발전하게 되었는데 그 대표적인 원인으로 사회경제의 발전을 꼽을 수 있다. 당나라 말기에는 농민봉기와 오대십국 시기의 분열과 전란으로 인하여 봉건 지주계급의 통치권이 극도로 약화되고 농촌 경제가 심하게 손상되었다. 그러다가 송나라는 중국을 통일한 뒤로 중앙집권 체제를 강화하고 부세를 면제했으며 농경을 권장했다. 전대와 달리 송대의 지주와 관료는 계급에 따라 땅을 점유하는 특권을 누릴 수 없어 토지를 구매의 방식으로 소유할 수만 있게 되었다. 농민들은 더 이상 지주계층에 예속되지 않고 국가 호적에 편입된 소작농으로 지주와 고용관계가 되었으며 스스로 땅을 사서 자경할 수도 있게 되었다. 그 결과, 농업이 크게 발전하였으며 농업의 발전에 따라 수공업과 상업도 발전되고 도시가 빠르 속도로 번영했다. 게다가 북송 때에는 오랜 기간 동안 전란도 없어 경제발전과 도시번영에 매우 유리한 조건이 형성되었다. 또한 방시(坊市) 제도를 시행하고 야간 통행을 금지했던 당나라 때와는 달리 송대에 이르러서는 시민들이 밤낮을 가리지 않고 모두 자유롭게 상업 활동을 할 수 있게 되었다.

도시의 번영과 상공업의 발전으로 인해 시민계층이 크게 늘어났고 오락 활동도 다양화되었다. 맹원노(孟元老)의 《동경몽화록(東京夢華錄)·서(序)》에서 당시 시장의 번영과 오락 활동 상황에 대해 다음과 같이 자세하게 기술하고 있는 것을 볼 수 있다.

> 기방에는 새로운 악곡과 아리따운 웃음이 있고 다방과 술집에는 풍악이 울린다. 천하 사람들이 앞 다투어 여기에 모이고 모든 나라와 다 통해 있다. 사해 진기(珍奇)가 여기로 모여 시장에서 거래되며 산해진미가 모두 다 부엌에 있다.〔新聲巧笑於柳陌花衢, 按管調弦於茶坊酒肆. 八荒爭湊, 萬國咸通. 集四海之珍奇, 皆歸市易; 會寰區之異味, 悉在庖廚.〕

게다가 송대에는 금군(禁軍) 제도가 시행되었으므로 시민들뿐만 아니라 병사들도 주로 수도와 큰 도시로 모이게 되었다. 군졸들은 군사훈련 이외의 여가 시간에는 시민들과 마찬가지로 오락 활동에 참가할 수 있었다. 《몽량록(夢粱錄)》 권19의 기록에 따르면, 송고종(宋高宗) 소흥 연간에 항성(杭城)〔지금의 항주〕 안팎에 와사(瓦舍)를 처음으로 세우고 악기(樂妓)들을 불러 모아 군졸들을 위해 가일(暇日)의 오락장소로 삼았다고 한다. 여기서 '와사(瓦舍)'는 '와(瓦)', '와자(瓦子)', '와시(瓦市)', '와사(瓦肆)' 등으로도 불리었는데 《몽량록》 권19 〈와사(瓦舍)〉 조에 의하면 '기와처럼 쉽게 합쳐지고 쉽게 흩어진다'는 뜻이라고 한다. 와사에는 '구란(勾欄)' 또는 '구사(勾肆)'라는 곳이 있었는데 '구사'는 '난간'의 뜻으로 난간으로 한 구역을 둘러싸서 공연 구역으로 만든 장소였다. 구란 안에는 '붕(棚)' 또는 '요붕(邀棚)', '악붕(樂棚)'이란 것도 있었는데 이곳은 햇빛이나 비바람을 막을 수 있도록 천장을 친 공간으로 그 안에서 공연을 했으며 구경꾼들이 돈을 내고 들어가서 구경할 수 있었다. 이처럼 오락 활동만을 위한 전문 장소인 와사와 구란이 있었던 것이다. 이런 전문적 오락 활동 장소 이외에 사택이나 다방, 술집 또는 일반 시장, 길거리 등과 같은 다양한 장소에서도 수시로 공연을 할 수 있었다. 이 같은 상황은 당나라 때 설화가 불사나 종교 활동인 재회(齋會)에 의탁해 향유되었던 것보다 기예의 발전에 훨씬 더 유리하게 작용했다.

전문적인 오락공연 장소가 생긴 것 이외에도 전문적인 설화인(說話人)이 송대에 이르러 문헌에 많이 등장하기 시작한다. 호사영(胡士瑩)의 《화본소설개론》에 따르면 《동경몽화록(東京夢華錄)》, 《서호노인번성록(西湖老人繁盛錄)》, 《몽량록(夢粱錄)》, 《무림구사(武林舊事)》 등과 같은 당시의 필기(筆記)에 기재된 '설화인(說話人)'이 무려 129명에 이르며 중복된 사람을 빼도 110명이 된다고 한다. 이들은 다른 설창(說唱)이나 희곡 장르와 다르게 남성 예인이 주류를 이루었으며, 웅변사(雄辯社)라고 불리는 항회(行會)〔일종의 동업자 협회〕 조직을 만들어 상당히 전문적이면서도 조직화된 형태를 갖추고 있었다. 《무림구사》 권3 〈사회(社會)〉 조에 따르면, 당시 잡극(雜劇) 협회로 '비의사(緋衣舍)'가 있었고 청악(清樂) 협회로 '청음사(淸音社)'가 있었으며 영희(影戲) 협회로 '회혁사(繪革社)'가 있었다고 한다. 《몽량록》에 따르면 "설화(說話)는 설변(舌辯)을 이르는 것으로 비록 네 가지〔家數〕가 있지만 각각의 문파가 따로 또 있다.〔說話者謂之舌辯, 雖有四家數, 各有門庭.〕"라고 했다. 설화인(說話人)들은 구변에 능했기 때문에 그들의 항회(行會)를 '웅변사(雄辯社)'라고 칭했던 것이다. 《고금소설(古今小說)·사홍조룡호군신회(史弘肇龍虎君臣會)》에 "이 화본은 경도의 노랑이 전한 것이다.〔這話本是京師老郎流傳.〕"라는 내용도 보이고, 《고금소설·진어사교감금차전(陳御史巧勘金釵鈿)》에서 "노랑들이 전하는 이야기를 들었는데 ……〔聞得老郎們相傳的說話……〕"

라는 내용이 있듯이, 설화인(說話人)들이 모이는 항회에서 특히 경험이 많은 선배 예인을 일러 '노랑(老郞)'이라고 칭했다.

전문적 공연 장소인 와사(瓦舍)와 전문적 예인인 설화인(說話人) 및 그 설화인들의 단체인 웅변사(雄辯社)가 등장한 것 이외에 송나라 때 설화가 상당히 전문화되고 수준이 높아진 또 다른 원인으로 설화인들을 위해 화본을 창작하는 문인들이 생겼다는 점을 들 수 있다. 그런 문인들도 자신들의 항회 조직인 서회(書會)가 있었고 그 서회에 있는 문인들을 '서회선생(書會先生)' 또는 '서회재인(書會才人)'이라고 불렀다. 당시 온주(溫州), 항주(杭州) 등을 비롯한 큰 도시에는 영가서회(永嘉書會), 구산서회(九山書會), 고항서회(古杭書會), 무림서회(武林書會), 옥경서회(玉京書會) 등과 같은 수많은 서회가 있었다. 이런 서회에서 화본을 비롯한 잡극(雜劇)의 대본이나 희문(戲文), 창본(唱本), 수수께끼 등의 민간 통속 문예 장르의 텍스트들이 만들어졌다. 서회선생(書會先生)은 서회재인(書會才人) 혹은 재인(才人)이라고도 불리었는데 '재인'이란 '명공(名公)'과 상대적 개념으로 재학이 있지만 문벌이 낮고 출세하지 못한 시민 계층에 가까운 문인을 이르는 말이었다. 《청평산당화본(淸平山堂話本)·간첩화상(簡帖和尙)》에 서회선생(書會先生)에 대한 언급이 있고, 《청평산당화본·양온란로호전(楊溫攔路虎傳)》에 재인에 대한 언급이 보이며, 이외에도 다른 화본소설 작품에서 서회선생이나 재인에 대한 언급이 적잖이 보인다. 이들은 일반인들보다 높은 문화수양과 글쓰기 능력을 갖추고 있었으며 시민생활에 익숙하여 민간 예인들을 위해 설화 대본을 정리하거나 창작했던 것이다. 당나라 때 문인이 전기소설을 온권의 목적으로 창작한 것과 달리, 서회재인들은 이런 문학창작 활동으로 생계를 도모했기 때문에 엄밀한 의미에서 그들도 시민계층에 편입되어 있던 것이었으며 시민계층의 대변인이 되었던 것이다.

이런 여러 가지의 조건이 갖춰짐에 따라 설화 기예의 수준이 높아질 수밖에 없었다. 《취옹담록·소설개벽(小說開闢)》에 이런 내용이 보인다.

> 소설이란 비록 말단의 학문이긴 하지만 다문(多聞)에 특히 힘써야 한다. 평범하고 좁은 식견의 사람이면 안 되고 박학다문해야 한다. 어려서 《태평광기》를 익히고 커서는 역대의 사서(史書)를 공부하며, 연분(煙粉)의 기이한 이야기들을 평소 가슴에 담아야 하고 풍월에 대해 알아야 할 것을 입에 달고 있어야 한다. 《이견지》에 실린 것은 모두 다 읽고 《수형집》에 기재된 것은 모두 능통해야 하며, 웃기기로는 《동산소림》만한 것이 없고 빼어나기로는 《녹창신화》여야 한다. 재사(才詞)를 논할 때에는 구양수, 소식, 황정견, 진사도의 가구(佳句)가 있어야 하며, 고시(古詩)를 얘기할 때에는 이백, 두보, 한유, 유종원의 시편이 있어야 한다. ......(중략)...... 국적(國賊)이 간사한 마음을 품고 아첨하는 짓을 이야기하면 어리석은 자에게조차 화가 나도록 하게 하며, 충신이 억울함을 당하는 이야기를 하면 마음이 철석같은 자에게도 눈물을 흘리게 한다. 귀신과 괴물 이야기를 하면 도사에게조차 모골이 송연하도록 하며, 규원(閨怨)에 관한 이야기를 하면 가인(佳人)으로 하여금 근심에 잠기게 한다.〔夫小說者, 雖爲末學, 尤務多聞. 非庸常淺識之流, 有博覽該通之理. 幼習《太平廣記》, 長攻歷代史書. 煙粉奇傳, 素蘊胸次之間; 風月須知, 只在唇吻之上. 《夷堅志》無有不覽, 《琇瑩集》所載皆通. 動哨中哨, 莫非《東山笑林》; 引倬底倬, 須還《綠窗新話》. 論才詞有歐、蘇、黃、陳佳句；說古詩是李、杜、韓、柳篇章. ......(中略)...... 說國賊懷奸從佞, 遣愚夫等輩生嗔；說忠臣負屈銜冤, 鐵心腸也須下淚. 講鬼怪令羽士心寒膽戰；論閨怨遣佳人綠慘紅愁.〕

인용문에서는 설화인의 박학다문함과 사람을 감동시키는 구연 능력에 대해 모두 높이 평가하고 있다. 설화인이 《태평광기》, 《이견지》, 《녹창신화》 등의 책도 널리 섭렵하면서 참고를 했다는 사실도 주목할 만하다. 노신의 《중국소설사략·송원지의화본(宋元之擬話本)》에서는 《청쇄고의》, 《녹창신화》 등을 화본소설과의 유사성 측면에서 거론하면서 "아직 화본이 아닌〔尚非話本〕" 양태로 보았다. 《청쇄고의》와 《녹창신화》 이 두 문헌의 성격에 대해서는 화본을 모방한 것이라거나 문언소설이 통속화되어 드러난 산물이라는 등의 이설이 분분하다. 체제와 내용 면에서의 유사성으로 볼 때 이 문헌들은 《취옹담록》과 《운재광록(雲齋廣錄)》 등과 같은 당시의 문언소설집들과 함께 설화인들의 참고서로 쓰였을 것으로 짐작된다.

송대에 이르러 설화는 세분화되어 분류되기 시작했다. 《동경몽화록》 권5 〈경와기예(京瓦伎藝)〉 조에 따르면, 당시 변량 와사에서 공연했던 민간 기예로 '반잡극(般雜劇)', '두회소잡극(頭回小雜劇)', '현사괴뢰(懸絲傀儡)', '강사(講史)', '소설(小說)', '제궁조(諸宮調)', '상미(商謎)', '합생(合生)', '설혼화(說諢話)', '설삼분(說三分)', '오대사(五代史)' 등이 있었으며 이밖에도 셀 수 없을 정도로 많았다고 한다. 여기서 언급된 '강사(講史)', '소설(小說)', '합생(合生)', '설혼화(說諢話)', '설삼분(說三分)', '오대사(五代史)' 등은 모두 '설화'의 범주에 속했던 하위 장르였다. 《도성기승》, 《서호노인번승록(西湖老人繁勝錄)》, 《몽량록》, 《무림구사》 등에도 유사한 기록이 보이는데 이렇게 세분화된 종류들을 설화(說話)의 '가(家)' 또는 '가수(家數)'라고 불렀다. 당시 이처럼 분류가 세분화되었다는 것은 그만큼 설화 장르가 발달되었다는 증거라고 볼 수 있으며, 그 요인은 시민 향유층의 감상 수준이 높아지고 동업자 간의 경쟁이 치열했던 것에서 찾을 수 있다. 송나라 건염 17년(1147)에 성서된 《동경몽화록》 권5 〈경와기예(京瓦伎藝)〉 조에 따르면, 당시 설화에는 '강사(講史)', '설삼분(說三分)', '소설(小說)', '오대사(五代史)', '설혼화(說諢話)' 등의 다섯 가지 종류가 있었다고 한다. 그 가운데 '설삼분'은 위(魏)·촉(蜀)·오(吳)가 삼분천하(三分天下)하는 이야기를 다루며, '오대사'는 오대(五代) 시기의 역사 이야기를 다루기에 크게 보면 '강사'에 속하는 것이므로 설화의 다섯 가지는 결국 '강사', '소설', '설혼화' 이 세 가지가 되는 셈이다. 남송에 이르러 설화는 '사가(四家)'로 나누어지게 된다. '설화사가(說話四家)'에 대한 최초의 기록은 단평(端平) 2년(1235)에 성서된 《도성기승·와사중기(瓦舍眾伎)》에 보인다.

> 설화에는 사가(四家)가 있다. 첫째는 소설로 은자아(銀字兒)라고도

하는데 연분(煙粉), 영괴(靈怪), 전기(傳奇) 같은 것들이다. 설공안(說公案)은 모두 무기들을 들고 싸우거나 출세를 하는 이야기들이다. 설철기아(說鐵騎兒)는 전쟁에 관한 이야기들을 이른다. 설경(說經)은 불경 이야기를 하는 것을 이른다. 설참청(說參請)은 손님과 주인이 禪道를 닦는 이야기를 가리킨다. 강사서(講史書)는 전대의 사서문전(書史文傳)과 나라의 흥패와 전쟁에 관한 이야기를 강설하는 것이다.〔說話有四家: 一者小說, 謂之銀字兒, 如煙粉、靈怪、傳奇. 說公案, 皆是搏刀趕棒, 及發跡變態之事. 說鐵騎兒, 謂士馬金鼓之事. 說經, 謂演說佛書. 說參請, 謂賓主參禪悟道等事. 講史書, 講說前代書史文傳、興廢爭戰之事.〕

이 같은 내용은 《몽량록》에도 실려 있다. 인용문에서는, 설화에는 사가(四家)가 있으며 그 첫째를 소설이라고 밝혔지만 나머지 둘째, 셋째, 넷째가 무엇인지는 확실히 기술하지 않았다. 후대 연구자들은 사가(四家)가 어떻게 나뉘었는지에 대해 다양한 견해를 제기했지만 아직 정설은 없는 상황이다.[25] 호사영의 《화본소설개론》에서는 설화 사가를 ①소설〔은자아(銀字兒)〕) ②설철기아(說鐵騎兒) ③설경(說經) ④강사서(講史書) 등으로 보고 있다. 지금까지 여러 연구자들은 비록 설화 사가(四家)의 구체적인 내용에 대해 다른 견해를 갖고 있기는 하지만 사가(四家) 가운데 소설(小說), 강사(講史), 설경(說經) 등이 있다는 것은 모두 인정하고 있다. 앞에서 언급했듯이 북송 때 문헌인 《동경몽화록》에는 '소설'과 '강사'가 이미 보이지만 '설경(說經)'은 없었다. 설경은 당나라 속강에서 유래된 것으로 당나라 무종(武宗) 회창(會昌) 연간에 멸불(滅佛) 정책이 시행된 데다가 북송 진종 때에는 승려가 변문을 강창하는 것도 금했으므로 《동경몽화록》에 관련 내용이 없는 것으로 보인다. 남송 때가 되

25) 王國維의 《宋元戲曲史》에서 '四家'를 小說, 說經, 說參請, 說史書로 보았고, 魯迅의 《中國小說史略》에서는 小說, 談經, 講史書, 合生으로 보았다. 趙景深은 〈南宋說話人四家〉(《中國小說叢考》에 수록)에서 小說, 說經, 講史, 說諢話로 보았으며, 陳汝衡의 《說書史話》에서는 ①銀字兒, ②說公案과 說鐵騎兒, ③說經, 說參請, 說諢經, ④講史書로 보면서 ①과 ②의 총칭을 小說이라고 했다.

어 불교가 다시 일어나면서 불경 이야기를 강설하는 설경(說經)이 다시 나타났지만 소설이나 강사만큼 유행하지는 못했다.

설화 사가(四家) 가운데 특히 소설은 영향력이 가장 컸다. 앞서 살펴본 바와 같이, 소설은 '은자아(銀字兒)'[26]라고도 했으며 그 가운데에는 연분〔인간 남성과 어지 귀신의 애정〕, 영괴〔신령 귀괴(鬼怪)〕, 전기〔남녀애정〕, 설공안〔송사심판〕 등이 있어 내용 면에서 매우 포괄적이라고 할 수 있다. 《도성기승·와사중기》에서는 "가장 경외할 만한 것은 '소설인(小說人)'이다. 소설은 한 조대 한 시대의 이야기들을 짧은 시간 안에 설파할 수 있다.〔最畏小說人. 蓋小說者, 能以一朝一代故事, 頃刻間提破.〕"고 했다. 《몽량록》에도 같은 내용이 보이는데 다만 '제파(提破)〔설파하다〕'가 '날합(捏合)〔꿰맞추다〕'으로 되어 있을 뿐이다. 《취옹담록·소설인자(小說引子)》에도 "소설이란 것은 이야기에 근거하여 임의로 부연해 강설하는 것이다.〔小說者, 但隨意據事演說.〕"라고 한 것으로 봐서 소설은 짧으면서도 허구가 가능했다는 것을 알 수 있다. 또 주목해야 할 것은 능몽초의 《박안경기·서(序)》에서도 언급했듯이 송원 소설은 대부분 민간 여항의 새로운 얘기를 소재로 했다는 것이다. 신불(神佛) 이야기를 다룬 설경과 역사인물을 다룬 강사와는 달리 소설에서는 보통 사람이 주인공으로 등장하며 보통 사람의 현실생활을 반영하고 있다.

(2) 송대 화본소설의 주요 작품

설화는 당대부터 전문화되기 시작하여 송대에 이르러 크게 성행하게 된다. 이에 따라 화본소설도 송대에 이르러 큰 발전을 이루면서 적잖은 문헌 기록을 남겼다. 《취옹담록》만 해도 소설화본(小說話本)의 명목(名

26) 銀字兒는 笙簧 따위의 악기를 가리키는 말로 악기에 은 글씨를 써 음조 표기를 했으므로 이렇게 불리게 된 것이며 그런 악기의 소리는 대개 애절했다. 小說에서 다루는 이야기들도 슬픈 것이 많기에 '銀字兒'라고 불리게 된 것이다. 자세한 내용은 李嘯倉의 《宋元伎藝雜考·釋銀字兒》에 보인다.

目)들이 108종이나 기록되어 있고 《보문당서목(寶文堂書目)》과 《야시원서목(也是園書目)》까지 합치면 모두 140종 정도에 이른다. 《사고전서총목》 권53 《잡사류존목삼(雜史類存目三)》에 실린 〈평파시말(平播始末)〉의 제요에 "《영락대전(永樂大典)》에 평화(平話)라는 항목이 있는데 수록되어 있는 것이 매우 많으며 모두 우인(優人)이 전대의 일사(軼事)를 가지고 글로 부연해 말로 강설하는 것들이다.〔《永樂大典》有平話一門, 所收至夥, 皆優人以前代軼事敷衍成文而口說之.〕"라는 기록이 보인다. 여기에도 송인화본(宋人話本)이 적잖이 수록되었겠지만 이런 작품들은 당시 중요시되던 정통문학이 아니었기에 현재에는 송대 필사본이나 간각본 화본소설들은 전하지 않는다. 지금 우리가 볼 수 있는 화본소설 작품들은 대개 명대 중기 이후 홍편(洪楩)이나 풍몽룡에 의해 수집되고 정리되어 보존된 화본소설 작품들이다. 이들은 송대 화본소설을 따로 구별해 모으지 않고 송원명(宋元明) 삼대의 작품들은 한데 모았기에 지금에 와서 송대 작품을 구별해 내는 것은 쉽지 않은 일이다. 이런 까닭에 송원 화본을 하나로 묶어 연구하는 경우도 적잖다.

현존하는 화본 자료들 가운데 강사화본으로 원간본(元刊本) 《전상평화오종(全相平話五種)》이 있지만 소설화본은 원간본도 보존되어 있지 않은 상황이다. 《경본통속소설》의 출간자인 청말민초(清末民初) 시기 장서가였던 무전손(繆荃孫)은 《경본통속소설》을 원인(元人)의 사본(寫本)이라고 했지만 현재 학계에서는 보통 이를 위서(僞書)로 보고 있다. 이밖에도 1980년대 원각본으로 추정되는 〈신편홍백지주소설(新編紅白蜘蛛小說)〉 잔엽(殘葉)이 발견된 바 있지만 한 장밖에 없는데다가 과연 원각본인지에 대해서도 확실지 않다.

정진탁(鄭振鐸), 호사영 등은 작품의 풍격, 풍습, 사상세계, 용어, 문헌기록 등을 통해 송대 화본을 구별해 내고자 했다. 일반적으로 송인 화본소설은 대략 40종 정도가 현존하는 것으로 보고 있다. 구양대발의 《화본소설사》에서는 현존 송인 화본소설의 작품 편수를 호사영이 《화본소설개론》에서 제기한 40종〔잔편(殘篇) 1편 포함〕에서 8편을 빼고 다른 4편을 더해 총 35편으로 정리하고 있다. 이를 요약하면 다음과 같다.

작품제목	출처	기록 문헌	기타 참고 사항
風月瑞仙亭	清平山堂話本	《醉翁談錄》〈傳奇〉類 〈卓文君〉名目	《警世通言》卷6과 卷24 頭回
楊溫攔路虎傳	清平山堂話本	《醉翁談錄》〈棒桿〉類 〈攔路虎〉名目	
藍橋記	清平山堂話本	《醉翁談錄》辛集 卷1 〈裴航遇雲英於藍橋〉	唐 裴鉶《傳奇·裴航》
西湖三塔記	清平山堂話本	《也是園書目》〈宋人詞話〉類 〈西湖三塔〉	
洛陽三怪記	清平山堂話本		
合同文字記	清平山堂話本		元雜劇 〈包龍圖智賺合同文字〉
陳巡檢梅嶺失妻記	清平山堂話本		《喻世明言》卷20 〈陳從善梅嶺失渾家〉
五戒禪師私紅蓮記	清平山堂話本		《喻世明言》卷30 〈明悟禪師趕五戒〉
花燈轎蓮女成佛記	清平山堂話本		
董永遇仙傳	清平山堂話本		
蘇長公章臺柳傳	熊龍峰刊小說四種	《醉翁談錄》〈傳奇〉類 〈章臺柳〉名目	唐 許堯佐 〈柳氏傳〉
趙伯升茶肆遇仁宗	喻世明言		
史弘肇龍虎君臣會	喻世明言		
楊思溫燕山逢故人	喻世明言		
張古老種瓜娶文女	喻世明言	《也是園書目》〈宋人詞話〉類 〈種瓜張老〉 ;《醉翁談錄》〈神仙〉類 〈種叟神記〉 名目으로 추정	
宋四公大鬧禁魂張	喻世明言	《醉翁談錄》〈趙正激惱京師〉 故事; 《寶文堂書目》〈趙正侯興〉	

작품제목	출처	기록 문헌	기타 참고 사항
陳可常瑞陽仙化	警世通言	《京本通俗小說》〈菩薩蠻〉	
崔待詔生死冤家	警世通言	《京本通俗小說》〈碾玉觀音〉	
錢舍人題詩燕子樓	警世通言	《醉翁談錄》〈煙粉〉類 〈燕子樓〉名目	白居易 〈燕子樓〉詩序
三現身包龍圖斷案	警世通言	《醉翁談錄》〈公案〉類 〈三現身〉名目	
一窟鬼癩道人除怪	警世通言	《京本通俗小說》〈西山一窟鬼〉	
小夫人金錢贈少年	警世通言	《京本通俗小說》〈志誠張主管〉;《也是園書目》〈宋人詞話〉類에 수록된 〈小金錢〉으로 추정	
崔衙內白鷂招妖	警世通言		
計押番金鰻產禍	警世通言	《寶文堂書目》〈金鰻記〉	
皂角林大王假形	警世通言		
萬繡娘仇報山亭兒	警世通言	《醉翁談錄》〈樸刀〉類 〈十條龍〉〈陶鐵僧〉名目 ;《也是園書目》〈宋人詞話〉類 〈山亭兒〉	
福祿壽三星度世	警世通言		
鬧樊樓多情周勝仙	醒世恆言		
鄭節使立功神臂弓	醒世恆言	《醉翁談錄》〈靈怪〉類 〈紅白蜘蛛〉名目	
十五貫戲言成巧禍	醒世恆言	《京本通俗小說》〈錯斬崔寧〉;《也是園書目》〈宋人詞話〉類 〈山亭兒〉	
錢塘夢	《新刊大字魁本全相參增奇妙注釋西廂記》 뒤에 붙어 있음	《醉翁談錄》〈煙粉〉類 〈錢塘佳夢〉名目	
王魁	《最娛情》殘本	《醉翁談錄》〈傳奇〉類 〈王魁赴約桂英死報〉	南戲 《王魁》; 宋管本雜劇 《王魁三鄉題》
李亞仙	《最娛情》殘本	《醉翁談錄》癸集 卷1 〈李亞仙不負	

작품제목	출처	기록 문헌	기타 참고 사항
		鄭元和〉	
燈花婆婆	《平妖傳》卷首	《也是園書目》〈宋人詞話〉類〈燈花婆婆〉	
綠珠墜樓記	何大掄《燕居筆記》	《寶文堂書目》〈綠珠記〉	《喻世明言》卷36 頭回

(3) 송대 화본소설의 소설사적 의미

중국문학사에서 송대는 전대를 계승하고 후대를 여는 획기적 의미를 지닌 중요한 시기라고 할 수 있다. 송대의 시문은 당대(唐代)의 기발하고 화려한 풍격에서 벗어나 대체적으로 주리적(主理的)이고 평이한 것이 특징이었다. 이후의 원·명·청 시대 시사(詩詞)는 당송을 넘어서지 못했고 산문도 주로 송대의 문풍을 이어받았다. 원·명·청 시대 문학사에서 중요한 자리를 차지하는 통속문학인 희곡과 백화소설도 송대에 형성된 것들이었다. 송대 문인들은 점점 더 내향적이고 고상한 정취를 추구했던 반면에 시민 계층은 자신들의 생활을 적극 반영하는 통속문학 양식을 찾아냈다. 정통문학의 주도적 지위는 새로 흥기된 통속문학에 빼앗기게 되고 서정을 위주로 한 중국문학의 전통도 서사 위주로 바뀌게 되었으며 그동안 운치를 중시하던 고아한 문학적 심미도 속적 재미에 대한 추구로 변화하게 되었다. 이런 변화는 통속 희곡과 소설을 통해서 뚜렷하게 드러났다.

중국 소설은 위진남북조 시대에 초보적인 형태를 드러낸 뒤, 당대부터 의도적인 소설 창작이 이루어졌다. 당 전기의 출현으로 고대 소설의 첫 번영기를 누리게 된다. 송대에 이르러 전기소설은 쇠락한 반면 평민계층의 소설인 화본소설이 흥성하기 시작해 중국소설사의 새로운 단계를 열게 된다. 이런 소설사의 변화는 창작 주체의 변화에 의한 것이었다. 명나라 호응린의 《소실산방필총(少室山房筆叢)·구류서론하(九流緒論下)》에서는 이런 상황을 다음과 같이 기술하고 있다.

> 소설이 당인(唐人) 이전에는 기술에 있어 허구가 많고 사조(詞藻)가 화려했는데 송인(宋人) 이후에 논정(論定)과 편차가 대부분 현실적이고 염려한 색채가 별로 없는 것은 아마도 당 이전에 소설은 문인재사(文人才士)들의 손에서 나왔고 송(宋) 이후의 소설은 미천한 문인이나 시골 노인네들이 하는 이야기들이었기 때문일 것이다.〔小說, 唐人以前, 記述多虛, 而藻繪可觀；宋人以後, 論次多實, 而彩艶殊乏, 蓋唐以前出文人才士之手, 而宋以後率俚儒野老之談故也.〕

당 전기는 진사문학(進士文學)이라고 불린 만큼 그 가운데 많은 작품들이 선비 문인들에 의해 과거급제와 출세를 위한 온권(溫卷)이나 행권(行卷)의 목적으로 지어진 것들이었다. 내용 면에서도 과거급제를 통해서 출세를 하거나 권문세족의 여식과 혼인하는 이야기들을 많이 다루어 상류층의 생활을 반영하는 것이 대부분이었다. 반대로 화본소설은 시민문학으로 창작의 주체는 설화인(說話人)이나 하층민과 어울리던 서회재인들이었다. 그러다보니 그들이 창작한 화본소설은 당 전기와 달리 더 이상 재자가인이나 영웅호걸에 주목하지 않고 상인, 거지, 기생 등과 같은 일반 평민의 사회생활을 주요 내용으로 삼았다. 고관대작이나 유명인물이 주인공이라고 해도 주로 그들이 미천했던 시절에 벌어진 일에 주목하는 것이 일반적이었다.

창작 목적의 변화도 주목할 만하다. 당 전기에 있어서 창작주체는 과거급제와 환로를 추구하는 문인들이었으며, 그 목적은 상층 관원에게 보여 주기 위해 자신의 문재를 뽐내거나 논설과 소감을 기술하는 것이 보편적이었다. 이에 반해 송대 화본소설의 경우는 시민 계층에 맞춰 재미를 위해 창작한 것이었다. 따라서 화본소설은 문언이 아닌 백화로 표현되었으며 설화 구연에서 나왔기 때문에 청자와 독자를 위해서 조리정연하면서도 생동감 있게 기술되었다. 이런 특징들은 후대 백화소설 발전에 막대한 영향을 주었다.

2) 원대 화본소설

(1) 원대(元代) 사회와 설화

몽골족에 의해 원나라가 세워지면서 송, 요, 금, 서하 등으로 장기간 분열되어 있었던 중국이 통일되기는 했지만 새로 세워진 왕조가 사회발전에 기여하지는 못했다. 씨족사회였던 몽골족은 주로 목축업에 종사했는데 중원 지역을 정벌한 뒤 이들은 유목민의 습성으로 도시와 논밭을 목장으로 바꾸려 했으며 땅을 귀족과 공신들에게 나누어 주고 많은 평민들을 노예로 삼아 당송 이래 발달했던 농업경제가 심하게 파괴되게 되었다. 원나라 통치자들은 사람들을 네 등급으로 나누었는데 몽고인, 색목인(色目人)〔서역 지방 각 부족의 사람들〕, 한인, 남인(南人)〔남송 지역의 한인들과 서남 지방의 각 민족〕 등이 그것이다. 몽고인과 색목인은 상층이었고 한인 특히 남인은 하층에 속했으며, 각 등급의 사람들에 대한 정치, 경제 그리고 법적 대우는 제각기 달랐다. 한인과 남인들이 소유하고 있던 재물과 노동을 착취해 모두 북방으로 옮겼으니 부유했던 강남 지역은 오히려 빈궁하게 되었다. 상업적 거래와 종교적 집회 활동은 모두 금지되었고 평민들이 모이는 오락 장소였던 와사구란(瓦舍勾欄)도 없애버렸기에 설화 같은 민간 기예도 당연히 금지되기에 이르렀다. 이런 상황에 대해 《원사(元史)·형법지(刑法志)》에서는 "민간 예인들이 생업에 종사하지 않고 항상 성시(城市)에서 사화(詞話)를 연창하고 잡희(雜戲)를 가르치며 사람들을 모아 음란하고 해학적인 이야기를 하는데 이를 모두 금지한다.〔諸民間子弟, 不務生業, 輒於城市坊鎭, 演唱詞話, 教習雜戲, 聚眾淫謔, 並禁治之.〕"라고 했으며, 《원전장(元典章)·형부(刑部)·잡금(雜禁)》에서는 "도성에서 비파사, 화랑아를 창하는 사람들이 사람들을 모이게 하여 길거리가 막히고 남녀가 뒤섞여 분쟁과 송사를 일으킬 뿐더러 다른 사단도 일으킬까 걱정되기에 도당이 의논해 마땅히 금지시켜야 한다.〔在都唱琵琶詞貨郎兒人等, 聚集人眾, 充塞街市, 男女相混, 不唯引惹鬥訟, 又恐別生事端, 蒙都堂議得, 擬合禁斷.〕"라고 기술하기도 했다.

이런 금지령으로 말미암아 송대에 성행했던 설화는 쇠락하게 되어 산재된 관련 기록만이 전한다. 《원전장·형부삼(刑部三)·모반난언평민작알(謀反亂言平民作歹)》에 따르면 달달가(達達家)〔몽골〕가 망하고 조관가(趙官家)〔송나라〕가 다시 온다는 내용을 담은 사화(詞話)가 있었다고 하는데 이를 통해 그 당시 민간에서 설화인들이 역사 이야기를 다루면서 정치적 선전도 한 것을 알 수 있다. 도종의(陶宗儀)의 《철경록(輟耕錄)》 권27의 기록에 의하면, 구란(勾欄)에서 야사(野史)를 연설했던 강사(講史) 예인 호연빈(胡連彬)이란 자가 있었는데 그 여동생도 강사에 능했으며 그는 많은 사람을 모아 항거를 도모했다고 한다. 이 이외에도 원나라 하정지(夏庭芝)의 《청루집(青樓集)·시소동(時小童)》에는 소설에 능한 시소동 모녀에 대한 기록이 있으며, 원말 시인 양유정(楊維禎)의 《동유자집(東維子集)》 권6 〈송주여사계영연사서(送朱女士桂英演史序)〉를 보면 패관소설에 능한 예인 주계영(朱桂英)에 대해 소개하면서 그를 여학사라고 부른 기록이 보인다. 이로써 볼 때 원대 설화인들의 대부분은 여성이었다는 사실도 짐작할 수 있다.

원대 화본소설의 작자는 송대와 마찬가지로 주로 민간 예인과 서회재인들이었다. 다만 송대와 다른 점은 일부의 잡극 작가들도 화본소설 창작에 참여했다는 것이다. 원나라 종사성(鍾嗣成)의 《녹귀부(錄鬼簿)》 권상의 기록에 의하면, 잡극 《송상황쇄동릉(宋上皇碎冬凌)》의 작자 육현지(陸顯之)는 《호아조정(好兒趙正)》이란 화본을 지었다고 한다. 또한 명나라 낭영(郎瑛)의 《칠수류고(七修類稿)》 권23 〈동창사범(東窗事犯)〉 조에 의하면, 잡극 《소하월야추한신(蕭何月夜追韓信)》의 작자인 김인걸(金仁傑)은 잡극 《진태사동창사범(秦太師東窗事犯)》을 썼을 뿐만 아니라 《동창사범(東窗事犯)》이란 화본소설도 썼으며 낭영이 그것을 직접 봤다고도 했다. 이외에도 명나라 주일번(朱日藩)은 《산대각집(山帶閣集)》에 실린 〈발요씨소장대성항수모도(跋姚氏所藏大聖降水母圖)〉라는 글에서 자신이 가정(嘉靖) 15년(1536)에 금릉에 있는 친구 집에서 '원인(元人)의 《대성항모(大聖降母)》 소설'을 봤다고도 했다. 《영락대전목록(永樂大典目錄)》에서 17636권부터 17661권까지 총 26권이 평화(平話)인데 그 중에는 화본소설도 적잖이 있었을 것으로 추측되나 현재는 모두 전하지 않는다. 지원(至元) 31년(1294)에 건안서당(建安書堂)에서 간행한 《삼분사략(三分事略)》 3권과 지치(至治) 연간(1321~1323)에 건안우씨(建安虞氏)가 간행한 《전상평화오종(全相平話五種)》 등의 강사화본(講史話本)만이 소량 전하고 있다. 이 시기 화본소설의 경우는 1979년에 발견된 원각본 추정의 《신편홍백지주소설(新編紅白蜘蛛小說)》 잔엽 한 장밖에 남아있는 것은 없어 명간본에 실린 원대 작품에 의존할 수밖에 없는 상황이다.

(2) 원대 화본소설의 주요 작품

앞에서도 언급했듯이 송원 화본소설을 고증해 내는 일도 복잡하고 어려운 문제인데 더 나아가 송화본과 원화본을 구별하는 일은 더더욱 어려울 수밖에 없다. 원대 화본소설을 고증해 내고자 할 때 명나라 조률(晁瑮)의 《보문당서목(寶文堂書目)》은 중요한 자료가 된다. 조률은 국자감사업(司業)을 지냈고 아들인 조동오(晁東吳)와 더불어 장서에 열중했으며 보문당(寶文堂)은 그의 집 장서루(藏書樓)의 이름이었다. 《보문당서목·자잡류(子雜類)》에 수록된 송원 화본의 명목(名目)이 송·원·명 삼대의 작품들을 구별해 놓지 않아 번잡하긴 하지만 참고가 되며, 《청평산당화본》도 최초의 화본소설집으로 참고의 가치가 있다. 호사영은 《화본소설개론》에서 원대 화본소설 16종을 구별해 제시했는데 구양대발의 《화본소설사》에서는 그 16편에서 7편을 빼고 다시 3편을 더해 총 12편으로 정리하고 있다. 그 구체적인 작품들을 정리하면 다음과 같다.

작품제목	출처	기록 문헌	기타 참고 사항
柳耆卿詩酒玩江樓記	清平山堂話本	《寶文堂書目》〈柳耆卿記〉; [元]戴善夫·楊景賢〈玩江樓記〉잡극	《喻世明言》卷12〈衆名姬春風吊柳七〉
簡帖和尙	清平山堂話本	《寶文堂書目》〈簡帖和尙〉	《喻世明言》卷35〈簡帖僧巧騙皇甫妻〉
快嘴李翠蓮記	清平山堂話本	《寶文堂書目》〈快嘴李翠蓮〉	
李元吳江救朱蛇	清平山堂話本	《寶文堂書目》〈李元吳江救朱蛇〉	
陰騭積善	清平山堂話本	《寶文堂書目》〈陰騭積善〉	《初刻拍案驚奇》卷21〈袁尙寶相術動名卿 鄭舍人陰功叨世爵〉
曹伯明錯勘贓記	清平山堂話本	元人〈曹伯明錯勘贓〉戲文	
任孝子烈性爲神	喻世明言	《寶文堂書目》〈任珪五顆頭〉	
拗相公飮恨半山堂	警世通言		《京本通俗小說》〈拗相公〉
金明池吳清逢愛愛	警世通言		
小水灣天狐詒書	醒世恆言		
勘皮靴單證二郎神	醒世恆言	《寶文堂書目》〈勘靴兒〉	
張孝基陳留認舅	醒世恆言		

(3) 원대 화본소설의 소설사적 의미

원대 이전에는 서정적인 시가나 산문이 문학의 주요 장르가 되었으나 원대부터는 서사적 성격의 희극과 소설이 점차 문학의 주체가 되었다. 원잡극 위주로 된 원곡(元曲)이 새로운 문학 시대의 알리는 지표가 되었는데 원대 화본소설의 경우는 비록 그것에 비견될 수는 없었지만 서사문학의 새로운 조류 가운데 중요한 한 갈래가 되었다는 것은 부인할 수 없는 사실이다. 송대에 성행했던 설화는 원대가 되어 통치계급의 금지 조치로 인해 쇠락의 길로 빠질 수밖에 없었다. 그 결과, 원대 설화는 송대 설화의 맥락만을 이어 갔으며 원대 화본소설도 전체적으로 볼 때 송대 화본소설의 맥락을 유지하는 수준으로 주요 내용은 예전과 같이 애정담이나 혼인담, 또는 송사 심판에 관련된 이야기 등으로 전개되었다. 다만, 여성과 하층민의 억압된 현실에 대해 세밀히 묘사하고 현실적인 정치와 사회문제에 대해서 비판하며 소설의 재미를 돋우는 기교적인 면에 있어서는 전대에 비해 발전된 모습을 보였다고 할 수 있다.

3) 명대 화본소설[27)]

(1) 명대 사회와 설서(說書)

원나라는 군부독재 통치와 가혹한 민족 억압정책을 시행한 까닭에 통치 기간 내내 계급 갈등과 민족 갈등이 심각하게 대두된 사회였다. 1368년에 농민 출신인 주원장(朱元璋)에 의해 명나라가 세워지면서 원대에 있었던 공노(工奴)와 농노(農奴) 제도가 폐지되고 한족이 억압에서 해방되어 농업과 상업 활동에 힘써 경제 발전을 도모할 수 있었다. 하지만 유목민족이 통치했던 원나라 때보다 황제의 독재와 사상적 통치는 오히려 더 심해지게 되었다. 주자학을 숭상하고 팔고문(八股文)으로 인재를 선발하여 사상과 문화에 대한 통치를 강화시켰다. 초순(焦循)의 《극설(劇說)》 권1에서 《국초사적(國初事迹)》을 인용하여 홍무 연간에 평화(平話)를 했던 악인(樂人) 장량재(張良才)가 공연장에 함부로 '성(省)에서 위임한 교방사[省委教坊司]'라고 쓴 방문(榜文)을 붙인 일로 명태조에게 죽임을 당한 내용을 기술하고 있다. 이런 기록으로 볼 때 송원시대 설화는 명초에 이르러 완전히 사라지지는 않았지만 발전하기는 어려웠던 것으로 짐작된다.

명대 중엽이 되어서 상업의 발달과 시민계층의 팽창으로 통속 문예 장르들이 발전됨에 따라 설화와 화본소설도 다시 회복되기에 이른다. 《금릉쇄사잉록(金陵瑣事剩錄)》 권1에 무종(武宗)이 소설 《금통잔당(金統殘唐)》을 보고 싶은데 구하지 못하자 한 내시가 오십 금을 주고 사서

27) 여기서 '명대 화본소설'이란 풍몽룡의 '삼언'이 간행되기 전에 나온 화본소설 작품들을 이른다. '삼언'에 보존되어 있지만 서목이나 다른 자료에 의해 '삼언' 이전에 이미 존재했던 것으로 입증된 작품들도 '화본소설'로 칭했으며, 오직 '화본소설을 모방해 처음부터 창작한 작품'만을 '의화본소설'이라 칭하기로 한다.

올렸다는 기록이 있으며, 유란(劉鑾)의 《오석호(五石瓠)》 권6에도 신종(神宗)이 《수호전》을 읽는 것을 좋아했다는 기록도 보인다. 이로 볼 때 당시 황제도 설화와 화본에 취미를 가졌던 사실을 알 수 있다. 주홍조(周弘祖)의 《고금서각(古今書刻)》에 의하면, 도찰원(都察院)에서 《삼국연의》와 《수호전》을 간행하기도 했고 민간에서도 《수호전》 이야기를 구연으로 하는 것이 유행했다고도 한다. 이 시기에 이르러 장회체소설의 흥성으로 인해 설화가 점차 설서로 대치되는데 이런 변화는 처음에 설화의 저본이었던 화본소설이 독물(讀物)인 의화본소설로 대치되는 현상을 예견해 주는 것이라고 할 수 있다.

(2) 명대 화본소설집의 편찬과 그 주요 작품

명대 화본소설은 주로 가정(嘉靖)·만력(萬曆) 연간에 간행된 다음과 같은 화본소설집에 수록되어 있다.

① 《청평산당화본(清平山堂話本)》

《청평산당화본》은 현존하는 최초의 화본소설집으로 마염(馬廉)의 〈청평산당화본서목(清平山堂話本序目)〉에 의하면 가정 20~30년(1541~1551) 사이에 간각된 것으로 추정된다. 편간자(編刊者)인 홍편(洪楩)은 자가 자미(子美)이고 장서와 출판에 힘썼으며 《만권당서목(萬卷堂書目)》에 그의 장서를 기록한 〈홍자미서목(洪子美書目)〉이 전한다. '청평산당(清平山堂)'은 홍편의 당호로 그가 간각한 책의 판심에는 모두 '청평산당'이라는 글자가 있다. 《청평산당화본》의 본래 서명은 《육십가소설(六十家小說)》로 《우창(雨窗)》, 《장등(長燈)》, 《수항(隨航)》, 《의침(欹枕)》, 《해한(解閒)》, 《성몽(醒夢)》 등 6집으로 나뉘어져 있으며 각 집에는 10편씩 총 60편의 작품이 있었다. 완전한 판본은 현존하지 않는데 1920년대에 최초로 일본 내각문고에서 15편의 잔본이 발견되어 일본학자에 의해 중국에 알려졌다. 그 판심에는 '청평산당'이라고 새겨져 있고 내용도 화본이기에 《청평산당화본》이라는 제목으로 중국에서 간행되었던 것이다. 그 후 1933년에 다시 중국에서 '청평산당' 간행의 '우창집상(雨窗集上)'과 '의침집상(欹枕集上)'이라고 적힌 12편의 작품이 발견되면서 비로소 그 것이 《육십가소설》의 잔본이라는 것이 알려졌다. 《청평산당화본》으로 이미 출판되었기에 기존의 작품에 이를 더하여 《청평산당화본》 27편의 판본이 형성되기에 이른 것이다. 그 후 다시 '청평산당'에서 간행한 화본 두 편이 발견되었지만 잔문(殘文)이라서 전체적인 내용은 파악하기 어렵다. 이렇게 볼 때 현재까지 《육십가소설》의 작품 60편 가운데 어쨌든 29편이 발견된 셈이며 이를 통해 화본소설의 원초적인 모습을 살필 수 있다.

② 《경본통속소설(京本通俗小說)》

이 책은 청말민초 시기 장서가였던 무전손(繆荃孫)에 의해 1915년에 각인된 것으로 《연화동당소품(煙畫東堂小品)》에 편입되어 있다. 완본이 아니어서 현재 10권부터 16권까지 총 7편의 작품만이 전해진다. 무전손에 의하면, 〈정주삼괴(定州三怪)〉와 〈금주량황음(金主亮荒淫)〉 등 두 편이 더 있었지만 하나는 너무 파손되어 있고 또 하나는 너무나 외설스러워 간행하지 않았다고 한다. 이 9편의 작품들은 모두 풍몽룡의 '삼언'에 보인다. 무전손에 의하면, 상해(上海)로 피난을 갔다가 우연히 이 책을 발견하게 되었다고 하며 원인(元人)의 사본(寫本)을 본뜬 구초본(舊抄本)이라고 한다. 이 책의 진위에 대해서는 학계에 대체적으로 세 가지 견해가 존재한다. 하나는 무전손의 말대로 원간본이라고 믿는 견해이며, 또 하나는 《청평산당화본[육십가소설]》 이후부터 '삼언' 이전까지인 명나라 중후기에 나온 것으로 추정하는 견해이고, 다른 하나는 '삼언'이 나온 이후 그 중에서 발췌하여 만든 위서라고 보는 견해가 그것이다. 여기에 대해 아직 정론은 없고 위서로 보는 것이 일반적이어서 이를 조기 화본소설집으로 보기 어렵다.

③ 《웅용봉간소설사종(熊龍峰刊小說四種)》

만력 연간에 서책 상인이었던 웅용봉(熊龍峰)에 의해 간행된 화본소설들이다. 원래 단편(單篇)으로 간행되었으며 일본 내각문고에 소장되어 있다가 발견된 뒤, 다시 중국에 소개되어 활자본으로 간행되었다. 현재까지 4종이 발견되었고 네 편의 작품이 모두 《보문당서목(寶文堂書目)》에 수록되어 있으며 편의상 통틀어 《웅용봉소설사종(熊龍峰小說四種)》이나 《웅용봉간소설사종(熊龍峰刊小說四種)》 혹은 《웅용봉간행소설사종(熊龍峰刊行小說四種)》이라고 부른다. 《청평산당화본[육십가소설]》보다 조금 늦게 간행되었고 조기 화본소설을 연구하는 데 중요한 자료가 된다.

이상 3종의 문헌 가운데 성서 연대가 의심되는 《경본통속소설》을 제외한 나머지는 모두 '삼언'보다 앞선 명대 화본소설이라고 할 수 있다. 이외에도 통속적 이야기들을 모은 유서(類書)나 단편(單篇)으로 간행된 작품들이 있는데 이들 중에서 《보문당서목》에 기재된 화본소설 명목에 근거하여 송원 화본소설로 판단된 작품들을 제외한 나머지 전부를 모두 명대 화본소설로 볼 수 있다. 그 구체적인 상황을 보이면 다음과 같다.

작품제목	출처	기록 문헌	기타 참고 사항
戒指兒記	清平山堂話本		《喩世明言》 卷4 〈閒雲庵阮三償冤債〉
刎頸鴛鴦會	清平山堂話本	《寶文堂書目》〈刎頸鴛鴦會〉	《警世通言》 卷38 〈蔣淑眞刎頸鴛鴦會〉
錯認尸	清平山堂話本		《警世通言》 卷33 〈喬彦傑一妾破家〉
風月相思	清平山堂話本	《寶文堂書目》〈風月相思〉 熊龍峰刊本〈馮伯玉風月相思小說〉	文言 ; 話本 體制
張子房慕道記	清平山堂話本	《寶文堂書目》〈張子房慕道〉	
羊角哀死戰荊軻	清平山堂話本	《寶文堂書目》〈羊角哀鬼戰荊軻〉	《喩世明言》 卷7 〈羊角哀捨命全交〉
死生交范張雞黍	清平山堂話本	《寶文堂書目》〈范張雞黍死生交〉	《喩世明言》 卷16 〈范巨卿雞黍死生交〉

작품제목	출처	기록 문헌	기타 참고 사항
老馮唐直諫漢文帝	清平山堂話本	《寶文堂書目》〈馮唐直諫漢文帝〉	
漢李廣世號飛將軍	清平山堂話本	《寶文堂書目》〈李廣世號將軍〉	
夔關姚卞吊諸葛	清平山堂話本	《寶文堂書目》〈夔關姚卞吊諸葛〉	
雪川蕭琛貶霸王	清平山堂話本	《寶文堂書目》〈雪川蕭琛貶霸王〉	
張生彩鸞燈傳	熊龍峰小說四種	《寶文堂書目》〈彩鸞燈記〉	《喻世明言》卷23〈張舜美元宵得麗女〉
孔淑芳雙魚扇墜傳	熊龍峰小說四種	《寶文堂書目》〈孔淑芳記〉	
新橋市韓五賣風情	喻世明言	《寶文堂書目》〈三夢僧記〉	
晏平仲二桃殺三士	喻世明言	《寶文堂書目》〈齊晏子二桃殺三學士〉	
沈小官一鳥害七命	喻世明言	《寶文堂書目》〈沈鳥兒畫眉記〉	郎瑛의《七修類稿》卷45〈沈鳥兒〉條에 나옴
月明和尙度柳翠	喻世明言	《西湖遊覽志餘》에서 인용한 平話〈柳翠〉	
樂小舍拚生覓偶	警世通言		
白娘子永鎭雷峰塔	警世通言	《西湖遊覽志餘》에서 인용한 平話〈雷峰塔〉	
宿香亭張浩遇鶯鶯	警世通言	《寶文堂書目》〈宿香亭記〉	
旌陽宮鐵樹鎭妖	警世通言	明 鄧志謨〈許旌陽得道擒蛟鐵樹記〉	
陸五漢硬留合色鞋	醒世恆言	《寶文堂書目》〈合色鞋兒〉	
裴秀娘夜遊西湖記	萬錦情林		
張于湖宿女貞觀	何大掄本《燕居筆記》	《寶文堂書目》〈張于湖誤宿女貞觀記〉	
杜麗娘慕色還魂	何大掄本《燕居筆記》	《寶文堂書目》〈杜麗娘記〉	
玉簫女再世玉環緣	石點頭	《寶文堂書目》〈玉簫女再世姻緣〉	
邢君瑞五載幽期	西湖二集	《寶文堂書目》〈邢鳳此君堂遇仙傳〉	

(3) 명대 화본소설의 소설사적 의미

현존하는 명대 화본소설은 내용상 주로 역사 이야기와 혼인애정에 관한 이야기로 대별된다. 역사 이야기는 원대 성행했던 강사(講史)에서 발전한 것으로 볼 수 있다. 명초 문화적 측면에서의 강압적 분위기에서 역사 이야기를 하는 것은 당시의 현실 이야기를 하는 것보다 훨씬 더 안전한 것이었다. 이런 까닭에 이때에 이르러 역사 이야기를 빌려 현실을 반영하고자 한 일부 작품도 존재한다. 수적으로 큰 비중을 차지하는 작품들은 애정과 혼인에 관한 이야기였다. 이런 유형의 작품들은 원래 송원 화본소설에도 다수 존재했지만 명대 화본소설에 이르러서는 더욱 발전된 모습으로 드러나게 된다. 명초에는 여전히 주자학의 영향을 많이 받아 이 당시 사랑 이야기들은 그 서술이 평범하거나 여색을 경계하는 권계적 의미를 내포하고 있다. 명대 중기에 이르러서는 상업의 발달과 시민계층의 팽창에 힘입어 사상적 변화가 일게 되었다. 주정(主情)의 사조가 일면서 애정과 혼인을 소재로 한 화본소설 작품들은 이전의 전기소설의 패턴과는 다른 새로운 모습을 보인다. 남녀 간의 자유로운 애정 추구와 함께 새로운 여성상이 모색되었으며, 그 결과 송원 화본소설에서 그려진 사랑 이야기가 적잖이 새드엔딩이었다면 이때에 이르러서는 해피엔딩의 작품들이 적잖이 등장하게 되었다.

요컨대 명대 화본소설은 의화본소설로 넘어가는 과도기적 의미를 지닌다고 할 수 있다. 송원 화본소설만큼의 성취는 이루지 못했지만 다시 그 전통을 이어받아 명말 의화본소설의 흥성을 예고하는 역할을 했던 것이다.

3. 번영기

1) 명말 화본소설

(1) 명말 사회의 변화와 화본소설의 번영

명말 시기는 화본소설의 두 번째 흥성기이며 의화본소설의 번영기라고 할 수 있다. 명대 중후기에 이르러 왕양명(王陽明)은 '심(心)' 즉 '사람의 마음'이 곧 '이(理)'라는 심학(心學)을 제기하여 우부우부(愚夫愚婦)도 치양지(致良知)를 통해서 성인의 경지에 도달할 수 있고 모든 사람들도 요순(堯舜)이 될 수 있다고 하면서 성인의 도리는 바로 일반인들의 일상생활에 있다고 주장했다. 여기에서 더 나아가 명말 이지(李贄)는 동심설(童心說)을 제기해 '심(心)'에 대한 이전의 해석을 바꾸어 '심(心)'을 천리가 아닌 단순한 개인적 감정과 욕망이라고 하면서 이를 긍정적으로 평가했다. 이런 사상적 변화에 따라 명대 중기에는 문학도 부활되고 인간의 본능적 감정과 욕망을 존중하여 '정(情)'을 근본으로 삼는 풍조가 일게 되었다. 탕현조(湯顯祖)의 '지정론(至情論)'이나 풍몽룡의 '정교(情教)' 사상이 그 대표적인 예이다. 이런 사상적 변화는 시민 계층의 생활을 반영하는 통속문학이 한층 더 중요시되고 유행하는 데 큰 역할을 했다.

고염무(顧炎武)가 《일지록지여(日知錄之餘)·금소설(禁小說)》에서 영종(英宗) 7년(1442)에 국자감 좨주(祭主)인 이시면(李時勉)이 속유(俗儒)들이 괴이한 일을 빌려 근거 없는 이야기를 한다면서 《전등신화(剪燈新話)》 따위를 엄금해야 한다는 상언(上言)을 올렸다고 했듯이, 명대 초기에는 통속소설을 경멸시하고 금단하는 분위기였다. 이와 달리 명대 중후기에 이르러서는 소설이 중요시되었으며 그 위상도 부각되었다. 통속소설을 경사(經史)와 나란히 놓고 가치평가하기도 했다. 호응린(胡應麟)이 《소실산방필총(少室山房筆叢)·장악위담(莊岳委談)》에서, 가정·융경 연간 어떤 거공(巨公)의 탁상에 다른 책은 없고 오직 왼쪽에는 《남화경(南華經)》과 오른쪽에는 《수호전》을 놓고 있을 뿐이라고 했고, 이개선(李開先)도 《사학(詞謔)》에서 "《사기》 다음이 바로 이 책[《수호전》]이다.[《史記》而下, 便是此書.]"라고 말한 바가 모두 당시의 이런 사정들을 대변해 준다. 이 시기에는 통속문학의 지위 상승과 동시에 수공업이 발전함에 따라 활자 인쇄와 출판업도 발달해 책을 전문적으로 인쇄하고 판매하는 작업장이 수없이 늘어났다. 특히 풍몽룡(馮夢龍)의 고향인 소주(蘇州)가 있는 강소(江蘇) 지역과 능몽초(凌濛初)의 고향인 호주(湖

州)가 있는 절강(浙江) 지역은 복건(福建) 지역과 더불어 당시 중국의 삼대(三大) 인서지(印書地)로 손꼽힌 점은 주목할 만한 사실이다.〔胡應麟《少室山房筆叢》; "凡刻之地有三: 吳也, 越也, 閔也."〕 인쇄업이 발달함에 따라 대대로 이 일에 종사하는 세가(世家)도 나타나면서 서방(書坊) 주인이자 장서가인 인물들도 대거 등장했다. 또한 시민계층의 성장으로 통속적 독물에 대한 수요가 늘어나면서 전대의 고소설과 명대의 새 작품들을 유편(類編)하고 정리하는 열풍도 일어났다. 이렇게 필기나 전기소설들을 수집하고 통속적 이야기들을 유서(類書)로 출간하는 일은 화본소설의 유통과 의화본소설의 창작에 매우 유리한 조건을 마련해 주었다. 명대 후기에 편성된 이야기들을 휘집한 문헌들과 화본소설과의 연관성을 정리하면 다음과 같다.

제목	편집자	구성 체제	간행연대	화본소설과의 관련성	비고
古今說海	陸楫	142卷 135種	嘉靖 23년(1544)	'三言' 3편;《二刻》1편	명대 최초의 說部 총집
艶異編	王世貞	40卷 17部352篇	약 가정 연간		이외《續艶異編》19卷 및《廣艶異編》35卷도 있음
國色天香	吳敬所	10卷	약 萬曆 연간	《燕居筆記》1篇;《清平山堂話本》1篇	
萬錦情林	余象斗	6卷	萬曆 26년(1598)	《清平山堂話本》2篇	
繡谷春容	赤心子	12卷	萬曆	《清平山堂話本》 1篇 외 1편	
燕居筆記	何大掄	10卷	萬曆	화본소설 5편 수록	《增補批點圖像燕居筆記》22卷도 있는데 '삼언이박'에서 나온 작품도 수록
九籥集	宋懋澄	10卷	萬曆	'三言' 2편 ;《二刻》1편	이외《九籥別集》4卷 및《九籥續集》10卷도 있음

제목	편집자	구성 체제	간행연대	화본소설과의 관련성	비고
情史	馮夢龍	24卷 882篇		'三言' 正話 42편, 入話 5篇 ; '二拍' 正話 18篇, 入話 13篇 ; 《石點頭》 10篇 ; 《西湖二集》 7篇	'三言二拍' 200편 작품 중 78편이 《情史》에서 取材
西湖遊覽志餘	田汝成	26卷	嘉靖 26년 (1526)	《西湖二集》 24篇中 14篇 正話, 3篇 入話	

표에서 볼 수 있는 바와 같이 명나라 만력·가정 연간에는 수많은 이야기 휘집이 편성되고 출간되었으며 이들은 후기에 만들어진 '삼언이박'을 비롯한 화본소설집을 편성하는 데 일종의 자료집과 같은 역할을 했다. 특히 풍몽룡이 역대의 필기, 소설, 사적 등에서 사랑에 관한 이야기들을 집록하고 편성한 《정사》는 '삼언' 가운데 42편의 정화(正話) 그리고 5편의 입화(入話)와 관련이 있는 것으로 추산된다. 또한 '이박' 가운데서도 18편의 정화 그리고 13편의 입화와 관련이 있는 것으로 보이며, '삼언이박' 이외에 《석점두》나 《서호이집》 등과 같은 화본소설집의 소재가 되기도 했다. '삼언이박'의 총 200편 작품 중에 78편의 이야기가 《정사》의 내용과 유관한 것을 볼 때 《정사》가 화본소설 창작의 자료집으로 널리 사용된 사실을 알 수 있다

(2) 명말 화본소설의 번영과 그 소설사적 의미

앞서 언급한 바대로 화본소설이 발전할 수 있는 다양한 여건이 조성됨에 따라 명말에 이르러 화본소설은 극도의 번영기를 맞이하게 된다. 1620년쯤 풍몽룡의 《유세명언》이 간행되었을 때부터 명나라가 망하고 남명(南明)으로 연명(延命)되는 초기까지 불과 20여 년이란 짧은 기간 동안 '삼언이박', 《석점두(石點頭)》, 《서호이집(西湖二集)》, 《형세언(型世言)》, 《환희원가(歡喜冤家)》 등과 같은 20여 종의 화본소설집이 간행되었다. 그 가운데 《형세언》이나 《환희원가(歡喜冤家)》의 경우는 중국 내에서 실전되거나 잔본으로만 전해져 오다가 한국과 일본에서 각각 발

견된 작품집이다. 이런 사정을 감안할 때 명말 당시 실제로 중국에서 간행된 화본소설집은 현존의 20여 종보다는 더 많았을 것으로 보인다. '삼언이박'을 비롯한 이들 소설집 소재의 작품들은 송원 시대 화본소설들에 비해 구연적 성격이 줄어들고 서면 문학적 특성이 강화되었다. 송대 화본인 《연옥관음(碾玉觀音)》의 경우, 정화 앞에 11수의 편수(篇首) 시사(詩詞)가 있는데 이는 현장 공연의 전형적인 흔적이라고 볼 수 있다. 이와 달리 명말 화본소설의 편수 시사는 한 수만이 존재하거나 아니면 아예 없는 것으로 정형화되었으며 입화의 내용도 정화와 더 밀접한 관련성을 보이고 있다. 이런 변화는 모두 서면문학의 특징이 강화된 결과라고 할 수 있다. 전체적으로 볼 때 번영기의 화본소설 작품들은 전대에 비해 편폭이 더 길어지고 내용도 더 풍부해졌으며, 묘사도 더 세밀해지고 사용된 언어도 더 세련되었다. 또한 권계적인 의도가 강화되었으며 격식도 더 정형화되고 통일된 작품집의 형식으로 지어지게 되었다. 이 시기의 대표적인 화본소설집을 정리하면 다음과 같다. 명말에 완성되고 청초(淸初)에 간각된 일부 작품들도 여기에 포함시킨다.

제목	작자	구성 체제	간행 연대	제목 양식	비고
喻世明言	馮夢龍	40卷 40篇		7 / 8언 단구	전대 작품 18편
警世通言	馮夢龍	40卷 40篇		7 / 8언 단구	전대 작품 19편
醒世恆言	馮夢龍	40卷 40篇		7 / 8언 단구	전대 작품 8편
初刻拍案驚奇	凌濛初	40卷 40篇		7 / 8언 대구	
二刻拍案驚奇	凌濛初	40卷 40篇		7 / 8언 대구	
石點頭	席浪仙	14卷 14篇	明末 崇禎	7 / 8언 단구	풍몽룡 서문 ; 14편 중 10편이 《정사》 관련
西湖二集	周清原	34卷 34篇	明末 崇禎	7 / 8 / 9언 단구	湯顯祖의 《牡丹亭》에 대해 다수 언급
型世言	陸人龍	40回 40篇	崇禎	5 / 6 / 7언 대구	《三刻拍案驚奇》《幻影》등 別本 존재

鼓掌絕塵	吳某氏	4集 4篇 40回	崇禎	7 / 8언 대구	장편화, 장회체 경향
歡喜冤家	西湖漁隱主人	2集 24回	崇禎 13년 (1640)	8언 단구	《貪歡報》《歡喜奇觀》《三續今古奇觀》 등으로 별칭
天湊巧	西湖逸史	3卷 3回 殘本	天啟 崇禎	5+6 / 6+7언 대구	
貪欣誤	미상	6回 6篇	天啟 崇禎	2 / 3자 주인공 이름+5 / 7언 대구 제목	제6회 외 모두 명대 이야기, 신선귀신 내용 다수
鴛鴦針	吳拱宸	4卷 4篇 16回	清初 南明	7 / 8 / 9/ 10언 대구	과거 및 관료사회의 폐단 폭로 위주 ; 장편화, 장회체 경향
清夜鐘	陸雲龍	16回 16篇	清初 南明	6+7언 대구	충효 등에 대한 찬송
醉醒石	東魯古狂生	15回 15篇	清初	7 / 8언 대구	보수적이며 설교적인 성격
一片情	沛國樗仙	4卷 14回 14篇	清初 南明	7 / 8언 단구	외설적인 내용
八段錦	醒世居士	8段 8篇	清初	3+7 / 8언 대구 제목	외설적인 내용
栽花船	西泠狂者	4卷 4篇 16回本 等 다수 版本	清初	판본에 따라 7 / 8언 단구와 7 / 8언 대구	외설적인 내용; 장편화, 장회체 경향
壺中天	미상	3回 殘本	明末清初	8언 단구	외설적인 내용

표에 보이는 풍몽룡의 '삼언'은 작품의 양과 질에서 모두 화본소설의 최고 수준에 도달했다고 할 수 있다. 역설적이게도 학계에서는 '삼언'을 풍몽룡의 저작으로 인정하고 그 소설사적 의미를 높이 평가하면서도 풍몽룡을 그저 편집자로만 여기며 '삼언'의 작자로 인정하지 않고 있다. '삼언' 가운데 풍몽룡이 애초부터 본사 없이 창작했다는 작품이 그가 자신의 경험을 투사하여 창작한 〈노문생삼세보은(老門生三世報恩)〉이다. 현존하는 전대 작품들과 '삼언' 가운데 그와 관련이 있는 작품들을 대조해 보면 풍몽룡은 '삼언'에 전대의 작품들을 수집해 모았을 뿐만 아니라 그 작품들을 수정하고 보완했다는 것을 알 수 있다. 그 가운데서 《유세명

언》에 실린 〈명오선사간오계(明悟禪師趕五戒)〉는 송대 화본인 〈오계선사사홍련기(五戒禪師私紅蓮記)〉를 바탕으로 하였으되 내용을 크게 고친 작품이며, 〈중명희춘풍조류칠(衆名姬春風弔柳七)〉의 경우는 송대 화본인 〈유기경시주완강루기(柳耆卿詩酒玩江樓記)〉에서 주요 인물들을 그대로 둔 채 거의 새로 쓴 것과 다름없는 작품이라고 할 수 있다. 이런 현상은 화본소설과 의화본소설을 구분하여 그 명칭을 달리하고자 하는 견해에 대한 타당성의 문제와도 연관된다. 앞에서 언급한 바와 같이 이 두 가지를 엄밀히 구별하는 일은 실제로는 어려운 일이다. 여기서는 '삼언' 소재 작품들 가운데 전대의 화본에 보이지 않고 풍몽룡의 창작으로 볼 수 있는 총 76편의 작품들을 편의상 '의화본소설'이라고 칭하기로 한다. 이 정도의 의화본소설 창작 편수는 전무후무한 것인 데다가 그 외의 작품들도 그가 수집하고 정리한 것이기에 풍몽룡이 화본소설사에 끼친 공헌은 실로 막대하다고 평가할 수 있을 것이다. '삼언'의 이런 성서 과정을 통해 송원 화본에서 명말 의화본소설까지의 발전 단계를 파악할 수 있다. 화본소설의 발전 경로는 최초로 민간에서 집단 창작을 통해 만들어지고 그것을 작가가 수집 정리한 뒤, 개인의 창작과 결합시키는 과정을 거쳐 순수한 개인 창작의 단계에 이르는 과정이었던 것이다. '삼언' 중에서 가장 늦게 성서된 《성세항언》을 보면, 개인이 창작한 작품은 이미 4분의 3이 넘는다. '삼언'보다 조금 늦은 '이박'에 이르러서는 비록 본사는 있지만 전대의 그 화본이 없는 것으로 봐서 이는 모두 개인이 창작한 것으로 볼 수 있다.

제목에서도 볼 수 있는 것처럼 능몽초는 풍몽룡과 창작동기를 달리하고 있다. '삼언'은 제목부터 권계적인 경향이 짙게 드러나 있지만 '이박'의 경우는 문학의 교화적 기능을 중시하고 있는 동시에 '기(奇)'에 대해 부각시키고 있다. 기문이사(奇聞異事)를 소재로 삼는 것은 역대 문학작품에서 으레 있었던 전통이긴 하지만 능몽초는 〈박안경기서(拍案驚奇序)〉에서 자신이 인식하는 '기(奇)'는 우귀사신(牛鬼蛇神)이 아니라 상리로 예측할 수 없는 일용기거(日用起居)에서의 기괴한 일이라고 했다.

이 당시 '삼언이박' 이외의 다른 화본소설집들은 전반적으로 '삼언이박'이 세운 현실 반영의 전통을 이어받긴 했지만 문학적으로나 사상적으로 그 수준을 넘어서지는 못했다. 그 당시가 망국적 현실에 직면해 있던 때라서 작품들의 경향은 향락을 추구하는 등의 저속한 취미와 영합하거나 지나친 설교조의 보수적인 분위기를 좇는 극단적 경향을 보인다.

화본소설의 체제로 볼 때 '삼언이박' 및 그 이전의 화본소설들은 모두 한 권이나 한 회(回)가 한 작품으로 구성되었지만 그 후의 의화본소설들 중에는 《고장절진》이나 《원앙침》과 같이 한 작품이 여러 회로 나뉘어져 있는 경우도 있는데 이는 장회체소설의 영향으로 화본소설이 장편화(長篇化)된 결과라고 볼 수 있다. 그 가운데 《고장절진》의 경우는 1권이 10회로 이루어져 있고 한 인물이 10회에 모두 등장하고 있으며 각 회는 각기 독립적인 단편을 이루는 특이한 구성을 띠고 있다. 제목의 형식으로 볼 때 크게 단구와 대구 두 가지 양식으로 대별되어 드러나지만 '삼언이박' 이후의 의화본소설집들은 거의 모두 대구 양식의 제목을 취하고 있는 것을 볼 수 있는데 이 또한 장회체소설의 영향이라고 할 수 있다. 《서호이집》이나 《취성석》 소재의 작품들 중에는 정화의 이야기와 관련된 두회(頭回)의 이야기들이 서너 개나 되고 심지어 일곱 개까지 있는 경우도 있다. 이와 같은 화본소설의 장형화는 문인화(文人化)의 결과라고 여겨진다.

(3) 화본소설 선집과 《금고기관》

명말에 이르러 문인이 화본소설을 창작하는 풍조가 일면서 대량의 화본소설집들이 등장했다. 하지만 이런 수많은 작품들을 전부 다 간행하기도 어려운 데다가 독자로서 이를 모두 수집해 읽는 것도 힘든 일이었다. 이런 까닭으로 말미암아 적잖은 문인들과 서방(書房)들이 화본소설집에서 좋은 작품들을 골라 선집을 간행하는 작업을 했으니 그 대표적인 예로 《금고기관》을 들 수 있다. 소화주인(笑花主人)의 〈금고기관서(今古奇觀序)〉에 바로 이런 이유들로 인해 '삼언'에서 29편, '이박'에서 11편을 뽑아 총 40편의 작품이 실린 《금고기관》을 만들었다는 언급이 보인다.

《금고기관》의 영향으로 청초(淸初)에 이르러 화본소설 선집들이 대거 등장했으니 《각세아언(覺世雅言)》, 《경세기관(警世奇觀)》, 《경세선언(警世選言)》, 《금고전기(今古傳奇)》, 《서호습유(西湖拾遺)》, 《서호유사(西湖遺事)》, 《금고기문(今古奇聞)》 등이 그것이다. 이런 역대 화본소설 선집 중에서 아직까지 《금고기관》 만큼 작품을 잘 선정하고 완전한 체제와 영향력을 갖추고 있는 선집은 없다.

2) 청초(淸初) 화본소설

(1) 청대 사회와 화본소설

청나라가 전국을 통일한 뒤 사회는 점차 안정을 되찾을 수 있었다. 청초에는 《성리대전》이 중간(重刊)되고 《성리정의(性理精義)》를 편찬하는 작업이 이루어졌으며 강희(康熙) 황제도 성리학을 깊이 연구해 자연스럽게 성리학을 숭배하며 다른 학설을 이단시하는 분위기가 형성되었다. 명말에 숭상되던 이지(李贄) 등의 사상이 배척되고 문인들의 결사(結社)가 엄금되었다. 순치(順治) 9년(1652)에는 모든 서방(書房)에 조명(詔命)을 내려 이른바 '쇄어음사(瑣語淫詞)'의 간행을 모두 금지시키기도 했다. 화본소설 같은 통속소설도 '쇄어음사'의 부류에 속했던 것은 물론이었다. 이렇게 화본소설의 창작과 전파에 크게 영향을 주는 금령 조치는 그 후 강희(康熙)·옹정(雍正) 연간에도 계속되어 화본소설을 간행하는 서방은 물론이고 판매자와 구매자에게도 태형이나 도형을 내렸다. 건륭(乾隆) 연간에 이르러서는 이미 소장하고 있던 소설의 구본(舊本)들까지도 기한 내에 불살라 없애지 않으면 구매한 죄와 같은 형벌을 내린다는 법령도 있었다. 이런 엄중한 상황에서 수많은 화본소설들이 실전되었으며, 화본소설의 창작도 극도로 제한되어 소설이 갖는 현실 반영과 사회 비판의 기능이 제대로 작동되지 못하게 되었다. 청초에 이르러 화본소설은 비록 화본의 체제와 양식을 보존하고는 있었지만 구연과 무관한 작가 개인의 순수한 문학 창작물이 되었다. 이 시기의 대표적인 화본소설집으로는 이어(李漁)의 《무성희(無聲戲)》, 《십이루(十二樓)》를 비롯하여 《오경풍(五更風)》, 《비영성(飛英聲)》, 《두붕한화(豆棚閒話)》, 《과천홍(跨天虹)》, 《조세배(照世杯)》, 《운선소(雲仙笑)》, 《풍류오(風流悟)》, 《서호가화(西湖佳話)》, 《진주박(珍珠舶)》, 《생초전(生綃剪)》, 《십이소(十二笑)》, 《팔동천(八洞天)》, 《오색석(五色石)》, 《성오종(醒悟鐘)》 등이 있다.

(2) 청대 화본소설의 내용과 체제의 변이

'삼언이박'으로 시작된 의화본소설의 창작은 명말부터 고조에 달하기 시작하여 청초까지 지속되었다. 청초의 의화본소설은 전대의 전통을 이어받은 동시에 새로운 변화의 양상을 드러냈다. 명말 난세에 처해져 있던 화본소설 작가들이 소설이란 장르를 이용하여 사회를 교화하려던 것과 달리 청초의 의화본소설가들은 교화라는 명목으로 창작은 했지만 실제로는 소설적 재미를 추구하는 것으로 경사되었다. 《조세배》나 《두붕한화》 등에 있는 작품들은 모두 해학적인 필체가 특징이라고 할 수 있으며, 이 작품들 외에도 문어적 표현을 사용하기보다는 통속적인 어투로 기술하는 것이 보편적이었고 외설적인 내용을 다루는 경우가 많았다. 내용적 측면에서 또 다른 특징은 전대보다 더욱더 '기(奇)'를 추구하는 경향이 농후해졌다는 점이다. 《진주박》의 서문에서 작자는 소설가들을 배를 타고 가 먼 곳에서 산호(珊瑚), 대모(玳瑁), 야광(夜光) 등과 같은 보물들을 실어오는 객상들에 비유하면서 길거리에 전해지는 놀랄 만하거나 기뻐할 만하거나 무서워할 만한 이문(異聞)들을 수집하고 자세히 묘사하여 독자들에게 보여줌으로써 재미를 주는 사람들이라고 했다. 《두붕한화》의 경우는 서문에서 밝히고 있듯이, "이십일사(二十一史)를 마구 뒤집어

엎어〔莽將二十一史掀翻〕" 역사적 인물들의 고정된 이미지를 타파하고 역대로 칭송된 역사적 인물들을 조롱해 비하하는 대상으로 만들었다. 예를 들면, 절색미인인 서시(西施)를 그저 평범하게 생긴 노처녀로 묘사하거나 범려(范蠡)를 요행으로 성공한 이기적인 소인배로 묘사하고 있는 것이 그것이다. 《두붕한화》 제2칙(則)의 총평(總評)에서 밝히고 있듯이 이야기마다 '절신절기(絶新絶奇)'를 추구했던 것이다.

체제적 측면에서 청초의 의화본소설들은 화본소설의 기본적 체제를 이어받으면서도 새로운 경향성을 보여준다. 우선 작품의 제목을 놓고 볼 때, 명말의 《탐흔오》, 《팔단금》 등에서 드러나기 시작한 세 자의 제목 뒤에 다시 대구의 제목이 붙는 제목 양식이 청초에 이르러서는 더 많이 등장하는 것을 볼 수 있다. 예를 들면 《십이루》, 《오색석》, 《오경풍》, 《비영성》 등에서는 모두 세 자의 제목 뒤에 다시 대구 제목이 붙어 있는 이른바 '쌍제(雙題)' 양식을 취하고 있는 것을 확인할 수 있다. 그리고 또 새로운 것 중에 하나는, 명말 화본소설에서도 드러나기 시작했듯이, 문인들의 창작으로 인해 입화가 길어지고 입화의 내용과 정화의 관련성이 강화되었다는 점이다. 《취성석》의 경우, 입화에 서너 개의 이야기가 포함되어 있는 작품이 많으며, 《두붕한화》의 경우는 작품마다 입화에서 두세 개의 이야기를 하면서 입화의 편폭이 거의 전편(全篇)의 반을 차지할 정도가 된다. 또한 작품 전체의 편폭이 길어지고 여러 회(回)로 나뉘는 작품도 더 흔하게 나타나는 것을 볼 수 있다. 《십이루》의 경우는 '누(樓)'에 관련된 총 12편의 이야기를 다루면서 편폭이 1, 2회나 3, 4회 가장 긴 작품은 6회의 분량으로 나뉘어져 있다. 이 외에도 한 작품이 여러 회로 구성되어 있는 경우가 《진주박》, 《오경풍》, 《성오종》 등에 보편적으로 존재한다. 이렇게 한 편의 작품을 분회(分回)하여 구성하는 것은 명말 청초 시기에 화본소설이 단편에서 중편으로 넘어가는 과도기적 양상으로 이해된다. 작품의 결말 부분에서도 일부 작품은 편미시 대신 산문으로 평의(評議)를 하는 것으로 끝맺기도 한다.

전체적으로 보면 청초 화본소설의 수준은 '삼언이박'은 물론이고 다른 명말 화본소설에도 미치지는 못했던 것으로 평가된다. 청초의 화본소설 작가들은 새로운 발전을 위한 돌파구를 모색하고자 노력했지만 표면적인 '신(新)'과 '기(奇)'에만 집중했을 뿐 소설의 핵심적인 내용과 인물 창조에 충실하지 못한 한계를 드러냈으며 이때부터 화본소설은 쇠멸기로 들어서게 되었다.

4. 쇠멸기

의화본소설은 명말청초에 크게 번영한 뒤 청나라 강희(康熙) 연간 말기에 이르러 쇠멸기로 접어들게 된다. 쇠멸기로 파악할 수 있는 가장 뚜렷한 징표는 작품 수의 감소이다. 옹정(雍正) 4년(1726)에 간행된 《이각성세항언(二刻醒世恆言)》부터 건륭(乾隆) 57년(1792)에 간행된 《오목성심편(娛目醒心編)》까지 60여 년 사이에 간행된 화본소설집은 석성금(石成金)의 《우화향(雨花香)》과 《통천락(通天樂)》 둘뿐인데다가 그 작품 수준도 전대에 미치지 못했다. 화본소설이 이렇게 쇠락하게 된 원인은 내부적인 요소와 외부적 환경에서 찾을 수 있다.

청나라가 중국 전역을 통일시킨 뒤 사회는 비교적 안정되어 생산이 회복되고 경제가 발전하게 되었다. 하지만 앞에서 언급한 바와 같이, 청나라 조정에서는 사상적 통치를 더욱 강화시켜 중앙집권적 정치 체제를 확고히 하게 되었고 유교사상은 지배적인 위치를 차지하게 되었다. 이에 따라 소설 희곡 작품에 대한 금령이 오히려 청초보다 더 엄격해졌다. 건륭 3년(1738)에는 음사예설(淫詞穢說)이 풍속인심(風俗人心)에 가장 해롭다고 하면서 금령을 내렸으며 이를 제대로 실행하지 못하는 관원은 치죄를 당하기까지 했다. 가경(嘉慶) 18년에는 소설 방사(坊肆)도 개설하면 안 된다는 금령을 내렸으며, 다시 도광(道光) 14년(1834)에는 음사소설(淫詞小說)을 대여하거나 간각하는 방사(放肆)가 있으면 반드시 그 각 판을 찾아내 소각시켜야 한다고까지 했다. 동치(同治) 7년(1868)에 강소(江蘇) 순무(巡撫) 정일창(丁日昌)이 268부의 금서 서목을 반포했는데 앞에서 언급한 명말청초 시기의 화본소설들은 대부분 그 안에 포함되어 있었다. 강소 지방은 화본소설의 창작과 간행에 있어 중요한 근거지였으므로 이런 조치는 당시 화본소설의 유통에 심각한 영향을 끼쳤을 것이다.

청초 한족 사대부들이 복명(復明)을 하려 했던 시기가 지난 뒤 유생들 가운데에는 청나라에 의탁해 개인의 가치를 실현하고자 그에 맞는 윤리도덕을 신봉하며 이를 고취시키려 하는 자들이 많아지기 시작했다. 또한 경세치용(經世致用)의 문학사상이 주류가 되고 명말의 숭정사상(崇情思想)이 더 이상 설자리를 잃게 된다. 이런 문학 환경 속에서 화본소설은 결국 설교의 도구가 되었다. 이어(李漁)보다 조금 후대 사람인 석성금(石成金)의 작품 《우화향》과 《통천락》에서는 충효절의에 대해 고취하는 내용과 지루한 설교적 내용이 적잖이 보인다. 이보다 조금 늦은 시기의 작품집인 《오목성심편》은 그 서문에서 밝히고 있듯이, "전부 다 사람들을 충효절의의 길로 인도한다.[無不處處引人忠孝節義之路]"는 것을 소설의 목적으로 삼고 있다. 《박안경기》와 《금고기관》을 대상으로 선별한 《이기합전(二奇合傳)》을 보면, 전대에 있었던 작품들을 선별한 선집임에도 불구하고 다시 회목(回目) 뒤에 별도로 '권적덕(勸積德)', '권효제(勸孝悌)', '권절렬(勸節烈)', '계쟁산(戒爭産)', '계탐음(戒貪淫)' 등과 같은 주를 달아놓았을 정도로 '권계(勸戒)'의 의미를 내세우고 있다. 이 시기에 주목할 만한 장편 장회체소설로는 조설근(曹雪芹)의 《홍루몽(紅樓夢)》과 오경재(吳敬梓)의 《유림외사(儒林外史)》 등이 있었다. 같은 통속소설인데도 장편 장회체소설은 최고봉에 도달해 있었지만 단편 화본소설은 쇠락의 길로 접어들었는데 그 결정적 원인은 화본소설 장르 자체의 이와 같은 내부적인 요소에 있었던 것이다.

장편 장회체소설의 발전 경로는 역사 이야기나 영웅호걸 또는 신선귀괴(神仙鬼怪) 이야기를 다룬 《삼국연의(三國演義)》, 《수호전(水滸傳)》,

《서유기(西遊記)》로 시작해 일반인의 일상생활을 다룬 《금병매(金瓶梅)》 같은 작품으로 내용적 변화 과정을 거친다. 《금병매》 이후로부터 현실 생활을 반영하는 세정소설이 부단히 발전되어 《홍루몽》 등과 같은 작품이 나오기도 했다. 이런 측면에서 볼 때, 화본소설의 경우는 그 흥성기부터 일반 사람들의 일상생활을 다뤄왔기 때문에 명말 '삼언이박'을 비롯한 의화본소설의 번영기 이후로는 더 이상 큰 발전을 이루기 어려웠다. 청초의 화본소설은 해학적 표현을 구사하거나 신기한 줄거리를 짜내는 등의 다양한 시도를 하지만 송원 화본이 만들어 놓은 현실 생활을 반영하는 전통의 경로대로 더 발전하지는 못했던 것이다. 내용적인 면에서 지나치게 사건의 기이성(奇異性)을 추구하다 보니 생동감 있는 인물을 형상화하는 데 주목하지 못했으며 사건의 맥락을 복잡하게 하거나 이야기를 기이하게 만드는 데만 몰두했다. 풍몽룡의 '삼언'을 보면 인물의 형상화에 주목해 두십낭(杜十娘) 등과 같은 인물을 성공적으로 형상화하는 결과를 얻어냈지만 그 이후의 화본소설 작품들은 이에 미치지 못했다. '이박'부터 이미 '삼언'의 인물묘사를 따라가지 못하고 있었던 것이다. 이후의 명말 의화본소설은 당시의 참혹한 현실과 도덕적 설교에 집중했으며, 청초의 의화본소설은 사건의 기이함을 추구하기 시작하여 풍몽룡의 '삼언'만큼 '인물'에 주목한 작품은 더 이상 나오지 않았다. 청나라 중기와 그 이후의 화본소설 작품들은 이런 폐단을 없애지 못하고 오히려 더 기이한 사건을 꾸며내는 방향으로 나아갔다. 석성금의 《우화향》과 《통천락》에 실려 있는 작품들을 보면 현실적으로 일어날 수 없는 일들을 꾸며 기술하면서도 직접 보았다고 하거나 직접 들었다고 하는 것을 종종 볼 수 있다.

예를 들면, 《통천락》에 실려 있는 〈투태곡(投胎哭)〉에서는 죄를 지은 악인이 짐승으로 다시 태어날 때 비참하게 통곡하는 소리를 서술자 본인이 지나가면서 들었다고 했다. 광서(光緖) 연간에 간행된 유성삼(劉省三)의 《제춘대(躋春臺)》에 실린 〈의호사(義虎祠)〉를 보면, 호랑이가 한 효자를 잡아먹은 뒤 그를 대신해 그의 어머니를 봉양하는 이야기를 다루고 있는데 그 호랑이가 스스로 관아에 가서 관원이 묻는 말을 알아듣고 자신이 사람을 잡아먹었다고 시인하는 장면이 나오기도 한다. 《제춘대》에 실려 있는 〈선인장(仙人掌)〉에서는 어떤 효자가 수절하는 제수를 실수로 손바닥으로 밀어 제수가 임신해 선인장을 낳았다고 하면서 이에 대해 충효절의(忠孝節義)를 지키는 부녀가 충효절의를 지키는 남자를 만나 손으로 한 번 밀쳐진 뒤 충효절의의 기운을 받아 잉태된 것은 천고에 없는 지보(至寶)라고 설명하고 있다. 《귀신종수보(鬼神終須報)》나 《속화경담(俗話傾談)》에서는 사람과 호랑이가 서로 소통을 하거나 개가 주인에게 보은(報恩)을 하거나 아니면 혼령이나 귀신이 등장하는 이야기 등을 많이 다루고 있다. 이렇게 허망한 귀신이나 동물의 이야기가 아닌 일반 사람들에 관한 이야기라고 해도 인물의 행동을 지나칠 정도로 기이하게 설정한 경우도 보인다. 건륭 57년(1792)에 간행된 《오목성심편(娛目醒心編)》 권2 〈마원미위아구숙녀 당장고빙매배쇠옹(馬元美爲兒求淑女 唐長姑聘妹配衰翁)〉은 여주인공이 시역(時疫)으로 남편과 시어머니를 잃은 뒤 시댁의 후사를 잇기 위해 모든 사람들의 반대에도 불구하고 자살하겠다고 협박하여 자신의 친여동생을 시아버지에게 시집보내고 동생을 시어머니로 모셨다는 이야기이다. 결말을 보면 여동생은 시집온 뒤로 아들 셋을 낳았으며 그 장남은 진사급제를 했고 자손이 번창하여 사람들이 이를 미담으로 전했다고 한다. 비록 시댁을 위한다는 명목이었지만 인륜을 거스를 정도로 지나치게 기이한 행동을 미담이라고 칭송하는 작자의 설교도 일반적인 상도로서는 납득하기 어려운 일이다. 이런 일련의 작품들처럼 이 시기 대다수의 화본소설 작품들은 설교적 목적으로 허망한 이야기를 다루었기에 작품의 수준은 떨어질 수밖에 없었던 것이다.

다른 한편으로는 새로운 창작 방향을 개척하지 못해 오히려 구작(舊作)을 개사(改寫)하거나 그대로 옮겨 쓴 경우도 종종 보인다. 예를 들면

《이각성세항언(二刻醒世恆言)》에 실린 〈신도씨복수사절(申屠氏報仇死節)〉은 《석점두(石點頭)》에 있는 〈후현관열녀섬수(侯縣官烈女殲讎)〉를 개사한 것이고, 《우화향(雨花香)》의 〈쌍란기(雙鸞配)〉는 《운선소(雲仙笑)》의 〈도가랑여장간음부(都家郎女裝姦淫婦)〉를 바탕으로 내용을 줄여 만든 것이다. 《오목성심편(娛目醒心編)》의 경우 16권 39회 가운데 권9, 권11, 권12, 권13, 권14 등의 작품들은 《형세언》, 《석점두》, 《경세통언》, 《유세명언》 등과 같은 전대 화본소설 작품집에서 이야기를 옮겨다 쓰기도 했다. 또한 함풍(咸豐) 6년(1856)에 간행된 동야청파거사(東冶青坡居士)가 수집했다는 《서호유사(西湖遺事)》는 그 서문에서 "옛날 일 가운데 전해지지 않은 것들을 수집하고 기록했다〔搜輯舊事未經傳誦者錄之〕"고 했지만 실제로 모든 이야기들은 《서호습유(西湖拾遺)》와 《서호가화(西湖佳話)》에서 옮겨온 것들이다.

정진탁(鄭振鐸)은 《오목성심편》을 마지막 문인 창작 화본집으로 보면서 건륭 57년 이후 화본의 작자는 사실상 사라졌다고 했다.[28] 그 뒤로 《속화경담(俗話傾談)》과 《옥병매(玉瓶梅)》 등의 화본소설집이 소량 발견되기도 했지만 주목할 만한 것은 거의 없고 오직 《제춘대》만이 화본소설의 역사가 종결되기 전에 나름의 수준을 보여주었다. 호사영(胡士瑩)과 구양대발(歐陽代發) 등은 《제춘대》를 마지막 화본소설집이라고 보았다. 임유인(林有仁)은 《제춘대》 서문에서 《제춘대》를 권선징악하는 책이라고 하면서 그 창작 의도에 대해 이렇게 언급하고 있다.

> 선행을 쌓으면 반드시 자손들에게까지 경사가 있게 되고 자손들의 재앙까지도 면하게 할 수 있게 될 것이며, 선행을 하면 반드시 온갖 상서로움을 불러오고 내려질 재앙을 없앨 수 있을 것이다. 사람들과 함께 봄날의 누대에 올라 즐겁게 하늘의 가호를 받게 하는 것이 내가 이 책을 저술하는 의도이다.〔誠由是積善，必有餘慶，而餘殃可免；作善，必召百祥，而降

28) 鄭振鐸, 〈明清二代的平話集〉, 《中國文學論集》, 嶽麓書社, 2011, 446쪽.

殃可消. 將與同人共躋於春臺, 熙熙然受天之佑, 是省三著書之意也夫!〕

'제춘대(躋春臺)'라는 말은《도덕경(道德經)》에 있는 "사람들이 마음껏 즐거워하는 것이 태뢰(太牢)를 즐기는 듯하고 봄날의 누대에 오른 듯하구나.〔衆人熙熙, 如享太牢, 如登春臺.〕"라는 구절에서 나온 말로 선행을 하면 하늘의 가호를 받아 봄날의 누대에 오른 듯한 복을 누릴 수 있다는 권유의 뜻을 지니고 있다. 이《제춘대》는 권선징악을 기본적인 주제로 삼아 충효절의를 지나치게 강조하는 부분이 있기는 하지만 청말 관료사회의 부패와 하층민의 곤궁한 생활상 및 도광 연간에 아편이 중국으로 들어온 후 청소년들이 피해를 입은 현실 등과 같은 사회적 문제들을 드러내기도 한다. 전체적으로 볼 때 이 작품집은 비록 새로운 내용을 다룬 부분도 있지만 보수적 사상을 드러내고 지나친 설교를 하며 인물 형상을 과장하는 등의 현실과 동떨어진 부자연스러운 모습을 보이고 있다.

《제춘대》의 특징은 작자 유성삼이 중읍(中邑)〔지금의 사천성(四川省) 중강현(中江縣)〕 사람으로 작품에서 사천 지방 사투리를 사용하고 있다는 점과 산문으로 된 내용 중에 인물의 대화에서 이삼십 구의 운문으로 된 창사(唱詞) 같은 것들을 곁들이고 있다는 점이다. 이는 당시 민간에서 자주 행하던 '성유선강(聖諭宣講)'에서 영향 받은 것으로 보인다. '성유(聖諭)'를 '선강(宣講)'한다는 것은 통치자가 교화를 중시하여 이를 드러내기 위해 관리들로 하여금 매달 초하루나 보름날 같은 특정 날짜에 관민들을 한곳에 모아 놓게 하고 황제의 칙유(勅諭)를 선강(宣講)하게 했던 것을 이른다. 순치 9년(1652)에는 "부모에게 효도하고 어른을 존경하며, 이웃과 화목하고 자손을 교육시키며, 안정적으로 생업에 종사하고 비행(非行)을 하지 않는다."는 여섯 가지 내용을 담은 황제의 〈육유문(六諭文)〉을 반포하기도 했고, 순치 16년에는 향약을 통해 60세 이상의 생원이나 육칠십 세 되는 평민이 이를 주도하도록 규정했다. 그 후 강희

9년(1671)에 다시 〈상유십육조(上諭十六條)〉를 반포했으며 옹정 2년(1724)에는 또 《성유광훈(聖諭廣訓)》을 반포하기도 했다. '성유'를 강독하는 것을 지방관의 직책으로 규정하면서 이런 활동을 백성들에 대한 선전과 교화의 도구로 삼았던 것이다. 이런 '성유선강'의 과정에서 필시 통속적인 언어를 사용했을 것이며 평민들이 이해하기 쉬운 빈산문예 양식도 빌려 썼을 것이고, 내용은 교화에 주목해 권선적인 것들이었을 것이다. 《제춘대》에 실린 〈평분은(平分銀)〉과 〈가선생(假先生)〉 등의 작품은 '강성유(講聖諭)'의 장면을 직접 묘사하는 부분도 있는 것으로 볼 때 '성유선강(聖諭宣講)'에서 영향을 받은 것이 분명하다. 이는 문인 창작의 의화본소설이 다시 민간의 구연 양식과 재결합한 독특한 양식을 보여준다는 측면에서 의미가 있다.

《금고기관(今古奇觀)》 서(序)

소설이란 것은 정사(正史) 이외의 나머지 것들이다. 《장자(莊子)》, 《열자(列子)》에 실려 있는 환술을 부리는 사람〔化人〕[1]과 등이 굽은 노인〔傴僂丈人〕[2] 등에 관한 이야기들은 사서(史書)에 들어가지 않는다. 《목천자전(穆天子傳)》[3], 《사공전(四公傳)》[4], 《오월춘추(吳越春秋)》[5] 등은 모두 소설의 부류이다. 《개원유사(開元遺事)》[6], 〈홍선전(紅線傳)〉[7], 〈무쌍전

---

1) 환술을 부리는 사람(化人): 幻術을 부리는 사람을 이른다. 《列子·周穆王》에 "周穆王 때 西極之國에서 化人이 왔는데 水火에 들어갈 수 있었고 金石을 뚫을 수 있었으며, 山川을 뒤바꿀 수 있었고 城邑을 옮길 수 있었다. 공중에 올라도 떨어지지 않았으며 물체에 닿아도 막힘이 없었다. 천만 가지로 변화하여 끝이 없었다."라는 내용이 보인다.

2) 등이 굽은 노인(傴僂丈人): 《莊子·達生》에 나오는 매미를 잘 잡는 노인을 이른다. 이 이야기는 뜻을 한데 모아 정신을 집중하면 神의 경지에 도달할 수 있다는 내용을 공자와의 대화를 통해 드러내고 있다.

3) 목천자전(穆天子傳): 晉나라 때 도굴된 전국시대 묘지에서 발견된 주나라의 고서로 穆天子는 주나라 穆王을 가리킨다. 《목천자전》에서는 목왕이 여덟 필의 준마를 몰고 서쪽으로 천하를 순행하며 서왕모를 만난 내용 등을 소설적으로 다루고 있다.

4) 사공전(四公傳): 당나라 張說이 지은 傳奇小說인 《梁四公記》를 이른다. 전문은 전하지 않고 《說郛》, 《太平廣記》 등에 逸文이 전한다. 《양사공기》에서는 南朝 梁나라 武帝 때 蜀闖, 𪇆傑, 𪎌䵷, 仉晉 등 네 사람의 박식다문과 기이한 재능을 기술하고 있다.

5) 오월춘추(吳越春秋): 동한 때 趙曄이 지은 史書로 춘추시대 오나라와 월나라의 역사를 다뤘다. 《隋書》, 《新唐書》, 《舊唐書》 등에는 모두 12권이라고 기록되어 있으나 《宋史·藝文志》에는 10권이라고 되어 있으며, 현재에도 10권이 전한다.

(無雙傳)〉[8], 〈향환전(香丸傳)〉[9], 〈은낭전(隱娘傳)〉[10] 등의 전(傳)들과 《규차지(睽車志)》[11], 《이견지(夷堅志)》[12] 등의 지(志)들은 소설이라고는 하지만 그 문장은 우아하고 품격이 있어 여염에서 입에 올리기 힘든 것들이다. 배우였던 황번작(黃繙綽)[13]과 경신마(敬新磨)[14] 등은 그 이야기들을 잡극으로 공연하며 암암리에 시사(時事)를 풍자했는데 허구적인 일들이라 민간에서 유통되기는 하지만 그 대본은 전해지지 않는다.

송나라 효종(孝宗)[15]에 이르러 천하의 모든 것으로 태상황(太上皇)을

6) 개원유사(開元遺事): 五代 때 王仁裕가 지은 《開元天寶遺事》를 이른다. 총 2卷 146條로 되어 있으며 당나라 開元과 天寶 연간의 異物과 풍속 및 궁중과 민간의 전설, 逸聞 등을 기록했다.

7) 홍선전(紅線傳): 당나라 袁郊가 지은 傳奇小說로 《甘澤謠》에 수록되어 있고 潞州 절도사 薛嵩의 시녀였던 紅線의 이야기를 다루고 있다.

8) 무쌍전(無雙傳): 당나라 薛調가 지은 傳奇小說로 당나라 德宗 연간에 朝臣이었던 劉震의 딸 無雙과 유진의 생질인 王仙客의 사랑이야기를 다루고 있다.

9) 향환전(香丸傳): 작자 연대 미상의 소설 작품인 〈香丸志〉를 이른다. 원나라 龍輔의 《女紅餘志·香丸夫人》과 명나라 周嘉胄의 《香乘》 권28에 수록되어 있으며 어떤 서생이 香丸으로 쉽게 사람을 죽일 수 있는 奇術을 지닌 여인과 만나다가 함께 등선한 이야기를 다루고 있다. 《初刻拍案驚奇》 권4 〈程元玉店肆代償錢 十一娘云崗縱譚俠〉의 入話 부분에서도 이 이야기를 기술하고 있다.

10) 은낭전(隱娘傳): 당나라 裴鉶이 지은 傳奇小說로 《傳奇》에 수록되어 있으며 女俠 聶隱娘의 이야기를 다루고 있다.

11) 규차지(睽車志): 송나라 郭彖이 《睽車志》를 이른다. '睽'는 《周易》의 睽卦를 이르는 것으로 《周易·睽》에 "귀신이 한 수레에 실려 있다.(載鬼一車.)"라는 말을 빌려 《睽車志》라고 명명한 것이다. 6권으로 되어 있으며 송나라 高宗과 孝宗 때에 있었던 견문과 귀신이나 기괴한 이야기들을 많이 싣고 있다.

12) 이견지(夷堅志): 남송 때 洪邁가 편찬한 筆記小說集이다. '夷堅'은 《列子·湯問》에 "夷堅이 듣고 그것을 기록했다."라는 구절에서 나온 것으로 고대의 博物者였다. 《夷堅志》는 총 410권(현전 206권)으로 되어 있었으며, 송대 사회에 대한 다양한 자료가 망라되어 있다.

13) 황번작(黃繙綽): 당나라 明皇 때 유명했던 배우로 段成式의 《酉陽雜俎》와 崔令欽의 《教坊記》 등에 그에 대한 기록이 보인다.

14) 경신마(敬新磨): 五代 後唐 때 배우로 莊宗의 총애를 받았다. 《新五代史·伶官傳》에 그에 대한 기록이 보인다.

15) 효종(孝宗): 南宋 때 가장 훌륭한 황제로 일컬어지는 孝宗 趙昚을 이른다. 송나

봉양하며 시종에게 명하여 민간에서 기이한 일들을 찾아내 매일 한 번씩 구연을 하게 했는데 이를 일러 설화인(說話人)이라고 했다. 이로 인해 통속연의(通俗演義)라는 것이 성행하기 시작했다. 하지만 그 가운데 비속한 이야기들이 많아 가려내다보니 읽으면 밀랍을 씹는 듯 재미가 없어 전혀 볼 만한 것이 없었다. 원나라 때 시내암(施耐庵)[16]과 나관중(羅貫中)[17] 두 공(公)이 이 길을 크게 열었으니 《수호전(水滸傳)》[18]과 《삼국연의(三國演義)》[19]가 그것으로 기이함과 올바름이 은하수와 같이 끝이 없었다. 논자(論者)는 이 두 책에 《비파기(琵琶記)》[20]와 《서상기(西廂記)》[21] 두 전기(傳奇) 작품을 곁들여 사대서(四大書)라고 일컬었으니 그 모습이 훌륭하도다!

라 周密의 《武林舊事》 권7에 "성상[宋孝宗]께서 태상황[宋高宗]을 모시고서 欏木堂의 香閣에서 說話를 들으려고 棋待詔와 小說人 孫奇 등 열네 명을 불렀다."는 기록이 보인다.

16) 시내암(施耐庵): 元末 明初의 소설가로 본명은 彥端이고 호는 耐庵이며 江蘇 興化 사람이다. 명나라 王道生의 〈施耐庵墓志〉와 청나라 胡應麟의 《少室山房筆叢》 등에서는 그를 羅貫中의 스승이며 《水滸傳》의 작자로 언급하고 있으나 《수호전》의 마지막 30회는 나관중이 썼다는 견해도 있다.

17) 나관중(羅貫中): 元末 明初의 소설가로 이름은 羅本이고 자는 貫中이며 호는 湖海散人이다. 山西 並州 太原府 사람이고 《三國志通俗演義》의 작자이다. 그가 쓴 다른 소설 작품으로는 《隋唐兩朝志傳》, 《殘唐五代史演義》, 《三遂平妖傳》, 《水滸全傳》 등이 있으며, 雜劇 작품인 《趙太祖龍虎風雲會》를 창작하기도 했다.

18) 수호전(水滸傳): '水滸'는 '물가'라는 뜻으로 《水滸傳》은 북송 말년 宋江을 비롯한 108명의 호걸들이 梁山에서 봉기한 이야기를 다루었다. 중국 소설사에서 白話로 쓴 최초의 장회체 소설이다.

19) 삼국연의(三國演義): 羅貫中이 쓴 장회체 소설인 《三國志通俗演義》를 이른다.

20) 비파기(琵琶記): 원나라 말 高明에 의해 창작된 南戲 작품이다. 한나라 선비 蔡伯喈와 趙五娘과의 결혼과 이별, 그리고 상봉의 이야기를 다루고 있다.

21) 서상기(西廂記): 원나라 王實甫가 지은 희곡 작품으로 全名은 《崔鶯鶯待月西廂記》이고 "北西廂"라고 불리기도 하며, 崔相國의 딸 崔鶯鶯과 禮部尚書의 아들 張生의 사랑이야기를 다루고 있다. 당나라 元稹의 〈앵앵전〉의 내용을 바탕으로 했지만 〈앵앵전〉에서 張生이 최앵앵과 몰래 혼약을 맺은 뒤 다시 그녀를 버린 내용과 달리 《서상기》에서는 해피엔딩으로 묘사하고 있다.

명나라에 이르러 문치가 이루어지고 문풍이 새로워졌으며 작가들은 재능이 있어 조정에서 수찬한 거작은 물론이고 패관야사도 탁월해 천고(千古)에 뛰어났다. 설서(說書) 일가(一家) 또한 전문적으로 있었다. 《금병매(金瓶梅)》[22]는 비록 화려하지만 음탕함을 교사한다는 비판을 샀고, 《서유기(西遊記)》[23]와 《서양기(西洋記)》[24]는 귀신을 그리는 데 있어 함부로 억측했으니 풍속교화와 무관한데 어찌 전편(全篇)을 취할 수 있겠는가? 묵감재(墨憨齋)[25]는 《평요전(平妖傳)》[26]을 증보하여 극도의 기교

22) 금병매(金瓶梅): 중국소설사상 처음으로 문인이 단독적으로 창작한 장회체 장편소설이자 현실주의적 장편소설로 명나라 蘭陵笑笑生이 지었다. 《수호전》 가운데 武松이 형수를 죽인 일을 단서로 삼아 관료이자 부호의 신분을 갖춘 西門慶과 그의 시첩 潘金蓮, 李瓶兒, 龐春梅의 이야기를 다루었다. '金瓶梅'라는 제목은 潘金蓮, 李瓶兒, 龐春梅 등 세 여자의 이름자에서 각각 한 글자를 뽑아 지은 것이다.

23) 서유기(西遊記): 명나라 소설가 吳承恩이 지은 章回體 神魔小說이다. 孫悟空, 豬八戒, 沙悟淨 등 세 인물이 당나라 玄奘 법사를 따라 불경을 구하러 천축으로 가면서 81개의 난관을 겪고 마침내 여래불을 만나 부처가 된다는 내용을 다루고 있다. 玄奘의 《大唐西域記》와 민간전설, 잡극, 송나라 說經話本 《大唐三藏取經詩話》 등에서 취재했다.

24) 서양기(西洋記): 명나라 羅懋登이 지은 장회체 神魔小說 작품인 《三寶太監西洋記通俗演義》를 이른다. 《三寶太監西洋記》나 《三寶開港西洋記》라고 불리기도 하고 줄여서 《西洋記》라고 칭하기도 한다. 명나라 永樂 연간에 환관 鄭和가 일곱 번에 거쳐 西洋에 사신으로 갔던 사실을 바탕으로 부연한 작품이다. 鄭和가 碧峰長老와 張天師의 도움을 받아 요괴를 물리치면서 많은 나라들을 복종하게 한 내용을 다루고 있다.

25) 묵감재(墨憨齋): 명나라 馮夢龍의 藏書齋 이름으로 馮夢龍의 별호이기도 하다. 풍몽룡은 蘇州 吳縣 사람으로 자는 猶龍 또는 子猶이며 호는 顧曲散人, 墨憨子, 墨憨齋主人 등이다. 《增補三遂平妖傳》, 《笑府》, 《智囊》, 《古今談概》, 《太平廣記鈔》, 《情史》, 《墨憨齋定本傳奇》 등 많은 저작을 남겼으며, 小說, 戲曲, 民歌, 笑話 등을 비롯한 다양한 俗文學을 수집하고 정리하는 데 큰 기여를 했다. 가장 영향이 큰 저작은 '三言'으로 알려진 擬話本小說集 《喻世明言》(일명 《古今小說》), 《警世通言》, 《醒世恒言》 등이다.

26) 평요전(平妖傳): 北宋 때 王則이 이끈 농민봉기를 소재로 다룬 장회체 소설로3 夢龍이 40회로 증보를 하고 《新平妖傳》이라 했다. 중국소설사에서 첫 번째 장편 神魔小說로 후대 같은 부류의 소설 창작에 적잖은 영향을 끼쳤다.

와 변화를 꾀하면서도 본말을 잃지 않았으니 그 솜씨는 〈수호전〉과 〈삼국연의〉 사이에 있다. 그가 지은 《유세명언》, 《성세항언》, 《경세통언》에 이르러서는 다기한 인정세태를 극도로 묘사하고, 비환이합(悲歡離合)의 극치를 갖춰 서술해 특이함과 새로움을 돋보이게 하여 사람의 마음을 꿰뚫고 눈을 놀라게 한다고 할 수 있으며, 그 결말은 올바른 것에 귀착하여 풍속교화에 귀결된다. 즉공관주인(即空觀主人)[27]이 이어서 《박안경기(拍案驚奇)》[28] 초각(初刻)과 이각(二刻)을 편찬했는데 이야기를 자못 많이 수집해 담론하기에 족하다. 이것들은 모두 합쳐 총 이백 종[29]인데 양이 많아 두루 다 읽어보기 힘든데다가 수집을 많이 하다 보니 어찌 이야기마다 모두 특이할 수 있겠는가? 비유하자면, 세상에 관인과 인끈만큼 많은 관리들이 있는데 비록 공선(公選)을 하는 세상이라 해도 머릿수만 채우는 신하가 어찌 한두 명이 없겠는가? 나는 그 이야기들 가운데에서 뛰어난 백 편을 뽑아 다시 잘 판각하고 간행해 큰 볼거리를 만들려고 생각하고 있었는데 포옹노인(抱甕老人)[30]이 먼저 내 마음을 알아채

27) 즉공관주인(即空觀主人): 명대 소설가 凌濛初를 가리킨다. 浙江 烏程 사람으로 자는 玄房이고 호는 初成이며 별호는 即空觀主人이다.

28) 박안경기(拍案驚奇): 凌濛初의 擬話本小說集 《初刻拍案驚奇》와 《二刻拍案驚奇》를 이른다. 각각 40편의 작품이 수록되어 있으며, 馮夢龍의 '三言'을 더해 '三言二拍'이라 불린다.

29) 《二刻拍案驚奇》에서 권23의 작품인 〈大姊魂遊完宿願 小姨病起續前緣〉은 《初刻拍案驚奇》 권23과 동일한데다가 권40의 작품인 〈宋公明鬧原宵〉는 화본소설이 아닌 雜劇 작품임을 감안할 때, '三言二拍'에 실린 화본소설 작품 총수는 200편이 아닌 198편이 된다.

30) 포옹노인(抱甕老人): 《莊子 · 天地》에 나오는 '항아리를 안고[抱甕] 밭에 물을 주는 丈人'의 이야기에서 유래하여 '抱甕丈人' 또는 '抱甕老人'은 利器를 거부하고 순박한 삶을 추구하는 사람을 의미하게 되었다. 《금고기관》의 편찬자인 抱甕老人의 실명은 구체적으로 밝혀진 바 없다. 그 실체에 대해 馮夢龍의 親友라고 추정하는 설이 가장 보편적으로 받아들여지고 있다. 그 구체적인 인물로 二拍의 작자인 凌濛初라는 설과 明末 문인 陳繼儒라는 설, 淸初의 시인인 顧有孝라는 설 등이 제기된 바 있다.

사십 종을 선각(選刻)하고 이름을 《금고기관》이라 했다.

대저 신기루나 화산에 있는 불을 뿜어내는 화정(火井)의 경관이 기이하지 않은 것은 아니지만 제 눈과 귀로 직접 보고 들은 일이 아니라서 사람들은 얼음을 의심하는 여름 벌레가 되는 것을 면치 못할 것이다. 그러므로 천하의 진정한 기이함은 심상(尋常)한 것들에서 나오지 않은 것이 없나. 인의예지(仁義禮智)는 상심(常心)이라 이르고 충효절렬(忠孝節烈)은 상행(常行)이라 이르며, 선악과보(善惡果報)는 상리(常理)라 이르고 성현호걸(聖賢豪傑)은 상인(常人)이라 이른다. 하지만 상심은 늘 유지되지 못하고 상행은 항상 수행되지 못하며, 상리는 잘 드러나지 못하고 상인은 흔히 보이지 않으니 사람들은 그것을 보면 서로 놀라며 이야기하는 것이다. 듣는 자들은 혹은 슬퍼하거나 혹은 한탄하거나 혹은 기뻐하거나 혹은 놀라기도 한다. 선(善)한 자는 면려할 줄 알게 되며 선하지 못한 자도 부끄러워하고 두려워할 줄 알게 되어 풍교(風教)의 아름다움을 함께 이룰 수 있게 된다. 그런즉 지극한 특이함으로 사람을 감동시키는 것은 곧 지극한 심상함으로써 사람을 교훈시키는 것이다. 여염의 일이 조정에 이르지 않는다거나 패관야사의 말이 정사(正史)에 부합되지 않는다고 내 어찌 말할 수 있으리오? 만약, 칼을 삼키거나 불을 내뿜거나 겨울에 천둥이 치고 여름에 얼음이 어는 이야기를 지어내 보여주면 그것은 사람을 안개와 구름 속으로 이끄는 것이어서 전혀 취할 만하지 못하다. 내 이런 것들을 소설을 잘 읽는 자들에게 바라노라.

고소(姑蘇)[31] 소화주인(笑花主人)[32]이 쓰다.

31) 고소(姑蘇): 蘇州 吳縣(지금의 江蘇省 蘇州市 吳中區와 相城區)의 별칭으로 그곳에 姑蘇山이 있어 이렇게 불리게 된 것이다.

32) 소화주인(笑花主人): 이름이 밝혀지지 않은 미상의 인물이다.

▌원문 교주

《今古奇觀》 序[33]

小說者, 正史之餘也. 《莊》、《列》所載化人、傴僂丈人等[34]事, 不列於史. 《穆天子》、〈四公[35]傳〉、《吳越春秋》皆小說之類也. 《開元遺事》、〈紅線〉、〈無雙〉、〈香丸〉、〈隱娘》諸傳, 《睽[36]車》、《夷堅》各誌[37], 名為小說, 而其文雅馴, 閭閻罕能道之. 優人黃繙綽、敬新磨等搬演襍劇, 隱諷時事, 事屬烏有, 雖通於俗, 其本不傳.

至有宋孝皇以天下養太上, 命侍從訪民間竒事, 日進一囬, 謂之說話人, 而通俗演義一種, 乃始盛行. 然事多鄙俚, 加以忌諱, 讀之[38]嚼蠟, 殊不足觀. 元施、羅二公, 大暢斯道, 《水滸》、《三國》, 竒竒正正, 河漢無極. 論者以二集配《伯喈》[39]、《西廂》傳竒, 號四大書, 厥觀偉矣!

---

33) 본 역주본의 저본이 된 人民文學出版社本《今古奇觀》에는 序文이 없다. 본 서문은 古本小說集成本《今古奇觀》의 서문을 저본으로 삼고 全圖本《今古奇觀》과 繪圖本《今古奇觀》의 서문을 참고하여 교감했다.

34) 【校】等(등): 全圖本·繪圖本에는 "等"으로 되어 있고, 古本小說集成本에는 "昔"으로 되어 있다.

35) 【校】四公(사공): 古本小說集成本·繪圖本에는 "四公"으로 되어 있고, 全圖本에는 "即位"로 되어 있다.

36) 【校】睽(규): 《四庫全書》 등의 문헌에는 "睽"로 되어 있고, 《今古奇觀》 각 판본에는 "輳"로 되어 있다. '睽車'는 《周易·睽》에 있는 "載鬼一車"라는 말에서 나온 것으로 볼 때 "睽"로 쓰는 것이 타당하다.

37) 【校】誌(지): 古本小說集成本에는 "誌"로 되어 있고, 全圖本에는 "志"로 되어 있다.

38) 【校】讀之(독지): 古本小說集成本·繪圖本에는 "讀之"로 되어 있고, 全圖本에는 "續史"로 되어 있다.

39) 伯喈(백개): 元末 高明의 南戲 작품인 《琵琶記》의 남자 주인공이며 한나라 때 선비 蔡伯喈를 이른다.

迄於皇明, 文治聿新, 作者競爽. 勿論廊廟[40]鴻編, 即稗官野史, 卓然敻絕千古. 說書一家, 亦[41]有耑[42]門. 然《金瓶》書麗, 貽譏於誨淫;《西遊》、《西洋》, 逞臆於畫鬼. 無関風化, 奚取連篇? 墨憨齋增補《平妖》, 窮工[43]極變, 不失本末, 其技[44]在《水滸》、《三國》之間. 至所纂《喻世》、《醒世》、《警世》三言, 極摹人情世態之岐[45], 備寫悲歡離合之致, 可謂欽異拔新, 洞心駴目; 而曲[46]終奏雅, 歸於厚俗. 即空觀主人壺矢代興[47], 爰有《拍案驚奇》兩[48]刻, 頗費蒐獲, 足供談麈[49]. 合之共二百種. 卷帙浩繁, 觀覽難周; 且羅輯取

40) 廊廟(낭묘): 殿下屋과 太庙를 아울러 이르는 말로 조정을 가리킨다.《後漢書·申屠剛傳》에 달린 李賢의 注에 의하면, "廊은 殿下屋이고 廟는 太廟이다. 국사는 반드시 廊廟라는 곳에서 도모한다.(廊, 殿下屋也; 廟, 太廟也. 國事必先謀於廊廟之所也.)"고 했다.

41) 【校】亦(역): 古本小說集成本·繪圖本에는 "亦"으로 되어 있고, 全圖本에는 "大"로 되어 있다.

42) 【校】耑(전): 古本小說集成本에는 "耑"으로 되어 있고, 全圖本·繪圖本에는 "專"으로 되어 있다. '耑'은 '專'과 같다.

43) 【校】工(공): 全圖本·繪圖本에는 "工"으로 되어 있고, 古本小說集成本에는 "二"로 되어 있다.

44) 【校】技(기): 古本小說集成本·繪圖本에는 "技"로 되어 있고, 全圖本에는 "拔"로 되어 있다.

45) 【校】岐(기): 古本小說集成本·全圖本에는 "岐"로 되어 있고, 繪圖本에는 "歧"로 되어 있다.

46) 【校】曲(곡): 古本小說集成本·繪圖本에는 "曲"으로 되어 있고, 全圖本에는 "始"로 되어 있다.

47) 壺矢代興(호시대흥): '壺(병, 항아리)'와 '矢(화살)'는 모두 투호(投壺)놀이를 할 때 쓰는 도구이다. '代興'은 '뒤이어 일어나거나 성행하게 되는 것'을 이른다.《左傳·昭公·昭公十二年》의 기록해 의하면, 晉侯와 齊侯가 투호놀이를 할 때 齊侯가 '矢(화살)'를 들고서 "寡人이 이것을 넣으면 晉侯를 대신하여 흥성할 것이외다.(寡人中此, 與君代興.)"라고 했다고 한다.

48) 【校】兩(양): 古本小說集成本·繪圖本에는 "兩"으로 되어 있고, 全圖本에는 "時"로 되어 있다.

49) 【校】談麈(담주): 古本小說集成本에는 "談麈"로 되어 있고, 全圖本에는 "譚麈"으로 되어 있다. '談麈'는 원래 魏晉 唐宋 때 사람들이 清談을 할 때 손에 들었던 '麈尾'를 이른다. '주미'는 가늘고 긴 오리목 상단과 좌우 양쪽에 부채처럼 짐승털을 꽂아 만든 도구로 한담을 할 때 이것을 들고 벌레를 쫓고 먼지를 털기도 했다. '麈'는 '낙타사슴'을 이르는데 전하는 바에 따르면 낙타사슴은 서식지를

盈, 安得事事皆奇? 譬[50]如印纍纍, 綬若若, 雖公選之世, 寧無一二具臣充位. 余[51]擬拔其尤[52]百回, 重加纘[53]梓, 以成巨覽, 而抱甕老人先得我心, 選刻四十種, 名為《今古[54]奇觀》.

夫蜃樓海市, 燄山火井, 觀非不奇; 然非耳目經[55]見之事, 未免為疑冰之蟲. 故夫天下之真奇在, 未有不出於庸常者也. 仁義禮智, 謂之常心; 忠孝節烈, 謂之常行; 善惡果報, 謂之常理; 聖賢豪傑, 謂之常人. 然常心不多葆, 常行不多脩, 常理不多顯, 常人不多見, 則相与驚而道之. 聞[56]者或悲或嘆[57], 或喜或愕. 其善者知勸, 而不善者亦有所漸恧悚惕, 以共[58]成風化之美. 則夫動人以至奇者, 乃訓人以至常者也. 吾安知閭閻之務不通於廊廟, 稗秕之語不符於正史? 若作吞刀吐[59]火、冬雷夏冰例觀, 是引人雲霧, 全無

옮겨 갈 때 앞에 가는 낙타사슴의 '꼬리(尾)'를 방향 표지로 삼아 뒤에 있는 낙타사슴이 따라가기에 '麈尾'라고 부르게 되었다. 청담을 할 때는 반드시 주미를 들었고 名流들의 雅器가 되었으며 청담의 대명사로 쓰이게 되었다. 여기서는 '담론을 하다' 정도의 뜻이다.

50) 【校】奇譬(기비): 古本小說集成本·繪圖本에는 "奇譬"로 되어 있고, 全圖本에는 "僻奇"로 되어 있다.

51) 【校】余(여): 古本小說集成本·繪圖本에는 "余"로 되어 있고, 全圖本에는 "予"로 되어 있다.

52) 【校】尤(유): 古本小說集成本·繪圖本에는 "尤"로 되어 있고, 全圖本에는 "元"으로 되어 있다.

53) 【校】纘(수): 古本小說集成本·繪圖本에는 "纘"로 되어 있고, 全圖本에는 "授"로 되어 있다.

54) 【校】今古(금고): 全圖本·插圖本에는 "今古"로 되어 있고, 古本小說集成本에는 "古今"으로 되어 있다. 古本小說集成本의 목차와 광곽 등에 모두 "今古奇觀"으로 되어 있는 것으로 봐서 여기 서문에서만 실수로 조판되어 "古今"으로 된 듯하다.

55) 【校】經(경): 全圖本·繪圖本에는 "經"으로 되어 있고, 古本小說集成本에는 "経"로 되어 있다.

56) 【校】聞(문): 古本小說集成本·繪圖本에는 "聞"으로 되어 있고, 全圖本에는 "聲"으로 되어 있다.

57) 【校】嘆(탄): 古本小說集成本·繪圖本에는 "嘆"으로 되어 있고, 全圖本에는 "歎"으로 되어 있다.

58) 【校】共(공): 古本小說集成本·全圖本에는 "共"으로 되어 있고, 繪圖本에는 "其"로 되어 있다.

是處. 吾以望之善讀小說者.

姑蘇笑花主人漫題[60]

59) 【校】吐(토): 古本小說集成本·全圖本에는 "吐"로 되어 있고, 繪圖本에는 "呑"으로 되어 있다.

60) 【校】姑蘇笑花主人漫題(고소소화주인만제): 古本小說集成本·繪圖本에는 "姑蘇笑花主人漫題"로 되어 있고 全圖本에는 "蕭然星波老人題"로 되어 있다. '漫題'는 '편하게 손 가는 대로 쓰다'라는 뜻이다.

제1권

효렴 삼형제가 서로 가산을 양보하여 명성을 높이 드날리다〔三孝廉讓産立高名〕

작품 해설

이 작품은 현명하고 우애로운 삼형제가 가산을 놓고 서로 양보하여 모두 명성을 드날리게 된 이야기로 《성세항언》 권2에 실려 있는 이야기이다. 《금고기관》 권3 〈등대윤귀단가사(滕大尹鬼斷家私)〉와 권30 〈염친은효여장아(念親恩孝女藏兒)〉에는 각각 형제, 사위가 가산을 독차지하려고 다투는 이야기가 수록되어 있어 이 작품과 대조를 이룬다.

이 작품은 맨 앞에 네 구로 된 편수시(篇首詩)가 있고 이 네 구 가운데 세 구는 형제간의 정에 관련된 전고를 각각 담고 있으며 이들 세 이야기의 전고를 순서대로 풀이하는 구조로 입화가 구성되어 있다. 입화 부분 첫 번째 이야기의 본사(本事)는 남조 양나라 오균(吳均)의 《속제해기(續齊諧記)》에 〈자형수(紫荊樹)〉라는 제목으로 보이며, 민국시대 양팽년(楊彭年)의 《평극희목회고(平劇戲目匯考)》 603번 〈자형수(紫荊樹)〉에도 유사한 내용이 소개되어 있다. 입화 부분 두 번째 이야기의 본사는 당나라 정계(鄭綮)의 《개천전신기(開天傳信記)》에서 나온 것으로 당나라 이덕

유(李德裕)의 《차류씨구문(次柳氏舊聞)》에도 수록되어 있다. 입화 부분 세 번째 이야기의 본사는 남조 송나라 유의경(劉義慶)의 《세설신어》 권2 〈문학(文學)〉 제4에서 나왔다. 정화(正話)의 본사는 《후한서》 권76 〈허형전(許荊傳)〉에서 나온 이야기로 허형(許荊)〔자는 소장(少張)〕은 한나라 때 회계(會稽) 양선(陽羨) 사람으로 간의대부(諫議大夫) 등의 벼슬을 역임한 인물이다. 《후한서》에 의하면, 허형의 조부인 허무(許武)는 당시 태수였던 제오륜(第五倫)〔자는 백어(伯魚)〕의 천거로 효렴이 된 뒤, 동생인 허안(許晏)과 허보(許普)까지 명성을 얻게 했으며, 그의 벼슬은 장락소부(長樂少府)까지 이르렀다고 한다. 같은 이야기가 명나라 초횡(焦竑)의 《초씨유림(焦氏類林)》 권1 하 〈형제(兄弟)〉에도 수록되어 있으며 명나라 풍몽룡의 《지낭보(智囊補)·술지부(術智部)》 권13에는 〈허무(許武)〉라는 제목으로도 보이는데 이들 사이에는 약간의 문자 출입만 있을 뿐이다. 청나라 장귀승(張貴勝)의 《견수집(遣愁集)》 권4 〈효우(孝友)〉에도 같은 내용의 이야기가 수록되어 있는데 《후한서·허형전(許荊傳)》과 다른 점은, 《견수집》에는 두 동생이 출사한 지 몇 년 후에 형이 두 아우들에게 권유해 관직을 그만두고 고향으로 돌아오게 한 뒤 친족들을 불러 그동안 가산을 경영해 얻은 수익을 나눠주었다는 내용이 보인다는 점이다. 이렇게 볼 때 《견수집》에 있는 이야기가 〈삼효렴양산립고명(三孝廉讓產立高名)〉에 가장 근접한다고 할 수 있다. 《견수집》에는 큰 형의 이름이 장효기(張孝基)로 되어 있고 동생의 이름은 기재되어 있지 않으며 출처가 명시되어 있지 않다.

조선시대 무명씨가 이 작품을 바탕으로 하여 문언으로 개사를 시도한 작품이 《담자(啖蔗)》에 〈삼효렴전(三孝廉傳)〉이라는 제목으로 수록되어 있다. 이밖에도 본 작품에서 다루고 있는 허씨 삼형제의 이야기는 18세기 말에 편찬된 한국의 야담집인 《동패락송》을 필두로 《계서잡록》, 《계서야담》, 《기문총화》, 《청구야담》, 《동야휘집》, 《차산필담》 등의 문헌에 수록되어 전한다.

소설에서 형제들이 분가를 하며 재산을 분할하는 과정에서 야기되는 갈등은 흔한 소재거리이다. 중국 고대사회에서 병역, 요역, 부세 제도 등은 필요에 따라 시대 상황에 걸맞게 변화되는 양상을 보인다. 부세 등의 이유로 가호가 증가하는 것이 좋을 경우, 국가는 백성들로 하여금 분가를 장려하고 재산을 분할하게 했다. 《사기(史記)·상군열전(商君列傳)》에 따르면, 춘추전국 시대 진(秦)나라 상앙은 변법을 시행하면서 '분호령(分戶令)'을 반포해 백성 가운데 성년이 된 아들이 두 명 이상 있는데도 분가를 하지 않은 자에게는 부세를 배가시킨다고도 했고, 부자(父子)와 형제가 같은 집에 사는 것을 금지하는 법령을 내린 바도 있다. 수나라 때에도 《수서(隋書)·식화지(食貨志)》를 보면, 대공친 이하로는 모두 호적을 갈라 각기 가호를 구성하도록 했다. 그러다가 당나라 때에 이르러서 가호 수가 아닌 재산의 규모에 따라 요역과 부세를 부과하는 '호등제(戶等制)'가 시행되자 당시 민간에서는 재산의 등급을 낮추기 위해 분가를 많이 하기도 했다. 이런 폐단을 막기 위해, 《당률(唐律)·호혼(戶婚)》에 보이는 바와 같이, 조부모도 있고 부모도 있는데 자손이 따로 호적을 만들고 재산을 나눈 자는 삼 년의 도형에 처하는 규정이 생기기도 했다.

정화(正話)의 시대적 배경인 한나라 때는, 비록 형제가 분가하는 것을 법으로 금하지는 않았지만 사회적인 습속으로 형제가 함께 사는 것이 권장되던 시대였다. 《한서(漢書)·원제기(元帝紀)》에 한 곳에 살면서 쉽게 거처를 옮기지 않은 것은 백성들의 천성이며 혈육이 서로 붙어사는 것은 인정상 원하는 바라고 한 말과 동한 응소(應劭)의 《풍속통의(風俗通義)·과예(過譽)》에 무릇 함께 사는 것이 최상이고 서로 소식을 통하고 사는 것이 그 다음이며 서로 질책을 하며 사는 것은 최하라고 한 말들이 한나라 때의 이런 사회적 분위기를 대변한다.

한나라 초기에는 여전히 법가와 황노사상이 유행했다. 무제 때 이르러 인재등용 방법에 있어서 찰거(察擧) 제도가 제도화되면서 동중서의 건의에 따라 효렴(孝廉)을 인재선발 과목으로 설치하기에 이른다. 《한서·무제기(武帝紀)》에 기재되어 있는 "원광 원년 겨울 11월에 처음으로 군국(郡國)으로 하여금 효렴 한 명씩을 천거하게 했다."는 내용과 《후한서(後漢書)·순상전(荀爽傳)》에 "한나라 제도로 천하의 사람들로 하여금 《효경》을 암송하게 하고 효렴을 천거하게 하는 것으로 관리를 선발한다."는 말이 이런 사정들을 설명해 준다. 동한 때에 이르러서는 효제(孝悌)를 중시하는 효렴이 가장 중요한 찰거(察擧) 과목이 되었을 뿐만 아니라 다른 과목에서도 '효제염공(孝悌廉公)'을 가장 기본적인 요구 사항으로 삼게 되었으니 과거시험이 아직 설치되지 않았던 그 시대에는 효렴 천거가 출사에 있어서 가장 중요한 관건이 되었던 셈이다. 《통전(通典)》에 기록되어 있는 바와 같이, 화제(和帝) 때 군국(郡國)에서 20만 명 가운데 한 명씩을 효렴으로 천거했다는 것으로 보아 효렴으로 천거된다는 것은 특이한 행적이 없으면 거의 불가능에 가까웠다. 이렇게 볼 때 정화의 주인공인 허무와 허안과 허보 삼형제가 모두 효렴으로 출사했다는 것은 매우 특이한 일인 것을 알 수 있다. 맏형 허무는 효렴으로 출사한 뒤, 두 동생들의 효제를 드러내 주기 위해 일부러 그들을 분가하게 하고 가산도 불공평하게 나눠 자신은 '가짜 효렴'이란 의론도 마다하지 않았던 것이다.

한나라 문제 12년〔기원전 168〕에 내려진 조서에 "효제는 천하의 순리이고 역전(力田)은 생업의 근본이다.〔孝悌, 天下之大順也; 力田, 爲生之本也.〕"라는 말을 통해서 알 수 있는 바와 같이, 한나라 때에는 농경문화가 본격적으로 성숙되면서 효제 못지않게 '역전〔力田; 농사에 힘씀〕'도 중요시되었다. 《한서·문제기(文帝紀)》에 "호구에 따라 상원(常員)으로 삼노(三老)와 효제(孝悌)와 역전(力田) 등의 관직을 두고 각기 그 뜻에 맞춰 백성을 인도하게 한다.〔以戶口率置三老、孝悌、力田常員, 令各率其意以道民焉.〕"라는 기록도 있듯이, 이 작품은 한나라 때의 사회제도를 배경으로 허무라는 유교의 이상적 인물을 통해 효제라는 유교의 덕목을 주제화시켰다.

본문 역주

박태기나뭇가지 아래 집으로 다시 돌아온 날	紫荊枝下還家日
화악루(花萼樓) 안에서 한 이불 덮었을 때	花萼樓中合被時
동기란 종래로 형제인데	同氣從來兄與弟
천추에 부끄러이 〈두기시(豆萁詩)〉를 읊나니	千秋羞詠豆萁詩

이 시[1]는 사람들에게 형제간의 화목을 권면하기 위해 지어진 것으로 세 개의 고사(故事)를 활용하고 있으니 관객 여러분들은 내가 하나하나 나눠 설명하는 것을 들어보시오.

첫째 구에서는 "박태기나뭇가지 아래 집으로 다시 돌아온 날"이라 했다. 옛적에 전(田)씨 집 삼형제가 있었는데 어려서부터 한 집에서 한 솥밥을 먹으며 살았다. 큰아들이 맞이한 아내는 전대수(田大嫂)[2]라 불리었고, 둘째 아들이 맞이한 아내는 전이수(田二嫂)라 불리었으며 동서 간에 화목하여 험담이 전혀 없었다. 셋째만 나이가 어려 형과 형수들에게 얹혀

1) 話本小說은 항상 詩詞로 시작하는데 일반적으로 그 내용은 이야기의 주제를 밝히는 것들이다. 이런 開篇詩詞의 원류는 당나라 때 성행했던 俗講의 押座文에서 찾을 수 있다. 押座文의 '押'은 '壓(누르다)'과 같은 의미여서 押座文은 명칭 그대로 본격적인 講經에 들어가기 전에 자리를 진정시키고 주제를 밝히며 관중의 이목을 집중시키는 역할을 했다. 이런 전통은 송원시대 說話人의 대본이었던 話本과 문인들이 그것을 모방해서 창작을 한 話本小說에도 그대로 드러나며 후대의 장회체 소설에도 답습되었다.

2) 전대수(田大嫂): '嫂'는 '형수'라는 뜻으로 결혼한 여자를 칭하기도 한다. '田大嫂'는 '전씨 집 큰아들의 처'라는 의미이며, 뒤에 나오는 '田二嫂'는 '전씨 집 둘째 아들의 처'라는 뜻이고, '田三嫂'는 '전씨 집 셋째 아들의 처'라는 의미이다.

살다가 나중에 커서 아내를 맞이했는데 아내는 전삼수(田三嫂)라 불리었다. 전삼수는 사람됨이 어질지 못해 제 스스로 혼수를 좀 해왔다고 믿고서, 남편집에서 모두들 한 솥밥에 밥을 지어 한 상에서 밥을 먹고 제 몫으로는 돈을 쓰지도 않으며 제 몫을 저울질하지도 않는 것을 보고는 자기가 무엇을 좀 먹으려 해도 불편하다고 여기게 되었다. 그리하여 밤낮으로 남편의 면전에서 이렇게 꼬드겼다.

"집안의 금고와 전답은 모두 아주버니들이 관장을 하고 계시니 돈이 들어오고 나가는 것을 당신은 전혀 몰라요. 아주버니들은 밝은 곳에 있고 당신은 어두운 곳에 있으니 하나를 쓰고서 열을 썼다 하고 열을 쓰고서 백을 썼다고 한들 그것을 어찌 알겠소? 지금은 비록 함께 산다고 하지만 언젠가는 판이 깨질 거예요. 만약 집안 형편이 쇠락해지면 당신같이 나이가 어린 사람만 고생하게 될 걸요. 내 생각엔 차라리 일찍 분가해 가산을 셋으로 나누어 각자 스스로 살림을 꾸려가는 것이 좋지 않을까 해요."

전삼(田三)은 일시에 아내의 말에 미혹되어 일리가 있다고 여기고는 친척에게 부탁하여 형들한테 분가해서 살도록 말해 달라고 했다. 전대(田大)과 전이(田二)는 처음에는 응낙하지 않았지만 전삼 부부가 안팎에서 연이어 재촉했기에 그 말에 따를 수밖에 없었다. 모든 가옥과 돈과 곡식 따위를 세 몫으로 나누고 나자, 그 어느 것도 조금도 많거나 적지 않았다. 단지 뜰 앞에 있는 큰 박태기나무 한 그루만이 남았다. 이 나무는 조상 대대로 전해온 것으로 매우 무성해져 있었다. 분가를 하면 이 나무는 누구의 몫으로 돌아가게 될까? 안타깝게도 마침 꽃이 피는 시절이었지만 그것까지 말할 여지도 없었다. 전대는 지극히 공평무사하여 이 나무를 베어 넘어뜨린 뒤 그 몸통을 세 토막으로 내어 한 사람이 한 토막씩 가지고 나머지 자잘한 가지와 잎은 저울로 달아서 나누자고 제의했다. 상의해 매듭짓고는 다음 날 일에 착수하기만을 기다렸다. 날이 밝자 전대는 두 아우를 불러 함께 나무를 베러 갔다. 나무 옆에 이르러서 보니 가지는 마르고 잎은 시들어 전혀 생기가 없었다. 전대가 손으로 나무를 밀어보았더니 미는 대로 넘어지며 뿌리에 있던 움이 모두 드러났다. 전대는 멈추고서 그 나무를 향해 크게 통곡했다. 두 동생들이 말하기를 "이 나무가 값이 얼마나 된다고 형님께서 그렇게 안타까워하십니까?"라고 하자, 전대가 말했다.

"내 이 나무 때문에 우는 것이 아니다. 우리 삼형제는 한 성씨에, 한 부모에게서 태어나 마치 이 나무처럼 가지와 잎이 모두 뿌리와 연결되어 자랐기에 떨어질 수가 없다. 뿌리에서 몸통이 생겨났고 몸통에서 가지가 났으며 가지에서 다시 잎이 생겨나 무성하게 된 것이다. 어제 이 나무를 세 토막으로 나누기로 상의했더니 나무가 산 채로 쪼개질 것을 차마 볼 수 없어 하룻밤 사이에 스스로 말라죽었구나. 우리 삼형제도 만약 떨어지게 된다면 이 나무처럼 말라 죽을 것이니 번성해질 날이 어찌 또 있겠는가? 이것이 내가 애통해 하는 까닭이다."

전이와 전삼도 형의 말을 듣고 지극한 정에 감동되어 "어찌 사람이 나무만도 못할 수가 있겠는가?"라고 하면서 서로 껴안고 한없이 통곡했다. 형제 모두가 차마 분가하지 못하고 예전처럼 함께 살며 한 솥밥을 먹기를 원했다. 셋째 아들의 처가 대청 앞에서 나는 울음소리를 듣고서 비로소 그 연고를 알게 되었다. 전대수와 전이수는 각기 기뻐했지만 전삼수만은 그것을 원치 않아 원망하는 소리를 했다. 전삼이 그의 아내를 쫓아내려고 하자 두 형이 거듭 말리며 그만두도록 했다. 전삼수는 부끄럽게 여겨 방으로 돌아가 목을 매고 죽었는데 이는 제 스스로 만든 재앙이라 살아남을 수 없었던 것이다. 이 일은 건너뛰기로 한다.

재설(再說)[3], 전대가 그 박태기나무를 아깝게 여겨 다시 가서 보았더니 그 나무는 돌봐준 사람도 없었는데 저절로 똑바로 서 있었으며 말랐

3) 재설(再說): 說話人이 앞에서 얘기하다가 만 이야기를 다시 연이어 전개할 때 문두에 쓰는 상투어로 却說과 유사한 의미이다.

던 가지도 다시 살아나 있었고 시들었던 꽃도 다시 피어 예전보다도 더 화려해져 있었다. 전대가 두 아우들을 불러와 나무를 보게 하자 모두들 놀라 감탄하기를 그치지 않았다. 그 뒤로부터 전씨 집안은 대대로 함께 살았다. 그 증거가 되는 시가 있다.

박태기나무 꽃 아래서 전씨 삼형제의 얘기를 하노니	紫荊花下說三田
사람이 모이고 흩어짐에 그 꽃도 그러했다네	人合人離花亦然
동기간은 가지처럼 이어져 원래가 떨어질 수 없으니	同氣連枝原不解
집안에서 여인네들의 말을 듣지를 말지니	家中莫聽婦人言

둘째 구에서 "화악루(花萼樓) 안에서 한 이불 덮었을 때"라고 했다. 이 화악루는 섬서(陝西) 장안성(長安城)[4] 안에 있는 것으로 당나라 현종(玄宗)[5] 황제가 지은 것이다. 현종 황제는 곧 당명황(唐明皇)으로 본래 당나라 종실이었다. 당시 중종(中宗)의 황후였던 위씨(韋氏)[6]가 국정을 어지럽히고 무삼사(武三思)[7]가 정권을 한 손에 쥐고 있었으므로 명황은

4) 장안성(長安城): 당나라의 수도로 지금의 陝西省 西安市이다.

5) 현종(玄宗): 당나라 현종 李隆基(685~762)를 가리킨다. 睿宗 李旦의 셋째 아들로 시호가 至道大聖大明孝皇帝이기에 唐明皇이라고도 불린다. 太平公主와 함께 정변을 일으켜 韋皇后를 제거한 뒤, 아버지 이단을 옹립해 태자로 세워졌다. 즉위하여 연호를 開元으로 바꾸었으며 '開元盛世'를 일궈냈으나, 후기에 양귀비와 간신 李林甫를 총애해 '安史의 亂'의 빌미를 제공했다. 《新唐書》 권5와 《舊唐書》 권8에 그에 대한 傳이 실려 있다.

6) 위씨(韋氏, ?~710): 당나라 中宗 李顯의 두 번째 황후로 중종이 神龍 원년(705)에 복위한 뒤로 武三思 등과 결탁하여 정권을 장악했다. 景龍 4년(710)에 李顯을 독살하고 溫王 李重茂를 세워 수렴청정을 했다. 오래지 않아 李隆基가 정변을 일으켜 자기 아버지인 相王 李旦을 제위에 오르게 했으며 韋氏는 궁중에서 피살되고 廢庶人이 되었다.

7) 무삼사(武三思, ?~707): 則天武后의 이복형제인 武元慶의 아들로 春官(禮部)尙

군대를 거느리고서 그들을 주살한 뒤, 제위에 오르게 되었다. 명황에게 형제 다섯 명이 있었는데 모두 왕작(王爵)으로 봉해져 당시 '오왕(五王)[8]'이라 불리었다. 명황은 우애가 매우 돈독하여 큰 누각을 하나 짓고 《시경(詩經)》의 〈당체(棠棣)〉[9] 편의 의미를 취해 '화악(花萼)'이라 이름했다. 때때로 오왕을 불러 누각에 올라가 즐겁게 잔치를 벌였다. 또 큰 휘장을 만들고 이름을 '오왕장(五王帳)'이라 했는데 그 안에는 긴 베개와 큰 이불이 있었고 명황과 오왕이 항상 그 안에서 함께 잠을 자곤 했다. 그 증거가 되는 시가 있다.

갈고(羯鼓)[10]가 거듭 울리며 옥피리 소리가 밭고	羯鼓頻敲玉笛催
화려한 누각에서 연회를 파하니 석양이 희미해졌구나	朱樓宴罷夕陽微
궁녀들이 촛불을 들고서 밤새 앉아	宮人秉燭通宵坐

書 등을 역임했고 무측천이 제위에 오른 뒤 梁王으로 봉해졌다.

8) 오왕(五王): 唐明皇의 형제인 讓皇帝 李憲, 惠莊太子 李撝, 惠文太子 李範, 惠宣太子 李業과 隋王 李隆悌를 이른다.

9) 당체(棠棣): 《詩經·小雅》에 있는, 형제간의 우애를 담은 篇名으로 "아가위 꽃이여, 그 꽃받침도 환하네. 무릇 지금 사람들 가운데는 형제만한 사람은 없느니.(常棣之華, 鄂不韡韡. 凡今之人, 莫如兄弟.)"라는 구절에서 비롯되었다. '鄂不'는 '萼柎'와 통해 '꽃받침'을 뜻하며 '韡韡'는 '환한 모양'을 이른다. 이에 대한 鄭玄의 箋에 따르면 "꽃받침이 꽃에서 발하는 빛을 받아 환히 흥성한 것으로 아우가 형을 존경하고 형이 아우를 榮華로 감싸며 恩義가 또한 환히 드러나는 것을 비유한다.(鄂足得華之光明, 則韡韡然盛興者, 喻弟以敬事兄, 兄以榮覆弟, 恩義之顯亦韡韡然.)"고 한다.

10) 갈고(羯鼓): 羯은 중국 고대 소수민족의 이름이다. 羯鼓는 옛날 타악기의 일종으로 크기와 모양이 장구와 비슷하며 양면을 숫양의 가죽으로 메웠다고 한다. 원래 인도에서 나온 것으로 서역을 거쳐 중국으로 전입되었으며 당나라 開元 및 天寶 연간에 성행했다. 《通典·樂四》에 "羯鼓는 정면이 옻칠통과 비슷하고 양쪽에서 모두 칠 수 있다. 羯 지방에서 나왔으므로 羯鼓라 불리었으며 兩杖鼓라고도 한다.(羯鼓, 正如漆桶, 兩頭俱擊. 以出羯中, 故號羯鼓, 亦謂之兩杖鼓.)"라는 기록이 보인다.

기다리는데
군왕이 밤에 돌아오지 않는다고는 믿지 不信君王夜不歸
않아서라네

넷째 구에서는 "천추에 부끄러이 〈두기시(豆萁詩)〉를 읊나니"라고 했다. 후한(後漢) 때 위왕(魏王) 조조(曹操)[11]의 맏아들인 조비(曹丕)[12]는 한나라를 찬탈하고 황제라 칭했다. 그에게 조식(曹植)[13]이라는 아우가 있었는데 자는 자건(子建)이며 총명함으로 당대에 비길만한 자가 없었다. 조조가 살아 있을 때 그를 가장 총애하여 여러 차례 후사로 세우려고 했으나 실현시키지 못했다. 조비는 구한(舊恨)을 품고 있었기에 구실을 찾아 그를 죽이려고 했다. 하루는 조비가 자건을 불러 놓고 이렇게 말했다.

"선제께서는 항상 네게 시를 짓는 재능이 영민하다고 하셨는데 짐이 보는 앞에서는 아직 시험을 해본 적이 없다. 지금 너는 일곱 걸음을 걸을 동안 시 한 수를 지어보라. 만약 짓지 못하면 네가 기만한 것에 대해 죄를 묻겠노라."

11) 조조(曹操, 155~220): 삼국시대 曹魏 정권을 일으킨 자로 자는 孟德이었다. 동한 말년에 재상을 지낸 바 있고 魏王으로 봉해졌으며 曹魏 건국의 기초를 다졌다. 죽은 뒤에 武王이라는 시호를 받았고 아들인 曹丕가 제위에 오른 뒤 그를 武皇帝라 추앙했으며 묘호를 太祖라고 했다. 문학과 서예에도 조예가 깊어 曹丕, 曹植과 더불어 '三曹'라고 불리었으며 建安文學의 대표 인물이기도 하다.

12) 조비(曹丕, 187~226): 魏나라 개국 황제인 文帝로 자는 子桓이었다. 曹操와 卞皇后의 적장자로 建安 22년(217)에 魏王의 世子로 봉해졌으며 建安 25년(220)에 曹操가 죽은 뒤 동한의 재상과 魏王을 계승했다. 같은 해에 漢나라 獻帝로부터 선양을 받아 魏나라를 세우고 제위에 올랐다. 문학에도 조예가 깊어 세자 시절에 문학단체를 이끌며 건안문학의 발전에 이바지하기도 했다.

13) 조식(曹植, 192~232): 曹操와 卞皇后 사이에 태어난 셋째 아들로 文帝 曹丕의 아우였다. 어려서부터 총명하고 문장이 뛰어났으나 조비에게 밀려 태자로 세워지지 못했다. 그의 마지막 봉지가 陳郡이고 시호가 '思'였으므로 '陳王' 혹은 '陳思王'이라고도 불리었다. 건안문학의 대표인물이자 집대성한 문학가로 그의 문장은 兩晉과 南北朝 시대에 典範으로 추앙받았으며 대표작으로는 〈洛神賦〉, 〈白馬篇〉, 〈七哀詩〉 등이 있다.

자건은 일곱 걸음을 걷기도 전에 이미 시를 지어냈다. 그 안에는 권계와 풍자의 뜻이 담겨져 있었다. 시[14]는 이러했다.

콩깍지를 태워서 콩을 삶으니	煮豆燃豆萁
콩이 솥 안에서 울음 짓네	豆在釜中泣
본디 한 뿌리에서 생겨났거늘	本是同根生
어찌하여 이리 급히 볶아대는가	相煎何太急

조비는 시를 보고 감동하여 눈물을 흘리며 이전의 원한도 풀게 되었다. 후인들이 지은 시가 증거가 된다.

종래로 존귀한 자가 시기를 하면	從來寵貴起猜疑
칠보시를 지어도 위태롭다네	七步詩成亦可危
한탄스럽게도 콩깍지로 콩을 삶는 원한들은 그치지 않았으니	堪歎釜萁仇未已
육조(六朝) 땐 혈육 간에도 주살을 하곤 했다네	六朝骨肉盡誅夷[15]

"이야기꾼! 오늘 이 두세 개의 얘기를 왜 했소이까?" 다름 아니라 제가 〈효렴(孝廉)[16] 삼형제가 서로 가산을 양보하여 명성을 높이 드날리

14) 시(詩): 이 시는 〈豆萁詩〉 혹은 〈七步詩〉라고 불린다. 조식이 일곱 걸음 걷는 사이에 시를 짓는 이야기는 《世說新語·文學第四》에 처음으로 보이는데 거기에 실려 있는 시는 이러하다. "콩을 삶아 국을 끓이는데 콩을 짜서 즙을 내네. 콩깍지로 솥 아래 불 지피니 콩이 솥 안에서 울음 짓네. 본디 한 뿌리에서 생겨났거늘 어찌 이리 급히 볶아대는가(煮豆持作羹, 漉菽以爲汁. 萁在釜下燃, 豆在釜中泣. 本自同根生, 相煎何太急?)"

15) 육조골육진주이(六朝骨肉盡誅夷): 육조는 삼국시대부터 수나라 때까지(222~589) 長江 이남 지역에 세워진 여섯 개 朝代인 東晉, 東吳, 宋, 齊, 梁, 陳을 가리킨다. 육조 때에는 사회가 혼란하고 도덕이 타락하여 저마다 정권을 장악하기 위해 골육상잔의 사건들이 종종 발생한 것을 이른다.

16) 효렴(孝廉): '孝'는 孝悌한 자를 가리키고 '廉'은 淸廉한 자를 가리키는 말로 '孝廉'은 漢나라 때부터 시작된 추천에 의한 인재선발 과목이었다. 동한 때에는

다〉라는 얘기를 하려고 그런 것이외다. 이 화문(話文)[17]은 조비와 같이 시기를 잘하거나 각박하지도 않고, 자건과 같이 풍류스럽지도 않은 이야기지만 '박태기나무 밑의 전씨 삼형제'와 '화악루에서의 이씨 형제들'의 이야기를 뛰어넘소이다. 아무리 화목하지 않은 형제라고 해도 제가 하는 이 얘기를 들으면 모두 다 그들의 좋은 품성을 배우게 될 것이오.[18]

이것은 바로 이런 말로 대변된다.

| 천하의 일을 알려거든 | 要知天下事 |
| 모름지기 고인들의 책을 읽어야 한다오 | 須讀古人書 |

이 얘기는 동한(東漢) 광무제(光武帝)[19] 연간에 있었던 일이다. 그 당시에는 천하가 안정되고 백성들이 즐거이 생업에 종사하였으니 조정에서는 오동나무에 깃든 봉황의 울음소리가 들렸으며 재야에서는 쓰이지 못한 현자들의 탄식도 없었다. 원래 한나라 때 사인(士人)을 등용하는

벼슬을 하고자 하는 자들은 반드시 이 과목을 거쳐야 했으며 이후에는 한 과목으로 통합된 경우가 많았다. 《漢書·武帝紀》에 의하면, 한나라 光元 원년에 무제가 郡國에 효렴으로 각 한 명씩을 추천하라는 명을 처음 내렸다고 한다. 推選된 士人을 지칭하기도 했으며 명청 때 이르러서는 擧人을 효렴이라고 부르기도 했다.

17) 화문(話文): '話'는 이야기라는 뜻이다. '話文'은 '話本'과 같은 의미로 이야기꾼(說話人)이 說唱하는 이야기를 이른다.

18) 이런 표현은 화본소설 작가가 화본의 구연 현장을 모의한 것이다. 질문을 담은 앞의 문장은 관중이 이야기꾼에게 질문이나 이의를 제기하듯 모방을 한 것이며, 그 뒤 이어지는 문장은 이야기꾼이 답을 하듯 모방한 것이다. 관중과 이야기꾼의 문답처럼 설정한 것은 실제로는 작가의 자문자답일 뿐이며 이는 화본소설에서 흔히 보이는 서술방법이다. 작가는 이런 방식으로 관중의 목소리를 빌려 질문을 제기한 뒤, 이야기꾼이 그 질문에 대답을 하는 것처럼 하여 그 부분에 대해 설명을 하고 다음 내용으로 넘어감으로써 이야기의 생동감과 현장감을 강화시키고 흥미를 유발한다.

19) 광무제(光武帝): 동한을 세운 劉秀(기원전 5~57)를 가리킨다. 자는 文叔이고 묘호는 世祖이며 시호가 光武皇帝였다. 재위 기간에 중앙집권을 강화하고 경제를 발전시켰으며 유학을 크게 일으켰다. 역사상 이 시기를 光武中興이라고 불렀다.

방법은 지금과 달라 어떤 과목으로 뽑지 않고 주군(州郡)에서 천거하는 것만 있었다. 비록 박학굉사(博學宏詞), 현량방정(賢良方正)[20] 등의 과(科)도 있었지만 오직 효렴(孝廉)을 가장 중히 여겼다. '효(孝)'라는 것은 효제(孝弟)이며, '염(廉)'이라는 것은 염결(廉潔)함이다. 효를 하면 군왕에게 충성을 하게 되고, 염결하면 백성을 사랑하게 된다. 효렴으로 천거되기만 하면 출사해 벼슬을 할 수 있었다. 지금 시세대로라면 주현(州縣)에서 동생(童生)[21] 시험을 볼 때에도 추천장 수십 장이 있는데 만약 효렴에 추천 받으려고 할 때면 얼마나 많은 수단과 방법을 써야 할지 알 수 없으니 여전히 부귀한 집안의 자제들이 꿰차게 될 것이다. 미천하고 가난한 자들은 비록 증삼(曾參)[22]의 효성과 백이(伯夷)[23]의 청렴함을 갖췄다한들 명성을 날리고 집안을 드러낼 엄두조차 낼 수가 없다. 하지만 한나라 때에는 법도가 매우 정묘(精妙)해서 어떤 사람을 효렴으로 추천

20) 박학굉사(博學宏詞) 현량방정(賢良方正): '賢良方正'은 한나라 때 選官取士 科目 가운데 하나로 漢文帝 2년(기원전 178)부터 있었으며 "賢良方正하고 直言極諫할 수 있는 자(賢良方正能直言極諫者)"를 뽑으려고 했다. 이후 대부분 위난이 있을 때 시행했고 特擧 혹은 制科에 속했다. 천거 받은 자는 보통 황제가 친히 策問을 한 뒤에 관직을 수여했다. 博學宏詞도 科擧名目의 일종이지만 한나라 때에는 없었고 당나라 開元 연간부터 송나라 말년까지 있었는데 소설 본문에서 작가가 혼동한 것으로 보인다.

21) 동생(童生): '秀才'는 孝廉과 같이 한나라 때부터 있었던 科名으로, '童生'은 과거 공부를 하고 있지만 아직 秀才 시험에 합격하지 못한 선비를 이르는 말이다.

22) 증삼(曾參): 曾子(기원전 505~435)를 이른다. 이름은 參이고 자는 子輿며 춘추 말년 노나라 南武城(지금의 山東省 嘉祥縣) 사람이었다. 공자의 초기 제자 가운데 한 명으로 아버지 曾點과 함께 孔子에게 배웠고 유가의 대표적 인물로 뽑힌다. 孝恕忠信을 숭상했으며 《논어》, 《대학》, 《효경》 등을 저술하는 데 참여하기도 했고 후세에 宗聖으로 받들어져 孔廟에 배향되었다.

23) 백이(伯夷): 商朝 말년 孤竹國 임금의 큰아들이다. 아버지가 명을 내려 셋째 아들인 叔齊를 후사로 삼으려고 했으나 어버지가 죽은 뒤에 숙제가 백이에게 임금 자리를 양보하자 이를 사양하며 周나라로 도망했다. 주나라 武王이 商나라 紂王을 멸망시키자 백이 숙제 두 사람은 주나라의 양식을 먹기 싫어 首陽山에서 굶어 죽었다는 고사가 전한다. 자세한 이야기는 《呂氏春秋 · 誠廉》과 《史記 · 伯夷列傳》에 보인다.

하여 그 사람이 과연 재덕이 있으면 자격에 구속받지 않고 졸지에 영전될 수 있었으며 천거한 사람까지 모두 기록되고 상을 받았다. 만약 천거된 사람이 제격이 아니어서 나중에 재물을 탐내고 법을 어기면 가볍게는 파면을 시켰고 중하게는 재산을 몰수했으며 천거한 사람까지 함께 죄를 받았다. 천거하는 사람은 천거되는 사람과 화복이 서로 연관되어 있었으므로 감히 함부로 할 수 없었다. 그래서 공평하고 올바른 도리가 크게 드러났으며 조반(朝班)이 청렴하고 엄명(嚴明)했으니 이에 대해서는 더 이상 얘기할 필요가 없다.

허무가 두 아우에게 공부를 시키는 장면, 명말, 금창(金閶) 엽경지간본(葉敬池刊本), 《성세항언》 삽도

차설(且說)[24], 회계군(會稽郡) 양선현(陽羨縣)[25]에 허(許) 씨 성을 가진 사람이 있었는데 이름은 무(武)라고 했고 자는 장문(長文)이었다. 열다섯 살에 부모를 여의었으며, 비록 남겨진 전답과 시종들이 조금 있었지만 딱하게도 가문이 미천하여 도와주는 사람이 없었다. 거기에다가 두 아우도 있었으니 하나는 허안(許晏)이라 했는데 나이는 겨우 아홉 살밖에 안 되었으며, 다른 하나는 허보(許普)라고 불렀는데 나이가 겨우 일곱 살이었다. 모두 어리고 철이 없어 하루 종일 형을 쫓아다니면서 울기만 했다. 허무는, 낮에는 노복을 거느리고서 밭을 갈고 울안밭에 씨를 뿌렸으며 밤에는 등불을 밝히고 책을 읽었다. 밭 갈고 씨를 뿌릴 때마다, 두 동생들은 비록 곰방메나 호미도 들지 못했지만, 허무는 동생들에게 반드시 옆에서 이를 지켜보도록 했다. 책을 읽을 때면 두 동생들을 반드시 책상 옆에 앉히고는 직접 구두(句讀)를 알려 주고 세세히 풀이해 주었으며, 예양(禮讓)의 예절과 재덕을 갖춘 사람이 되는 방법을 가르쳐 주었다. 동생들이 조금이라도 가르쳐준 대로 하지 않을 때면 가묘(家廟)[26] 앞에서 무릎을 꿇고, 슬피 제 자신을 책망하면서 자신의 덕행이 부족하여 동생들을 가르칠 수 없으니 부모님의 영혼이 계시거든 두 동생

24) 차설(且說): '다시 돌아가서 이야기한다'는 뜻으로 송원시대 說書人이 前文에서 하다 만 이야기를 다시 연이어 전개할 때 문두에 쓰는 상투어이다. 章回體小說에서도 쓰였다.

25) 회계군(會稽郡) 양선현(陽羨縣): 회계군은 秦代에 설치되어 隋代까지 있었던 군으로 대체적으로 長江 하류 강남 일대 지역에 해당한다. 동한 永建 4년(129)부터 회계군에 속했던 浙江 이북의 여러 縣을 나누어 吳郡으로 설치했고 회계군은 治所가 山陰縣(지금의 浙江省 紹興市 내성)으로 옮겨졌으며 15개 縣을 거느리게 되었다. 양선현은 진시황 때부터 있었던 현으로 본래 회계군에 속했다가 후에 吳郡으로 分屬되었으며 지금의 江蘇省 宜興市이다.

26) 가묘(家廟): 한 가문의 조상들을 함께 모셔 두는 묘로 宗祠와 유사하다. 옛날에는 官爵이 있는 자만이 가묘를 짓고 조상을 모셔 제사 지낼 수 있었다. 당초 宗廟만 있었으나 당나라 때부터 비로소 私廟가 생겼으며 송나라 때에 이르러 家廟로 바뀌었다.

들을 깨우쳐 달라고 청하며, 끊임없이 눈물을 흘렸다. 동생들이 울며 잘못을 인정하고 벌을 청할 때까지 기다렸다가 그리된 뒤에야 비로소 일어났는데 말을 빨리하거나 사나운 낯빛은 하지 않았다. 방안에서는 한 채의 이불과 깔개만을 사용하여 삼형제가 함께 잠을 잤다. 이렇게 수년이 지나자 두 아우는 모두 장성했고 집안 형편도 점차 흥성해졌다. 어떤 사람이 허무에게 아내를 맞이하라고 권하자 허무는 이렇게 대답했다.

"만약 아내를 맞이하게 되면 두 아우들과 따로 살아야 합니다. 부부간의 사랑을 돈독하게 하고서 형제간의 정을 잊는 일을 나는 차마 할 수 없습니다."

그 뒤로도 삼형제는, 낮에는 함께 밭을 갈고 밤에는 함께 책을 읽었으며, 밥 먹을 때에도 반드시 한 그릇을 쓰고 잠잘 때에도 반드시 한 침상에서 잤다. 고을에서 이름이 나, 사람들은 모두 그를 '효제(孝悌) 허무'라고 불렀다. 또한 다음과 같은 구호(口號)[27] 몇 구도 전해졌다.

양선 사람 허계장[28]은	陽羨許季長
밭 갈고 책 읽느라 밤낮으로 바쁘구나	耕讀晝夜忙
두 동생을 모두 사람이 되도록 가르쳤으니	教誨二弟俱成行
큰 형이 아니라 부모님이라네	不是長兄是父娘

그 당시 주목(州牧)[29]과 군수(郡守)는 모두 그의 명성을 듣고 상주문

27) 구호(口號): 본래 南朝 梁나라 簡文帝의 〈仰和衛尉新渝侯巡城口號〉나 당나라 李白의 〈口號吳王美人半醉〉 등과 같이, 古詩 제목에서 쓰는 말인데 입에서 나오는 대로 읊어댔다는 의미로 '口占'과 유사하다. 元·明·清代 소설에서는 대체적으로 구어로 엮어낸 打油詩나 속담 따위를 이른다.

28) 허계장(許季長): 문맥상 許武를 가리키는 것으로 보인다. 許武는 자가 長文인데 여기서 '許季長'이라고 칭한 이유는 알 수 없다.

29) 주목(州牧): 한나라 때에는 전국을 여러 州로 나누고 주의 장관으로 刺史를 두었는데 한나라 成帝 때에 이르러 '州牧'으로 명칭이 바뀌었다. 州를 다시 여러 郡으로 나눈 뒤, 군의 장관으로 郡守를 두었고 후에 이를 太守라고 부르게 되었다.

을 올려 천거를 하자, 조정에서는 그를 불러들여 의랑(議郎)[30]으로 임용하려고 회계군에 조서를 내렸다. 태수(太守)는 교지를 받들어 현령에게 격문을 내려서 허무로 하여금 즉일로 부임하도록 했다. 허무는 어명을 사양하기 힘들 것이라고 짐작하여 두 아우들에게 이렇게 분부했다.

"내가 집에 있을 때처럼 몸소 경작을 하고 힘써 공부하여야 한다. 게으름을 피우고 본업을 소홀히 해 돌아가신 아버지의 유훈을 저버리지 말아야 한다."

그리고 또 노복들에게 이렇게 당부했다.

"모두들 조심하고 분수를 지키며 두 주인이 시키는 대로 말을 잘 들어야 한다. 아침에 일찍 일어나고 밤이 되면 잠을 자며 함께 가업을 이루도록 도와야 한다."

당부를 마친 뒤 행장을 꾸렸다. 관부의 차량을 쓰지 않고 제 스스로 삯을 주고 탈 것을 마련해 수레에 올라 시동 하나만을 데리고 장안을 향해 출발했다.

수일 뒤에 경도에 도착해 황제를 알현하고 관직을 받았다. 장안성 사람들이 효제 허무의 명성을 듣고서 서로 다투어 찾아와 그를 만났다. 그 당시 허무는 조반(朝班)에 명망이 높았으며 사방에 명성이 자자했다. 조정 대신들 가운데에는 허무가 아직 장가들지 않은 것을 알고서 딸을 그에게 시집보내려고 하는 사람들이 많았으나, 허무는 마음속으로 이렇게 생각했다.

"우리 형제 세 사람은 나이가 모두 장년인데 모두 다 장가를 들지 않았으니 만약에 내가 먼저 아내를 맞이하게 되면 그건 결코 형으로서의 도리가 아니다. 하물며 우리 집은 대대로 농사를 지으며 공부를 해왔는데 요행으로 조정 관서에 충원되자마자 바로 벼슬아치 집안과 혼인을

30) 의랑(議郎): 한나라 관직명으로 光祿勳 소속의 郎官 가운데 하나이다. 일상적인 직책은 없었고 顧問과 應對를 맡았으며 대부분 賢良方正한 자를 뽑아 임용했다.

하면 그 여자는 자기 가문을 믿고서 스스로 교만하고 존귀한 기세를 부리는 것을 면치 못할 것이야. 우리 집의 선비다운 소박한 문풍을 망칠 뿐만 아니라 뒷날 두 아우들이 빈천한 집안의 여자를 맞이하게 되면 동서 간에 어찌 함께 지내겠는가? 자고로 형제간이 화목하지 않은 것은 대부분 부녀자들로 인해 생긴 것이니 나는 처음부터 그것을 방비하지 않으면 안 된다."

비록 마음속으로는 이렇게 거듭 생각은 했지만 이는 밖으로 내뱉을 수 없는 말들이었다. 어쩔 수 없이 임기응변으로 핑계를 대, 집에 이미 혼약을 한 조강지처가 있는데 감히 아내를 두고서 재취했다가 송홍(宋弘)[31]에게 웃음거리가 될까 두렵다고만 했다. 사람들은 그의 말을 듣고서 더욱더 그를 존경하게 되었다. 게다가 허무는 경학(經學)에 정통해 있었으므로 조정에서 큰 정사(政事)가 있어 공경(公卿)[32]들이 결단을 내리지 못할 때면 왕왕 그에게 가르침을 청하곤 했다. 그는 옛날 일을 인용해 지금의 일을 논증하면서 전부 핵심을 짚어냈으므로 허무가 논한 것이라면 사람들은 모두 확실하여 바뀔 수 없다고 생각했다. 공경들이 그를 중히 여기고 신뢰해 몇 년도 안 되어 여러 차례 우천하여 어사대부(御史大夫)[33]의 직위까지 올랐다.

---

31) 송홍(宋弘, ?~40): 동한 초기의 名臣으로 자는 仲子이고 京兆長安(지금의 陝西省 西安市) 사람이었다. 정직하고 청렴하며 충간했으므로 光武帝 劉秀에게 중용되어 太中大夫, 大司空 등의 벼슬을 역임했다. 광무제의 누나인 湖陽公主가 남편을 잃은 뒤 송홍에게 재가하려 했으나 송홍은 "신이 듣기로 미천했을 때의 친구는 잊으면 안 되고, 조강지처는 당 아래로 내치지 않는다 합니다.(臣聞貧賤之知不可忘, 糟糠之妻不下堂.)"라고 하며 사절했다고 한다.

32) 공경(公卿): 고대 중앙정부의 고위관직이었던 '三公九卿'을 줄여 이르는 말로, 널리 고위관직을 이른다.

33) 어사대부(御史大夫): 관직명으로 秦나라 때부터 설치되었으며 직책은 副丞相과 같았고 탄핵과 규찰 그리고 중요한 문서의 관리를 맡았다. 서한 때에는 승상의 자리가 비어 있으면 왕왕 어사대부로 채우기도 했으며 승상(大司徒), 태위(大司馬)와 합쳐 三公이라고 불리었다. 명나라 홍무 연간에 이르러 御史臺를 都察院

하루는 두 아우들이 집에서 힘써 공부한 지 여러 해가 되었음에도 주군(州郡)에서 천거되는 것이 보이지 않기에 게을러 본업을 버려두고 있는 것이 아닌가 돌연 진실로 걱정이 되어 집에 돌아가서 살펴보려고 했다. 이에 상소문을 올렸는데 그 대략은 이러하다.

신은 천박한 재주로 성세를 만나 현귀한 자리에 올랐는데 보답하기도 전에 어찌 감히 한가로움과 안일함을 도모하겠습니까? 하지만 옛말에 이르기를 "인생에 있어 백행(百行) 가운데 효제(孝弟)가 우선이다."고 했고, "불효가 되는 세 가지가 있는데 그 중에 후사가 없는 것이 가장 크다."라고 했사옵니다. 부모님께서 일찍 돌아가셨음에도 묘지는 아직 손보지 못했고 신의 아우 두 사람은 학업을 아직 이루지 못했으며 신은 나이 서른인데도 아직 장가를 들지 못했사옵니다. 오륜(五倫)[34] 가운데 세 가지가 결여되어 있사오니 원컨대, 휴가를 내려주시어 잠시 향리로 돌아가 있게 해 주시옵소서. 신이 그나마 견마(犬馬)의 힘을 다한 것을 염두에 두신다면 아직 이 몸은 성상으로부터 편달을 받을만하오니 머지않은 시일에 다시 제 소임으로 돌아오겠사옵니다.

천자는 상주문을 읽고 허무에게 잠시 향리로 돌아가 있도록 휴가를 허락했고, 명을 내려 역마를 타고 금의환향하도록 했으며 다시 황금 이십 근(斤)을 하사해 혼례 비용으로 쓰도록 했다. 허무가 은혜에 감사하며 조정에 사별(辭別)을 고하니 백관들이 모두 교외까지 나와 그를 전송했다. 그것은 바로 이런 말로 대변된다.

금의환향 한다 소식이 들리니	報導錦衣歸故里
평민의 집에서 공경이 나왔다고 앞 다퉈	爭誇白屋[35]出公卿

으로 바꾸면서 어사대부도 폐지되었다.

34) 오륜(五倫): 五常이라 불리기도 하며 君臣·父子·兄弟·夫妻·朋友 사이의 다섯 가지 윤리 관계를 이른다.

35) 백옥(白屋): 《漢書·王莽傳上》에 대한 顔師古의 注에 따르면, 백옥은 평민이 사는 白茅로 덮힌 가옥을 이른다. 채색하지 않고 목재 본연의 색채를 그대로 드러내고 있는 가옥을 이른다는 설도 있다.

칭송하네

허무는 향리로 돌아와서 선영에 성묘를 마친 뒤, 관고(官誥)[36]를 돌려보내고 병이 있다고 핑계를 대며 벼슬을 하려 하지 않았다. 시간이 좀 지난 후에 두 아우들을 종용히 앞으로 불러놓고 학업의 진퇴를 물었다. 허안과 허보가 막힘없이 술술 대답하며 이치에 밝고 문사에 유창하자 허무는 마음속으로 크게 기뻐했다. 다시 전답과 집채의 수량을 살펴봤더니 이전에 비해 수 배가 더 넓어져 있었는데 이는 모두 두 동생들이 근검하여 쌓아 놓은 것들이었다. 허무는 곧 마을에 있는 양가집 여자들을 두루 찾아, 우선 두 아우들을 위해 혼약을 한 뒤에 비로소 제 자신도 아내를 맞이했으며, 잇달아 두 아우들도 성혼시켰다. 대략 몇 달이 지났을 즈음에 갑자기 두 동생들에게 이렇게 말했다.

"내 듣기로 형제는 분가해 살아야 할 도리가 있다고 한다. 지금 너희들과 나는 모두 다 아내를 맞이했고 전답도 적지 않으니 도리상 각자 가정을 꾸리는 것이 마땅하다."

두 아우들은 "예, 예"라고 하면서 형의 명에 따랐다. 곧 택일을 하고 술자리를 마련해 고을의 어르신들을 두루 다 초청했다. 술 세 잔을 마시고 나서 분가할 일을 알려 주었다. 시종들을 모두 앞으로 불러다 놓고 모든 가산들을 일일이 나누었다. 허무는 먼저 넓은 집을 제 몫으로 취하면서 말했다.

"나는 존귀한 신하의 자리에 있기에 때문에 의장(儀仗)이 있어야 하니 체면을 차리지 않을 수가 없다. 너희들은 농사에 힘을 쓰면서 경작을 하며 살기에 초가집만 얻어도 족할 게다."

그리고 다시 전답 문서를 살펴보고는 좋은 전답은 모두 제 몫으로 돌리고 척박한 전답은 두 동생들에게 크기를 가늠해 나눠주면서 이렇게

36) 관고(官誥): 황제가 신하에게 작위나 관직을 수여할 때 내리는 詔令을 이른다.

말했다.

"나는 빈객들이 많은데다 날로 교유를 넓히고 있으니 이렇게 하지 않으면 쓰기에 부족하다. 너희들은 몇 식구만 있는 집이라 힘써 농사를 짓기만 하면 그것만으로도 추위에 떨거나 굶주리는 일은 없게 될 게다. 내 너희들로 하여금 많은 재산으로 인해 덕을 손상하게 하고 싶지는 않구나."

그리고 다시, 건장하고 똑똑한 노복들을 모두 취한 뒤 이렇게 말했다.

"내가 출입할 때 따라다니며 시중드는 일은 이들이 아니면 족하지 않구나. 너희들은 힘을 한데 모아 경작을 하니까 바로 이같이 우둔한 노복들과 함께해야만 될 것이야. 늙고 약한 노복들이 밥을 나르기에 충분하니 많은 노복들을 써가며 너희들의 옷과 양식을 허비할 필요도 없지."

고을 어른들은 원래부터 허무가 효제를 행하는 사람인 줄 알고 있었기에 이번에 가산을 나누는 일에도 필시 많은 쪽을 사양하고 적은 쪽을 취할 것이라고 생각했다. 그래서 그가 이렇게 사사건건 모두 제 몫만을 챙기리라고는 짐작도 못했다. 젊은 두 동생의 소득은 자신의 소득의 십분의 오도 안 되는데 허무에게는 겸손하게 양보하려는 마음은 전혀 없었고 동생들을 기만하고 능멸하려는 마음만 잔뜩 있었다. 마을사람들은 마음속으로 매우 불공평하다고 여겨 몇몇 강직한 노인들은 분노를 이기지 못한 채 스스로 가버렸다. 마음이 곧아, 있는 그대로 말을 다 해버리는 어떤 이가 있었는데 그는 입을 떼며 두 동생들의 입장에서 대신 주장을 하려고 했다. 그 가운데에 또한 노숙한 사람도 있었는데 그는 남몰래 슬며시 그 사람에게 일러 얘기하지 말라고 했다. 그래서 말을 하려던 그 사람도 하려던 말을 그만두었다. 말을 하지 말라고 했던 그 노숙한 사람 또한 식견이 좀 있는 사람이었는데 그 사람이 말했다.

"부귀한 사람은 빈천한 사람과 속이 다르다네. 허무는 이미 큰 벼슬을 했으니 당초 상황과는 비길 수 없지. 속담에 '먼 사람들은 친한 사람들을 이간시키지 않는다.'고 했는데 그대와 나는 결국 바깥사람이니 어찌 이들의 집안일에 간여할 수 있겠는가? 비록 좋은 말로 타이른다 해도 반드시 들을 거라고는 장담할 수 없어. 괜히 말을 허비하여 형제들 간에 불화만 부추기게 되네. 만약 동생들이 형에게 양보하려고만 한다면 아주 좋은 일인데 자네와 내가 이런 무관한 일에 화를 내서 뭐해? 만약 동생들이 마음속으로 달가워하지 않으면 반드시 쟁론을 할 것이니 그때를 기다렸다가 우리가 저들을 대신해 말해 주는 것이 좋지 않겠나?"

이것은 바로 이런 말로 대변된다.

자신과 관련된 일이 아니라면 참견치 말고	莫非干己休多管
말이 서로 통하지 않으면 굳이 말을 하지 말라	話不投機莫强言

사실 허안과 허보는 형의 가르침을 받은 뒤로 책에 통달하고 사리에 밝았으며 일체의 일에 있어 효제를 가장 중하게 여기고 있었다. 그들은 형이 이렇게 나눈 것을 보고 도리상 당연한 일이라고 여겨 불공평하다는 생각이 전혀 없었다. 허무가 다 나누고 나자 마을사람들도 모두 다 흩어졌다. 허무는 가운데 있는 본채에 살게 되었고 그 좌우에 있는 작은 곁채는 각각 허안과 허보가 살게 되었다. 매일 집안의 노복들을 거느리고서 밭에 가서 경작을 했으며 틈이 나면 책을 읽었고, 항상 의문이 있으면 그것을 형에게 묻는 것으로써 일상을 삼았다. 동서지간에도 삼형제를 따라 배워 화목하게 지냈다. 이로부터 고을 어르신네들은 모두 허무의 소행을 멸시하고 두 동생을 가엾게 여겼으며, 암암리에 이런 의론들도 있었다.

"허무는 가짜 효렴이고 허안과 허보야말로 진짜 효렴이야. 부모님 얼굴을 생각하고 한 몸의 피를 나눈 형제이기에 허무의 가르침에 '예, 예' 하고 따르며 전혀 어김이 없으니 이 어찌 '효'가 아니겠으며, 또한 그들은 의(義)를 중시하고 재물을 가벼이 여겨 나눠 가진 몫이 많든 적든 조금도 쟁론하지 않았으니 이 어찌 '염(廉)'이 아니겠는가?"

처음에는 고을에서 '효제 허무'라고 부르며 아름다운 명성이 일었지만 이제는 '무(武)'자를 빼버리고 '효제 허가(許家)'로 고쳐져 허안과 허보는 이름을 크게 드날리게 되었다. 당시 한나라 때에는 중의(衆意)가 매우 중시되었는데 전해지는 구호(口號) 몇 마디에는 이렇게 되어 있다.

가짜 효렴은 벼슬아치가 되었는데	假孝廉 做官員
진짜 효렴은 인두세를 낸다네	眞孝廉 出口錢[37]
가짜 효렴은 큰 집을 차지해 사는데	假孝廉 據高軒
진짜 효렴은 초가집을 지키며 산다네	眞孝廉 守茅簷
가짜 효렴은 많은 전답을 가지고 있는데	假孝廉 富田園
진짜 효렴은 호미와 낫을 쥐고 있다네	眞孝廉 執鋤鐮
진짜는 옥이고 가짜는 기와인데	眞爲玉 假爲瓦
기와는 큰 집 위에 올라가있지만 옥은 들판에 벼려져 있다네	瓦登廈 玉抛野
진짜가 되면 안 되고 가짜가 되어야만 한다네	不宜眞 只宜假

당시 한나라 명제(明帝)[38]가 즉위하여 현인을 구하는 조서를 내리고, 담당 관원으로 하여금 독실하고 학식이 있는 선비들을 찾아내어 직접 가서 예를 갖춰 초빙한 뒤, 역마로 경도에 당도하도록 했다. 조서가 회계군에 이르자 군수는 각 현에 이를 알렸다. 현령은 허안과 허보가 가산(家産)을 양보해 다투지 않은 일을 평소에 이미 알고 있었는데다가 마침 마을어르신들도 그들이 참된 효렴으로 행실이 형을 넘어선다고 천거하기에 곧바로 두 사람을 본군(本郡)에 보고했다. 군수와 주목(州牧)은 모두 평소부터 그들의 명성을 들어왔으므로 두 형제를 함께 천거했다. 현령은 친히 그들의 집으로 찾아가 수레에서 내린 뒤, 명첩(名帖)[39]을 들여

37) 구전(口錢): 丁口錢 또는 口算이라고도 했으며 한나라 초기에 시행하기 시작한 일종 人口稅이다. 15세 이상부터 56세까지에 해당하는 사람은 한 해에 한 사람당 120錢을 납부해야 했고 벼슬을 하면 면제될 수 있었다.

38) 명제(明帝): 東漢 때 明帝 劉莊(28~75)을 이른다. 즉위 이후 光武帝의 제도를 이어받아 유학을 제창하고 중앙집권을 강화시켰다. 57년부터 75년까지의 재위기간 동안 정치가 청명했으며 국가가 안정되었다.

보내 만나기를 청하고 손에 현훈(玄纁)[40]을 받들고서 현인을 구하는 천자의 뜻을 자세히 진술했다. 허안과 허보는 계속해 겸손히 사양을 했다. 허무가 말하기를 "어릴 때 학문을 해 장년이 되어 그것을 실행하는 것은 군자의 본분이 되는 일이니 나의 아우들은 굳이 사양을 하면 안 된다."라고 했다. 두 사람은 명을 받지 않을 수 없어 형과 형수에게 작별을 고한 뒤, 역마를 타고 장안으로 들어가 천자를 알현했다. 배례를 마치자 천자께서 하문하기를 "경들은 허무의 동생들인가?"라고 하니 허안과 허보는 머리를 조아리며 응답했다. 천자가 다시 이르기를 "경들의 집안은 효제의 명성이 있는데다가 경들의 청렴과 예양은 형을 넘어선다고 하니 짐의 마음이 매우 기쁘도다."라고 하자, 허안과 허보는 머리를 조아리면서 이렇게 아뢰었다.

"성운(聖運)이 용흥(龍興)하여 사방에 문을 여시어 현인을 맞이하시니 이는 제왕의 성대한 의식이옵니다. 소신들 허안과 허보는 군현에서 불초하지는 않아 천자의 예성(叡聖)을 혼탁하게 하지 않을 것이라 여겨 천거되었습니다. 소신들은 어릴 때 부모를 여의었고, 형인 허무의 가르침을 받아 삼가 지조를 지키며 경작을 하고 책을 송독한 것 이외에는 별다른 장점이 없사옵니다. 소신들이 어찌 형 허무의 만의 하나인들 미칠 수 있겠사옵니까?"

천자가 그 대답을 듣고서 두 형제의 겸손과 덕행을 칭찬하며 그 날로 모두를 내사(內史)[41]로 제수했다. 오 년도 지나지 않아서 두 사람은 모두

39) 명첩(名帖): 지금의 명함과 비슷한 것으로 청나라 趙翼의 《陔餘叢考》〈名帖〉條에서 劉存과 馮鑒의 《事始》를 인용하면서, "옛날에 나무를 깎아 그 위에 성명을 적었으므로 '刺'라고 불렀다. 후세에는 종이에 쓰고 '名帖'이라 불렀다."고 했다.

40) 현훈(玄纁): 검정색과 연한 붉은 색의 布帛으로 후세에 帝王이 賢士를 초빙할 때 선물로 보냈다. 《周禮·王之吉服》 疏에 따르면 왕은 玄衣와 纁裳을 입었다고 했으며, 《周易·繫辭下》에 의하면 '玄纁'은 각각 '乾坤' 즉 '天地'를 상징한다고 한다.

구경(九卿)[42]의 자리에 올랐다. 관직에 있으면서 비록 그들의 형같이 혁혁한 명성은 얻지 못했지만 조정에서는 모두들 그들을 일러 청렴하며 예양이 있다고 했다.

어느 날 갑자기 허무가 집에서 두 아우에게 서신을 보냈다. 두 동생이 서신을 뜯어보니 이렇게 적혀 있었다.

> 필부로 천자의 부름을 받아 출사해 구경까지 올랐으니 이는 인생의 지극한 영예이기도 하다. 이소(二疏)[43]는 "만족할 줄을 알면 욕되지 않게 되고 그칠 줄을 알면 위태롭게 되지 않는다.〔知足不辱, 知止不殆.〕"라고 했다. 보통사람보다 탁월한 재능이 없는 한, 아직 환로가 순탄할 때 용퇴하여 마땅히 현자가 출사할 수 있도록 길을 비켜줘야 한다.

허안과 허보는 서신을 받고서 당일로 함께 사직을 하겠다고 상소문을 올렸으나 천자는 윤허하지 않았다. 상소문을 세 차례나 올리자 천자는 재상(宰相)인 송균(宋均)[44]에게 이렇게 물었다.

41) 내사(內史): 秦나라 때부터 있었던 관직으로 京都의 장관을 이른다. 한나라 景帝 때 左·右內史가 설치되었고 武帝 때 右內史를 京兆尹으로, 左內史를 左馮翊으로 바꾸었다. 자세한 내용은 《漢書·百官公卿表上》에 보인다.

42) 구경(九卿): 중앙정부에서 두었던 아홉 개의 고위 관직을 통틀어 이르는 말이다. 《周禮·考工記·匠人》에 이르기를 "(궁궐) 밖에 아홉 개 방이 있는데 九卿은 거기에서 거처를 한다.(外有九室, 九卿居焉.)"라고 했다. 여기에 대한 鄭玄의 注에 의하면 "六卿과 三孤를 합치면 九卿이 되는데 三孤는 三公을 보좌해 論道를 하고, 六卿은 六官 부류를 다스린다.(六卿三孤爲九卿, 三孤佐三公論道, 六卿治六官之屬.)"고 했다. 각 조대마다 대개 九卿을 설치했으며 그 명칭과 직책에 있어서는 조금씩 달랐다. 한나라 때 九卿은 太常, 光祿勳, 衛尉, 太僕, 廷尉, 大鴻臚, 宗正, 司農, 少府 등이었다.

43) 이소(二疏): 서한 때 太子太傅였던 疏廣과 太子少傅였던 그의 조카 疏受를 이른다. 疏廣이 疏受에게 이르기를 "내 듣기로 '만족할 줄 알면 욕되지 않고 그칠 줄을 알면 위태롭지 않다.'(《道德經》 제44장)고 하며, 또 '공을 이뤘으면 물러나는 것은 하늘의 도다.(《道德經》 제9장)"라고 말했다 한다. 이후 두 사람은 모두 사직을 하고 고향으로 돌아갔다는 내용이 《漢書·疏廣傳》에 보인다.

44) 송균(宋均): 동한 때 인물로 자는 叔庠이며 南陽 安衆(지금의 河南省 鄧縣 일대)

"허안과 허보는 장년(壯年)에 출사하여 구경(九卿)의 자리에 있었으니 짐이 그들에게 박하게 한 것은 아니니다. 그런데도 누차 물러나겠다고 청을 하니 어째서인가?"

송균이 상주해 아뢰기를 "허안과 허보 형제 두 사람은 천성이 효성스럽고 우애롭사옵니다. 지금 허무는 산림에 은거한 지 오래되었는데 허안과 허보는 함께 경도에서 나란히 벼슬을 하고 있으니 그 마음이 편안하지 않을 수도 있습니다."라고 했다. 천자가 이르기를 "짐이 허무도 함께 불러 형제 세 사람이 나란히 조정에서 정사를 보좌하도록 하는 것이 어떠한가?"라고 하자, 송균이 말했다.

"신이 살피기로 허안과 허보의 뜻은 지성(至誠)에서 우러나온 것이니 폐하께서는 일단 그들이 청한 대로 하게 하시어 그들의 높은 뜻을 이루게 하시고, 타일에 다시 조서를 내려 그들을 부르시는 것이 좋을 듯하옵니다. 혹은 전대의 고사(故事)를 따라, 그들이 다 쓰지 못한 재주를 펼칠 수 있도록 가까운 곳에 큰 군(郡) 하나를 주시어, 부임하러 가는 길에 귀성(歸省)하게 하는 것도 좋겠사옵니다. 그리하시면 폐하께서 현자를 아끼시려는 성의와 허안 허보 두 형제의 우애로운 도의(道義) 이 두 가지를 이루실 수 있을 것이옵니다."

천자는 이를 윤허하고 즉시 허안을 단양군(丹陽郡)[45] 태수(太守)로, 허보를 오군(吳郡)[46] 태수로 제수한 뒤, 각각 황금 이십 근을 하사하고 넉넉히 석 달 휴가를 줘서 형제간의 정을 다하도록 했다. 허안과 허보가 황은에 감사하며 조정을 떠나자, 공경대신들은 모두 성 밖까지 나와 십 리 밖 장정(長亭)[47]에 이르러 그들을 전송하며 작별했다.

사람이고 九江太守와 尙書令 등의 벼슬을 역임했다.

45) 단양군(丹陽郡): 漢武帝 建元 2년(기원전 141)에 秦鄣郡을 丹陽郡으로 바꾸었는데 지금의 安徽省 일부 지역과 江蘇省의 일부 지역에 해당한다.

46) 오군(吳郡): 동한 때부터 설치한 군으로 지금의 浙江省 蘇州市이다.

47) 장정(長亭): 도로에 행인이 쉴 수 있도록 매 10리마다 長亭을 설치했는데 이를

허안과 허보 두 사람은 밤낮을 가리지 않고 길을 재촉해 양선으로 돌아와 형을 뵙고서 조정에서 내린 황금을 모두 형에게 바쳤다. 허무가 이르기를 "이는 성상께서 은사(恩賜)하신 것인데 내 어찌 감히 받을 수 있겠는가?"라고 하고, 두 아우들에게 각각 거둬 두라고 했다. 다음 날, 허무는 삼생(三牲)[48]의 제례(祭禮)를 마련하여 두 동생을 데리고 부모의 묘지로 가서 무릎 꿇고 제사를 올린 뒤, 잇달아 잔치를 벌여 고을 어른들을 두루 다 초청했다. 허씨 삼형제는 모두 큰 벼슬을 하여, 비록 그들이 부귀함을 믿고 다른 사람들을 거만하게 대하지 않았지만, 위세와 명성이 저절로 혁혁했다. 그가 '부른다'는 말을 들었어도 어느 누구도 감히 오지 않을 수 없었을 텐데 하물며 '초청한다'는 말을 했으니 어떠했겠는가? 이땐 노인 어르신네들이 빠짐없이 더 많이 왔다. 허무가 손으로 술잔을 받들며 친히 술을 권하자, 여러 사람들은 모두 "장문공(長文公)께서 둘째 도련님과 셋째 도련님을 맞이하시는 술인데 늙은이들이 어찌 감히 참람하게 먼저 마실 수 있겠습니까?"라고 했다. 그 당시에는 풍속이 순박하고 후했으므로 고을에서는 연치로 서열을 매겼으므로, 허무는 오랫동안 벼슬을 했기에 그나마 '장문공'이라 불렀지만 두 동생들은 그 아랫사람들이었기에 비록 존귀한 구경(九卿)이었음에도 고을 어르신들과 옛 지인들은 여전히 그들을 '도련님'이라 불렀다.

허무가 이렇게 말했다.

"소관(小官)이 이 자리를 마련하여 특별히 고을 어르신들을 모신 것은 여러분들께 마음속에 있는 말씀을 올리고 싶기 때문입니다. 반드시 세 차례 잔을 잔뜩 따라 드신다면 감히 제 말씀을 올릴 수 있을 것입니다."

사람들은 그의 말대로 잇따라 술을 마셨다. 허무는 두 동생들로 하여

'十里長亭'이라고 불렀다. 城에 가까운 長亭은 송별의 장소로 많이 쓰였다.

48) 삼생(三牲): 소(牛), 羊, 돼지(豕) 세 가지 희생물을 가리키며 속칭 '大三牲'이라고도 한다. 제사를 지낼 때 소, 양, 돼지 등 三牲을 모두 갖춘 것은 '太牢'라 했고, 양과 돼지만 갖춘 제사를 '少牢'라 했다.

금 차례로 술잔을 들고 사람들에게 한 잔씩 올리도록 했다. 사람들이 술을 다 마신 뒤, 모두 말하기를 "이 늙은이들도 어진 형제들의 후애(厚愛)를 받았으니 이 자리를 빌려 술 한 잔 올리려 합니다."라고 하기에 허무를 비롯한 형제 세 사람도 각기 술을 마셨다. 사람들이 말하기를 "방금 전 장문공께서 하시려던 말씀에 이 늙은이들이 오랫동안 귀를 기울이고 있습니다. 원컨대 좀 알려 주시지요."라고 했다. 허무가 두 손가락을 세워가며[49] 말문을 열었는데 몇 마디 하지도 않아서 듣는 사람의 모공을 오싹하게 했다. 그것은 바로 이런 시로 대변된다.

안작(鷃雀)은 대붕(大鵬)의 뜻을 알지 못하고	斥鷃不知大鵬
하백(河伯)은 해약(海若)을 알지 못한다네	河伯不知海若[50]
성현의 마음속 한바탕 고심을	聖賢一段苦心
용졸한 사람이 어찌 짐작이나 하리오	庸夫豈能測度

얘기를 꺼내기도 전에 허무가 눈물부터 흘리자, 사람들은 매우 놀라 어찌할 바를 몰랐다. 두 동생들도 황급히 무릎을 꿇고서 "형님 무슨 연고로 슬퍼하십니까?"라고 물었다. 허무가 이르기를 "내 마음속의 일을 몇 년 동안 감춰 왔는데 오늘은 말을 안 할 수가 없구나."라고 한 뒤, 허안과 허보를 가리키며 연이어 이렇게 말했다.

49) 《水滸傳》, 《說岳全傳》, 《兒女英雄傳平話》 등과 같은 고대 백화소설에서 많이 보이는 표현으로 등장인물이 길고 중요한 얘기를 꺼내 말할 때 흔히 사용하는 손동작이다. 이야기의 기세를 강화하면서 현장의 상황을 더 생동감 있게 묘사하는 습관적 표현인 것으로 보인다.

50) 척안부지대붕 하백부지해약(斥鷃不知大鵬 河伯不知海若): 斥鷃은 鷃雀과 같은 말로 메추라기를 이른다. 《莊子·逍遙遊》에 斥鴳이 大鵬이 멀리 날아오르는 것을 이해하지 못하고 오히려 비웃는 내용이 보인다. 河伯은 전설에 나오는 황하의 神으로 이름은 馮夷이고, 海若은 海神을 이른다. 《莊子·秋水》에 하백이 천하의 아름다움은 모두 자신에게 있다고 여겼으나 北海에 가서 물이 끝없이 넓은 것을 보고는 자신의 작음을 깨닫는 내용이 보인다. 이 두 구는 소인배가 큰 뜻을 품은 자의 뜻을 이해하지 못함을 드러내고 있다.

“다만 너희 둘이 명예를 이루지 못했기에 본심과 어긋나는 일을 내 스스로 하고서 불선하다는 이름을 무릅쓰며 조상을 욕되게 하고 고을의 웃음거리가 되었으니 눈물을 흘리는 것이다.”

그러고 나서 책자 한 권을 꺼내 사람들에게 건네 보여주었는데 그것은 전답과 가옥 그리고 그동안 거둔 식량과 포백(布帛) 등의 수량을 적은 것이었으니 사람들은 그때까지도 그의 뜻을 이해하지 못했다. 허무가 다시 이렇게 말했다.

“내 당초 두 아우를 교육시킨 것은 그들로 하여금 입신(立身)을 하게 하고 도를 닦으며 명성을 날리고 가문을 드러내도록하려 했던 것입니다. 뜻밖에도 내가 일찍 허명을 얻어 먼저 현달을 하게 되었습니다. 두 동생은 집에서 직접 농사를 지으며 학문에 힘썼음에도 주군(州郡)으로부터 부름을 받지 못했습니다. 내가 옛날 대부(大夫) 기해(祁奚)[51]를 본떠, 천거를 할 때 혈친도 피하지 않으려고 했지만 혹여 두 동생들의 학문과 품행을 모르는 사람들이 형 덕에 동생들이 벼슬을 얻었다고 해, 평생토록 동생들의 명절(名節)을 그르치게 될까 정말 두려웠습니다. 제가 일부러 분가를 제의하여 큰 집과 좋은 전답과 건장한 노복, 싹싹한 여종들을 모두 다 내 소유로 차지했습니다. 아우들이 평소에 돈후하고 공경스러웠으므로 절대로 다투지 않을 것이라 짐작했기 때문입니다. 제가 잠시 탐욕을 부리는 일을 해야만 내 동생들도 염양(廉讓)하다는 명성을 얻을 수 있을 것이라고 생각했습니다. 과연 고을에서 공변된 평을 얻어 영예로운 부름을 받았습니다. 이제 공경(公卿)의 반열에 섰고 관리로서의 도

---

51) 기해(祁奚, 기원전 620~545): 춘추시대 晉나라 사람으로 晉悼公 때에는 中軍尉를 지냈으며, 平公 때에는 公族大夫 등의 벼슬을 역임했다. 《左傳·襄公三年》의 기록에 의하면, 祁奚가 치사하기를 청하자 晉侯가 그에게 후임자를 물으니 그는 먼저 자신의 원수를 천거했다가 그 사람이 죽자 다시 자신의 아들을 후임자로 추천했다고 한다. 여기에 대해 《左傳·襄公二十一年》에서 이르기를 “祁大夫는 천거할 때 밖으로는 원수를 버리지 않았고 안으로는 혈육을 피하지 않았다.(祁大夫外舉不棄讎, 內舉不失親.)”고 했다.

리도 더럽히지 않았으니 제 뜻은 이미 이뤄진 것입니다. 이 전택(田宅)과 노비들은 모두 공용의 것들인데 내 어찌 홀로 누릴 수 있겠습니까? 요 몇 년 이래 거둔 식량과 포백은 조금도 감히 함부로 쓰지 않았으며 모두 그 책자에 빠짐없이 기록해 두었습니다. 오늘 두 동생들에게 이를 건네주고, 여태까지 품고 있던 이 형의 본심을 밝히는 동시에 고을 어르신들께도 이 사실을 알려드립니다."

노인장들은 이때가 돼서야 비로소 몇 년 전에 허무가 재산을 나누려 했던 그 고심을 알게 되었으며, 스스로 식견이 좁아 그것을 알아채지 못했던 것을 부끄럽게 여기면서 모두 다 끊임없이 찬탄했다. 단지 허안과 허보 형제만이 통곡을 하며 땅에 주저앉아 이렇게 말했다.

"동생으로서 형님의 가르침을 받으면서 성인되어 요행히 오늘 여기까지 왔으나 형님께서 이렇게 마음을 써주신 줄을 누군들 알았겠습니까? 아우들이 불초하여 스스로 높은 관직에 오르지 못해 형님께 누를 끼쳤습니다. 오늘 형님께서 스스로 말씀을 해주시지 않으셨다면 동생들은 아직도 꿈속에 있었을 겁니다. 형님의 훌륭하신 덕은 자고로 없었던 바인데 저희들의 불초한 죄는 만의 하나도 속죄하기 어렵습니다. 이런 사소한 가산들은 본래 형님께서 고생하시면서 모은 것들이니 마땅히 형님께서 관리하셔야 합니다. 저희 동생들은 먹고 입는 것을 자급할 수 있으니 형님께서는 괘념하실 필요가 없습니다."

허무가 이렇게 말했다.

"이 형은 농사에 힘쓴 지 수 년이 되어 작물을 키우는 것도 자못 알고 있는데다가 벼슬할 생각도 이미 사라졌으니 농사짓는 일로 여생을 보내야겠다. 두 동생은 나이가 젊고 힘이 강하여 이제 막 백성들과 사직(社稷)을 장관하고 있으니 마땅히 재산을 보태어 청렴한 절개를 지킬 수 있도록 해야 한다."

허안과 허보가 다시 또 말했다.

"형님께서는 저희 동생들을 위해 스스로 명예를 더럽히셨습니다. 이미 명성도 얻었는데 저희 동생들이 또다시 재리(財利)도 얻으려 한다면 천하제일의 욕심쟁이가 될 것입니다. 조상님들을 욕되게 할 뿐만 아니라 형님께도 욕이 될 것입니다. 형님께서는 부디 책자를 거두셔서 저희 동생들이 지은 죄의 만분의 일이라도 덜어주십시오!"

고을 어른들은 형제 세 사람이 가산을 너도 나도 서로 안 받겠다며 양보하며 것을 보고 일제히 형제들 앞으로 가서 이렇게 권하며 말했다.

"세 분의 어진 형제들이 하신 말씀은 모두 다 같은 취지입니다. 장문공께서 만약 혼자 재산을 독차지하면 여태까지 두 아우들을 도와 성취하게 하신 고심이 감춰지게 되고, 두 아우들이 이를 그대로 받으면 또다시 장문공의 그런 좋은 뜻을 저버리게 됩니다. 이 늙은이들의 우견(愚見)으로는 마땅히 셋으로 고르게 나눠 더도 덜도 없게 해야 비로소 형이 동생을 우애롭게 하고 아우들이 형을 공경하는 것이 드러나 각각 그 도리를 다 할 수 있을 것입니다."

삼형제가 그래도 서로 양보하려하자 어르신들 가운데 이전에도 자리에 있었던 몇몇 강직한 사람들이 일어나 앞으로 가서 준엄한 소리로 이렇게 말했다.

"방금 우리가 처분한 방도가 공평한 도리에 매우 들어맞으니 만약 다시 사양을 하면 곧 억지를 부리며 명예를 취하는 것처럼 보인다네. 그 책자를 가져다가 이 늙은이들이 자네들에게 가산을 나눠주겠네."

허무 형제 세 사람은 더 이상 감히 많은 말을 하지 못하고 그 사람의 주장대로 따를 수밖에 없었다. 그 즉시 전답과 집들을 고루 셋으로 나눠 각자가 관리하도록 했다. 중간에 있는 큰 집채는 그대로 허무가 살도록 했으며, 좌우 곁에 있는 집채는 그에 비해 비좁기에 허안과 허보에게 식량과 포백으로 보상해 나중에 알아서 개조하도록 했고, 노비들 또한 모두 나누어 주었다. 마을 어르신들 모두 공평하다 했으며, 허무 등 세 형제들도 감사의 절을 올린 뒤, 잔치에 이들을 불러들여 함께 술을 마시며 모두들 한껏 즐기다가 파했다. 허무는 이전에 재산을 나누었던 일이 못내 마음에 걸려 나눠 가진 양전의 절반을 내어 의장(義莊)[52]을 마련해 고을 사람들을 구휼하려 했다. 허안과 허보가 이 얘기를 듣고서 또한 자신들의 가산을 내어 부조를 하자 고을 사람들 모두 탄복했다. 몇 마디 구호(口號)가 또한 전해져 내려오니 그것은 이러하다.

참된 효렴은 오직 허무뿐	眞孝廉 惟許武
그에 뒤따르는 이 뉘인가 하면 허안과 허보라네	誰繼之 晏與普
아우들은 갖으려 다투지 않고 형은	弟不爭 兄不取
의장을 지어 향리를 규휼하네	作義莊 贍鄕里
오호라! 이런 효렴을 뉘라서 비길 수 있으리오	嗚呼孝廉誰可比

허안과 허보는 형의 의로움에 감동하여 조정에서 하사 받은 황금으로 소고기와 술을 잔뜩 마련해 매일 고을 어르신들을 모셔다가 형과 더불어 술잔치를 벌였다. 그렇게 세 달을 보내 휴가가 이미 다 찼으나 허안과 허보는 차마 형과 떨어질 수 없어 관고(官誥)를 돌려보내려 했다. 허무가 재삼 권유하며 대의(大義)를 지켜야 한다고 하자, 두 사람은 어쩔 수 없이 형의 말을 따라 각각 가솔들을 거느리고 부임했다.

각설, 고을 어르신들은 허무 일가가 효제를 행한 일을 자세히 갖춰 군현에 보고하자 군현에서는 이를 황제께 상주했다. 황제는 성지를 내려 담당 관리를 시켜 그 집 대문에 정표(旌表)를 세우게 하고 그 마을을 효제리(孝悌里)라고 칭하도록 했다. 이후 삼공(三公)[53]과 구경(九卿)이

52) 의장(義莊): 한 마을에서 종중 소유의 전답에서 나오는 수입으로 族人들을 부조하곤 했는데 그 전답을 일컬어 '義莊'이라고 했다. 北宋 仁宗 때 范仲淹이 고향인 蘇州에서 자신의 봉록으로 전답을 마련하여 조세를 받아서 族人들을 봉양한 范氏義莊에서 비롯되었으며 江南 지역에 주로 있었다.

53) 삼공(三公): 중앙의 최고 관직 세 가지를 통틀어 이르는 말이다. 역대로 삼공을 지칭하는 관직명이 조금씩 달랐으며, 동한 때는 太尉, 司徒, 司空 등을 三公이라 했다. 자세한 내용은 《通典·職官一》에 보인다.

모두 상주문을 올려, 허무는 덕행이 뛰어나 전야(田野)에서 은일하게 하는 것이 온당치 않다고 했다. 황제는 누차 조서를 내려 기용하려 했지만 허무는 모두 명을 받지 않았다. 어떤 사람이 그 연고를 묻자 허무는 이렇게 말했다.

황제의 성지를 낭독하는 장면, 민국 10년, 광아서국(廣雅書局), 《신증전도족본금고기관(新增全圖足本今古奇觀)》 삽도

"두 아우들이 조정에서 벼슬자리에 있을 때, 내 그들에게 지족(知足)과 지지(知止)를 권유한 적 있었소. 만약 내가 지금 다시 황제의 부르심에 응한다면 내 스스로가 식언을 하는 것이오. 게다가 근자에 듣기로 지금 조정에서는 서로 시비가 일고 권세와 재리(財利)가 이리저리 기운다하니 벼슬아치들에게 복이 되지는 않을 것 같소. 스스로 농사를 지으면서 도를 즐기는 것만 못하오."

사람들은 모두 그의 고견에 탄복했다.

재설(再說), 허안과 허보는 임지에 이르러 형의 가르침을 지키면서 각기 스스로 청절(淸節)에 힘써 관리로서의 명성을 크게 얻었다. 그 뒤로 그 아우들은 형이 고상한 정취로 출사하려 하지 않는다는 것을 듣고는 서로 약속하여 각기 관인을 반납하고 고향으로 돌아가 매일 형을 모시고서 산수를 유람하며 백 살까지 살다가 생을 마쳤다. 허씨 집안의 자손들은 흥성하였고 누대에 걸쳐 벼슬아치가 끊임없이 나왔으며 지금까지도 '효제 허가(許家)'라고 일컬어진다. 후인들은 이런 노래를 지어 찬탄했다.

지금의 형제들도 모두들 가산을 나누고	今人兄弟多分產
옛날의 형제들도 가산을 나누는데	古人兄弟亦分產
옛 사람은 가산을 나눔에 아우의 이름을 날리게 하고	古人分產成弟名
지금 사람들은 가산을 나눔에 그저 시끄럽게 다투기만 한다네	今人分產但囂爭
옛 사람은 효의를 위해 스스로를 더럽혔건만	古人自汚爲孝義
지금 사람들은 스스로를 더럽히며 작은 이득을 다투네	今人自汚爭微利
옛 사람은 효의로 명성을 얻어 모두 다 영예롭게 되었건만	孝義名高身並榮
지금 사람들은 작은 이득을 다투다 집안이 모두 기운다네	微利相爭家共傾
어찌해야 모두 효제리에 살게 하여	安得盡居孝悌里
형제간에 다투는 사람들을 죽도록 부끄럽게 할 수 있을까나	却把鬩牆[54]人愧死

54) 혁장(鬩牆): 《詩經·小雅·常棣》에 있는 "형제는 담 안에서는 다투어도 밖으로부터 온 모욕을 막는다.(兄弟鬩于墻, 外禦其務.)"라는 구절에서 나온 말이다. 鬩牆 혹은 兄弟鬩牆은 형제가 불화하여 싸운다는 것을 의미한다.

▌원문 교주

第一卷 三孝廉讓產立高名

紫荊枝下還家日, 花萼樓中合被時. 同氣從來兄與弟, 千秋羞詠豆萁詩.

這首詩, 爲勸人兄弟和順而作, 用着三個故事, 看官[55]聽在下[56]一一分剖.

第一句說: “紫荊枝下還家日.” 昔時有田氏[57]兄弟三人, 從小同居合爨. 長的娶妻, 叫田大嫂; 次的娶妻, 叫田二嫂. 妯娌和睦, 並無間言. 惟第三的年小, 隨著哥嫂過日. 後來長大娶妻, 叫田三嫂. 那田三嫂爲人不賢, 恃著自己有些粧奩, 看見夫家一鍋裏煮飯, 一桌上吃食, 不用私錢, 不動私秤, 便私房要喫些東西, 也不方便. 日夜在丈夫面前攛掇: “公室錢庫田產, 都是伯伯們掌管, 一出一入, 你全不知道. 他是亮裏, 你是暗裏, 用一說十, 用十說百, 那裏曉得! 目今雖說同居, 到底有個散場. 若還家道消乏下來, 只苦得你年幼的. 依我說, 不如早早分析, 將財產三分撥開, 各人自去營運, 不好麽?” 田三一時被妻言所惑, 認爲有理, 央親戚對哥哥說, 要分析而居. 田大、田二初時不肯, 被田三夫婦內外連連催逼, 只得依允, 將所有房產錢穀之類, 三分撥開, 分毫不多, 分毫不少. 只有庭前一棵大紫荊樹, 積祖傳下, 極其茂盛, 旣要析居, 這樹歸着那一個? 可惜正在開花之際, 也說不得了. 田大至公無私, 議將此樹砍倒, 將粗本分爲三截, 每人各得一截, 其餘零枝

55) 看官(간관): 관객을 높여 이르는 말로 ‘看倌’이라 쓰기도 한다. 傳統戲曲이나 說書 공연에서 관중 또는 청중을 지칭하거나, 話本小說 또는 章回小說에서 독자를 지칭할 때 쓰는 호칭이다.

56) 在下(재하): 자신을 칭하는 謙詞이다. 자리에 앉을 때 존귀한 자는 上座에 앉기 때문에 在下는 ‘아래에 있다’는 의미로 이렇게 쓰이게 되었다.

57) 田氏(전씨): 전씨 삼형제의 이야기는 南朝 梁나라 吳均의 《續齊諧記》에 처음으로 나오는데 거기에는 京兆에 사는 田眞 삼형제로 나온다.

碎葉, 論秤分開. 商議已妥, 只待來日動手. 次日天明, 田大喚了兩個兄弟, 同去砍樹. 到得樹邊看時, 枝枯葉萎, 全無生氣. 田大把手一推, 其樹應手而倒, 根芽俱露. 田大住手, 向樹大哭. 兩個兄弟道: "此樹値得甚麽! 兄長何必如此痛惜!" 田大道: "吾非哭此樹也. 思我兄弟三人, 產於一姓, 同爺合母, 比這樹枝枝葉葉, 連根而生, 分開不得, 根生本, 本生枝, 枝生葉, 所以榮盛. 昨日議將此樹分爲三截, 那樹不忍活活分離, 一夜自家枯死. 我兄弟三人若分離了, 亦如此樹枯死, 豈有榮盛之日? 吾所以悲哀耳." 田二、田三聞哥哥所言, 至情感動: "可以人而不如樹乎?" 遂相抱做一堆, 痛哭不已. 大家不忍分析, 情願依舊同居合爨. 三房妻子聽得堂前哭聲, 出來看時, 方知其故. 大嫂二嫂, 各各歡喜. 惟三嫂不願, 口出怨言. 田三要將妻逐出. 兩個哥哥再三勸住. 三嫂羞慚, 歸[58]房自縊而死. 此乃自作孽不可活. 這話閣過不題. 再說田大可惜那棵紫荊樹, 再來看時, 其樹無人整理, 自然端正, 枝枯再活, 花萎重新, 比前更加爛熳. 田大喚兩個兄弟來看了, 各人嗟訝不已. 自此田氏累世同居. 有詩爲證:

紫荊花下說三田, 人合人離花亦然. 同氣連枝原不解, 家中莫聽婦人言.

第二句說: "花萼樓中合被時." 那花萼樓在陝西長安城中, 大唐玄宗皇帝所建. 玄宗皇帝就是唐明皇. 他原是唐家宗室, 因爲韋氏亂政, 武三思專權, 明皇起兵誅之, 遂即帝位. 有五個兄弟, 皆封王爵, 時號"五王". 明皇友愛甚篤, 起一座大樓, 取《詩經·棠棣》之義, 名曰"花萼". 時時召五王登樓歡宴. 又製成大幔, 名爲"五王帳". 帳中長枕大被, 明皇和五王時常同寢其中. 有詩爲證:

羯鼓頻敲玉笛催, 朱樓宴罷夕陽微. 宮人秉燭通宵坐, 不信君王夜不歸.

第四句說: "千秋羞詠《豆萁詩》." 後漢魏王曹操長子曹丕, 簒漢稱帝. 有弟曹植, 字子建, 聰明絕世. 操生時最所寵愛, 幾遍欲立爲嗣而不果. 曹丕

58) 【校】歸(귀): 《今古奇觀》 각 판본에는 "歸"로 되어 있고, 《醒世恒言》 각 판본에는 "還"으로 되어 있다.

銜其舊恨, 欲尋事故[59]殺之. 一日, 召子建問曰: "先帝每誇汝詩才敏捷, 朕未曾面試. 今限汝七步之內, 成詩一首. 如若不成, 當坐汝欺誑之罪." 子建未及七步, 其詩已成. 中寓規諷之意. 詩曰:

煮豆燃豆萁, 豆在釜中泣. 本是同根生, 相煎何太急!

曹丕見詩感泣, 遂釋前恨. 後人有詩爲證:

從來寵貴起猜疑, 七步詩成亦可危[60]. 堪歎釜萁仇未已, 六朝骨肉盡誅夷.

說話的[61], 爲何今日講這兩三個故事? 只爲自家要說那"三孝廉讓產立高名". 這段話文, 不比曹丕忌刻, 也沒子建風流, 勝如紫荊花下三田, 花萼樓中諸李, 隨你不和順的弟兄, 聽着在下講這節故事, 都要學好起來. 正是:

要知天下事, 須讀古人書.

這故事出在東漢光武年間. 那時天下乂[62]安, 萬民樂業, 朝有梧鳳之鳴, 野無谷駒之歎[63]. 原來漢朝取士之法, 不比今時. 他不以科目取士, 惟憑州

59) 【校】故(고): 《今古奇觀》 각 판본과 人民文學本《醒世恒言》에는 "故"로 되어 있고, 古本小說集成本《醒世恒言》에는 "而"로 되어 있다.

60) 【校】危(위): 古本小說集成本《今古奇觀》과 古本小說集成本《醒世恒言》에는 "危"로 되어 있고, 人民文學本·繪圖本《今古奇觀》, 人民文學本《醒世恒言》에는 "爲"로 되어 있다.

61) 說話的(설화적): '話'는 이야기를 이르고, 唐宋 때 '說話'는 이야기를 구연으로 풀어가는 것을 의미하여 근대의 說書와 유사한 장르라고 할 수 있다. 魯迅은 《中國小說史略》에서, "說話란 것은 고금의 놀라운 일을 구연으로 하는 것을 이르는데 당나라 때에 이미 있었을 것이다.(說話者, 謂口說古今驚聽之事, 蓋唐時亦已有之.)"라고 했다. '的'은 동사를 명사화시키는 어미로 '~을 하는 사람'을 의미하여 '說話的'은 '說話를 구연하는 說話人'을 말한다. 그 이야기를 '話文' 또는 '話本'이라고 한다.

62) 【校】乂(예): 人民文學本·繪圖本《今古奇觀》과 《醒世恒言》 각 판본에는 "乂"로 되어 있고, 古本小說集成本《今古奇觀》에는 "又"로 되어 있다. '乂'는 '安定하다'는 뜻이다.

63) 朝有梧鳳之鳴 野無谷駒之歎(조유오봉지명 야무곡구지탄): 《詩經·大雅·卷阿》

郡選擧. 雖則有"博學宏詞", "賢良方正"等科, 惟以"孝廉"爲重. 孝者, 孝弟; 廉者, 廉潔. 孝則忠君, 廉則愛民. 但是擧了孝廉, 便得出身做官. 若依了今日的事勢, 州縣考個童生, 還有幾十封薦書. 若是擧孝廉時, 不知多少分上鑽刺[64], 依舊是富貴子弟鑽去了. 孤寒的便有曾參之孝, 伯夷之廉, 休想揚名顯姓. 只是漢時法度甚妙: 但是擧過某人孝廉, 其人若果然有才有德, 不拘資格, 驟然升擢, 連擧主俱紀錄受賞; 若所擧不得其人, 後日或貪財壞法, 輕則罪黜, 重則抄沒, 連擧主一同受罪. 那薦人的, 與所薦之人, 休戚相關, 不敢胡亂; 所以公道大明, 朝班淸肅. 不在話下.

且說會稽郡陽羨縣, 有一人姓許名武, 字長文. 十五歲上, 父母雙亡. 雖然遺下些田產僮僕, 奈門戶單微, 無人幫助. 更兼有兩個兄弟, 一名許晏, 年方九歲, 一名許普, 年方七歲, 都則幼小無知, 終日趕著哥哥啼哭. 那許武日則躬率僮僕, 耕田種圃, 夜則挑燈讀書. 但是耕種時, 二弟雖未勝耰鋤, 必使從旁觀看. 但是讀書時, 把兩個小兄弟, 坐於案旁, 將句讀親口傳授, 細細講解, 教以禮讓之節, 成人之道. 稍不率教, 輒跪於家廟之前, 痛自督責, 說自己德行不足, 不能化誨, 願父母有靈, 啓牖[65]二弟, 涕泣不已. 直待兄弟號泣請罪, 方纔起身; 並不以疾言倨色相加也. 室中只用鋪陳一副, 兄弟三人同睡. 如此數年, 二弟俱已長成, 家事亦漸豐盛. 有人勸許武娶妻.

....

에 "봉황이 울도다, 저 높은 뫼에서. 오동나무가 자라도다, 아침 해가 뜨는 저 동산에서.(鳳凰鳴矣, 于彼高岡. 梧桐生矣, 于彼朝陽.)"라는 구절에서 비롯되어 옛날 사람들은 태평할 때 봉황이 나타난다고 여겼으니 '朝有梧鳳之鳴(조정에서 오동나무에 기든 봉화의 울음소리가 들린다)'은 천하가 태평하다는 뜻이다. 《詩經·小雅·白駒》에 "하얗고 하얀 준마가 저 빈 골짜기에 있네(皎皎白駒, 在彼空谷.)"라는 구절에서 비롯되어 '白駒'는 흰색 駿馬를 이르는 말로 현인이나 隱士를 비유적으로 이르게 되었다. 〈白駒序〉에 의하면, "〈白駒〉는 大夫가 宣王을 풍자하는 것이다.(〈白駒〉, 大夫刺宣王也.)"라고 했고, 《毛傳》에 따르면, "宣王 말년에 현인을 쓰지 못하자 현자 중에 白駒를 타고 떠난 자가 있었다.(宣王之末, 不能用賢, 賢者有乘白駒而去者.)"라고 했으니 '野無谷駒之歎'은 재야에서 쓰이지 못한 현자의 탄식이 없다는 뜻이다.

64) 鑽刺(잠자): 명리를 꾀하기 위해 남에게 청탁하며 온갖 수단과 방법을 다 쓴다는 의미이다.

65) 啓牖(계유): '牖'는 '誘'와 통하여 '啓牖'는 계발해 유도한다는 뜻이다.

許武答道: “若娶妻, 便當與二弟別居. 篤夫婦之愛, 而忘手足之情, 吾不忍也.” 繇是晝則同耕, 夜則同讀, 食必同器, 宿必同床. 鄉里傳出個大名, 都稱爲“孝弟許武”. 又傳出幾句口號, 道是:

陽羡許季長, 耕讀晝夜忙. 教誨二弟俱成行, 不是長兄是父娘.

時州牧郡守, 俱聞其名, 交章薦舉, 朝廷徵爲議郎. 下詔會稽郡. 太守奉旨, 檄下縣令, 刻日勸駕[66]. 許武迫於君命, 料難推阻, 分付兩個兄弟: “在家躬耕力學, 一如我在家之時, 不可懈惰廢業, 有負先人遺訓.” 又囑咐奴僕: “俱要小心安分, 聽兩個家主役使, 早起夜眠, 共扶家業.” 囑咐已畢, 收拾行裝. 不用官府車輛, 自己雇了脚力[67]登車. 只帶一個童兒, 望長安進發.

不一日, 到京朝見受職. 長安城中, 聞得孝弟許武之名, 爭來拜訪識荊[68]. 此時望重朝班, 名聞四野. 朝中大臣探聽得許武尚未婚娶, 多欲以女妻之者. 許武心下想道: “我兄弟三人, 年皆強壯, 皆未有妻. 我若先娶, 殊

66) 勸駕(권가): ‘勸’은 권유한다는 뜻이며 ‘駕’는 수레에 태워 보낸다는 의미이다. 《漢書·高帝紀下》에 “어진 사대부로서 기꺼이 나와 共業할 자가 있으면 내가 그를 높여 주고 현달하게 할 것이니 천하에 이를 널리 알려 짐의 뜻을 잘 알 수 있도록 하라. (중략) 御史中執法은 郡守에게 하달하여 明德에 걸맞게 하는데 뜻이 있는 자가 있으면 반드시 직접 권하고 그를 수레에 태워 보내도록 하라. (賢士大夫有肯從我游者, 吾能尊顯之. 布告天下, 使明知朕意……御史中執法下郡守, 其有意稱明德者, 必身勸, 爲之駕.)”라는 기록이 보인다. 이에 대한 顔師古의 주에서 文穎의 말을 인용하며 “현자가 있으면 군수가 몸소 가서 경도에 가도록 권유하고 직접 수레에 태워 보냈다.(有賢者, 郡守身自往勸勉, 令至京師, 駕車遣之.)”라고 했다. 나중에 남에게 부임을 하게 하거나 어떤 일을 하도록 권유하는 것을 일러 ‘勸駕’라고 하게 되었다.

67) 脚力(각력): 문서를 전달하거나 짐을 옮기는 인부 혹은 탈 짐승을 이른다.

68) 識荊(식형): 당나라 시인 이백이 荊州 長史로 있었던 韓朝宗에게 보내는 〈與韓荊州書〉에서 이르기를 “제가 듣기로 천하의 辯士들이 모여서 말하기를 ‘살아있을 때 萬戶侯에 봉해질 필요는 없어도 韓荊州와 한 번 만났으면 좋겠다.’고 하는데 어찌 사람들로 하여금 이렇게까지 경모하도록 하시는 겁니까?(白聞天下談士相聚而言曰: ‘生不用封萬戶侯, 但願一識韓荊州.’ 何令人之景慕一至於此耶!)”라고 한 데서 나온 말로 ‘識荊’은 처음으로 만나는 것을 뜻하는 敬辭이다.

非爲兄之道. 況我家世耕讀, 僥倖備員朝署, 便與縉紳大家爲婚, 那女子自恃家門, 未免驕貴之氣. 不惟壞了我儒素門風, 異日我兩個兄弟娶了貧賤人家女子, 妯娌之間, 怎生相處! 從來兄弟不睦, 多因婦人而起, 我不可不防其漸也." 腹中雖如此躊論, 却是說不出的話. 只得權辭以對, 說家中已定下糟糠之婦, 不敢停妻再娶, 恐被宋弘所笑. 眾人聞之, 愈加敬重. 況許武精於經術, 朝廷有大政事, 公卿不能決, 往往來請教他. 他引古證今, 議論悉中窾要. 但是許武所議, 眾人皆以爲確不可易. 公卿倚之爲重. 不數年間, 累遷至御史大夫之職.

忽一日, 思想二弟在家, 力學多年, 不見州郡薦舉, 誠恐怠荒失業, 意欲還家省視. 遂上疏, 其略云:

> 臣以菲才, 遭逢聖代, 致位通顯, 未謀報稱, 敢圖暇逸? 古語有云[69]: '人生百行, 孝弟爲先.' '不孝有三, 無後爲大[70].' 先父母早背, 域兆[71]未修. 臣弟二人, 學業未立. 臣三十未娶. 五倫之中, 乃缺其三. 願賜臣假, 暫歸鄉里. 倘念臣犬馬之力, 尚可鞭笞, 奔馳有日.

69) 【校】古語有云(고어유운):《今古奇觀》각 판본에는 "古語有云"으로 되어 있고,《醒世恒言》각 판본에는 "但古人云"으로 되어 있다.

70) 不孝有三 無後爲大(불효유삼 무후위대):《孟子·離婁上》에 이르기를 "불효에 세 가지가 있는데 그중에서 후사를 두지 못하는 것이 가장 크다.(不孝有三, 無後爲大.)"라고 했다. 동한 때 趙岐는《孟子章句》에서 "禮法에 불효에는 세 가지가 있는데 아부하고 영합하여 부모를 不義에 빠뜨리는 것이 첫 번째 불효이고, 집이 가난하고 부모가 늙었음에도 벼슬하지 않고 봉록을 받지 않은 것이 두 번째 불효요, 장가가지 않고 자식이 없어 조상의 후사를 끊어버리는 것이 세 번째 불효이다.(於禮有不孝者三, 謂阿意曲從, 陷親不義, 一不孝也; 家貧親老, 不爲祿仕, 二不孝也; 不娶無子, 絕先祖祀, 三不孝也.)"라고 했다. '無後'의 '後'를 '後嗣'로 풀이하는 趙岐의 이런 해석이 널리 받아들여지고 있지만 후대 학자들에 의해 '後'를 '자식으로서의 도리를 하다'로 풀이하고자 하는 해석도 제기되어 있다.

71) 域兆(역조): 무덤의 구역이란 뜻으로 묘지를 이른다.《周禮·春官·典祀》에 있는 "典祀는 外祀의 祭壇을 지키는 일을 관장하는데 모두 구역이 있다.(典祀掌外祀之兆守, 皆有域.)"라는 구에 대한 鄭玄의 注에 의하면 "外祀는 四郊에서 제사를 올리는 것을 이르며 域兆는 무덤의 구역을 이른다.(外祀謂所祀於四郊者, 域兆表之塋域.)"고 한다.

天子覽奏, 准給假暫歸, 命乘傳[72]衣錦還鄕, 復賜黃金二十斤, 爲婚禮之費. 許武謝恩辭朝, 百官俱於郊外送行. 正是:

報導錦衣歸故里, 爭誇白屋出公卿.

許武旣歸, 省視先塋已畢, 便乃納還官誥, 只推有病, 不願爲官. 過了些時, 從容召二弟至前, 詢其學業之進退. 許晏､許普應答如流, 理明詞暢. 許武心中大喜. 再稽查田宅之數, 比前恢廓數倍, 皆二弟勤儉之所積也. 武於是遍訪里中良家女子, 先與兩個兄弟定親, 自己方纔娶妻, 續又與二弟婚配. 約莫數月, 忽然對二弟說道: "吾聞兄弟有析居之義. 今吾與汝, 皆已娶婦, 田產不薄, 理宜各立門戶."

二弟唯唯惟命. 乃擇日治酒, 遍召里中父老. 三爵已過, 乃告以析居之事. 因悉召僮僕至前, 將所有家財, 一一分剖. 首取廣宅自予, 說道: "吾位爲貴臣, 門宜棨戟[73], 體面不可不肅. 汝輩力田耕作, 得竹廬茅舍足矣." 又閱田地之籍, 凡良田悉歸之已, 將磽薄者量給二弟. 說道: "我賓客眾盛, 交遊日廣, 非此不足以供吾用. 汝輩數口之家, 但能力作, 只此可無凍餒. 吾不欲汝多財以損德也." 又悉取奴僕之壯健伶俐者, 說道: "吾出入跟隨, 非此不足以給使令. 汝輩合力耕作, 正須此愚蠢者作伴, 老弱饋食足矣, 不須多人費汝衣食也." 眾父老一向知許武是個孝弟之人, 這番分財, 定然辭多就少. 不想他般般件件, 自占便宜. 兩個小兄弟所得, 不及他十分之五, 全無謙讓之心, 大有欺淩之意. 眾人心中甚是不平. 有幾個剛直老人, 氣忿不過, 竟自去了. 有個心直口快的, 便想要開口, 說公道話, 與兩個小兄弟做喬主張. 其中又有個老成的, 背地裏捏手捏脚, 教他莫說. 以此罷了. 那教他莫說的, 也有些見識. 他道: "富貴的人, 與貧賤的人, 不是一般肚腸. 許武已做了顯官, 比不得當初了. 常言道: 疏不間親. 你我終是外人, 怎管得

72) 傳(전): 驛站의 車馬를 이른다.
73) 棨戟(계극): '戟'은 본래 무기의 일종으로 모양이 槍과 유사하되 槍頭 옆으로 작은 칼날이 더 달려 있다. '계극'은 비단으로 장식하거나 색칠한 나무로 만든 '戟'으로 관원이 쓰는 儀仗의 일종이다. 관원이 외출할 때 앞에서 인도를 하거나 門庭에서 배열을 할 때 쓰였다.

他家事. 就是好言相勸, 料未必聽從, 枉費了唇舌, 到挑撥他兄弟不和. 倘或做兄弟的肯讓哥哥, 十分之美, 你我又嘔這閒氣則甚! 若做兄弟的心上不甘, 必然爭論. 等他爭論時節, 我們替他做個主張, 却不是好!" 正是:

莫非干己休多管, 話不投機莫强言.

原來許晏､許普, 自從蒙哥哥敎誨, 知書達禮, 全以孝弟爲重. 見哥哥如此分析, 以爲理之當然, 絕無幾微不平的意思. 許武分撥已定, 眾人皆散. 許武居中住了正房, 其左右小房, 許晏､許普各住一邊. 每日率領家奴下田耕種, 暇則讀書, 時時將疑義叩問哥哥, 以此爲常. 妯娌之間, 也學他兄弟三人一般和順. 從此里中父老, 人人薄許武之所爲, 都可憐他兩個兄弟, 私下議論道: "許武是個假孝廉, 許晏､許普纔是個眞孝廉. 他思念父母面上, 一體同氣, 聽其敎誨, 唯唯諾諾, 並不違拗, 豈不是'孝'? 他又重義輕財, 任分多分少, 全不爭論, 豈不是'廉'?" 起初里中傳個好名, 叫做"孝弟許武", 如今抹落了武字, 改做"孝弟許家". 把許晏､許普弄出一個大名來. 那漢朝淸議極重, 又傳出幾句口號, 道是:

假孝廉, 做官員; 眞孝廉, 出口錢. 假孝廉, 據高軒; 眞孝廉, 守茅簷. 假孝廉, 富田園; 眞孝廉, 執鋤鐮. 眞爲玉, 假爲瓦; 瓦登[74]廈, 玉拋野. 不宜眞, 只宜假.

那時明帝即位, 下詔求賢, 令有司訪問篤行有學之士, 登門禮聘, 傳驛至京. 詔書到會稽郡, 郡守分諭各縣. 縣令平昔已知許晏､許普讓產不爭之事, 又值父老公擧他眞孝眞廉, 行過其兄, 就把二人申報本郡. 郡守和州牧, 皆素聞其名, 一同擧薦. 縣令親到其門, 下車投謁, 手捧玄纁束帛, 備陳天子求賢之意. 許晏､許普, 謙讓不已. 許武道: "幼學壯行, 君子本分之事. 吾弟不可固辭." 二人只得應詔, 別了哥嫂, 乘傳到於長安, 朝見天子. 拜舞[75]已

74) 【校】登(등): 《今古奇觀》 각 판본과 古本小說集成本《醒世恒言》에는 "登"으로 되어 있고, 人民文學本《醒世恒言》에는 "爲"로 되어 있다.

75) 拜舞(배무): 황제에게 朝拜를 할 때 행하던 예로 무릎을 꿇고 머리를 조아리며 큰절을 올린 뒤, 頌揚의 뜻으로 舞蹈를 행하던 것을 이른다.

畢, 天子金口玉言[76], 問道: "卿是許武之弟乎?" 晏、普叩頭應詔. 天子又道: "聞卿家有孝弟之名. 卿之廉讓, 有過於兄, 朕心嘉悅." 晏、普叩頭道: "聖運龍興, 闢門訪落[77], 此乃帝王盛典. 郡縣不以臣晏臣普爲不肖, 有瀆聖聰. 臣幼失怙恃[78], 承兄武教訓, 兢兢自守, 耕耘誦讀之外, 別無他長. 臣等何能及兄武之萬一." 天子聞對, 嘉其廉德, 即日俱拜爲內史. 不五年間, 皆至九卿之位. 居官雖不如乃兄赫赫之名, 然滿朝稱爲廉讓. 忽一日, 許武致家書於二弟. 二弟拆開看之, 書曰:

> 匹夫而膺辟召, 仕宦而至九卿, 此亦人生之極榮也. 二疏有言: '知足不辱, 知止不殆.' 旣無出類拔萃之才, 宜急流勇退[79], 以避賢路.

晏、普得書, 即日同上疏辭官. 天子不許. 疏三上. 天子問宰相宋均道:

---

76) 金口玉言(금구옥언): 金口玉音과 같은 말로 옛날에 천자의 말을 높여 이르던 말이다.

77) 闢門訪落(벽문방락): '闢門'은 문을 연다는 뜻으로《尙書·舜典》에 있는 "사방의 문을 열고, 사방을 보는 눈을 밝게 하며, 사방을 듣는 귀를 연다.(闢四門, 明四目, 達四聰.)"라는 구절에서 나온 말이다. 孔安國을 위탁해 쓴 傳에 의하면 "사방의 문 가운데 열리지 않은 문을 열고 널리 현자들을 모집한다.(開闢四方之門未開者, 廣致衆賢.)"라고 했다. 나중에 '闢門'은 현자를 구하는 門路를 넓게 열어 인재를 訪求하는 것을 이르게 되었다. '訪落'은《詩經·周頌》의 편명으로〈訪落序〉에 의하면, "訪落은 嗣王(繼位한 왕)이 묘당에서 국사를 도모하는 것을 이른다.(訪落, 嗣王謀於廟也.)"라고 했다.〈毛傳〉에 의하면, "訪은 도모함이고 落은 시작이다."라 했으며, 鄭玄의 箋에서는 "成王이 막 즉위했을 때 선왕의 공업을 이어받아 그의 덕행을 따르지 못할까 걱정되어 묘당에서 군신들과 자신이 막 즉위할 때의 일을 모의했다.(成王始即政, 自以承聖父之業, 懼不能遵其道德. 故於廟中與羣臣謀我始即政之事.)"라고 했다. 나중에 '訪落'은 繼位한 임금이 군신들과 국사를 謀議하는 것을 이르게 되었다.

78) 失怙恃(실호시): '怙'와 '恃'는 '의지한다'는 뜻이다.《詩經·小雅·蓼莪》에 "아버지가 없으면 어디에 의지하며 어머니가 없으면 어디에 의지하나?(無父何怙, 無母何恃.)"라는 구절에서 비롯되어 아버지를 여읜 것을 '失怙'라고 하고 어머니를 여읜 것을 '失恃'라고 했다.

79) 急流勇退(급류용퇴): 송나라 邵伯溫의《聞見前錄》권7에 있는 錢若水의 고사에서 나온 말이다. 急流에서 과감히 물러난다는 뜻으로 벼슬길이 아직 순탄하게 잘 나가고 있을 때에 일찌감치 은퇴하여 明哲保身하는 것을 이른다.

"許晏、許普壯年入仕, 備位九卿, 朕待之不薄, 而屢屢求退, 何也?" 宋均奏道: "晏、普兄弟二[80]人, 天性孝友. 今許武久居林下[81], 而晏、普並駕天衢[82], 其心或有未安." 天子道: "朕並召許武, 使兄弟三人同朝輔政何如?" 宋均道: "臣察晏、普之意, 出於至誠. 陛下不若姑從所請, 以遂其高, 異日更下詔徵之. 或訪先朝故事, 就近與一大郡, 以展其未盡之才; 因使便道歸省: 則陛下好賢之誠, 與晏、普友愛之義, 兩得之矣." 天子准奏, 即拜許晏爲丹陽郡太守, 許普爲吳郡太守, 各賜黃金二十斤, 寬假三月, 以盡兄弟之情. 許晏、許普謝恩辭朝, 公卿俱出郭, 到十里長亭, 相餞而別. 晏、普二人, 星夜回到陽羨, 拜見了哥哥, 將朝廷所賜黃金, 盡數獻出. 許武道: "這是聖上恩賜, 吾何敢當!" 教二弟各自收去. 次日, 許武備下三牲祭禮, 率領二弟到父母墳塋, 拜奠了畢, 隨即設宴, 遍召里中父老. 許氏三兄弟, 都做了大官, 雖然他不以富貴驕人, 自然聲勢赫奕. 聞他呼喚, 那個[83]敢不來, 況且加個請字. 那時眾父老來得愈加整齊. 許武手捧酒卮, 親自勸酒. 眾人都道: "長文公與二哥三哥接風之酒, 老漢輩安敢僭先!" 比時風俗淳厚, 鄉黨序齒, 許武出仕已久, 還叫一句"長文公", 那兩個兄弟, 又下一輩了, 雖是九卿之貴, 鄉尊故舊, 依舊稱"哥". 許武道: "下官此席, 專屈諸鄉親下降, 有句肺腑之言奉告. 必須滿飲三盃, 方敢奉聞." 眾人被勸, 依次飲訖[84]. 許武教兩個兄弟次第把盞, 各敬一盃. 眾人飲罷, 齊聲道: "老漢輩承賢昆玉[85]厚愛, 借花獻佛[86], 也要奉敬." 許武等三人, 亦各飲訖. 眾人道: "适纔長文公所論金玉

80) 【校】二(이): 《今古奇觀》 각 판본과 《醒世恒言》 각 판본에는 모두 "三"으로 되어 있으나 의미상 "二"로 되어야 한다.

81) 林下(임하): 숲속이란 의미로 산림이나 田野 등과 같이 退隱하는 곳을 이른다.

82) 天衢(천구): '衢'는 큰길을 이르는 말이다. '天衢'는 본래 하늘이 넓어 큰길과 같다고 해서 하늘을 비유적으로 가리키는 말로 경도나 조정을 이르기도 한다.

83) 【校】那個(나개): 《今古奇觀》 각 판본에는 "那(哪)個"로 되어 있고, 《醒世恒言》 각 판본에는 "尙不"로 되어 있다.

84) 【校】依次飲訖(의차음흘): 《今古奇觀》 각 판본에는 "依次飲訖"로 되어 있고, 《醒世恒言》 각 판본에는 "只得喫了"로 되어 있다.

85) 昆玉(곤옥): 崑玉이라고 쓰기도 한다. 昆侖山의 美玉이라는 뜻으로 훌륭한 문장이나 걸출한 인재를 비유적으로 일러 남의 형제에 대한 美稱으로도 쓰인다.

86) 借花獻佛(차화헌불): 꽃을 빌려 부처님께 올린다는 뜻으로 《過去現在因果經》에

之言, 老漢輩拱聽已久, 願得示下." 許武疊兩個指頭, 說將出來. 言無數句, 使聽者毛骨聳然. 正是:

斥鷃不知大鵬, 河伯不知海若. 聖賢一段苦心, 庸夫豈能測度.

許武當時未曾開談, 先流下淚來. 嚇得眾人驚惶無措. 兩個兄弟慌忙跪下, 問道: "哥哥何故悲傷?" 許武道: "我的心事, 藏之數年, 今日不得不言." 指着宴、普道: "只因爲你兩個名譽未成, 使我作違心之事, 冒不韙之名, 有玷於祖宗, 貽笑於鄉里, 所以流淚." 遂取出一卷冊籍, 把與眾人觀看. 原來是田地屋宅及歷年收斂米粟布帛之數. 眾人還未曉其意. 許武又道: "我當初教育兩個兄弟, 原要他立身修道, 揚名顯親. 不想我虛名早著, 遂先顯達. 二弟在家, 躬耕力學, 不得州郡徵辟. 我欲效古人祁大夫內舉不避親, 誠恐不知二弟之學行者, 說他因兄而得官, 誤了終身名節. 我故倡爲析居之議, 將大宅良田, 强奴巧婢, 悉據爲已有. 度吾弟素敦愛敬, 決不爭競. 吾暫冒貪饕之迹, 吾弟方有廉讓之名. 果蒙鄉里公評, 榮膺徵聘. 今位列公卿, 官常無玷, 吾志已遂矣. 這些田房奴婢, 都是公共之物, 吾豈可一人獨享! 這幾年以來, 所收米穀布帛, 分毫不敢妄用, 盡數開載在那冊籍上. 今日交付二弟, 表爲兄的向來心迹, 也教眾鄉尊得知." 眾父老到此, 方知許武先年析產一片苦心. 自愧見識低微, 不能窺測, 齊聲稱嘆不已. 只有許晏、許普哭倒在地, 道: "做兄弟的, 蒙哥哥教訓成人, 僥倖得有今日. 誰知哥哥如此用心! 是弟輩不肖, 不能自致青雲之上, 有累兄長. 今日若非兄長自說, 弟輩都在夢中. 兄長盛德, 從古未有. 只是弟輩不肖之罪, 萬分難贖. 這些小家財, 原是兄長苦掙來的, 合該兄長管業. 弟輩衣食自足, 不消兄長掛念." 許武道: "做哥的力田有年, 頗知生殖. 況且宦情已淡, 便當老於耰鋤, 以終天年. 二弟年富力强[87], 方司民社[88], 宜資莊產, 以終廉節." 晏、普又道: "哥哥

보이는 "지금 내가 연약한 여자로 가까이 나아갈 수 없으니 꽃 두 송이를 보내 부처님께 올려주십시오.(今我女弱不能得前, 請寄二花以獻於佛.)"라는 내용에서 나온 말이다. 나중에 '借花獻佛'이란 말로 남의 물건을 가지고 인정을 쓰는 것을 비유적으로 이르게 되었다.

87) 年富力强(연부력강): 나이가 젊고 기력이 왕성한 것을 이른다. 《論語·子罕》에

爲弟輩而自污. 弟輩既得名, 又欲得利, 是天下第一等貪夫了. 不惟玷辱了祖宗, 亦且玷辱了哥哥. 萬望哥哥收回冊籍, 聊減弟輩萬一之罪!" 眾父老見他兄弟三人交相推讓, 你不收, 我不受, 一齊向前勸道: "賢昆玉所言, 都則一般道理. 長文公若獨得了這田產, 不見得向來成全兩位這一段苦心. 兩位若徑受了, 又負了令兄長文公這一段美意. 依老漢輩愚見, 宜作三股均分, 無厚無薄, 這纔見兄友弟恭, 各盡其道." 他三個兀自你推我讓. 那父老中有前番那幾個剛直的, 挺身向前, 厲聲說道: "吾等适纔分處, 甚得中庸之道. 若再推遜, 便是矯情沽譽了. 把這冊籍來, 待老漢與你分剖." 許武弟兄三人, 更不敢多言, 只得憑他主張. 當時將田產配搭三股份開, 各自管業. 中間大宅, 仍舊許武居住. 左右屋宇窄狹, 以所在粟帛之數補償晏、普, 他日自行改造. 其童婢, 亦皆分派. 眾父老都稱爲公平. 許武等三人施禮作謝, 邀入正席飲酒, 盡歡而散. 許武心中終以前番析產之事爲歉, 欲將所得良田之半, 立爲義莊, 以贍鄉里. 許晏、許普聞知, 亦各出已產相助. 里中人人歎服. 又傳出幾句口號來, 道是:

> 眞孝廉, 惟許武; 誰繼之? 晏與普. 弟不爭, 兄不取. 作義莊, 贍鄉里. 嗚呼孝廉誰可比!

晏、普感兄之義, 又將朝廷所賜黃金, 大市牛酒, 日日邀里中父老與哥哥會飲. 如此三月, 假期已滿, 晏、普不忍與哥哥分別, 各要納還官誥. 許武再三勸諭, 責以大義. 二人只得聽從, 各攜妻小赴任.

却說里中父老, 將許武一門孝弟之事, 備細申聞郡縣. 郡縣爲之奏聞. 聖旨命有司旌表其門, 稱其里爲孝弟里. 後來三公九卿, 交章薦許武德行絕倫, 不宜逸之田野. 累詔起用. 許武只不奉詔. 有人問其緣故. 許武道: "兩弟在朝居位之時, 吾曾諷以知足知止. 我若今日復出應詔, 是自食其言了.

보이는 '後生可畏'에 대한 朱熹의 注 "공자께서 말씀하셨다. '後生은 나이가 젊어 힘이 강하며 족히 학문을 쌓아 기대할 수 있으니 그 기세가 두려워할 만하다.'(孔子言後生年富力强, 足以積學而有待, 其勢可畏.)"에서 나온 말이다.

88) 民社(민사): 백성과 社稷을 아울러 이르는 말로 州縣이나 그곳을 관장하는 장관을 이르기도 한다.

況近聞[89]朝廷之上, 是非相激, 勢利相傾, 恐非縉紳之福; 不如躬耕樂道之爲愈耳." 人皆服其高見.

再說晏､普到任, 守其乃兄之教, 各以淸節自勵, 大有政聲. 後聞其兄高致, 不肯出仕[90]. 弟兄相約, 各將印綬納還, 奔回田里, 日奉其兄爲山水之遊, 盡老百年而終. 許氏子孫昌茂, 累代衣冠不絕, 至今稱爲"孝弟許家"云. 後人作歌嘆道:

> 今人兄弟多分產, 古人兄弟亦分產. 古人分產成弟名, 今人分產但嚣爭. 古人自汙爲孝義, 今人自污爭微利. 孝義名高身並榮, 微利相爭家共傾. 安得盡居孝弟里, 却把鬩牆人愧死.

89) 【校】近聞(근문): 《今古奇觀》 각 판본에는 "近聞"으로 되어 있고, 《醒世恒言》 각 판본에는 "方今"으로 되어 있다.

90) 【校】仕(사): 人民文學本·繪圖本《今古奇觀》, 人民文學本《醒世恒言》에는 "仕"로 되어있고, 古本小說集成本《今古奇觀》과 古本小說集成本《醒世恒言》에는 "山"으로 되어 있다.

두 현령이 서로 의로움을 다투며 고아가 된 여자아이를 성혼시키다〔兩縣令競義婚孤女〕

작품 해설

이 작품은 《성세항언(醒世恆言)》 권1에 실려 있는 이야기이다. 입화(入話)의 본사(本事)는 《이담(耳談)》 권4에서 나온 이야기로 〈이교진사(李喬進士)〉라는 제목으로 실려 있다. 청나라 조길사(趙吉士)의 《기원기소기(寄園寄所寄)》 권10 〈구수기(驅睡寄)〉에도 수록되어 있는데 출처는 《이담》이라고 했다. 유사한 이야기가 청나라 저인획(褚人獲)의 《견호여집(堅瓠餘集)》 권2에 〈안녀수봉(贋女受封)〉이라는 제목으로도 수록되어 있는데 거기서는 출처를 《우창잡록(雨窗雜錄)》이라고 했다. 《견호비집(堅瓠秘集)》 권5에 〈부랑후덕(部郎厚德)〉이라는 제목으로 또 다른 이야기가 수록되어 있다.

정화(正話)의 본사(本事)는 《수신기(搜神記)》 권5〔20권본(卷本)의 《수신기》에는 보이지 않고 8권본(卷本)에만 보인다.〕에서 나온 것으로 《수신기》에는 포현(蒲縣) 현령이었던 조인미(趙仁美)가 전란에서 여종으로 팔린 전임 현령 왕덕린(王德麟)의 딸을 자기 생질녀로 삼은 뒤, 친딸보다 먼저 시집을 보내 음덕을 쌓은 이야기로 되어 있다. 《고금도서집성(古今圖書集成)·명륜휘편(明倫彙編)·규원전(閨媛典)》 권367 《규한부(閨恨部)·기사(紀事)》에도 같은 이야기가 수록되어 있으며, 《위정선보사류(爲政善報事類)》 권10에도 〈고녀몽은(孤女蒙恩)〉이라는 제목으로 이 이야기가 수록되어 있는데 출처는 《수신기》라고 했다. 또 송나라 위태(魏泰)의 《동헌필록(東軒筆錄)》 권12에도 유사한 이야기가 수록되어 있는데 작자는 자신의 조모인 집경군태수(集慶郡太守)의 진부인(陳夫人)에게서 들은 이야기로 기재하고 있다. 《동헌필록》에는 현령 종리근(鐘離瑾)이 여종으로 팔린 전임 현령의 딸을, 자신의 딸과 혼약한 허(許) 현령의 아들에게 시집을 보낸 것으로 되어 있다. 전임 현령의 딸인 여종이 이전에 뜰에서 아버지와 공놀이했던 기억이 떠올라 눈물을 흘리자 종리근이 이를 보고 그 내력을 물어 신분을 알게 된다는 에피소드는 〈양현령경의혼고녀(兩縣令競義婚孤女)〉와 동일하다. 정화(正話)의 이야기는 《설부(說郛)》 권94 송나라 이원강(李元綱)의 《후덕록(厚德錄)》에도 수록되어 있다. 또 다른 유사한 이야기가 송나라 장사정(張師正)의 《괄이지(括異誌)》 권10에 〈종리발운(鐘離發運)〉이란 제목으로 수록되어 있다. 〈종리발운〉은 현령 종리근(鐘離瑾)이 여종이 된 전임 현령의 딸을 자신의 딸과 함께 허(許)씨 형제에게 시집보내자 죽은 전임 현령이 이에 보답하기 위해 상제께 아뢰어 종리근을 열 개 군(郡)의 태수(太守)가 되도록 하게 한 뒤, 꿈에서 나타나 이를 알리는 에피소드가 〈양현령경의혼고녀(兩縣令競義婚孤女)〉와 동일하다. 《위정선보사류(爲政善報事類)》 권4에도 같은 이야기가 〈고가득사(孤嫁得謝)〉라는 제목으로 수록되어 있는데 출처는 《종선심감(從善心鑒)》이고 현령의 이름은 종리권(鐘離權)이다. 《국색천향(國色天香)》 권5에도 〈명유유범광음덕(名儒遺范廣陰德)〉이라는 제목으로 유사한 이야기가 보이는데 주인공은 남창(南昌)의 왕(王) 지현(知縣)으로 되어 있고 전임 현령의 이름은 육홍점(陸鴻漸)으로 되어 있다. 《수신기》 소재의 작품과 유사한 이야기는 《보응록(報應錄)》

에도 수록되어 있는데 당나라 때 강남지방의 현령 범(范)씨가 여종으로 팔린 옛 친구의 딸을 자기 딸의 혼수로 시집보내 음덕을 쌓은 내용이다. 《신편분문고금유사(新編分門古今類事)》 권19에 〈명부가비(明府嫁婢)〉라는 제목의 유사한 이야기가 실려 있는데 출처는 《성도잡기(成都雜記)》라고 했다.

이 이야기를 부연한 전기(傳奇) 희곡 작품도 있다. 《원산당명곡품(遠山堂明曲品)》에 각비자(覺非子)가 지은 〈증수기(增壽記)〉가 소개되어 있으며 《곡해총목제요(曲海總目提要)》 권35에도 무명씨의 작품인 〈백수도(百壽圖)〉〔일명 〈백수도(柏壽圖)〉〕가 소개되어 있는데 두 작품 모두 주인공을 송나라 때 명사인 육구연(陸九淵)이나 구준(寇準) 등으로 부회했다. 조선시대 무명씨가 《담자(啖蔗)》에서 〈양현령경의혼고녀(兩縣令競義婚孤女)〉의 입화를 바탕으로 하여 문언으로 개사를 시도한 작품이 〈왕춘전(王春傳)〉이고 정화를 개사한 작품이 〈석씨월향전(石氏月香傳)〉이다.

본문 역주

풍수는 세상에서 없어서는 안 될 것이로되	風水人間不可無
그것도 음덕이 함께 받쳐줘야 되는 것이라네	也須陰騭兩相扶
요즘 사람들은 하늘의 뜻을 알지 못한 채	時人不解蒼天意
공연스레 신심(身心)을 바쳐가며 애써 꾀하기만 한다네	枉使身心著意圖

화설(話說)[1], 몇 대 전에 절강(浙江) 구주부(衢州府)[2]에 어떤 사람이

1) 화설(話說): 話本이나 장회소설 등에서 이야기를 처음 시작할 때 쓰는 상투어로 "이 이야기는 ……내용이다." 정도의 뜻이다. 여기서 '話'는 고대 說話人들이

있었는데 성은 왕(王) 씨이고 이름은 봉(奉)이었으며 형의 이름은 왕춘(王春)이었다. 형제는 각기 딸 하나씩을 낳았는데 왕춘의 딸은 경영(瓊英)이라 했고 왕봉의 딸은 경진(瓊眞)이라 불렀다. 경영은 본군(本郡)의 부호인 반(潘) 백만(百萬)[3]의 아들 반화(潘華)와 약혼을 했고, 경진은 본군 소(蕭) 별가(別駕)[4]의 아들 소아(蕭雅)와 약혼했는데 모두 어렸을 때에 혼약을 맺은 것이었다. 경영의 나이가 겨우 열 살밖에 안 되었을 때 어머니가 먼저 돌아가셨고 아버지도 잇달아 세상을 떠났다. 왕춘이 임종할 때 동생에게 딸 경영을 부탁하면서 이렇게 당부했다.

"내게 아들이 없고 이 딸밖에 없으니 너는 이 아이를 친딸처럼 생각해라. 이 애가 다 크거든 반씨 집으로 시집을 잘 보내고, 네 형수가 남긴 혼수와 옷가지, 장신구들을 모두 다 그에게 주거라. 반씨 집에서 원래 납채한 재물로 마련한 전답도 있으니 이 아이에게 주어서 연지향분의 비용으로 쓰도록 해라. 내 말을 어기지 말거라!"

당부의 말을 마친 뒤 숨이 끊겼다. 장례를 다 치른 후에 왕봉은 조카딸인 경영을 집으로 맞이해 자기 딸 경진과 함께 거처하도록 했다.

어느 해 설날, 홀연 반화와 소아가 약속이나 한 듯이 왕봉의 집으로 함께 세배를 하러 왔다. 반화의 생김새가 분을 바른 듯한 얼굴에 붉은 입술을 가져 마치 미녀와 같았으므로 사람들은 그를 '옥동자'라고 불렀

이야기했던 故事를 의미한다.

2) 구주부(衢州府): 원나라 지정 19년(1359)에 衢州路를 龍遊府로 바꿨고 26년(1366)에 다시 龍遊府를 衢州府로 개칭한 뒤 명대를 거쳐 청대 順治 연간까지 계속 쓰였다. 이로써 볼 때 이 이야기의 배경은 원말이나 명대임을 알 수 있다. 지금의 浙江省 衢州市 일대와 그 주변 지역에 해당한다.

3) 백만(百萬): 원래는 액수가 매우 크다는 의미인데 여기서는 돈이 매우 많다는 뜻의 별명으로 쓰인 듯하다.

4) 별가(別駕): 한나라 때부터 있었던 관직으로 州의 刺史를 보좌하는 벼슬이었다. 자사를 따라 순찰할 때 따로 수레를 탔으므로 '別駕'라고 불리었다. 송나라 이후에는 通判으로 개칭했으나 그 직책이 같았으므로 別駕는 通判의 별명으로도 쓰였다.

다. 소아는 얼굴이 온통 곰보인데다가 눈이 쑥 들어갔고 빼드렁니여서 마치 하늘을 나는 야차(夜叉)의 모습과 같았다. 한 사람은 잘생겼고 다른 한 사람은 못생겼으므로 서로를 비교하면, 반듯한 자는 아름다운 옥이 더욱 빛나는 것처럼 보였고 못생긴 자는 진흙을 바른 것같이 더욱 볼품이 없어 보였다. 게다가 반화는 의복을 화려하게 해 부를 뽐내려는 마음으로 옷을 자주 바꿔 입었다. 소아는 성실한 집안의 자제라서 옷가지에 신경 쓰지 않았다. 속담에 이르기를 '불상은 금장(金裝)에 달려있고 사람은 옷차림에 달려있다'고 했듯이 세상 사람들 가운데에는 식견이 짧은 자들이 많아 겉만 볼 줄을 알지 속을 볼 줄은 모른다. 왕씨 집 사람들은 남녀노소 할 것 없이 모두 반 도령의 잘생긴 용모가 반안(潘安)[5]이 다시 태어난 것과 같아 부러워했고, 하늘을 나는 야차 같이 못생긴 소아에 대해서는 암암리로 쑥덕공론을 했다. 왕봉 자신도 눈에 거슬려 마음속으로 매우 언짢아했다.

며칠 안 되어 소 별가가 임지에서 세상을 떠나자 소아는 분상(奔喪)을 하여 영구를 모시고 집으로 돌아갔다. 그의 집안은 비록 세가(世家)였지만 누대로 청렴한 관원들이었기에 집에 모아둔 돈이 없어 소 별가가 죽은 뒤 날로 쇠락해져 갔다. 반 백만은 벼락부자로 집안 형편이 날로 융성해져 갔다. 왕봉은 홀연 불량한 마음이 생겨 이렇게 생각했다.

"소씨 집은 매우 가난한데다가 사위까지도 못생겼는데 반씨 집은 부자인데다가 사위도 반듯하게 잘생겼네. 경영과 경진을 암암리에 서로 바꾼들 누가 알겠는가? 내 딸을 가난뱅이 집에서 고생하게 하지도 않고 말이다."

마음을 정하고는 시집보낼 때에 이르자, 경진을 조카딸로 삼아 반씨

5) 반안(潘安): 미남자로 유명했던 西晉 때 문인 潘嶽을 가리킨다. 반악은 자가 安仁으로 潘安이라고도 불리었으며 虎賁中郞將 등의 벼슬을 지냈다. 그가 수레를 타고 밖에 나가면 길거리에 있던 부녀자들이 과일을 던져 수레에 가득 찼다는 이야기가 《晉書·潘嶽傳》에 보인다. 후세의 시문에서 美男子의 대명사로 쓰인다.

집에 시집보내면서 형이 남겨준 옷가지와 장신구, 전답 등을 모두 가져가도록 했다. 오히려 반대로 경영을 자기 딸인 것처럼 그 하늘을 나는 야차의 배필로 시집보내면서 자기는 혼수를 조금만 보냈다. 경영은 단지 삼촌이 시키는 대로만 따를 뿐, 분해도 감히 뭐라고 말할 수 없었다.

누가 알았겠는가? 경진이 시집을 간 뒤로 반화는 스스로 집안이 부유한 것을 믿고서 시서(詩書)를 공부하지도 않고 생업을 도모하지도 않으면서 오직 협창(挾娼)과 도박을 일삼았다. 그의 아버지는, 누차 아들을 훈계를 해도 따르지 않자 울화로 죽었다. 반화는 더욱 거리낌 없이 매일 무뢰배들과 함께 술잔치를 하면서 유락했다. 십 년도 되지 않아 그는 백만의 가산을 모두 탕진해 한 뼘의 땅도 남지 않게 되었다. 장인이 누차 그를 부조해 주었으나 숯에 눈을 뿌리는 것같이 전혀 소용이 없었다. 결국에 그는 추위와 굶주림을 견디지 못해 장인 몰래 아내를 데리고 남의 집 노비가 되려고 했다. 왕봉은 이 소식을 듣고서 딸 경진을 집으로 맞이해 여생을 보내게 하고 사위는 대문도 들어오지 못하게 했다. 반화는 타향에서 유락하여 행방을 알 수 없게 되었다. 소아는 부지런히 고학하여 나중에 과거 급제를 했으며 상서(尙書)의 지위까지 올랐고, 경영은 일품부인(一品夫人)으로 봉해졌다. 그 증거가 되는 시가 있다.

눈앞의 빈부는 확정된 것이 아니며	目前貧富非爲准
먼 훗날의 빈궁과 현달은 알 수 없는 일이라네	久後窮通未可知
뒤바꿔 그대가 아무리 속임수를 써도	顚倒任君瞞昧做
신령의 판단은 반드시 사사로움이 없다네	鬼神昭鑒定無私

관객 여러분[6]! 왕봉이 딸을 시집보내는 이 이야기를 왜 하냐고요? 세

6) 관객 여러분(看官): 원문에는 '看官'으로 되어 있는데 '看倌'으로 쓰기도 하며 그 뜻은 '관객 여러분'이라는 의미이다. 화본은 본래 說話人이 청중 앞에서 구연하는 이야기 대본이기 때문에 관객과 대화하는 어투로 표현된 이와 같은 상투어가 많이 존재한다. 이런 전통을 이어받아 擬話本小說과 白話小說에서도 '看倌'

상 사람들은 단지 눈앞에 있는 것만 보고 훗날을 생각하지 않으며, 남에게 손해를 끼치고 자신의 이익만 챙기기 때문이오이다. 사람이 백 번 계산한 것을 하늘은 단 한 번에 계산한다는 걸 어찌 알겠소이까? 그대가 마음속으로 순탄한 길을 생각해 두었어도 하늘이 그대에게 그 길을 가도록 내버려둘지 그렇지 않을지는 모른다는 말이오이다. 좌우간 평상시에 선행을 하는 것이 최고지요. 오늘 말할 이 화본(話本)[7]은 왕봉과 정반대로 〈두 현령이 서로 의로움을 다투며 고아가 된 여자 아이를 성혼시키다〉라는 이야기외다.

이 이야기는 양(梁), 당(唐), 진(晉), 한(漢), 주(周) 등의 오대(五代)[8] 말기에 있었던 일이다. 그 당시 후주(後周)의 태조(太祖) 곽위(郭威)가 자리에 올라 연호를 광순(廣順)으로 바꾸었다. 그는 비록 정통(正統)의 존귀한 자리에 있었지만 통일의 형세를 이루지 못하고 있었다. 사방에서 할거하여 군림하던 자들이 몇몇 더 있었으니 모두 오국삼진(五國三鎭)이었다. 어느 오국(五國)이냐? 주(周)의 곽위, 남한(南漢)의 유성(劉晟), 북한(北漢)의 유민(劉旻), 남당(南唐)의 이승(李昇), 촉(蜀)의 맹지상(孟知祥) 등이 그것이었다. 어느 삼진(三鎭)이냐? 오월(吳越) 지방의 전민(錢旻), 호남(湖南) 지방의 주행봉(周行逢)과 형남(荊南) 지방의 고계창(高季昌) 등이 그것이었다.

이란 말이 보이는데 이때에는 '독자'를 지칭하는 호칭이라고 할 수 있다.

7) 화본(話本): 說話人이 說唱하는 이야기 대본이라는 의미로 설화인이 說唱하는 이야기를 지칭하기도 한다.

8) 오대(五代): 당나라가 멸망한 뒤 중원에서 開封과 洛陽을 수도로 삼은 後梁, 後唐, 後晉, 後漢, 後周 이 다섯 개의 조대와 西蜀, 江南, 嶺南 및 河東 등의 지역에서 할거하는 십여 개의 정권이 나타났는데 이들을 통틀어 '五代十國'이라 일컬었다. 보통 중원지역에 있었던 다섯 개의 왕조를 '五代'라고 칭하고 주변의 할거정권을 '十國'이라 한다. 五代는 한 조대가 아니라 唐宋 사이에 있었던 역사적 시기를 지칭한다.

그 가운데 남당(南唐)[9] 이씨(李氏)의 나라가 있었는데 그 관할에 강주(江州)[10] 지방이 있었다. 강주 덕화현(德化縣)에 지현(知縣)[11]이 있었는데 그의 성은 석(石) 씨이고 이름은 벽(璧)이었다. 본래 그는 무주(撫州) 임천현(臨川縣)[12] 사람이었으나 건강(建康)[13]에 우거하고 있었다. 나이는 사순(四旬)이 넘었고 부인을 잃은 데다가 아들도 없어 그가 부임할 때 따라온 이는 단지 여덟 살 먹은 친딸 월향(月香)과 시녀 한 명뿐이었다. 그 석 지현은 청렴하고 바르게 관리 노릇을 하여 덕화현에 있으면서 거의 물만 먹고 살다시피 했다. 게다가 송사를 판결하는 것도 바르게 처결하여 억울함을 씻어주고 묵은 사건을 다스렸으므로 정령(政令)이 간소화되고 형벌이 공정해졌으며, 백성들은 편안해지고 도적들이 사라졌다. 퇴청한 후 여가에는, 월향을 무릎에 앉히고서 글자를 가르쳤다. 그렇지 않으면 시녀로 하여금 딸과 함께 바둑을 두게 하거나 축구를 하게하거나 갖은 놀이를 하게하고 그는 그 옆에서 가르쳐 주곤 했다. 월향이 어미가 없는 딸이기에 유달리 그를 아끼고 사랑했다. 하루는 시녀와

9) 남당(南唐): 五代十國 시기 李昪이 江南 지역에서 세운 정권으로 937년부터 975년까지 지속했다. 수도는 처음에 江寧(지금의 江蘇省 南京市)이었다가 나중에는 洪州府(지금의 江西省 南昌市)로 천도했으며 五代十國 시기에 있었던 비교적 규모가 큰 나라였다.

10) 강주(江州): 東晉 때부터 있었던 행정구역으로 지금의 江西省 대부분 지역을 관할했다. 宋元까지 지속되었지만 후대에 점차 관할 구역이 줄어들었으며 대체적으로 지금의 江西省 九江市 일대이었다.

11) 지현(知縣): 일개 현의 행정장관을 이르는 관직명이다. 당나라와 그 이전에는 대체로 '縣令'이라고 불렀고 宋代부터 중앙관원을 縣官으로 파견해 '某官知某縣事(아무개 官이 아무개 縣의 일을 주관하다)'라는 식으로 부르다가 明淸 시대에 이르러 '知縣'으로 불렀다.

12) 무주(撫州) 임천현(臨川縣): 撫州는 수나라 때부터 설치되었던 행정구역으로 지금의 江西省 撫州市 일대이다. 臨川縣은 撫州 소속의 縣으로 지금의 撫州市 臨川區에 해당한다.

13) 건강(建康): 南唐의 수도로 지금의 江蘇省 南京市이다. 建康은 六朝 때 南京을 부르던 古名이다.

월향이 뜰에서 자그마한 공을 차면서 놀고 있었다. 시녀가 한 번 발길질을 했는데 힘을 너무 줘서 공이 땅에 튀어 몇 번 대굴대굴 굴러 한 구덩이 속으로 들어갔다. 그 구덩이는 깊이가 대략 이삼 척(尺)이 되었는데 본래 항아리를 묻어 물을 저장하는 곳이었다. 시녀는 팔이 짧아 그것을 꺼낼 수 없었기에 공을 가지러 구덩이 속으로 막 뛰어 들어가려던 참이었다. 석벽은 "잠깐 기다리거라."라고 말하고는 딸 월향에게 묻기를 "너는 공이 저절로 나오게 할 무슨 방도가 있느냐?"라고 했다. 월향은 잠시 생각을 하다가 곧 "방법이 생각났어요."라고 했다. 그리고 곧바로 시녀에게 물 한 통을 가지고 오도록 하여 구덩이 속에 부으라고 했다. 그 공이 바로 물위에 뜨자 다시 물 한 통을 부으니 구덩이 속에 물이 차, 공이 물 따라 밖으로 나왔다. 석벽은 원래 딸의 총명함을 시험해 보려는 것이었는데 그가 물로 공을 꺼내자 지략이 남다른 것을 보고 기쁨을 이기지 못했다.

곁가지 한담은 이만 해둔다. 석 지현이 재임한 지 삼 년도 되지 않았는데 팔자에 관운이 없어 횡액을 당할 줄을 누가 알았겠는가. 어느 날 밤 갑자기 창고에 불이 나 황급히 진화하러 갔지만 이미 관곡 천여 석(石)이 불타버린 뒤였다. 당시 쌀이 귀해 한 석에 천오백 전이었다. 난리 즈음이라 군량이 가장 중요했기에 남당의 법도로 관부에서 군량을 손실한 것이 삼백 석에 달하면 즉시 참형에 처하게 되어 있었다. 하지만 석벽은 청렴한 관리인데다가 화재는 천운이고 담당관리가 사사로이 비행을 저지른 것이 아니었기에 상관들은 모두 그를 위해 해명을 하며 담보해 주었다. 남당의 황제는 노기가 여전히 가라앉지 않아 주관 관원의 관직을 박탈하고 변상하게 했다. 값을 매겨보니 모두 천오백 여 냥을 물어내야 했기에 가산을 모두 팔았으나 그 반도 채우지 못했다. 석벽은 본부(本府)에 연금되어 핍박을 견디지 못해 우울해하다가 병이 들어 수일 만에 죽었다. 남아있던 딸과 시녀 두 사람은 피치 못해 관부의 아파(牙婆)[14]를 통해 팔려나가 그 몸값으로 관부에 변상을 하게 되었다. 그 고초를 분명 이렇게 말할 수 있을 것이다.

지붕이 새는 집에 밤새 내내 비가 오고	屋漏更遭連夜雨
늦은 배가 또 맞바람을 만나네	船遲又遇打頭風

각설(却說)[15], 덕화현에 가창(賈昌)이라고 하는 백성이 있었는데 오래 전에 사람에게 모함을 당해 가짜 살인사건으로 사형 판결을 받고서 옥에 갇혀 있었다. 석 지현이 부임해 와서 억울한 사정을 심리하고 밝혀낸 덕에 그가 풀려나게 되었다. 가창은 집안도 지켜주고 자신의 목숨도 살려준 은덕을 입었으나 보답할 길이 없었다. 늘 외지에서 장사를 하다가 근일(近日)에 막 돌아온 터였다. 마침 석 지현이 죽은 그 때였으므로 가창은 곧바로 가서 시신을 어루만지며 통곡했고 수의와 관을 마련하여 그의 장례를 치러 주었다. 온 집안이 모두 상복을 입었으며 장지를 사서 묻어 주었다. 또한 관곡을 아직 많이 빚지고 있다는 소리를 듣고서 그를 대신하여 갚으려고 했지만 전곡(錢穀)과 관련된 일이라서 괜히 일을 벌였다가 화를 부를까 두려워 감히 그리하지는 못했다. 관부에서 아파를 시켜 아가씨와 시녀를 팔게 했다는 말을 듣고는 황급히 은전을 가지고 이(李) 아파의 집으로 가서 몸값을 얼마나 달라고 하는지 물었다. 이(李) 아파가 주비(硃批)[16]가 덧쓰인 관부문서를 꺼내서 보니 시녀는 열여섯 살로 삼십 냥만 매겨져 있었고 월향은 열 살이었지만 오히려 오십 냥이

---

14) 아파(牙婆): '牙'는 牙人(중개인) 또는 牙行(중개업)의 뜻으로 '牙婆'는 옛날에 인신매매를 소개하는 것을 생업으로 하던 부녀자를 이른다. 陶宗儀의 《輟耕錄·牙郎》에 의하면 "지금 사람들이 거간꾼을 牙郎이라고 하는데 본래 '互郎'이라 불리었으며 서로 매매하는 일을 주관한다는 뜻이다. 당나라 사람들이 '互'를 '牙'로 썼고 '互'자가 '牙'자와 비슷해 '牙'로 와전된 것이다."라고 했다.

15) 각설(却說): 화본소설에서 說話人이 이야기를 이끌어 가면서 前文에서 하다가 만 이야기를 다시 연이어 전개하거나 하던 이야기 줄거리를 일단 수습해 놓고 다른 이야기로 화제를 돌릴 때에도 쓰이는 상투어이다.

16) 주비(硃批): 관부에서 공문서나 소장 위에 붉은 글씨로 쓴 批旨를 이른다.

매겨져 있었다. 도대체 왜 그런가? 월향은 비록 나이는 어렸지만 용모가 빼어나고 사랑스러웠는데 시녀는 거친 일을 시키는 노비에 불과했기에 매긴 몸값이 달랐던 것이다. 가창은 전혀 아낌없이, 신변에서 은을 담은 주머니를 꺼내 팔십 냥의 문은(紋銀)[17]으로 넉넉히 바꿔서 아파에게 주고는 다시 다섯 냥을 사례로 건넨 뒤, 즉시 두 사람을 데리고 집으로 돌아갔다. 이 아파가 두 사람의 몸값을 관고(官庫)에 납부하자, 지방(地方)[18]은 석 지현의 가산과 식구가 모두 다 팔렸다고 상신(上申)했다. 상관(上官)은 어쩔 수 없이 다른 곳에서 돈을 융통하여 모자라는 돈을 배상할 수밖에 없었는데 그 자세한 얘기는 여기서 하지 않기로 한다.

각설, 월향은 아버지가 죽은 뒤로 한시도 울지 않은 적이 없었다. 그날에 이르러 누구인지도 알지 못하는 가창에게 팔려 가 필시 비천한 처지에 빠질 것이라고 생각하여 가는 길 내내 한없이 통곡했다. 시녀가 이렇게 말했다.

"아가씨, 이번은 남의 집으로 가는 것이니 나리 곁에 있었던 것과는 비교할 수 없는지라 내내 울기만 하신다면 반드시 욕을 듣고 매를 맞으실 것입니다."

월향은 이 말을 듣고 더욱더 슬프게 느껴졌다. 가창은 의롭고 인자한 마음으로 그들을 집으로 데려와 아내와 상면하게 한 뒤, 아내에게 이렇게 말했다.

"이 분은 은인이신 석 상공(相公) 댁의 아씨이고 저 사람은 아씨를 모시는 시녀라오. 내 당초에 은인이 아니었으면 이 몸은 감옥에서 죽고 말았을 거요. 오늘 상공 댁 아가씨를 보니 은인의 얼굴을 보는 것만 같소.

17) 문은(紋銀): 紋銀은 당시에 관부에서 인정하는 순도 높은 標準銀을 가리키는데 표면에 주름 무늬가 있어 紋銀이라 불리었다. 민간에서 사용하는 銀은 순도의 차이가 있기에 거래할 때에는 紋銀으로 환산하는 경우가 일반적이었다.

18) 지방(地方): 지방의 동리에서 조정을 위해 일하던 사람으로 里長, 甲長, 地保 등과 같다.

둘이 머물 수 있도록 당신은 따로 방 한 칸을 치우고 좋은 음식으로 대접하여 소홀함이 없도록 하시오. 나중에 혹시라도 친족이 찾아오게 되면 그 때 돌려보내서 조금이라도 보답하려는 마음을 다하고 싶소. 그렇지 않으면 이 아가씨가 다 크거든 본현(本縣)에서 가문이 걸맞은 집안을 골라서 부부가 되도록 시집을 보낸다면 은인의 묘지를 돌보는 친족이라도 있게 되지 않겠는가. 저 시녀는 예전대로 아가씨를 모시고 그와 짝하면서 조금의 여공(女工)을 하게하고 밖의 일을 시중들게는 하지 마시오."

월향은 본래 영리한 아가씨였기에 가창이 이렇게 아내에게 당부하는 것을 보고서 황급히 앞으로 나아가 만복(萬福)[19] 절을 하며 말했다.

"저는 이곳에 팔려온 몸이니 노비가 되어도 마땅합니다. 은인의 보살핌을 받았으니 이는 저를 다시 살게 해주신 은혜입니다. 저의 절을 받으시고 수양딸로 거두어 주십시오."

말을 마치고 서둘러 무릎을 꿇었다. 황급히 가창도 바닥에 무릎을 꿇고서 서둘러 아내를 시켜 월향을 부추기게 하고는 이렇게 말했다.

"소인은 상공 어르신의 자민(子民)이었으니 땅강아지와 개미 같은 이 미천한 목숨은 모두 상공 어르신께서 살려 주신 것입니다. 비록 여기 이 시녀라고 해도 제가 감히 막 대하지 못하는데 하물며 아가씨는 말할 필요가 있겠습니까? 소인이 어찌 감히 주제 넘는 짓을 하겠습니까? 누추한 집이지만 잠시라도 머무신다면 손님으로 대접하겠습니다. 아가씨께서는 소홀함을 책망하지 않으셨으면 합니다. 이는 저희 부부의 광영입니다."

19) 만복(萬福): 옛날에 부녀자들이 서로 만나 절을 할 때에는 대개 '萬福'이라고 말을 했으므로 나중에 부녀자들이 행하는 절을 '萬福'이라고 부르게 되었다. 만복 절을 할 때에는 한 손으로 주먹을 가볍게 쥐고 다른 한 손으로 그것을 가볍게 감싸 모은 뒤, 오른쪽 가슴 아래에서 상하로 움직이면서 허리를 조금 굽히는 자세를 취한다.

월향은 재삼 감사하다고 했다. 가창은 집에 있는 사람들에게 다시 분부하여 모두 '석씨 아가씨'라고 부르도록 했다. 석씨 아가씨는 가창 부부에게 '가공(賈公)'과 '가파(賈婆)[20]'라고 불렀는데 그 자세한 얘기는 여기서 하지 않기로 한다.

원래 가창의 아내는 천성이 그리 현량하지 않았다. 애초에 월향이 빼어나고 깜찍하게 생겨 눈에 든 데다가 제게 아들딸이 없었으므로 그를 수양딸로 거두려는 마음이 있어 마음속으로 매우 기뻐했다. 그러나 손님으로 대접하겠다는 말을 듣고는 벌써 짜증이 나기 시작했다. 하지만 석지현의 은혜를 없었던 일로 할 수 없었기에, 어쩔 수 없이 남편의 말을 따라 억지로 받들었다. 나중에 가창은 외지에서 장사를 하면서 매번 좋은 비단을 얻게 되면 먼저 가장 좋은 것을 골라 옷을 만들어 입도록 석씨 아가씨에게 부쳐 주었으며, 집에 돌아와서는 먼저 석씨 아가씨의 안부를 물었기에 그의 아내는 마음속으로 점점 불만을 품기 시작했고 시간이 좀더 지난 뒤에는 마각을 드러냈다. 가창이 집에 있을 때면 아침저녁 밥은 그런대로 격에 맞게 차리고 입으로는 거짓으로 몇 마디 좋은 말을 했다. 하지만 가창이 없을 때에는 차다운 차를 주지 않았고 밥다운 밥도 주지 않아 전혀 다른 광경이 벌어졌다. 시녀를 항상 밖으로 불러내어 잔일을 시켜서 한 시도 쉴 시간을 허용하지 않았다. 또한 석씨 아가씨에게는 매일 얼마만큼의 여공을 하게하여 자신에게 갚으라고 했으며, 만약 손발이 더디면 곧바로 가서 빗대어 욕을 했는데 입속에서 나온 말들은 매우 더러웠다. 그것은 바로 이런 말로 대변된다.

사람은 천일 내내 좋을 수 없고	人無千日好
꽃은 백일 동안 붉을 수가 없네	花無百日紅

20) 가파(賈婆): '婆'는 어머니뻘 되는 여자를 이르는 말로 '아주머니' 정도의 의미를 지닌다. 가파는 '賈씨네 아주머니'라는 뜻이다.

시녀는 화를 참지 못해 아가씨께 아뢰고서 가공이 집에 돌아올 때를 기다렸다가 그에게 이를 고하려고 했다. 월향은 단호히 마다하며 이렇게 말했다.

“당초에 가공이 돈을 주고 나를 사온 것이라서 원래 공대(恭待)해 주기를 바라지 않았어. 지금 가파가 비록 미흡한 데가 있지만 가공과는 상관없는 일이야. 네가 만약에 이르면 가공의 이런 좋은 뜻은 묻히게 될 거야. 너와 나는 박명한 사람이니 오직 참고 견디는 것이 상책이다.”

어느 날 갑자기, 가공이 외지에서 장사를 하다가 집으로 돌아와 마침 밖에서 물을 긷고 있던 시녀와 마주쳤는데 그의 얼굴이 예전보다 매우 타 있고 말라 있기에 이렇게 말했다.

“내 너한테 아가씨만 모시라고 했지 누가 물을 길라고 했는가? 일단 물통을 놓아두고, 따로 사람을 시켜 들게 하지.”

시녀는 물통을 내려놓고는 슬픈 생각이 들어 자기도 모르게 눈물 몇 방울을 떨구었다. 가공이 캐물으려 할 때 시녀는 손으로 눈물을 닦으며 황급히 안으로 뛰어 들어갔다. 가공이 마음속으로 매우 의심하여 아내를 보고 말하기를 “석씨 아가씨와 시녀에게 무슨 일이 없었는가?”라고 하자, 아내는 “없었어요.”라고 답했다. 막 돌아왔을 즈음이라 여러 가지 일들이 있었기에 그냥 그렇게 넘어가게 되었다. 또 며칠이 지난 뒤, 가공은 우연히 인근에 있는 집에 갔다가 돌아와서 아내가 방에 없는 것을 보고는 아내와 말을 하려고 부엌으로 찾아갔다. 때마침 석씨 아가씨의 시녀가 부엌에서 나오는 것을 보게 되었다. 그는 쟁반도 없이 오른손에는 밥을 담은 큰 그릇 하나를 들고 있었으며, 왼손에는 빈 그릇 위에 절인 채소 잎사귀 한 접시를 포개어 들고 있었다. 가공이 일부러 몸을 가릴 수 있는 곳으로 숨어서 그를 엿보았더니 시녀가 석씨 아기씨의 방으로 들어가는 것이었다. 가공은 그런 고기도 없는 밥을 누가 먹는 것인지 알 수 없어, 그때 부엌으로 가지 않고 슬며시 석씨 아가씨의 방 앞으로 걸어가 문틈으로 안을 들여다보니 석씨 아가씨가 절인 채소 잎사귀로 밥을 먹는 것이었다. 마음속으로 크게 노하여 곧 아내에게 큰 소리를 지르기 시작하자, 아내가 이렇게 말했다.

"고기는 얼마든지 있어요. 내가 고기가 아까워서 안 준 것이 아니오. 그 계집애가 제 스스로 가지러 오지 않는 것을 내가 손수 그 방으로 가져다주기라도 해야 되는 거요?"

가공이 말했다.

"내 예전에 말했듯이 석씨 집 시녀는 그냥 방에서 아가씨와 함께 있게 하라고 했지, 우리 집 부엌에 부리는 사람이 적은 것도 아닌데 누가 그에게 방에서 나와 밥을 가져가게 하라고 했는가? 전에 그 시녀가 눈물을 머금은 채 바깥 길거리에서 물을 길을 때 내 이미 의심했지, 필시 집에서 그를 힘들게 했을 거라고. 단지 그 때는 바빴던지라 자세히 물어보지 못했었지. 이제 보니 네가 이렇게 은의(恩義) 없이 굴었던 거로군! 석씨 아가씨조차 마구 대하다니. 고기가 그렇게 많이 널려 있는데도 그에게 맨밥만 먹게 하는 것은 무슨 도리인가? 내가 집에 있을 때에도 이러한데 밖에 있었을 때에는 배불리 밥을 먹지도 못했던 것을 알 만하구나. 내 이번에 집에 돌아와서 보니, 그들은 확실히 살도 많이 타고 말랐더라."

그의 처가 말하기를 "남의 집 계집애를 당신이 그렇게 아껴서 뭐할 겁니까? 뽀얗고 튼실하게 길러서 소실로라도 거두어 볼 생각이오?"라고 했다.

가공이 말했다.

"방귀 뀌는 소리하고 있네! 무슨 말을 하는 것이냐? 너 같이 도리도 모르는 사람과는 내 말씨름을 하지 말아야지. 내일부터는 내가 하인한테 매일 따로 고기반찬을 사게 하여 두 사람에게 주도록 할 것이다. 집안 식비에서 나가지 않게 하여 네 몫의 음식을 빼앗아 언짢게 하지는 않을 것이야."

그의 처는 제 스스로도 잘못한 것을 알기에 입 속에서 어물어물 몇 마디 중얼거린 뒤, 다시 말을 꺼내지 않았다. 그 뒤로부터 가공은 하인에게 분부하여 매일 고기반찬을 두 몫으로 나누라고 했으며 부엌의 시녀들로 하여금 각각 따로 음식을 가져다주도록 안배했다. 이즈음에는 가공이 분부한 대로 매우 정연하게 굴러갔다. 그것은 바로 이런 말로 대변된다.

인정이 처음 만났을 때와 같이 한결같다면 人情若比初相識
끝내 원망하는 마음은 없을 것이네 到底終無怨恨心

가창은 석씨 아가씨를 모신 까닭으로 일 년 넘게 밖으로 장사를 나가지 않았다. 그의 처도 조심하며 호의를 보이려고 했기에 전에 일을 서로 잊어버리고 말을 꺼내지 않았다. 월향은 가공의 집에서 살게 된 지 어느덧 다섯 해가 되었으며 점차 장성하게 되었다. 가창은, 남몰래 좋은 짝을 찾아 석씨 아가씨를 시집보내야 비로소 마음이 놓여 자신도 밖에 나가 장사를 할 수 있을 것이라고 생각했다. 이것도 가창이 마음속으로 생각하고 있는 일인지라 남몰래 제 스스로 꾀할 뿐이었다. 처가 현량하지 못한 것을 알면서 설마 그와 상의를 하겠는가? 마침 좋은 사람이 있을 경우 혼수를 좀 갖춰 시집보내면 깨끗하지 않겠는가하고 생각했지만 뜻밖에도 인연이 닿지 않았다. 그 이면에는 연고가 있었다. 신랑감이 출신이 미천한 사람이면 석 지현을 욕보이는 것이 될까 두려워 석씨 아가씨에게 몸을 낮춰 따르도록 하려하지 않았다. 그렇다고 조금이라도 이름 있는 집안이라면 누가 일반백성 집의 시녀를 며느리로 삼으려하겠는가? 그래서 혼사를 이루기가 어려웠던 것이다. 가공은 혼사도 이루어지지 않는데다가 아내도 양순해지고 집안에서 음식을 대는 것도 상칙이 세워진지라 일을 놓아두기가 아쉬워 외지로 장사를 나갈 수밖에 없었다. 그는 떠나기 며칠 전에 석씨 아가씨와 시녀 이 두 사람을 잘 보살피라고 아내에게 십여 차례나 미리 당부를 했다. 또 석씨 아가씨를 나오시라고 하여 재삼 위무를 하고 시녀에게조차도 좋은 말을 많이 해주며 안무(按撫)를 했다. 그리고 다시 아내에게 이렇게 당부했다.

"석씨 아가씨는 신분이 당신보다 훨씬 높으니 그를 마구 대하지 마시오. 내 말대로 하지 않으면 집에 돌아올 때는 당신을 부부로 생각하지 않을 것이오!"

또 하인과 부엌데기 시녀들도 불러다 놓고 모두에게 당부한 다음 문을 나섰다. 그것은 바로 이런 말로 대변된다.

길 떠나기 전에 당부의 말을 한껏 다 한 것은	臨岐費盡叮嚀語
단지 당초에 깊은 은덕을 입었기 때문이라네	只爲當初受德深

각설, 가창의 처는 남편이 집에 있었을 때 줄곧 석씨 아가씨와 시녀에게 오냐오냐하는 것을 보고서 마음속으로 매우 불쾌했지만 어찌할 수 없어 내버려두고 있었다. 더럽고 답답한 노기만 뱃속에 잔뜩 쌓여 있었기에 남편이 문을 나선 지 사흘 뒤에는 바로 마님의 기세를 부리기 시작했다. 차를 늦게 받쳤다거나 밥을 늦게 했다는 사소한 잘못들을 트집 잡아 먼저 부엌데기 계집종을 본보기로 연이어 따귀를 몇 대 때리며 이렇게 욕했다.

"이 천한 년아, 너는 내 수중에 있던 돈으로 사온 것인데 어찌 그리 거만한 게냐? 너는 저 작은 마님의 기세를 믿고서 나를 모시는 것에는 마음을 쓰지 않는 것이냐? 주인나리가 집에 있었을 때는 너를 내버려뒀지만 지금은 그 사람이 나갔으니 내 규칙에 따를 수밖에 없어! 이 마님 이외에 모셔야 할 사람이 누가 또 있느냐? 밥을 먹으려 할 때는 자기들 스스로 가지러 와야지 너희들은 알랑거릴 필요가 없어. 오히려 내 심부름은 늦춰두고 말이야!"

한바탕 욕을 해 시끄러워진 참에 하인도 불러다가 가공이 배분해 놓은 다른 한 몫의 고기반찬 값도 자기에게 넘기게 하고 다시는 사지 말라고 하니 하인은 감히 따르지 않을 수 없었다. 다행히도 월향은 소박함을 달갑게 여길 수 있었기에 전혀 개의치 않았다.

다시 시일이 좀 지났다. 어느 날 시녀가 조금 늦게 세숫물을 가지러 온 탓에 이미 물이 식어 있었다. 하지 말아야할 일이었는데 시녀가 콧소리로 불만을 드러내자, 가씨 처는 이를 듣고 일삼아 불러다가 성질을 부리며 말했다.

"이 물은 네가 쓰라고 있는 물이 아니다. 남이 물을 끓여 놓았으면 너는 그냥 되는 대로 쓰면 되는 거지! 당초 아파의 집에 있었을 때에는 누가 네게 세수하라고 물을 끓여줬더냐?"

시녀는 입단속을 하지 못하고 곧장 몇 마디 대꾸를 했다.

"누가 물을 길어다 끓여 달랬어요? 저도 물을 긴 적이 없는 것도 아니고 두 손으로 불을 지필 수도 있어요. 다음에는 제 스스로 물을 길어다가 끓여 부엌 언니들이 힘들지 않도록 하면 되잖아요!"

가씨 처는 전에 물을 긴 적이 있다는 말을 듣고는 이전 일이 떠올라 욕을 하며 말했다.

"이 천한 계집애야! 네가 전에 물 몇 통 길었다고 밖에서 행세를 하여 주인나리한테 울며 일러바쳐 나를 연루시켜서 갖은 수모를 다 당하게 했지. 오늘 이 마님께서 그 빚을 받아내야겠다. 네가 물도 길을 줄 알고 불도 피울 줄 안다고 하니 앞으로 이 두 가지 일은 모두 너한테 맡기겠다. 매일 쓰는 물은 전부 네가 길어야 하고 게으름을 피워서는 안 된다. 불이란 불은 모두 네가 지펴야 한다. 땔감을 낭비하면 이 마님께서 너한테 따져 물을 것이야. 네 마음을 잘 알아주는 주인나리가 집에 돌아올 때까지 기다렸다가 재차 흐느껴 울면서 그 양반한테 일러바치면 되잖아. 내 그 양반이 나를 쫓아낼까 무서워할 것 같으냐?"

월향이 방에 있다가 가파가 자기 시녀에게 성 내는 것을 듣고서 황급히 걸음을 옮겨 그의 앞으로 나아가 만복(萬福) 절을 하며 사죄를 했다. 많은 잘못을 저질렀다고 시인하면서 용서를 빌었다. 시녀도 말하기를 "정말 제가 잘못했습니다. 다만 아가씨의 얼굴을 봐서 용서해 주십시오." 라고 했다.

가씨 처는 더욱더 분노하며 이렇게 말했다.

"아가씨는 뭔 아가씨야? 아가씨였으면 내 집에 오지도 않았을 게다.

우리는 평민 백성 집이라 아가씨가 어떤 품계인지 모르니까 걸핏하면 그걸 가지고 이 마님을 억누르려 하지 마라. 내가 비록 신분이 가볍다 해도 누구의 압제를 당하지는 않거든. 오늘 내가 분명히 말하겠는데 설령 아가씨라 해도 큰돈을 주고 사온 것도 아니고, 어쨌거나 내가 주인마님이다. 그러니 '가파(賈婆)'라고 네가 부를 수 있는 게 아니다."

월향은 말이 서로 통하지 않는 것을 듣고 눈물을 머금으며 방으로 들어갔다. 가씨 처는 부엌에서 일하는 사람들에게 그녀를 '석씨 아가씨'라고 부르지 말고 단지 '월향'이라는 이름으로만 부르도록 분부했다. 또한 석씨 집 시녀에게 부엌에서 물을 긷고 불을 지피는 일만 맡으라고 하고 월향의 방에는 들어가지 못하게 분부했기에 월향은 밥을 먹을 땐 스스로 부엌으로 가지러 와야만 했다. 그날 밤 가씨 처는 다시 여종을 시켜 석씨 집 시녀의 이부자리를 자기 방으로 옮겨 놓도록 했다. 월향은 밤이 깊도록 앉아서 시녀를 기다리다가 들어오지 않는 것을 보고 어쩔 수 없이 혼자 방문을 닫고 잤다.

또 며칠이 지났다. 가씨 처는 월향을 불러 방에서 나오게 한 뒤, 여종을 시켜서 그의 방문을 잠가 버리도록 했다. 월향은 방이 없어져 어쩔 수 없이 밖에서 서성이다가 밤에 시녀와 함께 한 이불에서 잠을 잤다. 월향이 일어나자 곧바로 가씨 처는 그녀에게 이것저것을 가져오라고 하며 일을 부려먹기 시작했다. 남의 집 처마 밑에 얹혀살면서 어찌 고개를 숙이지 않을 수 있으랴? 월향은 어쩔 수 없이 더욱 몸을 낮출 수밖에 없었다. 가씨 처는 월향이 순순히 따르는 것을 보고 마음속으로 기뻐하면서 돌연히 그녀의 방문을 잠근 자물쇠를 열고는 방안에 있던 물건들을 옮겨 방을 텅 비웠다. 남편이 이전부터 월향에게 부쳐준 좋은 비단을 이미 옷으로 지어놓은 것이든 아직 안 쓴 것이든 간에 자기의 장롱에 모두 집어넣고 이부자리도 모두 거둬서 돌려주지 않았다. 월향은 남몰래 괴로워하면서도 감히 소리를 내지 못했다.

홀연 어느 날, 가공의 편지가 왔는데 거기에 또 다시 많은 물건들이 석씨 아가씨에게 부쳐져 왔다. 편지에서 아내에게 당부하기를 "아가씨를 잘 대해 주시오. 머지않아 내 곧 돌아갈 것이오."라고 했다. 가씨 처는 그 물건들을 거둬들인 뒤, 이렇게 생각했다.

"내가 석씨 집 두 계집을 한껏 짓밟았으니 남편이 돌아오면 반드시 싸움질을 하게 될 게다. 남편이 무섭다고 내가 그 애를 다시 떠받들 텐가? 그 늙은 놈이 이 마른 망아지〔瘦馬〕[21] 두 마리를 기르고 있다가 어떻게 끝을 맺을지 모르겠네. 남편이 길 떠나기 전에 얘기하기를 자기가 한 말대로 따르지 않으면 나와는 부부도 아니라고 했는데, 필시 어떤 불량한 마음을 품고 있을 게야. 월향이는 낯짝이 반듯하고 나이도 이미 장성했으니 혹시 일부러 남겨둔 것일지도 모르지. 그때가 되어 시기하고 질투를 한다 해도 이미 늦을 거야. 사람은 먼 앞날을 생각하지 않으면 반드시 가까운 날에 근심이 생기지! 한번 손을 댄 바에는 끝장을 봐야지! 차라리 두 계집을 다른 곳으로 팔아버리면 늙은 놈이 돌아와서도 기껏해야 나를 탓하기만 할 것이고, 그러면 한바탕 싸움을 벌이면 되지. 설마 그 계집을 되찾아오기라고 하겠어? 좋은 계책이네, 좋은 계책이야!"

그것은 바로 이런 말로 대변된다.

---

21) 마른 망아지(瘦馬): 당나라 白居易가 〈有感〉이라는 시에서 "마른 망아지를 기르지 말며 어린 기생을 가르치지 말라. 나중 일은 눈앞의 일처럼 뻔하니 못미더우면 보시게나. 말은 살이 오르면 빨리 달릴 수 있고 기생은 장성하면 가무에 능하게 되나니. 3년 다섯 해 사이면 이미 주인이 바뀌었다는 소리 들릴 것이네.(莫養瘦馬駒, 莫教小妓女. 後事在目前, 不信君看取. 馬肥快行走, 妓長能歌舞. 三年五歲間, 已聞換一主.)"라고 하여 '마른 망아지'를 '어린 기녀'와 나란히 언급한 것에서 비롯되어 '어린 기생'을 '마른 망아지'라고 부르게 되었다. 명나라 謝肇淛의 《五雜俎·人部四》의 기록에 의하면 "揚州의 여자 가운데 아리따운 자들이 많았는데……양주 사람들은 이들을 奇貨로 여겨 시장에서 각처에 있는 童女들을 사들여 각별히 단장을 시키고 서예, 算數, 거문고, 바둑 따위를 가르쳐 놓은 뒤, 높은 값으로 팔았는데 이들을 일러 '마른 망아지(瘦馬)'라고 불렀다고 한다.

안목이 좁으면 너른 생각이 없고　　眼孔淺時無大量
마음이 편협하면 간사한 꾀가 생기네　　心田偏處有奸謀

가씨 처는 당장 하인에게 분부하기를 "내게 장씨 아파를 불러 오거라, 내 할 말이 있으니 말이다."라고 했다. 잠시 후, 하인이 장 아파를 데리고 왔다. 가파(賈婆)는 월향과 시녀를 모두 장 아파와 대면하게 한 뒤에 잠시 나가있게 했다. 그러고 나서 장 아파에게 이렇게 말했다.

"6년 전에 우리 집에서 이 두 계집애들을 사왔는데 이제 큰 것은 나이가 너무 많고 작은 것은 여려서 일을 할 수 없기에 둘 다 팔아버리려고 한다오. 날 위해 아파가, 살 사람을 빨리 찾아주오."

알고 보니 전에 관부에서 사람을 파는 일은 이(李) 아파가 맡아서 했었는데 이때에 이르러 이 아파가 이미 죽었으므로 관부나 개인을 위해 중개를 서는 일은 다시 또 장(張) 아파를 으뜸으로 쳐줬다. 장 아파가 말하기를 "그 나이 어린 것은 마침 좋은 주인이 있는데 마님께서 마다하실까 염려되네요."라고 하자, 가파가 말하기를 "마다할 게 뭐 있겠소?"라고 했다.

장 아파가 이렇게 말했다.

"바로 본현(本縣)의 대윤(大尹)[22] 나리인데 종리(鐘離)라는 복성(複姓)에 이름은 의(義)라고 하며 수춘(壽春)[23] 사람입니다. 친딸 아가씨 한 분이 계신데 덕안현(德安縣)[24] 고(高) 대윤의 큰 도련님과 혼약을 했습죠. 임지에서 납채를 했으니 조만간 친영을 하러 올 거고요. 본현 대윤께서는 혼수를 이미 모두 다 갖춰 준비하셨으나 단지 따라갈 시녀 하나

22) 대윤(大尹): '尹'은 '다스리다', '주관하다'는 뜻으로 大尹은 '府'나 '縣'의 행정장관에 대한 통칭이다.
23) 수춘(壽春): 秦나라 때부터 九江郡의 治所로 壽春邑이 설치된 이후로 漢代에는 壽春縣으로 바뀌었으며 역대로 連用되었다. 지금의 安徽省 六安市 일부 지역에 해당한다.
24) 덕안현(德安縣): 지금의 江西省 북부에 있는 현이다.

가 빕니다. 어제 대윤 나리께서 이 늙은이를 불러서 직접 분부를 하셨으나 마침 마땅한 사람이 없었습죠. 댁의 이 어린 낭자가 거기에 딱 맞습니다. 단지 타향 사람에게 갈 것이라 마님께서 주기가 아까우실까 염려됩니다."

가파는 "내 먼 곳에 사는 사람을 찾고 있었는데 마침 잘 됐네. 게다가 지현 나리께서 사람을 달라고 해서 데려간다면 남편이 돌아와도 감히 무슨 소리도 못할 거야."라고 생각하며, 곧 이렇게 말했다.

"벼슬아치 집안의 족두리하님이 되는 것이 우리 집에 있는 것보다 열 배는 나을 것이니 내가 아까워할 게 뭐 있겠나? 다만 원래 치른 몸값보다 밑지지만 않으면 된다네."

장 아파가 이르기를 "원래 몸값이 얼마였습죠?"라고 하자, 가파가 말하기를 "열 살 즈음이었는데도 오십 냥을 주고 샀으니 이제는 밥 먹은 값 또한 한 몫에 넣어야지."라고 했다. 장 아파가 말하기를 "먹은 밥값은 셈을 할 수 없겠지만 은(銀) 오십 냥의 값은 이 늙은이가 책임지겠습니다."라고 했다.

가파가 이렇게 말했다.

"그 나이 많은 계집애를 거둬줄 집도 내 대신 찾아주게나. 그 둘은 같이 온 것이니 하나가 가면 다른 하나는 여기를 제 집처럼 여기지 않을 것이네. 게다가 나이가 스무 살이 넘은지라 지아비가 필요할 때니 남겨둬서 뭐하겠나!"

장 아파가 이르기를 "그 애의 몸값으로 얼마를 생각하시는지요?"라고 하자, 가파가 말하기를 "본래 은 삼십 냥을 주고 사왔다오."라고 했다.

장 아파가 이렇게 말했다.

"거친 것이 그 많은 값어치를 하지는 못합죠. 만약 절반을 깎아주시면, 이 늙은이 곁에 서른 살이 된 조카 하나 있어 색시 하나를 들여 주겠다고 했지만 수중에 돈이 넉넉하지 못해 미루어왔었는데, 이 둘은 한 쌍의 남녀가 되겠네요."

가파가 말하기를 "아파의 조카이니 내 다섯 냥을 양보해 주리다."라고 하자, 장 아파가 이르기를 "그 어린 낭자를 중개해 준 삯까지 포함해서 열 냥만 양보해 주세요."라고 했다. 가파가 말하기를 "그건 대수가 아니니 일단 주선부터 해주오."라고 했다. 장 아파가 말하기를 "이 늙은이가 지금 돌아가서 먼저 지현 나리께 복명할 터인데 만약에 성사가 되면 한 손으로는 돈을 받으시고 다른 한 손으로는 사람을 넘겨주셔야 합니다." 라고 했다. 가파가 말하기를 "오늘 밤에 다시 올 거요?"라고 묻자, 장 아파가 말하기를 "오늘 밤에는 또 생질과 상의를 해야 하니 못 올 겁니다. 내일 아침에 회답을 드리러 오겠습니다. 아마 둘 다 성사될 겁니다." 라고 했다. 그는 말을 마치고 돌아갔는데 그 자세한 얘기는 여기서 하지 않기로 한다.

각설, 대윤 종리의(鍾離義)는 임지에 당도한 지 일 년 삼 개월이 되었다. 전임(前任)이었던 마공(馬公)은 석 대윤의 빈자리를 채우고 있다가 그가 승직해 떠난 뒤로는 종리의가 다시 그 빈자리를 채웠던 것이다. 종리 대윤은 덕안현의 고 대윤과 본래 동향(同鄉)이었다. 고 대윤은 아들 둘을 두었는데 맏아들은 고등(高登)이라 했고 나이는 열여덟이었으며, 둘째는 고승(高升)이라 했고 나이는 열여섯이었다. 고등은 바로 종리공의 사윗감이었다. 본래 종리공은 아들 없이 딸 하나만 두었는데 그 딸은 아명이 서지(瑞枝)이고 나이는 막 열일곱이 되었다. 그해 시월 보름날에 출가하기로 날이 잡혔으니 이때는 구월 하순으로 길일이 가까워지고 있었다. 종리공은 장 아파를 시켜 급히 족두리하님 하나를 찾으려던 터였다. 장 아파는 가씨 집에서 그것을 해결할 방도를 찾은 뒤, 바로 종리 대윤에게 이를 아뢰러 갔다. 대윤이 말하기를 "만약 인물이 좋다면 오십 냥도 많지는 않다. 내일 곳간으로 와서 몸값을 받아다가 밤에는 사람을 곧바로 우리 집에 넘겨줘야 한다."라고 했다. 장 아파가 말하기를 "나리의 명을 받들겠습니다."라고 했다. 그날 밤, 장 아파는 집으로 돌아가 조카인 조이(趙二)와 상의하면서 딱 맞는 혼사가 있으니 혼인을 성사시켜 주겠다고 하자, 조이는 하룻밤을 미리 기쁨에 들떠 보냈다. 다음 날 아침, 조이는 곧바로 가서 의복을 마련하고 신랑이 될 준비를 했다. 장 아파는 우선, 집에서 이십 냥의 몸값을 맞춰 놓고는 연이어 현아로 가서 지현 나리가 준 첩자(帖子)를 가져다가 곳간에서 은 오십 냥을 받았다. 그리고 다시 가씨 집으로 가서 두 몫의 돈을 가파에게 건네주면서 명명백백하게 설명해 주자 가파는 그 돈을 모두 받아두었다. 잠시 후 현아에서 보내온 아전 두 명과 가마꾼 두 명이 작은 가마 한 대를 메고 가씨 집 문 앞에 이르러 멈춰 섰다. 처음에 가씨 집에서는 모두들 월향에게 알리지 않고 있다가 갈 때가 되자 그녀를 곧장 가마에 태우려고 내보냈다. 월향은 당장 어디로 가라 하는 건지 모르기에 시녀와 함께 둘이서 하늘과 땅을 부르짖으며 목 놓아 통곡했다. 가파는 인정사정 가리지 않고 장 아파와 둘이 한 사람은 밀고 한 사람은 끌고서 월향을 대문 밖으로 끌어냈다. 장 아파는 그제야 실정을 설명했다.

"낭자 울지 마오. 댁의 마님이 낭자를 본현의 지현 나리에게 팔아 그 댁 아가씨의 족두리하님으로 삼았으니 이번에 가면 얼마나 부귀를 누릴지 모른다오. 관청 아문은 놀이터가 아니니 일이 이렇게 된 이상 울어도 소용없을 거야!"

월향은 어쩔 수 없이 눈물을 거두고 가마를 타고 갔다. 가마꾼이 월향이 탄 가마를 메고 현아의 후당(後堂)[25]으로 들어간 뒤, 월향은 종리공을 보고도 단지 만복 절만을 올렸다. 장 아파가 옆에서 말하기를 "이 분이 나리이시니 큰절을 올려야 한다."라고 하기에 월향은 어쩔 수 없이 무릎

25) 후당(後堂): 옛날 중국 전통 가옥은 그 집의 빈부귀천에 따라 一進부터 七進까지도 존재했다. '進'은 집채를 맨 앞으로부터 맨 뒤까지 가로 줄로 나누어 셀 때 한 줄을 의미한다. 보통 三進의 구조로 되어 있다고 할 때, 맨 앞의 집채 정 가운데에 있는 큰 방을 '前堂'이라고 하고, 중간 집채 정 중앙에 있는 큰 방을 '中堂'이라고 했으며, 맨 뒤 집채에서 정 중앙에 있는 큰 방을 '後堂'이라고 했다. 縣衙의 경우 前堂은 관청이었고, 中堂은 거실이나 서재로 쓰였으며, 後堂은 집 안의 부녀자가 거처하는 안방 정도의 용도로 쓰였던 것으로 보인다.

을 꿇고 머리를 조아렸다. 몸을 세우고 일어난 월향은 자기도 모르게 얼굴에 눈물이 가득했다. 장 아파가 월향에게 눈물을 닦게 하고 지현의 사택(私宅)으로 데리고 들어가 부인과 서지 아가씨를 만나게 했다. 그에게 아명을 묻기에 월향이라고 답했다. 부인이 말하기를 "월향이라는 두 글자가 좋구나! 고칠 필요도 없이 바로 이 애를 시켜 아가씨를 모시게 하거라."라고 했다. 종리공은 장 아파에게 후하게 상을 주었으며 그 자세한 얘기는 여기서 하지 않기로 한다.

가엾게도 벼슬아치 집안의 여리고 향긋한 여식이	可憐宦室嬌香女
남의 집 규방에서 심부름이나 하는 사람이 되었네	權作閨中使令人

장 아파가 관아에서 나왔을 때는 이미 유시(酉時)[26]가 되어 있었다. 다시 가씨 집으로 가서 보니 시녀는 아가씨를 그리워하며 부엌에서 통곡을 하고 있었다. 가파가 그에게 이르기를 "내 오늘 너를 장씨 아주머니의 조카에게 시집보냈다. 한 지아비의 한 아낙이 되었으니 월향보다 더 나을 게야. 슬퍼하지 말거라!"라고 했다. 장 아파도 한 차례 달래 주었다. 조이는 욕탕에서 깨끗이 목욕을 한 뒤, 번듯한 모자에 말끔한 옷을 차려입고 스스로 초롱 하나를 들고서 친영을 하러 왔다. 장 아파는 시녀로 하여금 가파에게 작별 인사를 하게 했다. 시녀는 원래 전족(纏足)[27]을

26) 유시(酉時): 酉時는 오후 5시부터 7시까지이다.

27) 전족(纏足): 부녀자들의 발가락을 아래로 꺾고 포목으로 발을 감싸 묶어서 자라지 못하게 하는 풍속으로 보통 네다섯 살 때부터 시작했다. 전족이 언제부터 있었는지에 대해서는 설이 분분하여 南唐 李 後主가 宮嬪 窅娘으로 하여금 발을 초승달과 같이 작고 가는 모양으로 만들게 한 후, 사람들이 이를 따라했다는 설과 南朝 제나라 東昏侯 때부터 시작되었다는 설 등이 있다. 高洪興의 《纏足史》에 의하면 北宋부터 시작하여 南宋 이르러 성행하기 시작했다고 한다. 《宋史·五行志》에 "理宗 때 궁녀는 발을 묶어 가늘고 곧게 만들었다."는 기록이 있는

하지 않았으므로 장 아파는 그를 옆에서 부축만 해서 집으로 데려가 조카와 성혼시켰다. 이 얘기는 이만해 둔다.

재설(再說), 월향 아가씨는 그날 종리 나리의 관아로 들어간 뒤, 다음날 지현의 부인이 시녀로 새로 온 월향에게 중당(中堂)[28]을 청소하도록 분부하기에 부인의 명을 받들어 빗자루를 들고 갔다. 종리공이 세수를 다 마치고서 조아(早衙)[29]를 준비해 일을 보려고 중당에서 걸어 나왔다. 새로 온 여종이 빗자루 하나를 들고 뜰 가운데에서 멍하니 서 있는 것을 보았다. 종리공이 마음속으로 이상하게 생각되어 슬며시 앞으로 가서 보았더니 월향이 뜰 가운데에 있는 구덩이 하나를 마주하고서 눈물을 줄줄 흘리는 것이었다. 종리공은 연고를 알 수 없어 중당으로 들어가 월향을 불러들여 그 까닭을 물었다. 월향은 더욱더 슬피 울며 "황송하옵니다."라고만 했다. 종리공이 여러 차례 캐묻자, 월향은 비로소 눈물을 거두며 이렇게 말했다.

"천첩이 어렸을 때 부친께서 이곳에서 저에게 공차기 놀이를 가르쳐 주셨는데 실수로 공이 이 구덩이 속으로 떨어졌었습니다. 부친께서 제게 '너는 줍지 않고도 공이 구덩이에서 저절로 나오게 할 무슨 방법이 있느냐?'라고 물으시기에, 저는 '계책이 있습니다.'라고 말씀 드렸지요. 곧 시녀를 시켜 물을 길어다가 구덩이에 붓게 했더니 물이 차 공이 떠서 저절로 구덩이 밖으로 나왔습니다. 부친께서는 저를 총명하다 여기시어 기쁨을 이기지 못하셨습니다. 지금 비록 오래되었으나 아직도 기억하고 있습

것으로 보아 전족의 풍속이 당시 궁중에 있었다는 것을 알 수 있으며 이후 민간 귀족이나 관료 등 상층사회에서 주로 유행했다. 전족을 하면 발이 기형이 되어 오랫동안 서 있거나 먼 거리를 걷거나 노동을 할 수 없게 된다. 월향의 시녀는 일상 노동을 하는 여종이었기에 전족을 하지 않았던 것이다.

28) 중당(中堂): 앞의 '후당(後堂)' 각주를 참고하라.

29) 조아(早衙): 옛날 관서의 장관은 아침과 저녁 두 번에 걸쳐 관청에서 吏屬의 배알을 받고 공무를 다스렸는데 아침 卯時(오전 5시부터 7시)에 하는 것은 '早衙'라고 했고, 오후 申時(오후 3시부터 5시)에 했던 것을 '晩衙'라고 했다.

니다. 이 구덩이를 보니 가슴이 아파 저도 모르게 슬피 울었던 것입니다. 원컨대 나리께서 가엾게 여기시어 책벌은 하지 말아 주십시오."

종리공이 크게 놀라며 말하기를 "네 아비의 성명이 무엇이더냐, 네가 어렸을 때 어떻게 이곳에 와봤다는 것이냐? 내가 알 수 있도록 자세히 말을 해야 한다."라고 하자 월향이 이렇게 말했다.

종리 공이 청소하고 있는 월향과 대화하는 장면, 《성세항언》 삽도, 인민문학출판사, 1956년

"제 부친의 성은 석(石)이고 이름은 벽(璧)이라 하오며, 육년 전에 이곳에서 지현을 지내셨습니다. 단지, 천불이 창고를 불태웠다는 이유로 조정에서는 부친을 파면시키고 배상하라는 명을 내렸습니다. 아버지께서는 울병(鬱病)으로 돌아가셨고 담당관원이 소첩과 시녀 두 사람을 본현의 가공(賈公) 댁으로 팔아넘겼습니다. 가공께서 이전에 억울하게 옥살이를 하셨을 적에 제 부친께서 살려주신 은덕에 감사하여 저를 매우 후하게 대해 주시면서 지금까지 키워주셨습니다. 가공께서 장사를 하러나간 데다가 그 아내는 저를 용납할 수 없었기에 이곳으로 다시 팔았습니다. 이는 사실 그대로여서 감추거나 속인 것이 전혀 없습니다."

오늘 마음속 있던 일을 털어놓으니	今朝訴出衷腸事
목석같은 사람일지라도 이를 듣고 나면 눈물을 떨구겠네	鐵石人知也淚垂

종리공은 월향의 얘기를 다 듣고 나서, 토사호비(兔死狐悲)[30]라 해서 모든 것들은 같은 무리의 불행을 보면 슬퍼한다고 했듯이, 이같이 생각했다.

"나와 석벽은 매 한 가지 현윤인데 그 사람은 단지 시운(時運)이 불행하여 천재(天災)를 만난 탓에 친딸이 비천한 처지에 빠졌구나! 내가 만약 듣지도 보지도 못했다면 그만이겠지만 하늘이 그 딸을 내 집에 이르게 했으니 내가 돕지 않는다면 같은 벼슬을 한 사람으로서 체면이 어떻게 되겠는가? 석공이 저승에 있으면서 나를 어떤 사람으로 생각하겠는가?"

종리공은 당장 부인을 당(堂)으로 나오게 한 뒤에 월향의 내력을 자세히 설명해 주었다. 부인이 말하기를 "그와 같다면 그 아이도 현령의 여식인데 어찌 비천한 노비로 볼 수 있겠습니까? 한편으로는 딸애의 혼사 기일도 닥쳐오는데 나리께서는 어찌 처결하실 건지요?"라고 했다. 종리공이 말하기를 "지금부터 월향에게는 일을 시키지 말고 딸애와 서로 자매라 부르게 하면 되겠네. 내 스스로 처리할 방법이 있소."라고 했다. 즉시 서신 한 통을 쓴 뒤, 사람을 시켜 사돈 고 대윤에게 보냈다. 고 대윤이 서신을 뜯어보니 성혼 일자를 늦추어달라는 것이었다. 그 서신에는 이렇게 적혀 있었다.

> 남아를 장가보내고 여아를 시집보내려 하는 것은 부모의 마음이지만 자신을 희생하여 남을 성취하게 하는 것이야 말로 고명(高明)한 일입니다. 근일에 딸내미가 출가하는 일로 인해 족두리하님으로 월향이라는 아이를 사두었는데 용모가 단정하고 행동거지가 얌전한 것을 보고서 마음

30) 토사호비(兔死狐悲): '狐死兔泣'과 같은 뜻으로 '物傷其類' 즉, 同類의 불행을 보고 슬퍼하는 것을 비유적으로 이르는 말이다. 《宋史·叛臣傳下·李全》에 있는 "여우가 죽으면 토끼가 울듯이 李氏가 멸망하면 夏氏가 홀로 살아남겠습니까? (狐死兔泣, 李氏滅, 夏氏寧獨存?)"라는 구절에서 나온 말로 지금은 '兔死狐悲'로 많이 쓰인다.

속으로 이상히 여기고 있었습니다. 내력을 자세히 물어본 후, 그가 전전 현령이었던 석공의 여식인 것을 비로소 알게 되었습니다. 석공은 청렴한 관리였으나 창고 화재로 인해 관직과 목숨을 잃고 딸애도 관부에서 팔려 전전하다가 저희 집으로 들어왔습니다. 같은 관직에 있던 사람의 여식은 내 딸과 같습니다. 이 아이의 나이가 이미 열다섯이 되었으니 억울하게 족두리하님이 되게 하면 안 될 뿐만 아니라 이 아이보다 제 여식을 먼저 시집보낼 수도 없습니다. 지금 저는 이 아이를 위해 급히 사윗감을 골라 제 여식의 변변치 않은 혼수로 시집을 보내고자 합니다. 아드님과의 혼사 기일은 조금만 기다렸다가 따로 택일하려 합니다. 이에 특별히 간청하온데 부디 양해해 주시기 바랍니다. 종리의가 삼가 올립니다.

고 대윤이 서신을 보고서 말하기를 "그러했구나! 덕행 있는 사람이 하는 이런 일을 내 어찌 종리공 혼자 다하게 할 수 있겠는가?"라고 하고, 즉시 이렇게 회신했다.

난새와 봉황이 배필을 맞이하는 것에는 비록 가기(佳期)가 있으나 동류의 불행을 보고 슬퍼하는 것에 대해 어찌 같은 마음이 없겠습니까? 사돈께서 같은 관직을 했던 자의 여식을 자신의 딸로 여기셨으니 제가 비록 불령(不佞)하나 어찌 사돈의 마음과 함께하지 않을 수 있겠습니까? 보내주신 서신을 거듭해 읽어보니 사람을 슬퍼지게 합니다. 그 아이는 청렴한 관리의 핏줄이며 가문도 부끄러움이 없습니다. 원컨대 사돈께서는 그냥 저희 집 며느리로 보내 주시어 당초의 기약을 밟을 수 있도록 해 주십시오. 따님은 따로 높은 가문을 고르시면 양쪽 모두에게 편할까 싶습니다. 옛날 거백옥(蘧伯玉)[31]이 홀로 군자가 되는 것을 부끄럽게 여겼다 했듯이 저는 오늘 사돈의 의로움을 나눠 갖고자 합니다. 고원이 삼가 올립니다.

심부름꾼이 올린 고 대윤의 회신을 보고 나서 종리공이 말하기를 "고

31) 거백옥(蘧伯玉): 춘추시대 衛나라의 대부이자 賢士로 이름이 瑗이며 자는 백옥이고 시호는 成子이다. 공자와 같은 시대의 사람이었으며 孔廟 東廡에 첫 번째로 모셔졌다. 거백옥이 '홀로 군자가 되는 것(獨爲君子)'을 부끄럽게 여겼다는 내용은 《後漢書·王暢傳》에 처음 보인다.

사돈이 고아가 된 아이를 맞이하려는 것은 비록 의로운 일이지만 내 딸과 그의 아들은 이미 오래전에 빙례를 보내 혼약을 맺었는데 어찌 변경할 수가 있겠는가? 아무래도 내가 석씨 집 아가씨를 천천히 시집보낸 뒤, 다시 혼수를 준비하여 내 딸아이의 혼사를 이뤄야겠다."라고 했다. 즉시 서신 한 통을 다시 써서 사람을 시켜 고 사돈의 집으로 보냈다.

고공이 서신을 뜯어서 읽어보았더니 이와 같았다.

> 의지할 데 없는 여식을 맞이하려 하시는 것은 비록 고상한 마음이시기는 하지만 이미 정한 혼약을 바꾸는 것은 아무래도 정도(正道)에서 어긋난 듯합니다. 제 여식과 댁의 아드님은 오래전부터 혼약을 하여 장차 성혼해 부부가 되려하는데 아드님으로 하여금 원래 정해 놓은 아내를 두고 다시 또 아내를 맞이하게 한다면 이미 고례(古禮)를 어기는 일이 되는데다가 제 여식으로 하여금 정해진 남편을 버리고 다시 또 남편을 구하게 한다면 사람들의 비난을 면하기 어려울 것입니다. 청컨대 심사숙고하시어 반드시 이전에 의혼한 바에 따라주셨으면 합니다. 종리의가 송구스럽게도 다시 올립니다.

고공이 서신을 다 읽고 나서 감탄하며 말했다.

"내 잠시 숙고하지 못했구나. 이제 종리공의 말을 들어보니 부끄럽기 그지없네. 내 지금 두 가지를 다 이루게 할 방도가 있는데 그리하면 종리공으로 하여금 그 뜻을 행할 수 있게도 하고, 나도 함께 그 명성을 누릴 수 있을 것이며, 만세토록 미담이 될 게야."

곧바로 이렇게 다시 회신을 했다.

> 공의 여식 대신 석공의 여식을 들이려 했던, 의로움을 흠모하는 제 마음은 간절한 것이었습니다. 정해 놓은 아내를 두고 다시 또 아내를 맞이하는 일은 예법상 아니 된다 하셨는데 이는 심히 정당한 말씀입니다. 제 둘째 아들인 고승(高升)은 나이가 열일곱으로 아직 혼약을 맺지 않았습니다. 따님은 저의 큰아들에게 시집오고 석 현령의 따님은 저의 둘째

아들에게 시집을 오면 아름다운 부부 두 쌍이 맺는 좋은 혼사가 될 것입니다. 사돈 한 분은 돌아가셨고, 사돈 한 분은 살아계시니 천추의 고상한 정의입니다. 혼수는 구비하실 필요가 없고 시일은 같은 날로 하면 기쁘겠습니다. 부디 따라주시기 바라며 따로 택일하실 필요도 없습니다. 고원이 송구스럽게 다시 올립니다.

종리공은 서신을 받고 크게 기뻐하며 말하기를 “이렇게 돼야 둘 다 잘 되는 것이지. 고공의 의기는 참으로 옛사람들에게 뒤지지 않는구나! 내가 고공보다 마땅히 한 수 아래인 게야!”라고 했다.

곧바로 부인에게 말해 혼수 일체를 둘로 나눈 뒤, 옷가지와 장신구들을 조금씩 보태 두 딸에게 똑같이 해 줘 누구에게도 더 주고 덜 주는 것이 없었다. 시월 보름 이틀 전에 고공은 꽃장식의 작은 가마 두 대를 마련해 악기들을 연주하면서 두 신부를 맞이하게 했다. 종리 공은 먼저 혼수를 보낸 뒤, 연이어 서지와 월향 두 딸을 불러내 부인으로 하여금 그들에게 부도(婦道)를 가르치게 했다. 두 딸이 절을 올리고 떠나는데 월향은 종리 공 부부의 은덕에 감격해 헤어지기가 매우 아쉬워 통곡을 하면서 가마에 올랐다. 도중에 서둘러 길을 재촉한 일은 얘기하지 않는다.

현아에 도착하니 마침 길일(吉日) 길시(吉時)에 들어맞았으며, 꽃다운 젊은 부부 두 쌍이 배례를 하고 혼례를 치렀다. 고공 부부는 기쁘기 그지없었다. 그것은 바로 이런 말로 대변된다.

백년가약은 오늘부터 정해지고	百年好事從今定
한 쌍의 인연은 하늘에서 내려 왔네	一對姻緣天上來

재설(再說)[32], 종리공은 딸을 시집보낸 지 삼일이 지나고 난 밤에 갑자기 꿈 하나를 꾸었다. 꿈속에서 한 벼슬아치가 복두(幞頭)[33]를 쓰고

32) 재설(再說): 說話人이 앞에서 얘기하다가 만 이야기를 다시 연이어 전개할 때 문두에 쓰는 상투어로 却說과 유사한 의미이다.

상아홀을 든 채 그의 면전에서 이렇게 말하는 것이었다.

"나는 바로 월향의 아비인 석벽이올시다. 생전에 이 현의 대윤을 지냈는데 창고의 관곡이 실화로 불타 배상할 길이 없었으므로 우울해하다가 죽었지요. 상제께서 나의 청렴함을 살펴주시고 무고함을 가엾게 여기시어 본현의 성황신(城隍神)34)으로 봉해 주셨소이다. 월향은 내가 사랑하는 여식인데 그대의 고상한 정의를 입어 진흙 속에서 구제되어 좋은 혼사를 이루었습니다. 이는 음덕(陰德)을 쌓은 일이기에 내 이미 상제께 상주하였지요. 그대가 타고난 명으로는 본래 아들이 없지만 공이 선행을

33) 복두(幞頭): '幞'은 '천으로 묶는다'는 뜻으로 幞頭는 고대 사람들이 썼던 두건의 일종이다. 중국의 옛사람들은 3척이 되는 검은 명주로 머리 부분을 감쌌는데 그 명주자락 네 귀퉁이 띠 가운데 두 개의 띠는 머리 뒤쪽에 드리웠고, 나머지 띠 두 개는 머리 위로 올려 묶었으므로 '四脚' 혹은 '折上巾'이라 불리기도 했다. 北周 武帝 때 머리 뒤로 두 개의 띠를 드리우고 나머지 두 개의 띠는 머리 위로 묶을 수 있게 재단하면서부터 '幞頭'라고 불리기 시작했다. 처음에서 부드러운 명주를 사용해 띠를 드리우게 했다가 수나라 때부터 오동나무(桐木)로 살을 만들어 옆으로 뻗게 만들었으며, 당나라 때에는 '繒'대신 '羅'를 사용했고 황제의 복식에서는 복두의 띠가 약간 위로 올라가도록 되어 있었고 신하는 띠가 밑으로 쳐지도록 되어 있었다. 五代에 이르러 점차 평평한 모양을 하게 되었다. 송나라 때에는 直脚, 局脚, 交脚, 朝天, 順風 등과 같은 양식이 있었는데 그 가운데 直脚은 귀천을 막론하고 모두 착용할 수 있었다. 자세한 내용은 《宋史·輿服志五》와 명나라 王圻의 《三才圖會·衣服二》 등에 보인다.

34) 성황신(城隍神): 城隍은 본래 城牆과 해자를 아울러 이르는 말로 城隍神은 중국 민간신앙과 도교에서 모시는 城池를 지키는 신이다. 《禮記·郊特牲》을 참고해 볼 때, 섣달에 지내는 제사인 '蜡祭'에서 모시는 '八神' 가운데 일곱 번째 신인 水庸(도랑)神에서 유래된 것으로 여겨진다. 문헌상 가장 이른 城隍廟는 삼국시대 孫權에 의해 지어진 듯하며 南北朝 때부터 널리 信奉되었던 것으로 보인다. 唐代에 이르러 불교신앙이 성행함에 따라 사람들은 저승에서도 이승에서처럼 각급의 관청과 관리가 있다고 여겨 城隍神이 저승의 장관이 된다고 생각했다. 송나라 이후, 각지에서 죽은 현지 유명인물이나 영웅을 城隍神으로 모시고 제사를 올리며 가호를 비는 풍습이 형성되었다. 명나라 朱元璋은 성황신에게 공식적으로 王, 公, 侯 등과 같은 관작을 내리기도 했다. 縣級의 성황신은 四品으로 七品인 현령보다 높았으므로 현령은 어려운 상황을 만났을 때 성황신에게 제사를 올려 해답을 구하기도 했다. 명절 때 각지 城隍廟에서 성황신에게 제사를 올리는 풍습은 현재까지도 남아 있다.

베풀었기에 상제께서 아들 하나를 주셔서 가문이 창대하도록 해 주셨소이다. 그대는 높은 자리에 오르고 편안히 장수를 누릴 것이오. 이웃 현의 고공도 그대와 마음을 같이하여 고아가 된 여식을 기꺼이 맞아주어 상제께서 기뻐하시며 그의 두 아들들에게도 높은 벼슬과 후한 봉록을 내리시어 그 덕에 보답해 주실 것이외다. 그대는 마땅히 세상 사람들에게 이 일을 전하여, 널리 남들을 도와주고 절대로 약자(弱者)를 능멸하거나 홀로 사는 자를 괴롭히거나 자신의 이익을 위해 남들에게 손해를 끼치지 일이 없도록 해 주시오. 천도(天道)는 밝고도 밝아 미세한 것들도 환히 꿰뚫어 본다오."

종리 공이 꿈에서 월향의 아버지를 만나는 장면, 명말, 금창(金閶) 엽경지간본(葉敬池刊本), 《성세항언》 삽도

그는 말을 마친 뒤 재배를 했다. 종리공은 답례를 하려고 일어서면서 돌연 의복의 앞자락을 밟고 넘어져 문뜩 놀라서 깨어보니 꿈이었다. 즉시 부인에게 그 말을 했더니 부인도 끝없이 감탄했다. 날이 밝기를 기다렸다가 종리공은 가마를 타고 성황묘(城隍廟)에 가서 향을 피우고 절을 올렸으며, 봉록에서 백 냥을 출연해 도사에게 묘우(廟宇)를 새로 개수하도록 명하고 이 일을 비석에 새겨 사람들에게 널리 알리도록 했다. 그리고 꾼 꿈을 서신에 자세히 적어 고공에게 알렸다. 고공이 두 아들에게 서신을 보여줬더니 모두 놀랐다. 종리 부인은 나이가 마흔이 넘었는데도 갑자기 임신을 하여 아들을 낳았는데 이름을 천사(天賜)라고 했다. 나중

에 종리의는 송나라에 귀화하여 벼슬이 용도각대학사(龍圖閣大學士)[35]까지 올랐고 구순(九旬)까지 수명을 누렸으며, 아들인 천사(天賜)는 송나라에서 장원 급제했다. 고등과 고승 형제는 모두 송나라에서 출사를 했고 벼슬이 경재(卿宰)[36]까지 올랐다. 이는 그 뒷얘기이다.

차설(且說)[37], 가창이 객지에 있다가 오래지 않아 집으로 돌아와 보니 월향 아가씨와 시녀가 보이지 않았다. 그 까닭을 물어 알게 된 뒤, 마누라와 몇 차례 크게 싸움을 했다. 나중에, 종리 나리가 월향을 딸로 삼아 그 댁 아가씨와 함께 높은 가문으로 시집보낸 것을 알게 되자, 가창은 마음을 쓸 곳이 없어 은 이십 냥으로 월향 아가씨의 시녀를 속신(贖身)해 아가씨에게 돌려보내려 했다. 조이 부부는 서로 금슬이 좋아 차마 헤어질 수 없기에 둘이 함께 월향 아가씨에게 의탁하려 했으며 장 아파도 이를 말리지 못했다. 가창이 조이 부부를 데리고 곧장 덕안현으로 가서 대윤 고공에게 아뢰었다. 고공이 자세한 정황을 묻고서 관아로 들어가 며느리 월향에게 다시 물어봤더니 말한 바가 서로 들어맞았다. 이에 조이 부부를 거두어 남게 하고 재물로 가창에게 후하게 사례했으나 가창은 그것을 받지 않고 돌아갔다. 그 뒤로 가창은 그의 처가 의롭지 못한 것을 증오하여 그와 함께 살지 않기로 맹세하고, 따로 시녀 하나를 두어 아들 둘을 낳았으니 이 또한 선행을 한 보응이다. 후인이 감탄하는

35) 용도각대학사(龍圖閣大學士): 宋代 관직명이다. 龍圖閣은 북송 때 누각의 이름으로 會慶殿의 서쪽에 있었고 북쪽으로는 대궐과 이어져 있었다. 송나라 眞宗 때 지어졌으며 宋 太宗의 御書, 御制 문집, 전적, 그림, 상서로운 물건 및 宗正寺에서 올렸던 屬籍, 世譜 등을 보관했다. 용도각에는 學士, 直學士, 待制, 直閣 등과 같은 관직을 두었으며 龍圖閣學士는 문관에게 榮寵을 드러내는 加官으로 顧問과 論議 등의 직책을 갖고 있었다. 자세한 내용은 《宋史·職官志二》에 보인다.

36) 경재(卿宰): 卿相과 같은 말로 執政大臣을 이른다.

37) 차설(且說): '다시 돌아가서 이야기한다'는 뜻으로 宋元 시대 說書人이 前文에서 하다가 만 이야기를 다시 연이어 전개할 때 문두에 쓰는 상투어이다. 章回體小說에서도 쓰였다.

시를 지었다.

사람들은 시집 장가보낼 때 높은 가문을 고르는데	人家嫁娶擇高門
고아 된 여식의 혼사는 뉘 이루어 줄 텐가	誰肯周全孤女婚
두 분 공께서 쌓은 음덕의 보응을 봐 보오	試看兩公陰德報
하늘은 좋은 마음을 지닌 자를 저버리지 않는다오	皇天不負好心人

▌원문 교주

第二卷 兩縣令競義婚孤女

風水人間不可無, 也須陰隲兩相扶. 時人不解蒼天意, 枉使身心著意圖.

話說近代浙江衢州府, 有一人, 姓王名奉, 哥哥名喚王春[38]. 弟兄各生一女: 王春的女兒名喚瓊英, 王奉的叫做瓊眞. 瓊英許配本郡一個富家潘百萬之子潘華. 瓊眞許配本郡蕭別駕之子蕭雅. 都是自小聘定的. 瓊英年方十歲, 母親先喪, 父親繼歿. 那王春臨終之時, 將女兒瓊英託與其弟, 囑付道: "我並無子嗣, 只有此女. 你把做嫡女看成. 待其長成, 好好嫁去潘家. 你嫂嫂所遺房奩衣飾之類, 盡數與之. 有潘家原聘財禮置下莊田, 就把與他做脂粉之費. 莫負吾言!" 囑罷, 氣絶. 殯葬事畢, 王奉將姪女瓊英接回家中, 與女兒瓊眞作伴.

忽一年元旦, 潘華和蕭雅不約而同到王奉家來拜年. 那潘華生得粉臉朱唇, 如美女一般, 人都稱'玉孩童'. 蕭雅一臉痲子, 眼膒齒齙[39], 好似飛天夜叉模樣. 一美一醜, 相形起來, 那標緻的越覺美玉增輝, 那醜陋的越覺泥塗無色. 況且潘華衣服炫麗, 有心賣富, 脫一套換一套[40]. 那蕭雅是老實人家, 不以穿著爲事. 常言道: "佛是金裝, 人是衣裝." 世人眼孔淺的多, 只有皮相, 沒有骨相[41]. 王家若男若女, 若大若小, 那一個不欣羨潘小官人美貌, 如潘安再出; 暗暗地顚唇簸嘴, 批點那飛天夜叉之醜. 王奉自己也看不過,

38) 【校】哥哥名喚王春(가가명환왕춘): 《今古奇觀》 각 판본에는 "哥哥名喚王春"으로 되어 있고, 《醒世恒言》 각 판본에는 "哥哥姓王名春"으로 되어 있다.
39) 眼膒齒齙(안구치파): '膒'는 눈이 쑥 들어간 모양을 형용하는 말이고, '齙'는 앞니가 커서 입술 밖으로 드러나며 가지런하지 않은 모양을 형용하는 말이다.
40) 【校】脫一套換一套(탈일투환일투): 《今古奇觀》 각 판본에는 "脫一套換一套"로 되어 있고, 《醒世恒言》 각 판본에는 "脫一通換一通"으로 되어 있다.
41) 骨相(골상): 皮相과 상대적인 의미로 내면과 본질을 이른다.

心上好不快活. 不一日, 蕭別駕卒於任所. 蕭雅奔喪, 扶柩而回. 他雖是個世家, 累代淸官, 家無餘積. 自別駕死後, 日漸消索. 潘百萬是個暴富, 家事日盛一日. 王奉忽起一個不良之心, 想道: “蕭家甚窮, 女婿又醜. 潘家又富, 女婿又標緻. 何不把瓊英瓊眞暗地兌轉, 誰人知道. 也不敎親生女兒在窮漢家受苦.” 主意已定, 到臨嫁之時, 將瓊眞充做姪女, 嫁與潘家; 哥哥所遺衣飾莊田之類, 都把他去. 却將瓊英反爲已女, 嫁與那飛天夜叉爲配. 自己薄薄備些粧奩嫁送. 瓊英但憑叔叔做主, 敢怒而不敢言. 誰知嫁後, 那潘華自恃家富, 不習詩書, 不務生理, 專一闝[42]賭爲事. 父親累訓不從, 氣憤而亡. 潘華益無顧忌, 日逐與無賴小人, 酒食遊戲. 不上十年, 把百萬家資敗得罄盡, 寸土俱無. 丈人屢次周給他, 如炭中沃雪, 全然不濟. 結末迫於凍餒, 瞞著丈人, 要引渾家去投靠人家爲奴. 王奉聞知此信, 將女兒瓊眞接回家中養老, 不許女婿上門. 潘華流落他鄕, 不知下落. 那蕭雅勤苦攻書, 後來一舉成名, 直做到尙書地位, 瓊英封一品夫人. 有詩爲證:

目前貧富非爲准, 久後窮通未可知. 顚倒任君瞞昧做, 鬼神昭鑒定無私.

看官, 你道爲何說這王奉嫁女這一事? 只爲世人但顧眼前, 不思日後; 只要損人利己, 豈知人有百算, 天只有一算. 你心下想得滑碌碌的一條路, 天未必隨你走哩. 還是平日行善爲高. 今日說一段話本, 正與王奉相反, 喚做“兩縣令競義婚孤女”. 這椿故事, 出在梁、唐、晉、漢、周五代之季. 其時周太祖郭威在位, 改元廣順. 雖居正統之尊, 未就混一之勢. 四方割據稱雄者, 還有幾處, 共是五國三鎭. 那五國?

周郭威 南漢劉晟 北漢劉旻 南唐李昇 蜀孟知祥

那三鎭?

吳越錢鏐 湖南周行逢 荊南高季昌

42) 闝(표): ‘嫖’와 같은 말로 ‘挾娼’ 즉 창녀와 놀아나는 것을 이른다.

單說[43]南唐李氏有國, 轄下江州地方, 內中單表江州德化縣一個知縣, 姓石名璧, 原是撫州臨川縣人氏, 流寓建康. 四旬之外, 喪了夫人, 又無兒子, 止有八歲親女月香, 和一個養娘[44]隨任. 那官人爲官清正, 單喫德化縣中一口水. 又且聽訟明決, 雪冤理滯, 果然政簡刑淸, 民安盜息. 退堂之暇, 就抱月香坐於膝上, 敎他識字, 又或叫養娘和他下棋、蹴鞠, 百般玩耍. 他從旁敎導. 只爲無娘之女, 十分愛惜. 一日, 養娘和月香在庭中蹴那小小毬兒爲戲. 養娘一脚踢起, 去得勢重了[45], 那毬擊地而起, 連跳幾跳的溜溜滾去, 滾入一個地穴裏. 那地穴約有二三尺深, 原是埋缸貯水的所在. 養娘手短, 攬他不著, 正待跳下穴中去拾取毬兒. 石璧道: "且住!" 問女兒月香道: "你有甚計較, 使毬兒自走出來麽?" 月香想了一想, 便道: "有計了." 即敎養娘去提過一桶水來, 傾在穴內. 那毬便浮在水面. 再傾一桶, 穴中水滿, 其毬隨水而出. 石璧本是要試女孩兒的聰明. 見其取水出毬, 智意過人, 不勝之喜.

閒話休敘[46]. 那官人在任不上三年, 誰知命裏官星不現, 飛禍相侵. 忽一夜倉中失火, 急去救時, 已燒損官糧千餘石. 那時米貴, 一石値一貫[47]五百. 亂離之際, 軍糧最重. 南唐法度, 凡官府破耗軍糧至三百石者, 即行處斬. 只爲石璧是個淸官, 又且火災天數, 非關本官私弊. 上官都替他分解保奏. 唐主怒猶未息, 將本官削職, 要他賠償. 估價共該一千五百餘兩, 把家私變賣, 未盡其半. 石璧被本府軟監, 追逼不過, 鬱成一病, 數日而死. 遺下女兒

43) 單說(단설): 說話人이 이야기를 풀어나가는 도중에 이미 앞에서 언술한 여러 내용 가운데 어떤 한 가지를 특정해서 그것만을 자세히 서술해 나가고자 할 때 文頭에서 쓰는 상투어로 '單表'와 같은 의미이다. "그 가운데 ……에 대해 이야기해 보겠습니다."정도의 뜻이다.

44) 養娘(양낭): 시녀나 여종에 대한 호칭으로 유모 등을 지칭하기도 한다.

45) 【校】《醒世恒言》 각 판본에는 '了'자 뒤에 '些'자가 있다.

46) 閒話休敘(한화휴서): '閒話休題'나 話休絮煩과 유사한 말로 본 이야기와 크게 관련이 없는 방계적인 이야기는 그만하고 다시 본 이야기로 화제를 돌릴 때 자주 쓰이는 상투어이다. 그 뒤에 '書歸正傳'이나 '言歸正傳'을 붙여 쓰이기도 하며 화본을 비롯해 백화소설에서도 많이 쓰인다. "한담은 그만하고 ……" 정도의 뜻이다.

47) 貫(관): 엽전 천 개를 실로 꿴 한 묶음을 한 貫이라고 했다.

和養娘二口, 少不得著落牙婆官賣, 取價償官. 這等苦楚, 分明是:

屋漏更遭連夜雨, 船遲又遇打頭風.

却說本縣有個百姓, 叫做賈昌, 昔年被人誣陷, 坐假人命事, 問成死罪在獄. 虧石知縣到任, 審出冤情, 將他釋放. 賈昌銜保家活命之恩, 無從報効. 一向在外爲商, 近日方回. 正値石知縣身死. 即往撫尸慟哭, 備辦衣衾棺木, 與他殯殮. 合家掛孝, 買地塋葬. 又聞得所欠官糧尚多, 欲待替他賠補了[48], 又怕錢糧干係, 不敢開端惹禍. 見說小姐和養娘發出着落牙婆官賣. 慌忙帶了銀子, 到李牙婆家, 問他多少身價. 李牙婆取出硃批的官票來看: 養娘十六歲, 只判得三十兩. 月香十歲, 到判了五十兩. 却是爲何? 月香雖然年小, 容貌秀美可愛; 養娘不過粗使之婢, 故此判價不等. 賈昌並無吝色, 身邊取出銀包, 兌足了八十兩紋銀, 交付牙婆, 又謝他五兩銀子, 即時領取二人回家. 李牙婆把兩個身價, 交納官庫. 地方呈明石知縣家財人口變賣都盡. 上官只得在別項那移賠補, 不在話下[49].

却說月香自從父親死後, 沒一刻不啼啼哭哭. 今日又不認得賈昌是什麽人, 買他歸去, 必然落於下賤. 一路痛哭不已. 養娘道: "小姐, 你今番到人家去, 不比在老爺身邊, 只管啼哭, 必遭打罵." 月香聽說, 愈覺悲傷. 誰知賈昌一片仁義之心, 領到家中, 與妻子[50]相見, 對妻子說: "此乃恩人石相公的小姐. 那一個就是伏侍小娘的養娘. 我當初若沒有恩人, 此身死於縲紲[51]. 今日見他小姐, 如見恩人之面. 你可另收拾一間香房, 與[52]他兩個住

48) 【校】了(료): 古本小說集成本 · 人民文學本 · 繪圖本《今古奇觀》에는 "了"로 되어 있고, 《醒世恒言》 각 판본에는 "幾分"으로 되어 있으며, 全圖本《今古奇觀》에는 '賠補' 뒤에 글자가 없다.

49) 不在話下(부재화하): 화본을 비롯한 백화소설이나 희곡 작품에서 많이 쓰이는 상투어로 "이 내용에 대해서는 자세히 기술하지 않겠다"는 뜻이다.

50) 【校】妻子(처자): 古本小說集成本 · 人民文學本 《今古奇觀》에는 "妻子"로 되어 있고, 《醒世恒言》 각 판본과 繪圖本 · 全圖本 《今古奇觀》에는 "老婆"로 되어 있는데 '老婆'는 아내를 통속적으로 이르는 말이다. 이 작품에서 이후에 나오는 '妻子'는 모두 이와 같다.

51) 縲紲(유설): 본래 죄수를 묶을 때 쓰는 밧줄을 의미한다. 감옥이나 형벌의 대명사

下, 好茶好飯供待他, 不可怠慢. 後來倘有親族來訪, 那時送還, 也盡我一點報効之心. 不然之時, 待他長成, 就本縣擇個門當戶對的人家, 一夫一婦, 嫁他出去, 恩人墳墓也有個親人看覷. 那個養娘依舊得他伏侍小姐, 替[53]他兩個作伴, 做些女工, 不要他在外答應." 月香生成伶俐, 見賈昌如此分付妻子, 慌忙上前萬福道: "奴家賣身在此, 爲奴爲婢, 理之當然. 蒙恩人擡舉, 此乃再生之恩. 乞受奴一拜, 收爲義女." 說罷, 即忙下跪. 慌得那賈昌連忙也跪在地下[54], 忙教妻子扶起道: "小人是老相公的子民, 這螻蟻之命, 都出老相公所賜. 就是這位養娘, 小人也不敢怠慢, 何況小姐! 小人怎敢妄自尊大? 暫時屈在寒家, 只當賓客相待. 望小姐勿責怠慢, 小人夫妻有幸." 月香再三稱謝. 賈昌又分付家中男女, 都稱爲石小姐. 那小姐稱賈昌夫婦, 但呼"賈公""賈婆", 不在話下.

原來賈昌的妻子, 素性不甚賢慧. 初時[55]看上月香生得清秀乖巧, 自己無男無女, 有心要收他做個螟蛉[56]女兒. 心下[57]甚是歡喜, 聽說賓客相待, 先有三分不耐煩了. 却滅不得石知縣的恩, 沒奈何依著丈夫言語, 勉强奉

로 쓰이기도 한다.

52) 【校】與(여): 古本小說集成本, 人民文學本 및 繪圖本《今古奇觀》에는 "與"로 되어 있고, 《醒世恒言》 각 판본과 全圖本《今古奇觀》에는 "教"로 되어 있다.

53) 【校】替(체): 古本小說集成本·人民文學本《今古奇觀》에는 "替"로 되어 있고, 《醒世恒言》 각 판본과 繪圖本·全圖本《今古奇觀》에는 "等"으로 되어 있다.

54) 【校】慌得那賈昌連忙也跪在地下(황득나가창연망야궤재지하): 《今古奇觀》 각 판본에는 "慌得那賈昌連忙也跪在地下"로 되어 있고, 《醒世恒言》 각 판본에는 "賈昌哪裏肯要他拜別轉了頭"로 되어 있다.

55) 【校】初時(초시): 《今古奇觀》 각 판본에는 "初時"로 되어 있고, 《醒世恒言》 각 판본에는 "只爲"로 되어 있다.

56) 螟蛉(명령): 뽕나무벌레를 이르는 말로 담배벌레, 배추흰나비 등 나방류 벌레의 애벌레를 널리 가리킨다. '蜾蠃(나나니벌)'가 항상 '螟蛉(뽕나무벌레)'을 잡아서 벌집 속으로 끌고 들어가 자기 새끼에게 먹이로 주었기 때문에 옛날 사람들은 이를 보고 '蜾蠃'가 자식이 없어서 '螟蛉'을 양자로 키우는 것이라 오인하여 '螟蛉'을 양자의 대명사로 사용했다. 《詩經·小雅·小宛》에 "뽕나무 벌레 새끼를 나나니벌이 데려오네.(螟蛉有子, 蜾蠃負之.)"라는 구절이 보인다.

57) 【校】心下(심하): 《今古奇觀》 각 판본에는 "心下"로 되어 있고, 《醒世恒言》 각 판본에는 "初時"로 되어 있다.

承. 後來賈昌在外爲商, 每得好紬好絹, 先儘上好的寄與石小姐做衣服穿. 比及回家, 先問石小姐安否. 妻子心下漸漸不平. 又過些時, 把馬脚露出來了. 但是賈昌在家, 朝饔夕餐, 也還成個規矩, 口中假意奉承幾句. 但背了賈昌時, 茶不茶, 飯不飯, 另是一樣光景了. 養娘常叫出外邊雜差雜使, 不容他一刻空閒. 又每日間限定石小姐要做若干女工鍼指還他. 倘手遲脚慢, 便去捉雞罵狗, 口裏好不乾淨哩[58]! 正是:

人無千日好, 花無百日紅.

養娘受氣不過, 稟知小姐. 欲待等賈公回家, 告訴他一番. 月香斷然不肯. 說道: "當初他用錢買我, 原不指望他擡舉. 今日賈婆雖有不到之處, 却與賈公無干. 你若說他, 把賈公這段美情都沒了. 我與你命薄之人, 只索忍耐爲上." 忽一日, 賈公做客回家, 正撞著養娘在外汲水, 面上[59]比前甚是黑瘦了. 賈公道: "養娘, 我只教你伏侍小姐, 誰要你汲水? 且放著水桶, 另叫人來擔罷." 養娘放了水桶, 動了個感傷之念, 不覺滴下幾點淚來. 賈公要盤問時, 他把手拭淚, 忙忙的奔進去了. 賈公心中甚疑. 見了妻子, 問道: "石小姐和養娘沒有甚事麽?" 妻子回言: "沒有." 初歸之際, 事體多頭, 也就閣過一邊. 又過了幾日, 賈公偶然到近處人家走動, 回來不見妻子在房, 自往廚下去尋他說話. 正撞見養娘從廚下來, 也沒有托盤, 右手拿一大碗飯, 左手一隻空碗, 碗上頂一碟醃菜葉兒. 賈公有心閃在隱處看時, 養娘走進石小姐房中去了. 賈公不省得這飯是誰喫的, 一些葷腥也沒有. 那時不往廚下, 竟悄悄的走在石小姐房前, 向門縫裏張時, 只見石小姐將這碟醃菜葉兒過飯. 心中大怒, 便與妻子鬧將起來. 妻子道: "葷腥盡有, 我又不是不捨得與他喫. 那丫頭自不來擔, 難道要老娘送進房去不成? "賈公道: "我原說過來, 石家的養娘, 只教他在房中與小姐作伴. 我家廚下走使的又不少,

58) 【校】哩(리): 《今古奇觀》 각 판본과 古本小說集成本《醒世恒言》에는 "哩"자가 있고, 人民文學本《醒世恒言》에는 "哩"자가 없다.

59) 【校】面上(면상): 古本小說集成本·人民文學本·繪圖本《今古奇觀》에는 "面上"으로 되어 있고, 全圖本《今古奇觀》에는 "面孔"으로 되어 있으며, 《醒世恒言》 각 판본에는 "面龐"으로 되어 있다.

誰要他出房擔飯! 前日那養娘噙著兩眼淚在外街汲水, 我已疑心, 是必家中把他難爲了. 只爲匆忙, 不曾細問得. 原來你恁地無恩無義! 連石小姐都怠慢. 見放著許多葷菜, 却敎他喫白飯, 是甚道理? 我在家尙然如此, 我出外時, 可知連飯也沒得與他們喫飽. 我這番回來, 見他們著實黑瘦了." 妻子道: "別人家丫頭, 那要你恁般疼他. 養得白白壯壯, 你可收用他做小老婆麽? "賈公道: "放屁! 說的是什麽話! 你這樣不通理的人, 我不與你講嘴. 自明日爲始, 我敎當直的每日另買一分肉菜, 供給他兩口; 不要在家火中算帳, 省得奪了你的口食, 你又不歡喜." 妻子自家覺得有些不是, 口裏也含含糊糊的哼了幾句, 便不言語了. 從此賈公分付當直的, 每日肉菜分做兩分. 却叫廚下丫頭們, 各自安排送飯. 這幾時, 好不齊整. 正是:

人情若比初相識, 到底終無怨恨心.

賈昌因奉養[60]石小姐, 有一年多不出外經營. 妻子却也做意修好, 相忘於無言. 月香在賈公家, 一住五年, 看看長成. 賈昌意思, 要密訪個好主兒, 嫁他出去了, 方纔放心, 自家好出門做生理. 這也是賈公的心事, 背地裏自去勾當. 曉得妻子不賢, 又與他商量怎的. 若是湊巧時, 賠些粧奩嫁出去了, 可不乾淨, 何期姻緣不偶. 內中也有緣故: 但是出身低微的, 賈公又怕辱抹了石知縣, 不肯俯就; 但是略有些名目的, 那個肯要百姓人家的養娘爲婦? 所以好事難成. 賈公見姻事不就, 妻子又和順了, 家中供給又立了常規, 捨不得擔閣生意, 只得又外出爲商. 未行數日之前, 預先叮嚀妻子有十來次, 只敎好生看待石小姐和養娘兩口. 又請石小姐出來, 再三安慰[61], 連養娘都用許多好言安放. 又分付妻子道: "他骨氣也比你重幾百分哩. 你切莫慢他. 若是不依我言語, 我回家時, 就不與你認夫妻了." 又喚當直的和廚下丫頭, 都分付遍了, 方才出門. 正是[62]:

60) 【校】奉養(봉양):《今古奇觀》각 판본에는 "奉養"으로 되어 있고,《醒世恒言》각 판본에는 "牽掛"로 되어 있다.

61) 【校】安慰(안위):《今古奇觀》각 판본에는 "安慰"로 되어 있고,《醒世恒言》각 판본에는 "撫慰"로 되어 있다.

62) 【校】《今古奇觀》각 판본에는 "正是" 두 글자가 있고,《醒世恒言》각 판본에는

臨岐費盡叮嚀語, 只爲當初受德深.

却說賈昌的妻子, 一向被老公在家作興[63]石小姐和養娘, 心下好生不樂. 沒奈何, 只得由他. 受了一肚子的腌臢[64]昏悶之氣. 一等老公出門, 三日之後, 就使起家主母的勢來. 尋個茶遲飯晏小小不是的題目, 先將廚下丫頭試法, 連打幾個巴掌, 罵道: "賤人! 你是我手內用錢討的, 如何恁地托大[65]! 你恃了那個小主母的勢頭, 却不用心伏侍我? 家長在家日, 縱容了你. 如今他出去了, 少不得要還老娘的規矩. 除却老娘外, 那個該伏侍的? 要飯喫時, 等他自擔, 不要你們獻勤, 却擔誤老娘的差使!" 罵了一回, 就乘著熱鬧中, 喚過當直的, 分付將賈公派下另一分肉菜錢, 乾折進來, 不要買了. 當直的不敢不依. 且喜月香能甘淡薄, 全不介意. 又過了些時, 忽一日, 養娘擔洗臉水, 遲了些, 水已涼了. 養娘不合哼了一句, 那婆娘聽得了, 特地叫來發作道: "這水不是你擔的. 別人燒著湯, 你便胡亂用些罷. 當初在牙婆家, 那個燒湯與你洗臉?" 養娘耐嘴不住, 便回了幾句言語道: "誰要他們擔水燒湯! 我又不是不曾擔水過的, 兩隻手也會燒火. 下次我自擔水自燒, 不費廚下姐姐們力氣便了." 那婆娘提醒了他當初曾擔水過這句話, 便罵道: "小賤人! 你當[66]先擔得幾桶水, 便在外面做身做分, 哭與家長知道, 連累老娘受了百般嘔氣. 今日老娘要討個帳兒. 你旣說會擔水, 會燒火, 把兩件事都交在你身上. 今[67]每日常用的水, 都要你擔, 不許躱懶[68]. 是火, 都是你燒. 若

없다.

63) 作興(작흥): 본래는 존경하고 중시한다는 의미이다. 여기에서는 '용인하여 오냐오냐하는 것'을 이른다.

64) 【校】腌臢(엄잠): 古本小說集成本·全圖本·繪圖本《今古奇觀》, 古本小說集成本《醒世恒言》에는 "腌臢"으로 되어 있고, 人民文學本《今古奇觀》과 人民文學本《醒世恒言》에는 "腌膪"으로 되어 있다. '腌臢'은 본래, '더럽고 깨끗하지 않다'는 뜻이며 '귀찮고 불쾌하다'는 의미로도 쓰인다. 人民文學本에 있는 '膪'자는 '삶다' 또는 '입술에 생긴 병'이란 뜻으로 풀이할 수 있는데 이 뜻이 여기에서는 타당하지 않다.

65) 托大(탁대): 스스로 자신을 대단하다고 여겨 거만하게 행동하는 것을 이른다.

66) 【校】當(당): 《今古奇觀》 각 판본에는 "當"으로 되어 있고, 《醒世恒言》 각 판본에는 "們"으로 되어 있다.

67) 【校】《今古奇觀》 각 판본에는 "今"자가 있고, 《醒世恒言》 각 판본에는 없다.

是難爲了柴, 老娘却要計較. 且等你知心知意的家長回家時, 你再啼啼哭哭告訴他便了. 也不怕他趕了老娘出去.” 月香在房中, 聽得賈婆發作自家的丫頭, 慌忙移步上前, 萬福謝罪, 招稱許多不是, 叫賈婆莫怪. 養娘道: “果是婢子不是了! 只求看小姐面上, 不要計較.” 那老婆愈加忿怒, 便道: “什麼小姐, 小姐! 是小姐, 不到我家來了. 我是個百姓人家, 不曉得小姐是什麼品級, 你動不動把來壓老娘. 老娘骨氣雖輕, 不受人壓量的. 今日要說個明白. 就是小姐, 也說不得費了大錢討的. 少不得老娘是個主母, ‘賈婆’也不是你叫的.” 月香聽得話不投機, 含着眼淚, 自進房去了. 那婆娘分付廚中, 不許叫“石小姐”, 只叫他“月香”名字. 又分付養娘, 只在廚下專管擔水燒火, 不許進月香房中. 月香若要飯喫時, 待他自到廚房來取. 其夜, 又叫丫頭搬了養娘的被窩到自己房中去. 月香坐個更深, 不見養娘進來, 只得自己閉門而睡. 又過幾日, 那婆娘喚月香出房, 却教丫頭把他的房門鎖了. 月香沒了房, 只得在外面盤旋. 夜間就同養娘一鋪睡. 睡起時, 就叫他拿東拿西, 役使他起來. 在他矮簷下, 怎敢不低頭! 月香無可奈何, 只得伏低伏小. 那婆娘見月香隨順了, 心中暗喜, 驀地開了他房門的鎖, 把他房中搬得一空. 凡丈夫一向寄來的好紬好緞, 曾做不曾做得, 都遷入自己箱籠, 被窩也收起了不還他. 月香暗暗叫苦, 不敢則聲.

忽一日, 賈公書信回來, 又寄許多東西與石小姐. 書中囑咐妻子: “好生看待, 不久我便回來.” 那婆娘把東西收起, 思想道: “我把石家兩個丫頭作賤勾了, 丈夫回來, 必然厮鬧. 難道我懼怕老公, 重新奉承他起來不成? 那老亡八69)把這兩個瘦馬養着, 不知作何結束! 他臨行之時, 說道: ‘若不依他

68) 【校】躲懶(타나): 古本小說集成本 · 人民文學本 · 繪圖本《今古奇觀》에는 “躲懶”로 되어 있고, 全圖本《今古奇觀》에는 “偷安”으로 되어 있으며,《醒世恒言》 각 판본에는 “缺乏”으로 되어 있다.

69) 亡八(망팔): ‘王八’ 또는 ‘忘八’과 같은 말로 본래는 거북이나 자라에 대한 속칭이며 욕하는 말로 많이 쓰인다.《新五代史 · 前蜀世家 · 王建》에 의하면, 前蜀을 세운 高祖 王建은 어렸을 때 무뢰한으로 소를 잡고 당나귀를 훔치며 私鹽 판매를 일삼았는데 그가 집안에서 여덟 번째 자식이었기에 동네 사람들은 그를 ‘賊王八(도둑놈 왕팔)’이라고 불렀다 한다. 이로 인해 ‘王八’이 욕하는 말로 쓰이게 되었다. 또 청나라 趙翼의《陔餘叢考 · 雜種畜生王八》에서는 “王八은 明人小說에서

言語, 就不與我做夫妻了.'一定他起了什麽不良之心. 那月香好副嘴臉, 年已長成. 倘或有意留他, 也不見得. 那時我爭風吃醋便遲了. 人無遠慮, 必有近憂. 一不做, 二不休, 索性把他兩個賣去他方, 老亡八回來也只一怪. 拚得廝鬧一場罷了, 難道又去贖他回來不成? 好計, 好計!" 正是:

眼孔淺時無大量, 心田偏處有奸謀.

當下那婆娘分付當直的: "與我喚那張牙婆到來, 我有話說." 不一時, 當直的將張婆引到. 賈婆教月香和養娘都相見了, 却發付他開去. 對張婆說道: "我家六年前, 討下這兩個丫頭, 如今大的忒大了, 小的又嬌嬌的, 做不得生活, 都要賣他出去. 你與我快尋個主兒." 原來當先官賣之事, 是李牙婆經手. 此時李婆已死, 官私做媒, 又推張婆出尖[70]了. 張婆道: "那年紀小的, 正有個好主兒在此, 只怕大娘不肯." 賈婆道: "有甚不肯?" 張婆道: "就是本縣大尹老爺覆姓鐘離, 名義, 壽春人氏, 親生一位小姐, 許配德安縣高大尹的長公子, 在任上行聘的, 不日就要來娶親了. 本縣嫁裝都已備得十全, 只是缺少一個隨嫁的養娘. 昨日大尹老爺喚老媳婦當面[71]分付過了. 老媳婦正沒處尋. 宅上這位小娘子, 正中其選. 只是異鄉之人, 怕大娘不捨得與他." 賈婆想道: "我正要尋個遠方的主顧, 來得正好! 況且知縣相公要了人去, 丈夫回來, 料也不敢則聲." 便道: "做官府家的陪嫁, 勝似在我家十倍, 我有什麽不捨得. 只是不要虧了我的原價便好." 張婆道: "原價許多? " 賈婆道: "十來歲時, 就是五十兩討的, 如今飯錢又弄[72]一主在身上了." 張婆道: "喫的飯是算不得帳. 這五十兩銀子在老媳婦身上." 賈婆道: "那一個老丫頭, 也替我覓個人家便好. 他兩個是一夥兒來的. 去了一個, 那一個也

'忘八'로도 쓰는데 禮, 義, 廉, 恥, 孝, 弟, 忠, 信 여덟 글자를 잊어버렸다는 뜻이다."라고도 했다.

70) 出尖(출첨): 다른 사람보다 탁월하다는 뜻으로 어떤 분야에서 일인자로 손꼽힌다는 뜻이다.

71) 【校】面(면): 《今古奇觀》 각 판본에는 "面"으로 되어 있고, 《醒世恒言》 각 판본에는 "官"으로 되어 있다.

72) 【校】弄(농): 《今古奇觀》 각 판본과 古本小說集成本《醒世恒言》에는 "弄"으로 되어 있고, 人民文學本《醒世恒言》에는 "丢"로 되어 있다.

養不家73)了. 況且年紀一二十之外, 又是要老公的時候, 留他甚麽!" 張婆道: "那個要多少身價? "賈婆道: "原是三十兩銀子討的." 牙婆道: "粗貨兒, 直不得這許多. 若是減得一半, 老媳婦到有個外甥在身邊, 三十歲了, 老媳婦原許下與他娶一房妻小的, 因手頭不寬展, 捱下去. 這到是雌雄一對兒." 賈婆道: "既是你的外甥, 便讓你五兩銀子." 張婆道: "連這小娘子的媒禮在內, 讓我十兩罷." 賈婆道: "也不爲大事, 你且說合起來." 張婆道: "老媳婦如今先去回復知縣相公. 若講得成時, 一手交錢, 一手就要交貨的." 賈婆道: "你今晚還來不? "張婆道: "今晚還要與外甥商量, 來不及了. 明日早來回話. 多分兩個都要成的." 說罷, 別去. 不在話下.

却說大尹鐘離義到任有一年零三個月了. 前任馬公, 是頂那石大尹的缺. 馬公陞任去後, 鐘離義又是頂馬公的缺. 鐘離大尹與德安高大尹原是個同鄕. 高大尹生下二子: 長曰高登, 年十八歲; 次曰高升, 年十六歲. 這高登便是鐘離公的女婿. 原來74)鐘離公未曾有子, 止生此女, 小字瑞枝, 年方一十七歲, 選定本年十月望日出嫁. 此時九月下旬, 吉期將近. 鐘離公分付張婆, 急切要尋個陪嫁. 張婆得了賈家這頭門路, 就去回復大尹. 大尹道: "若是人物好時, 就是五十兩也不多. 明日庫上來領價, 晚上就要過75)門的." 張婆道: "領相公鈞旨." 當晚回家, 與外甥趙二商議, 有這相應的親事, 要與他完婚. 趙二先歡喜了一夜. 次早, 趙二便去整理衣衫76), 準備做新郎. 張婆在77)家中, 先湊足了二十兩身價, 隨即到縣取知縣相公鈞帖, 到庫上兌了五十兩銀子, 來到賈家, 把這兩項銀子交付與賈婆, 分疏得明明白白. 賈婆

73) 【校】家(가): 古本小說集成本 · 人民文學本 · 全圖本《今古奇觀》, 古本小說集成本《醒世恒言》에는 "家"로 되어 있고, 繪圖本《今古奇觀》에는 "得"으로 되어 있으며, 人民文學本《醒世恒言》에는 "住"로 되어 있다.

74) 【校】原来(원래):《今古奇觀》각 판본과 古本小說集成本《醒世恒言》에는 "原来"로 되어 있고, 人民文學本《醒世恒言》에는 "自来"로 되어 있다.

75) 【校】過(과):《今古奇觀》각 판본과 古本小說集成本《醒世恒言》에는 "過"로 되어 있고, 人民文學本《醒世恒言》에는 "進"으로 되어 있다.

76) 【校】衫(삼):《今古奇觀》각 판본에는 "衫"으로 되어 있고,《醒世恒言》각 판본에는 "褶"으로 되어 있다.

77) 【校】在(재):《今古奇觀》각 판본과 古本小說集成本《醒世恒言》에는 "在"로 되어 있고, 人民文學本《醒世恒言》에는 "到"로 되어 있다.

都收下了. 少頃, 縣中差兩名皂隸[78], 兩個轎夫, 擡著一頂小轎, 到賈家門首停下. 賈家初時都不通月香曉得. 臨期竟打發他上轎. 月香正不知教他那裏去, 和養娘兩個, 叫天叫地, 放聲大哭. 賈婆不管三七二十一, 和張婆兩個, 你一推, 我一攙, 攙他出了大門. 張婆方纔說明: "小娘子不要啼哭了! 你家主母, 將你賣與本縣知縣相公處, 做小姐的陪嫁. 此去好不富貴! 官府衙門, 不是耍處, 事到其間, 哭也無益." 月香只得收淚, 上轎而去. 轎夫擡進後堂. 月香見了鐘離公, 還只萬福. 張婆在旁道: "這就是老爺了, 須下個大禮." 月香只得磕頭. 立起身來, 不覺淚珠滿面. 張婆教他拭乾了淚眼, 引入私衙, 見了夫人和瑞枝小姐. 問其小名, 告[79]以"月香". 夫人道: "好個'月香'二字! 不必更換[80], 就發他伏侍小姐." 鐘離公厚賞張婆, 不在話下.

可憐宦室嬌香女, 權作閨中使令人.

張婆出衙, 已是酉牌時分. 再到賈家, 只見那養娘正思想小姐, 在廚下痛哭. 賈婆對他說道: "我今把你嫁與張媽媽的外甥, 一夫一婦, 比月香到勝幾分. 莫要悲傷了!" 張婆也勸慰了一番. 趙二在混堂內洗了個淨浴, 打扮得帽兒光光, 衣衫簇簇, 自家提了一碗燈籠, 前來接親. 張婆就教養娘拜別了賈婆. 那養娘原是個大脚, 張婆扶著步行到家, 與外甥成親.

話休絮煩. 再說月香小姐自那日進了鐘離相公衙內, 次日, 夫人分付新來婢子, 將中堂打掃. 月香領命, 攜箒而去. 鐘離義梳洗已畢, 打點早衙理事, 步出中堂, 只見新來婢子呆呆的把着一把掃箒, 立於庭中. 鐘離公暗暗稱怪. 悄地上前看時, 原來庭中有一個土穴, 月香對了那穴, 汪汪流淚. 鐘離公不解其故. 走入中堂, 喚月香上來, 問其緣故. 月香愈加哀泣, 口稱不敢. 鐘離公再三詰問. 月香方纔收淚而言道: "賤妾幼時, 父親曾於此地教

78) 皂隸(조례): 관아에서 일하는 衙役이 검정 옷을 입었으므로 그들을 '皂隸'라고 불렀다.

79) 【校】告(고): 《今古奇觀》 각 판본에는 "告"로 되어 있고, 《醒世恒言》 각 판본에는 "對"로 되어 있다.

80) 【校】換(환): 人民文學本《今古奇觀》, 人民文學本《醒世恒言》에는 "換"으로 되어 있고 古本小說集成本·全圖本·繪圖本 《今古奇觀》 및 古本小說集成本《醒世恒言》에는 "改"로 되어 있다.

妾蹴毬爲戱, 誤落毬於此穴. 父親問妾道: '你可有計較, 使毬自出於穴, 不須拾耳?' 賤妾言云: '有計.' 即遣養娘取水灌之. 水滿毬浮, 自出穴外. 父親謂妾聰明, 不勝之喜. 今雖年久, 尙然記憶. 睹物傷情, 不覺哀泣. 願相公俯賜矜憐, 勿加罪責!" 鐘離公大驚道: "汝父姓甚名誰? 你幼時如何得到此地? 須細細說與我知." 月香道: "妾父姓石名璧, 六年前在此作縣尹. 只爲天火燒倉, 朝廷將父革職, 勒令賠償. 父親病鬱而死. 有司將妾和養娘官賣到本縣賈公家. 賈公向被冤繫[81], 感我父活命之恩, 故將賤妾甚相看待, 撫養至今. 因賈公出外爲商, 其妻不能相容, 將妾轉賣於此. 只此實情, 並無欺隱."

今朝訴出衷腸事, 鐵石人知也淚垂.

鐘離公聽罷, 正是兎死狐悲, 物傷其類: "我與石壁一般是個縣尹. 他只爲遭時不幸, 遇了天災, 親生女兒就淪於下踐. 我若不聞不見, 到也罷了. 天敎他到我衙裏, 我若不扶持他, 同官體面何存! 石公在九泉之下, 以我爲何如人!" 當下請夫人上堂, 就把月香的來歷細細敍明. 夫人道: "似這等說, 他也是個縣令之女, 豈可賤婢相看. 目今女孩兒嫁期又逼, 相公何以處之?" 鐘離公道: "今後不要月香服役, 可與女孩兒姊妹相稱. 下官自有處置." 即時修書一封, 差人送到親家高大尹處. 高大尹拆書觀看, 原來是求寬嫁娶之期. 書上寫道:

"婚男嫁女, 雖父母之心; 舍己成人, 乃高明之事. 近因小女出閣, 預置媵婢[82]月香. 見其顏色端麗, 擧止安詳, 心竊異之. 細訪來歷, 乃知即兩任前石縣令之女. 石公廉吏, 因倉火失官喪軀, 女亦官賣, 轉展售於寒家. 同官之女, 猶吾女也. 此女年已及笄, 不惟不可屈爲媵婢, 且不可使吾女先此女

81) 【校】繫(계): 古本小說集成本 · 人民文學本 · 繪圖本《今古奇觀》과 古本小說集成本《醒世恒言》에는 "繫"로 되어 있고, 人民文學本《醒世恒言》에는 "枉"으로 되어 있다. 全圖本《今古奇觀》에서 이 구절은 "賈公因感妾父昭雪冤獄活命之恩不但不肯以奴婢視妾反十分敬重待以實禮留養至今"으로 되어 있다.

82) 媵婢(잉비): 옛날 신분이 있는 집 여자가 시집을 갈 때 데리고 가는 시녀 겸 소첩을 이르는 말이다. 《儀禮 · 士昏禮》에 있는 鄭玄의 注에, "옛날에 딸을 시집보낼 때, 필히 조카딸과 여동생을 따라가게 했는데 이들을 '媵'이라고 했다."라는 내용이 보인다.

而嫁. 僕今急爲此女擇婿, 將以小女薄奩嫁之. 令郎姻期, 少待改卜. 特此拜懇, 伏惟請諒. 鐘離義頓首."

高大尹看了, 道: "原來如此! 此長者之事, 吾奈何使鐘離公獨擅其美!" 即時回書云:

"鸞鳳之配, 雖有佳期; 狐兔之悲, 豈無同志. 在親翁既以同官之女爲女, 在不佞寧不以親翁之心爲心? 三復示言, 令人悲惻. 此女廉吏血胤, 無慚閥閱[83]. 願親家即賜爲兒婦, 以踐始期. 令愛別選高門, 庶幾兩便. 昔蘧伯玉耻獨爲君子, 僕今者願分親翁之誼. 高原頓首."

使者將回書呈與鐘離公看了. 鐘離公道: "高親家願娶孤女, 雖然義擧; 但吾女他兒, 久已聘定, 豈可更改? 還是從容待我嫁了石家小姐, 然後另備粧奩, 以完吾女之事." 當下又寫書一封, 差人再達高親家. 高公開書讀道:

"娶無依之女, 雖屬高情; 更已定之婚, 終乖正道. 小女與令郎, 久諧鳳卜, 准擬鸞鳴. 在令郎停妻而娶妻, 已違古禮; 使小女舍婿而求婿, 難免人非. 請君三思, 必從前議. 義惶恐再拜."

高公讀畢, 嘆道: "我一時思之不熟. 今聞鐘離公之言, 慚愧無地. 我如今有個兩盡之道, 使鐘離公得行其志, 而吾亦同享其名; 萬世而下, 以爲美談." 即時復書云:

"以女易女, 僕之慕誼雖殷; 停妻娶妻, 君之引禮甚正. 僕之次男高升, 年方十七, 尚未締姻. 令愛歸我長兒, 石女屬我次子. 佳兒佳婦, 兩對良姻. 一死一生, 千秋高誼. 粧奩不須求備, 時日且喜和同. 伏冀俯從, 不須改卜. 原惶恐再拜."

鐘離公得書, 大喜道: "如此分處, 方爲雙美. 高公義氣, 眞不愧古人. 吾當拜其下風矣." 當下, 即與夫人說知, 將一副粧奩, 剖爲兩分, 衣服首飾, 稍稍增添. 二女一般, 並無厚薄. 到十月望前兩日, 高公安排兩乘花花細轎, 笙簫鼓吹, 迎接兩位新人. 鐘離公先發了嫁粧去後, 隨喚出瑞枝、月香兩個女兒, 教夫人分付他爲婦之道. 二女拜別而行. 月香感念鐘離公夫婦恩德, 十分難捨, 號哭上轎. 一路趲行, 自不必說. 到了縣中, 恰好湊著吉日良時, 兩對小夫

....

83) 閥閱(벌열): 원래는 옛날에 관리의 집 앞에 세웠던 功業을 기록한 기둥을 이르는 말로 집안의 문벌을 뜻하는 말로도 쓰인다.

妻, 如花如錦, 拜堂合巹. 高公夫婦歡喜無限. 正是:

百年好事從今定, 一對姻緣天上來.

再說鐘離公嫁女三日之後, 夜間忽得一夢, 夢見一位官人, 襆頭象簡, 立於面前, 說道: “吾乃月香之父石壁是也. 生前爲此縣大尹, 因倉糧失火, 賠償無措, 鬱鬱而亡. 上帝察其淸廉, 憫其無罪, 敕封吾爲本縣城隍之神. 月香, 吾之愛女, 蒙君高誼, 拔之泥中, 成其美眷, 此乃陰德之事; 吾已奏聞上帝. 君命中本無子嗣, 上帝以公行善, 賜公一子, 昌大其門. 君當致身高位, 安享遐齡. 鄰縣高公與君同心, 願娶孤女, 上帝嘉悅, 亦賜二子高官厚祿, 以酬其德. 君當傳與世人, 廣行方便, 切不可淩弱暴寡, 利己損人. 天道昭昭, 纖毫洞察.” 說罷, 再拜. 鐘離公答拜, 起身, 忽然踏了衣服前幅, 跌了一交, 猛然驚醒, 乃是一夢. 即時說與夫人知道. 夫人亦嗟呀不已. 待等天明, 鐘離公打轎到城隍廟中焚香作禮, 捐出俸資百兩, 命道士重新廟宇, 將此事勒碑, 廣諭眾人. 又將此夢備細寫書報與高公知道. 高公把書與兩個兒子看了, 各各驚訝. 鐘離夫人年過四十, 忽然得孕生子, 取名天賜. 後來鐘離義歸宋, 仕至龍圖閣大學士, 壽享九旬. 子天賜, 爲大宋狀元. 高登、高升俱仕宋朝, 官至卿宰. 此是後話.

且說賈昌在客中, 不久回來, 不見了月香小姐和那養娘. 詢知其故, 與婆娘大鬧幾場. 後來知得鐘離相公將月香爲女, 一同小姐嫁與高門. 賈昌無處用情, 把銀二十兩, 要贖養娘送還石小姐. 那趙二恩愛夫妻, 不忍分折, 情願做一對投靠. 張婆也禁他不住. 賈昌領了趙二夫婦[84], 直到德安縣, 稟知大尹高公. 高公問了備細, 進衙又問媳婦月香, 所言相同. 遂將趙二夫婦[85]收留, 以金帛厚酬賈昌. 賈昌不受而歸. 從此賈昌惱恨妻子無義, 立誓不與他相處. 另招一婢, 生下兩男. 此亦作善之報也. 後人有詩歎云:

人家嫁娶擇高門, 誰肯周全孤女婚? 試看兩公陰德報, 皇天不負好心人.

84) 【校】婦(부): 古本小說集成本·人民文學本·繪圖本《今古奇觀》에는 “婦”로 되어 있고,《醒世恒言》 각 판본과 全圖本《今古奇觀》에는 “妻”로 되어 있다.
85) 【校】婦(부):《今古奇觀》 각 판본과 古本小說集成本《醒世恒言》에는 “婦”로 되어 있고 人民文學本《醒世恒言》에는 “妻”로 되어 있다.

제3권

등(滕) 대윤(大尹)이 교묘하게 가산 송사를 판결하다〔滕大尹鬼斷家私〕

▌작품 해설

이 이야기는 《고금소설》〔《유세명언》〕 권10의 이야기로 정화의 본사는 명나라 여상두(余象斗)의 단편 공안소설집 《황명제사염명기판공안(皇明諸司廉明奇判公案)》〔《염명공안(廉明公案)》〕 하권 쟁점류(爭占類)에 〈등동부단서자금(滕同府斷庶子金)〉이라는 제목으로 보이는데 가산을 다툰 형제는 순천부(順天府) 향하현(香河縣)에 사는 지부(知府)를 지낸 예수겸(倪守謙)의 큰아들 선계(善繼)와 첩인 매선춘(梅先春)이 낳은 어린 아들 선술(善述)이다. 이 송사를 판결한 관원은 본부(本府)의 동지(同知) 등지도(滕志道)이다. 이야기의 진행은 본 작품인 〈등대윤귀단가사(滕大尹鬼斷家私)〉와 동일하다. 또한 같은 이야기가 포청천(包靑天)이 판결한 송안고사들을 모아 놓은 《용도공안(龍圖公案)》 권8에 〈차화축(扯畫軸)〉이라는 제목으로도 보이는데 여기서는 송사를 판결한 관원을 포청천으로 바꿨고, 등대윤(滕大尹)이 사례라고 사칭하며 스스로 금을 챙긴 부분을 포청천의 청렴을 돋보이게 하기 위해 사례를 사절하는 것으로 바꾸어 놓았다. 해서(海瑞)가 판결한 송안고사들을 명나라 이춘방(李春芳)이 모아 엮은 공안소설집 《해강봉선생거관공안전(海剛峰先生居官公案傳)》〔《해공안(海公案)》〕 제59회 〈판급가재분서자(判給家財分庶子)〉에서는, 가산을 놓고 다툰 형제는 소주부(蘇州府) 오현(吳縣)에 사는 지현(知縣)을 지낸 정문충(鄭文忠)의 큰아들 응책(應策)과 첩인 황씨(黃氏)가 낳은 어린 아들 응추(應秋)로 되어 있다. 그리고 해서(海瑞)가 이를 판결하는 관원으로 등장한다. 여기에서는 해서가 초상화에 숨겨져 있던 쪽지대로, 땅에 묻었던 금은을 어린 아들에게 주도록 판결한 것만 서술하고 있으며, 《염명공안》과 《고금소설》 및 《용도공안》 등에 모두 서술되어 있는 내용인 죽은 아버지와 거짓으로 대화하는 척하는 부분은 서술되어 있지 않다. 생전에 유산을 땅속에 묻어 둔 뒤 그 위치를 찾아내는 에피소드는 《진서(晉書)》 권95 〈외소전(隗炤傳)〉에 나오는 내용과 유사하다.

《곡해총목제요(曲海總目提要)》 권27에 포청천의 이 이야기를 윤색한 〈장생상(長生像)〉이라는 전기희곡(傳奇戲曲) 작품이 소개되어 있다. 조선시대 무명씨가 〈등대윤귀단가사(滕大尹鬼斷家私)〉를 바탕으로 삼아 문언으로 개사를 시도한 작품이 《담자(啖蔗)》에 〈예선술전(倪善述傳)〉이란 제목으로 수록되어 있다.

본 작품의 정화에서는 적서 차별로 인한 신분 갈등과 재산 분할 문제를 다루었다. 중국 고대사회에서 신분 계승은 오직 천자와 귀족 계급에 제한되어 있었으며 중하위 계층이라고 할 수 있는 평민은 오직 재산만 물려줄 수 있었다. 재산은 적서에 관계없이 나눌 수 있었고 반드시 한 아들에게 계승해야 할 필요는 없었다. 작품에서 예 태수의 적자 예선계가 재산 분할에 있어서 서자인 동생 예선술을 부당하게 대우하는 것에 대해 문제를 제기하는 근거가 바로 여기에 있다.

중국 역대로 볼 때, 선진시대의 가산 분할 방식에 대해서는 명확한 문헌기록이 없지만 진(秦)나라 때의 재산 균분 방식에 대해서는 《신자

(愼子)·위덕(威德)》과 《회남자(淮南子)·전언훈(詮言訓)》에 기재되어 있는 단편적인 기록을 통해 약간의 단서를 얻을 수 있다. 이들 문헌에 따르면 당시 재물을 분할할 때 '투구(投鉤)', '투책(投策)', '투주(探籌)'라고 하여 일종의 추첨과 같은 방식을 썼던 것을 알 수 있다. 장가산(張家山)에서 발굴된 한나라 때 죽간(竹簡)을 보면, 일반 백성들의 조부모·부모·아들·손자·형제·형제의 아들이 노비나 말, 소, 양 등을 비롯한 재물들을 분할하려고 할 때 법으로 이를 모두 허락한다고 했으며, 후손들이 부모·아들·형제·본처·핏줄이 다른 어머니 등으로부터 전답을 나눠 가호(家戶)를 구성해 나가려고 할 때도 이를 모두 허락한다는 기록이 보인다. 이런 기록으로 볼 때 서모 또는 계모와 서자도 본처 및 그 소생의 아들과 동등하게 분가를 주장하고 재산을 나눌 법적 권한이 인정되었던 것을 알 수 있다. 한나라 때도 마찬가지여서 《한서(漢書)·육가전(陸賈傳)》을 보면, 육가(陸賈)가 다섯 아들들에게 천금의 재산을 각각 이백금씩을 공평하게 나누어 주고 자신이 어떤 자식의 집에서 죽게 될 경우 장례비용에 보탤 수 있도록 그 아들에게 시종과 수레와 보검 같은 것들을 물려주는 내용이 보인다. 이후 당송 때에 이르러서는 《당률소의(唐律疏義)·호혼(戶婚)·동거비유사첩용재(同居卑幼私輒用財)》와 《송형통(宋刑統)·호혼(戶婚)·비유사용재(卑幼私用財)》에 기재되어 있는 바와 같이, 여러 자식들에게 재산을 균등하게 분할해 주는 제도가 더욱더 확고히 정착되게 된다.

원대(元代)에 이르러서는 전대에 있었던 관습과 제도에서 약간의 변화가 감지된다. 《원전장(元典章)·호부(戶部)·가재(家財)》를 보면, 나눌 가산은 처의 아들이 각각 4할을 가지고 첩의 아들은 각각 3할을 가지며, 양인(良人)과 간통해 낳은 아들이나 여종과 낳은 아들의 경우는 각각 1할을 가진다고 되어 있다. 이로써 볼 때 원대에는 비록 모든 아들들에게 가산을 균분했던 것은 아니었지만 처와 첩이 낳은 아들은 물론이고 여종이나 간통해서 낳은 아들에게까지도 가산을 물려받을 권한이 주어졌던 것을 알 수 있다. 아들이면 출생 신분과 무관하게 모두 재산을 승계할 수 있었다는 점에서는 전대와 동일했다.

정화의 배경이 된 명대(明代)에 경우, 《대명령(大明令)·호령(戶令)》에 아예 다음과 같이 명문화되기에 이른다.

> 물려받을 관직이 있을 때, 적장자와 적장손이 먼저 계승하는 경우를 제외하고 모든 적자와 서자들은 가산과 전답을 나눠 가질 때 처나 첩이나 여종이 낳았는지를 불문하고 오직 아들의 수에 따라 평균하게 나눈다. 간통해서 낳은 아들은 그 수에 따라 절반을 준다.〔凡嫡庶子男, 除有官蔭襲先盡嫡長子孫, 其分析家財田產, 不問妻妾婢生, 止依子數均分. 奸生之子依子數量與半分.〕

간통해서 낳은 자식을 제외한 모든 아들은 적서에 관계없이 재산을 균분해 받을 수 있었던 이런 명나라 때의 제도는 이후 청대(清代) 《대청률례(大清律例)·호률(戶律)·호역(戶役)·비유사천용재(卑幼私擅用財)》에서도 그대로 이어진다.

이 작품에서 서자 예선술이 적자 예선계에게 재산 균분을 당당히 요구하고 불공평에 대해 문제를 제기하는 일련의 과정도 당시의 이런 제도와 관습에서 비롯되었던 것이다.

▌본문 역주

뜰 앞의 옥수(玉樹) 같은 사(謝)씨네 자제들　　　玉樹庭前諸謝[1)]

1) 옥수정전제사(玉樹庭前諸謝): 《世說新語·言語》와 《晉書·謝玄傳》 등에 의하면 太傅 謝安이 子弟들에게 “子弟들의 일이 무슨 상관이 있기에 어른들은 잘되기만을 바라는 것일까?”라고 묻자, 조카 謝玄이 답하기를 “훌륭한 자제는 芝蘭과 玉樹와 같아 자기 집 뜰 안에서 자라기를 바랄 뿐이겠지요.”라고 답했다 한다. 여기서 유래하여 ‘훌륭한 子弟’를 일러 ‘玉樹’라고 불렀다.

박태기나무 꽃 아래 전(田)씨 삼형제	紫荊花下三田[2]
훈(塤)과 지(篪)가 잘 어울리듯 형제들이 어질면	塤篪[3]和好弟兄賢
부모는 마음속으로 흐뭇해하신다오	父母心中歡忭
얼마나 많은 형제들이 재산을 놓고 다투며	多少爭財競產
같은 뿌리에서 나왔건만 서로를 괴롭히는가	同根苦自相煎
서로 방휼지쟁(蚌鷸之爭)[4]을 하며 괜스레 침만 흘리다가	相持鷸蚌枉垂涎
이득은 어부가 보는구나	落得漁人取便

이 사(詞)는 명칭이 〈서강월(西江月)[5]〉로 사람들에게 형제간의 화목

2) 삼전(三田): 전(田)씨 삼형제를 이른다. 《금고기관》 권1 〈三孝廉讓產立高名〉의 入話 부분에서 이에 대해 자세히 다뤘다.

3) 훈지(塤篪): 《詩經·小雅·何人斯》에 "형은 질나팔을 불고 아우는 대나무 피리를 부네.(伯氏吹壎, 仲氏吹篪.)"라는 구절에서 비롯되었다. '壎篪'로 쓰기도 하며, '塤'과 '篪'는 모두 고대의 악기로 朱熹의 注에 의하면, "흙으로 만든 것을 '壎'이라 하는데 그 크기는 거위알 만하고 위는 뾰족하다. 밑은 평평해 모양이 저울추와 비슷하며 구멍이 여섯 개 나있다. 대나무로 만든 것은 '篪'라고 하는데 길이는 1尺 4寸이고 둘레는 3寸으로 구멍이 일곱 개 나있다. 또한 한 구멍은 위로 나 있고 직경은 3分이며, 모두 여덟 개 구멍이 나 있고 이것을 가로로 잡아서 분다.(土曰壎, 大如鵝子, 銳上平底, 似稱錘, 六孔. 竹曰篪, 長尺四寸, 圍三寸, 七孔. 一孔上出, 徑三分. 凡八孔, 橫吹之.)"고 했다. 두 악기를 같이 합주할 때 소리가 잘 어울리기에 형제가 친밀하고 화목한 것을 비유적으로 이르게 되었다.

4) 방휼지쟁(蚌鷸之爭): 《戰國策·燕策二》에 나오는 고사로 '蚌'은 방합이고 '鷸'은 도요새이다. 햇볕을 쬐려고 조가비를 열고 있는 방합을 도요새가 쪼아 먹으려고 하자, 방합이 조가비로 도요새의 부리를 물어 양쪽이 모두 놓지 않고 있을 때 지나가는 어부가 둘을 모두 잡아갔다는 이야기이다. 趙나라가 燕나라를 토벌하려 하자 종횡가였던 蘇代가 연나라를 위해 趙惠王을 설득할 때 이 이야기를 하면서, 조나라와 연나라도 도요새와 방합처럼 전쟁을 벌이다가 秦나라만 어부처럼 이득을 보게 될 것이라는 뜻을 비유적으로 드러낸 것이다. 이로 인해 '蚌鷸之爭' 또는 '鷸蚌相持, 漁人得利.'라는 말은 양쪽이 싸우는 사이에 제3자가 이득을 보게 되는 상황을 이르게 되었다.

5) 서강월(西江月): 본래 당나라 敎坊의 곡이었는데 나중에 詞牌로 쓰였으며 〈江月令〉, 〈白蘋香〉, 〈步虛詞〉 등이라고도 했다. '서강월'이라는 명칭은 이백의 시 〈蘇臺覽古〉에 있는 구절인 "只今唯有西江月"에서 비롯되었다.

을 권면한다.

차설(且說)[6], 지금 삼교(三教)의 경전들은 모두 사람들에게 선행을 하라고 교화시킨다. 유교에는 십삼경(十三經)[7], 육경(六經)[8], 오경(五經)이 있고, 불교에는 각종 《대장경》이 있으며, 도교에도 《남화경(南華經)》[9]과 《충허경(沖虛經)》[10] 및 각종 경전들이 있어 상자에 가득차고 책상에 수북이 쌓여 수천수만의 언어들이 있지만 모두 군더더기처럼 보인다. 내 보기에 좋은 사람이 되려면 양자경(兩字經)만이 있으면 되는데 그것은 바로 '효제(孝悌)' 두 글자다. 이 '양자경' 중에서도 한 글자만 깨치면 되는데 그것은 바로 '효'라는 글자다. 만약, 부모님께 효도하는 사람이라면 부모님께서 사랑하시는 자를 보고 또한 그 사람을 사랑하게 될 것이고, 부모님께서 존경하는 사람을 보면 또한 그 사람을 존경하게 될 터인데 하물며 한 가지로 이어져있는 동기간에 있어서는 말할 필요가 있겠는가? 부모님

6) 차설(且說): '다시 돌아가서 이야기 한다'는 뜻으로 宋元 시대 說書人이 前文에서 하다가 만 이야기를 다시 연이어 전개할 때 문두에 쓰는 상투어이다. 章回體小說에서도 쓰였다.

7) 십삼경(十三經): 유가 경전인 《詩經》, 《尙書》, 《周易》, 《周禮》, 《儀禮》, 《禮記》, 《春秋左傳》, 《春秋公羊傳》, 《春秋谷梁傳》, 《論語》, 《孝經》, 《爾雅》, 《孟子》 등을 이른다. 漢나라 때 관학에서 《詩》, 《書》, 《易》, 《禮》, 《春秋》를 세워 五經으로 엮었고, 唐나라 때에 이르러 거기에 《周禮》, 《儀禮》, 《公羊》, 《穀梁》이 더해져 九經이 되었으며, 당나라 開成 연간에 國子學에서 石經을 새길 때 다시 《孝經》, 《論語》, 《爾雅》를 더하여 十二經으로 만들었고, 宋나라 때 다시 《孟子》를 더해 十三經이라 부르게 되었다.

8) 육경(六經): 《詩經》, 《尙書》, 《禮記》, 《周易》, 《春秋》, 《樂經》 등을 이른다. 《莊子·天運》에 처음으로 이들을 六經이라 칭한 것이 보이며, 그 후 《漢書·武帝紀贊》에 달린 顔師古의 註에도 보인다. 하지만 漢나라 이후로 《樂經》에 대한 구체적인 문헌 기록은 보이지 않는데 秦始皇의 焚書로 인해 실전되었다는 설이 있다. 현대 학자들은 보통 《樂經》이 《詩經》과 《禮記》에 포함되어 있을 뿐 원래부터 단독적인 경서가 아니었다고 본다.

9) 남화경(南華經): 《南華眞經》 즉 《莊子》를 이른다. 당나라 황제가 도교를 숭상하여 장자를 南華眞人이라고 불렀으므로 《莊子》를 일러 《南華眞經》이라고도 한다.

10) 충허경(沖虛經): 도교에서 列子를 沖虛眞人으로 모셨기에 《列子》를 일러 《沖虛經》이라고도 한다.

을 생각한다면 어찌 화목하지 않을 수가 있겠는가? 가산이나 전답도 모두 부모님께서 마련한 것인데 어찌 너 나를 가리고 비옥한 것과 척박한 것을 가리는가? 만약 가난뱅이 집에서 태어나 한 푼도 물려받지 못하면 스스로 눈썹을 찌푸리고 허덕대면서 살 수밖에 없다. 이미 논과 밭이 있는데도 많이 가지려고 다투며, 적다고 불만을 품고서 걸핏하면 부모가 편애해서 고루 나눠주지 않았다고만 하면 그 부모는 구천에 있으면서도 반드시 마음이 안 좋을 것이다. 이것이 어찌 효자가 할 일이겠는가? 그래서 옛 사람들이 한 말 중에 좋은 말이 있는데 그것은 바로 "얻기 힘든 것이 형제요, 얻기 쉬운 것이 전답이다."라는 말이다. 어째서 얻기 힘든 것이 형제라 하는 것인가? 인생을 살면서 세상에서 부모만큼 가까운 사람이 없기는 하지만 부모께서 우리를 낳으셨을 땐 아무리 빨라도 이미 장년이 되셨을 무렵이었을 텐데 어찌 우리를 지켜주시면서 끝까지 함께 사실 수 있겠는가? 어쩔 수 없이 반평생만 함께 지낼 수밖에 없는 것이다. 또한 우리가 가장 사랑하는 사람 가운데 부부만한 사람이 없다. 머리가 하얗게 흴 때까지 서로를 지키니 매우 오랜 세월이라고 할 수 있다. 하지만 혼인을 하기 전엔, 한쪽은 장(張) 씨이고 다른 한쪽은 이(李) 씨로 각기 제 집에서 자라기에 이 또한 어린 시절은 떨어져 지내기 마련이다. 오직 형제만이 한 집에서 태어나 어렸을 때부터 늙을 때까지 서로 따르면서 일이 생기면 함께 상의하고 어려움이 있으면 같이 도와 진정 수족(手足)과 같으니 이 얼마나 깊은 정의(情誼)인가! 분명 좋은 밭이나 가산들은 오늘 버린다 해도 내일 다시 손에 넣을 수 있는 것이지만 만약 형제 하나를 잃게 되면 한 쪽 팔이 잘리고 한 쪽 발이 부러진 것과 같으니 이는 죽을 때까지 흠이 될 것이다. 얘기가 이 정도에 이르렀으니 "얻기 힘든 것이 형제요, 얻기 쉬운 것은 전답이다."란 말이 어찌 옳은 말이 아니겠는가? 전답 때문에 수족 간에 정을 해치자니 차라리 가난뱅이로 아무 것도 받을 게 없는 것이 오히려 깨끗해 많은 시비와 구설수를 피할 수 있다.

지금 국조(國朝)의 이야기 하나를 할 건데 이는 바로 〈등(滕) 대윤(大

尹)이 교묘하게 가산 송사를 판결하다〉라는 이야기올시다. 이 이야기는 사람들에게 '의(義)'를 중히 여기고 재물을 가벼이 여기며 '효제(孝弟)'라는 양자경(兩字經)을 잊지 말도록 권면하는 내용이외다. 관객 여러분들에게 형제가 있든 없든 나와 상관없는 일이긴 하지만 각자가 가슴에 손을 얹고서 좋은 점을 배우시면 되오이다. 그것은 바로 이런 말로 대변되지요.

> 선인이 들으면 마음이 찔리는 듯하고 善人聽說心中刺
> 악인이 들으면 귓전을 스쳐가는 바람같이 여긴다오 惡人聽說耳邊風

국조 영락(永樂)[11] 연간에 북직예(北直隸) 순천부(順天府) 향하현(香河縣)[12]에 예(倪) 씨 성을 가진 태수(太守)[13]가 있었는데 이름은 수겸(守謙)이고 자는 익지(益之)였다. 가산이 천금(千金)에 달했으며 비옥한 전답과 좋은 집이 있었다. 부인 진(陳) 씨는 아들 하나만 낳았는데 이름은 선계(善繼)라 했으며, 그가 장성해 장가를 든 후에 진(陳) 부인은 세상을 떠났다. 예 태수는 관직을 그만두고 홀아비로 살았는데 비록 연로하기는 했지만 정신은 좋아서 무릇 세를 거두거나 돈을 빌려주는 일 등을 모두 사사건건 신경 쓰며 한가롭게 누리기만 하려 하지 않았다. 예 태수의 나이 일흔일곱 살이 되자, 예선계가 아비에게 이렇게 말했다.

11) 영락(永樂): 명나라 成祖 朱棣의 연호로 1403년부터 1424년까지이다.

12) 북직예(北直隸) 순천부(順天府) 향하현(香河縣): '直隸'는 '직접 隸屬하다'는 뜻으로 명나라 때에는 북경을 중심으로 한 北直隸과 南京을 중심으로 한 南直隸가 있었다. 북직예의 관할 구역은 지금의 北京市, 天津市, 河北省 대부분 지역과 河南省 및 山東省의 일부 지역에 해당한다. 순천부는 지금의 북경시에 해당하고 향하현은 북경과 天津 사이에 있는 지금의 河北省에 속한 현이다.

13) 태수(太守): 관직명으로 郡의 최고 행정 장관이었는데 송나라 때부터 郡을 '府' 혹은 '州'로 바꾸었기에 태수는 더 이상 정식 관직명으로 쓰이지 않게 되었으며, '知府'나 '知州'의 별명으로만 쓰였다. 明清 시대에 태수는 '知府'만을 가리켰다.

"인생 칠십은 예부터 드문 일이라 합니다. 아버님께선 올해 일흔아홉 살이시고 내년이면 팔십에 찰 것이니 집안일은 제게 맡기시고 다 차려진 음식이나 드시는 게 좋지 않겠습니까?"

그의 아버지는 고개를 흔들며 몇 마디 말로 답했다.

"내 하루를 산다고 하면 그 하루라도 돌보마. 네 대신 마음도 쓰고 힘도 써가며 이자를 좀 벌어서 옷도 지어 입고 밥도 먹지 않느냐? 죽을 때까지 그리하다가 그때가 되면 내 상관할 바 아니다."

매년 시월이면 예 태수는 소작료를 거둬들이려고 직접 그곳 별장으로 가서 한 달 내내 머물곤 했다. 그는 전호(佃戶)의 집에서 살 오른 닭과 맛좋은 술을 한껏 대접 받았으며, 그 해에도 거기로 가서 며칠 동안 머물게 되었다. 우연히 하루는 오후에 일이 없기에 마을을 한가로이 거닐며 전야(田野)의 경치를 보고 있던 차에 갑자기 한 여자가 백발의 노파와 함께 시냇가에 있는 바위 위에서 빨래 옷을 두들기고 있는 것을 보게 되었다. 그 여자는 비록 시골여자의 차림을 하고 있었지만 자못 자색이 있었다.

머리카락은 칠흑 같고	髮同漆黑
눈은 물결 같이 맑으며	眼若波明
섬섬옥수 열 손가락 어린 팟대인 양 하얄고	纖纖十指似栽葱
굽어진 두 눈썹은 눈썹먹으로 그린 듯	曲曲雙眉如抹黛
일상의 무명옷 차림이건만	隨常布帛
맵시 있는 몸이 입으니 비단옷보다 낫구나	俏身軀賽着綾羅
장식한 들꽃이	點景野花
의태를 곱게 해 장신구도 필요 없네	美丰儀不須釵鈿
자그마한 몸매 오히려 끌리는 듯	五短身材偏有趣
열여섯 나이는 한창일 때로다	二八年紀正當時

예 태수는 늘그막에 흥이 발하여 넋 나간 듯이 바라보았다. 그 여자는 옷을 다 방망이질한 뒤 노파를 따라 갔다. 예 태수가 그 광경을 유심히

바라보았더니 그 여자는 서너 집을 지나 한 작은 흰 울타리 문 안으로 들어가는 것이었다. 예 태수는 재빨리 발길을 돌려 별장으로 돌아와서 별장지기를 불러다가 여차저차한 얘기를 하고는 그로 하여금 그 여자에 관한 내력과 혼약 여부를 알아보도록 했다. 그리고 말하기를 "만약에 혼약을 한 집이 없다면 내 그를 첩으로 삼고 싶은데 그쪽이 응낙할지 모르겠네."라고 했다. 별장지기는 주인에게 아부할 기회를 찾고 있었기에 주인의 명을 받고서 곧바로 나갔다.

알고 보니 그 여자는 성이 매(梅) 씨였고 그의 부친도 부학(府學)[14]의 수재(秀才)였다. 어린 시절 부모를 여의고 외할머니 곁에서 살고 있었으며, 나이는 열일곱으로 아직 혼약을 하지 않고 있었다. 별장지기는 확실히 알아본 뒤에 그 노파에게 이렇게 말했다.

예 태수가 매씨를 처음 본 장면, 명말, 금창(金閶) 엽경지간본(葉敬池刊本), 《유세명언》 삽도

"우리 집 나리께서 댁의 손녀딸이 반듯하게 생긴 것을 보시고 측실로 들이셨으면 합니다. 비록 소실이긴 하지만 큰 마님께서 세상을 떠나신 지 이미 오래된지라 통제할 만한 윗사람도 없습니다. 혼사가 이루어지면 먹고 입는 것이 풍족해지는 것은 말할 필요도 없고 할머님께서 평상시에 입으

14) 부학(府學): '府'는 당나라부터 청나라까지 있었던 행정구역명으로 縣보다 한 등급 위에 있었다. '府學'은 부에서 설립한 官學으로 명청 시대에는 府學, 州學, 縣學 등에서 공부하는 生員을 모두 일컬어 秀才라 불렀다.

실 옷가지나 드실 차나 잡수실 쌀 등은 모두 저희 집에서 돌봐드릴 겁니다. 돌아가셨을 때에도 장례를 잘 치러 드릴 테지만 할머님께 그런 복이 없을까 걱정될 뿐입니다."

그 할머니는 한바탕 꽃 비단 같은 얘기를 듣고서 곧바로 허락을 했다. 정해진 인연이라 그 얘기가 나오자마자 바로 이루어지게 된 것이다. 별장지기가 예 태수에게 그대로 전하자 예 태수는 크게 기뻐했다. 납채할 예물을 의론해 정하고 달력을 보며 길일을 택한 뒤에 아들이 막을까 두려워 마을 별장에서 빙례를 올리고 성혼을 했다. 혼례를 올리던 밤, 한 늙은이와 한 소녀는 정말 볼거리가 되었다. 그 증거가 되는 〈서강월(西江月)〉 사(詞)가 있다.

한 사람은 백발에 오사모(烏紗帽) 쓰고	一個烏紗白髮
한 사람은 검은 머리에 홍장을 했구나	一個綠鬢紅粧
오래된 마른덩굴 여린 꽃 핀 나무를 둘둘 감아	枯藤纏樹嫩花香
마치 젖 먹이는 할아비가 옆에 있는 듯	好似奶公相傍
한 사람은 마음이 처량하고	一個心中悽楚
한 사람은 속으로 당황스럽고	一個暗地驚慌
오직 거시기가 너무나 흐물흐물하여	只愁那話忒郎當
두 손으로 세우지도 못할까 걱정이 될 뿐이네	雙手扶持不上

그날 밤 예 태수는 정신을 바짝 차리고 인연부(姻緣簿)[15]에 도장을 찍었다. 진실로 그 광경은 이러했다.

금슬이 좋아 잊지 못할 오늘 밤 이 정분	恩愛莫忘今夜好
그 광경은 젊은 시절과 손색이 없구나	風光不減少年時

사흘이 지난 뒤, 예 태수는 가마를 불러 매씨를 태우고 집으로 돌아가

15) 인연부(姻緣簿): 당나라 李復言의 《續玄怪錄·定婚店》에 나오는 혼인을 주관하는 神인 月下老人이 가지고 있는 남녀의 인연을 기록한 名簿를 이른다.

아들 며느리와 상면시켰다. 온 집안 남녀들이 모두 와서 큰절을 올렸으며, 매씨를 '작은 마님'이라 부르게 되었다. 예 태수가 포백(布帛)을 좀 가져다가 사람들에게 상으로 주자 모두들 기뻐했다.

오직 예선계만 마음속으로 불쾌해 했지만 면전에서는 말하지 않고 뒤에서 부부 두 사람이 이렇게 비난했다.

"늙은이가 정말 신중하지 못하네. 연세도 한참 되어 바람 앞의 촛불 같은데 일을 만들어도 앞뒤를 따져 보고 나서 해야지. 오 년이나 십 년은 더 살 수 있다고 생각하시나보지? 뒷감당을 할 수 없는 이런 일을 하다니! 이런 꽃가지 같은 처녀를 들이려면 당신 스스로가 감당할 만한 정신이라도 있어야지. 그 애를 여기서 망치게 하여, 말이 혼인이지 아무런 소득도 없게 될 걸. 게다가 또 얼마나 많은 늙은이들이 젊은 여자를 곁에 두어서 버티지도 못하고, 그 여자도 참지 못해 부정한 길로 나아가 추태를 보이며 가문의 오점이 되는데. 또한 그 젊은 애가 늙은이를 따르는 것은 분명 외지에 나가 흉년을 보내는 것과 같아서 때만 되면 가버릴 걸. 평소에 이것저것 훔쳐서 뒷주머니 돈을 모아 여기저기 나눠 맡길 테고, 또한 아양을 떨면서 영감한테 옷가지와 장신구를 마련해 달라고 할 게야. 나무가 쓰러져 새가 날아갈 때가 되면 도로 재가해 한 보따리를 쌓아서 가져다가 누리며 살 걸. 이건 나무에 있는 좀이요, 쌀 속에 있는 벌레야! 집안에 이런 사람이 있으면 원기(元氣)를 가장 해치게 되지."

그리고 또 이렇게 말했다.

"저 여자는 교태스러운 모양이 마치 기생과 같아서 양갓집 여자의 몸가짐이 전혀 없어. 보아하니 허세 부리는 데는 으뜸이고 남편을 잡는 흉악한 계집이야. 아버지 곁에 있으면서 마땅히 반은 첩이고 반은 시녀로 대하며 '언니'라고 불러야 나중에 물러설 여지라도 있지. 가소롭게도 아버지는 현명하지 못하게 사람들한테 '작은 마님'이라 부르게 하다니. 우리보고 저 애한테 '어머니'라고 부르라는 말인가? 우린 저 애를 인정하지 말자고. 떠받들어 모시다가 재가 되레 잘난 척이라도 하게 되면 나중에는 우리가 오히려 수모를 당할 것이야."

부부 두 사람이 중얼거리며 계속해 말을 하자 입이 싼 사람을 통해 벌써 그 말이 새어 나왔다. 예 태수는 그것을 알고서 비록 불쾌하기는 했지만 가슴속에 숨겨 두었다. 다행히도 매씨는 성품이 온순하여 윗사람을 모시고 아랫사람을 대하는 것이 화목했기에 사람들도 모두 서로 무탈하게 지냈다.

두 달이 지나 매씨는 임신을 하자, 사람들에게는 모두 감추고 오직 남편에게만 이를 알렸다. 하루가 지나 사흘이 되고 또 그 사흘이 아흐레가 되어 열 달이 찰 때까지 참고 있다가 아이 하나를 낳자 온 집안이 크게 놀랐다. 그날이 마침 9월 9일 중양절(重陽節)이었으므로 아명(兒名)을 중양아(重陽兒)라고 했다. 11일이 되었는데 바로 이 날은 예 태수의 생일날이었다. 그 해는 마침 예 태수가 팔십 세가 되는 해였으므로 하객들이 문전성시를 이루었다. 예 태수는 잔치를 베풀어 손님들을 대접했는데 첫째는 그의 생일을 위해서였고, 둘째는 어린 아들이 태어난 지 삼일이 되었으므로 탕병회(湯餠會)[16]를 마련하기 위해서이기도 했다. 여러 하객들이 말하기를 "어르신께서 연세가 높으신 데도 다시 어린 도련님을 보셨으니 이는 혈기가 쇠약해지지 않으셨다는 것을 족히 보여주는, 장수하신다는 징조입니다."라고 하자, 예 태수가 매우 기뻐했다.

예선계는 다시 몰래 뒤에서 말했다.

"남자는 육십이 되면 정기가 끊기는데 하물며 팔십 세가 된 사람이야 말해 무엇하랴? 마른 나무에서 꽃이 피는 것을 봤는가? 저 아이가 어디

16) 탕병회(湯餠會): '탕병'은 국수 같이 물에 넣어 끓여서 먹는 밀가루 음식을 가리킨다. 송나라 黃朝英의 《緗素雜記·湯餠》에 이런 내용이 보인다. "내 생각에 밀가루로 만든 음식을 모두 '餠'이라고 이르는 것으로 보인다. 그러므로 불로 구워서 먹는 것은 '燒餠'이라 하고, 물로 끓어서 먹는 것은 '湯餠'이라 하며, 찜통으로 쪄서 먹는 것은 '蒸餠'이라 하는 것이다." 옛날 풍속에 생일이나 아이가 태어난 지 3일이나 한 달 내지는 돌에 경축하는 잔치를 베풀고 그 잔치에서 장수를 상징하는 국수를 먹었는데 이를 '湯餠會'라고 불렀다.

서 온 잡놈인지 몰라도 절대 아버지의 피붙이는 아니니 내 결단코 그를 형제로 인정하지 않을 테다."

아비가 또 이를 알게 되었지만 다시 가슴속에 숨겨 두었다.

세월이 쏜살같이 흘러 어느덧 다시 한 해가 지났다. 중양아가 돌이 되었기에 옛 풍속대로 돌상을 마련하자 안팎의 친척들이 다시 또 축하를 하러 왔으나 예선계는 집밖으로 나가버린 뒤 손님맞이도 하지 않았다. 그의 아비는 이미 그 마음을 알아채고서 집으로 돌아오라는 얘기도 없이 찾지도 않고서 스스로 친척들을 접대하며 하루 내내 술을 마셨다. 비록 입으로 말하지는 않았지만 마음속으로는 못내 흡족하지 않은 마음이 있었다. 예로부터 자식이 효도를 하면 아비의 마음이 너그러워진다는 말이 있다. 예선계는 평소 사람됨이 탐욕스럽고 모질었기에 그의 모든 마음은 어린애가 장성해 가산의 한 몫을 나눠 갖게 될까 두려워 형제로 인정하려 하지 않았으며, 미리 악담을 하고 헛소문을 지어내 나중에 그들 모자를 떨궈버리려 했다. 예 태수는 공부를 하고 벼슬을 했던 사람인데 어찌 이런 속셈을 알아차리지 못했겠는가? 단지 한스러운 것은 자신이 늙었으므로 중양아가 장성하는 것을 미처 기다려주지 못해 나중에 어린 것이 큰아들에게 바늘이나 실 같은 작은 것조차도 얻어서 살 수밖에 없기에, 지금 큰아들과 원한을 맺을 수 없어 참을 수밖에 없다는 것이었다. 그는 어린애를 보며 무척이나 귀애했으며 또한 매씨의 젊디젊은 나이를 보고서 무척이나 가엾게 여겼다. 항상 한 차례 생각을 하다가 한 차례 고민을 하게 되고, 한 차례 화가 치밀어 오르다가 또 한 차례 후회를 하곤 했다.

다시 4년이 지나 어린아이가 자라서 다섯 살이 되었다. 애가 영리하고 또 너무나 잘 노는 것을 아비가 보고 서당에 보내 공부를 시키려 했다. 학명(學名)[17]을 지어줬는데 형을 선계라고 했기에 그 애를 선술(善述)이라 했다. 좋은 날을 택해 과자와 술을 마련하여 선술을 데리고 훈장에게

17) 학명(學名): 兒名과 구별해 서당에 입학할 때 사용하는 정식적인 이름을 이른다.

가서 인사를 올리도록 했다. 훈장은 바로 예 태수가 집에 모셔두고 손자를 가르치게 한 사람이었다. 삼촌과 조카 둘이 함께 사숙(私塾)에서 공부하게 되었으므로 모두에게 편했다. 하지만 예선계는 아버지와 한 마음이 아닌지라 아이에게 선술이라는 이름을 지어줘서 자신과 같은 돌림자를 쓰게 한 것에 대해 이미 마음에 내키지 않아 하고 있었다. 거기에다 자기 아들과 함께 공부를 시키며 아들로 하여금 그 애한테 삼촌이라 부르게 해 어릴 때부터 그리 습관이 되면 나중에도 그 애한테 눌리게 되니, 차라리 제 아들을 빼내서 따로 훈장을 두는 것이 낫겠다고 생각했다. 바로 당일, 예선계는 제 아들을 불러내 단지 아프다는 핑계를 대며 연일 사숙에 보내지 않았다. 처음에 예 태수는 선계의 아들이 진짜 아픈 것으로만 생각했으나 며칠이 지난 뒤, 훈장으로부터 "큰 도련님은 따로 선생을 두시고 사숙을 둘로 나누셨는데 무슨 뜻인지 모르겠습니다."라는 말을 듣게 되었다. 예 태수는 듣지 못했으면 몰랐겠지만 그 말을 듣고 나서는 저도 모르게 대로하여 큰아들을 불러다가 그 연고를 물으려 했다. 하지만 다시 생각하기를 "타고나기를 그리 타고난 이런 패역한 놈과는 말을 해도 소용없을 것이니 제 하는 대로 내버려두자!"라고 했다. 예 태수는 가슴 한가득 울화를 품고서 방으로 돌아오다가 뜻하지 않게 걸음이 더딘 탓에 문턱에 발이 걸려 넘어졌다. 매씨가 황급히 그를 부축해 취옹상(醉翁床)[18] 위에 앉혔으나 이미 인사불성이 되어 있었다. 급히 의원을 불러와 보게 했더니 의원은 중풍(中風)이라고 하며 황급히 강탕(薑湯)을 가져다가 떠먹여 깨어나게 한 뒤, 부축해 침상에 눕혔다. 예 태수는 비록 정신은 개운했지만 온 몸이 마비되어 움직일 수 없었다. 매씨가 침상 머리에 앉아 탕약을 달이고 부지런히 시중을 들며 계속해 약 몇 제(劑)를

18) 취옹상(醉翁床): '醉床'이라 하기도 하며, 등받이를 조절하여 기댈 수도 있고 누울 수도 있게 만든 침상을 이른다. 술이나 밥을 먹은 뒤에 그 위에서 휴식을 취할 수 있었기에 醉翁床이라고 불리었다.

먹여도 전혀 효과가 없었다. 의원이 맥을 짚고 말하기를 "오직 하루하루 연명만 할 수 있을 뿐이지 완쾌되실 수는 없습니다."라고 했다. 이를 듣고 예선계 또한 몇 차례 문병을 왔지만 아버지의 병세가 위중한 것을 보고는 다시 일어날 수 없을 것이라 짐작하고, 바로 큰 소리를 치면서 집안 하인들에게 욕을 하고 매질을 하며 미리 집주인 행세를 하기 시작했다. 예 태수는 이를 듣고서 더욱더 번민하게 되었다. 매씨는 단지 울기만 했으며 어린 학동도 사숙에 가지 않고 방에서 아버지와 함께했다.

예 태수는 스스로 병세가 위독해진 것을 알고서 큰아들을 면전에 불러 놓고 장부 하나를 꺼냈는데 거기에는 집안의 전답과 가택 그리고 사람들의 금전 출입내역의 총액이 모두 적혀져 있었다. 그리고 큰아들에게 이렇게 당부했다.

"선술이는 나이가 다섯 살밖에 안 되어 옷 입는 것도 돌봐줘야 하고, 매씨도 나이가 어려 집안 살림을 맡을 수 없으니 이들에게 가산을 나눠줘 봤자 소용없을 게다. 지금 있는 모든 것을 전부 너한테 맡기니, 만약에 선술이가 나중에 장성하거든 너는 애비의 얼굴을 봐서라도 그 애를 위해 아낙을 맞이해 주고, 작은 집 한 채와 좋은 밭 오륙십 묘(畝)를 나눠줘서 굶주리거나 추위에 떨게 하지만 않으면 된다. 이 말들은 내 모두 가계부에 적어 놓았으니 이것을 분가한 것으로 하여 네게 증빙으로 건네주마. 매씨가 만약 재가하기를 원하거든 그가 원하는 대로 해주고, 만약 아들을 지키며 살겠다고 해도 그 또한 강요하지 말거라. 내 죽은 뒤에 네가 하나하나 모두 내 말대로 한다면 바로 효자가 되는 것이니 내가 구천에서도 눈을 감을 수 있을 게다."

예선계가 장부를 가져다가 한 번 봤더니 과연 자세하고도 명백하게 적혀져 있었다. 그는 만면에 웃음을 가득 짓고 연거푸 응낙하며 말하기를, "아버지, 염려하지 마십시오. 이 아들이 하나하나 아버지 분부대로 할 겁니다."라고 하고는 가계부를 품에 안고 흔쾌히 나갔다.

그가 멀리 간 것을 보고 매씨가 두 눈에서 눈물을 흘리면서 아들을 가리키며 말했다.

"이 어린 것은 당신의 피붙이가 아닙니까? 있는 대로 큰아들한테 다 내어주면 우리 모자 둘은 나중에 무엇으로 살란 말입니까?"

예 태수가 이렇게 말했다.

"네가 몰라서 하는 소리다. 내 보기에 선계는 선량한 사람이 아니야. 만약에 가산을 고르게 나눠주면 이 어린애의 목숨조차 보존하기 힘들 것이니 차라리 모두 그에게 갖다 주느니만 못해. 자기 마음에 들면 더 이상 시샘하지 않겠지."

매씨가 다시 울면서 말하기를 "비록 그렇기는 하지만 예부터 말하기를 '아들은 적서(嫡庶)가 없다.'고 했는데 이렇게 한 쪽으로만 기울게 하시면 남에게 웃음거리가 될 것입니다."라고 하자, 예 태수가 이렇게 말했다.

"내가 그런 것까지 신경을 쓸 여력이 없다. 너는 나이가 한참 젊으니 내가 죽기 전에 아들을 선계한테 맡기고, 내 죽은 뒤로 많게는 일 년이나 적게는 반 년이 되거든 네 마음에 드는 좋은 배필감을 골라 홀몸으로 시집가서 남은 반평생을 누리며 살거라. 저 애들 옆에 있으면서 스스로 분기를 삼키지 말고."

매씨가 이렇게 말했다.

"무슨 그런 말씀을 하세요? 소첩도 유생 집안의 여식으로 부녀자는 일부종사(一夫從事)해야 하는데다가 이 아이까지 낳았는데 어찌 차마 애를 떼어버리고 갈 수가 있겠어요? 좋든 나쁘든 간에 이 아이 곁을 지킬 겁니다."

예 태수가 말하기를 "정말 평생 동안 수절할 셈인가? 세월이 오래 지난 뒤 후회하지 말거라?"라고 하자, 매씨는 굳은 맹세를 하기 시작했다. 예 태수가 말하기를 "네가 진정으로 뜻을 굳혔다면 너희 모자가 살 길이 없을까 걱정은 하지 말거라."라고 하며 베개 옆을 더듬더니 물건 하나를 꺼내 매씨에게 건넸다. 매씨는 처음에 또 다른 가계부라 생각했는데 알고 보니 폭이 한 자에 길이가 세 자가 되는 두루마리 하나였다. 매씨가 말하기를 "이 두루마리가 무슨 쓸모가 있습니까?"라고 하자, 예 태수가 이렇게 말했다.

"이는 나의 행락도(行樂圖)[19]인데 이 안에는 오묘한 것이 있을 것이다. 이것을 은밀히 거둬 보관해 두고서 남들에게 보이지 말거라. 아이가 장성할 때까지 기다리면서 선계가 아이를 돌봐주지 않아도 넌 그저 마음속에 담아 둬야 한다. 현명한 관리가 부임해 올 때까지 기다렸다가 이 두루마리를 가지고 가서 송사를 하고 내 유언을 이야기하며 자세히 추찰해 달라고 간청을 하면, 절로 처분이 내려질 것이고 너희 모자 두 사람이 충분히 누리고 살만큼은 될 것이다."

이리하여 매씨는 두루마리를 거둬 두게 되었다. 나머지 자질구레한 이야기는 접어 둔다. 예 태수는 다시 며칠을 더 연명하다가 어느 날 밤, 가래가 끓어 기절한 뒤 불러도 깨어나지 못하고 죽었으니 오호애재(嗚呼哀哉)[20]라, 향년 84세였다. 이것은 바로 이런 말로 대변된다.

숨 쉴 땐 온갖 것 누리건만	三寸氣在千般用
하루아침에 죽으면 세상만사 모두 끝인 것을	一日無常[21]萬事休
저승 갈 때 가져 갈 수 없단 걸 일찍이 알았다면	早知九泉將不去
뭐하러 고생을 하며 가산을 모았을까	作家辛苦著何由

19) 행락도(行樂圖): 노닐고 즐기는 人象을 그린 그림이라는 뜻으로 초상화를 가리키기도 한다. 여기서는 초상화의 의미이다.

20) 오호애재(嗚呼哀哉): 본래, 사자에 대한 애도와 비통함을 나타내는 표현으로 祭文 등에서 많이 쓰인다. 여기에서 비롯되어 사람이 사망하거나 일이 끝장난 것을 가리키는 표현으로 사용되기도 했으며 어떨 때는 해학적이거나 풍자적인 의미를 지니기도 한다.

21) 무상(無常): 불교에서 세상의 모든 것은 오래 머물지 않고 생멸과 변화의 과정 속에 있다고 보고 이를 무상이라고 한다. 여기서와 같이 사람이 죽는 것을 완곡하게 표현하는 말로도 쓰인다.

차설(且說), 예선계는 가계부를 얻고서 모든 창고의 열쇠들도 달라고 한 뒤, 매일같이 가산과 집물들을 점검하러 다녔으니 부친 방에 가서 안부를 여쭐 짬이 어디 있었겠는가? 부친이 돌아가신 뒤 매씨가 시녀를 보내 흉보를 알리고 나서야 예 선계 부부 두 사람은 달려와서 "아버님" 하고 부르며 몇 마디 곡을 하고, 한 시진(時辰)[22]도 안 되어서 몸을 돌려 돌아갔기에 도리어 매씨에게 시신 곁을 지키는 일을 떠맡겨졌다. 다행히도 수의와 이불과 관곽(棺槨) 등은 모두 미리 장만해 두었기에 예선계가 신경을 쓸 필요가 없었다. 염습을 하고 상복을 입은 뒤 매씨와 어린 아들 두 사람은 빈소를 지키면서 아침저녁으로 곡을 하며 한 발자국도 뜨지 않았다. 예선계는 단지 겉치레로 손님들을 접대하기만 할 뿐 애통해 하는 기색은 전혀 없었다. 그리고 칠일(七日) 중으로 곧장 날을 잡아서 장례를 치렀다. 회상(回喪)[23]을 하는 날 밤에 매씨의 방에 있는 장롱과 상자를 뒤지며 아버지가 조금이라도 쌈짓돈을 남겨 두지는 않았을까 걱정하기만 했다. 매씨는 똑똑하여, 예선계가 행락도를 가져갈까 두려워 시집올 때 가져온 두 개 상자를 스스로 열어 보이며 헌옷 몇 벌을 꺼내 예선계 부부한테 검사해 보라고 했다. 매씨가 신경 쓰지 않는 것을 보고서 예선계는 오히려 살피려 하지 않았다. 부부 둘은 한바탕 소란을 피운

22) 시진(時辰): 옛날에 시간을 세는 단위로 하루의 12분의 1, 즉 한 시진은 지금의 2시간에 해당한다. 12時辰은 모두 地支로 명칭 했으며, 그 처음인 子時는 밤 11시부터 다음 날 새벽 1시까지이다.

23) 회상(回喪): 중생이 살다가 죽은 다음 다시 어떤 생에 이르는 네 과정을 中有, 生有, 本有, 死有라고 하며 이를 통틀어 '四有'라고 한다. '중유'는 사후 다음의 어떤 생을 받을 때까지의 49일 동안을 가리키고, '생유'는 어떤 생이 결정되는 순간을 이르며, '본유'는 어떤 생이 결정된 후부터 죽을 때까지의 기간이고, '사유'는 죽는 순간을 의미한다. 死者의 혼이 49일 동안 머무르는 공간을 '中陰'이라 하고 이때 7일마다 한 번씩 본유에서 있었던 과보에 따라 심판이 있으며 49일에 최종 결정되기에 불교에서는 '49재'를 지낸다. 민간에서는 사자가 죽은 지 보통 7일 뒤에 혼이 다시 이승으로 돌아온다고 여겼는데 이를 '回魂' 또는 '回喪'이라고 했으며 이때 제사를 지냈다.

뒤 스스로 가버렸다. 매씨는 생각을 해보니 처량하고 슬퍼 목 놓아 통곡을 했다. 어린아이도 제 어미가 이러는 것을 보고 또한 계속해 애달피 울기만 했으니 그 광경은 이런 것이었다.

진흙으로 빚은 사람이라도 눈물을 떨굴 것이요　　任是泥人應墮淚
쇠로 만든 사내라도 마음이 쓰릴 것이라　　從教鐵漢也酸心

다음 날 아침, 예선계는 또 목수를 불러다가 매씨의 집을 살피게 한 뒤, 새로 개축해 제 아들이 결혼할 때 주려고 했다. 그리고 매씨 모자를 후원(後園)에 있는 세 칸짜리 허술한 방에 옮겨 머물게 한 뒤, 다리 네 개가 달린 작은 침상 하나와 거친 탁자 및 막걸상 몇 개만을 주었기에 좋은 세간이라고는 하나도 없었다. 원래 매씨 방에서 시중을 들던 두 시녀가 있었는데 큰 시녀아이는 뽑아가고 단지 열 한두 살 먹은 어린 여종만 남겨두었다. 매일 이 여종이 부엌에 밥을 가지러 다녔으나 예선계는 찬이 있든지 없든지 일체 돌보지 않았다. 매씨는 불편한 것을 보고 아예 쌀을 조금 달라고 하여 흙으로 부뚜막을 만들어서 스스로 밥을 지어 먹었다. 그리고 아침저녁으로 바느질을 하여 야채를 조금 사서 겨우 나날을 보냈다. 어린 아들을 이웃집 사숙에 곁붙어 다니게 하고서 속수(束脩)[24]는 모두 매씨 스스로가 냈다. 또한 예선계는 여러 차례 아내를 시켜 매씨에게 시집을 가라고 타이르게 하였으며, 매파를 찾아가 그에게 중매를 서도록 했으나 매씨가 죽도록 따르지 않는 것을 보고 어쩔 수

24) 속수(束脩): 본래 '마른 고기 열 가닥(1束)'이라는 뜻으로 옛날에 이를 일반적인 선물로 많이 주었다. 학생이 입학할 때 스승에게 선물로 많이 주기도 했으며, 《論語·述而》에 있는 "공자께서 말씀하셨다. 포 한 束(묶음) 이상을 가지고와서 예를 행한 자에게는 내 일찍이 가르침을 주지 않은 적이 없었다.(子曰: '自行束脩以上, 吾未嘗無誨焉.')"라는 구절에 대한 邢昺의 疏에 의하면 "束脩는 가벼운 예물이다.(束脩, 禮之薄者.)"라고 했다. 이로 인해 학생이 글을 가르치는 선생에게 주던 '학비'나 '월사금'을 '束脩'라고 칭하기도 했다.

없이 그만두었다. 매씨가 참을성이 많아 모든 일에 대해서 일체 말을 하지 않았으므로 예선계는 비록 흉악하기는 했지만 그들 모자를 마음에 두지도 않게 되었다.

세월이 쏜살같이 흘러 예선술이 어느덧 장성해 열네 살이 되었다. 매씨는 평소 신중했기에 이전의 일에 대해서 아들 앞에서는 한마디도 꺼내지 않았다. 아이들은 입이 가벼운 탓에 시비를 일으켜 손해를 볼까 두려웠기 때문이었다. 선술이 열네 살이 되었을 때 그의 마음속에서도 점차 사리를 가릴 수 있게 되었기 때문에 더 이상 덮어둘 수가 없었다. 하루는 선술이 어머니에게 새 명주옷 한 벌을 달라고 하기에 매씨가 살 돈이 없다고 답하자, 그가 이렇게 말했다.

"우리 아버지는 태수를 지내셨고 우리 형제 둘밖에 안 두셨는데 지금 형은 저렇게 부유하지만 나는 옷 한 벌을 달라고 해도 못 사준다고 하니 어찌 된 것입니까? 어머니께서 돈이 없으시다면 내 스스로 형한테 가서 달라고 하겠습니다."

말을 마치고 나서 곧바로 가려고 하자, 매씨가 그를 잡아채며 이렇게 말했다.

"얘야, 명주옷 한 벌이 무슨 대수라고 그걸로 남에게 부탁을 하느냐. 속담에 이르기를 '복을 아끼는 것이 복을 쌓는 것이다.'라고 하고, '어릴 때 면실 옷을 입고 커서는 명주옷을 입는다.'라고 하지 않더냐? 어렸을 적에 명주옷을 입으면 나중에 커서 면실 옷도 입지 못할 게다. 몇 년이 더 지나서 네 공부에 진척이 있게 되면 이 어미가 기꺼이 몸을 팔아서라도 네 옷을 지어 입혀줄 테다. 네 형은 만만한 사람이 아니니 그에게 졸라서 뭐하겠느냐?"

선술은 "어머니 말씀이 옳습니다."라고 하며 입으로는 응낙을 했지만, 마음속으로는 그렇게 여기지 않고 이렇게 생각했다.

"우리 아버지의 많은 가산은 형제 둘이 나눠 물려받아야만 하지. 내가 개가한 어머니의 딸려온 자식도 아닌데 어찌하여 형은 전혀 돌보지도 않고 어머니도 이렇게 말씀을 하시는가? 설마 명주 한 필조차 나눠주지 않아 어머니가 몸을 팔아서 옷을 지어 주시기까지 해야 하는 것인가? 이 말이 참으로 이상하구나! 형이 무슨 사람 잡아먹는 호랑이도 아닌데 무서워할 게 뭐 있는가?"

그러다가 마음속으로 계책 하나가 떠올랐다. 그는 어머니 모르게 곧장 큰 집으로 가서 형을 찾으며 소리 높여 말하기를 "인사를 올립니다."라고 하자, 예선계는 뜻밖의 일이라 놀라서 그에게 무슨 일로 왔는지 물었다. 선술이 말하기를 "저도 벼슬아치의 자제인데 몸에 걸친 옷이 남루해 사람들에게 비웃음을 당합니다. 옷을 지어 입을 명주 한 필을 달라고 각별히 형을 찾아왔습니다."라고 했다. 그러자 예선계가 말하기를 "네가 입을 옷은 네 스스로 어머니한테 달라고 해야지."라고 하자, 선술이 말하기를 "아버지의 가산은 형님이 관리하고 계시지 어머니가 관리하는 것은 아니지요."라고 했다. 예선계는 '가산'이란 두 자를 입에 올리며 명목이 크게 나오는 것을 듣고 얼굴이 빨개지며 묻기를 "그 말은 누가 네게 가르쳐 준 것이냐? 넌 오늘, 입을 옷을 달라고 찾아온 게냐 아니면 가산을 다투려고 온 게냐?"라고 했다. 선술이 말하기를 "가산은 때가 되면 나누겠지만 일단 오늘은 체면 좀 차리게 옷 한 벌 달라는 겁니다."라고 했다.

예선계가 말했다.

"너 같은 잡것이 무슨 체면을 차린다는 말이냐? 아버지에게 설사 많은 가산이 있다 해도 적자와 적손이 있는데 너 같은 잡것과 무슨 상관이지? 넌 오늘 누가 교사하는 말을 듣고 여기 와서 공것을 먹으려는 것이냐? 내 성질을 건드리지 말거라, 너희 모자 두 사람을 몸 둘 곳도 없도록 만들어 버릴 테니!"

선술이 말했다.

"똑같이 아버지가 낳은 자식인데 어째서 제가 잡것이라는 겁니까? 성질을 건드리면 어떻게 하실 건데요? 설마 우리 모자 둘을 모해하고서 가산을 독차지하려는 것은 아니시죠?"

선계가 매우 화가나 욕하기를 "이런 짐승새끼가 있나, 감히 나한테 대드는 게냐?"라고 하며, 그의 옷소매를 잡고서 주먹을 쥐고 연달아 일고여덟 차례 꿀밤을 먹이자 선술의 머리가 검푸르게 멍들며 부어올랐다. 선술은 뿌리치며 쏜살같이 벗어나 애달피 울면서 어머니한테로 가서 있는 그대로 자세하게 알렸다. 매씨는 아들을 탓하며 말하기를 "내 너한테 괜히 가서 일을 만들지 말라고 했지. 내 말을 듣지 않았으니 아주 잘 맞은 게다."라고 했다. 입으로는 비록 그렇게 말했지만 검정 적삼자락을 끌어당겨 아들의 머리에서 부어오른 데를 문지르며 저도 모르게 두 줄기 눈물을 흘렸다. 증거가 되는 시가 있다.

젊은 과부 아비 없는 애를 안고 있는데	少年嫠婦擁遺孤
거친 음식과 얇은 옷에 가진 건 하나도 없다네	食薄衣單百事無
집안에 효우(孝友)가 없기에	只爲家庭缺孝友
한 나무에서도 무성한 가지와 마른 가지로 구별이 되노니	同枝一樹判榮枯

매씨는 이리저리 생각하다가 예선계가 앙심을 품을까 두려워 도리어 여종을 보내 인사를 여쭙게 하고, "어린애가 물정을 몰라 형님에게 버릇없이 굴다가 잘못을 저질렀습니다."라고 말하도록 했다. 예선계는 여전히 노기가 가라앉지 않아 다음 날 새벽에 문종사람 몇 명을 집으로 불러다가 부친이 친필로 쓴 가산분할 문서를 꺼내 놓고는 매씨 모자를 오라하여 함께 보게 한 뒤, 이렇게 말했다.

"문종어르신들이 계시는 앞에서 말씀드리는데 제가 이들 모자를 돌보기 싫어서 쫓아내려 하는 것은 아닙니다. 다만 어제 선술이가 저와 가산을 놓고 다투며 많은 말을 하기에 나중에 장성하면 말이 더 많아질까 정말 두려울 뿐입니다. 오늘 이들 모자가 밖으로 나가 살도록 분가를 시키려 합니다. 동쪽 별장 한 채와 전답 쉰여덟 묘(畝)를 주기로 한 것은 모두 아버님의 유언에 따른 것이지 털끝만큼도 제 마음대로 한 게 아닙니다. 청컨대 문중어르신들께서 증명해 주시기 바랍니다."

일가친척들은 평소 예선계의 사람 됨됨이가 사납다는 것을 알고 있는 데다가 또한 그 부친이 친필로 유언을 남겼는데 누가 거기에 토를 달아 괜스레 원수가 되겠는가? 모두들 좋은 말만 얘기했다. 예선계의 비위를 맞추는 자가 말하기를, "'천금으로도 망자의 친필은 사기 힘들다.' 했으니 분할문서대로 나누면 더 이상 할 말이 없지요."라고 했다. 선술 모자를 가련하게 여기는 사람이라 해도 단지 이렇게 말할 뿐이었다.

"'남자는 분가할 때 얻은 재물로 밥을 먹지 않고, 여자는 시집올 때 가져온 옷만 입으며 살지 않는다.'고 하듯이 자수성가한 사람들도 얼마나 많은가! 지금 살 집이 있고 씨 뿌릴 밭이 있기에 기반이 없다고는 할 수 없으니 스스로 지탱하며 꾸려가야지. 죽을 얻었으면 죽이 묽다고 하지 말고. 사람은 스스로 제 명이 있는 게야."

매씨는 후원에 있는 방에서 사는 것이 장구지계(長久之計)가 될 수 없다고 생각하여 어쩔 수 없이 가산을 나눠준 대로 받았다. 아들과 함께 문중어른들에게 감사하며 사당에 작별인사를 올린 뒤, 예선계 부부와 사별(辭別)했다. 그리고 사람을 시켜 헌 세간 몇 가지와 원래 시집올 때 가져온 상자 두 개를 옮기게 하고는 탈것을 빌려 타고 동쪽 별장으로 갔다. 온통 잡초가 우거져 있었으며 기와도 드문드문 빠져 있어 오랫동안 수리하지 않은 집이었다. 지붕은 새고 바닥은 습하니 어찌 살 수 있으랴? 아쉬운 대로 방 한두 칸을 청소하고 침상을 놓은 뒤, 전호(田戶)를 불러다가 물었더니, "이 쉰여덟 묘의 밭은 전부 최하등이어서 대풍년일 때도 보통의 반을 수확하지 못하며 흉년일 땐 씨앗 값도 밑질 수밖에 없습니다."라고 했다. 매씨는 몹시 괴로워했지만 오히려 선술은 지략이 있어 어머니한테 이렇게 말했다.

"우리 형제 둘은 모두 아버지가 낳은 친자인데 어째서 가산분할문서에서 이렇게 형에게로만 편중되었습니까? 거기에는 필시 연고가 있을 겁니다. 문서가 아버지의 친필이 아닌 건 아닐까요? 자고로 이르기를 '가산을 나눌 땐 존비(尊卑)를 논하지 않는다.'고 하는데 어머니께서는 어찌하여 관부에 송사하여 처리해 달라고 하지 않으십니까? 많든 적든 관부의 판결대로 따르면 오히려 원망하는 마음이 없을 겁니다."

아들의 말이 실마리가 되어 매씨는 십여 년 이래 숨겨온 속사정을 모두 말했다.

"얘야, 문서에 있는 말을 의심하지는 말거라. 그건 바로 네 아버지의 친필이야. 아버지는 네가 나이가 어려서 형이 몰래 너에게 해코지를 할까 두려워 가산을 모두 형에게 물려줘 안심시키고자 하셨다. 임종하신 날에 행락도가 그려진 두루마리 하나만을 내게 주시면서 여러 번 당부하시기를, '이 그림 안에는 수수께끼가 숨겨져 있으니 현명한 관리가 부임할 때를 기다렸다가 그 관리에게 보내 상세히 살펴달라고 하면 너희 모자 두 사람의 살길이 보장되어 가난으로 고생하지 않을 수 있게 될 게다.'라고 하셨지."

선술이 말하기를 "그런 일이 있었으면 어찌하여 일찍 말씀하지 않으셨어요? 행락도는 어디에 있습니까? 빨리 가져와 제게 보여주세요."라고 했다. 매씨가 상자를 열고 베보따리 하나를 꺼내 그것을 풀어보니 그 안에 다시 기름종이 한 겹으로 싸여져 있었다. 봉해져 있는 것을 뜯고 펴보았더니 폭이 한 자(尺)에 길이가 세 자 되는 작은 두루마리였다. 이를 의자에 걸어놓은 뒤, 모자는 나란히 무릎을 꿇고 절을 올렸다. 매씨가 기도하며 말하기를 "시골에서 향촉을 마련하기 어려우니 소홀히 하는 것을 용서하십시오."라고 했다. 선술이 절을 마치고 일어나서 행락도를 자세히 봤더니 한 폭의 좌상으로 오사모(烏紗帽)에 백발머리의 모습이었는데 풍채가 살아있듯이 그려져 있었으며, 품안에는 갓난아기를 안고서 한 손으로는 땅을 가리키고 있었다. 한참을 곰곰이 생각해 봐도 전혀 알 수가 없기에 어쩔 수 없이 이전대로 말아서 보관해 두긴 했지만 마음속으로는 매우 번민하게 되었다.

며칠이 지난 뒤, 선술은 어떤 선생을 찾아 강해를 들으려고 앞마을로 가는 중에 우연히 관왕묘(關王廟)[25] 앞을 지나다가 시골사람들 한 떼가 돼지와 양 등의 제물을 맞들고 와서 관성(關聖)에게 제사를 올리는 것을 보았다. 선술이 발걸음을 멈추고 바라보고 있는 사이에 지나가던 노인도 죽장을 짚고 구경을 하러 왔다. 노인이 그 시골사람들에게 "당신들은 오늘 뭐 때문에 제사를 올리는 거요?"라고 묻자, 그 사람들은 이렇게 말했다.

"저희들은 억울한 송사를 당했는데 다행스럽게도 관원이 명철하셔서 송사를 명백하게 판결하셨습니다. 전에 신령에게 소원을 빌었기에 오늘은 특별히 와서 사례를 올리는 겁니다."

노인이 말하기를 "억울한 송사는 뭐고 어떻게 판결을 하셨소?"라고 하자, 그 가운데 한 사람이 말했다.

"우리 현(縣)에서는 전부터 상사(上司)의 명확한 규정에 의해 열 가호(家戶)를 일(一) 갑(甲)으로 묶지요. 소인은 갑장(甲長)인 성대(成大)라고 합니다. 우리 갑에 조재(趙裁)라는 이가 있었는데 첫째로 꼽는 침선장이로 항상 남의 집에 가서 밤새 일을 하느라 며칠째 집에 돌아오지도 않곤 했지요. 갑자기 하루는 밖에 나갔다가 한 달이 넘도록 돌아오지 않자 아내 유(劉)씨가 사람에게 부탁해서 여기저기를 찾아보도록 했지만 도무지 종적이 없었습니다. 다시 또 며칠이 지나고 나서 강 가운데에서 시신 한 구가 떠올랐는데 머리가 깨져 있었죠. 지보(地保)[26]가 관부에

---

25) 관왕묘(關王廟): 공자를 모시는 문묘에 비견되는 武廟로 '關帝廟'라고 칭하기도 한다. 삼국시대 촉나라의 장군이었던 關羽를 모시는 묘우로 중국 각 지역에 널리 분포되어 있다. 관우는 당나라 때 이미 무묘에 들어가 강태공과 함께 모셔졌으며 북송 때에는 다시 忠惠公, 武安王, 英濟王 등으로 추봉되었다. 명나라 만력 22년(1594)에 관우의 봉호를 '協天護國忠義大帝'라 칭했고 만력 42년(1614)에 다시 '三界伏魔大帝神威遠鎭天尊關聖帝君'으로 봉했다. 민간에서 그를 충의의 상징과 財神으로 숭상하고 있다.

보고를 했지요. 어떤 사람이 시신이 입고 있는 옷을 알아봤는데 바로 조재였던 겁니다. 조재가 외출하기 전날에 저와 술을 마신 뒤 쓸데없는 말 몇 마디로 다투었습니다. 제가 한 순간 화가 나서 그의 집으로 쫓아가 세간 몇 가지를 부숴버린 것은 사실이고요. 하지만 그의 마누라가 이 살인 사건으로 저를 고발할지 누가 알았겠습니까. 전임 칠(漆) 지현은 한 쪽 말만 듣고 저를 사형으로 판결했고, 같은 갑의 사람들도 신고하지 않았다하여 그들까지도 연루되어 죄명을 받았습니다. 소인은 억울함을 호소할 데 없이 삼 년이나 옥살이를 하고 있었는데 다행히도 새로 부임해 온 등(滕)씨 나리를 만났지요. 나리께서는 비록 향시(鄕試) 출신이시지만 매우 명철하십니다. 열심(熱審)[27]을 하실 때 제가 울면서 억울함을 하소연했더니 나리께서도 의심을 하시며 말씀하시기를 '술 먹고 말다툼을 한 것은 큰 원한이 아닌데 어찌 목숨까지 해치겠는가?'라고 하셨습니다. 그리고 제 소장(訴狀)을 받아주시고 영장을 내어 관련된 사람들을 잡아다가 재심을 하셨지요. 등 나리는 조재의 마누라를 보시고 이도 저도 묻지 않고 입을 떼자마자 곧바로 '재가를 하였느냐?'고 물으시더군요. 유씨는 '집이 가난해 수절하기가 어려워 이미 재가를 했습니다.'라고 말을 하더라구요. 또 '누구에게 재가했는가?'라고 물으시자, 유씨가 말하기를 '동료 침선장이인 심팔한(沈八漢)이라는 자입니다.'라고 했구요. 등 나리는 심팔한을 당장 잡아다가 묻기를 '너는 이 아낙을 언제 맞이하였

---

26) 지보(地保): '地方'이나 '里保'와 같은 말로 향리에서 관부를 대신해 일을 처리하는 사람을 이른다. 秦漢 때의 '亭長'과 隋唐 때의 '里正'에 가까우며, 재물을 징수하고 役夫를 모집하는 일 등을 담당했다.

27) 열심(熱審): 명청시대 법제에 매년 小滿이 지난 열흘 이후부터 입추 전까지 날씨가 무덥기 때문에 流徙, 笞杖 등의 형벌에 처해진 죄수에 대해 형벌을 한 등급 減等시켰는데 이를 '熱審'이라고 했다. 이 제도는 명나라 영락 2년부터 있었고, 처음에는 경죄에만 적용하다가 成化 연간에 이르러서는 重罪에는 신중하게 재검토하고 輕罪는 형벌을 감등시키는 조치들이 있었다. 자세한 내용은《明史·刑法志二》에 보인다.

느냐?'라고 하자, 팔한이 말하기를 '그의 남편이 죽은 지 한 달이 좀 넘은 뒤에 소인이 맞이했습니다.'라고 했구요. 등 나리가 '누가 중매를 했으며, 무엇으로 빙례를 하였느냐?'라고 하니, 팔한이 말하기를 '조재가 살아 있을 때 소인에게 은자 일고여덟 냥(兩)을 빌려 썼기에 소인이 그가 죽었다는 소식을 듣고 그의 집으로 가서 조문하는 편에, 그 은자를 갚아달라고 재촉을 했습니다. 유씨는 돈을 갚을 길이 없어 소인에게 시집오는 것으로 그 돈을 갚으려고 했기에 실은 중매인에게 부탁하지는 않았습니다.'라고 하더군요. 등 나리께서 다시 또 물으시기를 '너는 수공을 하는 자인데 이 일고여덟 냥의 은자는 어디서 난 것이냐?'라고 하자, 팔한이 말하기를 '조금씩 계속 모아서 그에게 빌려준 것입니다.'라고 했다. 등 나리가 종이와 붓을 가져다가 그에게 은자를 빌려준 액수를 순서대로 세세히 적게 하자 팔한은 쌀과 은 등을 모두 열세 차례 늘어놓았는데 모두 더해 일곱 냥 여덟 전의 액수가 되었습니다. 등 나리께서는 다 보시고 나서 대갈(大喝)하여 말씀하시기를 '조재는 네가 때려죽인 것인데 어찌하여 무고한 사람을 모함하느냐?'라고 한 뒤, 주릿대로 주리를 틀게 했습니다. 그래도 팔한이 복죄하지 않자, 등 나리가 이렇게 말씀하시더군요. '네가 심복하도록 내 그 내막을 말해 주마. 이왕 본전을 내어 이자를 받으려했던 것이라면 어찌하여 다른 사람에게는 빌려준 것이 하나도 없고 공교롭게도 다 조재한테만 빌려주었느냐? 필시 너는 평소 그의 마누라와 간통해 왔지만 조재는 너의 재물이 탐나서 알면서도 일부러 모른 척 한 것이었을 게다. 너는 그 이후로 오래도록 부부가 되고 싶었기에 계략을 써서 조재를 죽여 놓고, 도리어 그의 마누라에게 고소하게 하여 성대에게 덮어씌웠던 것이다. 오늘 네가 빚을 늘어놓을 때 쓴 글씨는 이전에 쓴 소장(訴狀)의 필적과 같으니 조재를 죽인 자가 네가 아니면 또 누구이겠느냐?' 다시 찰지(拶指)[28]로 유씨의 손가락을 죄게 하여 죄

28) 찰지(拶指): '拶'은 본래 '내리누르다'는 뜻으로 옛날 죄인의 손가락을 틀에 끼우

상을 자백하도록 했습니다. 유씨는 등 나리께서 하시는 말씀 하나하나가 모두 딱 들어맞는 것을 보고서, 분명 귀곡(鬼谷)[29] 선생과 똑같기에 넋이 나갈 정도로 깜짝 놀랐으니 어찌 감히 발뺌을 하겠습니까? 찰지를 끼우자 곧바로 복죄를 했지요. 팔한도 어쩔 수 없이 자백을 했구요. 알고 보니 팔한은 처음에 남몰래 유씨와 사통을 했고 사람들은 모두 이를 알지 못했지만 이후로 왕래가 잦아지자 조재는 사람들의 이목이 두려워 점차 그들을 갈라놓으려고 했지요. 팔한은 몰래 유씨와 상의하여 조재를 죽이고 부부가 되려고 했지만 유씨는 그리하려고 하지 않았고요. 그래서 팔한은 조재가 남의 집에서 일하고 돌아오는 것을 틈 타 그를 속여 술집에서 곤드레가 되도록 술을 먹인 뒤, 강가로 데리고 가서 밀어 넘어뜨리고 돌덩어리로 정수리를 깨뜨려 시신을 강물 속에 던져 가라앉게 한 겁니다. 그리고 그 일이 진정되면 유씨를 마누라로 맞이하려 했던 거지요. 나중에 시신이 물위로 떠올라서 사람이 알아보게 된 것이죠. 팔한은 조재와 저 사이에 말다툼이 있었다는 것을 듣고 유씨를 부추겨 고소를 하게 한 겁니다. 그 여자도 개가를 한 뒤에야 비로소 남편이 팔한에게 죽임을 당한 것을 알게 되었지만 이미 부부가 되었기에 말을 꺼내지 않았던 거지요. 뜻밖에 등 나리께서 실정을 밝혀 그들 부부를 치죄하시고 저를 석방시켜 집으로 돌아가도록 했습니다. 향리의 이웃 분들이 각출해 돈을 모아 주신 덕에 제가 이렇게 제사를 올리게 된 겁니다. 어르신, 이러한 억울한 일이 어디 있겠습니까?"

노인이 말하기를 "그렇게 현명한 관리는 정말 만나기 어렵다네! 이

고 내리눌러 자백하게 하는 형벌이 있었는데 이를 '拶指' 혹은 '拶'이라 했으며, 그 형구를 '拶指' 또는 '拶子'라고 불렀다.

29) 귀곡(鬼谷): 전국시대 초나라 사람으로 귀곡에서 은거했으므로 鬼谷子 또는 鬼谷先生이라 불렸다. 전하는 바에 의하면 성은 王 씨이고 이름은 '詡(일설에는 禪)'이라고 한다. 지략이 뛰어난 縱橫家였고 모르는 것이 없었다고 한다. 兵家에서는 '兵聖'으로 받들고, 점쟁이들은 祖師로 추대하며, 도교에서는 玄微眞人으로 받들었다.

현의 백성들이 복이 있는 게야."라고 했다.

예선술은 이 얘기를 가슴속에 담아두고는 곧 집으로 돌아와 어머니에게 여차저차 말을 하면서 "이렇게 훌륭한 관리가 있는데 행락도를 가지고 가서 호소하지 않으면 또 어느 때를 기다리겠습니까?"라고 했다.

모자가 서로 상의하고 결정해 방고(放告)[30] 기일을 알아낸 뒤, 매씨는 그 날 날이 밝기도 전에 일찍 일어나 열네 살 먹은 아들을 데리고 두루마리를 가지고서 현아로 가 큰 소리로 외쳤다. 대윤은 소장도 없이 작은 두루마리 하나만 가지고 있는 것을 보고 매우 이상하게 여겨 그 연고를 물었다. 매씨는 예선계의 평소 소행과 그의 아버지가 임종할 때 남긴 유언을 모두 자세히 이야기했다. 등 지현은 두루마리를 받고서 그들에게 일단 돌아가 있으라 한 뒤, "현아로 들어가서 내 자세히 보겠노라."고 했다. 이것은 이런 시로 대변된다.

한 폭의 그림 속에 수수께끼가 숨겨져 있어	一幅畫圖藏啞謎
천금의 가산을 찾는 것이 여기에 달려있네	千金家事仗搜尋
과부와 고아가 고생스럽단 이유만으로	只因嫠婦孤兒苦
현명한 대윤은 갖은 애를 다 썼네	費盡神明大尹心

매씨 모자가 집으로 돌아간 이야기는 하지 않는다. 차설, 등 대윤은 방고를 다 마치고는 사택으로 돌아와 그 한 자 폭에 세 자 길이의 작은 두루마리를 가져다가 보니 예 태수의 행락도였는데 한 손에는 갓난아기를 안고 다른 한 손으로는 땅을 가리키고 있었다. 반나절 동안 자세히 살펴보고서 이렇게 생각했다.

"이 아기는 예선술인 것은 말할 필요도 없고, 다른 한 손이 땅을 가리키고 있는 것은 혹시 담당 관리가 저승에 있다는 것을 감안하여 자신을

30) 방고(放告): 옛날 관부에서 매달 기일을 정해 訟案을 수리했던 것을 일컬어 放告라고 했다.

위해 힘을 써달라는 것인가?"

또 생각하기를 "그가 친필로 가산을 나눈 문서도 있으니 관아에서도 주장하기 힘들단 말이야. 그가 이 두루마리 속에 수수께끼가 숨겨져 있다고 했으니 필시 그렇게 말할 만한 이유가 있을 게야. 내 만약 이 일을 판결할 수 없다면 괜스레 평생 스스로 똑똑하다 여기기만 하며 산 셈이지."라고 했다.

등 현령은 매일같이 퇴청한 뒤로 곧장 그림을 펼쳐보며 천만 가지 생각을 하면서 며칠을 보냈지만 그 의미를 알 수 없었다. 하지만 이 일도 밝혀져야만 할 일이라 저절로 그럴 기회가 왔다. 하루는 점심을 먹고 나서 그는 다시 그 두루마리를 보러갔다. 시녀가 차를 드시라고 가져오

예 태수에게 시녀가 차를 올리는 장면, 민국 10년, 상해광아서국(上海廣雅書局), 《신증전도족본금고기관(新增全圖足本今古奇觀)》 삽도

자 등 현령은 한 손으로 찻잔을 받으려다 우연찮은 실수로 차를 조금 엎질러 두루마리를 적시게 되었다. 등 현령은 찻잔을 내려놓고 섬돌 앞으로 나가 두 손으로 두루마리를 펴 햇볕에 말렸다. 햇볕을 비추자 돌연 두루마리 속에서 약간의 글자 모양이 보이기에 의심이 들어 뜯어보았더니 글씨가 적힌 종이가 그림 밑에 받쳐져 있었다. 다름 아닌 예 태수의 친필 유언이었는데 거기에는 이렇게 쓰여 있었다.

> 이 늙은이는 태수를 지냈고 나이는 팔순이 넘었으니 죽음이 조석 간에 닥쳐있은들 여한이 없다. 단지, 서자인 선술은 나이가 돌밖에 안 되어 빨리 장성하지 못하는데 적자인 선계는 평소 효우(孝友)함이 부족하여 후일 선술이 그에게 해코지당할까 두렵다. 새로 지은 큰 집 두 채와 일체의 전답은 모두 선계에게 주고, 왼쪽 외진 곳에 있는 오래된 작은 집만 선술에게 나누어 준다. 이 집은 비록 작기는 하지만 방안 외쪽 벽에는 다섯 항아리에 은 오천 냥이 묻혀 있고, 오른쪽 벽에는 여섯 항아리에 은 오천 냥과 금 천 냥이 묻혀 있는데 이것은 전답의 액수에 해당한다. 후일 현명한 관리가 이를 재단해 준다면 선술이 사례금으로 은 삼백 냥을 드릴 것이다.
>
> 팔십일 세의 늙은이 예수겸(倪守謙)이 직접 쓰다. 모년 모월 모일 화압(花押)

알고 보니 그 행락도는 예 태수가 팔십일 세 때 어린 아들을 위해 돌잔치를 베풀 적에 미리 마련해 놓은 것이었다. 옛사람들의 말에 '아비만큼 자식을 잘 아는 이는 없다'고 했는데 진실로 헛된 말이 아니었다. 등 대윤은 매우 수완이 있는 사람이라 그 많은 금은을 보고 군침이 돌지 않을 수 없었다. 그는 미간을 한 번 찌푸리더니 계책 하나를 내어서 말하기를 "사람을 시켜서 은밀히 내가 보자 한다고 하고 예선계를 잡아오거라. 내 할 말이 있으니 말이다."라고 했다.

각설, 예선계는 가산을 독차지한 뒤, 마음이 흡족하여 매일 같이 집에서 즐거이 지내고 있었다. 갑자기 아전이 소환장을 들고 와서 지체할 시간 없이 가자고 하기에 예선계는 둘러댈 수 없어 어쩔 수 없이 아전을 따라 현아로 갔다. 마침 대윤은 관아에서 공무를 처리하고 있었다. 아전이 아뢰기를 "예선계를 잡아왔습니다."라고 했다. 대윤이 그를 탁자 앞으로 불러와 "네가 예 태수의 장남이더냐?"라고 묻자, 예선계가 답하기를 "소인이 맞습니다."라고 했다.

대윤이 말하기를 "너의 서모(庶母)인 매씨가 소장을 올려 네가 서모와 동생을 쫓아내고 가산과 집을 독차지했다고 하는데 그것이 사실인가?"라고 하자, 예선계가 이렇게 말했다.

"서제(庶弟)인 선술은 어렸을 때부터 소인이 곁에 두고 잘 돌보며 키웠습니다. 근자에 그들 모자가 스스로 분가하겠다고 해서 분가한 것이지 소인이 그들을 쫓아낸 것은 절대 아닙니다. 가산은 모두 부친께서 임종하실 때 남겨주신 친필 유서에 의해 나눈 것이지 소인이 감히 거역한 것은 하나도 없습니다."

대윤이 말하기를 "네 부친의 친필은 어디에 있느냐?"라고 하자, 예선계가 말하기를 "지금 집에 있으니 소인이 가져다 보여드릴 수 있도록 해 주십시오."라고 했다.

그러자 대윤이 말했다.

"매씨의 소장에서 만금(萬金)의 가산이 있다고 했으니 이는 작은 일이 아니다. 남겨진 유언장의 진위도 아직은 알 수는 없는 것이지. 네가 벼슬아치집안의 자제인 것을 감안하여 일단 너를 난처하게 하지는 않을 것이다. 내일 매씨 모자를 모두 부르고 내 친히 너희 집으로 가서 가산을 조사해 과연 나눈 것이 고르지 않다면, 당연히 공정하게 처리해야지 사사로운 정으로 논단하기는 어려울 게다."

그리고 곧 아전을 시켜 예선계를 밖으로 내보내도록 한 뒤, 곧바로 매씨 모자를 데리고 오게 하여 내일 함께 심리를 들으라고 했다. 아전은 예선계에게 뇌물을 받고 그를 집으로 돌아가게 풀어준 뒤, 매씨 모자를 데리러 동쪽 별장으로 갔다.

재설(再說), 예선계는 관리의 말투가 매우 매서운 것을 보고 매우 놀라며 두려워했다. 그래서 생각하기를 "가산을 논한다면 실은 전혀 나누지 않았지. 아버지가 쓰신 가산분할문서를 가지고 있는 것만으로도 천균(千鈞)의 힘이 된다 해도 친족들의 증명이 있어야 좋을 게야."라고 하고, 밤새 삼당(三黨)[31]의 친척 어른들께 은을 나눠 보내면서 다음 날 아침에 집으로 와달라고 부탁을 했으며, 만약 관부에서 아버지가 남긴 친필 유언에 대해 물으면 함께 동조해 달라고 했다. 마치 "평소에는 분향도 않다가 급하자 부처님 다리 끌어안는다."는 말과 똑같이, 그 친척들은 예 태수가 죽은 뒤로 예선계로부터 음식 한 접시도 받아본 적 없고 명절 때 술 한 잔 받은 적도 없었는데 이 날 큼지막한 은 덩어리를 보내온 것을 보고, 제각기 속으로 웃으면서 먹을 것이라도 사먹게 은을 일단 받아둔 뒤, 다음 날 관원을 보면 옆에서 동정을 살피면서 다시 처신을 하려고 했다. 당시 사람들은 이런 시를 지었다.

서모가 함부로 부풀려 말한다 하지를 마오	休嫌庶母妄興詞
형 되는 이가 너무 자기만 생각해서 그런 거라오	自是爲兄意太私
오늘이 되어 친인척을 은으로 매수하려 하는데	今日將銀買三黨
고아에게 명주 한 필 주는 것만 하겠는가	何如匹絹贈孤兒

차설(且說), 매씨는 아전이 소환하는 것을 듣고는 현령이 자기를 위해 판단해 주리라는 것을 알게 되었다. 하룻밤을 지내고 다음 날 날이 막 밝자, 모자 두 사람은 먼저 현아에 이르러 등 대윤을 만났다. 대윤이 말하기를 "너희들이 고아와 과부인 것을 가엾게 여겨 마땅히 너희를 위해 방법을 생각해 보겠지만, 듣기로 돌아가신 부친의 친필로 된 가산분할문서를 선계가 가지고 있다 하는데 이를 어찌해야 하는가?"라고 하자, 매

31) 삼당(三黨): 父族과 母族, 妻族을 통틀어 이르는 말로 널리 친척을 뜻한다.

씨가 말하기를 "비록 가산분할문서를 쓴 바 있지만 이 아이를 보전하기 위한 계책이었지 돌아가신 남편의 본심은 아닙니다. 나리께서 가산을 기록한 장부의 액수만 보셔도 저절로 아시게 될 것입니다."라고 했다.

대윤이 말하기를 "청렴한 관리도 집안일은 판단하기 어렵다.'고 한다. 내 오늘 너희 모자가 평생 먹고 입을 것은 넉넉하도록 해 줄 테니 너무 많은 것은 바라지 말거라."라고 하자, 매씨가 감사하며 말하기를 "굶주림과 추위만 면할 수 있다면 족한데 어찌 선계와 같은 부자집 도령이 되기를 바라겠습니까?"라고 했다. 등 대윤은 매씨 모자에게, 먼저 선계의 집으로 가서 기다리고 있으라고 했다.

예선계는 이미 청당(廳堂)[32]을 청소한 뒤, 당 안에는 호피를 깐 교의(交椅) 하나를 놓았으며 향로에는 좋은 향을 태웠다. 그리고 한편으로는 친족들에게 빨리 와서 기다리고 있으라고 재촉을 했다. 매씨와 선술이 와서 보니 일가친척들이 모두 와 있었기에 일일이 뵈며 인사를 하는 통에 당연히 사정하는 말도 몇 마디하게 되었다. 예선계는 비록 가슴속에 화가 가득 찼지만 이때는 드러내기 어려웠다. 모두들 제각기 현령을 보고 할 말들을 암암리에 준비했다.

머지않아 저 멀리서 갈도(喝道) 소리가 들리기에 현령이 당도한 것이라 짐작하고 예선계는 옷과 모자를 가지런히 하고 마중을 나갔다. 친족들 가운데 나이가 많고 사리를 아는 자들은 나가서 현령을 볼 준비를 했으며, 나이가 어리고 겁 많은 자들은 모두 문병(門屛) 뒤에 서서 벽을 넘겨다보며 상황을 보려고 했다. 쌍을 이룬 의장대가 두 줄로 늘어서 있었고 그 뒤에 있는 청색비단 일산 밑에 재지(才智)를 겸비한 등 대윤이 있었다. 예씨 집 대문 앞에 이르러 의장대가 무릎을 꿇고 큰 소리로 한 번 외치자 매씨와 예씨 형제는 모두 일제히 무릎을 꿇고 대윤을 영접했다. 그러자

32) 청당(廳堂): 집채의 정 가운데에 있는 큰 방으로 보통 거실과 같이 손님을 접대할 때 쓰인다.

대윤 옆에서 시중드는 아역(衙役)이 큰 소리로 "일어나라!"고 했다. 가마꾼이 오산병풍(五山屛風)[33]으로 장식된 가마를 멈추자 등 대윤이 느긋하게 가마에서 내렸다. 문에 들어서려는 참에 갑자기 공중을 마주하며 연달아 읍을 하면서 입속에서 응대하며 말하는 것이 마치 주인이 마중 나와 있는 것과 같았다. 사람들은 모두 놀라며 그가 무엇을 하는 건지 보려고 했다. 등 대윤은 집으로 들어가는 길 내내 읍양하며 당 안에 이르렀다. 그리고 연이어 몇 차례 읍을 했는데 입속에서는 한온(寒溫)을 나누는 말들이 거듭 흘러나왔다. 먼저 남쪽을 향하고 있는, 호피가 깔려 있는 교의를 향해 읍을 한 번 했고, 마치 누가 앉으라고 한 것처럼 황급히 몸을 돌려 교의 하나를 끌어다가 북쪽을 향하도록 주인 자리에 놓았다. 그리고 나서 다시 재삼 양보를 한 뒤에 비로소 상좌(上座)에 앉았다. 사람들은 그가 귀신이라도 보고 있는 것 같은 모습을 보고서 감히 자리 앞으로 나가지도 못한 채, 모두 양쪽에 서서 멍하니 쳐다보기만 했다. 등 대윤은 상좌에서 공수하며 입을 떼 말하기를 "영부인께서 가산에 관한 일로 만생(晩生)[34]에게 찾아와 고소를 하셨는데 이 일은 도대체 어떻게 된 것입니까?"라고 했다. 말을 마치고는 곧바로 경청하는 듯한 모습을 했다. 한참 있다가 비로소 머리를 흔들면서 혀를 차며 말하기를 "큰 도련님이 너무 불선하군요."라고 했다. 잠시 조용히 듣고 있다가 또다시 스스로 말하기를 "둘째 도련님은 어떻게 살라는 말씀이신지요?"라고 했다. 잠시

33) 오산병풍(五山屛風): 《中國土木建築百科辭典·建築》(李國豪 主編, 中國建築工業出版社, 1999.)에 있는 〈封火山牆〉 조에 의하면, 五山屛風은 封火山牆의 한 양식으로 모양은 좌우 대칭으로 되어 있고 다섯 봉우리로 된 산 모양을 하고 있다고 한다. 五山屛風은 옛날 중국에서 많이 쓰이는 양식으로 건축에는 五山屛風 담장 등이 있었고, 생활도구로는 '五山屛風 가마', '五山屛風 좌탑' 등이 있었다.

34) 만생(晩生): 후배가 선배 앞에서 자신을 낮춰 이르는 말이다. 송나라 때 사대부들은 지위가 높고 나이가 많은 자 앞에서 스스로를 晩生이라고 칭했으며, 明淸시대에는 翰林이 翰林院에 들어가기 전에 먼저 급제한 자에게 명함을 보낼 때에도 스스로를 晩生이라고 칭했다. 송나라 邵伯溫의 《聞見前錄》 권8, 명나라 王世貞의 《觚不觚錄》과 청나라 阮葵生의 《茶餘客話》 권2 등에 자세한 기록이 보인다.

멈췄다가 또다시 "오른쪽 작은 집에 무슨 살길이 있습니까?"라고 한 뒤, 다시 연이어 말하기를 "알겠습니다, 알겠습니다."라고 했다. 또 잠시 멈췄다가 말하기를 "이것도 둘째 도련님에게 주시는 것으로 알고 모두 명하신 대로 하겠습니다."라고 했다. 잠시 멈췄다가 다시 읍하며 말하기를 "만생이 어찌 감히 이렇게 후한 사례를 받을 수 있겠습니까?"라고 했다. 한참 동안 사양을 하다가 다시 말하기를 "이리 간절하게 명을 내리시니 만생은 억지로나마 받아두겠습니다. 증명하는 문서를 내어 둘째 도련님이 받도록 하겠습니다."라고 한 뒤, 일어나 수차례 읍을 하며 "만생은 이만 가보겠습니다."라고 했다. 사람들은 모두 멍하니 보고만 있었다.

등 대윤은 자리에서 일어나 여기저기를 바라보며 "예 나리는 어디로 가셨느냐?"라고 물었다. 아역이 아뢰기를 "어떤 예 나리도 보지 못했습니다."라고 했다. 등 대윤은 "이런 괴상한 일이 다 있나?"라고 말한 뒤, 예선계를 불러다가 묻기를 "방금 춘부장께서 친히 문밖에까지 나오셔서 맞이하며 나와 마주앉아 이렇게 한참 동안 얘기를 나눴으니 너희들도 필시 다 들었을 게다."라고 했다. 예선계가 말하기를 "소인은 듣지 못하였습니다."라고 하자, 등 대윤이 말했다.

"방금 전, 훤칠하신 키에 홀쭉하신 얼굴, 광대뼈가 나오시고 가는 눈매에 긴 눈썹과 큰 귀에다 반듯하게 나뉜 세 가닥 수염은 은같이 희며, 관모(官帽)을 쓰시고 검은색 장화에 붉은색 두루마기에 금대(金帶)를 두르고 계신 분이 예씨 어르신의 모습이 맞는가?"

사람들은 무서워서 식은땀을 흘리며 모두 무릎을 꿇고 말하기를 "바로 생전 어르신의 모습입니다."라고 했다.

대윤이 말하기를 "어떻게 홀연 사라지신 것인가? 어르신께서 말씀하시길 집 안에 큰 집채 두 개와 동쪽에 옛날부터 있던 작은 집채 하나가 있다고 하셨는데 정말 있는가?"라고 하니 예선계도 감히 숨기지 못하고 어쩔 수 없이 인정을 하며 "있습니다."라고 답했다.

대윤이 말하기를 "일단 동쪽 작은 집으로 가보자, 내 할 말이 있느니라.”라고 했다.

사람들은 대윤이 한참 동안 혼잣말로 근사하게 얘기하는 것을 듣자하니 분명 예 태수의 모습이었으므로 모두들 예 태수가 정말로 나타난 줄 알고 사람마다 혀를 내두르며 질겁을 했다. 그것이 등 대윤의 묘계(妙計)였던 것을 누군들 알았겠는가? 그는 행락도를 보고서 그림대로 말을 한 것이니 참말이 어찌 한마디라도 있었겠는가? 이를 증명하는 시가 있다.

성현은 본래 헛된 명목뿐	聖賢自是空題目
오직 귀신만은 감히 거스르지 못하네	惟有鬼神不敢觸
대윤의 거짓으로 꾸민 말이 아니었다면	若非大尹假裝詞
아비 말 거스른 자가 어찌 심복했겠나	逆子如何肯心服

예선계가 길을 인도하고 사람들은 대윤을 따라 동쪽에 있는 헌 집으로 갔다. 이 헌 집은 예 태수가 급제하기 전에 살았던 집인데 큰 저택을 지은 뒤부터 비워두고 창고로만 쓰면서 자질구레한 식량 따위를 안에 쌓아놓고 하인 일가만 남겨둬 지키게 하고 있었다. 대윤은 집채 앞뒤를 한 차례 둘러보고 정방(正房)으로 가 앉은 뒤, 예선계에게 말하기를 “네 부친은 과연 영혼이 있는 게다. 집 안의 일들을 모두 세세히 내게 말씀하시고 판단하라고 하셨는데 이 헌 집은 선술에게 주는 것이 네 생각엔 어떠한가?”라고 했다. 예선계가 머리를 조아리며 말하기를 “나리의 현명하신 판단대로 따르겠습니다.”라고 했다.

대윤은 가산을 적은 장부를 가져오게 하여 그것을 자세히 살펴보고서 거듭해 말하기를 “가산이 정말 많구나!”라고 했다. 그리고 장부 뒤에 친필로 쓴 가산분할문서를 보고는 크게 웃으면서 이렇게 말했다.

“너희 집 어르신께서 스스로 이렇게 써놓으시고 방금 전 내 앞에서는 도리어 선계의 잘못을 많이 말씀하셨다니 이 어르신도 줏대가 없으신 분이로다.”

예선계를 불러 가까이 오라고 한 뒤에 “가산분할문서에 이미 적어놓

앉기에 이런 전답과 장부는 모두다 네게 준다. 그러니 선술은 함부로 다투면 아니 된다."라고 했다. 매씨가 마음속으로 괴로워 앞으로 나가 애걸해보려던 참에 대윤이 다시 또 말하기를 "이 헌 집은 선술에게 주는 것으로 판결하니 이 집 안에 있는 모든 물건들은 선계가 함부로 다투면 안 된다."라고 했다.

선계는 생각하기를 "이 집은 방도 세간도 낡아 몇 푼도 안 된다. 곡식이 조금 쌓여 있다 해도 한 달 전에 칠팔 할 정도를 내다팔아 얼마 남지도 않았으니 내게는 충분히 이로운 것이지."라고 하며, 연이어 말하기를 "나리께서 하신 판결은 매우 명확하십니다."라고 답했다.

대윤이 말했다.

"너희 두 사람은 일언지하에 약속을 했으니 각자 번복하지 말아야 한다. 여러 사람들은 친족이니 모두 와서 증인이 되어 지켜봐 주시오. 조금 전에 예씨 어르신께서는 내 앞에서 당부하시기를 '이 집 왼쪽 벽 아래에 은 오천 냥이 다섯 항아리에 나뉘어 묻혀 있으니 둘째 아들에게 주는 것이 마땅하오.'라고 하셨소."

예선계는 이를 믿지 않고 아뢰기를 "만약 그런 일 있어, 설사 황금 만 냥이 있다 해도 동생의 것이니 소인은 감히 다투지 않을 것입니다."라고 하자, 대윤이 말하기를 "네가 다투려한다 해도 내 허락하지 않을 것이다."라고 하며 곧 부하를 시켜 호미와 삽 따위의 기구를 구해 오도록 했다. 매씨 모자가 앞에 나서서 안내를 하며 장정들을 이끌고 동쪽 벽 밑을 파보니 과연 큰 항아리 다섯 개가 묻혀 있었다. 파내서 보니 항아리 안에 가득한 것은 모두 번쩍거리는 은이었다. 한 항아리에 담긴 은을 저울로 달아 봤더니 모두 계산해 예순두 근 반으로 정확히 일천 냥에 족한 액수였다. 사람들은 이를 보고서 놀라지 않는 사람이 없었다. 예선계는 더 확실하게 믿게 되었으며, "만약 아버지의 혼령이 나타나 현령에게 맞대고 말한 것이 아니었다면 이 숨겨놓은 은은 우리도 몰랐던 것인데 현령이 어찌 알았겠는가?"라고 생각했다.

등 대윤은 다섯 항아리의 은을 자기 앞에 한 줄로 늘어놓게 하고서 다시 매씨에게 이렇게 말했다.

“오른 쪽 벽 밑에 다섯 항아리가 또 있는데 그것 또한 오천 냥의 액수이다. 그리고 금 한 항아리가 더 있는데 방금 예씨 어르신께서 명하시기를 내게 사례의 뜻으로 주시겠다고 하셨다. 내 감히 받을 수 없다고 했으나 누차 억지로 주시겠다고 하여 어쩔 수 없이 받게 되었다.”

매씨와 선술이 함께 머리를 조아리며 말하기를 “왼쪽 벽 밑의 오천 냥도 바라던 것 이상으로 나왔는데 오른 쪽 벽 밑에 더 있다니 감히 선친의 명을 따르지 않을 수 없습니다.”라고 했다.

대윤이 말하기를 “내가 어찌 알겠느냐? 너희 집 어르신께서 그렇다고 하셨으니 헛된 말은 아닐 테지.”라고 했다. 그리고 다시 사람을 시켜 서쪽 벽을 파게 했더니 과연 여섯 개의 큰 항아리가 나왔는데 다섯 항아리에는 은이, 한 항아리에는 금이 담겨져 있었다. 예선계는 이 많은 금은을 보자 눈에서 불이 날 정도로 탐이 나서 한 덩이라도 빼앗으려고 안달을 했지만 방금 전에 한 말이 있기에 감히 한마디도 입에서 꺼내지 못했다. 등 대윤은 증빙문서 하나를 써서 예선술에게 주면서 그 집에 살고 있던 하인 일가를 그들 모자의 소유로 판결했다. 매씨와 선술은 기쁨을 이기지 못해 함께 머리를 조아리며 감사했다. 예선계는 매우 불쾌한 마음이 가득했지만 머리를 몇 번 조아리며 “판결해 주셔서 감사합니다.”라고 억지로나마 말할 수밖에 없었다. 대윤은 봉인할 종이 몇 장을 오려내 금을 담은 항아리를 봉해서 그의 가마 앞에 싣고 관아로 돌아간 뒤, 흡족해하며 사용했다. 사람들은 정말로 예 태수가 대윤에게 사례로 약속한 것인 줄 알고 도리어 당연한 이치로 생각했으니 누가 감히 안 된다고 했겠는가? “도요새와 방합이 서로 다투는 틈에 어부가 둘 다 잡아가 이득을 봤다.”는 것이 바로 이것이다. 만약에 예선계가 마음씀씀이가 충후(忠厚)하고 형제가 화목하여 가산을 고르게 나누는 것을 마다하지 않았다면, 이 황금 천 냥은 형제가 각각 오백 냥씩 가졌을 것이기에 어찌 등 대윤의 손에 들어갔겠는가? 쓸데없이 남을 이루게만 하고 자기 스스로는 울화만 치밀어 오르게 한데다가 불효하고 우애롭지 못하다는 오명만 더했다. 온갖 꾀를 다 쓴다 해도 어찌 남들에게 꾀를 써 넘어가게 할 수 있겠는가? 그저 제 꾀에 제가 넘어갔을 뿐이다.

곁가지 한담은 이만해 둔다. 재설(再說), 매씨 모자는 다음 날 다시 또 등 대윤에게 감사를 하러 관아로 갔다. 대윤은 이미 행락도에서 유언장을 빼고서 다시 표구를 한 뒤 매씨에게 돌려주었다. 비로소 매씨 모자는 행락도에서 한 손이 땅을 가리키는 것은 땅에 숨겨둔 금은을 가리키고 있다는 것을 알게 되었다. 이제 이 열 항아리의 은이 생겼으므로 두 모자는 전장을 장만하여 곧 부호가 되었다. 후에 선술은 아내를 맞이해 연이어 아들 셋을 낳았으며 그 아들들은 공부해 과거에 급제했다. 예씨 집안에서는 오직 이 한 지파만이 번성을 했다. 예선계의 두 아들은 모두 방탕하며 놀기를 좋아하여 가업도 황폐해지게 되었다. 예선계가 죽은 뒤로 두 채의 큰 주택은 모두 작은 아버지인 선술에게 팔아 선술이 관장하게 되었다. 동네에서 예씨 집 일의 본말을 아는 자들은 모두 하늘의 응보라고 생각했다. 이에 대한 다음과 같은 시가 있다.

종래로 천도에 어찌 사사로움이 있었나	從來天道有何私
예씨 맏아들은 심사가 매우 어리석어 비웃음을 당할 만도 해라	堪笑倪郎心太癡
모질게도 적형으로 서모를 업신여겨	忍以嫡兄欺庶母
죽은 아비로 하여금 살아 있는 아들과 따지게 하는구나	却教死父算生兒
두루마리에 글을 감춰 둔 건 괜한 일이 아니었고	軸中藏字非無意
담벼락 아래 묻힌 금은 대윤에게 돌아갔네	壁下埋金屬有司
어찌 조금이나마 공평하게 하여	何似存些公道好
다툼과 말썽을 일으키지 않은 것만 했겠는가	不生爭競不興詞

第三卷 滕大尹鬼斷家私

玉樹庭前諸謝, 紫荊花下三田. 塤篪和好弟兄賢, 父母心中歡忭. 多少爭財競產, 同根苦自相煎. 相持鷸蚌枉垂涎, 落得漁人取便!

這首詞名爲《西江月》, 是勸人家弟兄和睦的.

且說如今三教經典, 都是教人爲善的. 儒教有十三經, 六經, 五經; 釋教有諸品大藏金經; 道教有南華沖虛經及諸品藏經: 盈箱滿案, 千言萬語, 看來都是贅疣. 依我說, 要做好人, 只消箇兩字經, 是"孝弟"兩箇字. 那兩字經中, 又只消理會一個箇字, 是箇"孝"字. 假如孝順父母的, 見父母所愛者亦愛之, 父母所敬者亦敬之; 何況兄弟行中, 同氣連枝? 想到父母身上去, 那有不和不睦之理? 就是家私田產, 總是父母掙來的, 分什麽爾我? 較什麽肥瘠? 假如你生於窮漢之家, 分文沒得承受, 少不得自家挽起眉毛, 掙扎過活. 現成有田有地, 兀自爭多嫌寡, 動不動推說爹娘偏愛, 分受不均. 那爹娘在九泉之下, 他心上必然不樂. 此豈是孝子所爲? 所以古人說得好, 道是: "難得者兄弟, 易得者田地." 怎麽是"難得者兄弟"? 且說人生在世, 至親的莫如爹娘. 爹娘養下我來時節, 極早已是壯年了; 況且爹娘怎守得我同去, 也只好半世相處. 再說至愛的莫如夫婦, 白頭相守, 極是長久的了, 然未做親以前, 你張我李, 各門各戶, 也空著幼年一段. 只有兄弟們, 生於一家, 從幼相隨到老, 有事共商, 有難共救, 眞像手足一般, 何等情誼! 譬如良田美產, 今日棄了, 明日又可掙得來的; 若失了箇弟兄, 分明割了一手, 折了一足, 乃終身缺陷. 說到此地, 豈不是"難得者兄弟, 易得者田地"? 若是爲田地上壞了手足親情, 到不如窮漢赤光光沒得承受, 反爲乾淨, 省了許多是非口舌.

如今在下說一節國朝的故事, 乃是"滕大[35]尹鬼斷家私". 這節故事, 是勸人重義輕財, 休忘了"孝弟"兩字經. 看官們或是有弟兄, 沒兄弟, 都不關在

下之事; 各人自去摸着心頭, 學好做人便了. 正是:

善人聽說心中刺, 惡人聽說耳邊風.

話說國朝永樂年間, 北直順天府香河縣, 有箇倪太守, 雙名守謙, 字益之, 家累千金, 肥田美宅. 夫人陳氏, 單生一子, 名曰善繼. 長大婚娶之後, 陳夫人身故. 倪太守罷官鰥居, 雖然年老, 只落得精神健旺, 凡收租放債之事, 件件關心, 不肯安閒享用. 其年七十九歲. 倪善繼對老子說道: "人生七十古來稀[36], 父親今年七十九, 明年八十齊頭了, 何不把家事交卸與孩兒掌管, 吃些現成茶飯, 豈不爲美?" 老子搖着頭, 說出幾句道:

"在一日, 管一日. 替你心, 替你力. 掙些利錢穿共吃. 直待兩脚壁立直, 那時不關我事得."

每年十月間, 倪太守親往莊上收租, 整月的住下. 莊戶人家, 肥雞美酒, 儘他受用. 那一年, 又去住了幾日. 偶然一日, 午後無事, 繞莊閒步, 觀看野景, 忽然見一箇女子, 同着一箇白髮婆婆, 向溪邊石上搗衣. 那女子雖然村莊打扮, 頗有幾分姿色:

髮同漆黑, 眼若波明. 纖纖十指似栽葱, 曲曲雙眉如抹黛. 隨常布帛, 俏身軀賽着綾羅; 點景野花, 美丰儀不須釵鈿. 五短身材偏有趣, 二八年紀正當時.

倪太守老興勃發, 看得呆了. 那女子擣衣已畢, 隨著老婆婆而走. 那老兒留心觀看, 只見他走過數家, 進一個小小白籬笆門內去了. 倪太守連忙轉身, 喚管莊的來對他說, 如此如此, 教他訪那女子跟脚, 曾否許人; "若是沒有人家時, 我要娶他爲妾, 未知他肯否?" 管莊的巴不得奉承家主, 領命便去[37]. 原來那女子姓梅, 父親也是箇府學秀才, 因幼年父母雙亡, 在外婆身

35) 【校】大(대): 人民文學本·繪圖本·全圖本《今古奇觀》에는 "大"로 되어 있고, 古本小說集成本《今古奇觀》과 《古今小說》 각 판본에는 "縣"으로 되어 있다.
36) 人生七十古來稀(인생칠십고래희): 당나라 杜甫의 《曲江二首》 가운데 두 번째 수 두 번째 연에 있는 구절이다.
37) 【校】去(거): 人民文學本·繪圖本 《今古奇觀》에는 "去"로 되어 있고, 古本小說集

邊居住, 年一十七歲, 尙未許人. 管莊的訪得的實了, 就與那老婆婆說: "我家老爺見你孫女[38]兒生得齊整, 意欲聘爲偏房. 雖說是做小, 老奶奶去世已久, 上面並無人拘管, 嫁得成時, 豐衣足食, 自不須說; 連你老人家年常衣服茶米, 都是我家照顧, 臨終還得箇好斷送. 只怕你老人家沒福." 老婆婆聽得花錦似一片說話, 即時依允. 也是姻緣前定, 一說便成. 管莊的回覆了倪太守, 太守大喜! 講定財禮, 討皇曆看過吉日; 又恐兒子阻擋, 就在莊上行聘, 莊上做親. 成親之夜, 一老一少, 端的好看![39] 有西江月爲證:

> 一個烏紗白髮, 一個綠鬢紅粧. 枯藤纏樹嫩花香, 好似奶公相傍. 一個心中悽楚, 一個暗地驚慌. 只愁那話忒郎當, 雙手扶持不上.

當夜倪太守抖擻精神, 勾消了姻緣簿上. 眞個是:

> 恩愛莫忘今夜好, 風光不減少年時.

過了三朝, 喚乘[40]轎子, 擡那梅氏回宅, 與兒子媳婦相見. 闔家男女[41]都來磕頭, 稱爲"小奶奶". 倪太守把些布帛賞與眾人, 各各歡喜. 只有那倪善繼心中不美, 面前雖不言語, 背後夫妻兩口兒議論道: "這老人忒沒正經! 一把年紀, 風燈之燭, 做事也須料箇前後. 知道五年十年在世? 却去幹這樣不了不當的事! 討這花枝般的女兒, 自家也得精神對付他! 終不然, 擔誤他在

成本《今古奇觀》과 《古今小說》 각 판본에는 "走"로 되어 있다.

38) 【校】孫女(손녀): 人民文學本·繪圖本《今古奇觀》에는 "孫女"로 되어 있고, 古本小說集成本《今古奇觀》과 《古今小說》 각 판본에는 "女孫"으로 되어 있다.

39) 【校】古本小說集成本·繪圖本 《今古奇觀》과 古本小說集成本《古今小說》에는 "端的好看" 뒤에 "有西江月爲證 一個烏紗白髮 一個綠鬢紅粧 枯藤纏樹嫩花香 好似奶公相傍 一個心中悽楚 一個暗地驚慌 只愁那話忒郎當 雙手扶持不上 當夜倪太守抖擻精神 勾消了姻緣簿上"이라는 내용이 있는데 人民文學本《今古奇觀》 및 人民文學本《古今小說》에는 이 내용이 삭제되어 있다. 아마도 언술이 외설적이라고 생각해 삭제한 것으로 보인다.

40) 【校】乘(승): 《今古奇觀》 각 판본에는 "乘"으로 되어 있고, 《古今小說》 각 판본에는 "個"로 되어 있다.

41) 【校】闔家男女(합가남녀): 《今古奇觀》 각 판본에는 "闔家男女"로 되어 있고, 《古今小說》 각 판본에는 "闔宅男婦"로 되어 있다.

那裏, 有名無實. 還有一件, 多少人家老漢身邊有了少婦, 支持不過, 那少婦熬不得, 走了野路, 出乖露醜, 爲家門之玷. 還有一件, 那少婦跟隨老漢, 分明似出外度荒年一般, 等得年時成熟, 他便去了. 平時偷短偷長, 做下私房, 東三西四的寄開; 又撒嬌撒癡, 要漢子製辦衣飾與他; 到得樹倒鳥飛時節, 他便顚倒[42]嫁人, 一包兒收拾去受用. 這是木中之蠹, 米中之蟲! 人家有了這般人, 最損元氣的!" 又說道: "這女子嬌模嬌樣, 好像箇妓女, 全沒有良家體段. 看來是箇做聲分的頭兒, 擒老公的太歲[43]. 在喒爹身邊, 只該半妾半婢, 叫聲'姨姐', 後日還有箇退步; 可笑喒爹不明, 就叫眾人喚他做'小奶奶'. 難道要喒們叫他'娘'不成? 喒們只不作准他, 莫要奉承透了, 討他做大起來, 明日喒們顚倒受他嘔氣." 夫妻二人唧唧噥噥說箇不了. 早有多嘴的傳話出來. 倪太守知道了, 雖然不樂, 却也藏在肚裏. 幸得那梅氏秉性溫良, 事上接下, 一團和氣, 眾人也都相安.

過了兩箇月, 梅氏得了身孕, 瞞著眾人, 只有老公知道. 一日三, 三日九, 挨到十月滿足, 生下一個小孩兒出來, 舉家大驚. 這日正是九月九日, 乳名取做重陽兒. 到十一日, 就是倪太守生日, 這年恰好八十歲了, 賀客盈門. 倪太守開筵管待, 一來爲壽誕, 二來小孩子[44]三朝, 就當個湯餅之會. 眾賓客道: "老先生高年, 又新添箇小令郎, 足見血氣不衰, 乃上壽之徵也." 倪太守大喜. 倪善繼背後又說道: "男子六十而精絕, 況是八十歲了, 那見枯樹上生出花來? 這孩子不知那裏來的雜種, 決不是喒爹嫡血, 我斷然不認他做兄弟!" 老子又曉得了, 也藏在肚裏.

42) 【校】倒(도): 人民文學本·繪圖本《今古奇觀》에는 "倒"로 되어 있고, 古本小說集成本《今古奇觀》과《古今小說》각 판본에는 "作"으로 되어 있다.

43) 太歲(태세): 歲星紀年法에서 '歲星(즉 木星)'은 서쪽에서 동쪽으로 운행하므로 12辰의 방향과 상반되기 때문에 고대 점성가들은 목성과 정반대로 운행하는 가상의 歲星을 만들어 내고 이를 '太歲' 혹은 '歲陰'이나 '太陰'이라 했으며, 매년 太歲가 소재하는 위치로 紀年했다. 점성가들은 太歲의 神을 '歲神'이라고 했는데 한나라 때부터 太歲神이 있는 방위와 그 반대의 방위에는 모두 建造, 移徙, 嫁娶, 远行 등을 하면 안 되고 그것을 어기면 반드시 凶事가 있을 것이라 여겼다. 나중에 흉악하고 사나운 사람을 太歲라고 비유적으로 이르게 되었다.

44) 【校】子(자): 人民文學本·繪圖本《今古奇觀》에는 "子"로 되어 있고, 古本小說集成本《今古奇觀》과《古今小說》각 판본에는 "兒"로 되어 있다.

光陰似箭, 不覺又是一年, 重陽兒週歲, 整備做晬盤[45]故事. 裏親外眷, 又來作賀, 倪善繼到走了出門, 不來陪客. 老子已知其意, 也不去尋他回來, 自己陪著諸親, 喫了一日酒. 雖然口中不語, 心內未免有些不足之意. 自古道: 子孝父心寬. 那倪善繼平日做人, 又貪又狠, 一心只怕小孩子長大起來, 分了他一股家私; 所以不肯認做兄弟, 預先揑[46]惡話謠言, 日後好擺佈他母子. 那倪太守是讀書做官的人, 這箇關竅怎不明白? 只恨自家老了, 等不及重陽兒成人長大, 日後少不得要在大兒子手裏討針線, 今日與他結不得冤家, 只索忍耐. 看了這點小孩子, 好生痛他; 又看了梅氏小小年紀, 好生憐他. 常時想一會, 悶一會, 惱一會, 又懊悔一會.

再過四年, 小孩子長成五歲, 老子見他伶俐, 又忒會頑耍, 要送他館中上學, 取箇學名, 哥哥叫善繼, 他就叫善述. 揀箇好日, 備了果酒, 領他去拜師父. 那師父就是倪太守請在家裏教孫兒的, 小叔姪兩箇同館上學, 兩得其便. 誰知倪善繼與做爹的不是一條心腸. 他見那孩子取名善述, 與己排行, 先自不像意了, 又與他兒子同學讀書, 到要兒子叫他叔叔, 從小叫慣了, 後來就被他欺壓; 不如喚了兒子出來, 另從箇師父罷. 當日將兒子喚出, 只推有病, 連日不到館中. 倪太守初時只道是眞病. 過了幾日, 只聽得師父說: "大令郎另聘了箇先生, 分做兩箇學堂, 不知何意?" 倪太守不聽猶可, 聽了此言, 不覺大怒, 就要尋大兒子問其緣故; 又想到: "天生恁般逆種, 與他說也沒幹, 由他罷了!" 含了一口悶氣, 回到房中, 偶然脚慢, 拌着門檻一跌. 梅氏慌忙扶起, 攙到醉翁床上坐下, 已自不省人事. 急請醫生來看, 醫生說是中風, 忙取薑湯灌醒, 扶他上床. 雖然心下淸爽, 却滿身痲木, 動彈不得. 梅氏坐在床頭, 煎湯煎藥, 殷勤伏待, 連進幾服, 全無功效. 醫生切脈道: "只好延捱日子, 不能全愈了." 倪善繼聞知, 也來看覷了幾遍; 見老子病勢沉重, 料是不起, 便呼么喝六[47], 打僮罵僕, 預先裝出家主公的架子來. 老

45) 晬盤(수반): 옛날 풍속에 아기의 돌날, 접시에 종이, 붓, 칼, 화살 등과 같은 물건을 담아 아기가 잡는 것을 보고 장래의 志趣나 직업 등을 점쳤는데 이를 '試晬' 혹은 '抓周'라고 했다. 그 물건들을 담는 접시를 '晬盤'이라 한다.

46) 【校】揑(열): 人民文學本·繪圖本 《今古奇觀》에는 "揑"로 되어 있고, 古本小說集成本《今古奇觀》과 《古今小說》 각 판본에는 "把"로 되어 있다.

子聽得, 愈加煩惱. 梅氏只是[48]啼哭. 連小學生也不去上學, 留在房中相伴老子.

倪太守自知病篤, 喚大兒子到面前, 取出簿子一本, 家中田地屋宅, 以[49]及人頭帳目總數, 都在上面, 分付道: "善述年方五歲, 衣服尚要人照管. 梅氏又年少, 也未必能管家, 若分家私與他, 也是枉然. 如今盡數交付與你. 倘或善述日後長大成人, 你可看做爹的面上, 替他娶房媳婦, 分他小屋一所, 良田五六十畝, 勿令飢寒足矣. 這段話, 我都寫絕在家私簿上, 就當分家, 把與你做個執照. 梅氏若願嫁人, 聽從其便; 倘肯守著兒子度日, 也莫强他. 我死之後, 你一一依我言語, 這便是孝子. 我在九泉, 亦得瞑目!" 倪善繼把簿子揭開一看, 果然開得細, 寫得明, 滿臉堆下笑來, 連聲應道: "爹休憂慮, 恁兒一一依爹分付便了." 抱了家私簿子, 欣然而去. 梅氏見他去得遠了, 兩眼垂淚, 指着那孩子道: "這箇小冤家, 難道不是你嫡血? 你却和盤托出, 都把與大兒子了, 教我母子兩口, 異日把什麼過活?" 倪太守道: "你有所不知: 我看善繼不是個良善之人, 若將家私平分了, 連這小孩子的性命也難保, 不如都把與他, 像了他意, 再無妬忌." 梅氏又哭道: "雖然如此, 自古道: '子無嫡庶.' 忒殺厚薄不均, 被人笑話." 倪太守道: "我也顧他不得了. 你年紀正小, 趁我未死, 將孩子囑付善繼; 待我去世後, 多則一年, 少則半載, 儘你心中揀擇箇好頭腦, 自去圖下半世受用, 莫要在他們身邊討氣吃." 梅氏道: "說那裏話! 奴家也是儒門之女, 婦人從一而終, 況又有了這小孩兒, 怎割捨得抛他? 好歹要守在這孩子身邊的." 倪太守道: "你果然肯守志終身麼? 莫要[50]日久生悔." 梅氏就發起大誓來. 倪太守道: "你若立志果

47) 呼么喝六(호요갈륙): '呼幺喝六' 또는 '呼紅叫六'으로 쓰기도 한다. '么'와 '六'은 모두 주사위의 점수로 么는 1점이며 보통 주홍색으로 칠한다. 주사위를 던질 때 이기려는 마음으로 항상 자신이 원하는 점수를 큰 소리를 외치기 때문에 나중에 '呼么喝六'은 기세를 부리며 큰 소리를 지르는 것을 이르게 되었다.

48) 【校】是(시): 《今古奇觀》 각 판본에는 "是"로 되어 있고, 《古今小說》 각 판본에는 "得"으로 되어 있다.

49) 【校】以(이): 人民文學本·繪圖本 《今古奇觀》에는 "以"자가 있고, 古本小說集成本《今古奇觀》과 《古今小說》 각 판본에는 "以"자가 없다.

50) 【校】要(요): 人民文學本·繪圖本 《今古奇觀》에는 "要"로 되어 있고, 古本小說集

堅, 莫愁母子沒得過活.” 便向枕邊摸出一件東西來, 交與梅氏. 梅氏初時只道又是一箇家私簿子, 却原來是一尺闊、三尺長的一箇小軸子. 梅氏道: “要這小軸兒何用?” 倪太守道: “這是我的行樂圖, 其中自有奧妙. 你可悄地收藏, 休露人目. 直待孩子年長, 善繼不肯看顧他, 你也只含藏於心, 等得箇賢明有司官來, 你却將此軸去訴理, 述我遺命, 求他細細推詳, 他[51]自然有箇處分, 儘勾你母子二人受用.” 梅氏收了軸子. 話休絮煩. 倪太守又延了數日, 一夜痰厥, 叫喚不醒, 嗚呼哀哉死了, 享年八十四歲. 正是:

三寸氣在千般用, 一日無常萬事休. 早知九泉將不去, 作家辛苦著何繇!

且說倪善繼得了家私簿子[52], 又討了各倉各庫鑰匙, 每日只去查點家財什[53]物, 那有功夫走到父親房裏問安. 直等嗚呼之後, 梅氏差丫環去報知凶信, 夫妻兩口方纔跑來, 也哭了幾聲“老爹爹”. 沒一箇時辰就轉身去了, 到委著梅氏守屍. 幸得衣衾棺槨諸事都是預辦下的, 不要倪善繼費心. 殯殮成服後, 梅氏和小孩子兩口守著孝堂, 早暮啼哭, 寸步不離. 善繼只是點名應客, 全無哀痛之意, 七中便擇日安葬. 回喪之夜, 就把梅氏房中傾箱倒篋, 只怕父親存下些私房銀兩在內. 梅氏乖巧, 恐怕收去了他的行樂圖, 把自己原嫁來的兩隻箱籠, 到先開了, 提出幾件穿舊衣裳, 教他夫妻兩口檢看. 善繼見他大意, 到不來看了. 夫妻兩口兒亂了一回自去了. 梅氏思量苦切, 放聲大哭. 那小孩子見親娘如此, 也哀哀哭個不住, 恁般光景:

任是泥人應墮淚, 從教鐵漢也酸心.

次早, 倪善繼又喚箇做屋匠來, 看這房子, 要行重新改造, 與自家兒子做

成本《今古奇觀》과 《古今小說》 각 판본에는 “非”로 되어 있다.

51) 【校】他(타): 《今古奇觀》 각 판본에는 “他”자가 있고, 《古今小說》 각 판본에는 “他”자가 없다.

52) 【校】子(자): 人民文學本·繪圖本 《今古奇觀》에는 “子”자가 있고, 古本小說集成本《今古奇觀》과 《古今小說》 각 판본에는 “子”자가 없다.

53) 【校】什(십): 《今古奇觀》 각 판본과 古本小說集成本《古今小說》에는 “什”으로 되어 있고, 人民文學本《古今小說》에는 “雜”으로 되어 있다.

親. 將梅氏母子搬到後園三間雜屋內棲身, 只與他四脚小床一張, 和幾件粗檯粗凳, 連好傢伙都沒一件. 原在房中伏侍有兩箇丫環, 只揀大些的又喚去了, 止留下十一二歲的小使女, 每日是他廚下取飯, 有菜沒菜, 都不照管. 梅氏見不方便, 索性討些飯米, 堆箇土竈, 自炊來吃, 早晚做些針黹, 買些小菜, 將就度日. 小學生倒附在隣家上學, 束脩都是梅氏自出. 善繼又屢次吽[54]妻子勸梅氏嫁人, 又尋媒嫗與他說親; 見梅氏誓死不從, 只得罷了. 因梅氏十分忍耐, 凡事不言不語, 所以善繼雖然兇狠, 也不將他母子放在心上.

光陰似箭, 善述不覺長成一十四歲. 原來梅氏平生謹愼; 從前之事, 在兒子面前一字也不提[55], 只怕娃子家口滑, 引出是非, 無益有損. 守得一十四歲時, 他胸中漸漸涇渭分明, 瞞他不得了. 一日, 向母親討件新絹衣穿. 梅氏回他沒錢買得. 善述道: "我爹做過太守, 止生我弟兄兩人, 見今哥哥恁般富貴, 我要一件衣服就不能夠了, 是怎地? 旣娘沒錢時, 我自與哥哥要去[56]." 說罷就走. 梅氏一把扯住道: "我兒, 一件絹衣, 値甚大事, 也去開口求人. 常言道: '惜福積福'; '小來穿線, 大來穿絹.' 若小時穿了絹, 到大來線也沒得穿了. 再過兩年, 等你讀書進步, 做娘的情願賣身來做衣服與你穿著. 你那哥哥不是好惹的, 纏他什麽?" 善述道: "娘說得是." 口雖答應, 心下不以爲然, 想著: "我父親萬貫家私, 少不得兄弟兩箇大家分受. 我又不是隨娘晩嫁拖來的油瓶[57], 怎麽我哥哥全不看顧? 娘又是恁般說? 終不然, 一疋絹兒沒有我分, 直待娘賣身來做與我穿著? 這話好生奇怪! 哥哥又不是吃

54) 【校】吽(규): 《今古奇觀》 각 판본에는 "吽"로 되어 있고, 《古今小說》 각 판본에는 "教"로 되어 있다.

55) 【校】提(제): 人民文學本·繪圖本 《今古奇觀》에는 "提"로 되어 있고, 古本小說集成本《今古奇觀》과 《古今小說》 각 판본에는 "題"로 되어 있다.

56) 【校】要去(요거): 《今古奇觀》 각 판본에는 "要去"로 되어 있고, 《古今小說》 각 판본에는 "索討"로 되어 있다.

57) 油瓶(유병): 부녀자가 개가할 때 데리고 가는, 전남편과의 사이에서 낳은 자식을 이른다. 이 호칭의 유래에 대해서는 다양한 설이 존재한다. 일설에 따르면 '油瓶'은 원래 기름병이란 뜻으로 기름병은 '미끄러워 끌고 가기 불편하고 번거롭다'는 의미에서 파생되어 '전남편의 자식을 데리고 재가하는 것'이나 '데리고 가는 자식'을 일러 '拖油甁'이라고 칭하게 되었다 한다.

人的虎, 怕他怎的?" 心生一計, 瞞了母親, 徑到大宅裏去尋見了哥哥, 叫聲: "作揖." 善繼到吃了一驚, 問他來做什麽. 善述道: "我是個縉紳子弟, 身上襤褸, 被人恥笑, 特來尋哥哥討疋絹去做衣服穿." 善繼道: "你如[58]要衣服穿, 自與娘討." 善述道: "老爹爹家私是哥哥管, 不是娘管." 善繼聽說"家私"二字, 題目來得大了, 便紅着臉問道: "這句話是那箇教你說的? 今日來討衣服穿, 還是來爭家私?" 善述道: "家私少不得有日分析, 今日先要件衣服裝裝體面." 善繼道: "你這般野種, 要什麽體面! 老爹爹縱有萬貫家私, 自有嫡子嫡孫, 幹你野種屁事! 你今日是聽了甚人攛掇, 到此討野火吃[59]? 莫要惹著我性子, 教你母子二人無安身之處!" 善述道: "一般是老爹爹所生, 怎麽我是野種? 惹着你性子便怎地? 難道謀害了我娘兒兩個, 你就獨佔了家私不成?" 善繼大怒, 罵道: "小畜生, 敢挺撞我!" 牽住他衣袖兒, 捻起拳頭, 一連七八箇栗暴, 打得頭皮都靑腫了. 善述掙脫了, 一道煙走脫[60], 哀哀的哭到母親面前來, 一五一十, 備細述與母親知道. 梅氏抱怨道: "我教你莫去惹事, 你不聽教訓, 打得你好!" 口裏雖如此說, 扯著靑布衫, 替他摩那頭上腫處, 不覺兩淚交流. 有詩爲證:

少年嫠婦擁遺孤, 食薄衣單百事無. 只爲家庭缺孝友, 同枝一樹判榮枯.

梅氏左思右量, 恐怕善繼藏怒, 到遣使女進去致意, 說: "小學生不曉世事, 沖撞長兄, 招箇不是." 善繼兀自怒氣不息. 次日侵早, 邀幾箇族人在家, 取出父親親筆分關, 請梅氏母子到來, 公同看了, 便道: "尊親長在上, 不是善繼不肯養他母子, 要攆他出去, 只因善述昨日與我爭取家私, 發許多說話. 誠恐日後長大, 說話一發多了, 今日分析他母子出外居住. 東莊住房一所, 田五十八畝, 都是遵依老爹爹遺命, 毫不敢自專. 伏乞尊親長作證." 這

58) 【校】如(여): 人民文學本·繪圖本《今古奇觀》에는 "如"자가 있고, 古本小說集成本《今古奇觀》과《古今小說》각 판본에는 "如"자가 없다.

59) 野火(야화): '野火'는 본래 '들불'이라는 뜻으로 보통 '討野火' 혹은 '討野火吃'이라고 하여 부수입을 벌거나 공짜로 이득을 얻는 것을 이른다.

60) 【校】脫(탈):《今古奇觀》각 판본에는 "脫"로 되어 있고,《古今小說》각 판본에는 "出"로 되어 있다.

夥親族, 平昔曉得善繼做人利害; 又且父親親筆遺囑, 那箇還肯多嘴做閒冤家? 都將好看的話兒來說. 那奉承善繼的說道: "'千金難買亡人筆.' 照依分關, 再沒話了." 就是那可憐善述母子的, 也只說道: "'男子不喫分時飯, 女子不著嫁時衣.' 多少白手成家的! 如今有屋住, 有田種, 不算沒根基了, 只要自去掙持, 得粥莫嫌薄, 各人自有個命在."

梅氏料道在園屋居住, 不是了日, 也[61]只得聽憑分析, 同孩兒謝了眾親長, 拜別了祠堂, 辭了善繼夫婦, 教人搬了幾件舊家伙, 和那原嫁來的兩隻箱籠, 雇了牲口騎坐, 來到東莊屋內. 只見荒草滿地, 屋瓦稀疏, 是多年不修整的, 上漏下濕, 怎生住得, 將就打掃一兩間, 安頓床鋪. 喚莊戶來問時, 道[62]: "這五十八畝田, 都是最下不堪的. 大熟之年, 一半收成還不能勾; 若荒年, 只好賠糧." 梅氏只叫得苦. 到是小學生有智, 對母親道: "我弟兄兩箇, 都是老爹爹親生, 爲何分關上如此偏向? 其中必有緣故. 莫非不是老爹爹親筆? 自古道: '家私不論尊卑.' 母親何不告官申理? 厚薄憑官府判斷, 到無怨心." 梅氏被孩兒提[63]起線索, 便將十來年隱下衷情, 都說出來, 道: "我兒休疑分關之語. 這正是你父親之筆. 他道你年小, 恐怕被做哥哥[64]的暗算, 所以把家私都判與他, 以安其心. 臨終之日, 只與我行樂圖一軸, 再三囑付: '其中含藏啞謎, 直待賢明有司在任, 送他詳審, 包你母子兩口有得過活, 不致貧苦.'" 善述道: "旣有此事, 何不早說? 行樂圖在那裏? 快取來與孩兒一看." 梅氏開了箱兒, 取出一箇布包來, 解開包袱, 裏面又有一重油紙封裹著. 拆了封, 展開那一尺闊、三尺長的小軸兒, 掛在椅上, 母子一齊下拜. 梅氏通陳道: "村莊香燭不便, 乞恕褻慢." 善述拜罷, 起來仔細看時, 乃是一箇坐像, 烏紗白髮, 畫得丰采如生, 懷中抱著嬰兒, 一隻手指著地下. 揣摩

61) 【校】也(야): 人民文學本·繪圖本《今古奇觀》에는 "也"자가 있고, 古本小說集成本《今古奇觀》과 《古今小說》 각 판본에는 "也"자가 없다.

62) 【校】道(도): 人民文學本·繪圖本《今古奇觀》에는 "道"로 되어 있고, 古本小說集成本《今古奇觀》과 《古今小說》 각 판본에는 "連"으로 되어 있다.

63) 【校】提(제): 人民文學本·繪圖本《今古奇觀》에는 "提"로 되어 있고, 古本小說集成本《今古奇觀》과 《古今小說》 각 판본에는 "題"로 되어 있다.

64) 【校】哥哥(가가): 人民文學本·繪圖本《今古奇觀》에는 "哥哥"로 되어 있고, 古本小說集成本《今古奇觀》과 《古今小說》 각 판본에는 "哥"로 되어 있다.

了半晌, 全然不解, 只得依舊收卷包藏, 心下好生煩悶.

過了數日, 善述到前村要訪箇師父講解, 偶從關王廟前經過, 只見一夥村人, 擡着豬羊大禮, 祭賽關聖. 善述立住脚頭看時, 又見一箇過路的老者, 拄了一根竹杖, 也來閒看, 問著眾人道: "你們今日爲甚賽神?" 眾人道: "我們遭了屈官司, 幸賴官府明白, 斷明瞭這公事. 向日許下神道願心, 今日特來拜償." 老者道: "甚麼屈官司? 怎生斷的?" 內中一人道: "本縣向奉上司明文, 十家爲甲. 小人是甲首, 叫做成大. 同甲中有箇趙裁, 是第一手針線, 常在人家做夜作, 整幾日不歸家的; 忽一日出去了, 月餘不歸. 老婆劉氏央人四下尋覓, 並無蹤跡. 又過了數日, 河內浮出一箇屍首, 頭都打破的. 地方報與官府. 有人認出衣服, 正是那趙裁. 趙裁出門前一日, 曾與小人酒後爭句閒話, 一時發怒, 打到他家, 毀了他幾件家伙, 這是有的. 誰知他老婆把這樁人命, 告了小人. 前任漆知縣聽信一面之詞, 將小人問成死罪, 同甲不行舉首, 連累他們都有了罪名. 小人無處伸冤, 在獄三載. 幸遇新任滕爺. 他雖鄉科出身, 甚是明白. 小人因他熱審[65]時節, 哭訴其冤. 他也疑惑道: '酒後爭嚷, 不是深[66]仇, 怎的就謀他一命?'准了小人狀詞, 出牌拘人覆審. 滕爺一眼看著趙裁的老婆, 千不說, 萬不說, 開口便問他: '曾否再醮?' 劉氏道: '家貧難守, 已嫁人了.'又問: '嫁的甚人?' 劉氏道: '是班輩的裁縫叫沈八漢.'滕爺當時飛拿沈八漢來, 問道: '你幾時娶這婦人?' 八漢道: '他丈夫死了一箇多月, 小人方纔娶回.'滕爺道: '何人爲媒? 用何聘禮?'八漢道: '趙裁存日, 曾借用過小人七八兩銀子. 小人聞得趙裁死信, 走到他家探問, 就便催取這銀子. 那劉氏沒得抵償, 情願將身許嫁小人, 准折這銀兩, 其實不曾央媒.'滕爺又問道:'你做手藝的人, 那裏來這七八兩銀子?'八漢道: '是陸續湊與他的.'滕爺把紙筆教他細開逐次借銀數目. 八漢開了出來, 或米, 或銀, 共十三次, 湊成七兩八錢之數. 滕爺看罷, 大喝道: '趙裁是你打死的, 如何

65) 【校】熱審(열심): 古本小說集成本《今古奇觀》과 人民文學本《古今小說》에는 "熱審"으로 되어 있고, 人民文學本·繪圖本《今古奇觀》과 古本小說集成本《古今小說》는 "熟審"으로 되어 있다. '熱審'에 대한 설명은 역문 각주를 참고하라.

66) 【校】深(심): 《今古奇觀》 각 판본에는 "深"으로 되어 있고, 《古今小說》 각 판본에는 "大"로 되어 있다.

妄陷平人!'便用夾棍[67]夾起. 八漢還不肯認. 滕爺道: '我說出情弊, 敎你心服! 旣然放本盤利, 難道再沒有第二個人托得? 恰好都借與趙裁? 必是平昔間與他妻子有姦, 趙裁貪你東西, 知情故縱, 以後想做長久夫妻, 便謀死了趙裁, 却又敎導那婦人告狀, 撚在成大身上. 今日你開帳的字, 與舊時狀紙筆跡相同, 這人命不是你是誰?'再敎把婦人拶起[68], 要他承招. 劉氏聽見滕爺言語, 句句合拍, 分明鬼谷先師一般, 魂都驚散了, 怎敢抵賴; 拶子套上, 便承認了. 八漢只得也招了. 原來八漢起初與劉氏密地相好, 人都不知; 後來往來勤了, 趙裁怕人眼目, 漸有隔絕之意. 八漢私與劉氏商量, 要謀死趙裁, 與他做夫妻. 劉氏不肯. 八漢乘趙裁在人家做生活回來, 哄他店上吃得爛醉, 行到河邊, 將他推倒, 用石塊打破腦門, 沉屍河底, 只等事冷, 便娶那婦人回去; 後因屍骸浮起, 被人認出. 八漢聞得小人有爭嚷之隙, 却去唆那婦人告狀. 那婦人直待嫁後, 方知丈夫是八漢謀死的; 旣做了夫妻, 便不言語. 却被滕爺審出眞情, 將他夫妻抵罪, 釋放小人寧家. 多承列位親鄰鬪出公分, 替小人賽神. 老翁, 你道有這般冤事麽?" 老者道: "恁般賢明官府, 眞個難遇! 本縣百姓有幸了!" 倪善述聽在肚裏, 便回家學與母親知道, 如此如此, 這般這般, "有恁地好官府, 不將行樂圖去告訴, 更待何時?" 母子商議已定, 打聽了放告日期. 梅氏起個黑早, 領著十四歲的兒子, 帶了軸兒, 來到縣中叫喊. 大尹見沒有狀詞, 只有一箇小小軸兒, 甚是奇怪, 問其緣故. 梅氏將倪善繼平昔所爲, 及老子臨終遺囑, 備細說了. 滕知縣收了軸子, 敎他且去, "待我進衙細看." 正是:

一幅畫圖藏啞謎, 千金家事仗搜尋. 只因嫠婦孤兒苦, 費盡神明大尹心.

不題梅氏母子回家. 且說滕大尹放告已畢, 退歸私衙, 取那一尺闊、三尺長的小軸, 看是倪太守行樂圖: 一手抱箇嬰孩, 一手指着地下. 推詳了半日, 想道: "這個嬰孩就是倪善述, 不消說了; 那一手指地, 莫非要有司官念他地

67) 夾棍(협곤): 두 가닥의 나무 막대기로 죄인의 다리에 주리를 틀어 형벌을 가하는 刑具로 주릿대를 가리킨다.
68) 【校】起(기): 《今古奇觀》 각 판본에는 "起"로 되어 있고, 《古今小說》 각 판본에는 "指"로 되어 있다.

下之情, 替他出力麽?" 又想道: "他旣有親筆分關, 官府也難做主了. 他說軸中含藏啞謎, 必然還有箇道理. 若我斷不出此事, 枉自聰明一世." 每日退堂, 便將畫圖展玩, 千思萬想, 如此數日, 只是不解. 也是這事合當明白, 自然生出機會來. 一日午飯後, 又去看那軸子時[69], 丫鬟送茶來吃, 將一手去接茶甌, 偶然失挫, 潑了些茶, 把軸子沾濕了. 滕大尹放了茶甌, 走向階前, 雙手扯開軸子, 就日色曬乾, 忽然日光中照見軸子裏面有些字影. 滕知縣心疑, 揭開看時, 乃是一幅字紙, 托在畫上, 正是倪太守遺筆. 上面寫道:

> 老夫官居五馬[70], 壽逾八旬, 死在旦夕, 亦無所恨. 但孼子善述, 年方周歲, 急未成立, 嫡善繼, 素缺孝友, 日後恐爲所戕. 新置大宅二所及一切田產, 悉以授繼. 惟左偏舊小屋, 可分與述. 此屋雖小, 室中左壁埋銀五千, 作五罈; 右壁埋銀五千, 金一千, 作六罈, 可以準田園之額. 後有賢明有司主斷者, 述兒奉酬白金三百兩.
>
> 八十一翁倪守謙親筆. 年月日押[71].

原來這行樂圖是倪太守八十一歲上, 與小孩子做周歲時, 預先做下的. 古人云: 知子莫若父, 信不虛也. 滕大尹最有機變的人, 看見開著許多金銀, 未免垂涎之意; 眉頭一皺, 計上心來: "差人密拿倪善繼來見我, 自有話說."

却說倪善繼獨佔家私, 心滿意足, 日日在家中快樂, 忽見縣差奉著手批拘喚, 時刻不容停留. 善繼推阻不得, 只得相隨到縣. 正値大尹升堂理事, 差人稟道: "倪善繼已拿到了." 大尹喚到案前, 問道: "你就是倪太守的長子麽?" 善繼應道: "小人正是." 大尹道: "你庶母梅氏有狀告你, 說你逐母逐弟, 佔產佔房, 此事眞麽?" 倪善繼道: "庶弟善述, 在小人身邊, 從幼撫養大的; 近日他母子自要分居, 小人並不曾逐他. 其家財一節, 都是父親臨終親筆分析定的, 小人並不敢有違." 大尹道: "你父親親筆在那裏?" 善繼道: "見在

69) 【校】時(시): 《今古奇觀》 각 판본에는 "時"자가 있고, 《古今小說》 각 판본에는 "時"자가 없다.

70) 五馬(오마): 한나라 때 太守가 말 다섯 필이 끄는 수레를 탔기 때문에 五馬가 太守라는 관직의 대명사로 쓰이게 되었다.

71) 【校】押(압): 《今古奇觀》 각 판본에는 "押"으로 되어 있고, 《古今小說》 각 판본에는 "花押"으로 되어 있다.

家中, 容小人取來呈覽.” 大尹道: “他狀詞內告有家財萬貫, 非同小可. 遺筆眞僞, 也未可知. 念你是縉紳之後, 且不難爲你. 明日可喚齊梅氏母子, 我親到你家, 查閱家私. 若厚薄果然不均, 自有公道, 難以私情而論.” 喝教皂快[72]押出善繼, 就去拘集梅氏母子, 明日一同聽審. 公差得了善繼的東道, 放他回家去訖, 自往東莊拘人去了.

再說善繼聽見官府口氣利害, 好生驚恐: “論起家私, 其實全未分析, 單單持著父親分關執照, 千鈞之力, 須要親族見證方好.” 連夜將銀兩分送三黨親長, 囑託他次早都到家來, 若官府問及遺筆一事, 求他同聲相助. 這夥三黨之親, 自從倪太守亡後, 從不曾見善繼一盤一盒, 歲時也不曾酒杯相及; 今日大塊銀子送來, 正是“閒時不燒香, 急來抱佛脚.” 各各暗笑, 落得受了買東西吃. 明日見官, 旁觀動靜, 再作區處. 時人有詩云:

休嫌庶母妄興詞, 自是爲兄意太私. 今日將銀買三黨, 何如疋絹贈孤兒?

且說梅氏見縣差拘喚, 已知縣主與他做主. 過了一夜, 次日侵早, 母子二人先到縣中去見滕大尹. 大尹道: “憐你孤兒寡婦, 自然該替你設法; 但聞得善繼執得有亡父親筆分關, 這怎麽處?” 梅氏道: “分關雖寫得有, 却是保全兒[73]子之計, 非出亡夫本心. 恩官[74]只看家私簿上數目, 便知明白.” 大尹道: “‘淸官難斷家事[75]’. 我如今管你母子一生衣食充足, 你也休做十分大望.” 梅氏謝道: “若得免於饑寒, 足矣, 豈望與善繼同作富家郎乎?” 滕大尹

72) 皂快(조쾌): 옛날 州縣에 있는 관아의 衙役은 皂, 快, 壯 등의 三班으로 나뉘는데 ‘皂班’은 관아 내에 서있으면서 형벌의 집행 등을 주관했고, ‘快班’은 步快와 馬快로 나뉘어 본래 공문 전달을 주관했다가 나중에는 죄수의 搜捕를 주관했으며, ‘壯班’은 투옥된 죄수를 지키는 일을 주관했다. 이들 아역들을 통틀어 皂快라고 일컬었다.

73) 【校】兒(아): 《今古奇觀》 각 판본에는 “兒”로 되어 있고, 《古今小說》 각 판본에는 “孩”로 되어 있다.

74) 【校】官(관): 《今古奇觀》 각 판본에는 “官”으로 되어 있고, 《古今小說》 각 판본에는 “相”으로 되어 있다.

75) 【校】《古今小說》 각 판본과 古本小說集成本《今古奇觀》에는 “淸官難斷家事” 앞에 “常言道” 세 글자가 더 있고, 人民文學本·繪圖本 《今古奇觀》에는 없다. ‘常言道’는 ‘속언에 이르기를’이란 뜻이다.

分付梅氏母子先到善繼家伺候. 倪善繼早已打掃廳堂, 堂上設一把虎皮交椅, 焚起一爐好香; 一面催請親族早來守候. 梅氏和善述到來, 見十親九眷, 都在眼前, 一一相見了, 也不免說幾句求情的話兒. 善繼雖然一肚子惱怒, 此時也不好發洩, 各各暗自打點見官的說話.

等不多時, 只聽得遠遠喝道之聲, 料是縣主來了. 善繼整頓衣帽迎接. 親族中年長知事的, 準備上前見官; 其幼輩怕事的, 都站在照壁[76]背後張望, 打探消耗. 只見一對對執事[77]兩班排立; 後面青羅傘下, 蓋著有才有智的滕大尹. 到得倪家門首, 執事跪下, 么喝一聲. 梅氏和倪家兄弟, 都一齊跪下來迎接. 門子[78]喝聲: "起去!" 轎夫停了五山屏風轎子. 滕大尹不慌不忙, 踱下轎來; 將欲進門, 忽然對著空中, 連連打恭, 口裏應對, 恰像有主人相迎的一般. 眾人都喫驚, 看他做甚模樣. 只見滕大尹一路揖讓, 直到堂中, 連作數揖, 口中敘許多寒溫的言語, 先向朝南的虎皮交椅上打箇恭, 恰像有人看坐的一般, 連忙轉身, 就拖一把交椅, 朝北主位排下; 又向空再三謙讓, 方纔上坐. 眾人看他見神見鬼的模樣, 不敢上前, 都兩旁站立呆看. 只見滕大尹在上坐, 拱揖開談道: "令夫人將家產事告到晚生手裏, 此事端的如何?" 說罷, 便作傾聽之狀. 良久, 乃搖首吐舌道: "長公子太不良了!" 靜聽一會, 又自說道: "教次公子何以存活?" 停一會, 又說道: "右偏小房[79]有何活計?" 又連聲道: "領教, 領教." 又停一時, 說道: "這項也交付次公子, 晚生都領命了." 少停, 又拱揖道: "晚生怎敢當此厚惠!" 推遜了多時, 又道: "既承尊命懇切, 晚生勉領. 便給批照與次公子收執." 乃起身又連作數揖, 口

76) 照壁(조벽): 고건축에서 사찰이나 주택의 정문 바로 내에 벽을 쌓아 대문 밖에서 안을 들여다볼 수 없도록 설치했던 가림벽을 이른다. 대부분의 조벽에는 문자나 그림을 새겨 장식했다.

77) 執事(집사): 옛날 지위가 높은 사람이 행차할 때에 위엄을 보이기 위하여 격식을 갖추어 세우는 兵仗器나 물건 혹은 그런 것들을 착용하고 있는 사람 등을 통틀어 '儀仗'이라 했다. '儀'는 威儀를 뜻하고 '仗'은 창이나 칼 같은 병기를 의미한다. '집사'는 의장을 하고 있는 사람 즉 의장대를 가리킨다.

78) 門子(문자): 관원의 측근에서 시중드는 노복을 이른다.

79) 【校】房(방): 人民文學本·繪圖本《今古奇觀》에는 "房"으로 되어 있고, 古本小說集成本《今古奇觀》과《古今小說》각 판본에는 "屋"으로 되어 있다.

稱: “晩生便去.” 衆人都看得呆了. 只見滕大尹立起身來, 東看西看, 問道: “倪爺那裏去了?” 門子稟道: “沒見什麽倪爺.” 滕大尹道: “有此怪事!” 喚善繼問道: “方纔令尊老先生親在門外相迎, 與我對坐了, 講這半日說話, 你們諒必都聽見的.” 善繼道: “小人不曾聽見.” 滕大尹道: “方纔長長的身兒, 瘦瘦的臉兒, 高顴骨, 細眼睛, 長眉大耳, 朗朗的三牙須, 銀也似白的; 紗帽皀靴, 紅袍金帶, 可是倪老先生模樣麽?” 唬得衆人一身冷汗, 都跪下道: “正是他生前模樣.” 大尹道: “如何忽然不見了? 他說家中有兩處大廳堂, 又東邊舊存下一所小屋, 可是有的?” 善繼也不敢隱瞞, 只得承認道: “有的.” 大尹道: “且到東邊小屋去一看, 自有話說.” 衆人見大尹半日自言自語, 說得活龍活現[80], 分明是倪太守模樣, 都信道倪太守眞箇出現了, 人人吐舌, 箇箇驚心. 誰知都是滕大尹的巧計[81]. 他是看了行樂圖, 照依小像說來, 何曾有半句是眞話! 有詩爲證:

聖賢自是空題目, 惟有鬼神不敢觸. 若非大尹假裝詞, 逆子如何肯心服?

倪善繼引路, 衆人隨著大尹來到東偏舊屋內. 這舊屋是倪太守未得第時所居, 自從造了大廳大堂, 把舊屋空著, 只做個倉廳, 堆積些零碎米麥在內, 留下一房家人看守[82]. 大尹前後走了一遍, 到正屋中坐下, 向善繼道: “你父親果是有靈, 家中事體, 備細與我說了, 教我主張. 這所舊宅子與善述. 你意下如何?” 善繼叩頭道: “但憑恩臺明斷.” 大尹討家私簿子, 細細看了, 連聲道: “也好箇大家事!” 看到後面遺筆分關, 大笑道: “你家老先生自家寫定的, 方纔却又在我面前說善繼許多不是, 這箇老先生也是沒主意的.” 喚倪善繼過來, “旣然分關寫定, 這些田園帳目, 一一給你, 善述不許妄爭.” 梅氏暗暗叫苦. 方欲上前哀求, 只見大尹又道: “這舊屋判與善述. 此屋中之所

80) 活龍活現(활룡활현): 말이나 글이 매우 생동감 있어 사람들로 하여금 그것이 진짜인 것처럼 느끼게 하는 것을 형용하는 말이다.

81) 【校】計(계): 《今古奇觀》 각 판본에는 “計”로 되어 있고, 《古今小說》 각 판본에는 “言”으로 되어 있다.

82) 【校】守(수): 《今古奇觀》 각 판본에는 “守”로 되어 있고, 《古今小說》 각 판본에는 “見”으로 되어 있다.

有, 善繼也不許妄爭." 善繼想道: "這屋內破家破火, 不直甚事, 便堆下些米麥, 一月前都糶得七八了, 存不多兒, 我也夠便宜了." 便連連答應道: "恩臺所斷極明." 大尹道: "你兩人一言爲定, 各無翻悔. 眾人既是親族, 都來做個證見. 方纔倪老先生當面囑付說: '此屋左壁下埋銀五千兩, 作五罈, 當與次兒.'" 善繼不信, 稟道: "若果然有此, 即使萬金, 亦是兄弟的, 小人並不敢爭執." 大尹道: "你就爭執時, 我也不准." 便教手下討鋤頭鐵鍬等器. 梅氏母子作眼[83], 率領民壯往東壁下掘開牆基, 果然埋下五箇大罈; 發起來時, 罈中滿滿的都是光銀子; 把一罈銀子上秤稱時, 算來該是六十二斤半, 剛剛一千兩足數. 眾人看見, 無不驚訝. 善繼益發信眞了: "若非父親陰靈出現, 面訴縣主, 這箇藏銀, 我們尚且不知, 縣主那裏知道?" 只見滕大尹教把五壇銀子, 一字兒擺在自家面前, 又分付梅氏道: "右壁還有五罈, 亦是五千之數. 更有一罈金子, 方纔倪老先生有命: 送我作酬謝之意, 我不敢當. 他再三相强, 我只得領了." 梅氏同善述叩頭說道: "左壁五千, 已出望外; 若右壁更有, 敢不依先人之命!" 大尹道: "我何以知之? 據你家老先生是恁般說, 想不是虛話." 再教人發掘西壁, 果然六箇大罈, 五罈是銀, 一罈是金. 善繼看著許多黃白之物, 眼中都[84]放出火來, 恨不得搶他一錠; 只是有言在前, 一字也不敢開口. 滕大尹寫個箇照帖, 給與善述爲照, 就將這房家人, 判與善述母子. 梅氏同善述不勝之喜, 一同叩頭拜謝. 善繼滿肚不樂, 也只得磕幾箇頭, 勉强說句"多謝恩臺主張." 大尹判幾條封皮, 將一罈金子封了, 放在自己轎前, 擡回衙內, 落得受用. 眾人都認道眞個倪太守許下酬謝他的, 反以爲理之當然, 那箇敢道箇"不"字! 這正叫做"鷸蚌相持, 漁人得利." 若是倪善繼存心忠厚, 兄弟和睦, 肯將家私平等分析, 這千兩黃金, 弟兄大家該五百兩, 怎到得滕大尹之手? 白白裏作成了別人, 自己還討得氣悶, 又加箇不孝不弟之名. 千算萬計, 何曾算計得他人, 只算計得自家而已!

83) 作眼(작안): 현장에서 앞장 서 길을 인도하며 지목해 내는 사람이 된다는 의미이다.

84) 【校】眼中都(안중도): 人民文學本·繪圖本《今古奇觀》에는 "眼中都"로 되어 있고, 古本小說集成本《今古奇觀》에는 "眼中盡"으로 되어 있고,《古今小說》각 판본에는 "眼裏(裡)都"로 되어 있다.

閒話休題. 再說梅氏母子, 次日又到縣拜謝滕大尹. 大尹已將行樂圖取去遺筆, 重新裱過, 給還梅氏收領. 梅氏母子方悟行樂圖上一手指地, 乃指地下所藏之金銀也. 此時有了這十罈銀子, 一般置買田園, 遂成富室. 後來善述娶妻, 連生三子, 讀書成名. 倪氏門中只有這一枝極盛. 善繼兩箇兒子, 都好遊蕩, 家業耗廢. 善繼死後, 兩所大宅子, 都賣與叔叔善述管業. 里中凡曉得倪家之事本末的, 無不以爲天報云. 詩曰:

從來天道有何私, 堪笑倪郎心太癡! 忍以嫡兄欺庶母, 却教死父算生兒.
軸中藏字非無意, 壁下埋金屬有司. 何似存些公道好, 不生爭競不興詞.

제4권

배(裴) 진공(晉公)이 의롭게 미인을 원래 배필에게 돌려보내다〔裴晉公義還原配〕

▌작품 해설

이 이야기는 《고금소설(古今小說)》〔《유세명언(喩世明言)》〕 권9에 있는 작품이다. 입화(入話) 부분 등통(鄧通)에 관한 이야기는 《사기(史記)》 권125 〈영행열전(佞幸列傳)〉과 《한서(漢書)》 권93 〈영행전(佞幸傳)〉에서 나온 것이고, 주아부(周亞夫)의 이야기는 《사기(史記)》 권57 〈강후주발세가(絳侯周勃世家)〉에서 나온 것으로 당나라 이항(李亢)의 《독이지(獨異志)》 권하(卷下)에도 수록되어 있다. 정화(正話)에서 진국공(晉國公) 배도(裴度)가 보물 허리띠를 돌려준 이야기는 오대(五代) 왕정보(王定保)의 《당척언(唐摭言)》 권4 절조(節操)에서 나온 이야기로 《태평광기(太平廣記)》 권117에 〈배도(裴度)〉라는 제목으로 수록되어 있고, 송나라 위심자(委心子)의 《신편분문고금유사(新編分門古今類事)》 권19에는 〈배도환대(裴度還帶)〉라는 제목으로 수록되어 있으며, 《척유(摭遺)》에서 나왔다고 했다. 송나라 왕당(王讜)의 《당어림(唐語林)》 권6 보유(補遺)에도 수록되어 있고, 배도의 이 이야기를 바탕으로 한 원나라 관한경

(關漢卿)의 잡극 〈배도환대(裴度還帶)〉〔일명 〈산신묘배도환대(山神廟裴度還帶)〉〕가 《고본원명잡극제요(孤本元明雜劇提要)》에 소개되어 있다. 또한 《곡해총목제요(曲海總目提要)》 권13에 '배도환대(裴度還帶)'의 이야기를 바탕으로 한 〈환대기(還帶記)〉가 소개되어 있는데 명초구본(明初舊本)이라 했으며 지은이는 미상으로 되어 있다. 유사한 이야기로, 송나라 증조(曾慥)의 《유설(類說)》 권11 소재 《지전록(芝田錄)》에서 나온 〈예호노생문명(詣葫蘆生問命)〉이 있다. 여기에서 주인공은 백중금(白中金)이며 《군서유편고사(群書類編故事)》 권17 〈환보대획보(還寶帶獲報)〉 조에서 또한 《지전록(芝田錄)》을 인용하고 있는데 주인공 이름은 백중령(白中令)이다. 백중령은 실존 인물로 형남절도사(荊南節度使)를 지냈으며 《당척언》 권13에도 그에 관한 이야기가 보인다. 배진공(裴晉公)이 미인을 원래 배필에게 돌려보내 준 이야기는 오대(五代) 왕인유(王仁裕)의 《옥당한화(玉堂閒話)》에서 나온 이야기로 《태평광기》 권167에 〈배도(裴度)〉라는 제목으로 수록되어 있다. 명나라 풍몽룡(馮夢龍)의 《태평광기초(太平廣記鈔)》 권28에는 〈배도(裴度)〉라는 제목으로 수록되어 있고 《정사(情史)》 권4에는 〈배진공(裴晉公)〉이라는 제목으로 실려 있기도 하다.

《고금소설》 권9의 작품에서는 배진공과 석벽이 만나게 된 동기를 배진공이 한가할 때 자주 신분을 감추고 밖으로 놀러갔던 것에서 찾고 있는데 본 작품에서는 이를 변개시켜 배진공이 신분을 감추고 밖으로 나가 백성들의 실정을 살피다가 두 사람이 만나게 된 것으로 기술해 배진공의 긍정적 이미지를 더욱더 부각시키고 있다. 조선시대 무명씨가 〈배진공의환원배(裴晉公義還原配)〉를 문언으로 개사하고자 한 작품이 《담자(啖蔗)》에 〈당벽전(唐璧傳)〉이란 제목으로 수록되어 있다.

입화에 등장하는 등통(鄧通)이나 주아부(周亞夫), 그리고 정화의 주인공인 배도(裴度)는 모두 정사(正史)에 기록된 실존 인물들이다. 특히 배도 즉 배진공(裴晉公)의 경우는 당나라 목종(穆宗)과 경종(敬宗) 그리고 문종(文宗) 등 삼대 황제를 보좌하면서 여러 번 반란을 토벌하고 재상을 역임한 인물이다. 《신당서(新唐書)》와 《구당서(舊唐書)》에 모두 그에 대한 상세한 전(傳)이 실려 있는데 《구당서》에서는 그가 조정의 안팎을 출입하면서 국가의 안위와 시국과 관련된 중책을 20년 동안 맡았다고 평가한 바 있다. 배도가 이렇게 중요한 인물이었던 만큼 정사(正史)인 《신당서》와 《구당서》에서는 주로 그가 직간을 하고 반란을 평정하며 국정에 참여했던 사적에 대해 자세히 기술하고 있다. 본 작품에서 드러나는 배진공의 강직하고 의로운 이미지는 사전(史傳)에서의 이미지와 동일하다. 하지만 그러한 이미지를 그려내는 에피소드는 정사(正史)에서 전혀 볼 수 없고 《당척언(唐摭言)》이나 《옥당한화(玉堂閒話)》 같은 필기야사(筆記野史)에서 그 원류를 찾아 볼 수 있으며 그것이 다시 잡극으로 개작된 경로도 확인할 수 있다.

이처럼 화본소설 가운데 역사적 인물이 등장하는 작품들의 대부분은 '정사(正史) → 필기(筆記) → 잡극(雜劇) → 화본소설(話本小說)'이라는 서사 전승 경로를 밟는 것이 일반적이다. 이런 경로를 통해서 사전(史傳)과 소설 간에 존재하는 서사의 지향점과 심미적 거리도 확인할 수 있다. 《사고전서총목(四庫全書總目)·사부총서(史部總敍)》에서 정사(正史)에 대한 인식을 이렇게 서술하고 있다.

> 정사(正史)는 그 문체가 존귀하여 의미가 경서와 짝할 수 있으니 후대에 길이 남길 경전으로 삼을 것이 아니면 누구도 감히 사사로이 덧붙일 수 없다. 그래서 패관야기(稗官野記)와 다른 것이다.〔正史體尊, 義與經配, 非懸諸令典, 莫敢私增, 所由與稗官野記異也.〕

기술상에 있어서의 특징으로 사전(史傳)에서는 중요한 역사적 사건을 중심으로 요약적이면서 객관적으로 서술하는 반면 소설에서는 같은 인물이 등장해도 일화적 성격의 에피소드나 현실생활에 가까운 이야기를 더 선호한다. 명사들의 출세담과 일화는 독자들의 흥미를 끌기에 충분하며, 권선징악적 내용은 독자들에게 대리 만족감을 주고 더불어 훈민(訓民) 교재와 같은 몫을 해낸다. 화본소설의 작가는 생활 언어를 적극적으로 사용하여 세밀한 상황묘사를 더해 부연시킴으로써 이야기를 더욱더 핍진하게 꾸며냈던 것이다.

▌본문 역주

최고 벼슬에 천금 부자라 해도	官居極品富千金
누릴 날 많지 않고 백발이 밀려오네	享用無多白髮侵
오직 어진 마음을 품고서 선을 쌓아야	惟有存仁並積善
천추에도 사람들 마음속에 불후하게 남을 것이라	千秋不朽在人心

당초(當初) 한나라 문제(文帝)[1] 때 조정에 총애를 받던 신하가 있었는데 이름은 등통(鄧通)이라 불리었다. 밖에 나갈 때도 문제와 수레를 함께 타고 다녔으며 잠을 잘 때도 침상을 함께 썼으니 그 은총은 비길 데가 없었다. 당시 신묘한 관상쟁이로 이름난 허부(許負)라는 자가 있었는데 그가 등통의 얼굴상을 보고는 팔자주름의 꼬리가 입꼬리에 맞닿아 있기에 필시 가난해 굶주림으로 죽을 것이라고 했다. 문제가 그 말을 듣고 노하여 말하기를 "부귀는 내가 정하는 것인데 누가 등통을 가난하게 만들 수 있겠느냐?"라고 한 뒤, 촉(蜀) 지방에 있는 구리광산을 그에게 하사해 동전을 스스로 주조할 수 있도록 했다. 당시 등씨가 주조한 동전은 온 천하에 유통되었으니 그 부(富)는 나라의 재부와 견줄 수 있을 정도였다. 하루는 문제에게 우연히 종기 하나가 생겨 피고름이 흐르고 참기

1) 문제(文帝): 한나라 高祖 劉邦의 넷째 아들인 劉恒(기원전 202~157)을 가리킨다. 그의 아들인 景帝의 통치 기간과 더불어 한나라가 안정되고 발전을 이루었으므로 후세에 이를 '文景의 治'라고 불렀다.

힘들 정도로 아프게 되자, 등통은 무릎을 꿇고서 그 종기의 고름을 빨아내었다. 문제가 시원함을 느껴 곧 그에게 묻기를 "천하에서 가장 사랑하는 사람은 누구이겠는가?"라고 했더니 등통이 답하기를 "부자지간보다 더 한 것은 없사옵니다."라고 했다. 마침 황태자가 문병을 하러 입궁을 하자 문제는 태자에게도 그 종기를 빨도록 했다. 태자가 사양하며 말하기를 "신은 방금 생선회를 먹었사오니 성상의 병처에 가까이 대는 것은 마땅치 않을 것 같사옵니다."라고 했다. 태자가 궁에서 나간 뒤, 문제가 탄식하며 말하기를 "지극한 사랑 중에 부자지간보다 더한 것이 없다지만 아들조차도 나를 위해 종기를 빨려고 하지 않으니 등통이 나를 사랑하는 바가 내 아들보다도 더하구나!"라고 했다. 이로부터 문제는 등통을 더욱더 총애했다. 황태자가 이 말을 듣고는 등통이 황제의 종기를 빤 일에 대해 매우 원망하게 되었다. 나중에 문제가 붕어하고 태자가 즉위했는데 그가 바로 경제(景帝)[2]이다. 경제는 곧 등통의 죄를 다스려 그가 종기를 빨아 아첨을 하고 전법(錢法)을 어지럽혔다고 했다. 그리고 가산을 몰수한 뒤 그를 빈방에 가두고 음식을 끊었기에 등통은 과연 굶주려 죽게 되었다. 한나라 경제(景帝) 때 승상(丞相)이었던 주아부(周亞夫)[3]도 팔자주름의 꼬리가 입꼬리에 맞닿아 있었다. 경제는 그의 위명(威名)을 꺼려 죄목을 찾아 그를 정위(廷尉)[4]가 관장하는 감옥에 하옥시키자 주아부는 원한을 품고 먹지 않아 죽었다. 이 두 사람은 모두 극도로 부귀

2) 경제(景帝): 한나라 文帝 劉恒의 적장자인 景帝 劉啓(기원전 188~141)를 이른다. 기원전 157년부터 141년까지 재위했으며 시호는 孝景皇帝이다.

3) 주아부(周亞夫, 기원전 199~143): 서한 때의 絳侯로 봉해진 명장수 周勃의 차남이다. 文帝와 景帝 두 대를 거쳐 벼슬이 승상까지 올랐으며 '七國의 亂'을 평정하는 데 공로를 세웠다. 처음에는 景帝의 신임을 받았으나 여러 차례 경제와 이견을 보인 데다가 성격도 강경하여 반란을 일으킨다고 의심을 받자 먹지 않고 죽었다. 자세한 이야기는 《史記》 권57에 실린 〈絳侯周勃世家〉에 보인다.

4) 정위(廷尉): 秦漢 때부터 北齊 때까지 존치되었던 관직명으로 九卿 가운데 하나였으며 刑獄을 주관하는 관리였다.

했던 사람들이었지만 굶어 죽을상이었으므로 과연 정상적인 죽음을 맞이하지 못했다. 비록 그렇기는 하지만 또 다른 설도 있으니 그것은 관상이 심상(心相)만 못하다는 것이다. 설령, 상등급의 귀한 상을 한 사람이라 해도 양심에 어긋나는 일을 하고 음덕을 훼손시키면 오히려 좋은 결과를 얻지 못할 것이요, 좋지 않은 관상을 하고 있는 사람이라도 마음씨가 바르고 기꺼이 음덕을 쌓으려고 한다면 화가 도리어 복이 될 수도 있을 것이다. 이는 사람이 운명을 극복할 수 있다는 것이지 관상이 영험하지 않다는 것은 아니다.

이제부터 당나라 때 배도(裴度)[5]라는 자의 이야기를 해보기로 한다. 배도는 소년 시절에 가난하고 불우했는데 어떤 사람이 그의 관상이 팔자 주름의 꼬리가 입꼬리와 맞닿아 있는 것을 보고 관상법에 따르면 굶어죽을 상이라고 했다. 그 후, 배도는 향산사(香山寺)[6]를 유람하다가 우물 정자의 난간 위에서 보대(寶帶) 세 개를 주었다. 그가 스스로 생각하기를 "이는 다른 사람이 잃어버린 것인데 내 어찌 남에게 손해를 끼치면서

5) 배도(裴度, 765~839): 자는 中立이며 河東 聞喜(지금의 山西省 運城市 聞喜縣 일대) 사람이었다. 당나라 중기의 명신으로 문학에도 조예가 있었다. 당나라 憲宗 조에 헌종이 번진 세력을 약화시키는 것에 지지를 했다가 재상이었던 武元衡은 번진 세력에게 암살당하고 裴度는 부상을 당했다. 그 후 배도는 무원형을 대신하여 재상이 되었고 '淮西의 난'을 평정시킨 공으로 晉國公에 봉해져 '裴晉公'이라고 불리었다. 헌종 이후에도 穆宗, 敬宗, 文宗 등 3대를 거쳐 여러 번 재상을 지냈으며 벼슬이 中書令까지 올랐다. 사후에 太傅와 太師로 추봉되었고 시호를 文忠이라고 했으며 헌종의 廟廷에 배향되었다. 古文 창작에 있어서 일부러 奇詭함을 추구하는 것에 반대했고 文士들에게 많은 격려를 보내 당시 사람들에게 크게 존경을 받았다. 만년에 이르러 白居易, 劉禹錫 등과 깊이 교유했고 낙양 지역 문학 활동의 중심에 있었다. 문집 2권이 전하며 《全唐文》과 《全唐詩》에도 그의 시문이 수록되어 있다.

6) 향산사(香山寺): 北京, 河南, 山東, 山西, 陝西 등의 지역에 모두 존재하는 사찰명이기에 구체적으로 어느 지역의 사찰인지 단정하기는 어렵다. 裴度가 소년 시절이었을 때 있었던 일화인 것으로 보아 그의 고향인 山西省 聞喜縣 교외에 있는 香山寺가 아닌가 싶다.

내 이익만을 차리며 마음 씀씀이를 상하게 할 수 있겠는가?"라고 한 뒤, 거기에 앉아 그것을 지키고 있었다. 조금 있다가 어떤 부인이 울면서 오더니 이렇게 말했다.

"늙으신 아버지께서 투옥되셨기에 보대 세 개를 빌려 그것을 가져다가 속죄를 하려 했는데 우연히 절에 이르게 되어 손을 씻고 향을 피우다가 그것을 이곳에 두고 갔습니다. 만약 주우신 분이 있으면 저를 가련히 여겨 돌려주셔서 늙으신 아버지의 목숨을 보전하게 해 주십시오."

즉시 배도가 보대 세 개를 그 부인에게 돌려주자 부인은 절을 하고 감사하며 갔다. 그 후 어느 날, 배도가 다시 전에 만났던 관상쟁이를 만나게 되었는데 그 관상쟁이가 크게 놀라며 말하기를 "족하의 관상이 전부 바뀌어 더 이상 옛날처럼 굶어죽을 상이 아니니 혹시 음덕을 쌓은 일이 있지 않습니까?"라고 했다. 배도가 없다고 하자, 관상쟁이가 말하기를 "족하께서 스스로 생각해 보십시오. 물에 빠진 사람을 구했거나 불속에 있는 자를 살린 일이 반드시 있었을 것입니다."라고 했다. 배도가 비로소 보대를 되돌려준 일을 얘기하자, 관상쟁이가 말하기를 "이는 큰 음덕이라서 훗날 부귀를 모두 얻으실 것이니 미리 축하드립니다."라고 했다. 나중에 과연 배도는 출세를 하여 급제를 하고 벼슬이 재상까지 올랐으며 늘그막까지 장수를 했다. 그것은 바로 이런 시로 대변된다.

관상은 심상(心相) 만큼 들어맞지 않으니	面相不如心相准
사람으로서 음덕을 쌓아야만 한다네	爲人須是積陰功
마음씨로 관상을 바꾸기 어렵다면	假饒方寸難移相
굶어죽을 상을 한 자가 어찌 만종(萬鍾)[7]을 누릴 수 있었겠나	餓莩焉能享萬鍾

7) 만종(萬鍾): 관직이 높아 봉록이 매우 많음을 뜻한다. '鍾'은 춘추시대 제나라 公室에서 사용했던 용량 단위로 처음에는 '六斛四斗'의 분량이었다가 나중에는 '八斛'이나 '十斛'의 분량이 되었다.

"이야기꾼, 댁은 배 진공이 음덕을 쌓아서 부귀해진 것만 얘기했으니 그가 부귀해진 뒤 쌓은 음덕이 더 많음을 누가 알겠소?" 이제 내가 얘기할, '의롭게 미인을 원래 배필에게 돌려보낸다'는 이야기를 들어보시오. 이 또한 행하기가 매우 힘든 일이외다.[8)]

당나라 헌종(憲宗)[9)] 황제 원화(元和)[10)] 13년에 배도(裴度)는 군대를 거느리고 회서(淮西)[11)] 지방의 역적 오원제(吳元濟)[12)]를 평정시키고서 조정으로 돌아온 뒤, 수상(首相)[13)]에 제수되었으며 진국공(晉國公)의 작위에 오르게 되었다. 또한 험준한 지형을 믿고서 오랫동안 할거해 왔던 번진(藩鎭) 세력 두 곳도 모두 배도의 위명(威名)을 두려워하여 조정에

8) 이런 표현은 화본소설 작가가 화본의 구연 현장을 모의한 것이다. 질문을 담은 앞의 문장은 관중이 이야기꾼에게 질문이나 이의를 제기하듯 모방을 한 것이며, 그 뒤 이어지는 문장은 이야기꾼이 답을 하듯 모방한 것이다. 관중과 이야기꾼의 문답처럼 설정한 것은 실제로는 작가의 자문자답일 뿐이며 이는 화본소설에서 흔히 보이는 서술방법이다. 작가는 이런 방식으로 관중의 목소리를 빌려 질문을 제기한 뒤, 이야기꾼이 그 질문에 대답을 하는 것처럼 하여 그 부분에 대해 설명을 하고 다음 내용으로 넘어감으로써 이야기의 생동감과 현장감을 강화시키고 흥미를 유발한다.

9) 헌종(憲宗): 당나라 열한 번째 황제였던 憲宗 李純(778~820)으로 본명은 李淳이며 805년부터 820년까지 재위했다. 시호는 昭文章武大聖至神孝皇帝이고 묘호는 憲宗이었다. 재위 기간에 賢良한 자를 중용하고 국정의 폐단을 개혁했으며, 元和 연간에 번진 세력을 약화시켜 중앙집권을 강화시켜 '元和中興'을 일궈냈다.

10) 원화(元和): 당나라 憲宗 李純의 연호로 806년부터 820년까지이다.

11) 회서(淮西): 당나라 때 천하를 山川과 河流에 따라 10개 道로 나누었는데 그중 淮河 남쪽 지역을 淮南道라고 불렀다. '회서'는 淮南道의 서부 지역으로 지금의 江蘇省과 安徽省의 일부 지역이다.

12) 오원제(吳元濟, 783~817): 반란을 일으켰던 번진의 수령으로 滄州 淸池(지금의 河北省 滄州市 동남부)사람이었다. 淮西節度使 吳少陽의 아들로 부친이 죽자 부친을 사칭하여 상소문을 올려 칭병을 하며 죽은 뒤 아들로 하여금 직무를 대리할 수 있게 해달라고 했다. 조정에서 이를 허락하지 않자 반란을 일으켜 수년 동안 조정의 군대와 대치했다.

13) 수상(首相): 宰相 가운데서도 우두머리를 이른다.

표(表)를 올려 땅을 바치고 속죄하려 했다. 항기절도사(恒冀節度使)[14] 왕승종(王承宗)[15]이 덕주(德州)와 예주(隸州) 등 2개 주를 바쳤고, 치청절도사(淄靑節度使)[16] 이사도(李師道)[17]가 기주(沂州)와 밀주(密州), 해주(海州) 등 3개 주를 바치고자 했다. 헌종 황제는 외적(外賊)이 점차 평정되어가고 천하가 태평한 것을 보고서 용덕전(龍德殿)을 증수하고 용수지(龍首池)를 준설하며 승휘전(承暉殿)을 짓는 등 토목공사를 크게 일으켰다. 또한 도사 유비(柳泌)의 말을 듣고 불로장생약을 만들도록 했다. 배도는 누차 직간을 했지만 황제는 그의 말을 전혀 듣지 않았다. 간신 황보박(皇甫鎛)[18]이 재정의 지출을 결정하고 정이(程异)[19]가 염철

14) 항기절도사(恒冀節度使): '成德節度使' 또는 '鎭冀節度使'라고 불리기도 하며, 당나라 때에는 지금의 河北 지역에 설치했던 軍政의 장관이었다.

15) 왕승헌(王承宗, ?~820): 太魯州(지금의 吉林省)사람으로 奚族 度稽部 사람이었다. 成德節度使였던 王士眞의 아들로 당나라 때 할거세력의 수령 가운데 한 사람이었다. 원화 11년(816)에 吳元濟와 결탁해 반란을 일으켰다가 헌종의 토벌군에 패배하자 땅을 바쳐 사죄했다.

16) 치청절도사(淄靑節度使): 淄靑平盧節度使의 준말로 당나라 때 지금의 山東 지역에 설치했던 軍政의 장관이다.

17) 이사도(李師道, ?~819): 平盧淄靑節度觀察使 등의 벼슬을 역임했던 고구려 유민인 李正己(732~781)의 손자로 당나라 때 할거세력의 수령이었다. 密州刺史, 平盧淄靑節度使, 檢校司空同平章事 등의 벼슬을 역임했으며 12개 州가 그의 세력권에 있었다. 원화 10년에 成德軍節度使 王承宗과 함께 淮西 吳元濟를 토벌하는 것을 반대하다가 조정에 거절을 당하자 사람을 시켜 河陰倉에 불을 지르고 재상이던 武元衡을 암살했으며 裴度에게도 부상을 입혔다. '淮西의 亂'이 평정된 뒤 조정에 順服하겠다고 하고서 원화 13년에 沂州, 密州, 海州 등의 지역을 바친 뒤 얼마 되지 않아 반란을 일으켰다. 憲宗이 이를 토벌할 때 부하였던 劉悟에게 피살되었다.

18) 황부박(皇甫鎛, ?~820): 監察御史, 吏部員外郞, 戶部侍郞, 同中書門下平章事 등의 벼슬을 역임했던 자로 군량과 급료를 착복하고 헌종에게 불로장생약을 만드는 방사를 추천해 총애를 받으려 했다. 원화 15년에 헌종이 복약으로 죽은 뒤 崖州司戶參軍으로 좌천되었으며 나중에 거기서 죽었다.

19) 정이(程异, ?~819): 侍御史, 鹽鐵揚子院留後, 淮南道兩稅司, 鹽鐵轉運副使 등의 벼슬을 역임했고 사후에 左僕射로 추봉되었다. 《唐書·程异傳》에 따르면, 소년 시절에 향리에서 효자로 유명했고 환로에 있을 적에는 유능했으며 청렴했다고

(鹽鐵)을 장악해 오로지 백성들의 재물을 긁어들이는 데에만 전념하면서 그것을 명목상 '선여(羨餘)'[20]라고 하고 불필요한 데 쓸 비용을 댔다. 이로 인해 헌종 황제의 마음에 들어 두 간신은 모두 동평장사(同平章事)[21]가 되었다. 배도가 그들과 같은 반열에 있는 것을 부끄럽게 여겨 표를 올려 사임을 간구했으나 헌종 황제는 불허했을 뿐만 아니라 오히려 배도가 붕당을 만들기 좋아한다고 하면서 점차 의심하고 꺼리는 마음을 품게 되었다. 배도는 스스로 생각에 공명이 너무 커서 죄를 얻게 될까 두려웠기에 이내 조정의 일은 입에 올리지도 않고 종일토록 한껏 주색(酒色)을 즐기며 여생을 보내려 했다. 사방의 군수(郡守)들이 왕왕 가희(歌姬)와 무희(舞姬)를 찾아서 그에게 바친 것이 한두 번이 아니었다. 배 진공의 입장에서 말할라치면 어찌 그들이 바치는 것을 바랐겠는가? 하지만 이들 아첨하려는 무리들은 재상의 환심을 사려고 자기들 스스로 큰돈을 들여 미희(美姬)들을 구하려 했고 그 중에는 억지로 강탈을 당해 온 자들도 있었다. 그 여자들을 아름다운 옷과 장신구로 꾸민 뒤, 혹은 가기(家妓)로 가장시키거나 혹은 시녀라고 사칭해 사람을 시켜 은근히 보내왔다. 배 진공도 보내온 자들을 거부할 수 없어 받아들일 수밖에 없었다.

재설(再說), 진주(晉州) 만천현(萬泉縣)[22]에 어떤 사람이 있었는데 성은 당(唐) 씨이고 이름은 벽(璧)이며 자는 국보(國寶)라 했다. 일찍이 그

하나 이 작품에서는 안 좋게 서술되어 있다.

20) 선여(羨餘): '잉여'라는 뜻으로 지방에서 규정된 부세 외에 조정에 바치던 재물을 이른다.

21) 동평장사(同平章事): '中書省과 門下省 두 기관과 상의하며 정무를 처리하다'라는 뜻인 '同中書門下平章事'의 준말로 당나라 太宗 때부터 있었다. 당나라 高宗 永淳 원년(682)부터 재상을 맡은 자에게 간혹 관직명 뒤에 '同中書門下平章事'라는 이름을 더해 권력을 더 부여했다.

22) 진주(晉州) 만천현(萬泉縣): 晉州는 지금의 山西省 臨汾市 일대이고 萬泉縣은 晉州에 속했던 현으로 지금의 山西省 運城市 萬榮縣의 일부 지역에 해당한다.

는 효렴과(孝廉科)에 천거되어 처음에는 괄주(括州) 용종현(龍宗縣)[23]의 현위(縣尉)로 있다가 다시 월주(越州) 회계현(會稽縣)[24]의 현승(縣丞)으로 임용되었다. 앞서 고향에 있을 때 동향 사람인 황(黃) 태학(太學)의 딸 소아(小娥)와 빙례를 하고 혼약을 맺었다. 소아는 아직 나이가 어렸기 때문에 장성할 때를 기다리며 성혼을 하지 않고 있었는데 그녀가 장성했을 즈음에 이르러 당벽이 두 차례 벼슬을 하러 간 곳이 모두 남쪽 지방이었던지라 두 사람은 때를 놓친 채 아직 성혼을 하지 못하고 있었다. 그때 소아는 나이가 바야흐로 열여덟 살이 되어 생김새가 얼굴은 꽃을 쌓아 놓은 듯했고 몸은 옥을 다듬어 놓은 듯했다. 게다가 음률에도 능통하여 소관(簫管)이나 비파(琵琶) 따위를 비롯해 잘하지 못하는 것이 없었다. 진주 자사가 배 진공에게 아부를 하려고 관할 지방에서 용모가 고운 가희(歌姬) 일대(一隊)를 뽑아 바치려 했는데 이미 다섯 명은 갖춰졌지만 무리를 이끌 만한 특출난 자 하나를 구하지 못하고 있었다. 황소아의 명성을 듣긴 했으나 그가 태학의 여식이었기에 쉽사리 얻을 수 없을 거라 생각하고는 30만 전(錢)을 들여 만천현 현령에게 부탁해 구해오도록 했다.

만천현 현령 또한 자사의 비위를 맞추려 했으므로 사람을 보내 황 태학의 집으로 가서 그 뜻을 전달하도록 했다. 황 태학이 회답하기를 "이미 빙례를 받고 혼약을 했으니 송구하지만 명을 따를 수가 없습니다."라고 했다. 현령이 여러 차례 강구했으나 황 태학은 끝내 허락하지 않았다. 때는 청명절을 맞아 황 태학의 집에는 온 식구가 성묘를 하러 나가 오직 소아만 남아있었다. 현령은 이를 확실하게 알아내고는 직접 황씨 집으로 가서 소아를 찾아내 가마에 태우고 두 온파(穩婆)[25]를 그녀와 동반하게

23) 괄주(括州) 용종현(龍宗縣): 括州는 지금의 浙江省 麗水市 일대이고 龍宗縣에 대해서는 확실히 알려진바 없다.

24) 월주(越州) 회계현(會稽縣): 越州는 지금의 浙江省 紹興市 일대이고 會稽縣은 越州의 속했던 현이다.

하여 즉시 진주 자사에게 보내 넘기도록 했다. 그리고 억지로 30만 전(錢)을 황씨 집에 던져주고는 몸값으로 여기라 했다. 황 태학이 집으로 돌아와 그의 딸이 현령에게 탈취 당한 것을 알고는 급히 현아로 가봤으나 이미 진주(晉州)로 보내진 뒤였다. 다시 진주로 가서 사정을 얘기하며 자사에게 애걸을 하자, 자사는 이렇게 말했다.

"그대의 딸은 재색이 남달라 일단 재상 댁으로 들어가기만 하면 반드시 총애를 독차지할 것이니 다른 사람에게 시집가서 집안일이나 하며 사는 것보다 낫지 않겠는가? 하물며 이미 내게 빙례 60만 전을 받았으니 그것을 그대의 사위에게 줘서 다른 배필을 찾게 하는 것이 좋지 않겠나?"

황 태학이 말했다.

"현령께서는 제가 성묘를 하러 나간 틈을 타서 돈을 놓아두고 가시기는 했으나 제가 직접 받은 것도 아닌 데다가 30만 전밖에 없었고 그것도 지금 모두 여기에 가져왔습니다. 저는 단지 제 여식을 데리고 가는 것만 원하며 돈을 받고 싶지는 않습니다."

자사가 탁자를 치면서 크게 노하여 말했다.

"그대가 돈을 받고 딸을 팔아 오히려 30만 전을 몰래 남기고서 마구 찾아와 시끄럽게 구는데 이는 무슨 도리인가? 그대의 딸은 이미 진 국공 댁에 보냈으니 그대 스스로 재상 댁으로 가서 찾게나. 여기서 그래봤자 소용이 없어."

황 태학는 자사가 노발을 하며 잡아떼는 것을 보고 감히 다시 입을 열지도 못하고 두 눈에 눈물을 머금은 채 밖으로 나왔다. 그는 진주에서 며칠을 머물면서 딸을 한 번 보려 했지만 적막하니 아무런 소식도 없기에 한숨을 쉬며 어쩔 수 없이 다시 현으로 돌아갔다.

25) 온파(穩婆): 옛날에 궁중이나 관부에 소속되어 助産하는 일을 하거나 처녀인지 검사하던 女役을 가리킨다.

각설, 자사는 천금을 들여 색다른 옷과 갖은 장신구들을 마련해 그 여섯 명의 여자를 천상의 선녀처럼 꾸미고, 모든 악기들을 가져다가 온종일 관아에서 연습을 시켰다. 그리고 진국공의 생일이 닥칠 때까지 기다렸다가 사람을 보내 축하하는 선물로 이들을 올렸다. 자사는 애를 많이 쓰고 큰돈을 들여 상국(相國)에게 큰 환심을 사려고 했지만 상국의 저택에 가희와 무희들이 줄을 이뤄 늘어서 있고 각지에서 바친 미인들이 셀 수도 없이 많다는 것을 어찌 알았겠는가? 그 여섯 명은 그저 자리에 낄 수 있을 정도였으니 어찌 그들이 상국의 눈에 띄고 마음에 들 수 있으리오! 종래로 아부를 하려다가 본전도 못 건진 자들이 많았으니 모두 이와 비슷한 경우였다. 그 증거가 되는 시가 있다.

윗사람의 환심을 사려고 살과 피부를 도려내고	割肉剜膚買上歡
천금도 아끼지 않고서 가희(歌姬)를 마련했네	千金不吝備吹彈
상공에겐 늘 봐온 흔한 일이거니	相公見慣渾閒事
자사와 현령은 부끄럽기 그지없구나	羞殺州官與縣官

화두를 돌려보자. 재설(再說), 당벽은 회계에서 임기를 마치고 나서 마땅히 승진을 해야 했지만 황소아가 이제는 장성했을 것이기에 일단 집으로 돌아가서 혼례를 올린 뒤, 경도로 가도 늦지 않을 것이라 생각했다. 그래서 그는 벼슬을 하면서 모아 둔 재물들을 챙긴 뒤, 만천현으로 출발해 집에 도착한 다음 날, 곧바로 장인인 황 태학을 뵈러 갔다. 황 태학은 혼사 때문에 온 것이라 짐작하고는 당벽이 입을 떼기도 전에 딸을 빼앗긴 자초지종을 곧바로 하나도 빠짐없이 이야기해 주었다. 당벽이 이를 듣고 나서 한참 동안 멍하니 있다가 이를 갈며 말하기를 "대장부가 낮은 벼슬살이로 부침하며 아내 하나를 보호할 수 없는 지경에 이르렀으니 살아 무엇 하겠습니까?"라고 했다. 황 태학이 그를 타이르며 말하기를 "자네는 젊은 나이에 재능도 있고 유망하기도 하니 저절로 좋은 인연이 닿을 것이네. 내 딸이 자네를 따를 복이 없어 이런 횡포를 당했나

보네. 너무 상심해 하다가 장래를 망치지 말게나."라고 했다. 당벽이 화를 가라앉히지 못하고 자사와 현령에게로 가서 따지려고 하자, 황 태학은 다시 이렇게 타일렀다.

"딸애는 이미 가버렸는데 따져봤자 무슨 소용이 있겠나? 하물며 이 일은 배 상국과 관련이 있지 않은가? 그 사람은 지금 '일인지하(一人之下) 만인지상(萬人之上)'의 자리에 있는데 만약 그의 마음을 거슬리게 하면 자네 장래에 이롭지 못할까 걱정이 되네."

그러고 나서 황 태학은 현령이 남겨두고 간 30만 전을 들고 나와 당벽에게 건네주며 말했다.

"이건 자네 혼사를 도모할 비용으로 쓰게나. 당초 사돈댁에서 빙례로 보내신 벽옥령롱(碧玉玲瓏)[26]이 있었네만 그것은 딸애한테 있으니 돌려줄 수가 없네. 자네는 장래를 중히 여겨 사소한 좌절로 인해 큰일을 그르치지 말아야 하네."

당벽은 두 줄기 눈물을 흘리며 답하기를 "저는 나이가 삼십 가까이 된데다가 이런 좋은 짝을 잃었으니 혼인을 하는 일은 평생 없을 겁니다. 작은 명리가 사람의 본성을 그르치기에 이제부터는 다시 환로에 나아가 좇을 마음도 없습니다."라고 한 뒤, 자기도 모르게 크게 통곡했다. 황 태학도 통곡을 하기 시작했으니 모두들 한바탕 울음바다가 되고 말았다. 당벽이 어떻게 그 돈을 받았겠는가, 그냥 빈 몸으로 돌아갔을 뿐이었다.

다음 날, 황 태학은 몸소 당벽의 집으로 찾아가서 거듭 타이르며 일찌감치 경도로 가서 임명을 기다려 관직을 받은 뒤, 천천히 좋은 혼처를 의론해 보라고 했다. 당벽은 처음엔 마다했지만 연이어 며칠을 장인에게 닦달 당하고는 이를 이기지 못하고 마음속으로 생각하기를 "집에 있으면서 번민만 하자니 일단 장안으로 가서 기분이라도 풀어보자"라고 했다. 그리하여 마지못해 길일을 택하고 배를 세내어 타고서 길을 나섰다.

26) 벽옥령롱(碧玉玲瓏): 碧玉으로 만든 장신구로 옥팔찌를 이른다.

장인은 30만 전을 그 배에 남몰래 실어주며 종자에게 은밀히 당부하기를 "배를 띄운 지 이틀 뒤에 주인에게 이를 아뢰고, 이 돈을 경도로 가져가서 잘 사용해 좋은 벼슬자리를 얻으라고 전하라."라고 했다. 당벽이 그 돈을 보고서 다시 한 차례 슬퍼하더니 시종에게 분부하기를 "이는 황씨 가문에서 딸을 팔아 얻은 돈이니 한 푼이라도 손대면 아니 된다!"라고 했다.

당벽은 며칠을 가 장안에 당도했으며 사람을 사서 짐을 들게 하고는 배 상국의 저택 근처에 있는 여관에 투숙했다. 그리고 아침저녁으로 저택 앞을 거닐면서 황소아의 소식을 알아보려고 했다. 하룻밤이 지나고 다음 날 아침에 이부(吏部)로 가서 등록을 한 뒤, 역임했던 직위를 적은 문서를 올렸으며, 이부의 심사에 통과하게 되었다. 당벽은 여관으로 돌아와 밥을 먹고는 다시 승상의 저택 대문 앞으로 가서 상황을 지켜보았다. 이렇게 하루에 적어도 열 번을 오갔고 한 달 넘게 머물렀지만 한마디 소식도 통할 수 없었다. 관리들이 하나가 나오면 하나가 들어가는 형국이 마치 개미떼 같은데 어찌 감히 이런 갈피도 없는 일을 가지고 그들에게 물을 수 있겠는가? 그것은 바로 다음과 같은 시로 대변된다.

제후의 저택 대문에 일단 들어가면 바다와 같이 깊으니	侯門一入深如海
이제부터 옛 님은 지나가는 행인에 불과하리	從此蕭郎是路人[27]

27) 이 시 두 구는 당나라 崔郊가 지은 〈贈去婢〉라는 시의 제3·4구로 《全唐詩》 권505에 수록되어 있다. 이 앞에 있는 1·2구는 다음과 같다. "公子들과 王孫들이 그대 지난 뒤에 이는 먼지 뒤좇으나, 그댄 綠珠처럼 비단 손수건에 눈물을 떨구네.(公子王孫逐後塵, 綠珠垂淚滴羅巾.)" 《雲溪友議》 卷上에 의하면, 최교의 고모에게 아름다운 시녀가 있었는데 최교는 그 시녀를 좋아했다고 한다. 고모가 그 시녀를 顯官이었던 于頔에게 팔자, 최교는 그 시녀를 매우 사모하게 되었다. 한식날에 시녀가 밖에 나와 우연히 최교와 만났는데 최교는 그 시녀에게 이 시를 지어 주었으며, 나중에 우적이 이 시를 보고 그 시녀로 하여금 최교와 함께 돌아가게 했다고 한다.

하루는 이부에서 방을 내붙였기에 보았더니 당벽이 호주(湖州)[28] 녹사참군(錄事參軍)[29]에 제수된 것이었다. 호주도 남쪽지방이라 익숙한 곳이었기에 당벽은 그나마 기쁜 마음이 들었다. 임명장이 나오기를 기다렸다가 짐을 꾸리고 배를 세내어 타고서 경도를 떠나 동진현(潼津縣)[30]에 이르렀을 때 한 떼의 강도들을 만났다. 예로부터 말하기를 "허술하게 보관하는 것은 도둑에게 훔쳐가라고 가르치는 것이다.〔慢藏誨盜〕[31]"라고 했거니와 30만 전을 지니고 왔다갔다한 까닭으로 소인배들의 눈에 띠어 탐욕을 일으켰기에 무리를 지어 이런 일을 벌인 것이었다. 이 강도떼들은 경성 밖에서부터 동진현까지 줄곧 당벽을 따라오면서 암암리에 뱃사람과 결탁해 밤이 되어 조용해질 때까지 기다렸다가 함께 그를 강탈했다. 당벽은 아직 죽을 때가 안 되어서 그런지 마침 그때 뱃머리에서 용변을 보고 있다가 상황이 안 좋은 것을 보고서 황급히 물속으로 뛰어든 뒤, 강기슭으로 올라가 도망을 했다. 그 강도떼가 한바탕 소란을 피우는 소리만 들렸는데 배까지도 모두 가져가 버린 것이었다. 시종이 살았는지 죽었는지도 모른 채, 배 안에 있던 모든 짐들을 모두 다 강탈 당해 빈털터리 맨몸만 남게 되었다. 그것은 바로 이런 말로 대변된다.

지붕이 새는 집에 밤새 내내 비가 오고　　屋漏更遭連夜雨

28) 호주(湖州): 수나라 때부터 설치된 州로 太湖 옆에 있기 때문에 湖州라고 불린 것이며 지금의 浙江省 湖州市이다.

29) 녹사참군(錄事參軍): 晉나라 때부터 公府에 설치된 벼슬로 여러 관서들의 文簿를 주관하고 악행을 규찰하는 일을 맡았다. 후세에는 군대를 거느리는 자사들의 막료가 되기도 했으며 줄여서 '録事'라고 했다. 수나라 초기부터는 郡官이 되었는데 한나라 때 州郡의 主簿에 해당한다. 당송 때에도 연용을 되었으며 京府에 있을 경우 '司錄參軍'으로 개칭해 불렀다.

30) 동진현(潼津縣): 지금의 陝西省 潼關縣 일대이다.

31) 만장회도(慢藏誨盜): 《周易·繫辞上》에 있는 "허술하게 보관하는 것은 도둑에게 훔쳐가라고 가르치는 것이요, 용모를 꾸미는 것은 음탕함을 가르치는 것이다.(慢藏誨盜, 冶容誨淫.)"라는 구절에서 나온 말이다.

늦은 배가 또 맞바람을 만나네 船遲又被打頭風

그 30만 전과 행낭을 빼앗긴 것은 오히려 작은 일이었다. 역임한 관직을 기록한 문서와 임용장도 거기에 있었기 때문에 부임 증명문서조차 잃어버린 것이었으므로 당벽은 벼슬도 하지 못하게 되었다. 그때는 정말 세상천지 어디에도 호소할 길이 없었기에 그는 이렇게 생각했다.

"내 어찌 이리 운이 사나워 되는 일이 하나도 없는가? 고향으로 돌아가자니 무슨 면목이 있으며, 다시 경도로 가서 이부에 호소하려 해도 몸에 노잣돈 한 푼도 없으니 어찌하면 좋은가? 여기에는 돈을 빌릴 만한 지인도 없는데 설마하니 구걸하게 되는 것은 아니겠지?"

그는 강물에 투신해 죽으려고 하다가 다시 생각하기를 "내 당당한 몸으로 설마 이렇게 끝나는 것은 아니겠지?"라고 했다. 그리고 길가에 앉아서 생각을 하다 통곡을 하고, 통곡을 하다가 다시 생각을 하며 이리저리 계산을 해봤으나 어떻게 할 계책이 없었다. 이렇게 한밤중부터 날 밝을 때까지 당벽은 통곡하기만 했다.

다행히도 절체절명의 상황에서 다시 살 길이 트여, 그는 지팡이를 짚고 다가오는 한 노인을 만나게 되었다. 노인이 당벽에게 묻기를 "나리께서는 어찌 슬피 우는 게요?"라고 했다. 당벽은 부임을 하러 가는 도중에 강탈 당한 일을 한 차례 얘기해 주었다. 노인이 말하기를 "원래 관원이셨군요. 제가 실례를 했습니다. 저희 집이 여기서 멀지 않으니 함께 가시지요."라고 했다. 노인은 당벽을 데리고 일 리(里) 쯤 가서 집에 도착하자 다시 예를 갖춰 인사를 한 뒤, 이렇게 말했다.

"이 늙은이는 성이 소(蘇) 씨이고, 아들은 소봉화(蘇鳳華)라고 하는데 지금 호주(湖州) 무원현(武源縣)[32] 현위(縣尉)를 하고 있으니 바로 나리

32) 무원현(武源縣): 湖州에 있었던 현으로 지금의 浙江省 湖州市 德清縣의 일부 지역에 해당한다.

여관에서 당벽이 배진공을 만나는 장면, 민국 10년, 상해광아서국(上海廣雅書局), 《신증전도족본금고기관(新增全圖足本今古奇觀)》 삽도

의 부하입니다. 나리께서 경도로 가시도록 이 늙은이가 노잣돈을 조금 도와 드리고 싶습니다."

그리고 곧장 서둘러 술과 음식을 차려서 당벽에게 대접을 하고는 새 옷 한 벌을 꺼내다가 당벽의 옷을 갈아입힌 뒤, 은 20냥을 내어 노잣돈으로 쓰게 했다. 당벽은 거듭 감사하며 소 노인과 작별한 뒤, 홀로 길을 나서 다시 경도로 가 전에 있었던 여관에 묵었다. 여관 주인장도 그가 도중에 해를 입었다는 얘기를 듣고 매우 처참해 했다. 당벽은 이부로 가서 애절하게 사정을 아뢰었으나 이부의 관원은 임용장과 관직 문서가 모두 없어져 아무런 근거도 없기에 진위를 판단하기 어렵다고 했다. 닷

새 동안 연이어 간청을 했으나 허락되지 않았다. 가지고 있던 돈을 관서에서 탄원하는 비용으로 다 써버려 그는 여관으로 돌아온 뒤, 괴로워하며 두 눈에 눈물이 그렁그렁한 채 앉아서 고민하기만 했다.

그때, 밖에서 어떤 사람이 보였는데 좀 나이가 든 듯한 모습에 머리에는 연시사모(軟翅紗帽)[33]를 쓰고 자주색 바지와 적삼을 입고서 가죽띠를 두른 채 조화(皀靴)[34]를 신고 있는 모습이 마치 압아관(押牙官)[35]처럼 보였다. 그 사람은 여관 안으로 천천히 걸어들어와 당벽을 보고 읍한 뒤, 맞은편에 앉아서 묻기를 "족하는 어디 사람이십니까? 이곳에 무슨 일로 오신 게요?"라고 했다.

당벽이 말하기를 "나리께서 묻지 않으셨으면 몰라도 물으시기에 말씀은 드립니다만 제 가슴속에 맺힌 서러운 사정을 어찌 일시에 다 털어놓을 수 있겠습니까?"라고 했다. 그리고 그는 그 말을 채 마치기도 전에 눈물을 뚝뚝 흘렸다. 그 자주색 옷을 입은 사람이 말하기를 "마음속에 무슨 좋지 않은 일이 있소이까? 자세히 말해 주면 혹 함께 상의할 수도 있습니다."라고 했다.

그러자 당벽이 말했다.

"저는 성은 당 씨이고 이름은 벽이라고 하며 진주 만천현 사람입니다. 근래 호주 녹사참군의 벼슬을 제수받았으나 동진현에 이르렀을 때 뜻하지 않게 갑자기 도적을 만나 노잣돈을 모두 강탈 당했습니다. 역임한

33) 연시사모(軟翅紗帽): 烏紗帽와 비슷한 모양으로 모자 양쪽에 달린 머리날개가 빳빳한 오사모와 달리 부드러운 재질로 되어 있어 아래로 축 늘어져 있다.

34) 조화(皀靴): 官紳들이 신던 장화의 일종으로 흰색 밑창을 제외한 장화 전체가 검정색(皀)으로 되어 있어 '皀靴'라고 불리었다.

35) 압아관(押牙官): 당송 때 儀仗과 侍衛를 주관하던 무관직으로 '押牙'는 '押衙'라고 쓰기도 한다. 당나라 李匡乂의 《資暇集》 권中에 "武職에 押衙라는 이름의 관직이 있는데 '衙'는 마땅히 '牙'로 되어야 한다. 이 관직은 그 衙府를 관리하는 것이 아니라 대체로 '牙旗'를 관리하는 것이었다."라고 되어 있다. 牙旗는 깃대가 상아로 장식된 깃발로 주로 장수가 사용했으며 儀仗으로도 쓰였다.

관직 문서와 임용장을 모두 잃어버려 부임하기도 어렵습니다."

자주색 옷을 입은 사람이 말하기를 "도중에 강탈 당한 것은 족하와 무관한 일인데 어찌 그런 사정을 이부에 호소하여 임명장을 다시 내달라고 하지 않으시오? 그러면 무슨 지장이 있겠소?"라고 했다.

당벽이 말하기를 "몇 번을 애걸했지만 허용되지 않아 저는 오갈 수 없는 진퇴양난의 지경에 빠져 어디 간청할 데가 없습니다."라고 했다. 자주색 옷을 입은 사람이 말하기를 "본조(本朝)의 배 진공은 항상 측은지심을 품고 있어 곤경에 빠진 사람들을 기꺼이 도와주려 하는데 족하께서는 어찌하여 그를 뵈러 가지 않으십니까?"라고 했다. 당벽은 그 말을 듣고서 더욱더 슬피 울면서 말하기를 "나리, 배 진공이란 세 글자는 꺼내지도 마십시오. 제 심장을 도려내는 것 같습니다."라고 했다. 자주색 옷을 입은 사람이 크게 놀라며 말하기를 "족하께서는 무슨 까닭으로 그런 말씀을 하시는 것입니까?"라고 했다.

그러자 당벽이 이렇게 말했다.

"제가 어렸을 적, 정해진 혼약이 있었는데 여러 차례 남쪽지방으로 벼슬살이를 하러 간 까닭에 여태껏 혼인을 하지 못하고 있었습니다. 그러다가 혼약을 맺은 여인이 지주(知州)와 현윤에게 강탈되어 여악(女樂) 일대(一隊)에 채워져 배 진공에게 바쳐졌기에 제가 장년임에도 아내가 없게 되었지요. 이 일은 비록 배 진공이 말미암은 일은 아니지만 그가 사람들의 아부를 받아들인 까닭에 부현(府縣)에서 서로 다투어 헌납하도록 만들었기에 분명히 그가 우리 부부를 갈라놓은 것과 마찬가지입니다. 내 지금, 어찌 차마 그를 보러 가겠습니까?"

자주색 옷을 입은 사람이 묻기를 "족하께서 약혼을 한 여인의 성과 이름은 무엇이오이까? 당초 무엇으로 빙례를 하셨고요?"라고 하니, 당벽이 답하기를 "성은 황 씨이고 이름은 소아입니다. 빙례로 벽옥령롱(碧玉玲瓏)을 보냈으며 그건 지금 그에게 있습니다."라고 했다.

자주색 옷을 입은 사람이 말하기를 "저는 바로 배 진공을 측근에서 모시고 있는 교위(校尉)로 내실을 출입할 수 있으니 족하를 위해 알아보겠습니다."라고 했다. 그러자 당벽이 말했다.

"제후의 대문에 한번 들어가면 다시 만날 날은 없을 것입니다. 원컨대 나리께서 저를 위해 소식 하나만 전해 주셔서 그 여인으로 하여금 제 마음을 알게만 해 주시면 죽어서도 눈을 감을 수 있을 것입니다."

자주색 옷을 입은 사람은 말하기를 "내일 이 시간에 반드시 좋은 소식을 알려드릴 것입니다."라고 한 뒤, 공수(拱手)를 한 번 하고 문밖으로 천천히 걸어 나갔다.

당벽은 엎치락뒤치락하며 생각을 해보고 나서 후회가 되기 시작했다.

"그 자주색 옷을 입은 압아는 필시 배 진공이 가까이 두고 신임하는 사람으로, 밖으로 나와 염탐을 하는 자일 것이야. 내 방금 그에게 배 진공을 원망하는 뜻이 자못 섞인 몇 마디 말은 하지 말았어야 했어. 만약 그 압아가 배 진공에게 알려 격노하게 된다면 불러올 화가 적잖을 게야."

당벽은 마음속으로 매우 불안한 생각이 들어 밤새 눈을 붙이지 못했다. 날이 밝기를 기다렸다가 세수를 한 뒤 곧 배 진공의 저택으로 가서 상황을 엿보았다. 영공(令公)[36]이 휴가를 받아 집에 있으면서 외당(外堂)[37]으로 나오지 않는다는 얘기만 들렸다. 비록 그렇기는 했지만 여전히 오가는 문서들이 많아 안팎으로 끊임없이 사람들이 분주하게 다녔다. 다만 어제 봤던 자주색 옷을 입고 있던 사람은 보이지 않았다. 한참을

36) 영공(令公): 中書令에 대한 존칭으로 배도가 중서령의 벼슬을 했기에 이렇게 칭한 것이다.

37) 외당(外堂): 옛날 중국 전통 가옥은 그 집의 빈부귀천에 따라 一進부터 七進까지도 존재했다. '進'은 가로로 죽 늘어선 집채 하나를 나타내는 단위 명사이다. 집채 정 가운데에 있는 큰 방을 '堂'이나 '廳堂'이라고 한다. '外堂'은 '밖에 있는 당'이라는 의미로 대문과 가장 가까운 집채 정 가운데에 있는 큰 방을 의미하는 것으로 보인다. '外堂'과 상대적인 개념인 '內堂'은 집 깊숙한 곳에 있는 당을 이르는 말로 사적인 공간으로 사용된 반면, '外堂'은 공무를 처리하거나 일반적인 손님 접대 등과 같은 공적인 공간으로 사용되었다.

기다리다가 여관으로 돌아가서 점식을 좀 먹고 다시 와 기다렸으나 전혀 소식이 없었다. 당벽은 날이 저물어 가는 것을 보고 그 자주색 옷을 입고 있던 사람이 실언을 했다는 것을 알고서 몇 차례 탄식을 하고는 처량하게 여관으로 돌아갔다. 막 등잔에 불을 붙이려고 할 때 갑자기 밖에서 서리(胥吏) 차림을 한 두 사람이 여관으로 황급히 들어와서 묻기를 "어느 분이 당벽 참군이십니까?"라고 했다. 당벽은 겁이 나서 옆으로 피한 채 감히 대답을 하지 못했다. 여관 주인장이 다가가서 그들에게 묻기를 "두 분은 뉘시오이까?"라고 하자, 두 사람이 답하기를 "우리는 배 상공 댁 서리인데 영공의 명을 받들어 댁으로 가셔서 말씀을 나누시도록 당 참군을 모시러 왔소이다."라고 했다. 여관 주인장이 당벽을 가리키며 "바로 이 분입니다."라고 했기에 당벽은 어쩔 수 없이 나와서 그들과 대면하여 말했다.

"저는 영공께 알현을 청한 적이 없는데 무슨 연유로 부르셨습니까? 게다가 편복을 입고 있으니 어찌 감히 실례를 할 수 있겠습니까?"

아전은 "영공께서 기다리고 계시니 참군께서는 마다하지 마십시오."라고 말한 뒤, 두 사람이 좌우에서 당벽의 겨드랑이를 부축하여 나는 듯이 재상의 저택으로 뛰어갔다. 당(堂)에 이르자 당벽에게 "참군께서는 잠시 앉아 계십시오. 저희들이 영공께 아뢴 후 다시 모시러 오겠습니다."라고 말하고 나서 두 아전은 안으로 들어갔다. 잠시 후, 나는 듯이 달려오는 소리가 들리더니 "영공께서 휴가를 받으셔서 안채에 계시기에 들어와 만나자 하십니다."라고 아뢰었다. 구불구불한 길을 따라 들어갔는데 촛불이 휘황찬란하게 켜져 있어 대낮 같이 비추고 있었다. 두 아전이 앞에서 길을 인도해 자그마한 청당(廳堂)[38]에 이르렀는데 초롱이 두 줄로 늘어서 있었으며 상공은 각건(角巾)[39]을 쓰고 편복을 입고서 공손히

38) 청당(廳堂): 집채의 정 가운데에 있는 큰 방으로 보통 거실과 같이 손님을 접대할 때 쓰인다.

서서 기다리고 있었다. 당벽은 황급히 바닥에 엎드려 등이 젖을 정도로 땀을 흘리며 감히 그를 쳐다보지도 못했다. 영공은 그를 부축해 일으키라 명을 내린 뒤, "사실(私室)로 맞이했는데 어찌 지나치게 예의를 차리십니까?"라고 하며 곧 자리에 앉으라 했다. 당벽이 한 차례 사양을 하다가 옆에 있는 자리에 앉아서 영공을 몰래 엿보았더니 바로 어제 여관에서 만난 자주색 옷을 입고 있던 그 사람이었다. 당벽은 더욱 황공해 두 손에 땀을 쥔 채 눈을 아래로 깔고서 감히 숨도 내쉬지 못했다.

알고 보니 배 영공은 한가할 때 항상 신분을 감추고 밖으로 나가 민정을 살피며 다녔는데 어제 우연히 여관에 이르렀다가 당벽을 만나게 된 것이었다. 배 영공은 집으로 돌아간 뒤 곧바로 황소아란 이름의 여자를 찾아 그를 불러다가 보니 과연 용모가 매우 고왔다. 내력을 물어보았더니 당벽이 말한 것과 들어맞았으며, 다시 벽옥령롱을 보여 달라고 했더니 팔에 단단히 끼고 있는 것이었다. 영공이 그녀를 매우 가엾게 여겨 "너의 남편이 이곳에 있는데 한번 만나 볼 테냐?"라고 묻자, 황소아는 눈물을 흘리며 말했다.

"미인박명이라 하오니 저는 그와 영원히 결별했다고 스스로 생각하고 있습니다. 그를 만나게 되는 것도 만나지 못하게 되는 것도 모두 영공께서 결정하시는 바이온데 미천한 소첩이 어찌 감히 스스로 전단하겠습니까?"

영공은 고개를 끄덕이더니 그에게 일단 물러가 있으라 했다. 그리고 은밀히 당후관(堂候官)[40]에게 분부를 내려 혼수로 천 관(貫)[41]을 준비하게 했다. 또한 빈 공문서 하나를 가져다 당벽의 이름을 쓰고 사람을 시켜 이부로 가서 그가 전에 역임했던 이력과 호주 참군으로 새로 제수받은

---

39) 각건(角巾): 모서리가 있는 두건으로 布衣 또는 隱士의 冠飾이다.

40) 당후관(堂候官): 고급관원이 부리던 서리를 가리킨다.

41) 관(貫): 옛날에 동전을 실로 꿰어서 들었는데 이때 동전 천 개를 한 '貫'이라고 했다.

문서를 찾아내 다시 발급 받도록 했다. 하나하나가 모두 갖춰진 뒤, 비로소 당벽을 집으로 불렀다. 당벽은 매우 당황스러웠던지라 영공의 이런 아름다운 뜻을 어찌 알았겠는가?

그날 영공은 말문을 열어 이렇게 말했다.

"어제 말씀해 준 바를 듣고 정말로 측은한 마음이 들었소. 선물을 바치는 것을 내가 끊어내지 못해 족하께서 화목한 부부의 즐거움을 오랫동안 누리지 못하였으니 이 늙은이의 죄이올시다."

당벽이 자리에서 일어나 무릎을 꿇고 말했다.

"소인이 곤경에 빠져 정신이 나갔었나봅니다. 어제 무례한 말씀을 올려 죽을죄를 지었다는 것을 스스로도 알고 있사오니 부디 하해와 같으신 마음으로 용서해 주십시오!"

영공은 그에게 일어나라고 한 뒤 다시 이렇게 말했다.

"오늘은 자못 길한 날이니 이 늙은이가 부족하나마 주례가 되어 족하를 위해 곧 성혼을 시켜 주겠소이다. 변변찮지만 노잣돈 천 관도 드려 속죄의 뜻을 조금이나마 표하고 싶습니다. 성례를 한 뒤 부부가 함께 부임하러 가면 되오이다."

당벽은 감사하다고 절을 할 수 있을 뿐이었지 감히 더 이상 부임하는 일에 대해 다시 물을 수가 없었다. 집안에서 영롱한 음악소리가 들리더니 여러 쌍의 홍등이 나오고 한 떼의 여악(女樂)이 앞에서 인도를 했으며 그 우두머리 격인 몇몇 부인네들과 시녀 여러 명이 옥 같고 꽃다운 황소아를 빼곡히 둘러싼 채로 나왔다. 당벽이 황급히 피하려 하자, 한 부인이 말하기를 "신랑 신부는 여기에서 절을 하십시오."라고 했다. 시녀가 붉은색 모전(毛氈)을 깔아 놓자, 황소아와 당벽은 거기에 나란히 선 채로 위를 향해 네 차례 절을 올렸으며 영공은 옆에서 답례로 읍을 했다. 일찍부터 가마는 청당(廳堂) 밖에서 기다리고 있었다. 황소아가 그 가마에 오르자 가마는 곧장 그녀를 여관방으로 태우고 갔으며, 영공은 당벽에게 속히 여관으로 돌아가 길시(吉時)를 놓치지 말라고 했다.

당벽이 여관으로 뛰어가 보니 사람들이 웅성거리는 말소리만 들렸다. 눈을 크게 뜨고 보니 비단과 돈이 가득 든 상자가 죽 벌려 놓여져 있었다. 처음에 왔던 그 두 서리가 그것을 지키면서 당벽이 오기만을 기다리고 있다가 당벽이 당도하자 직접 그에게 넘겨주었다. 그리고 자그마한 상자도 있었는데 그것은 영공이 몸소 종이를 오려 봉한 것이었다. 뜯어 보니 관직 임용장이 들어 있었으며 다시 호주 사호참군(司戶參軍)[42]에 제수한 것이었다. 당벽은 주체할 수 없을 정도로 기뻤으며 그날 밤, 부족하나마 여관을 신혼방으로 삼고서 황소아와 화촉을 밝혔다. 그 하룻밤에 있었던 환희의 정분은 보통의 혼인에서보다 더욱더 만족스러웠다. 그것은 바로 이런 시로 대변된다.

운 없을 땐 천복사의 비석조차도 벼락을 맞지만　運去雷轟薦福碑[43]
운 좋을 땐 바람조차 순풍이 되어 등왕각으로　時來風送滕王閣[44]

42) 사호참군(司戶參軍): 民戶를 주관하던 관원으로 府에서는 '戶曹參軍'이라 했고, 州에서는 '司戶參軍'이라 했으며, 縣에서는 '司戶'라고 했다.
43) 뇌굉천복비(雷轟薦福碑): 송나라 惠洪의 《冷齋夜話》 권2에 다음과 같은 이야기가 실려 있다. 范仲淹이 鄱陽을 지킬 때 어떤 서생이 시를 올렸는데 보니 매우 잘 지은 시였다. 서생은 스스로 평생 배불리 먹은 적이 없었다고 하며 천하에 자기보다 더 飢寒에 시달린 자가 없을 것이라 했다. 당시 歐陽詢의 글씨가 성행하여 그가 쓴 薦福寺 비문의 탁본 값이 천 錢이 되었으므로 범중엄은 서생을 위해 탁본 천 부를 뜨게 하여 경도에서 그것을 팔게 하려고 종이와 묵을 모두 마련했지만 하룻밤 사이에 벼락이 쳐서 그 비석이 부서졌다고 한다. 이후, '雷轟薦福碑'는 재수가 없고 운명이 사나운 것을 나타내는 전고로 쓰이게 되었다.
44) 시래풍송등왕각(時來風送滕王閣): 당나라 上元 2년(675)에 南昌 州牧을 맡고 있던 閻伯嶼가 滕王閣을 중수한 뒤 그 해 9월 9일에 연회를 베풀어 천하의 명사들을 초대해 序를 짓게 했다. (이보다 앞서 閻伯嶼가 미리 자기 사위에게 序를 준비하게 하고 연회에서 꺼내 명성을 날릴 수 있게 하려 했다.) 당시 王勃이 아버지의 임지로 가는 도중 9월 8일에 배를 馬當山에 대었을 때 水府의 수신을 만났는데 수신이 왕발에게 그 연회가 있다는 사실을 알려 주며 순풍을 불게 하여 하루 만에 700여 리 밖에 있는 남창으로 갈 수 있게 해 주었다. 왕발은 그 연회에서 〈滕王閣序〉를 지어 크게 명성을 날리게 되었다. 이에 대한 자세한 이야기는 《類說》 권34에 있는 〈滕王閣記〉와 《古今事文類聚》 前集 권11에 실린

보내준다네
이제 혼사와 벼슬 모두 마음대로 이루어졌으니　今朝婚宦兩稱心
더 이상 예전처럼 마음이 상하진 않겠네　不似從前情緒惡

당벽은 이제 아내도 있고 관직도 있으며 천 관의 노잣돈도 생겼기에 그야말로 십팔 층 지옥[45]에서 괴로워하던 귀신이 삼십삼천(三十三天)[46]까지 곧바로 올라간 것과 같았다. 만약 배 영공의 마음이 어질고 후하지 않았다면 어찌 그렇게 만족스럽도록 기꺼이 도와주었겠는가?

다음 날, 당벽은 다시 배 영공의 저택으로 가서 그를 알현하고 감사드리려 했지만 영공은 문지기에게 명을 내려 수고스럽게 다시 볼 필요가 없다고 사절해 돌려보내게 했다. 당벽은 여관으로 돌아가 다시 의관을 정리하고 행장을 꾸린 뒤 경도에서 시종 몇 명을 사서 수행하도록 했다. 당벽과 황소아 두 사람이 고향으로 돌아가 장인인 황 태학을 만나자 마치 고목이 다시 봄을 만난 듯, 끊어진 거문고 줄이 다시 이어진 듯 그 기쁨은 그지없었다. 며칠 지나고 나서 부부는 나란히 호주로 부임을 하러 갔다. 배 영공의 은덕에 감사하여 침향나무로 작은 목상을 깎아 조석으로 절을 올리고 기도를 하며 영공의 복과 장수를 빌었다. 그 후 배 영공은 팔순을 넘도록 살았으며 자손도 번성했으니 사람들은 모두 그의 음덕으로 이루어진 것이라 여겼다. 이러한 시가 있다.

………………………………

〈作滕王閣記〉, 그리고 《醒世恒言》 권40 〈馬當神風送滕王閣〉 등에 보인다.

45) 십팔층지옥(十八層地獄): '十八重地獄'이라고 쓰기도 하며, 불교에서 극악한 중생들이 사후에 벌을 받는 장소로 '拔舌地獄', '刀山地獄', '火湯地獄', '寒冰地獄' 등 총 열여덟 가지가 그것이다. '十八層'은 열여덟 가지의 가혹한 형벌을 이르는데 죄를 지은 정도와 내용에 따라 각각 다른 벌을 받게 된다. 민간에서는 '層'을 고저를 나타내는 층으로 인식하여 '十八層地獄'을 '지하로 18층이 되는 지옥'으로 이해하기도 한다. 이렇게 볼 때 '十八層地獄'은 저승에서 '가장 낮은 곳'을 이른다.

46) 삼십삼천(三十三天): 범어 '忉利天'에 대한 의역으로 불교에서 欲界 六天 가운데 두 번째를 이른다. 민간에서는 '높은 곳'을 三十三天이라고 칭하기도 한다.

아내도 벼슬도 잃어 그 고충은 말할 수 없었는데	無室無官苦莫論
좋은 일 이루도록 도와 큰 은혜를 입었다네	周旋好事賴洪恩
사람이 걸음마다 음덕을 쌓을 수 있다면	人能步步存陰德
복록이 자손까지도 면면히 이어진다오	福祿綿綿及子孫

▌원문 교주

第四卷 裴晉公義還原配

官居極品富千金, 享用無多白髮侵. 惟有存仁并積善, 千秋不朽在人心.

當初漢文帝朝中, 有箇寵臣, 叫做鄧通, 出則隨輦, 寢則同榻, 恩幸無比. 其時有神相許負, 相那鄧通之面, 有縱理紋入口[47], 必當窮餓而死. 文帝聞之, 怒曰:"富貴由我, 誰人窮得鄧通!" 遂將蜀道銅山賜之, 使得自鑄錢. 當時鄧氏之錢, 布滿天下, 其富敵國. 一日, 文帝偶然生下個癰疽, 膿血迸流, 疼痛難忍. 鄧通跪而吮之. 文帝覺得爽快. 便問道:"天下至愛者何人?" 鄧通答道:"莫如父子." 恰好皇太子入宮問疾, 文帝也敎他吮那癰疽. 太子推辭道:"臣方食鮮膾, 恐不宜近聖恙." 太子出宮去了. 文帝歎道:"至愛莫如父子, 尙且不肯爲我吮疽, 鄧通愛我, 勝如吾子!" 由是恩寵轉[48]加. 皇太子聞知此語, 深恨鄧通吮疽之事. 後來文帝駕崩, 太子即位, 是爲景帝. 遂治鄧通之罪, 說他吮疽獻媚, 壞亂錢法. 籍其家產, 閉於空室之中, 絕其飮食. 鄧通果然餓死. 又漢景帝時, 丞相周亞夫, 也有縱理紋在口. 景帝忌他威名, 尋他罪過, 下之於廷尉獄中. 亞夫怨恨, 不食而死. 這兩箇極富極貴, 犯了餓死之相, 果然不得善終. 然雖如此, 又有一說, 道是面相不如心相: 假如上等貴相之人, 也有做下虧心事, 損了陰德, 反不得好結果; 又有犯著惡相的, 却因心地端正, 肯積陰功, 反禍爲福. 此是人定勝天, 非相法之不靈也.

如今說唐朝有箇裴度, 少年時貧落未遇. 有人相他縱理入口, 法當餓死.

47) 縱理紋入口(종리문입구): 관상학에서 코 아래 오른쪽과 왼쪽에 생긴 두 줄의 팔자주름을 螣蛇紋이라고 하는데 이 무늬가 입꼬리에 닿은 것을 '縱理紋入口' 또는 '螣蛇紋入口'라고 하며 이런 상을 한 사람은 '굶어죽을 상'이라고 한다.
48) 【校】轉(전): 《今古奇觀》 각 판본에는 "轉"으로 되어 있고, 《古今小說》 각 판본에는 "俱"로 되어 있다.

後游香山寺中, 於井亭欄杆上拾得三條寶帶. 裴度自思:“此乃他人遺失之物, 我豈可損人利己, 壞了心術?” 乃坐而守之. 少頃間, 只見有個婦人啼哭而來, 說道:“老父陷獄, 借得三條寶帶, 要去贖; 偶到寺中, 盥手燒香, 遺失在此; 如有人拾取, 可憐見還, 全了老父之命!” 裴度將三條寶帶, 即時交付與婦人. 婦人拜謝而去. 他日又遇了那相士. 相士大驚道:“足下骨法全改, 非復向日餓莩之相, 得非有陰德乎?” 裴度辭以沒有. 相士云:“足下試自思之, 必有拯溺救焚之事.” 裴度乃言還帶一節. 相士云:“此乃大陰功, 他日富貴兩全, 可預賀也.” 後來裴度果然進身及第, 位至宰相, 壽登耄耋[49]. 正是:

面相不如心相准, 爲人須是積陰功. 假饒方寸難移相, 餓莩焉能享萬鍾?

說話的[50], 你只道裴晉公是陰德上積來的富貴, 誰知他富貴以後, 陰德更多. 如[51]今聽我說“義還原配”這節故事, 却也十分難得.

話說唐憲宗皇帝元和十三年, 裴度領兵削平了淮西反賊吳元濟, 還朝拜爲首相, 進爵晉國公. 又有兩處積久負固的藩鎭, 都懼怕裴度威名, 上表獻地贖罪: 恒冀節度使王承宗, 願獻德棣二州; 淄靑節度使李師道, 願獻沂密海三州. 憲宗皇帝看見外寇漸平, 天下無事, 乃修龍德殿, 浚龍首池, 起承暉殿, 大興土木; 又聽山人柳泌合長生之藥. 裴度屢次切諫, 都不聽. 佞臣皇甫鎛判度支, 程异掌鹽鐵, 專一刻剝百姓財物, 名爲“羨餘”, 以供無事之費. 由是投了憲宗皇帝之意, 兩箇佞臣, 並同平章事. 裴度羞與同列, 上表

49) 耄耋(모질): ‘耄’는 대략 70부터 90세까지의 나이를 이르는 말로 고령을 뜻하고, ‘耋’은 연로하다는 뜻을 지닌다. 耄耋은 고령과 장수를 의미한다.

50) 說話的(설화적): ‘話’는 이야기를 이르고, 唐宋 때 ‘說話’는 이야기를 구연으로 풀어가는 것을 의미하여 근대의 說書와 유사한 장르라고 할 수 있다. 魯迅은 《中國小說史略》에서, “說話란 것은 고금의 놀라운 일을 구연으로 하는 것을 이르는데 당나라 때에 이미 있었을 것이다.(說話者, 謂口說古今驚聽之事, 蓋唐時亦已有之.)”라고 했다. ‘的’은 동사를 명사화시키는 어미로 ‘~을 하는 사람’을 의미하여 ‘說話的’은 ‘說話를 구연하는 說話人’을 말한다. 그 이야기를 ‘話文’ 또는 ‘話本’이라고 한다.

51) 【校】如(여): 《今古奇觀》 각 판본에는 “如”로 되어 있고, 《古今小說》 각 판본에는 “則”으로 되어 있다.

求退. 憲宗皇帝不許, 反說裴度好立朋黨, 漸有疑忌之心. 裴度自念功名太盛, 惟恐得罪, 乃口不談朝事, 終日縱情酒色, 以樂餘年. 四方郡牧, 往往訪覓歌兒舞女, 獻於相府, 不一而足. 論起裴晉公, 那裏要人來獻! 只是這班阿諛諂媚的, 要博相國歡喜, 自然重價購求. 也有用强佀取的, 鮮衣美飾, 或假作家妓, 或僞稱侍兒, 遣人慇慇懃懃的送來. 裴晉公來者不拒, 也只得納了.

再說晉州萬泉縣有一人, 姓唐, 名璧, 字國寶, 曾擧孝廉科, 初任括州龍宗縣尉, 再任越州會稽丞. 先在鄕時, 聘定同鄕黃太學之女小娥爲妻. 因小娥尚在稚齡, 待年未嫁; 比及長成, 唐璧兩任遊宦, 都在南方, 以此兩下磋跎, 不曾婚配. 那小娥年方二九, 生得臉似堆花, 體如琢玉; 又且通於音律, 凡簫管琵琶之類, 無所不工. 晉州刺史奉承裴晉公, 要在所屬地方選取美貌歌姬一隊進奉, 已有了五人, 還少一箇出色掌班的; 聞得黃小娥之名, 又道太學之女, 不可輕得, 乃捐錢三十萬, 囑託萬泉縣令求之. 那縣令又奉承刺史, 遣人到黃太學家致意. 黃太學回道:"已經受聘, 不敢從命." 縣令再三强求, 黃太學只是不允. 時値淸明, 黃太學擧家掃墓, 獨留小娥在家. 縣令打聽的實, 乃親到黃家, 搜出小娥, 用肩輿擡去, 著兩箇穩婆相伴, 立刻送到晉州刺史處交割; 硬將三十萬錢撇在他家, 以爲身價. 比及黃太學回來, 曉得女兒被縣令劫去, 急往縣中, 知已送去州裏; 再到晉州, 將情哀求刺史. 刺史道:"你女兒才色過人, 一入相府, 必然擅寵, 豈不勝作他人箕帚[52]乎? 况已受我聘財六十萬錢, 何不贈與汝婿, 別圖配偶?" 黃太學道:"縣主乘某掃墓, 將錢委置, 某未嘗面受; 况止三十萬, 今悉持在此, 某只願領女, 不願領錢也." 刺史拍案大怒道:"你得財賣女, 却又瞞過三十萬, 强來絮聒, 是何道理! 汝女已送至晉國公府中矣. 汝自往相府取索, 在此無益!" 黃太學看見刺史發怒, 出言圖賴, 再不敢開口, 兩眼含淚而出; 在晉州守了數日, 欲得女兒一見, 寂然無信, 歎了口氣, 只得回縣去了.

却說刺史將千金置買異樣服飾, 寶珠瓔珞, 妝扮那六箇女子[53]如天仙相

52) 箕帚(기추): '箕'는 쓰레받기를 뜻하고 '帚'는 빗자루를 이르는 말로 '箕帚'는 쓰레받기와 빗자루를 들고 청소 등과 같은 집안일을 하는 것을 이른다. 아울러 '妻妾'을 이르기도 한다.

似; 全副樂器, 整日在衙中操演. 直待晉國公生日將近, 遣人送去, 以作賀禮. 那刺史費了許多心機, 破了許多錢鈔, 要博相國一個大歡喜. 誰知相國府中歌舞成行, 各鎭所獻美女, 也不計其數. 這六箇人只湊得鬧熱, 相國那裏便看在眼裏, 留在心裏! 從來奉承儘有折本的, 都似此類. 有詩爲證:

割肉剜膚買上歡, 千金不吝備吹彈. 相公見慣渾閒事, 羞殺州官與縣官!

話分兩頭[54]. 再說唐璧在會稽任滿, 該得升遷, 想黃小娥今已長成, 且回家畢姻, 然後赴京未遲. 當下收拾宦囊, 望萬泉縣進發. 到家次日, 就去謁見岳丈黃太學. 黃太學已知爲著姻事, 不等開口, 便將女兒被奪情節, 一五一十備細的告訴了. 唐璧聽罷, 呆了半晌, 咬牙切齒恨道:"大丈夫浮沉薄宦, 至一妻之不能保, 何以生爲!" 黃太學勸道:"賢婿英年才望, 自有好姻緣相湊. 吾女兒自沒福相從, 遭此强暴. 休得過傷懷抱, 有誤前程." 唐璧怒氣不息, 要到州官縣官處與他爭議. 黃太學又勸道:"人已去矣, 爭論何益? 况干礙裴相國. 方今一人之下, 萬人之上; 倘失其歡心, 恐於賢婿前程不便." 乃將縣令所留三十萬錢擡出, 交付唐璧道:"以此爲圖婚之費. 當初宅上有碧玉玲瓏爲聘, 在小女身邊, 不得奉還矣. 賢婿須念前程爲重, 休爲小挫, 以誤大事." 唐璧兩淚交流, 答道:"某年近三旬, 又失此佳[55]偶, 琴瑟之事, 終身已矣! 蝸名微利, 誤人之本, 從此亦不復思進取也!" 言訖, 不覺大慟. 黃太學也還痛哭[56]起來. 大家哭了一場方罷. 唐璧那裏肯收這錢去, 逕自空身回了.

次日, 黃太學親到唐璧家, 再三解勸, 攛掇他早往京師聽調, 得了官職,

53) 【校】女子(여자): 《今古奇觀》 각 판본에는 "女子"로 되어 있고, 《古今小說》 각 판본에는 "人"으로 되어 있다.

54) 話分兩頭(화분량두): '이야기가 두 갈래로 나뉜다'라는 의미로 화본소설에서 이미 진행한 내용을 일단 접어두고 다른 한편의 얘기를 시작할 때 많이 쓰이는 敍事轉換의 기능을 하는 상투어이다.

55) 【校】佳(가): 《今古奇觀》 각 판본에는 "佳"로 되어 있고, 《古今小說》 각 판본에는 "良"으로 되어 있다.

56) 【校】哭(곡): 人民文學本·繪圖本《今古奇觀》에는 "哭"자가 있고, 古本小說集成本《今古奇觀》과 《古今小說》 각 판본에는 "哭"자가 없다.

然後徐議良姻. 唐璧初時不肯, 被丈人一連數日, 强逼不過, 思量在家氣悶, 且到長安走遭, 也好排遣. 勉强擇吉, 買舟起程. 丈人將三十萬錢暗地放在舟中, 私下囑付從人道:"開船兩日後, 方可稟知主人, 拿去京中好做使用, 討箇美缺." 唐璧見了這錢, 又感傷了一場, 分付蒼頭[57]:"此是黃家賣女之物, 一文不可動用!" 在路不一日, 來到長安, 僱人挑了行李, 就裴相國府中左近處下箇店房, 早晚府前行走, 好打探小娥信息. 過了一夜, 次早到吏部報名, 送歷任文簿, 查驗過了. 回寓吃了飯, 又[58]到相府門前守候. 一日最少也踅過十來遍. 住了月餘, 那裏通得半箇字. 這些官吏們一出一入, 如馬蟻相似, 誰敢上前把這沒頭腦的事問他一聲? 正是:

侯門一入深如海, 從此蕭郎是路人!

一日, 吏部掛榜, 唐璧授湖州錄事參軍. 這湖州又在南方, 是熟遊之地, 唐璧到也歡喜. 等有了誥敕, 收拾行李, 僱喚船隻出京. 行到潼津地方, 遇了一夥强人. 自古道: "慢藏誨盜." 只爲這三十萬錢帶來帶去, 露了小人眼目, 惹起貪心, 就結夥做出這事來. 這夥强人從京城外直跟至潼津, 背地通同了船家, 等待夜靜, 一齊下手. 也是唐璧命不該絕, 正在船頭上登東[59], 看見聲勢不好, 急忙跳水, 上岸逃命. 只聽得這夥强人亂了一回, 連船都撐去. 蒼頭的性命, 也不知死活; 舟中一應行李, 盡被劫去, 光光剩箇身子. 正是:

屋漏更遭連夜雨, 船遲又被打頭風!

那三十萬錢和行囊還是小事, 却有歷任文簿和那誥敕, 是赴任的執照,

57) 蒼頭(창두): 노복을 뜻한다. 본래 전국시대에는 푸른색 두건을 쓴 군사를 가리켰으나 한나라 때에 이르러 戰事가 줄어들자 창두는 점차 노복이 되어 귀족 집안에서 잡일을 하게 되다가 魏晉 이후에는 완전히 私宅의 노복이 되었다.

58) 【校】又(우): 《今古奇觀》 각 판본에는 "又"로 되어 있고, 《古今小說》 각 판본에는 "就"로 되어 있다.

59) 登東(등동): 옛날 건물의 변소는 보통 집채의 동쪽 모서리에 있었기에 변소를 '東廝(東司)' 혹은 '東圊'이라 불렀으며 변소에 가는 것을 '登東'이라고 했다.

也失去了, 連官也做不成. 唐壁那一時眞箇是控天無路, 訴地無門; 思量: "我直恁時乖運蹇, 一事無成! 欲待回鄕, 有何面目? 欲待再往京師, 向吏部衙門投拆, 奈身畔並無分文盤費, 怎生是好? 這裏又無相識借貸, 難道求乞不成?" 欲待投河而死, 又想堂堂一軀, 終不然如此結果? 坐在路旁想了又哭, 哭了又想, 左算右算, 無計可施. 從半夜直哭到天明. 喜得絕處逢生, 遇着一箇老者, 攜杖而來. 問道:"官人爲何哀泣?" 唐壁將赴任被劫之事, 告訴了一遍. 老者道:"原來是一位大人, 失敬了. 舍下不遠, 請挪步則個." 老者引唐壁約行一里, 到於家中, 重復敍禮. 老者道:"老漢姓蘇, 兒子喚做蘇鳳華, 見做湖州武源縣尉, 正是大人屬下. 大人往京, 老漢願少助資斧." 即忙備酒飯管待; 取出新衣一套, 與唐壁換了, 捧出白金二十兩, 權充路費. 唐壁再三稱謝, 別了蘇老, 獨自一箇上路, 再往京師舊店中安下. 店主人聽說路上喫虧, 好生淒慘. 唐壁到吏部門下, 將情由哀稟. 那吏部官道是誥敕文簿盡空, 毫無巴鼻[60], 難辨眞僞. 一連求了五日, 並不作準. 身邊銀兩, 都在衙門使費去了. 回到店中, 只叫得苦, 兩淚汪汪的坐著納悶.

只見外面一人, 約莫半老年紀, 頭帶軟翅紗帽, 身穿紫袴衫, 挺帶, 皂靴, 好是押衙官模樣, 踱進店來; 見了唐壁, 作了揖, 對面而坐, 問道:"足下何方人氏? 到此貴幹?" 唐壁道:"官人不問猶可, 問我時, 教我一時訴不盡心中苦情!" 說未絕聲, 撲簌簌掉下淚來. 紫衫人道:"尊意有何不美? 可細話之. 或者可共商量也." 唐壁道:"僕[61]姓唐名壁, 晉州萬泉縣人氏, 近除湖州錄事參軍, 不期行至潼津, 忽遇盜劫, 資斧一空, 歷任文簿和誥敕都失了, 難以之任." 紫衫人道:"中途被劫, 非關足下之事, 何不以此情訴知吏部, 重給告身, 有何妨礙?" 唐壁道:"幾次哀求, 不蒙憐准, 教我去住兩難, 無門懇告." 紫衫人道:"當朝裴晉公每懷惻隱, 極肯周旋落難之人, 足下何不去求見他?" 唐壁聽說, 愈加悲泣, 道:"官人休題起'裴晉公'三字, 使某心腸如割!" 紫衫人

60) 巴鼻(파비): '巴'는 '把'와 같은 의미로 기물의 자루를 의미하며, '鼻'는 비록 자루라고 할 수는 없지만 기물에서 자루의 기능을 하여 손으로 잡을 수 있도록 만든 돌출된 부분을 의미한다. 이런 뜻에서 확장되어 '巴鼻'는 근거나 방법의 의미로도 쓰인다.

61) 【校】僕(복): 《今古奇觀》 각 판본에는 "僕"으로 되어 있고, 《古今小說》 각 판본에는 "某"로 되어 있다.

大驚道:"足下何故而出此言?" 唐璧道:"某幼年定下一房親事, 因屢任南方, 未成婚配; 却被知州和縣尹用强奪去, 湊成一班女樂, 獻與晉公, 使某壯年無室. 此事雖不由晉公, 然晉公受人諂媚, 以致府縣爭先獻納, 分明是他拆散我夫妻一般. 我今日何忍復往見之?" 紫衫人問道:"足下所定之室, 何姓何名? 當初有何爲聘?" 唐璧道:"姓黃名小娥. 聘物碧玉玲瓏, 見在彼處." 紫衫人道:"某即晉公親校, 得出入內室, 當爲足下訪之." 唐璧道:"侯門一入, 無復相見之期. 但願官人爲我傳一信息, 使他知我心事, 死亦瞑目." 紫衫人道:"明日此時, 定有好音奉報." 說罷, 拱一拱手, 踱出門去了.

唐璧展轉思想, 懊悔起來:"那紫衫押衙, 必是晉公親信之人, 遣他出外探事的. 我方纔不合議論了他幾句, 頗有怨望之詞. 倘或泚與晉公知道, 激怒了他, 降禍不小!" 心下好生不安, 一夜不曾合眼. 巴到天明, 梳洗罷, 便到裴府窺望. 只聽說令公給假在府, 不出外堂. 雖然如此, 仍有許多文書來往, 內外奔走不絕, 只不見昨日這紫衫人. 等了許久, 回店去吃了些午飯, 又來守候, 絕無動靜. 看看天晚, 眼見得紫衫人已是謬言失信了, 嗟歎了數聲, 淒淒涼涼的回到店中. 方欲點燈, 忽見外面兩個人似令史粧扮, 慌慌忙忙的走入店來, 問道:"那一位是唐璧參軍?" 諕得唐璧躲在一邊, 不敢答應. 店主人走來問道:"二位何人?" 那兩箇人答曰:"我等乃裴府中堂吏, 奉令公之命, 來請唐參軍到府講話." 店主人指道:"這位就是." 唐璧只得出來相見, 說道:"某與令公素未通謁, 何緣見召? 且身穿褻服, 豈敢唐突!" 堂吏道:"令公立等, 參軍休得推阻." 兩箇左右腋扶着, 飛也似跑進府來. 到了堂上, 教"參軍少坐, 容某等稟過令公, 却來相請." 兩箇堂吏進去了. 不多時, 只聽得飛奔出來, 覆道:"令公給假在內, 請進去相見." 一路轉彎抹角, 都點得燈燭輝煌, 照耀如白日一般. 兩箇堂吏前後引路. 到一箇小小廳堂中, 只見兩行紗燈排列, 令公角巾便服, 拱立而待. 唐璧慌忙拜伏在地, 流汗浹背, 不敢仰視. 令公傳命扶起, 道:"私室相延, 何勞過禮!" 便教看坐. 唐璧謙讓了一回, 坐於旁側, 偷眼看着令公, 正是昨日店中所遇紫衫之人! 愈加惶懼, 捏著兩把汗, 低了眉頭, 鼻息也不敢出來.

原來裴令公閒時常在外面私行, 體訪民情[62]; 昨日偶到店中, 遇了唐璧, 回府去, 就查"黃小娥"名字, 喚來相見, 果然十分顏色. 令公問其來歷, 與唐璧說話相同; 又討他碧玉玲瓏看時, 只見他緊緊的帶在臂上. 令公甚是憐憫, 問道:"你丈夫在此, 願一見乎?" 小娥流淚道:"紅顔薄命, 自分永絕, 見與不見, 實[63]在令公, 賤妾安敢自專." 令公點頭, 教他且去. 密地分付堂候官, 備下資粧千貫; 又將空頭誥敕一道, 填寫唐璧名字. 差人到吏部去查他前任履歷, 及新授湖州參軍文憑, 要得重新補給, 件件完備, 纔請唐璧到府. 唐璧滿肚慌張, 那知令公一團美意?

當日令公開談道:"昨見所話, 誠心惻然. 老夫不能杜絕饋遺, 以致足下久曠琴瑟之樂, 老夫之罪也." 唐璧離席下拜道:"鄙人身遭顛沛, 心神顛倒, 昨日語言冒犯, 自知死罪, 伏惟相公海涵!" 令公請起道:"今日頗吉, 老夫權爲主婚, 便與足下完婚. 薄有行資千貫奉助, 聊表贖罪之意. 成親之後, 便可于飛[64]赴任." 唐璧只是拜謝, 也不敢再問赴任之事. 只聽得宅內一派樂聲嘹亮, 紅燈數對, 女樂一隊前導, 幾個押班老媽[65]和養娘輩簇擁出如花如玉的黃小娥來. 唐璧慌欲躲避. 老媽道:"請二位新人就此見禮." 養娘鋪下紅氈, 黃小娥和唐璧做一對兒立了, 朝上拜了四拜. 令公在旁答揖. 早有肩輿在廳堂[66]外伺候. 小娥登輿, 一逕擡到店房中去了. 令公分付唐璧速歸逆旅, 勿誤良期. 唐璧跑回店中, 只聽見[67]人言鼎沸, 擧眼看時, 擺列得絹帛盈箱, 金錢滿篋; 就是起初那兩箇堂吏看守着, 專等唐璧到來, 親自交割.

62) 【校】體訪民情(체방민정): 《今古奇觀》 각 판본에는 "體訪民情"으로 되어 있고, 《古今小說》 각 판본에는 "耍子"로 되어 있다.

63) 【校】實(실): 人民文學本·繪圖本 《今古奇觀》에는 "實"로 되어 있고, 古本小說集成本《今古奇觀》과 《古今小說》 각 판본에는 "權"으로 되어 있다.

64) 于飛(우비): '于'는 어조사이고 '飛'는 함께 날다는 뜻이다. 《左傳·莊公二十二年》에 "봉새와 황새가 함께 날면서 서로 화답하고 우는 것이 낭랑했다.(鳳皇于飛, 和鳴鏘鏘.)"라는 말이 있는데 杜預의 주에 의하면, "수컷을 鳳이라 하고 암컷을 皇이라 한다. 암수가 함께 날면서 서로 화답하며 우는 것이 낭랑했다.(雄曰鳳, 雌曰皇. 雄雌俱飛, 相和而鳴鏘鏘然.)"라고 했다. 나중에 '于飛'는 부부가 동행하거나 금슬이 좋은 것을 비유적으로 이르는 말로 쓰이게 되었다.

65) 【校】媽(마): 《今古奇觀》 각 판본에는 "媽"로 되어 있고, 《古今小說》 각 판본에는 "嬤"로 되어 있다. 다음 문장에 있는 "媽"도 이러하다.

66) 【校】堂(당): 人民文學本·繪圖本 《今古奇觀》에는 "堂"으로 되어 있고, 古本小說集成本《今古奇觀》과 《古今小說》 각 판본에는 "廳事"로 되어 있다.

67) 【校】견(見): 人民文學本·繪圖本 《今古奇觀》에는 "見"으로 되어 있고, 古本小說集成本《今古奇觀》과 《古今小說》 각 판본에는 "得"으로 되어 있다.

又有箇小小篋兒, 令公親判封的. 拆開看時, 乃官誥在內, 復除湖州司戶參軍. 唐璧喜不自勝, 當夜與黃小娥就在店中, 權作洞房花燭. 這一夜歡情, 比著尋常婢姻的更自得意. 正是:

運去雷轟薦福碑, 時來風送滕王閣. 今朝婚宦兩稱心, 不似從前情緒惡.

唐璧此時有婚有宦, 又有了千貫資裝, 分明是十八層地獄的苦鬼, 直升到三十三天去了. 若非裴令公仁心慷慨, 怎肯周旋得人十分滿足! 次日, 唐璧又到裴府謁謝. 令公預先分付門吏辭回, 不勞再見. 唐璧回寓, 重理冠帶, 再整行裝, 在京中買了幾箇童僕跟隨, 兩口兒回到家鄉, 見了岳丈黃太學, 好似枯木逢春, 斷弦再續, 歡喜無限. 過了幾日, 夫婦雙雙往湖州赴任. 感激裴令公之恩, 將沉香雕成小像, 朝夕拜禱, 願其福壽綿延. 後來裴令公壽過八旬, 子孫蕃衍, 人皆以爲陰德所致. 詩云:

無室無官苦莫論, 周旋好事賴洪恩. 人能步步存陰德, 福祿綿綿及子孫.

두십낭(杜十娘)이 노하여 보물 상자를 물에 던져버리다〔杜十娘怒沉百寶箱〕

작품 해설

이 이야기는《경세통언(警世通言)》권32의 작품이다. 본사(本事)는 명나라 송무징(宋懋澄)의《구약별집(九籥別集)》권4에 수록되어 있는〈부정농전(負情儂傳)〉이다. 풍몽룡(馮夢龍)의《정사(情史)》권4에는〈두십낭(杜十娘)〉이란 제목으로 수록되어 있다. 또한 명나라 반지항(潘之恒)의《긍사(亘史)》내기(內紀) 열여(烈餘) 권10에도〈부정농전(負情儂傳)〉이란 제목으로 실려 있으며, 명나라 송존표(宋存標)의《정종(情種)》권4에도 같은 제목으로 수록되어 있다. 명나라 담천(談遷)의《조림잡조(棗林雜俎)》의집(義集)에는〈동관의기진씨(彤管義妓陳氏)〉라는 제목으로 이와 유사한 이야기를 수록하고 있는데 만력(萬曆) 을묘(乙卯)년에 초(楚) 지방에서 부직(副職)을 맡고 있던 아무개와 고소(姑蘇) 지방의 기생 진씨(陳氏)와의 이야기로 되어 있다. 이 이야기는 민국시대 조수군(曹綉君)의《고금정해(古今情海)》권5에〈두십낭재세(杜十娘再世)〉라는 제목으로도 수록되어 있다. 청나라 초순(焦循)의《극설(劇說)》권4에도 탁가

월(卓珂月)이 두십낭(杜十娘)의 이야기를 바탕으로 지은 전기(傳奇) 희곡 작품 〈백보상(百寶箱)〉이 소개되어 있으며 《평극희목회고(平劇戲目匯考)》 306조에도 〈두십낭〉이란 희곡 작품이 소개되어 있다. 이후 현대에 이르기까지 중국에서 두십낭의 이야기는 희곡, 영화, 드라마, 연환화(連環畵) 등과 같은 다양한 장르로 재탄생되어 회자되어 왔다. 조선시대 무명씨가 편집한 《산보문원사귤(刪補文苑楂橘)》 권1에는 본사인 〈부정농전(負情儂傳)〉이 〈부정농(負情儂)〉이란 제목으로 수록되어 있으며, 조선 후기 야담집인 《동야휘집(東野彙輯)》 권6에 〈두십낭노침백보상(杜十娘怒沈百寶箱)〉과 서사적 근간이 유사하고 일부 대목에서 세부적인 표현도 일치하는 〈교중납환광적사(轎中納鬟誑賊師)〉라는 작품이 실려 있기도 하다.

두십낭의 이야기는 중국에서 가장 널리 알려진 비극적 사랑 이야기 가운데 하나다. 본 작품은 두십낭의 이미지를 성공적으로 그려내 단편 백화소설 가운데 걸출한 작품으로 손꼽힌다. 두십낭의 이야기는 중국뿐만 아니라 일본은 에도시대에, 우리나라는 조선시대에 전파되었으며 나아가 서양에까지 전해진 중국의 대표적 이야기라고 할 수 있다. 이 이야기는 기생인 두십낭이 종량(從良)을 한 뒤, 남주인공 이갑과 함께 이갑의 고향으로 내려가던 중 배신을 당하여 그동안 암암리에 모아두었던 갖은 보물을 강물에 던지고 투신자살을 하는 내용이다. 이 작품은 남녀 주인공이 결연해 해피엔딩의 구조를 띠는 일반적인 애정담과는 사뭇 다르다. 두십낭은 기생이라는 천한 신분임에도 불구하고 참된 사랑과 인생에 대한 희망과 동경을 버리지 않는 인물이지만 사랑하는 사람에게 배신을 당한 뒤 결연히 죽음을 선택한다. 그리고 죽은 뒤에도 자신을 도와준 유우춘에게 보답을 하는 의로운 여성으로 독자들에게 안타까움과 더불어 깊은 감동을 준다.

중국 고전소설은 서구소설과 달리 대체로 해피엔딩을 선호한다. 그렇다고 해서 중국의 역대 단편소설들 가운데 새드엔딩의 소설이 없었던 것은 아니다. 당전기(唐傳奇)를 보면, 〈앵앵전(鶯鶯傳)〉이나 〈곽소옥전(霍小玉傳)〉, 〈장한전(長恨傳)〉 등과 같은 작품들은 모두 비극적 결말로 끝나거나 비극적 분위기가 작품 전반에 깔려 있다. 송대 화본의 경우 〈연옥관음(碾玉觀音)〉이나 〈착참최녕(錯斬崔寧)〉 등과 같은 작품들도 철저한 비극이다. 명나라 의화본소설에 이르러서 해피엔딩의 작품이 대폭적으로 나타나기 시작한다. 이에 비해 비극적 작품은 소량에 불과했으며, 이들 비극적 작품들 가운데에도 〈연옥관음(碾玉觀音)〉이나 〈착참최녕(錯斬崔寧)〉과 같이 전대 작품들을 그대로 인습한 경우가 적잖았다. 이렇듯 의화본소설에서 비극적 작품이 드문 이유는 아마도 그 장르의 지향점 자체가 짧은 편폭 안에서 철저하게 독자들의 대리만족과 재미를 추구하는 데 있었기 때문일 것이다.

중국 속담에 "정결한 여자가 실절하면 늙은 기생이 종량하는 것만 못하다.〔貞女失節, 不如老妓從良.〕"라는 말과 "종량한 기생을 맞이할지언정 바람날 처를 맞이하지 않는다.〔寧娶從良妓, 不娶過墻妻.〕"라는 말이 있다. '종량(從良)'이란 말은 기적(妓籍) 또는 악적(樂籍)에서 낙적하고 시집가 양인(良人)의 무리를 따른다는 뜻이다. 기생의 종량 문제는 소설에서 많이 다루어지는 화소로 《금고기관》에서도 여러 작품에 보인다. 종량에 성공하여 해피엔딩으로 끝나는 소설의 대표적인 예로 《금고기관》 권7 〈매유랑독점화괴(賣油郎獨佔花魁)〉를 들 수 있다. 이와 달리 새드엔딩으로 끝나는 본 작품에서 주인공 두십낭은 종량에는 성공하지만 종국에는 남주인공 이갑의 배신으로 말미암아 스스로 죽음을 택함으로써 독자에게 극한의 비장미를 선사한다.

창기 제도의 기원은 춘추 시대에서 찾을 수 있다. 《전국책(戰國策)·동주책(東周策)》의 기록에 따르면, 제환공(齊桓公)의 궁궐에는 기방에 해당하는 '여려(女閭)'라는 장소가 있었으며 거기에는 기생 칠백 명이 있었다고 한다. 이 여려에서 비롯된 창기 제도는 당송에 이르러서는 나라에서 운영하는 사업이 되기도 했다. 교방(敎坊) 또는 주군(州郡)이나 군영(軍營)에 예속된 관기(官妓)들은 본인이 신청하여 기적에서 낙적할 수는 있었지만 현실적으로 그것은 결코 쉬운 일이 아니었다. 도시 경제의 발달에 따라 명나라 중기에 이르러서는 창기 업종이 전성기에 도달해 나라에서도 창기들에게 세금을 공공연하게 부과했다. 명나라 사조제(謝肇淛)의 《오잡조(五雜俎)》에 이런 기록이 보인다.

오늘날 창기는 천하에 두루 있어 대도시에서는 여차하면 그 수가 수백 수천에 달하며 다른 외진 주읍(州邑)에도 왕왕 있다. 경도의 교방관(敎坊官)이 그 세금을 거두는데 그 돈을 일러 '지분전(脂粉錢)'이라 한다.〔今時娼妓滿布天下，其大都會之地，動以千百計．其他偏州僻邑，往往有之．而京師敎坊官收其稅錢，謂之'脂粉錢'.〕

이렇게 국가 조세의 일부를 담당하기도 하고 관원사대부들의 시중을 들기도 했던 기생이 종량을 하는 것은 어려운 일일 수밖에 없었다.《초각박안경기(初刻拍案驚奇)》 권25 〈조사호천리유음 소소연일시정과(趙司戶千里遺音 蘇小娟一詩正果)〉를 보면, 명기가 낙적하는 일 즉 종량이 얼마나 어려운지에 대해 다음과 같이 설명하고 있다.

명기가 낙적하는 것은 매우 어려운 일이었다. 관부에서는, 시중을 잘 드는 자가 없으면 상관이 오갈 때 나무랄 수 있기에 자기네들한테 여러 가지로 불편함이 있을까 봐 십중팔구는 응낙을 하지 않는다. 그리하여 종량을 신청하는 첩자(帖子)에 비답하기를 '《시경(詩經)·주남(周南)》에 보이는 교화를 앙모하여 종량하려는 뜻은 가히 칭찬할 만하지만 좋은 인재가 나가게 되니 청하는 바를 마땅히 윤허할 수 없도다.'라고 했다. 종량에 대해 관청에서는 매번 이러했다. 매우 두터운 친분이 있거나 잘 도와주려 하는 사람을 만나야만 성사할 수 있었던 것이다.〔名妓要落籍，最是一件難事．官府恐怕缺了會承應的人，上司過往嗔怪，許多不便，十個到有九個不肯．所以有的批從良牒上道；"幕《周南》之化，此意良可矜；空冀北之群，所請宜不允." 官司每每如此．不是得個極大的情分，或是撞個極幫襯的人，方肯周全〕

중국 하남성(河南省) 낙양시(洛陽市) 민속박물관에 명나라 영락(永樂) 연간의 기생종량증명서인 '창부종량집조(娼婦從良執照)'라는 문서가 소장되어 있는데 이는 창기였던 왕유씨(王劉氏)가 남편 이삼계(李三桂)에게 시집가 종량을 신청하여 준허 받은 증빙서류이다. 그 신청서 말미에는 주수(州守)의 관인이 찍혀 있고 남편인 이삼계의 서명도 있는 것을 볼 때 당시 창기들이 낙적을 할 때에는 몸값을 치르는 것은 물론이고 배우자가 될 상대와 지방 장관의 비준이 반드시 있어야 했던 것을 알 수 있다. 기생에게 있어 종량이란 신분을 바꾸는 일로 마치 다시 태어나는 것처럼 어려운 과정이었던 것이다.

본문 역주

잔호(殘胡)[1]를 소탕하고 경도(京都)를 세우자	掃蕩殘胡立帝畿
용이 날고 봉황이 춤추며 기세가 드높아라	龍翔鳳舞勢崔嵬
왼쪽은 하늘과 맞닿는 창해로 둘러싸여 있으며	左環滄海天一帶
오른쪽은 만 겹의 태항산(太行山)[2]을 끌어안고 있구나	右擁太行山萬圍
과극(戈戟)[3]을 들고 구변(九邊)[4]을 지키니 변새가 웅장하고	戈戟九邊雄絶塞

1) 잔호(殘胡): '잔존하던 오랑캐'라는 뜻이다. '胡(오랑캐)'는 한족이 세운 명나라 입장에서 몽고족이 세운 원나라를 낮잡아 이르는 말이다. '殘'은 원나라가 패망하고 명나라가 세워진 원명 교체기라는 시대적 배경을 암시해 준다.
2) 태항산(太行山): 山西高原과 河北平原 사이에 있는 산맥 이름이다.
3) 과극(戈戟): '戈'와 '戟'은 모두 병기의 명칭으로 '戈戟'은 널리 병기를 가리킨다. '戈'는 'T'자 모양의 병기로 한쪽에 낫처럼 뾰족한 날을 내어 찍거나 끌어당겨 살상할 수 있게 만든 병기이며, '槍'은 찌를 수 있도록 자루 끝에 뾰족한 날을 단 병기이고, '戟'은 '槍'과 '戈'를 결합시킨 병기로 槍頭 옆으로 작은 칼날이 더 달려 있다.
4) 구변(九邊): 명나라 때 북방에 설치한 아홉 개의 변방 요지로 遼東鎭, 薊州鎭, 宣府鎭 등이 있었다. 나중에는 변경 지역을 범칭하기도 했다.

문명예교를 갖춘 천하만국이 우러러 떠받드는도다　　衣冠萬國仰垂衣[5)]
태평동락(太平同樂)하는 화서(華胥)[6)]의 시대여　　太平人樂華胥世
강고한 이 나라 해같이 영원토록 빛나리　　永永金甌[7)]共日輝

이 시는 연경(燕京)[8)]이 우리 명나라 수도로 세워졌을 때 성대했던 모습을 자랑하고 있다. 연경의 지세를 말할 것 같으면 북쪽으로는 웅장한 거용관(居庸關)[9)]에 기대어 있고 남쪽으로는 중원을 억누르고 있으니 진정 금성철벽(金城鐵壁)의 천부지국(天府之國)으로 만년(萬年)이 지나도 흔들리지 않을 터이다. 당초 홍무제(洪武帝)[10)]께서 오랑캐들을 소탕하고 금릉(金陵)[11)]에 도읍을 정하셨으니 그곳이 남경(南京)이요, 영락제

5) 수의(垂衣): 垂衣裳 또는 垂裳과 같은 말로 '의복의 제도를 만들어 천하에 禮를 보여주다'라는 뜻이다. 나중에 제왕의 '無爲而治'를 칭송하는 말로 쓰였다. 《周易·繫辭下》에 있는 "黃帝堯舜垂衣裳而天下治, 蓋取諸乾坤."이란 구절에 대한 韓康伯의 注에서 "의복의 제도를 만들어 귀천을 구별할 수 있게 했으니 乾尊坤卑의 뜻이다.(垂衣裳以辨貴賤, 乾尊坤卑之義也.)"라고 했다.

6) 화서(華胥): 《列子·黃帝》에 의하면, 黃帝가 낮잠을 자다가 꿈에서 華胥氏의 나라를 노닐었는데 그 나라는 弇州의 서쪽과 台州의 북쪽에 있고 매우 멀어 수레나 배를 타고 갈 수 있는 곳이 아니었으며, 그 나라에는 우두머리도 없고 백성들이 욕심도 없었으며 모두 자연 그대로 살았다고 한다. 나중에 '華胥'는 안락하고 평화로운 곳이나 꿈나라를 가리키는 대명사로 쓰이게 되었다.

7) 금구(金甌): 본래 금으로 된 대야를 이르는 말인데 비유적으로 '완전하고 견고한 국토'를 칭하기도 한다.

8) 연경(燕京): 지금의 北京市이다. 지금의 북경이 춘추전국시대에는 연나라의 수도였기에 燕京이라고도 불린 것이다.

9) 거용관(居庸關): 지금의 北京市 昌平區에 있는 居庸關을 가리킨다. 太行山의 여덟 개의 통로 가운데 하나인 居庸山에 있는 관문이다. 上古에는 軍都關이나 薊門關이라고도 했으며 만리장성의 중요한 관문으로 軍都山의 교통 요지였다.

10) 홍무제(洪武帝): 明太祖 朱元璋(1328~1398)을 이른다. 洪武는 명나라 첫 번째 연호로 1368년부터 1398년까지이다. 1368년에 朱元璋이 應天府(지금의 南京市)에서 稱帝한 뒤 국호를 大明이라 하고 연호를 洪武라 했으며 같은 해에 원나라 수도였던 北京을 격파했다. 朱元璋은 1398년까지의 재위 기간 안에 국력을 키우고 경제를 발전시켰으니 역사상 이를 '洪武之治'라고 한다.

(永樂帝)[12]께서 북평(北平)에서 군사를 일으켜 변란을 평정하고[13] 연경으로 천도하셨으니 그곳이 북경(北京)이다. 이렇게 도읍을 한 번 옮긴 것만으로 그 척박한 지역이 꽃비단 같은 화려한 세상으로 변화되었다. 영락제부터 아홉 황제를 거치며 만력제(萬曆帝)[14]에 이르렀으니 이 분이 곧 우리 명나라의 열한 번째 천자이시다. 이 만력제께서는 영명하시고 무용(武勇)이 신통하시며 덕(德)과 복(福)을 모두 갖추셨으니 열 살 때 등극하시어 마흔여덟 해 동안 재위하시면서 세 군데에 있었던 안팎의 환란들을 평정하셨다. 어느 세 군데냐 하면, 일본의 관백(關白)[15] 풍신수길(豊臣秀吉)[16]이 일으킨 난과 서하(西夏)[17]의 발승은(哱承恩)[18]이 일

11) 금릉(金陵): 전국시대 초나라 威王이 월나라를 멸망시킨 뒤, 지금의 南京市 淸凉山(石城山)에 金陵邑을 두었으므로 이후로 '金陵'이 江蘇省 南京市의 별명이 되었다.

12) 영락제(永樂帝): 명나라 세 번째 황제인 成祖 朱棣(1360~1424)를 이른다. 재위 기간에 연호를 永樂(1403~1424)이라 했으므로 역사상 그를 永樂帝, 永樂大帝, 永樂皇帝 등으로 부른다.

13) 명태조가 명나라를 세운 뒤 원의 잔존 세력은 북방의 몽골지역 일대로 물러났는데 이를 역사상 '北元'이라고 불렀다. 몽골 세력은 다시 韃靼, 瓦剌와 兀良哈 등으로 분열되어 중원지역을 누리고 있었는데 명성조 즉위 후, 다섯 차례에 걸쳐 이들 몽골세력을 정벌했다. 1420년에 北平(지금의 北京)으로 천도한 것도 몽골의 침입을 막기 위한 것이기도 했다.

14) 만력제(萬曆帝): 명나라 열세 번째 황제인 神宗 朱翊鈞(1563~1620)을 이른다. 재위 기간에 연호를 萬曆(1573~1620)이라 했으므로 역사상 萬曆帝, 萬曆皇帝 등으로 불리었다.

15) 관백(關白): 일본의 平安時代 관직명으로 천황이 연소할 때 천황을 대신해 太政大臣이 정무를 주관하는 것을 '攝政'이라 하고, 천황이 성년이 되어 친정을 하게 된 뒤에는 그 태정대신을 '關白'이라고 했다. 모든 일은 먼저 관백에게 묻고 나서 천황에게 상주했으므로 실권은 關白이 장악했다.

16) 풍신수길(豊臣秀吉, 1537~1598): 일본 전국시대의 장군으로 織田信長의 후계자였다. 일본의 귀족이었던 平氏의 후예라고 자칭했기에 명나라 때 그를 대개 '平秀吉'이라고 불렀다. 1590년부터 1598년까지 일본의 절대 권력자로 군림하며 關白, 太政大臣 등의 자리에 있었으며 豊臣氏를 하사받았다.

17) 서하(西夏): 중국의 고대 소수민족이었던 黨項族의 拓跋氏가 1038년에 大夏國을 세웠는데 송나라 사람들은 이를 '西夏'라고 불렀다. 1227년에 원나라에 의해

으킨 난, 그리고 파주(播州)[19]의 양응룡(楊應龍)[20]이 일으킨 난이 그것이다. 풍신수길이 조선을 침범했고 발승은과 양응룡이 토관(土官)[21]의 신분으로 반란을 도모했으나 만력제는 선후로 그들을 모두 평정시켰다. 먼 곳에 있는 오랑캐들 가운데 경외하고 순복하지 않은 자가 없어 서로 다퉈 조공을 하러 왔다. 그것은 진실로 이런 말로 대변된다.

제왕 한 사람이 선정을 베풀면 백성이 안락하고	一人有慶[22]民安樂
사해(四海)에 근심이 사라져 나라가 태평하도다	四海無虞國太平

만력 20년에 일본국의 관백이 난을 일으켜 조선을 침범하자, 조선의 국왕이 표를 올려 위급함을 알리며 구원을 청하기에 천조(天朝)에서 군대를 보내 바다를 건너 조선을 구제하러 갔다. 호부(戶部)의 어떤 관원이

멸망했으며 번창했을 때에는 지금의 寧夏回族自治區, 陝西省 북부, 甘肅省 서북부, 青海省 동북부 및 內蒙古自治區 서부 일대지역을 차지했는데 여기서는 寧夏 일대 지역을 가리킨다.

18) 발승은(哱承恩): 몽고족 사람으로 몽고 韃靼 부락의 추장이었던 哱拜(1526~1592)의 아들이다. 발배는 대대로 寧夏에서 살았으며 가정 연간에 명나라에 귀순하여 都指揮, 游擊將軍 등의 벼슬을 역임했고 副總兵으로 치사한 뒤 아들 哱承恩이 그 관직을 세습 받았다. 만력 20년(1592) 2월에 아들 등과 함께 반란을 일으켰다가 그 해 7월에 패배하여 발배는 자살을 했고 발승은은 생포되었다.

19) 파주(播州): 지금의 貴州省 遵義市 일대이다. 四川, 貴州, 湖北 사이에 위치해 있는데 지세가 험하며 당나라 楊端 이후부터 이곳을 楊氏가 대대로 통치했다.

20) 양응룡(楊應龍, 1551~1600): 播州의 土官이었다. 隆慶 5년(1571)에 아버지 楊烈에게 播州宣慰使를 물려받았고 萬曆 14년(1586)에 都指揮使로 우천하였으며 驃騎將軍으로 봉해졌다. 萬曆 17년에 반란을 일으킨 뒤, 귀순을 번복하다가 결국 명나라 군대에 패배하여 자살을 했다.

21) 토관(土官): '土司'와 같은 말이며, 元·明·清代 때 서북과 서남 지역에 설치한, 소수민족의 수령으로 충당했던 세습 관직을 이른다. 武職으로 宣慰使, 宣撫使, 安撫使 등이 있었고, 文職으로 土知府, 土知州, 土知縣 등이 있었다.

22) 일인유경(一人有慶): 《尚書·呂刑》에 있는 "임금 나 한 사람이 선정을 베풀면, 만백성이 그에 힘입어 그 안녕이 영원할 것이다.(一人有慶, 兆民賴之, 其寧惟永.)"라는 구절에서 나온 말로 '慶'은 '善' 혹은 '善政'을 이른다. 나중에 一人有慶은 제왕의 공덕을 칭송하는 의미를 갖게 되었다.

"지금은 전쟁이 발발한 때라서 군량이 모자라니 잠시 선례에 따라 납속(納粟)을 하고 국자감(國子監)[23]에 들어갈 수 있게 해 달라"는 상주문을 올려 비준을 받게 되었다. 원래 재물을 헌납하고 국자감에 들어가면 몇 가지 유리한 점이 있었으니 공부를 하는 데도 좋고 과거시험을 보는 데도 좋으며, 교제를 하는 데도 좋고 결국에는 장래에 작으나마 어떤 결과도 있었다. 이런 까닭에 벼슬아치나 부호들의 자제들은 오히려 수재(秀才)가 되려하지 않고 모두들 납속을 하여 태학생(太學生)[24]이 되었다. 그 선례가 있었던 뒤로 북경과 남경에 있던 태학생들의 수는 각각 천 명 이상으로 늘어났다. 그 가운데 한 사람이 있었는데 성은 이(李) 씨요, 이름은 갑(甲)이며, 자는 간선(干先)으로 절강(浙江) 소흥부(紹興府) 사람이었다. 부친인 이(李) 포정(布政)[25]이 아들 셋을 두었는데 그 중 이갑은 장남이었다. 그는 어려서부터 관학(官學)에서 공부했지만 등과하지 못했기에 납속을 하고 북경 국자감에 입학했다. 북경의 국자감에 있으면서 동향 사람인 감생(監生) 유우춘(柳遇春)과 더불어 교방사(敎坊司)[26] 기방에서 놀다가 한 명기(名妓)를 만나게 되었다. 그 명기의 성은 두(杜)

23) 국자감(國子監): '國學', '太學', '國子學' 등과 같은 말로 옛날 중국의 최고 교육기관이다. 隋, 唐, 宋, 元, 明, 淸 시대에는 國子監이라 불리었고, 晋나라 때에는 國子學, 北齊 때에는 國子寺라고 불리었다. 명나라 때에는 북경과 남경에 모두 국자감이 있었는데 각각 '北雍'과 '南雍'이라고 불리었다. 명청 시대에는 부귀한 집안의 자제가 곡식이나 재물을 납입하고 국자감에 들어가 監生이 될 수 있었는데 이를 '納粟入監'이라 했으며 이런 감생을 '例監' 혹은 '捐監'이라 했다. 《明史·選擧志一》에 따르면 이런 제도는 景泰 원년(1450)에 처음 있었고 또한 변경의 전쟁으로 인한 재원 확보를 위해 시작되었다.

24) 태학생(太學生): 太學 즉 國子監의 학생을 이르는 말이다.

25) 포정(布政): 관직명으로 布政使를 이른다. 명나라 宣德 연간 이후로 전국의 府, 州, 縣을 모두 兩京과 13개의 布政使司에 속하게 하고 布政使司마다 左·右布政使 각각 한 명씩을 두어 그곳의 최고 행정 장관이 되도록 했다.

26) 교방사(敎坊司): 본래 궁정 음악을 관장하는 관서로, 雅樂 이외의 음악, 무용, 百戲 등의 교습과 연출 등에 관한 일을 주관하는 곳이었으나 나중에 기방을 가리키는 말로도 쓰였다.

씨이고 이름은 미(媺)이며 항렬이 열 번째였으므로 기방에서 모두 그를 두십낭(杜十娘)이라고 불렀다. 그의 생김새는 이러했다.

온 몸에 고아한 자태를 지니고	渾身雅態
아리따운 향기 온 몸에서 뿜어내네	遍體嬌香
굽게 그려진 두 눈썹은 저 멀리 청산의 능선인 양	兩彎眉畫遠山青
반짝이는 두 눈은 가을날 물결처럼 윤이 나누나	一對眼明秋水潤
연꽃 받침 같은 고운 얼굴은	臉如蓮萼
분명 탁문군(卓文君)[27]인 듯하고	分明卓氏文君
입술은 앵두 같아	唇似櫻桃
백거이의 번소(樊素)[28]보다 어찌 못할쏜가	何減白家樊素
가엾게도 티 하나 없는 한 조각 보옥이	可憐一片無瑕玉
풍진의 화류계로 잘못 빠져들었네	誤落粉塵花柳中

이 두십낭은 열세 살에 동정을 잃은 뒤로 열아홉 살까지 그 7년 사이에 얼마나 많은 공자들과 왕손들을 겪어보았는지 알 수 없을 정도였다. 그 사람들 하나하나가 모두 사랑에 넋이 나가 가산을 탕진해도 아깝게 여기지 않았다. 기방에서 전해 오는 구호(口號)[29]가 있으니 거기에서 이렇게 읊었다.

27) 탁문군(卓文君; 기원전 175~121): 西漢 때 臨邛(지금의 四川省 邛崍縣) 사람으로 文名이 있었으며 거문고를 잘 다뤘고 재색을 겸비한 여인이었다. 司馬相如와의 사랑 이야기로도 유명하다. 《西京雜記》 권2 〈相如死渴〉 條에 "文君은 용모가 아름다워 눈썹의 빛깔이 멀리 보이는 산과 같았고 얼굴 뺨은 항상 芙蓉 같았다.(文君姣好, 眉色如望遠山, 臉際常若芙蓉.)"라는 내용이 보인다.

28) 번소(樊素): 당나라 시인 白居易의 첩으로 가무를 잘했고 백거이의 시에서 "번소의 입은 앵두와 같다(櫻桃樊素口)"라는 구절이 있다.

29) 구호(口號): 본래 南朝 梁나라 簡文帝의 〈仰和衛尉新渝侯巡城口號〉나 당나라 李白의 〈口號吳王美人半醉〉 등과 같이, 古詩 제목에서 쓰는 말인데 입에서 나오는 대로 읊어댔다는 의미로 '口占'과 유사하다. 元·明·淸代 소설에서는 대체적으로 구어로 엮어낸 打油詩나 속담 따위를 이른다.

술자리에 만약 두십낭이 있다면	坐中若有杜十娘
한 잔을 마실 사람도 천 잔을 마시며	斗筲[30]之量飮千觴
기방에서 만약 두미를 알게 되면	院中若識杜老媺
수많은 집의 분칠한 미인도 마치 귀신처럼 보인다네	千家粉面都如鬼

각설(却說), 이(李) 도령은 풍류스런 젊은이로 아직 미색을 만나 보지 못했던지라 두십낭을 만난 뒤로부터는 뜻밖의 기쁨에 빠져 화류 여색을 즐기는 정회를 모두다 그녀에게 쏟아붓게 되었다. 이 도령은 용모가 준수하고 성격이 온유한데다가 돈을 헤피 쓰며 은근히 비위를 맞춰주었기에 두십낭과 더불어 잘 어울리는 한 쌍이 되어 정분이 매우 투합되기에 이르렀다. 두십낭은 기생어미가 재물만 탐내며 정의(情義)가 없는 것을 보고서 낙적(落籍)을 하여 시집을 가야겠다는 마음을 오래전부터 품고 있었다. 게다가 이 도령이 충후하고 성실한 것을 보고서 그에게 의탁할 마음이 자못 있었으나 이 도령은 아버지가 두려워 이런 두십낭의 뜻에 감히 응낙을 하지 못하고 있었다. 비록 그러하기는 했으나 두 사람은 정분이 더욱 깊어져 아침저녁으로 환락하며 종일토록 서로의 곁을 지키는 것이 마치 부부와 같았고, 산과 바다를 두고 맹세를 하며 각기 다른 마음을 전혀 품지 않았다. 그것은 진실로 이런 말로 대변된다.

그 사랑은 바다처럼 깊으나 끝이 없으며	恩深似海恩無底
그 정의(情義)는 산처럼 무거우나 산보다 드높다네	義重如山義更高

재설(再說), 기생어미 두씨의 딸인 두십낭은 이 도령에게 독차지가 되

30) 두소(斗筲): 斗와 筲는 모두 容器로 '斗'는 10升에 해당하고 '筲'는 1斗 2升에 해당한다. 斗와 筲는 모두 용량이 크지 않기 때문에 두 글자가 함께 쓰여 양이 적다는 것을 의미하게 되었다.

어 다른 부호들과 세족(世族)들이 그녀의 명성을 듣고 찾아와 한 번 만나자 해도 만나 주지를 않았다. 처음에 기생어미는 이 도령이 돈 씀씀이가 헤퍼 마구 썼기에 어깨를 움츠리며 아첨하는 웃음을 띠면서 이 도령을 받드느라 겨를이 없었으나 날이 가고 달이 가 어느덧 1년 남짓 되어 이 도령의 주머니가 점점 비어 돈을 마음같이 쓰지 못하게 되자, 그를 냉대하기 시작했다. 포정사 어르신은 아들이 기방에 드나든다는 소리를 듣고는 몇 번이나 서신을 보내 집으로 돌아오라고 불렀지만 이 도령은 두십낭의 용모에 빠져 계속해 미루기만 했다. 이후 포정사가 집에서 대로했다는 소리를 듣고는 더욱이 돌아갈 엄두가 나지 않았다. 옛 사람들이 이르기를 "이익으로 사귀는 자는 이익이 다하면 소원해진다."라고 했으나, 두십낭은 진심으로 이 도령을 사랑했기에 그의 수중에서 돈이 점점 적어지는 것을 볼수록 마음속의 정은 더욱더 뜨거워졌다. 기생어미는 두십낭에게 이갑을 기방 밖으로 내치라고 몇 번이나 일러주었지만 두십낭의 마음이 바뀌지 않은 것을 보고서 다시 여러 차례 말로 이 도령의 비위를 거스르게 하여 화가 나 스스로 자리를 뜨게 하려고 했다. 그럼에도 불구하고 이 도령이 성품이 본래 유순했기에 더욱더 말투가 온화해지자, 기생어미는 어찌할 줄을 몰라 매일같이 두십낭에게 호되게 욕을 하기만 했다.

"우리네 같은 기생집들은 먹고 입는 것이 모두 손님한테서 나오기에 앞문에서는 가는 손님을 배웅하고 뒷문에서는 새 손님을 맞이해야 대문 앞이 마치 불난 것처럼 북적거리며 돈과 비단이 산더미같이 쌓이는 법이다. 그 이갑이 여기에 있고부터 1년 남짓하게 누를 끼쳐 새 손님은 고사하고 단골손님마저도 다 끊겼으니 이건 분명 종규(鍾馗)[31] 같은 놈을

31) 종규(鍾馗): 중국 민간 신앙에서 모시는 신으로 귀신을 잡아먹고 악운을 막아준다고 한다. 사납고 못생긴 외관을 하고 있으며 민간에서 辟邪를 위해 그의 화상을 걸어 놓기도 한다.

들여 손님은 고사하고 귀신새끼조차도 문에 얼씬거리지 못하게 한 격이다. 이 어미의 집에 밥 지을 쌀도 없게 되었으니 이게 무슨 꼴이냐!"

두십낭이 어미로부터 욕을 먹고 성질이 나는 것을 참지 못해 말대꾸하기를 "이 도령도 빈손으로 찾아왔던 것이 아니라 여기 와서 큰돈을 썼잖아요."라고 하자, 어미가 이렇게 말했다.

"그땐 그때고 지금은 지금이지. 너 그에게 오늘 돈을 좀 쓰게 하고 그걸 내게 줘 땔감과 쌀을 마련해 너희 둘을 먹이게끔 해 봐라. 남의 집 딸들은 모두 돈줄이 되어 잘 살아가는데 하필이면 우리 집은 재수가 없어서 너 같이 돈을 몰아내는 흉신(凶神)을 키웠구나! 대문만 열면 먹고 사는 일 하나하나를 모두다 이 늙은 어미가 신경을 써야 하는데 오히려 내가 너 같은 천한 계집년을 대신해 쓸데없이 가난뱅이 놈을 먹여주고 있으니 그 먹이고 입히는 것을 어디서 찾아내란 말이냐? 너 그 가난뱅이한테 내 말을 전하거라. 능력 있으면 몇 냥의 은자를 내게 줘 네가 그를 따라가도록 하게하고 나는 다른 계집아이를 사서 생활할 수 있게 하는 것이 우리 둘 모두에게 좋지 않겠냐고 말이다."

두십낭이 "어머니, 그 말이 참인가요, 거짓인가요?"라고 묻자, 어미는 이갑의 주머니에 돈이 한 푼도 없고 옷가지도 모두 전당잡혀 있는 것을 알고 있었으므로 어떻게 할 수 없을 것이라 짐작하고, "이 마나님은 헛소리한 적이 없다. 당연히 참말이지!"라고 답했다. 두십낭이 묻기를 "어머니, 그 사람한테 얼마를 원하세요?"라고 했더니 어미가 이렇게 답했다.

"만약 다른 사람 같았으면 은자 천 냥 정도는 달라고 하겠지만 불쌍하게도 그 가난뱅이에게는 그런 돈이 없으니 삼백 냥만 달란다고 하거라. 그러면 내가 알아서 널 대신할 다른 계집을 살 것이다. 다만 조건 하나 있는데 반드시 사흘 안으로 내게 돈을 갖다 줘야 한다. 왼손으로 돈을 건네받고 오른손으로는 너를 넘겨줄 것이다. 만일 사흘 내로 돈을 가져오지 않으면 이 늙은 어미도 일체를 막론하고 귀한 집 도련님이든 아니든 간에 한바탕 다리몽둥이를 쳐서 그 홀아비를 쫓아낼 게다. 그때 돼서

나를 원망하지 말거라!"

두십낭이 말하기를 "도련님께서 비록 객지에 계셔서 돈이 모자라기는 하겠지만 삼백 냥만큼은 마련할 수 있지 않을까 싶네요. 다만 사흘은 너무 촉박하니 기한을 열흘로 하는 것이 좋겠어요."라고 하자, 기생어미는 이렇게 생각했다.

"그 가난뱅이는 두 손이 모두 비어있는데 백일을 준다 한들 돈이 어디서 나겠어. 돈이 없으니 얼굴을 철판으로 깐다 해도 대문을 넘어올 면목이 없을 게야. 그때 다시 문풍(門風)을 정돈하면 딸애도 할 말이 없겠지."

그리하여 응낙하며 말하기를 "네 얼굴을 봐서 넉넉하게 열흘로 잡아주마. 열흘이 되어도 돈이 없으면 나하고 무관한 일이다."라고 하자, 두십낭이 말했다.

"만일 열흘 안에 돈을 마련하지 못하면 그 사람 또한 다시 볼 면목이 없을 거예요. 다만 삼백 냥을 가져왔는데 어머니께서 다시 말을 번복하실까 걱정될 뿐입니다."

그러자 기생어미가 이렇게 말했다.

"이 늙은 어미는 나이가 쉰하나를 먹은 데다가 십재(十齋)[32]도 하는데 어찌 감히 헛소리를 하겠느냐? 믿지 못하겠거든 약속하는 의미로 너와 손바닥을 마주쳐 보이겠다. 만약 번복을 하면 다음 생에는 돼지나 개로 태어날 것이다."

종래로 바닷물은 두량(斗量)으로 잴 수 없는데	從來海水斗難量
가소로이 기생어미는 선량치 못한 마음을 품고 있다네	可笑虔婆意不良
궁한 선비의 주머니가 필시 거덜났을 거라	料定窮儒囊底竭

32) 십재(十齋): 불교에서 한 달에 열흘 동안 채식을 하며 살생을 금하는 것을 十齋 또는 十齋日이라고 한다. 《地藏經 · 如來贊歎品》에 의하면 매달 1일, 8일, 14일, 15일, 18일, 23일, 24일, 28일, 29일, 30일 등이 十齋日이라고 한다.

짐작해
빙례를 가지고 아리따운 두십낭을 일부러 故將財禮難嬌娘
힘들게 하는구나

그날 밤 두십낭이 이 도령과 더불어 베갯머리맡에서 혼인대사를 의론하자, 이 도령이 이렇게 말했다.

"내 그런 마음이 없는 것은 아니오만 교방에서 낙적을 하려면 그 비용이 자못 많이 들어 천 냥이 없이는 안 될 거요. 내 주머니는 빨아놓은 듯이 깨끗이 비어 있으니 이를 어찌 한단 말이오?"

그러자 두십낭이 말했다.

"소첩이 이미 어미와 삼백 냥으로 협의를 봤는데 다만 열흘 안으로 마련해야만 합니다. 낭군의 재물이 비록 모두 바닥이 났다 해도 경도에 어찌 돈을 빌릴 만한 친지가 없겠어요? 액수만 맞출 수 있다면 소첩은 낭군의 소유가 되니 더 이상 어미에게 천대를 받지도 않게 됩니다."

이에 이 도령이 이렇게 말했다.

"친지들은 내가 기방을 연연해하는 까닭에 모두들 나를 돌아보지도 않고 있소. 내일 행장을 꾸려 떠나는 척하며 집집이 작별 인사를 하면서 노잣돈을 빌려달라고 말한 뒤, 그 돈을 모으면 혹시 액수를 채울 수 있을지도 모르오."

다음 날 아침 이 도령은 침상에서 일어나 세수를 하고서 두십낭에게 다녀오겠다고 말을 한 뒤, 문을 나섰다. 두십낭이 말하기를 "신경을 써서 빨리 하셔야 해요. 좋은 소식만을 기다리고 있겠습니다."라고 하자, 도령이 "당부할 필요도 없소."라고 말했다.

이 도령이 기방의 문을 나서 여러 친지들의 집으로 가 고향으로 돌아간다고 거짓 고별인사를 하자, 사람들은 그나마 기뻐하는 듯했다. 조금 있다가 노잣돈이 모자라 빌리려고 한다는 말이 나오자, 속어에서 이르는 "돈 얘기만 나오면 인연은 끊긴다."는 말과 같이, 친지들은 그의 말을 받아주지 않았다. 그 사람들도 그럴 만한 것이, 이 도령이 풍류에 빠진

탕아로 기방에 연연해하며 일 년 남짓 고향집에 돌아가지 않아 그의 부친까지도 그로 인해 집에서 화가 치밀어 올라 있는 터였는데 오늘 갑자기 고향집으로 돌아간다고 하니 그 진위를 알 수 없었던 것이다. 만약에 거짓말로 노잣돈을 받아서 다시 또 해웃값을 하게 되고 그것을 그의 부친이 알게 된다면, 호의로 한 일을 오히려 악의로 생각해 결국에는 빌려준 사람 탓을 하게 될 것이기에 그럴 바에야 차라리 사절하는 것이 깨끗했다. 그래서 그들은 대답하기를 “마침 지금은 돈이 말라있을 때라 도와주지 못해 부끄럽네요, 부끄러워!”라고 했다. 사람들마다 이렇게 하나하나 모두 사절했으니 열 냥이나 스무 냥이라도 빌려주겠다고 쾌척하는 대장부는 하나도 없었다. 이 도령은 연달아 사흘 동안이나 분주히 다녔지만 한 푼도 빌리지 못했다. 두십낭에게는 빌리지 못하겠다고도 감히 말할 수 없었기에 얼버무리며 응대만 할 뿐이었다. 나흘째가 되어도 기대할 바가 없게 되자, 부끄러운 나머지 다시 두십낭에게 돌아갈 수도 없게 되었다.

이 도령은 평소에 두씨 집에서만 있었기에 묵을 곳도 없었던지라 그날 당장 투숙할 만한 데가 없어 어쩔 수 없이 동향 사람인 유(柳) 감생(監生)의 거처로 가서 묵었다. 유우춘(柳遇春)이 이 도령의 얼굴에 수심이 가득한 것을 보고 그 까닭을 묻자, 이 도령은 두십낭이 그에게 시집을 오려하는 마음을 상세히 말해 주었다. 유우춘은 고개를 저으며 말했다.

“설마, 설마! 두미는 기방에서 제일가는 명기여서 낙적을 할 때에는 진주 십 곡(斛)이나 천 금의 빙례가 없으면 어려울 것이오. 그 기생어미가 왜 삼백 냥만 달라고 하겠소? 짐작건대 그 기생어미는 그대가 쓸 돈도 없으면서 괜히 자기 딸만 차지하고 있는 것을 탓하여 계략을 꾸며 그대를 쫓아내려고 하는 것 같소이다. 그 여인은 그대와 이미 오랫동안 함께 지내온 데다가 체면 때문에 터놓고 말하기가 어려울 거요. 그대의 수중에 돈이 없는 것을 분명히 알고 있으면서도 일부러 인정을 베푸는 척하고 삼백 냥이라 하면서 열흘로 기한을 정한 것이오. 만약 열흘이 되었는데도 돈이 없다면 그대도 다시 찾아가기 어려울 것이고 설사 다시 찾아간다고 해도 그 여자는 뭐라고 하면서 비웃을 것이며, 결국 그대는 한바탕 모욕을 당해 저절로 편히 있을 수도 없게 될 거요. 이것은 기방에서 손님을 쫓아내는 계략이니 족하께서는 숙고하여 그들에게 미혹되지 마시오. 제 우견으로는 일찌감치 끊어버리는 것이 상책일 듯싶소."

이 도령은 이 말을 듣고서 한참 동안 말을 하지 않은 채 마음속으로 의혹을 품으며 판단을 내리지 못하고 있었다.

유우춘이 다시 또 말했다.

"족하께서 생각을 잘 하세요. 만약에 정말로 고향으로 돌아가려 한다면 많지 않은 몇 냥의 노잣돈은 도와줄 사람이 있겠지만, 삼백 냥을 구하려한다면 열흘은커녕 열 달을 준다고 해도 어려울 것이오. 지금 세상 물정에 누가 남의 급한 일을 돌보기나 하겠소? 그 기생도 그대가 필시 돈을 빌릴 곳이 없을 거라 짐작하고 일부러 이 계책을 써서 난처하게 만들려고 하는 것이외다."

이 도령은 말로는 "인형(仁兄)의 말이 옳습니다."라고 했지만 마음속으로는 그 정을 접어버릴 수 없어 여전히 밖으로 나돌며 여기저기 돈을 빌리러 다니기는 했어도 밤에 두십낭에게 가지는 않았다. 유 감생의 거처에서 연달아 사흘을 더 머물렀으니 모두 합쳐 엿새째가 되었다. 두십낭은 연일 이 도령이 기방에 오지 않은 것을 보고 매우 조급하여 시동인 사아(四兒)를 시켜 길거리로 나가 찾아보도록 했다. 사아가 찾다가 큰길거리에 이르러 공교롭게도 이 도령과 마주쳤다. 사아가 소리 내어 부르며 "매형, 누님이 집에서 매형을 기다리고 계십니다."라고 하자, 이 도령은 볼 낯이 없다고 생각하여 "오늘은 갈 짬이 없으니 내일 갈게."라고 답했다. 사아는 두십낭의 명을 받아 이 도령을 손으로 꼭 잡고서 죽기로 기를 쓰며 놓아주지 않은 채, "누님이 제게 매형을 찾아오라고 했으니 반드시 한 번 같이 가주셔야겠습니다."라고 말했다. 이 도령도 마음속으로 두십낭을 염려하고 있었으므로 어쩔 수 없이 사아를 따라 기방으로 들어가긴 했지만 두십낭을 보고는 입을 다문 채 말을 하지 않았다.

두십낭이 "도모한 일은 어찌 되었습니까?"라고 묻자, 이 도령은 눈물을 흘리기 시작했다. 두십낭이 "혹시 인심이 박해서 삼백의 액수를 채우지 못하셨습니까?"라고 물으니 이 도령은 눈물을 머금은 채 두 마디 말을 했다.

"산에 올라 호랑이 잡는 것이 차라리 쉽다는 말을 믿지 않았으나	不信上山擒虎易
입을 열어 사람에게 부탁하는 것이 역시 더 어렵구려!	果然開口告人難

연이어 엿새 동안 분주히 다녔으나 한 푼도 빌리지 못하고 빈손으로 그대를 보기가 부끄러운 까닭에 요 며칠 동안 들어오지 못한 것이고, 오늘은 사아가 그대의 명을 받아 나를 부르기에 부끄러움을 무릅쓰고 들어온 것이오. 내가 마음을 쓰지 않은 것이 아니라 정말 세상물정이 이와 같구려!"

그러자 두십낭이 이렇게 말했다.

"이 말을 제 어미에게 하지 마시고 오늘 밤은 일단 여기서 묵으세요. 소첩이 따로 상의할 게 있습니다."

그러고 나서 그녀는 술과 안주를 준비해 이 도령과 함께 즐겁게 술을 마신 뒤, 잠을 자다가 한밤중이 되어 이 도령에게 말했다.

"낭군께서는 정말 한 푼도 마련하지 못하시겠습니까? 소첩의 인생대사는 어떻게 해야 할지요?"

이 도령은 단지 눈물을 흘리기만 할 뿐 한마디 대답도 하지 못했다.

점차 오경이 되어 날이 밝자, 두십낭이 말했다.

"소첩이 누워 자는, 솜으로 만든 요 속에 작은 은 조각 백오십 냥을 숨겨두었습니다. 이것은 소첩이 몰래 모아 둔 것인데 낭군께서 가지고 가세요. 삼백 냥 가운데 소첩이 그 반을 맡고 낭군께서 나머지 반을 마련하신다면 쉬워질 것입니다. 기한이 나흘밖에 안 남았으니 절대로 지체하지 마십시오."

두십낭은 자리에서 일어나 그 요를 이 도령에게 가져다주었다. 이 도령은 기대하지 않았던 일이라 매우 기뻐하며 시종을 시켜 요를 들게 하고 기방에서 나왔다. 곧장 유우춘의 거처로 가서 지난밤에 있었던 일을 그에게 말해 주었다. 그러고 나서 요를 뜯어보니 솜 사이에 작은 은 조각들이 끼워져 있었다. 그것들을 다 꺼내서 달아보았더니 과연 백 오십 냥이었다.

유우춘이 크게 놀라며 말했다.

"그 여자는 정말 정의(情誼)가 있는 사람이구려! 진정한 사랑인 이상 그녀를 저버리면 아니 되오이다. 내가 족하를 대신해 이 일을 도모해 보겠소."

이 도령이 말하기를 "만일 성사가 되도록 도와주신다면 절대 그대의 은혜를 저버리지 않을 겁니다."라고 했다.

당장 유우춘은 이 도령을 거처에 남아있게 하고 자기가 나서서 여기저기 돈을 빌리러 다녔다. 그는 이틀 사이에 백오십 냥을 모아 이 도령에게 건네주며, "내가 족하를 대신해 돈을 빌린 것은 족하를 위해서가 아니라 실은 두십낭의 정의를 가엾게 여겨서 그리한 것이오."라고 말했다.

이갑은 은 삼백 냥을 가지고, 하늘에서 경사가 내린 것 같이 만면에 웃음을 띤 채 기쁜 마음으로 두십낭을 만나러 갔다. 이때는 막 아흐레째였고 아직 열흘은 되지 않은 때였다. 두십낭이 "엊그제는 한 푼도 빌리기가 힘들다고 하시더니 어떻게 오늘은 곧바로 백오십 냥을 구하셨습니까?"라고 묻기에 이 도령은 유 감생과의 일을 한 차례 얘기해 주었다. 두십낭은 축도를 하는 듯이 두 손을 이마에 대고 말하기를 "우리 두 사람의 소원을 이루게 된 것은 유 감생의 조력 덕분이었네요."라고 했다. 두 사람은 몹시 기뻐하며 기방에서 또 하룻밤을 보냈다. 다음 날 두십낭은 일찍 일어나 이갑에게 이렇게 말했다.

"이 돈만 어미에게 건네주면 저는 낭군을 따라 갈 것이니 타고 갈 배나 수레 따위를 준비하셔야만 합니다. 소첩이 어제 자매들로부터 은 스무 냥을 빌려왔으니 낭군께서 받아두셨다가 노잣돈으로 쓰십시오."

이 도령은 노잣돈을 마련할 길이 없어 마침 고민은 하고 있었지만 감히 입을 벙긋하지도 못하고 있었던 터라 그 돈을 받고 매우 기뻐했다. 이 두 사람의 말이 아직 끝나기도 전에 기생어미가 와서 문을 두드리며, "얘야, 오늘이 열흘째 되는 날이다."라고 했다. 이 도령은 부르는 소리를 듣고서 문을 열어 어미를 맞아들이며 말하기를 "어머니의 후의를 입어 마침 모시러 가려던 참이었습니다."라고 한 뒤, 곧바로 은 삼백 냥을 탁자 위에 내놓았다. 기생어미는 이 도령에게 돈이 있을 거라고는 생각지도 못했기에 말도 못한 채 얼굴색이 변하면서 후회하는 듯한 표정을 지었다. 이때 두십낭이 말했다.

"제가 어머니 집에서 여러 해 동안 있으면서 벌어들인 금은비단은 적어도 수천 냥이 넘을 겁니다. 오늘 낙적을 하는 것은 좋은 일인데다가 어머니가 직접 약속하신 것이기도 합니다. 삼백 냥에서 한 푼도 모자라지 않고 기한도 넘기지 않았습니다. 만약에 어머니께서 약속을 어기시면 낭군은 돈을 가져가고 저는 즉시 스스로 목숨을 끊을 테니 그때 되어 사람도 돈도 모두 잃으시고 후회를 하셔도 소용이 없을 겁니다."

기생어미는 답할 말이 없어 속으로 한참 동안 계산을 하다가 어쩔 수 없이 저울을 가져와 은자를 달아본 뒤, 이렇게 말했다.

"일이 이미 이렇게 된 이상 너를 붙잡지 못할 것 같구나. 단, 네가 나가려거든 지금 당장에 나가야 한다. 평상시 입고 패용하던 옷가지며 장신구 따위들을 가져갈 생각은 추호도 하지 말거라."

기생어미는 말을 마치고 나서 이 도령과 두십낭을 방문 밖으로 밀어내고는 자물쇠를 가져다가 바로 문을 잠가버렸다. 때는 쌀쌀한 구월이었는데 두십낭은 막 침상에서 내려와 아직 세수도 하지 못한 채, 몸에 걸치고 있던 헌옷 차림으로 기생어미에게 절 두 번을 올렸다. 이 도령도 읍을 한 번 한 뒤, 부부 두 사람은 기생어미의 기방 대문을 나섰다. 두 사람의 그 모습을 보면 마치 이런 것 같았다.

잉어가 낚싯바늘에서 벗어나	鯉魚脫却金鉤去
머리와 꼬리를 흔들며 다시 오지 않는구나	擺尾搖頭再不來

이 도령이 두십낭에게 말하기를 "잠시만 여기서 기다리시오, 내 그대가 탈 작은 가마를 불러올 테니. 그러고 나서 일단은 유 감생의 집으로 가서 다시 계획을 세워 봅시다."라고 하자, 두십낭이 말했다.

"평소 기방의 자매들끼리 서로 두터운 정을 맺어왔으니 도리상 작별 인사를 해야 합니다. 더군다나 어제 노잣돈도 빌려주었는데 감사하다는 말 한마디조차 하지 않으면 안 되죠."

곧이어 두십랑은 이 도령과 함께 여러 자매들의 거처로 작별인사를 하러 갔다. 자매들 가운데 사월랑(謝月朗)과 서소소(徐素素)는 유난히 두씨 집과 가까운 데 살고 있었으며 특히 두십낭과 친분이 두터웠다. 두십낭은 먼저 사월랑의 집으로 갔다. 사월랑은 두십낭이 비녀 없이 맨머리를 한 채 헌옷을 입고 있는 것을 보고서 놀라며 그 연고를 물었다. 두십낭은 찾아온 연유를 자세히 말해 주었으며 또한 사월랑에게 이갑을 인사시켰다. 두십낭이 사월랑을 가리키며 말하기를 "어제 그 노잣돈은 바로 이 언니가 빌려준 것이니 낭군께서 감사하셔야 합니다."라고 하자, 이갑이 연이어 읍했다. 사월랑은 두십낭에게 세수를 하고 머리를 빗게 하고서 한편으로는 서소소(徐素素)를 집으로 불러다가 서로 만날 수 있게 했다.

두십낭이 세수를 다 끝내자 사월랑과 서소소 두 미녀는 각기 가지고 있던 것을 꺼냈다. 비취로 만든 머리꾸미개와 금팔찌, 옥비녀와 귀고리, 비단저고리와 꽃무늬치마, 술 달린 허리띠와 수놓은 비단신 따위로 두십낭을 새사람처럼 훤하게 단장시킨 뒤, 술을 마련해 축하하는 잔치를 베풀었다. 사월랑은 이갑과 두미 두 사람이 묵을 수 있도록 자신의 침실을 내어주었으며, 다음 날 다시 또 크게 잔치를 베풀고 기방에 있는 자매들을 모두 다 불렀다. 두십낭과 교분이 두터운 자들은 하나도 빠짐없이 그 자리에 모여 이들 부부에게 잔을 들어 축하해 주었다. 풍악을 울리고 가무를 하며 각자의 재주를 펼쳐 보여 그 즐거움을 한껏 누리도록 했으며 한밤중이 될 때까지 연이어 술을 마셨다. 두십낭이 여러 자매들에게 일일이 고맙다는 말을 하자, 자매들이 말하기를 "열째 언니는 풍류에서 으뜸이셨는데 이제 낭군님을 따라가면 우리들과는 만날 날이 없겠네요. 언제 먼 길을 떠나시는지요? 저희 자매들이 배웅해 드려야죠."라고 했다. 월랑이 말했다.

"날짜가 정해지면 제가 알려드릴게요. 다만, 언니가 천리 길을 전전하며 낭군님을 따라 멀리 가면서 행장이며 짐들을 전혀 꾸리지 못해 허술한데 이는 우리들이 해야 할 일입니다. 마땅히 우리가 함께 상의하여 언니가 곤경에 빠져 걱정하는 일이 없도록 해야 합니다."

여러 자매들은 모두 "예, 예."라고 답하고는 제각기 흩어졌다. 그날 밤도 이 도령과 두십낭은 여전히 사월랑의 집에서 묵었다. 오경에 이르렀을 때 두십낭이 이 도령에게 말하기를 "우리는 이번에 가면 어디에 몸을 둘 것인가요? 낭군께서도 계획하여 정하신 바가 있습니까?"라고 했다. 이 도령이 말하기를 "연로하신 부친께서 격노하고 계신데 만약 기생을 맞이해 돌아온 것을 아시게 되면 반드시 나를 난감하게 하실 것이며 그래서 도리어 그대까지 얽히게 될 것이오. 이리저리 생각해 봐도 아직까진 완벽한 계책이 없소."라고 했다. 이에 두십낭이 말했다.

"하늘이 내린 부자지간의 정이 어찌 끊어질 수 있겠습니까? 급작스레 아버님의 뜻을 거스르기 어려우면 제가 낭군과 함께 경치가 좋은 소항(蘇杭)[33]에 잠시 머무는 것이 낫겠네요. 그러다가 낭군께서는 먼저 집으

33) 소항(蘇杭): 경치가 빼어난 곳으로 유명한 江南 지역의 蘇州와 杭州를 아울러 이르는 말이다. 蘇州는 지금의 江蘇省의 성도로 園林으로 유명하며 杭州는 지금

로 가셔서 친지들에게 아버님을 뵙고 화해할 수 있도록 잘 설득해 달라고 부탁한 뒤, 첩을 데리고 가시는 것이 피차간에 온당할 것 같습니다."

"그 말이 아주 타당한 것 같구려."라고 이 도령이 말했다.

다음 날이 되자, 두 사람은 자리에서 일어나 사월랑과 작별한 뒤, 일단 유 감생의 거처로 가서 행장을 꾸렸다. 두십낭은 유우춘을 만나자 무릎을 꿇고 절을 하면서 일이 성사되도록 도와준 은덕에 감사하며 말하기를 "타일에 반드시 저희 부부가 후히 보답해 드릴 것입니다."라고 했다.

그러자 유우춘이 황급히 답례하면서 말했다.

"십낭은 사랑하는 이에게 정을 쏟고서 가난에도 마음을 바꾸지 않으니 여자들 가운데 호걸입니다. 저는 바람이 불 때 불씨에 그저 입김 한 번 불어 넣듯 하찮은 일을 했을 뿐이니 어찌 입에 올릴 수나 있겠습니까?"

이들 세 사람은 또한 하루 내내 술을 마셨다. 다음 날 아침, 길 떠날 좋은 날을 택해 가마와 마필도 빌려 놓았다. 그리고 두십낭은 다시 시동을 시켜서 서신을 보내 사월랑에게 작별의 말을 전했다. 출발할 때가 되자 가마들이 잇달아 당도했는데 사월랑과 서소소가 자매들을 이끌고 배웅하러 나온 것이었다.

사월랑이 말했다.

"열째 언니가 낭군님을 따라 천리 길을 가시는데 주머니에 여비가 부족할 터라, 우리들은 차마 정을 잊지 못하여 오늘 변변찮게나마 이별의 선물을 다 같이 준비했으니 언니가 한번 봐 보세요. 혹시 먼 길에 노잣돈이 부족하게 되면 조금이나마 보탬이 될 겁니다."

말을 마친 뒤 사람을 시켜 금박 무늬가 있는 상자를 앞으로 갖다 놓게 했는데 그것은 자물쇠로 잠가 아주 단단히 봉해져 있었으므로 무엇이

의 浙江省의 성도로 西湖로 유명하여 중국 속담에 '하늘에는 天堂이 있고 땅에는 蘇杭이 있다.(上有天堂, 下有蘇杭.)'는 말이 있기도 하다.

들어있는지 알 수 없었다. 두십낭은 열어보지도 사양하지도 않고서 그저 연이어 감사하다고만 할 뿐이었다. 잠시 후 거마가 모두 당도하자, 마부가 출발을 하자고 재촉했다. 유 감생은 이별주 세 잔을 나누고서 미인들과 함께 숭문문(崇文門)[34] 밖까지 배웅해 주었다. 이들은 각기 눈물을 떨구면서 이별을 했으니 그 광경은 바로 이런 말로 대변된다.

타일에 다시 만날 거라 기필할 수 없으니	他日重逢難預必
이때의 이별이 가장 가엾다 여길만하다네	此時分手最堪憐

재설(再說), 이 도령은 두십낭과 함께 노하(潞河)에 이르러 뭍길을 버리고 뱃길로 접어들었다. 때마침 과주(瓜洲)에서 일을 보러 왔다가 다시 돌아가는 배편이 있기에 뱃삯을 흥정하여 선실 하나를 얻었다. 배에 탔을 때에 이르러 이 도령의 주머니에는 돈 한 푼도 남아 있지 않았다. 두십낭이 은자 이십 냥을 이 도령에게 주었는데 어떻게 바로 없어졌냐고 물을 수도 있을 것이다. 이 도령은 기방의 해웃값을 대기 위해 옷가지가 남루할 지경이었으므로 수중에 돈이 생긴 김에 전당포에 전당잡혔던 옷가지 몇 벌을 되찾아야만 했던 것이다. 게다가 이불을 마련하고 남은 돈들은 단지 거마 비용만 할 수 있었을 뿐이었다. 이 도령이 한참 걱정을 하고 있자, 두십낭이 말하기를 "낭군께서는 염려치 마세요. 자매들이 함께 모아 준 선물들 가운데 도움이 될 만한 것이 반드시 있을 겁니다."라고 한 뒤, 곧 열쇠를 가져다가 상자를 열었다. 이 도령은 그 옆에서 스스로를 부끄럽게 생각하여 그 상자 안에 무엇이 얼마나 있는지 쳐다볼 엄두도 내지 못했다. 두십낭은 상자 안에서 붉은 비단주머니 하나를 꺼내 탁자 위로 던져주며 "낭군께서 열어보시지요."라고 했다. 이 도령이 그것을 손에 들어보니 묵직했으며, 열어보았더니 모두 백은이었고 액수를

34) 숭문문(崇文門): 명나라 때 북경의 아홉 개 성문 가운데 하나로 天安門의 동남쪽에 있다.

세어보았더니 정확히 오십 냥이었다. 두십낭은 상자를 있던 그대로 잠가 두고서 거기에 무엇이 더 들어 있는지는 말하지 않았다. 다만 이 도령에게 이렇게만 얘기했다.

“자매들의 후의를 입어 이 돈이면 여로에 부족함이 없을 뿐만 아니라 후일 오월(吳越) 지방에서 객거를 할 때 우리 부부가 산수를 유람하는 데에도 조금 보탬이 될 겁니다.”

이 도령은 한편으로는 놀라고 한편으로는 기뻐하며 말하기를 “그대를 만나지 못했다면 나 이갑은 타향에서 떠돌다가 죽어서도 몸 둘 곳조차 없는 비참한 신세가 되었을 것이오! 이 정과 이 덕은 백발이 될 때까지도 감히 잊지 못할 것이오.”라고 했다. 이때부터 매번 지난 일들을 얘기할 때마다 이 도령은 항상 진심으로 고맙다고 하며 눈물을 흘리곤 했고, 두십낭 또한 부드러운 말로 그를 위로했으며 여정에는 아무런 일이 없었다.

며칠이 지나지 않아 과주에 이르러 이들을 태운 큰 배는 강기슭 어귀에 정박하게 되었다. 이 도령은 별도로 민가의 배를 세내어 짐을 안치해 둔 뒤, 다음 날 새벽에 출발하기로 약속했다. 때는 음력 11월 중순이라 반짝이며 흐르는 물같이 달빛이 밝았다. 이 도령과 두십낭은 뱃머리에 앉아 있다가 이 도령이 이렇게 말했다.

“경도의 성문을 나선 뒤로 한 선실 안에만 붙박여 있으면서, 주위에 다른 사람들이 있어 맘껏 얘기도 나누지 못했구려. 오늘은 우리가 한 배를 독차지하고 있으니 더 이상 꺼릴 것도 없소. 게다가 이미 새북(塞北)[35]을 떠나와 이제 막 강남(江南) 가까이 왔으니 술을 실컷 마시며 여태까지 쌓인 울적한 기분을 풀어내는 것이 마땅할 것 같은데 그대는 어떻게 생각하시오?”

두십낭이 말하기를 “소첩도 오랫동안 담소를 하지 못했던지라 그런 마음이 있었는데 낭군께서도 이같이 말씀하시니 정말 마음이 같다는 것

35) 새북(塞北): 본래 長城 이북 지역을 이르는 말로 보통 북부 지역을 가리킨다.

을 족이 알 수 있군요."라고 하자, 이 도령은 술을 가져다 뱃머리에 차려 놓고는 두십낭과 함께 모전을 깔고 나란히 앉았다. 서로 술잔을 주고받으며 얼큰히 취할 때까지 마시다가 이 도령이 두십낭에게 말했다.

"그대의 묘음(妙音)은 기방에서도 으뜸으로 꼽혀 나도 처음 만났을 때 그대의 뛰어난 노랫가락만 들으면 저절로 넋이 나가곤 했지요. 요새 들어 마음에 거슬리는 일이 많아 피차 우울하기만 하여 그대의 아름아운 연주와 노래를 듣지 못한 지도 오래되었구려. 지금 맑은 강물에 달도 밝고 밤도 깊어 사람도 없으니 나를 위해 노래 한 가락 해줄 수 없겠소?"

두십낭 또한 흥이 일어 곧 목청을 가다듬으며 부채를 들고 박판을 쥐고서 원(元)나라 시군미(施君美)[36]의 잡극(雜劇) 〈배월정(拜月亭)〉 가운데 "장원(狀元)이 잔을 들어 미인에게 건네주다.[狀元執盞與嬋娟]"라는 곡을 애절하게 노래했는데 그 곡명은 〈소도홍(小桃紅)〉[37]이었다. 그 노랫가락은 진실로 이런 말로 대변할 수 있다.

노랫소리 하늘로 날아오르니 구름도 모두 멈추고 聲飛霄漢雲皆駐
노랫소리 깊은 샘물 밑으로 들어가니 물고기도 나와 노니네 響入深泉魚出遊

각설, 다른 배에 한 젊은이가 타고 있었는데 성은 손(孫)이요 이름은 부(富)이며 자는 선뢰(善賚)로 휘주(徽州) 신안(新安)[38] 사람이었다. 그의 집안은 가산이 어마어마했으며 조상 때부터 양주(揚州)[39]에서 소금

36) 시군미(施君美): 원나라 극작가인 施惠를 이른다. 자는 君美(일설 均美)이며, 南戲 〈王瑞蘭閨怨拜月亭〉, 〈周小郎月夜戲小喬〉(失傳) 등을 지었다.
37) 소도홍(小桃紅): 曲牌 이름으로 〈武陵春〉, 〈采蓮曲〉, 〈絳桃春〉, 〈平湖樂〉 등으로 불리기도 한다.
38) 휘주(徽州) 신안(新安): 徽州는 지금의 安徽省 남부 지역이며 新安郡는 徽州에 속했던 郡이다.
39) 양주(揚州): 지금의 江蘇省 揚州市이다.

장사를 했다. 그는 나이가 스무 살밖에 안 되었는데 그 또한 남경 국자감에 다니는 생원이었다. 천성이 풍류스러워 항상 기방에서 웃음을 사며 미인들과 즐겼으니 음풍농월하는 데에 있어서는 경박함의 대장이었다. 일이 공교롭게도 그날 밤 그 또한 과주 나루터에 정박해 있으면서 무료하여 홀로 술을 마시고 있었다. 갑자기 맑고 깨끗한 노랫소리가 들렸는데 봉황의 울음소리라 해도 그 아름다움에 비유할 수 없었다. 그는 자리에서 일어나 뱃머리에 선 채로 한참 동안 귀를 기울이며 듣고 나서, 비로소 그 소리가 이웃 배에서 나는 것임을 알게 되었다. 그곳으로 찾아가려고 하던 참에 노랫소리가 이미 그쳐 적막해졌다. 이에 시종을 시켜 몰래 종적을 엿보게 하고 뱃사람에게 물어보도록 했으나 이 도령이란 자가 세를 낸 배라는 것만 알 수 있었고 노래한 자의 내력에 대해서는 알 수 없었다. 손부는 생각하기를 "노래를 부른 자는 필시 양가집 여자가 아닐 것인데 어떻게 하면 한 번 만나볼 수 있을까?"라고 하며, 전전반측 궁리를 하느라 밤새도록 잠을 이루지 못했다. 오경까지 그렇게 버티고 있었는데 갑자기 강에서 큰 바람이 이는 소리가 들리더니 날이 밝을 때가 되어서는 먹구름이 짙게 끼고 눈이 춤을 추듯 미친 듯이 흩날리기 시작했다. 그 광경은 어떠했는지 증거가 되는 시[40]가 있다.

산이란 산에는 높다란 나무들 모두 감춰지고	千山雲樹滅
길이란 길에는 사람의 자취 끊어졌구나	萬徑人蹤絕
조그만 배엔 삿갓 쓴 늙은이	扁舟蓑笠翁
눈 내리는 차디찬 강에서 홀로 낚시질 하누나	獨釣寒江雪

풍설로 배가 막혀 출범을 할 수 없게 되었다. 손부는 뱃사공을 시켜서 그가 타고 있는 배를 옮겨 이 도령이 타고 있는 배 옆에 정박하게 하고는

40) 이 시는 당나라 柳宗元의 〈江雪〉을 개사한 것으로 原詩는 "千山鳥飛絕, 萬徑人蹤滅. 孤舟蓑笠翁, 獨釣寒江雪."이다.

담비가죽 모자를 쓰고 여우갖옷을 입은 채, 창문을 열고서 눈을 보고 있는 척하고 있었다. 마침 두십낭은 머리를 빗고 세수를 막 마친 뒤 섬섬옥수로 배 옆에 달려 있는 짧은 발을 젖히고 대야에 남은 물을 쏟아버리려고 어여쁜 얼굴을 살짝 내밀다가 손부의 눈에 띄게 되었다. 그야말로 천향국색(天香國色)의 미인이었으므로 손부는 넋이 나가고 마음이 동요되어 그녀를 주시하면서 다시 한 번 볼 수 있기를 고대했으나 끝내 다시 볼 수는 없었다. 한참 동안 깊이 생각하다가 창문에 기대어 고(高) 학사(學士)의 〈매화시(梅花詩)〉[41] 두 구를 큰 소리로 읊었다.

눈 가득한 산 속에 고사(高士)가 누워 있고	雪滿山中高士臥
달 밝은 숲 사이로 미인이 오는구나	月明林下美人來

이갑은 이웃 배에서 시 읊는 소리가 나는 것을 듣고 선실 밖으로 머리를 내밀어 누구인지를 보려 했는데 단지 이렇게 한 번 본 것만으로 손부의 계략에 빠지게 되었다. 손부가 시를 읊은 것은 바로 이 도령을 나오게 하여 그 기회를 타서 말을 걸려고 했던 것이었다. 손부는 그 즉시 황급히 손을 들며 이갑에게 묻기를 "노형의 성함은 어떻게 되십니까?"라고 했다. 이 도령은 자기의 성명과 고향을 말해 주고는 피치 못해 손부에게도 물어보자 손부도 대답을 하게 되었으며, 다시 태학에 있었던 한담을 나누다가 점차 친숙해지게 되었다. 손부가 이렇게 말했다.

"풍설이 배를 막는 것은 하늘이 이형을 만나게 하기 위한 것이니 정말이 아우의 행운입니다. 배에서는 무료하니 이형과 함께 강기슭으로 올라가 술집에서 술 한 잔 하면서 가르침을 좀 받고 싶으니 부디 거절치 마시

41) 매화시(梅花詩): 원말명초 때 유명했던 시인 高啓(1336~1373)가 지은 〈詠梅九首〉를 가리킨다. 高啓는 자가 季迪이고 號가 槎軒이며 平江路 長洲縣(지금의 江蘇省 蘇州市) 사람이었다. 翰林院編修官, 戶部右侍郎 등의 벼슬을 역임했다. 인용시 두 구는 〈詠梅九首〉 가운데 첫 번째 수의 두 번째 연이다.

기 바랍니다."

이 도령이 말하기를 "물 위의 부평초가 만나듯 우연히 만났는데 어찌 그리 폐를 끼칠 수 있겠습니까?"라고 했다. 이에 손부가 말하기를 "무슨 그런 말씀을 하십니까? '사해 안의 사람들이 모두 다 형제이다.(四海之內, 皆兄弟也.)[42]'고 하지 않습니까."라고 하고, 바로 뱃사공을 시켜 발판을 놓게 한 뒤, 시동으로 하여금 우산을 들게 하여 이 도령을 자신의 배로 맞이하고는 뱃머리에서 서로 읍했다. 그런 뒤에 이 도령을 먼저 가게하고는 자신도 그 뒤를 따라 발판을 딛고 강기슭으로 올라갔다.

몇 걸음을 가지도 않아서 바로 주루(酒樓) 하나가 있기에 두 사람은 위층으로 올라가 깨끗한 자리를 골라 창 옆에 앉았다. 술집 점원이 술과 음식을 차려 놓자 손부는 잔을 들어 술을 권했다. 두 사람은 설경(雪景)을 감상하면서 술을 마셨는데 처음에는 선비들이 하는 상투적인 말을 조금 하다가 점차 화류계의 얘기로 빠져들어 갔다. 두 사람은 모두 겪어 본 사람들이라 서로 뜻이 맞고 의기가 투합하여 더욱더 지기가 되었다. 손부가 옆에 있던 시중을 물리고 나서 낮은 소리로 묻기를 "어제 이형께서 타고 계신 배에서 노래를 부른 사람은 누구입니까?"라고 하자, 이갑은 마침 자기가 그쪽을 잘 알고 있을 것을 뽐내려고 곧장 사실대로 답하기를 "그가 바로 북경의 명기인 두십낭입니다."라고 했다. 손부가 묻기를 "기방의 자매인데 어찌 이형에게로 온 것입니까?"라고 하자, 이 도령은 곧 두십낭과 처음 만나 어떻게 해서 사랑을 하게 되었는지, 그 후 어떻게 해서 시집을 오겠다고 했는지, 또 어떻게 해서 돈을 빌려 그녀를 맞이하게 되었는지 등에 관한 시말과 경위를 자세히 갖춰 한바탕 말해 주었다.

42) 사해지내 개형제야(四海之內 皆兄弟也): 《論語·顔淵》에 보이는 "군자가 공경을 하되 잃음이 없고, 남과 어울리되 공손하고 예의가 있으면 사해 안의 사람들이 모두 다 형제이니 군자가 어찌 형제가 없음을 근심하리오.(君子敬而無失, 與人恭而有禮, 四海之內, 皆兄弟也. 君子何患乎無兄弟也.)에서 나온 말이다.

손부가 말하기를 "이형께서 미인을 데리고 돌아가시는 것은 진실로 즐거운 일이기는 하지만 댁에서 그것이 용납될지 모르겠습니다."라고 했다. 이 도령이 말하기를 "집사람은 우려할 필요가 없겠지만 부친께서 성품이 엄하신 것이 걱정되어 좀더 고민을 해 봐야 합니다."라고 했다. 손부가 그 기회를 잡아 묻기를 "춘부장께서 용납하시지 않는다면 이형께서는 미인을 데리고 어디에 안착하실 겁니까? 미인에게도 알려 주고 함께 계획해 보셨습니까?"라고 하자, 이 도령이 미간을 찌푸리면서 말하기를 "이 일을 일찍이 그와 의론한 적이 있습니다."라고 했다. 손부가 흔연히 말하기를 "미인에게 반드시 묘책이 있을 겁니다."라고 하기에 이 도령은 이렇게 말했다.

"그는 소항에서 객거하면서 산수를 유람하려고 합니다. 내게 먼저 집으로 돌아가 친지들에게 아버님 앞에서 중재를 해달라고 부탁을 하라 하고요. 그러고 나서 부친께서 노기를 풀고 기뻐하실 때까지 기다렸다가 그 뒤에 가겠다고 하는데 손형의 고견은 어떠한지요?"

손부는 말없이 한참을 생각하다가 짐짓 걱정스런 낯빛을 하며 말하기를 "제가 처음 뵌 사이로 교분은 얕은데 말이 깊으니 진실로 저를 나무라실까 걱정됩니다."라고 했다. 이 도령이 말하기를 "손형의 고견을 듣고자 하는데 어찌 그리 겸손하십니까?"라고 하자, 손부가 말했다.

"춘부장께서 요직에 계시니 반드시 집안일을 엄하게 다스리실 것입니다. 평소에 이미 이형에게 예도에 어긋나는 곳에서 노닌다고 나무라셨는데 어찌 지금 이형이 절조를 지키지 않은 사람을 맞이하는 것을 용납하시겠습니까? 게다가 친척들과 친구들 가운데 누가 춘부장의 뜻에 따르지 않겠습니까? 이형께서 괜히 가셔서 빌어봤자 거절당할 것이 뻔합니다. 설사 춘부장 어른의 면전에서 진언을 할 만큼 상황파악을 못하는 누군가가 있다 해도 춘부장께서 용납하시지 않는 것을 보고 바로 말을 바꿀 것입니다. 이형께서는 나서서 집안을 화목하게 할 수도 없고 그렇다고 물러나 미인에게 뭐라 답할 수도 없을 겁니다. 설사 산수를 유람한다 해도 그것 또한 장구지계(長久之計)가 아닙니다. 만약 노잣돈이 바닥나기라도 하면 어찌 진퇴양난의 처지에 빠지지 않겠습니까?"

이 도령은 수중에 오십 냥밖에 없다는 것을 제 스스로 알고 있는데다가 이때가 되어서는 이미 태반을 써버렸기에 노잣돈이 바닥나 진퇴양난의 처지에 빠진다는 말이 나오자 자기도 모르게 고개를 끄덕이며 그렇다고 했다.

손부가 다시 또 말하기를 "제 가슴속에 말 한마디가 또 있는데 들어보시지 않겠습니까?"라고 하자, 이 도령이 말하기를 "손형이 과분할 정도로 친밀하게 대해 주셨는데 하실 말씀이 있으시면 다 말씀해 주시지요." 라고 했다. 손부가 말하기를 "친하지 않은 사람이 친한 사람을 이간시키면 안 되니 말씀을 드리지 않는 게 좋겠습니다."라고 하니 이 도령이 "말씀을 하셔도 무방합니다."라고 말했다. 그러자 손부가 이렇게 말했다.

"자고로 '부인네들의 천성은 물같이 무상하다.' 하거니와 더욱이 화류계의 여자들에게 있어서는 참됨이 적고 거짓됨이 많지요. 그 여자가 기방의 명기였다면 필시 그가 아는 사람이 천하에 두루 있을 겁니다. 어쩌면 남쪽지방에 예전에 약속을 한 자가 원래 있어서 이형의 힘을 빌려 그곳으로 간 뒤 그 사람에게 가려고 하는 것일지도 모릅니다."

이 도령이 말하기를 "그건 아닐 겁니다."라고 하자, 손부가 또 이렇게 말했다.

"그건 아니라 해도 강남지방의 젊은이들은 경박하기 짝이 없는데 이형께서 미인을 혼자 살도록 남겨두시면 경박한 자제들이 담장을 넘고 구멍을 뚫고서 들어오는 일이 없으리라 장담하기는 어려울 겁니다. 만약 미인을 데리고 함께 돌아가게 되면 춘부장의 노여움을 더욱 부추기게 될 것이니 이형께서 아직 좋은 계책을 내지 못하고 있는 것이지요. 게다가 부자간의 천륜은 절대로 끊을 수 없는 것이기에 만약 첩 때문에 부친의 뜻을 거스르고 기생 때문에 집안을 버리시게 된다면 세상 사람들은 반드시 이형을 경박하고 상리에서 벗어난 사람이라고 생각할 것입니다.

나중에 부인께서 지아비로 여기지 않게 되고, 동생은 형님이라고 여기지 않게 되며 친구들도 벗으로 여기지 않게 되면 이형께서 세상에 어찌 서실 수 있겠습니까? 오늘 심사숙고를 하지 않으시면 안 됩니다."

이 도령은 그 말을 듣고 망연자실하다가 손부에게로 자리를 옮겨 앉으며 계책을 묻기를 "손형의 고견으로 볼 때 제게 가르쳐 주실 것이 뭐 있는지요?"라고 했다. 손부가 말하기를 "제게 계책 하나 있는데 이형께 매우 좋습니다. 다만 이형께서 잠자리 사랑에만 빠져 실행하지 못할 텐데 제가 공연스레 말하는 것이 될까 봐 염려될 뿐입니다."라고 했다. 이 도령이 말하기를 "손형에게 정말 좋은 계책이 있어 저로 하여금 다시 집안이 화락하게 되는 것을 볼 수 있게만 해 주시면 제게 은인이 되는 겁니다. 무엇을 꺼려하려 말씀하지 않으시는 것입니까?"라고 하자, 손부가 이렇게 말했다.

"이형께서 일 년 남짓 떠돌았기에 엄친께서는 노기를 품으셨고 부인과도 마음이 멀어졌으니 제가 이형의 처지라면 정말이지 먹고 자는 것도 편치 않을 때인 것 같습니다. 하지만 춘부장께서 이형에게 노기를 품으신 까닭은 단지 기생에 미련을 두고 돈을 물 쓰듯 하여 나중에 필시 집안을 망치게 하고 가산을 탕진하는 사람이 되어 가업을 잇지 못하게 될까 봐 그러시는 것입니다. 이형께서 지금 빈손으로 돌아가면 춘부장 어르신의 바로 그 노여움을 사게 될 것입니다. 이형께서 이불 속 사랑을 떼어버리고 기회를 타 행동한다면 제가 천금을 드리겠습니다. 이형은 천금을 받아 춘부장께 이를 아뢰고 북경에서 태학을 다니며 돈 한 푼도 낭비한 적이 절대 없었다고 하시면 춘부장께서도 반드시 믿으실 것이며, 이로부터 가정도 화목해져 당연히 비난도 없어질 것입니다. 그러면 순식간에 화가 복으로 바뀌게 될 것이니 이형께서는 심사숙고하시기 바랍니다. 제가 미색을 탐하는 것이 아니라 정말 조금이나마 이형을 위하여 마음을 다하기 위해서입니다."

이갑은 원래 주견이 없는 사람인데다가 마음속으로 제 아비를 무서워하고 있었으므로 손부가 한 차례 한 말이 그의 가슴속에 있던 의구심을 꿰뚫어냈기에 일어나서 읍하며 이렇게 말했다.

"손형의 가르침을 받고 막혔던 것이 일순간에 뚫렸습니다. 다만 제 첩이 천리 길을 따라왔기에 의리상 순식간에 끊어내기가 어려우니 돌아가 그와 상의해 보도록 하겠습니다. 그도 마음에 내켜한다면 답해드리겠습니다."

이에 손부가 말했다.

"말씀하실 때 완곡하게 하셔야 합니다. 그가 충심으로 형님을 위한다면 필시 형님으로 하여금 차마 부자간의 관계를 갈라놓도록 하지는 않을 것이며 형님께서 고향으로 돌아갈 수 있도록 반드시 도와줄 것입니다."

두 사람이 한바탕 술을 마시고 나서 보니 바람도 멈춰 있었고 눈도 그쳐 있었으며 날도 이미 저물어 있었다. 손부는 시종을 시켜 술값을 계산하게 하고 이 도령과 함께 손을 잡고 배로 내려갔다. 이것은 바로 이런 말로 대변된다.

사람을 만나면 열 가지 가운데 세 가지만 말해야지	逢人且說三分話
모든 마음을 다 내보이면 아니 된다네	未可全抛一片心

각설, 두십낭은 배 안에서 주과(酒果)를 차려놓고 이 도령과 술을 한 잔 마시려고 했으나 해가 져도 돌아오지 않자 등불을 켜고서 그를 기다리고 있었다. 이 도령이 배로 내려오자 두십낭은 자리에서 일어나 그를 맞이했다. 이 도령의 안색이 불안하고 기분이 좋지 않은 듯하기에 두십낭은 따뜻하게 데운 술을 술잔에 따라 권했으나 이 도령은 고개를 저으며 마시지 않고 한마디 말도 않은 채 혼자 침대에 누워 버렸다. 두십낭은 마음속으로 불쾌하여 곧 술잔과 접시를 치운 뒤 이 도령의 옷을 벗겨주고 머리에 베개를 베어주며 묻기를 "오늘 무엇을 보고 들으셨기에 그리 마음이 울적하신 겁니까?"라고 했다. 이 도령은 탄식만 할 뿐 끝내 입을

열지 않았다. 서너 차례 물었으나 이 도령이 이미 잠들었기에 두십낭은 어쩔 줄 몰라 주저하며 침상 머리맡에 앉아 잠을 이루지 못하고 있었다.

한밤중이 되어 이 도령은 잠에서 깨어나 다시 한 차례 한숨을 쉬었다. 두십낭이 말하기를 "낭군께서는 무슨 말씀하시기 어려운 일이 있기에 자꾸 탄식을 하시는 것입니까?"라고 했다. 이 도령은 이불을 끌어안고 일어나 말을 하려다 그만두기를 몇 번 하더니 눈물을 뚝뚝 흘렸다. 두십낭이 이 도령을 품안에 안고서 부드러운 말로 위로를 하면서 말했다.

"소첩이 낭군과 정을 맺은 지 이미 두 해가 되었고 천신만고의 온갖 어려움을 다 겪으면서 지금까지 왔습니다. 그럼에도 수 천리를 따라오면서 아직 슬퍼한 적은 없었습니다. 이제 강을 건너 백년의 기쁨을 도모하려 하는데 어찌 되레 슬퍼하시는 겁니까? 반드시 연고가 있을 겁니다. 부부 사이는 생사를 함께하기에 일이 있으시면 뭐든 상의할 수 있으니 부디 꺼리지 마십시오."

이 도령은 두십낭이 여러 차례 다그치는 것을 이기지 못해 어쩔 수 없이 눈물을 머금은 채 이렇게 말했다.

"내가 하늘 끝 곤경에 빠져 있었는데 당신은 나를 버리지 않고 스스로를 낮춰가며 따라왔으니 이는 진실로 더할 나위 없는 은덕이오. 하지만 거듭 생각해 봐도 부친께서 요직에 계셔 예법에 얽매이시는 데다가 성품이 바르시고 엄하시기에 노기를 띠시면 필시 나를 집에서 쫓아내실 것이오. 당신과 내가 떠돌게 되면 장차 어디가 끝이겠소? 부부간의 환락을 보전하기도 어려울 것이고 부자간의 천륜도 끊어지게 될 것이오. 낮에 친구가 된 신안 손씨가 술을 마시자고 초대하여 나를 위해 이 일을 도모해 주었는데 그 생각을 하면 내 마음이 찢어질듯하오."

두십낭이 크게 놀라 말하기를 "낭군 생각에는 어떻게 하시려고요?"라고 하자, 이 도령이 말하기를 "나는 당사자라서 이 형국을 제대로 볼 수 없기에 친구 손씨가 나를 위해 매우 좋은 계책 하나를 일러주었소만 당신이 따르지 않을까 걱정될 뿐이오."라고 했다. 두십낭이 말하기를

"친구 손씨라는 자가 누구입니까? 계책이 정말로 좋다면 어찌 따르지 않겠습니까?"라고 하자, 이 도령이 말했다.

"친구 손씨의 이름은 부(富)이고 신안에 사는 소금장수로 젊고 풍류스런 사람이오. 밤에 당신이 부른 청아한 노랫소리를 들었다며 당신에 대해 묻기에 내가 그에게 일의 시말을 알려 주고 고향에 돌아가기 어려운 이유도 말해 주었지요. 그가 당신을 천금으로 맞이하려 하니 그리되면 나는 천금을 얻어 그 돈을 구실로 내 부모님을 뵐 수도 있고 당신도 갈 곳을 얻게 되는 게요. 다만 정을 끊을 수 없어 슬피 우는 것이지요."

말을 마치고 이 도령은 눈물을 비 오듯 흘렸다. 두십낭은 안고 있던 두 손을 내려놓으며 냉소를 한 번 짓더니 이렇게 말했다.

"낭군을 위해 그 계책을 내준 그 사람은 정말 대단한 영웅이네요. 낭군은 천금의 돈을 다시 가질 수 있게 되고 첩은 다른 사람에게 갈 수 있는데다가 여로에 고생도 할 필요가 없으며 정(情)에서 나와 예(禮)에서 그쳤으니 정말 양쪽에게 모두 좋은 계책이네요. 그 천금은 어디 있나요?"

이 도령이 눈물을 거두며 말하기를 "당신의 허락을 받지 못했기에 돈은 아직 그 사람에게 있고 넘겨받지는 않았소."라고 하자, 두십낭이 말했다.

"내일 아침에 빨리 그 사람에게 응낙하셔야지 기회를 놓치시면 안 됩니다. 단 천금은 중대한 일이니 반드시 저울에 달아 낭군의 손에 넘겨줘야만 첩이 그 사람 배로 건너갈 것입니다. 장사꾼한테 속지 마시고요."

때가 이미 사경(四更)이 되자 두십낭은 곧바로 침상에서 일어나 등불을 밝힌 뒤, 머리 빗고 세수를 하면서 말하기를 "오늘 하는 몸단장은 새 사람을 맞이하고 옛 사람을 보내는 것이기에 평소와 같지는 않습니다."라고 했다.

이에 지분과 머릿기름으로 신경을 써서 단장하고 화전(花鈿)[43]을 붙

43) 화전(花鈿): 花子와 같은 의미로 고대 중국 여성들이 이마에 붙였던 장식이다.

인 뒤, 수놓은 윗옷을 입으니 더할 수 없이 곱고 화려했으며 향기로운 바람이 일고 광채가 눈부셨다. 바야흐로 몸단장이 끝나자 날도 이미 밝아 있었다. 손부는 시동을 시켜 뱃머리로 가서 이 도령의 회신을 기다리도록 했다. 두십낭이 이 도령을 살짝 엿보았더니 흔흔해 하며 희색을 띤듯하기에 곧바로 이 도령을 재촉해 빨리 가서 회답을 하고 서둘러 돈을 다 받으라고 했다. 이 도령이 직접 손부의 배로 가서 허락을 한다고 답하자, 손부가 이르기를 "은을 달아보는 것은 쉬운 일이나 미인의 경대를 받아 증표로 삼아야만 하겠습니다."라고 했다. 이 도령이 다시 두십낭에게 말을 전하자 두십낭은 금박무늬 상자를 가리키며 "가져가도록 하면 됩니다."라고 했다. 손부는 매우 기뻐하며 즉시로 백은 천 냥을 이 도령의 배로 보냈다. 두십낭이 직접 그것을 살펴보았더니 순도나 액수가 모두 맞아 조금도 틀림이 없었다. 이에 뱃전을 잡고서 손짓으로 손부를 부르자, 손부는 이를 보고서 넋을 잃었다. 두십낭이 붉고 고운 입술과 흰 이를 떼며 손부에게 말하기를 "조금 전 가지고 간 상자 안에 이 도령의 노인(路引)44)이 있으니 찾아서 돌려줘야겠습니다."라고 했다. 손부는 두십낭이 이미 독 안에 든 자라가 된 것을 보고 곧 시종을 시켜 그 금박무늬 상자를 돌려보내 뱃머리에 놓도록 했다. 두십낭이 열쇠를 가져다 자물쇠를 열었는데 상자 안은 모두 작은 서랍상자들로 되어 있었다. 두십낭이 이 도령을 불러 맨 위에 있는 서랍을 열어보게 했는데 그 안에는 비취깃털과 주옥으로 만든 장신구 그리고 옥비녀, 귀고리 등이 가득해 값으로는 대략 수백 냥이 되었다. 재빨리 두십낭은 그것들을 강물에 던

꽃, 새, 물고기 등의 다양한 모양이 있었으며 색깔은 붉은색, 푸른색, 노란색 등이 있었는데 붉은색으로 된 것이 가장 보편적인 쓰였다. 송나라 高承의 《事物紀原》 권3 〈花鈿〉條에 인용된 《雜五行書》의 기록에 따르면, 남조 송나라 때 꽃잎이 다섯 개인 매화꽃이 含章殿 처마 밑에 누워 있던 武帝의 딸인 壽陽公主의 이마에 떨어졌는데 이를 뗄 수가 없더니 3일이 지나서야 씻겨졌다고 하며 궁녀들이 그것을 보고 특이하다고 생각해 서로 다투어 모방했다고 한다.

44) 노인(路引): 통행증을 이른다.

졌다. 이갑과 손부를 비롯해 두 배에 타고 있던 사람들 가운데 놀라며 의아해하지 않는 자가 없었다. 다시 또 이 도령에게 서랍상자 하나를 꺼내라고 했는데 그 속에는 금옥(金玉)으로 만든 퉁소들이 있었으며 또 다른 서랍상자 하나를 꺼내자 모두 고옥(古玉)이나 자금(紫金)으로 된 완기(玩器) 등이 있었으니 값으로는 대략 수천 냥에 달했다. 두십낭은 다시 그것들을 모두 다 강물에 던졌다. 배 안에 있던 사람들과 강기슭에서 구경을 하던 사람들은 담장처럼 에워싸며 이구동성으로 "아깝다! 아까워!"라고 하면서도 무슨 연고인지는 몰랐다. 마지막으로 서랍상자 하나를 꺼냈는데 그 안에는 또 다른 상자 하나가 들어 있었다. 그 상자를 열어보니 한 줌 가득할 정도의 야명주 외에 녹주옥(綠柱玉), 묘안석(猫眼石) 등과 같은 여러 가지 특이한 보배들이 들어있었는데 이것들은 본 적도 없던 것들이라서 값을 매길 수도 없었다. 사람들이 일제히 소리를 질렀기에 그 떠들썩한 소리는 마치 천둥이 치는 것과 같았다. 두십낭이 다시 그것을 강물에 던지려고 하자 이갑은 저도 모르게 크게 후회를 하며 두십낭을 안고 통곡을 했다. 손부도 와서 말리며 타이르자 두십낭이 이 도령을 옆으로 밀치고서 손부에게 이렇게 욕했다.

"내 이 낭군과 온갖 고생을 다 겪으며 여기까지 온 것이 쉽지 않았거늘 너는 음탕한 마음을 품고 교묘하게 이간질하여 하루아침에 남의 인연을 망치게 하고 남의 은애(恩愛)를 끊어 놓았으니 곧 나의 원수이다. 내 죽어서도 지각이 있다면 반드시 신명께 호소할 것인데 어찌 망령되이 잠자리의 즐거움을 생각하는가!"

그러고 나서 또 이갑에게 이렇게 말했다.

"첩이 수년 간 화류계에 있으면서 남몰래 모아 놓은 돈으로 본래 낙적을 하여 시집갈 계획을 하고 있었습니다. 낭군을 만난 뒤로 머리가 흴 때까지 변치 않겠노라 산과 바다를 두고 맹세했습니다. 전에 경도에서 나올 때 자매들이 선물한 것이라고 둘러댄 그 상자 안에는 온갖 보물들이 담겨져 있는데 값으로는 만 냥이 넘을 것입니다. 장차 낭군께서 집으로 돌아가 부모님을 뵐 수 있도록 제가 그 재물로 낭군의 행장을 잘 꾸며 드리려 했습니다. 혹시나 부모님께서 소첩이 마음 쓴 것을 가엾게 여기시어 집안일을 도울 수 있도록 받아주신다면 종신토록 제 몸을 의탁할 수 있게 되니 죽어도 여한이 없겠다 싶었습니다. 그러나 낭군께서 믿음이 깊지 못해 근거 없는 말에 미혹되어 중도에 저를 버리고 저의 일편단심을 저버리실 줄 누가 알았겠습니까. 오늘 이 많은 사람들의 목전에서 상자를 열어 보이는 까닭은 그 보잘 것 없는 천금은 그리 대단한 것이 아니라는 것을 낭군께 알려 주기 위해서입니다. 첩의 상자 안에 옥은 있으나 한스럽게도 낭군의 눈에는 눈동자가 없네요. 제 운명이 제 때를 못 만나 화류계의 곤경에 갇혀 고달프게 살다가 이제 겨우 벗어났는데 다시 또 버림을 받았군요. 지금 여러 사람들의 눈과 귀가 있으니 함께 증명할 수 있을 겁니다. 첩이 낭군을 저버린 것이 아니라 낭군 스스로 첩을 저버렸다는 것을요!"

이에 모여서 구경을 하던 사람들 가운데 눈물을 흘리지 않는 자가 없었으며 모두들 이 도령에게 박정한 배신자라고 침 뱉고 욕을 했다. 이 도령은 부끄럽기도 하고 괴롭기도 하여 후회하며 눈물을 흘리면서 두십낭에게 막 사죄를 하려던 참에 두십낭은 보물 상자를 껴안고 강 가운데로 뛰어들었다. 사람들이 황급히 소리를 지르며 건져 구해내려 했지만 구름이 껴서 강 가운데가 어둡고 물결이 거세게 일어 종적이 묘연했다. 안타깝게도 꽃답고 옥 같은 한 명기는 하루아침에 강물의 물고기 밥이 되어버렸다.

삼혼(三魂)[45]은 묘연히 수부(水府)로 돌아갔고　　三魂渺渺歸水府

45) 삼혼(三魂): 도교에서 사람에게는 三魂과 七魄이 있다고 한다. 사람의 형체에 붙어 존재하는 精氣를 일러 '魄'이라 하고, 사람의 형체에서 이탈해 존재할 수 있는 精氣를 이르러 '魂'이라 한다. 《雲笈七籤》 권54의 기록에 의하면, 三魂은 爽靈, 胎元, 幽精 등을 가리키며 七魄은 尸狗, 伏矢, 雀陰, 吞賊, 非毒, 除穢,

칠백(七魄)은 유유히 저승길로 들어섰네　　　七魄悠悠入冥途

당시 옆에서 지켜보고 있던 사람들이 모두 이를 갈며 앞 다퉈 이갑과 손부를 주먹으로 때리려고 하기에 당황한 두 사람은 몸 둘 바를 몰라 다급히 소리 질러 배를 띄우게 한 뒤, 제 갈 길로 도망해 갔다. 이갑은 배 안에서 천금을 보고서 다시 두십낭이 떠올라 하루 종일 부끄럽고 후회되어 울적해지더니 광병(狂病)에 걸려서 종신토록 낫지 않았다. 손부는 그날 놀란 이후로 병이 들어 침상에 한 달 남짓 누워 지냈는데 온종일

두십낭이 보물들을 강물에 던져버리는 장면, 민국 10년, 상해광아서국(上海廣雅書局), 《신증전도족본금고기관(新增全圖足本今古奇觀)》 삽도

臭肺 등을 이른다고 한다.

두십낭이 옆에서 꾸짖고 욕하는 것이 보였으며 숨이 간신히 붙어 있다가 죽었다. 사람들은 그것이 강에서 있었던 일의 응보라고 여겼다.

각설, 유우춘은 북경 태학에서 수학하던 것을 마치고 행장을 꾸려 귀향하는 길에 과보(瓜步)[46]에 배를 댔다. 그는 강가에서 얼굴을 씻다가 뜻하지 않게 놋대야를 강물에 빠뜨렸기에 어부를 구해서 그것을 건지도록 했다. 건져내 보니 작은 상자였다. 유우춘이 그것을 열어보니 그 안에 있는 것들은 모두 명주(明珠)와 기이한 보배들로 값을 매길 수 없는 진귀한 보배들이었다. 유우춘은 어부에게 후하게 상을 주고 그것을 완상하려고 침상 머리맡에 두었다. 그날 밤 그는 꿈을 꾸었는데 강 가운데에서 한 여자가 파도를 타고 다가오기에 자세히 보았더니 두십낭이었다. 두십낭은 가까이 와서 큰절을 하더니 이 도령이 정을 저버린 일을 하소연했다. 그리고 또 이렇게 말하는 것이었다.

"전에 나리께서 백 오십 냥을 아낌없이 도와주셨습니다. 원래는 그것을 정착한 후에 천천히 보답하려 했지만 뜻하지 않게 일을 제대로 끝맺지 못하게 되었습니다. 항상 나리의 두터우신 정의(情誼)를 가슴에 품고 있었기에 울적해 하며 잊은 적이 없었습니다. 아침에 어부를 통해서 이 작은 상자를 나리께 드린 것은 저의 작은 마음을 조금이나마 표하기 위함입니다. 이제부터는 다시 뵙지 못할 것입니다."

두십낭의 말이 끝나자 유우춘은 갑자기 놀라 깨어났다. 비로소 그는 두십낭이 이미 죽었다는 것을 알게 되었으며 여러 날을 탄식하며 보냈다.

후인들이 이 이야기를 평론할 때 손부는 미색을 빼앗으려고 천금을 가볍게 내던졌으니 진실로 현사(賢士)가 아니며, 이갑은 두십낭의 일편고심(一片苦心)을 알아보지 못한 무능하고 어리석은 둔재이니 얘기할

46) 과보(瓜步): 지금의 江蘇省 南京市 六合區 동남쪽에 있는 지명으로 瓜埠라고도 한다. 그곳에 瓜步山이 있고 산 아래에는 瓜步鎭이 있으며, 남쪽으로는 長江을 마주하고 있어 중국의 남북 교통을 잇는 중요한 나루터였다.

만한 가치도 없는 사람이라고 했다. 유독 두십낭만이 천고의 여협(女俠)이었음에도 어찌 소사(蕭史)[47]와 농옥(弄玉)처럼 좋은 배필을 찾아 함께 봉대(鳳臺)에서 봉황을 타고 하늘로 날아오르지 못했던가? 오히려 이 도령을 잘못 봐 명주보옥(明珠寶玉)이 장님에게 던져진 꼴이 되었으니 은혜가 원한으로 바뀌고 온갖 은정(恩情)이 흘러가는 물처럼 사라져 심히 안타깝구나! 이를 개탄하는 시가 있다.

풍류를 알지 못하거든 함부로 얘기치 말라	不會風流莫妄談
'정(情)'이라는 한 글자는 깨닫기가 어렵다네	單單情字費人參
만약 '정(情)'자 하나를 깨달을 수 있다면	若將情字能參透
풍류라 불리어도 부끄럽지 않으리	喚作風流也不慚

47) 소사(蕭史): 한나라 劉向의 《列仙傳·蕭史》에 이런 이야기가 보인다. "蕭史는 秦穆公 때 사람으로 簫를 잘 불어 공작과 백학을 뜰에 불러 오게 할 수 있었다. 목공에게 弄玉이라고 하는 딸이 있었는데 소사를 좋아했으므로 진목공은 딸을 그에게 시집보냈다. 소사는 매일 농옥에게 소로 봉황이 우는 소리를 흉내내는 법을 가르쳐 주었다. 몇 년이 지난 뒤, 봉황이 우는 소리와 같이 소를 불 수 있게 되자 봉황이 그들의 거처로 날아와 머물렀다. 이에 진목공은 鳳臺를 지어 주었고 농옥 부부는 그곳에서 살았다. 몇 년이 지나지 않아서, 어느 날 아침 이들은 모두 봉황을 따라 날아갔다."

원문 교주

第五章 杜十娘怒沉百寶箱

掃蕩殘胡立帝畿, 龍翔鳳舞勢崔嵬. 左環滄海天一帶, 右擁太行山萬圍.
戈戟九邊雄絕塞, 衣冠萬國仰垂衣. 太平人樂華胥世, 永永金甌共日輝.

這首詩, 單誇我朝燕京建都之盛. 說起燕都的形勢, 北倚雄關, 南壓區夏, 眞乃金城天府, 萬年不拔之基. 當先洪武爺掃蕩胡塵, 定鼎金陵, 是爲南京. 到永樂爺從北平起兵靖難, 遷於燕都, 是爲北京. 只因這一遷, 把個苦寒地面, 變作花錦世界. 自永樂爺九傳至於萬曆爺, 此乃我朝第十一代的天子. 這位天子, 聰明神武, 德福兼全, 十歲登基, 在位四十八年, 削平了三處寇亂. 那三處?

日本關白平秀吉, 西夏哱承恩, 播州楊應龍.

平秀吉侵犯朝鮮, 哱承恩, 楊應龍是土官謀叛, 先後削平. 遠夷莫不畏服, 爭來朝貢. 眞個是:

一人有慶民安樂, 四海無虞國太平.

話中單表[48]萬曆二十年間, 日本國關白作亂, 侵犯朝鮮. 朝鮮國王上表告急, 天朝發兵泛海往救. 有戶部官奏准: 目今兵興之際, 糧餉未充, 暫開

48) 話中單表(화중단표): '話'는 이야기의 뜻이고 '表'는 '表述하다', '진술하다', '설명하다'는 뜻으로 單說, 單表 혹은 話中單表는 說話人이 이야기를 풀어가는 도중에 이미 앞에서 언술한 여러 내용 가운데 어떤 한 가지를 특정해서 그것만을 자세히 서술해 나가고자 할 때 그 文頭에서 쓰는 상투어이다. "그 가운데 ……에 대해 이야기해 보겠습니다."정도의 뜻이다.

納粟入監之例. 原來納粟入監的, 有幾般便宜: 好讀書, 好科擧, 好交結, 未來又有個小小前程結果. 以此宦家公子, 富室子弟, 到不願做秀才, 都去援例做太學生. 自開了這例, 兩京太學生, 各添至千人之外. 內中有一人, 姓李名甲, 字干先, 浙江紹興府人氏. 父親李布政, 所生三兒, 惟甲居長. 自幼讀書在庠, 未得登科, 援例入於北雍. 因在京坐監, 與同鄉柳遇春監生同游教坊司院內, 與一個名姬相遇. 那名姬姓杜名嬙, 排行第十, 院中都稱爲杜十娘. 生得:

渾身雅態[49], 遍體嬌香, 兩彎眉畫遠山青, 一對眼明秋水潤. 臉如蓮萼, 分明卓氏文君; 唇似櫻桃, 何減白家樊素. 可憐一片無瑕玉, 誤落風塵花柳中.

那杜十娘自十三歲破瓜, 今一十九歲, 七年之內, 不知曆過了多少公子王孫, 一個個情迷意蕩, 破家蕩產而不惜. 院中傳出四句口號來, 道是:

坐中若有杜十娘, 斗筲之量飮千觴. 院中若識杜老嬙, 千家粉面都如鬼.

却說李公子, 風流年少, 未逢美色; 自遇了杜十娘, 喜出望外, 把花柳情懷, 一擔兒挑在他身上. 那公子俊俏的龐兒, 溫存的性兒, 又是撒漫的手兒, 幫襯的勤兒, 與十娘一雙兩好, 情投意合. 十娘因見鴇兒貪財無義, 久有從良[50]之志; 又見李公子忠厚志誠, 甚有心向他. 奈李公子懼怕父親[51], 不敢應承. 雖則如此, 兩下情好愈密, 朝歡暮樂, 終日相守, 如夫婦一般; 海誓山盟, 各無他志. 眞個:

恩深似海恩無底, 義重如山義更高.

49) 【校】態(태): 《今古奇觀》 각 판본에는 "態"로 되어 있고, 《警世通言》 각 판본에는 "艷"으로 되어 있다.

50) 從良(종량): '良'은 良民 즉 平民을 뜻하여 從良은 노비가 노역 기간을 마치거나 贖身해 自由民이 되는 것과 기생이 落籍하여 시집가는 것을 말한다.

51) 【校】父親(부친): 《今古奇觀》 각 판본에는 "父親"으로 되어 있고, 《警世通言》 각 판본에는 "老爺"로 되어 있다.

再說杜媽媽女兒, 被李公子佔住, 別的富家巨室, 聞名上門, 求一見而不可得. 初時李公子撒漫用錢, 大差大使, 媽媽脅肩諂笑, 奉承不暇. 日往月來, 不覺一年有餘, 李公子囊篋漸漸稍虛, 手不應心, 媽媽也就怠慢了. 老布政在家聞知兒子闞院, 幾遍書來喚他回家去[52]. 他迷戀十娘顔色, 終日延捱. 後來聞知布政[53]在家發怒, 越不敢回. 古人云: "以利相交者, 利盡而疎." 那杜十娘與李公子眞情相好, 見他手頭愈短, 心頭愈熱. 媽媽幾遍教女兒打發李甲出院, 見女兒不統口, 又幾遍將言語觸突李公子, 要激怒他起身. 公子性本溫克[54], 詞氣愈和, 媽媽沒奈何, 日逐只將十娘叱罵道: "我們行戶[55]人家, 喫客穿客, 前門送舊, 後門迎新; 門庭鬧如火, 錢帛堆成垜. 自從那李甲在此, 混帳一年有餘, 莫說新客, 連舊主顧都斷了, 分明接了個鍾馗老[56], 連小鬼也沒得上門. 弄得老娘一家人家, 有氣無煙, 成什麽模樣!" 杜十娘被罵, 耐性不住, 便回答道: "那李公子不是空手上門的, 也曾費過大錢來." 媽媽道: "彼一時, 此一時, 你只教他今日費些小錢兒, 把與老娘辦起柴米, 養你兩口也好. 別人家養的女兒便是搖錢樹[57], 千生萬活; 偏我家晦氣, 養了個退財白虎[58]. 開了大門七件事[59], 般般都在老身心上. 到替

52) 【校】幾遍書來喚他回家去(기편서래환타회가거): 人民文學本《今古奇觀》에는 "幾遍書來喚他回家去"로 되어 있고, 古本小說集成本·繪圖本《今古奇觀》에는 "幾遍書來喚回家去"로 되어 있으며, 《警世通言》 각 판본에는 "幾遍寫字來喚他回去"로 되어 있다.

53) 【校】布政(포정): 《今古奇觀》 각 판본에는 "布政"으로 되어 있고, 《警世通言》 각 판본에는 "老爺"로 되어 있다.

54) 溫克(온극): 《詩經·小雅·小宛》에 있는 "엄숙하고 성스러운 사람은 술을 마셔도 온순함으로 이겨낸다.(人之齊聖, 飮酒溫克.)"는 구절에서 나온 말로 본래 술에 취해도 온화하여 자제할 수 있는 것을 뜻한다. 여기서 비롯되어 일반적으로 사람이 온화하고 공경하는 태도를 취하는 것을 이르는 말로도 쓰인다.

55) 行戶(행호): 본래 송나라 이후 商行에 가입한 商戶를 이르는 말이었는데 기방을 완곡하게 칭하는 말로도 쓰인다.

56) 老(노): '佬'와 같은 의미로 성인 남자를 낮잡아서 이르는 말이다.

57) 搖錢樹(요전수): 전설 속에 나오는 寶樹로 흔들면 돈이 떨어진다고 하는데 돈을 잘 버는 사람이나 돈이 되는 물건을 搖錢樹라고 비유적으로 이르기도 한다.

58) 退財白虎(퇴재백호): 白虎는 白虎星을 이르며 점성술에서 白虎星을 만나면 불길하다고 한다. 이에 星命迷信에서 白虎를 凶神이라 여겼으므로 退財白虎는

你這小賤人白白養著窮漢, 教我衣食從何處來? 你對那窮漢說: 有本事出幾兩銀子與我, 到得你跟了他去, 我別討個丫頭過活, 却不兩便[60]?" 十娘道: "媽媽, 這話是眞是假?" 媽媽曉得李甲囊無一錢, 衣衫都典盡了, 料他沒處設法. 便應道: "老娘從不說謊, 當眞哩." 十娘道: "娘, 你要他許多銀子?" 媽媽道: "若是別人, 千把銀子也討了; 可憐那窮漢出不起, 只要他三百兩, 我自去討一個粉頭代替. 只一件, 須是三日內交付與我. 左手交銀, 右手交人. 若三日沒有來時, 老身也不管三七二十一, 公子不公子, 一頓孤拐[61], 打那光棍出去. 那時莫怪老身!" 十娘道: "公子雖在客邊乏鈔, 諒三百金還借辦得來. 只是三日忒近, 限他十日便好." 媽媽想道: "這窮漢一雙赤手, 便限他一百日, 他那裏來銀子. 沒有銀子, 便鐵皮包臉, 料也無顔上門. 那時重整家風, 媺兒也沒得話講." 答應道: "看你面, 便寬到十日, 第十日沒有銀子, 不干老娘之事." 十娘道: "若十日內無銀, 料他也無顔再見了. 只怕有了三百兩銀子, 媽媽又翻悔起來." 媽媽道: "老身年五十一歲了, 又奉十齋, 怎敢說謊? 不信時, 與你拍掌爲定. 若翻悔時, 做豬做狗."

從來海水斗難量, 可笑虔婆意不良. 料定窮儒囊底竭, 故將財禮[62]難嬌娘.

是夜, 十娘與公子在枕邊議及終身之事. 公子道: "我非無此心. 但敎坊落籍, 其費甚多, 非千金不可. 我囊空如洗, 如之奈何!" 十娘道: "妾已與媽

재운을 물리치는 흉신이라는 뜻이다.

59) 開了大門七件事(개료대문칠건사): 중국 속담에 "(아침에 일어나) 대문을 열면 일곱 가지 필요한 것이 있는데 그것은 땔감, 쌀, 기름, 소금, 간장, 식초, 차다.(開門七件事: 柴米油鹽醬醋茶.)"라는 말이 있다. 일상 살림살이에 꼭 필요한 일곱 가지의 필수품을 이른다.

60) 【校】兩便(양편): 《今古奇觀》 각 판본에는 "兩便"으로 되어 있고, 《警世通言》 각 판본에는 "好"로 되어 있다.

61) 孤拐(고괴): 孤踝와 같은 말로 발목 양쪽에 돌출되어 있는 복숭아뼈를 이른다. 여기서는 그 뼈를 때려 쫓아낸다는 뜻이다.

62) 財禮(재례): 《禮記·曲禮上》에 있는 "가난한 자는 재화를 예물로 삼지 않는다.(貧者不以貨財爲禮.)"라는 구절에서 나온 말로 약혼할 때 신랑 집에서 신부 집으로 보내는 금품을 財禮라고 칭했다.

嫣議定, 只要三百金, 但須十日內措辦. 郎君遊資雖罄, 然都中豈無親友可以借貸. 倘得如數, 妾身遂爲君之所有, 省受虔婆之氣.” 公子道: “親友中爲我留戀行院, 都不相顧. 明日只做束裝起身, 各家告辭, 就開口假貸路費, 湊聚將來, 或可滿得此數.” 起身梳洗, 別了十娘出門. 十娘道: “用心作速, 專聽佳音.” 公子道: “不須分付.” 公子出了院門, 來到三親四友處, 假說起身告別, 眾人到也歡喜. 後來敍到路費欠缺, 意欲借貸. 常言道: “說著錢, 便無緣.” 親友們就不招架. 他們也見得是, 道李公子是風流浪子, 迷戀煙花, 年許不歸, 父親都爲他氣壞在家. 他今日抖然要回, 未知眞假. 倘或說騙盤纏到手, 又去還脂粉錢, 父親知道, 將好意翻成惡意, 始終只是一怪, 不如辭了乾淨. 便回道: “目今正値空乏, 不能相濟, 慚愧! 慚愧!” 人人如此, 個個皆然, 並沒有個慷慨丈夫, 肯統口許他一十二十兩. 李公子一連奔走了三日, 分毫無獲, 又不敢回決十娘, 權且含糊答應. 到第四日又沒想頭, 就羞回院中. 平日間有了杜家, 連下處也沒有了, 今日就無處投宿. 只得往同鄉柳監生寓所借歇. 柳遇春見公子愁容可掬, 問其來歷. 公子將杜十娘願嫁之情, 備細說了. 遇春搖首道: “未必, 未必. 那杜嫰院中第一名姬, 要從良時, 怕沒有十斛明珠, 千金聘禮; 那鴇兒如何只要三百兩? 想鴇兒怪你無錢使用, 白白佔住他的女兒, 設計打發你出門. 那婦人與你相處已久, 又礙却面皮, 不好明言. 明知你手內空虛, 故意將三百兩賣個人情, 限你十日. 若十日沒有, 你也不好上門. 便上門時, 他會說你笑你, 落得一場褻瀆, 自然安身不牢: 此乃煙花逐客之計. 足下三思, 休被其惑. 據弟愚意, 不如早早開交爲上.” 公子聽說, 半晌無言, 心中疑惑不定. 遇春又道: “足下莫要錯了主意. 你若眞個還鄉, 不多幾兩盤費, 還有人搭救. 若是要三百兩時, 莫說十日, 就是十個月也難. 如今的世情, 那肯顧‘緩急’二字的. 那煙花也算定你沒處告債, 故意設法難你.” 公子道: “仁兄所見的[63]是.” 口裏雖如此說, 心中割捨不下. 依舊又往外邊東央西告, 只是夜裏不進院門了. 公子在柳監生寓中, 一連住了三日, 共是六日了. 杜十娘連日不見公子進院, 十分着緊, 就教小廝四兒街上去尋. 四兒尋到大街, 恰好遇見公子. 四兒叫道: “李

63) 【校】的(적): 《今古奇觀》 각 판본에는 “的”으로 되어 있고, 《警世通言》 각 판본에는 “良”으로 되어 있다.

姐夫, 娘在家裏望你." 公子自覺無顔, 回復道: "今日不得功夫, 明日來罷." 四兒奉了十娘之命, 一把扯住, 死也不放, 道: "娘叫咯尋你, 是必同去走一遭." 李公子心上也牽罣着十娘[64], 沒奈何, 只得隨四兒進院. 見了十娘, 嘿嘿無言. 十娘問道: "所謀之事如何?" 公子眼中流下淚來. 十娘道: "莫非人情淡薄, 不能足三百之數麼?" 公子含淚而言, 道出二句:

"不信上山擒虎易, 果然開口告人難.

一連奔走六日, 並無銖兩[65], 一雙空手, 羞見芳卿, 故此這幾日不敢進院. 今日承命呼喚, 忍恥而來, 非某不用心, 實是世情如此." 十娘道: "此言休使虔婆知道. 郎君今夜且住, 妾別有商議." 十娘自備酒肴, 與公子歡飲. 睡至半夜, 十娘對公子道: "郎君果不能辦一錢耶? 妾終身之事, 當如何也?" 公子只是流涕, 不能答一語. 漸漸五更天曉. 十娘道: "妾所臥絮褥內, 藏有碎銀一百五十兩. 此妾私蓄, 郎君可持去. 三百金, 妾任其半, 郎君亦謀其半, 庶易爲力. 限只四日, 萬勿遲誤." 十娘起身將褥付公子, 公子驚喜過望. 喚童兒持褥而去. 竟到柳遇春寓中, 又把夜來之情與遇春說了. 將褥拆開看時, 絮中都裹着零碎銀子, 取出兌時, 果是一百五十兩. 遇春大驚道: "此婦眞有心人也! 旣係眞情, 不可相負. 吾當代爲足下謀之." 公子道: "倘得玉成, 決不有負." 當下[66]柳遇春留李公子在寓, 自出頭各處去借貸. 兩日之內, 湊足一百五十兩, 交付公子道: "吾代爲足下告債, 非爲足下, 實憐杜十娘之情也." 李甲拿了三百兩銀子, 喜從天降, 笑顔逐開, 欣欣然來見十娘. 剛是第九日, 還不足十日. 十娘問道: "前日分毫難借, 今日如何就有一百五十兩?" 公子將柳監生事情, 又述了一遍. 十娘以手加額[67]道: "使吾二人得

64) 【校】十娘(십낭): 《今古奇觀》 각 판본에는 "十娘"으로 되어 있고, 《警世通言》 각 판본에는 "婊子(表子)"로 되어 있다.
65) 銖兩(수량): 銖는 무게 단위로 1兩의 24분의 1이다. 銖兩은 1銖나 1兩을 이르는 말로 매우 적은 양을 뜻한다.
66) 【校】當下(당하): 古本小說集成本·繪圖本《今古奇觀》과《警世通言》 각 판본에는 "當下"로 되어 있고, 人民文學本《今古奇觀》에는 "當有"로 되어 있다.
67) 以手加額(이수가액): 두 손을 이마 앞에 놓는 자세를 취해 祝禱하는 의식의 일종

遂其願者, 柳君之力也." 兩個歡天喜地, 又在院中過了一晚. 次日十娘早起, 對李甲道: "此銀一交, 便當隨郎君去矣. 舟車之類, 合當預備. 妾昨日於姊妹中借得白銀二十兩, 郎君可收下以做行資[68]." 公子正愁路費無出, 但不敢開口, 得銀甚喜. 說猶未了, 鴇兒恰來敲門叫道: "媺兒, 今日是第十日了." 公子聞叫, 啓戶相迎[69]道: "承媽媽厚意, 正欲相請." 便將銀三百兩放在桌上. 鴇兒不料公子有銀, 嘿然變色, 似有悔意. 十娘道: "兒在媽媽家中多[70]年, 所致金帛, 不下數千金矣. 今日從良美事, 又媽媽親口所許[71], 三百金不欠分毫, 又不曾過期. 倘若媽媽失信不許, 郎君持銀去, 兒即刻自盡. 恐那時人財兩失, 悔之無及也." 鴇兒無詞以對, 腹內籌畫了半晌, 只得取天平兒准了銀子, 說道: "事已至此, 料留你不住了. 只是你要去時, 即今就去. 平時穿戴衣飾之類, 毫釐休想." 說罷, 將公子和十娘推出房門, 討鎖來就落了鎖. 那[72]時九月天氣, 十娘纔下床, 尚未梳洗, 隨身舊衣, 就拜了媽媽兩拜. 李公子也作了一揖. 一夫一婦, 離了虔婆大門. 你看二人, 好似:[73]

鯉魚脫却金鉤去, 擺尾搖頭再不來.

公子教十娘: "且住片時. 我去喚乘[74]小轎擡你, 權往柳榮卿寓所去, 再

으로 敬意을 표하기도 한다.

68) 【校】以做行資(이주행자): 《今古奇觀》 각 판본에는 "以做行資"로 되어 있고, 《警世通言》 각 판본에는 "爲行資也"로 되어 있다.

69) 【校】迎(영): 《今古奇觀》 각 판본에는 "迎"으로 되어 있고, 《警世通言》 각 판본에는 "延"으로 되어 있다.

70) 【校】多(다): 《今古奇觀》 각 판본에는 "多"로 되어 있고, 《警世通言》 각 판본에는 "八"로 되어 있다.

71) 【校】許(허): 《今古奇觀》 각 판본에는 "許"로 되어 있고, 《警世通言》 각 판본에는 "訂"으로 되어 있다.

72) 【校】那(나): 《今古奇觀》 각 판본에는 "那"로 되어 있고, 《警世通言》 각 판본에는 "此"로 되어 있다.

73) 【校】《今古奇觀》 각 판본에는 "你看二人好似"라는 구절이 있고, 《警世通言》 각 판본에는 없다.

74) 【校】乘(승): 《今古奇觀》 각 판본에는 "乘"으로 되어 있고, 《警世通言》 각 판본에

作道理.” 十娘道: “院中諸姊妹平昔相厚, 理宜話別. 況前日又承他借貸路費, 不可不一謝也.” 乃同公子到各姊妹處謝別. 姊妹中惟謝月朗徐素素與杜家相近, 尤與十娘親厚. 十娘先到謝月朗家. 月朗見十娘禿髻舊衫, 驚問其故. 十娘備述來因. 又引李甲相見. 十娘指月朗道: “前日路資, 是此位姐姐所貸, 郎君可致謝.” 李甲連連作揖. 月朗便教十娘梳洗, 一面去請徐素素來家相會. 十娘梳洗已畢, 謝徐二美人各出所有, 翠鈿金釧、瑤簪寶珥、錦袖花裙、鸞帶繡履, 把杜十娘裝扮得煥然一新. 備酒作慶賀筵席. 月朗讓臥房與李甲杜嫩二人過宿. 次日, 又大排筵席, 遍請院中姊妹, 凡十娘相厚者, 無不畢集. 都與他夫婦把盞稱喜. 吹彈歌舞, 各逞其長, 務要盡歡, 直飲至夜分. 十娘向眾姊妹一一稱謝. 眾姊妹道: “十姊爲風流領袖, 今從郎君去, 我等相見無日. 何日長行, 姊妹們尚當奉送.” 月朗道: “候有定期, 小妹當來相報. 但阿姊千里間關, 同郎君遠去, 囊篋蕭條, 曾無約束, 此乃吾等之事. 當相與共謀之, 勿令姊有窮途之慮也.” 眾姊妹各唯唯而散. 那日[75]晚, 公子和十娘仍宿謝家. 至五鼓, 十娘對公子道: “吾等此去, 何處安身? 郎君亦曾計議有定着否?” 公子道: “老父盛怒之下, 若知娶妓而歸, 必然加以不堪, 反致相累. 輾轉尋思, 尚未有萬全之策.” 十娘道: “父子天性, 豈能終絕. 既然倉卒難犯, 不若與郎君於蘇杭勝地, 權作浮居. 郎君先回, 求親友於尊大人面前勸解和順, 然後攜妾于歸, 彼此安妥.” 公子道: “此言甚當.” 次日, 二人起身辭了謝月朗, 暫往柳監生寓中, 整頓行裝. 杜十娘見了柳遇春, 倒身下拜, 謝其周全之德: “異日我夫婦必當重報.” 遇春慌忙答禮道: “十娘鍾情所歡, 不以貧窶易心, 此乃女中豪傑. 僕因風吹火, 諒區區何足掛齒!” 三人又飲了一日酒. 次早, 擇了出行吉日, 僱倩轎馬停當. 十娘又遣童兒寄信, 別謝月朗. 臨行之際, 只見肩輿紛紛而至, 乃謝月朗與徐素素拉眾姊妹來送行. 月朗道: “十姊從郎君千里間關, 囊中消索, 吾等甚不能忘情. 今合具薄贐, 十姊可檢收, 或長途空乏, 亦可少助.” 說罷, 命從人挈一描金文具至前, 封鎖甚固, 正不知什麽東西在裏面. 十娘也不開看, 也不推辭, 但殷勤

는 “個”로 되어 있다.

75) 【校】那日(나일): 《今古奇觀》 각 판본에는 “那日”로 되어 있고, 《警世通言》 각 판본에는 “是”로 되어 있다.

作謝而已. 須臾, 輿馬齊集, 僕夫催促起身. 柳監生三盃別酒, 和眾美人送出崇文門外, 各各垂淚而別. 正是:

他日重逢難預必, 此時分手最堪憐.

再說李公子同杜十娘行至潞河, 舍陸從舟, 却好有瓜洲差使船轉回之便, 講定船錢, 包了艙口. 比及下船時, 李公子囊中並無分文餘剩. 你道杜十娘把二十兩銀子與公子, 如何就沒了? 公子在院中闞得衣衫襤褸, 銀子到手, 未免在解庫中取贖幾件穿着, 又制辦了鋪蓋, 剩來只勾轎馬之費. 公子正當愁悶, 十娘道: "郎君勿憂, 眾姊妹合贈, 必有所濟." 乃取鑰開箱. 公子在旁, 自覺慚愧, 也不敢窺覷箱中虛實. 只見十娘在箱裏取出一個紅絹袋來, 擲於桌上道: "郎君可開看之." 公子提在手中, 覺得沉重, 啓而觀之, 皆是白銀, 計數整五十兩. 十娘仍將箱子下鎖, 亦不言箱中更有何物. 但對公子道: "承眾姊妹高情, 不惟途路不乏, 即他日浮寓吳越間, 亦可稍佐吾夫妻山水之費矣." 公子且驚且喜道: "若不遇恩卿, 我李甲流落他鄉, 死無葬身之地矣. 此情此德, 白頭不敢忘也." 自此每談及往事, 公子必感激流涕. 十娘亦曲意撫慰, 一路無話. 不幾日, 路至瓜洲[76], 大船停泊岸口. 公子別僱了民船, 安放行李. 約明日淸晨, 剪江而渡. 其時仲冬中旬, 月明如水. 公子和十娘坐於舟首. 公子道: "自出都門, 困守一艙之中, 四顧有人, 未得暢語. 今日獨據一舟, 更無避忌. 且已離塞北, 初近江南, 宜開懷暢飲, 以舒向來抑鬱之氣, 恩卿以爲何如?" 十娘道: "妾久疏談笑, 亦有此心, 郎君言及, 足見同志耳." 公子乃攜酒具於船首, 與十娘鋪氈並坐, 傳盃交盞. 飲至半酣, 公子執卮對十娘道: "恩卿妙音, 六院[77]推首. 某相遇之初, 每聞絕調, 輒不禁神魂之飛動. 心事多違, 彼此鬱鬱, 鸞鳴鳳奏, 久矣不聞. 今淸江明月, 深夜

76) 【校】不幾日路至瓜洲(불기일로지과주): 人民文學本 · 繪圖本 《今古奇觀》에는 "不幾日路至瓜洲"로 되어 있고, 古本小說集成本《今古奇觀》에는 "不幾日行至瓜洲"로 되어 있으며, 《警世通言》 각 판본에는 "不一日行至瓜洲"로 되어 있다.

77) 六院(육원): '院'은 行院으로 기생들이 모여 사는 곳을 이른다. 명나라 때 남경에 이름난 기방으로 來賓, 重譯, 輕煙, 淡粉, 梅姸, 柳翠 등 여섯 군데가 있었는데 나중에 이들을 통칭하는 '六院'이란 말이 기방의 대명사로 쓰이게 되었다.

無人, 肯爲我一歌否?" 十娘興亦勃發, 遂開喉嚨頓嗓, 取扇按拍, 嗚嗚咽咽, 歌出元人施君美《拜月亭》雜劇上"狀元執盞與蟬娟"一曲, 名《小桃紅》. 眞個:

聲飛霄漢雲皆駐, 響入深泉魚出遊.

却說他舟有一少年, 姓孫名富, 字善賚, 徽州新安人氏. 家資巨萬, 積祖揚州種鹽. 年方二十, 也是南雍中朋友. 生性風流, 慣向靑樓買笑, 紅粉追歡; 若嘲風弄月, 到是個輕薄的頭兒. 事有偶然, 其夜亦泊舟瓜洲渡口, 獨酌無聊. 忽聽得歌聲嘹亮, 鳳吟鸞吹, 不足喩其美. 起立船頭, 佇聽半晌, 方知聲出鄰舟. 正欲相訪, 音響倏已寂然. 乃遣僕者潛窺蹤跡, 訪於舟人. 但曉得是李相公僱的船, 並不知歌者來歷. 孫富想道: "此歌者必非良家, 怎生得他一見?" 輾轉尋思, 通宵不寐. 捱至五更, 忽聞江風大作. 及曉, 彤雲密佈, 狂雪飛舞. 怎見得? 有詩爲證:

千山雲樹滅, 萬徑人蹤絕. 扁舟蓑笠翁, 獨釣寒江雪.

因這風雪阻渡, 舟不得開. 孫富命艄公移船, 泊於李家舟之傍. 孫富貂帽狐裘, 推窗假作看雪. 恰[78]値十娘梳洗方畢, 纖纖玉手, 揭起舟傍短簾, 自潑盂中殘水, 粉容微露, 却被孫富窺見了, 果是國色天香. 魂搖心蕩, 迎眸注目, 等候再見一面, 杳不可得. 沉思久之, 乃倚窗高吟高學士《梅花詩》二句, 道:

雪滿山中高士臥, 月明林下美人來.

李甲聽得鄰舟吟詩, 舒頭出艙, 看是何人. 只因這一看, 正中了孫富之計. 孫富吟詩, 正要引李公子出頭, 他好乘機攀話. 當下慌忙舉手, 就問: "老兄尊姓何諱?" 李公子敍了姓名鄕貫, 少不得也問那孫富. 孫富也敍過了. 又敍了些太學中的閑話, 漸漸親熟. 孫富便道: "風雪阻舟, 乃天遣與尊兄相

78) 【校】恰(흡): 《今古奇觀》 각 판본에는 "恰"자가 있고, 《警世通言》 각 판본에는 없다.

會, 實小弟之幸也. 舟次無聊, 欲同尊兄上岸, 就酒肆中一酌, 少領淸誨, 萬望不拒." 公子道: "萍水相逢, 何當厚擾?" 孫富道: "說那裏話! '四海之內, 皆兄弟也'." 即[79]教艄公打跳, 童兒張傘, 迎接公子過船, 就於船頭作揖. 然後讓公子先行, 自己隨後, 各各登跳上涯. 行不數步, 就有個酒樓. 二人上樓, 揀一副潔淨座頭, 靠窗而坐. 酒保列上酒肴, 孫富舉杯相勸, 二人賞雪飮酒. 先說些斯文中套話. 漸漸引入花柳之事. 二人都是過來之人, 志同道合, 說得入港, 一發成相知了. 孫富屏去左右, 低低問道: "昨夜尊舟淸歌者, 何人也?" 李甲正要賣弄在行, 遂實說道: "此乃北京名姬杜十娘也." 孫富道: "旣係曲中姊妹, 何以歸兄?" 公子遂將初遇杜十娘, 如何相好, 後來如何要嫁, 如何借銀討他, 始末根由, 備細述了一遍. 孫富道: "兄攜麗人而歸, 固是快事; 但不知尊府中能相容否?" 公子道: "賤室不足慮. 所慮者, 老父性嚴, 尙費躊躇耳!" 孫富將機就機, 便問道: "旣是尊大人未必相容, 兄所攜麗人, 何處安頓? 亦曾通知麗人, 共作計較否?" 公子攢眉而答道: "此事曾與小妾議之." 孫富欣然問道: "尊寵必有妙策." 公子道: "他意欲僑居蘇杭, 流連山水. 使小弟先回, 求親友宛轉於家君之前. 俟家君回嗔作喜, 然後圖歸. 高明以爲何如?" 孫富沉吟半晌, 故作愀然之色, 道: "小弟乍會之間, 交淺言深, 誠恐見怪." 公子道: "正賴高明指敎, 何必謙遜?" 孫富道: "尊大人位居方面[80], 必嚴帷薄[81]之嫌. 平時旣怪兄游非禮之地, 今日豈容兄娶不節之人. 況且賢親貴友, 誰不迎合尊大人之意者? 兄枉去求他, 必然相拒. 就有個不識時務的進言於尊大人之前, 見尊大人意思不允, 他就轉口了. 兄進不能和睦家庭, 退無詞以回復尊寵. 即使留連山水, 亦非長久之計. 萬一資斧困竭,

79) 【校】即(즉): 《今古奇觀》 각 판본에는 "即"으로 되어 있고, 《警世通言》 각 판본에는 "喝"로 되어 있다.

80) 方面(방면): 方面官과 같은 말로 한 지방의 軍政 요직이나 長官을 이르는 말이다. 명청시대에는 巡撫나 都御史 등을 비롯한 지방정부의 장관을 가리켰다. 명나라 때에 전국을 13개 承宣布政使司로 나누고 그 장관으로 각각 左·右布政使 한 명씩을 두었는데 李甲의 아버지가 바로 布政使였던 것이다.

81) 帷薄(유박): '帷'는 휘장을 이르고 '薄'은 발을 이른다. 帷와 薄은 모두 안을 가리고 안팎을 구별하는 물건이기에 帷薄는 '門內'나 '남녀의 교합'을 이르기도 한다. 여기서 연용 되어 집안이 음란한 것을 완곡하게 '帷薄不修'라고 하기도 한다.

豈不進退兩難!" 公子自知手中只有五十金, 此時費去大半, 說到資斧困竭, 進退兩難, 不覺點頭道是. 孫富又道: "小弟還有句心腹之談, 兄肯俯聽否?" 公子道: "承兄過愛, 更求盡言." 孫富道: "疏不間親, 還是莫說罷." 公子道: "但說何妨." 孫富道: "自古道: '婦人水性無常.' 况煙花之輩, 少眞多假. 他旣係六院名姝, 相識定滿天下; 或者南邊原有舊約, 借兄之力, 挈帶而來, 以爲他適之地." 公子道: "這個恐未必然." 孫富道: "即不然, 江南子弟, 最工輕薄, 兄留麗人獨居, 難保無逾牆鑽穴[82]之事. 若挈之同歸, 愈增尊大人之怒. 爲兄之計, 未有善策. 况父子天倫, 必不可絕. 若爲妾而觸父, 因妓而棄家, 海內必以兄爲浮浪不經之人. 異日妻不以爲夫, 弟不以爲兄, 同袍不以爲友, 兄何以立於天地之間? 兄今日不可不熟思也!" 公子聞言, 茫然自失, 移席問計: "據高明之見, 何以敎我?" 孫富道: "僕有一計, 於兄甚便. 只恐兄溺枕席之愛, 未必能行, 使僕空費詞說耳!" 公子道: "兄誠有良策, 使弟再覩家園之樂, 乃弟之恩人也. 又何憚而不言耶?" 孫富道: "兄飄零歲余, 嚴親懷怒, 閨閣離心, 設身以處兄之地, 誠寢食不安之時也. 然尊大人所以怒兄者, 不過爲迷花戀柳, 揮金如土, 異日必爲棄家蕩產之人, 不堪承繼家業耳! 兄今日空手而歸, 正觸其怒. 兄倘能割衽席之愛, 見機而作, 僕願以千金相贈. 兄得千金, 以報尊大人, 只說在京授館, 並不曾浪費分毫, 尊大人必然相信. 從此家庭和睦, 當無間言. 須臾之間, 轉禍爲福. 兄請三思, 僕非貪麗人之色, 實爲兄效忠於萬一也." 李甲原是沒主意的人, 本心懼怕老子, 被孫富一席話, 說透胸中之疑, 起身作揖道: "聞兄大敎, 頓開茅塞. 但小妾千里相從, 義難頓絕, 容歸與商之. 得其心肯, 當奉復耳." 孫富道: "說話之間, 宜放婉曲. 彼旣忠心爲兄, 必不忍使兄父子分離, 定然玉成兄還鄉之事矣." 二人飮了一回酒, 風停雪止, 天色已晚. 孫富教家僮算還了酒錢, 與公子攜手下船. 正是:

逢人且說三分話, 未可全抛一片心.

82) 踰牆鑽穴(유장잠혈): 담장을 넘거나 담 구멍을 뚫고 남의 집에 들어가는 것을 이르는 말로 남의 집 여인과 사통하는 것을 말한다.

却說杜十娘在舟中, 擺設酒果, 欲與公子小酌, 竟日未回, 挑燈以待. 公子下船, 十娘起迎. 見公子顏色匆匆, 似有不樂之意, 乃滿斟熱酒勸之. 公子搖首不飮. 一言不發, 竟自床上睡了. 十娘心中不悅, 乃收拾杯盤, 爲公子解衣就枕, 問道: "今日有何見聞, 而懷抱鬱鬱如此?" 公子嘆息而已, 終不啓口. 問了三四次, 公子已睡去了. 十娘委決不下, 坐於床頭而不能寐. 到夜半, 公子醒來, 又嘆一口氣. 十娘道: "郎君有何難言之事, 頻頻嘆息?" 公子擁被而起, 欲言不語者幾次, 撲簌簌掉下泪來. 十娘抱持公子於懷間, 軟言撫慰道: "妾與郎君情好, 已及二載, 千辛萬苦, 歷盡艱難, 得有今日. 然相從數千里, 未曾哀戚. 今將渡江, 方圖百年歡笑, 如何反起悲傷, 必有其故. 夫婦之間, 死生相共, 有事儘可商量, 萬勿諱也." 公子再四被逼不過, 只得含淚而言道: "僕天涯窮困, 蒙恩卿不棄, 委曲相從, 誠乃莫大之德也, 但反覆思之, 老父位居方面, 拘於禮法, 況素性方嚴, 恐添嗔怒, 必加黜逐. 你我流蕩, 將何底止? 夫婦之歡難保, 父子之倫又絕. 日間蒙新安孫友邀飮, 爲我籌及此事, 寸心如割." 十娘大驚道: "郎君意將如何?" 公子道: "僕事內之人, 當局而迷[83]. 孫友爲我畫一計頗善, 但恐恩卿不從耳!" 十娘道: "孫友者何人? 計如果善, 何不可從?" 公子道: "孫友名富, 新安鹽商, 少年風流之士也. 夜間聞子淸歌, 因而問及. 僕告以來歷, 並談及難歸之故. 渠意欲以千金聘汝. 我得千金, 可藉口以見吾父母; 而恩卿亦得所矣[84]. 但情不能捨, 是以悲泣." 說罷, 淚如雨下. 十娘放開兩手, 冷笑一聲, 道: "爲郎君畫此計者, 此人乃大英雄也. 郎君千金之資, 旣得恢復, 而妾歸他姓, 又不致爲行李之累: 發乎情, 止乎禮[85], 誠兩便之策也. 那千金在那裏?" 公子收淚道:

83) 當局而迷(당국이미): 局은 바둑판을 이르고, 當局은 '바둑판을 마주하고 대국을 한다'는 의미로 當局者는 일의 당사자를 비유적으로 이른다. 중국 속담에 "당사자는 그 일을 잘 알지 못하지만 곁에서 지켜보는 자는 그것을 정확히 안다.(當局者迷, 旁觀者淸.)"는 말이 있다.

84) 【校】矣(의): 《今古奇觀》 각 판본에는 "矣"로 되어 있고, 《警世通言》 각 판본에는 "天"으로 되어 있다.

85) 發乎情 止乎禮(발호정 지호례): 《詩經·周南·關雎序》에 있는 "그러므로 《變風》은 情에서 나오되 禮義에서 그친다. 情에서 나오는 것은 백성의 性이요, 예의에서 그치는 것은 先王의 은택이다.(故變風發乎情, 止乎禮義. 發乎情, 民之性也;

"未得恩卿之諾, 金尚留彼處, 未曾過手." 十娘道: "明早快快應承了他, 不可錯[86]過機會. 但千金重事, 須得兌足交付郎君之手, 妾始過舟, 勿爲賈豎子所欺." 時已四鼓, 十娘即起身挑燈梳洗道: "今日之妝, 乃迎新送舊, 非比尋常." 於是脂粉香澤, 用意修飾; 花鈿繡襖, 極其華豔; 香風拂拂, 光采照人. 裝束方完, 天色已曉. 孫富差家童到船頭候信. 十娘微窺公子欣欣似有喜色, 乃催公子快去回話, 及早兌足銀子. 公子親到孫富船中, 回復依允. 孫富道: "兌銀易事, 須得麗人妝臺爲信." 公子又回復了十娘. 十娘即指描金文具道: "可使[87]擡去." 孫富喜甚. 即將白銀一千兩, 送到公子船中. 十娘親自檢看, 足色足數, 分毫無爽. 乃手把船舷, 以手招孫富. 孫富一見, 魂不附體. 十娘啓朱唇, 開皓齒, 道: "方纔箱子可暫發來, 內有李郎路引一紙, 可檢還之也." 孫富視十娘已爲甕中之鼈, 即命家童送那描金文具, 安放船頭之上. 十娘取鑰開鎖, 內皆抽替小箱. 十娘叫公子抽第一層來看. 只見翠羽明璫, 瑤簪寶珥, 充牣於中, 約值數百金. 十娘遽投之江中. 李甲與孫富及兩船之人, 無不驚詫. 又命公子再抽一箱, 乃玉簫金管. 又抽一箱, 盡古玉紫金玩器, 約值數千金. 十娘盡投之于水[88]. 舟中[89]岸上之人, 觀者如堵. 齊聲道: "可惜! 可惜!" 正不知什麼緣故. 最後又抽一箱, 箱中復有一匣. 開匣視之, 夜明之珠, 約有盈把. 其他祖母綠、貓兒眼諸般異寶, 目所未睹, 莫能定其價之多少. 眾人齊聲喝采, 喧聲如雷. 十娘又欲投之於江. 李甲不覺大悔, 抱持十娘慟哭. 那孫富也來勸解. 十娘推開公子在一邊, 向孫富罵道: "我與李郎備嘗艱苦, 不是容易到此, 汝以奸淫之意, 巧爲讒說, 一旦破

止乎禮義, 先王之澤也.)"라는 내용에서 나온 말이다. 眞情에서 우러났으되 예법에서 또한 어긋나지 않는 일을 형용할 때에 많이 쓰인다.

86) 【校】錯(착): 《今古奇觀》 각 판본에는 "錯"으로 되어 있고, 《警世通言》 각 판본에는 "挫"로 되어 있다.

87) 【校】使(사): 《今古奇觀》 각 판본에는 "使"로 되어 있고, 《警世通言》 각 판본에는 "便"으로 되어 있다.

88) 【校】水(수): 《今古奇觀》 각 판본과 古本小說集成本《警世通言》에는 "水"로 되어 있고, 人民文學本《警世通言》에는 "大江中"으로 되어 있다.

89) 【校】舟中(주중): 《今古奇觀》 각 판본과 古本小說集成本《警世通言》에는 "舟中" 두 글자가 있고, 人民文學本《警世通言》에는 없다.

人姻緣, 斷人恩愛, 乃我之仇人. 我死而有知, 必當訴之神明, 尙妄想枕席之歡乎!" 又對李甲道: "妾風塵數年, 私有所積, 本爲終身之計. 自遇郎君, 山盟海誓, 白首不渝. 前出都之際, 假託眾姊妹相贈, 箱中韞藏百寶, 不下萬金. 將潤色郎君之裝, 歸見父母, 或憐妾有心, 收佐中饋[90], 得終委託, 生死無憾. 誰知郎君相信不深, 惑於浮議, 中道見棄, 負妾一片眞心. 今日當眾目之前, 開箱出視, 使郎君知區區千金, 未爲難事. 妾櫝中有玉, 恨郎眼內無珠. 命之不辰, 風塵困瘁, 甫得脫離, 又遭棄捐. 今眾人各有耳目, 共作證明: 妾不負郎君, 郎君自負妾耳!" 於是眾人聚觀者, 無不流涕, 都唾罵李公子負心薄倖. 公子又羞又苦, 且悔且泣, 方欲向十娘謝罪. 十娘抱持寶匣, 向江心一跳. 眾人急呼撈救. 但見雲暗江心, 波濤滾滾, 杳無蹤影. 可惜一個如花似玉的名姬, 一旦葬於江魚之腹.

三魂渺渺歸水府, 七魄悠悠入冥途.

當時旁觀之人, 皆咬牙切齒, 爭欲拳毆李甲和那孫富. 慌得李孫二人, 手足無措, 急叫開船, 分途遁去. 李甲在舟中, 看了千金, 轉憶十娘, 終日愧悔, 鬱成狂疾, 終身不痊. 孫富自那日受驚, 得病臥床月餘, 終日見杜十娘在傍詬罵, 奄奄而逝. 人以爲江中之報也.

却說柳遇春在京坐監完滿, 束裝回鄉, 停舟瓜步. 偶臨江淨臉, 失墜銅盆於水, 覓漁人打撈. 及至撈起, 乃是個小匣兒. 遇春啓匣觀看, 內皆明珠異寶, 無價之珍. 遇春厚賞漁人, 留於床頭把玩. 是夜, 夢見江中一女子, 凌波而來, 視之, 乃杜十娘也. 近前萬福, 訴以李郎薄倖之事. 又道: "向承君家慷慨, 以一百五十金相助, 本意息肩之後, 徐圖報答; 不意事無終始. 然每懷盛情, 悒悒未忘. 早間曾以小匣託漁人奉致, 聊表寸心, 從此不復相見矣." 言訖, 猛然驚醒, 方知十娘已死, 嘆息累日.

後人評論此事, 以爲孫富謀奪美色, 輕擲千金, 固非良士; 李甲不識杜十

90) 中饋(중궤): 본래 집안에서 음식을 마련하는 일들을 가리키는 말로 妻子를 이르기도 한다. 《周易·家人》의 孔穎達 疏에서 "婦人의 도는 …… 그 직분은 집에서 음식을 장만하고 제사를 올리는 것뿐이다.(婦人之道……其所職, 主在於家中饋食供祭而已.)"라고 했다.

娘一片苦心, 碌碌蠢才, 無足道者. 獨謂十娘千古女俠, 豈不能覓一佳侶, 共跨秦樓之鳳; 乃錯認李公子, 明珠美玉, 投於盲人: 以致恩變爲仇, 萬種恩情, 化爲流水, 深可惜也! 有詩嘆云:

不會風流莫妄談, 單單情字費人參. 若將情字能參透, 喚作風流也不慚.

제6권

이적선(李謫仙)이 취한 채로 오랑캐를 꾸짖는 국서를 쓰다[李謫仙醉草嚇蠻書]

▌작품 해설

이 작품은 《경세통언(警世通言)》 권9에 실려 있는 이야기로 풍몽룡(馮夢龍)이 각종 필기나 사서(史書) 등에 있는 이백에 관한 일화들을 모아 재편집하고 각색하여 만든 화본소설로 입화 부분에는 편수시사(篇首詩詞) 1편만 있고 곧바로 정화로 들어가는 구조를 지닌다. 이백이 현종(玄宗)의 어명을 받아 양귀비(楊貴妃)를 노래한 〈청평조(淸平調)〉 3수를 짓고 고력사(高力士)가 양귀비 앞에서 이백을 트집 잡으며 모함하는 이야기는 당나라 이준(李濬)의 《송창잡록(松窗雜錄)》에 보인다. 같은 이야기가 《태평광기》 권204에 〈이구년(李龜年)〉이란 제목으로 수록되어 있는데 《송창록(松窗錄)》에서 나왔다고 했으며 약간의 문장 출입이 있다. 북송 악사(樂史)가 지은 〈이한림별집서(李翰林別集序)〉에도 이 이야기가 보인다. 이백이 고력사로 하여금 자신의 장화를 벗기도록 하게 한 일은 당나라 단성식(段成式)의 《유양잡조(酉陽雜俎)》 전집(前集) 권12 《어자(語資)》에 보이는데 내용은 〈이적선취초혁만서(李謫仙醉草嚇蠻

書)〉에 있는 것과 다르다.

하지장(賀知章)이 이백을 만난 뒤 그의 문재에 놀라 적선인(謫仙人)이라고 부른 일과 현종이 한림학사(翰林學士)로 삼고 이백이 술에 취한 채로 응제시를 지은 이야기는 당나라 맹계(孟棨)의 《본사시(本事詩)·고일제삼(高逸第三)》에 보인다. 환관이 술 취한 이백의 얼굴에 찬물을 뿌려 술에서 깨게 한 뒤 어가 앞에서 즉시 시문을 짓도록 한 이야기는 오대(五代) 왕정보(王定保)의 《당척언(唐摭言)》 권13 《민첩(敏捷)》에 보인다. 《구당서(舊唐書)》 권190하 《문원 하(文苑下)》에 있는 〈이백전(李白傳)〉에는 이백이 도사 오균(吳筠)의 천거에 의해 한림대조(翰林待詔)가 되었다는 내용과 얼굴에 물을 뿌린 뒤 취한 채로 시문 십여 장(章)을 지었던 일, 하지장(賀知章)이 그를 적선인(謫仙人)이라고 부른 에피소드들이 모두 보이며, 궁궐에서 술에 취해 고력사에게 장화를 벗겨달라고 하다가 쫓겨난 이야기도 기술되어 있고, 선성(宣城)에서 과음으로 취사(醉死)한 내용도 보인다. 《신당서(新唐書)》 권202 《문예 중(文藝中)》 〈이백〉에는 이백의 어머니가 꿈에서 장경성(長庚星)을 본 뒤 그를 낳았다는 이야기, 하지장이 그를 적선인이라 부른 일화, 현종이 친히 그를 위해 국을 저어준 일화, 술 취한 이백의 얼굴에 물을 뿌려 시문을 짓게 한 일화, 고력사로 하여금 장화를 벗겨달라고 하여 고력사가 앙심을 품고 양귀비 앞에서 그를 모함한 에피소드 등이 모두 기재되어 있다. 당나라 이조(李肇)의 《당국사보(唐國史補)》 권상(卷上) 〈이백탈화사(李白脱韡事)〉와 북송 공평중(孔平仲)의 《속세설(續世說)》 권5 《임탄(任誕)》에도 이백의 일화들이 기록되어 있는데 《구당서·이백전》의 내용과 비슷하다.

이백이 당나귀를 타고 화음현(華陰縣)에서 현령을 회개시킨 이야기는 《유설(類說)》 권34에 수록된 《척언(摭言)》에서 〈이백유화산(李白遊華山)〉이라는 제목으로 보이며 《군서유편고사(群書類編故事)》 권6에서도 이를 인용하고 있다. 같은 이야기는 남송 유부(劉斧)의 《청쇄고의(青瑣高議)》 후집 권2에 〈이태백과려입화음현내(李太白跨驢入華陰縣內)〉라는 제목으로도 수록되어 있다. 이백이 달그림자를 건지려 하다가 강물에 빠져 익사했다는 이야기는 송나라 홍매(洪邁)의 《용재수필(容齋隨筆)》 권3 〈이태백(李太白)〉에 보이며, 송나라 주필대(周必大)의 《이노당잡지(二老堂雜志)》 권5 〈기태평주우저기(記太平州牛渚磯)〉에도 보이고 송나라 서중옹(薛仲邕)의 〈이태백연보(李太白年譜)〉에 부기된 〈전의(傳疑)〉에서도 이를 인용하고 있다. 또한 《주사(酒史)》 권상(卷上) 〈음주소전(飮酒小傳)〉과 《야객총서(野客叢書)》 권7 〈이백〉에도 이백의 일화들이 수록되어 있다.

이백이 번국(蕃國)의 국서에 회신을 한 일에 대해 당나라 범전정(范傳正)이 지은 〈당좌습유한림학사이공신묘비병서(唐左拾遺翰林學士李公新墓碑並序)〉에는 "당시의 세무(世務)를 논하고 번국의 국서에 답하는 서신을 기초했는데 논변하는 것이 마치 물 흐르듯 했으며, 붓을 휘두르는 것이 끊김이 없었다.〔論當世務, 草答蕃書, 辯如懸河, 筆不停綴.〕"라고 간략하게만 기록되어 있다. 〈이적선취초혁만서(李謫仙醉草嚇蠻書)〉의 내용과 매우 유사한, 이백이 양국충과 고력사를 조롱하고 조정에서 번국의 국서를 낭독하고 회신한 이야기와 화음현에서 현령을 회개시킨 이야기는 원말명초의 소설가 나관중(羅貫中)의 《수당양조지전(隋唐兩朝志傳)》 100회 〈이태백입소번서(李太白立掃蕃書)〉 및 101회 〈화음이백도기라(華陰李白倒騎騾)〉에도 나온다. 다만 번국이 발해국(渤海國)이 아닌 거란(契丹)으로 되어 있는 차이점이 있다. 명나라 오경소(吳敬所)의 《국색천향(國色天香)》 권3 〈쾌도쟁선(快覩爭先)·번서(蕃書)〉 및 권3 〈쾌도쟁선·혁만서(嚇蠻書)〉 그리고 권6 〈산방일록(山房日錄)·이백공장(李白供狀)〉에서도 번국의 국서와 이백의 답서 그리고 이백이 화음현에서 쓴 자백문 등의 내용이 단편적으로 소개되어 있다. 《평극희목회고(平劇戲目匯考)》 682조에 이백이 번국에 국서를 쓰는 내용을 담은 〈진만시(進蠻詩)〉라는 희곡 작품이 소개되어 있다.

이백은 중국문학사에서 시선(詩仙)이라 불릴 만큼 천재적인 인물로 시성(詩聖)이라 불린 두보(杜甫)와 함께 최고의 시인으로 손꼽힌다. 한유(韓愈)가 〈조장적(調張籍)〉에서 "이백과 두보의 문장이 있으면 그 빛이 만장까지 뻗치네.[李杜文章在, 光焰萬丈長.]"라고 읊은 바 있듯이, 이백과 두보는 문학적 성취로 인해 나란히 병칭되기도 했고 사적 교유도 적잖았다. 두보는 〈증이백(贈李白)〉, 〈동일유회이백(冬日有懷李白)〉, 〈춘일억이백(春日憶李白)〉, 〈몽이백이수(夢李白二首)〉, 〈천말회이백(天末懷李白)〉, 〈기이십이백이십운(寄李十二白二十韻)〉 등과 같은 이백에게 쓴 시를 다수 남겼다. 이백보다 열한 살 아래였던 두보도 이백의 문재(文才)에 대해 높이 평가하고 그의 불우(不遇)에 대해 안타깝게 여겼듯이 이 작품에서도 회재불우지사(懷才不遇之士)였고 애주가였던 이백에 대한 다양한 에피소드가 등장한다.

《신당서(新唐書)·이백전(李白傳)》에는 현종(玄宗) 황제가 이백의 재능을 아껴 몸소 국을 저어서 내려주기까지 했다는 기록도 있으며 이백이 자신의 문재(文才)를 믿고 함부로 행동했다는 기록도 적잖이 보인다. 단성식(段成式)의 《유양잡조(酉陽雜俎)》에 의하면, 현종 황제가 이백의 명성을 듣고 편전(便殿)에서 그를 소견(召見)할 때 이백이 고력사에게 장화를 벗겨달라고 하자 이백이 나갈 때 황제가 그를 가리키면서 고력사에게 이르기를 "이 사람 정말 좀스럽구나![此人固窮相.]"라고 했다고도 한다. 《본사시(本事詩)·고일(高逸)》에 현종 황제는 이백을 조정에서 쓰일 수 없는 사람이라고 여겨 좋은 평을 담은 조서를 내리고 그를 파면시켜 돌려보냈다는 기록도 보인다. 《신당서·이백전》에서 황제가 그에게 금을 하사하고 되돌려보냈다고 기술했듯이 이백의 문재는 천하가 모두 인정했지만 그가 조정에서 쓰이지 못한 것도 사실이었다. 이처럼 벼슬길이 순탄치 않았던 이백은 〈행로난(行路難)〉이란 시를 남기기도 했다. 이후 이백은 현종의 아들 영왕(永王) 이린(李璘)의 막하에 있다가 영왕이 반란을 일으키려고 하던 사건에 연루되어 추방된 것으로 볼 때, 정치적으로 민첩한 사람은 아니었던 것 같다. 이백의 이 일을 두고 《주자어류(朱

子語類)》 권136에서 주자가 이르기를 "문인이 이 정도로 생각이 없구나!〔文人之沒頭腦乃爾!〕"라고까지 혹평하기도 했다. 이백은 그의 재능만큼이나 인생의 우여곡절을 겪었으며, 쓰이면 쓰인 대로 쓰이지 못하면 쓰이지 못한 대로 하나 하나가 시문이 되었고 일화가 되었으며 소설이 되었던 것이다.

이백의 죽음에 대해서는 취사설(醉死說), 병사설(病死說), 익사설(溺死說) 등 대략 세 가지 설이 제기되어 있다. 첫째, 취사설은 《구당서(舊唐書)》의 기록에 의거해 선성(宣城)에서 그가 술에 취해 과음으로 죽었다는 설이다. 둘째, 병사설은 이백의 일가 삼촌이자 서예가였던 당시 당도현(當塗縣) 현령 이양빙(李陽氷)의 집에서 병사했다는 설이다. 이백이 죽은 뒤 이양빙은 이백의 시집을 처음으로 엮어 《초당집(草堂集)》을 만들었고 직접 서문을 쓰기도 했다. 지금도 당도현 남쪽 산에는 이백의 묘지가 남아 있고 많은 여행객들이 그곳을 찾아가 각지에서 난 명주(名酒)를 바치며 제사를 지내곤 한다. 셋째, 익사설은 이백이 술에 취하여 강물에 비친 달을 건지려 하다가 물에 빠져 죽었다는 설로 환상적이면서도 낭만적인 색채가 반영되어 민간전설이나 문학작품에서 많이 보인다. 본 작품의 결미에서 드러나는 이백의 승천도 이와 무관치 않다.

본문 역주

당년의 이적선(李謫仙)[1] 부러워할 만도 했었지　　堪羨當年李謫仙

1) 이적선(李謫仙): 당나라 시인 李白(701~762)을 이른다. 자는 太白이고 호는 靑蓮居士이며 후세 사람들에 의해 '詩仙'이라고 칭해졌으며 杜甫와 함께 '李杜'라고 불리었다. 《唐才子傳》 권2 〈李白〉 條에 의하면 이백이 장안에 갔을 때 이름난 시인이었던 賀知章을 만났는데 하지장이 이백의 〈蜀道難〉을 보고 깜작 놀라 그를 '謫仙人'이라 불렀다고 한다.

술 한 말 마시면 시편이 줄줄 나와	吟詩斗酒有連篇[2]
가슴에 가득했던 빼어난 문재는 당시 명사들을 능가했고	蟠胸錦繡欺時彥
붓을 들면 그 글의 풍격 옛 현인을 넘어섰네	落筆風雲邁古賢
문서를 기초해 번국의 도발에 응하니 위명은 멀리 변경까지 이르고	書草和番威遠塞
시사로 경국지색을 노래해 새로운 곡조를 만들었다네	詞歌傾國媚新弦[3]
재자의 풍류가 끝났다 하지 마오	莫言才子風流盡
밝은 달이 언제나 채석기(采石磯)[4] 물가에 매달려 있노니	明月長懸采石邊

화설(話說), 당나라 현종(玄宗)[5] 황제 때 재자(才子) 하나가 있었는데 성은 이(李) 씨요, 이름은 백(白)이며 자는 태백(太白)이었다. 그는 서량(西梁)[6] 무소흥성(武昭興聖) 황제 이고(李暠)[7]의 9대(代) 손으로 서천

2) 음시두주유련편(吟詩斗酒有連篇): 두보의 〈飮中八仙歌〉에 "이백은 술 한 말을 마시면 시 백 편이 나오고, 장안의 저잣거리 술집에서 잠을 잔다네.(李白斗酒詩百篇, 長安市上酒家眠.)"라는 구절이 있다.

3) 사가경국미신현(詞歌傾國媚新弦): 전하는 바에 의하면, 당나라 개원 연간에 이백이 한림학사로 있었을 때 궁중의 모란꽃이 활짝 피어 있기에 현종 황제가 달밤에 꽃구경하면서 양귀비로 하여금 술시중을 들도록 했다. 그때 현종이 金花箋을 이백에게 내리며 새로 〈淸平調〉를 지으라고 하자 이백이 취중에 양귀비의 미모와 황제로부터 총애를 받고 있는 것을 내용으로 삼아 칠언절구 3수를 지었다고 한다. 자세한 이야기는 당나라 李濬의 《松窗雜錄》과 송나라 王灼의 《碧雞漫志》 권5 등에 보인다.

4) 채석기(采石磯): 지금의 安徽省 馬鞍山市 長江 동쪽 기슭에 있는 지명이다. 牛渚山 북쪽 지형이 장강 쪽으로 뾰족하게 뻗혀 있으며 지세가 험준하다. 洪邁의 《容齋隨筆·李太白》 등에 의하면, 이백이 술에 취해 채석기에서 강물에 비춘 달을 건지려고 하다가 익사했다고 한다.

5) 현종(玄宗): 당나라 현종 李隆基(685~762)를 가리킨다. 예종 李旦의 셋째 아들로 시호가 '至道大聖大明孝皇帝'이기에 '唐明皇'이라고도 불린다.

6) 서량(西梁): '後梁'이라고 불리기도 하며 남북조시대 555년부터 587년까지 江陵(지금의 湖北省 江陵縣) 일대에 있었던 나라이다.

(西川) 면주(綿州)[8] 사람이었다. 이백의 어머니는 장경성(長庚星)[9]이 품 안으로 들어오는 꿈을 꾸고 이백을 낳았는데 장경성을 태백성(太白星)이라고도 불렀기에 그의 이름과 자를 모두 '태백(太白)'에서 취했다. 이백은 자태와 용모가 수려하게 태어났고 골격이 빼어나 표연히 세상을 초월하는 용모를 지니고 있었다. 열 살 때 이미 경서와 사서(史書)에 정통했으며 말하면 곧 문장이 되었으므로 사람들은 모두 그를 보고 문재가 뛰어나다고 칭찬을 하며, 신선이 인간세상으로 내려온 것이라고 하여 그를 이적선(李謫仙)이라고 불렀다. 두 공부(杜工部)[10]가 이백에게 증정한 시가 있어 그 증거가 된다.

석년에 광객(狂客)[11]이 있었는데	昔年有狂客
그대를 적선인(謫仙人)이라 불렀지	號爾謫仙人
붓을 들면 비바람도 놀라게 하고	筆落驚風雨
시를 지어 놓으면 귀신도 울렸다네	詩成泣鬼神
그로부터 명성이 자자해져	聲名從此大

7) 이고(李暠, 351~417): 자는 玄盛이고 隴西 成紀(지금의 甘肅省 秦安縣) 사람으로 서한 때 명장이었던 李廣의 후손이라고 자칭했으며, 十六國 시기에 西涼 정권을 세운 태조이다. 唐高祖 李淵의 6대 조상으로 당나라 황실에서도 그를 조상으로 모셨으며 당현종 李隆基가 천보 2년(753)에 興聖皇帝로 추봉하기도 했다. 이백이 이고의 후예라는 기록은 이백의 일족 삼촌인 李陽冰이 이백의 문집에 붙인 〈草堂集序〉에 보인다.

8) 면주(綿州): 西川은 지금의 四川省 서부 지역이고 綿州는 四川省 綿陽市 일대이다.

9) 장경성(長庚星): 金星(Venus)을 이른다. 고대에는 금성을 長庚星, 啓明星, 太白星, 太白金星 등으로 불렀다.

10) 두공부(杜工部): 당나라 杜甫(712~770)를 이른다. 자는 子美이고 호는 少陵野老이며 '詩聖'이라고 불리었다. 工部員外郞의 벼슬을 했으므로 杜工部라고도 불린다. 본문에 인용된 시구는 두보의 〈寄李十二白二十韵〉에 있는 전반부 8구로 全詩는 《全唐詩》 권225에 수록되어 있다.

11) 광객(狂客): 본래 호방하고 구속받지 않은 사람을 이르는 말인데 당나라 시인 賀知章이 자호를 '四明狂客'이라고 했으므로 여기서는 그를 '狂客'이라 칭한 것이다.

묻힌 재주 하루아침에 펼치게 되었다네	汩沒一朝伸
특별히 은택 받은 문채로	文采承殊渥
누구도 기어코 따라올 자 없이 세세로 유전되리	流傳必絕倫

또한 이백은 청련거사(青蓮居士)라고 자칭하기도 했다. 평생 술을 좋아했으며 벼슬길에 나아가는 것을 추구하지 않았다. 사해를 유람하며 천하의 명산을 모두 보고 천하의 좋은 술을 두루 맛보는 것에 뜻을 두었다. 먼저 아미산(峨眉山)[12]에 올랐으며, 다음으로는 운몽택(雲夢澤)[13]에서 머물다가 다시 조래산(徂徠山) 죽계(竹溪)[14]에서 은거하며 공소보(孔巢父)[15] 등 여섯 명과 더불어 밤낮으로 술을 마음껏 마시며 호를 죽계육일(竹溪六逸)[16]이라고 했다. 어떤 사람이 "호주(湖州)[17]에서 나오는 오정주(烏程酒)[18]가 매우 좋다."고 하자, 이백은 천리 길도 멀다하지 않고 찾아가 술집에서 마치 옆에 사람이 없는 듯이 통쾌하게 마음껏 술을 마셨다. 당시 호주(湖州) 사마(司馬)[19]로 있었던 가섭(迦葉)씨가 그곳

12) 아미산(峨眉山): 山西省의 五臺山, 浙江省의 普陀山, 安徽省의 九華山 등과 더불어 중국 四大佛敎名山으로 불리며 지금의 四川省 峨眉山市에 있다.
13) 운몽택(雲夢澤): 소택지의 이름으로 '雲瞢'이라고 쓰이기도 하며 지금의 湖北省 江漢平原에 있다.
14) 조래산(徂徠山) 죽계(竹溪): 徂徠山은 '龍徠山'이라고 불리기도 하고 山東省 泰安市 徂徠鎭에 있으며 泰山 동남쪽에 있다. 이백이 다섯 명의 친구들과 더불어 이곳에 竹溪六逸堂(일명 竹溪庵)을 짓고 은거했다.
15) 공소보(孔巢父, ?~784): 孔子의 36대손으로 자는 弱翁이다.
16) 죽계육일(竹溪六逸): 개원 25년(737)에 이백이 東魯(지금의 山東省)로 거처를 옮긴 뒤 山東의 名士였던 孔巢父, 韓準, 裵政, 張叔明, 陶沔 등과 더불어 徂徠山 竹溪에서 은거하면서 술과 노래를 즐기고 산수를 노닐며 시를 읊조렸는데 세상에서 이들을 '竹溪六逸'이라고 불렀다.
17) 호주(湖州): 수나라 때부터 설치된 州로 太湖 옆에 있었기에 湖州라고도 불리었으며 지금의 浙江省 湖州市이다.
18) 오정주(烏程酒): 烏程 지방에서 나왔던 美酒의 이름이다. 烏程의 구체적인 위치에 대해서는 湖州 烏程縣(지금의 浙江省 湖州市)이라는 설과 豫章 康樂縣(지금의 江西省 萬載縣) 烏程鄕이라는 설이 있다.
19) 사마(司馬): 관직명으로 隋唐 때 州府 장관의 佐吏로 司馬 한 명이 두었는데

을 지나다가 이백이 호탕하게 노래하는 소리를 듣고는 종자를 보내 그가 누구인지 묻도록 했다. 이백은 입에서 나오는 대로 시[20] 네 구를 지어 답했다.

청련거사이자 적선인으로	靑蓮居士謫仙人
명성을 피해 술집으로 돈 지 삼십 년이 되었구나	酒肆逃名三十春
호주 사마가 어찌 그걸 물을 필요가 있느뇨	湖州司馬何須問
금속여래(金粟如來)[21]가 나의 후신이라네	金粟如來是後身

가섭 사마가 크게 놀라며 묻기를 "혹시 촉지(蜀地)의 이적선이 아닌가? 오래전부터 명성을 들었지."라고 한 뒤, 이백에게 만나자고 청을 넣어 십일 동안 머물게 하며 술을 함께 마시고 후하게 재물을 주었다. 그리고 이별을 하기 전에 이백에게 묻기를 "청련거사의 높으신 재주로 고관대작의 벼슬을 얻는 것은 초개를 줍는 것과 같이 쉬울 터인데 어찌하여 장안으로 가서 과거에 응시하지 않으시는 것입니까?"라고 했다. 이에 이백이 이렇게 말했다.

"지금 조정의 정치가 문란해 공도(公道)가 전혀 없기에 청탁을 하는 자가 높은 등수로 올라가고 뇌물을 바친 자가 과거에 급제합니다. 이 두 가지 방법이 아니면 비록 공맹(孔孟)의 현명함과 조착(晁錯)[22]과 동

직위는 別吏와 長吏 아래였다. 자세한 내용은 《通典》 33 〈職官十五 總論郡佐〉에 보인다.

20) 이 시는 이백의 〈答湖州迦葉司馬問白是何人〉으로 《李太白文集》 권15와 《全唐詩》 권178에 수록되어 있다.

21) 금속여래(金粟如來): 불교의 維摩詰大士를 이른다. 《維摩詰經》에 의하면 금속여래는 耶離城에 있는 大乘居士로 석가모니와 동시대 사람이었고 설법과 변론에 능했다고 한다. 《文選·王中〈頭陀寺碑文〉》에 있는 李善의 注에서 《發迹經》을 인용하며 "淨名大士是往古金粟如來."라고 했는데 음역 '維摩詰大士'에 대한 意譯이 '淨名大士'이며 옛날에는 淨名大士를 금속여래라고 했던 것이다.

22) 조착(晁錯, 기원전 200~154): 서한 때의 사람으로 文帝 때에는 太子舍人, 博士 등의 벼슬을 역임했으며 景帝 때에는 內史와 御史大夫 등의 벼슬을 역임했다.

중서(董仲舒)[23]의 재능이 있다 해도 스스로의 힘으로 현달할 길이 없습니다. 제가 시와 술에 연연해하는 까닭은 눈먼 시험관들에게 수모를 면키 위함일 뿐입니다."

가섭 사마가 말하기를 "비록 그렇기는 하지만 족하를 누군들 모르겠습니까? 장안에 당도하기만 하면 반드시 천거해 줄 사람이 있을 겁니다."라고 했다. 이백은 그의 말에 따라 장안으로 갔다. 하루는 자극궁(紫極宮)[24]에서 노닐다가 한림학사(翰林學士)인 하지장(賀知章)[25]을 만나 통성명을 한 뒤, 서로 흠모하게 되었다. 하지장은 이백을 술집으로 불러 놓고 구속됨이 없이 술을 마셨다. 밤에도 헤어지기 아쉬워 이백을 집에 묵게 하고 의형제를 맺었다. 다음 날 이백이 짐들을 하 내한(內翰)[26]의 집으로 옮긴 뒤, 이들은 매일같이 시에 대해 담론하고 술을 마시며 주객이 매우 의기투합했다.

세월이 흘러 어느덧 과거시험일이 닥쳐왔다. 그러자 하 내한이 이백에게 말했다.

---

23) 동중서(董仲舒, 기원전 179~104): 서한 때 사람으로 《春秋公羊傳》에 정통했으며 景帝 때 박사로 《春秋公羊傳》을 강의했고, 武帝 때 '罷黜百家 獨尊儒術(백가를 축출하고 유가만을 숭상하다)'을 주장하여 중국 사회에서 유학이 정통사상으로 자리잡을 수 있게 했다. 《漢書》 권56과 《史記》 권121에 그에 대한 전이 실려 있다.

24) 자극궁(紫極宮): '紫極'이란 말은 본래 별 이름이며, 제왕의 궁전이나 천상세계에서 仙人이 사는 곳을 이르기도 한다. 唐代에는 도교를 중시한 까닭에 老子를 玄元皇帝로 받들었다. 현종 때에는 兩京(長安과 洛陽) 및 諸州에서 玄元皇帝의 廟를 두었는데 경도에 있었던 것을 '玄元宮'이라고 칭했고 諸州에 있었던 것을 '紫極宮'이라고 불렀다. 자세한 내용은 당나라 封演의 《封氏聞見記·道教》에 보인다.

25) 하지장(賀知章, 약 659~약 744): 당나라 때 시인이자 서예가로 자는 季眞이고 호는 四明狂客이며 이백보다 나이가 42세 위였다. 어렸을 때부터 시문으로 명성이 있었으며 武則天 증성 원년(695)에 乙未科에 장원급제를 한 뒤 國子四門博士, 太常博士, 禮部侍郎, 한림학사 등의 벼슬을 역임했다.

26) 내한(內翰): 唐宋 때 翰林을 內翰이라고 불렀다. 하지장이 '내한'의 벼슬을 지냈기에 이렇게 부른 것이다.

"올 봄 예부(禮部)의 시험관은 바로 양(楊) 귀비(貴妃)의 오라버니인 태사(太師)[27] 양국충(楊國忠)[28]이고 감시관(監視官)은 태위(太尉)[29]인 고력사(高力士)[30]로 두 사람 모두 재물을 좋아하는 사람들입니다. 현제(賢弟)는 그들에게 뇌물을 먹일 돈이 없으니 비록 하늘을 찌르는 학문이 있다 해도 급제를 하여 천자를 뵙지는 못할 것입니다. 이 두 사람은 모두 나와 면식이 있으니 내가 서신 한 통을 써서 미리 부탁을 해두면 혹시나 내 체면을 좀 봐줄지도 모르겠습니다."

이백은 비록 재능이 많고 기개가 높았지만 이런 시세(時勢)를 만난 데다가 또한 하 내한의 깊은 정을 거스르기도 어려웠다. 하 내한은 서신을 써서 양 태사와 고력사에게 보냈다. 두 사람은 서신을 뜯어보고서 냉소하며 말했다.

"하 내한이 이백에게 금은(金銀)을 받고 오히려 빈 서신만 보내면서 나한테 공연한 인심을 써달라고 하네. 그날 되면 잘 기억해 두었다가 이백이라는 이름이 쓰여 있는 답지가 있으면 좋고 나쁜 것을 막론하고 즉시 낙방시켜야겠네."

27) 태사(太師): 고대 三公 가운데 가장 존귀한 자리로 주나라 때부터 있었으며 重臣들에게 황제의 은총을 보이기 위해 주는 일종의 명예직이었다.

28) 양국충(楊國忠, ?~756): 당나라 때 蒲州 永樂(지금의 陝西省 華陰縣) 사람으로 양귀비의 친족 오빠였으며 본명은 楊釗였다. 양귀비가 현종에게 총애를 받게 된 후 양국충 또한 현종의 신임을 얻어 재상이 되었다. 당시 국정을 손에 쥐고 있던 양국충과 그와 더불어 현종의 총애를 받고 있던 대장군 안록산 사이에서 벌어진 권력 투쟁이 '安史의 亂'의 도화선이 되었다.

29) 태위(太尉): 秦나라 때부터 있었던 전국의 軍政 수뇌로 三公 가운데 하나였으며 魏晉 이전까지는 實職이었으나 그 후대로 가면서 점차 실권이 없는 명예직이 되었다.

30) 고력사(高力士, 684~762): 당나라 때 유명한 宦官으로 본래 성명은 馮元一이다. 조상은 벼슬아치 집안이었으나 모반 사건에 연루되어 어렸을 때 거세되어 입궁을 했으며 환관 高延福의 양자가 된 뒤, 高力士로 개명했다. 玄宗을 도와 '韋皇后의 난'과 '太平公主의 亂'을 평정시켜 현종의 신임과 총애를 받아 驃騎大將軍, 開府儀同三司 등의 벼슬을 지냈다.

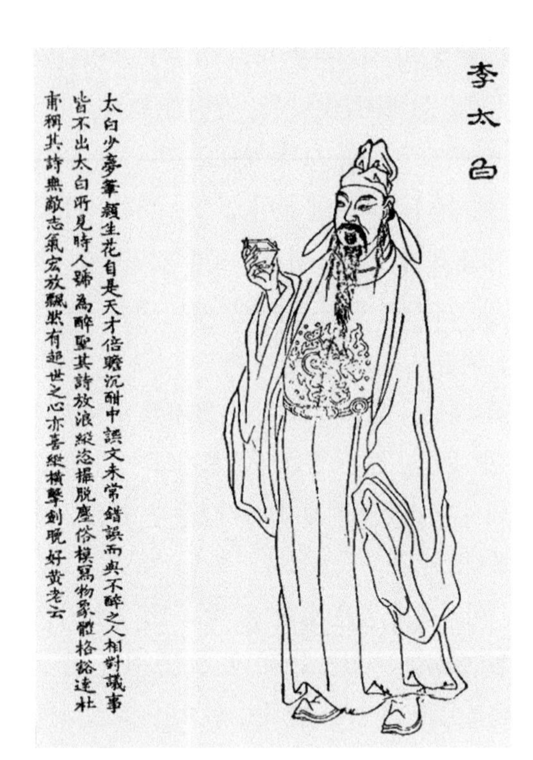

李太白
太白少夢筆頭生花自是天才倍贍沉酣中譔文未常錯誤而與不醉之人相對議事
皆不出太白所見時人號為醉聖其詩放浪縱恣擺脫塵俗模寫物象體格豁達杜
甫稱其詩無敵志氣宏放飄然有超世之心亦喜縱橫擊劍晩好黄老云

청대(淸代) 상관주(上官周), 《만소당화전(晩笑堂畫傳)》, 이태백(李太白)

3월 3일이 되는 날에 예부의 대문이 크게 열리고 천하의 재자들이 모여 모두 과거시험 답안을 올렸다. 이백은 재사(才思)가 넘쳐 일필휘지로 작성해 첫 번째로 답안을 제출했다. 양국충은 답안지에 이백이란 이름이 적혀 있는 것을 보고 글을 보지도 않은 채 난필로 갈겨쓰기를 "이런 서생은 단지 내게 먹을 갈아주기에 제격일 뿐이다."라고 했다. 고력사는 "먹 가는 일도 적당치 않고 그저 내 버선을 신기고 장화를 벗겨주는 일에나 제격일 뿐이지."라고 말하며 큰 소리로 명하여 이백을 밖으로 밀어내 쫓아내도록 했다. 그것은 바로 이런 말로 대변된다.

문장이 천하 사람들 눈에 드는 건 바라지 않고	不願文章中天下
그저 시험관 눈에 들기만을 바라는구나	只願文章中試官

이백은 자신의 답안지가 억울하게 평가를 받아 원망스런 마음이 하늘을 찔렀기에 하 내한의 집으로 돌아가 이렇게 맹세했다.

"먼 훗날 내가 출세를 하게 된다면 반드시 양국충으로 하여금 먹을 갈도록 하게하고 고력사로 하여금 내 장화를 벗기도록 해야만 비로소 성에 찰 것이다."

하 내한은 이백을 타이르며 말하기를 "일단 번민하지 마시고 잠시 우리 집에서 편히 쉬시지요. 3년을 기다려 다시 시험장이 열리면 시험관도 바뀔 테고 그때는 반드시 급제를 하게 될 것입니다."라고 한 뒤, 종일토록 함께 술을 마시며 시를 읊었다.

하루가 가고 한 달이 가 어느덧 한 해가 지났다.

어느 날 갑자기 번국(蕃國)의 사신이 국서(國書)를 가지고 왔기에 조정에서는 급히 하 내한을 불러 접대하도록 하고 사신을 역관에서 묵게 했다. 다음 날 각문사인(閣門舍人)[31]이 사신으로부터 국서 한 통을 받았다. 현종 황제가 한림학사들을 불러오라 명을 내려 그 국서를 뜯어서 보게 했더니 한 글자도 전혀 알아보지 못했다. 학사들이 궁전 섬돌에 엎드려 상주하기를 "이 글은 모두 짐승들의 흔적인데다가 소신들은 학문이 얕고 짧아 한 글자도 알아볼 수 없사옵니다."라고 했다. 천자는 상주한 바를 듣고 예부의 시험관인 양국충에게 가져다주며 읽어보라 했다. 양국충이 국서를 펼쳐보았으나 두 눈이 먼 것처럼 그도 알아볼 수 없었다. 천자가 조정의 문무백관들을 불러다가 물어봤지만 아는 사람이 하나도 없어 국서에 좋은 말이 있는 것인지 나쁜 말이 있는 것인지 알 수 없었다. 황제가 크게 노하여 조정 신하들에게 큰 소리로 욕했다.

"공연히 문무 대신들만 많지 짐의 근심을 덜어줄 박식한 사람은 하나도 없구나! 이 글을 알아보지 못하면 장차 어떻게 회답을 하여 번국의

31) 각문사인(閣門舍人): 中書省에 소속되었던 四方館의 장관인 通事舍人을 이른다. 通報, 宣旨 및 외국 사신을 접대하는 일 등을 관장했다.

사자를 보낼 것이더냐? 번국이 우리나라를 비웃게 되고 모욕을 하다보면 필시 전쟁을 일으켜 우리의 변경을 침범해 올 것인데 그러면 어떻게 할 것인가? 어명을 내리건대, 사흘 안으로 이 번국의 국서를 알아보는 사람이 없으면 모두 봉록을 정지시킬 것이다. 엿새가 되어도 없으면 모두 직무를 정지시킬 것이며, 아흐레가 되어도 없으면 모두에게 죄를 묻고 따로 현량한 사람을 뽑아 함께 사직을 보좌토록 할 것이다."

성지가 나오자 백관들은 입을 다문 채 아무 말도 하지 못했다. 감히 다시 상주하는 사람이 하나도 없자 천자의 번뇌는 오히려 더 깊어만 갔다.

하 내한은 조회가 끝나자 집으로 돌아와 이백에게 이 일을 말해 주었다. 이백은 살짝 냉소를 보이며 말하기를 "안타깝게도 제가 작년에 급제를 하지 못해 벼슬이 없기에 천자의 근심을 덜어드릴 수가 없습니다."라고 했다. 하 내한이 크게 놀라며 말하기를 "현제가 박학하고 다능하여 번국의 국서를 변식할 수 있을 것 같으니 제가 성상께 담보하여 상주하겠습니다."라고 했다. 다음 날 하지장이 조정으로 들어가 반열을 넘어 상주하기를 "신이 폐하께 아뢰옵건대 신의 집에 이 씨 성에 이름은 백이라 하는 수재 하나가 있는데 박학하고 다능하옵니다. 번국의 국서를 변식하려면 이 사람이 없이는 아니 될 것이옵니다."라고 했다. 천자는 허락을 한 뒤, 곧장 사령을 보내 조서를 가지고 하 내한의 집으로 가서 이백을 불러오도록 했다. 이백이 사령에게 말하기를 "신은 먼 곳에서 온 포의(布衣)로서 재주도 없고 식견도 없습니다. 지금 조정에는 많은 관료들이 있으며 모두 다 박식한 유자들인데 하필 초야에 있는 사람에게 물으십니까? 조정 귀인들에게 죄를 사게 될까 걱정되어 신은 감히 명을 받을 수 없습니다."라고 했다. 이 말 가운데 "조정 귀인들에게 죄를 사게 될까 걱정이 된다"는 말로 양국충과 고력사 두 사람을 은근히 꼬집었다. 사령이 돌아와 이백의 말을 아뢰자 천자가 하지장에게 묻기를 "이백이 명을 받들지 않으려 하는데 그 뜻이 무엇이더냐?"라고 하기에 하지장이 이렇게 상주했다.

"신이 알고 있기로 이백의 문장은 세상을 뒤덮고 그의 학문은 사람을 놀라게 하옵니다. 작년 과거시험장에서 시험관에게 그의 답안이 억울한 평가를 받고 문밖으로 내쳐지는 모욕을 당했는데 지금 그에게 평민의 신분으로 입조를 하라 하니 마음에 부끄러움이 있어 그러할 뿐입니다. 청컨대 폐하께서 성은을 내려주시어 대신(大臣) 한 명을 보내 다시 가보도록 하게 하시면 반드시 명을 받들 것이옵니다."

현종이 말하기를 "경이 말한 대로 하겠노라. 이백에게 진사급제를 내려 자주색 두루마기에 금대(金帶)를 하고, 사모를 쓰고서 상홀을 든 채로 짐을 보도록 하라. 번거로워도 경이 직접 가서 그를 맞이해 와야 할 것이니 경은 사양하면 아니 된다."라고 했다.

하지장은 성지를 받들어 집으로 돌아가 이백에게 교지를 펴서 읽어보라 했는데 그 안에는 천자가 현인을 구하는 간절한 뜻이 잘 갖춰 기술되어 있었다. 이백은 황제가 내린 조복을 입고 궁궐이 있는 쪽을 바라보며 절을 올려 감사했다. 그러고 나서 곧바로 말을 타고 하 내한을 따라 입조하여 보니 현종은 어좌에서 이백만을 기다리고 있었다. 이백은 궁궐의 섬돌에 이르러 엎드려 절을 올리고 춤을 추며 만세 세 번을 외쳐 성은에 감사한 뒤, 허리를 굽힌 채로 서있었다. 천자는 이백을 보자 마치 빈자가 보물을 얻은 듯했으며 어두운 곳에서 등잔을 얻은 듯했고, 굶주린 자가 음식을 얻은 듯했으며 가뭄에 구름을 얻은 듯했다. 천자께서 입을 열어 말씀하시기를 "지금 번국에서 가져온 국서가 있는데 알아볼 수 있는 사람이 없기에 특별히 경을 불러오도록 한 것이니 짐의 걱정을 덜어주도록 하라."라고 했다. 이백은 몸을 굽히고 이렇게 상주했다.

"신은 학문이 얕아 태사에게 답안이 낙제를 당했으며 고 태위에게 문밖으로 쫓겨나기도 했사옵니다. 지금 번국의 국서가 있는데 어찌하여 시험관에게 회답을 하라 하시지 않으시고 번국의 관리를 여기에 오래 머물게 하시옵니까? 신은 낙제를 한 수재로 시험관의 마음에도 들지 못했는데 어찌하여 성상의 마음에 들 수 있겠사옵니까?"

천자가 말하기를 "짐은 경을 아니, 경은 사양하지 말라."라고 한 뒤, 시신(侍臣)에게 번국의 국서를 받들어 이백에게 보여주라고 했다. 이백은 한 번 훑어보고는 살짝 냉소를 지으며 어좌 앞에서 당나라 말로 풀어 물 흐르듯이 읽어 내려갔다. 번국의 국서는 이러했다.

> 발해국(渤海國)[32]의 대가독(大可毒)[33]이 당나라 황제에게 서신을 전달한다. 그대가 고려(高麗)를 점령한 뒤로부터 우리나라와 가까워져 변방의 군대가 여러 차례 우리의 국경을 침범했으니 생각건대 그대의 뜻에서 비롯된 것 같다. 나는 이제 참을 수 없어 관리를 보내 얘기하노니 고려의 성(城) 백일흔 여섯 개를 우리나라에게 넘겨준다면 우리는 좋은 산물들을 보낼 것이다. 태백산에서 나는 새삼과 남해(南海)에서 나는 다시마, 책성(柵城)[34]에서 나는 두시(豆豉), 부여(扶餘)에서 나는 사슴, 막힐(鄚頡)[35]에서 나는 돼지, 솔빈(率賓)[36]에서 나는 마필, 옥주(沃州)[37]에서 나는 솜, 미타하(湄沱河)[38]에서 나는 붕어, 구도(九都)[39]에

32) 발해국(渤海國): 698년부터 926년까지 존재했던 말갈족의 정권으로 지금의 중국 동북지역과 한반도 동북부지역 및 러시아 극동지역 일부를 통치했다. 당나라 聖曆 원년(698)에 粟末靺鞨의 수령인 大祚榮이 東牟山(지금의 吉林省 敦化市 소재)에서 정권을 세우고 '振國王'이라 자칭한 뒤, 先天 2년(713)에 唐 玄宗이 대조영을 '左驍衛員外大將軍渤海郡王'과 '忽汗州都督'으로 책봉했으므로 渤海라고 불리기 시작했다. 寶應 원년(762)에 郡王에서 國王으로 進封되었다. 자세한 내용은 《舊唐書》 권199下 〈靺鞨渤海列傳〉에 보인다.

33) 대가독(大可毒): 《新唐書》 권219 〈渤海列傳〉에 의하면, 渤海의 왕을 '可毒夫' 또는 '聖王', '基下'라고 불렀다고 한다. '대가독'은 '可毒夫'를 스스로 높여 이른 말이다.

34) 책성(柵城): 고대 지명으로 지금의 吉林省 琿春縣 일대이다.

35) 막힐(鄚頡): 渤海國 관할의 15개 府 가운데 하나였던 鄚頡府를 이른다. 대략 지금의 遼寧省 昌圖縣 부근이다.

36) 솔빈(率賓): 渤海國 관할의 15개 府 가운데 하나였던 率賓府를 이른다. 경내에 率賓水(지금의 綏芬河)가 있어 '率賓'이라고 불리었다. 대략 지금의 黑龍江省 및 러시아 인접 지역에 있는 綏芬河 流域 부근이다.

37) 옥주(沃州): 발해국 15개 府 가운데 南海府에 속했던 지명이다. 《新唐書·渤海傳》에 의하면, "沃沮의 옛 땅을 南京으로 삼아 南海府라고 했는데 沃州, 晴州, 椒州 등 3개 주를 거느렸다."는 기록이 보인다.

서 나는 자두, 낙유(樂遊)[40]에서 나는 배 따위를 모두 그대에게 나눠 줄 것이다. 만약 마다한다면 우리는 군대를 일으켜 전쟁을 벌일 것이니 어느 쪽이 이기고 지는지 보기로 하자!

백관(百官)들은 이백이 번국의 국서를 읽은 것을 듣고 저도 모르게 놀라 서로 얼굴만 쳐다보며 모두들 '얻기 힘든 인재'라고 했다. 천자가 국서의 내용을 듣고 용정(龍情)이 불쾌해져 한참 동안 깊은 생각에 빠져 있다가 비로소 양반 문무 대신들에게 묻기를 "지금 번국이 군사를 일으켜 고려를 빼앗으려고 하는데 적에 대응할 어떤 계책이 있는가?"라고 했다. 문무 대신들은 마치 진흙이나 나무로 만든 인형들 같이 어느 누구도 감히 응대하는 사람이 없었다.

이때 하지장이 이렇게 상주했다.

"태종(太宗)[41] 황제 때부터 고려(高麗)[42]를 세 차례 정벌하며 얼마나 많은 생명들이 죽었는지 모르옵니다. 그럼에도 승리를 거두지 못한 채

38) 미타하(湄沱河): 중국 동북지역 三江平原 동남부에 있는 興凱湖를 당나라 때에는 '湄沱河'라고 불렀다. 중국과 러시아의 변경지역에 있다.

39) 구도(九都): 《新唐書·渤海傳》과 《今古奇觀》, 《警世通言》 등에는 모두 '九都'로 되어 있으나 渤海國에 九都라는 지명이 있었는지에 대한 정확한 기록은 찾을 수 없다. 청나라 때 官修의 《欽定滿洲源流考》 권19 〈國俗·物産四〉에서 《新唐書·渤海傳》에 있는 이 내용을 인용하면서, "살피건대 '九都'는 아마도 '丸都'일 것이며, '樂游'는 아마도 樂浪의 잘못일 것이다."라고 한 바 있다. 丸都는 옛날 고구려의 도성이었던 丸都山城을 이르며 지금의 吉林省 集安市에 있다.

40) 낙유(樂遊): 청나라 때 官修의 《欽定滿洲源流考》 권19 〈國俗·物産四〉에 의거해 볼 때 '樂浪'을 잘못 기록한 것으로 보인다.

41) 태종(太宗): 당나라 太宗 李世民(599~649)을 가리킨다. 고조 李淵과 竇 황후의 둘째 아들로 高祖 무덕 9년(626)에 '玄武門의 變'을 일으켜 태자였던 큰형 李建成과 셋째 동생 李元吉을 죽이고 태자가 된 뒤, 고조를 강제로 퇴위시키고 당나라 두 번째 황제가 되었다. 그 다음해 연호를 貞觀으로 바꿨으며 '貞觀의 治'를 이룩했다.

42) 고려(高麗): 高句麗를 이른다. 고구려와 백제가 연합하여 신라를 공격하자 貞觀 17년(643)에 신라에서 당나라에 구원을 청해 唐 太宗 李世民이 출병해 고구려를 공격하여 큰 타격을 주었다. 이후 668년에 나당연합군에 의해 멸망되었다.

국고가 고갈되었는데 다행히도 연개소문(淵蓋蘇文)[43]이 죽고 그의 아들 남생(男生)이 형제들과 권력 다툼을 하며 우리나라를 위해 길을 인도하였사옵니다. 고종(高宗)[44] 황제가 노장(老將) 이적(李勣)[45]과 설인귀(薛仁貴)[46]를 보내 백만의 정예부대를 거느리고 크고 작은 수많은 전투를 치루고 나서야 비로소 전멸시킬 수 있었습니다. 태평스런 날이 오랫동안 이어져왔기에 이제 장수와 군사도 없으니 만약 전쟁을 다시 하게 된다면 반드시 승리를 보장하기 어려울 것이옵니다. 전쟁과 재앙이 연이어져 그것이 언제 끝나게 될지는 알 수 없사옵니다. 원컨대 성상께서 살펴주시옵소서!"

천자가 말하기를 "그와 같을진대 그들에게 어떻게 회답을 해야 하겠는가?"라고 하자, 하지장이 말하기를 "폐하께서 이백에게 하문하신다면 반드시 응대를 잘할 것이옵니다."라고 했다. 천자가 곧 이백을 불러 이 일을 물었더니 이백이 이렇게 상주했다.

"신이 폐하께 아뢰옵건대 그 일은 심려하실 필요가 없사옵니다. 내일 번국 사신을 불러주시면 신이 직접 대면해 국서에 회답을 하겠사옵니다. 그 국서에 있는 것과 같은 글로 회신을 써서 번국을 욕보여 가독으로 하여금 반드시 공수(拱手)를 하며 항복해 오도록 할 것이옵니다."

43) 연개소문(淵蓋蘇文, 603~666): 고구려 말기 장군이자 재상이었다.

44) 고종(高宗): 당나라 세 번째 황제였던 李治(628~683)를 가리킨다. 태종 이세민의 아홉 번째 아들로 어머니는 長孫皇后였다. 정관 17년에 태자로 세워졌고 정관 23년(649)에 즉위하여 弘道 원년(683)에 사망했다. 乾陵에 묻혔으며 시호는 天皇大帝이고 묘호는 高宗이다.

45) 이적(李勣, 594~669): 본명은 徐世勣이고 자는 懋功이며 唐 高祖 李淵에게 李씨 성을 하사 받아 唐 太宗 李世民의 이름을 避諱해 李勣으로 개명했다. 당나라 초기의 명장수로 국토를 확장하는 데 큰 기여를 했으며 東突厥, 고구려 등과의 전쟁에서 많은 공을 세웠다. 英國公으로 봉해졌으며 淩煙閣二十四功臣 가운데 한 사람이다.

46) 설인귀(薛仁貴, 614~683): 당나라 명장수로 이름은 禮이며 자는 仁貴였다. 고구려, 돌궐, 토번 등과의 전쟁에서 큰 공을 세웠다.

천자가 묻기를 "가독은 무엇을 하는 사람인가?"라고 하자, 이백이 아뢰었다.

"발해국의 풍속에 왕을 일러 '가독(可毒)'이라 하옵니다. 이를 회흘(回紇)[47]에서는 '가한(可汗)'이라 칭하고 토번(吐番)[48]에서는 '찬보(贊普)'라 칭하며, 육조(六詔)[49]에서는 '조(詔)'라 칭하고 가릉(訶陵)[50]에서는 '실막위(悉莫威)'[51]라 칭하는 것처럼 각기 그 풍속에 따른 것이옵니다."

천자는 이백이 막힘없이 응대하는 것을 보고서 성심(聖心)이 매우 기쁜 나머지 당일로 그를 한림학사(翰林學士)에 제수하고, 곧 금란전(金鑾殿)[52]에서 연회를 베풀었다. 가락이 갈마들며 연주되고 금슬소리가 요란하게 울려퍼지며 비빈들은 술을 올리고 궁녀들은 잔을 올렸다. 황제가 이백에게 말하기를 "예법에 구속되지 말고 경은 마음껏 마시라."라고 했다. 이백은 한껏 술을 마셔 저도 모르게 술기운이 오르고 몸이 풀렸다.

47) 회흘(回紇): 回鶻 또는 回回라고 칭하기도 하며 고대 소수민족 이름이자 국명이다. 당나라 天寶 3년에 회흘은 突厥을 멸망시킨 뒤 可汗 정권을 세웠으니 이들이 곧 지금의 위구르족의 조상이다. 유목생활을 했으며 주로 지금의 新疆, 蒙古, 러시아 일부지역 등에서 활동했다.

48) 토번(吐番): 7세기부터 9세기 사이에 藏族이 세운 정권으로 지금의 티베트 지역과 주변 일부지역을 통치했다. 贊普가 당나라 공주와 혼인을 하는 등 당나라와 밀접한 관계를 유지했다.

49) 육조(六詔): 당나라 때 지금의 雲南省 및 四川省 서남부에 있었던 여섯 개의 烏蠻 부락을 통틀어서 이르는 말이다. '詔'는 왕 혹은 수령이라는 뜻이다. 자세한 내용은 《舊唐書 · 南蠻西南夷傳》과 《新唐書 · 南蠻傳上》 등에 보인다.

50) 가릉(訶陵): 당나라 때 南海에 있었던 국가이다. 社婆 또는 闍婆라고 불리기도 했으며 貞觀 연간에 흰색 앵무새를 당나라에 선물한 적이 있었다. 자세한 내용은 《新唐書 · 南蠻傳下 · 訶陵》에 보인다.

51) 실막위(悉莫威): 訶陵의 여왕을 '悉莫'이라고 불렀다. 《新唐書 · 南蠻傳下 · 訶陵》에 "上元 연간에 이르러 國人들이 여자를 왕으로 추대하고 '悉莫'이라고 불렀다. 威令이 정숙하여 길거리에 물건이 떨어져 있어도 줍지 않았다.(至上元間, 國人推女子爲王, 號悉莫. 威令整肅, 道不擧遺.)"라는 기록이 보이는데 화본소설의 작자가 이 구절의 구두를 잘못하여 뒤 구절에 붙여야할 '威'자를 앞 구절에 붙여 읽은 것으로 보인다. '威令'은 '政令' 혹은 '軍令'이란 뜻이다.

52) 금란전(金鑾殿): 당나라 때 있었던 宮殿 이름이다.

천자는 내관으로 하여금 그를 측실로 부축해 가게 하여 편히 잠자도록 했다.

다음 날 오경이 되자 천자가 대전에 납시었다.

정편(淨鞭)[53]을 세 번 울리자	淨鞭三下響
문무 양반의 관원들이 일제히 도열해 있구나	文武兩班齊

이백은 아직 숙취가 깨지 않았는데 내관은 그에게 조회에 나가라고 재촉을 했다. 조회에서 백관들의 알현은 이미 끝나 천자는 이백을 대전으로 불러들인 뒤, 그의 얼굴에 아직 술기운이 있고 두 눈이 게슴츠레한 것을 보고 내시에게 분부하여 수라간에서 술을 깨게 하는 신맛의 물고기국을 조금 만들어 오라고 했다. 잠시 후 내시가 금소반에 물고기국 한 사발을 받들고 왔다. 천자는 국이 너무 뜨거운 것을 보고 상아젓가락으로 한참 동안 손수 그것을 저은 뒤 이 학사에게 주었다. 이백은 무릎을 꿇은 채로 그 국을 먹고서 즉시 개운해지는 것을 느꼈다. 이때 백관들은 천자가 이백에게 은총을 베푸는 것을 보고 놀랍기도 하고 기쁘기도 했다. 놀란 까닭은 그 파격이 보기 드문 것이었기 때문이었고 기뻐한 까닭은 천자께서 인재를 얻었기 때문이었다. 오직 양국충과 고력사만이 낯빛이 변해 불쾌한 기색을 하고 있었다. 황제께서 성지를 내려 번국 사신에게 입조를 하라고 부르자 사신은 만세를 세 번 외치며 천자를 알현하는 예를 마쳤다. 자색 의복에 사모를 쓰고 있는 이백은 표연하여 신선이 구름에 올라타고 있는 듯한 모습을 하고 있었다. 왼쪽 기둥 밑에 서서 손에 번국의 국서를 들고 한 글자도 틀림없이 낭랑한 소리로 그것을 읽어 내려가자 번국의 사신은 크게 놀라지 않을 수 없었다. 이백이 말하기

53) 정편(淨鞭): 靜鞭이라고도 하며 황제 의장의 일종으로, 어가가 갈 때 이것을 쳐서 소리를 내어 행인들을 정숙 시켰다. 노란색 생사로 만들었으며 그 끝에 밀랍을 발라 이 도구로 땅을 치면 소리가 났다.

를 "작은 나라가 실례를 범했으나 성상께서 하늘같이 넓으신 도량으로 이를 용서하시어 따지지 않으실 것이다. 비답하신 조서가 있으니 그대는 마땅히 잘 들어야 할 것이다!"라고 하자, 번국의 관리는 전전긍긍하며 섬돌 아래에서 무릎을 꿇었다. 천자는 명을 내려 어좌 옆에 칠보상(七寶床)을 놓고 우전(于闐)[54]에서 난 백옥(白玉)으로 만든 벼루와 상아 대에 토끼털을 꽂아 만든 붓과 독초룡향묵(獨草龍香墨)과 오색금화전(五色金花牋)을 가져다 놓게 했다. 그리고 이백에게 어좌의 앞으로 와서 비단 방석에 앉아 조서를 기초하라 했다. 이백이 아뢰기를 "신의 장화가 깨끗하지 않아 어전을 더럽힐 것이오니 바라건대 성상께서 너그러운 은혜로 신이 장화를 벗고 버선만 신은 채로 올라갈 수 있도록 허락해 주시옵소서."라고 했다. 천자는 이를 허락하고 한 어린 내시에게 명하여 "이 학사의 장화를 벗겨 주라."고 하자, 이백이 다시 상주하기를 "신이 올릴 말씀 한마디가 있사온데 폐하께서 신의 망령됨을 용서해 주신다고 하셔야 비로소 소신이 감히 말씀을 올릴 수 있을 것 같사옵니다."라고 했다. 천자가 말하기를 "경이 아무리 실언을 한다 해도 짐은 탓하지 않을 것이다."라고 했다.

이에 이백이 아뢰었다.

"신이 전에 예부에서 응시를 했사온데 양 태사로부터 낙제를 받고 고 태위에게서 내쳐졌사옵니다. 오늘 이 두 사람이 조회에서 반열의 우두머리로 있는 것을 보니 신의 신기(神氣)가 솟아오르지 않사옵니다. 바라건대 폐하께서 양국충에게 분부하시어 신을 위해 먹을 갈아 벼루를 들게 하시고 고력사로 하여금 신을 위해 장화를 벗겨주고 양말 끈을 묶도록 하게 하신다면 신의 의기가 비로소 호기롭게 솟아날 것이옵니다. 그리하고서 붓을 들어 조서를 기초해 천자의 말씀을 대신해야 비로소 황명을

54) 우전(于闐): 고대 西域에 있었던 나라로 옥석의 생산지로 유명했다. 그 강역은 지금의 新疆 和田 일대였다.

욕되지 않게 할 수 있을 것이옵니다."

천자는 당장 사람을 써야할 때였기에 이백의 뜻을 거스를까 걱정이 되어 양국충으로 하여금 벼루를 들게 하고 고력사로 하여금 장화를 벗겨주도록 명을 내려야만 했다. 양국충과 고력사 두 사람이 마음속으로 가늠하기를 "이전에 과거시험장에서 자기를 깔보면서 '이런 서생은 내게 단지 먹이나 갈아주고 장화를 벗어주는 일에나 제격일 뿐이다'라고 했다고 오늘 천자의 일시적인 총애를 믿고서 바로 말로 되돌려주며 전의 원수를 갚는구나."라고 생각했다. 두 사람은 어쩔 수 없이 성지를 감히 어길 수가 없었으니 이는 정말 속담에 있듯이 '화가 나기는 하지만 감히 말할 수 없다.'는 것과 같은 상황이었다. 속어에 이런 말이 있다.

원수지면 아니 되느니 冤家不可結
원수를 지게 되면 끝이 없어라 結了無休歇
남을 욕보이는 것은 도리어 스스로를 욕보이는 것이요 侮人還自侮
남에게 뭐라 하는 것은 도리어 스스로에게 뭐라 하는 것이라네 說人還自說

이백은 이때 득의양양하게 버선을 신은 채로 깔개로 올라가 비단 방석에 앉았다. 양국충은 먹을 진하게 갈고서 벼루를 들고 선 채로 시중을 들었다. 논하건대, 작위가 다른데 어찌하여 이 학사는 앉아있었고 오히려 양 태사는 서서 시중을 들었던 것인가? 이백이 천자를 대신하여 말을 하는 것이었기에 천자가 그를 특별히 예우했던 것이다. 양 태사는 먹을 갈라는 어명을 받았지 앉으라는 명이 없었기에 서서 시중을 들 수밖에 없었다. 이백은 왼손으로 수염을 쓸어 올린 뒤, 오른손으로 중산(中山)에서 나는 토끼털붓을 들어 오화전(五花牋) 위에 거침없이 줄줄 써내려갔다. 잠깐 만에 〈오랑캐를 꾸짖는 글〔嚇蠻書〕〉을 완성해냈는데 자획이 가지런했으며 조금도 틀리거나 빠진 것이 없었다. 글이 황제의 서안(書案)

위에 올라오자 천자가 이를 보고 나서 크게 놀랐는데 모두 번국의 글씨 그대로라서 한 글자도 알아 볼 수 없었기 때문이었다. 백관들에게 돌려 보게 했더니 하나같이 놀라워했다. 천자가 이백에게 그것을 읽어보라 명하자 이백은 어좌 앞에서 한 차례 낭송을 했다.

대당(大唐) 개원(開元) 황제가 조서를 내려 발해(渤海) 가독(可毒)에게 알린다. 예로부터 바위와 계란은 대적이 될 수 없고 용과 뱀은 싸움이 될 수 없다. 본조(本朝)는 천운(天運)을 타고 개국하여 사해(四海)를 다스리고 있으매 장수는 용맹하고 병졸은 날래며, 갑옷은 견고하고 병기가 날카롭도다. 동돌궐(東突厥)의 가한(可汗) 힐리(頡利)[55]는 맹약을 어겨 사로잡혔고, 토번(吐蕃)의 왕 농찬(弄贊)[56]은 황금거위를 주조해 바치며 맹서를 했다. 신라(新羅)는 비단에 수를 놓아 쓴 태평송(太平頌)[57]을 올렸고, 천축(天竺)[58]은 말하는 새를 바쳤도다. 파사(波斯)[59]는 쥐 잡는

55) 힐리(頡利): 東突厥의 마지막 可汗이었던 頡利(579~634)를 이른다. 성은 阿史那씨이고 이름은 咄苾이며 啓民 可汗의 아들이자 處羅 可汗의 아우이다. 東突厥의 세력권은 주로 알타이산 및 중국 大興安嶺 사이에 있는 몽골 고원과 바이칼호 지역에 해당한다. 629년에 唐 太宗이 명장 李靖과 李績 등을 보내 東突厥을 멸망시켰는데 이때 頡利는 포로로 長安에 잡혀온 뒤 右衛大將軍을 제수받았다. 634년에 長安에서 죽었으며 歸義王으로 추봉되었다.

56) 농찬(弄贊): 당나라 초기 토번의 왕이었던 松贊干布(617~650)를 이른다.《唐書》등에는 '棄宗弄贊' 혹은 '棄蘇農贊'으로 기재되어 있다. 唐 太宗의 고구려 정벌을 축하하기 위해 높이가 7尺이고 술 3斛을 담을 수 있는 금으로 만든 거위를 진상했다고 한다.

57) 태평송(太平頌): 唐 高宗 永徽 원년(650)에 신라 진덕여왕이 당나라 황제에게 보낸 5언으로 된 頌詩로 〈致唐太平頌〉 또는 〈織錦獻唐高宗〉이라고도 한다.

58) 천축(天竺): 옛날 이란어인 'hindukahindukh'에 대한 음역으로 지금의 인도를 이른다.《舊唐書·列傳》에 의하면, 천축은 다시 동·서·남·북·중 五天竺으로 나뉘며 開元 연간에 南天竺에서 당나라에 사신을 보내 말을 할 줄 아는 五色 앵무새를 진상했다고 한다.

59) 파사(波斯): 페르시아에 대한 음역으로 지금의 이란을 말한다.《舊唐書·西戎傳·波斯國》에 의하면, 貞觀 12년에 페르시아 사신이 당나라에 活褥蛇 한 마리를 진상했는데 그 모양은 쥐와 유사했고 푸른색이었으며 길이는 여덟아홉 寸으로 쥐구멍에 들어가 쥐를 잡을 수 있었다고 한다.

뱀을 올렸고, 불름(拂菻)[60]은 말을 모는 개를 진상했다. 흰 앵무새는 가릉(訶陵)에서 온 것이고 야명주는 임읍(林邑)[61]에서 온 것이다. 골리간(骨利幹)[62]은 명마를 바쳐온 바 있고, 니파라(泥婆羅)[63]는 맛좋은 식초를 헌상했다. 이는 다름 아니라 본조의 위엄에 두려워하거나 덕혜(德惠)에 감사한 나머지 자국의 안정을 구하려 했던 것이다. 고려(高麗)는 우리 당나라의 명을 거역하다가 정벌이 거듭 가해져 9백 년 동안 전해 내려온 나라가 하루아침에 모조리 멸망당했으니 이것이 어찌 하늘을 거역한 것에 대한 징벌이 아니겠으며 우리 당나라와 힘을 겨루다가 생긴 재앙을 보여주는 거울이 아니겠는가? 하물며 너희들은 해외의 작은 나라인데다가 고려의 부속국으로 중국에 견주면 일개 군(郡)에 불과하며 병마(兵馬)와 양초(糧草)도 중국의 만의 하나에도 미치지 못하니, 만약 사마귀가 수레를 막듯 멋대로 행동하거나 거만한 거위처럼 무례하면 천병(天兵)이 일격을 가하여 천리를 피로 물들일 것이며 그대는 힐리(頡利)처럼 포로가 되고 나라는 고려(高麗)의 전철을 밟게 될 것이다. 성상께서 도량이 하해와 같이 넓으시어 너희들의 건방진 패행(悖行)을 지금은 용서해 주시니 빨리 잘못을 뉘우치고 매년 천자를 알현하는 예를 부지런히 갖추는 것이 마땅할 것이다. 주살을 당해 사방의 오랑캐들에게 웃음거리가 되지 않도록 그대는 심사숙고하라! 이에 조서를 내려 알린다.

60) 불름(拂菻): '大秦國'이라고도 하며 중국 고대문헌에서 고대 로마를 일컫는다. 開元 7년에 拂菻에서 사자와 羚羊 각각 두 마리씩을 당나라에게 진상했다는 기록이《舊唐書·拂菻傳》에 보인다. 말을 모는 개에 관한 기록은《舊唐書·高昌傳》에 보이는데 拂菻에서 직접 진상한 것이 아니라 高昌國의 왕인 麴文泰가 拂菻國에서 나온 개 한 쌍을 진상한 것으로 되어 있다. 그 개는 길이가 1尺 남짓했고 키가 6寸이 되었으며 영리하여 말을 몰거나 촛불을 입으로 물어 들 수 있었다고 한다.

61) 임읍(林邑): 南海에 있었던 古國으로 지금의 越南 中南部에 해당한다.《舊唐書·南蠻西南蠻傳·林邑》에 의하면 貞觀 연간에 火珠 등을 당나라에 진상한 적 있었다 한다.

62) 골리간(骨利幹): 옛날 西域에 있었던 부족의 이름으로 그 지역에서 良馬와 百合草가 많이 났다.《新唐書·回鶻傳下》에 의하면 貞觀 21년(647)에 당나라에게 말을 진상했는데 唐 太宗이 가장 좋은 말 열 마리를 골라 '十驥'라고 했다 한다.

63) 니파라(泥婆羅): 네팔을 이른다.《新唐書·西域傳上·泥婆羅》에 의하면 貞觀 21년에 네팔에서 波稜酢菜와 渾提葱을 당나라에 진상한 적이 있었다고 한다.

천자는 이를 듣고 크게 기뻐하며 이백에게 번국의 관리 얼굴을 보고 한 차례 낭독을 하라 다시 명한 뒤, 옥새를 찍어 함에 넣었다. 이백은 다시 고 태위에게 장화를 신기도록 한 뒤 비로소 자리에서 내려와 번국의 관리를 불러 조서의 내용을 들으라 했다. 이백이 다시 한 번 읽었는데 그 소리가 낭랑하고 힘차 번국의 사신은 감히 소리도 내지 못한 채, 얼굴이 마치 흙빛처럼 되어 세 차례 만세를 외치며 절을 올리고 물러나지 않을 수 없었다. 하 내한이 그를 도성의 성문까지 배웅했는데 번국의 관리가 은밀히 묻기를 "방금 조서를 읽은 자가 누구입니까?"라고 했다. 하 내한이 말하기를 "성이 이 씨이고 이름은 백이라고 하며 벼슬은 한림학사이외다."라고 했다. 그 번국 사신이 말하기를 "얼마나 큰 벼슬이면 태사가 벼루를 들어주고 태위가 장화를 벗어줍니까?"라고 했다. 하 내한이 말하기를 "태사는 대신(大臣)이고 태위는 천자께서 가까이하시는 신하로 세상에서 가장 귀한 사람일 뿐이지만 그 이 학사는 우리 천조(天朝)를 도와주기 위해 하늘에서 내려온 신선이므로 그에 미칠 만한 사람이 누가 있겠소이까?"라고 했다. 번국의 사신은 고개를 끄덕이며 고별을 한 뒤에 본국으로 돌아가 국왕에게 이를 아뢰었다. 발해국 국왕은 국서를 보고서 크게 놀라 국인(國人)들과 상의하였더니 "천조국은 신선에게 도움을 받고 있는데 어찌 그들을 대적할 수 있겠습니까?"라는 말이 있었다. 이에 항복하는 표문을 써서, 매년 공물을 바치며 해마다 조례를 하러 오겠다고 했다. 이런 얘기들은 후일담이다.

화두를 돌려보자. 각설, 천자는 이백을 매우 경애하여 추가로 관직을 더 주려고 했다. 이백이 상주하기를 "신은 관직을 받는 것을 원치 않사옵니다. 바라건대 한나라 동방삭(東方朔)[64]과 같이 어떤 것에도 얽매이지

64) 동방삭(東方朔, 기원전 154~93): 동한 때 인물로 자는 曼倩이며 平原郡 厭次縣(지금의 山東省 惠民縣) 사람이었다. 武帝 때 자천하여 郞이 되었고 常侍郞, 太中大夫 등의 벼슬을 지내면서 황제에게 간언을 하곤 했다. 성격이 익살스럽고 지략이 많았으나 무제는 그를 俳優로 생각해 중용하지는 않았다. 문집으로는

이백이 혁만서(嚇蠻書)를 쓰는 장면, 민국 10년, 상해광아서국(上海廣雅書局), 《신증전도족본금고기관(新增全圖足本今古奇觀)》 삽도

않고 소요(逍遙)하며 어전(御前)에서 폐하를 모시고 싶사옵니다."라고 했다. 천자가 말하기를 "경은 관직을 받지 않으려거든 짐이 가지고 있는 황금과 백옥과 진기한 보물들 가운데 좋아하는 것을 갖으라."라고 했다. 이백이 상주하기를 "신은 금옥도 받고 싶지 않사오니, 원컨대 폐하를 따라 노닐면서 매일 좋은 술 3천 잔을 마실 수 있으면 그것으로 족하겠

후인이 집록한 《東方太中集》이 있으며 후세에 신격화되어 謫仙으로 묘사되곤 한다.

사옵니다."라고 했다. 천자는 이백이 고결한 것을 알고서 차마 강요할 수 없었다. 이로부터 항상 연회를 함께하도록 했으며 금란전(金鑾殿)에서 묵도록 했고 그에게 정사를 자문했으니 그 총애가 날로 더해 갔다.

하루는 이백이 말을 타고 장안 거리를 노닐고 있었는데 갑자기 징과 북이 일제히 울리는 소리가 들리더니 망나니 여러 명이 함거(檻車)[65]를 둘러싼 채 걸어오고 있었다. 이백이 말을 멈추고 물어봤더니 군사 작전에서 시간을 어겨 병주(幷州)로부터 압송해 온 장관(將官)으로 그날 동시(東市)[66]로 끌고 가 처참을 하려던 것이었다. 그 함거 안에는 잘생긴 사내 하나가 갇혀 있었는데 생김새가 매우 빼어났으며 우람한 체격을 하고 있었다. 이백이 그에게 성명을 묻자 마치 큰 종의 종소리처럼 우렁찬 목소리로 답하기를 "성은 곽(郭)이요, 이름은 자의(子儀)[67]라고 합니다."라고 했다. 이백이 그의 관상을 보니 용모가 비범해 후일에 반드시 나라의 기둥과 주춧돌이 될 것이라고 생각되어, 곧바로 망나니에게 큰 소리로 멈추게 하고는 "내 직접 어전으로 가서 이 사람을 담보하는 주청을 올릴 것이니 기다리고 있으라."라고 했다. 사람들 모두 그가 학사 이적선으로 황제께서 친히 국을 저어준 사람인 것을 알고 있었는데 누가 감히 그의 말에 따르지 않을 수 있겠는가? 이백은 당장 말머리를 돌려

65) 함거(檻車): 죄수나 맹수를 구금하여 운송할 때 쓰이는 나무 난간으로 封閉한 수레이다.

66) 동시(東市): 한나라 때 長安의 東市(동쪽 시장)에서 사형수를 처결했으므로 나중에 사형장을 東市라고 불렀다.

67) 자의(子儀): 당나라 명장 郭子儀(697~781)를 가리킨다. 華州 鄭縣(지금의 陝西省 華縣) 사람으로 무과에 급제한 뒤, 朔方節度右兵馬使 등의 벼슬을 역임했다. '安史의 난' 때 洛陽과 長安을 수복한 공을 세워 中書令으로 승직되었으며 代國公으로 봉해졌다. 史臣 裴垍가 《舊唐書·郭子儀傳》에서 그에 대해 평가하기를 "그의 권력이 천하에 미쳤지만 조정에 그를 시기하는 사람이 없었고 그의 공로가 세상을 덮었지만 황제가 그를 의심하지 않았다."고 했다. 《新唐書·李白傳》에 이백과 곽자의가 서로 구해 준 이야기가 기재되어 있는데 이 작품에 있는 내용보다 소략하다.

곧장 궁문(宮門)으로 가 천자에게 알현하기를 구했다. 그리고 사면장 하나를 얻어서 직접 동시로 가서 그것을 뜯어 낭독한 뒤, 함거를 열고 곽자의를 풀어주며 그에게 공을 세워 속죄를 할 수 있도록 허락했다. 곽자의는 목숨을 살려준 은덕에 감사해 절을 올렸으며, 뒷날 결초보은하여 은혜에 보답할 것을 감히 잊지 않겠다고 했다. 이에 대해서는 여기서 자세히 말하지 않겠다.

그 당시 궁중에서는 목작약(木芍藥)[68]을 가장 중히 여겼는데 이는 양주(揚州)에서 진상한 것들이었다. 지금은 목단화(牡丹花)라고 하지만 당나라 때에는 목작약이라고 불렀다. 궁중에 네 그루를 심었더니 각기 네 가지 색깔의 꽃이 피어났다. 그 네 가지 색은 무엇이었나? 다홍색, 진보라색, 담홍색, 하얀색 등이 그것이었다. 현종 황제는 그 꽃들을 침향정(沉香亭)[69] 앞으로 옮겨 심고, 양(楊) 귀비 마마와 함께 완상을 하며 이원(梨園)[70]의 제자들을 불러 음악을 연주하도록 했다. 천자가 말하기를 "귀비를 마주하며 명화(名花)를 감상하고 있는데 새로운 꽃들에 어찌 옛 곡을 연주하는가?"라고 한 뒤, 황급히 이원의 우두머리인 이구년(李龜年)[71]에게 명하여 이 학사를 궁으로 불러들이도록 했다. 한 내시가

68) 목작약(木芍藥): 당나라 사람들은 모란꽃을 木芍藥이라고 불렀다. 당나라 李濬이 지었다는 《松窗雜錄》에 "開元 연간에 궁궐에서 막 목작약을 중히 여기기 시작했는데 그것이 바로 지금의 모란꽃이다."라는 내용이 보인다. 그 註에서도 "《開元天寶花木記》에는 禁中에서 목작약을 모란이라 부른다고 한다."라고 했다.

69) 침향정(沉香亭): 정자 이름이다. 당나라 長安城에 있었던 세 개 궁전 가운데 하나인 興慶宮에 있던 龍池의 동북쪽에 있었다.

70) 이원(梨園): 棃園이라 하기도 했으며 당 현종 때 궁정에서 연출하는 歌舞藝人의 훈련소였다. 《新唐書·禮樂志十二》에 다음과 같은 기록이 보인다. "현종이 음률을 아는데다가 法曲을 매우 좋아했으므로 坐部伎 300명을 뽑아 梨園에서 훈련시켰다. 현종은 잘못된 음이 있으면 반드시 그것을 알아차려 바로잡아 주었기에 그들을 일러 황제의 梨園弟子라고 불렀다. 궁녀 수백 명도 이원에서 훈련받았는데 그들은 宜春北院에서 거처했다."

71) 이구년(李龜年): 당나라 때 樂工으로 노래를 잘했고 악기도 잘 다루었으며 작곡에도 능했기에 현종의 총애를 받았다. 형제인 李彭年, 李鶴年과 함께 창작한

아뢰기를 "이 학사는 장안의 시장에 있는 술집에 갔사옵니다."라고 했다. 이구년이 큰길거리나 다른 시장으로 가지 않고 곧바로 장안에 있는 그 시장으로 찾아가보니 한 큰 주루(酒樓) 위에서 어떤 사람이 노래를 하고 있는 것이 들렸다.

석 잔의 술을 마시면 대도에 통하고	三杯通大道
한 말의 술을 마시면 자연과 하나가 되도다	一斗合自然
술 마시는 재미 홀로 지닐 뿐이니	但得酒中趣
깨어있는 자들에겐 전하지 말지니	勿爲醒者傳[72]

이구년이 말하기를 "이 노래를 부르는 자가 이 학사가 아니면 그 누구이겠는가?"라고 하고 큰 걸음으로 계단 위로 올라가서 봤더니 이백이 홀로 자그마한 자리 하나를 차지하고 앉아있었다. 탁자 위 화병에는 벽도화(碧桃花)[73] 한 가지가 꽂혀 있었고 이백은 홀로 그 꽃을 마주한 채 독작을 하며 이미 잔뜩 취해 있었지만 손에 들고 있던 큰 술잔을 여전히 내려놓지는 않았다. 이구년이 그의 앞으로 가서 말하기를 "성상께옵서 침향정에서 학사를 부르십니다. 빨리 가시지요!"라고 했다. 술을 마시고 있던 손님들은 성지(聖旨)가 있다는 소리를 듣고 일시에 놀라서 모두 일어나 구경을 했다. 이백은 전혀 개의치 않고 취한 눈을 뜨며 이구년을 향해 도연명(陶淵明)[74]의 시 한 구를 읊었다. 그것은 바로 "내 취해서

〈渭川曲〉이 가장 뛰어났다. '安史의 난' 이후 江南 지방에서 유락 생활을 하며 우울해하다 죽었다.

72) 이 시구는 이백의 《月下獨酌四首》 가운데 일부로 두 번째 수의 마지막 4구이다.

73) 벽도화(碧桃花): 복숭아나무의 일종으로 千葉桃花라고도 한다. 꽃잎이 겹겹이 있고 열매를 맺지 않으며 관상과 약용으로만 쓰인다.

74) 도연명(陶淵明, 약 365~427): 일명 潛이라고 했으며, 자는 元亮이고 靖節先生이라고도 불리었다. 東晉 말기부터 南朝 宋나라 초기까지 살았던 시인으로 辭賦에도 능했다. 江州祭酒, 建威參軍, 鎭軍參軍, 彭澤縣令 등의 벼슬을 역임했고 彭澤縣令에 부임한 지 80여 일만에 관직을 그만두고 전원으로 돌아가 은거했다. 《陶淵明集》 등이 전한다.

잠이 오니 그대는 일단 돌아가시오.〔我醉欲眠君且去.〕"[75]라는 시구였다. 이 시구를 읊고 나서 이백은 바로 눈을 감고 잠을 자려 했다. 이구년도 다소 생각이 있는 사람이라 주루의 창에서 아래를 내려다보며 손을 한 번 흔들자 일고여덟 명의 종자들이 일제히 위로 올라와서 말할 겨를도 없이 허둥지둥 이 학사를 들어 문 앞으로 옮긴 뒤 옥화총(玉花驄)[76]에 태웠다. 여러 사람이 좌우에서 이백을 부축하고 이구년은 말을 몰고 뒤따르며 곧바로 달려 오봉루(五鳳樓)[77] 앞에 이르렀다.

천자는 다시 내시를 보내 이백을 재촉하도록 했으며 말을 타고 입궁하라는 어명을 내렸다. 이에 이구년은 이백을 말에서 내리게 하지 않고 내시들과 함께 그를 부축해 곧장 후궁으로 들어가 흥경지(興慶池)[78]를 지나서 침향정에 당도했다. 천자는 이백이 말 위에서 두 눈을 꼭 감고서 여전히 술이 깨어 있지 않은 것을 보고서 내시에게 명하여 침향정 옆에 자구유(紫氍毹)[79]를 깔고 이백을 부축해 말에서 내리게 한 뒤 거기서 잠시 누워있게 하라고 했다. 천자가 친히 가서 살펴보더니 이백의 입에

75) 祝穆의 《古今事文類聚》 後集 권21 〈我眠卿去〉 條에 의하면, 陶淵明은 손님이 오면 항상 술상을 차렸는데 자기가 먼저 취하면 손님에게 "내 취해서 잠이 오니 그대는 일단 돌아가시오."라고 했다고 한다. 이 말은 李白의 〈산속에서 隱士와 더불어 대작하며(山中與幽人對酌)〉 가운데 세 번째 구에 보이기도 하는데 그 全詩는 다음과 같다. "두 사람이 마주 앉아 술을 마시는데 산꽃이 피었구나. 한 잔 한 잔 또 한 잔. 내 취해 잠이 오니 그대는 일단 돌아가시고, 내일 생각 있거든 거문고를 안고 다시 오시게.(兩人對酌山花開, 一杯一杯復一杯. 我醉欲眠卿且去, 明朝有意抱琴來.)"

76) 옥화총(玉花驄): 본래 唐 玄宗이 탔던 준마의 이름인데 일반적으로 준마를 가리키기도 한다.

77) 오봉루(五鳳樓): 당나라 때 洛陽 宮城 남쪽에 지은 누각으로 현종이 일찍이 그 아래에서 술자리를 베풀고 주위 삼백 리 안에 있는 현령과 刺史들로 하여금 풍악패를 데리고 참석하라 한 적 있었다고 한다. 자세한 내용은 《新唐書·元德秀傳》 등에 보인다.

78) 흥경지(興慶池): 興慶宮에 있었던 연못 이름이다.

79) 자구유(紫氍毹): '氍毹'는 모직 혹은 모혼방으로 만든 융단으로 깔거나 벽에 걸어 쓰기도 했다. 紫氍毹는 자주색 융단을 이른다.

술 취한 이백을 부축해 시를 짓게 하는 장면, 《경세통언》 삽도, 인민문학출판사, 1956년

서 침이 흘러나온 것이 보이자 용포의 소매로 손수 그것을 닦아주었다. 양 귀비가 상주하기를 "첩이 듣기로 찬물을 얼굴에 뿌리면 술을 깨게 할 수 있다 하옵니다."라고 했다. 이에 내시에게 명하여 흥경지의 물을 떠오게 한 뒤, 궁녀로 하여금 물을 입에 머금었다가 그의 얼굴에 내뿜게 했다. 이백이 깜짝 놀라 꿈에서 깨어나 황제를 보고 대경(大驚)하여 부복(俯伏)해 말하기를 "신은 만 번을 죽어도 마땅하옵니다. 신은 술의 신선이니 바라옵건대 신을 용서해 주시옵소서."라고 했다. 그러자 천자가 손으로 그를 부축해 일으키며 말하기를 "오늘 귀비와 함께 명화(名花)을 완상하는데 새 가사가 없으면 아니 되기에 경을 부른 것이니 《청평조(淸平調)》[80] 곡조에 맞춰 세 장(章)을 지어주시오."라고 했다. 이구년이 금

화전(金花牋)을 가져다가 이백에게 주었더니 이백은 술기운에 붓을 한 번 휘둘러 바로 세 수를 지어냈다.

그 첫째 수는 이러했다.

의상은 구름인 양 얼굴은 꽃인 양	雲想衣裳花想容
봄바람은 난간을 스치고 이슬은 꽃에 짙게 내렸구나	春風拂檻露華濃
만약 군옥산(羣玉山)[81] 위에서 보지 않았다면	若非羣玉山頭見
아마도 요대(瑤臺)[82]의 달 아래서 만나겠지	會向瑤臺月下逢

그 둘째 수는 이러했다.

한 떨기 붉은 꽃은 이슬에 향기 엉켜있는데	一枝紅豔露凝香
구름 끼고 비 내리는 무산에선 그리움에 부질없이 애간장만 끊어지누나	雲雨巫山[83]枉斷腸
묻노니 한나라 궁중의 누구와 비슷하려나	借問漢宮誰得似
사랑스런 조비연(趙飛燕)[84]도 새 단장을	可憐飛燕倚新妝

80) 청평조(淸平調): 당나라 때 만든 大曲의 명칭으로 나중에 詞牌로 쓰였다.

81) 군옥산(羣玉山): 전설 속에 나오는 西王母의 거처이다. 《山海經·西山經》을 보면 "玉山은 서왕모가 사는 곳이다."라고 했고, 郭璞의 注에는 "이 산은 옥석이 많아 이렇게 불리게 되었으며 《穆天子傳》에서 이를 '羣玉之山'이라고 했다."라고 기재되어 있다.

82) 요대(瑤臺): 본래 美玉으로 조각한 누대라는 뜻으로 전설 속에 나오는 신선의 거처를 이르기도 한다. 晉나라 王嘉의 《拾遺記·崑崙山》에 따르면, "崑崙山 옆에 瑤臺 열 두 개가 있는데 각기 너비는 천 步가 되며 누대의 터는 모두 五色의 옥으로 되어 있다."고 한다.

83) 운우무산(雲雨巫山): 초나라 宋玉의 〈高唐賦〉에 楚 懷王이 高唐을 유람할 때 낮에 잠을 자다가 꿈에서 巫山神女와 사랑을 나눈 내용이 보인다. 무산신녀는 회왕에게 "첩은 巫山의 남쪽에 있는 高丘山의 험한 곳에 있어 아침에는 구름이 되고 저녁에는 비로 내리며 아침부터 저녁까지 언제나 陽臺 아래에 있습니다.(妾在巫山之陽, 高丘之阻, 旦爲朝雲, 暮爲行雨. 朝朝暮暮, 陽臺之下.)"라고 했다. 나중에 '雲雨'와 '巫山'은 남녀가 歡會하는 것을 지칭하는 말로 쓰이게 되었다.

84) 조비연(趙飛燕, 기원전 32~기원전 1): 서한 成帝의 皇后로 본명은 宜主였고 춤을

해야만 한다네

그 셋째 수는 이러했다.

명화(名花)와 경국지색이 함께 즐거워하니	名花傾國兩相歡
군왕께서도 항상 웃음 지으며 바라보시노라	長得君王帶笑看
봄바람에 그지없는 한을 풀어보려고	解釋春風無限恨
침향정 북쪽 난간에 기대어 있네	沉香亭北倚欄杆

천자가 사(詞)를 읽고서 끊임없이 칭찬하며 말하기를 “이 같은 천재가 한림원의 그 많은 학사들을 어찌 압도하지 않겠는가?”라고 했다. 곧 명을 내려 이구년에게 곡조에 맞춰 노래하게 하고 이원의 예인들에게 악기를 연주하게 하고서 천자 스스로는 옥피리를 불어 화답했다. 노래가 끝나자 양 귀비가 수놓은 목도리를 여미며 거듭 절하여 감사하니, 천자가 말하기를 “짐에게 감사하지 말고 학사에게 감사하면 된다.”라고 했다. 이에 양 귀비는 유리 칠보(七寶) 잔에 친히 서량(西涼)[85]에서 나온 포도주를 따른 뒤, 궁녀를 시켜 그것을 이 학사에게 내려줘 마시도록 했다. 천자는 어명을 내려 이백에게 궁중의 정원을 두루 유람하게 하고 내시로 하여금 미주(美酒)를 들고 그를 따라다니며 이백이 마음껏 술을 마실 수 있도록 했다. 이로부터 궁중에서 연회가 열릴 때마다 이백은 항상 부름을 받았고 양 귀비도 그를 아끼며 중히 여겼다.

고력사는 이백이 자기에게 장화를 벗기도록 한 일에 대해 깊은 원한을 품고 있었으나 어찌할 수가 없었다. 하루는 양 귀비가 전에 이백이 지은

잘 춰 날아다니는 제비와 같다고 하여 飛燕이라고 불리었다. 용모가 아름답고 몸매가 매우 날씬해 성제에게 크게 총애 받았다. ‘環肥燕瘦’라는 성어는 날씬한 조비연과 풍만한 양 귀비를 아울러 이르는 말이다.

85) 서량(西涼): 東晉 十六國 시기에 涼州 서부지역에 있었던 정권으로 소할 지역은 지금의 甘肅省 武威市 涼州區 일대이다.

《청평조》 세 수를 다시 읊조리면서 난간에 기대어 찬탄하고 있었는데 고력사가 주변에 사람이 없는 것을 보고 틈타 아뢰기를 "소인은 처음에 마마께서 이백의 이 사를 들으시고 뼈에 사무치도록 그를 미워하실 것이라 짐작했었는데 어찌하여 반대로 그리 아끼시는지요?"라고 했다. 양 귀비가 말하기를 "미워할 만한 것이 뭐 있겠는가?"라고 하자, 고력사가 말했다.

"'사랑스런 조비연도 새 단장을 해야만 한다네.〔可憐飛燕倚新妝〕'라는 구절에서 이 조비연은 성이 조(趙) 씨이고 서한(西漢) 성제(成帝)의 황후였사옵니다. 지금 전하는 그림을 보면 한 무사가 손으로 금쟁반을 받들고 있고 그 쟁반 위에서는 한 여자가 소매를 올리고 춤을 추고 있는데 그 여자가 바로 조비연이옵니다. 태생적으로 허리가 가늘고 부드러우며 걸음걸이가 가벼워 사람 손에 든 꽃가지처럼 한들거렸기에 성제는 그를 가장 총애했사옵니다. 하지만 조비연이 연적봉(燕赤鳳)과 사통하여 벽 사이에 그를 숨겨두었고, 성제가 궁으로 들어와서 벽에 쳐져있는 장막 속에서 사람의 기침소리가 나는 것을 듣고 연적봉을 찾아내 그를 죽였사옵니다. 황제는 조 황후를 폐위시키려고 했지만 그의 여동생 조합덕(趙合德)이 온 힘을 다해 구하는 바람에 그대로 내버려 둔 뒤, 종신토록 정궁(正宮)에 들어가지 않았다고 하옵니다. 지금 이백이 조비연을 마마에 비한 것은 비방을 하는 말인데 마마께서는 어찌하여 깊이 생각하시지 않으시옵니까?"

원래 양 귀비가 그때 오랑캐 사람인 안록산(安祿山)[86]을 양자로 삼아

86) 안록산(安祿山, 703~757): 胡人으로 본래의 성은 康 씨였고 이름은 軋犖山이었는데 그의 어머니가 돌궐인 安延偃에게 재가한 뒤에 안록산으로 개명했다. 양귀비와 현종에게 아첨하여 총애를 받아 河東節度使 등의 벼슬을 역임했다. 楊國忠을 토벌한다는 명목으로 史思明과 함께 반란을 일으켜 雄武皇帝라고 자칭하며 국호를 燕이라 했다. 내분으로 권력투쟁이 벌어져 아들인 安慶緖의 모계에 빠져 죽임을 당했다.

궁궐에 출입시키며 사통을 하고 있는 것을 궁궐의 모든 사람들이 다 알고 있었지만 오직 현종만이 속고 있었다. 이에 고력사가 조비연의 일을 얘기하자 그의 가슴을 찌르는 듯했던 것이다. 이로부터 양 귀비는 마음속으로 이백에게 원한을 품어 항상 천자 앞에서 이백이 경망스럽고 술기운으로 함부로 행동하며 신하로서의 예의가 하나도 없는 사람이라고 말했다. 천자는 양 귀비가 이백을 좋아하지 않은 것을 보고 그를 궁 안의 연회에 부르지도 않았으며 대궐에 묵게 하지도 않았다. 이백은 고력사에게 비방을 당하여 천자가 자신을 멀리하려는 뜻이 있음을 알고는 황제께 떠나겠다고 했지만 천자는 이를 허락하지 않았다. 이에 이백은 더욱더 술을 마구 마셔 스스로를 내팽개치고 하지장, 이적지(李適之)[87], 여양왕(汝陽王) 이진(李璡)[88], 최종지(崔宗之)[89], 소진(蘇晉)[90], 장욱(張旭)[91], 초수(焦遂)[92] 등을 술친구로 삼았으니 당시 사람들은 이들을 '음중팔선(飮中八仙)'[93]이라 불렀다.

87) 이적지(李適之, 694~747): 당나라 宗室로 恒山王 李承乾의 손자이다. 陝州刺史, 御史大夫, 幽州節度使, 刑部尙書 등의 벼슬을 역임했다.

88) 이진(李璡): 본명은 嗣恭 또는 淳이고 唐 睿宗 李旦의 손자이자 讓皇帝 李憲의 장남이었으며 唐 玄宗의 조카였다. 汝陽王으로 봉해졌고 생김새가 빼어났으며 음악을 좋아했다.

89) 최종지(崔宗之): 이름이 成輔이고 자가 宗之이며 吏部尙書였던 崔日用의 아들로 齊國公의 봉호를 세습 받았다. 左司郎中, 侍御史 등의 벼슬을 역임했다.

90) 소진(蘇晉, 676~734): 당나라 때 시인으로 中書舍人, 崇文館學士, 吏部侍郎 등의 벼슬을 역임했다.

91) 장욱(張旭, 675~약 750): 자는 伯高 또는 季明이며 吳縣(지금의 江蘇省 蘇州市) 사람이다. 당나라 때 서예가로 草書로 유명하고 시에도 능했다.

92) 초수(焦遂): 당나라 袁郊의 《甘澤謠·陶峴》에서 '布衣焦遂'라고 언급한 바와 같이 평민 신분으로 술을 좋아하여 이백 등과 술친구였던 사실 이외에 다른 어떤 기록도 보이지 않는다.

93) 음중팔선(飮中八仙): 당나라 때 유달리 술을 좋아했던 문인학자를 비롯한 여덟 명의 酒友들을 아울러 칭하는 말로 '酒中八仙' 또는 '醉八仙'이라고도 한다. 賀知章, 汝陽王 李璡, 李適之, 崔宗之, 蘇晉, 李白, 張旭, 焦遂 등이었으며 《新唐書·李白傳》에서는 이들을 '酒八仙人'이라고 칭했다. 두보가 이들을 위해 그 醉態

각설, 현종 황제는 마음속으로는 이백을 진실로 애지중지했지만 양귀비와 뜻이 맞지 않았으므로 그를 조금 멀리했을 뿐이었다. 하지만 이백이 여러 차례 돌아가겠다고 하며 궁궐에 미련이 없는 것을 보고 비로소 이백에게 이렇게 말했다.

"경이 고답(高踏)하여 고상한 뜻이 있기에 잠시 돌아가 있는 것을 허락하오만 머지않아 다시 부를 것이오. 하지만 경은 짐을 위해 큰 공을 세웠으니 어찌 빈손으로 돌아가게 할 수 있겠는가? 경이 필요한 것이 있으면 짐이 모두 다 주리다."

이백이 상주하기를 "신은 필요한 것이 없사옵니다. 그저 술 살 돈이 있어 매일 한 번씩 취하도록 마실 수 있으면 족하겠사옵니다."라고 했다. 이에 천자는 금패(金牌) 하나를 하사한 뒤, 그 위에 어필(御筆)로 이렇게 썼다.

> 황명으로 이백에게 '천하무우학사(天下無憂學士), 소요낙탁수재(逍遙落托秀才)'[94]라는 칭호를 내리니 저잣거리 술집을 만나면 술을 먹을 수 있게 하고 관고(官庫)를 만나면 돈을 지급 받되 부(府)에서는 천 관(貫)을 줄 것이며 현(縣)에서는 오백 관을 지급하도록 하라. 문무의 관원들과 군인, 백성들 가운데 무례하게 구는 자가 있으면 어명을 어긴 것으로 논죄하리라.

그러고 나서 또 황금 천 냥과 비단 두루마기와 옥대, 금안장과 준마, 종자 스무 명 등을 내리자 이백은 머리를 조아리며 성은에 감사했다. 천자는 다시 금화(金花) 두 송이와 어주(御酒) 석 잔을 내려준 뒤, 이백

를 묘사해 지은 〈飮中八仙歌〉라는 시도 있으며 《全唐詩》 권216에 수록되어 있다.

94) 천하무우학사 소요낙탁수재(天下無憂學士 逍遙落托秀才): '天下無憂學士'는 천하에 근심이 없는 학사라는 뜻이다. '逍遙落托秀才'에서 '落托'은 '호방하여 구애받지 않는다'는 뜻으로 '逍遙落托秀才'는 '소요하며 구애받지 않은 수재'라는 뜻이다.

으로 하여금 천자 앞에서 말을 타고 조정을 떠나게 했다. 백관들에게는 모두 휴가를 주어 술을 들고 이백을 전송하게 하니 장안의 길거리로부터 십 리 밖의 장정(長亭)까지 술잔들이 끊이지 않았다. 오직 양 태사와 고 태위 두 사람만이 원한을 품고 그를 전송하러 오지 않았다. 사람들 가운데 하 내한 등 일곱 명의 술친구들은 그를 백 리 밖까지 배웅해주며 3일 동안 머물다가 작별을 했다. 이백의 시집에 〈치사(致仕)한 뒤 한림원 지기들과 이별을 하며(還山別金門知己)〉[95]라는 시가 있는데 그 일부는 이러하다.

황제의 조서를 삼가 받자와	恭承丹鳳詔[96]
유거(幽居)를 하다가 갑작스레 떨쳐 일어났네	欻起煙蘿中
하루아침에 조정을 떠나자	一朝去金馬[97]
이리저리 떠돌며 바람에 흩날리는 쑥대가 되었도다	飄落成飛蓬
한가로이 〈동무음(東武吟)〉[98]을 읊조리노니	閒來東武吟
곡(曲)은 끝나도 정(情)은 아직 끝나지 않노라	曲盡情未終
이 시를 써 지기들과 작별하고	書此謝知己

95) 환산별금문지기(還山別金門知己): 《李太白文集》 권12에 수록되어 있는 시로 원제목은 〈還山留別金門知己〉이며 권4에도 같은 시가 〈東武吟〉이라는 제목으로 수록되어 있다. 還山은 '致仕' 또는 '退隱'의 뜻이다. 金門은 金明門에 대한 준말로 당나라 때의 宮門이었으며 翰林院이 있었던 곳이다. 全詩는 17연 34구로 되어 있고 본문에서 인용한 부분은 4, 13, 16, 17聯이다.

96) 단봉조(丹鳳詔): 제왕의 조서를 이른다. 《晉書·石季龍載記》에 의하면 五胡十六國 시대 後趙의 황제였던 石虎가 오색 종이로 조서를 써서 나무로 깎아 만든 봉황의 입에 물린 뒤 그 내용을 천하에 반포했다고 한다.

97) 금마(金馬): 한나라 때의 宮門인 金馬門에서 유래하여 '朝庭' 혹은 '國都'를 가리킨다.

98) 동무음(東武吟): 樂府 가운데 楚지방 악곡인 〈東武吟行〉을 이른다. 東武은 齊지방의 지명이다. 晉나라 陸機, 南朝 宋나라 鮑照, 梁나라 沈約 등에 의해 擬作되기도 했으며 인생이 짧고 세월이 빨리 가는 것을 한탄하는 내용이 대부분이다. 자세한 내용은 《樂府詩集·相和歌辭十六·楚調曲上》에 보인다.

편주(片舟)를 타고서 낚시를 하고 있는 노인을 　　扁舟尋釣翁
찾아가노라

이백은 비단옷을 입고 사모(紗帽)를 쓴 채로 말에 올라타 길을 나섰으며 자칭 그저 금의공자(錦衣公子)라고만 했다. 짐짓 술집을 만나면 술을 마셨으며 관고(官庫)를 만나면 돈을 지급받았다. 며칠 안 되어 면주(綿州)로 돌아가 부인 허(許)씨와 만났다. 관부에서 이 학사가 집으로 돌아왔다는 소식을 듣고서 모두들 인사를 하러 왔기에 술에 취하지 않는 날이 없었다. 날이 가고 달이 가 어느덧 반년이 지났다. 하루는 이백이 허씨에게 말하기를 산수 유람을 하러 가겠노라 한 뒤, 선비 차림새를 한 채 하사받은 금패를 몸에 숨기고 시동을 하나를 데리고서 튼실한 당나귀에 올라 발길 가는 대로 길을 떠났다. 부현(府縣)에서의 술값은 금패대로 지급했다.

하루는 화음현(華陰縣)[99]으로 들어가는 초입에 이르러 화음현 지현이 재물을 탐내 백성들을 해한다는 말을 듣게 되었다. 이백은 계략을 내어 그를 징치하러 가야겠다고 마음먹었다. 그는 현아 앞에 이르러 시동을 물러가게 한 뒤 홀로 당나귀를 거꾸로 탄 채 현아의 대문 앞에서 연달아 세 번을 오갔다. 지현이 관청에서 공사를 묻고 있다가 이백을 보고서 연이어 "밉살스럽구나, 밉살스러워! 어찌 감히 부모 같이 섬겨야할 지방관을 희롱한단 말인가?"라고 했다. 그리고 바로 아전들을 시켜 심문을 할 수 있도록 이백을 대청으로 잡아오라고 했다. 이백은 술이 약간 취한 척하고서 현령의 계속된 물음에도 대답을 하지 않았다. 지현은 옥졸에게 이백을 투옥시키라 명하며 "저 자가 술이 깨거든 자백을 잘하게 하고, 내일 결단하겠노라."라고 했다. 옥졸이 이백을 감옥으로 데리고 들어가자 이백은 옥리(獄吏)를 보고서 입을 벌려 크게 웃었다. 옥리가 말하기를

99) 화음현(華陰縣): 지금의 陝西省 華陰縣 동남부 일대이다.

"이 사람이 미친 거 아닌가?"라고 하자, 이백이 말하기를 "미친 것도 아니고 실성한 것도 아니다."라고 했다. 옥리가 묻기를 "미치지 않았다면 자백을 잘하거라. 너는 누구더냐? 왜 이리로 와서 당나귀를 타고 현령께 무례하게 군 것이냐?"라고 했다. 이백이 말하기를 "내게 자백 받으려거든 종이와 붓을 가져오거라."라고 하자 옥졸이 종이와 붓을 가져다가 탁자 위에 놓았다. 이백이 옥리를 한 쪽으로 밀어내며 말하기를 "옆으로 좀 비키거라, 내 글을 쓰게."라고 하니, 옥리가 웃으며 말하기를 "이 미치광이가 무엇을 쓰는지 좀 봐야겠다."라고 했다. 이백이 이렇게 적었다.

> 내 자백컨대 면주 사람으로 성은 이 씨요 외자 이름은 백이라. 약관(弱冠)에 문장을 널리 섭렵하여 붓을 휘두르면 귀신도 울었지. 장안(長安)의 음중팔선(飮中八仙)에 들어갔고 죽계(竹溪)의 육일(六逸)로 칭해지기도 했네. 일찍이 오랑캐를 꾸짖는 국서를 지어 명성이 먼 지역까지 퍼졌네. 항상 어가를 따라 황제를 모셨고 황궁을 침실로 삼았지. 천자께서 손수 저어준 국을 먹기도 했으며, 천자께선 내가 흘린 침을 용포 소매로 닦아주시기도 했네. 고 태위가 내 장화를 벗어주었으며, 양 태사가 먹을 갈아주기도 했었지. 천자께서도 내게 궁전 앞이라도 말을 타고오라 용납하셨건만 화음현 내에서 나귀를 타고 들어가는 것이 용납되지 못하는가? 청하건대 금패를 검증하면 내 내력을 알 것이다.

다 쓴 뒤, 옥리에게 건네 보여주자 옥리는 두려워 혼비백산하며 머리를 조아리고 이백에게 절을 올리며 말하기를 "학사 나리, 소인도 상관이 시켜 부득이하게 한 것이니 부디 하해와 같은 마음으로 봐주시어 소인의 죄를 용서해 주십시오."라고 했다. 이백이 말하기를 "너와는 상관없는 일이다. 다만 지현에게 내 말을 전하라. 내 금패와 성지를 받아 여기에 온 것인데 무슨 죄를 지었다고 나를 여기에 가둔 것이냐?"라고 했다. 옥리는 절을 올리고 감사한 뒤에 황급히 자백서를 지현에게 올리며 금패와 성지(聖旨)가 있는 것도 얘기했다. 그때 지현은 마치 벼락소리를 처음 들은 어린 아이처럼 숨을 구멍이 없었으므로 어쩔 수 없이 옥리를 따라

옥중으로 가서 이 학사를 뵙고 머리를 조아리며 애걸하기를 "소관이 눈만 있었지 태산(泰山)을 알아보지 못했습니다. 한때 무례를 범한 것이니 가엾게 여겨주십시오."라고 했다. 관아 소속의 다른 관리들도 이 일을 듣고는 모두 와서 절을 올리며 간청한 뒤, 이 학사를 대청 정면으로 인도해 앉게 했다. 모든 관리들이 예를 갖춰 이백을 알현하자 이백은 금패를 꺼내 관리들에게 보여주었는데 그 금패 위에는 "학사가 이르는 곳의 문무 관원들과 군인, 백성들 가운데 무례하게 구는 자가 있으면 어명을 어긴 것으로 논죄하리라."라고 쓰여 있었다. 이백이 "너희들은 무슨 벌을 받아야 마땅하겠느냐?"라고 묻자, 관리들이 성지를 보고서 일제히 머리를 숙이고 절을 올리며 말하기를 "저희들 모두 만 번을 죽어도 마땅합니다."라고 했다. 이백이 관리들이 애걸복걸하는 것을 보고서 웃으며 말하기를 "너희들은 나라의 관록을 받으면서 어찌하여 또 재물을 탐하고 백성을 해치는 것이냐? 지난날의 잘못을 고친다면 너희들의 죄를 면해주겠노라."라고 했다. 관리들은 이를 듣고 모두들 공수를 하며 하나같이 명에 따라 다시는 감히 죄를 범하지 않겠노라고 했다. 곧 관아에서 연회를 크게 베풀어 이 학사를 대접하며 사흘 동안 술을 마시고 나서 자리를 파했다. 이로부터 지현은 마음을 씻고 회개하여 좋은 목민관이 되었다. 이 일이 다른 군(郡)으로 전해져 사람들은 모두 조정에서 이 학사를 파견해 암행을 나가게 하여 풍속과 정무를 관찰하게 한다고 짐작했으므로 탐관오리도 청렴한 관리로 변했고 잔악한 사람도 선하게 변하지 않는 사람이 없었다.

이백은 조(趙), 위(魏), 연(燕), 진(晉), 제(齊), 양(梁), 오(吳), 초(楚) 지방 등을 두루 돌며 산수를 노닐고 시주(詩酒)의 흥취를 다했다. 나중에 안록산이 반란을 일으켜 명황(明皇)의 어가가 촉 지방에 행차하게 되었다. 군중(軍中)에서 양국충을 죽였으며 사찰에서 양 귀비를 목매 죽였다. 이백은 전란을 피해 여산(廬山)[100]에 은거했다. 당시 영왕(永王) 이린(李璘)[101]은 동남절도사(東南節度使)로 있으면서 기회를 타 스스로 제위에 오르려는 뜻을 품고 있었다. 그는 이백의 훌륭한 재능을 듣고 강제로 산에서 내려오게 하여 위직(僞職)[102]을 주려고 했으나 이백이 따르지 않자 억지로 막료로 머물게 했다. 얼마 지나지 않아 숙종(肅宗)[103]이 영무(靈武)에서 즉위를 한 뒤, 곽자의(郭子儀)를 천하병마대원수(天下兵馬大元帥)로 삼아 양경(兩京)[104]을 수복했다. 어떤 사람이 영왕 이린이 모반을 꾀한다고 하자 숙종은 곧바로 곽자의로 하여금 군대를 이동시켜 그를 토벌하게 했다. 영왕의 군대가 패배하자 이백은 비로소 그로부터 벗어나 달아나다가 심양강(潯陽江)[105] 어귀에 이르러 강을 지키는 파총(把總)[106]에게 역당으로 몰려 사로잡힌 뒤, 곽 원수의 앞으로 끌려갔다. 곽자의는 이 학사인 것을 보고서 즉시 큰 소리로 군사를 물린 뒤 친히

100) 여산(廬山): 江西省 廬山市에 소재하고 있는 산이며 秀麗雄奇한 자태로 유명하다. 이백은 세 차례나 여산에 오른 적이 있어 〈望廬山瀑布二首〉, 〈贈王判官時余歸隱居廬山屛風疊〉 등의 작품을 남겼다. 〈望廬山瀑布二首〉 중의 둘째 수인 "폭포가 삼천 척 아래로 흘러내리는 것이, 마치 하늘에서 은하수가 떨어지는 것 같구나(飛流直下三千尺, 疑是銀河落九天.)"라는 구절은 廬山에 있는 三疊泉 폭포를 묘사한 시구로 유명하다.

101) 이린(李璘): 唐 玄宗 李隆基의 아들로 肅宗 李亨의 동생이다. 永王으로 봉해졌고 荊州大都督, 江陵大都督 등의 벼슬을 역임했다. 江陵을 지키면서 군대를 모은 후 江東 지역에서 반란을 일으켜 할거했으나 肅宗에게 평정되어 도주하다가 피살되었다.

102) 위직(僞職): 황제가 내린 벼슬이 아니라 반란을 일으킨 자가 황제를 참칭하여 내린 벼슬을 이른다.

103) 숙종(肅宗, 711~762): 唐 玄宗 李隆基의 아들인 李亨을 가리킨다. '安史의 난' 때 태자의 신분으로 현종을 모시고 도망가다가 馬嵬에서 백성들의 만류로 인해 현종과 헤어진 뒤 스스로 일부 군대를 거느리고 靈武(지금의 寧夏回族自治區 靈武市)에 이르러 제위에 올랐으며 이후 현종을 太上皇으로 추대했다.

104) 양경(兩京): 西京이라고도 불린 長安과 東京이라고도 불린 洛陽을 아울러 이르는 말이다.

105) 심양강(潯陽江): 지금의 江西省 九江市 북쪽 지역을 경유하는 長江의 한 가닥을 이른다. 고대에는 九江을 潯陽이라고 했기에 潯陽江이라고 불리었던 것이다.

106) 파총(把總): 明淸 때 각지의 駐軍에 있었던 하급 무관의 관직명이다. 唐代에는 이런 관직이 없었으므로 화본소설의 작자가 습관적으로 오용한 것으로 보인다.

그의 포박을 풀어주고 윗자리에 앉게 했다. 그리고 머리 숙여 절을 올리며 말하기를 "옛날 장안의 동시(東市)에서 은인께서 구해 주시지 않았다면 어찌 오늘이 있겠습니까?"라고 했다. 그리고 곧 놀란 이백을 달래주기 위해 술을 마련하게 했으며 이백의 억울함을 해명해 주려고 밤새워 상소문을 써서 천자에게 상주했다. 또한 이백이 오랑캐를 꾸짖는 국서를 쓴 공을 돌이켜 서술하여 그의 재능이 크게 쓰임이 있다고 천거했다. 이는 곧 은혜를 베풀고서 얻은 보답이니 바로 이런 말로 대변된다.

부평초 두 잎이 대해로 들어가나	兩葉浮萍歸大海
인생 어디서 다시 만나지 않으리오	人生何處不相逢

그때는 이미 양국충도 죽었고 고력사도 먼 곳으로 추방된 뒤였다. 현종 황제는 촉 지방에서 돌아와 태상황(太上皇)으로 추대되어 숙종에게도 이백의 기재(奇才)를 칭찬했다. 이에 숙종은 이백을 불러 좌습유(左拾遺)[107]로 삼으려 했으나 이백은 벼슬살이에 미혹되어 자유자재로 소요하지 못한 것을 한탄해 사절하며 받지 않았다. 이백은 곽자의와 작별한 뒤 배를 띄워 동정호(洞庭湖)[108]의 악양루(岳陽樓)를 유람하고는 다시 금릉(金陵)을 지나 채석강(採石江) 강가에 배를 대었다. 그날 밤 달은 대낮처럼 밝았다. 이백이 강기슭에서 한껏 술을 마시고 있었는데 홀연히 하늘가에서 음악소리가 맑게 들리더니 점차 나루터 가까이로 다가왔다. 뱃사람들은 모두 듣지 못했지만 이백만은 들을 수 있었다. 그러다가 갑

107) 좌습유(左拾遺): '拾遺'는 '누락한 것을 줍다'는 의미로 황제의 과실에 대해 간언하는 것을 비유적으로 이르는 말이다. 唐代에는 諫官으로 左拾遺와 右拾遺가 있었는데 左拾遺는 右拾遺보다 직위가 조금 더 높았다. 자세한 내용이 《續通典·職官三》에 보인다.

108) 동정호(洞庭湖): 중국에서 세 번째로 큰 담수호로 湖南省 북부 長江 남쪽 기슭에 있다. 호숫가에 岳陽樓 등의 명승지가 있다. 岳陽樓는 湖北省의 黃鶴樓와 江西省의 滕王閣과 더불어 '江南三大名樓'라고 불리며 北宋의 范仲淹이 이를 대상으로 《岳陽樓記》를 지었다.

자기 강 가운데에서 풍랑이 크게 일더니 길이가 몇 장(丈)이 되는 고래가 가슴지느러미를 펼치고 튀어나오는 것이었다. 그리고 선동(仙童) 두 명이 손에 부절(符節)을 든 채 이백 앞으로 다가와 말하기를 "상제께서 성주(星主)[109]가 원래의 자리로 돌아가도록 맞이하십니다."라고 했다. 뱃사람들이 모두 놀라서 나자빠져 있다가 잠시 뒤에 깨어나서 보니 이 학사가 고래 등에 타고서 음악소리가 앞에서 인도하는 대로 하늘로 올라가는 것이었다. 다음 날 뱃사람들이 이 일을 당도현(當塗縣) 현령 이양빙(李陽冰)[110]에게 알리자 이양빙은 표(表)를 올려 이를 상주했다. 천자는 명을 내려 채석산(採石山)에 이적선사(李謫仙祠)[111]를 짓고 봄가을 두 번 제사를 올리도록 했다. 송(宋)나라 태평흥국(太平興國)[112] 연간에 이르러 어떤 서생이 달밤에 채석강을 건너다가 비단 돛을 단 배가 서쪽에서 오는 것을 보았는데 그 배의 뱃머리에 있는 흰 팻말에는 '시백(詩伯)'이란 두 글자가 쓰여 있었다. 서생은 곧 다음과 같은 두 구(句)를 낭랑하게 읊조렸다.

뉘인데 강 위에서 시백이라 자칭하는지	誰人江上稱詩伯
비단에 수놓은 듯한 문장을 한 번 빌려 볼 수 있으려나	錦繡文章借一觀

109) 성주(星主): 품행이 남다른 사람은 전생에 上界에서 星宿가 사람으로 태어난 것이라고 생각했으므로 그런 사람을 일컬어 '星主'라고 했다.

110) 이양빙(李陽冰): 자는 少溫으로 이백의 일가 삼촌이었으며 이백을 위해 〈草堂集序〉를 지었다. 國子監丞, 集賢院學士 등의 벼슬을 역임했고 문사와 서예에 능했으며 특히 小篆이 가장 뛰어났다.

111) 이적선사(李謫仙祠): 당나라 元和 연간에 지어진 건축물로 '唐李公靑蓮祠' 또는 '太白樓', '謫仙樓'라고 불리기도 하며 지금의 安徽省 馬鞍山市에 있는 采石磯 서남쪽에 있다. 長江을 마주하고 있으며 앞은 누각이고 뒤는 이백의 사당이다.

112) 태평흥국(太平興國): 北宋 때 宋 太宗 趙匡義의 연호로 976년부터 984년까지이다.

그 배 안에서 어떤 사람이 이렇게 화답했다.

밤이 고요하여 절구(絶句)를 짓지 못하노니 夜靜不堪題絶句
별들을 놀라게 해 차가운 강물에 떨어뜨릴까 恐驚星斗落江寒
걱정되기 때문이라네

서생이 매우 놀라 그 배 옆으로 배를 대고 가보려고 하던 차에 그 배는 채석기(采石磯) 아래에 정박했다. 배 안에 있는 사람은 자주색 옷을 입고 비단 모자를 쓰고 있었는데 표연하여 신선과 같았으며 곧바로 이적선사로 들어가는 것이었다. 서생은 뒤를 따라가 사당 안에서 그를 찾아보았으나 전혀 인적이 없었으므로 시에 화답한 자가 곧 이백이었음을 비로소 알게 되었다. 지금까지도 사람들은 '주선(酒仙)'이나 '시백(詩伯)'이라 하면 모두 이백을 첫 번째로 꼽는다.

오랑캐를 꾸짖는 국서를 기초해 천재를 드러내니 嚇蠻書草見天才
천자가 몸소 국을 저어 그에게 내리기까지 天子調羹親賜來
했었지
고래를 타고서 하늘로 올라간 뒤로 一自騎鯨天上去
채석기에 흐르는 강물엔 슬픔만이 남아 있네 江流采石有餘哀

第六卷 李謫仙醉草嚇蠻書

堪羡當年李謫仙, 吟詩斗酒有連篇. 蟠胸錦繡欺時彥, 落筆風雲邁古賢.
書草和番威遠塞, 詞歌傾國媚新弦. 莫言才子風流盡, 明月長懸采石邊.

話說唐玄宗皇帝朝, 有個才子, 姓李名白, 字太白, 乃西梁武昭興聖皇帝李暠九世孫, 西川綿州[113]人也. 其母夢長庚入懷而生. 那長庚星又名太白星, 所以名字俱用之. 那李白生得姿容美秀, 骨格淸奇, 有飄然出世之表. 十歲時, 便精通書史, 出口成章, 人都誇他錦心繡口; 又說他是神仙降生, 以此又呼爲李謫仙. 有杜工部贈詩爲證:

昔年有狂客, 號爾謫仙人. 筆落驚風雨, 詩成泣鬼神!
聲名從此大, 汩沒一朝伸. 文采承殊渥, 流傳必絕倫.

李白又自稱靑蓮居士. 一生好酒, 不求仕進; 志欲遨遊四海, 看盡天下名山, 嘗遍天下美酒. 先登峨眉, 次居雲夢, 復隱於徂徠山竹溪, 與孔巢父等六人, 日夕酣飮, 號爲竹溪六逸. 有人說: "湖州烏程酒甚佳." 白不遠千里而往. 而酒肆中, 開懷暢飮, 旁若無人. 時有迦葉司馬經過, 聞白狂歌之聲, 遣從者問其何人? 白隨口答詩四句:

靑蓮居士謫仙人, 酒肆逃名三十春, 湖州司馬何須問, 金粟如來是後身.

迦葉司馬大驚, 問道: "莫非蜀中李謫仙麼? 聞名久矣." 遂請相見. 留飮

113) 【校】綿州(면주): 《今古奇觀》, 《警世通言》 각 판본 원문에 모두 '錦州'로 되어 있으나 西川(지금의 四川省 서부)의 역대 지명 가운데 '綿州'는 있지만 '錦州'는 없었다. 《李太白詩集注》에도 이백이 蜀地 '綿州' 사람으로 되어 있다. 이에 근거하여 본문의 '錦州'는 모두 '綿州'로 바꾼다.

十日, 厚有所贈. 臨別, 問道: "以靑蓮高才, 取靑紫如拾芥[114], 何不遊長安應擧?" 李白道: "目今朝政紊亂, 公道全無, 請托者登高第, 納賄者獲科名. 非此二者, 雖有孔孟之賢, 晁董之才, 無由自達. 白所以流連詩酒, 免受盲試官之氣耳." 迦葉司馬道: "雖則如此, 足下誰人不知, 一到長安, 必有人薦拔." 李白從其言, 乃遊長安. 一日到紫極宮遊玩, 遇了翰林學士賀知章, 通姓道名, 彼此相慕. 知章遂邀李白於酒肆中, 解下金貂, 當酒同飮[115]. 至夜不捨, 遂留李白於家中下榻, 結爲兄弟. 次日, 李白將行李搬至賀內翰宅, 每日談詩飮酒, 賓主甚是相得. 時光荏苒, 不覺試期已迫. 賀內翰道: "今春南省[116]試官, 正是楊貴妃兄楊國忠太師; 監視官, 乃太尉高力士. 二人都是愛財之人. 賢弟却無金銀買囑他, 便有沖天學問, 見不得聖天子. 此二人與下官皆有相識. 下官寫一封劄子去, 預先囑托, 或者看薄面一二." 李白雖則才大氣高, 遇了這等時勢; 況且內翰高情, 不好違阻. 賀內翰寫了柬帖, 投與楊太師高力士. 二人拆[117]開看了, 冷笑道: "賀內翰受了李白金銀, 却寫封空書在我這裏討白人情. 到那日專記, 如有李白名字卷子, 不問好歹,

114) 取靑紫如拾芥(취청자여습개): 《漢書·夏侯勝傳》에 있는 "經術에 밝으면 고관대작의 자리를 얻는 것은 땅에 있는 지푸라기를 줍는 것같이 쉽다.(經術茍明, 其取靑紫如俛拾地芥耳.)"라는 말에서 나왔다. '靑紫'는 푸른색과 자주색을 아울러 이르는 말로 옛날 公卿의 인끈이 청색과 자주색으로 되어 있었기에 고관대작을 뜻하게 되었다.

115) 解下金貂 當酒同飮(해하금초 당주동음): '金貂'를 풀어서 전당 잡혀 술을 함께 마셨다는 뜻이다. '金貂(담비꼬리)'는 漢나라 때부터 侍中, 中常侍 등 황제를 측근에서 모시는 신하들이 쓰는 冠에 달던 장식품이었다. 武冠 위에 黃金璫, 金蟬 무늬, 담비꼬리 등으로 장식을 했다. 《晉書·阮孚傳》에 따르면 黃門侍郞, 散騎常侍 등을 역임한 阮孚는 일찍이 이런 '담비꼬리(金貂)'를 술로 바꿔 마셔 有司官에게 탄핵을 받았다가 황제가 그를 용서했다고도 한다. 이 전고로 인하여, 문인이 호탕하여 구속받지 않는 것을 '金貂換酒(담비꼬리를 술로 바꿔 마시다)' 또는 '金貂取酒', '金貂貰酒'라고 이르게 되었다.

116) 南省(남성): 과거시험을 장관하던 禮部를 이른다. 당나라 때 中書省, 門下省, 尙書省 등의 세 부서는 모두 궁궐의 남쪽에 있었는데 그 중에서도 尙書省은 다시 中書省과 門下省의 남쪽에 위치해 있었기에 尙書省을 南省이라고 불렀으며 尙書省에 속하는 禮部를 '南省'이라고 칭하기도 했다.

117) 【校】拆(탁): 《今古奇觀》 각 판본에는 "拆"으로 되어 있고, 《警世通言》 각 판본에는 "接"으로 되어 있다.

即時批落." 時値三月三日, 大開南省, 會天下才子. 盡呈卷子. 李白才思有餘, 一筆揮就, 第一個交卷. 楊國忠見卷子上有李白名字, 也不看文字, 亂筆塗抹, 道: "這樣書生, 只好與我磨墨." 高力士道: "磨墨也不中, 只好與我着襪脫靴." 喝令將李白推搶出去. 正是:

不願文章中天下, 只願文章中試官!

李白被試官屈批卷子, 怨氣冲天, 回至內翰宅中, 立誓: "久後吾若得志, 定教楊國忠磨墨, 高力士與我脫靴, 方纔滿意." 賀內翰勸白: "且休煩惱, 權在舍下安歇, 待三年, 再開試場, 別換試官, 必然登第." 終日共李白飮酒賦詩. 日往月來, 不覺一載.

忽一日, 有番使賫國書到. 朝廷差使命急宣賀內翰陪接番使, 在館驛安下. 次日, 閤門舍人接得番使國書一道. 玄宗勅宣翰林學士拆開番書, 全然不識一字, 拜伏金階, 啓奏: "此書皆是鳥獸之跡, 臣等學識淺短, 不識一字." 天子聞奏, 將與南省試官楊國忠開讀. 楊國忠開看, 雙目如盲, 亦不曉得. 天子宣問滿朝文武, 並無一人曉得, 不知書上有何吉凶言語. 龍顏大怒, 喝罵朝臣: "枉有許多文武, 並無一個飽學之士, 與朕分憂. 此書識不得, 將何回答, 發落番使? 却被番邦笑恥, 欺侮南朝, 必動干戈, 來侵邊界, 如之奈何! 勅限三日, 若無人識此番書, 一概停俸; 六日無人, 一概停職; 九日無人, 一概問罪. 別選賢良, 共扶社稷." 聖旨一出, 諸官默默無言, 再無一人敢奏. 天子轉添煩惱. 賀內翰朝散回家, 將此事述於李白. 白微微冷笑: "可惜我李某去年不曾及第爲官, 不得與天子分憂." 賀內翰大驚道: "想必賢弟博學多能, 辨識番書, 下官當於駕前保奏." 次日, 賀知章入朝, 越班奏道: "臣啓陛下: 臣家有一秀才, 姓李名白, 博學多能. 要辨番書, 非此人不可." 天子准奏, 即遣使命, 賫詔前去內翰宅中, 宣取李白. 李白告天使道: "臣乃遠方布衣, 無才無識. 今朝中有許多官僚, 都是飽學之儒, 何必問及草莽? 臣不敢奉詔, 恐得罪於朝貴." 說這句"恐得罪於朝貴", 隱隱刺着楊高二人. 使命回奏. 天子便[118]問賀知章: "李白不肯奉詔, 其意云何?" 知章奏道: "臣知李

118) 【校】便(편): 人民文學本·繪圖本《今古奇觀》에는 "便"으로 되어 있고, 古本小

白文章蓋世, 學問驚人. 只爲去年試場中, 被試官屈批了卷子, 羞搶出門; 今日教他白衣入朝, 有愧於心. 乞陛下賜以恩典, 遣一位大臣再往, 必然奉詔." 玄宗道: "依卿所奏. 欽賜李白進士及第, 着紫袍金帶, 紗帽象簡見駕. 就煩卿自往迎取, 卿不可辭!" 賀知章領旨回家, 請李白開讀, 備述天子惓惓求賢之意. 李白穿了御賜袍服, 望闕拜謝. 遂騎馬隨賀內翰入朝. 玄宗於御座專待李白. 李白至金階拜舞, 山呼[119]謝恩, 躬身而立. 天子一見李白, 如貧得寶, 如暗得燈, 如饑得食, 如旱得雲: 開金口, 動玉音, 道: "今有番國賫書, 無人能曉, 特宣卿至, 爲朕分憂." 白躬身奏道: "臣因學淺, 被太師批卷不中, 高太尉將臣推搶出門. 今有番書, 何不令試官回答? 却乃久滯番官在此! 臣是批黜秀才, 不能稱試官之意, 怎能稱皇上之意?" 天子道: "朕自知卿, 卿其勿辭!" 遂命侍臣捧番書賜李白觀看. 李白看了一遍, 微微冷笑, 對御座前將唐音譯出, 宣讀如流. 番書云:

> 渤海國大可毒書達唐朝官家: 自你占了高麗, 與俺國逼近, 邊兵屢屢侵犯吾界, 想出自官家之意. 俺如今不可耐者, 差官來講, 可將高麗一百七十六城, 讓與俺國. 俺有好物事相送: 太白山之菟, 南海之昆布, 柵城之豉[120], 扶餘之鹿, 鄚頡之豕, 率賓之馬, 沃州之綿, 湄沱河之鯽, 九都之李, 樂遊之梨: 你官家都有分. 若還不肯, 俺起兵來廝殺, 且看那家勝敗!

衆官聽得讀罷番書, 不覺失驚, 面面相覷, 盡稱"難得". 天子聽了番書, 龍

說集成本《今古奇觀》과 《警世通言》 각 판본에는 "初"로 되어 있다.

119) 山呼(산호): 황제에게 올리는 祝頌의 의식으로 고개를 들어 큰 소리로 '만세'를 세 번 외치는 것을 이른다.

120) 【校】 豉(시): 《今古奇觀》 및 《警世通言》 각 판본에는 모두 "柵城之鼓" 즉 '책성의 북'으로 되어 있는데 《新唐書·渤海傳》에, 渤海國에서 귀하게 여기는 물건 중의 하나가 '柵城之豉'라고 기재되어 있기에 《今古奇觀》과 《警世通言》에 오기된 것으로 보아 "鼓"를 '豉'로 바꾼다. '豉'는 '豆豉'로 삶은 大豆를 발효시켜서 만든 식품이다. 짜고 싱거운 맛 두 가지 있는데 짠 것으로는 조미를 할 수도 있고 싱거운 것은 약재로 쓸 수 있다. 대두 이외 밀로 만든 것도 있다. '책성'은 중국 길림성에 있었던 지명으로 그 주변지역은 식량 작물의 원산지로 유명한 곳이기에 그곳의 특산물이라면 '북〔鼓〕'보다 '豉'가 더 합당한 것으로 보인다.

情不悅. 沉吟良久, 方問兩班文武: "今被番家要興兵搶占高麗, 有何策可以應敵?" 兩班文武, 如泥塑木雕, 無人敢應. 賀知章啓奏道: "自太宗皇帝三征高麗, 不知殺了多少生靈, 不能取勝, 府庫爲之虛耗. 天幸蓋蘇文死了, 其子男生兄弟爭權, 爲我鄕導. 高宗皇帝遣老將李勣薛仁貴統百萬雄兵, 大小百戰, 方纔殄滅. 今承平日久, 無將無兵, 倘干戈復動, 難保必勝. 兵連禍結, 不知何時而止? 願吾皇聖鑒!" 天子道: "似此如何回答他?" 知章道: "陛下試問李白, 必然善於辭命." 天子乃召白問之. 李白奏道: "臣啓陛下: 此事不勞聖慮, 來日宣番使入朝, 臣當面回答番書, 與他一般字跡, 書中言語, 羞辱番家, 須要番國可毒拱手來降." 天子問: "可毒何人也?" 李白奏道: "渤海風俗, 稱其王曰可毒. 猶回紇稱可汗, 吐番稱贊普, 六詔稱詔, 訶陵稱悉莫威, 各從其俗." 天子見其應對不窮, 聖心大悅, 即日拜爲翰林學士. 遂設宴於金鑾殿, 宮商迭奏, 琴瑟喧闐, 嬪妃進酒, 彩女傳杯. 御音傳示: "李卿可開懷暢飮, 休拘禮法." 李白儘量而飮, 不覺酒濃身軟. 天子令內官扶於殿側安寢. 次日五鼓, 天子升殿.

　　淨鞭[121]三下響, 文武兩班齊.

李白宿酲猶未醒, 內官催促進朝. 百官朝見已畢, 天子召李白上殿, 見其面尚帶酒容, 兩眼兀自有朦朧之意. 天子分付內侍, 教御廚中造三分醒酒酸魚羹來. 須臾, 內侍將金盤捧到魚羹一碗. 天子見羹氣太熱, 御手取牙筯調之良久, 賜與李學士. 李白跪而食之, 頓覺爽快. 是時, 百官見天子恩幸李白, 且驚且喜: 驚者怪其破格, 喜者喜其得人. 惟楊國忠高力士愀然有不樂之色. 聖旨宣番使入朝, 番使山呼見聖已畢. 李白紫衣紗帽, 飄飄然有神仙凌雲之態, 手捧番書立於左側柱下, 朗聲而讀, 一字無差. 番使大駭. 李白道: "小邦失禮, 聖上洪度如天, 置而不較; 有詔批答, 汝宜靜聽!" 番官戰戰兢兢, 跪於階下. 天子命設七寶床於御座之傍, 取于闐白玉硯, 象管兎毫

121) 淨鞭(정편): '靜鞭'이나 '鳴鞭'과 같은 말로 제왕이 조회를 하거나 행차를 할 때 쓰였던 儀仗品의 일종이다. 노란색 생사로 만들어진 채찍으로 그 끝에 밀랍을 발라서 땅에 치면 소리가 났다. 어가가 이르렀을 때 이것을 쳐서 소리를 내어 사람들을 정숙하게 하는 용도로 사용되었다.

筆, 獨草龍香墨, 五色金花牋, 排列停當. 賜李白近御榻前, 坐錦墩草詔. 李白奏道: "臣靴不淨, 有污前席, 望皇上寬恩, 賜臣脫靴結襪而登." 天子准奏, 命一小內侍: "與李學士脫靴." 李白又奏道: "臣有一言, 乞陛下赦臣狂妄, 臣方敢奏." 天子道: "任卿失言, 朕亦不罪." 李白奏道: "臣前入試春闈, 被楊太師批落, 高太尉趕逐, 今日見二人押班[122], 臣之神氣不旺. 乞玉音分付楊國忠與臣捧硯磨墨, 高力士與臣脫靴結襪: 臣意氣始得自豪; 舉筆草詔, 口代天言, 方可不辱君命." 天子用人之際, 恐拂其意, 只得傳旨, 教楊國忠捧硯, 高力士脫靴. 二人心裏暗暗自揣: "前日科場中輕薄了他, '這樣書生, 只好與我磨墨脫靴.' 今日恃了天子一時寵倖, 就來還話, 報復前仇." 出於無奈, 不敢違背聖旨, 正是敢怒而不敢言. 常言道:

冤家不可結, 結了無休歇. 侮人還自侮, 說了還自說.

李白此時昂昂得意, 躧襪登褥, 坐於錦墩. 楊國忠磨得墨濃, 捧硯侍立. 論來爵位不同, 怎麼李學士坐了, 楊太師到侍立? 因李白口代天言, 天子寵以殊禮. 楊太師奉旨磨墨, 不曾賜坐, 只得侍立. 李白左手將鬚一拂, 右手舉起中山兔穎, 向五花牋上, 手不停揮, 須臾, 草就《嚇蠻書》. 字畫齊整, 並無差落, 獻於龍案之上. 天子看了大驚, 都是照樣番書, 一字不識. 傳與百官看了, 各各駭然. 天子命李白誦之. 李白就御座前朗誦一遍:

大唐開元皇帝, 詔諭渤海可毒: 自昔石卵不敵, 蛇龍不鬬. 本朝應運開天, 撫有四海, 將勇卒精, 甲堅兵銳. 頡利背盟而被擒, 弄贊鑄鵝而納誓. 新羅奏織錦之頌, 天竺致能言之鳥, 波斯獻捕鼠之蛇, 拂菻進曳馬之狗; 白鸚鵡來自訶陵, 夜光珠貢於林邑; 骨利幹有名馬之納, 泥婆羅有良酢之獻. 無非畏威懷德, 買靜求安. 高麗拒命, 天討再加, 傳世九百, 一朝殄滅: 豈非逆天之咎徵, 衡大之明鑒與! 況爾海外小邦, 高麗附國, 比之中國, 不過一郡, 士馬芻糧, 萬分不及. 若螳怒[123]是逞, 鵝驕[124]不遜, 天兵一下, 千里

122) 押班(압반): 문무백관이 조회를 할 때 일정한 서열대로 도열을 했는데 보통 職階가 가장 높은 관원이 맨 앞에 섰으니 이들을 '押班'이라고 불렀다.

123) 螳怒(당로): '사마귀가 노하여 앞발을 들어 수레를 막아선다'는 뜻으로《莊子·人間世》에 보인다. 자신의 능력을 제대로 파악하지 못하고 마치 계란으로

流血, 君同頡利之俘, 國爲高麗之續. 方今聖度汪洋, 恕爾狂悖, 急宜悔禍, 勤修歲事; 毋取誅僇, 爲四夷笑. 爾其三思哉! 故諭.

天子聞之大喜, 再命李白對番官面宣一通, 然後用寶入函. 李白仍叫高太尉着靴, 方纔下殿, 喚番官聽詔. 李白重讀一遍, 讀得聲韻鏗鏘, 番使不敢則聲, 面如土色, 不免山呼拜舞辭朝. 賀內翰送出都門, 番官私問道: "適纔讀詔者何人?" 內翰道: "姓李名白, 官拜翰林學士." 番使道: "多大的官? 使太師捧硯, 太尉脫靴!" 內翰道: "太師大臣, 太尉親臣, 不過人間之極貴. 那李學士乃天上神仙下降, 贊助天朝, 更有何人可及?" 番使點頭而別, 歸至本國, 與國王述之. 國王看了國書, 大驚, 與國人商議: "天朝有神仙贊助, 如何敵得!" 寫了降表, 願年年進貢, 歲歲來朝. 此是後話.

話分兩頭, 却說天子深敬李白, 欲重加官職. 李白啓奏: "臣不願受職, 願得逍遙散誕, 供奉御前, 如漢東方朔故事." 天子道: "卿旣不受職, 朕所有黃金白璧, 奇珍異寶, 惟卿所好." 李白奏道: "臣亦不願受金玉, 願得從陛下遊幸, 日飮美酒三千觴, 足矣!" 天子知李白淸高, 不忍相强. 從此時時賜宴, 留宿金鑾殿中, 訪以政事, 恩幸日隆. 一日, 李白乘馬遊長安街, 忽聽得鑼鼓齊鳴, 見一簇刀斧手, 擁着一輛囚車行來. 白停驂問之, 乃是幷州解到失機將官, 今押赴東市處斬. 那囚車中, 囚着個美丈夫, 生得甚是英偉. 叩其姓名, 聲如洪鐘, 答道: "姓郭, 名子儀." 李白相他容貌非凡, 他日必爲國家柱石, 遂喝住刀斧手: "待我親往駕前保奏." 衆人知是李謫仙學士, 御手調羹的, 誰敢不依. 李白當時回馬, 直叩宮門, 求見天子, 討了一道赦勅, 親往東市開讀, 打開囚車, 放出子儀, 許他帶罪立功. 子儀拜謝李白活命之恩, 異日銜環結草[125], 不敢忘報. 此事閣過不題.

바위를 치듯 주제 넘는 행동을 하는 것을 비유적으로 이른다.

124) 鵝驕(아교): 거위가 머리를 높게 드는 습성이 거만한 것처럼 보이기에 거만한 것을 이르러 '鵝驕'라고 한다.

125) 銜環結草(함환결초): '結草銜環'이라고도 하며 '銜環'과 '結草'는 모두 '은혜를 갚다'는 의미이다. '銜環'의 고사는 吳均의 《續齊諧記》에 보이는데 대략 이런 내용이다. 東漢 사람인 楊寶라는 자가 어렸을 때 華陰山 북쪽에서 黃雀 한 마리가 올빼미에게 공격을 당해 나무 밑에 떨어져 있는 것을 보고서 그것을

是時, 宮中最重木芍藥, 是揚州貢來的. 如今叫做牡丹花, 唐時謂之木芍藥. 宮中種得四本, 開出四樣顏色. 那四樣?

大紅　深紫　淺紅　通白

玄宗天子移植於沉香亭前, 與楊貴妃娘娘賞玩, 詔梨園子弟奏樂. 天子道: "對妃子賞名花, 新花安用舊曲?" 遽命梨園長李龜年召李學士入宮. 有內侍說道: "李學士往長安市上酒肆中去了." 龜年不往九街, 不走三市, 一徑尋到長安市去. 只聽得一個大酒樓上, 有人歌云:

三杯通大道, 一斗合自然. 但得酒中趣, 勿爲醒者傳.

李龜年道: "這歌的不是李學士是誰?" 大踏步上樓梯來, 只見李白獨占一個小小座頭, 桌上花瓶內供一枝碧桃花, 獨自對花而酌, 已吃得酩酊大醉, 手執巨觥, 兀自不放. 龜年上前道: "聖上在沉香亭宣召學士, 快去!" 衆酒客聞得有聖旨, 一時驚駭, 都站起來觀[126]看. 李白全然不理, 張開醉眼, 向龜年念一句陶淵明的詩, 道是:

我醉欲眠君且去.

··

집으로 가져와 黃花를 먹이로 주었다. 100여 일이 지나자 황작이 깃털이 자라나서 날아갔는데 그날 밤에 黃色 옷을 입은 童子가 나타났다. 동자는 스스로 서왕모의 使者라고 하며 白玉環 네 개를 楊寶에게 주면서 "이 백옥환과 같이 그대의 자손을 결백하게 하고 三公의 지위까지 오르게 할 겁니다."라고 했다. '結草'는 魏顆의 고사로《左傳·宣公十五年》에 보이는데 대략 이런 내용이다. 위무자의 아들인 위과는 그의 아버지가 죽은 뒤 아버지가 총애했던 시첩을 순장시키지 않고 시집을 가게 했다. 그 후, 輔氏(지금의 陝西省 大荔縣)에서 벌어진 전투에서 한 노인이 풀을 묶어 적장인 杜回의 말발굽을 걸리게 하여 晉나라 장군이었던 위과가 杜回를 생포할 수 있었다. 그날 밤 그 노인이 꿈에 나타나 위과에게 이르기를 자신은 위과가 이전에 시집보낸 시첩의 아버지로 그 은혜를 갚고자 한 일이라고 말했다.

126) 【校】觀(관):《今古奇觀》각 판본에는 "觀"으로 되어 있고,《警世通言》각 판본에는 "閒"으로 되어 있다.

念了這句詩, 就瞑然欲睡. 李龜年也有三分主意, 向樓窗往下一招, 七八個從者, 一齊上樓, 不由分說, 手忙脚亂, 抬李學士到於門前, 上了玉花驄, 衆人左扶右持, 龜年策馬在後相隨, 直跑到五鳳樓前. 天子又遣內侍來催促了. 勅賜"走馬入宮". 龜年遂不扶李白下馬, 同內侍幫扶, 直至後宮, 過了興慶池, 來到沉香亭. 天子見李白在馬上雙眸緊閉, 兀自未醒, 命內侍鋪紫氍毹於亭側, 扶白下馬, 少臥. 親往省視, 見白口流誕沫, 天子親以龍袖拭之. 貴妃奏道: "妾聞冷水沃面, 可以解醒." 乃命內侍汲興慶池水, 使宮女含而噴之. 白夢中驚醒, 見御駕, 大驚, 俯伏道: "臣該萬死! 臣乃酒中之仙, 幸陛下恕臣!" 天子御手攙起道: "今日同妃子賞名花, 不可無新詞, 所以召卿, 可作《清平調》三章." 李龜年取金花牋授白. 白帶醉一揮, 立成三首. 其一曰:

雲想衣裳花想容, 春風拂檻露華濃. 若非羣玉山頭見, 會向瑤臺月下逢.

其二曰:

一枝紅豔露凝香, 雲雨巫山枉斷腸. 借問漢宮誰得似? 可憐飛燕倚新妝!

其三曰:

名花傾國兩相歡, 長得君王帶笑看. 解釋春風無限恨, 沉香亭北倚欄杆.

天子覽詞, 稱美不已: "似此天才, 豈不壓倒翰林院許多學士." 即命龜年按調而歌, 梨園衆子弟絲竹並進, 天子自吹玉笛以和之. 歌畢, 貴妃斂繡巾, 再拜稱謝. 天子道: "莫謝朕, 可謝學士也!" 貴妃持玻璨七寶杯, 親酌西涼葡萄酒, 命宮女賜李學士飲. 天子勅賜李白遍游內苑, 令內侍以美酒隨後, 恣其酣飮. 自是宮中內宴, 李白每每被召, 連貴妃亦愛而重之.

高力士深恨脫靴之事, 無可奈何. 一日, 貴妃重吟前所製《清平調》三首, 倚欄嘆羨. 高力士見四下無人, 乘間奏道: "奴婢初意娘娘聞李白此詞, 怨入骨髓, 何反拳拳如是?" 貴妃道: "有何可怨?" 力士奏道: "'可憐飛燕倚新妝', 那飛燕姓趙, 乃西漢成帝之后. 則今畫圖中, 畫着一個武士, 手托金盤, 盤中有一女子, 舉袖而舞, 那個便是趙飛燕. 生得腰肢細軟, 行步輕盈, 若人手執花枝顫顫然, 成帝寵幸無比. 誰知飛燕私與燕赤鳳相通, 匿於複壁之中. 成帝入宮, 聞壁衣內有人咳嗽聲, 搜得赤鳳殺之. 欲廢趙后, 賴其妹合德力救而止, 遂終身不入正宮. 今日李白以飛燕比娘娘, 此乃謗毁之語, 娘娘何不熟思?" 原來貴妃那時以胡人安祿山爲養子, 出入宮禁, 與之私通, 滿宮皆知, 只瞞得玄宗一人. 高力士說飛燕一事, 正刺其心. 貴妃於是心下懷恨, 每於天子前說李白輕狂使酒, 無人臣之禮. 天子見貴妃不樂李白, 遂不召他內宴, 亦不留宿殿中. 李白情知被高力士中傷, 天子存疎遠之意, 屢次告辭求去, 天子不允. 乃益縱酒自廢, 與賀知章、李適之、汝陽王璡、崔宗之、蘇晉、張旭、焦遂爲酒友, 時人呼爲"飮中八仙."

却說玄宗天子心下實是愛重李白, 只爲宮中不甚相得, 所以疎了些兒. 見李白屢次乞歸, 無心戀闕, 乃向李白道: "卿雅志高蹈, 許卿暫還, 不日再來相召. 但卿有大功於朕, 豈可白手還山? 卿有所需, 朕當一一給與." 李白奏道: "臣一無所需, 但得杖頭[127]有錢, 日沽一醉足矣." 天子乃賜金牌一面, 牌上御書: "勅賜李白爲天下無憂學士, 逍遙落托秀才, 逢坊吃酒, 遇庫支錢, 府給千貫, 縣給五百貫. 文武官員軍民人等, 有失敬者, 以違詔論." 又賜黃金千兩, 錦袍玉帶, 金鞍龍馬, 從者二十人. 白叩頭謝恩. 天子又賜金花二朶, 御酒三杯, 於駕前上馬出朝; 百官俱給假, 攜酒送行, 自長安街直接到十里長亭, 樽罍不絕. 只有楊太師高太尉二人懷恨不送. 內中惟賀內翰等酒友七人, 直送至百里之外, 流連三日而別. 李白集中有《還山別金門知己》詩, 略云:

> 恭承丹鳳詔, 欻起煙蘿中. 一朝去金馬, 飄落成飛蓬.
> 閒來東武吟, 曲盡情未終. 書此謝知己, 扁舟尋釣翁.

李白錦衣紗帽, 上馬登程, 一路只稱錦衣公子. 果然逢坊飮酒, 遇庫支錢. 不一日, 回至綿州, 與許氏夫人相見. 官府聞李學士回家, 都來拜賀, 無日不醉. 日往月來, 不覺半載. 一日, 白對許氏說, 要出外遊玩山水. 打扮做秀

127) 杖頭(장두): '杖頭錢'의 준말이다. '지팡이의 손잡이 끝에 걸린 돈'이라는 뜻으로 술 사 먹을 돈을 이른다. 《晉書·阮脩傳》에 보이는 "완수는 항상 걸어 다니면서 百錢을 지팡이의 손잡이 끝에 걸어놓고 술집에 이르러선 홀로 술을 한껏 마시곤 했다.(常步行, 以百錢挂杖頭, 至酒店, 便獨酣暢.)"라는 내용에서 나온 말이다.

才模樣, 身邊藏了御賜金牌, 帶一個小僕, 騎一健驢, 任意而行. 府縣酒資, 照牌供給. 忽一日, 行到華陰界上, 聽得人言華陰縣知縣貪財害民. 李白生計, 要去治他. 來到縣前, 令小僕退去. 獨自倒騎着驢子, 於縣門首連打三回. 那知縣在廳上取問公事, 觀見了, 連聲: "可惡, 可惡! 怎敢調戱父母官!" 速令公吏人等拿至廳前取問. 李白微微詐醉, 連問不答. 知縣令獄卒押入牢中: "待他酒醒, 着他好生供狀, 來日決斷." 獄卒將李白領入牢中, 見了獄官, 掀髯長笑. 獄官道: "想此人是風顚的?" 李白道: "也不風, 也不顚." 獄官道: "旣不風顚, 好生供狀. 你是何人? 爲何到此騎驢, 搪突縣主?" 李白道: "要我供狀, 取紙筆來." 獄卒將紙筆置於案上, 李白扯獄官在一邊, 說道: "讓開一步, 待我寫." 獄官笑道: "且看這瘋漢寫出甚麽來." 李白寫道:

供狀綿州人, 姓李單名白. 弱冠廣文章, 揮毫神鬼泣. 長安列八仙, 竹溪稱六逸. 曾草嚇蠻書, 聲名播絕域. 玉輦每趨陪, 金鑾爲寢室. 啜羹御手調, 流涎御袍拭. 高太尉脫靴, 楊太師磨墨. 天子殿前, 尙容吾乘馬行; 華陰縣裏, 不許我騎驢入? 請驗金牌, 便知來歷.

寫畢, 遞與獄官看了, 獄官嚇得魂驚魄散, 低頭下拜, 道: "學士老爺, 可憐小人蒙官發遣, 身不由己, 萬望海涵赦罪!" 李白道: "不干你事, 只要你對知縣說, 我奉金牌聖旨而來, 所得何罪, 拘我在此?" 獄官拜謝了, 即忙將供狀呈與知縣, 并述有金牌聖旨. 知縣此時如小兒初聞霹靂, 無孔可鑽; 只得同獄官到牢中參見李學士, 叩頭哀告道: "小官有眼不識泰山, 一時冒犯, 乞賜憐憫!" 在職諸官, 聞知此事, 都來拜求, 請學士到廳上正面坐下, 衆官庭參已畢. 李白取出金牌與衆官看, 牌上寫道: "學士所到, 文武官員軍民人等有不敬者, 以違詔論." "汝等當得何罪?" 衆官看罷聖旨, 一齊低頭禮拜: "我等都該萬死!" 李白見衆官苦苦哀求, 笑道: "你等受國家爵祿, 如何又去貪財害民? 如若改過前非, 方免汝罪." 衆官聽說, 人人拱手, 個個遵依, 不敢再犯. 就在廳上大排筵宴, 管待學士飮酒三日方散. 自是知縣洗心滌慮, 遂爲良牧. 此事聞於他郡, 都猜道朝廷差李學士出外私行, 觀風考政, 無不化貪爲廉, 化殘爲善.

李白遍歷趙、魏、燕、晉、齊、梁、吳、楚, 無不流連山水, 極詩酒之趣. 後因安祿山反叛, 明皇車駕幸蜀, 誅國忠於軍中, 縊貴妃於佛寺. 白避亂隱於廬山. 永王璘時爲東南節度使, 陰有乘機自立之志. 聞白大才, 强偪下山, 欲授僞職, 李白不從, 拘留於幕府. 未幾, 肅宗即位於靈武, 拜郭子儀爲天下兵馬大元帥, 克復兩京. 有人告永王璘謀叛, 肅宗即遣子儀移兵討之. 永王兵敗, 李白方得脫身, 逃至潯陽江口, 被守江把總擒拿, 把做叛黨, 解到郭元帥軍前. 子儀見是李學士, 即喝退軍士, 親解其縛, 置於上位, 納頭便拜道: “昔日長安東市, 若非恩人相救, 焉有今日?” 即命治酒壓驚, 連夜修本, 奏上天子, 爲李白辨冤; 且追敍其嚇蠻書之功, 薦其才可以大用. 此乃施恩而得報也. 正是:

兩葉浮萍歸大海, 人生何處不相逢.

時楊國忠已死, 高力士亦遠貶他方; 玄宗皇帝自蜀迎歸, 爲太上皇, 亦對肅宗稱李白奇才. 肅宗乃徵白爲左拾遺. 白嘆宦海沉迷, 不得逍遙自在, 辭而不受. 別了郭子儀, 遂泛舟遊洞庭岳陽, 再過金陵, 泊舟於采石江邊. 是夜, 月明如晝. 李白在江頭暢飮, 忽聞天際樂聲嘹亮, 漸近舟次, 舟人都不聞, 只有李白聽得. 忽然江中風浪大作, 有鯨魚數丈, 奮鬣而起; 仙童二人, 手持旌節, 到李白面前, 口稱: “上帝奉迎星主還位.” 舟人都驚倒, 須臾甦醒, 只見李學士坐於鯨背, 音樂前導, 騰空而去. 明日將此事告於當塗縣令李陽冰, 陽冰具表奏聞. 天子勅建李謫仙祠於采石山上, 春秋二祭. 到宋太平興國年間, 有書生於月夜渡采石江, 見錦帆西來, 船頭上有白牌一面, 寫“詩伯”二字. 書生遂朗吟二句道:

誰人江上稱“詩伯”? 錦繡文章借一觀!

舟中有人和云:

夜靜不堪題絕句, 恐驚星斗落江寒.

書生大驚, 正欲傍舟相訪, 那船泊於采石之下. 舟中人紫衣紗帽, 飄然若仙, 逕投李謫仙祠中. 書生隨後求之祠中, 並無人跡, 方知和詩者即李白也. 至今人稱“酒仙”、“詩伯”, 皆推李白爲第一云.

嚇蠻書草見天才, 天子調羹親賜來. 一自騎鯨天上去, 江流采石有餘哀.

제7권

기름을 파는 총각이 일등 명기(名妓)를 독차지하다〔賣油郎獨佔花魁〕

작품 해설

이 작품은 《성세항언(醒世恆言)》 권3의 이야기이다. 입화(入話) 부분에 있는 정원화(鄭元和)와 이아선(李亞仙)에 대한 이야기의 본사(本事)는 당나라 백행간(白行簡)의 전기소설(傳奇小說) 작품인 〈이왜전(李娃傳)〉으로 《태평광기(太平廣記)》 권484에 수록되어 있으며, 《이문집(異聞集)》에서 나왔다고 했고 주인공은 이왜(李娃)와 정생(鄭生)으로 되어 있다. 명나라 여공인(余公仁)의 《연거필기(燕居筆記)》 권7에는 〈정원화가 이아선과 오입질한 이야기(鄭元和嫖遇李亞仙記)〉로 기재되어 있고 송나라 나엽(羅燁)의 《취옹담록(醉翁談錄)》 계집(癸集) 권1에는 〈이아선이 정원화를 저버리지 않다(李亞仙不負鄭元和)〉라는 제목으로 수록되어 있다. 이 이야기를 바탕으로 한 희곡 작품으로는 원나라 고문수(高文秀)가 창작한 잡극 〈정원화가 풍설에 동냥질을 하다(鄭元和風雪打瓦罐)〉〔《녹귀부(錄鬼簿)》에 수록〕, 석군보(石君寶)가 창작한 〈이아선이 곡강지에서 시주를 즐기다(李亞仙詩酒曲江池)〉〔《원곡선(元曲選)》에 수록되어 있는데 다른 문헌에는 〈이아선이 곡강지에서 술을 즐기다(李亞仙花酒曲江池)〉로 되어 있기도 하다]가 있으며, 명나라 주유돈(朱有燉)의 〈이아선이 곡강지에서 시주를 즐기다(李亞仙詩酒曲江池)〉[《원명잡극(元明雜劇)》과 《사마타실곡총(奢摩他室曲叢)》에 수록] 등의 작품이 있다. 《구궁정시(九宮正始)》에는 송원 때 사람이 지은 희문(戲文)인 〈이아선(李亞仙)〉이 소개되어 있고, 명나라 전기(傳奇) 작품으로는 설근연(薛近兗)이 창작한 〈수유기(繡襦記)〉[《육십종곡(六十種曲)》과 《고본희곡총간(古本戲曲叢刊)》 초집(初集)에 수록]가 있으며, 《평극희목회고(平劇戲目匯考)》 710번에는 희곡 작품 〈연화경(煙花鏡)〉이 소개되어 있다.

정화(正話)에 나오는 '기름 파는 총각(賣油郎)'과 '일등기생(花魁)'에 대한 이야기는 《정사(情史)》 권5 〈사봉(史鳳)〉 뒤에 간략하게 나온다. 《곡해총목제요(曲海總目提要)》 권19에는 명나라 만력 연간 사람이 지은 〈일등기생을 차지하다(佔花魁)〉라는 희곡 작품이 소개되어 있으며, 《평극희목회고(平劇戲目匯考)》 864조에는 〈일등기생을 독차지하다(獨佔花魁)〉라는 희곡 작품이 소개되어 있다. 지금도 이 이야기를 각색한 지방희(地方戲)와 곡예(曲藝) 작품을 비롯한 영화 등이 제작되기도 한다. 조선시대 무명씨가 〈매유랑독점화괴(賣油郎獨佔花魁)〉를 문언으로 개사하고자 한 작품이 《담자(啖蔗)》에 〈화괴낭전(花魁娘傳)〉이란 제목으로 수록되어 있다.

예로부터 미인이나 기생을 꽃에 비유했다. '화괴(花魁)'라는 말은 꽃 중의 우두머리라는 뜻으로 꽃 가운데에서 가장 예쁜 꽃을 의미하는 동시에 기생들 가운데에서 으뜸이 되는 절색미인을 이르기도 한다. 기생들이 사는 동네를 '화가(花街)'라고 했으며 기생과 함께 마시는 술을 '화주(花酒)'라고 했다. 일종의 미인선발대회처럼 기생의 용모와 재치를 품평하는 활동도 있었는데 이를 보통 '품화(品花)'라고 했으며 그런 경기를 '화방(花榜)' 또는 '화안(花案)'이라고 불렀다.

기생들을 품평하는 이런 습속은 당나라 때부터 시작된 것으로 보인다.

당나라 때 문인재자들이 기생들과 많이 어울렸다는 기록이 적잖이 보이는데 그 중에서 범터(范攄)의 《운계우의(雲溪友議)》 권중 〈사옹씨(辭雍氏)〉 조에 의하면, 시인이었던 최애(崔涯)가 매번 기생집에서 시를 지으면 전부 길거리에서 그 시가 읊조려졌으니 그 기생을 칭찬하는 내용이면 찾아오는 손님들로 수레가 끊이지 않았고 그 기생을 책잡는 내용이면 술상의 음식도 제대로 놓지 못했다고 한다. 당나라 손계(孫棨)의 《북리지(北里志)·해론삼곡중사(海論三曲中事)》에서 평강리(平康里)의 삼곡(三曲) 가운데 남곡(南曲)과 중곡(中曲)은 재주가 뛰어나 명성이 있는 자들이 사는 곳이고 나머지 일곡(一曲)은 열등 기생이 사는 곳이라고 언급한 것을 보면, 당나라 때 이미 기생의 우열을 가리는 모종의 습속이 있었던 것으로 여겨진다. 본격적인 화방(花榜)은 송대(宋代)에 등장했는데 당대(唐代)의 전통을 이어 기생들을 품평하는 자는 대개 기방을 출입하는 명사와 재자들이었다. 송나라 나엽(羅燁)의 《취옹담록(醉翁談錄)》 무집(戊集) 〈연화품조(煙花品藻)〉에 의하면, 시인 옹원광(翁元廣)이 기생이 시중을 드는 연회에 많이 참석하면서 기생들의 용모와 기예에 대해 잘 알게 되어 그들을 각각 한 가지 꽃에 비유해 품평했는데 모두 실상에 맞아 사람들이 서로 다투어 이를 전했다고 한다. 그 가운데 오기(吳璣)라는 기생을 홍매(紅梅)에 비유하면서 '화적지괴(花籍之魁)'라고 했으며 그 다음으로 빼어난 기생을 '화괴지아(花魁之亞)'라고 했다는 기록이 있는 것을 볼 때, 기방에서 화괴(花魁)라는 말이 이때 처음 등장한 것이 아닌가 싶다.

명나라 중·후기에 이르러 화방은 특히 강남(江南) 지역에서 유행했다. 가정(嘉靖) 연간에 방안(榜眼)으로 급제해 시문으로 이름을 떨친 조대장(曹大章)은 양백룡(梁伯龍), 오백고(吳伯高) 등과 함께 연대선회(蓮臺仙會)라는 기생미인선발대회를 열었는데 반지항(潘之恒)의 《긍사(亘史)》 외기(外紀) 권17 〈연대선회서(蓮臺仙會敍)〉에서 이를 기록하기도 했다. 이뿐만 아니라 조대장은 《연대선회품(蓮臺仙會品)》, 《연도기품(燕

都妓品)》, 《진회사여표(秦淮士女表)》, 《광릉여사전최(廣陵女士殿最)》 등과 같은, 당시의 기생에 대해 기술하고 품평하는 책까지 남기기도 했다. 그의 《연대선회품》에 의하면, 연대선회에서는 꽃의 종류와 과거시험의 서열 명칭으로 기생들을 선발하여 여학사(女學士), 왕새옥(王賽玉), 자미화(紫微花), 여장원(女狀元), 장란옥(蔣蘭玉), 행화(杏花) 등 열네 명을 뽑았으며 문인사객(文人詞客)들이 서로 다투어 그 기생들을 위해 시사(詩詞)와 곡자(曲子)를 지어 주었다고 한다.

이런 습속은 청대에도 이어져 청나라 여회(余懷)의 《판교잡기(板橋雜記)》에서도 명말 시기 금릉(金陵) 도엽도(桃葉渡)에서 열리는 화안(花案)에 대해 기록했다. 거기에 기술된 바에 따르면, 사방의 기생들과 각지의 현호(賢豪)들이 한데 모여 즐겼으며 기생 20여 명 중에서 장원으로 뽑히는 기생이 고대(高臺)에 올라가 악곡을 연주하고 술을 올렸다고 한다. 민국시기 서가(徐珂)의 《청패유초(清稗類鈔)》에 따르면, 청나라 때에도 '장원(壯元)', '방안(榜眼)', '탐화(探花)' 등의 이름으로 기생의 화방 순위를 매겼는데 한 번 화방에 이름이 오르면 그 명성과 몸값이 열 배로 뛰었다고 한다. 이러한 일종의 기생미인선발대회는 민국시기까지 계속되었으며 근대에 들어서는 신문에서 대폭적으로 선전되기도 했다. 특히 난세였던 청말부터 민국시기까지의 시기에 이런 습속들이 더욱더 성행한 것을 보면 이를 통해 명인 재자들이 세사를 잊고자 한 면모도 엿볼 수 있다. 1897년부터 1909년까지 《유희보(遊戲報)》를 비롯한 각종 신문 매체에서 연이어 화방을 열기까지 했다. 과거가 폐지됨에 따라 그 명칭도 화국선거(花國選擧)로 바꾸고 화방의 장원을 '화국 대통령'으로, 그 다음을 '화국 부통령'과 '화국 총리'로 개칭하기도 했으니 중국인들의 기생 품평의 역사는 단순한 유희의 습속을 넘어 기생문화의 일부였던 셈이다.

이 작품에서 권세와 돈을 미끼로 하여 화괴낭자를 단순히 유희와 욕망의 대상으로만 본 자들은 그녀의 마음을 사지 못했고 진실한 사랑으로 그녀를 대했던 기름 파는 총각만이 그녀의 마음을 얻었으니 그 뜻이 깊다.

〈두십랑노침백보상(杜十娘怒沉百寶箱)〉에서 두십랑이 선택한 이갑은 세상에서 가장 어리석고 속된 사내였고, 본 작품 〈매유랑독점화괴(賣油郎獨佔花魁)〉에서 화괴낭자가 선택한 진중은 세상에서 가장 총명하고 참된 사내였다. '화괴낭자'와 '두십랑'은 모두 진실한 사랑을 추구했던 여인이자 기방의 일등기생이었지만 화괴낭자는 사내의 '진(眞)'과 '가(假)', '허(虛)'와 '실(實)'를 구별해 낼 수 있었고 두십랑은 그렇지 못해 정 반대의 결과를 낳았던 것이다.

본문 역주

젊은이들은 서로 다퉈 풍월(風月)[1]을 자랑하거니	年少爭誇風月
그 풍월장(風月場)에는 풍랑도 많다네	場中波浪偏多
돈은 있으나 얼굴이 떨어지면 서로 마음이 맞기 어렵고	有錢無貌意難和
얼굴은 되나 돈이 없으면 아예 불가하다오	有貌無錢不可
설령 돈도 있고 얼굴도 된다 하더라도	就是有錢有貌
신경을 써 마음을 잘 맞춰줘야 된다네	還須着意揣摩
여자 마음 잘 헤아릴 줄 아는 잘생긴 오빠로	知情識趣俏哥哥
이 바닥에서 나와 견줄 자 누가 있을까나	此道誰人賽我

이 사(詞)는 사패명(詞牌名)[2]이 〈서강월(西江月)〉[3]이며 그 내용은 풍

1) 풍월(風月): 남녀 간의 情愛에 관한 일이나 혹은 기생과 오입질하는 것을 가리킨다. 이로 인해 연애, 외도 등과 같이 남녀 간의 사랑에 관련된 분야인 情場이나 기방을 風月場이라고 한다.
2) 사패명(詞牌名): '詞'는 본래 일정한 곡조에 맞춰 노래로 부르는데 그 곡조를 '詞牌'라고 하며 곡조의 이름을 '詞牌名'이라고 한다. 편의상 그 곡조에 해당한 詞를 그 詞牌名으로 칭했다.
3) 서강월(西江月): 본래 당나라 敎坊의 곡이었는데 나중에 詞牌로 쓰였으며 〈江月令〉, 〈白蘋香〉, 〈步虛詞〉 등이라고도 했다. '서강월'이라는 명칭은 이백의 시

월의 계략 가운데서 가장 중요한 논조를 담고 있다. 속어에 이르기를 “기생은 잘생긴 걸 좋아하고 기생어미는 돈 많은 걸 좋아한다.〔妓愛俏, 媽愛鈔.〕”고 한다. 그러기에 풍월객 가운데 반안(潘安)[4]과 같은 용모를 지니고 등통(鄧通)[5]과 같이 돈이 있는 자가 있으면 자연히 기생어미와도 화목하고 기생과도 화목하여 기방에서 대장이 되고 원앙회(鴛鴦會)[6]에서 우두머리가 될 수 있다. 비록 그렇기는 하지만 또한 경전처럼 중요한 두 글자가 있으니 그것이 바로 ‘방친(幫襯)’이라고 하는 것이다. ‘방(幫)’이란 것은 마치 신발에 방(幫)[7]이 있는 것처럼 ‘돕는다’는 말이고, ‘친(襯)’이란 것은 마치 옷에 안감이 있는 것처럼 ‘돕는다’는 말이다. 기생 노릇하는 여자들은 십 점짜리 장점 하나만 있어도 안받침만 받으면 곧 백 점짜리가 된다. 만약 기생에게 단점이 있다면 애써 기생을 위해 덮어주고, 거기에다가 겸손하고 낮은 소리로 정겨운 말을 해주며 기생이 좋아하는 것에 맞추고 싫어하는 것을 피해 정(情)으로써 정을 헤아려준

〈蘇臺覽古〉에 있는 구절인 “只今唯有西江月”에서 비롯되었다.

4) 반안(潘安): 미남으로 유명했던 西晉 때의 문인 潘嶽을 가리킨다. 자가 安仁이었기에 潘安이라고도 불리었으며 虎賁中郎將 등의 벼슬을 지냈다. 그가 수레를 타고 나가면 길거리에 있던 부녀자들이 호감의 표시로 과일을 던져 수레에 가득 찼다는 이야기가 《晉書·潘嶽傳》에 보인다. 후세의 시문에서 美男子의 대명사로 쓰인다.

5) 등통(鄧通): 西漢 때 蜀郡의 南安(지금의 四川省 樂山) 사람으로 文帝의 총애를 받아 上大夫까지 지냈으며 헤아릴 수 없을 정도의 재물을 하사 받았기도 했다. 文帝는 또한 蜀郡 嚴道에 있는 구리 광산을 그에게 내려 스스로 동전을 주조할 수 있도록 허락해 이른바 ‘鄧氏錢’이 천하에 두루 유통되기도 했었다. 자세한 이야기는 《史記·佞幸列傳》에 보인다.

6) 원앙회(鴛鴦會): 남녀가 즐겁게 모이는 연회를 비유적으로 이르는 말이다. 《元史·燕鐵木兒傳》에 따르면 “하루는 趙世延의 집에서 연회가 열렸는데 남녀가 열을 지어 늘어앉아 있었고 이를 鴛鴦會라고 했다.(一日宴趙世延家, 男女列坐, 名鴛鴦會.)”라는 내용이 보인다.

7) 방(幫): 신발에서 밑창을 제외한, 발을 감싸는 나머지 부분으로 신발의 안쪽과 바깥쪽에 헝겊이나 가죽으로 댄 발등까지 올라오는 통을 이르는 말이며 보통 ‘鞋幫’이라고 한다.

다면 어찌 그 풍월객을 사랑하지 않을 수 있겠는가? 이렇게 하는 것이 '방친(幫襯)'이라고 하는 것이다. 풍월장(風月場)에서는 '방친'을 할 줄 아는 자가 가장 유리하니 방친을 잘 하면 용모가 잘생기지 못해도 잘생긴 것이 되고 돈이 없어도 돈이 있는 것이 된다. 예를 들자면 정원화(鄭元和)[8]는 비전원(卑田院)[9]의 거지가 되어 있었을 때 주머니는 모두 비어 있었고 용모도 옛날과 같지 않았다. 눈 오는 날 정원화와 우연히 마주친 이아선(李亞仙)은 측은한 마음이 들어 비단옷을 입히고 좋은 음식으로 봉양을 하며 그와 부부가 되었다. 이것이 어찌 이아선이 정원화의 돈과 용모를 연모한 것이었겠는가? 오로지 예전에 정원화가 정(情)을 알며 '방친'을 잘 했었기 때문에 이아선은 마음속에서 그를 버릴 수 없었던 것이다. 이아선이 병중에 있을 때 말 막창탕을 먹고 싶어 하자 정원화는 곧장 자신의 오화마(五花馬)[10]를 죽여 창자를 꺼내 탕을 끓여서 그녀에게 준 일이 있었으니, 이 일만 봐도 이아선이 어찌 정원화에 대한 정을 마음에 두지 않을 수 있었겠는가? 나중에 정원화는 장원급제를 했으며 이아선은 견국부인(汧國夫人)으로 봉해졌다. 연화락(蓮花落)[11]을 하다가 만언책(萬言策)[12]을 올리게 되었으며, 비전원(卑田院)이 백옥루(白

8) 정원화(鄭元和): 소설 또는 雜劇 등의 작품들에서 보이는 당나라 때 인물이다. 기생 李亞仙과 사랑에 빠져 재산을 탕진한 뒤, 거지가 되었으나 李亞仙은 그를 도와주고 공부를 하게 하여 급제를 하고 벼슬을 하게 된 이야기가 송나라 羅燁의 《醉翁談録》 권1 癸集에 보인다.

9) 비전원(卑田院): 卑田院[bēitiányuàn]은 悲田院[bēitiányuàn]이 와전된 것으로, 불교에서 가난한 것을 '悲田'이라고 했기에 '悲田院'은 본래 佛寺에서 貧民을 구제하는 장소였으나 나중에 일반적으로 거지의 수용소를 가리키게 되었다.

10) 오화마(五花馬): 당나라 때 사람들이 준마의 털을 꽃잎 모양으로 손질해서 장식하기를 좋아했는데 이때 꽃잎 다섯 개 장식이 있는 말을 '五花馬' 또는 '五花'라고 불렀다.

11) 연화락(蓮花落): 蓮華樂이라 불리기도 하며 민간 曲藝 형식 가운데 하나로 우리의 '각설이 타령'이라고 할 수 있다. 옛날에는 본래 거지가 불렀는데 나중에는 이를 전문으로 하는 배우도 있었으며 竹板으로 박자를 치면서 불렀다.

12) 만언책(萬言策): 萬 글자나 되는 策文이라는 뜻으로 관리가 조정에게 올리는

玉樓)로 바뀌었다. 비단이불 속에서 있었던 떳떳치 못한 풍월놀음은 덮인 채 오히려 풍월장에서의 미담(美談)이 되었다. 이것은 바로 다음과 말로 대변된다.

운이 다하면 황금도 빛을 잃고 運退黃金失色
때가 오면 검은 쇠에서도 빛이 난다네 時來黑鐵生光

화설(話說), 송(宋)나라 태조(太祖)[13]가 개국한 뒤 태종(太宗)[14]이 제위를 이어받고 진종(眞宗), 인종(仁宗), 영종(英宗), 신종(神宗), 철종(哲宗)을 거치면서 모두 7대(代) 제왕이 있었다. 이들 모두가 무력 증강을 멈추고 문교(文敎)에 힘썼으니 나라가 태평하고 백성들의 생활이 안정되었다. 휘종(徽宗) 도군(道君)[15]황제에 이르러는 채경(蔡京)[16], 고구(高俅)[17], 양전(楊戩)[18], 주면(朱勔)[19] 등을 신임하면서 원림(園林)을 크게

장편의 상소문을 이른다.

13) 태조(太祖): 송나라 개국황제인 太祖 趙匡胤(927~976)을 이른다.

14) 태종(太宗): 송나라 두 번째 황제인 太宗 趙光義(939~997)를 이른다. 宋 太祖 趙匡胤의 동생으로 본명은 趙匡義였는데 太祖의 이름자를 피휘하여 趙光義로 개명했고 즉위한 뒤, 다시 趙炅으로 바꾸었다.

15) 도군(道君): 송나라 徽宗 趙佶(1082~1135)을 가리킨다. 蔡京, 高俅 등과 같은 간신들을 총애하며 국정에 뜻을 두지 않았고 황음에 빠져 사치스런 생활을 했다. 하지만 서화나 시문에는 조예가 있어 '瘦金體'라는 서체를 창시하기도 했다. 도교를 신봉해 스스로를 敎主道君皇帝라고 칭했다. 靖康 2년(1127)에 金나라 太宗에게 戰敗하여 포로가 된 뒤, 紹興 5년(1135)에 五國城에서 병사했다.

16) 채경(蔡京, 1047~1126): 자가 元長이고 北宋 때 權臣이자 서예가였다. 中書舍人, 龍圖閣待制, 開封知府, 右仆射 등의 벼슬을 역임했고 太師에까지 올랐으며, 총 네 번에 걸쳐 17년 동안 재상의 자리에 있었다. 북송 말년에 太學生인 陳東이 상소문을 올려 王黼, 童貫, 梁師成, 朱勔, 李邦彦 등과 함께 '六賊之首'라고 불렀다. 《宋史》 권472 〈奸臣傳〉에 그에 대한 전이 있다.

17) 고구(高俅, ?~1126): 正史에 그에 대한 기록은 많이 보이지 않는다. 《宋史》에 殿前都指揮使, 太尉, 開府儀同三司 등의 벼슬을 역임한 내용만이 보인다. 宋人 王明淸의 筆記 《揮麈錄》에 의하면, 그는 축구를 잘해 당시 端王이었던 徽宗에게 총애를 받았다고 하며 《水滸傳》에서도 대표적인 악역으로 묘사해 童貫, 蔡京,

짓고 오로지 유락(遊樂)만을 일삼으며 정사에 힘쓰지 않았다. 이로 인해 모든 백성들이 원망을 했으며 금(金)나라 오랑캐가 그 틈을 타고 일어나 아름다운 세상이 산산조각 나게 되었다. 휘종(徽宗)과 흠종(欽宗)[20] 두 황제는 포로가 되었고 고종(高宗)[21]은 하늘의 도움을 받아 진흙으로 된 말을 타고 강을 건넌 뒤, 지역 한 구석에 정착하여 천하가 남북으로 나뉘어졌을 때에 이르러서야 비로소 숨을 좀 돌릴 수 있었다. 그 사이 수십

楊戩 등과 더불어 '四大奸臣'이라고 불렀다.

18) 양전(楊戩, ?~1121): 송나라 徽宗 때의 환관으로 彰化軍節度使, 太傅 등의 벼슬을 역임했다. 백성들에게 강제로 廢地를 소작으로 주고 조세를 받았다. 《宋史》 권468에 그에 대한 전기가 있다. 宋人의 講史話本인 《大宋宣和遺事》에 의하면, 그는 徽宗과 평복 차림을 하고 민간의 화류계를 드나들었다고 한다.

19) 주면(朱勔, 1075~1126): 蘇州 사람으로, 부친인 朱沖이 채경에게 아첨을 하여 父子가 모두 벼슬을 할 수 있었다. 당시 宋 徽宗이 奇花異石을 좋아했기에 주면은 官錢을 써서 花石을 구한 뒤 배편으로 경도까지 운송했으므로 백성들이 큰 곤궁에 빠지기도 했다. 《宋史》 권468에 그에 대한 傳이 있다.

20) 흠종(欽宗): 송나라 欽宗 趙桓(1100~1156)을 이른다. 송나라의 아홉 번째 황제이자 北宋의 마지막 황제였다. 靖康 2년(1127) 정월에 金兵에 의해 汴京이 격파되고 徽宗과 欽宗은 포로로 잡혀가 北宋이 멸망했다.

21) 고종(高宗): 송나라의 열 번째 황제이자 南宋 첫 번째 황제인 高宗 趙構(1107~1187)를 이른다. 靖康의 난으로 宋 徽宗과 宋 欽宗이 금나라에게 포로로 잡힌 뒤, 徽宗의 아들이자 欽宗의 동생이었던 康王 趙構가 南京 應天府(지금의 河南省 商丘市)에서 제위에 올랐는데 역사상 이를 '南宋'이라고 한다. 1138년에는 臨安府(지금의 浙江省 杭州市)로 천도했다. 송나라 辛棄疾의 《南渡錄》에 의하면, '靖康의 난' 이후 당시 康王이었던 趙構가 金나라에 포로로 있었는데 金나라의 태자와 함께 활을 쏘게 되었다고 한다. 康王이 세 번을 쏘아 다 맞추자 금나라 사람이 그것을 보고서 반드시 송나라 종실 가운데 무예에 능한 사람을 뽑아서 康王으로 가장시킨 것이라 생각하고 잡아 둬도 쓸모가 없을 것이라 여겨 그를 풀어주었다. 강왕은 급히 달아나다가 피곤하여 崔府君廟에서 잠시 졸았는데 꿈에서 神人이 나타나 그에게 "金나라 사람이 쫓아왔으니 빨리 가시오. 이미 문 앞에 말을 준비해 놓았소."라고 하기에 놀라서 깨어보니, 말이 이미 옆에 있었다. 말을 타고 남쪽으로 달려 강을 건넌 뒤로 말이 다시 움직이지를 않았다. 말에서 내려서 보니 그 말은 '진흙으로 된 말[泥馬]'이었다고 한다. 이로 인해 원문에 있는 '泥馬渡江'은 '하늘의 도움으로 강을 건너다'라는 뜻이다. 宋元 및 그 이후의 筆記나 소설에서 이 일을 기재한 것이 적잖이 보인다.

년 동안 백성들은 얼마나 많은 고초를 겪었는가 하면 바로 이 시의 내용과 같다.

갑옷을 두른 전마(戰馬) 무리 속에서 목숨을 건지고	甲馬叢中立命
창 칼 더미 가운데서 가정을 꾸리네	刀鎗隊裏爲家
살육을 마치 장난하듯이 하고	殺戮如同戲耍
약탈이 바로 생활이라네	搶奪便是生涯

그 속에서 살았던 사람들 가운데 한 사람에 대한 얘기를 하고자 하니, 그는 바로 변량(汴梁)[22]성 밖의 안락촌(安樂村)에 살고 있던 사람으로 성은 신(莘) 씨이고 이름이 선(善)이라 했으며 아내는 완(阮) 씨였다. 부부 두 사람은 양곡가게를 하고 있었는데 비록 쌀 파는 것을 생업으로 삼고는 있었으나 땔나무, 숯, 차, 술, 기름, 소금 등과 같은 모든 잡화도 갖춰 놓지 않은 것이 없었으며 생활 형편이 제법 살 만했다. 나이 마흔이 넘도록 단지 딸 하나만을 두었는데 그 딸아이는 아명을 요금(瑤琴)이라고 했으며 어렸을 때부터 생김새가 빼어난 데다가 자질도 총명했다. 요금의 나이 일곱 살에 마을서당으로 보내 공부를 하게 했더니 하루에 천 자(字)를 외웠다. 열 살이 되었을 때에는 시를 읊고 부(賦)를 지을 수 있었다. 그가 지은 〈규정(閨情)〉이라는 절구 한 수가 있었는데 사람들이 이를 읊어 전했다. 그 시는 이러하다.

적적한 마음으로 주렴의 금고리를 내리니	朱簾寂寂下金鉤
오리향로의 연기는 침침한데 규각은 차갑기만 하구나	香鴨沉沉冷畫樓
베개를 고쳐 베려니 나란히 잠자는 원앙이 놀랄까 두렵고	移枕怕驚鴛並宿

22) 변량(汴梁): 元明 때 北宋 수도였던 開封(지금의 河南省 開封市)을 '汴梁'이라 불렀다.

등심(燈心)을 세우려니 원망스레 심지마저 한 쌍이구나　　挑燈偏恨蕋雙頭

열두 살이 되어서는 거문고, 바둑, 서화 등에서 능통하지 않은 것이 없었다. 여공(女功)으로 말할 것 같으면 날랜 바느질 솜씨는 사람들의 예상을 넘어섰다. 이런 것들은 타고난 총명함이지 배워서 할 수 있는 것은 아니었다. 신선(莘善)은 집에 아들이 없었기 때문에 데릴사위를 찾아 집으로 들여 노후에 의탁을 하려 했으나 딸이 영특하고 재주가 많아 그의 배필을 찾기 어려웠기 때문에 청혼을 하는 자들이 자못 많았어도 모두 허락하지 않았다. 불행하게도 금나라 오랑캐들이 창궐하여 변량성(汴梁城)을 포위해 곤경에 빠지게 되었다. 사방에 나라를 구원하고자하는 군대는 많았지만 재상은 화의(和議)를 주장하며 싸우는 것을 허락하지 않았다. 그리하여 오랑캐는 세력이 더욱 강해져 도성을 격파하고 두 황제를 잡아가기에 이르렀다. 당시 성 밖의 백성들은 하나같이 혼비백산하여 노인을 데리고 어린애들을 이끌고서 목숨을 건지기 위해 집을 버리고 도망을 했다.

각설(却說), 신선도 아내 완씨와 열두 살 먹은 딸애를 데리고서 피난가는 사람들과 함께 보따리를 등에 지고 무리를 지어 달아났다. 황급하기가 주인을 잃은 개와 같았으며 서두르는 모양이 마치 그물에서 빠져나온 물고기와 같았다. 갈증을 참고 굶주림을 참으며 고생을 무릅썼다. 이번에 가면 어디가 고향이 될 지도 모르고서 하늘과 땅에 외치고 조상을 부르면서 오로지 오랑캐를 만나지 않게 되기를 기원했다. 그것은 바로 이런 말로 대변된다.

차라리 태평시절의 개가 될지언정　　寧爲太平犬
난리 통의 사람이 되지 말지니　　莫作亂離人

길을 가던 중에 오랑캐는 만나지 않았지만 오히려 누구도 생각지 않은 한 무리의 패잔 관병(官兵)들을 만나게 되었다. 그들은 피난 가는 백성들이 대부분 등에 보따리를 지고 있는 것을 보고서 거짓말로 "오랑캐가 왔다!"고 소리 지르며 길을 따라 불을 질렀다. 이때 해가 막 저물려 하고 있었던 터라 백성들은 겁을 먹고 황야로 흩어져 마구 도망가며 너나할 것 없이 서로를 돌보지 않았다. 패잔 관병들은 그 틈을 타 재물을 강탈하였는데 만약 건네주지 않으면 바로 죽여 버렸다. 이는 바로 난리 속에서 난리가 난 것이요, 고생에 고생을 얹은 격이었다.

각설, 신씨 딸 요금은 패잔 관군들에게 치여서 한 번 넘어졌는데 다시 기어 일어나서 보니 부모가 보이지 않았다. 요금은 감히 소리를 지르며 부르지도 못한 채 길 가에 있던 오래된 무덤 속에 숨어서 하룻밤을 보냈다. 날이 밝은 뒤 밖으로 나와서 보니 바람에 날리는 모래와 길거리에 널려 있는 시체가 눈에 가득했으며 어제 함께 피난을 가던 사람들이 모두 어디로 갔는지 알 수가 없었다. 요금은 부모가 그리워 소리 내어 끝없이 통곡했다. 부모를 찾으려고 해도 길을 알지 못해 어쩔 수 없이 남쪽을 향해 가면서 걸음걸음마다 울며 겨우 발길을 내딛었다. 대략 2리(里) 쯤을 가노라니 마음이 괴롭기도 하고 배가 고프기도 했다. 흙집 한 채가 보이기에 그 안에 반드시 사람이 있을 것이라 생각하고서 탕을 좀 얻어 먹으려 했다. 그 앞으로 가서보니 생각했던 것과 달리 그 집은 헐어진 빈집으로 사람들은 모두 피난을 가버린 것이었다. 요금은 흙벽 아래에 앉아서 슬피 울고 있었는데 예로부터 "공교로움이 없이는 이야기가 되지 않는다.〔無巧不成話〕"고 했듯이, 바로 그때 한 사람이 담장 아래를 지나가고 있었다. 그 사람은 성이 복(卜) 씨이며 이름은 교(喬)로 바로 신선의 이웃이었다. 그는 평소 일은 하지 않고 빈둥거리며 본분을 지키지 않고서 공짜 밥을 먹고 공짜 돈을 쓰는 자로 사람들은 모두 그를 복대랑(卜大郎)이라고 불렀다. 그도 패잔 관군을 만나 일행과 흩어진 뒤 그날 혼자 길을 가고 있다가 우는 소리를 듣고서 황급히 와서 본 것이었다. 요금은 어려서부터 그를 알고 있는데다가 환난을 겪으며 사고무친한 터에 이웃을 보니 분명 친족을 보는 듯했다. 요금은 서둘러 눈물을 거두고 일어나서 인사를 하며 "복씨 아저씨 혹시 우리 부모님을 보셨어요?"라고 물었다. 복교는 마음속으로 이렇게 생각했다.

"어제 관군들에게 보따리를 빼앗겨 마침 여비가 없는데 하늘이 이 밥그릇을 내게 내려 주셨으니, 바로 이런 값진 물건은 두고 있다가 좋은 값에 팔아야 한다."

그러고 나서 곧 거짓말로 요금에게 이렇게 말했다.

"너희 아버지와 어머니는 너를 찾지 못해 아주 고통스러워하셨단다. 지금 먼저 가시면서 나한테 당부하시기를 '만약 내 딸을 보게 되면 부디 그 애를 데리고 와 돌려보내주오.'라고 하시면서 내게 후하게 사례를 하겠다고 하셨지."

요금은 비록 총명하기는 했지만 마침 어찌할 수 없었던 때라서, '이치에 맞는 말로 군자를 속일 수 있다.〔君子可欺以其方〕'[23]는 말이 있듯이, 전혀 의심을 하지 않은 채 복교를 따라갔다. 그것은 바로 이런 말로 대변된다.

길벗이 아님을 분명 알고는 있으나	情知不是伴
사정이 급하니 일단 따라가고 보네	事急且相隨

복교가 몸에 지니고 있던 건량을 꺼내어 요금에게 먹으라고 조금 주며 이렇게 당부의 말을 했다.

"네 부모님은 밤새 걸어가셨으니 만약 길에서 만나지 못하게 된다면 우리가 강을 건너 건강부(建康府)까지 가야 비로소 만날 수 있을 것이다.

23) 군자가기이기방(君子可欺以其方): 《孟子·萬章上》에서 子産이 校人〔연못을 주관하는 小吏〕에게 속임을 당하는 이야기가 보이는데 거기에 있는 "그러므로 군자를 도리에 맞는 것을 가지고 속일 수는 있지만, 터무니없는 것으로 속이기는 어렵다.(故君子可欺以其方, 難罔以非其道.)"라는 구절 가운데 일부이다. 군자는 바르기 때문에 사리에 맞는 것을 쉽게 믿는다는 뜻이다.

가는 길에 동행하며 잠시나마 내 너를 딸로 삼을 것이니 너도 나를 일단 '아버지'라고 부르거라. 그렇지 않으면 남들은 내가 미아를 거둬두고 있다고 생각할 테니 온당치 않다."

요금은 그 말에 따르겠다고 했다. 그 뒤로부터 육로에서는 함께 걷고 수로에서는 함께 배를 타고 가며 서로 아버지와 딸로 불렀다. 건강부에 도착했더니 다시 사태자(四太子) 금올출(金兀朮)이 군대를 이끌고 강을 건너온다는 소리가 들렸다. 건강부도 안전하지 못하게 될 것이 자명했다. 게다가 강왕(康王)이 즉위하여 이미 항주(杭州)에 정착한 뒤, 그곳을 임안(臨安)으로 개명했다는 소리가 들리기에 이들은 다시 배를 타고 윤주(潤州)로 가서 소주(蘇州), 상주(常州), 가주(嘉州), 호주(湖州) 등을 거쳐 임안의 경내에 도착하여 일단 여관에 머물렀다. 복교는 변경에서 임안까지 삼천여 리 길을 요금을 데리고 내려오느라 몸에 숨겨두고 있던 작은 은 조각들을 모두 다 써버리고 몸에 걸치고 있던 겉옷까지 벗어서 숙박비로 물었다. 오로지 남아있는 것은 '살아 있는 물건' 즉 요금 하나뿐이어서 이제 그를 팔아넘기려고 했다. 복교는 서호(西湖)의 기생 왕구마(王九媽) 집에서 수양딸을 사려한다는 것을 알아내고는 왕구마를 여관으로 데리고 와 요금을 보게 한 뒤 값을 매기도록 했다. 왕구마는 요금이 곱게 생긴 것을 보고 몸값으로 오십 냥을 쳐주었다. 복교는 은이 저울에 넉넉히 달리자 요금을 왕구마의 집으로 보냈다. 복교는 원래 꾀가 있는지라 왕구마 앞에서는 그저 이렇게만 말해 두었다.

"요금이는 내 친딸인데 불행히도 당신네 같은 기방으로 가게 되었소. 부드럽게 잘 가르치기만 한다면 그 애도 자연히 따르게 될 것이니 성급하게 하지는 마시오."

그리고 요금이 앞에서는 "왕구마는 내 가까운 친척이니 잠시 너를 그의 집에 맡겨둘 게다. 내 천천히 네 부모님의 소재를 알아본 뒤 다시 너를 데리러 오마."라고만 했으므로 요금은 기꺼이 왕구마를 따라갔다.

가엾게도 절세의 총명한 여자 아이가 可憐絕世聰明女
기방의 그물 속으로 빠져들게 되었네 墮落烟花羅網中

왕구마는 요금을 사오자마자 그가 온몸에 입고 있던 옷을 새것으로 바꿔 입히고 기루(妓樓)의 깊숙한 곳에다 숨겨두었다. 그러고는 매일 좋은 차와 좋은 음식으로 몸조리를 시켜주고 좋은 말로 위로를 해주었다. 요금은 기왕 온 것이라 편히 지냈지만 며칠 있어도 복교로부터 소식이 없자 부모가 그리워 옥구슬 같은 두 줄기 눈물을 머금은 채 왕구마에게 묻기를 "복씨 아저씨가 왜 저를 보러 오시지 않죠?"라고 했다. 왕구마가 말하기를 "어느 복씨 아저씨 말이냐?"라고 하자, 요금이 말하기를 "이 집으로 저를 데리고 온 바로 그 복대랑 말이에요."라고 했다. 왕구마가 말하기를 "그는 자기가 네 친아버지라고 하던데."라고 하니 요금이 말하기를 "그의 성은 복 씨이고 저는 신 씨인데요."라고 했다. 그러고는 변량에서 피난을 가다가 부모님과 흩어지게 되어 도중에 복교를 우연히 만나 자기를 임안으로 데리고 온 일과 복교가 자신을 속인 말 등을 세세히 한 차례 얘기해 주었다. 그러자 왕구마가 이렇게 말했다.

"그렇게 된 거였네. 네가 홀몸의 여자애로 의지할 데가 없는 애였구나. 이리된 바에 사실 그대로를 말해 주마. 그 복씨는 우리 집에 너를 팔아서 은 오십 냥을 받아 갔지. 우리 집은 기방으로 기생을 믿고 살아간단다. 집안에 비록 수양딸이 서너 명이 있긴 하지만 출중한 애가 없지. 네가 반반하게 생긴 것이 마음에 들어 친딸처럼 대하는 것이다. 네가 장성하면 잘 입고 잘 먹으면서 평생 호강을 누리며 살도록 보장해 주마."

요금은 이 말을 듣고 복교에게 속은 것을 비로소 알고서 목 놓아 통곡했다. 왕구마가 한참을 달래준 뒤에야 비로소 요금은 울음을 그쳤다. 그 뒤로부터 왕구마는 요금이란 이름을 왕미(王美)라고 고치고 집에서는 그를 모두 미낭(美娘)이라고 불렀다. 그리고 그에게 악기와 가무를 가르쳤더니 잘하지 못하는 것이 없었으며 장성해 열네 살이 되어서는 아리땁고 고운 자태가 남달랐다. 임안성 안에 있는 부호들과 공자(公子)들은 왕미의 용모를 연모하여 모두 후한 선물을 마련해 그에게 만나기를 청했다. 또한 청아한 것을 좋아하는 자들도 있었으니 왕미가 서예와 시문에 모두 뛰어나다는 소리를 듣고 시와 글씨를 구하려는 자들로 매일같이 대문에 행렬이 끊이지 않았다. 하늘같이 큰 명성을 이룩하여 그를 미낭이라고 부르지 않고 화괴낭자(花魁娘子)[24]라고 불렀다. 서호의 풍류자제들이 〈괘지아(掛枝兒)〉[25] 한 가락을 지어 화괴낭자의 좋은 점만을 이렇게 노래했다.

기방 아가씨들 가운데	小娘中
왕미아(王美兒)[26] 같이 고운 이 뉘 있을까	誰似得王美兒的標緻
서예도 하고	又會寫
그림도 그릴 줄 알며	又會畫
시 또한 지을 줄 알아	又會做詩
악기 가무는 모두 다 여사(餘事)일 뿐이네	吹彈歌舞都餘事
항상 서호를 서시(西施)에 비유하지만	常把西湖比西子[27]
서시도 그에게 비할 수 없어라	就是西子比他也還不如
누군들 그의 몸을 손댈 복이 있다면	那個有福的湯著他身兒
죽음인들 기꺼이 받아들일 것이네	也情願一個死

24) 화괴낭자(花魁娘子): '花魁'는 '온갖 꽃들 가운데 우두머리'라는 뜻으로 절세미인을 비유적으로 이르는 말이다.

25) 괘지아(掛枝兒): 〈倒掛枝兒〉 혹은 〈掛枝詞〉라 불리기도 하고 北方의 민간 곡조인 〈打棗竿〉이 남방으로 유행하다 개칭된 이름이다. 명나라 天啓, 崇禎 연간에 성행했고 내용은 대부분 남녀애정을 다루었다. 명나라 소설에 항상 이 곡조의 노래가 보이며 조롱이나 해학의 의미를 드러낸다.

26) 왕미아(王美兒) : '王美'라는 이름 뒤에 '兒'를 붙이는 것은 친근감을 주는 호칭법이다.

27) 상파서호비서자(常把西湖比西子): 蘇軾의 시 〈飮湖上初晴後雨二首〉 가운데 두 번째 수에서 서호를 서시에 비유하고자 하는 詩句가 보인다. 그 두 구는 이러하다. "서호를 서시에 비유하고자 하니, 淡粧을 하든 濃粧을 하든 모두 잘 어울리기 때문이라네.(欲把西湖比西子, 淡妝濃抹總相宜.)"

왕미는 이런 큰 명성을 얻었기에 벌써 나이 열네 살에 이르자 머리를 올려주겠다고 하는 자가 있었다. 그러나 우선 왕미가 내키지 않아하는데다가 왕구마가 왕미를 금덩어리처럼 여겼으므로 그가 마음 내키지 않아하는 것을 보고서, 마치 성지(聖旨)를 받들듯이 결코 감히 그 뜻을 거스르지 않았다. 다시 일 년이 지나 왕미는 바야흐로 나이가 열다섯이 되었다. 원래 기방에서도 기생이 머리를 올리는 데에는 규칙이 있었다. 열세 살의 경우는 너무 일러 그것을 시화(試花)라고 하는데 이는 대개 기생어미가 재물을 좋아해 수양딸의 고통을 돌보지 않는 경우이다. 그 풍류자제도 단지 허명만 얻을 뿐이지 마음껏 즐길 수는 없다. 열네 살의 경우는 개화(開花)라고 하는데 이때는 달거리가 이미 시작되어 남자와 주고받을 수 있으니 적시라고 할 수 있다. 열다섯 살에 이르러 머리를 올리는 경우를 적화(摘花)라고 하는데 여염집에서 열다섯은 아직 나이가 어린 편이라고 할 수 있지만 기방에서 이 나이에 머리를 올리는 것은 때가 지난 것으로 생각한다. 왕미는 이때까지도 아직 머리를 올리지 않았기 때문에 서호의 풍류자제들은 또 〈괘지아〉 한 가락을 지었다.

왕미아는	王美兒
목과(木瓜) 같이	似木瓜
공연히 보기만 좋아	空好看
열다섯 살에도	十五歲
아직 누가 손댄 적이 없다네	還不曾與人湯一湯
유명하지만 실속이 없으니 뭘 하리오	有名無實成何干
설사 석녀(石女)는 아니더라도	便不是石女
남녀추니 기생일거야	也是二行子[28]的娘
만약 제대로 된 여자라면	若還有個好好的

28) 이행자(二行子): 二形子 또는 陰陽人과 같은 말로 남녀가 한 몸인 자, 즉 남녀추니를 이른다. 二形子에 대한 자세한 내용은 명나라 陳士元의 《俚言解》 권1에 보인다.

부끄러운 얘기지만	羞羞也
그동안 그런 근질거림을 어떻게 참아냈겠나	如何熬得這些時癢

왕구마는 이런 소문을 듣고 기방의 체면이 떨어질까 두려워 왕미에게 손님을 받으라고 권유했다. 왕미는 결단코 마다하며 말하기를 "제게 손님을 맞이하게 하려면 친부모님을 만나게 해주지 않으면 안 됩니다. 그러고 나서 부모님이 결정해 주신 뒤에야 비로소 손님을 받을 수 있어요."라고 했다. 왕구마는 왕미 때문에 마음속으로 한편 화가 나기는 했지만 차마 그를 괴롭힐 수도 없었다. 적잖은 시일이 지난 뒤, 우연찮게도 큰 부자였던 김씨 집 둘째 원외(員外)[29]가 기꺼이 은자 삼백 냥(兩)을 내어 미낭의 머리를 올려주겠다고 했다. 왕구마는 김 원외의 큰돈을 받고 나서 마음속으로 계책 하나를 내어 김 원외와 상의하기를, 만약 일을 성사시키려면 여차여차하지 않으면 안 된다고 하자 그는 그 말뜻을 알아차렸다.

팔월 십오일에 김 원외는 서호(西湖)의 물결을 구경한다고만 하고서 왕미를 불러 배 안으로 맞이했다. 자리의 흥을 돋우어 주는 서너 명은 모두 서로 짠 사람들로 시권(猜拳)[30]과 주령(酒令)[31]을 하면서 좋게도 대하고 나쁘게도 대하며 미낭에게 고주망태가 되도록 술을 먹였다. 그리고 미낭을 부축하여 왕구마의 집 누각으로 보낸 뒤 그를 침상에 눕히자

29) 원외(員外): 본래 정원 이외의 관원을 가리키는 말이었는데 나중에 이런 관직은 돈으로 살 수 있었으므로 부호들을 모두 원외라고 불렀다.

30) 시권(猜拳): 술자리에서 흥을 돋우기 위해 하는, 일종의 묵찌빠와 같은 놀이이다. 두 사람이 각자 손가락을 내밀며 그와 동시에 숫자 하나를 외치는데 외치는 숫자가 두 사람의 손가락 수의 합과 맞으면 이기는 것이다. 시권에서 진 자는 술을 마시게 된다.

31) 주령(酒令): 연회에서 술을 마시는 규칙을 정한 뒤, 그 令을 어기게 된 자나 혹은 그 영에 의해 술을 마셔야 할 사람에게 술을 마시게 하는 일종의 술놀음이다. '주령을 행하는 자(令官)'를 당나라 사람들은 특히 '席糾'라고 했으며 보통의 경우, 기생이 담당했다.

인사불성이 되었다. 그때는 날씨가 온화한 시절이라 미낭은 옷을 몇 겹 입지도 않은 채였다. 기생어미는 친히 시중을 들며 미낭을 알몸으로 벗기고는 김 원외가 일을 치르게 내버려 두었다. 김 원외의 거시기도 남다른 것이 아니었기에 미낭의 양쪽 허벅지를 살살 벌리고는 침을 바른 뒤 안으로 밀어 넣었다. 미낭은 꿈에서 아픔을 느껴 깨어날 때가 되어서는 이미 김 원외에게 겁탈 당할 만큼 당한 뒤였다. 몸부림을 치려고 했지만 손발에 모두 힘이 빠져 그가 한바탕 무례한 짓을 하게 내버려둘 수밖에 없었다. 김 원외는 미낭이 정신이 혼미해지는 듯할 때에 이르러서야 비로소 그만두었다. 그것은 바로 이런 말로 대변된다.

빗속의 꽃술은 바야흐로 피어났건만	雨中花蘂方開罷
거울 속 미인은 이전과 같지 않네	鏡裏蛾眉不似前

오경에 이르러 미낭은 술이 깨고 난 뒤 어미가 계략을 써서 자신의 정조를 잃게 했다는 것을 알았다. 미인박명이라 하듯이 이런 폭행을 당한 것을 스스로 가엾게 여기며 몸을 일으켜 용변을 보았다. 그런 뒤 옷을 입고는 홀로 침상 옆에 있는 대나무 평상에 누워 벽을 보고 남몰래 눈물 흘렸다. 김 원외가 다시 가까이하려고 다가오자 미낭은 그의 머리와 얼굴을 피가 나도록 할퀴었다. 김 원외는 너무 재미가 없어지자 날이 밝기를 기다렸다가 기생어미에게 “난 가네.”라고 말을 했다. 기생어미가 그를 만류하려고 했을 때에는 이미 제 스스로 문밖을 나선 뒤였다. 원래 머리를 올려준 손님이 아침에 일어나면 기생어미가 방으로 들어가 축하를 하고 기방의 모든 이들이 와서 경축을 했으며 며칠 동안 축하 술도 마셨다. 그리고 그 손님은 길게는 한두 달, 짧게는 반달이나 스무 날은 그 기방에 머물다 갔다. 하지만 이처럼 김 원외가 새벽에 문밖으로 나간 경우는 아직까지 없었던 일이었다. 왕구마가 거듭 이상하다고 하며 옷을 걸치고 일어나 누각으로 올라가보니 미낭이 평상 위에 누워서 눈물을 줄줄 흘리고 있었다. 왕구마는 미낭에게 손님을 받으라고 달래며 거듭해

자기가 잘못했다고 했지만 미낭이 입을 열지도 않자 어쩔 수 없이 누각 아래로 내려갔다. 미낭은 하루 종일 울기만 하고 음식을 입에 대지도 않았다. 이로부터 그는 병을 핑계로 누각에서 내려오려 하지도 않았으며 손님을 보려고 하지도 않았다.

왕구마는 마음속으로 조급하여 미낭을 능멸하고 학대하려고 했으나 그가 성깔이 있어 따르지 않을까 염려되기도 한데다가 도리어 그의 마음만 냉담하게 하는 것이 될까 걱정되었으므로 그리하지는 못했다. 그렇다고 내버려두자니 본래가 그에게 돈을 벌어오게 하려했던 것인데 만약 손님을 받지 않으면 백 살까지 먹여줘도 소용없는 터였다. 며칠 동안 망설이며 어떻게 해야 할지 모르고 있었는데 늘 왕래하고 있었던 의자매 동생인 유사마(劉四媽)가 갑자기 떠올랐다. "유사마는 청산유수여서 미낭과 말이 통하는데 어찌 그를 불러다가 미낭을 설득하게 하지 않고 있는가? 만약 미낭의 마음을 돌릴 수만 있다면 대대적으로 지전(紙錢)을 사르며 제사를 올려야겠다."고 생각한 뒤, 당장 하인을 시켜 유사마를 불러와 앞에 있는 누각에 앉게 한 뒤 그에게 속사정을 털어놓았다. 유사마가 말하기를 "저는 여자 수하(隨何)[32]요, 여자 육가(陸賈)[33]라서 제가 말하면 나한(羅漢)도 사랑을 하게 되고 항아도 시집을 가고 싶게 되니 이 일은 전부 제게 맡기세요."라고 했다. 왕구마가 말하기를 "만약 그렇게만 된다면야 이 언니가 기꺼이 자네한테 머리를 조아리며 큰절이라도 하겠네. 자네 말할 때 침이 마르지 않도록 차 한 잔 더 마시고 가게나."라고 했다. 유사마가 말하기를 "타고난 저의 이 바다 같은 입은 내일까지 말을 해도 마르지 않을 거요."라고 했다. 유사마가 차 몇 잔을 마시고 나서 뒤채 누각으로 가서보니 누각의 문이 단단히 잠겨있었다. 유사마가 문을

32) 수하(隨何): 西漢 때 사람으로 高祖 劉邦의 軍中에 있었으며, 高祖의 파견으로 九江王이었던 英布를 설득하여 漢나라에 항복하게 했다.
33) 육가(陸賈): 西漢 때 사람으로 말재주와 논변이 좋았기에 劉邦이 거사를 할 때 그를 각국에 보내는 사자로 임명했다.

한 번 가볍게 두드리며 "조카딸!"이라 불렀다. 미낭은 유사마의 목소리를 알아듣고서 곧 문을 열어주었다. 두 사람은 서로 만나, 유사마는 탁자 옆 아래쪽을 보며 앉았고 미낭은 그의 옆에 앉았다. 유사마가 탁자를 보니 그 위에 펼쳐져 있는 명주 한 폭에 아직 채색하지 않은 미인의 얼굴이 막 그려진 채로 있었다. 유사마가 칭찬하며 이렇게 말했다.

"잘 그렸네. 정말 솜씨가 좋아! 언니는 무슨 복을 타고났길래 너처럼 영리한 딸을 만났는지 모르겠네. 인물도 좋고 기예도 좋으니 수천 냥의 황금을 쌓아 놓고 임안을 온통 두루 다녀도 너 같은 애를 찾아낼 수 있겠어?"

미낭이 말하기를 "놀리지 마세요. 오늘 무슨 바람이 불어 이모가 여길 다 오셨나요?"라고 하자, 유사마가 말하기를 "항상 내 너를 보러오려고는 했었다만 집안일에 매어 틈이 나질 않았다. 네가 머리를 올렸다는 경사스런 얘기를 듣고 특별히 오늘 틈을 내어 언니한테 축하를 해주러 왔지."라고 했다. 미낭은 '머리를 올렸다'는 말이 유사마의 입에 오른 것을 듣고서 얼굴이 온통 빨갛게 달아올라 머리를 숙이고 대꾸를 하지 않았다. 유사마가 그가 부끄러워하는 것을 알고서 곧 의자를 앞으로 한 발짝 당겨 앉아 미낭의 손을 잡으며 말했다.

"얘야! 기생짓하는 애가 껍질 무른 계란도 아니고 어찌 이리 여려 터졌냐? 너 같이 이렇게 부끄러움을 타면 어떻게 큰돈을 벌 수 있겠어?"

미낭이 "제가 돈을 벌어서 뭐하겠어요."라고 말하자, 유사마가 이렇게 말했다.

"얘야, 네가 돈을 원치 않는다 해도 네 어미는 네가 장성할 때까지 키워주었는데 본전이 들지 않았겠냐? 자고로 이르기를 '산 가까이에 있으면 산을 터전으로 먹고살고, 강 가까이에 있으면 강을 터전으로 먹고 산다'고 했다. 언니 집에 있는 몇 명의 애들이 누군들 너의 발꿈치라도 쫓아올 수 있겠냐? 온 밭의 오이들 가운데 쓸 만한 종자로는 너밖에 없단다. 언니도 너를 다른 애들과 똑같이 대하지를 않잖아. 너는 똑똑한 애니까 사리판단을 좀 해야지. 네가 머리를 올린 뒤로 손님 하나도 받지 않는다고 들었는데 그게 뭔 생각이냐? 모두가 너처럼 생각한다면, 집안 식구들은 누에와 같은 건데 누가 뽕잎을 가져다 먹여줄 것이냐? 어미가 너를 치켜세워주는 만큼 너도 노력을 해서 다른 계집애들에게 되레 손가락질은 받지 말아야지."

미낭이 말하기를 "남이 손가락질을 한들 무서울 게 뭐예요?"라고 하자, 유사마가 말하기를 "아이고! 손가락질 당하는 건 별거 아니다만 기방의 일이 뭔지는 알고 있는 게냐?"라고 했다. 미낭이 말하기를 "그 일이란 게 뭐죠?"라고 하자, 유사마가 말했다.

"우리네 기방에서는 먹는 것도 딸아이에 달려있고 입는 것도 딸아이에 달려있으며, 쓰는 것도 딸아이에 달려있지. 요행히 쓸 만한 애 하나를 얻는 것은 큰 집안에서 좋은 전답을 두는 것과 분명 같은 게다. 딸아이의 나이가 어릴 때에는 바람을 맞는 것만으로도 얼른 자라기를 간절히 바라고, 머리를 올린 후로는 바로 전답의 곡식이 익은 때와 같아서 날마다 거기서 난 수익을 손 안으로 거둬들여 누리려고 한다. 앞문으로는 새 손님을 맞이하고 뒷문으로는 옛 손님을 보내며, 장 도령은 쌀을 보내오고 이 도령은 땔나무를 보내와 떠들썩하게 왕래가 있어야 이름을 날리며 잘나가는 기생집이지."

미낭이 말하기를 "아이 부끄러워라! 저는 그런 짓은 안 해요."라고 하자, 유사마는 손으로 입을 가리며 킥하고 한 번 웃고는 이렇게 말했다.

"그런 짓은 안 하겠다니 네 마음대로냐? 기방에서의 일은 어미가 결정을 하는 것이다. 기생노릇을 하는 애가 만약 어미가 일러주는 대로 하지 않다가는 툭하면 채찍으로 한바탕씩 죽지도 못하고 살지도 못하게 얻어맞게 된다. 그때가 되면 네 어미는 가라는 길로 가지 않을까 봐 걱정하는 일조차 없을 게다. 언니가 입때까지 널 괴롭히지 않은 것은 네가 총명하고 예쁜 것을 아껴, 어려서부터 애지중지 키우면서 네 염치를 존중해 주고 체면을 살려주려 했기 때문이다. 방금 언니가 내게 많은 말을 털어

놓았는데 네가 사리에 어두워 좋고 나쁨도 가릴 줄 모르고, 거위털이 가볍고 맷돌이 무겁다는 것도 모른다고 하면서 마음속으로 매우 언짢아하고 있더라. 나더러 너를 설득해보라고 하는데 네가 만약 따르지 않겠다고 고집하다가 언니가 성이 나서 일시에 낯을 바꿔 네게 한바탕 욕하고 때리기라도 하게 되면 하늘로 도망이라도 갈 테냐? 모든 일은 처음 시작이 무서운 것이다. 만약 머리가 터지도록 때리기라도 하게 되면 아침저녁으로 한바탕씩 맞아서 그때는 그런 고통을 견디다 못해 어쩔 수 없이 손님을 받게 될 거다. 도리어 천금 같은 몸값만 떨어뜨리고 게다가 다른 애들한테 비웃음을 당하게 될 게야. 내 보기에 두레박은 이미 언니의 우물 안에 떨어져 있으니 네가 아무리 발버둥을 쳐도 벗어날 수가 없을 게다. 차라리 기쁜 마음으로 어미 품속에 안겨 스스로 즐겁게 사는 것이 낫지."

이에 미낭이 이렇게 말했다.

"저는 양가집 딸로서 기방에 잘못 빠진 것이니 만약 이모님께서 제가 종량(從良)[34]을 할 수 있도록 나서주신다면 7층 불탑을 쌓는 공덕보다 더 나을 겁니다. 만약 저에게 대문에 기대고서서 웃음을 팔며 옛 손님을 보내고 새 손님을 맞이하라고 하면 차라리 죽는 편이 더 낫죠. 결단코 그렇게 할 수는 없어요."

그러자 유사마가 말하기를 "얘야, 종량을 하는 것은 지기(志氣)가 있는 일인데 어찌 안 된다고 하겠느냐? 다만 종량을 하는 것에도 다른 여러 가지가 있단다."라고 했다. 이에 미낭이 말하기를 "종량하는 데 무슨 다른 것이 있다는 거죠?"라고 했더니 유사마가 이렇게 말했다.

"종량에는 참된 종량도 있고 가짜인 종량도 있다. 고통스런 종량도 있고 즐거운 종량도 있지. 좋을 때를 타서 하는 종량도 있고 어쩔 수

34) 종량(從良): 教坊의 樂籍에 예속되어 있던 기생이 落籍을 한 뒤에 良人이 되어 시집가는 것을 이른다.

없어서 하는 종량도 있다. 끝마치는 종량도 있고 끝마치지 못하는 종량도 있지. 애야, 내가 하나하나 설명해 줄 테니 인내심을 가지고 잘 들어봐라.

참된 종량이라는 것은 무엇이냐? 무릇 재자(才子)의 짝은 반드시 가인(佳人)이어야 하며, 가인의 짝은 반드시 재자여야 좋은 배필이 되는 게다. 하지만 호사다마(好事多魔)라는 말이 있듯이 왕왕 구하려 해도 얻을 수가 없지. 요행히 두 사람이 만나서 서로 사랑해 버릴 수 없게 되어 한 쪽도 맞이해오고 싶어 하고 다른 한 쪽도 시집가기를 원하면 마치 한 쌍의 누에나방처럼 죽어도 놓지 않게 된다. 이를 참된 종량이라고 하지.

가짜 종량이라는 것은 무엇이냐? 손님은 기생을 사랑하지만 기생은 그 손님을 좋아하지 않아 마음속으로는 그에게 시집가는 것을 원치 않지만 시집을 가겠노라 말하며 그 손님의 마음을 뜨겁게 달궈 돈을 흥청망청 마구 쓰게 만든 뒤, 일이 성사될 즈음에 이르러서는 다시 핑계를 대며 가지 않는 것이다. 또는 사랑에 미련을 두는 손님들도 있는데 이들은 기생의 마음이 자기에게 있지 않다는 것을 뻔히 알면서도 기어코 그 기생을 맞이하려고 큰돈을 걸어서 기생어미의 마음을 움직이면 기생이 싫다고 해도 걱정할 필요가 없게 되지. 억지로 그 기생을 시집오게 한 뒤엔, 그 기생은 마음이 불순(不順)하게 되어 일부러 집안의 법도를 지키지 않고 사소하게는 포달을 부리며 방자하게 굴거나 심하게는 대놓고 외간 남자와 사통하기도 한단다. 남자의 집에서는 그 기생을 용납할 수 없어 길면 일 년 짧으면 반년이 지난 뒤엔 도로 내보내 기생은 다시 창기가 되어 손님을 받게 되지. 이런 것들은 종량이란 두 글자를 그저 돈을 버는 명목으로만 삼는 경우로 이를 가짜 종량이라 한 게다.

고통스런 종량은 무엇이냐? 같은 경우로 손님은 기생을 사랑하지만 기생은 그 손님이 마음에 들지 않음에도 불구하고 손님의 기세에 눌려서, 기생어미도 화를 입을까 두려워 이미 어미가 자기 멋대로 허락을 하는 것이다. 그래서 기생은 자신의 몸을 뜻대로 할 수 없기에 눈물을 머금고 시집을 가게 되는 것이지. 대갓집 저택에 한번 들어가면 바다같이 깊숙한데다가 가법(家法)도 엄하여 머리를 들지도 못한 채로 반은 시첩에 반은 여종 노릇을 하며 차마 죽지도 못하고서 하루하루 살게 된단다. 이를 고통스런 종량이라고 한 것이다.

즐거운 종량이란 무엇이냐? 기생질을 하는 여자가 사내를 고르려고 할 즈음에 마침 우연스럽게도 한 손님을 만났는데 그 사람을 보아하니 성품이 온화하고 집안 형편이 넉넉한데다가 본처도 선을 베푸는 걸 좋아하며 자식도 없어서 나중에 기생을 맞이해 자식을 낳아 주기를 바란다면 그 기생은 주인마님이 된 셈이지. 그렇게 그 손님에게 시집을 가면 목전의 안일과 후일을 보장 받게 되니 이를 즐거운 종량이라고 한 것이다.

좋을 때를 타서 하는 종량이란 무엇인가? 기생질을 하는 여자가 남녀간의 정을 누릴 만큼 누린 뒤, 여전히 명성이 자자하여 맞이하려는 사람들이 많을 때를 타서 자기 마음에 꼭 드는 사람을 골라 그에게 시집을 가는 것이지. 한창 잘나갈 때에 물러나 일찌감치 눈을 돌리는 것이기에 남들에게 푸대접을 받지도 않게 되니 이를 좋을 때를 타서 종량하는 것이라 한 것이다.

어쩔 수 없어서 하는 종량은 무엇이냐? 기생은 원래 종량을 할 마음이 없는데 송사에 얽히거나 횡포를 부리는 자에 속거나 혹은 빚을 너무 많이 져서 나중에 갚을 수 없기에 성질을 누르고, 좋고 나쁜 것도 따지지 않고서 시집을 갈 데가 있으면 어디나 가는 것으로, 편안함을 구하면서 몸을 감추는 방법이란다. 이를 어쩔 수 없어서 하는 종량이라고 한 것이지.

끝마치는 종량은 무엇이냐? 기생이 나이가 좀 들었을 즈음, 온갖 풍파를 다 겪은 후 때마침 듬직한 단골 남자를 만나, 두 사람 사이에 뜻이 서로 맞아서 기생이 마치 배에 닻줄을 걸어두듯 은퇴를 하고 그와 함께 백발이 되도록 늙어가며 여생을 보내게 되기도 하지. 이를 끝마치는 종량이라고 한 것이다.

끝마치지 못한 종량은 무엇이냐? 서로 사랑해 불같이 뜨거운 정을 품고 남자를 따라가는 건 같지만 그저 한때의 흥일 뿐이지 장구한 계획이 없는 경우란다. 혹은 어른들에게 용납되지 못하거나, 혹은 본처에게 투기를 당해 소란을 여러 번 피운 뒤 다시 기생어미의 집으로 돌려보내지고 기생의 몸값도 도로 되돌려달라고 하기도 하지. 또는 남자 집의 가세가 몰락해 그 기생을 먹여 살릴 수 없게 되었기에 고생하며 견디다가 집을 나와 예전처럼 술자리에서 노래나 팔게 될 수도 있단다. 이런 것들을 끝마치지 못한 종량이라고 한 것이야."

미낭이 말하기를 "지금 제가 종량을 하고 싶다면 어떻게 해야 좋을까요?"라고 하자, 유사마가 이르기를 "얘야, 내가 만전지책(萬全之策) 하나를 가르쳐주마."라고 했다. 이에 미낭이 말하기를 "만약 가르침을 받을 수 있다면 죽어도 은혜를 잊지 않겠습니다."라고 하니 유사마가 이렇게 말했다.

"종량을 하는 일은 시집을 가서야 끝장이 나는 것이다. 하물며 네 몸은 이미 희롱을 당했으니 오늘밤 당장 시집을 간다 해도 숫처녀라고 말할 수 없지. 이는 누구의 잘못이라기보다 네가 이런 곳에 빠져 들어오지 말았어야 했던 것이기에 네 운명으로 겪어야하는 일이다. 어미란 사람이 한참 고심을 했는데 네가 만약 몇 년 동안 그를 도와 은 천 냥 정도를 벌어주지 않는다면 어찌 너를 문밖으로 내보내주겠느냐? 그리고 또 한 가지, 네가 종량을 한다 해도 모름지기 좋은 사람을 골라야지. 입이 더럽고 몰골이 추악한 놈들도 있는데 설마하니 그런 놈들한테 갈 테냐? 네가 지금 손님 하나도 받지 않고 있으니 어떤 사람한테 가야 할지 어떤 사람한테 가지 말아야 할지 어떻게 알겠니? 만약 네가 손님을 받지 않겠다고 고집을 부린다면 네 어미는 어쩔 수 없이 돈을 내려는 사람을 찾아 너를 그 사람의 첩으로 팔아버릴 테니 그것도 종량이지. 그 사람이 나이가 많거나 생김새가 추하거나 혹은 일자무식의 촌놈이면 너는 도리어 한 평생을 더럽게 살 게 아니겠니? 차라리 네 몸을 물속으로 던져버리면 풍덩 소리라도 나고 남들에게 아깝다는 소리라도 듣지.

내 생각으로는 언니가 원하는 대로 손님을 받는 것이 낫다. 너 같은 이런 재주와 용모로 보통내기들은 감히 관계를 맺으려고 하지도 못할 게다. 왕손 공자나 부호의 자제들밖에 없을 것이니 네게 욕되지도 않을 테고. 그리되면 첫째로는 남녀 간의 정을 나이가 아직 젊었을 때 누리게 될 것이고, 둘째로는 어미에게 가산을 쌓아주게 될 것이며, 셋째로는 스스로도 돈을 좀 모아 나중에 네가 남들에게 구걸을 하지 않아도 될 게다. 오 년 십 년이 지나 네 마음에 들고 뜻이 맞으며 말이 잘 통하는 사람을 만나게 되면 그때 내가 네 중매를 서줄 테니 보기 좋게 시집을 가거라. 그럼 네 어미도 너를 놓아줄 것이니 둘 다 좋지 않겠냐?"

미낭은 그의 말을 듣고 미소를 지으며 말을 하지 않았다. 유사마는 미낭의 마음이 움직인 것을 알고서 곧바로 또 이르기를 "내가 한 말은 한 마디 한 마디가 모두 좋은 말이니 네가 내 말대로 하면 나중에 나한테 고마워하게 될 게다."라고 한 뒤, 자리에서 일어났다.

왕구마는 누각의 문 밖에 서서 한 마디 한 마디를 모두 다 듣고 있었다. 미낭은 유사마를 방문 밖까지 배웅하다가 정면으로 왕구마와 마주치자 얼굴에 부끄러움이 가득한 채로 몸을 숙이고 방으로 들어갔다. 왕구마는 유사마를 따라가 다시 앞에 있는 누각으로 가서 앉았다. 유사마가 말했다.

"조카딸은 고집이 아주 세지만 내가 이리저리 말을 하여 단단한 쇠덩어리를 금방 뜨거운 쇳물로 녹여 놓았지. 언니, 지금 빨리 다음 손님을 찾아 놓기만 하면 반드시 걔가 받을 거예요. 그때 내가 다시 축하하러 올게요."

왕구마는 연거푸 고맙다고 하고는 그날 음식을 마련해 유사마를 대접하고 이들 둘은 한껏 취한 뒤 헤어졌다. 그 후 서호의 풍류자제들은 다시 〈괘지아〉 한 가락을 지어 단지 유사마가 미낭을 설득시켰던 것만을 얘기했다.

유사마	劉四媽
그대의 입과 혀는 너무도 대단하구려	你的嘴舌兒好不利害
여자 수하(隨何)나	便是女隨何
여자 육가(陸賈)가	雌陸賈
이처럼 큰 재주가 있다고 해도 믿기지 않아	不信有這大才
이렇게도 말하고	說著長
저렇게도 말하고	道著短
조금도 허점이 없구나	全沒些破敗
취몽(醉夢) 중이라도	就是醉夢中
그대의 말을 들으면 깨어날 것이요	被你說得醒
똑똑한 사람이라도	就是聰明的
그대의 말을 들으면 바보가 되겠네	被你說得呆
이리 꼿꼿한 아가씨도	好個烈性的姑娘
그대의 말을 듣고 마음이 바뀌어버렸구나	也被你說得他心地改

재설(再說), 왕미낭은 유사마가 한바탕 한 말을 듣고 나서 보니 일리가 있다고 생각되었다. 그 후로 자기를 만나려는 손님이 오면 흔연히 맞이했다. 두 번째 손님을 받은 뒤로 빈객들이 문전성시를 이루어 붐비는 통에 미낭은 쉴 틈도 없게 되었으며 그의 명성과 몸값은 더욱더 높아졌다. 하룻밤에 은 십 냥을 받아도 너도나도 서로 다투었다. 왕구마는 적잖은 돈을 벌어들이게 되자 한없이 기뻐했다. 미낭도 마음에 들고 재모를 모두 갖춘 사람을 고르려고 항상 유심히 신경을 쓰고 있었지만 짧은 시일 안에 마음을 쓴다 해서 급히 찾을 수 있는 것이 아니었다. 그것은 바로 이런 말로 대변된다.

무가지보(無價之寶)는 얻기 쉬워도	易求無價寶
다정스런 낭군은 얻기 어려워라	難得有情郎

화두를 돌려보자. 각설(却說), 임안성의 청파문(淸波門) 안에서 기름 가게를 하는 주십노(朱十老)라는 자가 있었는데 삼 년 전에 한 남자 아이를 양자로 들였다. 그 아이도 변경에서 피난하여 도망을 왔는데 성은 진(秦) 씨이고 이름은 중(重)이라 했다. 어머니는 일찍 돌아가시고 아버지 진량(秦良)은 그가 열세 살 때 그를 팔아넘긴 뒤, 자신은 상천축사(上天竺寺)[35]로 가서 향과 등촉을 관리하는 잡일을 했다. 주십노는 나이가 많고 후사 없는데다가 근자에 아내도 죽었기 때문에 진중을 친아들처럼 대하며 주중(朱重)이라고 개명시키고 가게에서 기름을 파는 장사를 배우도록 했다. 처음에 부자 두 사람은 가게를 지키며 장사를 잘 했으나 나중에 주십노가 허리 병을 얻어 거의 눕거나 앉아 있을 수밖에 없게 되어 심한 일을 할 수 없게 되자 따로 형권(邢權)이라 하는 사환 하나를 구해 가게에서 일을 돕게 했다.

세월은 쏜살같이 흘러 어느덧 사 년 남짓한 시간이 지났다. 주중은 장성하여 열일곱 살이 되었는데 인물이 출중했으며 비록 관례는 올렸지만 아직 장가를 들지 않고 있었다. 주십노의 집에 난화(蘭花)라고 하는 하녀가 있었는데 나이는 이미 스무 살을 넘었으며 주 도령을 마음에 두어 낚시 바늘을 던지듯 몇 번이나 그를 꼬시려했다. 하지만 주중은 바른 사람인데다가 난화가 너무 더럽고 추해서 그의 눈에는 차지도 않았다. 이는, 낙화(落花)는 마음이 있으나 유수(流水)는 무정하다는 말과 같았다. 난화는 주 도령을 꾈 수 없는 것을 보고서 따로 상대를 찾아 사환인 형권을 꼬셨다. 형권은 마흔을 바라보는 나이로 마누라도 없었기에 단박에 바로 넘어갔다. 두 사람은 남몰래 사통을 했는데 그것이 한 번에 그치지는 않았다. 도리어 이들은 주 도령이 눈에 거슬려 꼬투리를 잡아 그를

35) 상천축사(上天竺寺): 天竺은 浙江省 杭州市 靈隱山 飛來峰 남쪽에 있는 산봉우리의 이름으로 그 산에는 上·中·下 세 개의 天竺寺가 있다. 上天竺寺는 五代 때 後晉 天福 연간에 지어진 것으로 吳越王 錢俶이 개건을 한 뒤, 天竺觀音看經院이라고 했다.

쫓아내려고 했다. 형권과 난화 두 사람은 안팎에서 서로 호응하며 신경을 써서 계략을 짰다.

이에 난화는 주십노 앞에서 거짓으로 잡아떼며 말하기를 "도련님이 저를 몇 번이나 희롱하며 너무 집적거려요."라고 말했다. 주십노도 평소 난화와 관계를 하고 있었기에 질투하는 마음이 생기지 않을 수 없었다. 형권 또한 가게에서 기름을 팔고 받은 은을 숨겨두고는 주십노 앞에서 말하기를 "도련님은 밖에서 도박만 하여 장래성이 없습니다. 돈궤 안에 있던 은이 몇 번이나 모자랐었는데 전부 도련님이 훔쳐간 거였습니다."라고 했다. 처음에 주십노는 그들의 말을 믿지 않았지만 그것이 연이어 몇 차례 계속되자, 연로해 판단력이 흐려져 주견이 없는 터라 곧 주중을 불러다가 한바탕 꾸짖었다. 주중은 총명한 아이였기에 형권과 난화의 계교를 이미 알고 있었다. 변명을 하려 해도 적잖은 시비를 일으킬 뿐더러, 만에 하나 어르신께서 자신의 말을 듣지 않게 되면 괜스레 자신만 나쁜 놈이 될 뿐이었다. 그리하여 마음속으로 계책 하나를 떠올리고는 주십노에게 이렇게 말했다.

"가게에 장사가 잘되지 않아 두 사람을 쓸 필요가 없으니 이제 형(邢) 주관(主管)[36]으로 하여금 가게를 보게 하고 저는 기름을 짊어지고 나가서 팔아볼까 합니다. 기름 판 돈을 매일 드리면 양쪽에서 장사 하는 것이 되지 않겠습니까?"

주십노도 마음속으로는 허락할 마음이 있었으나 되레 형권에게 이런 말을 들었다.

"개가 기름을 짊어지고 나가서 팔려는 게 아네요. 몇 년 동안 은을 훔쳐 뒷주머니를 차고 있다가 이제 손에 돈이 좀 모여 여유가 생긴데다가 혼사를 맺어주지 않은 것을 탓하며 마음속으로 원망을 하고 있는 거지요. 그래서 가게 일을 도우려고 하지 않고 출로를 찾아서 스스로 나가

36) 주관(主管): 점포에서 일을 맡아서 하는 사람을 이른다.

색시를 얻고 살림을 차리려는 거예요."

주십노가 한숨을 쉬며 이렇게 말했다.

"내 걔를 친아들처럼 보아왔는데 걔는 도리어 그리 나쁜 뜻을 품고 있었다니 하늘이 돕지를 않는구나! 그만두자, 그만둬. 내 혈육이 아니어서 도저히 붙일 수가 없으니 나가게 내버려두자!"

그러고 나서 곧 은 세 냥을 주중에게 주고는 그를 집에서 쫓아냈다. 동복과 하복 그리고 이불깔개는 모두 주중으로 하여금 가져가도록 했으니 이것 또한 주십노의 좋은 점이었다. 주중은 그가 자신을 받아들이지 않을 것이라 생각하고 네 번 절을 올리고는 통곡을 하며 떠났다. 그것은 바로 이런 말로 대변된다.

효기(孝己)[37]는 모함으로 인해 죽게 되었고	孝己殺身因謗語
신생(申生)[38]은 참언으로 인해 목숨을 잃었다네	申生喪命爲讒言
친아들이었음에도 이러했거늘	親生兒子猶如此
양자가 억울하게 된 것이 이상할 게 뭐 있겠나	何怪螟蛉[39]受枉冤

당초 진량은 향과 등촉을 관리하는 잡일을 하러 상천축사(上天竺寺)로 가는 것을 아들에게 말하지 않았다. 주중은 주십노의 집을 나온 뒤, 중안교(衆安橋) 아래에 있는 작은 방 하나를 얻어 이불깔개 등의 집기들

37) 효기(孝己): 殷나라 高宗인 武丁의 아들로 효행으로 명성이 있었으나 계모의 참언으로 인해 쫓겨나 우울해하다가 죽었다. 《莊子·外物》 成玄英의 疏에 보인다.

38) 신생(申生, ?~기원전 656): 춘추시대 晉나라 獻公의 태자로 헌공의 첩 驪姬의 모함을 당해 자살해 죽었다. 《左傳》과 《史記·晉世家》 등에 자세한 내용이 보인다.

39) 螟蛉(명령): 뽕나무벌레를 이르는 말로 담배벌레, 배추흰나비 등과 같은 나방류 벌레의 애벌레를 널리 가리킨다. '蜾蠃(나나니벌)'가 항상 '螟蛉(뽕나무벌레)'을 잡아서 벌집 속으로 끌고 들어가 자기 새끼에게 먹이로 주었기 때문에 옛날 사람들은 이를 보고 '蜾蠃'가 자식이 없어서 '螟蛉'을 양자로 키우는 것이라고 오인하여 '螟蛉'을 養子의 대명사로 사용했다. 《詩經·小雅·小宛》에 "뽕나무 벌레 새끼를 나나니벌이 지고 오네.(螟蛉有子, 蜾蠃負之.)"라는 구절이 보인다.

을 내려놓고는 자물쇠를 사서 문을 잠그고 곧바로 길거리로 나가 아버지를 찾아다녔다. 연이어 며칠을 다녀도 전혀 소식을 알 수 없었기에 부득이 포기할 수밖에 없었다. 주중은 주십노의 집에 사 년을 있었지만 충직하고 선량했기에 사사로이 모은 돈은 단 한 푼도 없었다. 다만 나올 때 받은 은 세 냥만이 있었기에 밑천이 모자라 무슨 장사를 하면 좋을까 하고 이리저리 생각해 봐도 기름을 파는 장사가 가장 익숙했다. 기름집들은 대부분 그가 알고 지내왔던 터라 이전처럼 기름통 지게를 지는 것이 온당한 방법이었다.

주중은 당장 기름지게와 기름을 파는 데 필요한 그릇 등을 마련한 뒤 남은 돈은 모두 기름집에 주고 기름을 샀다. 기름집에서는 주 도령이 성품이 바르고 좋은 사람이며, 게다가 애당초 점포를 보고 있다가 어린 나이로 이제 기름지게를 지고 길거리로 나온 것도 모두 형(邢) 사환이 이간질을 써서 그를 쫓아냈기 때문이라는 것을 알고 있었기에 마음속으로 매우 불평스럽게 생각했다. 그리하여 일부러 주중을 도와주려고 땅속에 묻어 둬 찌꺼기를 가라앉힌 가장 맑은 기름만을 골라주었으며 저울질을 할 때에도 기름을 좀더 주곤 했다. 주중은 이런 편의를 받고서 자기가 다른 사람들에게 기름을 팔 때에도 좀더 넉넉하게 주었으므로 그의 기름은 남들보다 매우 쉽게 팔려나가 매일같이 꽤 많은 이문을 남길 수 있었다. 게다가 먹고 쓰는 것도 아껴 돈을 모았으며 매일 쓰는 물품들과 몸에 걸치는 옷가지 따위를 장만하는 것 이외에는 돈을 함부로 쓰지 않았다.

주중의 마음속에는 미처 끝내지 못한 단 한 가지 일이 있었다. 그는 아버지가 마음에 걸려 생각하기를 "아버지와 헤어진 이래로 주중이라고 불리었으니 내 성이 진(秦) 씨라는 것을 누가 알겠는가? 혹시라도 아버지께서 나를 찾으시면 그 실마리가 없겠구나."라고 하고는 다시 성을 진 씨로 바꿨다.

"이야기꾼! 만약 전도유망한 상류계층의 사람이 본래의 성씨로 회복하려 한다면 문서를 조정에 올리거나 혹은 예부(禮部)나 태학(太學)이나 국학(國學) 등의 관아에 보고를 하여 명부를 개정해 많은 사람들이 모두 알게 되겠지만 기름을 파는 일개 장사꾼이 본래의 성씨를 회복한 것을 누가 알겠소?" 주중에게 방법이 하나 있었소이다. 기름을 담는 통 한 쪽에 크게 '진(秦)' 자를 써놓고 다른 한 쪽에는 '변량(汴梁)'이란 두 글자를 써놓아서 기름통을 표지로 삼아 사람들이 딱 보면 알 수 있도록 했던 것이오.[40]

그 뒤로부터 임안 시장에서는 주중의 본래 성씨를 알게 되어 모두 그를 기름장수 진(秦)씨라고 불렀다. 때는 이월이라 날씨는 따뜻하지도 않고 춥지도 않았다. 진중은 소경사(昭慶寺)의 스님들이 아흐레 동안 주야로 법사를 한다는 소리를 듣고서 반드시 기름을 많이 쓰게 될 것이라고 생각하고는 기름지게를 지고 소경사로 가서 기름을 팔았다. 그곳의 스님들도 기름장수 진씨의 이름을 들어 알고 있었는데다가 다른 사람의 기름보다 그의 기름이 좋고 값도 쌌기에 오로지 그의 기름만을 샀다. 그리하여 연이어 아흐레 동안 진중은 오직 소경사만 오갔다. 그것은 바로 이런 말로 대변된다.

야박하면 돈을 벌지 못하고	刻薄不賺錢
후하게 인심 쓰면 본전에서 밑지지 않는다네	忠厚不折本

40) 이런 표현은 화본소설 작가가 화본의 구연 현장을 모의한 것이다. 질문을 담은 앞의 문장은 관중이 이야기꾼에게 질문이나 이의를 제기하듯 모방을 한 것이며, 그 뒤 이어지는 문장은 이야기꾼이 답을 하듯 모방한 것이다. 관중과 이야기꾼의 문답처럼 설정한 것은 실제로는 작가의 자문자답일 뿐이며 이는 화본소설에서 흔히 보이는 서술방법이다. 작가는 이런 방식으로 관중의 목소리를 빌려 질문을 제기한 뒤, 이야기꾼이 그 질문에 대답을 하는 것처럼 하여 그 부분에 대해 설명을 하고 다음 내용으로 넘어감으로써 이야기의 생동감과 현장감을 강화시키고 흥미를 유발한다.

그 아흐레째 되는 날, 진중은 절에서 기름을 다 판 뒤에 빈 기름통지게를 지고 절을 나왔다. 그날은 날씨가 청명하여 유람객들이 개미처럼 많았다. 진중은 강을 돌아 거닐면서 보니 저 멀리 십경당(十景塘)의 복숭아꽃은 붉게 물들어 있었고 버드나무는 푸르렀으며 사람들은 호수 위에서 화선(畫船)을 타고 풍악을 울리고 오가며 놀이를 하고 있었다. 이를 보기만하는 것만으로는 부족하고 가서 즐기기에 남음이 있는 듯했다. 진중은 한 바퀴를 거닐고 났더니 몸이 피곤하기에 소경사 우측으로 돌아 널찍한 곳에 이르러 기름지게를 내려놓고 한 바위 위에 앉아서 쉬고 있었다. 가까운 곳에 한 인가가 있었는데 그 집은 호수를 마주하고 있었으며 금칠한 울타리 문 안의 붉은 난간 안쪽으로는 한 무더기의 가는 대나무가 심겨져 있었다. 청당(廳堂)[41]과 내실이 어떤지는 알 수 없었지만 우선 문정(門庭)이 깨끗하고 말끔해 보였다. 서너 명의 두건을 쓴 사람들이 그 집 안에서 나오더니 한 여자가 배웅을 하러 뒤따라 나왔다. 그들은 문 앞에 이르러 서로 공수를 하며 인사를 나눴다. 그러고 나서 그 여자는 다시 집으로 들어가는 것이었다. 진중이 응시해 보았더니 그 여자는 용모가 아리땁고 몸매가 날씬했으며 아직까지 보지 못했던 미인이었다. 한참을 멍하게 있자하니 몸에 맥이 풀리고 짜릿해져왔다. 그는 본래 바른 젊은이로 기생집이라는 데가 있는 것도 몰랐기에 그 집이 뭘 하는 집인지 알 수 없어 마음속으로 의아스럽게 생각했다. 마침 생각에 잠겨 있을 무렵, 문 안쪽에서 중년 나이의 어미가 걸어 나와 한 어린 시녀와 함께 대문에 기대어 한가로이 밖을 바라보았다.

그 어미는 진중의 기름지게를 보자마자 곧바로 말하기를 "아유! 방금 전에 기름을 사러 가려 했는데 때마침 기름장수가 여기에 있네. 저 사람에게 사야겠구나?"라고 했다. 시녀가 기름병을 가지고 나와 기름통지게

---

41) 청당(廳堂): 집채의 정 가운데에 있는 큰 방으로 보통 거실과 같이 손님을 접대할 때 쓰인다.

옆으로 다가오면서 "기름장수!"라고 소리쳐 불렀다. 진중이 그제야 비로소 정신을 차리고 대답했다.

"기름이 다 팔렸어요. 아주머니께서 기름이 필요하시다면 내일 제가 가지고 오겠습니다." 그 시녀도 글자 몇 개는 알고 있었던 터라 기름통에 '진(秦)' 자가 쓰여져 있는 것을 보고 어미에게 말하기를 "기름장수의 성이 진 씨예요."라고 했다. 어미도 사람들한테서 진씨라는 어떤 기름장수가 매우 후하게 장사를 한다는 소리를 들었기에 곧 진중에게 이렇게 말했다. "우리 집에서 매일 기름이 필요하니 기름지게를 지고 온다면 단골이 되어주겠네."

진중이 말하기를 "아주머니께서 마음을 써주시니 착오가 없도록 하겠습니다."라고 했다. 어미가 시녀와 함께 집 안으로 들어간 뒤, 진중은 마음속으로 이렇게 생각했다.

"저 아주머니는 그 여자와 어떤 관계인지 모르겠네? 내가 매일 이 집으로 와서 기름을 팔면 돈 버는 것은 제쳐두고 그 여자를 한 번 실컷 볼 수라도 있게 되니 전생에 쌓은 복인 게야."

막 기름지게를 지고 일어나려던 참에 가마꾼 두 명이 푸른 비단 장막이 달린 가마를 지고, 그 뒤엔 시종 두 명이 따라붙은 채로, 나는 듯이 뛰어오는 것이 보였다. 그 집 문 앞에 이르자 가마꾼은 가마를 내려놓고 시종들은 집 안으로 들어갔다. 진중이 생각하기를 "이것도 이상하네. 누구를 맞이해 태우는지 좀 보자."라고 했다. 잠시 후 두 시녀가 나왔는데 한 명은 새빨간 모전 보따리를 들고 있었으며 다른 한 명은 상비죽(湘妃竹)[42]으로 만든 꽃무늬 배갑(拜匣)[43]을 들고 있다가 모두 가마꾼에게

42) 상비죽(湘妃竹): 전설에 의하면, 순임금은 남방을 순행하다가 蒼梧에서 죽은 뒤 九嶷山에 묻혔는데 그의 비였던 娥皇과 女英이 그를 찾아가면서 흘린 눈물이 대나무에 떨어져서 얼룩이 생겨 그 대나무를 '瀟湘竹' 혹은 '湘妃竹'이라 불렀다고 한다.

43) 배갑(拜匣): '拜帖匣'이라고도 한다. 옛날에 사람을 방문하거나 선물을 보낼 때

넘겨 가마 안 앉을 자리 밑에 놓도록 했다. 두 시종들 가운데 한 사람은 거문고가 담긴 자루를 안고 있었으며 다른 한 사람은 두루마리 몇 개를 들고 팔목에는 벽옥소(碧玉簫) 하나를 걸고서 처음에 본 그 여자의 뒤를 따라 나왔다. 여자가 가마에 오르자 가마꾼들은 가마를 들고서 왔던 길로 다시 갔으며, 시녀와 시종들은 모두 그들을 따라 걸어갔다.

진중은 다시 한 번 자세히 엿보고 나서 마음속으로 더욱 의아하다고 생각하며 기름통지게를 지고 천천히 걸어갔다. 몇 걸음도 안 가서 강가에 술집 하나가 있는 것이 보였다. 진중은 평소 술을 마시지 않았지만 그날 그 여자를 보고 나서 마음속으로 기쁘기도 하고 답답하기도 하여 기름지게를 내려놓고 술집으로 들어가 작은 자리를 골라 앉았다. 그러자 술집 점원이 묻기를 "손님께서는 다른 손님이 있으신가요, 아니면 혼자 드실 건가요?"라고 하기에 진중이 말하기를 "좋은 술이 있으면 혼자 마시게 세 잔을 가져다주십시오. 싱싱한 과일 한 두 접시 주시고 고기안주는 필요 없어요."라고 했다. 술집 점원이 술을 따를 때 진중이 물었다.

"저기 금칠한 울타리 문 안에 있는 집은 뉘 집입니까?"

그러자 점원이 이렇게 말했다.

"저기는 제(齊) 씨 나리댁 도련님의 화원(花園)인데 지금은 왕구마가 살고 있지요."

이에 진중이 말하기를 "방금 한 젊은 여자가 가마에 타는 것을 보았는데 누구입니까?"라고 하자 점원이 이렇게 말했다.

"그는 이름난 기생으로 왕미낭이라고 하는데 사람들이 모두 화괴낭자(花魁娘子)라고 칭합니다. 본래 변경 사람인데 떠돌다가 여기에 이르렀죠. 악기와 가무, 거문고, 바둑, 서화(書畫) 등 갖가지에 모두 정통해 있습니다. 왕래하는 자들은 모두 대단한 인물들이고 번쩍이는 은 열 냥이 있어야 하룻밤을 잘 수 있으니 나 같은 사람은 가까이 할 수도 없지요.

....

쓰는 쪽지나 봉투, 자잘한 물건 등을 담는 납작한 나무 상자를 이른다.

당초에는 용금문(湧金門)[44] 밖에 살았었는데 누각이 좁아 제 씨 도련님이 그와 친분이 두터운지라 반년 전에 그 화원을 빌려줘 살게 한 것이죠."

진중은 그가 변경 사람이라는 소리를 듣고는 같은 고향 사람이라는 생각에 마음속으로 한층 더 감회가 남달랐다. 술 여러 잔을 마시고 술값을 치른 뒤 기름지게를 지고 가면서 속으로 생각하기를 "세상에 저런 미모를 한 여자가 다 있네! 그런데 기생집으로 떨어졌으니 어찌 아깝지 않단 말인가!"라고 했다. 다시 혼자 웃으며 생각하기를 "만약 기생집으로 떨어지지 않았다면 나 같은 기름장수가 어찌 볼 수나 있었겠는가?"라고 했다.

다시 생각해 보니 더욱더 빠져들게 되어 혼자 이런 생각이 들었다.

"'사람살이는 고작해야 한 평생이요, 풀은 고작해야 가을까지 산다[人生一世, 草生一秋.]'는 말이 있는데 만약에 이런 미인을 안고 하룻밤을 잘 수 있다면 죽어도 여한이 없겠다."

하지만 다시 또 이런 생각이 들었다.

"아서라! 내가 이 기름통지게를 온종일 져도 하루에 불과 푼돈이나 버는데 어떻게 이런 분수에 넘치는 일을 생각한단 말인가? 바로 이건 두꺼비가 도랑에 있으면서 백조고기를 먹으려고 하는 것과 같으니 어찌 입에 넣을 수 있겠는가?"

그러고 나서 또 다시 생각하기를 "그 여자가 상대하는 자들은 모두 왕손 공자들이니 나 같은 기름장수는 설사 은자(銀子)가 있다 해도 받아주지 않을 것이다."라고 하다가 이렇게 다시 생각했다.

"내 듣기로 기생어미는 오로지 돈만 본다고 하니 설사 거지라 해도 은자만 있으면 받아줄 게다. 하물며 나는 장사를 해서 깨끗하게 벌어먹

44) 용금문(湧金門): 南宋의 行都인 臨安(지금의 浙江省 杭州市)의 서쪽 성문으로 西湖 가까이에 있다. 涌金門으로 쓰기도 한다.

고 사는 사람이니 은자만 있다면 받아주지 않겠는가? 다만 그 몇 냥의 은자가 어디서 난단 말인가?"

진중은 가는 길 내내 이런 터무니없는 생각을 하면서 혼자 중얼거렸다.

여러분들은 세상천지에 이런 멍청한 사람이 다 있냐고 할 것이다. 작은 장사를 하는 사람이 밑천은 단 세 냥인데 도리어 열 냥의 은으로 그 유명한 기생의 몸을 사려고 하다니 덧없는 꿈같은 얘기가 아니겠는가?

예부터 "뜻이 있으면 일은 반드시 이루어진다."고 했듯이 진중은 천번 만번을 생각한 끝에 이런 계책 하나를 생각해 냈다.

"내일부터 매일 본전을 빼고 남은 돈을 모아야겠다. 하루에 한 푼씩 모아 일 년이면 세 냥 육전(六錢)이 되니 단 삼 년이면 이 일을 곧 이루게 될 것이요, 만약 하루에 두 푼을 모을 수 있으면 일 년 반이면 될 것이다. 더 많이 모을 수만 있다면 일 년 안에도 거의 될 것이고."

이렇게도 생각해 보고 저렇게도 생각해 보느라 진중은 자신도 모르는 사이에 집에 도착해 자물쇠를 열고 문 안으로 들어갔다. 오는 길에 쓸데없는 많은 일들을 생각하다가 돌아와 자신의 집에 있던 이부자리를 보니 처량하고 즐겁지 않은지라 저녁밥도 먹지 않은 채 곧바로 침상에 누웠다. 그날 밤 그 미인을 생각하느라 엎치락뒤치락했으니 잠이 어찌 왔겠는가? 그것은 바로 이런 말로 대변된다.

달 같고 꽃 같은 미인의 용모 때문에	只因月貌花容
원숭이나 말이 날뛰듯 심란해지누나	引起心猿意馬

진중은 날이 밝을 때까지 그렇게 버티고 있다가 일어나서 기름통에 기름을 채우고 아침밥을 지어 먹었다. 그러고 나서 문을 잠근 뒤, 기름통 지게를 지고 곧바로 왕구마 집으로 갔다. 대문을 들어서기는 했지만 감히 곧바로 들어가지는 못하고 머리를 내밀어 집 안을 들여다보았다. 때

마침 왕구마는 막 일어나서 흐트러진 머리를 한 채로 하인에게 음식들을 사오도록 시키고 있었다. 진중은 왕구마의 목소리를 알아듣고는 "왕씨 아주머니!"라고 불렀다. 왕구마가 밖을 내다보고서 기름을 파는 진중인 것을 보고 웃으며 이렇게 말했다.

"정말 성실한 사람이네! 과연 약속을 어기지 않았군."

그러고 나서 진중에게 기름지게를 지고 들어오라고 한 뒤, 기름 한 병을 달아보았는데 대략 다섯 근이 넘었다. 왕구마가 정당한 값을 매기자 진중은 전혀 값을 다투지도 않았다. 왕구마가 매우 기뻐하며 말하기를 "이 기름 한 병은 우리 집에서 이틀 쓰기에나 족하니 격일에 한 번씩 가지고 오면 내 다른 데로 가서 사지 않겠네."라고 했다. 진중은 응낙을 한 뒤, 기름지게를 지고 나오면서 그저 화괴낭자를 보지 못한 것을 한스러워하며 이렇게 생각했다.

"어찌 되었든 간에 단골 하나 생긴 것에 기뻐하자. 한 번 가서 보지 못했으면 두 번째 가면 보게 될 거고, 두 번째 가서도 보지 못했으면 세 번째 가면 보게 되겠지. 다만 한 가지, 왕구마네 한 집을 위해 특별히 이 먼 길을 기름지게를 지고 오는 것은 장사를 하는 수완으로는 말이 안 된다. 여기 오는 길에 소경사가 있는데 오늘은 절에서 비록 공덕을 올리지는 않지만 설마 평소에 기름을 안 쓰지는 않겠지? 일단 기름지게를 지고 가서 물어보자. 만약 모든 방에 있는 스님들을 내 단골로 만들면 전당문 이 한 군데만 다녀도 기름 한 지게는 다 팔 수 있을 게야."

진중이 기름지게를 지고 절 안으로 들어가서 물어봤더니 각 방에 있는 스님들도 그를 생각하고 있었다. 때마침 왔기에 스님들은 많건 적건 간에 각기 진중의 기름을 샀다. 진중은 스님들과도 격일로 기름을 가지고 오겠다고 약속했다. 그 날은 짝수 날이었으므로 이날부터 시작해 홀수 날에는 다른 거리로 가서 장사를 하고, 짝수 날에는 전당문 쪽을 가게 되었다. 일단 전당문 쪽을 나가게 되면 먼저 왕구마 집으로 갔는데 기름을 파는 것은 명목일 뿐 실은 화괴낭자를 보러가는 것이었다. 어떤 날에는 그녀를 볼 수 있었고 어떤 날에는 볼 수 없었는데 보지 못한 때에는 그리움이 사무쳤으며, 설령 그녀를 본 날이라도 더 한층 그립기만 할 뿐이었다. 그것은 바로 이런 말로 대변된다.

천지는 장구(長久)하나 다할 날이 있어도 天長地久有時盡
이 한(恨)과 이 정(情)은 다할 기약 없어라 此恨此情無盡期[45]

재설(再說), 진중이 왕구마 집에 여러 차례 갔었기에 왕구마네 집 사람들은 그를 모르는 사람이 하나도 없었다. 세월은 빨리 흘러 어느덧 일년 남짓한 시간이 지났다. 장사가 잘 되는 날이나 잘 되지 않은 날이나 순도 높은 은으로만 골라서 두 푼 세 푼을 모으고 모으면서 아무리 적어도 하루에 한 푼이라도 모아 몇 전(錢)[46]이 모이면 다시 녹여 큰 은덩이로 만들었다. 날이 가고 달이 갈수록 쌓이고 쌓여 큰 봉지 하나만큼의 은이 모였는데 작은 은 조각들을 조금씩 모은 것이기에 진중 스스로도 얼마나 되는지는 알 수 없었다.

하루는 홀수 날인데다가 마침 큰비가 내리기에 진중은 장사를 하러 나가지 않고 그 큰 봉지의 은을 보면서 마음속으로 기뻐하며 이렇게 생각했다.

"오늘 한가한 틈을 타서 은을 저울에 올려놓고 얼마나 나가는지 달아보리라."

그러고는 유지우산을 쓰고서 맞은편에 있는 경은포(傾銀鋪)[47]로 가서 저울을 빌려 은을 달아 보려 했다. 그 은장이는 매우 천박한 사람이었기에 이렇게 생각했다.

45) 이 두 구는 당나라 白居易가 지은 〈長恨歌〉에 있는 "天長地久有時盡, 此恨綿綿無絶期."라는 구절을 개사한 것이다.
46) 전(錢): 무게 단위로 1兩은 10錢이고 1錢은 10分이다.
47) 경은포(傾銀鋪): 은을 녹여 주조하는 점포를 이른다.

"기름을 파는 사람이 은이 얼마나 있기에 저울로 달려고 하나? 다섯 냥짜리 작은 저울을 줘도 채울 수 없을 걸."

진중이 은을 싼 봉지를 풀었는데 모두 다 작은 은 조각들이었다. 대체로 덩어리로 된 것은 적어 보였으며 작은 조각들은 많아 보였다. 은장이는 소인배여서 안목이 짧았으므로 이 많은 은 조각들을 보자 안면을 바꾸고 생각하기를 "사람은 겉모습만으로는 알 수 없고 바닷물은 두량(斗量)으로는 헤아릴 수 없구나."라고 했다. 그리고 황급히 저울을 세워놓고는 크고 작은 분동을 꺼내왔다. 진중이 봉지에 있는 것들을 모두 달아 보았더니 많지도 적지도 않고 딱 열여섯 냥으로 저울로는 바로 한 근(斤)이 되었다. 진중은 마음속으로 생각하기를 "세 냥의 밑천을 빼고 남는 것으로 하룻밤의 해웃값을 해도 남겠다."라고 했다. 그리고 다시 또 이렇게 생각했다.

"이런 부스러기 은자를 어떻게 꺼내놓을 수 있겠나? 꺼내놓은들 남들이 깔볼 터이니 경은포에 온 김에 체면이 서도록 은을 큰 덩이로 만들어야겠다."

그러고는 당장에 열 냥을 넉넉히 달아서 순도가 높은 큰 은덩이로 주조한 뒤, 다시 한 냥 여덟 전은 작은 은덩이로 주조했다. 또한 남은 네 냥 이 전(錢)에서 작은 은 조각은 주조한 값으로 냈으며, 다시 몇 전의 은자로는 깨끗한 신발과 버선, 그리고 만자(萬字)두건[48]을 마련했다. 그런 뒤 집으로 돌아와 옷을 깨끗하게 빨아놓고는 안식향(安息香) 몇 가닥을 사서 향기를 쐬어 옷에 배게 한 뒤, 날씨가 맑고 좋은 날을 택해 그 날 새벽에 일어나 옷가지를 차려입었다.

비록 부귀하고 호화스런 손님은 아니지만　　　雖非富貴豪華客

48) 만자(萬字)두건: 송나라 때 萬字巾은 위쪽이 좁고 아래쪽이 넓어 두건 모양이 '萬' 자와 비슷하다고 하여 '萬字巾' 또는 '萬字頭巾', '萬字頂頭巾'이라고 불리었다.

그래도 풍류스런 좋은 총각이라네　　　　也是風流好後生

진중은 단정하게 차려입은 뒤 은자(銀字)를 소매 안에 넣고는 방문을 잠그고 곧장 왕구마의 집으로 갔다. 갈 때에는 매우 기분이 좋았지만 왕구마의 집 대문 앞에 도착했을 때에는 부끄러운 마음이 다시 싹터 이런 생각이 들었다.

"항상 기름지게를 지고와 이 집에서 기름을 팔았는데 오늘은 홀연히 기생의 몸을 사러온 손님이 되었으니 어떻게 말문을 뗀단 말인가?"

마침 이렇게 망설이고 있던 참에 "끼익"하고 대문이 열리는 소리가 나더니 왕구마가 안에서 나왔다. 그리고 곧 진중을 보고 말하기를 "진 도령은 오늘 어째 장사는 않고 이렇게 단정하고 멋지게 차려입고서 뭘 하러 어딜 가실까?"라고 했다. 일이 이렇게 된 이상 진중은 어쩔 수 없이 부끄러움을 무릅쓰고 왕구마에게로 가서 읍을 했더니 기생어미도 답례를 했다. 진중이 말하기를 "별 일은 아니고 특별이 아주머니를 뵈러온 겁니다."라고 했다. 그 기생어미는 오랜 경험으로 눈치가 빠른 사람이었기에 진중의 얼굴빛과 이런 옷차림새를 보고, 거기다가 자기를 보러 왔다는 소리를 듣고는 이렇게 생각했다.

"틀림없이 우리 집 어느 계집이 눈에 들어 하룻밤을 자려고 하든지 아니면 한 번 관계를 갖으려고 하는 게야. 비록 대단한 시주라도 할 손님은 아니지만 '바구니에 얹어놓으면 다 채소이고 바구니에 잡아넣으면 다 게이지!' 다만 일 전(錢)의 은자라도 벌어 대파나 채소라도 사면 또한 좋은 거다."

이에 곧 만면에 웃음을 띠며 말하기를 "진 도령이 나를 보러 왔으니 반드시 좋은 일이겠지."라고 했다. 진중이 말하기를 "말씀을 드려야 할지 말아야 할지 모르는 말이 있는데 입 밖으로 꺼내기가 좀 어렵습니다."라고 하자, 왕구마가 말하기를 "아무 말인들 하면 어떻소. 일단 안쪽 거실로 들어가 자세히 얘기해 보구려."라고 했다.

진중은 기름을 팔기 위해 왕구마 집을 거의 백 번이나 왔지만 거실에 있는 교의(交椅)는 여태까지 그의 엉덩이와 안면이 없는 터였다. 이제 오늘이 되어 면식을 트게 되었던 것이다. 왕구마는 진중을 데리고 거실로 들어온 뒤 그를 손님자리에 앉히고는 안쪽을 향해 차를 내오라고 했다. 잠시 후 계집종이 차를 들고 나와서 보았더니 기름장수인 진중이라 무슨 연고로 온 것인지 알아차리지 못하고 있던 참이었는데 어미가 그렇게 대접하는 것을 보고 머리를 숙인 채 낄낄거리며 웃기만 했다. 왕구마가 이를 보고 꾸짖기를 "뭐 그리 우스운 게냐? 손님에게 아주 버르장머리가 없구나!"라고 했다. 계집종은 웃음을 그친 뒤 찻잔을 챙겨 돌아갔다. 왕구마가 비로소 말문을 떼어 묻기를 "진 도령이 내게 무슨 할 말이 있다는 것이오?"라고 하자, 진중이 답하기를 "다름이 아니라 아주머니 집에 있는 한 아가씨에게 술 한 잔을 대접하려 합니다."라고 했다. 이에 왕구마가 이렇게 말했다.

"설마 술만 자시려는 거는 아닐 테고 틀림없이 자고 갈 거 아니겠소. 진 도령은 바른 사람인데 언제 이런 풍류 흥취가 일었던가요?"

이에 진중이 말하기를 "제가 정성을 쌓은 것이 하루 이틀 된 일이 아닙니다."하고 하자, 왕구마가 말하기를 "우리 집에 있는 아가씨들을 모두 알 텐데 누가 진 도령의 마음에 들었는지 모르겠구먼?"이라고 했다. 그러자 진중이 말하기를 "다른 아가씨들은 다 필요 없고 다만 화괴낭자와 함께 하룻밤을 보내고자 합니다."라고 했다. 왕구마는 진중이 자기를 가지고 놀리는 줄 알고서 얼굴색을 바꾸어 말하기를 "말을 분별없이 하네! 나를 조롱하는 것이오?"라고 하기에 진중이 말하기를 "제가 바른 사람인데 어찌 헛말을 하겠습니까?"라고 했다. 그러자 왕구마가 이렇게 말했다.

"똥통에도 귀 두 개가 달려 있는데 어찌 우리 집 미아(美兒)의 몸값을 모르는가? 댁 같은 기름장수의 가산을 다 털어도 절반의 밤을 쉬고 갈 돈도 안 될걸. 차라리 그런대로 괜찮은 애를 골라 흥을 달래구려."

진중이 목을 한 번 움츠리면서 혀를 한 번 내밀며 말하기를 "그리도 자랑하시니, 감히 여쭤보겠는데 이 집의 화괴낭자와 하룻밤을 보내려면 몇 천 냥이 필요합니까?"라고 했다. 왕구마는 진중이 장난치는 말을 하는 것을 보고서 화를 내다가 도로 기뻐하며 웃음을 띠면서 이렇게 말했다

"그리 많이는 필요 없소! 단지 은 열 냥이면 되지. 그밖에 술상을 마련하는 잡비는 거기에 들어가지는 않고."

진중이 말하기를 "그렇군요. 큰일이 아닙니다."라고 한 뒤, 소매 안에서 번쩍거리며 빛나는 큰 은자 한 덩이를 꺼내어 기생어미에게 건네주며 말하기를 "이 덩어리 하나는 무게가 열 냥으로 순도나 액수로도 다 족하니 아주머니께서 받아주시지요."라고 했다. 그리고 다시 작은 덩어리 하나를 꺼내어 그 또한 어미에게 건네주며 말했다.

"이 작은 덩어리는 무게가 두 냥(兩)이 나가니 번거로우시겠지만 작은 술상 하나를 마련해 주시고요. 아주머니께서 제게 이 좋은 일을 성사시켜 주신다면 사나 죽으나 잊지 않을 것이며, 나중에 다시 사례 드리겠습니다."

왕구마는 그 큰 은덩이를 보고서 이미 손에서 놓기가 싫었지만 진중이 한때의 기쁨을 얻으려다가 나중에 밑천이 없어져 후회를 할까 봐 그에게 한마디 더 해주는 게 좋겠다 싶어 곧 이렇게 말했다.

"이 은자 열 냥은 진 도령 같이 장사를 하는 사람으로서는 모으기가 쉽지 않았을 터이니 심사숙고해 결정하시게나."

진중이 말하기를 "제 마음은 이미 정해졌으니 마나님께서 신경 쓰실 필요는 없습니다."라고 했다. 왕구마가 은자를 받아 소매 속으로 넣으며 말하기를 "일단 받아두긴 하겠지만 번거롭고 곤란한 점도 많소."라고 하자, 진중이 말하기를 "아주머니께서는 한 집안의 주인이신데 번거롭고 곤란한 게 뭐 있겠습니까?"라고 했다. 그러자 왕구마가 이렇게 말했다.

"우리 집 미아와 왕래하는 사람들은 모두 왕손공자(王孫公子)와 부호의 자제들이니 정말 그야말로 '홍유들과 담소를 하고 미천한 자들과는

왕래가 없다네.〔談笑有鴻儒, 往來無白丁〕[49]'. 댁이 장사를 하는 진 도령인 것을 그 애가 어찌 알아보지 못하겠으며 어떻게 진 도령을 받아들이겠소?"

이에 진중이 말하기를 "아주머니께서 어떻게 좀 완곡하게 둘러대어 일을 성사시켜 주시면 그 큰 은혜는 감히 잊지 않을 것입니다."라고 했다.

왕구마는 진 도령이 단단히 마음을 굳힌 것을 보고 눈썹을 한 번 찌푸리더니 계책 하나를 생각해 내고는 입을 벌려 웃으며 말했다.

"내 이미 진 도령을 위해 계책을 냈으니 다만 인연이 어떻게 되는지만 보면 되겠소. 일이 성사되었다 해도 기뻐하지 말고 성사되지 못했다 해도 탓하지 마시오. 미아는 어제 이 학사 집에서 술자리에 함께하느라 아직 돌아오지 않았소. 오늘은 황씨 나리댁 도련님과 호수를 유람하기로 약속했고, 내일은 장 산인(山人)을 비롯한 청객(淸客)[50]들이 시사(詩社)를 한다고 미아를 초청했소. 모래는 한(韓) 상서(尙書)댁 도련님께서 며칠 전에 술값을 보내와 여기에서 술잔치를 하려고 하니, 진 도령은 일단 글피에 와보시게나. 또 말해 둘 것이 있는데 이후로 며칠 동안은 우리 집에 기름을 팔러오지는 마시게. 미리 체면치레를 좀 해두는 거지. 또 한 가지 말해둘 것은, 진 도령은 무명 옷가지를 입고 있어서 상등(上等) 손님 같아 보이지 않거든. 그러니 다음에 올 때에는 비단옷으로 바꿔 입어 계집종들도 진 도령이 누구인지 알아보지 못하게 하시게나. 그럼 나도 진 도령을 위해 거짓말로 둘러대기가 편하지."

이에 진중은 "하나하나 다 새겨들었습니다."라고 이른 뒤, 말을 마치고는 인사를 하고서 대문을 나섰다. 그 후 사흘 동안 진중은 장사를 잠시 멈추고 기름을 팔러 나가지 않았다. 그리고 전당포로 가서 새 것도 아니

49) 담소유홍유 왕래무백정(談笑有鴻儒 往來無白丁): 당나라 때 시인 劉禹錫의 〈陋室銘〉에 있는 구절이다.

50) 청객(淸客): 부귀한 집안에서 재미와 흥을 돋우기 위해 두었던 文人을 이르는 말이다.

고 낡은 것도 아닌 비단옷 한 벌을 사 입은 뒤, 길거리로 나가 일없이 거닐며 점잔 빼는 모습을 연습했다. 그것은 바로 이런 말로 대변된다.

아직 기방의 맛을 알기도 전에	未識花院行藏
먼저 공문(孔門)의 법도부터 익히네	先習孔門規矩

그 사흘은 건너뛰고 얘기에 부치지 않는다. 나흘 째 되는 날에 이르러 진중은 아침 일찍 일어나 곧바로 왕구마 집으로 갔다. 너무 일찍 찾아간지라 대문이 아직 열려있지 않기에 진중은 그 동네를 한 바퀴 돌다가 다시 오려고 했다. 하지만 옷차림이 예전과 달리 희한하여 스님들이 이러쿵저러쿵할까 싶어 감히 소경사로 가지는 못하고 일단 십경당으로 가서 산책을 했다. 한참 지난 뒤 다시 와서 보니 왕구마네 집 대문이 이미 열려 있는 것이었다. 하지만 대문 앞에는 가마와 말이 멈춰 서 있었고 대문 안에는 많은 시종들이 일없이 앉아 있었다. 진중은 비록 바른 사람이었지만 속 또한 영리했으므로 일단 대문으로 들어서지 않고 남몰래 마부를 불러 묻기를 "이 가마와 말은 뉘 집 것이오?"라고 했다. 마부가 말하기를 "한(韓)씨 댁에서 도련님을 맞으러 온 것이오."라고 했다. 진중은 한(韓)도령이 밤에 여기서 묵고 그때까지 아직 돌아가지 않은 것을 알게 되었다. 그리하여 다시 몸을 돌려 한 밥집으로 가서 이미 다 되어 있는 차와 밥을 조금 먹었다. 잠시 좀 앉아 있다가 다시 왕구마 집의 동정을 살피러 가보니 대문 앞에 있었던 가마와 말은 이미 가버린 뒤였다.

대문으로 들어가자 왕구마는 그를 맞으며 이렇게 말했다.

"이 늙은이가 죄를 졌구먼. 오늘도 짬이 안 나겠어. 공교롭게도 미아는 아까 한(韓) 도령에게 이끌려 동쪽 별장으로 이른 매화 구경을 하러 갔어. 그가 단골손님이라 내가 거스르기 어렵다네. 듣기로 내일은 또 영은사(靈隱寺)에 있는 어떤 기사(棋師)를 찾아가 내기바둑을 둔다지. 제씨댁 도련님도 두세 차례나 약속을 잡으려 왔는데 이 집의 주인이니 또한 마다할 수는 없지. 그가 오면 사흘이나 닷새는 머물다 갈 수도 있으니 나도 날짜를 정할 수가 없구먼. 진 도령이 정말로 미아와 자고 가려한다면 인내심을 가지고 어느 정도 더 기다려야만 하오. 그게 싫으면 일전에 준 은자를 한 푼도 빠짐없이 다시 돌려드리리다."

그러자 진중이 말하기를 "다만 아주머니께서 도와주시지 않을까 걱정될 뿐입니다. 설사 지체된다 해도 종국에 놓치지만 않게 된다면 일만 년이라도 저는 기꺼이 기다릴 겁니다."라고 했다. 왕구마가 말하기를 "그렇다면 이 늙은이가 마음 편히 결정해도 되겠네."라고 했다. 진중이 인사를 하고 막 일어서려는데 왕구마가 다시 이렇게 말했다.

"진 도령, 내 또 할 말이 있는데 다음번에 정황을 물으러 올 때에는 일찍 오지 마시게. 대략 신시(申時)[51] 쯤에 오면 손님이 있는지 없는지 내가 확실한 상황을 알려 줄 테니. 오히려 늦게 오면 늦게 올수록 좋다네. 이건 내 비결이니 오해해서 나를 탓하지 마시게나."

진중이 거듭해 말하기를 "감히 어떻게 그리하겠습니까."라고 했다. 그 날 진중은 장사를 하지 않고 다음 날에는 기름통지게를 정리해 다른 곳으로 지고 가서 장사를 했으며 전당문 쪽으로는 가지 않았다. 매일 장사를 끝낸 뒤 저녁때에는 단정하게 차려입고 왕구마 집으로 상황을 알아보러 갔다. 그저 짬이 안 난다고만 하기에 다시 한 달이 넘도록 헛걸음을 했다.

십이월 열닷새, 그 날은 큰 눈이 막 그치고 서풍이 분 뒤 쌓였던 눈이 얼어 날씨가 몹시 추웠다. 하지만 다행스럽게도 땅바닥은 말라있었기에 진중은 반나절이 넘도록 장사를 한 뒤 예전처럼 단장을 하고서 다시 상황을 알아보러 왕구마 집으로 갔다. 왕구마는 얼굴에 웃음이 가득한 채로 진중을 맞이하며 말하기를 "오늘은 진 도령이 재수가 좋구먼. 이미 백의 아흔 아홉은 다 됐소."라고 했다. 진중이 말하기를 "그 모자라는 하나는 뭡니까?"라고 하자, 왕구마가 말하기를 "그 하나가 뭐냐? 바로

51) 신시(申時): 지금의 오후 3시부터 5시까지이다.

주인공이 아직 집에 없다는 거네."라고 했다. 진중이 묻기를 "들어올까요?"라고 하자, 왕구마가 이렇게 답했다.

"오늘은 유 태위(太尉) 집에서 눈 구경을 하고, 잔치는 바로 호수의 유람선 안에서 벌인다지. 유 태위는 칠십을 자신 노인네니 남녀 간의 일은 이미 그의 몫은 아니고. 원래 해질 무렵에 보내준다고 했으니 진 도령은 일단 신방(新房)으로 가, 술 한 잔 마시면서 몸을 녹이며 천천히 그 애를 기다리고 있으시게나."

진중이 말하기를 "번거로우시겠지만 아주머니께서 길을 좀 안내해 주세요."라고 하자, 왕구마가 진중을 데리고 꼬불꼬불하게 많은 방들을 지나 한 곳에 이르렀는데 그곳은 누각이 아닌 단층집에 있는 세 칸 방으로 매우 높고 널찍했다. 왼쪽 한 칸은 시녀들이 쓰는 빈방으로 보통의 방처럼 침상과 책상, 의자 따위가 있었지만 그건 그냥 빈자리를 채우기 위해 마련해 놓은 것들이었다. 오른 쪽이 화괴낭자의 침실이었는데 잠긴 채로 있었으며 그 양쪽 옆에도 곁방이 있었다. 중간의 거실 벽면에는 명사(名士)의 산수화 한 폭이 걸려 있었고, 진열 탁자 위에는 박산(博山)[52] 모양의 골동 구리향로가 있었는데 그 안에서는 용연향(龍涎香)[53]이 타고 있었다. 또한 양옆에 있는 책상에는 몇 점의 골동품들이 놓여 있었고 벽에는 시고(詩稿)들이 많이 붙어 있었다. 진중은 문인이 아닌 것을 스스로 부끄럽게 여겨 감히 자세히 보지는 못하고 마음속으로 생각하기를 "거실도 이렇듯 가지런한데 내실에 있는 것들은 틀림없이 화려할 게야. 오늘 밤에는 내가 모두 누릴 것이니 하룻밤에 열 냥도 많지는 않지."라고 했다.

왕구마는 진 도령을 손님자리에 앉게 하고 자기는 주인자리에 앉아

52) 박산(博山): 전설 속에 나오는 바다에 있던 산 이름으로, 秦나라 昭王이 여기에서 天神과 싸워 '博山'이라 불리었다고 한다. 이때 '博'은 '搏(싸우다)'의 의미이다. 향로 뚜껑 위에 博山 모양의 장식이 있는 향로를 '博山爐'라고 불렀다.

53) 용연향(龍涎香): 향유고래 수컷의 창자 속에 생기는 노란색 고체 덩어리인 異物로 진귀한 향료이다.

그를 대접했다. 잠시 뒤 계집종이 등불을 들고 오더니 팔선상(八仙床) 하나가 들어왔다. 그 위에는 신선한 과일이 담긴 여섯 개의 그릇과 찬합 하나가 놓여 있었는데 맛있는 요리와 맛좋은 술은 아직 입에 대지도 않았음에도 그 향기가 코를 찔렀다. 왕구마가 잔을 들고 진중에게 술을 권하기를 "오늘은 딸애들이 모두 손님을 받고 있어 이 늙은이가 스스로 자리를 함께해야만 하니 마음껏 가슴을 열고 몇 잔을 들이키시게나."라고 했다. 진중은 주량이 본래 높지 않은데다가 해야 할 일이 마음에 걸려 단지 반잔만 마시고 있다가 잠시 후 바로 사양했다. 왕구마가 말하기를 "진 도령이 배가 고픈 모양이니 일단 밥을 좀 자신 뒤에 다시 술을 드시게나."라고 했다. 계집종은 눈꽃같이 흰 쌀밥을 가져다가 진중 앞에 놓고 그가 먹는 대로 또 채워 놓았으므로 진중의 밥그릇은 곧바로 한 그릇의 잡화탕(雜和湯)[54]이 되었다. 기생어미는 주량이 높아 밥은 먹지 않고 술만 마시며 진중을 접대했다. 진중이 밥 한 그릇을 먹고서 곧바로 젓가락을 내려놓자 왕구마가 "밤이 기니 좀더 드시게나."라고 말했다. 이에 진중은 다시 밥 반 그릇을 더 떴다. 계집종이 등불을 들고 와서 말하기를 "목욕물이 데워졌으니 손님께서는 목욕을 하시지요."라고 했다. 진중은 원래 목욕을 하고 왔지만 감히 사양하지를 못하고 어쩔 수 없이 또 욕실로 들어가 비누와 향을 넣은 물로 한 번 씻고는 옷을 다시 입고서 자리에 앉았다. 왕구마는 안주 접시들을 치우게 하고 훠궈〔火鍋〕를 안주로 들이게 했다. 그 시각, 날은 이미 어두워져 소경사의 종소리도 이미 울린 뒤였지만 미낭은 여전히 돌아오지 않았다.

미인은 어디서 즐거운 놀이에 빠져 있는가　　玉人何處貪歡耍
사랑하는 님은 눈이 빠지도록 기다리고 있다네　　等得情郎望眼穿

속어에 이르기를 "사람을 기다리면 마음이 급해진다.〔等人心急〕"고

54) 잡화탕(雜和湯): 잡다하게 이것저것을 넣고 끓인 탕을 이른다.

했듯이 진중은 미낭이 돌아오지 않는 것을 보고서 매우 번민했다. 도리어 어미가 조리 없이 허튼소리를 하며 술을 권하는 사이에 어느덧 다시 두 시간이 지났다. 밖에서 소란스런 소리가 들렸는데 화괴낭자가 집으로 돌아온 것이었다. 계집종이 먼저 와서 아뢰자, 왕구마가 서둘러 일어나 그를 맞이했다. 진중도 자리에서 일어나서 보았더니 미낭이 만취한 채로 계집종에게 부축을 받으며 들어오는 것이었다. 미낭은 문 앞에 이르러 술에 취해 게슴츠레한 눈으로 방안에 등촉이 훤하게 밝혀져 있고 술잔과 접시들이 어지러이 널려 있는 것을 보고서 발을 멈추고 묻기를 "누가 여기서 술을 마신 거예요?"라고 했다. 그러자 왕구마가 이렇게 말했다.

"내 딸아, 일전에 너한테 얘기한 바로 그 진 도령이다. 진 도령이 마음속으로 너를 오래도록 연모해 예물을 보내왔지만 네가 짬이 나지 않는 바람에 한 달이 넘도록 미루어 뒀었거든. 오늘은 다행히 시간이 비기에 이 어미가 진 도령을 머물게 하여 너와 짝이 되도록 한 게다."

미낭은 "임안군(臨安郡)에 진 도령이란 사람이 있다는 얘기는 전혀 듣지 못했어요. 저 그 사람 안 받을래요."라고 말하고 나서 몸을 돌려 가버리려 했다. 그러자 왕구마가 두 손을 벌리며 황급히 그를 막고서 말하기를 "그 사람은 지극히 참되고 좋은 사람이다. 어미가 너를 잘못되게 하겠느냐."라고 했다. 미낭은 할 수 없이 다시 몸을 돌려 방문으로 들어간 뒤 곧장 머리를 들어 진중을 보았다. 낯은 조금 익은 것 같았지만 술에 취했던지라 한 순간에 갑자기 알아볼 수는 없었다. 이에 곧바로 말하기를 "어머니, 이 사람은 내가 아는 사람인데 이름난 자제는 아니니 만약에 손님으로 받으면 남들에게 비웃음을 당할 것입니다."라고 했다. 그러자 왕구마가 말했다.

"내 딸아, 이 사람은 용금문(湧金門) 안에서 비단가게를 하는 진 도령이다. 당초 우리가 용금문 안에서 살았을 때 너도 만났을 것이기에 낯이 익은 게다. 사람을 잘못 알아보지 말아야지. 저 사람이 찾아온 뜻이 진지하기에 이 어미가 일시에 그를 허락한 것이니 약속을 저버리기가 어려워. 네가 이 어미의 얼굴을 봐서 대충 하룻밤만 묵게 하려무나. 어미가 잘못한 것을 알았으니까 내일 너한테 사과하마."

말을 하면서 한편으로는 미낭의 어깻죽지를 앞으로 떠밀기에, 미낭은 어미의 뜻을 꺾지 못해 하는 수 없이 방으로 들어가 진중과 대면하게 되었다. 그것은 바로 이런 말로 대변된다.

천 가지인들 기생어미의 입에서 벗어나기 어렵고	千般難出虔婆[55]口
만 가지인들 기생어미의 손에서 벗어나기 어렵다네	萬般難脫虔婆手
그대에게 천만 가지 생각이 있다 해도	饒君縱有萬千般
기생어미가 하자는 대로 따르는 것만 못하다오	不如跟著虔婆走

이 말들을 진중은 한 마디 한 마디 모두 다 들었지만 듣지 못한 체했다. 미낭은 만복(萬福)[56] 절을 올린 뒤, 진중의 옆에 앉아 그를 자세히 보면서 매우 의혹스러워하더니 마음속으로 심히 불쾌해하며 잠자코 아무 말도 하지 않았다. 그리고 계집종을 불러서 데운 술을 가져오라 하고는 그것을 큰 잔에 따랐다. 기생어미는 그가 진중에게 올릴 줄로만 알고 있었는데 오히려 그것을 스스로 다 마셔버리는 것이었다. 이에 왕구마가 말하기를 "얘야 취했으니 작작 좀 마셔라."라고 했으나, 미낭이 어찌 제 어미 말을 따르겠는가? 그리하여 대답하기를 "취하지 않았어요."라고 하며 잇달아 여남은 잔을 마셨다. 이는 술 마신 뒤에 마신 술이요, 취중에

55) 건파(虔婆): 행실이 올바르지 못한 노파를 낮잡아서 이르는 말로 기생어미를 가리키기도 한다.

56) 만복(萬福): 옛날에 부녀자들이 서로 만나 절을 할 때, 대개 '萬福'이라고 말을 했으므로, 나중에 부녀자들이 행하는 절을 '萬福'이라고 부르게 되었다. 만복절을 할 때에는 한 손으로 주먹을 가볍게 쥐고 다른 한 손으로는 그것을 가볍게 감싸 모은 뒤, 오른쪽 가슴 아래에서 상하로 움직이면서 허리를 조금 굽히는 자세를 취한다.

또 취한 것이었기에 미낭은 스스로 발로 설 수 없다는 것을 느꼈다. 그리고 곧 계집종을 시켜 침실 문을 열게 한 뒤, 은촛대에 불을 밝히게 하고서 머리꾸미개와 옷 띠도 풀지 않은 채 수놓은 신을 밟아 벗고는 옷을 입은 채로 침상에 누워버렸다. 기생어미는 딸이 이리 하는 것을 보고 진중에게 매우 미안하게 생각되어 이렇게 말했다.

"딸내미가 평소 버릇이 되어 제멋대로 성질을 부리기만 하네 그려. 오늘 이 아이 마음속에 뭔가 불편한 데가 있는지 알 수 없지만 진 도령과는 상관없으니 탓하지는 마시게."

이에 진중이 말하기를 "제가 어찌 감히 그렇게 하겠습니까."라고 했다. 기생어미가 다시 진중에게 술을 몇 잔 권했지만 진중은 거듭해 그만 마시겠다고 했다. 기생어미는 진중을 침실로 들이면서 귓속말로 당부하기를 "이 아이가 취했으니 좀 부드럽게 다루시게나."라고 했다. 그리고 다시 미낭을 부르며 말하기를 "얘야 일어나서 옷을 벗고 제대로 자야지."라고 했다. 하지만 이미 꿈속에 있는지라 미낭이 전혀 대답을 하지 않자, 기생어미는 하는 수 없이 방을 나가버렸다. 계집종이 술잔과 접시 따위를 수습한 뒤 탁자를 닦고는 진 도령을 부르며 말하기를 "진 도련님, 주무세요."라고 했다. 그러자 진중이 말하기를 "뜨끈한 차가 있으면 한 주전자 주시오."라고 했다. 계집종은 주전자에 차를 진하게 달여 방안으로 가져다준 뒤, 방문을 닫아주고 스스로는 곁방으로 가서 잠을 잤다. 진중이 미낭을 봤더니 얼굴을 침상 안쪽으로 두고 잠에 깊이 빠진 채, 비단이불을 그대로 깔고서 그 위에 누워 있는 것이었다. 진중은 그가 술에 취해 있는 사람이기에 필시 한기를 탈 것이라 생각했지만 감히 놀라게 해 깰 수가 없었다. 홀연 침상난간 위에 다홍색 비단 이불이 놓여 있는 것을 보고 그것을 살그머니 가져다가 미낭의 몸에 덮어주었다. 그리고 은등(銀燈)을 환하게 밝히고는 따끈한 찻주전자를 가지고서 신발을 벗고 침상에 올라 미낭의 곁에 바싹 붙어 있었다. 왼손으로는 찻주전자를 품에 안고 오른손은 미낭의 몸에 얹고서 눈 한 번도 감지를 못했다.

그것은 바로 이런 말로 대변된다.

운우지정을 나누지는 못하지만	未曾握雨攜雲
그래도 미인 곁을 기대고 있다네	也算偎香倚玉

각설, 미낭은 한밤중까지 자다가 깨어나 보니 스스로 술기운을 이기지 못해 속에서 넘어올 것만 같았다. 그리하여 기어일어나 이불 속에 앉아 머리를 숙인 채 구역질만 했다. 미낭이 토할 것을 알고서 진중도 황급히 일어나 찻주전자를 내려놓고 손으로 미낭의 등을 문질렀다. 한참이 지나 미낭은 목으로 나오는 것을 참지 못해 순식간에 목구멍을 열어 토해 냈다. 진중이 이불을 더럽힐까 걱정되어 자신의 두루마기 소매를 벌려서 미낭의 입에 대어주자 미낭은 영문도 모른 채 한껏 토해 냈다. 다 토하고 나서 눈을 감은 채로 입을 가시기 위해 차를 달라고 했다. 진중은 침상에서 내려와 두루마기를 살며시 벗어서 바닥에 내려놓고, 찻주전자를 만져 보니 아직 따뜻하기에 향기롭고 진하게 우러난 차 한 잔을 따라 미낭에게 건넸다. 미낭은 연이어 두 잔을 마시고서 비록 속은 조금 편해졌지만 몸은 여전히 나른했기에 다시 벽면을 보고 누워 잠들어버렸다. 진중은 벗어 놓았던 그 두루마기로 미낭이 소매에 토해 놓은 더러운 것들을 겹겹이 싸서 침상 옆에 두고 다시 침상으로 올라가 처음에 그러했던 것처럼 그를 안았다. 미낭은 날이 밝을 때까지 자다가 깨어나서 몸을 돌려 보니 옆에서 한 사람이 누워있기에 "당신 누구예요?"라고 묻자, 진중이 답하기를 "저는 진 씨 성을 가진 사람입니다."라고 했다. 미낭은 밤중에 있었던 일이 떠오르긴 했지만 어렴풋하여 확실하게 기억나지 않았으므로 곧바로 "내가 어젯밤에 아주 취했었군!"이라고 말했다. 그러자 진중이 말하기를 "그다지 취하지도 않았습니다."라고 했다. 미낭이 말하기를 "토하기도 했나요?"라고 하자, 진중이 말하기를 "아니요."라고 했다. 미낭이 말하기를 "그렇다면 다행이구요."라고 한 뒤, 다시 생각하고 나서 묻기를 "제가 기억하기로는 토한 것 같고 차도 마신 것 같은데 설마 꿈

을 꾼 건 아니겠죠?"라고 했다. 그러자 진중은 미낭에게 비로소 이렇게 말했다.

"토하시기는 했습니다. 제가 아가씨께서 술을 많이 하신 것을 보고서 토할 것을 방비하기 위해 찻주전자를 품속에 안아 식지 않도록 했지요. 아니나 다를까 아가씨는 토하시고 나서 차를 달라고 하시며 제가 따라준 것을 마다하지 않으시고 두 잔을 마셨습니다."

미낭이 크게 놀라며 말하기를 "더러운데 어디에 토했어요?"라고 하자, 진중이 말하기를 "아가씨께서 이불을 더럽히실까 염려되어 제가 옷소매에 받았습니다."라고 했다. 미낭이 말하기를 "지금 어디에 있어요?"라고 하니 진중이 말하기를 "옷으로 싸서 저기에 숨겨두었습니다."라고 했다. 미낭이 말하기를 "아깝게도 당신의 옷을 버렸군요."라고 하자, 진중이 말하기를 "이것은 저의 옷이니 아가씨께서 먹고 남은 술이 묻은 것도 행운이지요."라고 했다. 미낭이 이 말을 듣고 마음속으로 생각하기를 "이렇게 눈치 있는 사람이 다 있네."라고 하며 마음속으로는 절반 정도는 이미 좋아하게 되었다.

이때 날은 환하게 밝아있었으며 미낭은 소변을 보기 위해 침상에서 일어났다. 그러다가 진중을 보고서 그가 기름장수 진씨라는 것이 갑자기 떠올라 곧장 진중에게 묻기를 "사실대로 말씀해 주세요. 댁은 뉘신가요? 어젯밤에 왜 여기에 계셨습니까?"라고 했다. 이에 진중이 이렇게 답했다.

"화괴낭자께서 물어보시는데 제가 어찌 거짓말을 하겠습니까? 저는 사실 상시로 댁에 와서 기름을 팔던 진중입니다."

그러고 나서 진중은, 미낭이 손님을 배웅하는 것을 처음 봤던 거며, 또 미낭이 가마를 타고 나가는 것을 보고서 마음속으로 끝없이 연모하고 있었던 것과 미낭과 하룻밤을 보내기 위해 돈을 모은 일들 등을 모두 자세히 그녀에게 말해 주었다. 그리고 또 "간밤에 아가씨를 하룻밤 동안 가까이 할 수 있었던 것은 삼생(三生)의 행운으로 매우 만족스럽습니다."라고 했다. 미낭이 이 말을 듣고 더욱 그를 가엾게 여겨 말하기를

“제가 어젯밤에 술에 취해서 당신을 접대하지 못했어요. 댁은 공연히 많은 은을 날렸는데 후회하지 않나요?”라고 하자, 진중이 말하기를 “아가씨는 천상의 선녀라서 저는 오로지 제대로 모시지 못했을까 걱정될 뿐입니다. 그저 책망하지 않으시는 것만으로도 이미 다행인데 어찌 감히 그 외의 것을 바라겠습니까?”라고 했다. 미낭이 말하기를 “당신은 장사하는 사람인데 돈을 모은 것을 어찌 식구를 부양하는 데 쓰지 않나요? 이곳은 당신 같은 분이 드나들 곳이 못됩니다.”라고 하니 진중이 말하기를 “저는 홀몸이라 처자식이 없습니다.”라고 했다. 미낭이 잠시 멈칫하더니 곧바로 다시 말하기를 “오늘 가시면 다른 날에 또 오실 건가요?”라고 하자, 진중이 말하기를 “어제 가까이 한 하룻밤만으로도 이미 평생을 위로할 수 있는데 어찌 감히 또 허망한 생각을 하겠습니까?”라고 했다. 이에 미낭은 이렇게 생각했다.

“이렇게 좋은 사람은 만나기가 쉽지 않을 것이다. 충후하기도 하고 성실하기도 하며, 정을 알고 눈치도 있는데다가 남의 추한 것을 감춰주고 좋은 것을 드러내주니 천 명 백 명 가운데서도 이런 사람 하나를 만나기는 어려울 게야. 안타까운 것은 시정배라는 것이다. 만약 사대부 집안의 자제라면 내 몸을 의탁하며 모셔도 좋을 것이야.”

미낭이 이런 깊은 생각에 빠져 있을 때, 계집종이 세숫물을 들고 들어왔으며 또한 생강차 두 주발도 가져왔다. 진중은 밤에 두건을 벗지 않았기에 머리를 빗을 필요도 없었으므로 세수를 하고서 생강차 몇 모금을 마신 뒤, 곧바로 작별을 하려 했다. 미낭이 말하기를 “조금 더 있다 가시지요. 또 드릴 말씀이 있습니다.”라고 하자, 진중이 이렇게 말했다.

“저야 화괴낭자를 흠모하기에 한 시라도 옆에 더 있는 것이 좋지요. 다만 사람이 되어 어찌 제 스스로를 헤아리지 않을 수 있겠습니까? 간밤에 여기 있던 것은 정말 겁 없는 짓이었으니 다른 사람이 알게 되면 낭자의 아름다운 명성에 흠이 될까 두려울 뿐입니다. 조금 일찍 가는 것이 타당합니다.”

미낭은 머리를 한 번 끄덕이고서 계집종을 방 밖으로 내보낸 뒤, 서둘러 화장함을 열고 은자 이십 냥을 꺼내 진중에게 주며 말하기를 "어젯밤에 고생 많으셨어요. 이 은자를 장사밑천으로 드리는 것이니 다른 사람에게 말씀하지는 마세요."라고 했다.

진중이 어찌 그것을 받겠는가?

그러자 미낭이 이렇게 말했다.

"저의 은자는 쉽게 번 것입니다. 이것은 당신이 제게 베풀어준 하룻밤의 정에 감사하는 것이니 굳이 사양하시지 마십시오. 만약 장사 밑천이 모자라면 나중에 또 당신을 도울 때가 있을 거예요. 그 더러워진 옷은 제가 계집종을 시켜 깨끗이 빨아 돌려드리겠습니다."

이에 진중이 말하기를 "제 거친 옷은 아가씨께서 번거롭게 마음 쓰실 필요가 없습니다. 제 스스로 빨면 되니까요. 다만 이 돈을 받는 것은 타당치 않습니다."라고 했다. 미낭은 "무슨 말씀을 하세요."라고 하면서 은자를 진중의 소매 안에 억지로 집어넣고는 그를 밀어 어서 나가도록 몸을 돌리게 했다. 진중은 물리치기가 어려운 것을 알고서 어쩔 수 없이 그것을 받았다. 그리고 몸을 깊이 숙여 읍을 하고는 벗어 놓았던 더럽혀진 두루마기를 말아서 방문을 나섰다. 진중이 기생어미의 방 앞을 지나가자 시종이 그를 보고 기생어미를 부르며 "어머니! 진 도련님이 가십니다."라고 했다. 그때 왕구마는 변기에서 용변을 보고 있던 차라 그저 소리치며 말하기를 "진 도령, 왜 이렇게 일찍 가시나?"라고 했다. 진중이 말하기를 "일이 좀 있습니다. 나중에 다시 감사드리러 올게요."라고 했다. 진중이 돌아간 것은 얘기하지 않는다. 차설(且說), 미낭은 비록 진중과 조금도 관계는 없었지만 그의 정성스런 마음을 본지라 진중이 간 뒤에도 매우 미안해 했다. 그날 미낭은 술을 과하게 마신 뒤라서 몸이 좋지 않기에 손님들을 사절하고 집에서 쉬었다. 천 명 만 명의 손님들은 하나도 생각하지 않고 온종일 그저 진중만을 생각했다. 〈괘지아〉가 이를 증명해 준다.

얄미운 사람이여	俏冤家[57]
그대는 기방을 드나드는 사람이 결코 아니요	須不是串花家的子弟
일개 장사를 하는 성실한 사람이오	你是個做經紀本分人兒
내 어찌 알았겠나, 당신은 따뜻하고	那匡你會溫存
부드럽기도 하며	能軟款
사람의 마음을 헤아려 뜻을 맞출 줄 아는 사람이란 걸	知心如意
당신은 성질을 부리는 사람도 아닐 것이요	料你不是個使性的
당신은 박정한 사람도 아닐 것이라	料你不是個薄情的
당신 생각을 몇 번이나 그만두려 해도	幾番待放下思量也
나도 모르게 다시 또 당신을 생각하네	又不覺思量起

화두(話頭)를 돌려보자. 재설(再說), 형권은 주십노의 집에 있으면서 난화와 정이 뜨거웠다. 주십노가 병이 나서 침상에 누워 있는 것을 보고 전혀 눈치를 보지 않게 되었다. 주십노가 몇 차례 책망을 하자, 두 사람은 상의를 한 뒤 계책 하나를 냈다. 그리하여 밤이 깊어 고요해졌을 때를 기다렸다가 가게에 있던 재물들을 휘말아 가지고서 둘이 함께 도망쳐버렸으며 어디로 갔는지는 알 수 없었다. 다음 날, 날이 밝아서야 주십노는 그 사실을 비로소 알게 되었다. 이웃들에게 부탁하여, 잃은 물품들의 단자를 만들고 며칠 동안 찾아보았으나 전혀 소식이 없었다. 주십노는 당초 형권의 꾐에 넘어가 주중을 쫓아낸 것을 심히 후회했으며, 사람의 마음은 오랜 시간이 지난 뒤에야 알 수 있다는 것을 그제야 깨닫게 되었다. 주십노는 주중이 중안교(衆安橋) 아래에 집을 얻어 살면서 기름지게를 지고 기름을 판다는 소리를 듣고서 옛날처럼 그를 다시 불러들이면 늙어죽게 되어도 의지할 데가 있다고 생각했다. 다만 주중이 원망하는 마음을 품고 있을까 걱정이 되어 이웃으로 하여금 그를 타일러 집으로

57) 초원가(俏冤家): 元曲에 많이 보이는 말로 '멋스런 원수'라는 뜻이며, 사랑하는 사람이나 情人에 대한 애칭이다.

돌아오도록 하게 했으며 좋은 일들만 기억하고 나쁜 일들은 잊도록 했다. 진중은 그 말을 듣자마자 그날로 집기들을 수습해 주십노의 집으로 들어갔으며, 두 사람은 서로 만나 한바탕 통곡을 했다. 주십노는 남아있던 재물들을 모두 다 진중에게 건넸으며, 진중 스스로도 이십 여 냥의 밑천이 있었으므로 다시 가게를 정돈해 매대에 앉아 기름을 팔게 되었다. 주씨(朱氏) 집에 있기에 예전처럼 주중(朱重)이라고 불렀으며 진(秦)씨 성은 쓰지 않았다. 한 달도 안 되어서 주십노는 병세가 심해져 치료를 해도 낫지 않다가 결국 죽음에 이르렀다. 주중은 가슴을 치고 크게 통곡했으며, 마치 친부가 돌아가신 것처럼 염습을 하고 상복을 입은 채 사십구일 동안 법사를 열었다. 주 씨 집안의 조상묘지가 청파문 밖에 있었으므로 주중은 상례를 치루고 거기에 안장(安葬)했으며 모든 일마다 예를 갖췄으니 이웃들이 모두 그의 후덕함을 칭찬했다. 주중은 장례를 마친 뒤, 예전처럼 가게를 열었다. 원래 그 기름가게는 오래된 점포로 예전부터 장사가 잘되었지만 형권이 뒷주머니를 차느라 야박하게 하여 단골들이 적잖이 발길을 끊고 있었다. 하지만 이제 주 도령이 가게에 있는 것을 보고 누군들 도우러 오지 않았겠는가? 그리하여 장사는 이전보다 더욱더 번창했다.

주중은 혈혈단신이었기에 그의 일을 도와줄 수 있는 노련한 사환을 급히 찾으려고 했다. 중개하는 일을 항상 해오던 김중(金中)이라는 사람이 있었는데 하루는 갑자기 그가 쉰 남짓한 사람 하나를 데리고 왔다. 원래 그 사람은 다름 아닌 신선(莘善)으로 변량성 밖에 있는 안락촌에 살고 있었다. 당초 신선은 피난하여 남쪽으로 달아나다가 관군과 맞닥쳐 딸 요금과 갈라지게 되었으며, 그들 부부 두 사람은 처량하고 불안하게 이리저리 도망하면서 되는대로 마구 몇 년을 지내고 있었다. 그때 임안이 번성하여 남쪽으로 건너온 백성들 대부분이 거기에 머물고 있다는 소리를 들었다. 그의 딸애도 떠돌다가 임안에 머물고 있지는 않을까 하여 특별히 찾아와 수소문해 보았지만 역시나 소식이 없었다. 부부 두 사람은 몸에 지니고 있던 노잣돈이 다 떨어져 밥값도 내지 못해 종일토록 여관에서 나가라고 재촉을 당하고 있는데도 어떻게 할 수가 없었다. 그러던 중에 신선은 김중으로부터 주씨 집의 기름가게에서 기름을 팔 사환을 구하려고 한다는 얘기를 우연히 듣게 되었던 것이다. 신선은 양곡가게를 차렸었기에 기름을 파는 일도 잘 알고 있는데다가 주 도령은 본래 변경 사람으로 동향인이었기에 김중에게 소개시켜달라고 부탁하여 주중의 기름가게로 오게 되었다. 주중은 신선에게 자세한 상황을 묻고서 동향인으로서 같은 동향인을 보게 된지라 저도 모르게 마음이 아팠다.

"갈 데가 없으시니 어르신네 부부 내외는 제 곁에 계시면서 그냥 같은 고향 사람으로 지내시지요. 따님의 소식은 천천히 알아보시면서 다시 대책을 세우십시오."

그러고 나서 주중은 즉시 두 관(貫)[58]의 돈을 가져다가 신선에게 건네주었다. 신선은 돌아가 밀린 밥값을 갚고 아내 완씨도 데리고 와서 주중과 만나게 했다. 주중은 빈방 하나를 치우고 그들 노부부를 그 안에서 살도록 했다. 부부 두 사람도 진심 전력하여 안팎으로 주중을 도왔기에 주중이 매우 기뻐했다.

세월은 쏜살같이 어느덧 일 년 넘게 흘러갔다. 많은 사람들은 주 도령이 나이가 찼지만 장가를 들지 않고 있는데다가 집안형편도 좋고 사람 됨됨이도 성실한 것을 보고서 기꺼이 공짜로 딸을 시집보내겠다고 했다. 주중은 화괴낭자의 너무나 아름다운 용모를 봤기에 보통 여자들은 눈에 들어오지도 않았으므로 출중한 여자를 얻어야만 혼인하겠노라 마음먹고 있었다. 그렇게 하루를 보내고 또 하루를 지내면서 혼사가 지연되고 있었다. 그것은 바로 이런 말로 대변된다.

창해를 보고 나면 다른 물은 물이라 여기기　　曾觀滄海難爲水

58) 관(貫): 옛날에 동전을 실로 꿰어서 묶음으로 들었는데 동전 천 개는 1貫이었다.

어려우며
무산의 구름을 보고나면 그밖의 어떤 구름도 구름처럼 여겨지지 않네　除却巫山不是雲[59]

재설(再說), 왕미낭은 왕구마의 집에 있으면서 대단한 명성 아래 조석으로 환락하여 정말 맛좋은 음식에도 질리고 비단옷도 싫증날 정도였다. 비록 그렇기는 했지만, 손님들이 성질을 부리며 질투를 하거나 자신을 버리고 다른 기생과 만날 때, 혹은 병이 나거나 술에 취한 뒤 한밤중 자신을 아끼고 보살펴주는 사람이 없을 때와 같이 그녀의 마음과 같지 않은 상황을 마주할 때면 곧바로 진 도령의 좋은 점이 떠올랐다. 그저 다시 만날 인연이 없는 것이 한스럽기만 했다. 또한 그녀는 도화운(桃花運)[60]이 다하여 마땅히 운수가 바뀔 때가 되기도 하였는지 일 년 뒤에 사건 하나가 발생하게 되었다.

각설, 임안성 안에 오씨 집 여덟 번째 도련님이 있었는데 부친인 오악(吳岳)은 당시 복주(福州) 태수(太守)였다. 그 오 도령은 부친의 임지에서 돌아왔으므로 많은 금은을 가지고 있었다. 평소 그는 도박과 술을 좋아해 와사(瓦舍)[61]에 많이 드나들어 화괴낭자의 명성은 들었지만 직

59) 이 두 구는 당나라 시인 元稹의 시《離思五首》제 四首 가운데 앞의 두 구를 개사한 것이다. 原詩는 이렇다. "창해를 경험하면 다른 물은 물이라 여기기 어렵고, 巫山의 구름을 보고 나면 그밖의 어떤 구름도 구름처럼 여겨지지 않네. 아무리 꽃밭을 거닐어도 돌아보기가 귀찮은 까닭은, 절반은 修道를 위해서요 절반은 그대 때문이라네.(曾經滄海難爲水, 除却巫山不是雲. 取次花叢懶回顧, 半緣修道半緣君.)"

60) 도화운(桃花運): 일반적으로 애정이나 음란에 관한 운수를 가리킨다.

61) 와사(瓦舍): 宋元時代 다방, 술집, 기방, 노름판 등을 비롯한 유흥 장소가 모여있던 장소로 '瓦市'라고 불리기도 했다. 송나라 吳自牧의《夢粱錄·瓦舍》에 이렇게 기술되어 있다. "瓦舍란 것은 '올 때에는 연이어 기와가 서로 연결되듯이 모이고 갈 때에는 기와가 뿔뿔이 흩어지듯 돌아간다.'는 뜻을 취해 '쉽게 모였다가 쉽게 흩어진다.'는 뜻이다……城 안팎에 모두 瓦舍를 만들고 妓樂을 불러 모아서 軍卒들이 쉴 짬에 유희를 하는 곳으로 삼았다."

접 만나지는 못했던지라 누차 사람을 보내 화괴낭자와 하룻밤을 보내고자 약속을 잡으려고 했다. 미낭은 그의 기품이 안 좋다는 소리를 듣고, 그를 손님으로 받지 않으려고 핑계를 대며 사절한 것이 한 번 만이 아니었다. 그 오 도령도 한량들과 함께 직접 왕구마의 집으로 찾아가보기도 했지만 몇 번을 가도 미낭을 만나지 못했다.

때는 청명절(淸明節)을 맞아 집집마다 성묘를 하고 곳곳에서 답청을 하고 있었다. 미낭은 연일 봄놀이를 다니느라 피곤하기도 한데다가 주기로 한 시화(詩畵) 빚도 많은데 아직 완성하지 못하고 있었기에 집안사람들에게 일러두기를 "모든 손님이 오면 다들 나를 대신해 사절하라!"고 했다. 그러고 나서 방문을 닫고 향로에 좋은 향을 피워둔 채 문방사우(文房四友)를 펼쳐놓은 뒤, 붓을 막 들려하는 참에 밖에서 떠들썩한 소리가 들렸다. 다름 아닌 오 도령이 십여 명의 흉악한 노복들을 이끌고 와서 미낭을 데려다가 호수 유람을 하려는 것이었다. 기생어미가 매번 사절했기에 그들은 중당(中堂)에서 흉포한 짓을 하며, 집기들을 때려 부수고 소란을 피우면서 미낭의 방문 앞으로까지 들어와 방문이 잠겨 있는 것을 보게 되었다. 원래 기방에서는 손님을 사절하는 방법이 있었는데 그것은 기생이 방안에 숨어 있는 채로 방문을 밖으로 걸어 잠근 뒤, 손님에게는 둘러대며 그저 집에 없다고 하면서 핑계를 대는 것이었다. 신실한 사람은 이런 말에 속아 넘어갈 수 있겠지만 오 도령은 그 바닥에서 굴러먹은 사람인데 그런 속임수에 어찌 넘어가겠는가? 오 도령은 노복에게 자물쇠를 비틀어 끊어내라고 한 뒤, 발로 걷어차 방문을 열었다. 미낭이 미처 숨지 못해서 오 도령에게 들키자 오 도령은 말할 틈도 주지 않고 노복 두 명을 시켜 좌우에서 미낭의 손을 잡고 방안에서 밖으로 끌어내도록 했다. 그리고 입으로는 계속해 마구 소리를 지르며 욕설을 퍼부었다. 왕구마는 오 도령 앞으로 가서 사죄를 하고 타이르려고 했지만 사태가 심상치 않은 것을 보자 비켜설 수밖에 없었으며, 집안의 크고 작은 사람들도 모두 그림자 하나 없이 숨어버렸다. 오 도령 집의 포악한 노복들은 미낭을 끌고 왕씨 집 대문을 나선 뒤, 미낭이 전족(纏足)[62]을 하여 발이 작은 것도 아랑곳하지 않고 길거리를 향해 날듯이 내달렸다. 오 도령은 뒤에서 득의양양하게 따라가며 서호의 입구에 이르러 미낭을 호수유람선에 밀어 넣게 하고서야 비로소 그를 놓아주게 했다. 미낭은 열 두 살 때 왕구마의 집으로 온 뒤로 비단더미 속에서 자라며 보배처럼 길러졌는데 어찌 이 같은 능욕을 당해보았으리오? 미낭은 배에 내려진 뒤 뱃머리를 향해 얼굴을 가리고 크게 통곡을 했다. 오 도령은 조금도 인상을 펴지 않은 채, 마치 관운장(關雲長)[63]이 분기충천한 얼굴로 칼 한 자루만을 들고서 연회장으로 간 것처럼, 교의(交椅) 하나를 놓고서 바깥을 향해 앉아있었고 포악한 노복들은 그의 옆에 늘어서 있었다. 오 도령은 한편으로는 배를 출발시키라고 하고, 다른 한편으로는 미낭에게 하나하나씩 따져가며 조금도 쉬지 않고 계속해 성을 냈다.

"천한 것! 이 창녀가 사람의 호의를 받아들이지 못하는구나! 다시 울면 매를 버는 게다!"

62) 전족(纏足): 부녀자들의 발가락을 아래로 꺾고 포목으로 발을 감싸 묶어서 자라지 못하게 하는 풍속으로 보통 네다섯 살 때부터 시작했다. 전족이 언제부터 있었는지에 대해서는 설이 분분하여 南唐 李 後主가 宮嬪 窅娘으로 하여금 발을 초승달과 같이 작고 가는 모양으로 만들게 한 후, 사람들이 이를 따라했다는 설과 南朝 제나라 東昏侯 때부터 시작되었다는 설 등이 있다. 高洪興의《纏足史》(上海文藝出版社, 2007.)에 의하면, 北宋부터 시작하여 南宋 이르러 성행하기 시작했다고 한다.《宋史·五行志》에 "理宗 때 궁녀는 발을 묶어 가늘고 곧게 만들었다."는 기록이 있는 것으로 보아 전족의 풍속이 당시 궁중에 있었다는 것을 알 수 있으며 이후 민간 귀족이나 관료 등 상층사회에서 주로 유행했다. 전족을 하면 발이 기형이 되어 오랫동안 서 있거나 먼 거리를 걷거나 노동을 할 수 없게 된다.

63) 관운장(關雲長): 三國時代 촉나라의 명장이었던 關羽(자는 雲長)를 이른다.《三國志·吳書·魯肅傳》과《三國演義》제66회에는 그가 青龍偃月刀 한 자루를 들고 종자 십여 명만을 데리고서 오나라 장수 魯肅의 연회에 갔다는 이야기가 있는데 이를 일러 '單刀赴會'나 '單刀會'라고 한다. 이 일화는 일반적으로 홀몸으로서 용기 있게 적과 마주하는 것을 비유적으로 이른다. 작품에서는 오 도령이 혼자 분한 얼굴을 하고 있는 모습을 비유적으로 가리키고 있다.

미낭은 그를 조금도 무서워하지 않고 계속해 울기만 했다. 배가 호심정(湖心亭)에 이르자 오 도령은 정자 안에다 찬합을 차려 놓으라 하고서 자신은 먼저 정자에 올라가 하인들에게 명하기를 "저 천한 계집으로 하여금 이리로 와서 술 시중들게 하라."라고 했다. 미낭은 뱃전의 난간을 부둥켜안고 가지 않으려하면서 울부짖기만 했다. 오 도령도 흥이 나지 않아 제 스스로 술 몇 잔을 마신 뒤, 정리하고는 직접 배로 내려와서 미낭을 잡아끌었다. 그러자 미낭이 두 발을 마구 구르며 더욱더 소리 내어 우니, 오 도령은 대로하여 포악한 노복들로 하여금 비녀와 귀걸이를 떼어내도록 했다. 미낭은 산발을 한 채로 뱃머리로 뛰어가 강물에 투신을 하려고 했으나 하인들에게 붙잡히고 말았다. 오 도령이 이렇게 말했다.

"네가 떼를 쓴다고 해서 내가 겁낼 것 같으냐? 설사 네가 죽는다 해도 불과 은자 몇 냥을 쓰면 될 뿐이어서 큰일은 아니다만 네 목숨을 끊게 한 것은 죄가 되겠지. 네가 울음을 그치면, 내 너를 돌려보내고 너를 괴롭히지 않으마."

미낭은 돌아가게 놓아준다는 말을 듣고서 실로 울음을 멈췄다. 오 도령이 청파문 밖에 있는 외딴 조용한 곳으로 배를 저어가게 한 뒤에 미낭의 발에서 수놓은 비단신발을 벗기고 전족한 발을 싸고 있던 천을 풀어버리게 하자, 옥으로 된 죽순 같은 가느다란 미낭의 발이 드러났다. 오 도령은 포악한 하인으로 하여금 미낭을 강기슭으로 부축해 데려가게 하고는 이렇게 욕을 해댔다.

"천한 것! 너 재주가 있으면 네 스스로 걸어서 집으로 돌아가거라! 내게 너를 데려다줄 사람은 없다."

오 도령이 말을 마치고 나서 상앗대로 배를 밀게 하자 배는 다시 호수 가운데로 나갔다. 이것은 바로 이런 말로 대변된다.

거문고를 땔감으로 태우고 학을 삶아 먹은　　焚琴煮鶴64)從來有

일은 예부터 있었으니
여자를 아끼고 어여삐 여길 줄 아는 이가 몇이나 될꼬　　惜玉憐香幾個知

주중이 곤경에 빠진 미낭을 도와주는 장면, 민국 10년, 상해광아서국(上海廣雅書局), 《신증전도족본금고기관(新增全圖足本今古奇觀)》 삽도

미낭은 맨발인 채라서 한 걸음도 가기가 어려웠으므로 이런 생각을 하게 되었다.

"내가 재모를 겸비했지만 단지 풍월장(風月場)에 떨어져 이런 천대를

64) 분금자학(焚琴煮鶴): '거문고[琴]'는 악기이고 '鶴'은 관상용 동물인데 거문고를 땔감으로 삼아 불을 피우고 鶴을 삶는다는 뜻으로써 멋지고 좋은 사물을 감상할 줄 모르고 망가뜨리는 것을 비유적으로 이르는 말이다.

받는 것이다. 평소 그 많은 왕손귀족들과 교분을 맺었는데도 급할 때에는 쓸모가 없어 이렇게 능욕을 당하는구나! 설사 돌아간다 해도 어떻게 사람으로 살아갈 수 있겠는가? 차라리 죽어버리는 게 좋겠다. 다만 죽는다 해도 명분이 없으니 괜한 큰 명성을 누린 것이야. 이 지경에 이르니 시골의 아낙네를 봐도 나보다 백번 더 낫구나. 이는 모두 유사마가 감언이설로 나를 이 구렁텅이에 빠지게 하여 지금에 이르게 된 것이다. 예부터 미인박명이라 했지만 그것이 나처럼 이리 심하겠는가!"

미낭은 생각하면 할수록 더욱 괴로워 목 놓아 크게 울었다. 일이 공교롭게도 주중은 그날 청파문 밖에 있는 주십노의 묘지에 가서 성묘를 한 뒤, 제물(祭物)은 배에 실어 보내고 스스로는 걸어서 돌아가는 중에 그곳을 지나게 되었다. 그리하여 주중은 울음소리를 듣고 그쪽으로 가보게 되었다. 미낭은 비록 산발을 하고 얼굴도 더럽혀진 채로 있었지만 그 꽃 같은 용모는 전과 다름이 없었으니 어찌 주중이 미낭을 알아보지 못했으리오. 주중이 깜짝 놀라며 말하기를 "화괴낭자께서 어찌하여 이런 모습이 되셨습니까?"라고 했다. 미낭이 애처롭게 울고 있을 즈음에 익숙한 목소리가 들려 울음을 그치고 봤더니, 그 사람은 정을 알고 눈치가 있던 바로 그 진 도령이었다. 미낭은 이때를 당하여 주중을 본 것이 마치 친족을 본 듯 했기에 저도 모르게 속을 털어놓고 그에게 모두 말했다. 주중은 너무나 마음이 아파서 그 또한 눈물을 흘렸다. 그의 옷소매 속에 흰 비단수건 하나가 있었는데 길이가 대략 다섯 자(尺) 정도가 되었다. 주중은 그것을 꺼내 반으로 찢어 미낭에게 주고 발을 싸매게 한 뒤, 손수 미낭의 눈물을 닦아주었으며 머리채도 올려 주면서 부드럽고 좋은 말로 여러 차례 위로해 주었다. 그리고 미낭이 울음을 그치기를 기다렸다가 휘장이 쳐져있는 따뜻한 가마 한 대를 급히 불러다가 미낭을 태운 뒤, 자신은 걸어서 왕구마의 집까지 바래다주었다.

왕구마는 딸의 소식을 몰라 사방으로 물어보며 조급해하고 있는 터에 진 도령이 딸애를 데리고 돌아온 것을 보고 정말 자신에게 야명주 하나를 돌려준 것과 다름없었으니 어찌 기뻐하지 않으랴? 게다가 기생어미는, 진중이 기름을 지고 오는 것이 계속 보이지 않고 그가 진씨 집 가게를 이어받았다는 얘기를 여러 번 들어, 수중에 여유가 생기고 체면이 예전과 다르게 되었다는 것을 알고 있었으므로 저절로 괄목상대하게 진중을 대했다. 또한 자기 딸이 이런 모습이 된 것을 보고 그 연고를 물었다. 그리하여 미낭이 큰 고생을 했으며 진 도령의 덕을 많이 입었다는 것을 알게 되고는 진중에게 깊이 절하여 감사한 뒤, 술을 마련해 대접했다. 해가 이미 서쪽으로 기울었기에 진중은 몇 잔을 마시고 자리에서 일어나 작별을 하려 했다. 하지만 미낭이 어찌 그를 놓아주겠는가? 이에 미낭이 말했다.

"저는 늘 당신에게 마음이 있었으나 만나지 못해서 한스러웠습니다. 오늘은 반드시 당신이 그냥 가시도록 두지 않겠어요!"

기생어미도 붙잡으며 만류했으니 진중에게 의외의 기쁜 일이 생긴 것이었다.

이날 밤, 미낭은 갖은 악기와 가무로써 평생의 기예를 모두 다하여 진중을 모셨다. 진중은 선경(仙境)을 유람하는 좋은 꿈을 꾸듯이 넋이 나갈 정도로 기뻐서 어쩔 줄 몰랐다. 밤이 깊어져 술자리가 다하자 두 사람은 서로 손을 잡고서 잠자리로 갔다. 그 운우지정은 말할 필요도 없이 아름답고 만족스러웠다.

한 사람은 힘이 넘치는 총각이요	一個是足力後生
또 한 사람은 정(情)에 익숙한 여자라	一個是慣情女子
이쪽에선	這邊說
삼 년을 마음속으로 그리워하며	三年懷想
꿈에서도 항상 끌렸다고 말하자	費幾多役夢勞魂
저쪽에선	那邊說
한 해를 그리워하다가	一載相思
요행히 살을 맞댈 수 있게 되어 기쁘다	喜僥倖粘皮貼肉

말하네	
한 사람은 이전에 배려해준 것에 감사하며	一個謝前番幫襯
은혜 입었던 것에 이제 또 은혜 입었다고 하고	合今番恩上加恩
또 한 사람은 오늘밤 드디어 사랑이 이뤄진 것에 감사하며	一個謝今夜總成,
전에 사랑했던 것보다 사랑이 더 깊어졌다고 하네	比前夜愛中添愛
연지향분을 쓰는 기생은 분갑(粉匣)을 엎어	紅粉妓傾翻粉盒
비단손수건에 흔적을 남겼고	羅帕留痕
기름 파는 총각은 기름병을 넘어뜨려	賣油郎打發油瓶
이부자리를 적셨네	被窩沾濕
가소로운 촌놈은 괜스레 본전만 밑지고서	可笑村兒乾折本
총각이 풍류를 즐기도록 성사시켰네	作成小子弄風流

운우지정을 나눈 뒤, 미낭이 말하기를 "제 마음속에 당신께 드릴 말씀이 있으니 물리치지 말아 주세요."라고 했다. 이에 진중이 말하기를 "제가 만약 아가씨에게 쓸모가 된다면 비록 끓는 물에 뛰어들고 불 위를 밟는다 해도 사양하지 않을 터인데 어찌 물리칠 까닭이 있겠습니까?"라고 했다. 미낭이 말하기를 "당신께 시집가렵니다."라고 하자, 진중이 웃으며 말했다.

"아가씨가 만 번을 시집간다 해도 제 차례가 오지 않을 것이니 저를 놀리지 마십시오. 괜히 분수에 넘치는 짓을 하다가 제 명만 단축할 겁니다."

그러자 미낭이 이렇게 말했다.

"제가 드린 말씀은 진심에서 나온 말인데 어찌 놀린다고 말씀하세요? 저는 열네 살에 어머니가 제게 술을 먹이고 취하게 하여 첫손님을 받게 된 뒤, 그때 종량을 하려 했습니다. 하지만 사람을 만난 적이 없어 좋고 나쁜 사람을 구별하지 못하겠기에 혼인대사를 그르칠까 걱정이 되었지요. 이후 만난 사람들은 비록 많았지만 그들은 모두 사치스럽고 술과 여색을 밝히는 무리들이어서 그저 웃음을 사고 즐거움을 좇는 쾌락만 알았을 뿐이었으니 여자를 아끼는 참된 마음이 어디 있었겠습니까? 이 사람 저 사람을 봐도 오직 당신만이 진실한 군자인데다가 당신은 아직 장가를 들지도 않았다는 소리를 들었지요. 만약 제가 천한 기생이란 것을 싫어하시지 않는다면 기꺼이 거안제미(擧案齊眉)[65]하며 흰머리가 될 때까지 받들어 모시고 싶습니다. 당신께서 만약 허락하지 않으신다면 당신 앞에서 삼 척(尺)의 흰 비단으로 목을 매고 죽음으로써 저의 일편단심을 보여드릴 것입니다. 어제처럼 촌놈의 손에 명분 없이 죽어 남들에게 비웃음을 당하는 것보다는 낫겠지요."

미낭은 말을 마치고 나서 엉엉 울기 시작했다. 그러자 진중이 말했다.

"아가씨 슬퍼하지 마세요. 제가 아가씨의 과분한 사랑을 입은 것은 마치 하늘이 땅에 맞춘 것과 같아서 구하려 한다 해도 얻을 수 없는 것인데 어찌 감히 물리치겠습니까? 다만 아가씨는 천금의 몸값이 나가는데 저는 집이 가난하고 능력이 없어 어쩌지요? 능력이 마음을 따르지 못하는군요."

이에 미낭이 이렇게 말했다.

"그것은 도리어 무방합니다. 솔직히 말씀드리면 종량을 하기 위해 저는 미리 재물을 좀 모아서 밖에 맡겨두었습니다. 속신(贖身)을 할 비용은 당신이 전혀 마음 쓰시지 않아도 됩니다."

진중이 말하기를 "설사 아가씨 스스로 속신을 할 수 있다 해도 평소 고대광실(高臺廣室)에서 사는 것이 습관이 되었고, 금의옥식(錦衣玉食)을 누렸는데 제 집에서 어떻게 사실 건지요?"라고 했다. 미낭이 말하기를 "무명옷을 입고 거친 음식을 먹은들 죽어도 원망하지 않겠습니다."라

65) 거안제미(擧案齊眉): 《後漢書·逸民傳·梁鴻》에 의하면, 梁鴻이 집에 돌아와 그의 처 孟光이 밥을 차려줄 때 그를 감히 쳐다보지도 못하고 항상 밥상을 눈썹까지 받쳐 올렸다고 한다. 여기서 비롯되어 부부가 서로 敬愛하는 것을 이른다.

고 하자, 진중이 말하기를 "아가씨는 비록 그렇다해도 어머니가 따라주지 않을까 걱정됩니다."라고 했다. 그러자 미낭은 "제게 나름의 방법이 있습니다."라고 말한 뒤, 이러저러한 계책을 얘기했다. 두 사람의 얘기는 날이 밝을 때까지 계속되었다.

원래부터 미낭은 황(黃) 한림(翰林) 댁 도령과 한(韓) 상서(尙書) 댁 도령, 그리고 제(齊) 태위(太尉) 댁 도령 등 서로 알고 지내던 이런 사람들의 집에다 재물이 든 상자들을 모두 맡겨두고 있었다. 미낭은 이들에게 쓸데가 있다고 핑계를 대고서 연이어 은밀한 곳에 가져다 두었다가 진중을 불러 그의 집에 거두어 두도록 했다. 그런 뒤, 가마 한 대를 타고 유사마의 집으로 가서 종량을 할 일에 대해 말했다. 유사마가 말하기를 "이 일은 내가 예전에도 얘기한 바다. 다만 넌 나이도 아직 젊은데다가 누구한테 가려는지도 모르겠구나?"라고 했다.

이에 미낭이 말했다.

"이모님, 어떤 사람인지는 상관하지 마십시오. 틀림없이 이모님의 말씀대로 참되고 즐거우며 끝마치는 종량이지, 참되지도 않고 가짜도 아닌 어중간한 종량도 아니며 끝마치지 못하는 종량도 아닙니다. 이모님께서 말문을 여시고 설득만 하신다면 저는 어머니께서 불허하실까 하는 걱정은 하지 않습니다. 조카딸로서 효도해 드릴 것은 없고, 다만 금자(金子) 열 냥을 이모님께 드릴 테니 대충 비녀 몇 개나 만들어 쓰세요. 저희 어머니 앞에서는 잘 말씀 좀 해주시고요. 일이 성사되면 중매를 서주신 사례를 따로 또 하겠습니다."

유사마는 금자를 보고서 너무 좋아 눈꺼풀이 붙을 정도로 활짝 웃으며 이렇게 말했다.

"너도 우리 집 딸자식이니 또한 좋은 일인데 어찌 네 재물을 받을 수 있겠느냐? 금자는 일단 내가 받아둔 뒤 너를 대신해 보관하는 것으로 하고, 이 일은 모두 나한테 맡기거라. 다만 네 어머니는 너를 '흔들면 돈이 떨어지는 나무'로 생각하니 쉽사리 놔주지는 않을 게다. 은자 천 냥쯤은 달라 하지 않을까 걱정되는구나! 네가 시집을 간다고 하는 그 사람은 기꺼이 돈을 내려는 사람인가? 나도 그 사람을 한 번 만나서 얘기를 좀 하는 것이 좋겠다."

그러자 미낭이 말하기를 "이모님께서는 다른 일은 상관하지 마시고 단지 조카딸 스스로가 속신을 하는 것으로만 생각하시면 됩니다."라고 했다. 유사마가 말하기를 "어머니는 네가 우리 집에 온 것을 알고 계시느냐?"라고 하자, 미낭이 말하기를 "모르세요."라고 했다. 유사마가 말하기를 "너는 일단 우리 집에서 대충 밥을 먹고 있거라. 내 너희 집으로 가서 네 어머니와 얘기를 좀 해보고 말이 통하면 다시 와서 네게 알려 주마."라고 했다.

유사마가 돈을 주고 가마 한 대를 빌려 타고서 왕구마의 집에 당도하자 왕구마는 그를 안으로 맞이했다. 유사마가 오 씨 집 여덟 번째 도령의 일에 대해 물으니 왕구마는 한 차례 두루 말을 해주었다. 그러자 유사마가 이렇게 말했다.

"우리 같이 기방을 하는 사람들은, 대단치도 않고 그렇다고 하찮지도 않은 그런 계집애를 키우면 돈을 벌기에도 족하고 무난하기도 하지요. 어떤 손님을 막론하고 다 받으니 날마다 공치는 날이 없잖아요. 조카애는 명성이 대단하여 마치 땅바닥에 떨어진 절인 생선과 같아서 개미새끼들도 뜯어먹으려 해요. 비록 북적거리기는 하지만 마음대로 할 수도 없지요. 하룻밤에 열 냥이라고 하나 그것도 허명일 뿐이고요. 그런 왕손공자들이 한 번 올 때에는 자리를 함께하는 사람들도 걸핏하면 여러 명을 데리고 오니 저녁부터 아침까지 밤을 꼬박 새우며 정말 번거롭잖아요. 거기에 딸린 사람들도 적잖은데다가 모두 하나하나 잘 받들어줘야 하고요. 조금이라도 미흡한 데가 있으면 입에서 거친 말이 나오고 투덜거리며 욕설을 하지요. 거기에다가 암암리 집기들도 훼손시키면 그 주인한테 말하기도 뭐해 얼마나 울화가 치밀어 오릅니까? 또한 문인묵객(文人墨客)들과 시사(詩社)나 기사(棋社)를 하느라 한 달 내에 또 며칠은 관가의 부름에 응해야 하지요. 이런 부귀한 집 자제들이 너도나도 서로 다투니 이 집 청을 따르면 저 집 청을 어기게 되어 한 쪽이 기쁘면 어쩔 수 없이 다른 한 쪽은 탓을 하게 되고요. 바로 이번 오씨 집 여덟 번째 도령이 일으킨 풍파도 너무나 무섭잖습니까? 만에 하나 잘못되었다면 오히려 밑천까지 다 잃게 되었을 거예요. 그쪽은 벼슬아치 집안인데 아무려면 그와 송사라도 걸겠습니까? 그저 분기를 삭이며 말도 못하겠죠. 이번엔 다행히도 언니 집의 시운이 좋아 무사태평하게 한 차례 벼락이 허공을 지나간 것이죠. 만약 뜻하지 않게 안 좋은 일이 생기면 그땐 후회해도 소용이 없을 거예요. 이 동생이 듣기로, 오 도령은 나쁜 마음을 품고서 또 조카애를 달라고 언니 집에서 소란을 피울 거라더군요. 조카애도 성질머리가 좋지 않아서 남의 비위를 맞추는 것도 싫어하니 첫 번째로 이것이 화를 일으키는 근본이죠."

이에 왕구마가 말했다.

"바로 그 일로 해서 내가 얼마나 걱정을 하고 있는데! 그 오 도령 또한 이름 있는 사람으로 미천한 무리배가 아니네. 그런데 이 계집애가 죽어도 그를 받지 않다가 이런 답답한 일을 야기시킨 게야. 당초 나이가 어렸을 때는 남의 훈계를 듣기라고 했지. 이제 허명을 얻고서 또 이런 부귀한 자제들에게 추켜세워지자 성질은 나쁘게 길들여지고 기질이 교만해져서 걸핏하면 제멋대로지. 손님이 오면, 받고 싶을 때는 받지만 만약 원치 않을 때면 소 아홉 마리가 끌어도 그 애를 돌려놓을 수 없다네."

유사마가 말하기를 "기생질을 하는 애들은 조금 몸값이 나가면 전부들 그렇지요."라고 하자, 왕구마가 말했다.

"내 지금 자네와 상의를 하네만, 혹 돈을 주려는 사람이 있다면 차라리 그 애를 팔아버리는 게 오히려 깨끗하지. 평생 근심을 지고 살지 않게 말이야."

유사마가 말하기를 "그 말씀 아주 잘하셨어요. 그 애 하나를 팔면 대여섯 명을 살 수 있지요. 때가 맞아 적당한 애들이 걸리면 열 명 쯤도 살 수 있고요. 이런 득이 되는 일을 어찌 안 하겠어요."라고 했다.

그러자 왕구마가 말했다.

"나도 일찍이 계산해 보았네만, 그런 권세 있고 힘이 있는 사람들은 돈을 내려 하지 않고 그저 거저먹으려고만 하지. 은자 몇 냥을 내려고 하는 사람이 나타난다면 딸애는 또 이것저것을 트집 잡으며 허세를 부리고 받아들이려 하지 않을 걸세. 만약 마땅한 사람이 있으면 동생이 중매를 서서 성사시켜 주게나. 혹여 이 계집애가 싫다 할 때에도 자네가 설득을 해주게. 계집애가 어미가 되는 내 말도 듣지 않으니 그저 자네만이 그 애가 믿도록 말을 할 수 있고 그 애의 마음을 돌려놓을 수 있다네."

이에 유사마가 "하하"대고 크게 웃으며 말하기를 "이번에 제가 찾아온 것도 바로 조카애를 위해 중매를 서려고 온 겁니다. 은자 얼마면 그 애를 내보내실 텐가요?"라고 하자, 왕구마가 말했다.

"동생은 사리에 밝은 사람이잖나. 우리 같은 기방에서는 애들을 헐값에 사기만 하지 어디 헐값에 파는가? 하물며 미아는 수년 동안 임안에서 명성이 자자하여 그 애가 화괴낭자라는 것을 누군들 모르겠나? 설마하니 내가 삼사 백을 받고서 그 애가 나가도록 허락을 하겠는가? 족히 은자 천 냥은 되어야지."

유사마가 말하기를 "제가 가서 얘기해 볼게요. 만약 그만한 돈을 내려고 한다면 다시 와서 말씀드릴 것이고, 만약 그렇지 않으면 다시 오지는 않을게요."라고 하며 돌아가기에 앞서 일부러 묻기를 "조카딸이 오늘은 어디 있어요?"라고 했다. 그러자 왕구마가 말했다.

"말도 말게나. 그날 오 도령한테 애를 먹은 뒤부터는 그가 다시 와서 소란을 피울까 두려워 종일 가마를 타고 집집마다 하소연하러 다니고 있다네. 그제는 제 태위 집에 있었고 어제는 황 한림 집에 있었으며 오늘은 또 뉘 집에 갔는지 모르겠구먼."

유사마가 말했다.

"언니가 결정을 하시면 저울대의 첫 눈금을 정한 것과 같으니 조카가 싫다고 해도 받아들이지 않을 수 없을 거예요. 만약 싫다고 하면 저도 그 애를 타이르겠습니다. 다만 상대를 찾아 데려왔을 땐 언니가 되레 허세를 떨지는 마세요."

그러자 왕구마가 말하기를 "일단 말을 입 밖에 낸 이상 다른 말은 절대 하지 않겠네."라고 하며 유사마를 대문 앞까지 바래다주었다. 유사마는 시끄럽게 폐를 끼쳤다고 하며 인사를 한 뒤, 가마를 타고 돌아갔다. 이것은 다음과 같은 말로 대변된다.

이러쿵저러쿵 말하고 다니는 여자 육가(陸賈)요	數黑論黃[66]雌陸賈
길다짧다 떠벌려 늘어놓는 여자 수하(隨何)라네	說長話短女隨何
만일 이 기생어미의 입에서 말만 나오면	若還都像虔婆口
한 척(尺)의 웅덩이에서도 만 길의 파도가 인다네	尺水能興萬丈波

유사마가 집으로 돌아와 미낭에게 말하기를 "내가 네 어머니한테 이러저러하게 말을 해서 네 어머니는 이미 허락을 했단다. 은자를 눈앞에 보여주기만 하면 이 일은 당장이라도 성사될 게다."라고 했다. 미낭이 말하기를 "은자는 이미 마련되었으니 내일 이모님께서 저희 집으로 꼭 오셔서 이 일을 성사시켜 주십시오. 김이 식어 나중에 다시 또 말을 하게 하지 마시고요."라고 했다. 유사마가 말하기를 "이미 약속을 했으니 내 당연히 너희 집으로 갈 것이다."라고 했다. 미낭은 유사마와 헤어진 뒤, 집으로 돌아와 이 일에 대해서는 한마디 말도 하지 않았다. 다음 날 정오쯤, 말한 대로 유사마가 왕구마 집으로 왔다. 왕구마가 묻기를 "그 일은

66) 수흑논황(數黑論黃): '까맣다 말하기도 하고, 노랗다 논하기도 한다'는 뜻으로 장단을 말해 시비를 일으킨다는 의미이다.

어떻게 됐어?"라고 하자, 유사마가 말하기를 "십중팔구는 다 됐지만 아직 조카딸과 얘기해 보지는 않았어요."라고 했다. 유사마는 미낭의 방으로 가서 미낭과 서로 인사를 나눈 뒤에 얘기를 조금 나누었다. 유사마가 말하기를 "네 상대는 왔느냐? 돈은 어디에 있고?"라고 하자, 미낭은 침상머리를 가리키며 "이 가죽상자들 속에 있어요."라고 하며 대여섯 개의 가죽상자를 한꺼번에 모두 열었다. 그리고 그 안에서 한 봉지에 오십 냥이 들어있는 열 서너 개의 봉지를 꺼내놓았다. 거기에다가 금은보배들도 값을 매겨보니 족히 천 냥의 액수를 채울 수 있었다. 유사마는 깜짝 놀라 눈에서 불이 나듯 했으며 입에서 침을 흘리면서 이렇게 생각했다.

"어린 나이에 저런 속궁리가 있었네. 어떤 방법을 써서 저 많은 재물들을 모았는지 모르겠구나! 우리 집 기생년들은 똑같이 손님을 받았건만 어찌 이 아이를 쫓아오겠어? 돈을 불리는 것은 고사하고 설령 주머니에 돈 몇 푼이 있다 하면 한가할 때 해바라기 씨나 사서 까먹고 사탕을 사먹으면서 발을 동여매는 천조각조차도 닳아 떨어지면 어미인 나한테 사달라고 하잖나! 하필 아홉째 언니가 재수가 좋아 이런 애를 사서 몇 년 동안 얼마나 많은 돈을 벌었는가? 게다가 이 애가 문을 나갈 때가 되어서는 또 이런 큰돈도 생기네. 제 집에서 나오는 돈이니 따로 힘 들일 필요도 없고."

이는 마음속으로만 생각하는 말이어서 입 밖으로는 꺼내지 않았다. 미낭은 유사마가 머뭇거리는 것을 보고서 사례를 달라는 것인 줄 알고, 다시 황급히 노주(潞州)의 비단 네 필과 값진 비녀 두 개, 그리고 봉황무늬 옥비녀 한 쌍 등을 꺼내어 탁자 위에 놓고 말하기를, "이 몇 가지 물건들은 이모님께서 중매를 서주셔서 사례로 드리는 겁니다."라고 했다.

유사마는 매우 기뻐하며 왕구마에게 가서 이렇게 말했다.

"조카딸이 스스로 속신을 하겠다고 하는데 몸값은 같고 한 푼도 모자라지 않으니 남자가 속신을 해주는 것보다 더 좋네요. 부랑배들이 가운데서 중매를 하면 술값도 나가고 그들에게 이것저것 사례도 해야 하니까요.”

왕구마는 딸아이의 가죽상자 속에 많은 재물들이 들어있다는 소리를 듣고는 불쾌한 기색을 보였다. 왜 그러했나? 세상에서 기생어미들은 가장 지독하여 기생들이 방법을 내어 재물을 조금 모으면 그것들을 모두 자기 손에 쥐어야만 비로소 흡족해하기 때문이다. 상자 속에 몰래 돈을 조금 숨겨두기도 하곤 하지만 기생어미들이 그런 소리를 조금 듣기라도 하면 딸이 밖을 나설 때만 기다렸다가 자물쇠를 비틀어 따고서 상자들을 샅샅이 뒤져 텅 비도록 가져가곤 한다. 다만 미낭은 큰 명성을 지니고 있었기에 그와 교제하는 손님들은 모두들 큰 인물들이었고 어미를 위해서 돈도 벌어준 데다가 성격도 괴벽스러운 데가 있어 보통내기가 아니면 그를 감히 건드리지 못했던 것이었다. 그리하여 미낭의 방에는 어미가 발도 들여놓지 못했는데 그가 이렇게 돈이 많은 것을 누가 알고 있었으리오?

유사마는 왕구마의 안색이 좋지 않은 것을 보고 그의 생각을 짐작하고는 황급히 이렇게 말했다.

“언니, 딴 마음을 품지 마세요. 이런 재물들은 조카 스스로가 모아 둔 것이라 하더라도 언니 몫의 돈이 아녜요. 그 애가 쓰려고 했다면 그냥 써버렸을 돈이죠. 혹 그 아이가 속이 없어서 이 돈을 마음에 드는 남자한테 보태줬다 해도 언니가 어찌 알겠습니까? 이것은 검소하게 산 조카의 좋은 점이죠. 게다가 기생들이 수중에 돈이 없다면 종량을 할 때에 이르러 설마 그 애들을 맨몸뚱이로 쫓아낼 수 있나요? 어쩔 수 없이 머리부터 발까지 모두 번듯하게 꾸며줘야 남의 집에 가서 사람답게 살 거 아니에요. 지금 그 애가 스스로 이런 재물들을 내어 놓을 수 있으니 언니는 조금도 신경 쓸 필요가 없을 테고 이 돈은 완전히 언니의 주머니 속으로 들어가는 거죠. 속신(贖身)을 하고 나간다 해서 어찌 언니의 딸이 아니겠어요? 그 애가 잘살게 되면 명절 때 설마하니 언니한테 효도를 안 하겠어요? 시집을 간 뒤에도 그 애는 친부모가 없으니 언니는 외할머니 노릇을 할 수도 있을 것이며, 누릴 게 많이 있을 거예요."

이 한 차례의 말로 왕구마는 마음속이 시원해져 당장 그 자리에서 응낙을 했다. 유사마는 곧바로 가서 은을 가져와 한 봉지씩 달아서 왕구마에게 건네주었으며 금은보옥들도 하나씩 값을 매겼다. 그리고 왕구마에게 말하기를 "이것들을 전부 제가 일부러 값을 낮춰 매겼으니 만약 다른 사람에게 주면 은자 수 십 냥 정도는 거저로 생길 거예요."라고 했다. 왕구마는 비록 같은 기생어미였지만 단순한 사람이었기에 유사마가 말한 대로 받아들이지 않은 것이 없었다.

유사마는 왕구마가 그 재물들을 받는 것을 보고 곧바로 자신의 기둥서방에게 혼서(婚書)를 쓰게 하여 미낭에게 건네주었다. 미낭이 말하기를 "이모님도 여기 계신 김에 저는 부모님께 작별인사를 올린 뒤, 일단 이모님 집에서 하루 이틀 묵다가 길일을 택해 종량을 하려고 하는데 이모님께서 허락을 해주실 건지 모르겠습니다."라고 했다. 유사마는 미낭에게서 많은 사례를 받았는데 왕구마가 후회해 번복할까 염려되었으므로 미낭이 왕구마의 집에서 나와 일이 완전히 성사되기를 간절히 바라고 있었다. 이에 곧바로 답하기를 "당연히 그렇게 해야지!"라고 했다. 즉시 미낭은 방안에 있던 경대와 배갑(拜匣), 가죽상자, 이부자리 따위를 수습했는데 기생어미 집 물건들은 조금도 건드리지 않았다. 수습을 다 한 뒤, 미낭은 유사마를 따라 방에서 나와 가짜 부모에게 절을 올리며 작별을 했고, 이모뻘 되는 기생들과도 서로 인사를 나눴다. 왕구마는 시집을 보내는 부모들이 으레 그러한 것처럼 몇 마디 소리를 내며 울었다. 미낭은 사람을 불러 짐을 지게한 뒤, 흔연히 가마에 올라타고서 유사마와 함께 그의 집으로 갔다. 유사마는 조용하고 좋은 방 하나를 내어 미낭의 짐을 내려놓게 했으며, 기생들은 모두 미낭에게로 와서 축하를 해주었다. 그날 밤 주중은 신선을 유사마 집으로 보내 소식을 알아보라 했으므로 미낭이 속신해 나온 것을 알게 되었다. 주중은 길일을 택해 생황을 불고 북을 쳐 풍악을 울리며 신부를 맞이했다. 유사마가 중매쟁이로서 신부를 신랑 집으로 보내자, 주중은 화괴낭자와 더불어 신방에 화촉을 밝혔으니 그 기쁨은 그지없었다.

이 둘은 비록 예전에도 풍류를 누렸지만 雖然舊事風流
신혼의 재미는 줄지 않았네 不減新婚佳趣

다음 날 신선 노부부(老夫婦)는 신부를 만난 뒤, 서로 알아보고 크게 놀랐다. 자초지종을 물어보고서 그 세 식구 혈육은 서로 부둥켜안고 울었다. 주중은 그제야 신선 부부가 그의 장인장모인 것을 알고는 그들을 윗자리로 모셨으며, 부부 두 사람은 다시 절을 올렸다. 이웃들 가운데 이 얘기를 듣고 놀라지 않은 사람이 없었다. 그날 잔치를 마련하여 두 가지 좋은 일을 경축하며 술을 마음껏 즐긴 뒤, 자리를 파했다.

사흘 뒤, 미낭은 그의 남편에게 후하게 예물보따리를 몇 개 마련하게 한 뒤, 그것을 이전에 알고 지내던 사람들의 집으로 보내 그간 상자를 맡아준 은혜에 감사했으며, 아울러 종량한 소식도 알려 주었다. 이것은 미낭이 일의 끝매듭을 잘 마무리하려는 뜻이었다. 왕구마와 유사마의 집에도 각각 예물을 보냈으며 그들도 모두 감사했다. 한 달이 지난 후, 미낭이 가져온 상자를 열었더니 그 안에는 모두 금은이 담겨있었고 오(吳)와 촉(蜀) 지방에서 나는 비단들도 있었는데 액수는 백대가 넘어 모두 합쳐 삼천 여 냥이 되었다. 미낭은 열쇠를 남편에게 다 맡기고 찬찬히 집과 전답을 사며 가업을 정돈해나갔다. 그리고 기름가게 장사는 장인 신 공(公)이 전부 관리하게 되었다. 그렇게 일 년도 채 되지 않아 미낭 부부는 가업을 마치 꽃비단과 같이 번창시켰으며, 노비들을 부리면서 매우 기품 있게 살게 되었다.

주중은 천지신명이 가호해 주신 덕에 감사하여 각 사찰들의 모든 불당에 향촉 한 묶음씩을 희사하고 유리등(琉璃燈)의 기름을 석 달 동안 바치겠노라 발심했다. 그리하여 목욕재계를 한 뒤, 직접 절을 찾아가서 향을 태우며 예배를 올렸는데 우선 소경사로부터 시작해 영은사(靈隱寺),

법상사(法相寺), 정자사(淨慈寺), 천축사(天竺寺) 등의 순서로 찾아갔다. 그 가운데 천축사에 간 이야기만 해보자. 천축사는 관음대사(觀音大士)를 모시는 곳으로 상천축사(上天竺寺), 중천축사(中天竺寺), 하천축사(下天竺寺)가 있었는데 세 곳 모두 사람들의 분향이 성하긴 했지만 산길이라서 배를 타고 갈 수 없었다. 주중은 종자들을 시켜 지게 하나에는 향촉을 지게 하고 지게 세 개에는 청유(淸油)[67]를 지게 한 뒤, 스스로는 가마를 타고 갔다. 먼저 상천축사로 갔더니 그곳의 스님은 그를 법당으로 맞이했으며, 향촉을 맡아 관리하던 노인인 진공이 촛불에 불을 밝히고 향을 피웠다. 이때에 이르러 주중은, "거처하는 바에 따라 기상이 바뀌고, 먹고 입는 것에 따라 몸이 바뀐다.〔居移氣, 養移體.〕[68]"는 말처럼, 형편이 좋아져 기상과 체격도 변해 있었다. 그리하여 의용이 우람해져 더 이상 어렸을 때의 모습이 아니었으니 진공이 어찌 아들을 알아보겠는가? 단지 기름통에 아주 크게 '진(秦)' 자가 쓰여져 있고 '변량(汴梁)'이란 두 글자도 있었으므로 진공은 마음속으로 아주 기이하게 생각되었다. 공교롭게도 이날 상천축사에 갔을 때 바로 이 기름통 두 개를 가지고 갔던 것이다. 주중이 향을 다 올리고 나자, 진공이 다반(茶盤)을 들고 왔으며 주지승은 주중에게 차를 대접했다. 진공이 주중에게 묻기를 "감히 시주님께 여쭙겠습니다. 기름통에 어찌하여 저 글자 세 개가 쓰여 있는 것인지요?"라고 했다. 주중이, 물어 온 말소리에 변량사람의 말씨가 있는 것을 듣고는 다급히 묻기를 "어르신께서 그걸 왜 물으십니까? 혹시 어르신도 변량사람이신지요?"라고 했다. 진공이 말하기를 "그렇습니다."라고 하자, 주중이 묻기를 "성함이 어떻게 되십니까? 어찌해 출가를 하셔서 여기에 계시는 것인지요? 몇 년이 되신 겁니까?"라고 했다.

67) 청유(淸油): 식물에서 채취한 기름을 이른다.

68) 거이기 양이체(居移氣 養移體): 《孟子·盡心上》에 보이는 말로 거처의 환경과 생활 습관에 따라 사람의 기상과 몸이 바뀐다는 뜻이다.

진공은 자신의 성명과 고향을 주중에게 자세하게 말하며 "모년(某年)에 병란을 피해 여기에 왔다가 살길이 없어 열세 살 먹은 진중이란 아들을 주 씨 집에 양자로 입양시켰는데 이제 팔 년이나 되었네요. 줄곧, 제가 나이가 들어 늙고 병이 많아져 내려가서 그의 소식도 묻지도 못하고 있습니다."라고 했다. 주중은 진공을 덥석 끌어안고 목 놓아 통곡하며 말했다.

"제가 바로 진중입니다! 전에 주 씨 집에서 기름지게를 지고 기름을 팔며 아버님의 행방을 찾으려고 기름통에 '변량진(汴梁秦)' 이 세 글자를 써서 표식으로 했던 것입니다. 여기서 상봉하게 될 줄을 어떻게 알았겠습니까? 정말 하늘이 도운 겁니다."

여러 스님들은 이들 부자가 팔 년 동안 헤어져 있다가 오늘 다시 만난 것을 보고 모두들 기이하다고 했다. 주중은 그날 상천축사에 묵으면서 부친과 함께 동숙했으며, 이들 부자는 각기 겪었던 일의 자초지종을 얘기했다. 다음 날, 주중은 중천축사와 하천축사에서 사용할 기도문을 꺼내 그 안에 쓰여 있는 '주중(朱重)'이란 이름을 다시 '진중(秦重)'으로 바꿔 본래의 성씨로 돌아갔다. 주중은 중천축사와 하천축사 두 곳에서 향을 피우고 예배를 마친 뒤, 다시 상천축사로 돌아와 부친을 집으로 모셔서 편안하게 봉양하려고 했다. 그러나 진공은 출가한 지 이미 오래되어 소식(素食)을 하고 재계를 하고 있었으므로 아들을 따라 집으로 가려 하지 않았다. 이에 진중이 말하기를 "아버님과 헤어져 지낸 지 팔 년이 되어 아들로서 봉양해 드린 것이 없습니다. 게다가 제가 신부를 맞이했으니 그 사람도 시아버지께 인사를 올려야지요."라고 하기에 진공은 어쩔 수 없이 허락을 하게 되었다. 진중은 가마를 부친이 타고 가도록 양보하고 스스로는 걸어서 집에 도착했다. 그리고 새 옷 한 벌을 꺼내와 아버지에게 갈아입게 한 뒤, 중당(中堂)에 자리를 마련하고 아내 신씨(莘氏)와 함께 나란히 절을 올렸다. 사돈인 신공과 완씨도 모두 와서 인사를 나눴다. 이날 잔치를 크게 베풀었는데 진공은 육식을 하지 않아 소식(素食)을 하고 소주(素酒)[69]를 마셨다. 다음 날 이웃들도 돈을 추렴해 모아서 축하를 했으니 첫째는 신혼이기 때문이었으며, 둘째는 신부 집의 식구들이 다시 모이게 된 까닭이었고, 셋째는 신랑 집도 부자가 상봉했기 때문이며, 넷째는 진 도령이 귀종(歸宗)하여 본래의 성을 회복했기 때문이었으니 이 네 가지가 모두 큰 경사였던 것이다. 이들은 연이어 며칠 동안 축하주를 마셨다.

진공은 집에서 사는 것을 원치 않고 이전에 살았던 상천축사의 조용한 곳으로 돌아가려 했다. 진중은 아버지의 뜻을 감히 거스를 수 없어, 은자 이백 냥을 내어 상천축사에 깨끗한 방 하나를 따로 짓고는 아버지가 거기서 사시도록 보내드렸다. 그리고 그는 부친이 일상에 쓸 돈과 물품들을 한 달에 한 번씩 보내드렸으며, 매 십일마다 한 번씩 직접 가서 안부를 여쭈었고, 세 달마다 신씨와 함께 인사를 드리러 갔다. 진공은 팔십여 세까지 살다가 단정히 앉은 채 죽음을 맞이했으며, 유언대로 그 산에 묻혔는데 이 얘기는 후일담이다.

각설, 진중과 신씨 부부는 해로하며 두 아들을 낳았는데 모두 공부를 하여 과거에 급제했다. 지금도 기방에서 속어로 어떤 사람에게 '방친(幫襯)'을 잘한다고 칭찬을 할 때면 모두 '진 도령〔秦小官〕'이나 '기름 파는 총각〔賣油郎〕'이라고들 한다. 이런 까닭에 후인이 지은 증거가 되는 시가 있다.

봄이 오니 곳곳에 백화가 새로이 피어나고	春來處處百花新
벌과 나비들이 서로 다투어 봄을 따려 하네	蜂蝶紛紛競採春
그 많은 부호 집 자제들도 사랑할 만했지만	堪愛豪家多子弟
풍류는 기름 파는 이만 못했다네	風流不及賣油人

69) 소주(素酒): 재계를 하는 사람이나 승려, 비구니도 마실 수 있는 술로써 증류의 과정을 거치지 않은 도수가 낮을 술의 총칭이다. 사탕이나 귤병을 물에 탄 음료를 素酒라고 하는 설도 있다.

第七卷 賣油郎獨佔花魁

年少爭誇風月, 場中波浪偏多. 有錢無貌意難和, 有貌無錢不可. 就是有錢有貌, 還須着意揣摩. 知情識趣俏哥哥, 此道誰人賽我?

這首詞名爲《西江月》, 是風月機關中最要之論. 常言道: "妓愛俏, 媽愛鈔." 所以子弟行中有了潘安般貌, 鄧通般錢, 自然上和下睦, 做得煙花寨內的大王, 鴛鴦會上的主盟. 然雖如此, 還有個兩字經兒, 叫做"幫襯". 幫者, 如鞋之有幫; 襯者, 如衣之有襯. 但凡做小娘的, 有一分所長, 得人襯貼, 就當十分. 若有短處, 曲意替他遮護, 更兼低聲下氣, 送暖偷寒, 逢其所喜, 避其所嫌70), 以情度情, 豈有不愛之理. 這叫做幫襯. 風月場中, 只有會幫襯的最討便宜, 無貌而有貌, 無錢而有錢. 假如鄭元和在卑田院做了乞兒, 此時囊篋俱空, 容顏非舊. 李亞仙於雪天遇之, 便動了一個惻隱之心, 將繡襦包裹, 美食供養, 與他做了夫妻. 這豈是愛他之錢, 戀他之貌? 只爲鄭元和識趣知情, 善於幫襯, 所以亞仙心中舍他不得. 你只看亞仙病中想馬板腸湯喫, 鄭元和就把個五花馬殺了, 取腸煮湯奉之. 只這一節上, 亞仙如何不念其情. 後來鄭元和中了狀元, 李亞仙封做汧71)國夫人. 蓮花落打出萬言策, 卑田院變做了白玉樓72). 一床錦被遮蓋, 風月場中反爲美談. 這是:

運退黃金失色, 時來黑鐵73)生光.

70) 【校】嫌(혐): 《今古奇觀》 각 판본에는 "嫌"으로 되어 있고, 《醒世恒言》 각 판본에는 "諱"로 되어 있다.

71) 【校】汧(견): 《今古奇觀》 각 판본과 古本小說集成本《醒世恒言》에는 "汧"으로 되어 있고, 人民文學本《醒世恒言》에는 "汴"으로 되어 있다.

72) 【校】樓(루): 《今古奇觀》 각 판본과 古本小說集成本《醒世恒言》에는 "樓"로 되어 있고, 人民文學本《醒世恒言》에는 "堂"으로 되어 있다.

話說大宋自太祖開基, 太宗嗣位, 曆傳眞､仁､英､神､哲, 共是七代帝王, 都則偃武修文, 民安國泰. 到了徽宗道君皇帝, 信任蔡京､高俅､楊戩､朱勔之徒, 大興苑囿, 專務游樂, 不以朝政爲事. 以致萬民嗟怨, 金虜乘之而起, 把花錦般一個世界, 弄得七零八落. 直至二帝蒙塵[74], 高宗泥馬渡江, 偏安一隅, 天下分爲南北, 方得休息. 其中數十年, 百姓受了多少苦楚. 正是:

甲馬叢中立命, 刀鎗隊裏爲家. 殺戮如同戲耍, 搶奪便是生涯.

內中單表一人, 乃汴梁城外安樂村居住, 姓莘, 名善, 渾家阮氏. 夫妻兩口, 開個六陳鋪兒[75], 雖則糶米爲生, 一應柴炭[76]茶酒油鹽雜貨, 無所不備, 家道頗頗得過. 年過四旬, 止生一女, 小名叫做瑤琴. 自小生得淸秀, 更且資性聰明. 七歲上, 送在村學中讀書, 日誦千言. 十歲時, 便能吟詩作賦. 曾有《閨情》一絕, 爲人傳誦. 詩云:

朱簾寂寂下金鉤, 香鴨沉沉冷畫樓. 移枕怕驚鴛並宿, 挑燈偏恨蕊雙頭.

到十二歲, 琴棋書畫, 無所不通, 若題起女工之[77]事, 飛針走線, 出人意表. 此乃天生伶俐, 非教習之所能也. 莘善因爲自家無子, 要尋個養女壻, 來家靠老. 只因女兒靈巧多能, 難乎其配. 所以求親者頗多, 都不曾許. 不

73) 【校】黑鐵(흑철): 《今古奇觀》 각 판본에는 “黑鐵”로 되어 있고, 《醒世恒言》 각 판본에는 “鐵也”로 되어 있다.

74) 二帝蒙塵(이제몽진): 二帝는 北宋의 徽宗과 欽宗을 이른다. 蒙塵은 ‘먼지를 뒤집어쓰다’는 뜻으로 보통 황제가 제위를 잃고 밖으로 도망가는 것을 이르지만 역사적 사실로 볼 때, 여기서는 두 황제가 금나라에게 포로로 잡혀가는 것을 뜻한다.

75) 六陳鋪兒(육진포아): 陳은 ‘오래되다’는 뜻으로 쌀, 보리, 밀, 콩, 팥, 깨 등의 여섯 가지 곡식은 오랫동안 저장할 수 있다고 해서 이들을 통틀어 ‘六陳’이라 했으며, 이 곡식들을 파는 양곡가게를 ‘六陳鋪(兒)’라 한다.

76) 【校】柴炭(시탄): 《今古奇觀》 각 판본에는 “柴炭”으로 되어 있고, 《醒世恒言》 각 판본에는 “麥荳”로 되어 있다.

77) 【校】之(지): 《今古奇觀》 각 판본에는 “之”로 되어 있고, 《醒世恒言》 각 판본에는 “一”로 되어 있다.

幸遇了金虜猖獗, 把汴梁城圍困, 四萬勤王之師雖多, 宰相主了和議, 不許廝殺. 以致虜勢愈甚, 打破了京城, 劫遷了二帝, 那時城外百姓, 一個個亡魂喪膽, 攜老扶幼, 棄家逃命.

却說莘善領着渾家阮氏, 和十二歲的女兒, 同一般逃難的, 背着包裹, 結隊而走. 忙忙如喪家之犬, 急急如漏網之魚, 擔渴擔飢擔勞苦, 此行誰是家鄉; 叫天叫地叫祖宗, 惟願不逢韃虜. 正是:

寧爲太平犬, 莫作亂離人!

正行之間, 誰想韃子到不曾遇見, 却逢着一隊[78]敗殘的官兵. 看見許多逃難的百姓, 多背得有包裹, 假意吶喊道: "韃子來了!" 沿路放起一把火來. 此時天色將晚, 嚇得衆百姓落荒亂竄, 你我不相顧. 敗兵[79]就乘機搶掠, 若不肯與他, 就殺害了. 這是亂中生亂, 苦上加苦. 却說莘氏瑤琴, 被亂軍衝突, 跌了一交, 爬起來, 不見了爹娘. 不敢叫喚, 躲在道傍古墓之中, 過了一夜. 到天明, 出外看時, 但見滿目風沙, 死屍橫路. 昨日同時避難之人, 都不知所往. 瑤琴思念父母, 痛哭不已. 欲待尋訪, 又不認得路徑. 只得望南而行, 哭一步, 捱一步. 約莫走了二里之程, 心上又苦, 腹中又飢. 望見土房一所, 想必其中有人, 欲待求乞些湯飲. 及至向前, 却是破敗的空屋, 人口俱逃難去了. 瑤琴坐於土牆之下, 哀哀而哭. 自古道: 無巧不成話. 恰好有一人從牆下而過, 那人姓卜, 名喬, 正是莘善的近鄰; 平昔是個游手游食, 不守本分, 慣喫白食､用白錢的主兒, 人都稱他是卜大郎, 也是被官軍沖散了同夥, 今日獨自而行, 聽得啼哭之聲, 慌忙來看. 瑤琴自小相認, 今日患難之際, 舉目無親, 見了近鄰, 分明見了親人一般, 即忙收淚, 起身相見. 問道: "卜大叔, 可曾見我爹媽麽?" 卜喬心中暗想: "昨日被官軍搶去包裹, 正沒盤纏. 天生這碗衣飯, 送來與我, 正是奇貨可居." 便扯個謊, 道: "你爹和媽, 尋你不見, 好生痛苦, 如今前面去了. 分付我道: '倘或見我女兒, 千萬帶了

78) 【校】隊(대): 《今古奇觀》 각 판본에는 "隊"로 되어 있고, 《醒世恒言》 각 판본에는 "陣"으로 되어 있다.
79) 【校】敗兵(패병): 《今古奇觀》 각 판본에는 "敗兵"으로 되어 있고, 《醒世恒言》 각 판본에는 "他"로 되어 있다.

他來, 送還了我.' 許我厚謝." 瑤琴雖是聰明, 正當無可奈何之際, 君子可欺以其方, 遂全然不疑, 隨着卜喬便走. 正是:

情知不是伴, 事急且相隨.

卜喬將隨身帶的乾糧, 把些與他喫了, 分付道: "你爹媽連夜走的, 若路上不能相遇, 直要過江到建康府, 方可相會. 一路上同行, 我權把你當女兒, 你權叫我做爹. 不然, 只道我收留迷失子女, 不當穩便." 瑤琴依允. 從此陸路同步, 水路同舟, 爹女相稱. 到了建康府, 路上又聞得金兀朮四太子, 引兵渡江. 眼見得建康不得寧息. 又聞得康王即位, 已在杭州駐蹕[80], 改名臨安. 遂趁船到潤州. 過了蘇、常、嘉、湖, 直到臨安地面, 暫且飯店中居住. 也虧卜喬, 自汴京至臨安, 三千餘里, 帶那莘瑤琴下來, 身邊藏下些散碎銀兩, 都用盡了, 連身上外蓋衣服, 脫下准了店錢, 止剩得莘瑤琴一件活貨, 欲行出脫. 訪得西湖上烟花王九媽家要討養女, 遂引九媽到店中, 看貨還錢. 九媽見瑤琴生得標緻, 講了財禮五十兩, 卜喬兌足了銀子, 將瑤琴送到王家. 原來卜喬有智, 在王九媽前只說: "瑤琴是我親生之女, 不幸到你門戶人家, 須是軟款的教訓, 他自然從順, 不要性急." 在瑤琴面前, 又只說: "九媽是我至親, 權時把你寄頓他家. 待我從容訪知你爹媽下落. 再來領你." 以此, 瑤琴欣然而去.

可憐絕世聰明女, 墮落烟花羅網中.

王九媽新討了瑤琴, 將他渾身衣服, 換個新鮮, 藏於曲樓深處. 終日好茶好飯, 去將息他, 好言好語, 去溫暖他. 瑤琴既來之, 則安之. 住了幾日, 不見卜喬回信, 思量爹媽, 噙着兩行珠淚, 問九媽道: "卜大叔怎不來看我?" 九媽道: "那個卜大叔?" 瑤琴道: "便是引我到你家的那個卜大郎." 九媽道: "他說是你的親爹." 瑤琴道: "他姓卜, 我姓莘." 遂把汴梁逃難, 失散了爹媽, 中途遇見了卜喬, 引到臨安, 幷卜喬哄他的說話, 細述一遍. 九媽道: "原來恁

80) 駐蹕(주필): '駐驆'이라고 쓰이기도 하며 제왕이 행차를 하는 도중에 잠시 머무는 것을 이른다.

地, 你是個孤身女兒, 無脚蟹[81]. 我索性與你說了罷: 那姓卜的把你賣在我家, 得銀五十兩去了. 我們是門戶人家, 靠着粉頭過活. 家中雖有三四個養女, 並沒個出色的; 愛你生得齊整, 把做個親女兒相待. 待你長成之時, 包你穿好喫好, 一生受用." 瑤琴聽說, 方知被卜喬所騙, 放聲大哭. 九媽勸解, 良久方止. 自此九媽將瑤琴改做王美, 一家都稱爲美娘, 敎他吹彈歌舞, 無不盡善, 長成一十四歲, 嬌豔非常. 臨安城中, 這些富豪公子, 慕其容貌, 都備着厚禮求見, 也有愛淸標的, 聞得他寫作俱高, 求詩求字的, 日不離門. 弄出天大的名聲出來, 不叫他美娘, 叫他做花魁娘子. 西湖上子弟編出一隻《掛枝兒》, 單道那花魁娘子的好處:

> 小娘中, 誰似得王美兒的標緻, 又會寫, 又會畫, 又會做詩, 吹彈歌舞都餘事. 常把西湖比西子, 就是西子比他也還不如! 那個有福的湯着他身兒, 也情願一個死.

只因王美有了個盛名[82], 十四歲上, 就有人來講梳弄. 一來王美不肯, 二來王九媽把女兒做金子看待, 見他心中不允, 分明奉了一道聖旨, 並不敢違拗. 又過了一年, 王美年方十五. 原來門戶中梳弄也有個規矩: 十三歲太早, 謂之試花. 皆因鴇兒愛財, 不顧痛苦. 那子弟也只博個虛名, 不得十分暢快取樂. 十四歲謂之開花, 此時天癸已至, 男施女受, 也算當時了. 到十五歲謂之摘花. 在平常人家, 還算年小, 惟有門戶人家以爲過時. 王美此時, 未曾梳弄, 西湖上子弟又編出一隻《掛枝兒》來:

> 王美兒, 似木瓜, 空好看; 十五歲, 還不曾與人湯一湯, 有名無實成何幹, 便不是石女, 也是二行子的娘. 若還有個好好的, 羞羞也, 如何熬得這些時癢!

81) 無脚蟹(무각해): '다리가 없는 게'라는 뜻이다. 홀몸으로 의지할 데가 없는 사람을 비유적으로 이른다.

82) 【校】古本小說集成本·繪圖本 《今古奇觀》과 古本小說集成本《醒世恒言》에는 "只因王美有了個盛名"부터 "如何熬得這些時癢"까지의 내용이 실려 있는데 人民文學本《今古奇觀》과《醒世恒言》에는 이 내용이 삭제되어 있다. 아마도 내용이 외설적이라서 삭제된 것으로 보인다. 여기서는 古本小說集成本《今古奇觀》과《醒世恒言》에 의거해 보완했다.

王九媽聽得這些風聲, 怕壞了門面. 來勸女兒接客. 王美執意不肯, 說道: "要我會客時, 除非見了親生爹媽. 他肯做主時, 方纔使得." 王九媽心裏又惱他, 又不捨得難爲他. 捱了好些時, 偶然有個金二員外, 大富之家, 情願出三百兩銀子, 梳弄美娘. 九媽得了這主大財, 心生一計, 與金二員外商議, 若要他成就, 除非如此如此, 金二員外意會了. 其日八月十五日, 只說請王美湖上看潮. 請至舟中, 三四個幫閒, 俱是會中之人, 猜拳行令, 做好做歉, 將美娘灌得爛醉如泥. 扶到王九媽家樓中, 臥於床上, 不省人事. 此時天氣和煖, 又沒幾層衣服. 媽兒親手伏侍, 剝得他赤條條[83], 任憑金二員外行事. 金二員外那話兒[84]又非兼人之具, 輕輕的撐開兩股, 用些涎沫送將進去, 比及美娘夢中覺痛, 醒將轉來, 已被金二員外耍得夠了. 欲待掙扎, 爭奈手足俱軟, 繇他輕薄了一回. 直待綠暗紅飛, 方始雨收雲散. 正是:

雨中花蕊方開罷, 鏡裏蛾眉不似前.

五鼓時, 美娘酒醒, 已知鴇兒用計, 破了身子. 自憐紅顏命薄, 遭此强橫, 起來解手, 穿了衣服, 自在床邊一個斑竹榻上, 朝着裏壁睡了, 暗暗垂淚. 金二員外又走來親近, 被他劈頭劈臉, 抓有幾個血痕. 金二員外好生沒趣, 捱得天明, 對媽兒說聲: "我去也." 媽兒要留他時, 已自出門去了. 從來梳弄的子弟, 早起時, 媽兒進房賀喜, 行戶中都來稱慶, 還要喫幾日喜酒. 那子弟多則住一二月, 最少也住半月、二十日. 只有金二員外侵早出門, 是從來未有之事. 王九媽連叫詫異, 披衣起身上樓, 只見美娘臥於榻上, 滿眼流淚. 九媽要哄他上行, 連聲招許多不是. 美娘只不開口. 九媽只得下樓去了. 美娘哭了一日, 茶飯不沾. 從此托病, 不肯下樓, 連客也不肯會面了.

83) 【校】古本小說集成本《今古奇觀》과 古本小說集成本《醒世恒言》에는 "剝得他赤條條"부터 "鏡裏蛾眉不似前"까지의 내용이 실려 있고, 人民文學本·繪圖本《今古奇觀》과 人民文學本《醒世恒言》에는 이 내용이 부분적으로 삭제되어 있다. 아마도 내용이 외설적이라서 삭제된 것으로 보인다. 여기서는 古本小說集成本《今古奇觀》과《醒世恒言》에 의거해 보완했다.

84) 那話兒(나화아): '話'는 분명히 지칭해 말하기가 거북한 사물이나 사람을 지칭하는 대명사로, '那話(兒)'는 우리말의 '거시기'에 해당하는 말이다. 여기서 '那話(兒)'는 '남자의 성기'를 지칭한다.

九媽心下焦躁, 欲待把他淩虐, 又恐他烈性不從, 反冷了他的心腸, 欲待繇他, 本是要他賺錢, 若不接客時, 就養到一百歲也沒用. 躊躕數日, 無計可施, 忽然想起, 有個結義妹子, 叫做劉四媽, 時常往來. 他能言快語, 與美娘甚說得着, 何不接取他來, 下個說詞. 若得他回心轉意, 大大的燒個利市[85]. 當下叫保兒[86]去請劉四媽到前樓坐下, 訴以衷情. 劉四媽道: "老身是個女隨何, 雌陸賈, 說得羅漢思情、嫦娥想嫁. 這件事都在老身身上." 九媽道: "若得如此, 做姐的情願與你磕頭, 你多喫杯茶去, 免得說話時口乾." 劉四媽道: "老身天生這副海口, 便說到明日, 還不乾哩." 劉四媽喫了幾杯茶, 轉到後樓, 只見樓門緊閉. 劉四媽輕輕的叩了一下, 叫聲: "姪女!" 美娘聽得是四媽聲音, 便來開門. 兩下相見了, 四媽靠桌朝下而坐, 美娘傍坐相陪. 四媽看他桌上鋪着一幅細絹, 纔畫得個美人的臉兒, 還未曾着色. 四媽稱讚道: "畫得好! 眞是巧手! 九阿姐不知怎生樣造化, 偏生遇着你這一個伶俐女兒. 又好人物, 又好技藝, 就是堆上幾千兩黃金, 滿臨安走遍, 可尋出個對兒麽?" 美娘道: "休得見笑! 今日甚風吹得姨娘到來?" 劉四媽道: "老身時常要來看你, 只爲家務在身, 不得空閒. 聞得你恭喜梳弄了, 今日偷空而來, 特特與九阿姐叫喜." 美兒聽得提起"梳弄"二字, 滿臉通紅, 低着頭不來答應. 劉四媽知他害羞, 便把椅兒掇上一步, 將美娘的手兒牽着, 叫聲: "我兒! 做小娘的, 不是個軟殼雞蛋, 怎的這般嫩得緊? 似你恁地怕羞, 如何賺得大主銀子?" 美娘道: "我要銀子做甚?" 四媽道: "我兒, 你便不要銀子, 做娘的, 看得你長大成人, 難道不要出本? 自古道, 靠山喫山, 靠水喫水. 九阿姐家有幾個粉頭, 那一個趕得上你的脚跟來? 一園瓜, 只看得你是個瓜種. 九阿姐待你也不比其他, 你是聰明伶俐的人, 也須識些輕重. 聞得你自梳弄之後, 一個客人也不肯相接, 是甚麽意兒? 都像你的意時, 一家人口似蠶一般, 那個把桑葉喂他? 做娘的擡舉你一分, 你也要與他爭口氣兒, 莫要反討衆丫頭們批點." 美娘道: "繇他批點, 怕怎的?" 劉四媽: "阿呀! 批點是個

85) 利市(리시): 장사가 잘 된다는 뜻이다. 상점에서 문을 열고 장사를 시작할 때 지전을 태워 신에게 제사를 올리며 장사가 잘 되기를 기도하는데 이를 '燒利市'라고 한다.
86) 保兒(보아): 기방에서 일하는 남자종을 이른다.

小事, 你可曉得門戶中的行徑麽?" 美娘道: "行徑便怎的?" 劉四媽道: "我們門戶人家, 喫着女兒, 穿着女兒, 用着女兒. 僥倖討得一個像樣的, 分明是大戶人家置了一所良田美產. 年紀幼小時, 巴不得風吹得大. 到得梳弄過後, 便是田產成熟, 日日指望花利到手受用. 前門迎新, 後門送舊, 張郎送米, 李郎送柴, 往來熱鬧, 纔是個出名的姊妹行家." 美娘道: "羞答答, 我不做這樣事!" 劉四媽掩着口, 格的笑了一聲, 道: "不做這樣事, 可是繇得你的? 一家之中, 有媽媽做主. 做小娘的若不依他教訓, 動不動一頓皮鞭, 打得你不生不死. 那時不怕你不走他的路兒. 九阿姐一向不難爲你, 只可惜你聰明標緻, 從小嬌養的, 要惜你的廉恥, 存你的體面. 方纔告訴我許多話, 說你不識好歹, 放着鵝毛不知輕, 頂着磨子不知重, 心下好生不悅. 教老身來勸你, 你若執意不從, 惹他性起, 一時翻過臉來, 罵一頓, 打一頓, 你待走上天去! 凡事只怕個起頭. 若打破了頭時, 朝一頓, 暮一頓, 那時熬這些痛苦不過, 只得接客. 却不把千金聲價弄得低微了, 還要被姊妹中笑話. 依我說, 弔桶已自落在他井裏, 掙不起了. 不如千歡萬喜, 倒在娘的懷裏, 落得自己快活." 美娘道: "奴是好人家兒女, 誤落風塵, 倘得姨娘主張從良, 勝造七級浮圖. 若要我倚門獻笑, 送舊迎新, 寧甘一死, 決不情願." 劉四媽道: "我兒, 從良是個有志氣的事, 怎麽說道不該! 只是從良也有幾等不同." 美娘道: "從良有甚不同之處?" 劉四媽道: "有個眞從良, 有個假從良. 有個苦從良, 有個樂從良. 有個趁好的從良, 有個沒奈何的從良. 有個了從良, 有個不了的從良. 我兒耐心聽我分說, 如何叫做眞從良? 大凡才子必須佳人, 佳人必須才子, 方成佳配. 然而好事多磨, 往往求之不得. 幸然兩下相逢, 你貪我愛, 割捨不下. 一個願討, 一個願嫁. 好像捉對的蠶蛾, 死也不放. 這個謂之眞從良. 怎麽叫做假從良? 有等子弟愛着小娘, 小娘却不愛那子弟, 本心不願嫁他, 只把個嫁字兒哄他心熱, 撒漫使錢. 比及成交, 却又推故不就. 又有一等癡心子弟, 明[87]曉得小娘心腸不對他, 偏要娶他回去. 拚着一主大錢, 動了媽兒的火, 不怕小娘不肯. 勉强進門, 心中不順, 故意不守家規. 小則撒潑放肆, 大則公然偷漢. 人家容留不得, 多則一年, 少則半載, 依

87) 【校】明(명): 《今古奇觀》 각 판본과 古本小說集成本《醒世恒言》에는 "明" 자가 있고 人民文學本《醒世恒言》에는 없다.

舊放他出來, 爲娼接客. 把從良二字, 只當個撰錢的題目. 這個謂之假從良. 如何叫做苦從良? 一般樣子弟愛小娘, 小娘不愛那子弟, 却被他以勢淩之. 媽兒懼禍, 已自許了. 做小娘的, 身不繇主, 含淚而行. 一入侯門, 如海之深, 家法又嚴, 擡頭不得, 半妾半婢, 忍死度日. 這個謂之苦從良. 如何叫做樂從良? 做小娘的, 正當擇人之際, 偶然相交個子弟. 見他情性溫和, 家道富足, 又且大娘子樂善, 無男無女, 指望他日過門, 與他生育, 就有主母之分. 以此嫁他, 圖個日前安逸, 日後出身. 這個謂之樂從良. 如何叫做趁好的從良? 做小娘的, 風花雪月, 受用已勾, 趁這盛名之下, 求之者衆, 任我揀擇個十分滿意的嫁他, 急流勇退[88], 及早回頭, 不致受人怠慢, 這個謂之趁好的從良. 如何叫做沒奈何的從良? 做小娘的, 原無從良之意, 或因官司逼迫, 或因强横欺瞞, 又或因債負太多, 將來賠償不起, 彆口氣, 不論好歹, 得嫁便嫁, 買靜求安, 藏身之法. 這謂之沒奈何的從良. 如何叫做了從良? 小娘半老之際, 風波歷盡, 剛好遇個老成的孤老[89], 兩下志同道合, 收繩捲索, 白頭到老. 這個謂之了從良. 如何叫做不了的從良? 一般你貪我愛, 火熱的跟他, 却是一時之興, 沒有個長算. 或者尊長不容, 或者大娘妒忌, 鬧了幾場, 發回媽家, 追取原價. 又有個家道凋零, 養他不活, 苦守不過, 依舊出來趕趁[90], 這謂之不了的從良.” 美娘道: “如今奴家要從良, 還是怎樣[91]

88) 急流勇退(급류용퇴): 송나라 邵伯溫의 《聞見前錄》 권7에 있는 錢若水의 고사에서 나온 말이다. 急流에서 과감히 물러난다는 뜻으로 벼슬길이 아직 순탄하게 잘 나가고 있을 때에 일찌감치 은퇴하여 明哲保身하는 것을 이른다.

89) 孤老(고로, gūlǎo): 婟嫪〔hùlào〕와 발음이 비슷해 같은 의미로 쓰여서 여자가 사통하는 남자나 기생이 만나는 손님을 칭하는 말이다. 《說文·女部》에 따르면, “婟는 嫪이다.(婟, 嫪也.)”라고 했고 《正字通·女部》에 의하면 “끊어버릴 수 없는 기호를 모두 婟라고 한다.(凡嗜好不能割棄者曰婟.)”라고 했으며 “창기가 만나는 남자를 일러 ‘婟嫪’라 한다.(倡妓謂游壻曰婟嫪.)”라고도 했다. 청나라 朱駿聲의 《說文通訓定聲》에서는 “지금 속어에 여자가 사통하는 남자를 ‘婟嫪’라고 하는데 속칭 孤老라고도 한다.(今諺謂女所私爲婟嫪, 俗做孤老.)”라고 했다.

90) 趕趁(간진): 원래, ‘따라가거나 좇아간다’는 의미인데 이익을 얻기 위해 분주한다는 뜻으로도 쓰인다. 보통 상인이 장사를 하거나 歌妓가 술자리에서 노래를 파는 것 등을 이른다.

91) 【校】樣(양): 《今古奇觀》 각 판본에는 “樣”으로 되어 있고, 《醒世恒言》 각 판본에는 “地”로 되어 있다.

好?” 劉四媽道: “我兒, 老身教你個萬全之策.” 美娘道: “若蒙教導, 死不忘恩.” 劉四媽道: “從良一事, 入門爲淨. 況且你身子已被人捉弄過了, 就是今夜嫁人, 叫不得個黃花女兒[92]. 千錯萬錯, 不該落於此地, 這就是你命中所招了. 做娘的費了一片心機, 若不幫他幾年, 趁過千把銀子, 怎肯放你出門? 還有一件, 你便要從良, 也須揀個好主兒. 這些臭嘴臭臉的, 難道就跟他不成? 你如今一個客也不接, 曉得那個該從, 那個不該從? 假如你執意不肯接客, 做娘的沒奈何, 尋個肯出錢的主兒, 賣你去做妾, 這也叫做從良. 那主兒或是年老的, 或是貌醜的, 或是一字不識的村牛, 你却不骯髒了一世! 比着把你料在水裏, 還有撲通的一聲響, 討得傍人叫一聲可惜. 依着老身愚見, 還是俯從人願, 憑着做娘的接客. 似你恁般才貌, 等閒的料也不敢相扳. 無非是王孫公子、貴客豪門, 也不辱莫了你. 一來風花雪月, 趁着年少受用, 二來作成媽兒起個家事, 三來使自己也積趲些私房, 免得日後求人. 過了十年五載, 遇個知心着意的, 說得來, 話得着, 那時老身與你做媒, 好模好樣的嫁去, 做娘的也放得你下了. 可不兩得其便?” 美娘聽說, 微笑而不言. 劉四媽已知美娘心中活動了, 便道: “老身句句是好話. 你依着老身的話時, 後來還當感激我哩.” 說罷, 起身. 王九媽立在樓門之外, 一句句都聽得的. 美娘送劉四媽出房門, 劈面撞着了九媽, 滿面羞慚, 縮身進去. 王九媽隨着劉四媽, 再到前樓坐下. 劉四媽道: “姪女十分執意, 被老身右說左說, 一塊硬鐵看看溶做熱汁. 你如今快快尋個覆帳[93]的主兒, 他必然肯就. 那時做妹子的再來賀喜.” 王九媽連連稱謝. 是日備飯相待, 盡醉而別. 後來西湖上子弟們又有隻《掛枝兒》單說那劉四媽說詞一節:

> 劉四媽, 你的嘴舌兒好不利害! 便是女隨何、雌陸賈, 不信有這大才! 說着長, 道着短, 全沒些破敗. 就是醉夢中, 被你說得醒; 就是聰明的, 被你說得呆. 好個烈性的姑娘[94], 也被你說得他心地改.

92) 黃花女兒(황화여아): ‘黃花’는 성행위 경험이 없는 젊은 남녀를 이르는 말로 黃花女兒는 處女를 이른다.
93) 覆帳(복장): 기생이 처녀성을 잃은 뒤, 처음으로 손님을 받아서 관계를 갖는 것을 이른다.
94) 【校】姑娘(고낭): 人民文學本·繪圖本《今古奇觀》에는 “姑娘”으로 되어 있고, 古

再說王美娘自[95]聽了劉四媽一席話兒, 思之有理. 以後有客求見, 欣然相接. 覆帳之後, 賓客如市, 捱三頂五, 不得空閒, 聲價愈重. 每一晚白銀十兩, 兀自你爭我奪. 王九媽趁[96]了若干錢鈔, 歡喜無限. 美娘也留心要揀個心滿意足, 才貌兼全的; 時日存心, 急切難得[97]. 正是:

易求無價寶, 難得有情郎.

話分兩頭. 却說臨安城淸波門裏[98], 有個開油店的朱十老, 三年前過繼一個小廝, 也是汴京逃難來的, 姓秦名重, 母親早喪, 父親秦良, 十三歲上將他賣了, 自己在上天竺去做香火[99]. 朱十老因年老無嗣, 又新死了媽媽, 把秦重做親子看成, 改名朱重, 在店中學做賣油生理[100]. 初時父子坐店甚好, 後因十老得了腰痛的病, 十眠九坐, 勞碌不得, 另招個夥計, 叫做邢權, 在店相幫. 光陰似箭, 不覺四年有餘. 朱重長成一十七歲, 生得一表人才, 雖[101]然已冠, 尙未娶妻. 那朱十老家有個使[102]女, 叫做蘭花, 年已二十之

本小說集成本《今古奇觀》과 《醒世恒言》 각 판본에는 "姑姑"로 되어 있다. '姑姑'는 미혼 여성에 대한 존칭이다.

95) 【校】自(자): 《今古奇觀》 각 판본과 古本小說集成本《醒世恒言》에는 "自"로 되어 있고, 人民文學本《醒世恒言》에는 "纔"로 되어 있다.

96) 【校】趁(진): 《今古奇觀》 각 판본과 古本小說集成本《醒世恒言》에는 "趁"으로 되어 있고, 人民文學本《醒世恒言》에는 "賺"으로 되어 있다.

97) 【校】人民文學本·古本小說集成本《今古奇觀》 각 판본에는 이 구절이 "美娘也留心要揀個心滿意足, 才貌兼全的; 時日存心, 急切難得"으로 되어 있고, 繪圖本《今古奇觀》에는 "美娘也留心要揀個心滿意足的, 急切難得"으로 되어 있으며, 《醒世恒言》 각 판본에는 "美娘也留心要揀個知心着意的, 急切難得"으로 되어 있다.

98) 【校】裏(리): 《今古奇觀》 각 판본과 古本小說集成本《醒世恒言》에는 "裏"로 되어 있고, 人民文學本《醒世恒言》에는 "外"로 되어 있다.

99) 香火(향화): 사찰에서 향을 피우고 불을 켜는 등의 잡일을 하는 사람을 이른다.

100) 【校】理(리): 《今古奇觀》 각 판본과 古本小說集成本《醒世恒言》에는 "理"로 되어 있고, 人民文學本《醒世恒言》에는 "意"로 되어 있다. '生理'와 '生意'는 같은 뜻으로 '장사'를 이른다.

101) 【校】雖(수): 《今古奇觀》 각 판본과 古本小說集成本《醒世恒言》에는 "雖"로 되어 있고, 人民文學本《醒世恒言》에는 "須"로 되어 있다.

外, 有心看上了朱小官人, 幾遍的倒下鉤子去勾搭他. 誰知朱重是個老實人, 又且蘭花齷齪醜陋, 朱重也看不上眼. 以此落花有意, 流水無情. 那蘭花見勾搭朱小官人不上, 別尋主顧, 就去勾搭那夥計邢權. 邢權是望四之人, 沒有老婆, 一拍就上. 兩個暗地偷情, 不止一次. 反怪朱小官人礙眼, 思量尋事趕他出門. 邢權與蘭花兩個, 裏應外合, 使心設計. 蘭花便在朱十老面前, 假意撇淸說: "小官人幾番調戲, 好不老實!" 朱十老平時與蘭花也有一手, 未免有拈酸之意. 邢權又將店中賣下的銀子藏過, 在朱十老面前說: "朱小官在外賭博, 不長進. 櫃裏銀子, 幾次短少, 都是他偷去了." 初次朱十老還不信, 接連幾次, 朱十老年老糊塗, 沒有主意, 就喚朱重過來, 責罵了一場. 朱重是個聰明的孩子, 已知邢權與蘭花的計較, 欲待分辨, 惹起是非不小. 萬一老者不聽, 枉做惡人. 心生一計, 對朱十老說道: "店中生意淡薄, 不消得二人, 如今讓邢主管坐店, 孩兒情愿挑擔子出去賣油. 賣得多少, 每日納還, 可不是兩重生意?" 朱十老心下也有許可之意, 又被邢權說道: "他不是要挑擔出去, 幾年上偷銀子做私房, 身邊積趲有餘了, 又怪你不與他定親, 心下怨悵, 不願在此相幫, 要討個出場, 自去娶老婆. 做人家去." 朱十老嘆口氣道: "我把他做親兒看成, 他却如此歹意! 皇天不祐! 罷, 罷! 不是自身骨血, 到底粘連不上, 繇他去罷!" 遂將三兩銀子, 把與朱重, 打發出門. 寒夏衣服和被窩都敎他拿去. 這也是朱十老好處. 朱重料他不肯收留, 拜了四拜, 大哭而別. 正是:

孝己殺身因謗語, 申生喪命爲讒言. 親生兒子猶如此, 何怪螟蛉受枉冤.

原來秦良上天竺做香火, 不曾對兒子說知. 朱重出了朱十老之門, 在衆安橋下賃了一間小小房兒, 放下被窩等件, 買巨鎖兒鎖了門, 便往長街短巷, 訪求父親. 連走幾日, 全沒消息. 沒奈何, 只得放下. 在朱十老家四年, 赤心忠良, 並無一毫私蓄. 只有臨行時打發這三兩銀子, 不勾本錢, 做什麽生意好? 左思右量, 只有油行買賣是熟閒. 這些油坊多曾與他識熟, 還去挑

102) 【校】使(사): 《今古奇觀》 각 판본과 古本小說集成本《醒世恒言》에는 "使"로 되어 있고, 人民文學本《醒世恒言》에는 "侍"로 되어 있다.

個賣油擔子, 是個穩定的道路. 當下置辦了油擔家伙, 剩下的銀兩都交付與油坊取油. 那油坊裏認得朱小官是個老實好人, 況且小小年紀, 當初坐店, 今朝挑擔上街, 都因邢夥計挑撥他出來, 心中甚不平, 有心扶持他, 只揀窨淸的上好淨油與他, 簽子上又明讓他些. 朱重得了這些便宜, 自己轉賣與人, 也放些寬, 所以他的油比別人分外容易出脫, 每日儘有些[103]利息, 又且儉喫儉用, 積下東西來, 置辦些日用家業, 及身上衣服之類, 並無妄廢. 心中只有一件事未了, 牽掛着父親, 思想: "向來叫做朱重, 誰知我是姓秦? 倘或父親來尋訪之時, 也沒有個因由." 遂復姓爲秦. 說話的[104], 假如上一等人, 有前程的, 要復本姓, 或具劄子奏過朝廷, 或關白禮部、太學、國學等衙門, 將冊籍改正, 衆所共知. 一個賣油的, 復姓之時, 誰人曉得? 他有個道理, 把盛油的桶兒, 一面大大寫個秦字, 一面寫汴梁二字, 將油桶做個標識, 使人一覽而知. 以此臨安市上, 曉得他本姓, 都呼他爲秦賣油. 時値二月天氣, 不暖不寒, 秦重聞知昭慶寺僧人, 要起個九晝夜功德, 用油必多. 遂挑了油擔來寺中賣油. 那些和尙們也聞知秦賣油之名, 他的油比別人又好又賤, 單單作成他. 所以一連這九日, 秦重只在昭慶寺走動. 正是:

刻薄不賺錢, 忠厚不折本.

這一日是第九日了. 秦重在寺出脫了油, 挑了空擔出寺. 其日天氣晴明, 遊人如蟻. 秦重遶河而行, 遙望十景塘桃紅柳綠, 湖內畫船簫鼓, 往來游玩, 觀之不足, 玩之有餘. 走了一回, 身子困倦, 轉到昭慶寺右邊, 至[105]個寬處,

103) 【校】儘有些(진유사): 《今古奇觀》 각 판본과 古本小說集成本《醒世恒言》에는 "儘有些"로 되어 있고, 人民文學本《醒世恒言》에는 "所賺"으로 되어 있다.

104) 說話的(설화적): '話'는 이야기를 이르고, 唐宋 때 '說話'는 이야기를 구연으로 풀어가는 것을 의미하여 근대의 說書와 유사한 장르라고 할 수 있다. 魯迅은 《中國小說史略》에서, "說話란 것은 고금의 놀라운 일을 구연으로 하는 것을 이르는데 당나라 때에 이미 있었을 것이다.(說話者, 謂口說古今驚聽之事, 蓋唐時亦已有之.)"라고 했다. '的'은 동사를 명사화시키는 어미로 '~을 하는 사람'을 의미하여 '說話的'은 '說話를 구연하는 說話人'을 말한다. 그 이야기를 '話文' 또는 '話本'이라고 한다.

105) 【校】至(지): 人民文學本·繪圖本《今古奇觀》에는 "至"로 되어 있고, 古本小說

將擔兒放下, 坐在一塊石上歇脚. 近側有個人家, 面湖而住, 金漆籬門, 裏面朱欄內, 一叢細竹. 未知堂室何如, 先見門庭淸整. 只見裏面三、四個戴巾的從內而出, 一個女娘後面相送. 到了門首, 兩下把手一拱, 說聲請了, 那女娘竟進去了. 秦重定睛覰之, 此女容顔嬌麗、體態輕盈、目所未覩, 准准的呆了半晌, 身子都酥痲了. 他原是個老實小官, 不知有烟花行徑, 心中疑惑, 正不知是什麽人家. 方在凝思之際, 只見門內又走出個中年的媽媽, 同着一個垂髫的丫鬟, 倚門閒看. 那媽媽一眼瞧着油擔, 便道: "阿呀! 方纔要去買油[106], 正好有油擔子在這裏, 何不與他買些?" 那丫鬟取了油瓶[107]出來, 走到油擔子邊, 叫聲: "賣油的!" 秦重方纔知覺[108], 回言道: "沒有油了. 媽媽若要油, 我明日送來.[109]" 那丫鬟也識[110]得幾個字, 看見油桶上寫個秦字, 就對媽媽道: "賣油的姓秦." 媽媽也聽得人閒講, 有個秦賣油, 做生意甚是忠厚, 遂分付秦重道: "我家每日要油用, 你肯挑來時, 與你做個主顧." 秦重道: "承媽媽作成, 不敢有誤." 那媽媽與丫鬟進去了. 秦重心中想道: "這媽媽不知是那女娘的什麽人? 我每日到他家賣油, 莫說賺他利息, 圖個飽看那女娘一回, 也是前生福分." 正欲挑擔起身, 只見兩個轎夫, 抬着一頂靑絹幔的轎子, 後邊跟着兩個小廝, 飛也似跑來. 到了其家門首, 歇下轎子, 那小廝走進裏面去了. 秦重道: "却又作怪, 看[111]他接什麽人?" 少頃之間,

---

集成本《今古奇觀》과 《醒世恒言》 각 판본에는 "望"으로 되어 있다.

106) 【校】要去買油(요거매유): 《今古奇觀》 각 판본과 古本小說集成本《醒世恒言》에는 "要去買油"로 되어 있고, 人民文學本《醒世恒言》에는 "我家無油"로 되어 있다.

107) 【校】取了油瓶(취료유병): 《今古奇觀》 각 판본과 古本小說集成本《醒世恒言》에는 "取了油瓶"으로 되어 있고, 人民文學本《醒世恒言》에는 "同了媽媽"로 되어 있다.

108) 【校】知覺(지각): 《今古奇觀》 각 판본과 古本小說集成本《醒世恒言》에는 "知覺"으로 되어 있고, 人民文學本《醒世恒言》에는 "聽見"으로 되어 있다.

109) 【校】媽媽若要油 我明日送來(마마약요유 아명일송래): 《今古奇觀》 각 판본에는 "媽媽若要油, 我明日送來"로 되어 있고, 《醒世恒言》 각 판본에는 "媽媽要用油時, 明日送來"로 되어 있다.

110) 【校】識(식): 《今古奇觀》 각 판본과 古本小說集成本《醒世恒言》에는 "識"으로 되어 있고, 人民文學本《醒世恒言》에는 "認"으로 되어 있다.

111) 【校】看(간): 古本小說集成本《今古奇觀》과 古本小說集成本《醒世恒言》에는

只見兩個丫鬟, 一個捧着猩紅的氈包, 一個拿着湘妃竹攢花的拜匣, 都交付與轎夫, 放在轎座之下. 那兩個小廝手中, 一個抱着琴囊, 一個捧着幾個手卷, 腕上掛碧玉簫一枝, 跟着起初的女娘出來. 女娘上了轎, 轎夫擡起望舊路而去. 丫鬟小廝, 俱隨轎步行. 秦重又得細覰[112]一番, 心中愈加疑惑, 挑了油擔子, 洋洋的去.

不過幾步, 只見臨河有一個酒館, 秦重每常不喫酒, 今日見了這女娘, 心下又歡喜, 又氣悶, 將擔子放下, 走進酒館, 揀個小座頭坐了. 酒保問道: "客人還是請客, 還是獨酌?" 秦重道: "有上好的酒, 拿來獨飮三杯. 時新菓子一兩碟, 不用葷菜." 酒保斟酒時, 秦重問道: "那邊金漆籬門內是什麽人家?" 酒保道: "這是齊衙內[113]的花園, 如今王九媽住下." 秦重道: "方纔看見有個小娘子上轎, 是什麽人?" 酒保道: "這是有名的粉頭, 叫做王美娘, 人都稱爲花魁娘子. 他原是汴京人, 流落在此. 吹彈歌舞, 琴棋書畫, 件件皆精. 來往的都是大頭兒, 要十兩放光, 纔宿一夜哩. 可知小可的也近他不得. 當初住在湧金門外, 因樓房狹窄, 齊舍人與他相厚, 半載之前, 把這花園借與他住." 秦重聽得說是汴京人, 觸了個鄕里之念, 心中更有一倍光景, 喫了數杯, 還了酒錢, 挑了擔子, 一路走, 一路肚中打稿道: "世間有這樣美貌的女子. 落於娼家, 豈不可惜!" 又自家暗笑道: "若不落於娼家, 我賣油的怎生得見!" 又想一回, 越發癡起來了, 道: "人生一世, 草生一秋. 若得這等美人摟抱睡了一夜, 死也甘心." 又想一回道: "呸! 我終日挑這油擔子, 不過日進分文, 怎麽想這等非分之事! 正是癩蛤蟆在陰溝裏想着天鵝肉喫, 如何到口!" 又想一回道: "他相交的, 都是公子王孫. 我賣油的, 縱有了銀子, 料他也不肯接我." 又想一回道: "我聞得做老鴇的, 專要錢鈔. 就是個乞兒, 有了銀子, 他也就肯接了, 何況我做生意的, 靑靑白白之人. 若有了銀子, 怕他不

"看"으로 되어 있고, 人民文學本·繪圖本《今古奇觀》과 人民文學本《醒世恒言》에는 "着"으로 되어 있다.

112) 【校】細覰(세처): 《今古奇觀》 각 판본에는 "細覰"로 되어 있고, 《醒世恒言》에는 "親炙"로 되어 있다.

113) 衙內(아내): 五代 시기와 송나라 초기에 藩鎭의 親衛官 가운데에는 衙內都指揮使, 牙內都虞侯 등이 있었는데 대부분 벼슬아치 자제들로 하여금 이를 담당하게 했다. 나중에는 벼슬아치의 자제를 일컬어 衙內로 통칭해 부르게 되었다.

接! 只是那裏來得這幾兩銀子?" 一路上胡思亂想, 自言自語. 你道天地間有這等癡人, 一個做小經紀的, 本錢只有三兩, 却要把十兩銀子去嫖那名妓, 可不是個春夢! 自古道: "有志者, 事竟成." 被他千思萬想, 想出一個計策來. 他道: "從明日爲始, 逐日將本錢扣出, 餘下的積趲上去. 一日積得一分, 一年也有三兩六錢之數, 只消三年, 這事便成了. 若一日積得二分, 只消得年半. 若再多得些, 一年也差不多了." 想來想去, 不覺走到家裏, 開鎖進門. 只因一路上想着許多閑事, 回來看了自家的睡鋪, 慘然無歡, 連夜飯也不要, 便上了床. 這一夜翻來覆去, 牽掛着美人, 那裏睡得着. 正是[114]

只因月貌花容, 引起心猿意馬.

捱到天明, 爬起來, 就裝了油擔, 煮早飯喫了, 鎖了門, 挑着油擔子[115], 一徑走到王九[116]媽家去. 進了門, 却不敢直入, 舒着頭, 往裏面張望. 王九媽恰纔起床, 還蓬着頭, 正分付保兒買飯菜. 秦重識得聲音, 叫聲: "王媽媽!" 九媽往外一張, 見是秦賣油, 笑道: "好忠厚人! 果然不失信." 便叫他挑擔進來, 稱了一瓶, 約有五斤多重, 公道還錢, 秦重並不爭論. 王九媽甚是歡喜, 道: "這瓶油只勾我家兩日用. 但隔一日, 你便送來, 我不往別處去買了[117]." 秦重應諾, 挑擔而出. 只恨不曾遇見花魁娘子. "且喜扳下主顧, 少不得一次不見, 二次見, 二次不見, 三次見. 只是一件, 特爲王九媽一家挑這許多路來, 不是做生意的勾當. 這昭慶寺是順路, 今日寺中雖然不做功德, 難道尋常不用油的? 我且挑擔去問他. 若扳得各房頭做個主顧, 只消走

114) 【校】正是(정시): 《今古奇觀》 각 판본에는 "正是"가 있고 《醒世恒言》 각 판본에는 없다.

115) 【校】鎖了門 挑着油擔子(쇄료문 도착유담자): 《今古奇觀》 각 판본과 古本小說集成本《醒世恒言》에는 "鎖了門 挑着油擔子"로 되어 있고, 人民文學本《醒世恒言》에는 "匆匆挑了油擔子"로 되어 있다.

116) 【校】九(구): 《今古奇觀》 각 판본과 古本小說集成本《醒世恒言》에는 "九"로 되어 있고, 人民文學本《醒世恒言》에는 "媽"로 되어 있다. 다음 문장에 있는 "王九媽"도 동일하다.

117) 【校】了(료): 《今古奇觀》 각 판본과 古本小說集成本《醒世恒言》에는 "了"로 되어 있고, 人民文學本《醒世恒言》에는 "油"로 되어 있다.

錢塘門這一路, 那一擔油儘勾出脫了.” 秦重挑擔到寺內問時, 原來各房和尙也正想着秦賣油. 來得正好, 多少不等, 各各買他的油. 秦重與各房約定, 也是間一日便送油來用. 這一日是個雙日, 自此日爲始, 但是單日, 秦重別街道上做買賣; 但是雙日, 就走錢塘門這一路. 一出錢塘門, 先到王九媽家裏, 以賣油爲名, 去看花魁娘子. 有一日會見, 也有一日不會見, 不見時費了一場思想, 便見時也只添了一層思想. 正是:

天長地久有時盡, 此恨此情無盡期.

再說秦重到了王九媽家多次, 家中大大小小, 沒一個不認得是秦賣油. 時光迅速, 不覺一年有餘. 日大日小, 只揀足色細絲, 或積三分, 或積二分, 再少也積下一分, 湊得幾錢, 又打換大塊頭[118]. 日積月累, 有了一大包銀子, 零星湊集, 連自己也不知[119]多少. 其日是單日, 又値大雨, 秦重不出去做買賣, 看了這一大包銀子, 心中也自喜歡. “趁今日空閒, 我把他上一上天平, 見個數目.” 打個油傘, 走到對門傾銀鋪裏, 借天平兌銀. 那銀匠好不輕薄, 想着: “賣油的多少銀子, 要架天平? 只把個五兩頭等子與他, 還怕用不着頭紐哩.” 秦重把銀子包解開, 都是散碎銀兩. 大凡成錠的見少, 散碎的就見多. 銀匠是小輩, 眼孔極淺, 見了許多銀子, 別是一番面目, 想道: “人不可貌相, 海水不可斗量.” 慌忙架起天平, 搬出若大若小許多法馬. 秦重儘包而兌, 一釐不多, 一釐不少, 剛剛一十六兩之數, 上秤便是一斤. 秦重心下想道: “除去了三兩本錢, 餘下的做一夜花柳之費, 還是有餘.” 又想道: “這樣散碎銀子, 怎好出手! 拿出來也被人看低了! 見成傾銀店中方便, 何不傾成錠兒, 還覺冠冕.” 當下兌足十兩, 傾成一個足色大錠, 再把一兩八錢, 傾成水絲一小錠. 剩下四兩二錢之數, 拈一小塊, 還了火錢. 又將幾錢銀子, 置下鑲鞋淨襪, 新褶了一頂萬字頭巾. 回到家中, 把衣服漿洗得乾乾淨淨,

118) 【校】又打換大塊頭(우타환대괴두): 《今古奇觀》 각 판본과 古本小說集成本《醒世恒言》에는 又打換大塊頭”로 되어 있고, 人民文學本《醒世恒言》에는 “又打做大塊包”로 되어 있다.

119) 【校】知(지): 《今古奇觀》 각 판본과 古本小說集成本《醒世恒言》에는 “知”로 되어 있고, 人民文學本《醒世恒言》에는 “識”으로 되어 있다.

買幾根安息香，薰了又薰. 揀個晴明好日，侵早打扮起來.

雖非富貴豪華客，也是風流好後生.

秦重打扮得齊齊整整，取銀兩藏於袖中，把房門鎖了，一徑望王九媽家而來. 那一時好不高興. 及至到了門首，愧心復萌，想道: "時常挑了擔子在他家賣油，今日忽地去做闞客，如何開口?" 正在躊躇之際，只聽得呀的一聲門響，王九媽走將出來. 見了秦重，便道: "秦小官今日怎的不做生意，打扮得恁般齊楚，往那裏去貴幹?" 事到其間，秦重只得老着臉，上前作揖，媽媽也不免還禮. 秦重道: "小可並無別事，特[120]來拜望媽媽." 那鴇兒是老積年，見貌辨色，見秦重恁般裝束，又說拜望: "一定是看上了我家那個丫頭，要闞一夜，或是會一個房. 雖然不是個大勢主菩薩，搭在籃裏便是菜，捉在籃裏便是蟹，賺他錢把銀子買葱菜，也是好的." 便滿臉堆下笑來，道: "秦小官拜望老身，必有好處." 秦重道: "小可有句不識進退的言語，只是不好啓齒." 王九媽道: "但說何妨. 且請到裏面客坐中[121]細講." 秦重爲賣油雖曾到王家准百次，這客坐裏交椅，還不曾與他屁股做個相識. 今日是個會面之始. 王九媽到了客坐，不免分賓而坐，向着內裏喚茶. 少頃，丫鬟托出茶來，看時却是秦賣油，正不知什麼緣故，媽媽恁般相待. 格格低了頭只管[122]笑. 王九媽看見，喝道: "有甚好笑! 對客全沒些規矩!" 丫鬟止住笑，收了茶杯自去. 王九媽方纔開言問道: "秦小官有甚話，要對老身說?" 秦重道: "沒有別話，要在媽媽宅上請一位姐姐喫[123]杯酒兒." 九媽道: "難道喫寡酒? 一定要闞了. 你是個老實人，幾時動這風流之興?" 秦重道: "小可的積誠，也非止一日." 九媽道: "我家這幾個姐姐都是你認得的. 不知你中意那一位?" 秦

120) 【校】特(특):《今古奇觀》 각 판본에는 "特"으로 되어 있고,《醒世恒言》 각 판본에는 "專"으로 되어 있다.

121) 【校】中(중):《今古奇觀》 각 판본에는 "中"으로 되어 있고,《醒世恒言》 각 판본에는 "裏(裡)"로 되어 있다.

122) 【校】管(관):《今古奇觀》 각 판본과 古本小說集成本《醒世恒言》에는 "管"으로 되어 있고, 人民文學本《醒世恒言》에는 "是"로 되어 있다.

123) 【校】人民文學本《醒世恒言》에는 "喫" 자 뒤에 "一" 자가 있다.

重道: "別個都不要, 單單要與花魁娘子相處一宵." 九媽只道取笑他, 就變了臉道: "你出言無度! 莫非奚落老娘麽?" 秦重道: "小可是個老實人, 豈有虛情." 九媽道: "糞桶也有兩個耳朵, 你豈不曉得我家美兒的身價! 倒了你賣油的竈還不勾半夜歇錢哩. 不如將就揀一個適興罷." 秦重把頭一縮, 舌頭一伸, 道: "恁的好賣弄! 不敢動問, 你家花魁娘子一夜歇錢要幾千兩?" 九媽見他說耍話, 却又回嗔作喜, 帶笑而言道: "那要許多! 只要得十兩敲絲[124], 其他東道[125]雜費, 不在其內." 秦重道: "原來如此, 不爲大事." 袖中摸出這禿禿裏一大錠放光細絲銀子, 遞與鴇兒道: "這一錠十兩重, 足色足數, 請媽媽收着." 又摸出一小錠來, 也遞與鴇兒, 又道: "這一小錠, 重有二兩, 相煩備個小東. 望媽媽成就小可這件好事, 生死不忘, 日後再有孝順." 九媽見了這錠大銀, 已自不忍放[126]手; 又恐怕他一時高興, 日後沒了本錢, 心中懊悔, 也要儘他一句纔好. 便道: "這十兩銀子, 你做經紀的人, 積趲不易, 還要三思而行." 秦重道: "小可主意已定, 不要你老人家費心." 九媽把這兩錠銀子收於袖中, 道: "是便是了, 還有許多煩難哩." 秦重道: "媽媽是一家之主, 有甚煩難?" 九媽道: "我家美兒, 往來的都是王孫公子, 富室豪家, 眞個是'談笑有鴻儒, 往來無白丁'. 他豈不認得你是做經紀的秦小官,

124) 敲絲(고사): '말굽은'을 이른다. 모든 말굽은에는 둥그스름한 말발굽 같은 모양에 소라처럼 겹겹이 선형 무늬가 새겨져 있어 敲絲라고 불리기도 했다.

125) 東道(동도): 《左傳·僖公三十年》의 기록에 따르면, 춘추시대에 晉나라와 秦나라가 군대를 연합하여 鄭나라를 포위하자 鄭 文公이 燭之武를 說客으로 보내 秦 穆公에게 鄭나라를 공격하지 않도록 설득시키도록 했다. 이때 燭之武가 진 목공에게 이르기를 "만약에 鄭나라를 살려두고 동쪽 길의 주인으로 삼아서 왕래하는 사신에게 부족한 물품들을 제공하게 하면 군왕께도 해가 되지 않을 것입니다.(若舍鄭以爲東道主, 行李之往來, 共其乏困, 君亦無所害.)"라고 했다. 鄭나라가 秦나라 동쪽에 있었으므로 秦나라에서 동쪽으로 出使한 사람을 대접할 수 있다는 뜻으로써 "동쪽 길의 주인" 즉 "東道主"라 했던 것이다. 이로 인해, 손님을 접대하거나 연회로 대접하는 주인을 널리 일컬어 '東道主'라 부르게 되었으며, 주인으로서 연회를 베풀어 손님을 대접하는 것을 '作東道主'라고 하거나 이를 줄여서 '作東'이라 했다. '東道'는 손님 대접이나 베푼 잔치나 선물로 하는 재물 등을 이른다.

126) 【校】放(방): 古本小說集成本·人民文學本《今古奇觀》에는 "放"으로 되어 있고, 《醒世恒言》 각 판본과 繪圖本《今古奇觀》에는 "釋"으로 되어 있다.

如何肯接你?" 秦重道: "但憑媽媽怎的委曲宛轉, 成全其事, 大恩不敢有忘!" 九媽見他十分堅心, 眉頭一皺, 計上心來, 扯開笑口道: "老身已替你排下計策, 只看你緣法如何. 做得成, 不要喜; 做不成, 不要怪. 美兒昨日在李學士家陪酒, 還未曾回. 今日是黃衙內約下游湖. 明日是張山人一班淸客, 邀他做詩社. 後日是韓尙書的公子, 數日前送下東道在這裏. 你且到大後日來看. 還有句話, 這幾日你且不要來我家賣油, 預先留下個體面. 又有句話, 你穿着一身的布衣布裳, 不像個上等闞客. 再來時, 換件綢緞衣服, 敎這些丫鬟們認不出你是秦小官. 老娘也好與你裝謊." 秦重道: "小可一一理會得." 說罷, 作別出門, 且歇這三日生理, 不去賣油. 到典鋪裏買了一件見成半新半舊的綢衣服[127], 穿在身上, 到街坊閒走, 演習斯文模樣. 正是:

未識花院行藏, 先習孔門規矩.

丟過那三日不題. 到第四日, 起個淸早, 便到王九媽家去. 去得太早, 門還未開. 意欲轉一轉再來. 這番裝扮希奇, 不敢到昭慶寺去, 恐怕和尙們批點, 且到十景塘散步. 良久又踅轉來[128], 王九媽家門已開了. 那門前却安頓得有轎馬, 門內有許多僕從, 在那裏閒坐. 秦重雖然老實, 心下倒也乖巧, 且不進門, 悄悄的招那馬夫問道: "這轎馬是誰家的?" 馬夫道: "韓府裏來接公子的." 秦重已知韓公子夜來留宿, 此時還未曾別. 重復轉身, 到一個飯店之中, 喫了些見成茶飯, 又坐了一回, 方纔到王家探信. 只見門前轎馬已自去了. 進得門時. 王九媽迎着, 便道: "老身得罪, 今日又不得工夫了. 恰纔韓公子拉去東莊賞早梅, 他是個長闞, 老身不好違拗. 聞得說, 來日還要

127) 【校】半新半舊的綢衣服(반신반구적주의복): 繪圖本《今古奇觀》에는 "半新半舊的綢衣服"으로 되어 있고 人民文學本《今古奇觀》에는 "半新半舊的衣服"으로 되어 있으며, 古本小說集成本《今古奇觀》에는 "半新不舊的衣服"으로 되어 있고, 人民文學本《醒世恒言》에는 "半新半舊的紬衣"로 되어 있고, 古本小說集成本《醒世恒言》에는 "半新不舊的紬衣"로 되어 있다. 이야기 전개상 전당포에 '비단옷'을 사러 간 것이어야 하기 때문에 繪圖本《今古奇觀》의 "半新半舊的綢衣服"을 따른다.

128) 【校】來(래): 《今古奇觀》 각 판본과 古本小說集成本《醒世恒言》에는 "來"로 되어 있고, 人民文學本《醒世恒言》에는 "去"로 되어 있다.

到靈隱寺, 訪個棋師賭棋哩. 齊衙內又來約過兩三次了, 是我家房主, 又是辭不得的. 他來時, 或三日五日的住了去, 連老身也定不得個日子. 秦小官, 你眞個要閫, 只要[129]耐心再等幾時[130]. 不然, 前日的尊賜, 分毫不動, 要便奉還." 秦重道: "只怕媽媽不作成. 若還遲, 終無失, 就是一萬年, 小可也情願等着." 九媽道: "恁地時, 老身便好張主!" 秦重作別, 方欲起身. 九媽又道: "秦小官人, 老身還有句話. 你下次若來討信, 不要早了, 約莫申牌時分, 有客沒客, 老身把個實信與你. 倒是越晏些越好, 這是老身的妙用, 你休錯怪." 秦重連聲道: "不敢, 不敢!" 這一日秦重不曾做買賣. 次日, 整理油擔, 挑往別處去生理, 不走錢塘門一路. 每日生意做完, 傍晚時分就打扮齊整, 到王九媽家探信. 只是不得功夫. 又空走了一月有餘.

那一日是十二月十五, 大雪方霽, 西風過後, 積雪成冰, 好不寒冷. 却喜地下乾燥. 秦重做了大半日買賣, 如前粧扮, 又去探信. 王九媽笑容可掬, 迎着道: "今日你造化, 已是九分九厘了." 秦重道: "這一厘是欠着什麽?" 九媽道: "這一厘麽! 正主兒還不在家." 秦重道: "可回來麽?" 九媽道: "今日是俞太尉家賞雪, 筵席就備在湖船之內. 俞太尉是七十歲的老人家, 風月之事, 已是沒分. 原說過黃昏送來. 你且到新人房裏, 喫杯燙風酒, 慢慢的等他." 秦重道: "煩媽媽引路." 王九媽引着秦重, 彎彎曲曲, 走過許多房頭, 到一個所在, 不是樓房, 却是個平屋三間, 甚是高爽. 左一間是丫鬟的空房, 一般有床榻桌椅之類, 却是備官[131]鋪的; 右一間是花魁娘子臥室, 鎖着在那裏. 兩旁又有耳房. 中間客座上面, 掛一幅名人山水, 香几上博山古銅爐, 燒着龍涎香餠, 兩旁書桌, 擺設些古玩, 壁上貼許多詩稿. 秦重愧非文人, 不敢細看. 心下想道: "外房如此整齊, 內室鋪陳, 必然華麗. 今夜儘我受用. 十兩一夜, 也不爲多." 九媽讓秦小官坐於客位, 自己主位相陪. 少頃之間,

129) 【校】要(요):《今古奇觀》 각 판본에는 "要"로 되어 있고,《醒世恒言》 각 판본에는 "索"으로 되어 있다.

130) 【校】時(시):《今古奇觀》 각 판본과 古本小說集成本《醒世恒言》에는 "時"로 되어 있고, 人民文學本《醒世恒言》에는 "日"로 되어 있다.

131) 備官(비관): 본래, 자신은 벼슬아치의 자리에 숫자만을 채우기 위해 있다는 뜻으로, 자신의 임직을 겸손하게 칭하는 말이다. 여기에서는 이런 의미를 전용하여 '빈방을 채우기 위해 가구를 설치했다'는 의미로 쓰였다.

丫鬟掌燈過來, 擡下一張八仙桌兒, 六碗時新果子, 一架攢盒, 佳餚美醞, 未曾到口, 香氣撲人. 九媽執盞相勸道: “今日衆小女都有客, 老身只得自陪, 請開懷暢飲幾杯.” 秦重酒量本不高, 况兼正事在心, 只喫半杯. 喫了一會, 便推不飲. 九媽道: “秦小官想餓了, 且用些飯再喫酒.” 丫鬟捧着雪花白米飯, 一喫一添, 放於秦重面前, 就是一盞雜和湯. 鴇兒量高, 不用飯, 以酒相陪. 秦重喫了一碗, 就放箸. 九媽道: “夜長哩, 再請些.” 秦重又添了半碗. 丫鬟提個行燈來, 說: “浴湯熱了, 請客官洗浴.” 秦重原是洗過澡來的, 不敢推托, 只得又到浴堂, 肥皂香湯, 洗了一遍. 重復穿衣入坐. 九媽命撤去餚盒, 用煖鍋下酒. 此時黃昏已絕, 昭慶寺裏的鐘都撞過了, 美娘尚未回來.

玉人何處貪歡耍? 等得情郎望眼穿!

常言道: 等人心急. 秦重不見美娘[132]回來[133], 好生氣悶. 却被鴇兒夾七夾八, 說些風話勸酒, 不覺又過了一更天氣. 只聽外面熱鬧鬧的, 却是花魁娘子回家. 丫鬟先來報了. 九媽連忙起身出迎. 秦重也離坐而立. 只見美娘喫得大醉, 侍女扶將進來, 到於門首, 醉眼朦朧, 看見房中燈燭輝煌, 杯盤狼藉, 立住脚問道: “誰在這裏喫酒?” 九娘道: “我兒, 便是我向日與你說的那秦小官人. 他心中慕你多時了[134], 送過禮來, 因你不得工夫, 擔閣他一月有餘了. 你今日幸而得空, 做娘的留他在此伴你.” 美娘道: “臨安郡中並不聞說起有什麽秦小官人, 我不去接他.” 轉身便走. 九媽雙手托開, 即忙攔住道: “他是個至誠好人, 娘不誤你.” 美娘只得轉身, 纔跨進房門, 擡頭一看那人, 有些面善, 一時醉了, 急切叫不出來, 便道: “娘, 這人我認得他的, 不是有名稱的子弟, 接了他, 被人笑話.” 九媽道: “我兒, 這是湧金門內開緞鋪的秦小官人, 當初我們住在湧金門時, 想你也曾會過, 故此面善. 你莫識

132) 【校】美娘(미낭): 《今古奇觀》 각 판본에는 “美娘”으로 되어 있고, 《醒世恒言》 각 판본에는 “婊子(表子)”로 되어 있다.

133) 【校】來(래): 《今古奇觀》 각 판본에는 “來”로 되어 있고, 《醒世恒言》 각 판본에는 “家”로 되어 있다.

134) 【校】了(료): 《今古奇觀》 각 판본에는 “了”로 되어 있고, 《醒世恒言》 각 판본에는 “的”으로 되어 있다.

認錯了. 做娘的見他來意志誠, 一時許了他, 不好失信. 你看做娘的面上, 胡亂留他一晩. 做娘的曉得不是了, 明日却與你陪禮." 一頭說, 一頭推着美娘的肩頭向前. 美娘拗媽媽不過, 只得進房相見. 正是:

千般難出虔婆口, 萬般難脫虔婆手. 饒君縱有萬千般, 不如跟着虔婆走.

這些言語, 秦重一句句都聽得, 佯爲不聞. 美娘萬福過了, 坐於側首, 仔細看着秦重, 好生疑惑, 心裏甚是不悅, 嘿嘿無言. 喚丫鬟將熱酒來, 斟着大鍾. 鴇兒只道他敬客, 却自家一飮而盡. 九媽道: "我兒醉了, 少喫些罷!" 美兒那裏依他, 答應道: "我不醉!" 一連喫上十來杯. 這是酒後之酒, 醉中之醉, 自覺立脚不住. 喚丫鬟開了臥房, 點上銀釭, 也不卸頭, 也不解帶, 躧脫了繡鞋, 和衣上床, 倒身而臥. 鴇兒見女兒如此做作, 甚不過意. 對秦重道: "小女平日慣了, 他專會使性. 今日他心中不知爲什麽有些不自在, 却不干你事. 休得見怪!" 秦重道: "小可豈敢!" 鴇兒又勸了秦重幾杯酒, 秦重再三告止. 鴇兒送入臥房, 向耳傍分付道: "那人醉了, 放溫存些." 又叫道: "我兒起來, 脫了衣服, 好好的睡." 美娘已在夢中, 全不答應. 鴇兒只得去了. 丫鬟收拾了杯盤之類, 抹了桌子, 叫聲: "秦小官人, 安置罷!" 秦重道: "有熱茶要一壺." 丫鬟泡了一壺濃茶, 送進房裏, 帶轉房門, 自去耳房中安歇. 秦重看美娘時, 面對裏床, 睡得正熟, 把錦被壓在[135]身下. 秦重想酒醉之人, 必然怕冷, 又不敢驚醒他. 忽見欄杆上又放着一床大紅紵絲的錦被, 輕輕的取下, 蓋在美娘身上. 把銀燈挑得亮亮的, 取了這壺熱茶, 脫鞋上床, 捱在美娘身邊, 左手抱着茶壺在懷, 右手搭在美娘身上, 眼也不敢閉一閉, 正是:

未曾握雨攜雲, 也算偎香倚玉.

却說美娘睡到半夜, 醒將轉來, 自覺酒力不勝, 胸中似有滿溢之狀. 爬起來, 坐在被窩中, 垂着頭, 只管打乾噦. 秦重慌忙也坐起來, 知他要吐, 放下茶壺, 用手撫摩其背. 良久, 美娘喉間忍不住了, 說時遲, 那時快[136], 美娘

135) 【校】在(재): 《今古奇觀》 각 판본과 古本小說集成本《醒世恒言》에는 "在"로 되어 있고, 人民文學本《醒世恒言》에는 "於"로 되어 있다.

放開喉嚨便吐. 秦重怕汙了被窩, 把自己的道袍袖子張開, 罩在他嘴上. 美娘不知所以, 盡情一嘔, 嘔畢, 還閉着眼討茶漱[137]口. 秦重下床, 將道袍輕輕脫下, 放在地平之上. 摸茶壺還是煖的, 斟上一甌香噴噴的濃茶, 遞與美娘. 美娘連喫了二碗, 胸中雖然略覺豪燥, 身子兀自倦怠, 仍舊倒下, 向裏睡去了. 秦重脫下道袍, 將吐下一袖的腌臢[138], 重重裹着, 放於床側, 依然上床, 擁抱似初. 美娘那一覺直睡到天明方醒, 覆身轉來, 見傍邊睡着一個人, 問道: "你是那個?" 秦重答道: "小可姓秦." 美娘想起夜來之事, 恍恍惚惚, 不甚記得眞了, 便道: "我夜來好醉!" 秦重道: "也不甚醉." 又問: "可曾吐麽?" 秦重道: "不曾." 美娘道: "這樣還好." 又想一想道: "我記得曾吐過的, 又記得曾喫過茶來, 難道做夢不成?" 秦重方纔說道: "是曾吐來, 小可見小娘子多了杯酒, 也防着要吐, 把茶壺煖在懷裏. 小娘子果然吐後討茶, 小可斟上, 蒙小娘子不棄, 飮了兩甌." 美娘大驚道: "臟巴巴的, 吐在那裏?" 秦重道: "恐怕小娘子汙了被褥, 是小可把袖子盛了." 美娘道: "如今在那裏?" 秦重道: "連衣服裹着, 藏過在那裏." 美娘道: "可惜壞了你一件衣服." 秦重道: "這是小可的衣服, 有幸得沾小娘子的餘瀝." 美娘聽說, 心下想道: "有這般識趣的人!" 心裏已有四五分歡喜了.

此時天色大明, 美娘起身, 下床小解. 看着秦重, 猛然想起是秦賣油, 遂問道: "你實對我說, 是什麽樣人? 爲何昨夜在此?" 秦重道: "承花魁娘子下問, 小子怎敢妄言, 小可實是常來宅上賣油的秦重." 遂將初次看見送客, 又

136) 說時遲 那時快(설시지 나시쾌): "말로 하는 것은 느리지만 그 일이 일어나는 것은 매우 빠르다"는 뜻이다. 백화소설에서 자주 쓰이는 상투어로 동작이나 사건의 발생이 글로 기술할 수 있는 속도보다 훨씬 더 빠르다는 것을 강조하는 말이다.

137) 【校】漱(수): 人民文學本·繪圖本《今古奇觀》에는 "漱"로 되어 있고, 《醒世恒言》 각 판본과 古本小說集成本《今古奇觀》에는 "嗽"로 되어 있다.

138) 【校】腌臢(엄잠): 古本小說集成本·繪圖本《今古奇觀》과 古本小說集成本《醒世恒言》에는 "腌臢"으로 되어 있고, 人民文學本《今古奇觀》과 人民文學本《醒世恒言》에는 "腌揩"으로 되어 있다. '腌臢'은 본래, '더럽고 깨끗하지 않다'는 뜻이며 '귀찮고 불쾌하다'는 의미로도 쓰인다. 人民文學本에 있는 '揩'자는 '삶다' 또는 '입술에 생긴 병'이란 뜻으로 풀이할 수 있는데 이 뜻이 여기에서는 타당하지 않다.

看見上轎, 心下想慕之極, 及積趲闞錢之事, 備細述了一遍. "夜來得親近小娘子一夜, 三生有幸, 心滿意足." 美娘聽說, 愈加可憐, 道: "我昨夜酒醉, 不曾招接得你. 你乾折了許多銀子, 莫不懊悔?" 秦重道: "小娘子天上神仙, 小可惟恐伏侍不周, 但不見責, 已爲萬幸. 況敢有非意之望!" 美娘道: "你做經紀的人, 積下些銀兩, 何不留下養家? 此地不是你來往的." 秦重道: "小可單只一身, 並無妻小." 美娘頓了一頓, 便道: "你今日去了, 他日還來麽?" 秦重道: "只這昨宵相親一夜, 已慰生平, 豈敢又作癡想!" 美娘想道: "難得這好人, 又忠厚, 又老實, 又且知情識趣, 隱惡揚善, 千百中難遇此一人. 可惜是市井之輩. 若是衣冠子弟, 情願委身事之." 正在沉吟之際, 丫鬟捧洗臉水進來, 又是兩碗姜湯. 秦重洗了臉, 因夜來未曾脫幘, 不用梳頭, 呷了幾口姜湯, 便要告別. 美娘道: "少住不妨, 還有話說." 秦重道: "小可仰慕花魁娘子, 在傍多站一刻, 也是好的. 但爲人豈不自揣! 夜來在此, 實是大膽, 惟恐他人知道, 有玷芳名. 還是早些去了安穩." 美娘點了一點頭, 打發丫鬟出房, 忙忙的開了減粧, 取出二十兩銀子, 送與秦重道: "昨夜難爲了你, 這銀兩權奉爲資本, 莫對人說." 秦重那裏肯受. 美娘道: "我的銀子, 來路容易. 這些須酬你一宵之情, 休得固遜. 若本錢缺少, 異日還有助你之處. 那件污穢的衣服, 我叫丫鬟湔洗乾淨了還你罷." 秦重道: "粗衣不煩小娘子費心, 小可自會湔洗. 只是領賜不當." 美娘道: "說那裏話!" 將銀子揌在秦重袖內, 推他轉身. 秦重料難推却, 只得受了, 深深作揖, 捲了脫下這件齷齪道袍, 走出房門. 打從鴇兒房前經過. 保兒看見, 叫聲: "媽媽! 秦小官去了!" 王九媽正在淨桶解手, 口中叫道: "秦小官, 如何去得恁早?" 秦重道: "有些賤事, 改日特來稱謝." 不說秦重去了; 且說美娘與秦重雖然沒點相干, 見他一片誠心, 去後好不過意. 這一日因害酒, 辭了客在家將息. 千個萬個孤老都不想, 倒把秦重整整的想了一日. 有《掛枝兒》爲證:

> 俏冤家, 須不是串花家的子弟, 你是個做經紀本分人兒, 那匡你會溫存, 能軟款, 知心如意. 料你不是個使性的, 料你不是個薄情的. 幾番待放下思量也, 又不覺思量起.

話分兩頭. 再說邢權在朱十老家, 與蘭花情熱; 見朱十老病廢在床, 全無顧忌. 十老發作了幾場. 兩個商量出一條計策來, 俟夜靜更深, 將店中資本席捲, 雙雙的桃之夭夭139), 不知去向. 次日天明, 十老方知. 央及鄰里, 出了個失單, 尋訪數日, 並無動靜. 深悔當日不合爲邢權所惑, 逐了朱重. 如今日久見人心, 聞說140)朱重, 賃居衆安橋下, 挑擔賣油, 不如仍舊收了141)他回來, 老死有靠. 只怕他記恨在心, 教鄰舍好生勸他回家, 但記好, 莫記惡. 秦重一聞此言, 即日收拾了傢伙搬回十老家裏. 相見之間, 痛哭了一場, 十老將所存囊橐, 盡數交付秦重, 秦重自家又有二十餘兩本錢, 重整店面, 坐櫃賣油. 因在朱家, 仍稱朱重, 不用秦字. 不上一月, 十老病重, 醫治不痊, 嗚呼哀哉142). 朱重搥胸大慟, 如親父一般, 殯殮成服, 七七做了些好事. 朱家祖墳在淸波門外, 朱重舉喪安葬, 事事成禮, 鄰里皆稱其厚德. 事定之後, 仍先開鋪143). 原來這油鋪是個老店, 從來生意原好; 却被邢權刻剝存私, 將主顧弄斷了多少. 今見朱小官在店, 誰家不來作成. 所以生理比前越盛. 朱重單身獨自, 急切要尋個老成幫手. 有個慣做中人的, 叫做金中, 忽一日引着一個五十餘歲的人來. 原來那人正是莘善, 在汴梁城外安樂村居住. 因那年避亂南奔, 被官兵沖散了那女兒瑤琴, 夫妻兩口, 淒淒惶惶, 東逃西竄, 胡亂的過了幾年. 今日聞臨安興旺, 南渡人民, 大半安插在彼. 誠恐女兒流落此地, 特來尋訪, 又沒消息. 身邊盤纏用盡, 欠了飯錢, 被飯店

139) 桃之夭夭(도지요요): 본래, 《詩經 · 周南 · 桃夭》에 있는 "복숭아나무 무성하게 자라서, 불타는 듯 화려하게 꽃이 피었네.(桃之夭夭, 灼灼其華.)"라는 구절에 있는 말이다. 복숭아 '桃[táo; 복숭아]' 자와 '逃[táo; 도망하다]' 자가 同音임으로 나중에 '桃之夭夭'를 '逃之夭夭'로 바꿔서 많이 쓰이기도 하여 종적 없이 도망치는 것을 해학적으로 표현하게 되었다. 여기서는 '桃之夭夭'라고 쓰고서 '逃之夭夭'의 의미를 담고 있다.

140) 【校】說(설): 《今古奇觀》 각 판본과 古本小說集成本《醒世恒言》에는 "說"로 되어 있고, 人民文學本《醒世恒言》에는 "知"로 되어 있다.

141) 【校】了(료): 《今古奇觀》 각 판본에는 "了"로 되어 있고, 《醒世恒言》 각 판본에는 "拾"으로 되어 있다.

142) 嗚呼哀哉(오호애재): 본래, 사자에 대한 애도와 비통함을 나타내는 표현으로 祭文 등에서 많이 쓰인다. 여기에서 비롯되어 사람이 사망하거나 일이 끝장난 것을 가리키는 표현으로 사용되기도 했으며 어떨 때는 해학적이거나 풍자적인 의미를 지니기도 한다.

143) 【校】鋪(포): 《今古奇觀》 각 판본과 古本小說集成本《醒世恒言》에는 "鋪"로 되어 있고, 人民文學本《醒世恒言》에는 "店"으로 되어 있다.

中終日趕逐, 無可奈何. 偶然聽見金中說起朱家油鋪, 要尋個賣油幫手, 自己曾開過六陳鋪子, 賣油之事, 都也[144]在行. 況朱小官原是汴京人, 又是鄉里, 故此央金中引薦到來. 朱重問了備細, 鄉人見鄉人, 不覺感傷. "旣然沒處投奔, 你老夫妻兩口, 只住在我身邊, 只當個鄉親相處, 慢慢的訪着令愛消息, 再作區處." 當下取兩貫錢把與莘善, 去還了飯錢, 連渾家阮氏也領將來, 與朱重相見了, 收拾一間空房, 安頓他老夫婦在內. 兩口兒也盡心竭力, 內外相幫. 朱重甚是歡喜. 光陰似箭, 不覺一年有餘. 多有人見朱小官年長未娶, 家道又好, 做人又志誠, 情願白白把女兒送他爲妻. 朱重因見了花魁娘子, 十分容貌, 等閒的不看在眼, 立心要求個出色的女子方纔肯成親. 以此日復一日, 擔擱下去. 正是:

曾觀滄海難爲水, 除却巫山不是雲.

再說王美娘在九媽家, 盛名之下, 朝歡暮樂, 眞個口厭肥甘, 身嫌錦繡. 然雖如此, 每遇不如意之處, 或是子弟們任情使性, 喫醋跳槽[145], 或自己病中醉後, 半夜三更, 沒人疼熱, 就想起秦小官人的好處來. 只恨無緣再會. 也是他桃花運盡, 合當變更. 一年之後, 生出一段事端來.

却說臨安城中, 有個吳八公子. 父親吳岳, 見爲福州太守. 這吳八公子, 打從父親任上回來, 廣有金銀. 平昔間也喜賭錢喫酒, 三瓦兩舍[146]走動, 聞得花魁娘子之名, 未曾識面, 屢屢遣人來約, 欲要嫖他. 美娘聞他氣質不好, 不願相接, 託故推辭, 非止一次. 那吳八公子也曾和着閑漢們親到王九媽家, 幾番都不曾會. 其時淸明節屆, 家家掃墓, 處處踏靑. 美娘因連日遊春困倦, 且是積下許多詩畫之債, 未曾完得, 分付家中: "一應客來, 都與我

144) 【校】也(야): 人民文學本·古本小說集成本《今古奇觀》에는 "也"로 되어 있고, 《醒世恒言》 각 판본과 繪圖本《今古奇觀》에는 "則"으로 되어 있다.

145) 跳槽(도조): '槽'는 '구유'라는 뜻으로, '跳槽'는 본래 가축이 어떤 구유에서 먹이를 먹다가 다른 구유로 옮겨가서 먹이를 먹는 것을 이른다. 여기에 빗대어 매춘 고객이 전에 정을 나누었던 기생을 버리고 새로운 기생을 만나는 것을 비유적으로 말한다. 현대 중국어에서는 직장을 옮기는 것을 '跳槽'라고 하기도 한다.

146) 三瓦兩舍(삼와량사): 宋元 시대 瓦舍의 총칭이다.

辭去!" 閉了房門, 焚起一爐好香, 擺設文房四寶, 方欲擧筆, 只聽得外面沸騰, 却是吳八公子, 領着十餘個狠僕, 來接美娘遊湖. 因見鴇兒每次回他, 在中堂行兇, 打傢打伙, 直鬧到美娘房前. 只見房門鎖閉. 原來妓家有個回客法兒, 小娘躱在房內, 却把房門反鎖, 支吾客人, 只推不在. 那老實的就被他哄過了; 吳公子是慣家, 這些套子, 怎地瞞得. 分付家人扭斷了鎖, 把房門一脚踢開. 美娘躱身不迭, 被公子看見, 不由分說, 教兩個家人, 左右牽手, 從房內直拖出房外來, 口中兀自亂嚷亂罵. 王九媽欲待上前陪禮解勸, 看見勢頭不好, 只得閃過. 家中大小, 躱得沒半個影兒. 吳家狠僕牽着美娘, 出了王家大門, 不管他弓鞋窄小, 望街上飛跑. 八公子在後, 揚揚得意, 直到西湖口, 將美娘攛下了湖船, 方纔放下147). 美娘十二歲到王家, 錦繡中養成, 珍寶般供養, 何曾受這般凌賤. 下了船, 對着船頭, 掩面大哭. 吳八公子全不放下面皮, 氣忿忿的像關雲長單刀赴會, 一把交椅, 朝外而坐, 狠僕侍立於傍. 一面分付開船, 一面數一數二的發作一個不住: "小賤人, 小娼根, 不受人擡擧! 再哭時, 就討打了!" 美娘那裏怕他, 哭之不已. 船至湖心亭, 吳八公子分付擺盒在亭子內, 自己先上去了, 却分付家人: "叫那小賤人來陪酒!" 美娘抱住了欄杆, 那裏肯去, 只是嚎哭. 吳八公子也覺沒興, 自己喫了幾杯淡酒148). 收拾下船, 自來扯美娘. 美娘雙脚亂跳, 哭聲愈高. 八公子大怒, 教狠僕拔去簪珥. 美娘蓬着頭. 跑到船頭上, 就要投水, 被家童們扶住. 公子道: "你撒賴便怕你不成! 就是死了, 也只費得我幾兩銀子, 不爲大事. 只是送你一條性命, 也是罪過. 你住了啼哭時, 我就放你回去, 不難爲你." 美娘聽說放他回去, 眞個住了哭, 八公子分付移船到淸波門外僻靜之處, 將美娘綉鞋脫下, 去其裹脚, 露出一對金蓮149), 如兩條玉筍相似. 教狠僕扶他上岸, 罵道: "小賤人! 你有本事, 自走回家, 我却沒人相送." 說

147) 【校】下(하): 人民文學本·古本小說集成本《今古奇觀》에는 "下"로 되어 있고, 《醒世恒言》 각 판본과 繪圖本《今古奇觀》에는 "手"로 되어 있다.

148) 淡酒(담주): 흥이 나지 않아 재미없이 마시는 술을 이른다.

149) 金蓮(금련): 《南史·齊紀下·廢帝東昏侯》에 따르면, 東昏侯는 금으로 된 연꽃을 바닥에 붙인 뒤, 潘妃로 하여금 그 위를 걸어 다니도록 하게하고 이를 일컬어 "걸음걸이마다 연꽃이 생겨난다.(步步生蓮華也.)"라고 했다 한다. 이로 인하여 '金蓮'은 여자의 아름다운 걸음걸이나 여자의 작은 발을 의미하게 되었다.

罷, 一篙子撐開, 再向湖中而去. 正是:

焚琴煮鶴從來有, 惜玉憐香幾個知!

美娘赤了脚, 寸步難行, 思想: "自己才貌兩全, 只爲落於風塵, 受此輕賤. 平昔枉自結識許多王孫貴客, 急切用他不着, 受了這般淩辱. 就是回去, 如何做人? 到不如一死爲高. 只是死得沒些名目, 枉自享個盛名, 到此地位, 看着村莊婦人, 也勝我十二分. 這都是劉四媽這個花嘴, 哄我落坑墮塹, 致有今日! 自古紅顏薄命, 亦未必如我之甚!" 越思越苦, 放聲大哭. 事有偶然, 却好朱重那日到淸波門外朱十老的墳上, 祭掃過了, 打發祭物下船, 自己步回, 從此經過. 聞得哭聲, 上前看時, 雖然蓬頭垢面, 那玉貌花容, 從來無兩, 如何不認得! 喫了一驚, 道: "花魁娘子, 如何這般模樣?" 美娘哀哭之際, 聽得聲音廝熟, 止啼而看, 原來正是知情識趣的秦小官. 美娘當此之際, 如見親人, 不覺傾心吐膽, 告訴他一番. 朱重心中十分疼痛, 亦爲之流淚. 袖中帶得有白綾汗巾一條, 約有五尺多長, 取出劈半扯開, 奉與美娘裹脚, 親手與他拭淚, 又與他挽起靑絲, 再三把好言寬解. 等待美娘哭定, 忙去喚個煖轎, 請美娘坐了, 自己步送, 直到王九媽家. 九媽不得女兒消息, 在四處打探, 慌迫之際, 見秦小官送女兒回來, 分明送一顆夜明珠還他, 如何不喜! 況且鴇兒一向不見秦重挑油上門, 多曾聽得人說, 他承受了朱家的店業, 手頭活動, 體面又比前不同, 自然刮[150]目相待. 又見女兒這等模樣, 問其緣故, 已知女兒喫了大苦, 全虧了秦小官, 深深拜謝, 設酒相待. 日已向晡, 秦重略飮數杯, 起身作別. 美娘如何肯放, 道: "我一向有心於你, 恨不得你見面. 今日定然不放你空去!" 鴇兒也來攀[151]留, 秦重喜出望外. 是夜, 美娘吹彈歌舞, 曲盡生平之技, 奉承秦重. 秦重如做了一個遊仙好夢, 喜得魄蕩魂消, 手舞足蹈. 夜深酒闌, 二人相挽就寢. 雲雨之事, 其美滿更不必言.

150) 【校】刮(괄): 古本小說集成本·繪圖本《今古奇觀》과 古本小說集成本《醒世恒言》에는 "刮"로 되어 있고, 人民文學本《今古奇觀》과 人民文學本《醒世恒言》에는 "括"로 되어 있다.

151) 【校】攀(반): 繪圖本《今古奇觀》 각 판본에는 "攀"으로 되어 있고, 《醒世恒言》 각 판본에는 "扳"으로 되어 있다.

一個是足力後生, 一個是慣情女子. 這邊說, 三年懷想, 費幾多役夢勞魂; 那邊說, 一載相思, 喜僥倖粘皮貼肉. 一個謝前番幫襯, 合今番恩上加恩, 一個謝今夜總成, 比前夜愛中添愛. 紅粉妓傾翻粉盒, 羅帕留痕, 賣油郎打發油瓶, 被窩沾濕. 可笑村兒乾折本, 作成小子弄風流.

雲雨已罷[152], 美娘道: "我有句心腹之言與你說, 你休得推托." 秦重道: "小娘子若用得着小可時, 就赴湯蹈火, 亦所不辭, 豈有推托之理!" 美娘道: "我要嫁你." 秦重笑道: "小娘子就嫁一萬個, 也還數不到小可頭上, 休得取笑, 枉自折了小可的食料[153]." 美娘道: "這話實是眞心, 怎說取笑二字! 我自十四歲被媽媽灌醉, 梳弄過了, 此時便要從良. 只爲未曾相處得人, 不辨好歹, 恐誤了終身大事. 以後相處的雖多, 都是豪華之輩、酒色之徒, 但知買笑追歡的樂意, 那有憐香惜玉的眞心. 看來看去, 只有你是個志誠君子; 况聞你尙未娶親. 若不嫌我烟花賤質, 情願舉案齊眉, 白頭奉侍. 你若不允之時. 我就將三尺白羅, 死於君前, 表白我這[154]片誠心. 也强如昨日死於村郞之手, 沒名沒目, 惹人笑話." 說罷, 嗚嗚的哭將起來. 秦重道: "小娘子休得悲傷. 小可承小娘子錯愛, 將天就地, 求之不得, 豈敢推托. 只是小娘子千金聲價. 小可家貧力薄, 如何擺布, 也是力不從心了." 美娘道: "這却不妨. 不瞞你說, 我只爲從良一事, 預先積趲些東西, 寄頓在外. 贖身之費, 一毫不費你心力." 秦重道: "就是小娘子自已贖身, 平昔住慣了高堂大廈, 享用了錦衣玉食, 在小可家, 如何過活?" 美娘道: "布衣蔬食, 死而無怨!" 秦重道: "小娘子雖然, 只怕媽媽不從!" 美娘道: "我自有道理." 如此如此, 這般這般. 兩個直說到天明.

152) 【校】"雲雨之事"부터 "雲雨已罷"까지의 부분은 古本小說集成本·繪圖本《今古奇觀》과 古本小說集成本《醒世恒言》에는 보이고, 人民文學本《今古奇觀》과 人民文學本《醒世恒言》에는 없다. 아마도 내용이 외설적이라서 삭제된 듯하다. 여기서는 古本小說集成本·繪圖本《今古奇觀》과 古本小說集成本《醒世恒言》에 따라 보완했다.

153) 食料(식료): '食料'는 먹을 것이라는 뜻이다. '折食料'는 스스로를 낮추고 겸손하게 표현할 때 많이 쓰이는 말로 지나치게 누리면 수명이나 복이 깎인다는 의미이다.

154) 【校】這(저):《今古奇觀》각 판본과 古本小說集成本《醒世恒言》에는 "這"로 되어 있고, 人民文學本《醒世恒言》에는 "一"로 되어 있다.

原來黃翰林的衙內, 韓尚書的公子, 齊太尉的舍人[155], 這幾個相知的人家, 美娘都寄頓得有箱籠. 美娘只推要用, 陸續取到密地, 約下秦重, 教他收置在家. 然後一乘轎子, 擡到劉四媽家, 訴以從良之事. 劉四媽道: "此事老身前日原說過的. 只是年紀還早, 又不知你要從那一個?" 美娘道: "姨娘, 你莫管是甚人, 少不得依着姨娘的言語, 是個眞從良, 樂從良, 了從良; 不是那不眞不假､不了不絕的勾當. 只要姨娘肯開口時, 不愁媽媽不允. 做姪女的別沒孝順, 只有十兩金子, 奉與姨娘, 隨便[156]打些釵子; 在我[157]媽媽前做個方便. 事成之時, 媒禮在外." 劉四媽看見這金子, 笑得眼兒沒縫, 便道: "自家兒女, 又是美事, 如何要你的東西! 這金子權且[158]領下, 只當與你收藏, 此事都在老身身上. 只是你的娘把你當個搖錢之樹, 他也未必[159]輕放你出去, 怕不要千把銀子. 那主兒可是肯出手的麼? 也得老身見他一見, 與他講道方好." 美娘道: "姨娘莫管閒事, 只當你侄姪女自家贖身便了." 劉四媽道: "媽媽可曉得你到我家來?" 美娘道: "不曉得." 四媽道: "你且在我家便飯. 待老身先到你家, 與媽媽講, 講得通時, 然後來報你."

劉四媽雇乘轎子, 擡到王九媽家. 九媽相迎入內. 劉四媽問起吳八公子之事, 九媽告訴了一遍. 四媽道: "我們行戶人家, 到是養成個半低不高的丫頭, 儘可賺錢, 又且安穩. 不論什麼客就接了, 倒是日日不空的. 姪女只爲聲名大了, 好似一塊鮝魚落地, 馬蟻兒都要鑽他. 雖然熱鬧, 却也不得自在. 說便十兩[160]一夜, 也只是個虛名. 那些王孫公子來一遍, 動不動有幾個幫

155) 舍人(사인): 본래 宮內人의 뜻으로 측근에 두는 관직을 이르는데 宋元 이후에 현귀한 집안의 자제를 舍人이라고 부르기도 했으며 '公子'나 '衙內'의 의미와 비슷하다.

156) 【校】隨便(수편): 《今古奇觀》 각 판본에는 "隨便"으로 되어 있고, 《醒世恒言》 각 판본에는 "胡亂"으로 되어 있다.

157) 【校】在我(재아): 《今古奇觀》 각 판본에는 "在我"로 되어 있고, 《醒世恒言》 각 판본에는 "是必在"로 되어 있다.

158) 【校】且(차): 繪圖本《今古奇觀》 각 판본에는 "且"로 되어 있고, 《醒世恒言》 각 판본에는 "時"로 되어 있다.

159) 【校】他也未必(타야미필): 繪圖本《今古奇觀》 각 판본에는 "他也未必"로 되어 있고, 《醒世恒言》 각 판본에는 "等閒也不"로 되어 있다.

160) 【校】十兩(십량): 繪圖本《今古奇觀》 각 판본에는 "十兩"으로 되어 있고, 《醒世

閙, 連宵達旦, 好不費事. 跟隨的人又不少, 個個要奉承得他到. 一些不到之處, 口裏就出粗, 哩嗹囉嗹的罵人, 還要暗[161]損你傢伙, 又不好告訴得他家主, 受了若干悶氣. 况且山人墨客, 詩社棋社, 少不得一月之內, 又有幾日[162]官身[163]. 這些富貴子弟, 你爭我奪, 依了張家, 違了李家, 一邊喜, 少不得一邊怪了. 就是吳八公子這一個風波, 嚇殺人的, 萬一失蹉[164], 却不連本送了. 官宦人家, 與他打官司不成! 只索忍氣吞聲. 今日還虧着你家時運高, 太平沒事, 一個霹靂空中過去了. 倘然山高水低, 悔之無及. 妹子聞得吳八公子不懷好意, 還要與你家索閙. 姪女的性氣又不好, 不肯奉承人. 第一是這件, 乃是個惹禍之本." 九媽道: "便是這件, 老身好不擔憂! 就是這八公子, 也是有名有稱的人, 又不是下品之輩[165]. 這丫頭抵死不肯接他, 惹出這場寡氣. 當初他年紀小時, 還聽人教訓. 如今有了個虛名, 被這些富貴子弟誇他獎他, 慣了他性情, 驕了他氣質, 動不動自作自主. 逢着客來, 他要接便接. 他若不情願時, 便是九牛也休想牽得他轉." 劉四媽道: "做小娘的略有些身分, 都是[166]如此." 王九媽道: "我如今與你商議, 倘若有個肯出錢的, 不如賣了他去, 到得乾淨. 省得終身擔着鬼胎過日." 劉四媽道: "此言甚妙. 賣了他一個, 就討得五六個. 若湊巧撞得着相應的, 十來個也討得

恒言》 각 판본에는 "許多"로 되어 있다.

161) 【校】暗(암): 《今古奇觀》 각 판본과 古本小說集成本《醒世恒言》에는 "暗"으로 되어 있고, 人民文學本《醒世恒言》에는 "弄"으로 되어 있다.

162) 【校】日(일): 《今古奇觀》 각 판본과 古本小說集成本《醒世恒言》에는 "日"로 되어 있고, 人民文學本《醒世恒言》에는 "時"로 되어 있다.

163) 官身(관신): 教坊의 樂籍에 예속된 기생을 官妓라고 한다. 관기는 명절에 관청에 가서 참배해야 하며 평상시에도 관부의 부름을 받아 연회 자리에서 시중을 들어야 했는데 이것을 '官身'이라 했다.

164) 【校】蹉(차): 《今古奇觀》 각 판본과 古本小說集成本《醒世恒言》에는 "蹉"로 되어 있고, 人民文學本《醒世恒言》에는 "差"로 되어 있다.

165) 【校】下品之輩(하품지배): 人民文學本 · 古本小說集成本 《今古奇觀》에는 "下品之輩"로 되어 있고, 繪圖本《今古奇觀》과 古本小說集成本《醒世恒言》에는 "下賤之人"으로 되어 있으며 人民文學本《醒世恒言》에는 "微賤之人"으로 되어 있고, 人民文學本《醒世恒言》에는 "差"로 되어 있다.

166) 【校】是(시): 《今古奇觀》 각 판본에는 "是"로 되어 있고, 《醒世恒言》 각 판본에는 "則"으로 되어 있다.

的. 這等便宜事, 如何不做!" 王九媽道: "老身也曾算計過來, 那些有勢有力的不肯出錢, 專要討人便宜. 及至肯出幾兩銀子的, 女兒又嫌好道歉, 做張做智的不肯. 若有好主兒, 妹子做媒, 作成則個. 倘若這丫頭不肯時節, 還求你攛掇. 這丫頭, 做娘的話也不聽, 只你說得他信, 話得他轉." 劉四媽呵呵大笑道: "做妹子的此來, 正爲與姪女做媒. 你要許多銀子便肯放他出門?" 九媽道: "妹子, 你是明理的人. 我們這行戶中, 只有賤買, 那有賤賣? 況且美兒數年盛名滿臨安, 誰不知他是花魁娘子. 難道三百四百, 就容他走動? 少不得要足[167]千金." 劉四媽道: "待妹子去講, 若肯出這個數目, 做妹子的便來多口. 若合不着時, 就不來了." 臨行時, 又故意問道: "姪女今日在那裏?" 王九媽道: "不要說起, 自從那日喫了吳八公子的虧, 怕他還來淘氣, 終日裏擡個轎子, 各宅去分訴. 前日在齊太尉家, 昨日在黃翰林家, 今日又不知在那家去了!" 劉四媽道: "有了你老人家做主, 按定了坐盤星[168], 也不容姪女不肯. 萬一不肯時, 做妹子自會勸他. 只是尋得主兒[169]來, 你却莫要捉班做勢." 九媽道: "一言既出, 並無他說." 九媽送至門首. 劉四媽叫聲咶噪, 上轎去了. 這纔是:

數黑論黃雌陸賈, 說長話短女隨何. 若還都像虔婆口, 尺水能興萬丈波.

劉四媽回到家中, 與美娘說道: "我對你媽媽如此說, 這般講, 你媽媽已自肯了. 只要銀子見面, 這事立地便成!" 美娘道: "銀子已曾辦下, 明日姨娘千萬到我家來, 玉成其事. 不要冷了場, 改日又費講." 四媽道: "既然約定, 老身自然到宅." 美娘別了劉四媽, 回家一字不題. 次日, 午牌時分, 劉四媽果然來了. 王九媽問道: "所事如何?" 四媽道: "十有八九, 只不曾與姪女說過."

167) 【校】足(족): 《今古奇觀》 각 판본에는 "足"으로 되어 있고, 《醒世恒言》 각 판본에는 "他"로 되어 있다.

168) 作盤星(작반성): 定盤星과 같은 말이다. 본래 저울대의 첫째 눈금, 즉 무게 '0'을 표기하는 눈금을 가리키는 말로 어떤 일을 주장하거나 어떤 일에 기준이 되는 것을 비유적으로 이른다.

169) 【校】主兒(주아): 人民文學本 · 古本小說集成本 《今古奇觀》에는 "主兒"로 되어 있고, 《醒世恒言》 각 판본과 繪圖本《今古奇觀》에는 "主顧"로 되어 있다.

四媽來到美娘房中, 兩下相叫了, 講了一回說話. 四媽道: "你的主兒到了不曾? 那話兒在那裏?" 美娘指着床頭道: "在這幾隻皮箱裏." 美娘把五、六隻皮箱一時都開了, 五十兩一封, 搬出十三四封來, 又把些金珠寶玉算價, 足勾千金之數. 把個劉四媽驚得眼中出火, 口內流涎, 想道: "小小年紀, 這等有肚腸! 不知如何設法[170], 積下許多東西? 我家這幾個粉頭, 一般接客, 趕得着他那裏! 不要說不會生發, 就是有幾文錢在荷包裏, 閒時買瓜子磕, 買糖兒喫, 兩條脚布破了, 還要做媽的與他買布哩! 偏生九阿姐造化, 討得着, 年時賺了若干錢鈔, 臨出門還有這一注大財, 又是取諸宮中[171], 不勞餘力." 這是心中暗想之語, 却不曾說出來. 美娘見劉四媽沉吟, 只道他作難索謝, 慌忙又取出四疋潞綢、兩股寶釵、一對鳳頭玉簪, 放在桌上, 道: "這幾件東西, 奉與姨娘爲伐柯[172]之敬." 劉四媽歡天喜地對王九媽說道: "姪女情願自家贖身, 一般身價, 並不短少分毫, 比着孤老贖身更好. 省得閒漢們從中說合, 費酒費槳, 還要加一加二的謝他." 王九媽聽得說女兒皮箱內有許多東西, 到有個咈然之色. 你道却是爲何? 世間只有鴇兒最[173]狠, 做小娘的設法些東西, 都送到他手裏, 纔是快活. 也有做些私房在箱籠內, 鴇兒曉得些風聲, 專等女兒出門, 捵開鎖鑰, 翻箱倒籠, 取個罄空. 只爲美娘盛名之下, 相交都是大頭兒, 替做娘的掙得錢鈔, 又且性格有些古怪, 等閒不

170) 【校】法(법): 《今古奇觀》 각 판본에는 "法"으로 되어 있고, 《醒世恒言》 각 판본에는 "處"로 되어 있다.

171) 取諸宮中(취저궁중): 《孟子·滕文公上》에 있는 "또한 許子는 어찌하여 질그릇을 구워 만들거나 쇠를 달구어 주물을 만들지 않고 모든 것을 집에서 가져다 쓰는가?"(且許子何不爲陶冶, 舍皆取諸其宮中而用之?)"라는 구절에서 나온 말이다. 《爾雅·釋宮釋文》에 의하면, '宮'은 원래 귀천의 구별이 없었는데 秦漢 이래에 왕이 머무는 곳만을 '宮'이라고 부르기 시작했다고 한다. 여기서 '궁'은 귀천에 관계없이 '집'에 대한 통칭으로 쓰여 '取諸宮中'은 '편하게 자기 집에서 취한다'는 뜻이다.

172) 伐柯(벌가): 《詩經·豳風·伐柯》에 이르기를 "도끼자루를 베려면 어찌해야 하는가? 도끼가 아니면 베지 못하리라. 아내를 맞이하려면 어떻게 해야 하는가? 매파가 아니면 얻지 못하리라.(伐柯如何? 匪斧不克. 娶妻如何? 匪媒不得.)"고 했다. 이후에 중매를 서는 것을 일러 '伐柯'라고 했다.

173) 【校】最(최): 《今古奇觀》 각 판본과 古本小說集成本《醒世恒言》에는 "最"로 되어 있고, 人民文學本《醒世恒言》에는 "的"으로 되어 있다.

敢觸他. 故此臥房裏面, 鴇兒的脚也不搠進去, 誰知他如此有錢. 劉四媽見九媽顏色不善, 便猜着了, 連忙道: "九阿姐, 你休得三心兩意. 這些東西, 就是姪女自家積下的, 也不是你本分之錢. 他若肯花費時, 也花費了. 或是他不長進, 把來津貼了得意的孤老, 你也那裏知道! 這還是他做家的好處. 况且小娘自己手中沒有錢鈔, 臨到從良之際, 難道赤身趕他出門? 少不得頭上脚下都要收拾得光鮮, 等他好去別人家做人. 如今他自家拿得這些東西, 料然一絲一線不費你的心. 這一主銀子, 是你完完全全鼈在腰跨裏的. 他就贖身出去, 怕不是你女兒? 倘然他掙得好時, 時朝月節, 怕他不來孝順你? 就是嫁了人時, 他又沒有親爹親娘, 你也還去做得着他的外婆. 受用處正有哩." 只這一套話, 說得王九媽心中爽然, 當下應允. 劉四媽就去搬出銀子, 一封封兌過, 交付與九媽, 又把這些金珠寶玉, 逐件指物作價. 對九媽說道: "這都是做妹子的故意估下他些價錢, 若換與人, 還便宜得幾十兩銀子." 王九媽雖同是個鴇兒, 到是個老實頭兒, 憑劉四媽說話, 無有不納.

劉四媽見王九媽收了這注東西, 便叫亡八[174]寫了婚書, 交付與美兒. 美兒道: "趁姨娘在此, 奴家就拜別了爹媽出門, 權[175]借姨娘家住一兩日, 擇吉從良, 未知姨娘允否?" 劉四媽得了美娘許多謝禮, 生怕九媽翻悔, 巴不得美娘出了他門, 完成一事, 便[176]道: "正該如此!" 當下美娘收拾了房中自

174) 亡八(망팔): '王八' 또는 '忘八'이라고도 한다. 본래, 사람을 욕하는 말인데 바람난 여자의 남편을 빗대어 칭하기도 하며, 기생어미의 남편 즉 기둥서방을 이르기도 한다. 《新五代史·前蜀世家·王建》에 "(王建은) 어렸을 때부터 무뢰한으로 소를 잡고 남의 당나귀를 훔치며 私鹽 판매를 일삼았기에 동네사람들은 그를 '賊王八'이라고 했다."는 내용이 보인다. 王建은 집안에서 여덟 번째 자식이었기에 '王八'이라고 불리었고 나중에 '王八'이란 말이 남을 욕하는 말로 쓰이게 되었다. 청나라 趙翼의 《陔餘叢考·雜種畜生王八》에 따르면, "민간에서 사람을 욕할 때 '잡것(雜種)', '짐승새끼(畜生)', '王八' 등이라 하는데, …… '王八'은 明人 小說에서 '忘八'이라고도 했으며 禮, 義, 廉, 恥, 孝, 弟, 忠, 信 여덟 글자를 잊었다는 뜻이다."라고 했다.

175) 【校】權(권): 《今古奇觀》 각 판본에는 "權" 자가 있고 《醒世恒言》 각 판본에는 없다.

176) 【校】便(편): 《今古奇觀》 각 판본과 古本小說集成本《醒世恒言》에는 "便"으로 되어 있고, 人民文學本《醒世恒言》에는 "說"로 되어 있다.

己的梳臺、拜匣、皮箱、鋪蓋之類. 但是鴇兒家中之物, 一毫不動. 收拾已完, 隨着四媽出房, 拜別了假爹假媽, 和那姨娘行中, 都相叫了. 王九媽一般哭了幾聲. 美娘喚人挑了行李, 欣然上轎, 同劉四媽到他[177]家去. 四媽出一間幽靜的好房, 安頓下美娘行李. 衆小娘都來與美娘叫喜. 是晚, 朱重差莘善到劉四媽家討信, 已知美娘贖身出來. 擇了吉日, 笙蕭鼓樂娶親. 劉四媽就做大媒送親, 朱重與花魁娘子花燭洞房, 歡喜無限.

雖然舊事風流, 不減新婚佳趣.

次日, 莘善老夫婦請新人相見, 各各相認, 喫了一驚. 問起根由, 至親三口, 抱頭而哭. 朱重方纔認得是丈人、丈母, 請他上坐, 夫妻二人, 重新拜見. 親鄰聞知, 無不駭然. 是日, 整備筵席, 慶賀兩重之喜, 飲酒盡歡而散.

三朝之後, 美娘教丈夫備下幾副厚禮, 分送舊相知各宅, 以酬其寄頓箱籠之恩, 并報他從良信息. 此是美娘有始有終處. 王九媽、劉四媽家, 各有禮物相送, 無不感激. 滿月之後, 美娘將箱籠打開, 內中都是黃白之資, 吳綾蜀錦, 何止百計, 共有三千餘金, 都將匙鑰交付丈夫, 慢慢的買房置產, 整頓家當. 油鋪生理, 都是丈人莘公[178]管理. 不上一年, 把家業掙得花錦般相似, 呼[179]奴使婢, 甚有氣象.

朱重感謝天地神明保佑之德, 發心於各寺廟喜捨合殿香燭一套, 供琉璃燈油三個月; 齋戒沐浴, 親往拈香禮拜. 先從昭慶寺起, 其他靈隱、法相、淨慈、天竺等寺, 依次而行. 就中單說天竺寺, 是觀音大士的香火, 有上天竺、中天竺、下天竺, 三處香火俱盛, 却是山路, 不通舟楫. 朱重叫從人挑了一擔香燭, 三擔清油, 自己乘轎而往. 先到上天竺來, 寺僧迎接上殿, 老香火秦公點燭添香. 此時朱重居移氣, 養移體, 儀容魁岸. 非復幼時面目, 秦公

177) 【校】他(타): 《今古奇觀》 각 판본에는 "他"로 되어 있고, 《醒世恒言》 각 판본에는 "劉"로 되어 있다.

178) 【校】公(공): 《今古奇觀》 각 판본과 古本小說集成本《醒世恒言》에는 "公"으로 되어 있고, 人民文學本《醒世恒言》에는 "善"으로 되어 있다.

179) 【校】呼(호): 《今古奇觀》 각 판본에는 "呼"로 되어 있고, 《醒世恒言》 각 판본에는 "驅"로 되어 있다.

那裏認得他是兒子. 只因油桶上有個大大的秦字, 又有“汴梁”二字, 心中甚以爲奇. 也是天然湊巧. 剛剛到上天竺, 偏用着這兩隻油桶. 朱重拈香已畢, 秦公托出茶盤, 主僧奉茶. 秦公問道: “不敢動問施主, 這油桶上爲何有此三字?” 朱重聽得問聲, 帶着汴梁人的土音, 忙問道: “老香火, 你問他怎麽? 莫非也是汴梁人麽?” 秦公道: “正是.” 朱重道: “你姓甚名誰? 爲何在此出家? 共有幾年了?” 秦公把自己姓名鄕里, 細細告訴: “某年上避兵來此, 因無活計, 將十三歲的兒子秦重, 過繼與朱家, 如今有八年之遠. 一向爲年老多病, 不曾下山問得信息.” 朱重一把抱住, 放聲大哭道: “孩兒便是秦重! 向在朱家挑油買賣, 正爲要訪求父親下落, 故此於油桶上寫‘汴梁秦’三字, 做個標識. 誰知此地相逢! 眞乃天與其便!” 衆僧見他父子別了八年, 今朝重會, 各各稱奇. 朱重這一日, 就歇在上天竺, 與父親同宿, 各敘情節. 次日, 取出中天竺、下天竺兩個疏頭[180]換過, 內中朱重, 仍改做秦重, 復了本姓. 兩處燒香禮拜已畢, 轉到上天竺, 要請父親回家, 安樂供養. 秦公出家已久, 喫素持齋, 不願隨兒子回家. 秦重道: “父親別了八年, 孩兒有缺侍奉. 況孩兒新娶媳婦, 也得他拜見公公方是.” 秦公只得依允. 秦重將轎子讓與父親乘坐, 自己步行, 直到家中. 秦重取出一套新衣, 與父親換了, 中堂設坐, 同妻莘氏雙雙參拜. 親家莘公、親母阮氏, 齊來見禮. 此日大排筵席, 秦公不肯開葷, 素酒素食. 次日, 鄰里斂錢[181]稱賀: 一則新婚, 二則新娘子家眷團圓, 三則父子重逢, 四則秦小官歸宗復姓, 共是四重大喜. 一連又喫了幾日喜酒. 秦公不願家居, 思想上天竺故處淸淨出家. 秦重不敢違親之志, 將銀二百兩, 於上天竺另造淨室一所, 送父親到彼居住. 其日用供給, 按月送去. 每十日親往候問一次, 每一季同莘氏往候一次. 那秦公活到八十餘, 端坐而化. 遺命葬於本山. 此是後話.

却說秦重和莘氏, 夫妻偕老, 生下兩個孩兒, 俱讀書成名. 至今風月中市語, 凡誇人善於幫襯, 都叫做“秦小官”, 又叫“賣油郎”. 故後人[182]有詩爲證:

180) 疏頭(소두): 神佛에게 기도할 때 쓰는 기도문을 이른다.

181) 【校】錢(전): 《今古奇觀》 각 판본과 古本小說集成本《醒世恒言》에는 “錢”으로 되어 있고, 人民文學本《醒世恒言》에는 “財”로 되어 있다.

182) 【校】故後人(고후인): 《今古奇觀》 각 판본에는 “故後人” 세 글자가 있고, 《醒世

春來處處百花新, 蜂蝶紛紛競採春.
堪愛豪家多子弟, 風流不及賣油人.

恒言》 각 판본에는 없다.

화원에 물을 대는 노인이 밤에 선녀를 만나다〔灌園叟晚逢仙女〕

▌작품 해설

이 작품은《성세항언(醒世恆言)》권4에 실려 있다. 입화(入話) 부분에 있는 최현미(崔玄微) 이야기의 본사(本事)는 당나라 곡신자(谷神子)의《박물지(博異志)》에〈최현미(崔玄微)〉라는 제목으로 나온다. 당나라 단성식(段成式)의《유양잡조속집(酉陽雜俎續集)》권3〈지낙고하(支諾皋下)〉, 남송(南宋) 무명씨의《금수만화곡(錦繡萬花谷)》후집(後集) 권13, 그리고《태평광기(太平廣記)》권416 등에도〈최현미(崔玄微)〉로 수록되어 있으며, 명나라 팽대익(彭大翼)의《산당사고(山堂肆考)》권4에는〈봉이(封姨)〉라는 제목으로 기재되어 있다. 청나라 완원(阮元)의《군서유편고사(群書類編故事)》권1에는〈봉십팔이(封十八姨)〉라는 제목으로 전하며, 주인공의 이름은 최원미(崔元微)이고 출처는《전이기(傳異記)》로 되어 있는데 이는 아마도《박이기(博異記)》의 오기인 듯하다.《곡해총목제요(曲海總目提要)》권20에 청나라 도정분(堵廷棻)의〈위화부(衛花符)〉라는 희곡 작품이 소개되어 있는데 주인공의 이름은 최현미(崔懸微)로 되어 있다. 정화(正話)인 추옹(秋翁)의 이야기는 원류가 미상이며 1956년에는 〈추옹우선기(秋翁遇仙記)〉라는 영화로 제작되기도 했다.

일찍이 《장자(莊子)》나 《산해경(山海經)》 등에서 인격화된 동식물이 등장하는 것을 비롯해 왕양명(王陽明)의 '물아일체(萬物一體)' 사상에서 알 수 있듯이 중국인들은 세상 만물을 자연물 그 자체로 보기보다는 사람과 통하는 하나의 인격체로 보아왔다. 이런 세계관은 시와 소설 등 다양한 문학 장르에 걸쳐 보편적으로 존재하고 있다. 특히 '꽃'에 대해서는 정서적 미감과 의미가 더욱 각별했다. 민속에서는 당나라 때부터 음력 2월 15일을 '백화(百花)의 생일'이라고 하며 '화조절(花朝節)'을 만들고 화신(花神)에게 제사를 올리는 행사 등을 거행하기도 했으며, 명나라 선덕(宣德) 2년(1427)에 이르러서는 이를 전국적 규모의 명절로 지정하기까지 했다.

꽃을 문학적 비유로 다룬 작품은 《시경(詩經)》과 《초사(楚辭)》로부터 비롯된다. 굴원(屈原)은 《이소(離騷)》와 《구가(九歌)》에서 향기로운 화초와 아름다운 나무들을 스스로에 비유한 바 있고 문인들은 매(梅)·난(蘭)·죽(竹)·국(菊)을 고상한 인격체의 상징으로 삼아 '화중군자(花中君子)'라고 했다. 도연명(陶淵明)은 국화를 사랑했고 주돈이(周敦頤)는 〈애련설(愛蓮說)〉을 남겨 꽃에 대한 문학적 상징성을 부여했다. 여기에서 더 나아가 증조(曾慥)는 꽃을 벗으로 비유해 난화(蘭花), 매화(梅花), 납매화(臘梅花), 서향화(瑞香花), 연화(蓮花), 치자화(梔子花), 국화(菊花), 계화(桂花), 해당화(海棠花), 도미화(荼蘼花) 등의 열 가지 꽃을 '화중십우(花中十友)'라고 하면서 각각 방우(芳友), 청우(淸友), 기우(奇友), 수우(殊友), 정우(淨友), 선우(禪友), 가우(佳友), 선우(仙友), 명우(名友), 운우(韻友) 등으로 명명했으며, 장경수(張景修)는 꽃을 손님에 비유해 모란(牡丹), 매화(梅花), 국화(菊花), 서향(瑞香), 정향(丁香), 난화(蘭花), 연화(蓮花), 다화(茶花), 계화(桂花), 장미(薔薇), 말리(茉莉), 작약(芍藥) 등 열두 가지 꽃을 각각 귀객(貴客), 청객(淸客), 수객(壽客), 가객(佳客),

소객(素客), 유객(幽客), 정객(靜客), 아객(雅客), 선객(仙客), 야객(野客), 원객(遠客), 장객(匠客) 등으로 칭한 바 있다. 이와 같이 꽃은 인격화 되어 사람의 용모나 품격 등을 상징하기도 했다.

《유양잡조(酉陽雜俎)》에 실린 '최현미(崔玄微)'의 이야기나 《북몽쇄언(北夢瑣言)》에 실려 있는 '소창원(蘇昌遠)'의 이야기 등에서 볼 수 있듯이, 서사문학에서 꽃이 사람의 모습으로 형상화되어 '화요(花妖)' 또는 '화선(花仙)'의 이야기로 형성되기 시작한 것은 '지괴'와 '전기(傳奇)'로부터라고 할 수 있다. 명청 시대에 이르러 소설에서의 '화요(花妖)' 또는 '화선(花仙)'의 이미지는 더욱 성숙된 양태로 드러나게 되는데 그런 유형의 이야기가 《요재지이(聊齋志異)》 등과 같은 소설집에 대거 집중되어 있다. 꽃이 갖는 이미지와 심미적 성격으로 인해 보통 '화요(花妖)'나 '화선(花仙)'은 여성의 형상으로 등장하며 그 외모 등은 꽃의 색깔이나 특징과 관련지어 묘사되는 것이 일반적이다.

《홍루몽(紅樓夢)》을 보면, 여주인공인 임대옥(林黛玉)은 전생에 서방영하(西方靈河) 기슭에서 자라던 강주선초(絳珠仙草)였다. 남주인공인 가보옥(賈寶玉)은 전생에 신영시자(神瑛侍者)가 자신에게 물을 준 은혜에 보답하기 위해 세상에 태어나 평생 그를 위해 눈물을 흘리는 것으로 이야기가 설정되어 있다. 《홍루몽》은 처음부터 꽃과 그 꽃에 물을 주는 사람 사이에 벌어지는 인연으로 시작되고, 등장하는 주요 여성인물들은 모두 다 각기 한 가지 꽃에 비유되어 그 성격과 운명을 암시하는 내용이 작품 전편에 두루 보이는 것으로 볼 때 꽃과 뗄 수 없는 소설이라고 할 수 있다.

본 작품은 문학에 있어 꽃의 이런 소재사적 전통과 긴밀한 연관성이 있다. 정화의 내용은 화원의 꽃을 가꾸는 추선(秋先)이란 노인의 이야기이다. 역대로 꽃을 사랑하는 자 수없이 많았지만 추선처럼 자신의 목숨과 같이 모든 꽃을 사랑하고 그것을 손수 기른 자는 없을 것이다. 추선의 이야기는 꽃을 사랑하는 그의 삶을 서사화하여 숭고미의 극치를 보여줌으로써 독자로 하여금 감동의 눈물을 흘리게 한다. 온 마음을 다해 꽃을 사랑한 추선은, 시든 꽃은 주워 항아리에 담아둔 뒤 땅에 묻어 주는 이른바 '장화〔葬花; 꽃 장례〕'를 치루거나 더럽혀진 꽃은 깨끗이 씻은 뒤 호수 가운데로 띄워 보내는 이른바 '욕화〔浴花, 꽃 씻김〕'를 하기도 한다. 이런 에피소드는 이후 《홍루몽》에서 임대옥이 꽃이 더렵혀지는 것을 차마 볼 수 없어 떨어진 꽃잎을 비단 주머니 속에 넣어 '꽃무덤〔花冢〕'에 묻어 주는 이른바 '대옥장화(黛玉葬花)'라는 에피소드를 생산하는 데 직접적인 영향을 주었던 것으로 보인다.

본문 역주

밤새 풍우가 몰아쳐 사립문은 닫혀있고	連宵風雨閉柴門
심홍색 꽃잎은 모두 떨어져 버들가지만 남았네	落盡深紅只柳存
푸른 이끼 쓸려다가 빗자루질 잠시 멈추니	欲掃蒼苔且停箒
섬돌 앞 여기저기 떨어진 울긋불긋한 꽃잎의 흔적들	堦前點點是花痕

이 시는 꽃을 가엾게 여겨 지은 것이다. 옛날 당나라 때 어떤 처사(處士)가 있었는데 성은 최(崔) 씨이요, 이름은 현미(玄微)[1]라 했으며 평소 도가(道家)를 좋아하여 아내를 들이지 않고 낙양(洛陽) 동쪽에서 은거하고 있었다. 그가 사는 정원은 널찍하고 화초와 죽목(竹木)들이 두루 심어져 있었다. 그는 온갖 꽃들 속에 방 하나를 짓고는 그 안에서 홀로 거처했다. 시종들은 모두 화원 밖에 살면서 까닭 없이 함부로 그곳을 들어가면 안 되었다. 그는 이렇게 삼십여 년을 살며 화원 문밖으로 발자국을

1) 현미(玄微): 당나라 谷神子의 《博異志·崔玄微》에 나오는 인물이다. 여기에 보이는 그에 관한 이야기도 《博異志·崔玄微》를 바탕으로 한 것이다.

내지 않았다.

봄이 와 정원 안에 있는 화목(花木)들이 활짝 피어나자 현미는 조석으로 그 안을 노닐었다. 어느 날 밤, 바람이 맑고 달이 밝아 그는 차마 꽃을 버려두고 잠을 잘 수 없기에 달빛에 의지하여 홀로 꽃 무더기 속을 거닐고 있었는데 홀연 달빛 아래에서 청의(青衣)를 입은 한 여자가 천천히 걸어오는 것이 보였다. 현미가 놀라며 생각하기를 "이 시간에 어찌 여자가 여기에 와서 걸어 다니고 있는 것인가?"라고 했다. 비록 마음속으로는 괴이하다고 여겼지만, 다시 또 생각하기를 "일단 어디로 가는지 좀 지켜보자."라고 했다. 그 여자는 동쪽으로도 서쪽으로도 가지 않고 곧장 현미 앞으로 다가오더니 깊이 만복(萬福)[2] 절을 올렸다. 현미는 답례를 하고서 그에게 묻기를 "아가씨께서는 뉘 댁 분인지요? 무슨 연고로 밤늦게 이곳에 오셨습니까?"라고 했다. 그 여자는 붉은 입술을 조금 벌리고 옥 조각 같은 아래윗니를 드러내며 이렇게 말했다.

"저희 집은 처사님 댁에서 가깝습니다. 오늘 벗들과 상동문(上東門)[3]을 지나 친척 이모를 찾아뵈러 가는 길입니다. 처사님의 정원을 빌려 잠시 쉬다 가려는데 가능한지 모르겠습니다."

현미는 그들이 찾아온 것이 기이하다고 여겨 이를 흔쾌히 허락했더니 청의를 입은 여자는 감사하다는 말을 하고서 왔던 길로 다시 돌아갔다.

잠시 뒤, 그녀는 한 무리의 여자들을 데리고서 꽃과 버드나무들을 헤치고 다시 왔다. 그리하여 현미는 그들과 한 사람 한 사람씩 모두 만나게 되었다. 현미가 달빛 아래에서 그들을 자세히 보니 모두들 용모가 아리

2) 만복(萬福): 옛날에 부녀자들이 서로 만나 절을 할 때에는 대개 '萬福'이라고 말을 했으므로 나중에 부녀자들이 행하는 절을 '萬福'이라고 부르게 되었다. 만복 절을 할 때에는 한 손으로 주먹을 가볍게 쥐고 다른 한 손으로 그것을 가볍게 감싸 모은 뒤, 오른쪽 가슴 아래에서 상하로 움직이면서 허리를 조금 굽히는 자세를 취한다.

3) 상동문(上東門): 당나라 때 洛陽 동쪽에 있던 세 개의 성문 가운데 하나로 建春門이라고 불리기도 했다.

땁고 몸매가 날씬했으며, 화장은 한결같지 않아서 짙게 한 이도 있었고 엷게 한 이도 있었다. 이들 따라온 여자들은 모두 다 요염했으며 어디서 온 여자들인지는 알 수 없었다. 서로 만나 인사를 나눈 뒤, 현미는 그들을 방안으로 맞이하여 손님 자리에 앉게 하고는 이렇게 말문을 떼며 말했다.

"실례지만 아가씨들은 성씨가 어떻게 되는지요? 오늘 어떤 친척을 찾아가시다가 저의 이 누추한 화원에 이르게 되셨습니까?"

한 푸른 옷을 입은 여자가 "저는 양(楊) 씨입니다."라고 말했다. 그리고 그는 흰옷을 입고 있는 한 여자를 가리키며 이르기를 "여기는 이(李) 씨이고요."라고 한 뒤, 다시 붉은 옷을 입고 있는 한 여자를 가리키며 "여기는 도(陶) 씨이죠."라고 했다. 이렇게 한 사람 한 사람을 모두 가리키며 소개를 했다. 그리고 마지막 붉은 옷을 입고 있는 소녀에 이르자 이렇게 말했다.

"여기는 성이 석(石) 씨이며 이름은 아조(阿措)라고 합니다. 저희들은 비록 성은 다르지만 모두 동행하는 자매들이죠. 봉(封) 씨 집 열여덟 번째 이모[4]가 며칠 전에 저희들을 보러 오신다고 말씀하셨는데 아직 오시지 않으셨습니다. 그리하여 오늘 밤, 달빛이 아름답기에 자매들이 함께 이모를 찾아뵈러 나왔지요. 거기에다가 평소에 저희들이 처사님으로부터 후한 사랑을 입고 있었기에 이왕 나온 김에 처사님께 감사도 드리려고요."

현미가 막 응대를 하려는 참에 시녀가 아뢰기를 "봉 씨 집 이모님께서 오셨습니다."라고 하자, 중인(衆人)들이 모두 놀라 기뻐하며 그를 맞이하러 나가기에 현미는 옆으로 비켜서서 이를 구경했다. 여자들은 서로 만나

4) 중국어에서 '封[fēng]'과 '風[fēng]'은 발음이 같아 이 이야기에 나오는 '封家十八姨(封 씨 집 열여덟 번째 이모)'는 '封姨'라고도 하며 風神으로 묘사되어 있는 것이다. 《博異志·崔玄微》의 이야기로 인하여 '封姨' 또는 '封夷', '封家姨', '十八姨' 등이 風神에 대한 대칭어로 쓰이게 되었다.

인사를 나눈 뒤, 말하기를 "마침 이모님을 뵈러 가려 했는데 이곳 주인어른께서 잠시 앉았다 가라는 통에 뜻밖에도 이모님께서 오셨으니 저희와 이모님의 마음이 족히 하나인 것을 볼 수 있습니다."라고 하며 각기 앞으로 가서 예를 올렸다. 그 이모가 말하기를 "나도 누차 자네들을 보러오려고 했는데 그때마다 맡겨진 임무 때문에 오지를 못했지. 오늘은 짬이 나기에 여기에 온 것이네."라고 했다. 여자들이 말하기를 "이처럼 좋은 밤에 이모님께서는 자리에 편히 앉아계십시오. 저희들이 만수무강의 뜻으로 술 한 잔 올리겠습니다."라고 하고서 시녀를 시켜 술을 가져오라고 했다. 이모가 묻기를 "이곳은 앉을 만한 곳인가?"라고 하자, 양씨(楊氏)가 말하기를 "주인이 매우 어진데다가 장소도 매우 청아(淸雅)합니다."라고 했다. 이모가 묻기를 "주인장은 어디에 계시는가?"라고 하자, 현미가 추창해 나가 그와 인사를 나눴다. 현미가 눈을 들어 봉 씨 집 열여덟 번째 이모를 보았더니 자태가 표일(飄逸)하고 맑은 목소리에는 청아한 기풍이 있었다. 그 이모 옆으로 갔더니 저도 모르게 찬 기운이 피부에 와 닿아 모골이 송연해졌다. 청당(廳堂)[5]으로 맞이해서 보니 시녀가 이미 탁자와 의자를 마련해 둔 뒤였다. 이모를 상석에 앉게 하자 여자들도 차례로 앉았으며 현미는 끝자리에 함께 앉았다. 잠시 뒤, 시녀들이 술과 안주를 가져다가 상에 차려놓았다. 그리하여 맛있는 음식들과 특이한 과일들로 상이 가득 채워졌다. 술맛은 순미(醇美)하여 그 감미로움은 마치 엿과 같았으며, 모두 인간 세상에 있는 것들이 아니었다. 이때 달은 유난히 밝아서 방안을 대낮처럼 환하게 비추었으며, 자리에서는 향기가 진하게 풍겨나 코를 찔렀다. 손님과 주인이 술을 서로 권하며 술잔이 끊임없이 오가다가 술이 거나해지자 홍의(紅衣)를 입은 한 여자가 큰 술잔에 술을 가득 따라 이모에게 올리며 말하기를 "제게 노랫가락 하나가 있는데 그것

5) 청당(廳堂): 집채의 정 가운데에 있는 큰 방으로 보통 거실과 같이 손님을 접대할 때 쓰인다.

을 불러드렸으면 합니다."라고 했다. 그 노래는 이러했다.

붉은 옷을 걸치고 이슬은 영롱한데	絳衣披拂露盈盈
엷게 물든 연지 빛 가벼운 꽃 한 송이	淡染胭脂一朵輕
홍안을 머물게 할 수 없음이 스스로 한스러우나	自恨紅顏留不住
봄바람을 박정타 원망치 말아야지	莫怨春風道薄情

노랫소리가 맑고 구성졌으므로 듣고 있던 사람들이 모두 다 처연해 했다. 또 백의(白衣)를 입고 있던 한 여자가 술을 올리며 말하기를 "저에게도 노래 한 곡이 있습니다."라고 했는데 그 노래는 이러했다.

희고 깨끗한 얼굴은 흰 눈보다 더 하니	皎潔玉顏勝白雪
마치 옛날에 마주했던 아름다운 달과 같구나	況乃當年對芳月
망설여 감히 봄바람을 원망치도 못하고	沉吟不敢怨春風
고운 용모 뉘도 모른 채 시들어감을 스스로 한탄하네	自歎容華暗消歇

그 소리는 더욱더 처량하고 애절했다. 그 이모는 성품이 자못 경박한데다가 술도 좋아하였기에 술을 몇 잔 더 마셔 좀 과해지자 점차 거리낌이 없어졌다. 그리하여 이 두 노래를 듣고 나서 이렇게 말했다.

"이 좋은 때에 아름다운 경치를 마주하여 주객(主客)이 한창 즐거워하고 있는데 어찌 갑자기 슬픈 언사를 늘어놓는 것이냐? 노래의 뜻 또한 매우 거슬려 손님을 몹시 막 대하는 것이 된다. 모름지기 두 사람은 각기 큰 술잔으로 벌주를 받아야 할 것이며, 마땅히 다른 노래를 불러야 할 것이다."

그러고 나서 이모는 손수 술을 한 잔 따라 건네주었는데 술에 취해 손에 힘이 빠져 술잔을 꼭 잡고 있지 못했던지라 잔을 들자마자 생각지도 않게 소매가 젓가락에 걸려 술잔이 엎어졌다. 그 술을 다른 사람의 몸에 엎질렀다면 그만이었을 텐데 하필이면 아조의 몸에 완전히 엎질러

버렸던 것이다. 아조는 나이가 어리며 용모가 곱고 천성이 깔끔한 것을 좋아했으며 꽃무늬 진홍색 붉은 옷을 입고 있었다. 붉은 옷은 술에 가장 취약하여 술 한 방울만 묻어도 색이 금방 변하는데 어떻게 그 큰 술잔의 술에 멀쩡할 수 있겠는가! 게다가 아조도 어지간히 취해 있었기에 자신의 옷이 더럽혀진 것을 보고서 낯빛을 바꾸며 말하기를 "자매들은 이모한테 아쉬운 것이 있을지 모르지만 나는 이모가 두렵지 않아요!"라고 하고서는 곧바로 자리에서 일어나 밖으로 나갔다. 이모도 노하여 말하기를 "어린 계집애가 술주정을 해대며 감히 내게 대드는구나!"라고 하고서 그 또한 옷을 털며 일어났다. 여자들이 만류를 해도 붙들 수가 없자 일제히 이모를 달래며 이르기를 "아조는 나이가 어려서 술에 취해 버릇없이 군 것이니 마음에 두지 마세요. 내일 이모님한테 사죄하도록 데리고 가겠습니다."라고 하고서 그를 섬돌 아래까지 배웅해 주었다. 봉 씨 집 열여덟 번째 이모가 분연히 동쪽으로 가자 여러 여자들도 현미에게 작별을 한 뒤, 꽃 덤불 속으로 흩어져 가버렸다. 현미는 그들의 종적을 쫓아가보려고 뒤 따라 배웅을 했지만 급히 걸음을 걷다가 이끼가 미끄러워 넘어지게 되었다. 일어나서 보니 여자들이 이미 모두 다 보이지 않기에 마음속으로 이런 생각을 했다.

"이것이 꿈이라하기에는 내가 잠자리에 든 적도 없었다. 그들이 만약 귀신이라면 옷차림도 그리 단정하고 말이 또렷할 수 있단 말인가. 사람이라면 어떻게 또 돌연 사라져 버렸는가?"

현미는 이런 터무니없는 생각을 하며 놀랍고 의아하여 뭐라 단정할 수 없었다. 청당(廳堂) 안으로 다시 돌아와서 보니 탁자와 의자들은 여전히 있었으나 진설되어 있던 접시와 술잔들은 하나도 남아있지 않았으며 남은 향기가 방 안에 가득한 것만 느낄 수 있었다. 비록 그 일이 이상하기는 했으나 화가 되지는 않을 것이라 생각하여 두려워하지는 않았다.

다음 날 밤이 되어 현미는 다시 꽃들 속으로 들어가 노닐었는데 거기에는 이미 그 여자들이 있었으며 그들은 이모에게 가서 사죄를 하도록 아조를 타이르고 있는 중이었다. 아조가 화가 나서 말하기를 "그 할멈한테 더 간청할 필요가 뭐 있겠어요? 일이 있을 땐 처사님께 부탁하면 충분할 텐데요."라고 했다. 여자들은 기뻐하며 이르기를 "동생 말이 정말 옳아."라고 한 뒤, 일제히 현미에게 이렇게 말했다.

"우리 자매들 모두가 처사님의 화원 안에서 살고 있는데 매년마다 모진 바람에 괴로움을 많이 당하며 불안하게 거처하고 있습니다. 항상 열여덟 번째 이모에게 보호를 요청해왔으나 어제 아조가 실수로 거역했기에 이후로는 그의 힘을 빌리기가 어려울 것 같습니다. 혹시 처사님께서 저희들을 보호해 주시겠다면 미약하나마 보답해 드리겠습니다."

현미가 말하기를 "제게 무슨 힘이 있어서 여러분들을 호보할 수 있겠습니까?"라고 하자, 아조가 이렇게 말했다.

"처사님께서 그저 매년 설날 아침마다 붉은 깃발 하나를 만들어서 그 위에 일월(日月)과 오성(五星) 무늬를 그리신 뒤, 화원의 동편에 세워 주시기만 하면 저희들은 무탈하게 편히 있을 수 있습니다. 올해는 이미 지났으니, 청컨대 이번 달 스무하룻날 이른 아침에 동풍이 조금 불 때 곧장 깃발을 세워 주시면 그날의 재난은 면할 수 있을 것입니다."

이에 현미가 말하기를 "그건 쉬운 일인데 어찌 감히 명을 따르지 않겠습니까?"라고 하자, 여자들이 일제히 감사하며 말하기를 "처사님께서 흔쾌히 응낙해 주신 덕은 반드시 잊지 않겠습니다."라고 했다. 말을 마치고 작별을 하고 갔는데 그들의 걸음은 매우 빨라 현미가 따라가려고 했지만 미칠 수가 없었으며, 홀연 한 차례 향기로운 바람이 불어오더니 모두가 사라졌다. 현미는 그 일을 증험해 보려고 다음 날 바로 붉은 깃발을 마련해 둔 뒤, 스무하룻날까지 기다렸다가 이른 새벽에 일어나보니 과연 동풍이 조금씩 불기에 급히 그 깃발을 화원 동편에 세웠다. 잠시 후, 사나운 바람이 땅을 진동시키고 모래를 날리고 돌을 뒹굴게 하면서 낙양성 남쪽으로부터 불어와 수풀과 나무들을 꺾었지만 화원 안에 무성하게 핀 꽃들은 움직임이 없었다. 이에 현미는 그 여자들이 모두 꽃의 정령인 것을 비로소 알게 되었으니 붉은 옷을 입은 아조라는 여자는 바로 안석류(安石榴)[6]이고, 봉 씨 집 열여덟 번째 이모는 바로 풍신(風神)이었던 것이다. 다음 날 밤이 되자, 여자들은 각기 복숭아 꽃과 자두나무 꽃 여러 되를 싸가지고 와서 감사하며 이렇게 말했다.

"처사님께 저희들은 큰 재난에서 벗어나게 해주신 덕을 입었으나 보답할 길이 없습니다. 이 꽃들을 복용하시면 수명을 연장하며 늙는 것을 물리치실 수 있으니 원컨대, 오래도록 이렇게 보호해 주시면서 저희들도 장생할 수 있도록 해 주십시오."

그들의 말대로 그 꽃을 복용했더니 과연 용모가 젊어져 마치 서른 살쯤의 사람과 같아졌으며, 그는 나중에 득도를 하고 신선이 되어 떠났다. 그 증거가 되는 시가 있다.

낙양의 처사가 꽃 심는 걸 좋아하여	洛中處士愛栽花
해마다 붉은 깃발 그려주고 화차(花茶)를 딴다네	歲歲朱幡繪采茶
꽃을 복용하는 것을 배워 늙지 않게 되었으니	學得餐英堪不老
선과(仙果)를 찾을 필요가 뭐 있겠나	何須更覓棗如瓜[7]

여러분, 제가 이야기한 풍신(風神)과 꽃의 정령〔화정(花精)〕이 왕래한 얘기를 터무니없는 말이라고 하지 마시오. 저 구주(九州)와 사해(四海) 안에는 아직 눈으로 보지도 못했고 귀로 듣지도 못했으며, 사서(史書)에도 실려 있지 않고 경전(經傳)에도 보이지 않는 매우 기괴하고 수상한 일들이 얼마나 있을지 모르외다. 장화(張華)의 《박물지(博物志)》[8]도 그

6) 안석류(安石榴): 石榴를 이른다. 석류는 옛날 安息國(지금의 이란 고원에 있음)에서 나온 것이기에 安石榴라고도 불리었다.

7) 조여과(棗如瓜): '참외 만한 대추'라는 뜻이다. 《史記·封禪書》에 의하면, 方士 李少君이 일찍이 바다를 노닐다가 仙人인 安期生을 만났는데 안기생이 먹는 큰 대추가 참외 만했다고 한다. 이후에 '참외 만한 대추〔棗大如瓜 혹은 棗如瓜〕'라는 말로 '특이한 仙果'나 '신선 생활'을 가리키기 시작했다.

8) 박물지(博物志): 西晉의 張華가 편찬한 책으로 진기한 동식물이나 역사인물들에

가운데 불과 한두 가지만 기록했을 뿐이니 우세남(虞世南)[9]과 같은 '걸어 다니는 책장〔행서주(行書廚)[10]〕'과 같은 사람일지라도 기괴한 일들을 많이 담아둘 수는 없을 것이오. 이런 일들 또한 매우 평범한 일이기에 이상하다고 여길 수만은 없으나 '공자께서는 괴이한 얘기를 하지 않으셨다〔子不語怪〕[11]'고 했으니 일단 넘어가기로 하겠소이다. 다만, 꽃을 아껴 복을 얻게 되고 꽃을 훼손시켜 수명이 줄게 되는 일은 현시(現時)에 드러나는 공덕이니 함부로 말하는 이야기는 아니올시다. 여러분들이 믿지 못하겠다면 〈화원에 물을 대는 노인이 밤에 선녀를 만나다(灌園叟晚逢仙女)〉라는 이야기도 있으니 제가 여러 관객들께 들려드리겠소이다. 만약에 평소 꽃을 좋아하는 사람들이 이 이야기를 들으면 당연히 꽃을 더 아끼게 될 것이오. 혹 이 가운데 꽃을 아끼지 않는 사람이 있다면 저는 이 이야기를 통해서 꽃을 아끼도록 권해 드리오이다. 비록 득도하여 신선이 되지 못할지라도 한가하게 시간을 보내며 기분을 풀 수 있을 것이외다.

이 이야기는 어느 조대, 어느 곳에서 있었던 일이냐 하면, 바로 송나라 인종(仁宗) 연간 강남(江南) 평강부(平江府)[12] 동문(東門) 밖 장락촌(長

대한 일문, 신선 방술 등에 관한 이야기들을 수록하고 있다.

9) 우세남(虞世南, 558~638): 北周, 隋, 唐 등 세 조대를 거쳐 살았으며 당나라 淩煙閣 24공신 가운데 한 사람이다. 서예가이자 문학가로 著作郎, 秘書監 등의 벼슬을 역임했다. 많은 책을 읽어 매우 박식하였으므로 唐太宗이 출행할 때 어떤 자가 책을 가지고 가자고 하자 당태종은 우세남만 있으면 책은 필요가 없다고 말했다는 이야기가 《類說》 권54에 보인다. 《新唐書》 권102와 《舊唐書》 권72에 그에 대한 傳이 실려 있다.

10) 행서주(行書廚): '書廚'는 책장이란 의미로 '行書廚'는 걸어 다니는 책장이란 뜻이다. 학문이 해박한 사람을 비유적으로 이르는 말이다.

11) 자불어괴(子不語怪): 《論語·述而》에 있는 "공자께서는 괴이함과 勇力과 悖亂과 귀신에 대해서는 말씀하지 않으셨다.(子不語怪力亂神.)"는 구절에서 나왔다.

12) 평강부(平江府): 지금의 江蘇省 蘇州市와 그 주변 지역이다.

樂村)에서 있었던 일이다. 이 마을은 성읍으로부터 2리(里) 떨어진 곳에 있었다. 마을에 한 노인이 살고 있었는데 그는 성이 추(秋) 씨요, 이름은 선(先)이며 본래 농가(農家) 출신으로 몇 묘(畝)의 전답과 초가집 한 채가 있었고, 아내였던 수(水)씨도 이미 세상을 뜬데다가 따로 아들딸도 없었다. 추선(秋先)은 어려서부터 꽃을 가꾸고 과수심기를 너무나 좋아하여 밭일은 모두 내팽개치고 그 일에만 전념하였다. 우연히 특이한 꽃 하나를 찾아냈을 때에는 보배를 주운 것보다 훨씬 더 기뻐했다. 아무리 긴요한 일로 외출을 해도 가는 길에 어느 집에 꽃나무가 있으면 그 집에서 허락을 하든 안 하든 간에 웃는 얼굴을 하며 들어가서 완상하게 해달라고 간청했다. 만약 그것이 엔간한 화목(花木)이거나 집에도 피어 있는 꽃이라면 그나마 빨리 발길을 돌렸지만, 집에 없는 이름난 꽃이거나 집에 있더라도 이미 피고 진 꽃이라면 곧바로 할 일을 옆에다 내팽개치고 연연해하며 돌아갈 일을 종일토록 잊곤 했기에 사람들은 모두 그를 '화치(花癡; 꽃 바보)'라고 불렀다. 혹 꽃장수들에게 좋은 꽃이 있는 것을 우연히 보기라도 하게 되면 주머니에 돈이 있든 없든 간에 반드시 그것을 사야만 했다. 돈이 없을 때면 곧바로 입고 있던 옷을 벗어들고 전당포로 가곤 했으며, 어떤 꽃장수가 그의 이런 괴이한 성격을 알고서 일부러 값을 올리면 그것을 비싸게라도 주고 사왔다. 어떤 불량배들이 그가 꽃을 좋아하는 것을 알고서 도처로 찾아다니며 좋은 꽃들을 꺾어 가져와서 진흙으로 가짜 뿌리를 빚어 그를 속였으나 그것 또한 사지 않을 수 없었다. 이런 기이한 일도 다 있나! 그것을 가져와 심으면 여전히 살아났던 것이다. 그렇게 날로 쌓이다 보니 결국에는 하나의 큰 화원이 되었다.

그 화원 주위에는 대나무를 엮어 울타리를 만들고 그 울타리에는 장미, 도미(荼蘼), 목향(木香), 찔레나무(刺梅), 무궁화, 체당화, 금작화 등을 얽어 심었으며 울타리 주변에는 접시꽃, 봉선화, 계관화, 닥풀(秋葵), 양귀비 등의 씨를 뿌려놓았다. 이외에도 원추리, 백합, 전춘라(剪春羅), 전추라(剪秋羅), 만지교(滿地嬌), 십양금(十樣錦), 미인료(美人蓼), 산척

촉(山躑躅), 고량강(高良姜), 백협접(白蛺蝶), 야락금전(夜落金錢), 전지모단(纏枝牡丹) 따위도 있었으니 일일이 열거할 수 없을 정도여서 꽃 피는 시절이 되면 그 찬란함은 마치 비단병풍과 같았다. 울타리에서 몇 걸음 떨어진 곳에는 특이하고 이름난 화초들을 가득히 심어 놓았는데 꽃 하나가 시들기 전에 다른 꽃 하나가 피어나곤 했다. 양지쪽으로 사립문 두 짝을 만들어 놓았고 문 안에는 한 갈래 대나무 숲길이 나 있었으며 양옆에는 측백나무가 병풍처럼 빽빽이 가리고 있었다. 병풍 같이 서 있는 측백나무들을 돌아가면, 바로 초가집 세 칸이 있었는데 지붕이 풀로 덮여 있었지만 높다랗고 널찍하여 창틀로 들어오는 빛이 밝았다. 청당 안에는 이름 없는 작은 그림 한 폭이 걸려 있었고 원목으로 만든 와탑(臥榻) 하나가 놓여 있었으며, 책상과 걸상 등은 하나같이 깨끗했고 바닥도 티끌 하나 없이 청소가 되어 있었다. 청당 뒤에는 정교하게 지어진 집채 몇 칸이 있었는데 침실도 그곳에 있었다. 꽃 중에 없는 꽃이 없었으며 그 꽃들은 아주 무성하게 자라나 진실로 사계절동안 시들지 않았고, 팔절(八節)[13]이 내내 봄과 같았다. 그 경관은 이러했다.

매화는 빼어난 골격을 내보이고	梅標淸骨
난초는 그윽한 향기를 뿜어내네	蘭挺幽芳
차나무는 고아한 운치를 드러내며	茶呈雅韻
오얏꽃은 짙은 화장을 사절한다	李謝濃粧
자두꽃은 보슬비 속에서 교태를 품고	杏嬌疎雨
국화는 된서리를 깔보누나	菊傲嚴霜
수선화는 빙기옥골을 지니고	水仙冰肌玉骨

13) 팔절(八節): 24절기 가운데 立春, 立夏, 立秋, 立冬, 春分, 夏至, 秋分, 冬至 등을 이른다.《周髀算經》卷下에 보이는 趙爽의 注에서 "하지와 동지는 추위와 더위의 극점이고, 춘분와 추분은 음과 양이 조화로울 때이며, 입춘·입하·입추·입동 등은 각각 만물이 나고 자라며 수확하고 수장하는 때의 시작으로 이들을 '八節'이라 한다.(二至者, 寒暑之極; 二分者, 陰陽之和; 四立者, 生長收藏之始; 是爲八節.)"고 했다.

모란꽃은 천향국색이라네　牡丹國色天香
옥수(玉樹)는 섬돌 앞에 우뚝 솟아있고　玉樹亭亭階砌
금연화는 연못에서 반짝거려　金蓮冉冉池塘
작약의 아름다운 자태는 비길 데가 드물고　芍藥芳姿少比
석류꽃의 고운 자질은 견줄 것이 없어라　石榴麗質無雙
단계(丹桂)는 달나라에서 향기를 내뿜고　丹桂飄香月窟
부용(芙蓉)은 차가운 강물에서 냉염하게 피어있네　芙蓉冷豔寒江
배꽃은 달밤에 맑고 깨끗하며　梨花溶溶夜月
복숭아꽃은 아침햇살에 찬란하여라　桃花灼灼朝陽
동백꽃들 가운데선 보주(寶珠)[14]가 귀하며　山茶花寶珠稱貴
납매화(臘梅花) 중에선 경구(磬口)[15]가 향기롭네　臘梅花磬口方香
해당화 중에선 서부(西府)[16]가 으뜸이고　海棠花西府爲上
서향화(瑞香花) 가운데선 금변(金邊)이 가장 좋다네　瑞香花金邊最良
장미와 두견은　玫瑰杜鵑
노을같이 찬란하고　爛如雲錦
수구화(繡毬花)와 욱리(郁李)[17]는　繡毬郁李
풍광을 장식하누나　點綴風光
그 천 가지의 화초를 이루 다 말할 수도 없고　說不盡千般花卉

14) 보주(寶珠): 山茶花의 일종으로 寶珠茶 또는 寶珠山茶라고 불리기도 한다. 청나라 劉灝의 《廣群芳譜·花譜二十·山茶》에 "(山茶花에는) 鶴頂茶, 瑪瑙茶, 寶珠茶, 楊妃茶, 焦萼白寶珠 등과 같이 셀 수 없이 많은 종류가 있는데 그 가운데 寶珠가 가장 좋다."라는 기록이 보인다.

15) 경구(磬口): 河南에서 나는 臘梅의 일종으로 '罄口'라고 쓰기도 하며 향기와 모양이 으뜸이라고 한다. 송나라 范成大의 《范村梅譜》에 의하면, "꽃은 성기게 피며, 비록 활짝 피어 있다 해도 꽃이 핀 모양이 반쯤 감싸고 있는듯하여 이름을 '磬口梅'라고 했는데 이는 승려가 치는 '경쇠〔磬〕'의 아가리와 비슷하다는 말이다."라고 했다.

16) 서부(西府): 海棠의 일종으로 그 꽃은 짙은 연지 색에 가깝다. 명나라 王世懋의 《學圃餘疏·花譜》에 의하면, "海棠의 종류는 자못 많지만 (중략) 그 가운데도 西府가 가장 좋다. 西府 중에서 紫綿이라고 하는 것이 가장 빼어나니 색깔이 짙고 꽃잎이 많기 때문이다."라고 했다.

17) 욱리(郁李): 장미과에 속하는 낙엽 관목으로, 봄에 연붉은색의 꽃이 피며 열매는 진홍색이다. 고대에는 '唐棣'라고 불리기도 했다.

그 만 가지의 향기를 이루 다 셀 수도 없어라　　數不了萬種芬芳

울타리 문밖 맞은편에는 큰 호수가 있는데 이름은 조천호(朝天湖)이고 속명(俗名)으로는 하화탕(荷花蕩)이라고 했다. 이 호수는, 동쪽으로는 오송강(吳淞江)과 이어져 있고 서쪽으로는 진택(震澤)과 통했으며 남쪽으로는 방산호(龐山湖)와 닿아있었다. 호수 가운데의 경치는 맑을 때나 비가 올 때나 사시절 내내 모두 아름다웠다. 추선은 호숫가에 흙을 쌓아 둑을 만들고 그 위에 복숭아나무와 버드나무를 두루 심어서 매년 봄이 되면 붉고 푸릇한 빛깔이 뒤섞여 완연히 서호(西湖)의 빼어난 경치와 같았다. 호숫가를 따라 부용꽃을 두루 심고 호수 안에는 오색 연꽃을 심어 그 꽃이 만발한 날에는 온 호수가 채색 구름이 반짝이는 것 같았으며 그 향기가 코를 찔렀다. 작은 배를 타고 노를 저으면서 마름을 따는 사람들의 노랫소리는 맑고 은은했으며, 비껴 부는 바람이 살짝 일면 배들은 시합을 하며 마치 나는 듯이 종횡무진으로 나아갔다. 어부들은 물가 버드나무 아래에 배를 대고 그물을 널어 말렸다. 잡힌 물고기를 끌어당기고 있는 사람, 그물을 꿰매고 있는 사람, 술에 취해 뱃머리에 누워있는 사람, 헤엄치기 내기를 하는 사람 등도 있었으며 즐거워하는 웃음소리가 끊이질 않았다. 연꽃을 구경하는 유람객들이 잔뜩 모여 화려한 유람선 위에서 퉁소를 불다가 해질녘에 이르러 배를 돌리면 수많은 등불들이 별빛들과 반딧불들 사이에서 뒤엉켜 구별하기 어려웠다. 늦가을 서릿바람이 막 불기 시작하면 단풍나무숲은 점차 노란색으로 물들고 호숫가에 있는 쇠락해져가는 버드나무들과 부용꽃들은 흰 부평초와 붉은 여뀌들과 뒤섞여 물가에서 넘실거렸다. 갈대 사이에 모여든 기러기들이 구름을 찌르듯 맑고 처량하게 울어대고 그 애처로운 소리는 사람의 마음을 감동시켰다. 한겨울에는 먹장구름이 잔뜩 끼고 눈꽃이 흩날려 하늘과 호수가 한 색이 되었다. 그 사계절의 경치는 이루 다 말할 수 없었으니 그 증거가 되는 시가 있다.

조천호 물가의 수면은 하늘과 맞닿아있고	朝天湖畔水連天
사람들은 고기잡이 노래를 부르거나 연꽃을 따고 있네	不唱漁歌即採蓮
자그마한 띠집에는 만 가지 꽃이 피어있고	小小茅堂花萬種
주인은 매일같이 그 꽃을 마주하며 잠을 자누나	主人日日對花眠

곁가지 말은 그만하기로 한다. 차설(且說), 추선은 매일같이 새벽에 일어나서 꽃 밑에 떨어진 나뭇잎들을 깨끗이 쓸고 물을 길어 거기에 일일이 물을 대었으며 밤이 되면 다시 한 차례 더 물을 주었다. 만약 꽃 하나가 필 것 같아 보이면 날뛰듯 하며 기쁨을 이기지 못했다. 이에 술 한 병을 데우거나 차 한 잔을 달여서 꽃을 향해 허리 굽혀 읍하고는 먼저 꽃에 뿌려 제사를 올리며 '꽃 만세'를 세 번 외친 뒤, 그 아래 앉아서 조금씩 따라 음미해 가며 마셨다. 술이 거나하게 취해 흥이 날 때면 마음껏 노래하며 목청을 돋우었다. 몸이 피곤할 땐 돌을 베개로 삼아 나무뿌리 곁에 누워 잠을 잤다. 꽃망울이 반쯤 맺힐 때부터 꽃이 활짝 필 때까지 잠시도 그 곁을 떠난 적이 없었다. 꽃에 뙤약볕이 내리쪼이는 것을 보면 곧바로 총채에 물을 묻혀 뿌려주었으며 달밤이면 밤새도록 잠을 자지 않았다. 만약 광풍과 폭우를 만나면, 조롱이를 입고 삿갓을 쓴 채 꽃 사이를 두루 다니며 살펴보고는 기울어진 가지가 있으면 대나무로 받쳐주었으며, 밤중에도 일어나 몇 번을 돌아보았다. 꽃이 시들 때면 온종일 탄식을 하며 항시 눈물을 흘리기까지 했다. 떨어져 있는 그 꽃들도 아까워 총채로 살살 쓸어 모아 소반에 두고서 때때로 완상을 하다가 바싹 마른 뒤에야 정갈한 항아리에 넣어 두었다. 그렇게 하여 항아리가 가득 채워지는 날이면 다시 차와 술을 뿌려 제사를 올렸는데 그 슬퍼하는 모습은 손에서 꽃을 차마 놓지 못하는 것 같았다. 그런 뒤에 몸소 항아리를 받들고서 긴 제방 밑에 깊이 묻었는데 이를 일러 '장화〔葬花; 꽃 장례〕'라고 했다. 만약 꽃잎이 비를 맞아 진흙에 더러워졌다면 반드시 맑은 물로 몇 번을 깨끗이 씻긴 뒤에 호수 가운데로 띄워 보냈는데 이를

일러 '욕화〔浴花, 꽃 씻김〕'라고 했다.

평소 추선이 가장 증오한 것은 꽃가지를 잡고서 꽃송이를 꺾는 짓이었는데 이에 대해 그는 이런 의견을 가지고 있었다.

"무릇 꽃은 일 년에 단 한 번만 피고 사시(四時)에 단 한 시절에만 있는 데다가 그 한 시절 중에서도 겨우 며칠 있을 뿐이다. 삼 시절의 냉담함을 견뎌내 겨우 이 며칠 동안의 근사함을 얻은 것이다. 꽃을 보면, 바람 따라 춤을 추며 사람을 맞이해 웃고 있다가 꺾이니 마치 사람이 뜻대로 잘 살고 있다가 갑자기 죽음을 당하는 것과 같다. 그 며칠을 기다리는 것은 매우 어려우나 하루아침에 꺾여 훼손되는 것은 매우 쉽다. 꽃이 말을 할 수 있다면 어찌 한탄하지 않겠는가? 게다가 그 며칠간이라 해도 먼저 얼마 동안은 꽃이 봉오리지고 나중 얼마 동안은 다시 시들어 쇠잔하니 활짝 피어있는 때는 더더욱 길지 않다. 또한 나비가 모여들고 벌이 꿀을 따며 새가 쪼아대고 벌레가 뚫는데다가 햇볕이 내리쬐고 바람이 불며 안개가 끼고 비가 때려댄다. 꽃들은 이 모든 것으로부터 사람이 보호해 주고 아껴주는 것에만 의지하는데 오히려 제멋대로 꺾어대는 것을 어찌 차마 할 수 있단 말인가? 차설(且說), 꽃나무는 싹에서 뿌리가 나고 뿌리에서 줄기가 생겨 단단한 부분은 원줄기가 되고 무른 부분은 가지가 되니 줄기 하나와 가지 하나가 얼마나 긴 세월에 걸쳐 자란 것인지도 알 수 없는데다가 개화될 때까지 기다렸다가 사람들에게 완상을 할 수 있게 하는데 어디가 불미(不美)하여 반드시 그것을 꺾어야만 하는가? 꽃은 일단 가지에서 떨어지면 다시 가지에 붙을 수 없고 가지가 일단 줄기에서 떨어지면 다시 줄기에 붙을 수 없는 것은 마치 사람이 죽으면 다시 살아날 수 없고 육형(肉刑)을 받으면 다시 살을 이을 수 없는 것과 같으니 꽃이 말을 할 수 있다면 어찌 슬피 울지 않겠는가? 또한 생각하건대, 꽃을 꺾는 사람들은 예쁜 가지만을 고르고 꽃이 무성한 가지만을 좋아하여 화병에 꽂아서 석상(席上)에 놓아두고 빈객들이 잠시 술을 마실 때 즐거움을 돋우거나 혹은 시첩들이 하루 머리단장을 하는 꾸미개로 삼게 할 뿐이다. 그런데 손님들은 꽃 아래에서 마음껏 완상을 하며 술을 마실 수도 있고, 부녀자들의 단장은 사람이 만든 것의 공교로움을 빌릴 수도 있다는 것을 어찌 생각하지 않는가? 손으로 꽃나무 한 가지를 꺾으면 나무에서는 꽃 한 가지가 줄어든 것이요, 올해 이 줄기를 베어내면 내년에는 이 줄기가 없어질 것인데 어찌 그 생명을 연장시켜 해마다 끊임없이 완상하는 것만 하겠는가? 게다가 미처 피지 못한 꽃봉오리도 꽃과 함께 꺾어 가면 그 꽃봉오리는 결국 꺾인 가지에서 말라죽을 터이니 사람으로 치자면 어린아이가 요절한 것과 무슨 차이가 있는가? 어떤 자는 꽃을 완상하는 것을 좋아하는 것도 아니면서 일시적인 흥으로 꺾기도 한다. 그렇게 꺾은 뒤에도 좋네 나쁘네 하다가 달라고 하는 사람이 있으면 즉시 주거나 아니면 가는 길에 던져버리고는 조금도 아까워하지 않는다. 이는 마치 사람이 횡액을 당해 억울하게 죽는 것과 같으며 그 억울함을 호소할 데도 없으니, 만약 꽃이 말을 할 수 있다면 어찌 원망하지 않으리오!"

그는 꽃에 대한 이런 의견을 가지고 있었기에 살면서 꽃가지 하나를 꺾거나 꽃봉오리 하나를 상하게 한 적이 없었다. 남의 집 화원에 그가 좋아하는 어떤 꽃이 있다 해도 온종일 보면서 완상을 하면 했지, 그 주인이 꽃 한 가지를 꺾어서 주겠다고 해도 그는 연거푸 그것은 죄를 짓는 것이라 말하며 절대로 받지 않았다. 만약 다른 사람이 꽃을 꺾으러 간다 해도 그의 눈에 안 띄었으면 모르지만 그의 눈에 띄었다면 재삼 말을 하여 그리 못하도록 말렸다. 그 사람이 자신의 말에 따라주지 않으면 그는 머리 숙여 큰절을 하면서 꽃을 대신해 살려달라고 했다. 사람들이 비록 그를 '화치(花癡)'라고 부르긴 했지만 그의 정성스런 마음을 가엾게 여겨 꽃을 꺾으려던 손을 멈추는 자들이 많았으며, 그리하면 그는 다시 깊이 허리를 굽혀 읍을 하며 감사했다. 또한 꽃을 꺾어 팔려고 하는 아이들이 있으면 그는 그 아이들에게 돈을 주며 꺾지 말라고 했다. 혹 그가 없을 때 다른 사람에 의해 꽃이 꺾였다면, 그는 그곳으로 가서 꽃이 상한 데를 보고 처연히 슬퍼하며 진흙으로 메웠는데 이를 일러 '의화[醫花; 꽃 치료]'라고 했다. 이런 이유로 그는 자기 화원 안으로 쉽게 사람들을 들여 완상하며 놀게 하지 않았다. 간혹 친척들과 이웃 친구들이 꽃을 구경하려고 하여 사절하기가 어려울 때에는 먼저 이런 말들을 한 뒤 비로소 들여보냈다. 그러고 나서도 더러운 기운이 꽃에 닿을까 걱정되어 단지 멀리서 보는 것만 허락할 뿐 꽃 가까이로 가는 것은 허용하지 않았다. 만약, 안 보는 틈을 타서 눈치 없는 사람이 꽃이나 꽃봉오리 하나를 꺾었다면, 그 늙은이는 바로 얼굴을 붉히며 크게 성을 내고는 다음번엔 설사 때리고 욕을 한다 해도 들어가 구경하도록 허락하지 않았다. 나중에는 사람들이 모두 그의 성질을 알게 되어 잎사귀 하나도 감히 따거나 건드리지 못했다.

무릇, 무성한 숲과 나무에는 새들이 둥지를 틀고 있으며, 꽃과 열매가 있는 곳에는 더욱더 많아 수백수천에 이르는 새들이 떼지어있기 마련이다. 그 새떼들이 열매만 먹는다면 그래도 별일 아니겠지만 하필이면 꽃술만을 골라 쪼아댄다. 그렇기에 추선은 곡식을 공터에 놓아두어 새들의 먹이로 삼게 하고, 그 새들에게도 기도하며 빌었다. 새들도 지각이 있는지 매일 배불리 먹고서 꽃 사이로 나지막이 날아다니면서 가벼이 춤을 추듯 하며 지저귀었지만 꽃술에는 하나도 해를 입히지 않았고 그 열매 또한 하나도 먹지 않았다. 이런 연유로 말미암아 추선의 화원에서는 과실이 가장 많이 나는데다가 크고 달기까지 했다. 과실이 익었을 때가 되면 먼저 하늘을 향해 화신(花神)에게 제사를 올린 뒤, 비로소 먹었으며 이웃집들에게도 맛보기로 두루 보내고 남는 것이 있으면 그것을 팔았기에 일 년에 약간의 수익이 있었다. 추 노인은 꽃을 가꾸는 데 재미를 들여서, 젊어서부터 늙을 때까지 오십여 년을 조금도 게을리 한 적이 없었으므로 그의 근골은 더욱 강건해졌다. 거친 옷에 담박한 음식을 먹고 유유자적했으며, 남는 돈이 있으면 그것으로 마을의 가난한 사람들을 도와주었다. 이로 인해 온 마을에서 그를 높이 존경하지 않은 자가 없어 그를 추공(秋公)이라고도 불렀다. 그는 스스로를 '관원수〔灌園叟; 화원에 물 대는 늙은이〕'라고 칭했다. 그 증거가 되는 시가 있다.

아침에도 화원에 물을 대고 저녁에도 물을 대	朝灌園兮暮灌園
화원 안의 온갖 꽃들이 싱싱하도록 물을 댄다네	灌成園上百花鮮
꽃 필 때면 보고 또 봐도 부족해 매번 한스러우니	花開每恨看不足
화원을 돌보려고 잠조차 자려 하지 않는다네	爲愛看園不肯眠

화두를 돌려보자. 각설(却說), 성(城) 안에 어떤 사람이 있었는데 성은 장(張) 씨요, 이름은 위(委)라고 했다. 그는 본래 벼슬아치 집안의 자제였으며 사람됨이 간교한데다가 모질고 인정머리가 없었다. 집안의 세력을 믿고서 이웃들을 억압하고 선량한 사람들을 해치는 일에만 골몰했다. 그를 건드리는 사람에게는 곧바로 분쟁을 일으켜 집안을 망하게 하고 가산을 탕진하게 하고서야 비로소 그만두었다. 수하에 호랑이같이 사나운 노복 한 패를 데리고 있는데다가 그의 악행을 돕는 무뢰한들도 있었다. 그렇게 밤낮으로 떼 지어 다니며 도처에서 남에게 화를 끼쳤으므로 그 해악을 당한 사람들이 셀 수도 없이 많았다. 그러다가 생각지도 않게 더 사나운 놈을 만나, 꼼짝없이 잡혀가 죽도록 매를 맞고서 관아에 고소를 했으나 때린 사람이 몰래 손을 써둔 바람에 도리어 송사에서 지게 되었다. 그동안 가오를 잡고 지내왔던 터라 그는 스스로 무안하다고 여겨, 네댓 명의 하인들과 무뢰배들을 데리고서 잠시 자기 집 장원에서 울적한 마음을 달래고 있었다. 그 장원은 바로 장락촌 안에 있었으며 추공의 집에서도 멀지 않은 곳에 있었다.

어느 날 그들은 조반을 먹고 난 뒤, 술이 거나하게 취한 채 할일 없이 그 마을을 거닐다가 추공의 집 대문 앞에 이르게 되었다. 울타리에 꽃가지가 곱고 아름다우며 사방의 나무들이 무성한 것을 보고서 모두 다 말하기를 "이곳은 그런대로 그윽하고 우아한데 누구의 집인가?"라고 하자, 하인이 말하기를 "여기는 꽃을 심는 추공의 화원이고요, 그는 화치(花

癡)로 불리고 있습니다."라고 했다. 이에 장위가 말하기를 "우리 별장 옆에서 무슨 추씨라나 하는 늙은이가 좋고 특이한 꽃들을 심는다는 소리를 늘 들어왔었는데 여기에 살고 있었구나! 우리 들어가서 구경해 보는 것이 어떻겠나?"라고 했다. 그러자 하인이 말하기를 "이 늙은이는 조금 괴팍한 데가 있어 사람들이 구경을 하는 것을 허락하지 않는다고 합니다."라고 했다. 장위가 말하기를 "다른 사람들에게는 거절할지 몰라도 설마 나한테도 그리하겠느냐? 얼른 가서 문을 두드리거라."라고 했다. 마침 그때는 화원에 모란꽃이 활짝 피어 있던 때라서 추공은 물 대는 일을 막 끝내고 술 한 병과 과일 두 접시를 놓고 꽃 아래에서 독작하며 스스로 즐기고 있던 참이었다. 술 석 잔도 마시기 전에 대문을 쾅쾅 두드리는 소리가 들리기에 추공이 술잔을 내려놓고 나가서 문을 열어보았더니 대여섯 명이 문 앞에 서 있었는데 코를 찌를 듯한 술 냄새를 풍기고 있었다. 추공은 필시 꽃을 보려는 것이라고 짐작하고는 곧 대문을 가로막고서 묻기를 "여러분들께서는 어쩐 일로 여기에 오셨습니까?"라고 했다. 그러자 장위가 말하기를 "너 이 늙은이야 나를 몰라? 내가 성 안에서 이름이 나 있는 장 도령이야. 저쪽의 장원이 바로 우리 집 것이다. 너희 화원 안에 좋은 꽃들이 매우 많다고 하기에 특별히 놀러 온 것이야."라고 했다. 이에 추공이 말하기를 "도련님께 말씀드리는데 이 늙은이도 그리 좋은 꽃은 심지 못했습죠. 복숭아와 살구 따위에 불과한데다가 이미 다 시들었으니 이제 별다른 꽃들은 없습니다."라고 했다. 장위가 두 눈을 부릅뜨며 말하기를 "이 늙은이, 이리도 밉살스러울 수가 있나! 꽃을 좀 보겠다는 게 무슨 대단한 일이라고 나한테 볼 게 없다고 곧바로 거절을 하는 게야. 설마하니 네 꽃을 먹기라도 하겠냐?"라고 했다. 추공이 말하기를 "이 늙은이가 거짓말을 하는 것이 아니라 정말로 없습니다."라고 했다. 장위가 그 말을 곧이듣지 않고 두 손을 앞으로 펼쳐 추공의 가슴을 밀쳤다. 추공이 똑바로 서지 못하고 비틀거리다가 옆으로 밀려나자 장위의 무리들이 일제히 비집고 들어갔다. 추공은 그들의 기세가 흉악한 것을 보고 들여보낼 수밖에 없었다. 그는 울타리 문을 닫고서 장위의 무리들을 따라 들어가 꽃 아래에 있던 술과 과일을 가져온 뒤, 옆쪽에 서 있었다.

장위의 무리들이 들어가서 보니 사방에는 화초들이 매우 많았는데 그 중에 모란만이 가장 활짝 피어있었다. 모란들은 흔한 옥루춘(玉樓春) 따위가 아니라 유명하고 특이한 다섯 가지 품종들이었으니, 그 다섯 가지가 무엇인가 하면 황루자(黃樓子), 녹호접(綠蝴蝶), 서과양(西瓜穰), 무청예(舞青猊), 대홍사두(大紅獅頭) 등이었다. 모란은 '꽃 중의 왕〔花中之王〕'으로 오직 낙양(洛陽)에서 난 것이 천하제일이었다. '요황(姚黃)'과 '위자(魏紫)'[18]라는 품종도 있었는데 한 그루의 값은 오천 냥에 달했다. 어찌하여 모란은 유독 낙양에서만 성(盛)한 것인가? 옛날 당나라 때 무측천(武則天)[19] 황후가 있었는데 음탕 무도하여 장역지(張易之)와 장창종(張昌宗)이라는 남총(男寵) 두 명을 총애했다. 어느 겨울에 그는 황궁 후원을 노닐겠노라고 하며 조서(詔書) 네 구를 썼다.

내일 아침에 궁 안의 화원을 노닐고자 하니	來朝游上苑
화급히 봄에게 알린다	火速報春知
온갖 꽃들은 밤사이에 만발해야 할 것이요	百花連夜發
새벽바람이 불 때까지 기다리지 말아야 할지어다	莫待曉風吹

뜻밖에도 무측천은 원래 천운을 타고난 황제였기에 온갖 꽃들은 그의

18) 요황(姚黃) 위자(魏紫): 魏紫와 더불어 모란꽃 가운데 가장 귀한 품종이다. 요황은 황색 꽃으로 姚氏 민가에서 나왔다 하여 '姚黃'이라 불리었다. '위자'는 紫紅色 꽃으로 북송의 재상이었던 魏仁溥의 집에서 나왔기에 '魏紫'라고 불리었다. 이에 대한 자세한 내용은 송나라 歐陽修의 《洛陽牡丹記·花釋名》에 보인다.

19) 무측천(武則天, 624~705): 본래 당태종의 才人이었는데 나중에 고종의 황후가 된 뒤, 중종과 예종 때에 이르러 황태후로 군림하며 정권을 전횡하다가 스스로 제위에 올랐다. 《新唐書·高宗則天順聖皇后武氏傳》 권76에 의하면, 태종이 그의 아름다운 소리를 듣고는 才人으로 불러들인 뒤 '武媚'라는 호를 내렸다고 한다. 이에 대한 자세한 이야기는 《情史》 권17 情穢類 〈唐高宗武后〉에 보인다.

뜻을 거역하지 못하고 하룻밤 사이에 꽃봉오리를 터뜨렸다. 다음 날 무측천이 후원에 행차했을 때에는 울긋불긋한 여러 가지 꽃들이 눈에 가득했지만 모란꽃만이 지조가 있어 여황제의 남총(男寵)들에게 아부를 하려 하지 않았으므로 잎사귀 하나조차 나 있지 않았다. 이에 무측천은 크게 노하여 모란꽃을 낙양으로 폄적시켰고, 이런 연고로 낙양의 모란꽃이 천하의 으뜸이 되었던 것이다. 모란꽃의 좋은 점을 찬미하는《옥루춘(玉樓春)》곡조의 사(詞)가 있는데 그 사에서 이렇게 노래했다.

동풍 속에 아리땁게 서있는 이름난 꽃들	名花綽約東風裏
아름다운 봄날을 한 몸에 전부 담고 있구나	占斷韶華都在此
향긋한 그 마음 어여삐 여길만한데	芳心一片可人憐
이른 봄빛을 우수에 찬 비가 씻어내네	春色三分愁雨洗
미인은 온종일 나른하게 있다가	玉人盡日懨懨地
생황소리와 노랫가락에 갑자기 놀라 깨어나네	乍被笙歌驚破睡
일어나 화장대로 가는 모습 수줍기도 한 듯	起臨粧鏡似嬌羞
근일에는 봄기운에 슬퍼져 곱기로는 네게 지게 되었구나	近日傷春輸與你

모란꽃은 바로 초당의 맞은편에 심겨져 있었다. 그 주변은 태호석(太湖石)[20]으로 둘러쌓아 놓았고 사방에 나무시렁을 세우고서 그 위에 차양을 덮어 햇볕을 가렸다. 그 모란꽃들은 줄기의 높이가 한 장(丈) 쯤 되었고 가장 작은 것도 육칠 척(尺)은 되었다. 꽃의 크기는 접시만 하였으며 오색찬란한 광채는 눈이 부실 정도였다. 장위의 무리들이 일제히 찬탄하기를 "아름다운 꽃이구나!"라고 했다. 장위는 곧장 태호석을 밟고 올라가서 그 향기를 맡으려 했다. 이것은 추선이 가장 싫어하는 것이었기에 곧바로 말하기를 "도련님께서는 멀찌감치 서서 보시고 올라가지는

---

20) 태호석(太湖石): 江蘇省 太湖에서 나는 암석으로 구멍과 습곡이 많아 園林에서 이것으로 假山을 쌓아 장식한다.

마십시오."라고 했다. 장위는 추선이 자기를 집안으로 들어오지 못하게 했던 것에 화가 나 마음속으로 트집을 잡으려 하고 있었는데 이 말을 듣게 되자 크게 소리 지르며 이렇게 말했다.

"너 이 늙은이야, 내 장원 옆에 살면서 이 장 도령의 이름도 못 들었느냐? 이렇게 좋은 꽃이 있으면서 일부러 없다고 한 것을 내가 따지지 않았으면 된 것이지, 어찌 또 이리 말이 많은 게야? 향기 한 번 맡아본다고 꽃이 망가지기라도 하나? 네가 그렇게 말려도 나는 기필코 맡아봐야겠다."

그런 뒤 꽃을 한 송이씩 잡아당겨가며 코를 꽃에 대고 냄새를 맡았다. 추공은 그의 옆에 있으면서 속으로 화가 났지만 감히 말은 할 수 없었다. 잠시 보고 돌아갈 것이라 추공은 생각했었는데 뜻밖에도 그 놈은 일부러 으스대면서 이렇게 말했다.

"이같이 좋은 꽃이 있는데 어찌 그냥 지나칠 수 있겠는가? 술을 가져다가 마시며 완상을 해야지."

그러고 나서 그는 하인을 시켜 술을 빨리 가져오도록 했다. 추공이 그가 술을 가져다가 마시며 꽃구경을 하려는 것을 보고서 더욱 마음을 졸이며 앞으로 나아가서 말하기를 "이곳은 달팽이집처럼 협소하여 앉으실 자리도 없습니다. 도련님께서는 꽃만 구경하시고 술은 댁에 돌아가서 드시지요."라고 했다. 이에 장위가 땅을 가리키며 말하기를 "여기 땅바닥에 앉으면 되잖아!"라고 하자, 추공이 말하기를 "땅바닥은 더러운데 도련님께서 어찌 앉으실 수 있겠습니까?"라고 했다. 그러자 장위가 말하기를 "상관없다. 모전을 깔면 되지."라고 했다. 얼마 지나지 않아서 술과 안주를 가져왔다. 모전을 깔고 장위의 무리들은 빙 둘러 앉아 벌주놀이를 하면서 큰 소리를 지르며 매우 즐거워했다. 단지 추공만이 입을 삐죽하니 내민 채 그 옆에 앉아 있었다.

장위는 꽃과 나무들이 무성한 것을 보고 나쁜 마음이 생겨 추공의 화원을 빼앗으려고 했다. 그는 술 취한 눈으로 추공을 흘겨보면서 말하기를 "이 바보 같은 늙은이가 겉보기와는 달리 꽃을 잘 심으니 쓸 만한 데가 있네. 상으로 술 한 잔 주지."라고 했다. 추공에게 그를 좋게 대해줄 기분이 어디서 나겠는가? 이에 추공이 퉁명스럽게 답하기를 "이 늙은이는 천성이 술을 마실 줄 모르니 도련님이나 드세요."라고 하자, 장위가 다시 또 말하기를 "이 화원을 팔겠는가?"라고 했다. 추공은 장위가 말하는 의도가 좋지 않은 것을 보고 몹시 놀라며 답하기를 "이 화원은 제 목숨과 같은데 어찌 팔려고 하겠습니까?"라고 했더니 장위가 이렇게 말했다.

"목숨은 무슨 목숨! 나한테 팔아버리면 되는 거지. 너는 갈 데가 없으면 네 몸까지 아예 우리 집에 의탁하고, 다른 일은 할 필요도 없이 다만 나를 위해 꽃과 나무를 좀 심는 것이 좋지 않겠는가?"

장위의 무리들이 일제히 말하기를 "이 늙은이 재수도 좋네. 모처럼 도련님께서 이리 돌봐주시는데 어서 은혜에 감사드리지 않고 뭘 하나?"라고 했다. 추공은 그들이 점점 더 괴롭히는 것을 보고 더욱더 화가 나 손발에 힘이 빠져 대꾸도 하지 않았다. 장위가 말하기를 "이 늙은이 정말 밉살스럽네! 팔 건지 아닌지 어째 대답을 하지 않아?"라고 하기에 추공이 말하기를 "안 판다고 말을 했는데 어찌 계속 묻기만 하십니까?"라고 했다. 장위가 말하기를 "헛소리하고 있네! 너 다시 한 번만 안 판다고 하면 내가 문서를 써서 현아(縣衙)에 보낼 테다."라고 했다. 추공은 화가 치밀어 올라 몇 마디 내쏘려고 했으나 다시 생각을 해보니 장위는 세력이 있는 사람인데다가 술까지 취해있는데 어찌 그와 똑같이 상대할 수 있는가 싶어, 일단 달래서 보낸 뒤에 다시 방법을 생각하기로 했다. 이에 화를 참고 답하기를 "도련님께서 설령 사신다 해도 하루는 짬을 주셔야지요. 이것이 어찌 일시에 급작스럽게 할 수 있는 일입니까?"라고 했다. 이에 그 무리들이 이르기를 "그 말도 일리가 있네. 그럼 내일로 잡자."라고 했다. 이때가 되어서 그 무리들은 모두가 문드러지도록 취한 채로 일제히 일어났다. 장위의 하인들은 술잔 등을 수습한 뒤 추공의 화원을 먼저 나섰다.

추공은 그들이 꽃을 꺾을까 걱정되어 꽃 옆에서 미리 방호를 했다. 아니나 다를까 장위가 앞으로 나아가서 태호석을 밟고 올라 꽃을 따려 했다. 이에 추선이 그를 붙잡고서 말했다.

“도련님, 이 꽃들은 비록 미물이긴 하지만 한 해 동안 많은 공을 들여서 겨우 이 몇 송이만이 피워냈는데 만약 꺾인다면 매우 가엾은 일입니다. 하물며 꽃을 꺾어 가시면 불과 하루 이틀도 안 되어 시드는데 구태여 이런 죄를 범하려 하십니까?”

그러자 장위가 소리치며 말하기를 “허튼소리하고 있네! 죄는 무슨 죄! 네가 내일 팔면 이 화원은 곧바로 내 집 것인데 내가 꽃을 다 꺾어버린다 한들 너와 무슨 상관이더냐?”라고 하며, 손으로 추선을 떼밀었다. 추선은 그를 붙잡고서 한사코 놓아주지 않으며 말하기를 “도련님이 이 늙은이를 죽인다 해도 절대 이 꽃들을 꺾게 하지는 않을 겁니다.”라고 했다. 장위의 무리들이 말하기를 “이 늙은이, 정말 밉살스럽네! 도련님께서 꽃 한 송이를 꺾으시겠다는 게 뭔 대수라고 이렇게 모양을 떠는 게냐! 설마 하니 네가 무서워 꺾지 않을라고?”라고 한 뒤, 일제히 앞으로 가서 꽃을 마구 땄다. 추공은 너무 급한 나머지 소리를 지르며 장위를 놓아둔 채 목숨을 걸고 그들을 제지했다. 동쪽으로 달려드는 사람을 붙잡고 있으면 서쪽으로 달려드는 사람들을 제지할 겨를이 없었으므로 장위의 무리들은 순식간에 많은 꽃들을 따내게 되었다. 추공이 가슴이 아파 욕을 하며 말하기를 “이런 도둑놈들 같으니라고, 일없이 내 집 문턱을 넘어들어와 나를 못살게 구는데 이 목숨을 부지하여 뭐하겠는가?”라고 하며, 장위에게로 달려들어 그의 가슴을 들이받았다. 추선이 맹렬하게 달려들기도 한데다가 장위 또한 술을 적잖이 마신 상태라서 그는 균형을 잡지 못하고 넘어져 버렸다. 장위의 무리들이 모두 말하기를 “큰일났구나, 도련님이 다치셨다!”라고 하며 일제히 꽃을 내팽개치고 달려와서 추공을 때리려고 했다. 그 중에서 그나마 생각이 있는 자가 추공이 이미 나이든 것을 보고서 그를 때리다가 무슨 일이라도 나지 않을까 걱정되어 다른 사람들을 말리며 장위를 부축해 일으켰다. 장위는 한 차례 넘어진 터라 이제 마음속으로 화가 치밀어 오르기에 앞쪽으로 달려가 한 송이도 남김 없이 꽃을 쳐부수고 땅바닥 여기저기에 뿌렸다. 그것도 부족하다 여기고는 다시 꽃 가운데로 가서 한바탕 짓밟아버렸다. 예쁜 꽃들이 아깝게 되었으니 그것은 바로 이런 시로 대변된다.

매서운 주먹과 악랄한 수단을 쓰니	老拳毒手交加下
파란 잎사귀와 고운 꽃들은 순식간에 일그러져	翠葉嬌花一旦休
마치 한 차례 사나운 비바람을 맞은 듯	好似一番風雨惡
어지러이 떨어진 꽃잎은 거둘 사람이 없구나	亂紅零落沒人收

이때를 당하여 추공은 분통해 하늘을 부르며 소리를 지르고 머리로 땅을 치면서 마구 나뒹굴었다. 그의 이웃집들이 추공의 화원에서 시끄럽게 떠들어대는 소리가 나는 것을 듣고는 모두들 뛰어 들어와서 보니 꽃가지들이 온 땅바닥에 어지러이 떨어져있고 여러 사람들이 행패를 부리고 있는 것이었다. 이웃사람들은 모두 크게 놀라 앞으로 다가가 말리며 그 연고를 물어 알게 되었다. 이웃사람들 가운데 장위 집의 소작농이었던 두 세 명이 추공을 대신해 일제히 사과를 하면서 굽실거리며 그들을 울타리 문밖으로 내보냈다. 장위는 "너희들이 그 늙은 놈한테 말하거라. 화원을 내게 순순히 넘겨주면 그만 내버려두겠지만 '안 된다'는 말의 '안'자 하나라도 입에 담게 되면 조심해야 할 거라고."라고 말한 뒤, 화를 펄펄 내며 돌아갔다. 이웃사람들은 장위가 술 취한 것을 보았던지라 그저 술김에 한 말이라고만 여기고 마음에 두지 않고서 추공의 집으로 돌아와 그를 부축해 일으켜 섬돌에 앉혔다. 그리고 목 놓아 통곡을 하고 있던 추 노인을 한바탕 달래고 난 뒤, 작별하고 나가면서 울타리 문을 닫아주었다. 걸어가던 길에 그들 가운데에서 평소 추공이 꽃을 보지 못하게 한 것에 대해 불만을 품고 있던 어떤 자가 말하기를 "저 늙은이가

정말 괴팍해서 이 같은 일이 벌어진 게야. 한 번 당해야 다음에 조심하게 되지!"라고 했다. 그 중에는 도리가 바른 자도 있었는데 그는 이렇게 말했다.

"그런 도리에도 없는 얘기는 하지 마시오! 자고로 이르기를 '일 년 동안 꽃을 기르고서 십일 동안 꽃을 본다' 했는데 보는 사람이야 그저 예쁘다고 생각되면 예쁜 꽃이라고 칭찬을 하면 될 뿐이나 꽃을 심은 자의 번난(煩難)함을 어찌 알겠소? 이 몇 송이 꽃만 해도 얼마나 많은 노고를 들였는지 이렇게 무성하게 길러냈잖소. 그가 아끼는 것을 어찌 탓할 수가 있겠소이까?"

이웃사람들 얘기는 이만 하기로 한다. 차설(且說), 추공은 훼손된 꽃들이 아까워 그 꽃들이 있는 곳으로 가서 손으로 주워서 보았다. 짓밟아 떨어지고 시들어 흙에 더럽혀진 것을 보고서 마음속으로 처참하여 다시 또 울면서 말하기를 "꽃들아! 내 한 평생 꽃을 소중히 여기고 아끼면서 꽃잎 하나 잎사귀 하나도 망가뜨린 적이 없었는데 오늘 이렇게 큰 재앙을 당하게 될지 어찌 알았겠는가?"라고 했다. 추공이 울고 있는 통에 등 뒤에서 그를 부르면서 말하는 소리가 들려왔다.

"추공께서 어찌 그렇게 통곡을 하고 계신가요?"

추공이 머리를 돌려서 보았더니 나이가 열여섯 쯤 되어 보이는 한 여자였다. 자태와 용모가 아리따웠으며 단아하게 단장을 하고 있었으나 뉘 집 딸인지는 알 수 없었다. 추공이 곧 울음을 그치고 묻기를 "아가씨는 뉘 집 딸이오? 뭐 하러 이곳에 온 것이오?"라고 하자, 여자가 답하기를 "저희 집은 이 근처에 있습니다. 어르신 화원에 모란꽃이 무성하다고 들어 특별히 놀러 온 것인데 뜻밖에도 모두 다 시들었네요."라고 했다. 추공은 '모란' 두 글자를 듣고서 저도 모르는 사이에 다시 울기 시작했다. 여자가 말하기를 "무슨 괴로운 사정이 있어서 그렇게 통곡을 하시는지 일단 말씀해 보세요."라고 하자, 추공은 장위가 꽃을 망가뜨린 일을 이야기했다. 그 여자가 웃으면서 말하기를 "그 일 때문이었네요. 꽃이

추공이 선녀를 만나는 장면, 민국 10년, 상해광아서국(上海廣雅書局), 《신증전도족본금고기관(新增全圖足本今古奇觀)》 삽도

원래처럼 가지로 돌아가기를 원하시는지요?"라고 했다. 추공이 말하기를 "아가씨 농담하지 마세요! 떨어진 꽃이 다시 가지로 돌아갈 리가 어디 있습니까?"라고 하자, 여자가 말하기를 "제게 떨어진 꽃을 다시 가지로 돌아가게 하는, 선조로부터 전해 오는 법술이 있는데 시험을 할 때마다 영험이 있었습니다."라고 했다. 추공이 이 말을 듣고 슬픔이 기쁨으로 바뀌어 말하기를 "아가씨에게 정말로 그런 법술이 있습니까?"라고 하자, 여자가 말하기를 "어찌 거짓이겠습니까?"라고 했다. 이에 추공이 엎드려 절하며 말하기를 "아가씨께서 그 기묘한 법술을 부려주신다면, 이 늙은이가 보답할 길은 없지만, 한 종류의 꽃들이 필 때마다 아가씨께서 완상을 하도록 초대를 하겠습니다."라고 했다. 여자가 말하기를 "일단 절은

그만하시고 물 한 사발을 떠오세요."라고 했다. 추공은 황급히 벌떡 일어나 물을 가지러 가면서 마음속으로 다시 생각하기를 "어찌 그런 기묘한 법술이 있단 말인가? 내가 우는 것을 보고서 혹시 일부러 나를 놀리려 하는 것은 아닌가?"라고 했다. 그리고 다시 또 생각하기를 "저 아가씨는 나와 전혀 모르는 사이인데 어찌 나를 희롱할 리 있겠는가? 역시 참말일 게야."라고 했다. 추공이 급히 물 한 그릇을 떠온 뒤, 고개를 들어보니 여자는 보이지 않고 떨어져 있던 꽃들은 이미 모두 제 가지로 가 있었으며 땅바닥에는 꽃잎 하나도 남아있지 않았다. 당초에는 꽃나무 한 그루에 꽃 색깔이 하나뿐이었으나 이제는 붉은색 가운데에 자주색이 섞여 있기도 했고, 옅은 색 가운데 짙은 색이 더해진 것도 있어 꽃나무 한 그루에 여러 색깔이 다 갖춰졌기에 이전에 비해 더 산뜻하고 고왔다. 그 증거가 되는 시가 있다.

한상자(韓湘子)[21]가 꽃을 물들였다는 얘기를 일찍이 들었는데	曾聞湘子將花染
이제 또 선녀가 떨어진 꽃들을 원래 가지로 돌아가게 한 것을 보는구나	又見仙姬會返枝
지성이면 만물을 감동시킬 수 있다는 것은 분명하건만	信是至誠能動物
어리석은 이들은 추공을 화치(花癡)라고 비웃었다네	愚夫猶自笑花癡

이때를 당하여 추공은 놀라워하기도 하고 기뻐하기도 하며 말하기를 "그 아가씨한테 정말로 이런 기묘한 법술이 있을 줄은 생각지도 못했

21) 한상자(韓湘子): 도교 八仙 가운데 하나다. 《靑瑣高議》 前集 권9 〈韓湘子〉에 의하면, 韓湘은 자가 淸夫이고 당나라 韓愈의 조카로, 흙을 동이에 모아 순식간에 모란꽃과 비슷한 꽃을 피우게 했다고 한다. 또한 당나라 段成式의 《酉陽雜俎》에서도 그를 한유의 同族 조카라고 하면서 모란의 뿌리를 손질해 꽃 색깔을 변하게 할 수 있었다고 했다.

네."라고 했다. 그리고 여자가 그때까지도 꽃밭 가운데 있는 줄로 생각하고는 물 주발을 내려놓은 뒤, 감사하려고 앞쪽으로 걸어가 화원 안을 돌며 두루 찾아보았으나 그림자 하나도 보이지 않았다. 이에 추공이 생각하기를 "이 아가씨, 왜 금방 가버렸지?"라고 하고서 다시 또 생각하기를 "아직도 필시 문 앞에 있을 게야. 쫓아가서 간청하여 그 법술을 전수해 달라고 해야겠다."라고 한 뒤, 곧장 사립문 옆까지 쫓아나가 봤지만 대문은 그대로 닫혀 있었다. 문을 열고 봤더니 문 앞에 두 노인이 앉아있었는데 이들은 바로 근처에 살고 있는 이웃들로 한 사람은 우공(虞公)이라 불리었고 다른 한 사람은 선노(單老)라고 불리었다. 그들은 거기서 어부들이 그물을 말리는 것을 보고 있다가 추공이 나온 것을 보고서 모두 일어나서 공수하며 말하기를 "장 도령이 여기서 도리에 없는 행동을 했다고 들었으나 마침 우리는 밭에 가 있던 터라 찾아와서 상황을 물어보지도 못했습니다."라고 했다. 이에 추공이 말했다.

"그 얘기를 꺼내지도 마세요. 그 깡패 같은 놈들에게 괴롭힘을 당했지만 한 아가씨가 와서 기묘한 법술을 부린 덕에 많은 꽃들을 구해 낼 수 있었지요. 고맙다는 말 한마디도 못했는데 곧장 나가버렸어요. 두 분께서는 그 아가씨가 어느 쪽으로 갔는지 혹시 보셨습니까?"

두 노인이 이 말을 듣고 놀라며 말하기를 "꽃이 망가졌는데 무슨 방법으로 살려낼 수 있겠습니까? 그 여자가 간 지는 얼마나 되었지요?"라고 물었다. 추공이 답하기를 "지금 막 나갔지요."라고 하니 두 노인이 말하기를 "우리가 여기서 한참을 앉아있었으나 전혀 한 사람도 오가지 않았는데 무슨 여자를 보았겠습니까?"라고 했다. 추공이 이를 듣고 마음속으로 문득 깨닫고서 생각하기를 "이 말대로라면 혹시 그 아가씨는 하늘에서 내려온 신선이 아닐까?"라고 했다. 두 노인이 말하기를 "꽃들을 어떻게 살려냈는지 일단 말씀 좀 해보시죠."라고 하자 추공은 그 여자를 만난 일에 대해 한바탕 얘기를 했다. 두 노인이 말하기를 "정말 그런 기이한 일이 있다니 우리가 좀 가서 봐야겠습니다."라고 했다. 추공은 대문을 걸어 놓고 두 노인과 함께 꽃 아래로 갔다. 두 노인은 꽃들을 보며 하나같이 연거푸 이상하다 하며 말하기를 "이는 틀림없이 신선일 게야. 보통 사람에게 어찌 이런 신통력이 있겠나?"라고 했다. 추공은 곧 향로에 좋은 향을 피우고서 하늘에 대고 큰절을 하며 감사했다. 두 노인이 말하기를 "이것도 평소 추공께서 꽃을 사랑하는 마음이 정성스러워 신선을 감동시켜 이리로 내려오도록 한 겁니다. 내일 장 도령을 비롯한 그 도둑놈들한테 보여줘 죽도록 무안을 줍시다."라고 했다. 이에 추공이 말하기를 "안 돼요, 안 돼! 그런 사람들은 마치 사나운 개와 같아서 멀리서 보이면 곧바로 피해야지 어찌 다시 끌어들이겠습니까?"라고 하자, 두 노인은 "그 말도 일리가 있습니다."라고 했다. 추공이 이때를 당하여 매우 기뻐서 전에 마시던 그 술 한 병을 다시 데운 뒤, 두 노인을 만류해 꽃 아래에서 완상을 하다가 저녁때가 돼서야 이들과 헤어졌다. 두 노인이 돌아가서 마을사람들에게 이 이야기를 전하여 온 마을사람들 모두가 알게 되었다. 다음 날 모두들 와서 꽃을 보려 했으나 추공이 또 허락하지 않을까 싶어 걱정을 했다. 하지만 그 누가 알았겠는가. 추공은 원래 좀 특이한 사람이라서 신선이 내려온 것을 보고 세속에서 벗어날 생각을 갖게 되어, 밤새 잠을 이루지 못하고 꽃 아래 앉아 생각에 잠겨 있다가 장위와의 일을 생각하며 홀연히 깨닫고는 이렇게 생각했다.

"이는 모두 내가 평소에 마음이 좁았던 까닭에 밖으로부터 모욕이 온 게야. 만약에 신선처럼 넓은 바다 같은 아량으로 용납하지 않는 것이 없었다면 어찌 이런 일이 생겼겠는가?"

이리하여 다음 날 아침이 되자 추공은 화원의 문을 활짝 열고 사람들이 마음대로 와서 구경할 수 있게 했다.

먼저 몇몇 사람들이 상황을 알아보려고 추공의 집으로 들어와서 보니 추공은 꽃을 마주한 채 앉아서 그저 당부만 하기를 "여러분들 마음대로 구경을 하시되 꽃을 꺾지만 않으시면 되오이다."라고 할 뿐이었다. 사람들은 이 말을 듣고 서로 소문을 퍼뜨리니 그 마을에 사는 남녀노소 가운데 와서 보지 않은 자가 없었다.

이 얘기는 여기까지 한다. 차설(且說), 장위는 다음 날 아침에 여러 사람들에게 이렇게 말했다.

"어제 도리어 그 늙은 놈한테 치여서 넘어졌으니 쉽사리 봐줄 수 있겠는가? 지금 다시 가서 그 화원을 달라고 해야지. 싫다고 하면 종자(從者)들을 좀 부려 꽃과 나무들을 산산조각 내야만 비로소 이 분이 풀리겠다."

장위의 무리들이 말하기를 "그 화원은 도련님의 장원 옆에 있으니 그가 싫다고 해도 걱정하실 게 없습니다. 다만 어제 꽃을 모두 망가뜨리지 말고, 나중에 볼 수 있게 몇 송이라도 남겼어야 했습니다."라고 했다. 그러자 장위가 말하기를 "그것도 상관없다. 어차피 내년이면 다시 또 피잖나. 우리 서둘러 가보자, 시간이 가면 무슨 꾀를 낼지도 모르니."라고 했다. 그 무리들은 일제히 일어서 장원 문을 나섰는데 곧 어떤 사람이 이런 말을 하는 것이었다.

"추공의 화원에 신선이 내려와 떨어져 있던 꽃들을 모두 원래대로 가지로 가게 했을 뿐더러 그 꽃들을 다양한 색으로 변하게 했습니다."

이에 장위가 믿기지 않아 이렇게 말했다.

"그 늙은 놈에게 무슨 좋은 점이 있어서 신선을 감동시켜 내려오도록 할 수 있겠는가? 게다가 그 전도 아니고 그 후도 아닌, 우리가 막 망가뜨리고 난 뒤에 곧바로 신선이 왔다고? 설마하니 집에서 신선을 키우기라도 한다는 것인가? 필시 우리가 다시 올까 두려워서 일부러 이런 허튼소리를 하여 사람에게 부탁해 전하도록 했을 것이야. 신선이 그를 호위하고 있다는 것을 보여서 우리로 하여금 자기를 괴롭히지 못하게 하려는 것이지."

장위의 무리들이 말하기를 "도련님의 말씀이 매우 지당하십니다."라고 했다.

잠시 후 장위의 무리가 추공의 화원 문 앞에 이르렀다. 사립문 두 짝이 활짝 열려져 있는 것이 보였으며, 남자와 여자들이 끊임없이 왕래하며 모두가 똑같은 얘기들을 하고 있는 것이었다. 장위의 무리가 말하기를 "진짜로 이런 일이 있었구나!"라고 하자, 장위가 말하기를 "신경 쓰지 마라. 설사 신선이 지금 앉아 있다고 해도 이 화원은 내가 꼭 가져야 한다."라고 했다. 꾸불꾸불한 길을 따라 돌아서 초가집 앞에 이르러 보니 과연 나돌던 말이 거짓이 아니었다. 이상하게 그 꽃들도 사람들이 구경하러 오는 것을 보고 있듯이 자태가 더욱 아름다워지고 광채가 더욱 발하여 마치 사람들을 보며 웃고 있는 것 같았다. 장위는 마음속으로 매우 놀랐지만 추공의 화원을 빼앗으려는 생각은 전혀 변하지 않았다. 그리고 한바탕 돌아보고는 갑자기 사악한 생각이 또 떠올라 자기가 데리고 온 사람들한테 이르기를 "우리, 일단 나가자."라고 했다. 이에 화원의 문을 나온 뒤, 장위의 무리가 묻기를 "도련님, 어찌하여 그에게 화원을 달라고 하지 않으십니까?"라고 하자, 장위가 말하기를 "좋은 계책 하나가 떠올랐으니 그에게 말할 필요도 없이 내일이면 이 화원은 곧 내게 돌아올 게다."라고 했다. 장위의 무리가 말하기를 "도련님, 어떤 묘책입니까?"라고 하자, 장위가 말했다.

"지금 패주(貝州)의 왕칙(王則)[22]이 모반을 하고 요술을 부리는 것에 전일하자, 추밀부(樞密府)[23]에서 문서를 내려 온 천하 각지에 이단을 엄금하고 요술을 부리는 사람들을 잡아들이도록 하고 있다. 우리 평강부(平江府)에서는 지금 상금으로 3천 관(貫)을 내어 고발을 하는 사람들을 찾고 있지. 떨어진 꽃을 다시 가지로 되돌아가게 한 이유를 들어, 내일

---

22) 왕칙(王則, ?~1048): 北宋 仁宗 慶曆 7년(1047)에 貝州(지금의 河北省 淸河縣 일대)에서 무장 혁명을 일으켰던 봉기군의 수령이다. 스스로 東平郡王이라 자칭하고 국호를 安陽이라 했으며 연호를 得勝이라 했지만 66일 뒤에 잡혀 죽임을 당했다.

23) 추밀부(樞密府): 중앙관서인 樞密院을 이르며 주관 관원을 樞密使라고 했다. 後唐 때부터 있었으며 文事는 中書省에서 주관했고 武事는 樞密院에서 주관했다. 이에 대한 자세한 내용은 《文獻通考·職官十二》와 《續文獻通考·職官六》 등에 보인다.

내가 장패(張霸)를 시켜 관부로 가서 요술로 사람들을 미혹시킨다고 고발을 하도록 할 것이다. 그 늙은이는 형벌을 견디지 못해 절로 죄상을 승복하고 투옥될 게다. 그럼 이 화원은 필시 관부에서 팔 것이니 그때가 되면 누가 감히 이것을 사겠는가? 필시 내게 넘길 것이다. 게다가 또 상금 3천 관(貫)이 있지 않느냐."

장위의 무리가 말하기를 "도련님, 좋은 계책이십니다! 일이 지체 돼서는 안 되니 곧장 가서 착수하지요."라고 했다. 이에 장위는 즉시로 성읍으로 들어가 고발장을 쓴 뒤, 다음 날 아침에 장패를 시켜 평강부(平江府)로 가서 고발을 하게 했다. 이 장패라는 자가 장위의 수하 가운데 가장 뛰어난 자로 관아의 사정을 잘 알고 있었던지라 그를 썼던 것이다. 부윤(府尹)은 요술을 부리는 자들을 찾아내려고 하던 참에 이 일을 온 마을 사람들이 모두 다 봤다는 소리를 듣고 믿지 않을 수 없었다. 그리하여 곧 집포사신(緝捕使臣)[24]을 파견해 아전 몇 명을 이끌고 장패를 증인으로 데리고서 추공을 잡으러 갔다. 장위는 적재적소에 은자로 뇌물을 먹인 뒤 장패와 사신들을 먼저 가도록 하게하고 자신은 수하들과 함께 그 뒤를 따라갔다. 집포사신이 곧바로 추공의 화원으로 갔더니 추 노인은 꽃을 보러 온 줄로 알고 신경을 쓰지 않는 것이었다. 집포사신의 일행들은 한 차례 큰 소리를 지르며 앞으로 달려가 추공을 넘히고 오랏줄로 묶었다. 추공이 크게 겁을 먹고 묻기를 "이 늙은이가 무슨 죄를 지었소이까? 여러분들, 분명히 말씀을 해보시오."라고 했다. 집포사신의 일행들은 추공에게 요술을 부리는 역적이라고 계속해 말하며 변명할 틈도 주지 않고서 그를 문밖으로 끌고 나갔다. 이웃사람들은 이 광경을 보고 모두 놀라 일제히 앞으로 나아가서 그 연유를 물었다. 집포사신이 말하기를 "너희들이 무엇을 물어보겠다는 게냐? 이 자가 범한 죄는 작은 죄가 아

24) 집포사신(緝捕使臣): 송나라 때 범인을 수색하고 체포하는 일을 전문으로 담당하던 하급 무관을 이른다.

니니 마을사람들도 모두 다 한 몫을 했을 지도 모른다."라고 했다. 그 어리석은 백성들은 이런 허황된 말에 겁을 먹고서 마음속으로 두려워 모두가 서서히 비켜나며 자신들이 연루될까 두려워하기만 했다. 다만 우공(虞公)과 선노(單老) 그리고 추공과 평소에 친분이 두터웠던 자들 몇 명만이 멀찍이 따라오며 지켜볼 뿐이었다.

차설, 장위는 추공이 잡혀가기를 기다리고 있다가 곧바로 그의 무리들을 데리고 화원의 문을 잠그러 왔다. 그리고 아직도 안에 사람이 있을까 염려스러워 다시 한 번 점검을 하고서 문을 잠근 뒤, 관아 앞까지 따라왔다. 집포사신은 이미 추공을 압송하여 월대(月臺) 위에 무릎을 꿇렸다. 추공 곁에 또 한 사람이 무릎을 꿇고 있는 것이 보였으나 그가 누구인지는 알 수 없었다. 옥졸들은 모두가 장위의 은자를 받고는 이미 여러 형구들을 마련해 놓고 형벌을 가할 준비를 하고 있었다. 부윤이 대갈(大喝)하여 말했다.

"너는 어디서 온 요인(妖人)이길래 감히 이 지방에서 요술로 백성들을 현혹시키는 게냐? 도당(徒黨)이 얼마나 되는지 사실대로 자백 하렷다!"

추공은 이 말을 듣고 마치 어둠 속에서 화포(火砲)소리를 들은 듯, 그 말이 어디서 비롯된 말인지 알 수 없었다. 이에 아뢰기를 "소인은 집안 대대로부터 장락촌에서 살아와 다른 곳에서 온 요인이 절대 아닌데다가 어떤 요술도 모릅니다."라고 했다. 대윤이 말하기를 "어제 네가 요술을 부려 떨어진 꽃을 가지에 붙도록 하고서 아직도 감히 발뺌을 하는 게냐?"라고 하자, 추공은 꽃에 대해 얘기하는 것을 듣고 장위 때문에 벌어진 일이라는 것을 알게 되었다. 이리하여 추공은 곧 장위가 화원을 빼앗으려고 하다가 꽃을 망가뜨린 일과 선녀가 내려왔던 일들을 자세히 이야기했다. 뜻밖에도 그 부윤은 고집스러워 남의 말을 듣지 않는 성격이라서 추공의 말을 믿지 않고 곧 웃으며 이렇게 말하는 것이었다.

"선도를 추앙하는 그 많은 사람들이 죽을 때까지 수행을 해도 신선을 만나지 못하는데 어찌 네가 울었다고 하여 화선(花仙)이 내려왔겠느냐?

왔었다고 해도 반드시 이름자를 남겨 사람들로 하여금 알게 했을 텐데 또 어찌하여 작별도 없이 가버렸다는 것이더냐? 이런 말로 누구를 속이는 게냐? 말할 필요도 없이 요인인 것이 틀림없으니 어서 주리를 틀라!"

옥졸들이 일제히 응답하고서 이리와 호랑이같이 덤벼들어 추공을 엎어놓고 다리를 끌어당겨 형을 막 가하려던 참에, 생각지도 않게 대윤은 갑자기 머리가 빙 돌며 어지러워져 의자에서 떨어질 뻔했다. 스스로 머리가 어질어질하여 앉아 있지도 못할 것 같은 느낌이 들기에 그는 칼을 씌워 추공을 옥에 가두게 하고 다음 날 다시 심문하도록 했다. 이에 옥졸들이 추공을 옥으로 압송하자 추공은 가는 길에 울음을 터뜨리며 장위를 보고 이르기를 "장 도령, 내가 당신과 이전에 원수진 일이 조금도 없는데 어찌하여 이리 악랄한 수단을 써서 내 목숨을 해치려는 거요?"라고 했다. 장위는 대꾸도 하지 않고 장패와 그 악당들과 함께 몸을 돌려 가버렸다. 우공과 선노가 추공을 맞이하며, 자세한 상황을 물어 알고 나서 말하기를 "이런 억울한 일이 있나! 괜찮아요. 내일 마을사람들과 함께 연판장(連判狀)을 쓰면 무사할 겁니다."라고 했다. 이에 추공이 울면서 말하기를 "그렇게만 할 수 있다면 좋겠습니다."라고 했다. 옥졸이 소리를 지르며 이르기를 "사형수가 어서 가지 않고 울기만 해서 뭐하는가!"라고 하기에 추공은 눈물을 머금은 채, 옥으로 들어갔다.

이웃들은 또, 술과 음식들을 조금 마련해 옥으로 보냈지만 그 옥졸들 가운데 누가 추공에게 그 음식들을 가져다주었겠는가? 결국에는 건네주지 않고 받아서 자기들이 먹었던 것이다. 밤이 되자, 추공을 죄수의 침상으로 가게 했으며 거기에서 추공은 마치 산송장처럼 손발을 조금도 펴지 못한 채로 있으면서 마음속으로 괴로워하며 이렇게 생각했다.

"어느 신선이 그 꽃들을 살려놓았는지 모르겠지만 그것이 빌미가 되어 도리어 그 놈한테 이렇게 모해를 당하게 되었구나. 신선이시어! 만약이 추선을 가엾게 여기시어 또한 목숨을 구해 주신다면 기꺼이 집을 버리고 선도(仙道)에 귀의하겠나이다."

이런 생각을 하는 차에 이전의 그 선녀가 다시 나타나 천천히 다가오는 것이었다. 이에 추공이 급히 말하기를 "신선님, 이 추선을 살려주십시오!"라고 했다. 선녀가 웃으며 말하기를 "그대는 고액(苦厄)에서 벗어나고 싶은가?"라고 하며, 그의 앞으로 다가와 손으로 추선을 채우고 있던 칼을 가리키자 그 칼이 저절로 떨어져나가는 것이었다. 추선이 일어나서 머리를 조아리며 말하기를 "신선님의 존함이 어떻게 되십니까?"라고 하니 선녀가 말했다.

"나는 요지(瑤池)[25]에 계신 서왕모 밑에 있는 사화녀(司花女)[26]인데 그대가 꽃을 아끼는 뜻이 간절하기에 그 꽃들을 원래의 가지로 되돌려놓은 것이오. 뜻밖에도 도리어 간사한 자가 모함을 하게 하는 구실이 되었구려. 하지만 그대의 명운으로 이 재앙을 당하는 것은 마땅하니 내일이면 벗어나게 될 것이오. 장위는 꽃을 손상시키고 사람을 해쳤기에 화신(花神)이 상제께 아뢰어 이미 그의 수명을 거두기로 했으며, 그를 도운 악당들에게는 모두 큰 재앙을 내릴 거요. 그대는 마땅히 수행에 전념해야 하며 그러면 몇 년 뒤엔 내가 그대를 제도할 것이오."

추선이 다시 머리를 조아리며 말하기를 "신선님께 수행 방법을 여쭙니다."라고 하자, 선녀가 말했다.

"신선이 되기 위한 수행의 길은 아주 많지만 반드시 그 본원을 알아야만 하오. 그대는 원래, 꽃을 아껴온 공로가 있으니 이제 또한 꽃으로 득도를 할 것이오. 그대가 백화(百花)를 복용하기만 한다면 저절로 몸이 가벼워져 하늘로 날아올라 신선이 될 거요."

25) 요지(瑤池): 전설에서 崑崙山에 있다는 연못으로 서왕모가 사는 곳이라 한다.

26) 사화녀(司花女): '꽃을 관장하는 여자'라는 뜻으로 당나라 顏師古의 《隋遺錄》 卷上에 의하면 "長安에서, 황제의 수레 안에서 시중드는 여자인 '袁寶兒'를 진상하였는데 나이가 열다섯 살이고 허리가 가늘었으며, 요염하고 자태가 고왔기에 수양제가 그를 매우 총애했다. 그때 낙양에서 合蒂迎輦花를 진상했는데 (중략) 양제가 원보아로 하여금 그 꽃을 들게 하고 그를 '司花女'라 불렀다."라고 한다. 그 후, '司花女'는 百花를 관장하는 여신의 의미로 사용되었다.

그러고 나서 추선에게 꽃들을 복용하는 방법을 가르쳐주었다. 추선이 몸을 굽혀 머리를 땅에 대고 감사한 뒤 일어나 보니 선녀가 보이지 않는 것이었다. 머리를 들고서 다시 보니 감옥의 담장 위에서 손으로 추선을 부르면서 이르기를 "그대도 올라와 나를 따라 나가십시다."라고 했다. 추선은 곧바로 앞으로 나아가서 한참을 기어올라 담장의 중간 정도밖에 이르지 않았는데도 매우 힘에 겨웠다. 점점 더 꼭대기에 다다를 즈음에 갑자기 아래에서 징을 치는 소리가 들리더니 "요인이 도주를 한다! 빨리 잡아라!"라고 하는 소리가 들렸다. 추공은 마음속으로 매우 놀라 손발에 힘이 빠져 담장 밑으로 떨어졌다. 깜짝 놀라 깨어나 보니 여전히 감옥의 침상 위에 있는 것이었다. 꿈속에서 나눴던 말들이 뚜렷하게 떠올랐기에 반드시 무사할 것이라는 생각이 들어 마음이 조금 놓였다. 이것은 바로 이런 말로 대변된다.

마음에 사심만 없으면	但存方寸無私曲
신명(神明)께서 절로 판단하시리라 믿네	料得神明有主張

차설, 장위는 부윤이 이미 추공을 요인으로 간주한 것을 보고서 매우 기뻐했다. 장위가 말하기를 "그 늙은이는 괴상한 데가 많았는데 오늘 밤은 일단 감옥의 침상에서 하룻밤을 잘 보내면서 이 화원을 우리들에게 넘겨줘 이리 즐기게 되었구나!"라고 하자, 장위의 무리가 모두 말하기를 "어제까지만 해도 이 화원이 그 늙은이의 소유라서 흥을 다하지 못했는데 오늘에는 나리의 것이 되었으니 마음껏 완상을 하셔야지요."라고 했다. 이에 장위가 말하기를 "그 말에 일리가 있구나!"라고 하고서 함께 성읍에서 나와 하인들을 시켜 술과 안주를 마련하게 한 뒤, 곧바로 추공의 화원으로 가서 대문을 열고 들어갔다. 이웃들은 장위인 것을 보고서 마음속으로는 비록 불평스럽기는 했지만 두렵기도 했으므로 누구도 감히 말을 하지 않았다.

차설, 장위가 그의 무리들과 더불어 초당 앞에 이르러보니 모란꽃 가지에는 꽃 하나도 남아있지 않고 어제 떨궈 놓은 그대로 온 땅바닥에 꽃이 어수선하게 흐트러져있었다. 장위의 무리 모두가 이상하다고 하자, 장위가 이렇게 말했다.

"이렇게 보니 그 늙은 놈에게 과연 요사스런 법술이 있는 것 같구나. 그렇지 않다면 어떻게 반나절 사이에 갑자기 또 변했겠는가? 설마 이것도 신선이 떨어뜨린 것인가?"

무리 중 한 사람이 말하기를 "그 자가 도련님께서 꽃구경을 하시려는 것을 알고서 일부러 이런 방법을 써서 우리들을 무안하게 하는 겁니다."라고 했다. 장위는 "그가 이런 방법을 썼다 해도 우리는 떨어진 꽃을 구경하면 되지."라고 말한 뒤, 당장 이전처럼 모전을 깔고 땅바닥에 앉아 마음껏 술을 마셨으며, 또한 장패에게 술 두 병을 상으로 주고 한쪽으로 가서 마시라고도 했다. 달이 서쪽으로 기울 때까지 마시다 보니 모두들 거나하게 취해 있었다. 이때 홀연 한바탕 큰 바람이 일었는데 얼마나 대단했는가 하면 이러했다.

뜰 앞의 풀들을 휘몰아 모으고	善聚庭前草
물 위의 부평초들을 산산이 흩트리네	能開水上萍
비린 내 풍기는 호랑이 떼 울음소리처럼 들리고	腥聞羣虎嘯
수만 그루 소나무들이 스치는 소리 같구나	響合萬松聲

그 바람이 땅바닥에 떨어져 있던 꽃들을 모두 불어 일으키더니 순식간에 키가 한 척 쯤 되는 여자들로 전부 변하는 것이었다. 장위의 무리는 크게 놀라서 일제히 "괴상하다!"고 소리를 질렀다. 말이 아직 끝나기도 전에 그 여자들은 바람을 맞아 몸을 한 번씩 흔들더니 모두가 커지는 것이었다. 그들은 모두 용모가 아름답고 의복이 화려했으며 빙 둘러 하나의 큰 무리를 이루었다. 장위의 무리들은 이렇게 아리따운 여자들을 보고서 모두들 멍하게 있었다. 그 여자들 가운데 붉은 옷을 입은 여자가 말도 하기 시작했다.

"우리 자매들은 여기서 수십 여 년 동안 살면서 추공께서 아끼고 보호해 주신 덕을 많이 입었습니다. 그러다가 뜻하지 않게 폭도를 만나 비속한 기운에 노출되고 악독한 수단에 의해 잔해(殘害)를 당했습니다. 게다가 그 폭도들은 추공을 무함하고 이곳을 찬탈하려 했습니다. 지금 원수들이 눈앞에 있는데 우리 자매들이 어찌 힘을 다해 저들을 공격하지 않을 수 있겠습니까? 이로써 위로는 추공께서 우리들을 알아주신 은혜에 보답하고, 아래로는 잔해를 당한 수치를 씻을 수 있으니 또한 옳지 않겠습니까?"

여자들이 일제히 말하기를 "동생의 말에 일리가 있어! 어서 손을 쓰자, 도망가지 못하게!"라고 한 뒤, 일제히 긴 소매를 번쩍 들어 올리고 그들에게 달려들었다. 그녀들의 소매는 서너 자가 되는 길이였으므로 바람에 마구 흩날리는 듯하더니만 찬 기운이 뼛속까지 스며드는 것이었다. 그러자 장위의 무리들은 일제히 "귀신이다!"라고 소리를 지르면서 술그릇들을 내팽개치고 밖으로 마구 도망치며 서로가 서로를 돌아보지도 않았다. 돌에 발이 채인 자도 있었고 나뭇가지에 얼굴이 긁힌 자도 있었으며 넘어졌다가 다시 일어나는 자, 일어났다가 다시 넘어지는 자도 있었다. 이렇게 한참 동안 소란이 벌어진 뒤 비로소 발걸음이 잠잠해졌다.

사람들을 살펴보았더니 모두 다 있었으나 장위와 장패 두 사람만은 보이지 않았다. 그때에 이르러 바람은 이미 가라앉아 있었고 날도 이미 저물어 있었다. 장위의 무리들은 마치 목숨을 건진 것처럼 머리를 감싸고서 쥐새끼같이 제각기 집으로 달아났다. 장위의 집안 하인은 헐떡거리던 숨을 진정시키고 난 뒤, 힘센 소작인 몇몇을 불러 횃불을 들고서 다시 장위와 장패를 찾으러 추공의 화원으로 갔다. 곧바로 화원 안으로 들어갔더니 큰 매화나무 밑에서 신음소리가 들려왔다. 횃불을 들고 비춰보니 장패가 매화나무 뿌리에 걸려 넘어져서 머리가 깨져 몸부림을 치며 일어나지 못하고 있는 것이었다. 소작인들 가운데 두 사람으로 하여금 먼저 장패를 부축하여 돌아가도록 했다. 사람들이 주위를 한 차례 돌아보았지만 그저 적막할 뿐 아무런 소리도 들리지 않았다. 모란꽃 주변에 있던 차양 아래의 꽃들은 여전히 무성하여 떨어진 것이라고는 하나도 없었으며, 초당 안에는 술잔과 그릇들이 어지러이 널려 있었고 먹다 남은 술들이 쏟아져 있었다. 사람들은 모두 기이하다 하면서 혀를 내두르며, 한편으로는 그릇들을 거두고 다른 한편으로는 재차 화원을 횃불로 비추며 살펴보았다.

그다지 크지도 않은 화원을 서너 번씩이나 돌아보았지만 장위의 종적은 전혀 알 길이 없었다. 큰 바람에 불려간 것인지, 여귀(女鬼)한테 잡아먹힌 것인지, 어디에 숨어있는 것인지 알 수가 없었던 것이다. 그렇게 잠시 더 지체하고 있었지만 어찌할 방법이 없어 일단 집으로 돌아가 밤이 지난 뒤에 다시 생각해 볼 수밖에 없었다.

막 대문을 나서려고 하던 참에 문밖에서 다시 한 무리의 사람들이 등불을 들고 오는 것이 보였다. 다름이 아니라, 우공과 선노가 여러 사람들이 귀신을 만났다는 얘기와 장위가 없어져 화원에서 찾고 있다는 소리를 듣고는 그 진위를 알 수 없기에 이웃들과 함께 구경을 하려고 화원으로 들어온 것이었다. 두 노인은 소작인들에게 이를 물어보고 나서야 비로소 그 일이 사실이란 것을 알고 매우 놀라지 않을 수 없었다. 소작인들에게 돌아가지 말라고 일단 말을 한 뒤에 이르기를 "이 늙은이들이 여러분들과 함께 다시 가서 한 번 찾아보겠소."라고 했다. 사람들은 다시 한 번 횃불로 세세히 비춰 보고서 맥이 빠져 돌아와 한숨을 내쉬며 일제히 화원 문을 나서는 것이었다. 그러자 두 노인이 말했다.

"여러분들, 오늘 밤에 여기에 다시 오지는 않겠지요? 미안하지만 우리 두 늙은이가 화원 문을 잠가야 하겠소. 이곳을 지킬 사람이 없으니 이는 또한 우리 이웃들의 책임이기도 하오."

이때에 이르러 소작인들은 '뱀은 머리가 없으면 기어갈 수 없다.〔蛇無頭而不行〕'고 하듯이, 이미 전처럼 기세등등하지 못했으므로 "마음대로 하시지요. 마음대로 하세요."라고 대답했다. 양쪽 편의 사람들이 채 흩어지기도 전이었는데 한 소작인이 동쪽 담장 모퉁이 아래에서 소리치기를 “나리를 찾았소!”라고 외치자, 모두가 그 앞으로 몰려갔다. 그 소작인이 손으로 가리키며 말하기를 “저 회화나무 가지 위에 걸려있는 것이 나리의 두건 아니오?”라고 하자, 사람들이 말하기를 “이제 두건을 찾았으니 나리도 근처에 있을 거요.”라고 했다. 이에 그 소작인은 담장을 따라 횃불로 비추면서 가더니 채 몇 걸음도 가지 않아 소리 지르기를 “큰일났다!”라고 했다. 원래 화원의 동쪽 모퉁이에 똥구덩이 하나가 있었는데 그 속에 사람 하나가 양쪽 발은 하늘을 향한 채, 거꾸로 꼿꼿이 처박혀 있는 것이었다. 소작인은 신발과 버선과 옷가지로 그 자가 바로 장위인 것을 알 수 있었다. 냄새가 구리고 더러운 것은 생각할 겨를도 없이 그 앞으로 가서 그를 건져냈다. 우공과 선노 두 노인은 마음속으로 염불을 하며 이웃들과 함께 제각기 집으로 돌아갔다. 소작인들은 장위를 들어다가 호숫가에서 몸을 씻겼다. 이보다 앞서 어떤 사람이 장위의 장원으로 가서 이 일을 알리자, 장위의 온 집안 식구들은 어른 아이 할 것 없이 훌쩍이며 울었다. 관과 수의를 마련해 염을 했으니 이에 대한 세세한 얘기는 하지 않는다. 그날 밤, 장패도 머리가 터진 상처가 중하여 오경즈음에 죽었다. 이는 악을 저지른 것에 대한 업보였으니 바로 이런 말로 대변된다.

흉악한 자 둘이 세상을 떠나	兩個兇人離世界
한 쌍의 악귀가 되어 명부(冥府)로 갔도다	一雙惡鬼赴陰司

다음 날 부윤이 병이 나아 당(堂)에 올라 추공의 사건을 심문하려던 참에 아전이 아뢰기를 “원고인 장패와 그의 주인인 장위가 어젯밤에 모두 죽었사옵니다.”라고 했다. 그러면서 이러저러하다고 하며 그 자초지종을 말했다. 이에 대윤은 크게 놀라며 이런 이상한 일이 있을 거라고는 믿지 않았다. 그 잠깐 사이에 마을의 이장과 백성들 백여 명이 연판장을 올려 이 사건에 대해 갖춰 아뢰었다. 그들은 추공이 평소 꽃을 아끼고

선행을 해온 것을 알리며 요인(妖人)이 절대 아니라고 했다. 장위가 술책을 써서 추공을 무함하여 신선의 응보를 받았다고 하면서 전후 사정을 세세히 말했다. 부윤도 어제 머리가 어지러웠던 일로 인해 추공이 억울함을 당한 것이 아닌가 하고 의심을 하고 있었는데 이때에 이르러 그 사실을 깨닫게 되었으며 추공에게 형벌을 가하지 않은 것을 기쁘게 여겼다. 그리고 옥중에 있던 추공을 즉시 데리고 오게 하여 당장 석방시키도록 했다. 또한 관인이 찍힌 방(榜)을 주고 화원의 문에 붙이게 하여 한량들이 그의 화목(花木)들을 훼손시키지 못하도록 했다. 사람들은 머리를 조아리며 감사한 뒤에 관아에서 나왔다. 추공은 이웃사람들에게 감사하며 그들과 함께 마을로 돌아왔다. 우공과 선로 두 노인은 화원의 문을 열고서 추공과 함께 화원으로 들어갔다. 추공은 모란이 이전처럼 무성한 것을 보고서 감상에 젖었다. 사람들은 술을 마련하여 놀라있던 추공의 마음을 달래주었으며, 추공은 다시 답례로 수일동안 연달아 술잔치를 벌였다. 곁가지 한담은 이만해 둔다.

그 후로 추공은 매일같이 백화(百花)를 복용하여 그것이 습관이 되자 화식(火食)을 끊었으며 과실을 팔아 얻은 돈은 모두 다 보시를 했다. 그러자 몇 년도 안 되는 사이에 흰머리가 도로 검어지고 얼굴색이 소년과 같이 변하는 것이었다. 어느 팔월 십오일이 되는 날이었다. 맑은 해가 하늘에 걸려 있고 구름도 한 점 없었다. 추공은 꽃 아래에서 가부좌를 하고 앉아있었는데 홀연 상서로운 바람이 살짝 불고 채색구름이 피어오르며 공중에서 음악소리가 쟁쟁하게 들리면서 특이한 향기가 코를 찌르는 것이었다. 그리고 청란(青鸞)과 백학(白鶴)이 주변을 맴돌아 날며 춤을 추더니 점점 뜰 앞으로 다가왔다. 그 구름 속에는 사화녀가 서 있었는데 그의 양옆에는 깃발과 보개(寶蓋)들이 늘어서 있었고 선녀 여러 명이 각기 악기를 연주하고 있었다. 추공이 이를 보고 몸을 엎드리며 절을 올리자, 사화녀가 말했다.

"추선, 그대는 수행이 원만하여 내가 이미 상제께 아뢰었는데 상제께서 그대를 인간세상의 백화(百花)를 전문으로 관장하는 호화사자(護花使者)로 책봉하시면서 그대에게 집채와 함께 등선을 하라 하시었소. 꽃을 사랑하고 아끼는 자가 있으면 그에게 복을 내리고, 꽃을 망가뜨리거나 훼손시키는 자가 있으면 그에게 재앙을 내리도록 하시오!"

추공은 공중을 향해 머리를 조아리며 은혜에 감사한 뒤, 선녀들을 따라 구름에 올라탔다. 그리고 그가 살던 초당(草堂)과 화목들도 한꺼번에 서서히 떠오르더니 추공과 함께 남쪽으로 날아가는 것이었다. 우공과 선노와 온 마을 사람들은 모두 그 광경을 보고서 일제히 땅에 엎드리며 절을 올렸다. 추공이 구름 속에서 손을 들어 사람들에게 작별하는 모습도 보이더니 한참이 지나자 비로소 사라지는 것이었다. 이에 그 동네는 승선리(升仙里)로 개명되었으며 백화촌(百花村)이라고도 불리었다.

화원을 돌보던 노공(老公)이 일편단심으로 꽃을 아끼더니	園公一片惜花心
그 덕행으로 선녀가 감동하여 하계(下界)에 임하셨다네	道感仙姬下界臨
초목이 그대의 집과 함께 승천을 했으니	草木同升隨汝宅
회남왕(淮南王)[27]과 달리 선약(仙藥)을 만들 필요도 없었다네	淮南不用煉黃金[28]

27) 회남왕(淮南王): 한나라 高祖 劉邦의 손자이며 淮南王이었던 劉長의 아들인 유안(劉安, 기원전 179~기원전 122)을 가리킨다. 문객과 함께 《鴻烈》(후세에 《淮南子》라고도 불린다)을 저술했으며 《漢書》에 따르면 漢武帝 때 모반을 하려다가 고발되자 자살을 했다고 전해진다. 민간에서는 그가 득도하여 신선이 되었다고도 전해지며 그가 먹다 남긴 仙丹을 집에 있는 닭과 개가 먹어 그 닭과 개까지 모두 하늘로 올라갔다고 한다.

28) 황금(黃金): 도교에서 이르는 일종의 仙藥의 이름이다. 晋나라 葛洪의 《抱朴子·仙藥》에서, "仙藥 가운데 최상이 丹砂이며 그 다음이 黃金이고, 그 다음이 白銀이며 그 다음이 諸芝이다.(仙藥之上者丹砂, 次則黃金, 次則白銀, 次則諸芝.)"라고 했다.

▌원문 교주

第八卷 灌園叟晚逢仙女

連宵風雨閉柴門, 落盡深紅只柳存. 欲掃蒼苔且停帚, 堦前點點是花痕.

這首詩爲惜花而作. 昔唐時有一處士姓崔, 名玄微, 平昔好道, 不娶妻室, 隱於洛東. 所居庭院寬敞, 遍植花卉竹木. 構一室在萬花之中, 獨處於內. 童僕都居苑外, 無故不得輒入. 如此三十餘年, 足跡不出園門. 時値春日, 院中花木盛開, 玄微日夕徜徉其間. 一夜, 風淸月朗, 不忍舍花而睡, 乘着月色, 獨步花叢中. 忽見月影下, 一青衣冉冉而來. 玄微驚訝道: “這時節, 那得有女子到此行動?” 心下雖然怪異, 又想道: “且看他到何處去?” 那青衣不往東, 不往西, 徑至玄微面前, 深深道個萬福. 玄微還了禮, 問道: “女郎是誰家宅眷? 因何深夜至此?” 那青衣啓一點朱唇, 露兩行碎玉, 道: “兒家與處士相近. 今與女伴過上東門, 訪表姨, 欲借處士院中暫憩, 不知可否?” 玄微見來得奇異, 欣然許之. 青衣稱謝, 原從舊路轉去. 不一時, 引一隊女子, 分花約柳而來, 與玄微一一相見. 玄微就月下仔細看時, 一個個姿容媚麗, 體態輕盈, 或濃或淡, 粧束不一. 隨從女郎, 盡皆妖豔, 正不知從那裏來的. 相見畢, 玄微邀進室中, 分賓主坐下, 開言道: “請問諸位女娘姓氏. 今訪何姻戚, 乃得光降敝園?” 一衣綠裳者答道: “妾乃楊氏.” 指一穿白的道: “此位李氏.” 又指一衣絳服的道: “此位陶氏.” 遂逐一指示. 最後到一緋衣小女, 乃道: “此位姓石, 名阿措. 我等雖則異姓, 俱是同行姊妹. 因封家十八姨, 數日云欲來相看, 不見其至. 今夕月色其佳, 故與姊妹們同往候之. 二來素蒙處士愛重, 妾等順便相謝.” 玄微方待酬答, 青衣報導: “封家姨至.” 眾皆驚喜出迎, 玄微閃過半邊觀看. 眾女子相見畢, 說道: “正要來看十八姨, 爲主人留坐, 不意姨至, 足見同心.” 各向前致禮. 十八姨道: “屢欲來看卿等, 俱爲使命所阻, 今乘間至此.” 眾女道: “如此良夜, 請姨寬坐, 當以一尊爲壽.” 遂授旨青衣去取. 十八姨問道: “此地可坐否?” 楊氏道: “主人甚賢,地極淸雅." 十八姨道: "主人安在?" 玄微趨出相見. 擧目看十八姨, 體態飄逸, 言詞冷冷有林下風氣[29]. 近其傍, 不覺寒氣侵肌, 毛骨竦然. 遜入堂中, 侍女將桌椅已是安排停當. 請十八姨居於上席, 眾女挨次而坐, 玄微末位相陪. 不一時, 眾靑衣取到酒餚, 擺設上來. 佳餚異果, 羅列滿案, 酒味醇醲, 其甘如飴, 俱非人世所有. 此時月色倍明, 室中照耀如同白日. 滿坐芳香, 馥馥襲人. 賓主酬酢, 盃觥交雜. 酒至半酣, 一紅衣[30]女子滿斟大觥, 送與十八姨道: "兒有一歌, 請爲歌之." 歌云:

絳衣披拂露盈盈, 淡染胭脂一朵輕. 自恨紅顔留不住, 莫怨春風道薄情.

歌聲淸婉, 聞者皆淒然. 又一白衣女子送酒道: "兒亦有一歌." 歌云:

皎潔玉顔勝白雪, 況乃當年對芳月. 沉吟不敢怨春風, 自歎容華暗消歇.

其音更覺慘切. 那十八姨性頗輕佻, 却又好酒, 多了幾盃, 漸漸狂放. 聽了二歌, 乃道: "値此芳辰美景, 賓主正歡, 何遽作傷心語! 歌旨又深刺干, 殊爲慢客. 須各罰以大觥, 當另歌之." 手斟一盃遞來, 酒醉手軟, 持不甚牢, 盃纔擧起, 不想袖在筯上一兜, 撲碌的連盃打翻. 這酒若翻在別個身上, 却也罷了, 恰恰裏盡潑在阿措身上. 阿措年嬌貌美, 性愛整齊, 穿的却是一件大紅簇花緋衣. 那紅衣最忌的是酒, 纔沾滴點, 其色便改, 怎經得這一大盃酒! 況且阿措也有七八分酒意, 見汚了衣服, 作色道: "諸姊妹便有所求, 吾不畏爾!" 即起身往外就走. 十八姨也怒道: "小女弄酒, 敢與吾爲抗耶?" 亦拂衣而起. 眾女子留之不住, 齊勸道: "阿措年幼, 醉後無狀, 望勿記懷, 明

---

29) 林下風氣(임하풍기): '林下風' 또는 '林下風致'와 같은 말로 여성의 아담하고 瀟灑한 풍채를 형용하는 말이다. 《世說新語·賢媛》에 있는 "王夫人(王羲之의 아들인 王凝之의 부인 謝道韞을 가리킴)은 활달하고 명랑하며 山林의 기운이 있고 顧 씨 집 며느리(張玄의 여동생)는 마음이 옥같이 맑아 큰 집안의 규수이다.(王夫人神情散朗, 故有林下風氣; 顧家婦淸心玉映, 自是閨房之秀.)"라는 말에서 나왔다.

30) 【校】衣(의): 《今古奇觀》 각 판본에는 "衣"로 되어 있고, 《醒世恒言》 각 판본에는 "裳"으로 되어 있다.

日當率來請罪!” 相送下堦. 十八姨忿忿向東而去. 眾女子與玄微作別, 向花叢中四散而走. 玄微欲觀其蹤跡, 隨後送之. 步急苔滑, 一交跌倒, 掙起身來看時, 眾女子俱不見了. 心中想道: “是夢, 却又未曾睡臥. 若是鬼, 又衣裳楚楚, 言語歷歷. 是人, 如何又倏然無影?” 胡猜亂想, 驚疑不定. 回入堂中, 桌椅依然, 擺設盃盤, 一毫已無; 惟覺餘馨滿室. 雖異其事, 料非禍祟, 却也無懼.

到次晚, 又往花中步玩. 見諸女子已在, 正勸阿措往十八姨處請罪. 阿措怒道: “何必更懇此老嫗? 有事只求處士足矣.” 眾皆喜道: “妹言甚善.” 齊向玄微道: “吾姊妹皆住處士苑中, 每歲多被惡風所撓, 居止不安, 常求十八姨相庇. 昨阿措誤觸之, 此後應難取力. 處士倘肯庇護, 當有微報耳.” 玄微道: “某有何力, 得庇諸女?” 阿措道: “只求處士每歲元旦, 作一朱幡, 上圖日月五星之文, 立於苑東, 吾輩則安然無恙矣! 今歲已過, 請於此月廿一日平旦, 微有東風, 即立之, 可免本日之難.” 玄微道: “此乃易事, 敢不如命?” 齊聲謝道: “得蒙處士慨允, 必不忘德.” 言訖而別, 其行甚疾, 玄微隨之不及. 忽一陣香風過處, 各失所在. 玄微欲驗其事, 次日即制辦朱幡. 候至二十一日, 清早起來, 果然東風微拂. 急將幡竪立苑東. 少頃, 狂風振地, 飛沙走石. 自洛南一路, 摧林折樹, 惟苑中繁花不動. 玄微方悟: 諸女皆眾花之精也. 緋衣名阿措, 即安石榴也; 封十八姨, 乃風神也. 到次晚, 眾女各裹桃李花數斗來謝道: “承處士脫某等大難, 無以爲報. 餌此花英, 可延年却老. 願長如此衛護, 某等亦可收長生.” 玄微依其言服之, 果然容顏轉少, 如三十許人, 後得道仙去. 有詩爲證:

洛中處士愛栽花, 歲歲朱幡繪采茶. 學得餐英堪不老, 何須更覓棗如瓜.

列位莫道小子說風神與花精往來, 乃是荒唐之語, 那九州四海之中, 目所未見, 耳所未聞, 不載史冊, 不見經傳, 奇奇怪怪, 蹺蹺蹊蹊的事, 不知有多多少少. 就是張華的《博物志》, 也不過志其一二; 虞世南的行書廚, 也包藏不得許多. 此等事甚是平常, 不足爲異. 然雖如此, 又道是子不語怪, 且閣過一邊. 只那惜花致福, 損花折壽, 乃見在功德, 須不是亂道. 列位若不信時, 還有一段灌園叟晚逢仙女的故事, 待小子說與列位看官們聽. 若平日愛花的, 聽了自然將花分外珍重; 內中或有不惜花的, 小子就將這話勸他, 惜花起來. 雖不能得道成仙, 亦可以消閒遣悶.

你道這段話文[31]出在那個朝代? 何處地方? 就在大宋仁宗年間, 江南平江府東門外長樂村中. 這村離城只有二里[32]之遠, 村上有個老者, 姓秋名先, 原是莊家出身, 有數畝田地, 一所草房. 媽媽水氏已故, 別無兒女. 那秋先從幼酷好栽花種果, 把田業都撇棄了, 專於其事. 若偶覓得種異花, 就是拾着珍寶, 也沒有這般歡喜. 隨你極緊要的事出外, 路上逢着人家有樹花兒, 不管他家容不容, 便陪着笑臉, 捱進去求玩. 若平常花木, 或家裏也在正開, 還轉身得快. 倘然是一種名花, 家中沒有的, 雖或有, 已開過了, 便將正事撇在半邊, 依依不捨, 永日忘歸. 人都叫他是花癡. 或遇見賣花的有株好花, 不論身邊有錢無錢, 一定要買. 無錢時便脫身上衣服去解當. 也有賣花的, 知他僻性, 故高其價, 也只得忍貴買回. 又有那破落戶[33], 曉得他是愛花的, 各處尋覓好花折來, 把泥假捏個根兒哄他, 少不得也買, 有恁般奇事! 將來種下, 依然肯活. 日積月累, 遂成了一個大園. 那園周圍編竹爲籬, 籬上交纏薔薇、荼蘼、木香、刺梅、木槿、棣棠、金雀, 籬邊撒下蜀葵、鳳仙、雞冠、秋葵、鶯粟等種. 更有那金萱、百合、剪春羅、剪秋羅、滿地嬌、十様錦、美人蓼、山躑躅、高良姜、白蛺蝶、夜落金錢、纏枝牡丹等類, 不可枚舉. 遇開放之時, 爛如錦屛. 遠籬數步, 盡植名花異卉. 一花未謝, 一花又開. 向陽設兩扇柴門, 門內一條竹徑, 兩邊都結柏屛遮護. 轉過柏屛, 便是三間草堂. 房雖草覆, 却高爽寬敞, 窗槅明亮. 堂中掛一幅無名小畫, 設一張白木臥榻. 桌凳之類, 色色潔淨. 打掃得地下無纖毫塵垢. 堂後精舍數間, 臥室在內. 那花卉無所不有, 十分繁茂. 眞個四時不謝, 八節長春. 但見:

> 梅標淸骨, 蘭挺幽芳. 茶呈雅韻, 李謝濃粧. 杏嬌疎雨, 菊傲嚴霜. 水仙冰肌玉骨, 牡丹國色天香. 玉樹亭亭堦砌, 金蓮冉冉池塘. 芍藥芳姿少比,

---

31) 話文(화문): 구연으로 說唱하는 이야기를 이른다.

32) 【校】有二里(유이리): 《今古奇觀》 각 판본과 古本小說集成本《醒世恒言》에는 "有二里"로 되어 있고, 人民文學本《醒世恒言》에는 "去三里"로 되어 있다.

33) 破落戶(파락호): 몰락한 집안이란 뜻으로 집안이 몰락하여 하는 일 없이 떠돌아 다니는 부랑배를 칭하기도 한다.

石榴麗質無雙. 丹桂飄香月窟, 芙蓉冷豔寒江. 梨花溶溶夜月, 桃花灼灼朝陽. 山茶花寶珠稱貴, 臘梅花磬口方香. 海棠花西府爲上, 瑞香花金邊最良. 玫瑰杜鵑, 爛如雲錦. 繡毬郁李, 點綴風光. 說不盡千般花卉, 數不了萬種芬芳.

籬門外正對着一個大湖, 名爲朝天湖, 俗名荷花蕩. 這湖東連吳淞江, 西通震澤, 南接龐山湖. 湖中景致, 四時晴雨皆宜. 秋先於岸傍堆土作堤, 廣植桃柳, 每至春時, 紅綠間發, 宛似西湖勝景. 沿湖遍插芙蓉, 湖中種五色蓮花, 盛開之日, 滿湖錦雲爛熳, 香氣襲人, 小舟蕩槳採菱, 歌聲泠泠. 遇斜風微起, 偎船競渡, 縱橫如飛. 柳下漁人, 艤船曬網, 也有戲魚的, 結網的, 醉臥船頭的, 泅[34]水賭勝的, 歡笑之音不絕. 那賞蓮遊人, 畫船簫管鱗集, 至黃昏迴棹, 燈火萬點, 間以星影螢光, 錯落難辨. 深秋時, 霜風初起, 楓林漸染黃碧, 野岸衰柳芙蓉, 雜間白蘋紅蓼, 掩映水際; 蘆葦中鴻雁羣集, 嘹嚦干雲, 哀聲動人. 隆冬天氣, 彤雲密布, 六花飛舞, 上下一色. 那四時景致, 言之不盡. 有詩爲證:

朝天湖畔水連天, 不唱漁歌即採蓮. 小小茅堂花萬種, 主人日日對花眠.

按下散言, 且說秋先每日清晨起來, 掃淨花底落葉, 汲水逐一灌溉, 到晚上又澆一番. 若有一花將開, 不勝歡躍. 或煖壺酒兒, 或烹甌茶兒, 向花深深作揖, 先行澆奠, 口稱花萬歲三聲, 然後坐於其下, 淺斟細嚼. 酒酣興到, 隨意歌嘯. 身子倦時, 就以石爲枕, 臥在根傍. 自半含至盛開, 未嘗暫離. 如見日色烘烈, 乃把棕拂蘸水沃之, 遇着月夜, 便連宵不寐. 倘值了狂風暴雨, 即披蓑頂笠, 周行花間檢視, 遇有欹枝, 以竹扶之, 雖夜間, 還起來巡看幾次. 若花到謝時, 則累日歎息, 常至墮淚, 又不捨得那些落花, 以棕拂輕輕拂來, 置於盤中, 時嘗觀玩. 直至乾枯, 裝入淨甕. 滿甕之日, 再用茶酒澆奠, 慘然若不忍釋. 然後親捧其甕, 深埋長堤之下, 謂之"葬花". 倘有花片被雨打泥污的, 必以清水再四滌淨, 然後送入湖中, 謂之"浴花".

34) 【校】泅(수):《今古奇觀》 각 판본에는 "泅"로 되어 있고,《醒世恒言》 각 판본에는 "沒"로 되어 있다.

平昔最恨的是攀枝折朶. 他也有一段議論, 道: “凡花一年只開得一度, 四時中只占得一時, 一時中又只占得數日. 他熬過了三時的冷淡, 纔討得這數日的風光. 看他隨風而舞, 迎人而笑, 如人正當得意之境, 忽被摧殘. 巴此數日甚難, 一朝折損甚易, 花若能言, 豈不嗟歎? 況就此數日間, 先猶含蕋, 後復零殘, 盛開之時, 更無多了. 又有蝶攢[35]蜂採, 鳥啄蟲鑽, 日炙風吹, 霧迷雨打, 全仗人去護惜他, 却反姿意拗折, 於心何忍! 且說此花自芽生根, 自根生本, 强者爲幹, 弱者爲技, 一幹一枝, 不知養成了多少年月. 及候至花開, 供人淸玩, 有何不美, 定要折他! 花一離枝, 再不能上枝; 枝一去幹, 再不能附幹. 如人死不可復生, 刑不可復贖,[36] 花若能言, 豈不悲泣! 又想他折花的, 不過擇其巧幹, 愛其繁枝, 插之瓶中, 置之席上, 或供賓客片時侑酒之歡, 或助婢妾一日梳妝之飾; 不思客觴可飽玩於花下, 閨妝可借巧於人工. 手中折了一枝, 樹上就少了一枝, 今年伐了此幹, 明年便少了此幹. 何如延其性命, 年年歲歲, 玩之無窮乎? 還有未開之蕋, 隨花而去, 此蕋竟槁滅枝頭, 與人之童殀何異? 又有原非愛玩, 趁興攀折, 旣折之後, 揀擇好歹, 逢人取討, 即便與之, 或隨路棄擲, 略不顧惜. 如人橫禍枉死, 無處申冤, 花若能言, 豈不痛恨!” 他有了這段議論, 所以生平不折一枝, 不傷一蕋. 就是別人家園上, 他心愛着那一種花兒, 寧可終日看玩. 假饒那花主人要取一枝一朶來贈他, 他連稱罪過, 決然不要. 若有傍人要來折花者, 只除他不看見罷了, 他若見時, 就把言語再三勸止. 人若不從其言, 他情願低頭下拜, 代花乞命. 人雖叫他是花癡, 多有可憐他一片誠心, 因而住手者, 他又深深作揖稱謝. 又有小廝們要折花賣錢的, 他便將錢與之, 不敎折損. 或他不在時, 被人折損, 他來見有損處, 必淒然傷感, 取泥封之, 謂之“醫花”. 爲這件上, 所以自己園中不輕易放人遊玩. 偶有親戚鄰友要看, 難好回時, 先

35) 【校】蝶攢(접찬): 《今古奇觀》 각 판본과 古本小說集成本《醒世恒言》에는 “蝶攢” 두 글자가 있고, 人民文學本《醒世恒言》에는 없다.

36) 人死不可復生 刑不可復贖(인사불가부생 형불가부속): 《史記·扁鵲倉公列傳》에 있는 “妾痛死者不可復生而刑者不可復續.”라는 글귀에서 나온 말로 ‘사람은 죽으면 다시 살아날 수 없고, 肉刑을 받으면 잘린 부분은 다시 이을 수 없다’는 뜻이다. ‘贖’은 ‘續’과 같은 의미로 ‘이어붙이다’는 뜻이다.

將此話講過, 纔放進去. 又恐穢氣觸花, 只許遠觀, 不容親近. 倘有不達時務的捉空摘了一花一蕋, 那老頭便要面紅頸赤, 大發喉急, 下次就打罵他, 也不容進去看了. 後來人都曉得了他的性子, 就一葉兒也不敢摘動.

大凡茂林深樹, 便是禽鳥的巢穴, 有花果處, 越發千百爲羣. 如單食果實, 到還是小事, 偏偏只揀花蕋啄傷. 惟有秋先却將米穀置於空處飼之, 又向禽鳥祈祝. 那禽鳥却也有知覺, 每日食飽, 在花間低飛輕舞, 宛囀嬌啼, 並不損一朵花蕋, 也不食一個果實. 故此產的果品最多, 却又大而甘美. 每熟時, 就先望空祭了花神, 然後敢嘗. 又遍送左近鄰家試新, 餘下的方鬻, 一年到有若干利息. 那老者因得了花中之趣, 自少至老, 五十餘年, 略無倦怠[37], 筋骨愈覺强健. 粗衣淡飯, 悠悠自得. 有得贏餘, 就把來周濟村中貧乏. 自此合村無不敬仰, 又呼爲秋公. 他自稱爲灌園叟. 有詩爲證:

朝灌園兮暮灌園, 灌成園上百花鮮. 花開每恨看不足, 爲愛看園不肯眠.

話分兩頭. 却說城中有一人姓張, 名委, 原是個宦家子弟; 爲人奸狡詭譎, 殘忍刻薄. 恃了勢力, 專一欺鄰嚇舍, 紥害良善. 觸着他的, 風波立至, 必要弄得那人破家蕩產, 方纔罷手. 手下用一班如狼似虎的奴僕, 又有幾個助惡的無賴子弟, 日夜合做一塊, 到處闖禍生災, 受其害者無數. 不想却遇了一個又狠似他的, 輕輕捉去, 打得個臭死. 及至告到官司, 又被那人弄了些手脚, 反問輸了. 因粧了幌子[38], 自覺無顔, 帶了四五個家人, 同那一班惡少, 暫在莊上遣悶. 那莊正在長樂村中, 離秋公家不遠. 一日早飯後, 喫得半酣光景, 向村中閒走, 不覺來到秋公門首. 只見籬上花枝鮮媚, 四圍樹木繁翳, 齊道: "這所在到也幽雅, 是那家的?" 家人道: "此是種花秋公園上, 有名叫做花癡." 張委道: "我常聞得說莊邊有什麽秋老兒, 種得異様好花. 原來就住在此. 我們何不進去看看!" 家人道: "這老兒有些古怪, 不許人看的."

37) 【校】怠(태):《今古奇觀》 각 판본과 古本小說集成本《醒世恒言》에는 "怠"로 되어 있고, 人民文學本《醒世恒言》에는 "意"로 되어 있다.
38) 粧了幌子(장료황자): '幌子'는 본래 '간판'이라는 뜻으로 사람의 체면을 비유적으로 이르기도 한다. '粧幌子'는 '간판을 장식하다'는 뜻으로 '사람이 체면을 차리며 가오를 잡는다'는 의미이며 '妝晃'이라고 쓰기도 한다.

張委道: "別人或者不肯, 難道我也是這般? 快去敲門!" 那時園中牡丹盛開, 秋公剛剛澆灌完了, 正將着一壺酒兒, 兩碟果品, 在花下獨酌, 自取其樂. 飮不上三盃, 只聽得閙閙的敲門響, 放下酒杯, 走出來開門一看, 見站着五六個人, 酒氣直冲. 秋公料道必是要看花的, 便攔住門口, 問道: "列位有甚事到此?" 張委道: "你這老兒不認得我麽? 我乃城裏有名的張衙內[39]. 那邊張家莊便是我家的. 聞得你園中好花甚多, 特來遊玩." 秋公道: "告衙內, 老漢也沒種甚好花, 不過是桃杏之類, 都已謝了, 如今並沒別樣花卉." 張委睜起雙眼道: "這老兒恁般可惡, 看看花兒打甚緊! 却便回我沒有, 難道喫了你的?" 秋公道: "不是老漢說謊, 果然沒有." 張委那裏肯聽, 向前叉開手, 當胸一攙, 秋公站立不牢, 踉踉蹌蹌, 直撞過半邊. 衆人一齊擁進. 秋公見勢頭兇惡, 只得讓他進去, 把籬門掩上, 隨着進來, 向花下取過酒果, 站在傍邊. 衆人看那四邊花草甚多, 惟有牡丹最盛. 那花不是尋常玉樓春之類, 乃五種有名異品. 那五種?

黃樓子 綠蝴蝶 西瓜穰 舞青猊 大紅獅頭

這牡丹乃花中之王, 惟洛陽爲天下第一. 有"姚黃""魏紫"名色, 一本價値五千. 你道因何獨盛於洛陽? 只爲昔日唐朝, 有個武則天皇后, 淫亂無道, 寵倖兩個官兒, 名喚張易之、張昌宗, 於冬月之間, 要游後苑, 寫出四句詔來, 道:

來朝游上苑, 火速報春知. 百花連夜發, 莫待曉風吹.

不想武則天原是應運之主, 百花不敢違旨, 一夜發蕋開花. 次日駕幸後苑, 只見千紅萬紫, 芳菲滿目. 單有牡丹花有些志氣, 不肯奉承女主倖臣[40],

39) 衙內(아내): 五代 시기와 송나라 초기에 藩鎭의 親衛官 중에는 '衙內都指揮使'와 '牙內都虞侯' 등이 있었는데 그 대부분은 벼슬아치의 자제들로 하여금 담당하게 했다. 이로 인해 나중에는 벼슬아치들의 자제를 일컬어 '衙內'로 통칭하게 되었다.

40) 倖臣(행신): 제왕이 총애하는 신하라는 뜻이다. 여기서는 앞서 말한 무측천의 男寵인 張易之와 張昌宗을 이른다.

要一根葉兒也沒有. 則天大怒, 遂貶於洛陽. 故此洛陽牡丹冠於天下. 有一隻《玉[41]樓春》詞, 單贊牡丹花的好處. 詞云:

名花綽約東風裏, 占斷韶華都在此. 芳心一片可人憐, 春色三分愁雨洗.
玉人盡日懨懨地, 乍[42]被笙歌驚破睡. 起臨粧鏡似嬌羞, 近日傷春輸與你.

那花正種在草堂對面, 周遭以湖石攔之, 四邊豎個木架子, 上覆布幔, 遮蔽日色. 花本高有丈許, 最低亦有六七尺, 其花大如丹盤, 五色燦爛, 光華奪目. 眾人齊贊: "好花!" 張委便踏上湖石去嗅那香氣. 秋先極怪的是這節, 乃道: "衙內站遠些看, 莫要上去!" 張委惱他不容進來, 心下正要尋事, 又聽了這話, 喝道: "你那老兒住在我莊邊, 難道不曉得張衙內名頭麼? 有恁樣好花, 故意回說沒有. 不計較就勾了, 還要多言! 那見得聞一聞就壞了花? 你便這般說, 我偏要聞." 遂把花逐朵攀下來, 一個鼻子湊在花上去嗅. 那秋老在傍, 氣得敢怒而不敢言. 也還道略看一回就去; 誰知這廝故意賣弄道: "有恁樣好花, 如何空過? 須把酒來賞玩." 分付家人快去取. 秋公見要取酒來賞, 更加煩惱, 向前道: "所在蝸窄, 沒有坐處. 衙內止看看花兒, 酒還到貴莊上去喫." 張委指着地上道: "這地下儘好坐." 秋公道: "地上齷齪, 衙內如何坐得?" 張委道: "不打緊, 少不得有氈條遮襯." 不一時, 酒餚取到. 鋪下氈條, 眾人團團圍坐, 猜拳行令, 大呼小叫, 十分得意. 只有公骨篤了嘴, 坐在一邊.

那張委看見花木茂盛, 就起個不良之念, 思想要吞占他的. 斜着醉眼, 向秋公道: "看你這蠢老兒不出, 到會種花, 却也可取. 賞你一盃酒." 秋公那有好氣答他, 氣忿忿的道: "老漢天性不會飲酒, 衙內自請." 張委又道: "你這園可賣麼?" 秋公見口聲來得不好, 老大驚訝, 答道: "這園是老漢的性命, 如

41) 【校】玉(옥): 古本小說集成本·繪圖本《今古奇觀》과 古本小說集成本《醒世恒言》에는 "玉"으로 되어 있고, 人民文學本《今古奇觀》과 人民文學本《醒世恒言》에는 "上"으로 되어 있다. '玉樓春'은 詞牌名이다.

42) 【校】乍(사): 人民文學本·繪圖本 《今古奇觀》과 人民文學本《醒世恒言》에는 "乍"로 되어 있고, 古本小說集成本《今古奇觀》과 古本小說集成本《醒世恒言》에는 "猛"으로 되어 있다.

何捨得賣?" 張委道: "什麼性命不性命, 賣與我罷了! 你若沒去處, 一發連身歸在我家. 又不要做別事, 單單替我種些花木, 可不好麼?" 眾人齊道: "你這老兒好造化, 難得衙內恁般看顧, 還不快些謝恩?" 秋公看見逐步欺負上來, 一發氣得手足軟麻, 也不去睬他. 張委道: "這老兒可惡! 肯不肯, 如何不答應我?" 秋公道: "說過不賣了, 怎的只管問?" 張委道: "放屁! 你若再說句不賣, 就寫帖兒, 送到縣裏去!" 秋公氣不過, 欲要搶白幾句, 又想一想, 他是有勢力的人, 却又醉了, 怎與他一般樣見識? 且哄了去再處. 忍着氣答道: "衙內總要買, 也須從容一日, 豈是一時急驟的事." 眾人道: "這話也說得是. 就在明日罷!" 此時都已爛醉, 齊立起身, 家人收拾家伙先去. 秋公恐怕折花, 預先在花邊防護. 那張委眞個走向前, 便要踹上湖石去採. 秋先扯住道: "衙內, 這花雖是微物, 但一年間不知廢多少工夫, 纔開得這幾朵, 不爭折損了, 深爲可惜. 況折去不過一二日就謝的, 何苦作這樣罪過!" 張委喝道: "胡說! 有甚罪過! 你明日賣了, 便是我家之物. 就都折盡, 與你何干!" 把手去推開. 秋先揪住, 死也不放, 道: "衙內便殺了老漢, 這花決不與你摘的." 眾人道: "這老兒其實可惡! 衙內採朵花兒, 值什麼大事, 粧出許多模樣! 難道怕你就不摘了?" 遂齊走上前亂摘. 把那老兒急得叫屈連天, 捨了張委, 拚命去攔阻. 扯了東邊, 顧不得西首, 頃刻間摘下許多. 秋老心疼肉痛, 罵道: "你這班賊男女, 無事登門, 將我欺負, 要這性命何用!" 趕向張委身邊, 撞了滿懷, 去得勢猛, 張委又多了幾盃酒, 把脚不住, 翻觔斗跌倒. 眾人都道: "不好了! 衙內打壞也!" 齊將花撇下, 便趕過來, 要打秋公. 內中有一個老成些的, 見秋公年紀已老, 恐打出事來, 勸住眾人, 扶起張委. 張委因跌了這交, 心中轉惱, 趕上前打得個隻蕋不留, 撒作遍地, 意猶未足, 又向花中踐踏一回. 可惜好花, 正是:

老拳毒手交加下, 翠葉嬌花一旦休. 好似一番風雨惡, 亂紅零落沒人收.

當下只氣得個秋公愴地呼天[43], 滿地亂滾. 鄰家聽得秋公園中喧嚷, 齊

43) 愴地呼天(창지호천): 보통 '呼天搶地' 혹은 '搶地呼天'이라고 쓴다. 큰 소리로 하늘을 부르며 머리를 땅에 치는 행동을 이르는 말로 매우 슬프거나 억울하거나

跑進來, 看見花枝滿地狼藉, 眾人正在行兇, 鄰里盡喫一驚, 上前勸住. 問知其故, 內中到有兩三個是張委的租戶, 齊替秋公陪個不是, 虛心冷氣, 送出籬門. 張委道: "你們對那老賊說, 好好把園送我, 便饒了他. 若說半個不字, 須教他仔細着!" 恨恨而去. 鄰里們見張委醉了, 只道酒話, 不在心上. 覆身轉來, 將秋公扶起, 坐在堦沿上, 那老兒放聲號慟. 眾鄰里勸慰了一番, 作別出去, 與他帶上籬門. 一路行走, 內中也有怪秋公平日不容看花的, 便道: "這老官兒眞個忒煞古怪, 所以有這樣事, 也得他經一遭兒, 警戒下次!" 內中又有直道的道: "莫說這沒天理的話! 自古道: 種花一年, 看花十日. 那看的但覺好看, 贊聲好花罷了, 怎得知種花的煩難. 只這幾朵花, 正不知費了許多辛苦, 纔培植得恁般茂盛. 如何怪得他愛惜!"

不題眾人, 且說秋公不捨得這些殘花, 走向前將手去撿起來看, 見踐踏得凋殘零落, 塵垢沾污, 心中淒慘, 又哭道: "花阿! 我一生愛護, 從不曾損壞一瓣一葉, 那知今日遭此大難!" 正哭之間, 只聽得背後有人叫道: "秋公爲何恁般痛哭?" 秋公回頭看時, 乃是一個女子, 年約二八, 姿容美麗, 雅淡梳粧, 却不認得是誰家之女. 乃收淚問道: "小娘子是那家? 至此何幹?" 那女子道: "我家住在左近. 因聞你園中牡丹花茂盛, 特來遊玩, 不想都已謝了!" 秋公題起牡丹二字, 不覺又哭起來. 女子道: "你且說有甚苦情, 如此啼哭?" 秋公將張委打花之事說出. 那女子笑道: "原來爲此緣故. 你可要這花原上枝頭麼?" 秋公道: "小娘子休得取笑! 那有落花返枝的理?" 女子道: "我祖上傳得個落花返枝的法術, 屢試屢驗." 秋公聽說, 化悲爲喜道: "小娘子眞個有這術法麼?" 女子道: "怎的不眞?" 秋公倒身下拜道: "若得小娘子施此妙術, 老漢無以爲報, 但每一種花開, 便來相請賞玩." 女子道: "你且莫拜, 去取一碗水來." 秋公慌忙跳起去取水, 心下又轉道: "如何有這樣妙法? 莫不是見我哭泣, 故意取笑?" 又想道: "這小娘子從不相認, 豈有耍我之理? 還是眞的." 急舀了一碗淸水出來. 擡頭不見了女子, 只見那花都已在枝頭, 地下並無一瓣遺存. 起初每本一色, 如今却變做紅中間紫, 淡內添濃, 一本五色俱全, 比先更覺鮮妍. 有詩爲證:

조급해 하는 것을 형용하는 말이다.

曾聞湘子將花染, 又見仙姬會返枝. 信是至誠能動物, 愚夫猶自笑花癡.

當下秋公又驚又喜, 道: "不想這小娘子果然有此妙法." 只道還在花叢中, 放下水, 前來作謝. 園中團團尋遍, 並不見影. 乃道: "這小娘子如何就去了?" 又想道: "必定還在門口, 須上去求他, 傳了這個法兒." 一徑趕至門邊, 那門却又掩着. 拽開看時, 門首坐着兩個老者, 就是左近鄰家, 一個喚做虞公, 一個叫做單老, 在那裏看漁人曬網. 見秋公出來, 齊立起身拱手道: "聞得張衙內在此無理, 我們恰往田頭, 沒有來問得." 秋公道: "不要說起, 受了這班潑男女的毆氣. 虧着一位小娘子走來, 用個妙法, 救起許多花朵, 不曾謝得他一聲, 徑出來了, 二位可看見往那一邊去的?" 二老聞言, 驚訝道: "花壞了, 有甚法兒救得? 這女子去幾時了?" 秋公道: "剛才[44]出來!" 二老道: "我們坐在此好一回, 並沒個人走動, 那見什麼女子?" 秋公聽說, 心下恍悟道: "恁般說, 莫不這位小娘子是神仙下降?" 二老問道: "你且說怎的救起花兒?" 秋公將女子之事敘了一遍. 二老道: "有如此奇事! 待我們去看看." 秋公將門拴上, 一齊走至花下, 看了連聲稱異道: "這定然是個神仙, 凡人那有此法力!" 秋公即焚起一爐好香, 對天叩謝. 二老道: "這也是你平日愛花心誠, 所以感動神仙下降. 明日索性到教張衙內這幾個潑男女看看, 羞殺了他." 秋公道: "莫要! 莫要! 此等人即如惡犬, 遠遠見了就該避之, 豈可還引他來." 二老道: "這話也有理." 秋公此時非常歡喜, 將先前那瓶酒熱將起來, 留二老在花下玩賞, 至晚而別. 二老回去一傳, 合村人都曉得, 明日俱要來看, 還恐秋公不許. 誰知秋公原是有意思的人, 因見神仙下降, 遂有出世之念, 一夜不寐, 坐在花下存想. 想至張委這事, 忽地開悟道: "此皆是我平日心胸褊窄, 故外侮得至. 若神仙汪洋度量, 無所不容, 安得有此!" 至次早, 將園門大開, 任人來看. 先有幾個進來打探, 見秋公對花而坐, 但分付道: "任憑列位觀看, 切莫要採便了." 眾人得了這話, 互相傳開. 那村中男子婦女, 無有不至.

44) 【校】才(재): 人民文學本·繪圖本《今古奇觀》과 人民文學本《醒世恒言》에는 "才"로 되어 있고, 古本小說集成本《今古奇觀》과 古本小說集成本《醒世恒言》에는 "方"으로 되어 있다.

按下此處. 且說張委至次早, 對衆人道: "昨日反被那老賊撞了一交, 難道輕恕了不成? 如今再去要他這園. 不肯時, 多教些人從, 將花木打個希爛, 方出這氣!" 衆人道: "這園在衙內莊邊, 不怕他不肯. 只是昨日不該把花都打壞, 還留幾朶後日看看, 便是." 張委道: "這也罷了. 少不得來年又發. 我們快去, 莫要他停留長智." 衆人一齊起身, 出得莊門, 就有人說: "秋公園上神仙下降, 落下的花, 原都上了枝頭, 却又變做五色." 張委不信道: "這老賊有何好處, 能感神仙下降? 況且不前不後, 剛剛我們打壞, 神仙就來? 難道這神仙是養家的不成? 一定是怕我們又去, 故此謅這話來央人傳說. 見得他有神仙護衛, 使我們不擺佈他." 衆人道: "衙內之言極是." 頃刻, 到了園門口. 見兩扇柴門大開, 往來男女絡繹不絕, 都是一般說話. 衆人道: "原來眞有這等事!" 張委道: "莫管他, 就是神仙見坐着, 這園少不得要的." 灣灣曲曲, 轉到草堂前, 看時, 果然話不虛傳. 這花却也奇怪, 見人來看, 姿態愈豔, 光采倍生, 如對人笑的一般. 張委心中雖十分驚訝, 那吞占念頭, 全然不改. 看了一回, 忽地又起一個惡念, 對衆人道: "我們且去." 齊出了園門. 衆人問道: "衙內如何不與他要園?" 張委道: "我想得個好計[45]在此, 不消與他說得, 這園明日就歸於我." 衆人道: "衙內有何妙策?" 張委道: "見今貝州王則謀反, 專行妖術. 樞密府行下文書來, 普天下軍州嚴禁左道, 捕緝妖人. 本府見出三千貫賞錢, 募人出首. 我明日就將落花上枝爲由, 教張霸到府, 首他以妖術惑人. 這個老兒熬刑不過, 自然招承下獄. 這園必定官賣, 那時誰個敢買他的? 少不得讓與我. 還有三千貫賞錢哩!" 衆人道: "衙內好計! 事不宜遲, 就去打點起來." 當時即進城, 寫下首狀. 次早, 教張霸到平江府出首. 這張霸是張委手下第一出尖的人, 衙門情熟, 故此用他. 大尹正在緝訪妖人, 聽說此事, 合村男女都見的, 不繇不信. 即差緝捕使臣帶領幾個做公的, 押張霸作眼, 前去捕獲. 張委將銀佈置停當, 讓張霸與緝捕使臣先行, 自己與衆子弟隨後也來. 緝捕使臣一徑到秋公園上, 那老兒還道是看花的, 不以爲意. 衆人發一聲喊, 趕上前一索捆翻. 秋公吃一嚇不小. 問道: "老漢有何罪犯? 望列位說個明白." 衆人口口聲聲罵做妖人反賊, 不繇分訴, 擁

45) 【校】計(계): 《今古奇觀》 각 판본에는 "計"로 되어 있고, 《醒世恒言》 각 판본에는 "策"으로 되어 있다.

出門來. 鄰里看見, 無不失驚, 齊上前詢問. 緝捕使臣道: “你們還要問麽? 他所犯的事也不小, 只怕連村人都有分哩!” 那些愚民, 被這大話一嚇, 心中害怕, 盡皆洋洋走開, 惟恐累及. 只有虞公、單老同幾個平日與秋公相厚的, 遠遠跟來觀看.

且說張委俟秋公去後, 便與衆子弟來鎖園門. 恐還有人在內, 又檢點一過, 將門鎖上. 隨後趕至府前. 緝捕使臣已將秋公解進, 跪在月臺上, 見傍邊又跪着一人, 却不認得是誰. 那些獄卒都得了張委銀子, 已備下諸般刑具伺候. 大尹喝道: “你是何處妖人, 敢在此地方上, 將妖術煽惑百姓? 有幾多黨羽? 從實招來!” 秋公聞言, 恰如黑暗中聞個火砲, 正不知從何處起的. 稟道: “小人家世住於長樂村中, 並非別處妖人, 也不曉得什麽妖術.” 大尹道: “前日你用妖術使落花上枝, 還敢抵賴!” 秋公見說到花上, 情知是張委的緣故. 即將張委要占園打花, 並仙女下降之事, 細訴一遍, 不想那大尹性是偏執的, 那裏肯信, 乃笑道: “多少慕仙的, 修行至老, 尙不能得遇神仙; 豈有因你哭, 花仙就肯來? 旣來了, 必定也留個名兒, 使人曉得, 如何又不別而去? 這樣話哄那個! 不消說得, 定然是個妖人. 快夾起來!” 獄卒們齊聲答應, 如狼虎一般, 蜂擁上來, 揪翻秋公, 扯腿拽脚. 剛要上刑, 不想大尹忽然一個頭暈, 險些兒跌下公座. 自覺頭目森森, 坐身不住. 分咐上了枷杻[46], 發下獄中監禁, 明日再審. 獄卒押着, 秋公一路哭泣出來, 看見張委, 道: “張衙內, 我與你前日無怨, 往日無仇, 如何下此毒手, 害我性命!” 張委也不答應, 同了張霸和那一班惡少. 轉身就走. 虞公、單老接着秋公, 問知其細, 乃道: “有這等冤枉的事! 不打緊, 明日同合村人, 具張連名保結, 管你無事!” 秋公哭道: “但願得如此, 便好.” 獄卒喝道: “這死囚還不走! 只管哭什麽!” 秋公含着眼淚進獄. 鄰里又尋些酒食, 送至門上. 那獄卒誰個拿與他吃, 竟接來自去受用. 到夜間, 將他上了囚床, 就如活死人一般, 手足不能少展. 心中苦楚, 想道: “不知那位神仙救了這花, 却又被那廝借此陷害. 神仙呵! 你若憐我秋先, 亦來救拔性命, 情願棄家入道!” 一頭正想, 只見前日

46) 【校】杻(뉴): 古本小說集成本·繪圖本《今古奇觀》과 古本小說集成本《醒世恒言》에는 “杻”로 되어 있고, 人民文學本《今古奇觀》과 人民文學本《醒世恒言》에는 “扭”로 되어 있다. 後文에 나오는 ‘枷杻’도 이와 같다.

那仙女, 冉冉而至. 秋公急叫道: "大仙救拔弟子秋先則個!" 仙女笑道: "汝欲脫離苦厄麼?" 上前把手一指, 那枷杻紛紛自落. 秋先爬起來, 向前叩頭道: "請問大仙姓氏." 仙女道: "吾乃瑤池王母座下司花女, 憐汝惜花志誠, 故令諸花返本. 不意反資奸人讒口. 然亦汝命中合有此災, 明日當脫. 張委損花害人, 花神奏聞上帝, 已奪其算. 助惡黨羽, 俱降大災. 汝宜篤志修行, 數年之後, 吾當度汝." 秋先又叩首道: "請問上仙修行之道." 仙子道: "修仙徑路甚多, 須認本源. 汝原以惜花有功, 今亦當以花成道. 汝但餌百花, 自能身輕飛舉." 遂教其服食之法. 秋先稽首叩謝, 起來, 便不見了仙子. 抬頭觀看, 却在獄牆之上, 以手招道: "汝亦上來, 隨我出去." 秋先便向前攀援了一大回, 還只到得半牆, 甚覺喫力. 漸漸至頂, 忽聽得下邊一棒鑼聲, 道: "妖人走了! 快拿下!" 秋公心下驚慌, 手酥脚軟, 倒撞下來, 撒然驚覺, 元在囚床之上. 想起夢中言語, 歷歷分明, 料必無事, 心中稍寬. 正是:

但存方寸無私曲, 料得神明有主張.

且說張委見大尹已認做妖人, 不勝歡喜. 乃道: "這老兒許多淸奇古怪, 今夜且請在囚床上受用一夜, 讓這園兒與我們樂罷!" 衆人都道: "前日還是那老兒之物, 未曾盡興. 今日是大爺的了, 須要盡情歡賞." 張委道: "言之有理!" 遂一齊出城, 教家人整備酒餚, 徑至秋公園上, 開門進去. 那鄰里看見是張委, 心下雖然不平, 却又懼怕, 誰敢多口. 且說張委同衆子弟走至草堂前, 只見牡丹枝頭一朵不存, 原如前日打下時一般, 縱橫滿地, 衆人都稱奇怪. 張委道: "看起來, 這老賊果係有妖法的. 不然, 如何半日上倏爾又變了? 難道也是神仙打的?" 有一個子弟道: "他曉得衙內要賞花, 故意弄這法兒來羞我們." 張委道: "他便弄這法兒, 我們就賞落花." 當下依原鋪設氈條, 席地而坐, 放開懷抱恣飮, 也把兩瓶酒賞張霸到一邊去喫. 看看飮至月色矬[47]西, 俱有半酣之意, 忽地起一陣大風. 那風好利害!

---

47) 【校】矬(좌): 《今古奇觀》 각 판본과 古本小說集成本《醒世恒言》에는 "矬"로 되어 있고, 人民文學本《醒世恒言》에는 "挫"로 되어 있다.

善聚庭前草, 能開水上萍. 腥聞羣虎嘯, 響合萬松聲48).

那陣風却把地下這些花朶吹得都直豎起來, 眨眼間俱變做一尺來長的女子. 眾人大驚, 齊叫道: "怪哉!" 言還未畢, 那些女子迎風一幌, 盡已長大, 一個個姿容美麗, 衣服華豔, 團團立做一大堆. 眾人因見恁般標致, 通看呆了. 內中一個紅衣女子, 却又說起話來, 道: "吾姊妹居此數十餘年, 深蒙秋公珍重護惜. 何意驀遭狂奴, 俗氣熏熾, 毒手摧殘. 復又誣陷秋公, 謀吞此地. 今仇在目前, 吾姊妹曷不戮力擊之! 上報知己之恩, 下雪摧殘之恥, 不亦可乎?" 眾女郎齊聲道: "阿妹之言有理! 須速下手, 毋使潛遁!" 說罷, 一齊舉袖撲來. 那袖似有數尺之長, 如風翻亂飄, 冷氣入骨. 眾人齊叫有鬼, 撇了家伙望外亂跑, 彼此各不相顧. 也有被石塊打脚的, 也有被樹枝抓面的, 也有跌而復起、起而復跌的, 亂了多時, 方纔收脚. 點檢人數都在, 單不見了張委、張霸二人. 此時風已定了, 天色已昏. 這班子弟各自回家, 恰像檢得性命一般, 抱頭鼠竄而去. 家人喘息定了, 方喚幾個生力莊客, 打起火把, 覆身去找尋. 直到園上, 只聽得大梅樹下有呻吟之聲. 舉火看時, 却是張霸被梅根絆倒, 跌破了頭, 掙扎不起, 莊客着兩個先扶張霸歸去. 眾人周圍走了一遍, 但見靜悄悄的, 萬籟無聲. 牡丹棚下, 繁花如故, 並無零落. 草堂中杯盤狼藉, 殘酒49)淋漓. 眾人莫不吐舌稱奇, 一面收拾家火, 一面重復照看. 這園子又不多大, 三回五轉, 毫無蹤影. 難道是大風吹去了? 女鬼喫去了? 正不知躱在那裏. 延捱了一會, 無可奈何, 只索回去, 過夜再作計較. 方欲出門, 只見門外又有一夥人提着行燈進來. 不是別人, 却是虞公、單老, 聞知眾人遇鬼之事, 又聞說不見了張委, 在園上找50)尋, 不知是眞是假; 合着三鄰四舍, 進園觀看. 問明了眾莊客, 方知此事果眞, 二老驚詫不已. 教眾

48) 【校】松聲(송성): 古本小說集成本《今古奇觀》과 古本小說集成本《醒世恒言》에는 "松聲"으로 되어 있고, 人民文學本·繪圖本《今古奇觀》과 人民文學本《醒世恒言》에는 "聲松"으로 되어 있다.

49) 【校】酒(주): 《今古奇觀》 각 판본과 古本小說集成本《醒世恒言》에는 "酒"로 되어 있고, 人民文學本《醒世恒言》에는 "羹"으로 되어 있다.

50) 【校】找尋(조심): 《今古奇觀》 각 판본에는 "找尋"으로 되어 있고, 《醒世恒言》 각 판본에는 "抓尋"으로 되어 있다. 後文에 보이는 '找尋'도 이와 같다.

莊客且莫回去, "老漢們同列位還去找尋一遍." 眾人又細細照看了一下, 正是興盡而歸, 歎了口氣, 齊出園門. 二老道: "列位今晚不來了麼? 老漢們告過, 要把園門落鎖. 沒人看守得, 也是我們鄰里的干係." 此時莊客們, 蛇無頭而不行, 已不似先前聲勢了, 答應道: "但憑, 但憑." 兩邊人猶未散, 只見一個莊客在東邊牆角下叫道: "大爺有了!" 眾人蜂擁而前. 莊客指道: "那槐枝上掛的, 不是大爺的軟翅紗巾[51]麼?" 眾人道: "既有了巾兒, 人也只在左近." 沿牆照去, 不多幾步, 只叫得聲: "苦也!" 原來東角轉灣處, 有個糞窖, 窖中一人, 兩脚朝天, 不歪不斜, 剛剛倒插在內. 莊客認得鞋襪衣服, 正是張委. 顧不得臭穢, 只得上前打撈起來. 虞單二老暗暗念佛, 和鄰舍們自回. 眾莊客擡了張委, 在湖邊洗淨, 先有人報去莊上, 合家大小, 哭哭啼啼, 置備棺衣入殮, 不在話下. 其夜, 張霸破頭傷重, 五更時亦死. 此乃作惡的見報, 正是:

兩個兇人離世界, 一雙惡鬼赴陰司.

次日, 大尹病痊陞堂, 正欲弔審秋公之事, 只見公差稟道: "原告張霸同家長張委, 昨晚都死了." 如此如此, 這般這般. 大尹大驚, 不信有此異事. 須臾間, 又見里老鄉民, 共有百十人, 連名具呈前事. 訴說秋公平日惜花行善, 並非妖人. 張委設謀陷害, 神道報應, 前後事情, 細細分剖. 大尹因昨日頭暈一事, 亦疑其枉, 到此心下豁然, 還喜得不曾用刑. 即於獄中弔出秋公, 當堂釋放. 又給印信告示, 與他園門張掛, 不許閒人侵損他花木. 眾人叩謝出府, 秋公向鄰里作謝, 一路同[52]回. 虞、單二老, 開了園門, 同秋公進去. 秋公見牡丹繁盛如初, 傷感不已. 眾人治酒, 與秋公壓驚. 秋公又答席, 一連喫了數日酒席. 閒話休題. 自此之後, 秋公日餌百花, 漸漸習慣, 遂謝絕

51) 軟翅紗巾(연시사건): 고대에 관원들이 많이 쓰는 두건의 일종이다. 부드러운 날개가 양쪽에 달린, 성기게 짠 직물로 만든 두건이란 뜻으로 두건 양쪽에 달린 '날개[翅]'가 자연스럽게 밑으로 드리워져 있어 '軟翅'라고 한 것이다.

52) 【校】回(회): 古本小說集成本·繪圖本《今古奇觀》과 古本小說集成本《醒世恒言》에는 "回"로 되어 있고, 人民文學本《今古奇觀》과 人民文學本《醒世恒言》에는 "了"로 되어 있다.

了煙火之物. 所鬻果實錢鈔, 悉皆布施. 不數年間, 髮白更黑, 顏色轉如童子. 一日正值八月十五, 麗日當天, 萬里無瑕, 秋公正在花下趺坐, 忽然, 祥風微拂, 彩雲如蒸, 空中音樂嘹亮, 異香撲鼻, 青鸞白鶴, 盤旋翔舞, 漸至庭前. 雲中正立着司花女, 兩邊幢幡寶蓋, 仙女數人, 各奏樂器. 秋公看見, 撲翻身便拜. 司花女道: "秋先, 汝功行圓滿, 吾已奏聞上帝, 有旨封汝爲護花使者, 專管人間百花, 令汝拔宅上升. 但有愛花惜花的, 加之以福; 殘花毁花的, 降之以災!" 秋公向空叩首謝恩訖, 隨着眾仙登雲, 草堂花木, 一齊冉冉升起, 向南而去. 虞公、單老和那合村[53]之人都看見的, 一齊下拜. 還見秋公在雲中舉手謝眾人, 良久方沒. 此地遂改名升仙里, 又謂之百花村云[54].

園公一片惜花心, 道感仙姬下界臨. 草木同升隨汝[55]宅, 淮南不用煉黃金.

53) 【校】合村(합촌): 古本小說集成本《今古奇觀》과 古本小說集成本《醒世恒言》에는 "合村"으로 되어 있고, 人民文學本·繪圖本《今古奇觀》과 人民文學本《醒世恒言》에는 "鄰里"로 되어 있다.

54) 【校】云(운): 《今古奇觀》 각 판본과 古本小說集成本《醒世恒言》에는 "云"자가 있고, 人民文學本《醒世恒言》에는 없다.

55) 【校】汝(여): 《今古奇觀》 각 판본에는 "汝"로 되어 있고, 《醒世恒言》 각 판본에는 "拔"로 되어 있다.

제9권

운이 트인 사내가 공교롭게 동정홍이란 귤을 만나다〔轉運漢巧遇洞庭紅〕

▌작품 해설

이 이야기는 《초각박안경기(初刻拍案驚奇)》 권1의 〈운이 트인 사내가 공교롭게도 동정홍이란 귤을 만나고 페르시아 사람이 타용 껍데기를 가리키며 설파하다(轉運漢遇巧洞庭紅 波斯胡指破鼉龍殼)〉이다. 입화(入話) 부분인 '김 영감 이야기'의 본사(本事)는 명나라 주휘(周暉)의 《금릉쇄사(金陵瑣事)》 권3의 〈떠나가 버린 은(銀走)〉이며 주인공은 진씨(陳氏) 부부이다. 정화(正話)의 본사는 명나라 주원위(周元暐)의 《경림속기(涇林續記)》에 보이는데 주인공의 이름은 소화(蘇和)이다. 이보다 앞서 당나라 황보씨(皇甫氏)의 《원화기(原化記)》에 비슷한 이야기가 실려 있는데〔《태평광기》 권403 인용〕 위생(魏生)이라는 자가 배를 타고 고향으로 돌아오는 도중에 기슭에 올라가 자기도 모르는 보물을 주워서 가지고 있다가 보회(寶會)에서 호인(胡人)에게 보인다. 그리고 그 호인은 그것이 자신의 나라에서 30년 전에 잃어버린 국보인 것을 알아보고 고가로 샀다는 내용이다. 《곡해총목제요(曲海總目提要)》 권28에 청나라 장대복

(張大復)의 전기(傳奇) 희곡작품 〈쾌활삼(快活三)〉이 소개되어 있는데 이 작품은 《초각박안경기》 권12 〈도씨 집 노옹이 큰비에 손님을 만류하고 장진경이 말 한마디로 아내를 얻다(陶家翁大雨留賓 蔣震卿片言得婦)〉와 권1의 〈운이 트인 사내가 공교롭게도 동정홍이란 귤을 만나고 페르시아 사람이 타용 껍데기를 가리키며 설파하다〉의 이야기를 결합시켜 개작한 작품으로 주인공은 상인인 장진(蔣珍)이다.

이 작품의 정화(正話)는 불운한 문약허가 우연한 기회로 동정홍이란 귤을 사가지고 친구인 장식화(張識貨)를 따라 바다를 건너 이국으로 장사를 하러 갔다가 뜻하지 않게 그 귤을 팔아 돈을 많이 번 뒤, 돌아오는 뱃길에 또 우연한 기회로 타용(鼉龍) 껍데기를 주워 와 그것을 알아보는 페르시아인에게 고가로 팔아 거부가 되는 내용이다. 《초각박안경기》 권1에 실려 있는 양구(兩句)의 제목〔轉運漢遇巧洞庭紅 波斯胡指破鼉龍殼〕에서 볼 수 있듯이 전구(前句)의 주어는 주인공인 문약허를 지칭하는 '운이 트인 사내〔轉運漢〕'이고 후구(後句)의 주어는 '페르시아인〔波斯胡〕'이다. '페르시아인'이 주인공과 나란히 제목에 올려 진 것을 볼 때, 작품 안에서 중요한 역할을 한다는 것을 알 수 있다. 이 두 인물을 연결시켜 준 것은 주인공의 해외 여정이다.

'해외(海外)'라는 미지의 공간에 대한 서사화는 《산해경》의 〈해경(海經)〉과 〈황경(荒經)〉 그리고 《장자·추수(秋水)》 등의 문헌에서 그 남상이 확인된다. 이들 대부분은 기이하게 생긴 해신(海神)에 대한 묘사가 주를 이루는 신화적 혹은 원시적 상상의 산물이라고 할 수 있다. 진한(秦漢) 시기에 이르러 조선(造船) 기술이 발전함에 따라 '해양(海洋)'에 대한 탐색이 본격적으로 시작되고 한무제 때에는 해상 실크로드가 개통되기도 했지만 해양에 관한 이야기들은 신선이나 불로장생약을 찾는 이야기와 같은 도교사상에 바탕을 둔 상상적 서사 범주를 탈피하지는 못한다. 이런 풍조가 위진남북조 시기에 이르러 도교와 관련 깊은 현학(玄學)의 성행과 더불어 해외 여정이나 해외 문물에 관련된 호기심에 바탕을 둔 지괴소설로 산출되기에 이른다. 예컨대 서진(西晉) 장화(張華)의 《박물지(博物志)》와 신선과 보물에 대한 기문을 많이 기록한 《십주기(十洲記)》가 바로 그것이다.

이전에는 '해외'라는 문학적 공간이 신화적이거나 상상적이거나 혹은 종교사상적 가상공간이었다면 당송원 시기에 이르러서는 해상 실크로드의 발달로 인해 실제적으로 해외무역이 성행하여 소설에서 해외 관련 내용이 대폭적으로 증가하게 되며 그 묘사에 있어서도 더욱더 현실에 근접하게 된다. 당대 전기소설에서는 해외에서의 기우(奇遇)와 보물 발견 등에 대한 내용이 대폭적으로 증가했다. 정화의 최초 본사로 보이는 당나라 황보씨(皇甫氏)의 《원화기(原化記)》에 실린 위생(魏生)의 이야기도 바로 이 시기의 작품인 것이다. 여기서도 정화와 마찬가지로 해외에서 보물을 주워 왔지만 그것이 보물인 줄 알아보지 못한 채 가지고 있다가 호인(胡人)이 그것을 알아보는 것으로 이야기가 설정되어 있다.

《자치통감》 권198을 보면 당태종이 "자고로 모두들 중화를 귀히 여기고 오랑캐를 천하게 여기지만 오직 짐만은 이들을 똑같이 사랑하노라.〔自古皆貴中華, 賤夷狄, 朕獨愛之如一.〕"라고 말했다 하듯이, 당나라는 초기부터 타국에 대해 우호적이고 개방적인 외교 정책을 시행했다. 《대당육전(大唐六典)》에 의하면, 개원(開元) 시기에는 중국으로 조공하러 오는 나라가 70여 국에 달했고 외국과의 교류와 무역이 매우 성했으며, 장안에는 호상(胡商)이 주가 된 서시(西市)도 세워져 중국에 남아 사는 호인(胡人)이 수천 가호에 달했다고 한다. 이 시기로부터 회회(回回) 또는 호인이나 페르시아인 등으로 불리는 아라비아 지역의 사람들이 보물과 관련 있는 특별한 인물로 소설에 적잖이 등장하기 시작한다. 《태평광기(太平廣記)》에 실려 있는 작품만을 놓고 봐도 이런 부류의 작품들이 대략 44편 정도에 이른다. 호인이 등장하는 이야기들 가운데 이른바 '호인식보(胡人識寶)'의 에피소드들을 적잖이 볼 수 있다. 이야기 속에서 호인들은 해외에서 온 인물들인 만큼 식견이 풍부해 특히 남들이 알지 못하는 보물들을 알아보는 역할을 담당하는 것이다. 본 작품이 실려 있는《초각박안경기(初刻拍案驚奇)》의 원제목〔轉運漢遇巧洞庭紅 波斯胡指破鼉龍殼〕에서 '페르시아인(波斯胡)'이 주인공과 나란히 제목에 오를 수 있었던 이유도 남들은 '버릴 물건〔棄物〕'이라고 생각하는 타룡각(鼉龍殼)을 보고 보물이라는 것을 알고서 '가리켜 설파하는〔指破〕' 결정적인 역할을 담당하기 때문이다. 주인공인 문약허가 우연한 해외 여정에서 보물을 가져오는 이야기는 그 보물의 가치가 드러나게 되는 것으로 완결된다. 이 작품 역시 '호인식보(胡人識寶)'의 화소가 이야기를 풀어가는 데 중요한 역할을 하고 있는 것이다. 그런 까닭에 본 작품에서 주인공을 해외 무역의 길로 안내해 준 '장대'라는 인물이 진기한 보배를 알아볼 수 있는 눈이 있다 해서 별명이 '장식화(張識貨)'라고 불리었음에도 불구하고 무가지보(無價之寶)를 알아보는 결정적 역할은 역시 이전의 이야기들로부터 내려온 서사 전통대로 페르시아 상인 마보합(瑪寶哈)이 맡았던 것이다.

정화(正話)의 시대적 배경이 된 명대에 이르러서는 성조(成祖)의 어명을 받아 정화(鄭和)가 일곱 차례나 서양으로 항해를 했고 융경(隆慶) 원년에는 목종(穆宗)이 개인의 해외 무역 금지령을 해제하기도 했다. 그 결과, 명대에는 이전에 비해 더욱더 해외 사무역이 발달할 수 있었으며 상인의 사회적 지위도 상승하게 되었던 것이다. 그러므로 해양 상업 활동이 소설에서 흥미롭고도 중요한 묘사의 대상이 될 수 있었고 또한 이런 이유들로 인해 해외와 이국에 대한 허구적 상상이 점차 실제의 일과 부합되어 결과적으로 소설 작품의 묘사에 있어서도 사실적(寫實的) 묘사와 허구적 묘사가 적절히 결합될 수 있었던 것이다.

▌본문 역주

깊은 술잔에는 날마다 술이 가득하고	日日深杯酒滿
작은 꽃밭에는 아침마다 꽃이 피누나	朝朝小圃花開
혼자서 노래하고 춤추고 즐기며	自歌自舞自開懷
어떤 구애(拘礙)도 없음을 기뻐하노라	且喜無拘無礙
사서에 적혀 있는 일장춘몽이 얼마나 많으며	青史幾番春夢
홍진 속에 뛰어난 재주를 지닌 자 얼마나 많은가	紅塵多少奇材
미리 따져 궁리해 둘 필요도 없이	不須計較與安排
바로 지금 이때를 살면 된다네	領取而今見在

〈서강월(西江月)〉[1] 곡조에 맞춰 지은 이 사(詞)는 송나라 주희진(朱希眞)[2]이 지은 작품으로 인생의 공명(功名)과 부귀는 모두 타고난 운수가 있는 것이기에 목전의 즐거움을 도모하는 것만 못하다고 말하고 있다. 고금을 살펴보건대, 십칠사(十七史)[3] 가운데 얼마나 많은 영웅호걸들이 마땅히 부유하게 살아야 했음에도 부유하게 살지 못했으며, 마땅히 귀하게 살아야 했음에도 귀하게 살지 못했던가? 문장에 능한 자는 말에 잠시 기댄 채로 천 마디 문장을 쓸 수 있어도[4] 쓰임을 받지 못할 때에는 그가

1) 서강월(西江月): 본래 당나라 教坊의 곡이었는데 나중에 詞牌로 쓰였으며 〈江月令〉, 〈白蘋香〉, 〈步虛詞〉 등이라고도 했다. '서강월'이라는 명칭은 이백의 시 〈蘇臺覽古〉에 있는 구절인 "只今唯有西江月"에서 비롯되었다.

2) 주희진(朱希眞): 南宋 때 詞人이었던 朱敦儒(1081~1159)를 이른다. 자가 希眞이고 洛陽 사람으로 兵部郎中, 臨安府通判, 秘書郎, 都官員外郎 등의 벼슬을 역임했다. 저술로는 《樵歌》라는 詞集이 있고 '詞俊'이라고 불리었으며 《宋史》 권445에 그에 대한 傳이 있다. 본문에서 인용하고 있는 詞는 《花菴詞選》 續集 권1에 《西江月 · 自樂》이란 제목으로 수록되어 있고 《花草粹編》 권6에 실려 있는 〈警悟〉의 둘째 수이다.

3) 십칠사(十七史): 《史記》, 《漢書》, 《後漢書》, 《三國志》, 《晉書》, 《宋書》, 《南齊書》, 《梁書》, 《陳書》, 《魏書》, 《北齊書》, 《周書》, 《隋書》, 《南史》, 《北史》, 《新唐書》, 《新五代史》 등 17部의 史書를 통틀어 이르는 말이다.

쓴 몇 장의 글은 장독덮개로도 부족하며5), 무예에 능한 자는 활을 쏘아서 백 걸음 밖에 있는 버드나무 잎을 맞출 수 있음에도6) 쓰임을 받지 못할 때에는 그 몇 개의 화살은 땔감으로 삼아 밥 짓기에도 부족하다. 지극히 어리석고 멍청하긴 하지만 타고난 복이 있는 자라면 아무리 학문이 얕다 해도 과거에 급제할 것이며, 아무리 무예가 평범하다 해도 큰 봉록을 받을 것이다. 진정 이른바 시(時)가 있고 운(運)이 있고 명(命)이 있다는 말이니 속어 가운데 이를 잘 대변해 주는 두 구가 있다.

빈궁할 운명이면 황금을 파내어도 구리로 바뀌고	命若窮 掘着黃金化做銅
부유할 운명이면 흰 종이를 주워도 베로 변한다네	命若富 拾着白紙變成布

결국 장명사(掌命司)7)에서 이리저리 뒤집는 대로 따를 수밖에 없는 것이다. 그래서 오언고(吳彦高)8)가 이런 사(詞)를 짓기도 했다.

4) 南朝 宋나라 劉義慶의 《世說新語·文學》에 의하면, 晉 明帝의 부마인 桓溫이 북벌을 할 때 문학가인 袁宏(약 328~약 376)이 그를 따르고 있었는데 공문이 필요해서 袁宏을 불러서 쓰게 했더니 袁宏은 말에 기댄 채 잠시 만에 일곱 장을 쉬지 않고 썼다고 한다. 이 전고는 才思가 빠른 것을 형용하는 데 쓰인다.

5) 《漢書·揚雄傳下》에 이런 전고가 보인다. 揚雄이 《太玄》과 《法言》을 저술한 뒤 그에게 배우는 자들이 있었다. 劉歆이 양웅의 저술을 보고 그에게 말하기를 "공연히 스스로 고생을 하네! 지금 학자들은 봉록을 타면서도 《易經》을 알지 못하는데 하물며 《太玄》에 있어서이겠는가? 후인들이 그것으로 장독덮개를 할까 걱정스럽네.('空自苦！今學者有祿利, 然尙不能明《易》, 又如《玄》何？ 吾恐後人用覆醬瓿也.)"라고 했다. 나중에 이 전고로 어떤 저작이 장독덮개로 쓰일 정도로 가치가 없거나 사람들에게 이해를 받지 못해 중시되지 못하는 것을 비유적으로 이르게 되었다.

6) 《戰國策·西周策》과 《史記·周本紀》에 의하면 楚나라에 養由基라는 사람이 있었는데 활로 백 걸음 떨어진 곳에서 버들잎을 쏘면 백 번을 쏴서 백 번 다 적중시킬 수 있었다고 한다. 이후 활을 잘 쏘는 것을 일러 '百步穿楊'이라고 하게 되었다.

7) 장명사(掌命司): 초월적 세계에서 사람의 운명을 장악하고 있다는 관서를 이른다.

8) 오언고(吳彦高): 宋金 때 문학가이자 서화가인 吳激(1090~1142)을 이른다. 자는

조화소아(造化小兒)[9]는 정해진 기준도 없이	造化小兒無定據
이리 뒤집었다가 저리 뒤집고	翻來覆去
가로로 눕혔다가 세로로 세우네	倒橫直竪
눈에 보이는 것들 모두가 이러하구나	眼見都如許

회암(晦庵)[10] 스님의 사(詞)에서도 이렇게 읊었다.

뉘인들 원치 않으리오	誰不願
황금으로 된 집을	黃金屋
뉘인들 원치 않으리오	誰不願
천 종(鍾)의 봉록을	千鍾[11]粟
운명을 점쳐도 그런 팔자가 아니도다	算五行[12]不是這般題目
괜스레 속궁리로 방략을 낸들 쓸데없나니	枉使心機閒計較
자손들에게는 자손들대로의 복이 있다네	兒孫自有兒孫福

소동파(蘇東坡)[13]의 사에서도 이렇게 읊었다.

彥高이고 호는 東山散人이었다. 北宋의 재상을 지냈던 吳栻의 아들이며 당시 화가였던 米芾의 사위로 시문과 서화에 모두 능했다. 그가 지은 詞는 풍격이 산뜻하고 고국에 대한 그리움을 다룬 작품들이 많았다. 인용한 부분은 〈警悟〉라는 사의 일부로 全詞는 南宋 何士信이 엮은《草堂詩餘》권2 등에 수록되어 있다.

9) 조화소아(造化小兒): '造化'는 자연세계의 창조자 즉 조물주를 이르는 말이고, '小兒'는 어린 아이를 말한다. '조화소아'는 인간의 운명을 주관하는 신을 해학적으로 칭하는 말로 보통 운명의 변화무상함을 형용할 때 쓰인다.

10) 회암(晦庵): 南宋 때의 승려로 호는 晦庵이었다. 여기 인용한 부분은 〈滿江紅〉 사의 일부로 全詞와 관련된 일화가《鶴林玉露》권14 등에 보인다.

11) 천종(千鍾): '鍾'은 고대의 계량 단위로 六斛四斗가 1鍾이다. 8斛이나 10斛이 1鍾이라는 설도 있다. '千鍾'은 매우 후한 봉록을 뜻한다.

12) 오행(五行): 우주만물을 구성하는 요소인 水, 火, 木, 金, 土 5종 원소를 지칭하는 말인데 옛날에는 이것으로 우주 만물의 기원과 변화를 설명하고 또 오행의 生剋으로 사람의 운명을 추산했으므로 五行은 운명을 가리키기도 했다.

13) 소동파(蘇東坡): 北宋 때 대문장가였던 蘇軾(1037~1101)을 가리킨다. 자는 子瞻이고 眉山(지금의 四川省) 사람으로 東坡居士라고 자호했으며 翰林學士를 지냈

달팽이 더듬이만한 허명과	蝸角虛名
파리 대가리만한 작은 이익이여	蠅頭微利
헤아려보노니 뭘 위해 공연히 바쁘게 사는가	算來著甚乾忙
만사는 모두 다 운명으로 정해진 바라	事皆前定
뉘라서 약하고 뉘라서 강하리오	誰弱又誰强

이들 몇몇 유명인들이 이렇다저렇다 읊조린 것들은 모두 다 한 가지 의미로, 결국 이런 옛말만 못하다.

만사에는 분수가 이미 정해져 있거늘	萬事分已定
덧없는 인생 공연스레 스스로 바쁘구나	浮生空自忙

"이야기꾼! 댁의 말대로라면 문장에 능하거나 무예를 잘할 필요도 없이 게으른 사람이라도 하늘에서 공명이 떨어지면 되는 거며, 장사를 하여 가업을 세울 필요도 없이 집안을 망칠 사람이라도 하늘이 가산을 만들어주면 되는 것이니 세상을 진취적으로 살려는 사람들의 마음에 찬물을 끼얹는 게 아니오?" 관객 여러분! 이런 말은 몰라서 하는 소리외다. 가령 집안에 게으른 사람이 있으면 그것은 천하게 살 운명을 타고난 것이며, 집안을 망치는 사람이 있다면 그것은 곤궁하게 살 운명을 타고난 것으로 이는 상리(常理)인 것이오이다. 또한 눈 깜짝할 사이에 빈부가 뒤바뀌는 의외의 경우도 있기에 눈앞의 일들을 가지고 앞날에 생길 일들의 기준으로 결코 삼을 수 없소이다.14)

으므로 蘇學士라고도 불리었다. 대표적인 豪放派 詞人으로 唐宋八大家 중의 한 사람이다. 王安石의 變法에 반대하다가 貶謫 당했으며 문집으로《東坡全集》 115권이 전한다. 여기서 인용된 구절은〈滿庭芳〉사의 일부로 全詞는《東坡詞》 등에 수록되어 있다.

14) 이런 표현은 화본소설 작가가 화본의 구연 현장을 모의한 것이다. 질문을 담은 앞의 문장은 관중이 이야기꾼에게 질문이나 이의를 제기하듯 모방을 한 것이며, 그 뒤 이어지는 문장은 이야기꾼이 답을 하듯 모방한 것이다. 관중과 이야기꾼의 문답처럼 설정한 것은 실제로는 작가의 자문자답일 뿐이며 이는 화본소설에서

듣기로 송(宋)나라 때 변경(汴京)에 사는 어떤 사람이 있었는데 성은 김(金)씨요, 이름은 유후(維厚)라 했으며 장사를 하는 사람이었다. 그는 장사로 인해 어쩔 수 없이 이른 아침에 일어나 밤늦게 잠을 잤는데 눈만 뜨면 오만 가지 궁리를 하여 이문을 남길 수 있는 장사만 골라 했다. 나중에 집안형편이 넉넉해지자 그는 장기적으로 돈을 모을 수 있는 한 가지 방법을 생각해 냈다. 그것은 자잘한 은자만 수중에 두고서 쓰고, 큼지막하고 품질이 좋은 은자가 있으면 쓰지 않고 모았다가 대략 백 냥 정도가 되면 큰 은덩이로 녹여 만드는 것이었다. 그런 뒤 그는 붉은 실 한 가닥으로 그 은덩이 가운데를 엮어 한 줄로 만들어 베개 옆에 놓아둔 채, 밤이 되면 한바탕 그것을 어루만지고 나서야 잠이 들곤 했다. 그렇게 평생 모아서 녹여 만든 은이 여덟 덩이에 달했으나 그 후로는 은자가 들어오고 나가는 대로 그냥 내버려둬 더 이상 백 냥의 은덩이가 만들어지지 않았으며 그도 그 정도에서 그만두게 되었다.

김 영감은 아들 넷을 두었는데 하루는 그의 칠순 생일이 되자 그 아들들이 축하하는 술잔치를 마련했다. 그는 아들들이 공경스럽게 예를 갖추는 모습을 보고서 마음속으로 기뻐하며 네 아들에게 이렇게 말했다.

"비록 평생 동안 수고스럽기는 했지만 나는 하늘의 가호를 입어서 집안형편이 나름대로 살만 했다. 그런데다가 내 평소에 신경을 써서 큰 은덩이 여덟 개를 녹여 만들어 놓고는 전혀 쓰지 않고 있었단다. 내 그것을 베개 옆에 두고서 한 쌍씩 실로 묶어 놓았지. 이제 좋은 날을 택해 너희들에게 한 사람 당 은덩이 한 쌍씩 나눠줘 가세를 든든하게 하는 보화(寶貨)로 삼게 할 게다."

네 아들들은 기뻐 감사하며 한껏 즐긴 뒤, 헤어졌다.

흔히 보이는 서술방법이다. 작가는 이런 방식으로 관중의 목소리를 빌려 질문을 제기한 뒤, 이야기꾼이 그 질문에 대답을 하는 것처럼 하여 그 부분에 대해 설명을 하고 다음 내용으로 넘어감으로써 이야기의 생동감과 현장감을 강화시키고 흥미를 유발한다.

그날 밤, 김 영감은 취기가 약간 돈 채로 등불을 켜고 침상에 올랐다. 그리고 흐리멍덩하게 취한 눈으로 베개 옆에 놓인 번쩍거리는 여덟 개의 큰 은덩이를 바라보면서 허허대며 소리 내어 웃고는 잠자리에 들었다. 그런데 잠이 들기 전 즈음에 침상 앞에서 사람이 걸어 다니는 발소리가 들리는 것이었다. 김 영감은 마음속으로 도둑이 들었다고 의심이 되어 다시 자세히 들어보니, 어떤 사람들이 서로 먼저 앞에 나서고 싶어 하고는 있으나 겸양으로 서로에게 양보를 하고 있는 듯했다. 침상 앞에 등불이 희미하게 보이기에 휘장을 걷고서 보니 흰옷을 입고 허리에 홍대(紅帶)를 두르고 있는 여덟 명의 건장한 사내들이 몸을 굽힌 채 앞으로 다가와서 이렇게 말하는 것이었다.

"저희 형제들은 천명이 지정해 준 대로 어르신 집에 있으면서 명을 기다리고 있었습니다. 이제 어르신의 과분한 사랑을 입어 사람이 되었지요. 저희들이 번거롭지 않도록 사용하지 않으시면서 여러 해 동안 아껴주셨고요. 장차 어르신의 명운이 다 되어가기에 저희들은 어르신께서 세상을 뜨신 뒤, 갈 데를 다시 찾아보려 했습니다. 오늘 듣자하니 이제 저희들을 도련님들에게 나눠주신다고 하는데 저희들은 도련님들과는 원래 정해진 인연이 없으므로 이렇게 미리 와서 작별을 고합니다. 저희들은 아무개 현(縣) 아무개 마을의 왕(王) 씨 성을 갖은 모씨(某氏)에게로 가서 의탁할 것입니다. 후연(後緣)이 아직 다하지 않았으니 한 번 더 뵐 수 있을 것입니다."

그들은 말을 마치자마자 뒤돌아 가버렸다. 김 영감은 무슨 일인지 모른 채 깜짝 놀라서 몸을 돌리고는 침상에서 내려왔다. 그리고 신발을 신을 겨를도 없이 맨발로 그들을 쫓아가보니 저 멀리로 여덟 사람이 방문을 나가는 것이 보였다. 김 영감은 급히 쫓아가다가 발이 문턱에 걸려 넘어지는 바람에 문득 깨어나 보니 남가일몽(南柯一夢)[15]이었다. 그는

15) 남가일몽(南柯一夢): 당나라 李公佐의 傳奇小說 〈南柯太守傳〉에서, 순우분은

자리에서 급히 일어나 등잔의 심지를 돋우고서 밝은 빛으로 베개 옆을 비춰보았다. 여덟 개의 큰 은덩이가 이미 보이지 않기에 꿈속에서 들었던 말들을 자세히 생각해 보니 한 마디 한 마디가 모두 사실이었다. 김 영감은 한숨을 내쉬며 한참을 목메다가 이렇게 생각했다.

"내 평생 동안 고생스럽게 모은 것을 아들들이 받아쓰도록 나눠주지도 못하고 도리어 남의 것이 되었다는 게 믿겨지지 않는구나. 그 은덩이들이 가는 지방과 그것들을 갖게 되는 이의 성명을 분명히 들었으니 그곳을 천천히 찾아봐야겠다."

밤새도록 잠을 이루지 못한 채, 다음 날 아침에 일어나 아들들에게 이 일을 말했다. 그 아들들 중에는 깜짝 놀라는 자도 있었고 의심을 하는 자도 있었다. 놀랍게 여기는 자는 생각하기를 "우리 수중에 들어올 물건이 아니다보니 눈앞에 괴이한 일이 벌어지는구나."라고 했으며, 의심을 하는 아들은 생각하기를 "노인네가 기뻐하는 통에 실수로 우리들에게 준다고 말해 놓고서 다시 생각해 보니 일시에 나눠주기가 아까우니까 이런 터무니없는 말을 만들어냈을 지도 모르지."라고 했다. 김 영감은 아들들이 믿거나 의심하는 등 각기 서로 다른 것을 보고서 자기가 한 말이 사실이라는 것을 입증하려고 했다. 이에 아무개 현 아무개 마을을 찾아가보니 과연 왕 씨 성을 가진 마무개가 있었다. 문을 두드리고 들어가 보니 당(堂) 앞에 등촉을 휘황찬란하게 밝히고 삼생(三牲)과 제물들을 차려 놓고서 신에게 제사를 올리고 있는 중이었다. 곧 김 영감이 말문을 열고 묻기를 "댁에 무슨 일이 있기에 이렇게 하시는 게요?"라고 하자,

---

槐安國에 가서 그 나라 공주를 맞이하고 南柯郡 태수로 있으면서 부귀영화를 누리다가 檀蘿國 군대가 쳐들어오자 이에 대항하다 패한 뒤, 공주도 병사하고 자신도 왕에게 의심을 받아 파면되어 꿈에서 깨어난다. 그의 집 마당에 있던 회화나무 밑의 개미굴이 바로 괴안국이었으며 그 회화나무 남쪽 가지 밑에 있던 다른 개미굴이 남가군이었다고 한다. 이로 인해 꿈나라나 공허한 환상을 일러 남가일몽이라고 한다.

하인은 주인에게 아뢰어 나와 보도록 했다. 집 주인 왕 영감은 김 영감을 만나 읍을 하고서 좌정을 한 뒤, 찾아온 연유를 물었다. 이에 김 영감이 말했다.

"이 늙은이에게 의아한 일이 한 가지가 있어 그 얘기를 물어보려고 일부러 댁에 찾아온 것입니다. 지금 댁에서 이리 신에게 제사를 올리고 계신 것을 보아하니 반드시 그 이유가 있을 테지요. 감히 청하건대 소상히 알려 주셨으면 합니다."

그러자 왕 영감이 이렇게 말했다.

"이 못난 늙은이가 우연히 형처(荊妻)[16]의 잔병치레로 인해 점을 보았더니 점쟁이가 말하기를 침상을 옮기면 나아진다고 하더군요. 어제 형처가 병중에서 허리에 붉은 띠를 묶고 있는 흰옷을 입은 여덟 명의 건장한 사내들을 어렴어렴하게 보았는데 그들이 형처에게 말하기를 '저희들은 본래 김 씨 집에 있었으나 지금은 그쪽과 인연이 다하여 댁에 몸을 의탁하러 왔습니다.'라고 한 뒤, 모두 다 침상 밑으로 들어갔다 합니다. 그러고 나서 형처는 놀라 온몸에 식은땀이 나더니 몸이 개운해졌습니다. 침상을 옮길 때에 먼지 속에서 큰 은덩이 여덟 개를 발견했는데 그 은덩이들 중간에는 모두 붉은 실로 엮여 있었으며 그것들이 어디서 온 것인지는 알 수 없었지요. 이는 모두 천신(天神)께서 복을 주시어 가호해 주신 것이기에 제물을 사서 감사를 올린 것입니다. 지금 노인장께서 찾아와 물으시는 것을 보니 혹시 그 내력에 대해서 조금 알고 계시지는 않은지요?"

김 영감이 발을 동동 구르며 말했다.

"그것은 제가 평생 동안 모은 것인데 어제 꿈 하나를 꾸었더니 바로

16) 형처(荊妻):《太平御覽》권718에 인용된《列女傳》의 이야기에 따르면, 東漢 때 隱士였던 梁鴻의 처 孟光은 소박하여 가시나무(荊)의 가지를 비녀로 삼고 거친 천으로 치마를 만들어 입었다고 한다. 나중에 이 이야기로 말미암아 자신의 아내를 '荊妻' 또는 '拙荊'이라고 겸칭하게 되었다.

사라져 버렸습니다. 꿈에서 말한 노인장의 성명과 거소(居所)가 확실하여 여기까지 찾아온 것이지요. 보아하니 천운이 이미 정해져 있는듯하여 저도 원망할 데가 없습니다. 다만 가져다가 한번 보여주신다면 저의 심사(心事)도 끝을 맺을 수 있을 것 같습니다."

그러자 왕 영감은 "그건 쉽지요."라고 말하며 빙그레 웃으면서 안으로 들어가 사동(使童) 네 명을 시켜 네 개의 소반을 가지고 나오도록 했다. 한 접시에 은덩이 두 개씩 담겨져 있었는데 모두 가운데가 붉은 끈으로 엮어져 있었으니 바로 김 영감 집의 것들이었다. 김 영감은 이를 보며 눈을 뻔히 뜨고도 어찌할 수 없었기에 저도 모르게 눈물을 줄줄 흘렸다. 그리고 한참을 어루만지며 "이 늙은이가 정말 이리 박복하여 이를 누릴 수가 없구나!"라고 했다. 왕 영감은 비록 사동을 시켜 은덩이를 도로 가지고 들어가라고는 했지만 마음속으로 그런 김 영감을 차마 볼 수 없었으므로 따로 작은 은전 세 냥을 가져다 그에게 주면서 작별을 했다. 김 영감이 말하기를 "내 집 물건도 누릴 복이 없는데 선사해 주시는 것을 어찌 받을 수 있겠소이까?"라고 하며 거듭 사양하면서 기필코 받지 않으려고 했다. 왕 영감이 김 영감의 소매 속으로 그것을 집어 넣자 김 영감은 꺼내어 되돌려주려 했다. 하지만 금방 더듬어서 찾을 수가 없기에 김 영감은 얼굴이 온통 빨개졌다. 게다가 왕 영감의 간청을 꺾을 수도 없었기에 부득이 읍하며 그대로 헤어졌다.

김 영감이 곧장 집으로 가서 아들들에게 있었던 일들을 일일이 말해주자 모두들 한 차례 탄식을 했다. 이에 김 영감은 헤어지기에 앞서 왕 영감이 호의로 은전 세 냥을 준 일을 이야기한 뒤, 온 소매를 두루 더듬으며 찾아봐도 은전은 전혀 보이지 않았다. 도중에 떨어뜨렸을 것이라고만 생각했으나 실은 김 영감이 그 은전을 사양할 때 왕 영감이 그의 소매 속으로 마구 집어 넣어 주다가 한 겹으로 된 겉옷 소매 속에 넣은 것이었다. 소매의 실이 풀려 있는 데가 있었으므로 왕 씨 집에서 그것을 꺼내주려고 소매 속을 더듬을 때 이미 소매의 터진 데로 은전이 그 집 문턱

옆에 떨어졌던 것이다. 손님이 간 뒤, 왕 영감은 대문 앞을 쓸다가 도로 그 은전을 줍게 되었다. 이것으로 먹고 마시는 것 하나하나가 미리 정해져 있지 않은 것이 없다는 것을 알 수 있다. 제 것이 될 수 없는 것은 팔백 냥은커녕 세 냥이라도 가져갈 수 없으며, 제 것이 될 것은 팔백 냥은 물론이고 세 냥이라도 밀어낼 수 없는 것이다. 원래 갖고 있던 사람은 되레 없게 되고, 원래 갖고 있지 않던 사람은 되레 갖게 되니 결코 사람의 계획대로 되는 것은 아니다.

지금 얘기하려고 하는 이 사람은, 뭍에서 일을 하면서 걷는 족족 제대로 딛지 못해 매우 가난했고 고생스러웠지만 도리어 꿈속에서조차 가지 않는 아득히 먼 곳에서 느닷없는 재물을 얻어 거부가 되었다. 이는 종래로 드문 일이며 예부터 들어보지 못한 일이다. 그 증거가 되는 시가 있다.

제 분수의 공명과 제 돈궤 속 재물은	分內功名匣裏財
총혜(聰慧)와도 무관하고 우둔함과도 무관타오	不關聰慧不關獃
진정으로 재물과 벼슬 운이 있을 명이라면	果然命是財官格
바다 건너편에서 보물도 보내져 온다네	海外猶能送寶來

화설(話說), 국조(國朝) 성화(成化)[17] 연간에 소주부(蘇州府) 창문(閶門) 밖에 문(文) 씨 성을 가진 한 사람이 살고 있었는데 이름이 실(實)이요, 자는 약허(若虛)였다. 태생이 총명하고 재주가 많아 하는 것 모두가 능했으며 배운 것은 바로 터득했다. 거문고와 바둑, 서화와 악기 및 가무 등에 대해 대충이나마 모두 다 알았다. 어렸을 때 일찍이 어떤 사람이 그의 관상을 보고서 거부가 될 것이라 했다. 그도 스스로 자신의 재능을 믿었기에 돈벌이에 전력하지 않고 하는 일 없이 재산을 털어먹기만 했으므로 조상으로부터 물려받은 천금의 가산은 점차 바닥나게 되었다. 나중

17) 성화(成化): 명나라 憲宗 朱見深의 연호로 1465년부터 1487년까지이다.

에 가산이 거덜난 것을 깨닫고는 남들이 장사로 이문을 꾀하여 항상 몇 배의 이득을 얻는 것을 보고서 장사를 좀 해보려고 생각했지만 하고자 하는 일들은 백이면 백, 제대로 되지를 않았다.

하루는 북경에서 부채가 잘 팔린다는 소리를 듣고는 동업자 한 명과 함께 부채를 마련하기 시작했다. 먼저 명인(名人)에게 선물을 준 뒤, 정교하게 만든 금색(金色) 면의 상등품 부채에는 시나 그림을 넣어달라고 했다. 그 명인들은 당연히 심석전(沈石田)[18]이나 문형산(文衡山)[19]이나 혹은 축지산(祝枝山)[20]과 같은 이들이었으며 그들이 몇 획을 그어도 바로 은자 수 냥의 값을 매길 수 있었다. 중등품의 부채는 따로 날조하는 사람들이 있었는데 한 사람이 이 명가들의 서화법(書畫法)을 배워서 사람들을 속아 넘어가게 할 수 있을 정도였다. 그리하여 가짜를 진짜로 팔 수 있었으니 이런 일은 그 스스로도 할 수 있는 것이었다. 하등품의 부채는 금색 장식도 서화도 없었기에 그런대로 수십 문(文)[21]에 판다고 해도 본전의 배가 되는 이득을 보게 될 것들이었다.

문약허는 날을 잡아 상자에 부채를 담아서 북경으로 갔다. 하지만 뜻밖에도 그해 북경에는 여름이 온 뒤로 날마다 계속 비가 내려 날이 개지 않았기에 더위가 전혀 들지 않았다. 개시가 매우 늦은데다가 가을이 되어 일찍 서늘해져 비록 때를 맞추지는 못했지만 다행스럽게도 날씨는

18) 심석전(沈石田): 명나라 때 화가인 沈周(1427~1509)를 가리킨다. 자는 啟南이고 호는 石田 또는 白石翁 등이었다. 長洲(지금의 江蘇省 蘇州市) 사람으로 吳門畫派의 창시자이며 시문에도 능했다. 文徵明, 唐寅, 仇英 등과 더불어 '明四家' 또는 '吳門四家'라고 불리었다.
19) 문형산(文衡山): 명나라 때 서화가이자 문학가였던 文徵明(1470~1559)을 가리킨다. 長州 사람으로 본명은 壁이고 자는 徵明이며 衡山居士라고 자호했다. 祝允明, 唐寅, 徐眞卿 등과 함께 '吳中四才子'로 불리었다.
20) 축지산(祝枝山): 명나라 때 서예가 祝允明(1460~1527)을 가리킨다. 자는 希哲이었고 호는 枝山이었으며 長洲 사람이었다. 시문과 서예에 모두 능했다.
21) 문(文): 엽전 하나를 이른다.

맑았다. 이때 어떤 허세를 떠는 젊은이가 소매 속에 넣어 흔들거리게 하려고 소주(蘇州)에서 나온 부채를 사려고 했다. 그 젊은이가 부채를 사러 왔을 때에 이르러 문약허는 상자를 열어보고서 죽는 소리를 내지 않을 수 없었다. 원래 북경에서 칠팔 월에는 곰팡이가 피는데다가 며칠 전에 내린 비로 습기가 부채 살에 있는 풀기와 종이의 먹물기와 만나 한 데 달라붙어 부채를 펼 수 없었던 것이었다. 힘 줘 떼어내 보니 종이끼리 붙어 이쪽은 한 겹 덧붙어 있고 저쪽은 떨어져 나가 있어서 서화가 있는 값나가는 부채들은 모두 다 쓸모가 없게 되었다. 망가지지 않고 오직 남은 것은 흰 민짜 부채뿐이었으니 그 값이 얼마나 나가겠는가? 아쉬운 대로 그것을 팔아 집으로 돌아갈 노잣돈은 만들었지만 본전은 다 날리게 되었던 것이다. 그는 연이어 몇 해 동안 장사를 했으나 거의 다 이러했다. 제 본전도 건지지 못했을 뿐만 아니라 그와 함께 장사하는 동업자조차도 모두 망하게 했으므로 사람들은 그에게 별명을 붙여 '불운아(不運兒)'라고 불렀다. 몇 년이 지나지도 않아서 그는 가산을 깨끗이 거덜냈으며 아내조차 맞아들일 수 없었다. 그리하여 하루 종일 여기저기 다니면서 이것저것 다 해봤지만 크게 도움이 되지는 않았다. 그저 주둥이만 살아서 말도 잘하고 우스갯소리를 잘했으므로 친구들은 그의 그런 재미있는 면을 좋아하여 놀러갈 때에는 그를 빼놓고 가지 않았다. 하지만 그것으로는 입에 겨우 풀칠을 할 뿐이었지 살림을 차릴 수는 없었다. 게다가 문약허는 거만하게 살아온 터라 알랑거리는 아부꾼들의 대열에 온전히 낄 수는 없었다. 그를 가련하게 여기는 어떤 사람이 서당의 훈장으로 추천해 주려고 했지만 반듯한 집안에서는 그가 돌팔이인 것을 꺼렸으므로 높은 데는 바라볼 수도 없었으며, 그렇다고 낮은 데는 그의 눈에 차지 않았다. 아부꾼들로부터 훈장들에 이르기까지 이들 두 부류의 사람들은 문약허를 보고 모두 우스꽝스러운 표정을 지으면서 '불운(不運)'이란 두 글자로 그를 비웃었으니 이에 대해서는 더 이상 얘기하지 않는다.

하루는, 바다를 오가며 화물(貨物)을 파는 사람들 몇몇이 인근에 이르렀는데 그 우두머리들은 다름 아닌 장대(張大), 이이(李二), 조갑(趙甲), 전을(錢乙)이란 자들이었다. 이들은 모두 합쳐 사십 여 명이었으며 패를 짠 뒤 출항을 하려고 했다. 문약허는 이를 알고서 스스로 이렇게 생각했다.

"내 신세가 곤궁해져 전혀 생계를 꾸릴 수 없는데 그들이 출항하는 배편에 올라타 해외 풍광을 구경한다면 한 세상 헛산 것은 아닐 테지. 게다가 그들은 반드시 나를 거절하지는 않을 게고. 집에 있으면 땔나무 걱정에 쌀 걱정도 해야 하는데 그런 걱정도 할 필요 없을 테니 또한 즐겁겠지."

문약허가 마음속으로 궁리를 하고 있는 사이에 때마침 장대가 천천히 걸어왔다. 원래 이 장대라는 자의 이름은 장승운(張乘運)이었다. 전문으로 해외 장사를 했으므로 진기한 보배를 알아볼 수 있는 눈이 있었을 뿐만 아니라 타고난 성품이 호방하여 좋은 사람들을 도와주려고 했기에 향리에서는 그에게 별명을 붙여 '장식화(張識貨)[22]'라고 불렀다. 문약허가 그를 보고서 곧바로 자신의 뜻을 일일이 말하자, 장대가 이렇게 말했다.

"좋습니다, 좋아요. 우리들도 바다 위 배 안에 있게 되면 적적함을 견기기 힘들 텐데 만일에 형이 갈 수 있다면 배에서 얘기도 하고 농담도 할 수가 있을 테니 날을 보내기가 어찌 힘들겠습니까? 아마 우리 형제들도 모두 좋아할 겁니다. 다만 일이 하나 있어요. 우리들은 모두 화물을 가져가는데 형은 아무것도 없으니 괜히 한 번 갔다 오면 아깝지 않습니까? 우리들이 상의해 조금이라도 모아 형을 도와서 그런대로 물품들을 좀 마련해 가는 것도 좋지 않겠습니까?"

이에 문약허가 말하기를 "두터운 정에 정말 감사하오만 장형처럼 저를 도와줄 사람이 없을까 걱정입니다."라고 하자, 장대는 "일단 얘기는 해보겠습니다."라고 말한 뒤 곧바로 가버렸다.

22) 장식화(張識貨): '識貨'는 재화의 좋고 나쁨을 식별할 줄 안다는 뜻이며, '張'은 張大를 이른다. 장대가 그런 능력을 가진 사람이란 뜻으로 얻은 별명이다.

그때 마침 눈 먼 점쟁이 하나를 만났는데 그 점쟁이는 '보군지(報君知)[23]'를 두드리면서 걸어오는 것이었다. 문약허는 주머니 속으로 손을 밀어 넣어 엽전 한 닢을 꺼내서 점쟁이를 잡아 세우고는 재운을 물으려고 점을 봤다. 그 점쟁이가 말하기를 "이는 보통의 점괘가 아니올시다. 엄청난 재운이 있어 어지간히 좋은 게 아니에요."라고 했다. 이에 문약허는 스스로 이렇게 생각했다.

"나는 그저 배를 타고 해외로 가서 놀면서 세월을 보내려할 뿐인데 그런 해외 장사가 어찌 내가 할 수 있는 일이겠는가? 설사 그 사람들이 나를 좀 도와준다 해도 돈이 얼마가 될 거라고 그렇게 재운이 트이겠나? 이 점쟁이 정말 엉뚱한 놈이네!"

이때 장대가 분기한 모습으로 걸어오는 것이 보였다. 장대가 말했다.

"돈 얘기만 하면 인연이 없는 척 한다더니 이 사람들 정말 웃긴 사람들이야! 문형이 간다고 하니까 좋아하지 않는 사람은 없는데 은자를 빌려주자고 얘기를 하니까 한 사람도 대답이 없네요. 지금 나와 친한 형제들 두 명이 함께 여기 은자 한 냥을 모았습니다. 무슨 화물들은 살 수 없을 테니 문형 마음대로 과자 같은 거나 좀 사서 배에서 드세요. 식량 따위들은 우리들이 책임질 겁니다."

문약허는 거듭 감사하며 은자를 받아뒀다. 장대가 먼저 가면서 말하기를 "빨리 짐을 꾸려요, 곧 배가 출항할 거니까."라고 하자, 문약허가 말하기를 "꾸릴 짐도 별로 없으니 곧 뒤따라가겠소."라고 했다. 그는 수중에 은자를 받아놓고는 그것을 보면서 웃고 또 웃으며 생각하기를 "무슨 화물을 사겠나!"라고 했다. 그러고는 발길이 닿는 대로 가다가 보니 온 길거리에서 모두 바구니에 담아서 팔고 있는 것이 있었다.

23) 보군지(報君知): 점쟁이가 치는 얇은 금속 조각판으로 이것을 쳐서 소리를 내 사람들의 주의를 끌어 자신이 왔다는 것을 알리는 도구이다.

붉기는 불을 내뿜는 듯	紅如噴火
크기는 하늘에 걸린 별인 양	巨若懸星
껍질은 갈라터지지 않고	皮未皺
여전히 신맛이 남아있구나	尙有餘酸
서리가 아직 내리지 않았으니	霜未降
많이 구할 수는 없네	不可多得
소정(蘇井)[24]의 나무들과도 본래 다르고	元殊蘇井諸家樹
이(李)씨 집의 천두노(千頭奴)[25]도 아니라오	亦非李氏千頭奴
양광(兩廣)에서 나는 것과 비슷하고	較廣似曰難兄[26]
복건(福建)에서 나는 것의 형체를 갖췄구나	比福亦云具體

태호(太湖) 가운데에 있는 동서(東西) 동정산(洞庭山)의 땅은 따뜻하고 비옥하여 민광(閩廣)[27] 지방과 다름없으며 양광(兩廣)과 복건(福建)에서 나는 귤은 천하에 그 이름이 자자하다. 동정산에도 이와 비슷한 귤나무가 있는데 색깔도 똑같고 향도 같기는 하지만 처음 막 따서는 조금 신맛이 나고 나중에 다 익으면 달고 맛있다. 이것은 복건에서 나온

24) 소정(蘇井): 전설 속에 나오는 蘇仙公의 집 뜰에 있었다는 우물을 이른다. 晉나라 葛洪의 《神仙傳·蘇仙公》에, 蘇仙公이 등선하기 전에 그의 어머니가 생계를 걱정하자 내년에 역병이 돌 것인데 그때 뜰에 있는 우물물과 귤나무 잎사귀로 병을 낫게 할 수 있을 것이라 했다는 이야기가 보인다.

25) 천두노(千頭奴): 귤나무를 의인화하여 표현한 말이다. 《三國志·吳志·孫休傳》 裴松之의 注에서 晉나라 習鑿齒의 《襄陽記》를 인용하면서 삼국시대 오나라 丹陽 太守였던 李衡이 가산을 불리기 위해 귤나무 천 그루를 심고 그것을 千頭木奴라고 칭했다는 내용이 보인다.

26) 난형(難兄): '難兄難弟'의 준말이다. 南朝 宋나라 劉義慶의 《世說新語·德行》에 이런 이야기가 보인다. 동한 때 명사였던 陳寔의 아들인 陳元方과 陳季方 두 형제는 덕행이 있었으며 모두 공업을 이루었다. 그들의 아들들이 서로 누구의 아버지가 덕행과 공업이 더 큰 지를 다투다가 결정을 할 수 없게 되자 할아버지인 陳寔에게 가서 물었다. 이에 陳寔이 답하기를 "元方이 형이 되기도 어렵고 季方이 아우가 되기도 어렵다.(元方難爲兄, 季方難爲弟.)"라고 했다고 한다. 이로 인해 두 형제가 모두 재덕을 겸비하여 우열을 가리기 어렵거나 두 물건이 각기 장점을 지녀 모두 탁월한 것을 이를 때 '難兄難弟'라고 하게 되었다.

27) 민광(閩廣): 지금의 福建省(閩)과 廣東·廣西省(兩廣)을 아울러 이르는 말이다.

귤 값에 비해 십분의 일에 불과하며 이름은 '동정홍(洞庭紅)'이라고 불리었다. 문약허는 이를 보고 이렇게 생각했다.

"내가 갖고 있는 은자 한 냥으로 이 귤을 백 근 남짓하게 살 수 있다. 이것으로 배에서 갈증도 풀 수 있고 또한 조금씩 사람들에게 나눠줘 도움을 준 마음에 보답할 수 있겠다."

그는 그것을 사서 큰 대바구니에 담아 짐꾼을 고용해 짐과 함께 지고 배로 내려갔다. 그러자 사람들이 모두 박수를 치면서 비웃으며 말하기를 "문 선생의 보화(寶貨)가 왔소이다!"라고 하기에 문약허는 부끄럽기가

문약허 일행이 길령국에 도착하는 장면, 민국 10년, 상해광아서국(上海廣雅書局), 《신증전도족본금고기관(新增全圖足本今古奇觀)》 삽도

그지없어 아무 말도 하지 않은 채 배에 오른 뒤, 귤을 산 일에 대해서는 입에 올리지도 않았다.

배가 출항해 점점 해구(海口)를 나서자, 오직 보이는 것은 눈을 휘몰고 오는듯한 은빛 파도와 밀려오는 흰 눈 같은 은빛 물결뿐이었으니 파도가 여울져 돌 때면 수면에 일월(日月)이 떠있는 듯했고, 물결이 칠 때면 은하수가 뒤엎어지는 것과 같았다. 사나나달을 바람 따라 떠갔는데 얼마나 갔는지는 알 수 없었다. 홀연히 어떤 곳에 이르러 배안에서 바라보니 인가들이 빽빽이 모여 있고 성곽이 우뚝 솟아 있었으므로 어느 나라의 도성에 당도했다는 것을 알 수 있었다. 뱃사람들은 바람과 파도를 피할 수 있는 작은 항구 안으로 배를 저어 들어가서 말뚝을 박고 쇠닻을 내린 뒤 배를 밧줄로 묶어놓았다. 배안에 있던 사람들이 모두 뭍으로 올라와서 보니 그곳은 이전에 와봤던 곳으로 길령국(吉零國)[28]이라는 나라였다. 원래 중국의 화물들을 이곳으로 가져오면 세 배의 값이 되었으며 이곳의 화물들과 바꿔 중국으로 가져가도 또한 그러했다. 한 번 오가면 여덟아홉 배의 이문을 볼 수 있었기에 사람들은 모두 목숨을 걸고 이 노선을 다녔던 것이다. 배 안에 있던 사람들은 모두 이곳에서 거래를 해본 자들이었으므로 제각기 잘 아는 거간꾼들과 통사(通事) 등이 있었다. 그래서 그들은 각기 화물들을 내려 보내려고 해안으로 올라가 거간꾼들과 통사들을 찾으러 갔기에 오직 문약허만이 배 안에 남아 배를 지키게 되었다. 문약허는 길을 알지 못해 갈 곳도 없었기에 무료하게 앉아 있었다. 그 사이에 그는 갑자기 이런 생각이 들었다.

"내 그 붉은 귤을 담은 큰 대바구니를 배에 실은 뒤로 열어보지 못했

28) 길령국(吉零國): 《明史·外國列傳》에 중국과 멀리 떨어진 巴喇西라는 나라에서 명나라 正德 6년(1511)에 중국으로 사신을 보내 조공을 하러가는 도중, 바다에서 풍랑을 만나 吉零國으로 떠밀려가 거기서 1년 동안 지냈다는 기록이 보인다. 이로써 볼 때 巴喇西나 吉零國의 구체적인 위치에 대해서는 알 수 없지만 중국과 바다를 사이에 두고 있던 먼 異國이었던 것을 짐작할 수 있다.

는데 혹시 사람 기운으로 인해 썩지는 않았을까? 사람들이 없는 틈을 타 좀 살펴봐야겠다."

뱃사람을 시켜 갑판을 열게 하고 대바구니를 열어보니 위에 있는 귤들은 모두 멀쩡하기는 했으나 마음이 놓이지 않기에 아예 대바구니를 밖으로 옮겨 전부 갑판 위에 놓았다. 부자가 될 운이다 보니 때가 되어 복이 한데 모였으므로 그가 붉은 귤들을 온 배에 가득하게 늘어놓자 멀리서 보기에 마치 수 만 개의 불꽃과 하늘의 별처럼 번뜩거렸다. 뭍에 있는 사람들이 그것을 보고서 모두들 몰려와서 문약허에게 묻기를 "이게 무슨 좋은 물건입니까?"라고 했다. 문약허는 대답은 하지 않고 그 중에서 자그마한 귤 한두 개를 골라 껍질을 벗겨먹었다. 뭍에서 구경을 하는 사람들은 더 많아졌으며 그들은 놀라 웃으며 말하기를 "원래 먹는 거였네!"라고 했다. 그 사람들 가운데 어떤 호사가가 "하나에 얼마요?"라고 곧장 값을 물어 왔다. 문약허는 그들의 말을 알아듣지 못하지만 뱃사람은 알아들을 수 있었기에 손가락 하나를 세우며 거짓말로 한 개에 일 전(錢)이라고 했다. 값을 물은 사람은 긴 옷자락을 걷어 붉은 무명 배두렁이를 드러내며 한 손으로는 은전(銀錢) 한 닢을 꺼내면서 말하기를 "하나 사서 맛 좀 봐보자."라고 했다. 문약허는 은전을 받아서 무게를 손대중해 보니 대략 한 냥쯤 되기에 속으로 이렇게 생각했다.

"이 은자로 귤을 얼마나 사려고 하는 건지 모르겠네? 저울질을 하려 하지도 않아. 일단 본보기로 한 개만 줘보자."

그러고 나서 아주 크고 보기 좋은 붉은 귤을 하나를 골라 건네주었다. 그 자가 그것을 손에 받아들고 손대중을 하면서 "좋은 물건이네!"라고 말한 뒤, 손으로 쪼개자 귤의 향기가 코를 찔렀으며 옆에서 그 냄새를 맡은 많은 사람들도 갈채를 보냈다. 귤을 산 그 자는 뭐가 좋은지 나쁜지도 몰랐기에 문약허가 배위에서 먹는 방법을 보고서 그대로 따라 껍질을 벗긴 뒤, 귤의 속살을 쪼개지도 않은 채 한 덩어리를 입안으로 가득 밀어 넣었다. 그러자 달콤한 즙이 목구멍에 가득 찼다. 그는 씨를 뱉지도 않고 모두 삼키고는 "하하" 웃으며 말하기를 "맛이 기가 막히네! 기가 막혀!"라고 했다. 그리고 다시 손을 배두렁이 안으로 밀어 넣어 은전 열 닢을 꺼내며 말하기를 "열 개를 사서 진상을 해야겠다."라고 했다. 문약허는 뜻밖의 기쁨을 만나 어쩔 줄 몰라 하며 귤 열 개를 골라 그에게 주었다. 구경을 하고 있던 사람들은 그 자가 이렇게 사간 것을 보고서 어떤 사람은 하나를 사기도 하고, 어떤 사람은 두세 개를 사기도 하며 모두들 은전으로 지불했다. 귤을 산 사람들은 모두가 매우 기뻐하며 돌아갔다.

원래 이 나라에서는 은으로 돈을 만들었으며 그 위에 무늬를 넣었다. 용봉(龍鳳) 무늬가 있는 것이 가장 값어치가 있었고 그 다음은 인물(人物) 무늬, 그 다음은 금수(禽獸) 무늬, 그 다음은 수목(樹木) 무늬였으며 가장 하치로 통용되는 것이 수초(水草) 무늬 은전이었다. 이 은전들은 모두 은으로 주조된 것들로 서로 무게가 다르지 않았다. 방금 전에 귤을 산 은전들은 모두 이 수초 무늬 은전들로 그 산 사람들은 적은 돈으로 좋은 물건을 샀다고 생각하여 기뻐했으니 작은 이득을 얻으려는 마음은 중국인들과 마찬가지였다. 이리하여 잠시 사이에 삼분의 이의 귤이 팔렸다. 구경을 하고 있던 사람들 가운데 돈을 지니고 있지 않았던 자가 있어 매우 후회를 하면서 급히 돈을 가지러 갔다가 왔으나 귤은 이미 많이 남아있지 않았다. 이에 문약허가 허세를 부리며 말하기를 "이제 남겨서 우리 집에서 먹을 것이기에 더 이상 팔지 않겠소이다."라고 하자, 그 사람은 은전 한 닢을 더 주겠다고 하며 은전 네 닢으로 귤 두 개를 샀다. 그리고는 입속말로 투덜거리며 말하기를 "재수가 없네! 너무 늦게 왔어!"라고 했다. 옆에 있던 사람이 그가 값을 올린 것을 보고서 원망을 하며 말하기를 "우리도 살 건데 어찌 값을 올려주는 거요?"라고 하자, 값을 곱으로 주고 귤을 산 사람이 말하기를 "당신, 방금 전 저 사람이 말한 걸 듣지 못했나? 안 팔겠다고 하잖소."라고 했다.

의론을 하고 있는 사이에 앞서 귤 열 개를 사가지고 갔던 사람이 청총마(靑驄馬) 한 필을 타고 나는 듯이 배 옆으로 달려와 말에서 내린 뒤,

모여 있는 사람들을 헤치고 배를 향해 크게 외치며 이렇게 말했다.

"조금씩 팔지 마시오! 조금씩 팔지 말아요! 있는 대로 내가 다 사리다. 우리 두령님께서 다 사서 칸[29]에게 진상할 것이오."

그러자 구경을 하고 있던 사람들은 그 말을 듣고 곧장 멀찌감치 옆으로 피해 서서 지켜보는 것이었다. 문약허는 영리한 사람이었으므로 다가오는 그의 기세를 보고서 좋은 손님이라는 것을 금방 알아챘다. 급히 큰 대바구니에 있는 귤들을 모두 다 쏟아내어 보니 겨우 오십 여 개만 남아 있기에 개수를 세어본 뒤, 그는 또 다시 허세를 부리며 이렇게 말했다.

"방금 전 말을 했잖소, 우리가 먹을 것을 남기기 위해 이제 팔지 않겠다고. 지금 값을 좀더 올려주면 몇 개를 더 넘겨주리다. 조금 전에 귤 하나에 은전 두 닢씩 이미 팔았소."

그 사람은 말 등에서 큰 주머니 하나를 끌어내려 그 안에서 은전을 꺼냈는데 이전과 다른 수목 무늬의 은전이었다. 그 사람이 말하기를 "이 은전 하나에 귤 하나씩 파시오."라고 하자, 문약허가 말하기를 "싫소이다. 이전에 받은 그런 은전으로 하리다."라고 했다. 그 사람은 한 차례 웃고는 다시 손으로 용봉 무늬의 은전 하나를 꺼낸 뒤 말하기를 "이 은전 하나에 귤 하나씩 파는 것은 어떻소?"라고 했다. 문약허가 다시 말하기를 "싫소이다. 이전에 받은 그런 은전이어야만 하오이다."라고 하자 그 사람이 다시 웃으며 말했다.

"이런 은전 한 닢은 그런 은전의 백 곱절인데 댁한테 줄 게 어디 있겠나? 그냥 장난을 쳐봤을 뿐이오. 댁은 내 이런 은전을 원치 않고 도리어 이전에 받은 그런 은전을 달라고 하는 것을 보니 바보로군. 댁의 그 물건들을 모두 내게 넘겨준다면 이전의 그런 은전을 한 닢씩 더 내도 나는 상관없소이다."

29) 칸(khan): 중세 때 鮮卑·突厥·回紇·蒙古 등의 종족들이 사용하던 군주에 대한 칭호이다.

문약허가 세어봤더니 귤 쉰 두 개가 있기에 그에게 정확히 백 쉰여섯 닢의 수초 무늬 은전을 달라고 했다. 그 사람은 대바구니째 통째로 가져가면서 은전 한 닢을 또 던져주고 대바구니를 말 위에 묶은 뒤, 웃음 지으며 채찍질을 한 번 하고서 가버렸다. 구경을 하던 사람들은 더는 팔 것이 없는 것을 보고 순식간에 뿔뿔이 흩어졌다.

문약허는 사람들이 흩어진 것을 보고 선실로 들어가서 은전 한 닢을 저울로 달아보았더니 무게가 팔 전(錢) 칠 푼(分) 남짓이었다. 서너 개를 달아보니 또한 같았으며 개수를 세어보니 모두 천 닢 정도가 되었다. 그는 두 닢은 뱃사람에게 상으로 주고 나머지는 보따리에 넣어두고는 웃으며 말하기를 "그 장님 점이 영하네!"라고 한 뒤, 끊임없이 기뻐했다. 그리고 같이 배를 타고 온 사람들이 돌아오면 그들과 함께 이 일을 담소로 나누려고 기다리고 있었다.

"이야기꾼, 댁의 말이 틀렸소. 그 나라에서 은자가 그처럼 값이 안 나가고 그렇게 장사를 한다면 바다를 건너 오랫동안 장사를 하는 데 익숙해져 있는 사람들은 대부분 명주 비단을 가져가는데 그들은 어찌하여 그것을 팔아서 은전을 많이 가지고 돌아오지 않는다는 말이오? 그렇게 하면 백 곱절의 돈을 더 벌 수 있지 않소?" 관객 여러분! 이 말은 몰라서 하는 소리외다. 그 나라에서는 우리가 가져간 비단 등과 같은 물건을 보면 모두 화물로 바꾸고 우리나라 사람들도 그들의 화물과 바꿔야 이문을 볼 수 있는 것이오. 만약에 그들이 은전으로 판다면 그들은 모두 용봉 무늬나 인물 무늬의 은전으로 거래를 하면서 비싼 값으로 충당하겠지만 그 무게는 더 나가지 않기에 오히려 우리에게는 이득이 없는 거외다. 지금은 먹을거리를 산 것이기에 그들은 싼 값에 거래를 한 것으로 알고 있지만 우리는 단지 무게만을 따지기 때문에 이득을 본 것이오. "이야기꾼! 댁의 말이 또 틀렸소. 댁의 말대로라면 바다를 오가며 장사를 하는 사람들이 어찌하여 먹을거리만을 팔아서 값이 싼 무늬의 은전으로 바꿔 이문을 남기지 않고 도리어 본전을 많이 들여서 저들의 화물과 바꾸는 것이오?" 관객 여러분! 이 말 또한 옳지 않소이다. 문약허 이 사람은 우연히 이런 횡재를 하려니까 귤을 가져가서 돈을 손에 넣은 것이지, 만약 일부러 재차 귤을 가지고 간다 해도 운이 없으면 사나나달 만에 썩어문드러질 것이오. 문약허가 운수가 안 트일 때 부채를 팔았던 것이 그 본보기인 것이외다. 부채는 그나마 오래둘 수 있는 것인데도 그리 되었는데 하물며 과일에 있어서는 더 말할 필요도 없을 것이오. 이것은 그런 식으로 일괄할 수 없는 거외다.[30)]

곁가지 한담은 이만해 둔다. 차설(且說), 문약허와 함께 온 사람들은 거간꾼들을 통해 그들의 화물들을 살 손님들을 찾아 배로 돌아온 뒤, 그 화물들을 출하했다. 문약허가 앞서 있었던 일에 대해 한 차례 얘기를 하자, 사람들은 모두 놀라 기뻐하며 말하기를 "운이 좋네! 운이 좋아! 우리들과 같이 왔는데 도리어 밑천이 없는 형씨가 먼저 돈을 벌었구려." 라고 했다. 장대가 곧 손뼉을 치면서 "사람들은 모두 불운하다고 했지만 이제 운수가 트였나보구려!"라고 하고는 문약허에게 이렇게 말했다.

"형이 이런 수초 무늬 은전을 가지고 여기서 화물을 마련한다 하면 그 돈의 가치가 많지 않으니까 함께 온 우리 동행들로부터 몇 백 냥 어치의 중국 화물들을 사서 뭍으로 올라간 뒤, 이곳의 토산품과 진기한 물건들과 바꿔 가지고 돌아가면 큰 이문이 있을 겁니다. 괜히 이 은전들을

30) 이런 표현은 화본소설 작가가 화본의 구연 현장을 모의한 것이다. 질문을 담은 앞의 문장은 관중이 이야기꾼에게 질문이나 이의를 제기하듯 모방을 한 것이며, 그 뒤 이어지는 문장은 이야기꾼이 답을 하듯 모방한 것이다. 관중과 이야기꾼의 문답처럼 설정한 것은 실제로는 작가의 자문자답일 뿐이며 이는 화본소설에서 흔히 보이는 서술방법이다. 작가는 이런 방식으로 관중의 목소리를 빌려 질문을 제기한 뒤, 이야기꾼이 그 질문에 대답을 하는 것처럼 하여 그 부분에 대해 설명을 하고 다음 내용으로 넘어감으로써 이야기의 생동감과 현장감을 강화시키고 흥미를 유발한다.

쓸데없이 몸에 지니고 있는 것보다 낫지요."

이에 문약허가 말했다.

"나는 불운한 사람이라서 밑천을 가지고 돈을 벌려고 할 때마다 항상 그 밑천까지 날리지 않은 적이 없었습니다. 여러분들이 저를 데리고 온 덕에 이제 이렇게 밑천 없는 장사를 하여 우연히 한 차례 요행을 만났으니 정말이지 하늘만큼이나 운이 좋았던 거지요. 그런데 어찌 다시 그것으로 이문을 남기려는 망상을 하겠습니까? 만에 하나 그렇게 했다가 이전처럼 본전을 밑지게 된다면 설마하니 다시 또 이번처럼 동정홍(洞庭紅) 같은 장사를 할 수나 있겠습니까?"

그러자 사람들이 말하기를 "우리가 필요한 것은 은자이고 가지고 있는 것은 화물이기에 피차 서로 융통하는 것이 모두에게 이로운 일이니 안 될 것이 뭐 있소?"라고 했다. 문약허가 말하기를 "'뱀에게 한 번 물리면 삼 년 동안 밧줄을 봐도 무서워한다.'고 하듯이 화물 얘기만 하면 저는 담력이 다 없어집니다. 그저 이 은전을 지키며 돌아가겠습니다."라고 했다. 사람들은 모두 손뼉을 치며, "몇 배나 될 이득을 취하려하지 않고 놓아두겠다니 아쉽구먼, 아쉬워!"라고 말하고는 모두들 함께 뭍으로 올라가 점포로 가서 정확히 서로 화물들을 맞바꾸었다. 대략 보름 정도의 시간을 보내며 문약허는 좋은 물건들을 좀 보았지만 그는 이미 뜻을 이뤄 만족해하고 있었기에 그것들을 마음에 두지 않았다.

사람들은 일을 다 보고 일제히 배에 올라 신복(神福)[31]을 태우며 제사를 올리고 술을 마신 뒤, 배를 출항시켰다. 며칠을 가다가 갑자기 날씨가 바뀌어 눈에 보이는 것은 단지 이런 광경뿐이었다.

먹구름은 해를 가리고	烏雲蔽日

31) 신복(神福): 紙馬와 같은 말로, 옛날에 신에게 제사 올릴 때 불태우기 위해 사용하던 神像이 그려져 있는 燒紙이다.

흰 파도는 하늘을 찌르네	白浪掀天
뱀과 용이 하늘로 날아올라 장난치며 춤추는 듯하고	蛇龍戲舞起長空
물고기와 자라는 놀라 두려워하며 물밑으로 가라앉누나	魚鼈驚惶潛水底
물 위에 둥둥 떠 있는 배들은	艨艟泛泛
편히 깃들지 못한 서리까마귀 서너 마리 같고	只如棲不定的數點寒鴉
물 위에 떠 있는 섬들은	島嶼浮浮
물속으로 들지 못하고 있는 사다새 몇 마리와 같구나	便似沒不煞的幾雙水鵜
배 안은 쌀을 까부르고 있는 키와 같고	舟中是方揚的米簸
배 밖은 끓고 있는 밥솥과 같네	船外是正熟的飯鍋
언제나 풍백(風伯)[32]이 너무나 매정한 탓에	總因風伯太無情
뱃사공의 얼굴빛이 변하는구나	以致篙師多失色

배에 있던 사람들은 바람이 이는 것을 보고 돛을 반쯤 올리고서 동서남북을 불문한 채 바람이 부는 대로 떠밀려갔다. 그러다가 한 섬이 어렴풋이 보이자 그들은 마룻줄을 묶고 섬 가로 향했다. 점차 가까이 가서 보니 사람이 살지 않는 빈 섬이었다. 보이는 것이라고는 오직 이런 것들뿐이었다.

나무들은 하늘을 찌를듯 높이 솟아 있고	樹木參天
곳곳에 잡초가 자라 있네	草萊遍地
황량한 이곳엔	荒涼境界
그저 토끼나 여우들의 종적만이 있을 뿐	無非些兔跡狐踪
이 평지가	坦進土壤
용이 사는 연못이나 호랑이 굴은 아닐 터	料不是龍潭虎窟
아득한 혼돈의 바다에서	混茫內

32) 풍백(風伯): 風神을 이른다. 동한 때 蔡邕이 쓴《獨斷·六神之別名》에서 "風伯이라는 神은 箕星에 속하며 그 형상은 하늘에 있고 바람을 일으킬 수 있다."고 했다.

어느 나라 관할인지 알 수도 없고	未識應歸何國轄
천지가 개벽한 이래	闢來
이곳을 밟은 사람이 있었는지도 모르겠네	不知曾否有人登

배 위에 있던 사람들이 선미에 있는 쇠닻을 던지고서 뭍으로 가 말뚝을 박고서 닻을 고정시켰다. 그러고 나서 선창 안을 향해 말하기를 "잠시 마음 편히 앉아서 바람씨를 좀 살펴봅시다."라고 했다. 문약허는 수중에 은자가 생겼기에 날개를 달고 집으로 날아가지 못하는 것을 한스러워하며 길 떠나기만 간절히 바라고 있었다. 그런데 외려 이렇게 바람을 지켜보며 멍하니 앉아 있기만 하자니 마음속으로 조바심이 나서 사람들에게 말하기를 "내 잠시 뭍으로 올라가 섬을 구경 좀 하겠소이다."라고 했다. 사람들이 말하기를 "황량한 섬에 뭐 볼만한 게 있겠소?"라고 하자, 문약허가 말하기를 "어차피 할 일도 없는데 무슨 상관이 있겠습니까?"라고 했다. 사람들은 모두 배가 출렁거리는 바람에 머리가 어지러워 하나같이 연달아서 하품을 하고 있던 터라 그와 함께 가려 하지 않았다. 문약허는 곧, 혼자 정신을 차린 뒤, 배에서 뛰어내려 뭍으로 올라갔다. 이렇게 그가 그 섬에 오른 것으로 인해 다음과 같은 일들이 벌어지게 되었다.

천년 귀갑(龜甲)이 영험을 드러내어	千年敗殼精靈顯
일개의 가난뱅이가 부귀하게 되었네	一介窮神富貴來

만약 이야기꾼인 내가 문약허와 같은 해에 태어나서 같은 시대에 자라 그곳에 있었고 점을 보지 않고도 미래를 미리 아는 술법이 있었다면, 두 다리를 움직일 수 없다 해도 지팡이를 짚고서라도 그와 함께 뭍에 올랐을 것이외다. 헛일은 아니었을 테니까요. 그런 복이 없으려니까 모두들 하나같이 마음이 해이했고 몸이 게을렀었다는 것을 누가 알았겠소이까?

문약허는 사람들이 안 가는 것을 보고 외려 마음을 더 굳히고서 등나무를 잡고 칡넝쿨을 붙잡아가며 곧 섬 꼭대기로 올라갔다. 그 섬은 그다지 높지 않았기에 크게 힘들지는 않았지만 잡초가 우거져 있어 수월한 길이 없었다. 꼭대기 위에 이르러 주위를 한 번 돌아보니 사방은 가없이 막막하여 스스로의 몸이 나뭇잎 하나와 같기에 자기도 모르게 처연해지며 눈물이 흘러내렸다. 그는 마음속으로 이런 생각이 들었다.

"내 이리 총명한데 평생 운이 꽉 막혀 가업이 쇠망하고 홀몸으로 남아 급기야 해외에까지 이르게 되었다. 비록 요행으로 천 여 개의 은전을 벌어 자루 안에 가지고 있지만, 운명적으로 이 돈이 내 것인지 내 것이 아닌지 알 수 있나? 지금은 외딴 섬 가운데에 있으면서 육지에 이르지도 못했으니 목숨조차도 바다 용왕님께 달려 있는 것이다!"

바야흐로 이리 처연해하고 있는 사이에 멀리 풀숲 속에서 불쑥 두드러져 있는 한 물건이 보였다. 걸음을 옮겨 앞으로 가 보았더니 침상만한 큰 거북 껍데기였다. 문약허는 크게 놀라며 이렇게 생각했다.

"세상에 이렇게 큰 거북이 있었다니 믿겨지지가 않네! 세상 사람들이 어찌 이런 것을 봤겠는가? 말을 해도 믿지 않을 게야. 해외를 한 번 왔으면서도 해외의 물건 하나도 마련하지 못했으니 이제 이것을 가져가야겠다. 이 또한 보기 드문 물건이니만큼 사람들에게 보여줘야지 그렇지 않고 그저 말로만 하면 소주(蘇州) 사람은 거짓말을 잘한다고 할 게야. 게다가 또 한 가지는 이것을 톱으로 쪼개면 뚜껑 하나에 밑바닥 하나가 되고, 거기에 각각 다리 네 개를 달아주면 두 개의 침상이 될 테니 특이하지 않을까."

이에 발싸개를 풀어서 연결해 거북 껍데기 가운데를 꿰어 묶어 끌고 갔다.

배 근방에 이르자 배 안에 있던 사람들은 문약허의 그런 모습을 보고 모두 웃으며 말하기를 "문 선생이 어디서 또 무엇을 끌고 오는군요."라고 하자, 문약허가 말하기를 "여러분께 말씀 드리는데 이게 바로 제가 해외에서 가져갈 화물이오이다."라고 했다. 사람들이 고개를 들어 바라보았더니 네 귀퉁이 기둥은 없고 침대바닥만 있는 침상과 흡사하기에 놀라서 말하기를 "정말 큰 거북 껍데기네! 뭘 하시게 이것을 끌고 오신 게요?"라고 했다. 문약허가 말하기를 "이 또한 보기 드문 것이니 가져가려고요."라고 하자, 사람들이 웃으며 말하기를 "좋은 화물은 하나도 마련하지 않고 이것을 가져가 어디에 쓰실 거요?"라고 했다. 어떤 사람은 말하기를 "그것도 쓸데가 있겠지. 점을 쳐야할 어떤 엄청난 의심거리가 있으면 이것을 태워 점을 칠 수 있을 테니. 이렇게 큰 거북 껍데기는 없을 게야."라고 했으며, 또 어떤 사람은 말하기를 "의가(醫家)에서 구고(龜膏)[33]를 달일 때 이것을 가져다가 잘게 부수어 달이면 작은 거북 껍데기 수백 개 만큼은 되겠네."라고 했다. 이에 문약허는 "쓸모가 있든 없든 간에 단지 이런 것은 보기 드문데다가 밑천도 필요 없기에 가지고 가려는 겁니다."라고 말한 뒤, 곧 배에 있던 한 선원을 불러 함께 그것을 들고서 선창 안으로 들어갔다. 처음에 볼 때에는 그곳이 산 밑이었던지라 탁 트여 있었기에 그냥 그런대로 커보였지만 선창 안에서 보니 더욱 더 커 보였다. 해선(海船)이 아니었다면 그렇게 크고 묵직한 물건은 싣지도 못했을 것이었다. 사람들은 한바탕 웃으며 말하기를 "집에 도착해 누가 문 선생에게 물으면, 엄청나게 큰 거북이 장사를 했다고 말해야할 것 같군요."라고 하자, 문약허가 말하기를 "나를 비웃지들 마시오. 어쨌든 어딘가에는 쓸데가 있을 것이니 절대 버릴 물건은 아니외다."라고 했다. 사람들이 비웃는 대로 내버려둔 채 문약허는 그저 그것이 마음에 들어 물을 떠다가 그 거북 껍데기 안팎을 깨끗이 닦고 물기를 걷어낸 뒤, 그의 돈 보따리와 짐을 모두 그 거북 껍데기 안으로 쑤셔 넣고는 양쪽 끝에서 끈으로 묶어 큰 가죽 상자로 삼았다. 그리고 저 혼자 웃으며 말하기를 "바로 눈앞에서 이렇게 쓸데가 생기지 않았나!"라고 했다. 사

33) 구고(龜膏): 中醫學에서 약으로 쓰기 위해 거북의 껍데기를 달여서 농축시킨 교질을 가리킨다. 血氣와 腎氣를 보양하는 효과가 있다고 한다.

람들은 모두 웃으며 말하기를 “좋은 생각이네! 좋은 생각이야! 문 선생은 역시 똑똑한 사람이네!”라고 했다. 그 뒤, 그 날 밤은 아무런 일이 없었다.

다음 날 바람이 잦아들자 곧바로 배를 출항시켰다. 며칠 안 되어 한 곳에 이르렀는데 그곳은 복건(福建) 지방이었다. 배를 막 정박시키자, 해외를 오가며 장사를 하는 사람들을 항상 기다리고 있던 거간꾼 한 무리가 몰려와서, 이 사람은 장(張)씨 집 가게가 좋다고 하고 저 사람은 이(李)씨 집 가게가 좋다고 말하며, 서로 데리고 가려고 끌고 당기면서 끊임없이 큰 소리로 외쳤다. 배에 타고 있던 사람들이 이전부터 알고 지내던 사람을 따라가자 그 거간꾼들이 외치는 소리가 멈췄다. 그 사람들은 한 페르시아인의 가게에 이르러 자리를 잡고 앉았다. 가게 안에 있던 주인은 바다를 건너온 상인들이 왔다는 소리를 듣고는 얼른 은자를 꺼내어 요리사를 불러다가 수십 개의 술상을 마련하도록 하게한 뒤, 천천히 밖으로 나왔다. 이 가게 주인은 페르시아인으로 괴상한 성씨를 가지고 있었으니 성은 마노(瑪瑙)의 ‘마(瑪)’자를 써, 이름을 ‘마보합(瑪寶哈)’이라고 불렀다. 이 사람은 오로지 해외 상인들로부터 진귀한 화물들을 사는 일만을 전문으로 하고 있었으며, 알 수 없을 정도로 많은 장사 밑천을 가지고 있었다. 문약허의 일행들은 바다 건너 장사를 해본 사람들인지라 마보합과 모두 익숙한 주객(主客) 사이였지만 문약허만은 그를 알지 못했다. 자세히 보면, 마보합은 원래 페르시아인이지만 중국에서 오랫동안 살아온 터라 옷차림새나 말과 행동거지에 있어서는 중국인들과 별반 차이가 없었다. 다만 눈썹과 수염을 깎고 있었고 눈이 깊고 콧대가 높아 약간 이상할 뿐이었다. 마보합이 나와서 문약허의 일행들과 만나 주객(主客)이 서로 인사를 나누고 자리에 앉았다. 그리고 차 두 잔을 마시고서 자리에서 일어나 대청으로 그들을 안내했다. 거기에는 술자리가 모두 준비되어 보기 좋게 차려져 있었다. 원래 옛 관례에서는 해선이 일단 도착하면 주인집에서 먼저 주연을 한 차례 대접한 뒤 화물을 보고서 값을 흥정했다. 주인인 마보합은 법랑(琺瑯)[34]을 한 국화무늬 술잔과 접시를 손에 든 채 한 차례 공수를 하며 말하기를 "여러분들께서는, 앉을 자리를 정할 수 있도록 화물 단자(單子)를 보여주십시오."라고 했다.

관객 여러분, 여러분들은 이 말이 무슨 말이냐고 물으실 것이외다. 원래 페르시아인들은 이(利)를 중시하기에 값이 만 냥 이상 되는 진기한 보물이 화물 단자에 적혀 있는 자는 가장 윗자리로 보내고, 나머지 사람들은 나이와 존비를 막론하고 화물 가치의 경중에 따라 차례대로 앉게 하는 것이 옛날부터 내려온 규칙이었소이다.

배를 타고 온 문약허의 일행들은 화물의 귀천과 그 적고 많음을 피차간 마음속으로 서로 알고 있었던 터라 규칙에 대충 맞춰 술잔을 받고서 제각기 자리에 앉았다. 오직 문약허 한 사람만이 혼자 남아 거기서 멍하게 서 있자, 마보합이 말하기를 "여기 손님께서는 일찍이 뵌 적 없는 분이신데 새로이 해외를 갔다 오셔서 화물을 많이 마련하지 못하셨나 보군요?"라고 했다. 그러자 여러 사람들이 말하기를 "이 분은 우리들의 막역한 친구로 해외에 놀러 갔던 것이오. 은자를 지니고 있으면서도 화물을 마련하려고 하지 않았으니 오늘은 어쩔 수 없이 말석(末席)에 앉으라고 할 수밖에요."라고 했다. 문약허는 만면에 부끄러워하는 기색이 가득한 채로 말석에 앉았으며 주인은 맨 앞자리 중심에 앉았다. 술을 마시는 사이에 이 사람은 자기에게 묘안석(猫眼石)이 얼마가 있다고 하고 저 사람은 자기에게 녹주석(綠柱石)이 얼마가 있다고 하면서 서로들 자

34) 법랑(琺瑯): '琺琅' 또는 '珐琅'이라고 쓰기도 한다. 석영, 장석과 탄산나트륨에 납과 주석의 산화물을 더하여 만든 일종의 釉藥이다. 구리나 은으로 만든 그릇 등에 칠을 하여 구우면 다양한 밝은 색깔이 나면서 녹이 스는 것을 방지할 수 있다. 법랑이란 이름은 중국에서 옛날 동로마제국에 대한 호칭인 '拂菻'에서 유래되었다고 한다.

랑을 했다. 문약허는 더욱 할 말이 없어 마음속으로도 스스로 조금 후회를 하면서 이렇게 생각했다.

"내가 전에 사람들의 권유를 들어 화물을 조금 장만해 올 걸 그랬나보다. 지금 자루 속에 은자 수백 냥이 있으면 뭐하나, 말 한마디도 하질 못하는데."

그리고 다시 또 한숨을 쉬며 생각하기를 "내 원래 조금의 밑천도 없었는데 지금 같은 큰 행운을 만났으니 만족할 줄 모르면 안 되지."라고 했다. 스스로 이렇게 생각하니 술 마실 마음도 생기지 않았다. 다른 사람들은 시권(猜拳)[35]과 주령(酒令)[36]을 하며 거나해지도록 술을 마셨다. 마보합은 노련하고 세상물정을 잘 아는 사람이라 문약허가 즐거워하지 않은 것을 보고 직접 말하기가 어려워 그에게 그냥 술을 몇 잔 권하기만 했다. 사람들은 모두 일어나서 말하기를 "술도 충분히 마셨고 날도 늦었으니 일찍 배로 돌아가서 내일 화물을 보내드리겠소이다."라고 하고, 마보합과 인사를 나눈 뒤 자리를 떴으며, 마보합은 술자리를 치우고 수습을 한 뒤 잠을 잤다.

다음 날 마보합은 일찍이 일어나 우선 객상들을 만나러 해안가에 있는 배 옆으로 갔다. 그가 배에 올라서 보니 선창 안에 있는 크고 묵직한 물건이 제일 먼저 눈에 띄기에 깜짝 놀라며 말하기를 "이것은 어느 분의 보화입니까? 어제 술자리에서는 어느 누구도 말씀하지 않으셨는데 혹시 팔지 않으려고 하는 것인지요?"라고 했다. 사람들은 모두 웃으면서 문약

35) 시권(猜拳): 술자리에서 흥을 돋우기 위해 하는, 일종의 묵찌빠와 같은 놀이이다. 두 사람이 각자 손가락을 내밀며 그와 동시에 숫자 하나를 외치는데 외치는 숫자가 두 사람의 손가락 수의 합과 맞으면 이기는 것이다. 시권에서 진 자는 술을 마시게 된다.

36) 주령(酒令): 연회에서 술을 마시는 규칙을 정한 뒤, 그 令을 어기게 된 자나 혹은 그 영에 의해 술을 마셔야 할 사람에게 술을 마시게 하는 일종의 술놀음이다. '주령을 행하는 자(令官)'를 당나라 사람들은 특히 '席糾'라고 했으며 보통의 경우, 기생이 담당했다.

허를 가리키며 말하기를 "그것은 우리들의 친구인 문 형(兄)의 보화이오이다."라고 했다. 그 중에 한 사람이 덧보태 말하기를 "또 팔리지 않는 화물이지요!"라고 했다. 마보합은 문약허를 한 번 보고는 얼굴을 온통 붉히며 노기를 띤 채 사람들을 탓하며 이렇게 말했다.

"제가 여러분들과 여러 해 동안 교분이 있는데 어찌하여 이렇게 저를 놀리시는 것이오이까? 저로 하여금, 이번에 새로 오신 분에게 실례를 범하게 하여 말석에 앉으시도록 했으니 이 무슨 도리인지요?"

그리고 문약허를 잡고서 사람들에게 말하기를 "일단 화물을 발송하지 마시고 제가 기슭에 가서 사죄를 할 수 있게 해 주십시오."라고 하자, 사람들은 그 연고를 알지 못했다. 문약허와 좀 친한 몇몇 사람들과 몇몇 호사가들은 이를 이상하다고 여겼다. 그리하여 이들 십 여 명은 어떻게 된 일인지 보려고 문약허와 마보합을 따라 뭍으로 올라 다시 그 가게로 갔다. 마보합은 문약허를 이끌고 들어가서, 교의(交椅)를 좀 정리한 뒤 다른 사람들은 신경 쓰지도 않은 채, 문약허를 제일 윗자리에 앉힌 뒤 말하기를 "전에 실례를 했습니다, 실례를 했어요. 잠시만 앉아 계시지요."라고 했다. 문약허도 마음속으로 얼떨떨해하며 "설마하니 이 물건이 보배이겠는가? 그런 행운이 있을 수 있겠나?"라고 생각했다.

마보합은 안으로 들어갔다가 잠시 후 다시 나와서 사람들을 전에 술을 마시던 곳으로 맞이했다. 이번에도 여러 개의 술상이 미리 마련되어 있었으며 맨 앞에 있는 술상 하나는 이전에 비해 더 잘 차려져 있었다. 마보합은 문약허에게 술잔을 건네며 사람들에게 이렇게 말했다.

"이 분이야말로 마땅히 상석에 앉으셔야 합니다. 여러 분들은 온 배 가득 화물을 가져오시기만 했지 이 분을 따라가지는 못합니다. 전에 실례를 했습니다, 실례를 했어요!"

사람들은 이를 보고 우습게 여기기도 하고 이상하게 여기기도 하면서 반신반의하며 함께 자리에 앉았다. 술 석 잔을 마시고 나서 마보합은 말문을 열었다.

"감히 여쭙겠습니다. 조금 전 그 보물을 파시지는 않으시는지요?"

문약허는 눈치가 빠른 사람이었기에 그 말에 맞춰 답하기를 "좋은 값만 받을 수 있다면 어찌 팔지 않겠습니까?"라고 했다. 마보합은 팔 수도 있다는 말을 듣자 뜻밖의 희소식이 하늘에서 떨어지기라도 한 듯이 얼굴에 환한 웃음을 지으며 일어나서 말하기를 "역시 팔려고 하시는군요. 원하시는 대로 값을 매기셔도 감히 아끼지 않겠습니다."라고 했다. 문약허는 사실 값이 얼마가 되는지 알지 못했기에 적게 달라고 하면 경험이 없어 보일까 염려되기도 하고, 많이 달라고 하면 비웃음을 당하게 될까 걱정되기도 하여 이리저리 생각하다가 얼굴만 달아오른 채 얼마를 달라고 도저히 값을 부르지 못하고 있었다. 이에 장대(張大)는 곧 문약허에게 눈짓을 해 손을 의자 등받이 뒤에 놓고는 손가락 세 개를 세웠다가 다시 집개손가락을 허공에 그으면서 말하기를 "아예 이만큼을 달라고 하지요."라고 했다. 문약허가 머리를 가로저으며 손가락 하나를 세우고 말하기를 "나는 이 만큼 달라고도 입을 떼지 못하겠어요."라고 했다. 마보합이 이를 보고서 말하기를 "도대체 얼마입니까?"라고 하자, 장대가 꾀를 써서 말하기를 "문 선생의 손짓으로 봐서 만 냥을 달라는 것 같소이다."라고 했다. 마보합은 "하하"하고 크게 웃으며 말하기를 "이는 팔려는 게 아니라 그저 나를 놀리는 것입니다. 이 같은 보물이 어찌 그 가격밖에 안 나겠습니까?"라고 했다. 사람들은 그 말을 듣고 모두들 눈을 휘둥그레지고 입이 딱 벌어진 채 일어나서 문약허를 옆으로 이끌고 가 상의했다.

"행운이오. 행운이야! 값이 엄청난 것 같습니다. 우리들은 값을 어떻게 매겨야할지 정말 모르겠으니 문 선생이 차라리 큰 액수를 불러 저 사람으로 하여금 그것을 깎도록 내버려두시지요?"

끝내 문약허는 말을 하려다가 겸연쩍어 다시 입을 닫았다. 이에 사람들이 말하기를 "노련하지 못한 것처럼 하지는 마세요!"라고 했다. 마보합이 다시 재촉하며 말하기를 "터놓고 말씀하셔도 무방합니다."라고 하기에 문약허는 할 수 없이 오만 냥을 불렀다. 마보합은 여전히 고개를 저으며 말하기를 "송구스럽군요. 송구스럽습니다! 그리 말씀하시는 게 아니지요."라고 하고서 장대를 붙잡고 은밀히 이렇게 물었다.

"여러분들은 해외를 왕래하신 것이 한두 번이 아닐 겁니다. 사람들이 모두 노형더러 장식화(張識貨)라고 하는데 어찌 이 물건의 정체를 모르겠습니까? 필시 팔려는 마음이 없어서 저를 놀리시는 게지요."

이에 장대가 말했다.

"솔직히 말씀을 드리자면 이 사람은 저의 친한 친구인데 함께 해외로 놀러 간 것이어서 화물을 마련하지 않았습니다. 조금 전에 봤던 그 물건은 바람을 피하려고 해도(海島)에 갔다가 우연히 얻은 것으로 돈을 내고 산 것은 아니기에 값을 모르는 것입니다. 만약 저 사람에게 오만 냥을 주시면 그가 평생 동안 부유하게 사는 데 넉넉할 것이니 그도 만족해할 겁니다."

그러자 마보합은 "그렇다면 노형께서 보증인이 되어주셔야겠습니다. 마땅히 후하게 사례를 할 것이니 절대 번복해서는 아니 되오이다."라고 말한 뒤, 서둘러 점원을 시켜 문방사보(文房四寶)를 가져오라고 했다. 그는 화물 단자로 쓰는 종이 한 장을 한 번 접은 뒤, 붓을 가져다가 장대에게 건네주며 말하기를 "노형께서 번거로우시겠지만 책임지고 거래를 잘 할 수 있도록 계약문서 하나를 써주십시오."라고 했다. 그러자 장대가 함께 온 한 사람을 가리키며 말하기를 "이 분은 저중영(褚中穎)이라고 하는데 그런 걸 잘 쓰지요."라고 하며 종이와 붓을 그에게 건네주었다. 저씨(褚氏)는 먹을 진하게 갈고 종이를 편 뒤, 붓을 들어 이렇게 적었다.

> 장승운(張乘運) 등이 합의계약 문서를 쓴다. 지금 소주(蘇州)의 객상인 문실(文實)이 해외에서 큰 거북 껍데기 하나를 가져와 페르시아 사람 마보합의 점포에 넘기니 마보합은 은 오만 냥을 내어 이를 사고자 한다. 계약을 맺을 뒤에는 한 쪽은 물건을 건네주고 다른 한 쪽은 은을 건네주며 각기 번복하지 않기로 의론해 결정한다. 번복하는 자가 있으면 벌칙으로 매매금액의 십분의 일을 내야 한다. 증명하기 위해 계약서를 쓴다.

이렇게 같은 내용을 각각 두 종이에 쓰고 그 뒤에 연월일을 썼으며 밑에 장승운을 필두로 하여 그 자리에 있던 십여 명의 사람들의 이름을 모두 적었는데 저중영은 그가 집필한 까닭에 자기 이름을 맨 마지막에 썼다. 두 종이에 있는 연월(年月) 앞의 빈 줄끼리 서로 맞대고서 글 한 줄을 써 두 부에 각각 반쪽씩 있게 했다. 그 글 한 줄은 '합동의약(合同議約)'이라는 네 글자였으며 뒤이어 '객상(客商) 문실(文實), 주인 마보합' 이라고 쓰고 각기 화압(花押)[37]을 했다. 계약서에 이름이 적인 순서대로 처음부터 화압을 했는데 장승운이 그가 쓸 차례가 되어 말하기를 "우리 화압을 하는 사람들에게 사례금을 좀 후하게 주셔야 이 거래가 이뤄질 수 있습니다."라고 하니 마보합이 웃으며 이르기를 "가볍게 드릴 수는 없지요. 가볍게 드릴 수는 없어요."라고 했다.

계약서를 다 쓰고 나자 마보합이 안으로 들어가 먼저 은 한 상자를 들고 나와서 말하기를 "우선 정확히 구전(口錢)을 드린 뒤 다시 드릴 말씀이 있습니다."라고 했다. 그러자 사람들이 모두 모여들었다. 마보합이 그 상자를 열었더니 쉰 냥이 든 봉지가 모두 스무 봉지로 전부 다하여 천 냥이 되었다. 그가 두 손으로 장승운에게 이를 건네주며 말하기를 "확인해 보시고 받아두셨다가 다른 분들에게 나눠주십시오."라고 했다. 사람들은 갑작스레 술을 마시며 계약서를 쓰고 다들 왁자지껄했지만 마음속으로는 조금 미덥지 않은 데가 있었다. 그러나 이제 마보합이 번쩍거리는 은을 꺼내 구전으로 쓰는 것을 보고나니 비로소 그의 말이 사실이라는 것을 알았다. 문약허는 마치 꿈을 꾸는 듯하기도 하고, 술에 취한 듯하기도 하여 말도 하지 못한 채 멍하니 바라보고만 있었다. 장대가 그를 잡고서 말하기를 "이 구전을 어떻게 나눠야 할지도 문형께서 결정해야지요."라고 했다. 그제야 문약허가 한마디 하기를 "가장 중요한 일

37) 화압(花押): 옛날 계약문서 말미에 초서로 쓰던 서명이나 그 서명 대신에 그리는 특수한 符號를 이른다.

을 끝내고 나서 천천히 처리하지요."라고 했다. 마보합은 다만 빙그레 웃으며 문약허에게 말했다.

"한 가지 상의할 일이 있습니다. 지금, 값으로 치를 은은 안에 있는 다락방에 있는데 이전에 달아 놓은 거라 한 푼도 모자라지가 않습니다. 한 두 분이 들어가서 봉지 하나를 한번 살펴보신 뒤 저울로 달아보시면 될 겁니다. 그 나머지는 전부 다 달아볼 필요도 없지요. 그런데 은의 액수가 적잖아 옮기는 것도 금방 할 수 있는 일이 아닌데다가 문 선생은 단신인데 어떻게 그것을 배로 가지고 내려가실 건지요? 뱃길로 돌아가실 때에도 불편한 점이 많을 겁니다."

문약허가 잠시 생각을 한 뒤 말하기를 "매우 옳은 말씀이십니다. 그러면 지금 어떻게 해야 할지요?"라고 하자, 마보합이 이렇게 말했다.

"우견(愚見)으로는 문 선생께서 지금 당장 고향으로 돌아가시기는 힘드실 듯합니다. 저는 이곳에 비단가게 하나를 가지고 있는데 그 안에 밑천으로 삼천 냥이 있습니다. 또한 그 앞뒤에 크고 작은 가옥과 누각들이 모두 합쳐 백 여 칸이 있는데 이것도 큰 저택이기에 이천 냥은 되지요. 그 가게는 여기서 반 리(里) 떨어진 거리에 있습니다. 제 생각은 이 가게의 화물들과 집문서를 오천 냥으로 매겨 모두 문 선생께 건네고, 문 선생은 여기에 남아있으면서 이 장사를 하시는 것이지요. 은도 몇 차례 나눠서 그곳으로 옮겨두시면 누구도 감쪽같이 알지 못할 겁니다. 나중에 문 선생이 고향으로 돌아가려 하실 땐, 이 가게는 심복 점원에게 보라고 부탁해 두신다면 가벼운 몸으로 왕래를 하실 수 있겠지요. 그렇지 않다면, 저희 가게에서 은을 내드리는 것은 어렵지 않겠지만 문 선생께서 그것을 받아 보관하시기는 어려울 겁니다. 제 생각은 이렇습니다."

마보합이 이렇게 한바탕 말을 하고 나자, 문약허와 장대는 발을 구르며 말하기를 "'객상을 하는 사람은 경영과 계획을 잘하여 하는 말 한 마디 한 마디가 모두 사리에 맞는다.'하더니 과연 그렇군요."라고 했다. 그리고 문약허는 이렇게 생각했다.

"나는 본래 가솔이 없는데다가 가산도 이미 바닥났으니 많은 은자를 가지고 돌아가도 보관할 곳이 없지. 저 말대로 바로 여기서 가업을 일으키는 것도 안 될 게 뭐 있나? 이번 행운은 인연이 되어 모두 하늘이 이뤄주신 것이니 그냥 인연이 되는 대로 해야겠다. 설사 가게의 화물과 가옥의 값이 오천 냥이 안 된다 하더라도 어쨌든 내게 떨어진 것이다."

이리하여 그는 곧 마보합에게 말하기를 "방금 전 말씀하신 것이 진실로 만전지책(萬全之策)이니 저는 모두 다 따르겠습니다."라고 했다.

마보합은 문약허를 데리고 다락방으로 가서 은을 보여주려고 했으며, 장대와 저중영(褚中穎) 두 사람에게도 함께 가서 은을 보자고 했다. 그리고 다른 사람들에게는 "나머진 분들은 보지 않으셔도 되니 잠시 앉아 계십시오."라고 말했다. 이렇게 그들 네 사람은 다락방으로 들어갔다. 다락방으로 들어가지 않은 사람들은 한 사람 한 사람씩 목을 빼들고 기웃거리면서 이렇다 저렇다 하며 말하기를 "이런 특이한 일도 다 있네! 이런 행운도 다 있어! 이럴 줄 알았으면 섬 가에 배를 댔을 때 올라가서 돌아볼 걸, 혹 보배가 더 있었을지도 모르니까."라고 했다. 어떤 자가 말하기를 "이는 하늘만큼 큰 복으로 우연히 만나는 것이지 어찌 억지로 되는 것이겠나!"라고 했다. 사람들이 부러워하고 있는 사이에 문약허는 장대와 저중영 두 사람과 함께 이미 다락방에서 나와 있었다. 사람들이 모두 묻기를 "들어갔던 일은 어떻게 되었소?"라고 하자, 장대가 말했다.

"안에 있는 높은 다락방은 은자를 두는 금고로 은은 모두 나무통에 담겨 있더군요. 방금 전에 들어가서 확인해보니 열 개의 큰 나무통에는 각각 사천 냥씩 담겨져 있고 작은 상자 다섯 개에는 각각 천 냥씩 담겨 있어 모두 다해서 사만 오천 냥이었소. 그것을 이미 문 형의 표식이 있는 봉인지를 붙였으니 물건만 넘겨주면 곧 문 형의 것이죠."

마보합이 나와서 말하기를 "집문서와 비단 장부는 모두 여기에 있으니 오만 냥의 액수를 맞출 수 있을 것입니다. 이제 일단 화물을 가지러 배로 가시지요."라고 하자, 사람들은 모두 배로 몰려갔다.

가는 길에 문약허가 사람들에게 말하기를 "배에 사람이 많으니 절대 곧이곧대로 말씀하지 마십시오. 제가 여러분들께 후하게 사례를 할 겁니다."라고 했다. 문약허와 함께 갔던 사람들도 배에 남아있던 사람들이 알게 되면 돈을 나눠달라고 할까 염려되어 모두들 마음속으로 그렇게 여기고 있었다. 문약허는 배에 이르자 먼저 거북 껍데기 안에 있던 자신의 보따리와 이불을 꺼낸 뒤, 손으로 거북 껍데기를 어루만지며 중얼거리기를 "요행이다, 요행이야!"라고 했다. 마보합은 곧 그의 가게에서 일하는 젊은 점원 두 명으로 하여금 그 거북 껍데기를 옮기라고 하면서 "가게 안으로 조심히 옮겨놓아야지 밖에 놓아두어선 안 된다."라고 당부를 했다. 배에 남아있던 사람들은 거북 껍데기를 맞들고 가는 것을 보고서 "이 팔리지 않을 화물도 다 팔렸네! 얼마에 팔았는지 모르겠지만."이라고 했다. 문약허는 아무 말도 하지 않고 한 손으로 보따리 든 채 곧 기슭으로 올라갔다. 마보합의 가게에 함께 갔었던 몇몇 사람들도 기슭으로 그를 쫓아가 거북 껍데기를 위부터 아래까지 자세히 살펴보며 그 속도 들여다보다가 손으로 문질러 보기도 한 뒤, 서로 바라보면서 말하기를 "뭐가 좋다는 거지!"라고 했다.

마보합은 조금 전처럼 그들 십 여 명을 이끌고서 함께 기슭으로 올라가 그의 가게로 가서 말하기를 "이제 문 선생과 함께 가옥과 가게를 보러 가시지요."라고 했다. 사람들이 그와 함께 한 곳에 이르러 보니 시장 번화가에 자리한 큰 가옥이 한 채 있었다. 그 대문 앞 한 가운데에는 가게 하나가 있었고 옆에는 골목 하나가 있었으며 그 골목으로 들어가 옆으로 한 번을 도니 양짝으로 된 석판문(石板門)이 보였다. 대문 안에는 넓은 뜰이 있었고 그 뜰 다음에는 대청 하나가 보였다. 대청에는 편액 하나가 걸려 있었는데 '내침당(來琛堂)'이라고 쓰여 있었다. 대청 옆에는 두 줄로 곁채가 자리하고 있었으며 가옥 안 삼면에는 궤짝이 있었고 궤짝 안에 있은 것들은 모두 각양각색의 비단과 공단들이었다. 그 뒤로도 아주 많은 방들이 있었다. 문약허는 속으로 이렇게 생각했다.

"이곳을 살집으로 얻을 수 있다면 왕후의 집이라 해도 이보다 더 좋을 수는 없을 것이다. 게다가 비단가게 장사도 있어 이문이 끊임없는 생길 터이니 그냥 여기에서 객거하는 것도 좋겠다. 집 생각을 뭐라 하겠냐?"

그리고 곧 마보합에게 말하기를 "좋긴 좋지만 저는 단신(單身)이니 아무래도 부릴 사람 몇 명은 있어야 살 수 있을 것 같군요."라고 하자, 마보합이 말하기를 "그건 어렵지 않습니다. 전부 저희 가게에 맡기십시오."라고 했다.

문약허는 마음에 기쁨이 가득한 채 사람들과 함께 마보합의 본(本) 가게로 돌아왔다. 마보합은 차를 내오라고 하여 마신 뒤, 이렇게 말했다.

"문 선생, 오늘 밤은 배로 가실 필요 없이 그냥 그 가게에서 주무시지요. 부릴 사람도 지금 가게에 있습니다. 나중에 점차 더 구하셔도 되고요."

문약허와 함께 온 사람들이 모두 말하기를 "거래가 이미 성사되었으니 얘기할 필요가 없지만 우리에게 끝까지 의문인 것이 좀 있습니다. 이 거북 껍데기가 무엇이 좋다고 이렇게까지 값이 나갑니까? 주인장께서 명백히 알려 주셨으면 합니다."라고 하자 문약허도 말하기를 "맞아요, 맞아."라고 했다. 이에 마보합이 웃으며 이렇게 말했다.

"제공들께서는 이것도 모르시니 여러 해 동안 괜히 해외를 오가셨습니다. 여러분은 용에게 아홉 명의 아들이 있다는 얘기를 들어보지 못하셨습니까? 그 아들들 가운데 하나가 타룡(鼉龍)[38]인데 그 가죽은 북을 쌀 수 있고 그 북소리는 백 리까지 울리기에 타고(鼉鼓)라고 이릅니다. 타룡은 만 년을 살다가 결국은 이 껍데기를 벗고 용이 되지요. 이 껍데기

38) 타룡(鼉龍): 강하 기슭이나 저택 등의 지역에서 사는 악어의 일종으로 '豬婆龍'이라고 불리기도 하고 양자강 유역에서 많이 발견되어 '揚子鱷'이라고도 불린다. 그 가죽은 북을 만드는 데 쓸 수 있으며 지금은 멸종 위기에 있다. 여기에서 용의 아들이라고 하거나 껍데기에 야명주가 들어있다는 등의 내용은 전설적 부연이라고 할 수 있다.

에는 하늘의 24절기대로 스물네 개의 갈비뼈가 있고 그 갈비뼈마다 중간 마디에는 큰 구슬 하나가 있습니다. 갈비뼈가 아직 다 자라지 못했을 때에는 용이 되지 못해 껍데기를 벗을 수 없지요. 산 채로 잡아오는 경우도 있는데 그 때는 그 갈비뼈 속에 아무것도 없기에 가죽을 벗겨 북을 만들 수밖에 없습니다. 스물네 개의 갈비뼈가 모두 자라서 마디마다 구슬이 찬 연후에야 그 껍데기를 벗고 용으로 변해 날아갈 수 있는 것입니다. 이 껍데기는 저절로 벗은 것이고 기한을 다 채워 갈비뼈 마디도 모두 다 자란 것이기에 산 채로 잡아 제 수명을 채우지 못한 것과는 다르지요. 그래서 이렇게 큰 것입니다. 이 물건들을 우리는 알고 있기는 하지만 타용이 어느 때 껍질을 벗을지 어찌 알며, 또한 그 타용이 오는 것을 어디서 기다릴 수 있겠습니까? 그 껍데기는 값이 나가지는 않지만 안에 있는 구슬은 모두 야광이어서 무가지보(無價之寶)이지요. 오늘 우연찮게 천행을 만나 무심히 이를 얻었을 뿐입니다."

사람들은 그의 말을 듣고 반신반의했다.

마보합이 잠시 안으로 들어갔다가 빙그레 웃으며 나와 소매에서 서양포(西洋布)로 싼 꾸러미를 꺼내며 말하기를 "여러분, 이것을 보십시오."라고 했다. 꾸러미를 풀자 솜 한 뭉치에 일 촌(寸) 쯤 되는 크기의 야명주 하나가 감싸져 있었는데 눈부실 정도로 빛이 났다. 흑칠을 한 소반을 가져오라 한 뒤 그것을 담아 어두운 곳에 놓았더니 그 구슬은 한 군데에 멈춰있지 못해 구르면서 반짝거리는 빛을 한 자 남짓한 데까지 비추는 것이었다. 사람들은 이를 보고서 눈을 크게 뜬 채 입을 벌리고는 혀를 내둘렀다. 마보합이 몸을 돌려 사람들에게 일일이 감사하며 말하기를 "여러분들께서 이 일을 성사시켜 주셔서 감사합니다. 이 구슬 하나만이라도 우리나라로 가져가면 방금 치른 값은 될 겁니다. 나머지 것들은 모두 덤으로 주신 셈이지요."라고 했다. 사람들은 하나같이 마음속으로 놀랐지만 이미 한 말을 번복하기도 어려웠다. 마보합은 사람들이 낯빛이 변하는 것을 보자 구슬을 거둬 서둘러 안으로 들어간 뒤, 사람을 시켜 비단 한 상자를 가져오게 하고는 문약허를 제외한 모든 사람들에게 각각 비단 두 단(端)[39]씩을 주며 이렇게 말했다.

“여러분들께서 수고를 해주셨으니 이것으로 두루마기 두어 벌을 지어 입으십시오. 저희 가게의 작은 성의입니다.”

그리고 소매 안에서 작은 구슬을 꿴 줄 십 여 개를 꺼내어 각각 하나씩을 주면서 말하기를 “약소합니다. 약소해요. 돌아가시는 길에 찻값이나 하십시오.”라고 했다. 문약허에게는 따로 조금 더 굵은 구슬 네 줄과 비단 여덟 필(疋)을 주면서 말하기를 “옷 몇 벌이라도 지어 입으십시오.”라고 했다. 이에 문약허와 사람들은 모두 기뻐하며 감사했다.

마보합은 곧 사람들과 함께 문약허를 비단가게까지 배웅해 준 뒤, 비단가게에서 일하는 총각들을 불러놓고 말하기를 “이제부터는 이 분이 주인이시다.”라고 했다. 그리고 문약허와 헤어지며 이르기를 “다시 제 가게에 잠깐 갔다 오겠습니다.”라고 말했다. 잠깐 사이에 수십 명의 짐꾼들이 수많은 짐들을 메고 왔는데 앞서 문약허의 봉인지가 붙은 나무통 열 개와 상자 다섯 개를 모두 보내온 것이었다. 문약허는 그것들을 깊숙하고 안전한 내실로 옮겨 놓고 밖으로 나와서 사람들에게 말하기를 “여러분들께서 저를 데리고 오신 덕에 이런 뜻밖의 부귀를 만나게 되었으니 감사하기 그지없습니다.”라고 했다. 그리고 안으로 들어가서 그의 보따리에 있던, 동정홍(洞庭紅) 귤을 팔고 번 은전들을 쏟아내어 한 사람에 열 개씩 주었으며 이전에 은을 내어 자신을 도와준 두세 명과 장대에게는 열 개를 더 주면서 말하기를 “다소나마 감사의 마음을 표하고 싶습니다.”라고 했다. 이때에 이르러 문약허는 이런 은전들은 안중에도 없었지만 사람들은 기뻐하며 끊임없이 감사하다고 했다. 문약허는 다시 몇 십 개의 은전을 꺼낸 뒤 장대에게 말했다.

“노형께서 수고스럽겠지만 이것을 배에 있는 일행들에게 나눠주십시

39) 단(端): 비단 따위의 길이를 재는 단위로 한 단은 두 丈이고 한 장은 열 자였다.

오. 한 사람에 하나씩 주면서 그냥 찻값이라도 하라고 하세요. 저는 여기서 살면서 조금 자리를 잡은 뒤, 천천히 고향에 가보겠습니다. 지금은 함께 갈 수 없으니 이만 작별을 해야겠습니다."

그러자 장대가 말하기를 "구전으로 받은 천 냥도 아직 나누지 않았는데 어떻게 할까요? 문 형이 나눠줘야 말이 없을 겁니다."라고 했다. 문약허는 말하기를 "그것을 잊고 있었네요!"라고 한 뒤, 곧바로 사람들과 상의해서 백 냥은 배에 있는 사람들에게 나누어 주도록 했으며, 나머지 구백 냥은 거기에 있던 사람들의 인원수에다가 두 몫을 더하고 나서 각각 한 몫씩을 나누어 주었다. 그리고 장대는 우두머리이고 저중영은 계약문서를 썼으므로 각각 한 몫씩을 더 주었다. 사람들은 매우 기뻐하며 다른 말을 하지 않았다. 그 중에 한 사람이 말하기를 "단지 저 페르시아 사람만이 싼 값에 보물을 얻었네요. 문 선생이 그 사람에게 이의를 제기해 부족하니 돈을 더 달라고 해야지요."라고 하자, 문약허가 말했다.

"만족할 줄을 모르면 안 됩니다. 제가 불운한 사람이라 장사를 할 때마다 본전을 밑졌는데 운이 트여 난데없이 이렇게 횡재한 것을 보면 인생은 운명이 정해진 것이므로 무엇을 억지로 구할 필요가 없다는 것을 알 수 있습니다. 이 가게 주인이 그 물건을 알아보지 못했다면 우리는 그것을 그저 쓸모없는 물건으로 취급했을 것입니다. 그가 알려 준 덕에 알게 된 것인데 어찌 양심을 속이고서 쟁론을 할 수가 있겠습니까?"

사람들은 모두 "문 선생의 말이 옳습니다. 마음 씀씀이가 충후하여 마땅히 이런 부귀를 얻게 된 거예요."라고 말했다. 사람들은 거듭 감사하며 각자 자기가 얻은 재물을 배로 가지고 갔다. 그런 뒤, 그들이 가지고 온 화물들도 배에서 내려서 가게 주인에게 발송을 했다.

이로부터 문약허는 민중(閩中) 지방의 한 부상(富商)이 되었으며 그곳에서 아내를 맞이하고 가업을 일으켰다. 몇 년이 지난 뒤에야 비로소 그는 소주(蘇州)로 가서 옛날에 알고 지내던 사람들을 만나보고는 다시 민중으로 돌아왔다. 지금까지도 자손이 번창하며 집안도 끊임없이 부유하다. 이것은 바로 다음과 같은 시로 대변된다.

운수가 물러가면 황금도 색을 잃고	運退黃金失色
때가 도래하면 쇳덩이도 빛을 발하네	時來頑鐵生輝
어리석은 자에게 꿈같은 얘기를 하지 마라	莫與痴人說夢
바다 밖으로 가 거북을 찾으려고 할 수 있으니	思量海外尋龜

第九卷 轉運漢巧遇洞庭紅

日日深杯酒滿, 朝朝小圃花開. 自歌自舞自開懷, 且喜無拘無礙. 青史幾番春夢, 紅塵多少奇材? 不須計較與安排, 領取而今見在.

這首西江月詞, 乃宋朱希眞所作[40]. 單道着人生功名富貴, 總有天數; 不如圖一個見前快活. 試看往古來今, 一部十七史中, 多少英雄豪傑, 該富的不得富, 該貴的不得貴. 能文的倚馬千言, 用不著時, 幾張紙蓋不完醬瓿. 能武的穿楊百步, 用不著時, 幾簳箭煮不熟飯鍋. 極至那癡呆懵懂, 生來有福分的, 隨他文學低淺, 也會發科發甲; 隨他武藝庸常, 也會大請大受. 眞所謂時也運也命也. 俗語有兩句道得好: "命若窮, 掘着黃金化做銅; 命若富, 拾着白紙變成布." 總來只聽掌命司顚之倒之. 所以吳彥高又有詞云: "造化小兒無定據, 翻來覆去, 倒横直竪, 眼見都如許!" 僧晦庵亦有詞云: "誰不願, 黃金屋? 誰不願, 千鍾粟? 算五行不是這般題目! 枉使心機閒計較, 兒孫自有兒孫福." 蘇東坡亦有詞云: "蝸角虛名, 蠅頭微利, 算來著甚乾忙? 事皆前定, 誰弱又誰强?" 這幾位名人, 說來說去, 都是一個意思, 總不如古語云: "萬事分已定, 浮生空自忙."

說話的[41], 依你說來, 不須[42]能文善武, 懶惰的也只消天掉下前程; 不須

40) 【校】《今古奇觀》 각 판본에는 이 구절이 "這首西江月詞, 乃宋朱希眞所作."으로 되어 있고, 《拍案驚奇》 각 판본에는 "這首詞乃宋朱希眞所作, 詞寄西江月."로 되어 있다.

41) 說話的(설화적): '話'는 이야기를 이르고, 唐宋 때 '說話'는 이야기를 구연으로 풀어가는 것을 의미하여 근대의 說書와 유사한 장르라고 할 수 있다. 魯迅은 《中國小說史略》에서, "說話란 것은 고금의 놀라운 일을 구연으로 하는 것을 이르는데 당나라 때에 이미 있었을 것이다.(說話者, 謂口說古今驚聽之事, 蓋唐時亦已有之.)"라고 했다. '的'은 동사를 명사화시키는 어미로 '~을 하는 사람'을 의미하여 '說話的'은 '說話를 구연하는 說話人'을 말한다. 그 이야기를 '話文'

經商立業, 敗壞的也只消天掙與家緣: 却不把人間向上的心都冷了? 看官有所不知, 假如人家出了懶惰的人, 也就是命中該賤; 出了敗壞的人, 也就是命中該窮: 自[43]是常理. 却又自有轉眼貧富, 出人意外, 把眼前事分毫算不得准的哩!

且聽說一人, 乃是宋朝汴京人氏, 姓金, 雙名維厚, 乃是經紀行中人. 少不得朝晨起早, 晚夕遲眠; 睡醒來千思想､萬算計, 揀有便宜的才做. 後來家事掙得從容了, 他便思想一個久遠方法: 手頭用來用去的, 只是那散碎銀子; 若是大塊頭好銀水[44], 便存着不動, 約得百兩, 便鎔成一大錠. 把一綜紅線結成一縚繫在錠腰, 放在枕邊, 夜來摩弄一番, 方才睡下. 積了一生, 整整鎔了八錠; 以後也就隨來隨去, 再積不成百兩, 他也罷了.

金老生有四子, 一日是他七十壽旦, 四子置酒上壽. 金老見了四子蹌蹌踉踉, 心中喜歡, 便對四子說道: "我靠皇天覆庇, 雖則勞碌一生, 家事儘可度日. 況我平日留心, 有鎔成八大錠銀子, 永不動用的. 在我枕邊, 見將絨線做對兒結着. 今將揀個好日子, 分與爾等, 每人一對, 做個鎮家之寶." 四子喜謝, 盡歡而散.

是夜, 金老帶些酒意, 點燈上床, 醉眼模糊, 望去八個大錠, 白晃晃排在枕邊. 摸了幾摸, 哈哈地笑了一聲, 睡下去了. 睡未安穩, 只聽得床前有人行走脚步響; 心疑有賊, 又細聽看, 恰像欲前不前相讓一般. 床前燈火微明, 揭帳一看, 只見八個大漢, 身穿白衣, 腰繫紅帶, 曲躬而前曰: "某等兄弟, 天數派定, 宜在君家聽令. 今蒙我翁過愛, 抬舉成人, 不煩役使, 珍重多年, 冥數將滿. 待翁歸天后, 再覓去向. 今聞我翁目下將以我等分役與郎君. 我等與郎君輩原無前緣, 故此先來告別, 往某縣某村王姓某者投托; 後緣未盡, 還可一面." 語畢, 向後[45]便走. 金老不知何事, 喫了一驚, 翻身下床, 不

또는 '話本'이라고 한다.

42) 【校】須(수): 古本小說集成·繪圖本《今古奇觀》과《拍案驚奇》각 판본에는 "須"로 되어 있고, 人民文學本《今古奇觀》에는 "許"로 되어 있다.

43) 【校】自(자): 人民文學本·繪圖本《今古奇觀》에는 "自"로 되어 있고, 古本小說集成《今古奇觀》과《拍案驚奇》각 판본에는 "此"로 되어 있다.

44) 【校】大塊頭好銀水(대괴두호은수):《今古奇觀》각 판본에는 "大塊頭好銀水"로 되어 있고,《拍案驚奇》각 판본에는 "上兩塊頭好銀"으로 되어 있다.

及穿鞋, 赤脚趕去, 遠遠見八人出了房門, 金老趕得性急, 絆了房檻, 撲的跌倒, 颯然[46]驚醒, 乃是南柯一夢. 急起挑燈明亮點照枕邊, 已不見了八個大錠. 細思夢中所言, 句句是實. 歎了一口氣, 哽咽了一會, 道: "不信我苦積一世, 却沒分與兒子每[47]受用; 到是別人家的. 明明說有地方､姓名, 且慢慢跟尋下落則個." 一夜沒睡, 次早起來, 與兒子每說知, 兒子中也有驚駭的, 也有疑惑的. 驚駭的道: "不該是我們手裏東西, 眼見得作怪." 疑惑的道: "老人家歡喜中說話失許了我們, 回想轉來, 一時間就不割捨得分散了, 造此鬼話, 也不見得." 金老看見兒子們疑信不等, 急急要驗個實話. 遂訪至某縣某村, 果有王姓某者. 叩門進去, 只見堂前燈燭熒煌, 三牲福物, 正在那裏獻神. 金老便開口問道: "宅上有何事如此?" 家人報知, 請主人出來. 主人王老見金老, 揖坐了, 問其來因. 金老道: "老漢有一疑事, 特造上宅來問消息. 今見上宅正在此獻神, 必有所謂, 敢乞明示." 王老道: "老拙偶因寒荊小恙, 問[48]卜, 先生道: '移床即好.' 昨寒荊病中, 恍惚見八個白衣大漢, 腰繫紅束, 對寒荊道: '我等本在金家, 今在彼緣盡, 來投身宅上.' 言畢, 俱鑽入床下. 寒荊驚出了一身冷汗, 身體爽快了. 及至移床, 灰塵中得銀八大錠, 多用紅絨繫腰. 不知是那里來的. 此皆神天福佑, 故此買福物酬謝. 今我丈來問, 莫非曉得些來歷麼?" 金老跌跌脚道: "此老漢一生所積. 因前日也做了一夢, 就不見了. 夢中也道出老丈姓名居址的確, 故得訪尋到此. 可見天數已定, 老漢也無怨處. 但只求取出一看, 也完了老漢心事." 王老道: "容易." 笑嘻嘻的走進去, 叫安童四人, 托出四個盤來; 每盤兩錠, 多是紅絨

45) 【校】向後(향후): 人民文學本·繪圖本《今古奇觀》에는 "向後"로 되어 있고, 古本小說集成《今古奇觀》과 《拍案驚奇》 각 판본에는 "回身"으로 되어 있다.

46) 【校】颯然(삽연): 《拍案驚奇》 각 판본에는 "颯然"으로 되어 있고, 《今古奇觀》 각 판본에는 "飄然"으로 되어 있다. '飄然'은 가볍거나 초탈한 모양을 형용하는 말이고, '颯然'은 갑작스럽거나 순식간에 움직이는 모양을 형용하는 말이다. 여기서는 의미상 '颯然'이 적절하다.

47) 每(매): 송원시대 언어에서 인칭대명사 뒤에 붙는 "每"자는 "們"자와 같은 뜻으로 복수의 의미를 지닌다. "兒子每"는 "兒子們", 즉 "아들들"이란 뜻이다.

48) 【校】問(문): 《今古奇觀》 각 판본에는 "問"으로 되어 있고, 《拍案驚奇》 각 판본에는 "買"로 되어 있다.

繫束. 正是金家之物. 金老看了, 眼睜睜無計所奈, 不覺撲簌簌弔下淚來. 撫摩一番, 道: "老漢直如此命薄, 消受不得!" 王老雖然叫安童仍舊拿了進去, 心中[49]見金老如此, 老大不忍; 另取三兩零銀封了, 送與金老作別. 金老道: "自家的東西, 尚在[50]無福, 何須尊惠!" 再三謙讓, 必不肯受. 王老納在金老袖中. 金老欲待摸出還了, 一時摸個不着, 面兒通紅; 又被王老央不過, 只得作揖別了. 直至家中, 對兒子們一一把前事說了, 大家歎息了一回. 因言王老好處, 臨行送銀三兩, 滿袖摸遍, 並不見有. 只說路中掉了; 却元來金老推遜時, 王老往袖裏亂塞, 落在着外面一層袖中. 袖有斷線處, 在王家摸時, 已自在脫線處落在門檻邊了. 客去掃門, 仍舊是王老拾得. 可見一飮一啄, 莫非前定. 不該是他的東西, 不要說八百兩, 就是三兩也得不去. 該是他的東西, 不要說八百兩, 就是三兩也推不出. 原有的到無了, 原無的到有了, 並不由人計較.

而今說一個人, 在實地立[51]行, 步步不着, 極貧極苦的, 却在渺渺茫茫做夢不到的去處, 得了一主沒頭沒腦錢財, 變成巨富. 從來希有, 亘古新聞. 有詩爲證:[52]

分內功名匣裏財, 不關聰慧不關獃. 果然命是財官格, 海外猶能送寶來.

話說國朝成化年間, 蘇州閶門外, 有一人姓文, 名實, 字若虛, 生來心思靈[53]巧, 做著便能, 學著便會, 琴棋書畫, 吹彈歌舞, 件件粗通; 幼年間, 曾有人相他有巨萬之富. 他亦自恃才能, 不十分去營求生產, 坐吃山空, 將祖

49) 【校】中(중): 《今古奇觀》 각 판본에는 "中"으로 되어 있고, 《拍案驚奇》 각 판본에는 "裏"로 되어 있다.

50) 【校】在(재): 《今古奇觀》 각 판본에는 "在"자가 있고, 《拍案驚奇》 각 판본에는 "在"자가 없다.

51) 【校】立(입): 人民文學本·繪圖本《今古奇觀》에는 "立"으로 되어 있고, 古本小說集成《今古奇觀》과 《拍案驚奇》 각 판본에는 "上"으로 되어 있다.

52) 【校】有詩爲證(유시위증): 《今古奇觀》 각 판본에는 "有詩爲證"으로 되어 있고 《拍案驚奇》 각 판본에는 "有詩爲證 詩曰"로 되어 있다.

53) 【校】靈(영): 《今古奇觀》 각 판본에는 "靈"으로 되어 있고, 《拍案驚奇》 각 판본에는 "慧"로 되어 있다.

上遺下千金家事, 看看滑[54]下來. 以後曉得家業有限, 看見別人經商圖利的, 時常獲利幾倍, 便也思量做些生意, 却又百做百不著. 一日, 見人說北京扇子好賣, 他便合了一箇夥計, 置辦扇子起來. 上等金面精巧的, 先將禮物求了名人詩畫, 免不得是沈石田, 文衡山, 祝枝山, 搨了幾筆, 便値上兩數銀子. 中等的自有一樣喬人, 一隻手學寫了這幾家字畫, 也就哄得人過, 將假當眞的賣了, 他自家也兀自做得來的. 下等的無金無字畫, 將就賣幾十文[55], 也有對合利錢, 是看得見的. 揀箇日子, 裝了箱兒, 到了北京. 豈知北京那年自交夏來, 日日淋雨不晴, 並無毫厘[56]暑氣, 發市甚遲, 交秋早涼, 雖不見及時, 幸喜天色却晴, 有妝晃子弟, 要買把蘇做的扇子, 袖中籠著搖擺. 來買時, 開箱一看, 只叫得苦! 元來北京黴沴[57]却在七八月, 更加日前雨溼之氣, 鬭著扇上膠墨之性, 弄做了箇"合而言之[58]", 揭不開了! 用力揭開, 東粘一層, 西缺一片, 但是有字有畫値價錢者, 一毫無用; 止剩下等沒字白扇, 是不壞的, 能値幾何! 將就賣了做盤費回家, 本錢一空. 頻年做事, 大槪如此. 不但自己折本, 但是搭他做伴, 連夥計也弄壞了. 故此人起他一箇混名, 叫做"倒運漢". 不數年, 把箇家事, 乾圓潔淨了, 連妻子也不曾娶得, 終日間靠著些東塗西抹, 東挨西撞, 也濟不得甚事. 但只是嘴頭子謅得來, 會說會笑, 朋友家喜歡他有趣, 遊耍去處, 少他不得, 也只好趁口, 不能

54) 【校】滑(활): 人民文學本·繪圖本《今古奇觀》에는 "滑"로 되어 있고, 古本小說集成《今古奇觀》과 《拍案驚奇》 각 판본에는 "消"로 되어 있다.
55) 【校】文(문): 《今古奇觀》 각 판본에는 "文"으로 되어 있고, 《拍案驚奇》 각 판본에는 "錢"으로 되어 있다.
56) 【校】毫厘(호리): 《今古奇觀》 각 판본에는 "毫厘"로 되어 있고, 《拍案驚奇》 각 판본에는 "一毫"로 되어 있다.
57) 黴沴(미려): '黴'는 물건에 습기가 차 곰팡이가 펴서 검푸른 색이 되어버리는 것을 이르는 말이고, '沴'는 물 흐르는 것이 유창하지 않은 것을 이르는 말이다. '黴沴'는 장마철에 곰팡이가 피는 것을 이르는 말이다.
58) 合而言之(합이언지): 《孟子·盡心下》에 "仁은 '사람'이란 뜻이다. 仁과 人을 합쳐 말하면 바로 道이다.(仁也者, 人也. 合而言之, 道也.)"라는 구절이 보인다. '合而言之'는 '둘을 합쳐 말하다'는 뜻으로 여기에서는 경전에 나오는 문언적인 어구를 약간 왜곡 해석함으로써 부채의 면이 습기로 인해 달라붙은 것을 해학적으로 표현하고자 한 것이다.

夠做家[59]. 況且他是大模大樣過來的, 幫閒行裏, 又不十分入得隊. 有憐他的, 要薦他坐館教學, 又有誠實人家, 嫌他是箇雜板[60]令, 高不湊, 低不就, 打從幫閒的處館的兩項人, 見了他也就做鬼臉, 把"倒運"兩字笑他. 不在話下.

一日, 有幾箇走海販[61]貨的鄰近, 做頭的無非是張大李二趙甲錢乙一班人, 共四十餘人, 合了夥將行. 他曉得了, 自家思忖道: "一身落魄, 生計皆無, 便附了他們航海, 看看海外風光, 也不枉人生一世. 況且他們定然[62]不却我的, 省得在家憂柴憂米, 也是快活." 正計較間, 恰好張大踱將來. 元來這個張大名喚張乘運, 專一做海外生意, 眼裏認得奇珍異寶, 又且秉性爽慨, 肯扶持好人, 所以鄉里起他一箇混名叫"張識貨". 文若虛見了, 便把此意一一與他說了. 張大道: "好, 好. 我們在海船裏頭不耐煩寂寞, 若得兄去, 在船中說說笑笑, 有甚難過的日子? 我們衆兄弟料想多是喜歡的. 只是一件: 我們多有貨物將去, 兄並無所有, 覺得空了一番往返, 也可惜了. 待我們大家計較, 多少湊些出來助你, 將就置些東西去也好." 文若虛便道: "多謝厚情; 只怕沒人如兄肯周全小弟!" 張大道: "且說說看." 一竟自去了. 恰遇一個瞽目先生, 敲著: "報君知"走將來, 文若虛伸手順袋裏摸了一箇錢, 扯住占[63]一卦, 問問財氣. 先生道: "此卦非凡, 有百十分財氣, 不是小可." 文若虛自想道: "我只要搭去海外耍耍, 混過日子罷了, 那裏是我做得著的生意! 就是他們資助些, 也能有多少[64], 便直恁地財爻動? 這先生也是混

59) 【校】不能夠做家(불능구주가): 《今古奇觀》 각 판본에는 "不能夠做家"로 되어 있고, 《拍案驚奇》 각 판본에는 "不是做家的"으로 되어 있다.

60) 【校】板(반): 《拍案驚奇》 각 판본에는 "板"으로 되어 있고, 《今古奇觀》 각 판본에는 "班"으로 되어 있다. '雜板令'은 공부에 있어서 전문으로 특별히 잘하는 분야가 없는 사람을 가리킨다.

61) 【校】販(판): 《今古奇觀》 각 판본에는 "販"으로 되어 있고, 《拍案驚奇》 각 판본에는 "泛"으로 되어 있다.

62) 【校】然(연): 人民文學本·繪圖本《今古奇觀》에는 "然"으로 되어 있고, 古本小說集成《今古奇觀》과 《拍案驚奇》 각 판본에는 "是"로 되어 있다.

63) 【校】住占(주점): 《今古奇觀》 각 판본에는 "住占"으로 되어 있고, 《拍案驚奇》 각 판본에는 "他"로 되어 있다.

64) 【校】《今古奇觀》 각 판본에는 이 구절이 "就是他們資助些, 也能有多少"로 되어

帳!" 只見張大氣忿忿的走來, 說道: "'說著錢, 便無緣.' 這些人好笑! 說道你去, 無不喜歡; 說到助銀, 沒一箇則聲. 今我同兩箇好的弟兄, 輧湊得一兩銀子在此, 也辦不成甚貨, 憑你買些果子船裏吃罷. 口食之類, 是在我們身上." 若虛稱謝不盡, 接了銀子. 張大先行道: "快些收拾, 就要開船了." 若虛道: "我沒甚收拾, 隨後就來." 手中拿了銀子, 看了又笑, 笑了又看, 道: "置得甚貨麽!" 信步走去, 只見滿街上筐籃內, 盛著賣的:

> 紅如噴火, 巨若懸星. 皮未皺, 尚有餘酸; 霜未降, 不可多得. 元殊蘇井諸家樹, 亦非李氏千頭奴. 較廣似曰"難兄", 比福亦云"具體".

乃是太湖中東西[65]洞庭山, 地煖土肥, 與閩廣無異. 廣橘福橘[66], 名播[67]天下. 洞庭有一樣橘樹絕與他相似, 顏色正同, 香氣亦同. 只是初出時味略少酸, 後來熟了, 却也甜美, 比福橘之價, 十分之一, 名曰: "洞庭紅". 若虛看見了, 便思想道: "我一兩銀子買得百斤有餘, 在船可以解渴, 又可分送一二, 答衆人助我之意." 買成裝上竹簍, 僱人[68]並行李挑了下船. 衆人都拍手笑道: "文先生寶貨來了[69]!" 文若虛羞慚無地, 只得吞聲上船, 再也不敢提起買橘的事.

開得船來, 漸漸出了海口, 只見銀濤捲雪, 雪浪翻銀. 湍轉則日月似浮, 浪動則星河如覆.[70] 三五日間, 隨風飄[71]去, 也不覺過了多少路程. 忽至一

있고, 《拍案驚奇》 각 판본에는 "就賫助得來, 能有多少"로 되어 있다.

65) 【校】東西(동서): 人民文學本·繪圖本 《今古奇觀》에는 "東西"로 되어 있고, 古本小說集成《今古奇觀》과 《拍案驚奇》 각 판본에는 "有一"로 되어 있다.

66) 【校】古本小說集成《今古奇觀》과 《拍案驚奇》 각 판본에는 "廣橘福橘" 앞에 "所以" 두 글자가 있고, 人民文學本·繪圖本 《今古奇觀》에는 없다.

67) 【校】名播(명파): 人民文學本·繪圖本 《今古奇觀》에는 "名播"로 되어 있고, 古本小說集成《今古奇觀》과 《拍案驚奇》 각 판본에는 "播名"으로 되어 있다.

68) 【校】僱人(고인): 《今古奇觀》 각 판본에는 "僱人"으로 되어 있고, 《拍案驚奇》 각 판본에는 "僱一閒的"으로 되어 있다.

69) 【校】了(료): 《今古奇觀》 각 판본에는 "了"로 되어 있고, 《拍案驚奇》 각 판본에는 "也"로 되어 있다.

70) 湍轉則日月似浮 浪動則星河如覆(단전즉일월사부 낭동즉성하여복): 南朝 齊나라 張融의 《海賦》에 "湍轉則日月似驚,浪動而星河如覆."이라는 두 구가 있다.

個地方, 舟中望去, 人煙湊集, 城郭巍峨, 曉得是到了甚麽國都了. 舟人把船撑入藏風避浪的小港內, 釘了椿撅, 下了鐵錨, 纜好了. 船中人多上岸打一看. 元來是來過的所在, 名曰吉零國. 元來這邊中國貨物拿到那邊, 一倍就有三倍價, 換了那邊貨物, 帶到中國, 也是如此, 一往一回, 却不便有八九倍利息, 所以人都拚死走這條路. 衆人都是做過交易的, 各有熟識經紀歇家通事人等, 各自上岸找尋發貨去了, 只留文若虛在船中看船, 路徑不熟, 也無走處. 正悶坐間, 猛可想起道: “我那一簍紅橘, 自從到船中不曾開看, 莫不人氣蒸爛了? 趁著衆人不在, 看看則箇.” 叫那水手在艙板底下翻將起來, 打開了簍看時, 面上多是好好的, 放心不下, 索性搬將出來, 都擺在艙板上面. 也是合該發跡, 時來福湊, 擺得滿船紅焰焰的, 遠遠望來, 就是萬點火光, 一天星斗. 岸上人望見, 都走將攏來問道72): “是甚麽好東西呀?” 文若虛只不答應, 看見中間有箇把一點頭73)的, 揀了出來, 拍開74)就吃. 岸上看的一發多了, 驚笑道: “元來是吃得的!” 就中有個好事的, 便來問價: “多少一箇?” 文若虛不省得他們說話, 船上人却曉得, 就扯箇謊哄他, 豎起一箇指頭, 說要一錢一顆. 那問的人, 揭開長衣, 露出那兜羅綿紅裹肚來, 一手摸出一箇銀錢來道: “買一個嘗嘗.” 文若虛接了銀錢, 手中等等看, 約有兩把重, 心下想道: “不知這些銀子, 要買多少? 也不見秤秤. 且先把一箇與他看樣.” 揀箇極大75)紅得可愛的, 遞一箇上去. 只見那箇人接上手, 攧了一攧道: “好東西呀!” 撲的就拍76)開來, 香氣撲鼻, 連旁邊聞著的許多人,

71) 【校】飄(표): 《今古奇觀》 각 판본에는 “飄”로 되어 있고, 《拍案驚奇》 각 판본에는 “漂”로 되어 있다.

72) 【校】《今古奇觀》 각 판본에는 이 구절이 “岸上人望見, 都走將攏來問道”로 되어 있고, 《拍案驚奇》 각 판본에는 “岸上走的人都攏將來問道”로 되어 있다.

73) 【校】一點頭(일점두): 古本小說集成《今古奇觀》과 《拍案驚奇》 각 판본에는 “一點頭”로 되어 있고, 人民文學本·繪圖本 《今古奇觀》에는 “白點頭”로 되어 있다. ‘一點頭’는 조그마하다는 뜻이다.

74) 【校】拍開(박개): 《今古奇觀》 각 판본에는 “拍開”로 되어 있고, 《拍案驚奇》 각 판본에는 “掐破”로 되어 있다.

75) 【校】極大(극대): 《今古奇觀》 각 판본에는 “極大”로 되어 있고, 《拍案驚奇》 각 판본에는 “大些的”으로 되어 있다.

76) 【校】拍(박): 《今古奇觀》 각 판본에는 “拍”으로 되어 있고, 《拍案驚奇》 각 판본에

大家喝一聲采. 那買的不知好歹, 看見船上吃法, 也學他去了皮, 却不分囊, 一塊塞在口裏, 甘水滿咽喉, 連核都不吐, 吞下去了, 哈哈大笑道: "妙哉! 妙哉!" 又伸手到裏肚裏摸出十箇銀錢來, 說: "我要買十箇進奉去." 文若虛喜出望外, 揀十箇與他去了. 那看的人見那人如此買去了, 也有買一箇的, 也有買兩箇三箇的, 都是一般銀錢; 買了的都千歡萬喜去了. 元來, 彼國以銀爲錢, 上有文采, 有等龍鳳文的最貴重, 其次人物, 其[77]次禽獸, 又次樹木, 最下通用的是水草, 却都是銀鑄的, 分兩不異. 適纔買橘的都是一樣水草紋的, 他道是把下等錢買了好東西去了, 所以歡喜, 也只是要小便宜心腸, 與中國人一樣. 須臾之間, 三分中賣了兩分[78]. 內有[79]不帶錢在身邊的, 老大懊悔, 急忙取了錢轉來. 文若虛已是[80]剩不多了, 就拿班[81]道: "而今要留著自家用, 不賣了." 其人情願再增一箇錢, 四箇錢買了兩[82]顆. 口中嘵嘵說: "悔氣! 來得遲了!" 旁邊人見他增了價, 就埋怨道: "我們[83]還要買哩[84]. 如何把價錢增長了他的?" 買的人道: "你不聽得他方纔說, 兀自不賣了." 正在議論間, 只見首先買十顆的那一箇人, 騎了一匹青驄馬, 飛也似奔到船邊, 下了馬, 分開人叢, 對船上大喝道: "不要零賣! 不要零賣! 是有的

는 "劈"으로 되어 있다.

77) 【校】其(기): 《今古奇觀》 각 판본에는 "其"로 되어 있고, 《拍案驚奇》 각 판본에는 "又"로 되어 있다.

78) 【校】三分中賣了兩分(삼분중매료양): 《今古奇觀》 각 판본에는 "三分中賣了兩分"으로 되어 있고, 《拍案驚奇》 각 판본에는 "三停里賣了二停"으로 되어 있다.

79) 【校】內有(내유): 《今古奇觀》 각 판본에는 "內有"로 되어 있고, 《拍案驚奇》 각 판본에는 "有的"으로 되어 있다.

80) 【校】是(시): 《今古奇觀》 각 판본에는 "是"로 되어 있고, 《拍案驚奇》 각 판본에는 "此"로 되어 있다.

81) 【校】就拿班(취나반): 《今古奇觀》 각 판본에는 "就拿班"으로 되어 있고, 《拍案驚奇》 각 판본에는 "拿一個班"으로 되어 있다.

82) 【校】兩(양): 《今古奇觀》 각 판본에는 "兩"으로 되어 있고, 《拍案驚奇》 각 판본에는 "二"로 되어 있다.

83) 【校】們(문): 《今古奇觀》 각 판본에는 "們"으로 되어 있고, 《拍案驚奇》 각 판본에는 "每"로 되어 있다.

84) 【校】哩(리): 《今古奇觀》 각 판본에는 "哩"로 되어 있고, 《拍案驚奇》 각 판본에는 "個"로 되어 있다.

俺多要買. 俺家頭目要買去進可汗[85]哩." 看的人聽見這話, 便遠遠走開, 站住了看. 文若虛是箇伶俐的人, 看見來勢, 早已[86]瞧在眼裏, 曉得是箇好主顧了. 連忙把簍中的[87]盡數傾出來, 止剩五十餘顆, 數了一數, 又拿班起[88]來說道: "適間講過, 要留著自用, 不得賣了, 今肯加些價錢, 再讓幾顆去罷. 適間已賣出兩箇錢一顆了." 其人在馬背上拖下一大囊, 摸出錢來, 另是一樣樹木紋的, 說道: "如此錢一箇罷了." 文若虛道: "不情愿, 只照前樣罷了." 那人笑了一笑, 又把手去摸出一箇龍鳳紋的來道: "這樣的一箇如何?" 文若虛又道: "不情愿, 只要前樣的." 那人又笑道: "此錢一箇抵百箇, 料也沒得與你. 只是與你耍. 你不要俺這一箇, 却要那等的, 是箇傻子. 你那東西, 肯都與俺了, 俺再加你一箇那等的也不打緊." 文若虛數了一數, 有五十二顆, 准准的要了他一百五十六箇水草銀錢. 那人連竹簍都要了, 又丟了一箇錢, 把簍拴在馬上, 笑吟吟的一鞭去了. 看的人見沒得賣了, 一哄而散. 文若虛見人散了, 到艙裏把一箇錢秤一秤, 有八錢七分多重. 秤過數箇, 也[89]是一般; 總數一數, 共有一千箇差不多; 把兩箇賞了船家, 其餘收拾在包裏了, 笑一聲道: "那瞎[90]子好靈卦也!" 歡喜不盡, 只等同船人來, 對他說笑則箇.

說話的, 你說錯了. 那國裏銀子, 這樣不值錢, 如此做買賣, 那久慣飄洋的帶去多是綾羅緞疋, 何不多賣了些銀錢回來? 一發百倍了? 看官有所不知. 那國裏見了綾羅等物, 都是以貨交兑. 我這裏人, 也只是要他貨物, 纔

85) 【校】可汗(가한): 《今古奇觀》 각 판본에는 "可汗"으로 되어 있고, 《拍案驚奇》 각 판본에는 "克汗"으로 되어 있다.

86) 【校】早已(조이): 《今古奇觀》 각 판본에는 "早已"로 되어 있고, 《拍案驚奇》 각 판본에는 "已此"로 되어 있다.

87) 【校】中的(중적): 《今古奇觀》 각 판본에는 "中的"으로 되어 있고, 《拍案驚奇》 각 판본에는 "裏"로 되어 있다.

88) 【校】班起(반기): 《今古奇觀》 각 판본에는 "班起"로 되어 있고, 《拍案驚奇》 각 판본에는 "起班"으로 되어 있다.

89) 【校】也(야): 《今古奇觀》 각 판본에는 "也"로 되어 있고, 《拍案驚奇》 각 판본에는 "都"로 되어 있다.

90) 【校】瞎(할): 《今古奇觀》 각 판본에는 "瞎"로 되어 있고, 《拍案驚奇》 각 판본에는 "盲"으로 되어 있다.

有利錢; 若是賣他銀錢時, 他都把龍鳳、人物的來交易, 作了好價錢, 分兩也只得如此, 反不便宜. 如今是買吃口東西, 他只認做把低錢交易, 我却只管分兩, 所以得利了. 說話的, 你又說錯了. 依你說來, 那航海的何不只買吃口東西, 換他的[91]低錢, 豈不有利? 却[92]用著重本錢置他貨物怎地? 看官, 又不是這話. 也是此人偶然有此橫財, 帶去著了手; 若是有心第二遭再帶去, 三五日不遇巧, 便要[93]希爛. 那文若虛運未通時, 賣扇子就是榜樣. 扇子還是放得起的, 尚且如此, 何況果品? 是這樣執一論不得的.

閒話休題. 且說衆人尋[94]了經紀主人, 到船發貨. 文若虛把上項事說了一遍. 衆人都驚喜道: "造化! 造化! 我們同來, 到是你沒本錢的先得了手也." 張大便拍手道: "人都道他倒運, 而今想是運轉了!" 便對文若虛道: "你這些銀錢, 此間置貨, 作價不多, 除是對[95]發在夥伴中, 回他幾百兩中國貨物上去, 打換些土產珍奇, 帶轉去, 有大利錢, 也强如虛藏此銀錢在身邊, 無箇用處." 文若虛道: "我是倒運的, 將本求財, 從無一遭不連本送的. 今承諸公挈帶, 做此無本錢生意, 偶然僥倖一番, 眞是天大造化了, 如何還要生利錢, 妄想甚麼! 萬一如前又[96]做折了, 難道再有「洞庭紅」這樣買[97]賣不

91) 【校】換他的(환타적): 人民文學本·繪圖本《今古奇觀》각 판본에는 "換他的"으로 되어 있고, 古本小說集成本《今古奇觀》과《拍案驚奇》각 판본에는 "只換他"로 되어 있다.

92) 【校】却(각):《今古奇觀》각 판본에는 "却" 자가 있고,《拍案驚奇》각 판본에는 없다.

93) 【校】便要(편요):《今古奇觀》각 판본에는 "便要"로 되어 있고,《拍案驚奇》각 판본에는 "等得"으로 되어 있다.

94) 【校】尋(심): 人民文學本·繪圖本《今古奇觀》에는 "尋"으로 되어 있고, 古本小說集成本《今古奇觀》과《拍案驚奇》각 판본에는 "領"으로 되어 있다.

95) 【校】對(대): 人民文學本·繪圖本《今古奇觀》에는 "對"로 되어 있고, 古本小說集成本《今古奇觀》에는 "時"로 되어 있으며,《拍案驚奇》각 판본에는 "轉"으로 되어 있다.

96) 【校】又(우): 人民文學本·繪圖本《今古奇觀》에는 "又"로 되어 있고, 古本小說集成本《今古奇觀》에는 "人"으로 되어 있으며,《拍案驚奇》각 판본에는 "再"로 되어 있다.

97) 【校】買(매): 人民文學本·繪圖本《今古奇觀》에는 "買"로 되어 있고, 古本小說集成本《今古奇觀》에는 "如"로 되어 있으며,《拍案驚奇》각 판본에는 "好"로 되어

成?" 衆人多道: "我們用得著的是銀子, 有的是貨物, 彼此通融, 大家有利, 有何不可?" 文若虛道: "'一年吃蛇咬, 三年怕草索.' 說著貨物, 我就沒膽氣了. 只是守了這些銀錢回去罷." 衆人齊拍手道: "放著幾倍利錢不取, 可惜! 可惜!" 隨同衆人一齊上去. 到了店家, 交還[98]明白, 彼此兌換. 約有半月光景, 文若虛眼中看過了若干好東好西, 他已自志得意滿, 不放在心上. 衆人事體完了, 一齊上船, 燒了神福, 吃了酒, 開船. 行了數日, 忽然間天變起來. 但見:

> 烏雲蔽日, 白[99]浪掀天. 蛇龍戲舞起長空, 魚鼈驚惶潛水底. 艨艟泛泛, 只如棲不定的數點寒鴉; 島嶼浮浮, 便似沒不煞的幾雙水鵜. 舟中是方揚的米簸, 船[100]外是正熟的飯鍋. 總因風伯太無情, 以致篙師多失色.

那船上人見風起了, 扯起半帆, 不問東西南北, 隨風勢漂去, 隱隱望見一島, 便帶住篷脚, 只看著島邊駛[101]來. 看看漸近, 恰是一箇無人的空島. 但見:

> 樹木參天, 草萊遍地. 荒涼境[102]界, 無非些兔跡狐踪; 坦迤土壤, 料不是龍潭虎窟. 混茫內, 未識應歸何國轄; 開闢來, 不知曾否有人登.

船上人把船後抛了鐵錨, 將椿橛泥犂[103]上岸去釘停當了, 對艙裏道: "且

있다.

98) 【校】還(환): 《今古奇觀》 각 판본에는 "還"으로 되어 있고, 《拍案驚奇》 각 판본에는 "貨"로 되어 있다.

99) 【校】白(백): 《今古奇觀》 각 판본에는 "白"으로 되어 있고, 《拍案驚奇》 각 판본에는 "黑"으로 되어 있다.

100) 【校】船(선): 《今古奇觀》 각 판본에는 "船"으로 되어 있고, 《拍案驚奇》 각 판본에는 "舷"으로 되어 있다.

101) 【校】駛(사): 人民文學本·繪圖本《今古奇觀》에는 "駛"로 되어 있고, 古本小說集成本《今古奇觀》과 《拍案驚奇》 각 판본에는 "使"로 되어 있다.

102) 【校】境(경): 人民文學本·繪圖本 《今古奇觀》에는 "境"으로 되어 있고, 古本小說集成本《今古奇觀》과 《拍案驚奇》 각 판본에는 "徑"으로 되어 있다.

103) 椿橛泥犂(장궐니리): '椿橛'은 나무 말뚝에 대한 통칭으로 큰 것은 '椿'이라 하고 작은 것은 '橛'이라고 한다. '泥犂'는 뱃사람들이 쓰는 쇠닻을 고정시키는

安心坐一坐, 候風勢則箇." 那文若虛身邊有了銀子, 恨不得插翅飛到家裏, 巴不得行路, 却如此守風呆坐, 心裏焦躁, 對衆人道: "我且上岸去, 島上望望則箇." 衆人道: "一箇荒島, 有何好看!" 文若虛道: "總是閒著, 何礙?" 衆人都被風顚得頭暈, 箇箇是呵欠連天的, 不肯同去. 文若虛便自一箇抖擻精神, 跳上岸來. 只因此一去, 有分教[104]:

千年敗殼精靈顯, 一介窮神富貴來.

若是說話的同年生, 並時長, 有箇未卜先知的法兒, 便雙脚走不動, 也拄箇拐兒隨他同去一番, 也不枉的. 誰知沒有恁般福分, 一箇箇心慵步懶.[105] 那[106]文若虛見衆人不去, 偏要發箇狠, 扳藤附葛, 直走到島上絕頂. 那島也苦[107]不甚高, 不費甚大力, 只是荒草蔓延, 無好路徑. 到得上邊, 打一看時, 四望漫漫, 身如一葉, 不覺凄然, 掉下淚來. 心裏想道[108]: "我如此聰明, 一生命蹇, 家業消亡, 剩得隻身, 直到海外, 雖然僥倖, 有得千來箇銀錢在囊中, 知道命裏該[109]是我的, 不是我的? 今在絕島中間, 未到實地, 性命也還是與海龍王合著的哩!" 正在感愴, 只見望去, 遠遠草叢中, 一物突高. 移

도구로 '泥犁'로 쓰기도 한다.

104) 【校】有分教(유분교): 《今古奇觀》 각 판본에는 "有分教"로 되어 있고, 《拍案驚奇》 각 판본에는 "有分交"로 되어 있다. '有分教' 또는 '有分交'는 같은 의미로서 白話小說에서 문단 끝에 쓰이는 상투어로 후속되는 이야기의 진행을 제시하는 기능을 한다.

105) 【校】誰知沒有恁般福分 一箇箇心慵步懶(수지몰유임반복분 일개개심용보라): 《今古奇觀》 각 판본에는 이 구절이 있고, 《拍案驚奇》 각 판본에는 없다.

106) 【校】那(나): 《今古奇觀》 각 판본에는 "那"로 되어 있고, 《拍案驚奇》 각 판본에는 "却說"로 되어 있다.

107) 【校】苦(고): 《今古奇觀》 각 판본에는 "苦"로 되어 있고, 上海古籍本《拍案驚奇》에는 "苦(若)"으로 되어 있으며, 古本小說集成本《拍案驚奇》에서는 판독이 불가하다. '苦'는 '可'나 '却'과 같이 역접의 의미를 지니는 부사로 쓰였다.

108) 【校】想道(상도): 人民文學本·繪圖本《今古奇觀》에는 "想道"로 되어 있고, 古本小說集成本《今古奇觀》과 《拍案驚奇》 각 판본에는 "道想"으로 되어 있다.

109) 【校】知道命裏該(지도명리해): 《今古奇觀》 각 판본에는 "知道命裏該"로 되어 있고, 《拍案驚奇》 각 판본에는 "知他命裏"로 되어 있다.

步往前一看, 却是牀大一箇敗龜殼; 大驚道: “不信天下有如此大龜! 世上人那裏曾看見? 說也不信的! 我自到海外一番, 未[110]曾置得一件海外物事, 我今[111]帶了此物去, 也是一件希罕的東西, 與人看看, 省得空口說著, 道是蘇州人會調謊. 又且一件: 鋸將開來, 一蓋一板, 各置四足, 便是兩張牀, 却不奇怪?” 遂脫下兩隻裹脚[112], 接了, 穿在龜殼中間, 打箇扣兒, 拖著便走. 走至船邊, 船裏人見他這等模樣, 都笑道: “文先生那裏又跎了績來.” 文若虛道: “好教列位得知, 這就是我海外的貨了.” 衆人抬頭一看, 却便似一張無柱有底的硬脚牀, 吃驚道: “好大龜殼! 你拖來何幹?” 文若虛道: “也是罕見的, 帶了他去.” 衆人笑道: “好貨不置一件, 要此何用?” 有的道: “也有用處. 有甚麼天大的疑心事, 灼他一卦, 只沒有這樣大龜藥.” 又有的道是: “醫家要煎龜膏, 拿去打碎了, 煎起來, 也當得幾百箇小龜殼.” 文若虛道: “不要管有用沒用, 只是希罕, 又不費本錢, 便帶了回去.” 當時叫箇船上水手, 一同[113]抬下艙來. 初時山下空闊, 還只如此; 艙中看來, 一發大了. 若不是海船, 也著不得這樣狼犺東西. 衆人大家笑了一回, 說道: “到家時, 有人問, 只說文先生做了偌大的烏龜買賣來了.” 文若虛道: “不要笑我, 好歹有一箇用處, 決不是棄物.” 隨他衆人取笑, 文若虛只是得意, 取些水來, 內外洗一洗淨, 抹乾了, 却把自己錢包, 行李, 都撞在龜殼裏面, 兩頭把繩一絆, 却當了一箇大皮箱子, 自笑道: “兀的不眼前就有用處[114]了!” 衆人都笑將起來, 道: “好算計! 好算計! 文先生到底是箇聰明人!” 當夜無話[115].

....

110) 【校】未(미): 人民文學本·繪圖本《今古奇觀》에는 “未”로 되어 있고, 古本小說集成本《今古奇觀》과 《拍案驚奇》 각 판본에는 “不”로 되어 있다.

111) 【校】我今(아금): 《今古奇觀》 각 판본에는 “我今”으로 되어 있고, 《拍案驚奇》 각 판본에는 “今我”로 되어 있다.

112) 裹脚(과각): ‘行縢’과 같은 말이다. 옛날 복식에서 바지의 폭이 넓기에 활동하기 쉽도록 좁고 긴 무명으로 바지를 접어 종아리를 감았는데 그 무명을 ‘裹脚’이라고 한다. 《釋名·釋衣服》에 따르면, ‘幅’은 스스로 감아 묶는 것으로 지금은 ‘行縢’이라고 하는데 종아리를 감으면 가볍게 뛸 수 있다고 했다.

113) 【校】同(동): 人民文學本·繪圖本《今古奇觀》에는 “同”으로 되어 있고, 古本小說集成本《今古奇觀》과 《拍案驚奇》 각 판본에는 “撞”로 되어 있다.

114) 【校】處(처): 人民文學本·繪圖本《今古奇觀》에는 “處”로 되어 있고, 古本小說集成本《今古奇觀》과 《拍案驚奇》 각 판본에는 “起”로 되어 있다.

次日風息了, 便[116]開船一走, 不數日, 又到了一箇去處, 却是福建地方了. 纔住定了船. 就有一夥慣伺候接海客的小經紀牙人, 攢將攏來, 你說張家好, 我說李家好, 拉的拉, 扯的扯, 嚷箇不住. 海船上衆人揀一箇一向熟識的跟了去, 其餘的也就住了. 衆人到了一箇波斯胡大店中坐定. 裏面主人見說海客到了, 連忙先發銀子, 喚廚戶包辦酒席幾十桌, 分付停當, 然後踱將出來. 這主人是箇波斯國裏人, 姓箇古怪姓, 是瑪瑙的"瑪"字, 名叫瑪寶哈, 專一與海客兌換珍寶貨物, 不知有多少萬數本錢. 衆人走海過的, 都是熟主熟客, 只是文若虛不曾認得. 抬眼看時, 元來波斯胡住得在中華久了, 衣帽言動, 都與中華不大分別, 只是剃眉剪鬚, 深目高鼻, 有些古怪. 出來見了衆人, 行賓主禮坐定了, 兩杯茶罷, 站起身來, 請到一箇大廳上, 只見酒筵多完備了, 且是擺得齊[117]楚. 元來舊規, 海船一到, 主人家先折過這一番款待, 然後發貨講價的. 主人家手執著一付琺琅[118]菊花盤盞, 拱一拱手道: "請列位貨單一看, 好定坐席." 看官, 你道這是何意? 元來波斯胡以利爲重, 只看貨單上有奇珍異寶, 値得上萬者, 就送在首[119]席; 餘者, 看貨輕重, 挨次坐去, 不論年紀, 不論尊卑, 一向做下的規矩. 船上衆人, 貨物貴的賤的, 多的少的, 你知我知, 各自心照, 差不多領了酒杯, 各自坐了. 單單剩得文若虛一箇, 呆呆站在那里. 主人道: "這位老客長[120], 不曾會面, 想是新出海外的, 置貨不多了?" 衆人大家說道: "這是我們好朋友, 到海外要去的. 身邊有銀子, 却不曾肯置貨, 今日沒奈何, 只得屈他在末席坐了." 文若

---

115) 【校】話(화): 人民文學本·繪圖本《今古奇觀》에는 "話"로 되어 있고, 古本小說集成本《今古奇觀》과《拍案驚奇》각 판본에는 "詞"로 되어 있다.

116) 【校】便(편):《今古奇觀》각 판본에는 "便"자가 있고,《拍案驚奇》각 판본에는 없다.

117) 【校】齊(제):《今古奇觀》각 판본에는 "齊"로 되어 있고,《拍案驚奇》각 판본에는 "濟"로 되어 있다.

118) 【校】琺琅(법랑): 人民文學本·繪圖本《今古奇觀》에는 "琺琅"으로 되어 있고, 古本小說集成本《今古奇觀》과《拍案驚奇》각 판본에는 "法浪"으로 되어 있다.

119) 【校】首(수):《今古奇觀》각 판본에는 "首"로 되어 있고,《拍案驚奇》각 판본에는 "先"으로 되어 있다.

120) 老客長(노객장): '老'와 '長'은 모두 사람에 대한 존칭으로 '老客長'은 가게 주인이 손님을 높여 이르는 말이다.

虛滿面羞慚, 坐了末位. 主人坐在橫頭. 飲酒中間, 這一箇說道我有貓兒眼多少; 那一箇說道, 我有祖母綠多少. 你誇我逞. 文若虛一發嘿嘿無言, 自心裏也微微有些懊悔, 道: "我前日該聽他們勸, 置些貨來的是. 今枉有幾百銀子在囊中, 說不得一句說話." 又自歎了口氣道: "我原是一些本錢沒有的, 今日大幸, 不可不知足." 自思自忖, 無心發興吃酒. 衆人却猜拳行令, 吃得狼藉. 主人是箇積年, 看出文若虛不快活的意思來, 不好說破, 虛勸了他幾杯酒. 衆人都起身道: "酒夠了, 天晚了, 趁早上船去, 明日發貨罷." 別了主人去了. 主人撤了酒席, 收拾睡了, 明日起箇淸早, 先走到海岸船邊來拜這夥客人. 主人登舟, 一眼瞧去, 那艙裏狼狼犺犺這件東西, 早先看見了, 吃了一驚, 道: "這是那一位客人的寶貨? 昨日席上, 並不曾見說起. 莫不是不要賣的?" 衆人都笑指道: "此敝友文兄的寶貨." 中有一人襯道: "又是滯貨!" 主人看了文若虛一看, 滿面掙得通紅, 帶了怒色, 埋怨衆人道: "我與諸公相處多年, 如何恁地作弄我? 教我得罪於新客, 把一箇末座屈了他, 是何道理!" 一把扯住文若虛, 對衆客道: "且慢發貨, 容我上岸謝過罪著." 衆人不知其故. 有幾箇與文若虛相知些的, 又有幾箇喜事的, 覺得有些古怪, 共十餘人, 隨[121]了上來 . 重到店中, 看是如何.

只見主人拉了文若虛, 把交椅整一整, 不管衆人好歹, 納他頭一位坐下了, 道: "適間得罪, 得罪. 且請坐一坐." 文若虛也心中鑊鐸[122], 忖道: "不信此物是寶貝, 這等造化不成!" 主人走了進去, 須臾出來, 又拱衆人到先前吃酒去處, 又早擺下幾桌酒; 爲首一桌, 比前更齊整; 把盞向文若虛一揖, 就對衆人道: "此公正該坐第一席. 你每枉自一船的貨, 也還趕他不來. 先前失敬! 失敬!" 衆人看見, 又好笑, 又好怪, 半信不信的, 一帶兒坐了. 酒過三杯, 主人就開口道: "敢問客長, 適間此寶可肯賣否?" 文若虛是箇乖人, 趁口答應道: "只要有好價錢, 爲甚不賣?" 那主人聽得肯賣, 不覺喜從天降, 笑逐顏開, 起身道: "果然肯賣, 但憑分付價錢, 不敢吝惜." 文若虛其實不知值多

121) 【校】隨(수): 《今古奇觀》 각 판본에는 "隨"로 되어 있고, 《拍案驚奇》 각 판본에는 "趕"으로 되어 있다.

122) 鑊鐸(확탁): 멍청하고 어리석다는 뜻이다. 顧學頡과 王學奇의 《元曲釋詞·鑊鐸》에 따르면, '鑊鐸[huòduó]'은 '糊塗[hútú]'에서 와전되었다고 한다.

少, 討少了, 怕不在行; 討多了, 怕吃笑; 忖了一忖, 面紅耳熱, 顚倒討不出價錢來. 張大便與文若虛丟箇眼色, 將手放在椅子背後, 豎著三箇指頭, 再把第二箇指空中一撇道: "索性討他這些." 文若虛搖頭, 豎一指道: "這些我還討不出口在這里." 却被主人看見道: "果是多少價錢?" 張大搗一箇鬼道: "依文先生手勢, 敢像要一萬哩." 主人呵呵大笑道: "這是不要賣, 哄我而已! 此等寶物, 豈止此價從錢!" 衆人見說, 大家目睜口呆, 都立起了身來, 扯文若虛去商議道: "造化! 造化! 想是値得多哩! 我們實實不知如何定價, 文先生不如開箇大口, 憑他還罷." 文若虛終是礙口識羞, 待說又止. 衆人道: "不要不老氣!" 主人又催道: "實說說何妨?" 文若虛只得討了五萬兩. 主人還搖頭道: "罪過! 罪過! 沒有此話!" 扯著張大, 私問他道: "老客長們海外往來, 不是一番了, 人都叫你是張識貨, 豈有不知此物就裏的? 必是無心賣他, 奚落小子[123]罷了." 張大道: "實不瞞你說, 這箇是我的好朋友, 同來[124]海外頑耍的, 故此不曾置貨. 適間此物, 乃是避風海島, 偶然得來, 不是出價置辦的, 故此不識得價錢[125]. 若果有這五萬與他, 夠他富貴一生, 他也心滿意足了." 主人道: "如此說, 要你做箇大大保人, 當有重謝, 萬萬不可翻悔." 忙[126]叫店小二拿出文房四寶來. 主人家將一張供單綿料紙折了一折, 拿筆遞與張大道: "有煩老客長做主, 寫箇合同文書, 好成交易." 張大指著同來一人道: "此位客人褚中穎寫得好." 把紙筆讓與他. 褚客磨得墨濃, 展開[127]紙, 提起筆來寫道:

立合同議單張乘運等. 今有蘇州客人文實, 海外帶來大龜殼一箇, 投至

---

123) 【校】子(자): 人民文學本·繪圖本《今古奇觀》에는 "子"로 되어 있고, 古本小說集成本《今古奇觀》과 《拍案驚奇》 각 판본에는 "肆"로 되어 있다.

124) 【校】來(래): 人民文學本·繪圖本《今古奇觀》에는 "來"로 되어 있고, 古本小說集成本《今古奇觀》과 《拍案驚奇》 각 판본에는 "了"로 되어 있다.

125) 【校】價錢(가전): 古本小說集成本·繪圖本《今古奇觀》과 《拍案驚奇》 각 판본에는 "價錢"으로 되어 있고, 人民文學本《今古奇觀》에는 "價目"으로 되어 있다.

126) 【校】忙(망): 人民文學本《今古奇觀》에는 "忙"으로 되어 있고, 古本小說集成本·繪圖本《今古奇觀》과 《拍案驚奇》 각 판본에는 "遂"로 되어 있다.

127) 【校】開(개): 《今古奇觀》 각 판본에는 "開"로 되어 있고, 《拍案驚奇》 각 판본에는 "好"로 되어 있다.

波斯瑪寶哈店, 願出銀五萬兩買成. 議定: 立契之後, 一家交貨, 一家交銀, 各無翻悔. 有翻悔者, 罰契上加一. 合同爲照.

一様兩紙, 後邊寫了年月日, 下寫張乘運爲頭, 一連把在坐客人十來箇寫去, 褚中穎因自己執筆, 寫了落末, 年月前邊空行中間, 將兩紙湊著, 寫了騎縫一行, 兩邊各半, 乃是"合同議約"四字, 下寫"客人文實, 主人瑪寶哈", 各押了花押. 單上有名的, 從頭寫起. 寫到張乘運道: "我們押字錢重些, 這買賣纔弄得成." 主人笑道: "不敢輕, 不敢輕." 寫畢, 主人進內, 先將銀一箱抬出來道: "我先交明白了用錢, 還有說話." 衆人攢將攏來. 主人開箱, 却是五十兩一包, 共總二十包, 整整一千兩, 雙手交與張乘運道: "憑著客長收明, 分與衆位罷." 衆人驟然[128]吃酒, 寫合同, 大家攛哄鳥亂, 心下還有些不信的意思; 如今見他拿出精晃晃白銀來做用錢, 方知是實. 文若虛恰像夢裏醉裏, 話都說不出來, 呆呆地看. 張大扯他一把道: "這用錢如何分散? 也要文兄主張." 文若虛方說一句道: "且完了正事慢處." 只見主人笑嘻嘻的對文若虛說道: "有一事要與客長商議. 價銀現在裏面閣兒上, 都是向來兌過的, 一毫不少, 只消請客長一兩位進去, 將一包過一過目, 兌一兌爲准, 其餘都不消兌得. 却又一說: 此銀數不少, 搬動也不是一時功夫; 況且文客官是箇單身, 如何好將下船去? 又要泛海回還, 有許多不便處." 文若虛想了一想道: "見教得極是. 而今却待怎麼?" 主人道: "依著愚見, 文客官目下回去未得. 小弟此間有一箇緞疋鋪, 有本三千兩在內, 其前後大小廳屋樓房, 共百餘間, 也是箇大所在, 價値二千兩. 離此半里之地. 愚見就把本店貨物及房屋文契, 作了五千兩, 盡行交與文客官, 就留文客官在此住下了, 做此生意. 其銀也做幾遭搬了過去, 不知不覺. 日後文客官要回去, 這裏可以托心腹夥計看守, 便可輕身往來; 不然, 小店交出不難, 文客官收貯難也. 愚意如此." 說了一遍, 說得文若虛與張大跌足道: "果然是'客綱客紀, 句句有理'[129]." 文若虛想[130]道: "我家裏元無家小, 況且家業已盡了, 就

128) 【校】驟然(취연): 人民文學本 · 繪圖本《今古奇觀》에는 "驟然"으로 되어 있고, 古本小說集成本《今古奇觀》과 《拍案驚奇》 각 판본에는 "初然"으로 되어 있다.
129) 客綱客紀 句句有理(객강객기 구구유리): 客商을 하는 사람은 경영과 계획을 잘하여 하는 말 한 마디 한 마디가 모두 사리에 맞는다는 뜻이다.

帶了許多銀子回去, 沒處安頓. 依了此說, 我就在這裏立起個家緣來, 有何不可? 此番造化, 一緣一會, 都是上天作成的. 只索隨緣做去. 便是貨物房產價錢, 未必有五千, 總是落得的." 便對主人說: "適間所言, 誠是萬全之算, 小弟無不從命." 主人便領文若虛進去閣上看, 又叫張褚二人一同來看看, "其餘列位不必了, 請略坐一坐." 他四人進去了. 衆人不進去的, 箇箇伸頭縮頸, 你三我四, 說道: "有此異事! 有此造化! 早知這樣, 懊悔島邊泊船時節, 也不去走走, 或者還有寶貝, 也不見得." 有的道: "這是天大的福氣, 撞將來的, 如何强得!" 正欣羡間, 文若虛已同張褚二客出來了. 衆人都問: "進去如何了?" 張大道: "裏邊高閣是箇土庫, 放銀兩的所在, 都是桶子盛著. 適間進去看了十箇大桶, 每桶四千, 又五箇小匣, 每箇一千, 共是四萬五千. 已將文兄的封皮記號封好了. 只等交了貨, 就是文兄的了." 主人出來道: "房屋文書緞疋帳目, 俱已在此, 湊足五萬之數了. 且到船上取貨去." 一擁都到海船來. 文若虛於路對衆人說: "船上人多, 切勿明言. 小弟自有厚報." 衆人也只怕船上人知道, 要分用錢去, 各各心照. 文若虛到了船上, 先向龜殼中把自己包裹被囊取出了, 手摸一摸殼, 口裏暗道: "僥倖! 僥倖!" 主人便叫店內後生二人來抬此殼, 分付道: "好生抬進去, 不要放在外邊." 船上人見抬了此殼去, 便道: "這個滯貨, 也脫手了! 不知賣了多少?" 文若虛只不做聲, 一手提了包裹, 往岸上就走. 這起初同上來的幾個, 又趕到岸上, 將龜殼從頭至尾細細看了一遍, 又向殼內張了一張, 捽了一捽, 面面相覷道: "好處在那裏!" 主人仍拉了這十來個, 一同上去, 到店裏, 說道: "而今且同文客官看了房屋鋪面來." 衆人與主人一同走到一處, 正是鬧市中間, 一所好大房子, 門前正中是箇鋪子, 旁有一衖, 走進轉箇灣, 是兩扇大石板門; 門內大天井, 上面一所大廳; 廳上有一匾, 題曰: "來琛堂." 堂旁有兩楹側屋; 屋內三面有橱; 橱內都是綾羅各色緞疋; 以後內房樓房甚多. 文若虛暗道: "得此爲住居, 王侯之家不過如此矣! 況又有緞鋪營生, 利息無盡, 便做了這裏客人罷了, 還思想家裏甚麽!" 就對主人道: "好却好, 只是小弟是個孤身, 畢竟還要尋幾房使喚的人, 纔住得." 主人道: "這個不難, 都在小店身上." 文

130) 【校】想(상): 人民文學本·繪圖本《今古奇觀》에는 "想"자가 있고, 古本小說集成本《今古奇觀》과 《拍案驚奇》 각 판본에는 없다.

若虛滿心歡喜, 同衆人走歸本店來. 主人討茶來吃了, 說道: "文客官, 今晚不消船上[131]去, 就在鋪中住下. 使喚的人, 鋪中現有, 逐漸再討便是." 衆客人多道: "交易事已成, 不必說了, 只是我們畢竟有些疑心. 此殼有何好處, 値價如此? 還要主人見教一箇明白." 文若虛道: "正是, 正是." 主人笑道: "諸公枉來[132]海上走了多年[133], 這些也不識得. 列位豈不聞說: 龍有九子. 子[134]內有一種是鼉龍, 其皮可以幔鼓, 聲聞百里, 所以謂之鼉鼓. 鼉龍萬歲, 到底蛻下此殼成龍. 此殼有二十四肋, 按天上二十四氣, 每肋中間節內, 有大珠一顆. 若是肋未完全時節, 成不得龍, 蛻不得殼. 也有生捉得他來, 只好將皮幔鼓, 其肋中也未有東西. 直待二十四肋, 肋肋完全, 節節珠滿, 然後蛻了此殼, 變龍而去. 故此是天然蛻下, 氣候俱到, 肋節俱完的; 與生擒活捉, 壽數未滿的不同, 所以有如此之大. 這箇東西, 我們肚中雖曉得; 知他幾時蛻下? 又在何處地方守得他著? 殼不値錢, 其珠皆有夜光, 乃無價寶也. 今天幸遇巧, 得之無心耳!" 衆人聽罷, 似信不信. 只見主人走將進去了一會, 笑嘻嘻的走出來, 袖中取出一西洋布的包來, 說道: "請諸公看看." 解開時[135], 只見一團綿, 裹著寸許大一顆夜明珠, 光彩奪目. 討箇黑漆盤兒[136], 放在暗處, 其珠滾一箇不定, 閃閃爍爍, 約有尺餘亮處. 衆人看了, 驚得目睜口呆, 伸了舌頭, 縮不進去[137]. 主人回身轉來, 對衆逐個致謝道:

131) 【校】上(상):《今古奇觀》 각 판본에는 "上"으로 되어 있고,《拍案驚奇》 각 판본에는 "裏"로 되어 있다.

132) 【校】來(래): 人民文學本·古本小說集成本《今古奇觀》에는 "來"로 되어 있고, 繪圖本《今古奇觀》에는 "自"로 되어 있으며,《拍案驚奇》 각 판본에는 "了"로 되어 있다.

133) 【校】年(년):《今古奇觀》 각 판본에는 "年"으로 되어 있고,《拍案驚奇》 각 판본에는 "遭"로 되어 있다.

134) 【校】子(자):《今古奇觀》 각 판본에는 "子"로 되어 있고,《拍案驚奇》 각 판본에는 "乎"로 되어 있다.

135) 【校】時(시):《今古奇觀》 각 판본에는 "時"로 되어 있고,《拍案驚奇》 각 판본에는 "來"로 되어 있다.

136) 【校】盤兒(반아):《今古奇觀》 각 판본에는 "盤兒"로 되어 있고,《拍案驚奇》 각 판본에는 "的盤"으로 되어 있다.

137) 【校】縮不進去(축부진거):《今古奇觀》 각 판본에는 "縮不進去"로 되어 있고,《拍案驚奇》 각 판본에는 "收不進來"로 되어 있다.

“多蒙列位作成了. 只這一顆, 拿到咱國中, 就値方纔的價錢了. 其餘多是尊惠.” 衆人箇箇心驚; 却是說過的話, 又不好翻悔得. 主人見衆人有些變色, 收了珠子, 急急走到裏邊, 又叫抬出一箇緞箱來, 除了文若虛, 每人送與緞子二端, 說道: “煩勞了列位, 做兩件道袍穿穿, 也見小肆中薄意.” 袖中又摸出細珠十數串, 各[138]送一串道: “輕鮮[139], 輕鮮, 備歸途一茶罷了.” 文若虛處, 另是粗些的珠子四串, 緞子八疋, 道是: “權且做幾件衣服.” 文若虛同衆人歡喜作謝了. 主人就同衆人送了文若虛到緞鋪中, 叫鋪裏夥計後生們都來相見, 說道: “今番是此位主人了.” 主人自別了去, 道: “再到小店中去去來.” 只見須臾間, 數十箇脚夫扛了好些扛來, 把先前文若虛封記的十桶五匣, 都發來了. 文若虛搬在一箇深密謹愼的臥房裏頭去處, 出來對衆人道: “多承列位挈帶, 有此一套意外富貴, 感謝不盡.” 走進去, 把自家包裹內所賣“洞庭紅”的銀錢, 倒將出來, 每人送他十箇, 止有張大與先前出銀助他的兩三人[140], 分外又是十箇, 道: “聊表謝意.” 此時文若虛把這些銀錢看得不在眼裏了. 衆人却是快活, 稱謝不盡. 文若虛又拿出幾十箇來, 對張大說道: “有煩老兄, 將此分與船上同行的人, 每位一箇, 聊當一茶. 小弟住在此間, 有了頭緖, 慢慢到本鄕來. 此時不得同行, 就此爲別了.” 張大道: “還有一千兩用錢, 未曾分得, 却是如何? 須得文兄分開, 方沒得說.” 文若虛道: “這到忘了.” 就與衆人商議, 將一百兩分[141]與船上衆人; 餘九百兩, 照現在人數, 另外添出兩股, 派了股數, 各得一股. 張大爲頭的, 褚中穎執筆的, 多分一股. 衆人千歡萬喜, 沒有說話. 內中一人道: “只是便宜了這回回[142].

138) 【校】各(각): 《今古奇觀》 각 판본에는 “各”으로 되어 있고, 《拍案驚奇》 각 판본에는 “每”로 되어 있다.

139) 輕鮮(경선): 매우 가볍고 적다는 뜻으로 남에게 선물을 할 때 자신의 선물을 낮춰서 겸손하게 이르는 말이다.

140) 【校】人(인): 人民文學本·繪圖本《今古奇觀》에는 “人”으로 되어 있고, 古本小說集成本《今古奇觀》과 《拍案驚奇》 각 판본에는 “個”로 되어 있다.

141) 【校】分(분): 《今古奇觀》 각 판본에는 “分”으로 되어 있고, 《拍案驚奇》 각 판본에는 “散”으로 되어 있다.

142) 回回(회회): 回族이나 回鶻 또는 이슬람교인 回回敎나 이슬람교를 신봉하는 사람들을 통틀어 이르는 말이다. 여기서는 페르시아인인 마보합을 이른다.

文先生還該起箇風, 要他些不敷纔是." 文若虛道: "不要不知足. 看我一箇倒運漢, 做著便折本的, 造化到來, 平空地有此一注[143]財爻, 可見人生分定, 不必强求. 我們若非這主人識貨, 也只當廢物罷了; 還虧他指點曉得, 如何還好昧心爭論?" 衆人都道: "文先生說得是. 存心忠厚, 所以該有此富貴." 大家千恩萬謝, 各各賫了所得東西, 自到船上發貨. 從此文若虛做了閩中一箇富商, 就在那邊娶了妻小, 立起家業; 數年之間, 纔到蘇州走一遭, 會會舊相識, 依舊去了. 至今子孫繁衍, 家道殷富不絕. 正是:

運退黃金失色, 時來頑鐵生輝. 莫與痴人說夢, 思量海外尋龜.

143) 【校】注(주):《今古奇觀》 각 판본에는 "注"로 되어 있고,《拍案驚奇》 각 판본에는 "主"로 되어 있다.

제10권

수전노가 간계를 부려 양자를 사들이고 원주인을 억울하게 하다〔看財奴刁買冤家主〕

작품 해설

이 작품은 《초각박안경기(初刻拍案驚奇)》 권35의 이야기로 《초각박안경기》에는 제목이 〈하소연하던 가난뱅이가 잠시 남의 돈을 맡고 있으면서 수전노가 되어 간계로 양자를 사들이고 원주인을 억울하게 하다(訴窮漢暫掌別人錢 看財奴刁買冤家主)〉로 되어 있다. 입화(入話)의 본사(本事)는 송나라 곽단(郭彖)의 《규차지(睽車志)》 권5에 나오는데 주인공은 평강(平江) 사람 육대랑(陸大郎)이다. 《곡해총목제요(曲海總目提要)》 권4에는 원나라 무명씨가 이 이야기를 바탕으로 지은 〈장선우(張善友)〉라는 원곡(元曲) 작품이 소개되어 있다.

정화(正話)의 본사는 《수신기(搜神記)》 권10에 있는 〈장거자(張車子)〉로 보이는데 주인공은 주남책(周擥嘖)으로 되어 있다. 이 이야기의 줄거리는 이렇다. 꿈에서 천공(天公)이 나타나 주남책이 가난한 것을 불쌍하게 여겨 아직 태어나지도 않은 장거자(張車子)라는 자가 누릴 운명의 몫을 빌려준다고 한다. 이후 주남책은 그 꿈에서 말한 대로 부자가 된다.

이후 그의 집에서 고용살이를 하고 있던 장씨(張氏)라는 여인이 아이를 낳아 '거자(車子)'라고 이름을 지어주자, 주람책은 자기가 바로 그 아이의 재물을 잠시 받았던 것이라는 사실을 깨닫게 된다. 그 뒤로 주씨의 가세는 쇠락해졌고 장거자가 장성한 후로는 주씨 집보다 더 부유하게 되었다는 이야기이다. 원나라 정정옥(鄭廷玉)이 지은 잡극(雜劇) 〈수전노(看財奴)〉가 《곡해총목제요》 권1에 소개되어 있는데 〈수전노가 간계를 부려 양자를 사들이고 원주인을 억울하게 하다(看財奴刁買冤家主)〉와 동일하게 조주(曹州) 사람인 수재(秀才) 주영조(周榮祖)와 담장을 쌓는 일을 하고 사는 가인(賈仁)이란 자가 주인공으로 등장한다. 《곡해총목제요》 권27에도 유사한 줄거리를 지닌 희곡 작품인 〈장원기(狀元旗)〉가 소개되어 있다. 〈장원기〉에서는 가문괴(賈文魁)가 가난한 미장이로 등장하며 신에게 기도를 하여 부자가 되지만 결국 그의 재물은 사촌형의 아들인 가진종(賈振宗)에게로 돌아가는 내용을 다루고 있다. 이밖에도 유사한 줄거리를 지닌 희곡 작품으로 명나라 서위(徐渭)의 《남사서록(南詞敘錄)》〈송원구편(宋元舊篇)〉에 무명씨의 〈원가채주(冤家債主)〉가 소개되어 있고, 원나라 종사성(鍾嗣成)의 《녹귀부(錄鬼簿)》에도 원나라 곡영부(曲英夫)가 지은 〈수전노(看錢奴)〉가 소개되어 있으며, 명나라 왕원수(王元壽)가 지은 전기(傳奇) 희곡작품인 〈영보부(靈寶符)〉가 《원산당곡품(遠山堂曲品)》에 소개되어 있다.

본문 역주

종래로 빚을 졌다면 돈을 갚아야 했으니	從來欠債要還錢
이런 것은 명부(冥府)에서 더욱 분명하다네	冥府於斯倍灼然
제 분수가 아닌 것을 얻었으면	若使得來非分內
종국에는 되돌려줄 날 있을 것이네	終須有日復還原

각설(却說), 인생에서 재물은 모두 분수로 정해져 있는 것이라서 만약 그대의 것이 아니라면 설사 억지를 써서 손에 넣을 수 있다 해도 본래 한 푼도 빠짐없이 남에게 되돌려줘야 할 것이외다. 종래로 인과응보에 관한 이야기에서는 이런 일들이 비일비재하여 이루다 말하기가 어렵소이다. 제가 좀 특이한 일 하나를 택해 얘기하는 것으로써 이야기의 첫머리를 삼고자 하오이다.

진주(晉州) 고성현(古城縣)에 이름이 장선우(張善友)라고 불리는 사람이 있었는데 평일에는 불경을 읽고 염불을 하며 선행을 즐겨하는 덕행이 있는 자였다. 그의 아내 이씨(李氏)는 그와 반대로 식견이 짧아 작은 이득을 챙기는 짓을 하곤 했다. 부부 두 사람은 살면서 자식을 낳은 적이 없었으며 집안 형편은 넉넉하여 살기에 좋았다. 당시 고성현에 조정옥(趙廷玉)이란 사람이 있었는데 가난한 사람으로 평소에는 본분을 지키며 살았으나 갑자기 그의 모친이 세상을 떠나 장례를 치를 돈이 없자 장선우의 집에 여윳돈이 있다는 것을 알고서 조금 훔쳐 쓰려고 했다. 그는 이틀 동안 궁리한 끝에 담장에 구멍을 파고 장선우의 집에서 오륙십 냥의 재물을 훔쳐다가 모친의 장례를 치렀다. 그러고 나서 속으로 이렇게 생각했다.

"내 본래 품행이 바르지 못한 사람은 아니었는데 집이 가난하여 모친의 장례를 치를 돈이 없는 까닭에 이런 그릇된 짓을 하여 저 집에 누를 끼쳤으니 이생에서 갚지 못한다 하더라도 다음 생에는 반드시 갚을 것이다."

다음 날 장선우는 기침을 한 뒤, 담 벽에 구멍이 나 있는 것을 보고 도둑맞은 것을 깨닫고는 집안의 재물을 점검해보았더니 상자 안에 있던 오륙십 냥의 은자가 없어진 것이었다. 장선우는 집이 부유한지라 이를 크게 마음에 두지도 않고 잃어버릴 운명이었던 것이라고 생각하면서 다만 한숨을 쉬었을 뿐이었다. 그러나 아내 이씨만은 이를 마음에 깊이 담아두고서 생각하기를 "그 은자가 있다면 많은 것을 할 수 있고 많은 이문을 남길 수 있을 텐데 공연히 도둑을 맞았으니 어찌 아깝지 않은가!"라고 했다. 그가 의심을 하며 답답해하고 있는 사이에 갑자기 밖에서 어떤 스님이 와서 장선우를 찾았다. 장선우가 나와서 스님을 뵙고서 묻기를 "스님께서는 무슨 일로 오셨는지요?"라고 하자, 그 스님이 이렇게 말했다.

"노승은 오대산(五臺山)[1]의 승려인데 불전이 무너져 수리할 돈을 시주 받으러 산에서 내려왔습니다. 오랫동안 시주를 받아 백 냥 쯤의 은자는 모았으나 아직 조금 모자랍니다. 이미 시주명부에는 이름이 올려져있으나 아직 받지 못한 것도 있지요. 지금 또 다른 데로 가서 보시를 받으려 하는데 수중에 있는 은자를 가지고 가기에는 불편하기도 하고 잃어버릴까 걱정도 되어 맡겨둘 곳을 찾으려 했습니다만 선뜻 마땅한 데를 찾지 못하고 있었지요. 오는 길에 물어보니 바로 장자님께서 선행을 잘 베푸시며 이름난 시주(施主)님이라고 하기에 이 은자를 맡겨두려고 일부러 찾아왔습니다. 다른 곳에 가서 모자라는 돈을 시주 받은 뒤에 곧바로 다시 와서 은자를 찾아 소승이 머물고 있는 산으로 갈까합니다."

이에 장선우가 말했다.

"이는 좋은 일입니다. 스님께서 저희 집에 맡겨주시기만 하시면 절대 조금의 차질도 없을 겁니다. 스님께서는 일을 다 보시고 찾아가시면 되지요."

그러고 나서 장선우는 그 자리에서 은자를 확실히 점검을 하고 액수를 센 뒤, 그것을 가지고 들어가 아내에게 맡기고서는 다시 나와서 공양을

1) 오대산(五臺山): 중국의 불교 4대 명산 가운데 하나로 지금의 山西省 五臺縣 동북쪽에 있다. 다섯 봉우리가 있는데 그 꼭대기가 흙으로 쌓은 臺와 같다고 하여 '五臺山'이라고 불리었다. 한나라 永平 연간부터 오대산에 사찰을 짓기 시작해 역대로 增修을 거치면서 장관을 이루게 되어 '文殊道場'이라고도 불리게 되었다.

하고 가라하며 스님을 만류했다. 스님이 말하기를 "시주님께서는 공양을 준비하실 필요가 없습니다. 노승은 마음이 바빠 시주를 받으러 가야 합니다."라고 하자, 장선우가 말하기를 "스님의 은자는 제가 아내에게 맡겨 안방에 잘 보관해 두었습니다. 제가 외출을 했을 때 혹시 스님께서 찾으러 오시게 되더라도 잘 돌려드릴 수 있도록 반드시 미리 말해 놓겠습니다."라고 했다. 스님은 장선우와 헤어진 뒤, 시주를 받으러 갔다. 아내 이씨는 스님의 은자를 수중에 받아두고는 속으로 매우 기뻐하며 생각하기를 "내 방금 오륙십 냥을 잃어버렸는데 저 스님이 도리어 백 냥을 가져다주는구먼. 잃은 것을 메우고도 남는 게 많겠어."라고 하면서 그 스님의 돈을 떼먹으려는 마음을 갖게 되었다.

어느 날 장선우는 자식을 낳게 해달라고 분향을 하러 동악묘(東嶽廟)[2]로 가면서 아내에게 말했다.

"내 가네만, 며칠 전 당신이 거두어 둔 오대산 스님께서 맡겨두신 은이 있잖소. 만약 그 스님께서 찾아오시거든 내가 있든 없든 간에 당신이 그것을 내드리게나. 스님께서 공양을 드시겠다고 하면 나물이라도 조금 만들어서 공양을 좀 올려드리고. 그것도 당신의 공덕이 될 테니."

이씨는 알았다고 말했으며, 장선우는 분향을 하러 절로 향했다. 장선우가 간 뒤, 그 오대산 스님은 시주를 다 받고나자 장선우의 집으로 와서 은자를 찾아가려 했다. 그러자 이씨가 곧 잡아떼며 말하기를 "장선우도 집에 없는데다가 누구도 어떤 은자를 우리 집에 맡겨둔 적이 없습니다. 스님께서 집을 잘못 알고 찾아오신 것 같아요."라고 하자, 스님이 말하기를 "며칠 전 제가 직접 장 장자께 맡겨 장자께서 거두어서는 부인에게 맡겼는데 어찌 그런 말씀을 하시는 게요?"라고 했다. 이씨는 곧 맹세를 하며 말하기를 "내가 스님의 돈을 봤다면 눈에서 피가 날 것이오!"라고 했다. 이에 스님이 말하기를 "그렇게 얘기하는 것을 보니 내 돈을 떼어먹

2) 동악묘(東嶽廟): 東嶽 泰山의 신을 모시는 사당으로 중국 각 지방에 모두 있다.

으려는 겐가 보구려."라고 하자, 이씨가 다시 말하기를 "내가 스님의 돈을 떼어먹으려 한다면 십팔 층 지옥에 떨어질 거요."라고 했다. 스님은 그가 그렇게 맹세하는 것을 보고 분명히 잡아떼고 있다는 것을 알았지만 그가 여자라서 말씨름하기도 어려웠기에 어찌할 수도 없었다. 스님은 어쩔 방법이 없자 합장을 하고 염불을 하며 말했다.

"아미타불! 그 은자는 내가 불전을 수리하려고 사방을 다니며 보시를 받아 그대의 집에 맡겨둔 것이거늘 어찌하여 내 은자를 떼어먹으려 하는가? 그대는 이승에서는 내 은자를 떼어먹었으나 저승에 가면 어쩔 수 없이 내게 돌려주게 될 것이오."

그러고 나서 스님은 비한(悲恨)을 품은 채로 길을 떠났다. 얼마의 시간이 지나고 나서 장선우가 돌아와 스님의 은자에 대해서 묻자, 이씨는 남편을 속이고 말하기를 "당신이 막 가고 난 뒤, 그 스님이 바로 찾으러 오셨기에 내 두 손으로 받들어 돌려드렸어요."라고 했다. 이에 장선우가 말하기를 "좋아, 좋아! 일 하나가 또 해결되었네."

이태가 지난 뒤, 이씨는 아들 하나를 낳았으며, 그 아들을 낳은 뒤로부터 가산도 불이 붙듯 늘어났다. 다시 5년이 지나자 또 아들 하나를 더 낳아 모두 두 명의 아들을 두게 되었다. 큰아들의 아명은 걸승(乞僧)이라고 했으며 작은 아들의 아명은 복승(福僧)이라고 했다. 걸승은 커서 살림을 매우 잘 꾸렸으니 마치 별을 지고 달을 이듯 일찍 일어나 일을 하고 밤이 늦어서야 잠을 잤다. 게다가 천성이 인색하여 돈 한두 푼도 가볍게 쓰지 않으며 가산을 아주 많이 모았다. 그런데 이상하게도 똑같은 형제 둘이 한 배에서 나와 한 어미의 젖을 먹고 자랐지만 천성은 아주 정반대였다. 복승은 매일같이 술만 마시고 도박을 하며 여자를 두고 오입질을 하는 데 돈을 아낌없이 썼던 것이다. 걸승은 자신이 고생해 벌어온 돈을 동생이 그렇게 쓰는 것을 곁에서 지켜보며 매우 아까워했다. 복승에게는 빚을 갚으라고 찾아오는 사람들이 매일 있었으니 이는 모두 집안사람들 몰래 밖에서 빌려 쓴 돈 때문이었다. 장선우는 떳떳하게 살아온 사내라서 아들이 남들에게 핍박을 당해 가문을 더럽히는 것을 내버려둘 수 없기에 어쩔 수 없이 빚을 하나하나 갚아주었다. 걸승은 그저 죽는 소리를 할 뿐이었다. 장선우는 큰아들이 고생하며 돈 버는 것을 가슴 아파했으며, 작은 아들이 마구 낭비하는 것을 원망스러워 했다. 이렇게 한쪽이 손해를 보자, 그는 방법 하나를 생각해 냈는데 그것은 가산을 세 몫으로 나누어 형제 둘이 각각 한 몫씩 갖고 늙은 부부도 그 한 몫을 갖는 것이었다. 그리하여 살림을 할 놈은 스스로 살림을 하게하고, 말아먹을 놈은 스스로 말아먹게 내버려 둬 못된 놈이 잘한 놈을 연루시켜 모두 다 영락하게 하는 것을 모면하려 했다. 복승은 그릇이 안 되는 놈이었으므로 차라리 분가를 하여 자유롭게 별다른 구속을 받지 않게 된 것이 마음에 들었다. 그는 가산이 손에 들어오자마자, 눈에 끓는 국이 뿌려지듯 바람이 잔 구름을 휘말듯, 일 년도 되지 않아서 가산을 깨끗이 들어먹고는 다시 부모 몫의 반을 나눠 가져가서 그것도 모두 써버린 뒤, 곧 형에게로 가서 그를 괴롭혀 어쩔 수 없이 응낙하게 하여 형의 가산까지도 써버렸다. 걸승은 살림꾼인데 이런 일을 어찌 견딜 수 있으리오. 그는 화병이 나서 자리에 누운 뒤 일어나지 못했다. 의원을 데려와서 치료를 해도 효험이 없어 머지않아 죽을 것만 같았다. 장선우는 생각하기를 “집안을 일으키는 놈은 도리어 병이 들고 집안을 망치는 놈은 외려 병이 없으니 운명이 어찌 이리 거꾸로 되는가?”라고 하며 작은 아들이 큰아들을 대신할 수 없는 것이 한스러워 마음속으로 괴로움을 담아둔 채, 말을 하지도 못했다. 걸승이 기고(氣臌)[3]가 이미 깊어져 결국 낫지 못하고 죽자, 장선우 부부는 목메어 통곡했다. 복승은 형이 죽고 나서 아직 남은 가산도 있어 자기가 쓸 수 있는 것을 보고는 형의 죽음을 조금도 마음에 두지 않았다. 어미 이씨는 이런 광경을 보고 더욱더 큰아들을 불쌍하게 여겨

3) 氣臌(기고): ‘氣蠱’와 같은 말로 화병이 나서 복부가 부어오르는 고질병이다. 속칭 ‘氣臌脹’이라고도 한다.

종일토록 통곡하며 눈에서 피가 날 정도로 울다가 죽었다. 복승은 조금도 괴로워하지 않은 채 모친상 중에도 그저 창가(娼家)에서 매일같이 못된 짓을 하다가 몸이 허해져 허로(虛勞)에 걸려 그 또한 머지않아 죽을 것만 같았다. 이쯤 되자 장선우는 애가 탔지만 어찌할 방법이 없었다. 비록 집안을 망친 아들이라 해도 씨 하나를 남겨야하기에 그릇이 되는지 안 되는지도 논할 겨를이 없었다. 이는 바로 이런 시로 대변된다.

금생의 일은 전생에 이미 정해졌으니	前生注定今生案
운명은 피하기 어려워 죽을 날이 닥친다오	天數難逃大限催

복승은 병으로 목숨이 간당간당하더니 때가 되자 마치 기름이 다 탄 삼경의 등불과도 같이 저절로 숨이 끊어졌다. 장선우는 평소에 비록 복승이 마음에 들지는 않았지만 이제 두 아들이 모두 죽고 애 엄마도 죽어 외로이 늙은 몸만 남게 된 것을 스스로 생각하면 어찌 고통스럽고 애달프지 않으리오. 그는 혼자 생각하기를 "무슨 죄업을 지었기에 지금 응보를 받아 이렇게 끝이 안 좋은지 모르겠네!"라고 하며, 한편으로는 분하기도하고 원망하기도 하면서 한편으로는 또 이렇게 생각했다.

"나의 이 두 못된 놈들은 동악묘에 가서 치성을 드려 낳은 자식들인데 예기치 않게 염라대왕에게 끌려갔으니 혹시 동악신께서 모르고 계신 것인가? 내 지금 동악대제(東嶽大帝) 앞에 가서 한번 억울한 사정을 고하면 대제께서는 영험하신지라 염라대왕을 불러서 내 아들 하나쯤은 돌려보내게 해 주실지도 모르지."

장선우는 또한 고통스럽기도 하고 답답하기도 했기에 이리 허황된 생각까지 하게 되었다. 그리하여 그는 정말로 동악신 앞에 가서 울면서 이렇게 하소연했다.

"이 늙은이는 장선우라고 하옵니다. 평생 동안 선행을 쌓았으며 저의 두 아들과 애 엄마도 어떤 죄과를 저지른 적이 없사온데 억울하게 염라대왕께 끌려가서 오로지 이 늙은이만 남게 되었습니다. 바라건대 신명께서 염라대왕을 불러다가 이 늙은이와 분명하게 대질을 시켜주십시오. 과연 이런 업보를 받아야만 했다면 이 늙은이는 죽어서도 눈을 감을 수 있을 것입니다!"

장선우는 하소연을 다하고 난 뒤, 땅에 엎드려 통곡을 하다가 머리가 어질어질해져 기절을 했다. 그러자 어렴풋이 한 귀졸(鬼卒)이 나타나 다가와서 장선우에게 말하기를 "염왕께서 데려오라 하신다."라고 했다. 장선우가 말하기를 "내 마침 염왕께 물으러 가려던 참이오."라고 한 뒤, 귀졸을 따라 곧장 염왕 앞으로 갔다. 염왕이 묻기를 "장선우, 너는 어찌하여 동악묘에서 나를 고소한 것이더냐?"라고 하자, 장선우가 말했다.

"저의 집 애 엄마와 두 아들은 어떤 죄를 저지른 적도 없는데 일시에 모두 다 잡혀가 고통스럽기에 대제께 애걸하여 결정해달라고 한 것이옵니다."

염왕이 묻기를 "너의 두 아들을 보려고 하는 것이냐?"라고 하자, 장선우가 말하기를 "어찌 보려 하지 않겠습니까?"라고 했다. 염왕이 귀졸에게 그들을 데려오라고 명하니 걸승과 복승 둘이 모두 이르렀다. 장선우가 기쁨을 이기지 못해 먼저 걸승에게 말하기를 "큰 애야, 너 나하고 같이 집으로 가자."라고 하니 걸승이 이렇게 말했다.

"나는 당신의 큰 애가 아니오! 원래 조정옥이었소. 부당하게도 당신 집에서 이전에 은자 오십 여 냥을 도둑질했지만 이제 수백 배의 이자를 더해 당신 집에 갚았으니 나는 더 이상 당신과 친분이 없소이다."

장선우가 큰아들이 이렇게 말하는 것을 보고서 어쩔 수 없이 복승에게 말하기를 "그럼 둘째가 나를 따라 집으로 가자."라고 했다. 그러자 복승이 말하기를 "나는 당신 집 둘째가 아니오! 나는 전생에서 오대산의 승려였는데 당신이 내 돈을 떼어먹었지. 이제 당신은 내게 수백 배를 더해 충분히 갚았으니 나는 당신과 아무런 관계가 없소이다."라고 했다. 장선우가 깜짝 놀라 말하기를 "어째서 내가 오대산 승려의 돈을 떼어먹었다는 것이오? 애 엄마를 어떻게 오라 해서 한번 물어볼 수 있으면 좋겠네!"

라고 했다. 염왕이 이미 그의 마음을 알아채고서 말하기를 “장선우, 네가 아내를 만나보는 것도 어렵지 않다.”라고 한 뒤, 귀졸에게 이르기를 “풍도성(酆都城)4)을 열고서 장선우의 처 이씨를 잡아오너라.”라고 했다. 귀졸은 말이 떨어지자마자 곧장 그곳으로 가더니 칼과 족쇄를 채운 채로 이씨를 압송하여 대전 앞에 이렀다. 장선우가 말하기를 “애기 엄마, 당신 무슨 일로 이렇게 괴로움을 당하는 것이오?”라고 하자, 이씨가 울면서 말하기를 “내 살아생전에 오대산 스님의 은자 백 냥을 부당하게 떼어먹어 죽은 뒤로 십팔 층 지옥을 두루 겪게 되는구려! 너무나 고통스러워요!”라고 했다. 장선우가 말하기를 “그 은자를 난 그저 스님에게 돌려준 것으로만 생각하고 있었으니 당신이 그것을 떼어먹은 줄을 어찌 알았겠소? 이건 자업자득이구려.”라고 했다. 이씨는 “당신이 어떻게든 나를 좀 살려주시구려!”라고 말하며 장선우를 붙잡고 크게 통곡했다. 염왕이 진노하여 손으로 탁자를 치며 대갈(大喝)하기에 장선우가 놀라서 깨어나 보니 신령의 제사상 앞에서 꿈을 꾼 것이었다. 꿈이 명명백백하였기에 두 아들이 전생의 원수와 전주(錢主)였던 것을 비로소 깨닫게 되었다. 이에 장선우는 울음을 그치고 출가해 도를 닦았다.

비로소 믿게 되었나니 암실에서 양심에 어긋난 일을 한다 해도	方信道暗室虧心
신명의 번개 같은 눈을 피하기 어렵다는 걸	難逃他神目如電
오늘에 이르러 공평무사하게 뚜렷한 응보가 내렸으니	今日箇顯報無私

4) 풍도성(酆都城): 당나라 段成式의 《酉陽雜俎·玉格》에 의하면, 북방 癸地에 羅酆山이라는 산이 있는데 둘레가 3만 里가 되며 높이가 2천 6백 리가 되고, 이 산에는 귀신이 사는 洞天六宮이 있으며 사람이 죽으면 모두 거기로 가게 된다고 한다. 본래 나풍산이 귀신이 거하는 곳이라는 말이었는데 후대에 이르러 四川省에 있는 豐都縣으로 附會되어 豐都縣을 ‘鬼城’이라고 일컫게 되었다. ‘豐都’는 수나라 때부터 설치된 縣으로 명나라 때 ‘豐’을 ‘酆’으로 바꾸었다.

어찌해 도리어 염왕을 원망하리오　　　　怎倒把閻君埋怨

제가 이 인과응보에 대한 이야기를 왜 먼저 했냐하면은요, 어떤 가난한 사람이 부자에게서 은자를 빌려가 그 부자를 대신하여 몇 년 동안을 그것을 지키면서 한 푼도 쓰지 않고 있다가 나중에 자기도 모르는 사이에 본래의 주인에게 두 손으로 다시 되돌려준 얘기가 있기 때문이오이다. 이 이야기가 훨씬 더 특이하기에 제가 한번 얘기해볼 테니 들어들 보시오.

송(宋)나라 때 변량(汴梁)[5] 조주(曹州)[6]있는 조남촌(曹南村) 주가장(周家莊)에 한 수재(秀才)[7]가 있었는데 성은 주(周) 씨이고 이름은 영조(榮祖)이며 자는 백성(伯成)으로 처는 장씨(張氏)였다. 주 씨 집안은 조상 때부터 집안에 재산이 많았는데 그의 조부였던 주봉경(周奉敬)은 불교를 숭상해 불당 한 채를 짓고 거기서 매일같이 염불하며 불경을 보았다. 집이 주영조의 부친 손에 들어온 뒤로 그의 부친은 단지 가업을 이루는 데만 온 마음을 썼다. 그는 가옥을 수리하기 위해, 목재와 벽돌과 기와를 따로 마련하기가 아까워 불당을 모두 허물고서 그 자재들을 가져다 썼다. 가옥의 공사가 다 끝났을 즈음에 이르러 부친이 병을 얻어 일어나지를 못하게 되자, 사람들은 모두 부처를 믿지 않은 응보라고 했다. 부친이 죽은 뒤로 집 안팎은 모두 주영조 한 사람이 관리하게 되었다. 주영조

5) 변량(汴梁): 北宋의 수도로 지금의 河南省 開封市이다.
6) 조주(曹州): 지금의 山東省 菏澤市로 江蘇, 山東, 河南, 安徽 등 네 개 省의 인접지역에 있다.
7) 秀才(수재): 한나라 때부터 孝廉과 더불어 擧士의 科名이었고 당나라 초기에 '明經科'와 '進士科'와 함께 擧士의 科目으로 설치되었다가 폐지되었다. 이후 唐宋 때에는 과거에 응시하는 자를 모두 '수재'라 칭했으며 明淸 때에는 府·州·縣學에 입학한 생원을 수재라고 했다. 元明 이후에는 선비나 공부하는 사람을 널리 秀才라 부르기도 했다.

는 학문을 이루어 문장에 뛰어났기에 조정으로 가서 과거시험을 보려고 했다. 그와 장씨 사이에 아들 하나가 있었는데 아직 강보에 싸여있었으며 아명은 장수(長壽)라고 불렀다. 여린 아내와 어린 아들을 차마 내버려 둘 수 없었기에 의론을 하여 세 식구가 함께 가기로 했다. 그는 가는 길에 재물을 몸에 지니기가 불편할까 염려되어 후원 담장 밑에 굴을 하나 판 뒤 조상으로부터 물려받은 금은 덩어리들을 묻고서 자잘한 귀중품만을 가져가려 했다. 집은 사람을 시켜 지키게 하고 그들은 길을 나섰다.

화두(話頭)를 돌려보자. 조주에 가인(賈仁)이라고 하는 가난뱅이가 있었는데 정말이지 입고 있는 옷은 몸을 가리지도 못했으며 먹는 밥은 입을 채우지도 못해 조반을 먹으면 저녁 밥거리가 없을 정도였다. 게다가 그는 생계를 꾸릴 수 있는 그 무엇도 할 줄 몰랐으므로 남들에게 흙을 져다가 담장을 쌓아주거나 진흙을 이겨 벽돌을 찍어주거나 물을 져다주고 땔나무를 운반해 주는 따위의 막일로 생활하면서, 밤에는 헐어진 벽돌가마에 몸을 의지하며 지냈다. 사람들은 그가 매우 가난하게 사는 것을 보고 모두 다 그를 '가난뱅이 가씨'라고 불렀다. 그런데 이 사람은 천성이 괴상하고 삐뚤어져 있어 항상 생각하기를 "모두 똑같은 사람인데 왜 다른 사람들은 저렇게 부귀영화를 누리고 나만 이렇게 가난에 찌들어 고생을 하는 것인가!"라고 하며 마음속으로 원한을 품고 있었다. 이를 증거하는 시가 있다.

집도 없고 전답도 없어	又無房舍又無田
매일같이 성곽 남쪽 가마에서 잠을 잔다네	每日城南窰內眠
남들과 똑같이 이목구비가 달린 사내인데	一般帶眼安眉漢
어찌해 유독 내 주머니에는 돈이 없는가	何事囊中偏沒錢

가인은 마음속으로 불평하며 매일 짬이 날 때마다 곧바로 동악묘(東嶽廟)로 가서 신령님께 이렇게 하소연했다.

"소인 가인은 특별히 와서 기도를 올리옵니다. 소인 생각에 안장을 한 말을 타고 비단옷을 입고 좋은 것을 먹고 좋은 것을 쓰며 사는 사람들도 한 생을 살고, 저 가인도 한 생을 사는데 유독 저만이 입는 옷은 몸을 가리지도 못하고 먹는 밥은 입을 채우지도 못하며 가마 속에서 잠을 자니 어찌 소인이 가난으로 죽지 않겠습니까? 소인에게 조금이라도 작은 부귀가 있게 된다면 저도 스님들에게 보시도 하고 절과 불탑도 짓고 다리도 놓고 길도 닦으며, 고아를 가엾게 여기고 과부도 생각해주며, 노인도 공경하고 가난한 사람도 불쌍히 여기며 살 것입니다. 신령님께서 저는 가엾게 여겨 주시옵소서!"

이렇게 매일 기도를 올리자 진실로 지성이면 감천이라는 말과 같이, 과연 신령님께서 그의 간절한 기도를 이기지 못해 감동하게 되었다.

어느 날 가인은 기도를 마치고 행랑의 처마 밑에서 잠이 들었다가 갑자기 대전 앞에 있는 영파후(靈派侯)[8]에게 잡혀가게 되었다. 영파후가 그에게 온종일 천지를 원망하고 있는 까닭을 묻자, 가인은 전에 했던 말을 다시 한 번 말하면서 계속해 애걸했다. 영파후도 조금은 그를 가엾게 여겨 증복신(增福神)[9]을 불러서 가인이 타고난 의식(衣食) 복(福)의 수치가 잘못 헤아려지지는 않았는지 찾아보라고 했다. 증복신이 찾아본 뒤에 답하기를 "이 사람은 전생에서 천지에 불경(不敬)하고 부모에게 불효를 했으며, 승려와 부처를 훼방하고 생명을 살해했습니다. 또한 정수(淨水)[10]를 쏟아버리고 오곡을 짓밟았으니 금생에는 추위와 굶주림을 당해 죽어야 마땅합니다."라고 했다. 가인은 그 말을 듣고 겁이 나서 계속해 더욱더 애걸하며 말했다.

8) 영파후(靈派侯): 송나라 高承의 《事物紀原》 권7 〈東嶽諸祠〉 등의 기록에 의하면, 宋 眞宗이 大中祥符 원년 10월 15일에 조서를 내려 泰山에 있는 通泉廟의 신을 '靈派侯'라 봉했다고 한다. 여기서는 泰山의 산신을 의미한다.
9) 증복신(增福神): 복을 불려주는 신이라는 의미로 중국 민간 신앙에서 숭배하는 文官 財神을 이른다.
10) 정수(淨水): 신령이나 부처 등을 供奉할 때 그릇에 담는 깨끗한 물을 뜻한다.

"신령님께서 저를 가엾게 여겨주시옵소서! 제게 조금의 의식 복이라도 주시면 저는 반드시 좋은 사람으로 살 것입니다. 부모님께서 살아계실 때에도 온 힘을 다해 봉양을 했지만 부모님이 돌아가신 뒤, 무슨 연고에서인지는 모르겠으나 도리어 날로 더 가난해졌습니다. 저도 부모님의 무덤 앞에서 지전(紙錢)을 태우며 차와 술로 제사를 올리면서 여태껏 눈물이 마른 적이 없었습니다. 저 또한 효도를 한 사람이옵니다."

영파후가 말했다.

"우리 증복신께서 저 자가 평소 했던 일을 살펴보시면 아시겠지만 비록 별다른 선행을 한 것은 보이지 않으나 가난에도 부모를 봉양한 바가 있었습니다. 오늘 저 자가 천지를 원망하는 것으로 봐서 추위와 굶주림에 시달리게 하는 것은 마땅하지만 작으나마 효도를 행한 것을 생각해 보시지요. 하늘은 복록이 없는 사람을 내지 않고 땅은 뿌리 없는 풀을 자라게 하지 않는다는 말이 있지 않습니까? 상제께서 생명을 아끼시는 덕행을 생각하여 우리들이 다른 사람에게서 덜어내도 지장이 없는 복이 있는지 좀 살펴보고서 저 자에게 그것을 빌려주도록 하십시다. 그리고 저 자에게 양자 하나를 줘서 죽을 때까지 봉양을 받게 하여 그 효심을 보상 받게 합시다."

증복신이 말했다.

"제가 찾아보니 조주(曹州)의 조남(曹南) 주가장(周家莊)에 한 집이 있는데 복력(福力)이 쌓여 그 음덕이 삼대까지 미치지만 불당을 훼손한 한 번의 잘못으로 얼마 동안은 벌을 받아야 하더군요. 지금 그 집의 복력을 이 자에게 이십 년간 빌려주고 기한이 찰 때가 되어서 그것을 다시 본 주인에게 잘 되돌려주도록 하는 것이 양쪽에 다 좋지 않겠습니까?"

영파후는 "그 방법이 쓸 만하군요."라고 하고서 가인을 불러다가 증복신이 방금 전에 한 말을 분명하게 말해준 뒤, "단단히 명심하거라. 네가 부자가 되었을 때에는 그것을 되돌려 받을 사람이 이미 기다리고 있을 것이다."라고 말했다. 가인은 머리를 조아려 신령이 구제해준 은덕에 감사하며 마음속으로 생각하기를 "이미 부자가 되었구나."라고 했다. 그가 동악묘의 문을 나와 커다란 준말에 올라타고서 말고삐를 놓자마자 그 말은 채찍의 그림자를 보고서 나는 듯이 달려갔다. 가인이 한바탕 덜컹거리는 턱에 말 위에서 떨어지게 되자 큰 소리를 지르며 꿈에서 깨어보니 남가일몽(南柯一夢)[11]이었으며 그의 몸은 아직도 동악묘의 처마 밑에 누워 있는 것이었다. 가인은 가만히 이렇게 생각했다.

"방금 전에 신령님께서 분명히 내게 말씀하시기를 어떤 집의 복력을 나한테 이십 년 동안 빌려주시겠다고 했지. 내 이제 부자가 되어 있어야 하는데 잠에서 깨어나서 봐도 부자가 어디 있단 말인가? '꿈은 마음속에서 바라는 것이다'라는 말이 있다시피 그것을 어떻게 믿어? 어제 부잣집에서 담장을 쌓는다고 진흙 벽돌을 구해달라고 했으니 어떤 집으로 가서 그것을 좀 구해나 봐야겠다."

그가 동악묘의 문을 나서자 정말로 운이 트이고 복이 찾아왔다. 마침 주 수재(秀才) 집에서 집을 지키는 사람이, 주인이 과거를 보러간 뒤 오랫동안 돌아오지 않아 쓸 돈도 모자라는 통에 밤에 잠이 들어 도둑을 맞아 모두 다 털린 터였다. 집 안에 팔만한 물건들은 별반 없고 오직 뒤뜰에 있는 낡은 담장만이 있었다. 그는 그것을 가지고 있다 해도 소용이 없을 거라고 생각하여 차라리 담장의 흙벽돌을 팔아서 조금이나마 돈을 만들어 생활을 하려고 길거리로 나갔다가 마침 가인과 마주쳤다. 가인이 남의 집 담장을 쌓아주는 일을 많이 한다는 것을 알고는 그에게 말해 흙벽돌을 팔아달라고 했다. 그러자 가인은 "내가 아는 집에서 마침

---

11) 남가일몽(南柯一夢): 당나라 李公佐의 傳奇小說인 〈南柯太守傳〉에서, 순우분은 槐安國에 가서 그 나라 공주를 맞이하고 南柯郡 태수로 부귀영화를 누리다가 단라국 군대가 쳐들어오자 이에 대항하다가 패한 뒤, 공주도 병사하고 자신도 왕에게 의심을 받아 파면되어 꿈에서 깨어난다. 마당에 있는 회화나무 밑의 개미굴이 바로 괴안국이고 남가군은 그 회화나무 남쪽 가지 밑에 있는 다른 개미굴이었다고 한다.

흙벽돌을 찾고 있는데 값이 정해지면 내가 지러 가겠소이다."라고 하고서 말한 대로 그 집에 가서 값을 흥정해 정한 뒤, 한 짐 한 짐씩 지어가기로 했다. 주 수재의 집을 지키는 사람은 후문을 열어줘 가인이 벽돌을 파고 고를 수 있도록 내버려 두었다. 가인은 삽과 호미, 큰대바구니 따위를 가져다가 일을 시작했다. 막 한 쪽 담장을 무너뜨렸더니 담장 밑에 있던 돌 사이의 갈라진 틈으로 흙이 뚝뚝 떨어져 들어가는 것이 마치 아래가 텅 비어 있는 듯했다. 흙을 파헤치자 위에 돌판 하나가 깔려있기에 그 돌판을 지레질해 들어내니 돌구유 하나가 나왔다. 그 안에는 흙벽돌만한 금은 덩어리가 셀 수 없이 많았으며 그 옆으로는 작은 금은 덩어리들이 끼워져 있었다. 가인은 깜짝 놀라며 이렇게 생각했다.

"신령이 이렇게 영험하구나! 어제 꾼 꿈과 딱 들어맞네! 송구하게도 오늘 부자가 될 운수가 트였어."

그는 마음속에 계책 하나가 떠올라 그 금은들을 큰 대바구니 속에 조금 넣은 뒤, 위에 흙으로 덮어 한 짐을 만들고서 지고가지 못하는 땅속에 있는 것들은 그대로 흙으로 덮어두고 나중에 옮기기로 했다. 가인은 그 대바구니를 메고 그가 몸을 의지하고 있는 헐어진 가마로 곧장 가서 귀신도 모르게 금은들을 묻어 두었다. 그렇게 하루 이틀을 했더니 모두 다 옮겨졌다.

가인은 매우 가난한 사람으로서 이렇게 많은 은자를 갖게 되었다. 한편으로는 시운이 도래하기도 했고, 또 한편으로는 그가 잘 관리하기도 했으니 먼저 자잘한 은 부스러기로 집 한 채를 장만해 살면서 가마 안에 묻어 놓았던 금은들을 점차 옮겨다가 잘 보관해 둔 뒤, 먼저 작은 장사를 하는 척하면서 천천히 재산을 불려나갔다. 몇 년도 안 되어 저택을 짓고 전당포, 분방(粉房)[12], 방앗간, 기름가게, 술집 등을 열자 장사가 마치

12) 분방(粉房): 전분으로 당면 등과 같은 음식을 만드는 작업장을 이르며 '粉坊'으로 쓰기도 한다.

물이 불어나 차듯 점점 더 커졌다. 뭍에는 전답이 있었으며 물길에는 배가 있었고 수중에는 돈이 있었다. 평소 그를 '가난뱅이 가씨〔窮賈兒〕'라고 불렀던 사람들은 모두 말을 바꿔 '원외(員外)'[13]라고 불렀다. 또한 아내도 맞이했지만 아들딸 자식붙이가 하나도 없었기에 까마귀가 날아서 건널 수 없을 만큼의 넓은 전답과 저택만 공연히 있었지 그것을 물려받을 사람이 하나도 없었다. 또 한 가지 이상한 것은 비록 그에게 그토록 큰 가산이 있었어도 천성이 인색하고 각박하여 단돈 한 푼이라도 쓰려하지 않아 그에게서 돈 한 관(貫)을 가져가려고 하면 마치 제 힘줄 하나를 끊어내는 것 같이 여겼다. 남의 것은 손으로 낚아채 빼앗지 못하는 것을 한스럽게 여기면서 남에게 주는 것은 몹시도 아까워했으므로 어떤 사람들은 그를 '구두쇠 가씨〔慳賈兒〕'라고도 불렀다.

가인은 진덕보(陳德甫)라고 하는 나이든 훈장 하나를 불러다가 집안에 있는 서당에 있게 했는데 그 서당은 가르치는 데가 아니라 전당포에서 장부나 적고 빚을 받거나 돈을 빌려주는 등의 일들을 관리하는 곳이었다. 평상시 가(賈) 원외가 진덕보에게 "내 공연히 가산만 있지 그것을 물려받을 후사가 없소. 내가 낳을 수는 없으니 길거리에서 아이를 팔거나 혹여 입양시키려는 자가 있으면 사내애든 계집애든 간에 아이 하나만 찾아줘 우리 부부 두 사람에게 위로가 될 수 있으면 좋겠소."라고 말한 것이 한 두 번이 아니었다. 진덕보는 가 원외의 술집을 맡고 있는 점원에게 그 말을 전하며 "적당한 애가 있거든 먼저 내게 와서 얘기를 하라."고 했다. 입양아를 찾는 과정에 대해서는 여기서 자세히 말하지 않기로 한다.

각설(却說), 수재(秀才) 주영조는 아내 장씨와 아들 장수를 데리고서 세 식구가 과거시험을 보러 간 뒤, 운이 트이지 않아 급제하지 못했다. 그것은 그렇다쳐도 집에 돌아와서 보니 가산은 모두 없어지고 집 한 채

13) 원외(員外): 본래 정원 이외의 관원을 가리키는 말이었는데 나중에 이런 관직은 돈으로 살 수 있었으므로 부호들을 모두 원외라고 불렀다.

만이 남아있는 것이었다. 담장 밑에 묻어 둔 조상이 남긴 금은을 찾으러 가봤더니 담장은 무너져 있고 흙은 파헤쳐져 있었으며 빈 돌구유 하나만 남아있었다. 그 뒤로부터 생활이 어려워져 아예 그 집을 팔고 세 식구는 다시 낙양(洛陽)에 있는 친척을 찾으러 가게 되었다. 바람과는 다르게 그들의 운수는 이러했다.

> 운 좋을 땐 바람조차 순풍이 되어 등왕각으로 보내주며　　時來風送滕王閣[14]
> 운 없을 땐 천복사의 비석조차도 벼락을 맞는다네　　運退雷轟薦福碑[15]

그 친척은 이미 오래 전부터 출타 중이라서 주영조 일가는 말 그대로 "배에 공연히 달빛만 가득 싣고 돌아가[滿船空載月明歸]"[16]는 처지가

---

14) 시래풍송등왕각(時來風送滕王閣): 당나라 上元 2년(675)에 南昌 州牧이었던 閻伯嶼가 滕王閣을 重修한 뒤 9월 9일에 연회를 베풀어 천하 명사를 초대하고 序를 짓게 했다. 이보다 앞서 염백서는 자신의 사위에게 序를 준비하게 한 뒤, 연회에서 꺼내어 명성을 날릴 수 있게 하려 했다. 王勃이 부친의 임지로 가는 도중, 9월 8일에 배를 馬當山에 대었을 때 水神을 만난다. 水神은 왕발에게 그 연회가 있음을 알려 주고 순풍을 불게 하여 하루 만에 왕발을 700여 里 밖에 있는 남창으로 보내주었다. 왕발이 그 연회에서 〈滕王閣序〉를 지어 크게 명성을 날리게 되었다. 자세한 이야기는 《類說》 권34에 있는 〈滕王閣記〉, 《古今事文類聚》 前集 권11에 실린 〈作滕王閣記〉, 《醒世恒言》 권40 〈馬當神風送滕王閣〉 등에 보인다.

15) 운퇴뢰굉천복비(運退雷轟薦福碑): 송나라 釋 惠洪의 《冷齋夜話》 권2의 기록에 다음과 같은 이야기가 보인다. 范仲淹이 鄱陽을 지킬 때 어떤 서생이 시를 올렸는데 매우 잘 지은 시였다. 서생은 평생 배불리 먹은 적이 없었다고 하며 천하에 자신보다 더 飢寒에 시달린 자가 없을 것이라고 했다. 당시 歐陽詢의 글씨체가 성행하고 있었기에 그가 쓴 薦福寺 비문의 탁본 값은 천 錢이 되었다. 범중엄은 그 서생을 위해 薦福寺 비문의 탁본을 천 부 떠줘서 그것을 경도에서 팔게 하려고 했다. 탁본을 할 종이와 먹을 준비해 두었지만 하필 그날 밤 사이에 벼락이 쳐서 비석을 부수는 바람에 모든 일이 수포로 돌아갔다. 이로부터 '雷轟薦福碑'는 운명이 사나워 실의하게 되는 것을 이르는 전고가 되었다.

16) 만선공재월명귀(滿船空載月明歸): 이 구절은 晩唐 때 華亭(지금의 上海市 松江

되었다. 몸에 지니고 있던 여비는 이미 다 쓴데다가 조남(曹南) 지방에 이르러서는 마침 늦겨울 날씨라서 연일 큰 눈이 왔는데 세 식구는 몸에 홑옷만 입고 있었던지라 제대로 걸을 수도 없었다. 그 증거가 되는 《정궁조(正宮調)》[17]의 〈곤수구(滾繡球)〉[18] 한 편이 있다.

누가 옥(玉)을 갈아 체질해 뿌려대는 겐가 是誰人碾就瓊瑤往下篩
누가 얼음꽃을 잘라내어 뿌려대 눈앞을 가리는 겐가 是誰人剪冰花迷眼界
온 길거리가 마치 옥을 쪼아낸 듯하고 恰便是玉琢成六街三陌
전각(殿閣)과 누대는 마치 연분을 바른 듯하구나 恰便似粉粧就殿閣樓臺
비록 한퇴지(韓退之)[19]라 해도 便有那韓退之
남관(藍關)의 추위를 어찌 감당하겠나 藍關前冷怎當
설사 맹호연(孟浩然)[20]이라 해도 便有那孟浩然

區)에서 낚시를 하며 은거했던 船子和尚이 지은 〈偈〉의 마지막 구이다. 全文은 "千尺絲綸直下垂, 一波纔動萬波隨. 夜静水寒魚不食, 滿船空載月明歸."이다. 자세한 내용은 송나라 釋 惠洪의 《冷齋夜話》 권7 〈船子和尚偈〉 등에 보인다.

17) 정궁조(正宮調): 燕樂 28調 가운데 宮聲 7調 중 첫 번째 곡조이다. 곡조가 쓸쓸하고 웅장한 특징이 있다.

18) 곤수구(滾繡球): 正宮調에 속하는 曲牌의 명칭이다.

19) 한퇴지(韓退之): 당송팔대가 가운데 한 사람인 韓愈(768~824)를 가리킨다. 자는 退之이고, 본관이 昌黎郡(지금의 河北省 昌黎縣)이었기에 자칭 昌黎韓愈라고 했으며 세상에서는 韓 昌黎라고 불렀다. 吏部侍郎의 벼슬을 역임했고 시호가 '文'이었으므로 '韓 吏部', '韓 文公'으로도 불리었다. 그가 좌천되어 가는 길에 藍關을 지나다가 눈을 만나 "구름이 진령을 비끼니 내 집은 어디인가, 눈이 藍關을 휘몰아치니 말이 나아가지 못하네.(雲横秦嶺家何在, 雪擁藍關馬不前.)"라는 시구를 남겼다. 이 시는 〈左遷至藍關示姪孫湘〉이라는 제목으로 《全唐詩》 권344에 수록되어 있다.

20) 맹호연(孟浩然, 689~740): 당나라 때 시인으로 이름은 '浩'이고 자는 浩然이며 호는 鹿門處士였다. 襄州 襄陽(지금의 湖北省 襄陽市) 사람이기에 孟 襄陽이라고도 불리었다. 성격이 호방하여 눈 오는 날이면 항상 당나귀를 타고 매화를 찾으러 다녔다고 한다. 자세한 내용은 명나라 程羽文의 《詩本事·詩思》와 청나라 張岱의 《夜航船》 권1 등에 보인다. 이를 바탕으로 하여 원나라 馬致遠은

당나귀 등에서 떨어질 것이며	驢背上也跌下來
설령 섬계(剡溪)로 대규를 찾아간 왕휘지(王徽之)라 해도	便有那剡溪中
이 눈이라면 그가 돌아가려던 길을 막아버릴 것이네	禁回他子猷訪戴[21]
그러니 이 세 식구인들 추위로 어찌 쓰러지지 않겠는가	則這三口兒兀的不凍倒塵埃
한 집안이 갖은 고생을 겪는 것을 눈으로 보면서도	眼見得一家受盡千般苦
부잣집 대문을 두드려도 왜들 십중팔구 열어주지 않는가	可甚麽十謁朱門九不開[22]
정말이지 견뎌내기 힘들구나	委實難捱

이때를 당하여 장씨가 말하기를 "이렇게 바람도 대단하고 눈도 많이 오는데 어떻게 길을 갈 수 있겠어요? 일단 어디서 좀 피하는 것도 좋겠습니다."라고 하자, 주 수재가 말하기를 "우리 술집에 가서 눈을 좀 피합

雜劇 〈風雪騎驢孟浩然〉을 짓기도 했다.

21) 자유방대(子猷訪戴): 子猷가 戴逵를 방문했던 고사를 이른다. 子猷는 東晉 때의 서예가 王徽之(338~386)의 자이다. 그는 書聖 王羲之의 아들로 車騎參軍, 大司馬參軍, 黃門侍郎 등의 벼슬을 역임했다. 일찍이 눈이 오는 밤에 배를 타고 剡溪에 사는 친구 戴逵를 방문하러 갔다가 대문에 이르자 다시 돌아가려고 하면서 "내 본래 흥을 타서 온 것인데 흥이 다했으면 돌아가야지 반드시 戴逵를 볼 필요가 뭐 있나?(吾本乘興而行, 興盡而返, 何必見戴.)"라고 했다고 한다. 자세한 내용은《世說新語·任誕》등에 보인다.

22) 십알주문구불개(十謁朱門九不開): 당나라 때 시인인 李觀의 시 〈題處州直廳壁〉의 첫째 구이다. 全詩는 "十謁朱門九不開, 利名淵藪且徘徊. 自知不是公侯骨, 夜夜江山入夢來."이고 宋나라 吳曾의《能改齋漫録》권11 〈文章伯矍鑠翁〉에 자세한 내용이 보인다. 白居易도 〈效陶潛體詩十六首〉에서 "貴賤交道絶, 朱門叩不開.(귀천이 서로 사귀는 도가 끊겨, 주문을 두드려도 열리지가 않는구나."라고 읊은 바가 있다. '朱門'은 붉은색을 칠한 대문의 뜻으로 귀족 또는 부호의 집을 이른다. '문을 두드려도 열중 아홉이 열어주지 않는다(十謁朱門九不開)'는 것은 구걸을 해도 누가 거들떠보지도 않다는 말이다. 元曲이나 元雜劇에서 많이 보이는 표현이다.

시다."라고 했다. 부부 두 사람이 어린 아이를 데리고 걸음을 옮겨 한 술집 안으로 들어갔더니 점원이 이들을 맞이하며 묻기를 "술을 사 드시려는 것입니까?"라고 했다. 이에 주 수재가 말하기를 "가련하게도 나한테 술을 사 마실 돈이 어디 있겠습니까?"라고 했다. 점원이 묻기를 "술을 사 드시지 않을 거라면 우리 가게에 와서 뭘 하시는 것이오?"라고 하자, 주영조가 말했다.

"소생은 가난한 선비이온데 세 식구가 친척을 찾으러 갔다가 생각지도 않게 하루 종일 큰 눈을 맞아 몸에 걸칠 옷도 없는데다가 음식도 먹지 못했기에 이리로 와서 좀 피하려고 합니다."

점원이 말하기를 "눈을 피하시는 건데 무방하지요. 누구인들 집을 머리에 이고 다니겠습니까?"라고 했다. 주 수재는 "고맙습니다."라고 말하고서 그의 아내를 불러 아이를 데리고 오게 한 뒤, 함께 가게로 들어왔다. 그들이 계속해 추위에 몸을 덜덜 떨자, 점원이 말하기를 "선비 나리, 나리와 식솔들이 추위를 입었으니 술을 한 잔 드셔도 괜찮습니다."라고 했다. 그러자 주 수재가 탄식하며 말하기를 "방금 얘기했듯이 수중에 돈이 없구려."라고 했다. 점원은 "가련하기도 하십니다, 가련하기도 해! 어디인들 복을 쌓을 수 있는 곳이 아닐는지요. 제가 소주 한 잔을 드릴 테니 돈은 필요 없습니다."라고 말하고서 곧, 가게에 모셔놓은 초재동자(招財童子)와 이시선관(利市仙官)[23] 앞에 공물(供物)로 놓여 있던 술 세 잔 중에서 한 잔을 가져다가 주 수재에게 주었다. 주 수재는 그 술을 마시고 나서 몸이 한결 따뜻해짐을 느꼈다. 그의 아내도 옆에 있다가 술 향기를 맡고서 추위를 이기기 위해 술 한 잔을 달라고 하고 싶었지만 입을 벌리기 부끄러워 주 수재에게 말을 했다. 점원은 그 뜻을 알아채고

23) 초재동자(招財童子) 이시선관(利市仙官): '招財'는 재부를 불러온다는 뜻으로 '招財童子'란 富를 부르는 仙童을 가리키며, '利市'는 장사가 잘된다는 뜻으로 '利市仙官'이란 장사가 잘되도록 가호해 주는 신선을 이른다. 이 둘은 모두 상점에서 모시는 財神이다.

서 "인정을 베풀 마음인 이상 그냥 한 잔 더 주자."라고 생각했다. 다시 둘째 잔을 가져다가 장씨에게 건네주며 말하기를 "낭자도 한 잔 드세요."라고 했다. 주 수재는 감사하며 그것을 받아 아내에게 주었다. 어린 아들 장수는 물정도 모른 채 자기도 마시겠다고 큰 소리를 질러댔다. 주 수재가 눈물을 뚝뚝 떨구며 말하기를 "우리 둘도 이 아저씨가 호의를 베풀어 마신 건데 어떻게 네가 마실 것까지 있겠느냐?"라고 하자, 아이가 곧 울어대기 시작했다. 점원은 그 연고를 물어 알게 된 뒤에 셋째 잔까지 아이에게 주어 마시게 했다. 그리고 곧 주 수재에게 묻기를 "이렇게 가난하신데 이 어린 아들을 다른 사람에게 주는 것이 좋지 않겠습니

주 수재 일가가 술집에서 술을 얻어먹는 장면, 민국 10년, 상해광아서국(上海廣雅書局), 《신증전도족본금고기관(新增全圖足本今古奇觀)》 삽도

까?"라고 하자, 주 수재가 말하기를 "원하는 집을 당장에 만나지 못했습니다."라고 했다. 점원이 말하기를 "원하는 사람이 있으니 낭자와 의론해 보시지요."라고 하자, 주영조가 아내에게 말했다.

"낭자, 들었소? 술 파는 사람이 말하기를 '그렇게 굶주림과 추위에 시달리면서 어찌 애를 남에게 주지 않느냐?'고 하면서 애를 원하는 사람을 알고 있다고 하네."

아내가 말했다.

"남에게 주는 것이 얼어 굶주려 죽게 하는 것보다는 낫겠습니다. 그 사람이 키우겠다고만 하면 그냥 애를 보냅시다."

주 수재가 아내의 말을 점원에게 전했더니 점원이 말했다.

"손님네가 기뻐하실 얘긴데요, 여기 큰 부자가 하나 있는데 자식 하나도 낳지 못해 마침 어린 아이를 찾고 있지요. 제가 지금 손님네를 데리고 갈 테니 일단 여기에 잠시 앉아 계십시오. 사람 하나를 찾아오겠습니다."

점원이 빠른 걸음으로 맞은편 전당포로 가서 진덕보에게 이 일을 말했다. 진덕보가 술집에 이르러 점원에게 묻기를 "어디에 있느냐?"라고 묻자, 점원은 주 수재를 불러다가 진덕보와 대면하게 했다. 진덕보가 눈길을 돌려 어린애 장수를 보자마자 말하기를 "참 복스럽게 생긴 아이네!"라고 하며, 곧 주영조에게 묻기를 "선생은 어디 사람이신가요? 성함은 어떻게 되십니까? 무슨 연고로 이 아이를 팔려고 하시는 것인지요?"라고 했다. 이에 주 수재가 말했다.

"소생은 이곳 사람으로 성은 주 씨이고 이름은 영조라고 합니다. 가업이 쇠락하여 쓸 돈이 없어 저의 친 아들을 다른 사람에게 입양시키려고 합니다. 선생께서 혹시 이 아이를 원하시는 것인지요?"

그러자 진덕보가 말했다.

"제가 아닙니다. 여기 가 씨 성을 가진 나이든 원외가 한 분 계신데 하늘만큼의 가산을 가지고 있지만 자식이라고는 아들딸 하나도 없지요. 만약 이 아이를 입양시키게 되면 나중에 그 집안의 가산은 모두 선생의 아이 것이 되지요."

주 수재가 말하기를 "그렇다면 선생께서 이 일이 이루어질 수 있도록 해 주십시오!"라고 했다. 진덕보가 "저를 따라오시지요."라고 말하자, 주 수재는 아내에게 애를 데리고 가자고 한 뒤, 모두가 함께 진덕보를 따라가 원외의 집 대문 앞으로 갔다.

진덕보가 먼저 들어가서 가 원외를 만났다. 가 원외가 묻기를 "전부터 아이를 찾아달라고 부탁 한 일은 어떻게 되었소?"라고 하자, 진덕보가 "원외 나리, 기쁘게도 어린애 하나가 있습니다."라고 말했다. 가 원외가 "어디 있는 게요?"라고 하자, 진덕보가 말하기를 "지금 대문 앞에 있습니다."라고 했다. 가 원외가 "어떤 사람이오?"라고 묻자, 진덕보가 말하기를 "가난한 수재입니다."라고 했다. 가 원외가 말하기를 "수재인 것은 좋지만 안타깝게도 가난한 수재네."라고 하니 진덕보가 말하기를 "원외께서는 참 우스갯소리도 잘하십니다. 어떤 부자가 제 자식을 팔려 하겠습니까?"라고 했다. 가 원외가 말하기를 "내가 좀 보게 그를 안으로 불러들이시오."라고 하기에 진덕보가 나와서 주 수재에게 말해 그와 아이를 데리고 함께 집 안으로 들어갔다. 주 수재는 먼저 가 원외와 인사를 나눈 뒤에 아들을 불러서 그에게 보였다. 가 원외가 보니 머리카락이 까맣고 얼굴이 하얗기에 마음속으로 기뻐하며 "과연 좋은 아이로구나!"라고 생각했다. 그리하여 곧 주 수재의 성명을 묻고는 얼굴을 돌려 진덕보에게 말하기를 "내 저 어린애를 들이려고 하니 저 사람에게 문서를 하나 받아야겠소."라고 했다. 진덕보가 말하기를 "원외께서는 어떻게 썼으면 하십니까?"라고 하자, 가 원외가 말했다.

"다름이 아니라 이렇게 쓰면 되지 않겠소. '문서를 쓰는 사람 아무개는 먹고살 수가 없는 까닭에 친아들 아무개를 부자인 가 원외의 아들로 입양시키기를 원한다.'"

진덕보가 말하기를 "원외라고 하면 됐지 '부자(富者)'라는 두 글자를 덧붙여서 뭘 합니까?"라고 하자, 가 원외가 말하기를 "나를 부자라고 부르지 않으면 설마하니 가난뱅이라고 하는가?"라고 했다. 진덕보는 그것이 돈 많은 사람의 심성인 것을 알고서 그저 그의 말대로 따르며 "예, 예, 원하시는 대로 부자라고 쓰면 되지요."라고 했다. 그러자 가 원외가 말했다.

"중요한 것이 또 한 가지 있는데 문서 뒤에는 이렇게 써야 하오. '계약한 후로는 양쪽이 번복할 수 없다. 만약 번복하는 사람이 있으면 벌금으로 돈 일천 관(貫)을 번복하지 않은 사람에게 준다.'"

진덕보가 크게 웃으며 말하기를 "그러면 몸값은 얼마입니까?"라고 하자, 가 원외가 말하기를 "그건 상관 말고 그저 내가 시키는 대로 쓰시오. 그가 달라고 해야 얼마나 달라고 하겠소. 부잣집 심성으로 손톱에 낀 것을 튕겨낸 것도 그가 다 먹지 못할 텐데."

진덕보가 그 말을 주 수재에게 일일이 말하자 주 수재는 어쩔 수 없이 그저 그가 읊는 대로 받아썼다. 일천 관의 벌금을 낸다는 데까지 쓰다가 주 수재는 붓을 멈추고 말하기를 "그러면 내가 받을 몸값은 얼마입니까?"라고 했다. 이에 진덕보가 말했다.

"낸들 얼마인지 알겠소이까? 나도 방금 전에 그렇게 말했더니, 가 원외께서는 '내가 큰 부자인데 그가 달라고 한들 얼마나 달라고 하겠나?'라고 하며 자신의 손톱에서 튕겨 나온 것도 다 먹지 못할 것이라 하더이다."

주 수재는 "그 말이 맞네요."라고 하고서 시키는 대로 다 썼지만 도리어 확실한 몸값은 분명하게 쓰지 않았다. 그와 함께 진덕보도 세상물정을 모르는 유생으로 이런 올가미를 알지 못해 단지 입에서 좋게 말하는 것만 듣고 필시 적잖은 돈일 것이라고 생각했다. 부자들은 오로지 사람들에게 야박하게 술책을 부려 작은 이득을 챙기기에 입에서 꿀같이 달콤한 말을 한다 해도 듣지 말아야 한다는 것을 어찌 알았겠는가? 주 수재가 문서를 다 쓰자 진덕보는 가 원외에게 그것을 건네주었다. 가 원외가 곧 아이를 데리고 들어가 그의 아내에게 보여주었더니 그의 아내도 마음에 들어 하는 것이었다. 이때 장수는 이미 일곱 살을 먹은지라 마음속으로 알 건 다 알고 있었다. 가 원외가 장수에게 가르치기를 "이후로 누가 네게 성씨가 뭐냐고 묻거든 '가 씨입니다.'라고 해야 된다."라고 하자, 장수가 말하기를 "제 성씨는 주 씨예요."라고 했다. 가 원외의 아내가 말하기를 "착한 내 아들, 내일 네게 꽃무늬 저고리를 만들어 입혀줄 테니 누가 네게 성씨를 묻거든 가 씨라고만 말해야 한다."라고 했다. 장수가 말하기를 "붉은 두루마기를 만들어 입혀도 제 성씨는 주 씨일 뿐이에요."라고 했다. 이에 가 원외는 마음속으로 불쾌하여 주 수재를 응대하러 나오지도 않았다.

주 수재가 진덕보에게 재촉을 하자 진덕보는 다시 가 원외를 재촉했다. 가 원외가 말하기를 "그가 아들을 우리 집에 남겨두고 자기가 알아서 가면 되잖소."라고 하기에 진덕보가 말하기를 "어찌 가려고 하겠습니까? 애 키운 값을 아직 그에게 안 주셨잖습니까?"라고 했다. 가 원외는 돈을 떼어먹으려는 마음이 생겨 모르는 척하면서 "무슨 기른 값인가? 그 사람이 주고 싶은 대로 내가 받겠소."라고 했다. 진덕보가 말하기를 "아이고 원외 나리, 사람을 놀리지 마십시오. 그 사람은 돈이 없어서 저 어린애를 팔려 했던 것인데 어찌 그 사람에게 도리어 애 키울 돈을 달라고 하십니까?"라고 했더니 가 원외가 말했다.

"그 사람은 아들을 키울 밥이 없어서 내게 양자로 보내는 거요. 이제 우리 집에서 밥을 먹을 것인데도 내가 그에게 애를 키울 돈을 달라고 하지 않았거늘 그가 어찌 되려 나한테 애 키운 돈을 달라는 거요!"

진덕보가 말하기를 "그 사람은 천신만고로 그 어린 것을 키워 원외 나리의 아들로 주며 오로지 원외 나리께서 애를 기른 값을 조금 주시기를 기다렸다가 집으로 돌아갈 여비로 삼으려 하거늘 어찌 이렇게 그 사람을 가지고 놀 수가 있습니까?"라고 했다. 그러자 가 원외가 말했다.

"문서를 이미 썼으니 그가 받아들이지 않더라도 나는 두려울 게 없소. 그가 만약 딴 말을 하면 약속을 번복한 사람이 되니 벌금 일천 관을 내게 주게 하고 그 아들을 데리고 가게 하시오."

진덕보가 말했다.

"원외께서는 어찌 이처럼 사람을 가지고 놀 수가 있습니까? 그에게 애를 기른 값을 조금 주어 보내는 것이 바른 도리입니다."

이에 가 원외가 말하기를 "진덕보, 내가 당신의 얼굴을 봐서 그에게 돈 한 관(貫)[24]을 주겠소."라고 했다. 진덕보가 말하기를 "이 정도의 아이를 얻으셨는데 그에게 한 관의 돈만 주시는 것은 너무 적습니다."라고 하니 가 원외가 말했다.

"돈 한 관에 얼마나 많은 보(寶)[25] 자가 있는데! 나는 부자인데도 돈 한 관 쓰는 것이 내 힘줄을 도려내는 듯하오! 당신은 가난한 사람인데 어찌 그것을 그렇게 쉽게 보는 게요? 일단 그 사람에게 건네주기나 하시오. 그는 공부를 하는 사람이니 아들이 좋은 데로 간 것을 보고 돈을 받지 않을지도 모르지."

진덕보는 "어찌 그런 일이 있겠습니까? 돈을 안 받을 거면 아들을 팔려고 하지도 않았겠지요."라고 하며 거듭 말을 해도 듣지 않자 어쩔 수 없이 돈 한 관을 받아서 주 수재에게 주려 했다. 주 수재는 마침 대문 밖으로 걸어 나와 아내와 말을 하고 있었다. 그가 아내를 위로하며 말하기를 "기쁘게도 이 집이 과연 부유한데다가 이미 문서도 썼으니 이 일은 아마도 성사가 될 게요. 장수 그 애도 좋은 데서 있게 되었구려."라고 했다. 그의 아내가 "돈은 얼마로 정했나요?"라고 막 물으려 할 때 진덕보가 돈 한 관을 가지고 나오는 것이 보였다. 주 수재의 아내가 말하기를 "내가 물 몇 잔으로 씻겨서 애가 이렇게 큰 건가요. 어찌 내게 단지 돈 한 관만을 주시는 게요? 흙으로 만든 인형을 산다 해도 그 돈으로는 살

24) 관(貫): 옛날에 엽전을 실로 꿰어서 들었는데 엽전 천 개를 꿴 것이 1貫이다.
25) 보(寶): 대개 엽전에는 某某 '通寶'라고 주물이 되어 있었다. 여기에서는 돈 한 관에 '보(寶)' 자가 많다는 것을 뜻한다.

수 없을 거요!"라고 했다. 진덕보가 다시 들어가서 그 말을 가 원외에게 전했더니 가 원외가 이렇게 말했다.

"흙으로 만든 인형은 밥을 먹지 않기라도 하지. 속담에 이르기를 '돈이 있어도 입이 달린 것은 사지 않는다〔有錢不買張口貨〕'라고 했듯이 그가 먹여 살릴 수 없어 남에게 파는 것이지. 내가 받아들이는 것으로도 충분하거늘 어찌 내게 돈을 달라는 겐가? 진덕보 당신이 이렇게 거듭 말을 하니 내 한 관을 더 주겠소만 이제 더 이상은 줄 수 없소. 그 사람이 만약 싫다고 하면 하얀 종이 위에 까만 글자로 쓰여 있으니 돈 천 관을 내게 가져다주고 애를 데려가라고 하시오."

진덕보가 말하기를 "그 사람이 그런 천 관의 돈이 있었다면 아들을 팔지 않지요."라고 하자, 가 원외가 버럭 화를 내며 말하기를 "당신이 그에게 더 줄 돈이 있으면 더 주시오. 나는 더 줄 돈이 없소!"라고 했다. 진덕보는 한숨을 쉬며 이렇게 생각했다.

"그를 데리고 온 내가 잘못이지! 원외는 돈을 더 주려고 하지는 않지만 저 선비가 어찌 두 관의 돈을 받고 가만히 있겠나? 내가 중간에서 처신하기가 어렵네. 이 집에서 여러 해를 있었는데 오늘 아들을 입양하게 된 것은 좋은 일이지. 여기서 말 수는 없으니 이들 두 집의 일을 성사시키도록 하자."

그러고서 그가 곧 가 원외에게 말하기를 "제 봉금(俸金)에서 두 관(貫)을 내어서 네 관을 모아 저 선비에게 주시지요."라고 하자, 원외가 묻기를 "우리 둘 다 두 관씩을 내면 애는 누구의 것이오?"라고 했다. 진덕보가 말하기를 "애는 원외 나리의 것입니다."라고 하니 가 원외는 웃으면서 얼굴을 펴고 말하기를 "당신이 절반의 돈을 냈는데 애는 내 것이네. 그렇게 한다면야 당신은 좋은 사람이지."라고 했다. 가 원외는 진덕보가 말한 대로 돈 두 관을 더 내주며 장부에 친필로 분명하게 적어 두도록 했다. 진덕보는 모두 합해 네 관의 돈을 만들어서 그것을 가지고 나와 주 수재에게 건네주며 말했다.

“원외가 이처럼 인색하고 야박하여 돈 두 관만을 내고서 다시 더 주려고 하지 않습니다. 소생이 부득이 두 달 치의 봉금을 받아서 모두 합쳐 네 관의 돈을 만들어 선생께 드리니 선생께서는 아들이 좋은 곳에 있게 된 것만 생각하시고 돈의 많고 적음은 따지지 마십시오.”

주 수재가 말하기를 “이건 도리가 아닙니다. 도리어 선생을 곤란하게 만들었군요.”라고 하자, 진덕보가 말하기를 “나중에 오래 되어도 저 진덕보를 기억해 주시면 됩니다.”라고 했다. 주 수재가 말하기를 “가 원외의 돈은 단지 두 관뿐이고 선생께서 그를 대신해 그 절반을 내주셨으니 이것은 도리어 선생께서 저를 도와주신 것입니다. 이 은덕을 어찌 감히 잊겠습니까? 애를 불러다가 몇 마디 당부를 하고 저희들은 가보겠습니다.”라고 했다.

진덕보가 장수를 불러 나오게 하자 세 식구는 서로 머리를 맞대고서 그지없이 통곡했다. 주 수재가 아들 장수에게 이렇게 당부했다.

“아비어미가 어쩔 수 없어 너를 판 것이니 너는 여기에 있으면 굶주림과 추위는 면할 수 있을 게다. 네가 사리를 조금이라도 알면 이 집에서도 너를 박대하지는 않을 거고. 적당한 기회가 있으면 우리가 다시 너를 보러 오면 되잖느냐.”

어린 아이는 아비어미의 곁을 떠나지 않으려고 매달리며 울기만 했다. 진덕보가 어쩔 수 없이 과자를 조금 사와서 애를 달래며 속여 집 안으로 들어가게 한 뒤, 주 수재 부부는 길을 떠났다.

가 원외는 양자를 얻은 데다가 그것도 꾀를 써서 산 것이기에 큰돈을 들이지 않았으므로 스스로 즐거워하며 아이를 가장수(賈長壽)라고 불렀다. 그리고 장수가 이미 지각이 있는 것을 알고는 사람들로 하여금 애 앞에서 지난 얘기를 한마디도 꺼내지 못하게 했으며, 주 수재와 소식을 주고받는 것도 허용치 않았으니 괴상하다 싶을 정도로 물샐 틈 없이 방비를 했다. 마치 나무에 꽃가지가 접붙여지듯이 암암리에 제 손으로 가산을 다시 원래 주인에게 되돌려준 꼴이 되었다는 것을 어찌 알았겠는가? 장수는 자라면서 점차 어렸을 적의 일을 잊어버려 가 원외가 자신의 아버지인줄로만 알았다. 이상하게도 그의 아버지는 돈 한 푼도 쓰지 않는데 그는 오히려 심성이 너그럽고 돈을 흙덩이처럼 보았다. 사람들은 모두 그가 돈이 많다고 해서 입에서 나오는 대로 그냥 '전(錢) 도령'이라고 불렀다.

그 즈음에 어미가 세상을 떠나고 가 원외가 병을 얻어 자리에서 일어나지 못하게 되자 장수는 아버지를 가호해달라고 동악묘에 가서 향을 올리려고 했다. 그리하여 아버지에게 돈 한 관을 달라고 한 뒤, 곧바로 남몰래 노복 흥아(興兒)와 함께 금고를 열어서 많은 금은과 보초(寶鈔)[26]를 꺼내 가지고 동악묘로 갔다. 때는 마침 삼월 스무이레로 다음 날은 동악성제(東嶽聖帝)가 나신 날이었기에 동악묘에는 사람들이 매우 많이 와있었다. 날이 이미 저물었기에 낭하의 깨끗한 곳을 찾아 휴식을 하려고 했는데 한 쌍의 부부가 거기에 먼저 있었으니 그 모양새는 이러했다.

얼굴은 누렇게 떠 비쩍 말라 있고	儀容黃瘦
옷가지는 홑옷을 입어 추워 보이네	衣服單寒
남자는 머리에 유건(儒巾)을 썼는데	男人頭上儒巾
유건의 태반은 먼지가 가득 쌓여있구나	大半是塵埃堆積
여자는 발에 명주버선을 신고 있는데	女子脚跟羅襪
그 양쪽에는 진흙이 묻어 있네	兩邊泥土粘連
틀림없이 종일토록 길을 걸어 다녔을 터	定然終日道途間
규방 안에서 편히 있는 것 같지 않구나	不似安居閨閣內

이 두 사람이 누구냐 하면 아들을 팔았던 수재 주영조 부부였다. 그들은

---

26) 보초(寶鈔): 元明淸 때에 발행되었던 紙幣의 이름이다. 명나라 洪武 8년에 大明通行寶鈔가 발행되었는데 액면은 百文부터 一貫까지 총 6종이었으며 백년 넘게 유통되었다. 자세한 내용은《明史·食貨志五》에 보인다.

아들도 팔고 가산도 이미 없어진데다가 각처를 다녀 봐도 의탁할 사람이 없기에 타방에서 십 여 년을 떠돌다가 구걸을 하며 집으로 돌아온 뒤, 가 씨 집으로 가서 아들의 소식을 탐문할 생각이었다. 오는 길에 태안주(泰安州)를 지나면서 마침 동악성제의 생일을 맞아 사람들이 축문(祝文)을 쓰려 한다는 것을 알고 있었기에 돈 몇 푼을 벌 심산에 묘관(廟官)[27]에게 부탁을 했다. 묘관도 이때 그를 쓸 데가 있는지라 왼쪽 낭하에 묵게 하면서, 그가 가난한 선비인 것을 알고서 호의로 깨끗한 곳을 골라 주었다. 가장수도 그곳이 좋은 것을 보고서 흥아를 시켜 그를 쫓아내게 할 줄 어찌 알았겠는가? 흥아가 호가호위(狐假虎威)[28]하듯 크게 소리치며 말하기를 "가난뱅이야, 어서 비켜! 우리에게 양보해!"라고 했다. 이에 주 수재가 "당신들 누구요?"라고 묻자, 흥아가 그를 한 번 툭 치며 말하기를 "전 도령도 알아보지 못하고 누구냐고 묻네!"라고 했다. 주 수재가 말하기를 "나는 묘관에게 물어보고서 여기에 묵는 건데 무슨 전 도령이 나를 내쫓으려 하는 것인가?"라고 했다. 장수는 그가 양보하려 하지 않는 것을 보고 흥아에게 그를 때리라고 시켰다. 흥아가 주 수재와 맞붙어 싸우자 주 수재가 크게 소리를 질렀다. 묘관이 그 소리에 놀라 낭하로 와서 말하기를 "누가 이렇게 도리가 없는 것이오!"라고 하니 흥아가 말하기를 "우리 집 전 도령께서 이곳에서 쉬시려고 하십니다."라고 했다. 묘관이 말하기를 "집에는 집주인이 있고 묘에는 묘 주인이 있거늘 내가 이

27) 묘관(廟官): 道觀을 관리하는 도사를 이른다.

28) 호가호위(狐假虎威): 《戰國策·楚策一》에서 나온 이야기이다. 호랑이가 여우를 잡아먹으려 하자 여우는 거짓말로 천제가 자신을 百獸의 우두머리로 보냈기에 자신을 잡아먹으면 천명을 어기는 것이라고 하면서 호랑이에게 이 말을 믿지 못하겠으면 자기 뒤를 따라오면서 백수들이 자신을 보고 도망가는지 보라고 한다. 호랑이가 여우 뒤를 따라가자 백수들은 모두 호랑이를 보고 도망을 갔지만 호랑이는 그들이 여우를 보고 무서워 도망한 것으로 알았다는 내용이다. 이후 "狐假虎威(여우가 호랑이의 위세를 빌리다)"는 남의 위세를 빌려 남을 업신여기고 능멸하는 것을 비유적으로 이르게 되었다.

선비를 여기에 묵게 했는데 네가 어떻게 그의 숙소를 강제로 빼앗으려는 겐가?"라고 하자, 홍아가 말하기를 "우리 집 전 도령께서는 돈은 얼마든지 있기에 당신한테 돈 한 관을 주고 이곳을 빌려 쉬시려는 거요."라고 했다. 묘관은 그가 돈이 있는 것을 보고 곧바로 말을 바꿔서 말하기를 "내가 곧 그로 하여금 양보를 하도록 하겠소이다. 그 두 사람이 다른 곳으로 옮기도록 타이르겠소."라고 했다. 주 수재는 받아들이기가 매우 힘들었지만 어쩔 수 없이 그의 말을 따를 수밖에 없었다. 다음 날 향을 올리고 나서 그들은 모두 각자 뿔뿔이 흩어져 갔다. 장수가 집에 도착해서 보니 가 원외는 이미 죽어있었다. 장수는 곧 작은 원외가 되어 큰 가산을 손에 넣게 되었으니 이에 관해서는 여기서 자세히 얘기하지 않겠다.

차설(且說), 주 수재는 동악에서 내려와 조남촌(曹南村)에 이르러 가씨 집의 소식을 알아보려고 했다. 그동안 죽 고향에 돌아오지 않았으므로 모든 길거리가 낯설었다. 길을 물으며 천천히 가다가 갑자기 그의 아내가 급한 계심통(悸心痛)을 앓게 되었다. 주위를 둘러보니 약방 하나가 있고 간판에 '시약(施藥)'이라고 쓰여 있기에 급히 가서 약을 구해왔다. 아내가 그 약을 먹고 낫자 부부 두 사람은 약방으로 가서 그 주인에게 감사했다. 약방의 주인이 말하기를 "감사하실 필요는 없고 내 이름만 날려 주시면 되오이다."라고 하면서 간판에 있는 글자를 가리키며 "내가 진덕보라는 것을 기억해 주십시오."라고 했다. 주 수재가 고개를 끄덕이며 '진덕보'를 두 번 읽고는 아내에게 말하기를 "저 '진덕보'라는 이름은 아주 익숙한데 어디서 만난 적이 있는 것 같소. 당신은 기억이 나오?"라고 했다. 아내가 말하기를 "우리가 아이를 팔았을 때 보증을 했던 사람이 진덕보 아닌가요?"라고 하니, 주영조가 "맞아, 맞아! 그 사람에게 물어보면 되겠네."라고 했다. 다시 가서 약방 주인을 불러 말하기를 "진덕보 선생, 저를 알아보시겠습니까?"라고 하자, 진덕보가 그의 얼굴을 살펴보며 말하기를 "조금 낯이 익습니다."라고 했다. 주 수재가 말하기를 "선생께서도 이렇게 많이 늙으셨군요. 제가 바로 아들을 팔았던 주 수재입니다.”라고 했다. 진덕보가 말하기를 “제가 두 관의 돈을 보태 드린 것도 아직 기억하십니까?”라고 하자, 주 수재가 말하기를 “그 은혜는 하루도 감히 잊은 적이 없습니다. 지금 제 아들은 잘 있는지 모르겠네요.”라고 했다. 진덕보가 말하기를 “선생이 아시면 기뻐할 겁니다. 선생의 아들 가장수는 이제 장성해서 어른이 되었습니다.”라고 했다. 이에 주 수재가 “나이든 원외는요?”라고 묻자, 진덕보가 말하기를 “근래에 죽었습니다.”라고 했다. 주 수재가 말하기를 “정말 인색한 사람이었습니다.”라고 하자, 진덕보가 이렇게 말했다.

“이제 선생의 아들이 젊은 원외가 되었는데 이전 그 나이든 원외하고는 다르게 의(義)를 중히 여겨 재물로 사람을 도와줍니다. 제가 여기서 시약을 하는 밑천도 그가 내준 겁니다.”

주 수재가 말하기를 “진 선생, 그 애를 어떻게 한 번 만나게 해주실 수 없겠습니까?”라고 하자, 진덕보가 말하기를 “선생께서는 일단 부인과 함께 가게에 잠시 앉아 계시지요. 제가 가서 데리고 오겠습니다.”라고 했다.

진덕보는 가장수를 찾아가 전에 있었던 일들을 빠짐없이 이야기해 주었다. 비록 그에게 오랫동안 누구도 그 얘기를 꺼내지 않았지만 그는 그 말을 듣고서 어렸을 적의 일들을 다시 생각해 보니 아직도 흐릿하게 기억이 남아있었다. 가장수가 황급히 약방으로 뛰어가서 부모님을 보려 하자 진덕보는 그를 데리고 가게로 와서 주 수재 부부와 만나게 했다. 장수가 주 수재의 모습을 보고 깜짝 놀라며 “태안주에서 때린 사람이 바로 이 사람인데 어떻게 하지?”라고 생각했다. 주 수재가 말하기를 “이 자는 태안주에서 우리 부부의 숙소를 빼앗은 사람이 아닌가?”라고 하자, 그의 아내가 말하기를 “맞아요. 무슨 전도령인가 하는 사람이죠!”라고 했다. 주 수재가 말하기를 “내 그때 그와 그의 노복 때문에 얼마나 화가 치밀어 올랐었는데 어떻게 저 자가 내 아들인 것을 알 수 있겠는가?”라고 하자, 장수가 말하기를 “이 아들이 사실 그때 부모님을 알아보지 못해서 일시 무례했던 것이니 부모님께서 저의 죄를 용서해 주십시오!"라고 했다. 부부 두 사람은 아들을 만나서 마음속으로 매우 기쁘기는 했지만 어쨌거나 갑자기 만난 터라서 조금 어색해 했다. 장수는 송구해하며 "태안주에서 화나게 해드린 일을 아직도 마음에 담아두고 계시는 것은 아닌가?"라고 생각하고는 서둘러 흥아로 하여금 집으로 가서 금은 한 상자를 가져오도록 했다. 그리고 진덕보에게 말하기를 "제가 동악묘에서 부모님을 알아보지 못해 조금 무례하게 굴었으니 지금 금은 한 상자를 가져와 사죄를 드리려 합니다."라고 했다. 진덕보가 주 수재에게 그 말을 전하자, 주 수재가 말하기를 "우리 집 아들인데 어찌 사죄의 뜻으로 주는 금은을 받을 수 있겠습니까?"라고 했다. 장수가 무릎을 꿇고 말하기를 "부모님께서 받아주시지 않으시면 이 아들의 마음이 편안하지 않을 것이니 원컨대 아쉬운 대로나마 너그러이 받아주십시오."라고 했다.

주 수재는 아들이 이렇게 말하는 것을 보고서 어쩔 수 없이 상자를 받아 열어 본 뒤, 깜짝 놀라게 되었다. 그 은자에는 '주봉기(周奉記)'라고 새겨져 있었던 것이었다. 주 수재가 말하기를 "이건 원래 우리 집 것이 아닌가?"라고 하자, 진덕보가 묻기를 "어떻게 선생 집의 것이라는 겁니까?"라고 했다. 주 수재가 말하기를 "내 조부님은 '주봉(周奉)'이란 분으로 이것은 조부님께서 새겨두신 것이지요. 선생께서 그 글자를 보시면 곧 아실 것입니다."하고 했다. 진덕보가 은자를 받아보고서 묻기를 "맞기는 맞는데 선생 댁의 것이라면 어찌하여 가씨 집에 있는 것입니까?"라고 하자, 주영조가 말했다.

"제가 20년 전에 가솔들을 이끌고서 경도로 과거를 보러 가면서 집에 있던, 조상이 남겨주신 물건들을 땅속에 묻어서 숨겨두었지요. 나중에 돌아와서 보니 이미 다 없어져 매우 가난하게 되어 아들을 팔았던 겁니다."

이에 진덕보가 말했다.

"가 원외는 본래 가난뱅이로 남에게 흙벽돌을 찍어주는 일을 하고 있다가 갑자기 벼락부자가 되었지요. 생각건대 선생 댁의 물건을 그가 땅을 파다가 발견해서 그렇게 된 것 같습니다. 그가 자식을 낳지 못해 선생 댁 아들을 양자로 삼았기에 그 가산을 물려받게 된 것이고요. 재물이 원래의 주인에게로 돌아갔으니 어찌 하늘의 뜻이 아니겠습니까? 이상하게도 그는 평소 돈 한 푼도 쓰지를 않으며 조금이라도 낭비하는 것을 아까워했지요. 알고 보니 그의 것이 아니었군요. 단지 이곳에서 선생을 대신해 가산을 지키고만 있었던 거지요."

주 수재 부부는 감탄하기를 그치지 않았으며 장수도 스스로 놀라면서 기이하게 여겼다. 주 수재는 곧 그 상자 안에서 은자 두 덩어리를 꺼내어 진덕보에게 주며 옛날에 돈 두 관을 준 것에 보답을 했다. 진덕보는 몇 번 사양을 하다가 어쩔 수 없이 그것을 받았다. 주 수재는 또 그때 술집 점원이 술 세 잔을 줬던 것을 염두하고 있었기에 바로 건너편에 있는 점원을 불러다가 그에게도 은자 덩어리 하나를 주었다. 그 점원은 작은 일이라서 잊은 지 오래되었지만 뜻하지 않게 그런 큰 상을 주어지자 매우 기쁘게 받아 갔다.

장수는 곧 부모를 모시고 집으로 가서 살게 되었다. 주 수재는 상자 안에 남은 금은을 아들에게 돌려주며, 이십 년 동안 가난하게 산 고초를 생각해 다음 날에 가난하고 의지할 데 없는 사람들에게 나눠주라고 했다. 또한 아들로 하여금 조부 때처럼 불당 한 채를 지으라고 한 뒤, 부부 두 사람은 그 안에서 나란히 수도를 했다. 가장수는 예전대로 주 씨 성으로 돌아오게 되었다. 가인은 이십 년 동안 공연히 부자로 있으면서 돈 한 푼도 쓰지 못했으니 그 가산은 결국 그와 아무런 관계가 없었던 것이다. 이같이 물건은 정해진 주인이 있는 것이기에 세상 사람들은 괜히 술책만 쓴다는 것을 알 수가 있다. 그 증거가 될 구호(口號)[29] 네 구가

29) 구호(口號): 본래 南朝 梁나라 簡文帝의 〈仰和衛尉新渝侯巡城口號〉나 당나라 李白의 〈口號吳王美人半醉〉 등과 같이, 古詩 제목에서 쓰는 말인데 입에서 나오

있다.

생각건대 사람은 천명을 받고 세상에 태어나니	想爲人稟命生於世
그저 일함에 있어 천지를 기만하면 안 된다오	但做事不可瞞天地
빈부는 일단 정해지면 바꿀 수 없는 것인데	貧與富一定不可移
우습게도 어리석은 자들은 괜스레 양심 속이는 술책을 쓰는구나	笑愚民枉使欺心計

………………………

는 대로 읊어댔다는 의미로 '口占'과 유사하다. 元·明·淸代 소설에서는 대체적으로 구어로 엮어낸 打油詩나 속담 따위를 이른다.

▌원문 교주

第十卷 看財奴刁買冤家主

從來欠債要還錢, 冥府於斯倍灼然. 若使得來非分內, 終須有日復還原.30)

却說人生財物皆有分定; 若不是你的東西, 縱然勉强哄得到手, 原要一分一毫塡還別人的. 從來因果報應的說話, 其事非一, 難以盡述. 在下31)先揀一椿希罕些的說來, 做箇得勝頭回32).

晉州古城縣有一人, 名喚張善友, 平日看經念佛, 是箇好善的長者. 渾家李氏, 却有些短見薄識, 要做些小便宜勾當. 夫妻兩箇過活, 不曾生男育女, 家道儘從容好過. 其時本縣有箇趙廷玉, 是箇貧難的人, 平日也守本分; 只因一時母親亡故, 無錢葬埋, 曉得張善友家私有餘, 起心要去偷些來用, 算計了兩日, 果然被他挖箇牆洞, 偷了他五六十兩財物33), 將母親殯葬訖. 自想道: "我本不是沒行止的, 只因家貧無錢葬母, 做出這箇短頭的事來, 擾了這一家人家, 今生今世還不的他, 來生來世, 是必塡還他則箇." 張善友次日起來, 見了壁洞, 曉得失了賊, 查點家財, 箱籠裏沒了五六十兩銀子. 張善友是箇富家, 也不十分放在心上, 道是命該失脫, 歎口氣罷了. 惟有李氏切

---

30) 【校】이 시 앞에 《拍案驚奇》 각 판본에는 "詩云" 두 글자가 있고, 《今古奇觀》 각 판본에는 "詩云" 두 글자가 없다.

31) 在下(재하): 자신을 낮춰서 이르는 겸칭이다. 앉을 때 존귀한 자가 上座에 앉기 때문에 이렇게 칭하게 된 것이다.

32) 得勝頭回(득승두회): 송원시대 說書人이 사용하던 상투어로 '승리를 거두는 첫 번째 回'라는 뜻이다. 本話에 앞서 引子로 먼저 하는 짧은 이야기를 이른다. '得勝頭回'라고 하여 吉한 의미를 취한 것이다.

33) 【校】財物(재물): 《今古奇觀》 각 판본에는 "財物"로 되어 있고, 《拍案驚奇》 각 판본에는 "銀子去"로 되어 있다.

切於心, 道: "有此一項銀子, 做許多事, 生許多利息, 怎捨得白白被盜了去!" 正在納悶間, 忽然外邊有一箇和尚來尋張善友. 張善友出去相見了, 問道: "師父何來?" 和尚道: "老僧是五臺山僧人, 爲因佛殿坍損, 下山來抄化修造. 抄化了多時, 積得有百來兩銀子, 還少些箇. 又有那上了疏未曾勾銷的. 今要往別處去走走, 討這些布施, 身邊所有銀子, 不便攜帶, 恐有所失[34], 要尋箇寄放的去處, 一時無有. 一路訪來, 聞知長者好善, 是箇有名的檀越[35], 特來寄放這一項銀子, 待別處討足了, 就來取回本山去也." 張善友道: "這是勝事. 師父只管寄放在舍下, 萬無一誤. 只等師父事畢來取便是." 當下把銀子看驗明白, 點計件數, 拿進去交付與渾家了, 出來留和尚吃齋. 和尚道: "不勞檀越費齋; 老僧心忙, 要去募化." 善友道: "師父銀子, 弟子交付渾家收好在裏面; 倘若師父來取時, 弟子出外, 必預先分付停當, 交還師父便了." 和尚別了, 自去抄化. 那李氏接得和尚銀子在手, 滿心歡喜, 想道: "我纔失得五六十兩, 這和尚到送將一百兩來, 豈不是補還了我的缺還有得多哩!" 就起一點心, 打帳要賴他的.

一日, 張善友要到東嶽廟裏燒香求子去, 對渾家道: "我去則去, 有那五臺山的僧所寄銀兩, 前日是你收著, 若他來取時, 不論我在不在, 你便與他去. 他若要齋吃, 你便整理些蔬菜, 齋他一齋, 也是你的功德." 李氏道: "我曉得." 張善友自燒香去了. 去後, 那五臺山和尚抄化完了, 却來問張善友取這項銀子. 李氏便白賴道: "張善友也不在家. 我家也沒有人寄甚麽銀子. 師父敢是錯認了人家了." 和尚道: "我前日親自交付與張長者, 長者收拾進來, 交付儒人的, 怎麽說此話?" 李氏便賭咒道: "我若見你的, 我眼裏出血!" 和尚道: "這等說, 要賴我的了." 李氏又道: "我賴了你的, 我墮十八層地獄." 和尚見他賭咒, 明知白賴了, 爭奈是箇女人家, 又不好與他爭論得. 和尚沒計奈何, 合著掌, 念聲佛道: "阿彌陀佛! 我是十方抄化來的布施, 要修理佛殿的, 寄放在你這裏, 你怎麽要賴我的? 你今生今世賴了我這銀子, 到那生那世, 少不得要塡還我." 帶着悲恨而去. 過了幾時, 張善友回來, 問起和尚

34) 【校】所失(소실):《今古奇觀》 각 판본에는 "所失"로 되어 있고,《拍案驚奇》 각 판본에는 "失所"로 되어 있다.

35) 檀越(단월): 梵語의 음역으로 불교에서 施主를 이른다.

銀子. 李氏哄丈夫道: "剛你去了, 那和尚就來取, 我雙手還他去了." 張善友道: "好, 好! 也完了一宗事."

過得兩年, 李氏生下一子. 自生此子之後, 家私火燄也似長將起來. 再過了五年, 又生一箇. 共是兩箇兒子了: 大的小名叫做乞僧, 次的小名叫做福僧. 那乞僧大來, 極會做人家, 披星戴月, 早起晚眠; 又且生性慳吝, 一文不使, 兩文不用, 不肯輕費着一箇錢, 把家私掙得偌大. 可又作怪, 一般兩箇弟兄, 同胞共乳, 生性絕是相反. 那福僧每日只是吃酒賭錢, 養婆娘, 做子弟, 把錢鈔不著疼熱的使用. 乞僧旁看了是他辛苦掙來的, 老大的心疼. 福僧每日有人來討債, 多是瞞着家裏, 外邊借來花費的. 張善友要做好漢的人, 怎肯叫兒子被人逼迫, 門戶不清的, 只得一主一主填還了. 那乞僧只叫得苦. 張善友疼着大孩兒苦掙, 恨著小孩兒蕩費, 偏吃虧了, 立箇主意, 把家私勻做三分分開, 他兄弟[36]們各一分, 老夫妻留一分, 等做家的自做家, 破敗的自破敗, 省得歹的累了好的, 一總凋零了. 那福僧是箇不成器的肚腸, 倒要分了自繇自在, 別無拘束, 正中下懷. 家私到手, 正如:

湯潑瑞雪, 風捲殘雲.

不上一年, 使得光光蕩蕩了, 又要分了爹媽的這半分, 也自沒有了, 便去打攪哥哥, 不繇他不應手, 連哥哥的也擺佈不來. 他是箇做家的人, 怎生受得過, 氣得成病, 一臥不起, 求醫無效, 看看至死. 張善友道: "成家的倒有病, 敗家的倒無病, 五行中如何這樣顛倒?" 恨不得把小的替了大的, 苦在心頭, 說不出來. 那乞僧氣蠱已成, 畢竟不痊, 死了. 張善友夫妻大痛失[37]聲. 那福僧見哥哥死了, 還有剩下家私, 落得是他受用, 一毫不在心上. 李氏媽媽見如此光景, 一發捨不得大的, 終日啼哭, 哭得眼中出血而死. 福僧也沒有一些苦楚, 帶著母喪, 只在花街柳陌, 逐日混帳, 淘虛了身子, 害了癆瘵之病, 又看看死來. 張善友此時急得無法可施, 便是敗家的, 留得箇種也好, 論不

---

36) 【校】兄弟(형제): 人民文學本·繪圖本《今古奇觀》에는 "兄弟"로 되어 있고, 古本小說集成本《今古奇觀》과 《拍案驚奇》 각 판본에는 "弟兄"으로 되어 있다.

37) 【校】失(실): 人民文學本·繪圖本《今古奇觀》에는 "失"로 되어 있고, 古本小說集成本《今古奇觀》과 《拍案驚奇》 각 판본에는 "無"로 되어 있다.

得成器不成器了. 正是:

前生注定今生案, 天數難逃大限催.

福僧是箇一絲兩氣的病, 時節到來, 如三更油盡的燈, 不覺的息了. 張善友雖是平日不像意他的, 而今自念兩兒皆死, 媽媽亦亡, 單單剩得老身, 怎繇得不苦痛哀切, 自道: "不知作了什麽罪業, 今朝如此果報得沒下梢!" 一頭憤恨, 一頭想道: "我這兩箇業種, 是東嶽求來的, 不爭被你閻君勾去了, 東嶽敢不知道? 我如今到東嶽大帝面前, 告苦一番, 大帝有靈, 勾將閻神來, 或者還了我箇把兒子, 也不見得." 也是他苦痛無聊, 癡心想到此, 果然到東嶽跟前哭訴道: "老漢張善友, 一生修善, 便是俺那兩箇孩兒和媽媽, 也不曾做甚麽罪過, 却被閻神屈屈勾將去, 單剩得老夫. 只望神明將閻神追來, 與老漢折證一箇明白. 若果然該受這業報, 老漢死也得瞑目!" 訴罷, 哭倒在地, 一陣昏沉暈了去. 朦朧之間, 見箇鬼使來對他道: "閻君有勾." 張善友道: "我正要見閻君問他去." 隨了鬼使, 竟到閻君面前. 閻君道: "張善友, 你如何在東嶽告我?" 張善友道: "只爲我媽媽和兩箇孩兒不曾犯下什麽罪過, 一時都勾了去, 有此苦痛, 故此哀告大帝做主." 閻王道: "你要見你兩箇孩兒麽?" 張善友道: "怎不要見?" 閻王命鬼使召將來. 只見乞僧、福僧兩箇齊到. 張善友喜之不勝, 先對乞僧道: "大哥, 我與你家去來." 乞僧道: "我不是你什麽大哥! 我當初是趙廷玉, 不合偷了你家五十多兩銀子, 如今加上幾百倍利錢還了你家, 俺和你不親了." 張善友見大的如此說了, 只得對福僧說: "旣如此, 二哥隨我家去了也罷." 福僧道: "我不是你家什麽二哥! 我前身是五臺山和尙. 你少了我的. 你如今也加百倍還得我夠了, 與你沒相干了." 張善友吃了一驚, 道: "如何我少五臺山和尙的? 怎生得媽媽來一問便好!" 閻王已知其意, 說道: "張善友, 你要見渾家不難." 叫鬼卒, "與我開了酆都城, 拏出張善友妻李氏來." 鬼卒應聲去了. 只見押了李氏, 披枷帶鎖, 到殿前來. 張善友道: "媽媽, 你爲何事如此受罪?" 李氏哭道: "我生前不合混賴了五臺和尙百兩銀子, 死後叫我曆遍十八層地獄. 我好苦也!" 張善友道: "那銀子, 我只道還他去了, 怎知賴了他的. 這是自作自受." 李氏道: "你怎生救我!" 扯著張善友大哭. 閻王震怒, 拍案大喝. 張善友不覺驚醒, 乃是

睡倒在神案前作的夢, 明明白白, 纔省悟多是宿世的冤家債主. 住了悲哭, 出家修行去了:

方信道暗室虧心, 難逃他神目如電. 今日箇顯報無私, 怎倒把閻君埋怨?

在下爲何先說此一段因果? 只因有箇貧人, 把富人的銀子借了去. 替他看守了幾多年, 一錢不破, 後來不知不覺雙手交還了本主. 這事更奇, 聽在下表白一遍. 宋時汴梁曹州曹南村周家莊上, 有箇秀才, 姓周, 名榮祖, 字伯成, 渾家張氏. 那周家先世廣有家財, 祖公公周奉敬重釋門, 起蓋一所佛院, 每日看經念佛. 到他父親手裏, 一心只做人家. 爲因修理宅舍, 不捨得另辦木石磚瓦, 就將那所佛院盡拆毁來用了. 比及宅舍功完, 得病不起. 人皆道是不信佛之報. 父親既死, 家私裏外, 通是榮祖一箇掌把. 那榮祖學成滿腹文章, 要上朝應舉. 他與張氏生得一子, 尙在襁褓, 乳名叫做長壽. 只因妻嬌子幼, 不捨得抛撇, 商量三口兒同去. 他把祖上遺下那些金銀成錠的, 做一窖兒埋在後面牆下, 怕路上不好攜帶, 只把零碎的細軟的帶些隨身. 房廊屋舍, 着箇當値的看守. 他自去了.

話分兩頭[38]. 曹州有一箇窮漢, 叫做賈仁, 眞是衣不遮身, 食不充口, 吃了早起的, 無那晚夕的; 又不會做什麽營生, 則是與人家挑土築牆, 和泥托坯, 擔水運柴, 做坌工生活度日, 晚間在破窰中安身. 外人見他十分過的艱難, 都喚他做『窮賈兒』. 却是這箇人, 秉性古怪拗彆, 常道: "總是一般的人, 別人那等富貴奢華, 偏我這般窮苦!" 心中恨毒. 有詩爲證:

又無房舍又無田, 每日城南窰內眠. 一般帶眼安眉漢, 何事囊中偏沒錢?

說那賈仁心中不伏氣, 每日得閒空, 便走到東嶽廟中, 告訴神靈道: "小人賈仁, 特來禱告. 小人想有那等騎鞍壓馬, 穿羅着錦, 吃好的, 用好的, 他也是一世人. 我賈仁也是一世人, 偏我衣不遮身, 食不充口, 燒地眠, 炙地臥,

38) 話分兩頭(화분량두): '이야기가 두 갈래로 나뉜다'라는 의미로 화본소설에서 진행하던 내용을 일단 접어두고 다른 한편의 이야기로 화두를 돌려 시작할 때 많이 쓰이는 상투어이다. 敍事轉換의 기능을 갖는다.

兀的不窮殺了小人! 小人但有些小富貴, 也爲齋僧布施, 蓋寺建塔, 修橋補路, 惜孤念寡, 敬老憐貧. 上聖可憐見咱!" 日日如此, 眞是精誠之極, 有感必通, 果然被他衷告不過, 感動起來. 一日禱告畢, 睡倒在廊簷下, 一霎[39)]兒被殿前靈派侯攝去, 問他終日埋天怨地的緣故. 賈仁把前言再述一遍, 哀求不已. 靈派侯也有些憐他, 喚那增福神查他衣祿食祿有無多寡之數. 增福神查了, 回覆道: "此人前生不敬天地, 不孝父母, 譭僧謗佛, 殺生害命, 抛撇淨水, 作踐五穀; 今世當受凍餓而死." 賈仁聽說, 慌了, 一發哀求不止道: "上聖可憐見! 但與我些小衣祿食祿, 我是必做箇好人. 我爹娘在時, 也是盡力奉養的; 亡化之後, 不知甚麽緣故, 顚倒一日窮一日了. 我也在爹娘墳上燒錢裂紙, 澆茶奠酒, 淚珠兒至今不曾乾. 我也是箇行孝的人." 靈派侯道: "吾神試點檢他平日所爲, 雖是不見別的善事, 却是窮養父母, 也是有的. 今日據着他埋天怨地, 正當凍餓; 念他一點小孝, 可又道天不生無祿之人, 地不長無根之草. 吾等體上帝好生之德, 權且看有別家無礙的福力, 借與他些; 與他一箇假子, 奉養至死: 償他這一點孝心罷." 增福神道: "小聖查得有曹州曹南周家莊上, 他家福力所積, 陰功三輩, 爲他拆毁佛地, 一念差池, 合受一時折罰. 如今把那家的福力權借與他二十年, 待到限期已足, 著他雙手交還本主. 這箇可不兩便?" 靈派侯道: "這箇使得." 喚過賈仁, 把前話分付他明白, 叫他: "牢牢記取: 比及你去做財主時, 索還的早在那裏等了." 賈仁叩頭, 謝了上聖濟拔之恩, 心裏道: "已是財主了." 出得門來, 騎了高頭駿馬, 放箇轡頭, 那馬見了鞭影[40)], 飛也似的跑, 把他一交攧翻, 大喊一聲, 却是南柯一夢, 身子還睡在廟簷下. 想一想道: "恰纔上聖分明的對我說, 那一家的福力, 借與我二十年. 我如今該做財主. 一覺醒來, 財主在那裏? '夢是心頭想', 信他則甚! 昨日大戶人家要打牆, 叫我尋泥坯, 我不免去尋問一家則箇."

---

39) 【校】霎(삽): 《今古奇觀》 각 판본과 古本小說集成本《拍案驚奇》에는 "霎"으로 되어 있고, 上海古籍本《拍案驚奇》에는 "靈"으로 되어 있다.

40) 鞭影(편영): '말채찍의 그림자'라는 뜻이다. 《景德傳燈錄·天台豐干禪師》에서 부처가 阿難에게 "세간에서 良馬가 채찍의 그림자만 봐도 저절로 가는 것과 같다.(如世間良馬, 見鞭影而行.)"라고 한 말에서 나온 것이다.

出了廟門去, 眞是時來福湊. 恰好周秀才家裏看家當直的, 因家主出久未歸, 正缺少盤纏; 又晚間睡著, 被賊偷得精光, 家裏別無可賣的, 止有後園中這一垛舊坍牆, 想是[41]要他沒用, 不如把泥坯賣了, 且將就做盤纏度日. 走到街上, 正撞著賈仁, 曉得他是慣與人家打牆的, 就把這話央他去賣. 賈仁道: "我這家正要泥坯, 講倒價錢, 吾自來挑也." 果然走去說定了價, 挑得一擔算一擔. 開了後門[42], 一憑賈仁自掘自挑. 賈仁帶了鐵鍬、鋤頭、土篷[43]之類來動手. 剛扒倒得一堵, 只見牆脚之下, 拱開石頭, 那泥簌簌的落將下去, 恰像底下是空的. 把泥撥開, 泥上一片石板, 撬起石板, 乃是蓋下一個石槽, 滿槽多是土墼塊一般大的金銀, 不計其數. 旁邊又有小塊零星楔着. 吃了一驚, 道: "神明如此有靈! 已應着昨夢! 慚愧! 今日有分做財主了." 心生一計, 就把金銀放些在土篷中, 上邊覆着泥土, 裝了一擔, 且把在地中挑未盡的, 仍用泥土遮蓋, 以待再挑. 他挑着擔, 竟往棲身的破窰中權且埋着, 神鬼不知; 運了一兩日, 都運完了. 他是極窮人, 有了這許多銀子, 也是他時運到來, 且會擺撥: 先把些零碎小錁買了一所房子, 住下了, 逐漸把窰裏埋的又搬將過去, 安頓好了, 先假做些小買賣, 慢慢演[44]將大來. 不上幾年, 蓋起房廊屋舍, 開了解典庫、粉房、磨房、油房、酒房, 做的生意, 就如水也似長將起來. 旱路上有田, 水路上有船, 人頭上有錢. 平日叫他做"窮賈兒"的, 多改口叫他是"員外"了. 又娶了一房渾家, 却是寸男尺女皆無, 空有那鴉飛不過的田宅, 也沒一個承領. 又有一件作怪: 雖有了這樣大家私, 生性慳吝苦刻[45], 一文也不使, 半文也不用, 要他一貫鈔, 就如挑他一條筋. 別人的, 恨不得劈手奪將來; 若要他把與人, 就心疼的了不得: 所以

---

41) 【校】是(시): 人民文學本·古本小說集成本《今古奇觀》에는 "是"로 되어 있고, 繪圖本《今古奇觀》과 《拍案驚奇》 각 판본에는 "道"로 되어 있다.
42) 【校】門(문): 《今古奇觀》 각 판본에는 "門"으로 되어 있고, 《拍案驚奇》 각 판본에는 "園"으로 되어 있다.
43) 土篷(토봉): 대바구니 따위와 같이, 흙을 담는 도구를 이른다.
44) 【校】演(연): 《今古奇觀》 각 판본에는 "演"으로 되어 있고, 《拍案驚奇》 각 판본에는 "衍"으로 되어 있다.
45) 【校】刻(각): 《今古奇觀》 각 판본에는 "刻"으로 되어 있고, 《拍案驚奇》 각 판본에는 "尅"으로 되어 있다.

又有人叫他做"慳賈兒". 請着一箇老學究[46], 叫做陳德甫, 在家裏處館. 那館不是教學的館, 無過在解鋪裏上些帳目, 管些收錢舉債的勾當. 賈員外日常與陳德甫說: "我枉有家私, 無箇後人承領. 自己生不出, 街市上但遇著賣的, 或是肯過繼的, 是男是女, 尋一箇來, 與我兩口兒喂眼[47]也好." 說了不則一番, 陳德甫又轉分付了開酒務[48]的店小二: "倘有相應的, 可來先對我說." 這裏一面尋螟蛉之子[49], 不在話下.

却說那周榮祖秀才, 自從同了渾家張氏、孩兒長壽, 三口兒應舉去後, 怎奈命運未通, 功名不達. 這也罷了. 豈知到得家裏, 家私一空, 止留下一所房子, 去尋尋牆下所埋祖遺之物, 但見牆倒泥開, 剛剩得一個空石槽. 從此衣食艱難, 索性把這所房子賣了, 三口兒復又[50]去洛陽探親. 偏生這等時運. 正是:

時來風送滕王閣, 運退雷轟薦福碑.

46) 學究(학구): 당나라 과거시험 가운데 明經科에서 五經, 三經, 二經, 一經에 밝은 자들을 따로 과목을 설치해 뽑았는데 그 중에는 '한 경서에 밝다'는 뜻으로 '學究一經'이라는 과목이 있었으며, 송대에 이르러서도 禮部 貢擧 十科 중의 하나로 '學究科'가 있었다. 나중에 '學究'는 공부하는 사람이나 사숙의 훈장을 가리키는 말로 쓰이게 되었으며 보통 멸시하는 의미가 조금 담겨있다.

47) 喂眼(위안): '눈에 먹이를 먹이다'라는 의미로 '눈으로 보면 마음이 편하다'는 뜻이다. 여기서는 자신에게 자식이 없으니 養子라도 있으면 그 양자를 보면서 마음의 위로가 되고 마음이 편안하게 된다는 것을 이른다.

48) 酒務(주무): 옛날에 술은 소금 등과 같이 제조하고 판매하는 것에 대해 엄격한 규정이 있었다. '酒務'는 본래 술의 專賣와 관련된 사무를 이르는데 민간에서는 이를 빌려 술집을 酒務라고 칭하기도 했다.

49) 螟蛉之子(명령지자): '螟蛉'은 뽕나무벌레를 이르는 말로 담배벌레, 배추흰나비 등과 같은 나방류 벌레의 애벌레를 널리 가리킨다. '蜾蠃(나나니벌)'가 항상 '螟蛉(뽕나무벌레)'을 잡아서 벌집 속으로 끌고 들어가 자기 새끼에게 먹이로 주었기 때문에 옛날 사람들은 이를 보고 '蜾蠃'가 자식이 없어서 '螟蛉'을 양자로 키우는 것이라고 오인하여 '螟蛉'을 養子의 대명사로 사용했다. 《詩經·小雅·小宛》에 "뽕나무 벌레 새끼를 나나니벌이 데려오네.(螟蛉有子, 蜾蠃負之.)"라는 구절이 보인다.

50) 【校】三口兒復又(삼구아부우): 《今古奇觀》 각 판본에는 "三口兒復又"로 되어 있고, 《拍案驚奇》 각 판본에는 "復是三口兒"로 되어 있다.

那親眷久已出外, 弄做個"滿船空載月明歸". 身邊盤纏用盡, 到得曹南地方, 正是暮冬天道, 下著連日大雪, 三口兒身上俱各單寒, 好生行走不得. 有一篇《正宮調·滚繡球》爲證:

是誰人碾就瓊瑤往下篩? 是誰人剪冰花迷眼界? 恰便似[51]玉琢成六街三陌, 恰便似粉粧就殿閣樓臺. 便有那韓退之, 藍關前冷怎當? 便有那孟浩然, 驢背上也跌下來. 便有那剡溪中, 禁回他子猷訪戴. 則這三口兒兀的不凍倒塵埃! 眼見得一家受盡千般苦, 可甚麽十謁朱門九不開, 委實難捱!

當下張氏道: "似這般風又大, 雪又緊, 怎生行去? 且在那裏避一避也好." 周秀才道: "我們到酒務裏避雪去." 兩口兒帶了小孩子, 踅到一個店裏來. 店小二接着道: "可是要買酒吃的?" 周秀才道: "可憐我那得錢來買酒吃!" 店小二道: "不吃酒, 到我店裏做甚?" 秀才道: "小生是個窮秀才, 三口兒探親回來, 不想遇着一天大雪, 身上無衣, 肚裏無食, 來這裏避一避." 店小二道: "避避不妨, 那一個頂著房子走哩." 秀才道: "多謝哥哥." 叫渾家領了孩兒, 同進店來, 身子吃抖抖的寒顫不住. 店小二道: "秀才官人, 你每受了寒了, 吃杯酒不妨[52]." 秀才歎道: "我纔說沒有[53]錢在身邊." 小二道: "可憐! 可憐! 那裏不是積福處, 我捨[54]你一杯燒酒喫, 不要你錢." 就在招財利市面前那供養的三杯酒內, 取一杯遞過來. 周秀才喫了, 覺道和暖了好些. 渾家在旁聞得酒香, 也要杯兒敵寒, 不好開得口, 正與周秀才說話. 店小二曉得意思, 想道: "有心做人情, 便再與他一杯." 又取那第二杯遞過來道: "娘子也喫一杯." 秀才謝了, 接過與渾家喫. 那小孩子長壽不知好歹, 也嚷道要喫. 秀才簌簌的掉下淚來道: "我兩個也是這哥哥好意, 與我每喫的, 怎生又有得到

51) 【校】似(사): 古本小說集成本《今古奇觀》과 《拍案驚奇》 각 판본에는 "似"로 되어 있고, 人民文學本·繪圖本《今古奇觀》에는 "是"로 되어 있다.

52) 【校】妨(방): 人民文學本·古本小說集成本《今古奇觀》에는 "妨"으로 되어 있고, 繪圖本《今古奇觀》과 《拍案驚奇》 각 판본에는 "好"로 되어 있다.

53) 【校】有(유): 《今古奇觀》 각 판본에는 "有"자가 있고, 《拍案驚奇》 각 판본에는 없다.

54) 【校】《拍案驚奇》 각 판본에는 "捨" 뒤에 "與"자가 있고, 《今古奇觀》 각 판본에는 없다.

你!” 小孩子便哭將起來. 小二問知緣故, 一發把那第三杯與他喫了. 就問秀才道: “看你這樣艱難, 你把這小的兒子[55]與了人家, 可不好?” 秀才道: “一時撞不著人家要.” 小二道: “有個人要. 你與娘子商量去.” 秀才對渾家道: “娘子, 你聽麽? 賣酒的哥哥說: ‘你們這等饑寒, 何不把小孩子與了人?’ 他有個人家要.” 渾家道: “若與了人家, 倒也强似凍餓死了. 只要那人養的活, 便與他去罷.” 秀才把渾家的話對小二說. 小二道: “好教你們喜歡, 這裏有箇大財主, 不曾生得一箇兒女, 正要一箇小的. 我如今領你去. 你且在此坐一坐, 我尋將一箇人來.” 小二三脚兩步, 走到對門, 與陳德甫說了這箇緣故. 陳德甫踱到店裏, 問小二道: “在那裏?” 小二叫周秀才與他相見了. 陳德甫一眼看去, 見了小孩子長壽, 便道: “好箇有福相的孩兒!” 就問周秀才道: “先生那裏人氏? 姓甚名誰? 因何就肯賣了這孩兒?” 周秀才道: “小生本處人氏, 姓周, 名榮祖. 因家業凋零, 無錢使用, 將自己親兒, 情願過繼[56]與人爲子. 先生, 你敢是要麽?” 陳德甫道: “我不要. 這裏有箇賈老員外, 他有潑天也似家私, 寸男尺女皆無, 若是要了這孩兒, 久後家緣家計, 都是你這孩兒的.” 秀才道: “旣如此, 先生作成小生則箇!” 陳德甫道: “你跟著我來.” 周秀才叫渾家領了孩兒, 一同跟了陳德甫到這家門首.

陳德甫先進去, 見了賈員外. 員外問道: “一向所托尋孩子的怎麽了?” 陳德甫道: “員外, 且喜有一箇小的了.” 員外道: “在那裏?” 陳德甫道: “現在門首.” 員外道: “是箇甚麽人的?” 陳德甫道: “是箇窮秀才.” 員外道: “秀才倒好, 可惜是窮的.” 陳德甫道: “員外說得好笑. 那有富的來賣兒女!” 員外道: “叫他進來我看看.” 陳德甫出來, 與周秀才說了, 領他同兒子進去. 秀才先與員外敘了禮, 然後叫兒子過來與他看. 員外看了一看, 見他生得青頭白臉, 心上喜歡道: “果然好箇孩子!” 就問了周秀才姓名, 轉對陳德甫道: “我要他這箇小的, 須要他立紙文書.” 陳德甫道: “員外要怎麽樣寫?” 員外道: “無過寫道: ‘立文書人某人, 因口食不敷, 情願將自己親兒某, 過繼與財主

55) 【校】子(자): 人民文學本 · 繪圖本《今古奇觀》에는 “子”자가 있고, 古本小說集成本《今古奇觀》과 《拍案驚奇》 각 판본에는 없다.

56) 【校】繼(계): 《今古奇觀》 각 판본에는 “繼”로 되어 있고, 《拍案驚奇》 각 판본에는 “房”으로 되어 있다.

賈老員外爲兒.'" 陳德甫道: "只叫員外夠了, 又要那財主兩字做甚?" 員外道: "我不是財主, 難道叫我窮漢?" 陳德甫曉得是有錢的心性, 只順著道: "是, 是, 只依着寫財主罷." 員外道: "還有一件要緊. 後面須寫道: '立約之後, 兩邊不許翻悔: 若有翻悔之人, 罰鈔一千貫, 與不悔之人用.'" 陳德甫大笑道: "這等, 那正錢可是多少?" 員外道: "你莫管我, 只依我寫着. 他要得我多少, 我財主家心性, 指甲裏彈出來的, 可也喫不了!" 陳德甫把這話一一與周秀才說了. 周秀才只得依著口裏念的寫去; 寫到罰一千貫, 周秀才停了筆, 道: "這等, 我正錢可是多少?" 陳德甫道: "知他是多少? 我恰纔也是這等說. 他道: 我是箇巨富的財主, 他要的多少? 他指甲裏彈出來的, 著你喫不了哩." 周秀才也道: "說得是." 依他寫了. 却把正經的賣價竟不曾塡得明白. 他與陳德甫也多是迂儒, 不曉得這些圈套, 只道口裏說得好聽, 料必不輕的; 豈知做財主的專一苦尅算人, 討著小便宜, 口裏便甜如蜜, 原[57]聽不得的. 當下周秀才寫了文書, 陳德甫遞與員外收了. 員外就領了進去與媽媽看了. 媽媽也喜歡. 此時長壽已有七歲, 心裏曉得了. 員外教他道: "此後有人問你姓什麽, 你便道: '我姓賈.'" 長壽道: "我自姓周." 那賈媽媽道: "好兒子, 明日與你做花花襖子穿; 有人問你姓, 只說姓賈." 長壽道: "便做大紅袍與我穿, 我也只是姓周!" 員外心裏不快, 竟不來打發周秀才.

秀才催促陳德甫. 德甫轉催員外. 員外道: "他把兒子留在我家, 他自去罷了." 陳德甫道: "他怎麽肯去? 還不曾與他恩養錢[58]哩!" 員外就起箇賴皮心, 只做不省得, 道: "甚麽恩養錢? 隨他與我些罷." 陳德甫道: "這個, 員外休要人; 他爲無錢, 纔要[59]賣這箇小的, 怎麽到要他恩養錢?" 員外道: "他因爲無飯養活兒子, 纔過繼與我. 如今要在我家喫飯, 我不問他要恩養錢, 他倒問我要恩養錢!" 陳德甫道: "他辛辛苦苦養這小的與了員外爲兒, 專等員

57) 【校】原(원): 《今古奇觀》 각 판본에는 "原"으로 되어 있고, 《拍案驚奇》 각 판본에는 "也"로 되어 있다.

58) 恩養錢(은양전): 아직까지 들어간 양육비라는 뜻으로 아이를 남에게 팔 때 받는 몸값을 이른다.

59) 【校】要(요): 人民文學本·繪圖本 《今古奇觀》에는 "要"자가 있고, 古本小說集成本《今古奇觀》과 《拍案驚奇》 각 판본에는 없다.

外與他些恩養錢, 回家做盤纏, 怎這等要他?" 員外道: "立過文書, 不怕他不肯了. 他若有說話, 便是翻悔之人, 教他罰一千貫還我, 領了這兒子去." 陳德甫道: "員外怎如此鬥人耍? 你只是與他些恩養錢去是正理." 員外道: "陳德甫, 看你面上, 與他一貫鈔." 陳德甫道: "這等一箇孩兒, 與他一貫鈔忒少." 員外道: "一貫鈔許多寶字哩! 我富人使一貫鈔似挑著一條筋! 你是窮人, 怎倒看得這樣容易? 你且與他去. 他是讀書人, 見兒子落了好處, 敢不要錢也不見得." 陳德甫道: "那有這事? 不要錢不賣兒子了." 再三說不聽, 只得拿了一貫鈔與周秀才. 秀才正走在門外, 與渾家說話, 安慰他道: "且喜這家果然富厚, 已立了文書. 這事多分可成. 長壽兒也落了好地了." 渾家正要問道: "講倒多少錢鈔?" 只見陳德甫拿得一貫出來. 渾家道: "我幾杯兒水洗的孩兒偌大, 怎生只與我一貫鈔! 便買箇泥娃娃, 也買不得!" 陳德甫把這話又進去與員外說. 員外道: "那泥娃娃須不會喫飯. 常言道: '有錢不買張口貨.' 因他養活不過, 纔賣與人. 等我肯要就夠了, 如何還要我錢? 旣是陳德甫再三說, 我再添他一貫. 如今再不添了. 他若不肯, 白紙上寫著黑字, 教他拿一千貫來, 領了孩子去." 陳德甫道: "他有得這一千貫時, 倒不賣兒子了." 員外發作道: "你有得添, 添他, 我却沒有!" 陳德甫歎口氣道: "是我領來的不是了! 員外又不肯添, 那秀才又怎肯兩貫錢就住? 我中間做人也難. 也是我在門下多年, 今日得過繼兒子, 是箇美事, 做我不著, 成全他兩家罷." 就對員外道: "在我館錢內支兩貫, 湊成四貫, 打發那秀才罷." 員外道: "大家兩貫, 孩子是誰的?" 陳德甫道: "孩子是員外的." 員外笑逐顏開道: "你出了一半鈔, 孩子還是我的. 這等, 你是箇好人." 依他又支了兩貫鈔, 帳簿上要他親筆注明白了. 共成四貫, 拿出來與周秀才, 道: "這員外是這樣慳吝苦尅的, 出了兩貫再不肯添了. 小生只得自支兩月的館錢, 湊成四貫, 送與先生. 先生, 你只要兒子落了好處, 不要計論多少罷." 周秀才道: "甚道理, 倒難爲著先生." 陳德甫道: "只要久後記得我陳德甫." 周秀才道: "賈員外只[60]是兩貫, 先生替他出了一半, 這倒是先生齎發了小生. 這恩德怎敢有忘! 喚孩兒出來, 叮囑他兩句, 我每去罷." 陳德甫叫出長壽來, 三箇並頭

60) 【校】只(지): 人民文學本·繪圖本《今古奇觀》에는 "只"로 되어 있고, 古本小說集成本《今古奇觀》과《拍案驚奇》각 판본에는 "則"으로 되어 있다.

哭箇不住, 分付道: "爹娘無奈, 賣了你, 你在此, 可也免了些飢寒凍餒. 只要曉得些人事, 敢這家不虧你. 我們得便來看你就是." 小孩子不捨得爹娘, 弔住了只是哭. 陳德甫只得去買些果子來, 哄住了他, 騙了他進去. 周秀才夫妻自去了.

那賈員外過繼了箇兒子, 又且放著刁勒買的, 不費大錢, 自得其樂, 就叫他做了賈長壽. 曉得他已有知覺, 不許人在他面前提起一句舊話, 也不許著[61]周秀才通消息往來, 古古怪怪, 防得水洩不通. 豈知暗地移花接木, 已自雙手把人家交還他. 那長壽大來, 也看看把小時的事忘懷了, 只認賈員外是自己的父親. 可又作怪: 他父親一文不使, 半文不用; 他却心性闊大, 看那錢鈔, 便是土塊般相似. 人道是他有錢, 多順口叫他爲"錢舍[62]". 那時媽媽亡故, 賈員外得病不起, 長壽要到東嶽燒香, 保佑父親. 與父親討得一貫鈔, 他便背地與家僮興兒, 開了庫, 帶了好些金銀寶鈔去了, 到得廟上來. 此時正是三月二十七日. 明日是東嶽聖帝誕辰. 那廟上的人好不來的多! 天色已晚, 揀著一箇廊下[63]乾淨處所歇息, 可先有一對兒夫妻在那裏. 但見:

> 儀容黃瘦, 衣服單寒. 男人頭上儒巾, 大半是塵埃堆積; 女子脚跟羅襪, 兩邊泥土粘連. 定然終日道途間, 不似安居閨閣內.

你道這兩箇是甚人? 元來正是賣兒子的周榮祖秀才夫妻兩箇. 只因兒子賣了, 家事已空, 又往各處投人不著, 流落在他方十來年, 乞化回家, 思量要來賈家探取兒子消息. 路經泰安州, 恰遇聖帝生日, 曉得有人要寫疏頭, 思量賺他幾文, 來央廟官. 廟官此時也用得他著, 留他在左[64]廊下住[65], 因

61) 【校】著(저): 《今古奇觀》 각 판본에는 "著"로 되어 있고, 《拍案驚奇》 각 판본에는 "他"로 되어 있다.

62) 錢舍(전사): '舍'는 '舍人'의 준말로 '도련님'이라는 뜻이다. '錢舍'는 '돈이 많은 도련님'을 의미한다.

63) 【校】一箇廊下(일개낭하): 《今古奇觀》 각 판본에는 "一箇廊下"로 되어 있고, 《拍案驚奇》 각 판본에는 "廊下一箇"로 되어 있다.

64) 【校】左(좌): 《今古奇觀》 각 판본에는 "左"로 되어 있고, 《拍案驚奇》 각 판본에는 "這"로 되어 있다.

他也是箇窮秀才，廟官好意揀這搭乾淨地與他．豈知賈長壽見這帶地好，叫興兒趕他開去．興兒狐假虎威，喝道："窮弟子快走開去！讓我們！"周秀才問[66)]："你們是什麼人？"興兒就打他一下，道："錢舍也不認得，問是什麼人！"周秀才道："我須是問了廟官，在這裏住的，什麼錢舍來趕得我？"長壽見他不肯讓，喝教打他．興兒正在廝扭，周秀才大喊，驚動了廟官，走來道："甚麼人如此無理！"興兒道："俺[67)]家錢舍，要這搭兒安歇．"廟官道："家有家主，廟有廟主．是我留在這裏的秀才，你如何强奪他的宿處？"興兒道："俺家錢舍有的是錢，與你一貫錢，借這堝兒田地歇息．"廟官見有了錢，就改了口道："我便叫他讓你罷．勸他兩箇另換箇所在．"周秀才好生不服[68)]氣，沒奈他何，只得依了．明日燒罷香，各自散去．長壽到得家裏，賈員外已死了，他就做了小員外，掌把了偌大家私，不在話下．

且說周秀才自東嶽下來，到了曹南村，正要去查問賈家消息．一向不回家，把巷陌多生疏了．在街上一路慢訪問，忽然渾家害起急心疼來，望去一箇藥鋪，牌上字著"施藥"，急走去求得些來，吃下好了．夫妻兩口走到鋪中謝那先生．先生道："不勞謝得，只要與我揚名．"指著招牌上的[69)]字道："須記我是陳德甫．"周秀才點點頭，念了兩聲陳德甫，對渾家道："這陳德甫名兒好熟，我那裏曾會過來．你可記得[70)]？"渾家道："俺賣孩兒時做保人的不是陳德甫？"周秀才道："是，是！我正好問他．"又走去叫道："陳德甫先生，可認得學生麼？"德甫相了一相，道："有些面善[71)]．"周秀才道："先生也這般老

65) 【校】住(주)：《今古奇觀》 각 판본에는 "住"로 되어 있고, 《拍案驚奇》 각 판본에는 "的"으로 되어 있다.

66) 【校】問(문)：《今古奇觀》 각 판본에는 "問"으로 되어 있고, 《拍案驚奇》 각 판본에는 "道"로 되어 있다.

67) 【校】俺(엄)：人民文學本·繪圖本 《今古奇觀》에는 "俺"으로 되어 있고, 古本小說集成本《今古奇觀》과 《拍案驚奇》 각 판본에는 "賈"로 되어 있다.

68) 【校】服(복)：人民文學本·繪圖本 《今古奇觀》에는 "服"으로 되어 있고, 古本小說集成本《今古奇觀》과 《拍案驚奇》 각 판본에는 "伏"으로 되어 있다.

69) 【校】的(적)：人民文學本·繪圖本 《今古奇觀》에는 "的"자가 있고, 古本小說集成本《今古奇觀》과 《拍案驚奇》 각 판본에는 없다.

70) 【校】可記得(가기득)：《今古奇觀》 각 판본에는 "可記得"으로 되어 있고, 《拍案驚奇》 각 판본에는 "記得麼"로 되어 있다.

了! 則我便是賣兒子的周秀才." 陳德甫道: "還記我齎發你兩貫錢?" 周秀才道: "此恩無日敢忘,! 只不知而今我那兒子好麽?" 陳德甫道: "好教你歡喜, 你孩兒賈長壽如今長立成人了." 周秀才道: "老員外呢?" 陳德甫道: "近日死了." 周秀才道: "好一箇慳刻的人!" 陳德甫道: "如今你孩兒做了小員外, 不比當初老的了, 且是仗義疎財. 我這施藥的本錢, 也是他的." 周秀才道: "陳先生, 怎生著我見他一面?" 陳德甫道: "先生, 你同嫂子在鋪中坐一坐, 我去尋將他來."

陳德甫走來尋著賈長壽, 把前話一五一十的對他說了. 那賈長壽雖是多年沒人題破, 見說了, 轉想幼年間事, 還自隱隱記得. 急忙跑到鋪中來, 要認爹娘. 陳德甫領他拜見. 長壽看了模樣, 喫了一驚道: "泰安州打的就是他, 怎麽了!" 周秀才道: "這不是泰安州奪我兩口兒宿處的麽?" 渾家道: "正是, 叫做[72]甚麽錢舍!" 秀才道: "我那時受他主僕[73]的氣不過, 那知即是我兒子!" 長壽道: "孩兒其實不認得爹娘, 一時衝撞, 望爹娘恕罪!" 兩口兒見了兒子, 心裏老大喜歡, 終久[74]乍會之間, 有些生煞煞. 長壽過意不去, 道是: "莫非還記著泰安州的氣來?" 忙叫興兒到家取了一匣金銀來, 對陳德甫道: "小姪在廟中, 不認得父母, 冲撞了些箇, 今先將此一匣金銀陪箇不是." 陳德甫對周秀才說了. 周秀才道: "自家兒子, 如何好受他金銀陪禮?" 長壽跪下道: "若爹娘不受, 兒子心裏不安. 望爹娘將就包容." 周秀才見他如此說, 只得收了, 開來一看, 喫了一驚. 原來這銀子上鑿着"周奉記". 周秀才道: "可不原是我家的!" 陳德甫道: "怎生是你家的?" 周秀才道: "我祖公叫做周奉, 是他鑿字記下的. 先生, 你看那字便明白." 陳德甫接過手看了道: "是倒是了; 旣是你家的, 如何却在賈家?" 周秀才道: "學生二十年前, 帶了家小上朝取應

71) 【校】善(선): 《今古奇觀》 각 판본에는 "善"으로 되어 있고, 《拍案驚奇》 각 판본에는 "染"으로 되어 있다.

72) 【校】做(주): 《今古奇觀》 각 판본에는 "做"로 되어 있고, 《拍案驚奇》 각 판본에는 "得"으로 되어 있다.

73) 【校】主僕(주복): 《今古奇觀》 각 판본에는 "主僕" 두 글자가 있고, 《拍案驚奇》 각 판본에는 없다.

74) 【校】久(구): 《今古奇觀》 각 판본과 古本小說集成本《拍案驚奇》에는 "久"로 되어 있고, 上海古籍本《拍案驚奇》에는 "究"로 되어 있다.

去, 把家裏祖上之物, 藏埋在地下. 已[75]後歸來, 盡數都不見了, 以致赤貧, 賣了兒子." 陳德甫道: "賈老員外原係窮鬼, 與人脫土坯的, 以後忽然暴富起來. 想是你家原物, 被地挖着了, 所以如此. 他不生兒女, 就過繼著你家兒子, 承領了這家私. 物歸舊主, 豈非天意? 怪道他平日一文不使, 兩文不用, 不捨得浪費一些. 元來不是他的東西. 只當在此替你家看守罷了!" 周秀才夫妻感歎不已. 長壽也自驚異. 周秀才就在匣中取出兩錠銀子, 送與陳德甫, 答他昔年兩貫之費. 陳德甫推辭了兩番, 只得受了. 周秀才又念著店小二三杯酒, 就在對門, 叫他過來, 也賞了他一錠. 那店小二因是小事, 也忘記多時了, 誰知出於不意, 得此重賞, 歡天喜地去了. 長壽就接了父母到家去住. 周秀才把適纔匣中所剩的交還兒子, 叫他明日把來散與那貧難無倚的, 須念著貧時二十年中苦楚. 又叫兒子照依祖公公時節, 蓋所佛堂, 夫妻兩箇在內雙修. 賈長壽仍舊復了周姓. 賈仁空做了二十年財主, 只落得一文不使, 仍舊與他沒賬[76]. 可見物有定主如此, 世間人枉使壞了心機! 有口號四句爲證:

想爲人稟命生於世, 但做事不可瞞天地. 貧與富一定不可移, 笑愚民枉使欺心計.

75) 【校】已(이): 人民文學本 · 古本小說集成本《今古奇觀》과 古本小說集成本《拍案驚奇》에는 "已"로 되어 있고, 繪圖本《今古奇觀》과 上海古籍本《拍案驚奇》에는 "以"로 되어 있다.

76) 【校】賬(장): 人民文學本 · 繪圖本《今古奇觀》에는 "賬"으로 되어 있고, 古本小說集成本《今古奇觀》과《拍案驚奇》각 판본에는 "帳"으로 되어 있다. '沒賬'은 '沒帳'과 같은 의미로 '관계가 없다'는 뜻이다.

| 옮긴이 소개 |

유정일 柳正一

문학박사(동국대), 南開大學 Post-Doc.
북경제2외대 객원교수, 동국대·연세대 외 강사 역임
주요 역주서와 저서로는 《情史》(상·중·하), 《企齋記異 硏究》, 《한국 서사문학과 불교적 시각》(공저), 《문학지리·한국인의 심상공간》(공저) 등이 있고, 주요 논문으로는 〈馮夢龍의 《情史》에 드러난 評語의 존재 양상과 情敎思想〉, 〈《虞初廣志》의 문헌적 성격과 《虞初廣志》 소재 안중근전 연구〉, 〈漫談의 계승적 차원에서 본 侯寶林의 삶과 그의 相聲 세계〉, 〈《情史》의 評輯者와 成書年代 考證〉, 〈相聲의 起源論的 檢討와 인접 장르와의 辨別的 距離〉, 〈《殊異傳》 逸文 〈崔致遠〉의 장르적 성격과 小說史的 意味〉 외 다수가 있다.

금고기관今古奇觀 역주 ❶

초판 인쇄 2023년 11월 17일
초판 발행 2023년 11월 30일

집輯 | 포옹노인抱甕老人
옮 긴 이 | 유정일柳正一
펴 낸 이 | 하운근
펴 낸 곳 | 學古房

주　　소 | 경기도 고양시 덕양구 통일로 140 삼송테크노밸리 A동 B224
전　　화 | (02)353-9908 편집부(02)356-9903
팩　　스 | (02)6959-8234
홈페이지 | http://hakgobang.co.kr/
전자우편 | hakgobang@naver.com, hakgobang@chol.com
등록번호 | 제311-1994-000001호

ISBN 979-11-6995-465-5 94820
979-11-6995-464-8 (세트)

값 : 64,000원